메가스터디 수능 기출 '올픽'
어떻게 다른가?

◆ 수능 기출 완벽 큐레이션 ◆

출제 시기 분류

기출문제를 최근 3개년과 그 이전으로 분류하여
각각 **BOOK ❶**, **BOOK ❷**로 구분

▼

고난도 기출 선별

수능·모평에서 등급을 가르는 갈림길로 작용했던
고난도 기출문제만을 **BOOK ❷**에 수록

▼

입체형·요점정리형 해설

직관적으로 정오답을 판단할 수 있는
입체형·요점정리형 해설 시스템 전면 도입

▼

방대한 역대 기출문제들을 분류▸선별하여 수능 대비에 최적화된 해설 방식으로 다가갑니다.
많은 문제만 단순하게 모아 놓은 기출문제집은 그만!
수능 기출 '올픽'으로 효율적이고 완벽한 기출 학습을 시작해 보세요.

메가스터디 수능 기출 '올픽'에 도움을 주신 선생님들
수능 기출 '올픽' BOOK ❷ 우수 기출문제 엄선 과정에 참여하신 전국의 선생님들께 진심으로 감사드립니다.

가유림 이레국어논술	김혜경 주감학원	선동진 엠베스트에스이최강학원	장영주 씨투엠학원
강윤숙 핵심학원	김혜린 김혜린국어논술학원	손호심 손호심국어학원	전계순 서현학원
권영수 지니국어	김혜정 아름국어학원	송창현 대기고등학교	전제영 이젠 국어교습소
김두남 양덕종로엠스쿨	노동운 유일여자고등학교	심해영 스터닝 학원	정래원 정래원쌤 국어학원
김선희 김선희 국어대장	노신득 국산국어	유병우 이유국어	정미진 글을품은학당
김승원 공부길목 리드인 독서논술국어학원	류도희 유일여자고등학교	유찬호 11월의 로렐 학원	정서은 정서은 국어논술
김영호 솟대국어학원	문미진 엠투엠수학국어학원	이동익 든든한 국어	정영국 대전한스터디 입시학원
김옥경 1교시 국어영역	박근홍 풍산고등학교	이빛나 일신여자고등학교	정현숙 손호심 국어학원
김옥선 한슬국어논술	박동민 인천 역전타 에듀 학원	이세민 원탑학원	조은숙 연암학원
김윤슬 윤슬국어	박예슬 박예슬 국어학원	이승준 베이스학원	조현수 한뜻학원
김윤정 뿌리깊은국어학원	박인수 박인수 수능연구소	이승준 창원여자고등학교	채수남 수국어학원
김은정 광안고려학원	박정임 올바른국어학원	이영철 차준호국어논술학원	최동순 청주신흥고등학교
김정아 김정아 국어교습소	박진록 박진록 국어전문학원	이은정 정국어학원	최일혁 목동전문가그룹학원
김지나 도담 국어교습소	박찬솔 베스트교육 인천연수점	이정자 수어람	홍수경 목동 엘리엠학원
김태호 중일고등학교	박희옥 이박국어논술학원	이준석 벼리국어학원	
김혁재 코나투스재수종합반	배성현 국어논술자신감	이효준 수학서당학원	
김현아 광명북고등학교	백지은 정음국어학원	이희용 이탑스앤엠이케이학원	

수능 기출
올픽 국어 독서

발행일	2024년 12월 13일
펴낸곳	메가스터디(주)
펴낸이	손은진
개발 책임	배경윤
개발	정혜은, 서미리, 김인순
디자인	이정숙, 주희연, 신은지
마케팅	엄재욱, 김세정
제작	이성재, 장병미
주소	서울시 서초구 효령로 304(서초동) 국제전자센터 24층
대표전화	1661.5431
홈페이지	http://www.megastudybooks.com
출판사 신고 번호	제 2015-000159호
출간제안/원고투고	메가스터디북스 홈페이지 <투고 문의>에 등록

메가스터디BOOKS
'메가스터디북스'는 메가스터디㈜의 교육, 학습 전문 출판 브랜드입니다.
초중고 참고서는 물론, 어린이/청소년 교양서, 성인 학습서까지 다양한 도서를 출간하고 있습니다.

올픽

수능 기출

국어 **독서**

BOOK ❶

역대 수능·평가원 기출문제 중에는 최근 출제 경향에 맞지 않는 문제가 많습니다.
기출문제는 무조건 다 풀기보다 최근 3개년 수능·평가원 기출문제를 중심으로
최신 수능 경향을 파악하며 학습해야 합니다.

수능 기출 학습 시너지를 높이는 '올픽'의 **BOOK ❶** × **BOOK ❷** 활용 Tip!
BOOK ❶의 최신 기출문제를 먼저 푼 후, 본인의 학습 상태에 따라 **BOOK ❷**의
고난도 기출문제까지 풀면 효율적이고 완벽한 기출 학습이 가능합니다!

BOOK ❶ 구성과 특징

▶ 2015 개정 교육과정으로 치러진 최근 3개년 수능·평가원의 모든 기출문제를 담았습니다.

❶ 수능 대표 유형

- 수능 국어영역 독서에서 자주 출제되는 대표 유형을 '주제 통합, 사회, 과학·기술'로 나누어 제시하였습니다.

- 유형 분석과 더불어, 해당 유형을 확인할 수 있는 기출문제를 제시하여 문제 해결 전략을 습득할 수 있도록 하였습니다.

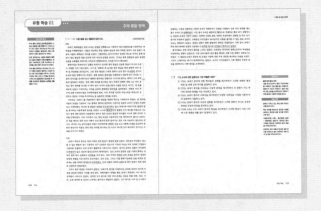

❷ 영역별 기출 학습

- 최근 3개년의 모든 기출문제를 영역별로 제시하였습니다.

- 정답률이 낮았던 문제는 매운맛 픽 으로 별도 표시하여 집중 학습할 수 있도록 하였습니다.

③ 지문의 핵 분석

- 기출 지문의 존재 이유는? 문제를 풀기 위한 것! **문제, 선지와의 관련성을 밝힌 지문 분석**을 통해 일반적 독해가 아니라 문제를 풀기 위한 독해에 초점을 맞추었습니다.

- 지문에 대한 필수 정보인 해당 연도 **EBS 연계 정보**를 제시하였습니다.

④ 띵 해설

- "이 선지는 어디까지가 맞는 말이고, 어디까지가 틀린 말일까?" ❶ **선지에 직접 첨삭하여 한눈에 보여 주는 띵 해설**로 빠른 이해, 가장 편리한 학습을 도모하였습니다.

- 해설에도 해설이 필요하지 않나요? 주절주절 읽기 힘든 **줄글 해설에서 과감하게 벗어나 ❷ 요점정리형 해설**을 제공합니다.
  - **정답 띵!** 띵 왜 정답인지를 알고 생각을 띵(THINK)!
  - **오답 땡!** 땡! 왜 오답인지를 알고 철저한 대비를!

- 낮은 정답률의 매운맛 문제는 꿀피스 Tip! 으로 확실히 해결할 수 있도록 하였습니다.

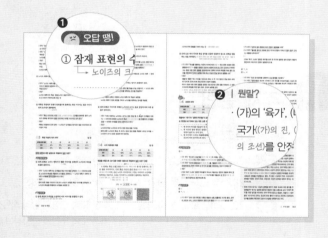

 BOOK ❷
우수 기출 PICK

BOOK ❷에는 최근 3개년 이전 기출문제 중 수험생이 꼭 풀어야 하는 **고난도 필수 세트만을 선별**하여 담았습니다.

BOOK ① 차례

사회

과학·기술

📍 독서 최근 3개년 수능·평가원 연도별 출제 목록

	2023학년도	2024학년도	2025학년도
6월	**주제 통합** [4~9번] (가) 『신어』에 담긴 육가의 사상 (인문) (나) 『치평요람』에 담긴 세종과 편찬자들의 사상 (인문)	**사회** [4~7번] ◈ EBS 연계 공포 소구에 대한 연구	**사회** [4~7번] ◈ EBS 연계 기업 경영에서의 과두제적 경영
	과학 [10~13번] ◈ EBS 연계 비타민 K의 기능	**과학** [8~11번] ◈ EBS 연계 고체 촉매의 구성 요소	**기술** [8~11번] ◈ EBS 연계 플라스틱의 형성 원리
	사회 [14~17번] ◈ EBS 연계 이중차분법	**주제 통합** [12~17번] ◈ EBS 연계 (가) 심리 철학에서 의식을 설명하는 여러 가지 관점 (인문) (나) 체험으로서의 지각 (인문)	**주제 통합** [12~17번] ◈ EBS 연계 (가) 도덕 문장의 진리 적합성에 대한 에이어의 견해 (인문) (나) 도덕 문장의 타당성에 대한 논리학의 관점 (인문)
9월	**주제 통합** [4~9번] ◈ EBS 연계 (가) 아도르노의 미학 이론 (인문, 예술) (나) 아도르노의 미학 이론에 대한 비판 (인문, 예술)	**사회** [4~7번] ◈ EBS 연계 데이터 소유권과 데이터 이동권	**사회** [4~7번] ◈ EBS 연계 재판매 가격 유지 행위 및 부당 광고의 규제
	사회 [10~13번] ◈ EBS 연계 유류분권	**기술** [8~11] ◈ EBS 연계 초정밀 저울의 작동 원리와 그 응용	**기술** [8~11] ◈ EBS 연계 블록체인 기술의 특성과 한계
	기술 [14~17번] 검색 엔진의 웹 페이지 순서 결정	**주제 통합** [12~17번] ◈ EBS 연계 (가) 조선 시대 신분 제도의 변화 양상 (인문) (나) 실학자들의 신분제 개혁 (인문)	**주제 통합** [12~17번] ◈ EBS 연계 (가) 바쟁의 영화 이론 (예술) (나) 정신분석학적 영화 이론 (예술)
수능	**주제 통합** [4~9번] (가) 유서의 특성과 의의 (인문) (나) 조선 후기 유서 편찬에서 서학의 수용 양상 (인문)	**사회** [4~7번] ◈ EBS 연계 경마식 보도의 특성과 보완 방법	**주제 통합** [4~9번] ◈ EBS 연계 (가) 개항 이후 개화 개념의 변화 (인문) (나) 중국의 서양 과학 및 기술 수용에 대한 다양한 관점 (인문)
	사회 [10~13번] ◈ EBS 연계 법령의 요건과 효과에서의 불확정 개념	**기술** [8~11번] ◈ EBS 연계 데이터에서 결측치와 이상치의 처리 방법	**기술** [10~13번] ◈ EBS 연계 확산 모델과 기계 학습
	과학 [14~17번] ◈ EBS 연계 생명체의 기초 대사량 측정 방법과 그 의미	**주제 통합** [12~17번] ◈ EBS 연계 (가) 『노자』의 도에 대한 한비자의 견해 (인문) (나) 『노자』의 도에 대한 유학자들의 견해 (인문)	**사회** [14~17번] ◈ EBS 연계 인터넷 ID와 관련된 명예훼손·모욕과 법적 책임

▶▶▶ 유형 학습

지문 출제 분석

• 주제 통합 영역은 2021학년도부터 나타난 새로운 지문 유형이다. (가)와 (나) 두 개의 지문이 제시되는데 주로 인문 영역의 지문들이 출제되며 간혹 사회 영역의 지문이 출제되기도 하였다.

• 인문 영역에서는 서양과 동양의 철학 및 사상이 번갈아 가면서 출제되는 경향이 지배적인데, 간혹 역사학이나 논리학을 다룬 지문이 제시되기도 하였다.

• 주제 통합 영역에서 제시되는 (가), (나) 두 지문은 동일한 철학자나 사상에 대한 서로 다른 관점을 다루거나, 유사한 주제에 대해 시대나 지역을 달리하여 다루는 등 상관관계가 있으므로 두 지문을 비교하여 독해하는 능력을 갖출 필요가 있다.

[01~06] 다음 글을 읽고 물음에 답하시오.

2021학년도 수능

(가)

18세기 북학파들은 청에 다녀온 경험을 연행록으로 기록하여 청의 문물제도를 수용하자는 북학론을 구체화하였다. 이들은 개인적인 학문 성향과 관심에 따라 주목한 영역이 서로 달랐기 때문에 이들의 북학론도 차이를 보였다. 이들에게는 동아시아에서 문명의 척도로 여겨진 중화 관념이 청의 현실에 대한 인식에 각각 다르게 반영된 것이다. 1778년 함께 연행길에 올라 동일한 일정을 소화했던 박제가와 이덕무의 연행록에서도 이러한 차이가 확인된다.

북학이라는 목적의식이 강했던 박제가가 인식한 청의 현실은 단순한 현실이 아니라 조선이 지향할 가치 기준이었다. 그가 쓴 『북학의』에 묘사된 청의 현실은 특정 관점에 따라 선택 및 추상화된 것이었으며, 그런 청의 현실은 그에게 중화가 손상 없이 ⓐ보존된 것이자 조선의 발전 방향이기도 하였다. 중화 관념의 절대성을 인정하였기 때문에 당시 조선은 나름의 독자성을 유지하기보다 중화와 합치되는 방향으로 나아가야 한다는 생각이 그의 북학론의 밑바탕이 되었다. 명에 대한 의리를 중시하는 당시 주류의 견해에 대해 그는 의리 문제는 청이 천하를 차지한 지 백여 년이 지나며 자연스럽게 소멸된 것으로 여기고, 청 문물제도의 수용이 가져다주는 이익을 논하며 북학론의 당위성을 설파하였다. 대체로 이익 추구에 대해 부정적이었던 주자학자들과 달리, 이익 추구를 인간의 자연스러운 욕망으로 긍정하고 양반도 이익을 추구하자는 등 실용적인 입장을 보였다. [A]

이덕무는 「입연기」를 저술하면서 청의 현실을 객관적 태도로 기록하고자 하였다. 잘 정비된 마을의 모습을 기술하며 그는 황제의 행차에 대비하여 이루어진 일련의 조치가 민생과 무관하다고 지적하였다. 하지만 청 문물의 효용을 ⓑ도외시하지 않고 박제가와 마찬가지로 물질적 삶을 중시하는 이용후생에 관심을 보였다. 스스로 평등견이라 불렀던 인식 태도를 바탕으로 그는 당시 청에 대한 찬반의 이분법에서 벗어나 청과 조선의 현실적 차이뿐만 아니라 양쪽 모두의 가치를 인정하였다. 이런 시각에서 그는 청과 조선은 구분되지만 서로 배타적이지 않다고 보았다. 즉 청을 배우는 것과 조선 사람이 조선 풍토에 맞게 살아가는 것은 서로 모순되지 않는다는 것이다. 하지만 그는 중국인들의 외양이 만주족처럼 변화된 것을 보고 비통한 감정을 토로하며 중화의 중심이라 여겼던 명에 대한 의리를 중시하는 등 자신이 제시한 인식 태도에서 벗어나는 모습을 보이기도 하였다.

(나)

18세기 후반의 중국은 명대 이래의 경제 발전이 정점에 달해 있었다. 대부분의 주민들이 접근할 수 있는 향촌의 정기 시장부터 인구 100만의 대도시의 시장에 이르는 여러 단계의 시장들이 그물처럼 연결되어 국내 교역이 활발하게 이루어지고 있었다. 장거리 교역의 상품이 사치품에 ⓒ한정되지 않고 일상적 물건으로까지 확대되었다. 상인 조직의 발전과 신용 기관의 확대는 교역의 질과 양이 급변하고 있었음을 보여 준다. 대외 무역의 발전과 은의 유입은 중국의 경제적 번영에 영향을 미친 외부적 요인이었다. 은의 유입, 그리고 이를 통해 가능해진 은을 매개로 한 과세는 상품 경제의 발전을 ⓓ자극하였다. 은과 상품의 세계적 순환으로 중국 경제가 세계 경제와 긴밀하게 연결되었다.

그러나 청의 번영은 지속되지 않았고, 19세기에 접어들 무렵부터는 심각한 내외의 위기에 직면해 급속한 하락의 시대를 겪게 된다. 북학파들이 연행을 했던 18세기 후반에도 이미 위기의 징후들이 나타나고 있었다. 급격한 인구 증가로 인한 여러 문제는 새로운 작물 재배, 개간, 이주, 농경 집약화 등 민간의 노력에도 불구하고 해결되지 않았다. 인구 증가로 이주 및 도시화가 진행되는 가운데 전통적인 사회적 유대가 약화되거나 단절된 사람들이 상호 부조 관계를 맺는 결사 조직이 ⓔ성행하였다. 이런 결사 조직은 불법적인 활동으로 연결되곤 했고 위기 상황에서는 반란의 조직적 기반이 되었다. 인맥에 기초한 관료 사회의 부정부패가 심화된 것 역시 인구 증가와 무관하지 않았다. 교육받은 지식인들이 늘어났지만 이들을 흡수할 수 있는 관료 조직의 규모는 정체되어 있었고, 경쟁의 심화가 종종 불법적인 행위로 연결되었다. 이와 같이 18세기 후반 청의 화려한 번영의 그늘에는 ㉠심각한 위기의 씨앗들이 뿌려지고 있었다.

통치자들도 번영 속에서 불안을 느끼고 있었다. 조정에는 외국과의 접촉으로부터 백성들을 차단하려는 경향이 있었으며, 서양 선교사들의 선교 활동 확대로 인해 이런 경향이 강화되기도 하였다. 이 때문에 18세기 후반에 청 조정은 서양에 대한 무역 개방을 축소하는 모습을 보였다. 그러나 그때까지는 위기가 본격화되지는 않았고, 소수의 지식인들만이 사회 변화의 부정적 측면을 염려하거나 개혁 방안을 모색하였다.

01 (가), (나)에 대한 설명으로 가장 적절한 것은?

① (가)는 18세기 중국에 대한 학자들의 견해를 제시하면서 그러한 견해의 형성 배경 및 견해 간의 차이를 설명하고 있다.

② (가)는 18세기 중국을 바라보는 사상적 관점을 제시하면서 각 관점이 지닌 역사적 의의와 한계를 서로 비교하고 있다.

③ (나)는 18세기 중국의 사회상을 제시하면서 다양한 사회상을 시대별 기준에 따라 분류하여 서술하고 있다.

④ (나)는 18세기 중국의 사상적 변화를 제시하면서 그러한 변화가 지니는 긍정적 측면과 부정적 측면을 분석하고 있다.

⑤ (가)와 (나)는 모두 18세기 중국의 현실을 제시하면서 그러한 현실이 다른 나라에 미친 영향을 예를 들어 설명하고 있다.

해결 전략

• 특정 대상이나 사안, 현상 등에 대한 주장이나 이론의 핵심 내용을 파악한다.

• 주장이나 이론의 핵심 내용을 뒷받침하는 근거를 찾아 정리한다.

• 복수의 주장이나 이론이 제시되는 경우, 그 핵심 내용과 근거들을 비교·대조하여 공통점과 차이점을 정리한다.

02 (가)의 '박제가'와 '이덕무'에 대한 이해로 적절하지 않은 것은?

① 박제가는 청의 문물을 도입하는 것이 중화를 이루는 방도라고 간주하였다.

② 박제가는 자신이 파악한 청의 현실을 조선을 평가하는 기준이라고 생각하였다.

③ 이덕무는 청의 현실을 관찰하면서 이면에 있는 민생의 문제를 간과하지 않았다.

④ 이덕무는 청 문물의 효용성을 긍정하면서 청이 중화를 보존하고 있음을 인정하였다.

⑤ 박제가와 이덕무는 모두 중화 관념 자체에 대해서는 긍정적인 태도를 견지하였다.

유형 분석

• 특정 개념의 의미 파악
지문에 제시된 세부 개념과 관련된 내용을 바르게 파악하고 있는지 묻는 유형이다. ㉠, ⓐ 등의 기호나 □ 표시 등으로 구분한 특정 어휘나 어구에 대한 이해 여부를 평가하며, 이때 제시된 특정 어휘나 어구는 글 전체나 문단의 핵심 정보인 경우가 많다.

해결 전략

• 제시된 세부 정보의 앞뒤 내용을 살펴 글의 흐름 속에서 맥락을 파악한다.

• 선지의 내용이 지문의 어느 부분과 관련되는지 연결지어 본다.

• 선지에서 지문의 내용을 다른 표현으로 서술하는 경우가 종종 있으므로, 선지의 해당 표현이 지문의 내용과 부합하는지 여부를 판단한다.

03 평등견에 대한 이해로 가장 적절한 것은?

① 조선의 풍토를 기준으로 삼아 청의 제도를 개선하자는 인식 태도이다.

② 조선의 고유한 삶의 방식을 청의 방식에 따라 개혁해야 한다는 인식 태도이다.

③ 청과 조선의 가치를 평등하게 인정하고 풍토로 인한 차이를 해소하려는 인식 태도이다.

④ 중국인의 외양이 변화된 모습을 명에 대한 의리 문제와 관련지어 파악하려는 인식 태도이다.

⑤ 청에 대한 배타적 태도를 지양하고 청과 구분되는 조선의 독자성을 유지하자는 인식 태도이다.

04 문맥을 고려할 때 ㉠의 의미를 파악한 내용으로 가장 적절한 것은?

① 새로운 작물의 보급 증가가 경제적 번영으로 이어지는 상황을 가리키는 것이군.

② 신용 기관이 확대되고 교역의 질과 양이 급변하고 있는 상황을 가리키는 것이군.

③ 반란의 위험성 증가 등 인구 증가로 인한 문제점들이 나타나는 상황을 가리키는 것이군.

④ 이주나 농경 집약화 등 조정에서 추진한 정책들이 실패한 상황을 가리키는 것이군.

⑤ 사회적 유대의 약화로 인하여 관료 사회의 부정부패가 심화되는 상황을 가리키는 것이군.

유형 분석

• **구절의 의미 파악**
지문의 특정 구절을 제시하고 그 문맥적 의미를 이해하는지 평가하는 유형이다. 비유적 · 상징적 · 추상적 표현의 구체적 의미를, 지문을 근거로 파악할 수 있는지 묻는 경우가 많다.

해결 전략

• 앞뒤 내용의 흐름을 면밀히 살펴 해당 구절이 제시된 맥락을 파악한다.

• 글의 맥락 속에서 제시된 구절의 원관념, 보조 관념 등을 분석한다.

• 선지와 대조하여 문맥적 의미가 가까운 것을 찾고, 선지 내용이 글의 핵심 정보나 세부 정보와 부합하는지 여부를 확인한다.

05 〈보기〉는 (가)에 제시된 『북학의』의 일부이다. [A]와 (나)를 참고하여 〈보기〉에 대해 비판적 읽기를 수행한 학생의 반응으로 적절하지 **않은** 것은? [3점]

―――――――――――| 보기 |―――――――――――

우리나라에서는 자기가 사는 지역에서 많이 나는 산물을 다른 데서 산출되는 필요한 물건과 교환하여 풍족하게 살려는 백성이 많으나 힘이 미치지 못한다. … 중국 사람은 가난하면 장사를 한다. 그렇더라도 정말 사람만 현명하면 원래 가진 풍류와 명망은 그대로다. 그래서 유생이 거리낌 없이 서점을 출입하고, 재상조차도 직접 융복사 앞 시장에 가서 골동품을 산다. … 우리나라는 해마다 은 수만 냥을 연경에 실어 보내 약재와 비단을 사 오는 반면, 우리나라 물건을 팔아 저들의 은으로 바꿔 오는 일은 없다. 은이란 천년이 지나도 없어지지 않는 물건이지만, 약은 사람에게 먹여 반나절이면 사라져 버리고 비단은 시신을 감싸서 묻으면 반년 만에 썩어 없어진다.

① 〈보기〉에 제시된 중국인들의 상업에 대한 인식은 [A]에서 제시한 실용적인 입장에 부합하는 것이라 볼 수 있어.

② 〈보기〉에 제시된 조선의 산물 유통에 대한 서술은 [A]에서 제시한 북학론의 당위성을 뒷받침하는 근거라 볼 수 있어.

③ 〈보기〉에 제시된 중국인들의 상행위에 대한 서술은 (나)에 제시된 중국 국내 교역의 양상과 상충되지 않는다고 볼 수 있어.

④ 〈보기〉에 제시된 은에 대한 평가는 (나)에 제시된 중국의 경제적 번영에 기여한 요소를 참고할 때, 은의 효용적 측면을 간과한 평가라 볼 수 있어.

⑤ 〈보기〉에 제시된 중국의 관료에 대한 묘사는 (나)에 제시된 관료 사회의 모습을 참고할 때, 지배층의 전체 면모가 드러나지 않는 진술이라 볼 수 있어.

유형 분석

• **관점의 적용**
지문에 나타난 이론이나 사상 등을 〈보기〉로 제시된 자료와 관련지어 종합적으로 이해할 수 있는지 평가하는 유형이다. 이때 〈보기〉 자료는 지문에 제시된 이론이나 사상을 구체적으로 보여 주거나, 그러한 이론이나 사상과 유사한 입장 또는 반대되는 입장을 드러내는 경우가 많다.

해결 전략

• 지문에 제시된 주장이나 이론 등의 핵심 내용과 근거, 〈보기〉에 제시된 주장이나 이론 등의 핵심 내용과 근거를 각각 정리한 후 비교 · 대조한다.

• 지문과 〈보기〉 각각의 관점이나 입장에서 다른 관점이나 입장에 대해 보일 수 있는 견해 및 태도를 선지에 제시하는 경우가 많은데, 선지 내용의 근거를 지문과 〈보기〉에서 이끌어 낼 수 있는지 판단한다.

유형 분석

• 어휘의 의미 파악
어휘의 의미를 이해하고 있는지를 묻
는 문항으로, 어휘의 사전적 의미나 문
맥적 의미를 묻거나 문맥상 바꾸어 쓸
수 있는 어휘를 찾도록 출제할 수 있
다. 또는 어휘 활용의 적절성을 판단하
도록 할 수도 있다.

해결 전략

• 어휘의 사전적 의미, 중심적 의미를 먼
저 생각해 본다.

• 앞뒤 문맥이나 글의 흐름을 통해 알 수
있는 어휘의 의미를 파악하도록 한다.

• 선지에 제시된 의미를 지문의 어휘에
대입해 보아 문맥의 흐름에 적절한지
를 파악하도록 한다.

• 바꾸어 쓰기 유형의 경우, 한자어를 우
리말로 또는 우리말을 한자어로 바꾸
어 제시하는 경우가 많다. 따라서 기출
에 자주 등장하는 주요 한자어의 의미
를 평소에 학습해 두도록 한다.

06 **문맥상 ⓐ~ⓔ와 바꿔 쓰기에 가장 적절한 것은?**

① ⓐ: 드러난

② ⓑ: 생각하지

③ ⓒ: 그치지

④ ⓓ: 따라갔다

⑤ ⓔ: 일어났다

○ 정답 및 해설 007쪽

사회 영역

[01~05] 다음 글을 읽고 물음에 답하시오.   2021학년도 9월 평가원

국가, 지방 자치 단체와 같은 행정 주체가 행정 목적을 ⓐ실현하기 위해 국민의 권리를 제한하거나 국민에게 의무를 부과하는 '행정 규제'는 국회가 제정한 법률에 근거해야 한다. 그러나 국회가 아니라, 대통령을 수반으로 하는 행정부나 지방 자치 단체와 같은 행정 기관이 제정한 법령인 행정입법에 의한 행정 규제의 비중이 커지고 있다. 드론과 관련된 행정 규제 사항들처럼, 첨단 기술과 관련되거나, 상황 변화에 즉각 대처해야 하거나, 개별적 상황을 ⓑ반영하여 규제를 달리해야 하는 행정 규제 사항들이 늘어나고 있기 때문이다. 행정 기관은 국회에 비해 이러한 사항들을 다루기에 적합하다.

행정입법의 유형에는 위임명령, 행정규칙, 조례 등이 있다. 헌법에 따르면, 국회는 행정 규제 사항에 관한 법률을 제정할 때 특정한 내용에 관한 입법을 행정부에 위임할 수 있다. 이에 따라 제정된 행정입법을 위임명령이라고 한다. 위임명령은 제정 주체에 따라 대통령령, 총리령, 부령으로 나누어진다. 이들은 모두 국민에게 적용되기 때문에 입법예고, 공포 등의 절차를 거쳐야 한다. 위임명령은 입법부인 국회가 자신의 권한의 일부를 행정부에 맡겼기 때문에 정당화될 수 있다. 그래서 특정한 행정 규제의 근거 법률이 위임명령으로 제정할 사항의 범위를 정하지 않은 채 위임하는 포괄적 위임은 헌법상 삼권 분립 원칙에 저촉된다. 위임된 행정 규제 사항의 대강을 위임 근거 법률의 내용으로부터 ⓒ예측할 수 있어야 한다는 것이다. 다만 행정 규제 사항의 첨단 기술 관련성이 클수록 위임 근거 법률이 위임할 수 있는 사항의 범위가 넓어진다. 한편, 위임명령이 법률로부터 위임받은 범위를 벗어나서 제정되거나, 위임 근거 법률이 사용한 어구의 의미를 확대하거나 축소하여 제정되어서는 안 된다. ㉠위임명령이 이러한 제한을 위반하여 제정되면 효력이 없다.

행정규칙은 원래 행정부의 직제나 사무 처리 절차에 관한 행정입법으로서 고시(告示), 예규 등이 여기에 속한다. 일반 국민에게는 직접 적용되지 않기 때문에, 법률로부터 위임받지 않아도 유효하게 제정될 수 있고 위임명령 제정 시와 동일한 절차를 거칠 필요가 없다. 그러나 행정 규제 사항에 관하여 행정규칙이 제정되는 예외적인 경우도 있다. 위임된 사항이 첨단 기술과의 관련성이 매우 커서 위임명령으로는 ⓓ대응하기 어려워 불가피한 경우, 위임 근거 법률이 행정입법의 제정 주체만 지정하고 행정입법의 유형을 지정하지 않았다면 위임된 사항이 고시나 예규로 제정될 수 있다. 이런 경우의 행정규칙은 위임명령과 달리, 입법예고, 공포 등을 거치지 않고 제정된다.

조례는 지방 의회가 제정하는 행정입법으로 지역의 특수성을 반영하여 제정되고 지역에서 발생하는 사안에 대해 적용된다. 제정 주체가 지방 자치 단체의 기관인 지방 의회라는 점에서 행정부에서 제정하는 위임명령, 행정규칙과 ⓔ구별된다. 조례도 행정 규제 사항을 규정하려면 법률의 위임에 근거해야 한다. 또한 법률로부터 포괄적 위임을 받을 수 있지만 위임 근거 법률이 사용한 어구의 의미를 다르게 사용할 수 없다. 조례는 입법예고, 공포 등의 절차를 거쳐 제정된다.

지문 출제 분석

• 사회 영역은 1994년 수능이 시작한 이후부터 꾸준히 출제되어 온 영역으로, 최근에는 특히 **경제, 법률 관련 지문이 번갈아 가면서 출제되는 경향**을 보이며, 기타 통계나 광고 분야의 지문이 간혹 출제되었다.

• 사회 영역에서는 **경제 분야의 지문이 가장 많이 출제**되었다. 경제에 대한 일반적인 이론뿐만 아니라 수학적인 접근이 필요하거나 **그래프나 표에 대한 분석**이 요구되는 까다로운 지문도 종종 출제되었다.

• 법률, 경제 관련 지문에서는 특히 **생소한 전문 용어나 개념이 자주 등장**하여 수험생의 체감 난이도가 높아지는 경우가 많은데, 앞뒤 정보를 통해 해당 용어나 개념의 의미가 제시되는 경우가 많으므로 주어진 정보를 통해 낯선 개념을 이해하는 능력을 갖추어야 한다.

• 문단별로 핵심어, 중심 문장 등을 찾아 문단의 중심 내용을 정리하고 이를 바탕으로 글 전체의 핵심어, 주제를 찾는다.

• 지문 전체에 흩어져 있는 핵심 정보 관련 내용을 개괄적으로 파악한 후, 선지 내용이 지문의 어느 부분에 해당하는지 확인하여 내용 일치 여부를 판단한다.

01 윗글의 내용과 일치하는 것은?

① 행정입법에 속하는 법령들은 제정 주체가 동일하다.

② 행정입법에 속하는 법령들은 모두 개별적 상황과 지역의 특수성을 반영한다.

③ 행정입법에 속하는 법령들은 모두 정당성을 확보하기 위하여 국회의 위임에 근거한다.

④ 행정 규제 사항에 적용되는 행정입법은 모두 포괄적 위임이 금지되어 있다.

⑤ 행정부가 국회보다 신속히 대응할 수 있는 행정 규제 사항은 행정입법의 대상으로 적합하다.

• 생략된 내용이나 이어질 내용은 글의 흐름이나 앞뒤 문장 또는 문단의 내용을 문맥을 통해 파악하도록 한다.

• 이유나 전제는 주장이 성립되기 위해 필수적으로 포함되어야 하는 내용, 정보 간의 인과 관계 등을 바탕으로 추론하도록 한다.

• 글쓴이의 의도나 관점, 주제 등은 글에서 옹호하거나 긍정하는 내용, 중점적으로 다루고 있는 내용을 파악하여 추론하도록 한다.

02 ㉠의 이유로 가장 적절한 것은?

① 그 위임명령이 법률의 근거 없이 행정 규제 사항을 규정했기 때문이다.

② 그 위임명령이 포괄적 위임을 받아 제정된 경우에 해당하기 때문이다.

③ 그 위임명령이 첨단 기술에 대한 내용을 정확히 반영하지 않았기 때문이다.

④ 그 위임명령이 국민의 권리를 제한하는 권한을 행정 기관에 맡겼기 때문이다.

⑤ 그 위임명령이 구체적 상황의 특성을 반영한 융통성 있는 대응을 하지 못했기 때문이다.

03 행정규칙에 관한 설명 중 적절하지 않은 것은?

① 행정부의 직제나 사무 처리 절차를 규정하는 경우, 법률의 위임이 요구되지 않는다.

② 행정부의 직제나 사무 처리 절차를 규정하는 경우, 일반 국민에게 직접 적용되지 않는다.

③ 행정 규제 사항을 규정하는 경우, 위임명령의 제정 절차를 따르지 않는다.

④ 행정 규제 사항을 규정하는 경우, 위임 근거 법률의 위임을 받은 제정 주체에 의해 제정된다.

⑤ 행정 규제 사항을 규정하는 경우, 위임 근거 법률로부터 위임받을 수 있는 사항의 범위가 위임명령과 같다.

유형 분석

• 특정 개념의 의미 파악
→ p.010 참고

04 윗글을 바탕으로 〈보기〉의 ㉮~㉺에 대해 이해한 내용으로 가장 적절한 것은? [3점]

| 보기 |

갑은 새로 개업한 자신의 가게 홍보를 위해 인근 자연 공원에 현수막을 설치하려고 한다. 현수막 설치에 관한 행정 규제의 내용을 확인하기 위해 ○○ 시청에 문의하고 아래와 같은 회신을 받았다.

문의하신 내용에 대해 다음과 같이 알려 드립니다.
㉮「옥외광고물 등의 관리와 옥외광고산업 진흥에 관한 법률」 제3조(광고물 등의 허가 또는 신고)에 따른 허가 또는 신고 대상 광고물에 관한 사항은 대통령령인 ㉯「옥외광고물 등의 관리와 옥외광고산업 진흥에 관한 법률 시행령」 제5조에 규정되어 있습니다. 이에 따르면 문의하신 규격의 현수막을 설치하시려면 설치 전에 신고하셔야 합니다.
또한 위 법률 제16조(광고물 실명제)에 의하면, 신고 번호, 표시 기간, 제작자 명 등을 표시하도록 규정하고 있습니다. 표시하는 방법에 대해서는 ㉰○○ 시 지방 의회에서 제정한 법령에 따르셔야 합니다.

① ㉮의 제3조의 내용에서 ㉯의 제5조의 신고 대상 광고물에 관한 사항의 구체적 내용을 확인할 수 있겠군.

② ㉯의 제5조는 ㉮의 제16조로부터 제정할 사항의 범위가 정해져 위임을 받았겠군.

③ ㉯는 ㉰와 달리 입법예고와 공포 절차를 거쳤겠군.

④ ㉯에 나오는 '광고물'의 의미와 ㉰에 나오는 '광고물'의 의미는 일치하겠군.

⑤ ㉰를 준수해야 하는 국민 중에는 ㉯를 준수하지 않아도 되는 국민이 있겠군.

유형 분석

• 구체적 사례에의 적용
글의 내용을 바탕으로 〈보기〉의 사례나 자료를 해석·적용하거나 〈보기〉를 바탕으로 글의 내용을 파악할 수 있는지를 묻는 유형이다.
글의 내용을 〈보기〉의 구체적인 사례나 상황에 적용하거나 〈보기〉의 사례나 자료를 바탕으로 글의 내용을 파악하는 형태로 묻거나, 〈보기〉 없이 선지에서 글쓴이의 주장을 뒷받침하거나 글의 내용을 구체화할 수 있는 사례를 찾도록 할 수도 있다.

해결 전략

• 〈보기〉에 제시된 사례나 상황과 관련된 내용을 글에서 찾아 적용해 본다. 특히 과정이나 원리 등이 제시될 경우, 각 과정이나 원리의 세부 단계와 관련된 내용을 구분하고 〈보기〉의 사례나 상황을 각 단계에 따라 나누어 적용해 보도록 한다.

• 글에 제시된 사례와 유사한 사례가 〈보기〉에 제시되는 경우, 글의 사례를 세부적으로 분석하고, 분석한 내용을 〈보기〉의 사례에 대입하여 내용상 연결이 되는지 여부를 확인한다.

유형 분석

• **어휘의 의미 파악**

→ p.012 참고

05 문맥상 ⓐ~ⓔ와 바꿔 쓰기에 가장 적절한 것은?

① ⓐ: 나타내기

② ⓑ: 드러내어

③ ⓒ: 헤아릴

④ ⓓ: 마주하기

⑤ ⓔ: 달라진다

[01~04] 다음 글을 읽고 물음에 답하시오. 2020학년도 9월 평가원

스마트폰은 다양한 위치 측정 기술을 활용하여 여러 지형 환경에서 위치를 측정한다. 위치에는 절대 위치와 상대 위치가 있다. 절대 위치는 위도, 경도 등으로 표시된 위치이고, 상대 위치는 특정한 위치를 기준으로 한 상대적인 위치이다.

실외에서는 주로 스마트폰 단말기에 내장된 GPS(위성항법장치)나 IMU(관성측정장치)를 사용한다. GPS는 위성으로부터 오는 신호를 이용하여 절대 위치를 측정한다. GPS는 위치 오차가 시간에 따라 누적되지 않는다. 그러나 전파 지연 등으로 접속 초기에 짧은 시간 동안이지만 큰 오차가 발생하고 실내나 터널 등에서는 GPS 신호를 받기 어렵다. IMU는 내장된 센서로 가속도와 속도를 측정하여 위치 변화를 계산하고 초기 위치를 기준으로 하는 상대 위치를 구한다. 단기간 움직임에 대한 측정 성능이 뛰어나지만 센서가 측정한 값의 오차가 누적되기 때문에 시간이 지날수록 위치 오차가 커진다. 이 두 방식을 함께 사용하면 서로의 단점을 보완하여 오차를 줄일 수 있다.

한편 실내에서 위치 측정에 사용 가능한 방법으로는 블루투스 기반의 비콘을 활용하는 기술이 있다. 비콘은 실내에 고정 설치되어 비콘마다 정해진 식별 번호와 위치 정보가 포함된 신호를 주기적으로 보내는 기기이다. 비콘들은 동일한 세기의 신호를 사방으로 보내지만 비콘으로부터 거리가 멀어질수록, 벽과 같은 장애물이 많을수록 신호의 세기가 약해진다. 단말기가 비콘 신호의 도달 거리 내로 진입하면 단말기 안의 수신기가 이 신호를 인식한다. 이 신호를 이용하여 2차원 평면에서의 위치를 측정하는 방법으로는 다음과 같은 것들이 있다.

근접성 기법은 단말기가 비콘 신호를 수신하면 해당 비콘의 위치를 단말기의 위치로 정한다. 여러 비콘 신호를 수신했을 경우에는 신호가 가장 강한 비콘의 위치를 단말기의 위치로 정한다.

삼변측량 기법은 3개 이상의 비콘으로부터 수신된 신호 세기를 측정하여 단말기와 비콘 사이의 거리로 환산한다. 각 비콘을 중심으로 이 거리를 반지름으로 하는 원을 그리고, 그 교점을 단말기의 현재 위치로 정한다. 교점이 하나로 모이지 않는 경우에는 세 원에 공통으로 속한 영역의 중심점을 단말기의 위치로 측정한다.

㉠위치 지도 기법은 측정 공간을 작은 구역들로 나누어 각 구역마다 기준점을 설정하고 그 주위에 비콘들을 설치한다. 그리고 나서 비콘들이 송신하여 각 기준점에 도달하는 신호의 세기를 측정한다. 이 신호 세기와 비콘의 식별 번호, 기준점의 위치 좌표를 서버에 있는 데이터베이스에 위치 지도로 기록해 놓는다. 이 작업을 모든 기준점에서 수행한다. 특정한 위치에 도달한 단말기가 비콘 신호를 수신하면 신호 세기를 측정한 뒤 비콘의 식별 번호와 함께 서버로 전송한다. 서버는 수신된 신호 세기와 가장 가까운 신호 세기를 갖는 기준점을 데이터베이스에서 찾아 이 기준점의 위치를 단말기에 알려 준다.

유형 분석

• 세부 정보의 파악
→ p.014 참고

01 윗글의 내용과 일치하는 것은?

① GPS를 이용하여 측정한 위치는 기준이 되는 위치가 어디냐에 따라 달라진다.

② 비콘들이 서로 다른 세기의 신호를 송신해야 단말기의 위치를 측정할 수 있다.

③ 비콘이 전송하는 식별 번호는 신호가 도달하는 단말기를 구별하기 위한 정보이다.

④ 비콘은 실내에서 GPS 신호를 받아 주위에 위성 식별 번호와 위치 정보를 전송하는 장치이다.

⑤ IMU는 단말기가 초기 위치로부터 얼마나 떨어져 있는지를 계산하여 단말기의 위치를 구한다.

유형 분석

• 특정 개념의 의미 파악
→ p.010 참고

02 오차에 대해 이해한 내용으로 적절한 것은?

① IMU는 시간이 지날수록 전파 지연으로 인한 오차가 커진다.

② GPS는 사용 시간이 길어질수록 위성의 위치를 파악하는 데 오차가 커진다.

③ IMU는 순간적인 오차가 발생하지만 시간이 지날수록 정확한 위치 측정이 가능해진다.

④ GPS는 단말기가 터널에 진입 시 발생한 오차를 터널을 통과하는 동안 보정할 수 있다.

⑤ IMU의 오차가 커지는 것은 가속도와 속도를 측정할 때 생기는 오차가 누적되기 때문이다.

03 ㉠에 대한 이해로 적절하지 않은 것은?

① 측정 공간을 더 많은 구역으로 나눌수록 기준점이 많아진다.
② 단말기가 측정 공간에 들어오기 전에 데이터베이스가 미리 구축되어 있어야 한다.
③ 측정된 신호 세기가 서버에 저장된 값과 가장 가까운 비콘의 위치가 단말기의 위치가 된다.
④ 비콘을 이동하여 설치하면 정확한 위치 측정을 위해 데이터베이스를 갱신할 필요가 있다.
⑤ 위치 지도는 측정 공간 안의 특정 위치에서 수신된 신호 세기와 식별 번호 등을 데이터베이스에 기록해 놓은 것이다.

유형 분석

· **내용의 추론**

→ p.014 참고

04 〈보기〉는 단말기가 3개의 비콘 신호를 받은 상태를 도식화한 것이다. 윗글을 바탕으로 〈보기〉를 이해한 내용으로 적절한 것은? [3점]

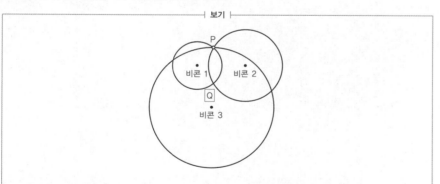

── 보기 ──

※ 각 원의 반지름은 신호 세기로 환산한 비콘과 단말기 사이의 거리이다.
※ 신호 세기에 영향을 미치는 장애물이 Q의 위치에 있다.
　(단, 세 원에 공통으로 속한 영역이 항상 존재한다고 가정하며, 신호 세기에 영향을 미치는 다른 요소는 고려하지 않음.)

① 근접성 기법과 삼변측량 기법으로 측정한 단말기의 위치는 동일하겠군.
② 측정된 신호 세기를 약한 것부터 나열하면 비콘 1, 비콘 2, 비콘 3의 신호 순이겠군.
③ 실제 단말기의 위치는 삼변측량 기법으로 측정된 위치에 비해 비콘 3에 더 가까이 있겠군.
④ Q의 위치에 있는 장애물이 제거된다면, 삼변측량 기법으로 측정되는 단말기의 위치는 현재 측정된 위치에서 P 방향으로 이동하겠군.
⑤ 단말기에서 측정되는 비콘 2의 신호 세기만 약해진다면, 삼변측량 기법으로 측정되는 단말기의 위치는 현재 측정된 위치에서 비콘 2 방향으로 이동하겠군.

유형 분석

· **시각 자료에의 적용**
　글에 제시된 대상의 작용 과정이나 원리 등을 〈보기〉의 표, 그래프나 그림 등의 시각 자료에 적용하여 이해할 수 있는지 묻는 유형이다. 주로 과학·기술, 사회 영역에서 출제되며 고난도 문항으로 배점이 큰 경우가 많다. 때때로 시각 자료가 지문의 내용을 더 빠르게 이해하는 힌트가 되기도 한다.

해결 전략

· 기본적으로 구체적 사례에의 적용 문항과 해결 원리는 유사하나, 시각 자료에 적용한다는 차이점이 있으므로 표나 그래프 등의 자료 해석 방법을 미리 익혀 둘 필요가 있다.
· 제시된 시각 자료가 지문에 제시된 어떤 원리나 과정과 연관되는지 파악한다.
· 제시된 시각 자료를 지문에 제시된 원리나 과정의 세부 내용과 연결지어 해석한다.
· 선지의 서술이 지문 및 시각 자료의 내용과 부합하는지 판단한다.
· 시각 자료와 함께 제시되는 조건이 있는 경우, 문제 풀이와 연관이 있으므로 반드시 고려해야 한다.

스타트 라인에 선 나의 다짐

Date: _____

주제 통합

주제 통합 01

📖 2025학년도 수능

공부한 날		월	일
목표 시간		분	초
시작	:	종료	:
소요 시간		분	초

 01-06 다음 글을 읽고 물음에 답하시오.

(가)

서양의 과학과 기술, 천주교의 수용을 반대했던 이항로를 비롯한 척사파의 주장은 개항 이후에도 지속되었지만, 개화는 거스를 수 없는 대세로 자리 잡았다. 개물성무(開物成務)와 화민성속(化民成俗)의 앞 글자를 딴 개화는 개항 이전에는 통치자의 통치 행위로서 변화하는 세상에 대한 지식 확장과 피통치자에 대한 교화를 의미했다.

개항 이후 서양 문명에 대한 긍정적 인식이 확산되면서 서양 문명의 수용을 뜻하는 개화 개념이 자리 잡았다. 임오군란 이후, 고종은 자강 정책을 추진하면서 반(反)서양 정서의 교정을 위해 『한성순보』를 발간했다. 이 신문의 개화 개념은 서양 기술과 제도의 도입을 통한 인지의 발달과 풍속의 진보를 뜻했다. 이 개념에는 인민이 국가의 독립 주권의 소중함을 깨닫는 의식의 변화가 내포되었고, 통치자의 입장에서 수용 가능한 문명의 장점을 받아들여 국가의 진보를 달성한다는 의미도 담겼다.

개화당의 한 인사가 제시한 개화 개념은 성문화된 규정에 따른 대민 정치에서의 법적 처리 절차 실현 등 서양 근대 국가의 통치 방식으로의 변화를 내포하는 것이었다. 그는 개화 실행 주체를 여전히 왕으로 생각했고, 개화 실행 주체로서 왕의 역할이 사라진 것은 갑신정변에서였다. 풍속의 진보와 통치 방식 변화라는 의미를 내포한 갑신정변의 개화 개념은 통치권에 대한 도전으로뿐 아니라 개인의 사욕을 위한 것으로 표상되었다. 이후 개화 개념은 국가 구성원을 조직하고 동원하기 위해 부정적 이미지에서 벗어나야 했고, 유길준은 『서유견문』을 저술하며 개화 개념에 덧씌워진 부정적 이미지를 떼어 내고자 했다. 이후 간행된 『대한매일신보』 등의 개화 개념은 국가 구성원 전체를 실행 주체로 하여 근대 국가 주권을 향해 그들을 조직하고 동원하는 것을 의미했다.

을사늑약 이후, 개화 논의는 문명에 대한 본격적인 논의로 이어졌다. 대한 자강회의 주요 인사들은 서양 근대 문명을 수용하여 근대 국가를 건설하고자, 앞서 문명화를 이룬 일본의 지도를 받아야 한다고 보았다. 이들은 서양 근대 문명의 주체를 주체 인식의 준거로 삼았기 때문에 민족 주체성을 간과했다. 이러한 상황에서 박은식은 ⊙근대 국가 건설과 새로운 주체의 형성에 주목하여 문명에 대한 견해를 제시했다. 그의 기본 전략은 문명의 물질적 측면인 과학은 서양으로부터 수용하되, 문명의 정신적 측면인 철학은 유학을 혁신하여 재구성하는 것이었다. 그는 생존과 편리 증진을 위해 과학 연구가 시급하지만, 가치관 정립과 인격 수양을 위해 철학 또한 필수적이라고 보았다. 자국 철학 전통의 정립이라는 당시 동아시아의 사상적 흐름 속에서 그가 제시한 근대 주체는 과학적·철학적 인식의 주체이자 실천적 도덕 수양의 주체로서의 성격을 띠는 것이었다.

(나)

중국이 서양의 과학과 기술에 전면적인 관심을 기울인 때는 아편 전쟁 이후였다. 전쟁 패배에 따른 위기감은 반세기에 걸쳐 근대화의 추진과 함께 의욕적인 기술 수용으로 이어졌지만, 청일 전쟁의 패배는 기술 수용만으로는 부족하다는 인식을 낳았다. 이에 따라 20세기 초반 진정한 근대를 이루기 위해 기술 배후에서 작용하는 과학 정신을 사회 전체에 이식하려는 시도가 구체화되었다.

옌푸는 국가 간에 벌어지는 약육강식의 경쟁을 부각하고, 경쟁에서 승리하려면 기술뿐 아니라 국민의 정신적 자질이 뒷받침되어야 한다고 보았다. 정신적 자질 중 과학적 사유 능력이 가장 중요하다고 파악한 그에게 과학 정신이 전제되지 않은 정치적 변혁은 뿌리내릴 수 없는 것이었다. 그는 인과 실증의 방법에 근거한 근대 학문 전체를 과학이라 파악하고, 과학을 습득하여 전통 학문의 폐단에서 벗어나야 한다고 주장했다. 그의 입장은 1910년대 후반 신문화 운동을 주도한 천두슈에게 이어졌다.

천두슈를 비롯한 신문화 운동의 지식인들은 ⓛ과학의 근거 위에서만 민주 정치의 실현이 가능하다고 주장했다. 중국이 달성해야 할 신문화는 과학 및 과학의 방법에 근거한 문화라 보고, 신문화를 이루기 위해 전통문화 전반에 대해 철저한 부정과 비판을 시도했다. 사상이나 철학이 과학의 방법을 이용하지 않으면 공상(空想)에 ⓐ그칠 뿐이라고 주장한 천두슈는 사회와 인간의 삶에 대한 연구도 과학의 연구 방법을 이용해야 한다고 보았다. 그는 제1차 세계 대전의 비극은 과학을 이용해 저지른 죄악의 결과일 뿐 과학 자체의 죄악이 아니라고 주장하며 과학에 대한 자신의 생각을 지속했다.

한편, 제1차 세계 대전 이후 유럽을 시찰했던 장쥔마이는 통제되지 않은 과학이 불러온 역작용을 목도한 후, 과학이 어떻게 발달하든 그것이 인생관의 문제를 해결할 수는 없다며 서양 근대 문명을 비판했다. 근대 과학 문명에서 초래된 사상적 위기가 주체의 책임 부재에서 비롯된 것이라는 주장에 동의했던 그는 과학적 방법을 부정하지 않았지만, 인생관의 문제에는 과학적 방법이 적용될 수 없다고 지적했다. 그는 인생관을 과학과 별개로 파악했고, 과학만능주의에 기초한 신문화 운동에 의해 부정된 중국 전통 가치관의 수호를 내세웠다.

○ 정답 및 해설 014쪽

01

윗글에 대한 이해로 적절하지 <u>않은</u> 것은?

① (가): 서양 과학과 기술의 국내 유입을 반대하는 주장이 개항 이후에도 이어졌다.

② (가): 유학을 혁신하여 철학으로 재구성하는 것이 필요하다는 견해가 을사늑약 이후에 제기되었다.

③ (나): 진정한 근대를 이루려면 기술 수용의 차원을 넘어서야 한다는 인식이 등장하였다.

④ (나): 과학 정신이 사회에 자리 잡으려면 정치적 변혁이 선행되어야 한다는 주장이 제기되었다.

⑤ (나): 근대 과학 문명에 대한 비판적 인식을 바탕으로 전통 가치관에 주목하는 견해가 제시되었다.

02

개화 에 대한 이해로 적절하지 <u>않은</u> 것은?

① 개항 이전의 개화 개념은 백성을 다스리는 통치자로서의 역할과 관련 있었다.

② 『한성순보』의 개화 개념은 서양 기술과 제도의 선별적 수용을 통한 국가 진보의 의미를 포함하였다.

③ 『한성순보』와 개화당의 한 인사의 개화 개념은 통치권자인 왕을 개화의 실행 주체로 상정하였다.

④ 개화의 실행 주체로 왕에게 역할을 부여하지 않은 갑신정변의 개화 개념은 통치권에 대한 도전으로 이해되었다.

⑤ 『대한매일신보』의 발간에 이르러서야 국가의 주권과 결부한 개화 개념이 제기되었다.

03

(나)의 '천두슈'와 '장쥔마이'가 모두 동의할 수 있는 진술로 가장 적절한 것은?

① 전통 사상은 과학 및 과학 정신과 양립할 수 없는 관계에 놓여 있다.

② 전통 사상의 폐단은 과학 정신이 뿌리내리지 못한 사회 체질에서 비롯된 것이다.

③ 과학을 이용하는 과정에서 문제가 발생했다고 해도 과학적 방법을 부정할 수 없다.

④ 서양의 과학 정신을 전면적으로 도입하면 당면한 국가의 위기를 충분히 극복할 수 있다.

⑤ 국가의 위기는 과학적 방법으로 사상을 재구성할 필요가 있다는 인식이 부재한 데에서 비롯된 것이다.

04

㉠과 ㉡에 대한 이해로 가장 적절한 것은?

① ㉠은 인격의 수양을 동반하는 근대 주체의 정립에, ㉡은 전통적 사유 방식에 기반을 둔 신문화의 달성에 동의하는 입장이다.

② ㉠은 주체 인식의 준거가 서양 근대 문명의 주체라는 인식에, ㉡은 철학이 과학의 방법에 근거할 수 없다는 생각에 반대하는 입장이다.

③ ㉠은 생존과 편리 증진을 위한 과학 연구의 시급성을, ㉡은 과학의 방법에 영향 받지 않는 사상이나 철학을 부인하는 입장이다.

④ ㉠은 앞서 근대 문명을 이룬 국가를 추종하는 태도를, ㉡은 전쟁의 폐해가 과학을 오용한 자들의 탓이라는 주장을 비판하는 입장이다.

⑤ ㉠은 과학과 철학이 문명의 두 축을 이루는 학문이라는 견해에, ㉡은 철학보다 과학이 우위임을 인정할 수 없다는 견해에 동의하는 입장이다.

05

(가), (나)를 이해한 학생이 〈보기〉에 대해 보인 반응으로 적절하지 않은 것은? [3점]

─── 보기 ───

A 마을은 가난했지만 전통문화와 공동체적 삶을 중시하며 이웃 마을들과 조화롭게 살아왔다. 오래전, 정부는 마을의 경제 발전을 목표로 서양의 생산 기술을 도입하는 정책을 시행했다. 마을 사람들은 정책의 필요성에 공감하면서도 자신들이 발전을 이뤄 낼 수 있다는 확신이 부족했다. 이에 정부는 마을 사람들을 독려하기 위해 마을의 역량으로 달성할 수 있는 미래상을 지속해서 홍보했다. 이후 마을은 물질적 풍요를 누리게 되었지만 경제적 이권을 두고 이웃 마을들과 경쟁하며 갈등하게 되었다. 격화된 경쟁에서 A 마을은 새로운 기술의 수용만을 우선시했고, 과거에 중시되었던 협력과 나눔의 인생관은 낡은 관념이 되었다. 젊은이들에게 전통 문화는 서양 문화에 비해 열등한 것으로 여겨졌다.

① (가)에서 『한성순보』를 간행한 취지는 서양에 대한 반감을 줄이는 데에 있다는 점에서, 〈보기〉에서 정부가 서양의 생산 기술 도입으로 변화하게 될 마을을 홍보한 취지와 부합하겠군.

② (가)에서 개화당의 한 인사의 개화 개념에 내포된 개화의 지향점은 통치 방식의 변화와 관련 있다는 점에서, 〈보기〉에서 정부가 서양의 생산 기술을 도입하며 내세운 목표와 다르겠군.

③ (가)에서 박은식은 과학과 구별되는 철학의 중요성을 강조했으므로, 〈보기〉에서 젊은이들의 자문화에 대한 인식 변화는 가치관 정립을 위한 철학이 부재했기 때문이라고 보겠군.

④ (나)에서 옌푸는 경쟁에서 승리하기 위한 조건으로 기술과 정신적 자질을 강조했으므로, 〈보기〉에서 마을이 기술의 수용만을 중시하면 마을 간 경쟁에서 승리할 수 없다고 보겠군.

⑤ (나)에서 장쥔마이는 과학적 방법의 한계를 지적했으므로, 〈보기〉에서 마을이 과거에 중시했던 인생관이 더 이상 유효하지 않게 된 문제는 과학적 방법으로 해결할 수 없다고 보겠군.

06

ⓐ와 문맥상 의미가 가장 가까운 것은?

① 다행히 비는 그사이에 그쳐 있었다.
② 우리 학교는 이번에 16강에 그쳤다.
③ 아이 울음이 좀처럼 그치지 않았다.
④ 그는 만류에도 말을 그치지 않았다.
⑤ 저 사람들은 불평이 그칠 날이 없다.

주제 통합 02

2025학년도 9월 평가원

공부한 날		월	일
목표 시간			분 초
시작 :	종료 :		
소요 시간			분 초

01-06 다음 글을 읽고 물음에 답하시오.

(가)

리얼리즘 영화 이론가 앙드레 바쟁에 따르면 영화는 '세상을 향해 열린 창'이다. 창을 통해 세상을 인식하는 것처럼, 관객은 영화를 통해 현실을 객관적으로 인식할 수 있다. 영화가 담아내고자 하는 현실은 물리적 시·공간이 분할되지 않는 하나의 총체로, 그 의미가 미리 정해지지 않은 미결정의 상태이다. 바쟁은 영화가 현실의 물리적 연속성과 미결정성을 있는 그대로 드러내야 한다고 생각했다.

바쟁은 영화감독을 '이미지를 믿는 감독'과 '현실을 믿는 감독'으로 분류했다. 영화의 형식을 중시한 '이미지를 믿는 감독'은 다양한 영화적 기법으로 현실을 변형하여 ⓐ새로운 의미를 창조하는 데 주력한다. 몽타주의 대가인 예이젠시테인이 대표적이다. 몽타주는 추상적이거나 상징적인 이미지를 통해 관객이 익숙한 대상을 낯설게 받아들이게 한다. 또한 짧은 숏들을 불규칙적으로 편집해서 영화가 재현한 공간이 불연속적으로 연결된 듯한 느낌을 만들어 낸다. 바쟁은 몽타주가 현실의 연속성을 ⓑ깨뜨릴 뿐만 아니라 감독의 의도에 따라 관객이 현실을 하나의 의미로만 해석하게 할 우려가 있는 연출 방식이라고 생각했다.

바쟁은 '현실을 믿는 감독'을 지지했다. 이들은 '이미지를 믿는 감독'과 달리 영화의 내용, 즉 현실을 더 중요하게 생각하기에 변형되지 않은 현실을 객관적으로 보여 주고자 한다. 디프 포커스와 롱 테이크는 이를 가능하게 해 주는 영화적 기법이다. 디프 포커스는 근경에서 원경까지 숏 전체를 선명하게 초점을 맞춰 촬영하는 기법으로, 원근감이 느껴지도록 공간감을 표현할 수 있다. 롱 테이크는 하나의 숏이 1~2분 이상 끊김 없이 길게 진행되도록 촬영하는 기법이다. 영화 속 사건이 지속되는 시간과 관객의 영화 체험 시간이 일치하여 현실을 ⓒ마주하는 듯한 효과를 낳는다. 바쟁에 따르면, 디프 포커스와 롱 테이크를 혼용하여 연출한 장면은 관객이 그 장면에 담긴 인물이나 사물을 자율적으로 선택하여 응시하면서 화면 속 공간 전체와 사건의 전개를 지켜볼 수 있게 해 준다.

바쟁은 현실의 공간에서 자연광을 이용해 촬영하거나, 연기 경험이 없는 일반인을 배우로 ⓓ쓰는 등 다큐멘터리처럼 강한 현실감을 만들어 내는 연출 방식에 찬사를 보냈다. 또한 정교하게 구조화된 서사를 통해 의미를 명확하게 제시하는 영화보다는 열린 결말을 통해 의미를 확정적으로 제시하지 않는 영화를 선호했다. 이러한 영화가 미결정 상태의 현실을 있는 그대로 드러낸다고 생각했기 때문이다.

(나)

정신분석학적 영화 이론에 따르면 ㉠관객이 영화에서 느끼는 현실감은 상상적인 것이며 환영이다. 영화와 관객의 심리 사이의 관계를 다루는 정신분석학적 영화 이론은 영화와 관객 사이에 발생하는 동일시 현상에 주목한다. 이런 동일시 현상은 영화 장치로 인해 발생한다. 이때 영화 장치는 카메라, 영화의 서사, 영화관의 환경 등을 아우르는 개념이다. 가장 대표적인 동일시 현상은 관객이 영화의 등장인물에 자신을 일치시키는 것이다. 이런 동일시는 극영화뿐 아니라 다큐멘터리 영화에서도 발생한다. 그런데 관객이 보고 있는 인물과 사물은 영화가 상영되는 그 시간과 장소에는 존재하지 않는다. 그 인물과 사물의 부재를 채우는 역할은 관객의 몫이다. 관객은 상상적 작업을 통해, 영화가 보여 주는 세계의 중심에 자신을 위치시킴으로써, 허구적 세계와 현실 사이의 간극을 ⓔ없앤다. 따라서 정신분석학적 영화 이론에서 영화는 일종의 몽상이다.

정신분석학적 영화 이론에 따르면 관객의 시점은 카메라의 시점과 동일시된다. 관객은 카메라에 의해 기록된 것만을 볼 수 있다. 따라서 관객은 자신이 영화를 보는 시선의 주체라고 생각하지만 그 시선은 카메라에 의해 이미 규정된 시선이다. 또한 영화는 촬영과 편집 과정에서 특정한 의도에 따라 선택과 배제가 이루어지지만, 관객은 제작 과정에서 무엇이 배제되었는지 알 수 없다. 관객은 자신이 현실 세계를 보고 있다고 믿지만, 사실은 인위적으로 만들어진 세계를 보고 있다는 것이 정신분석학적 영화 이론가들의 주장이다.

영화관의 환경은 관객이 영화가 환영임을 인식하기 어렵게 만든다. 영화에 몰입한 관객은 플라톤이 말한 '동굴의 비유' 속 죄수처럼 스크린에 비친 허구적 세계를 현실이라고 착각한다. 이때 영화는 꿈에 빗대진다. 정신분석학적 영화 이론은 영화가 은폐하고 있는 특정한 이념을 관객이 의심하지 않고 자신의 것으로 받아들일 위험이 있다고 경고한다. 이는 관객이 비판적 거리를 유지하면서 영화를 볼 수 있도록, 영화가 환영임을 영화 스스로 폭로하는 설정이 담겨 있는 대안적인 영화가 필요하다는 주장으로 이어진다.

01

(가)와 (나)에서 모두 답을 찾을 수 있는 질문으로 가장 적절한 것은?

① 영화는 무엇에 비유될 수 있는가?
② 영화의 내용과 형식 중 무엇이 중요한가?
③ 영화에 관객의 심리는 어떻게 반영되는가?
④ 영화 이론의 시기별 변천 양상은 어떠한가?
⑤ 영화관 환경은 관객에게 어떤 영향을 주는가?

02

(가)를 바탕으로 할 때, 영화적 기법의 효과에 대한 이해로 적절하지 <u>않은</u> 것은?

① 몽타주를 활용하여 대립 관계의 두 세력이 충돌하는 상황을 상징적 이미지로 표현한 장면에서, 관객은 생소한 느낌을 받을 수 있다.
② 몽타주를 활용하여 서로 다른 공간을 짧은 숏으로 불규칙하게 교차시킨 장면에서, 관객은 영화 속 공간이 불연속적으로 재구성되었다는 인상을 받을 수 있다.
③ 디프 포커스를 활용하여 주인공과 주인공 뒤로 펼쳐진 배경을 하나의 숏으로 촬영한 장면에서, 관객은 배경이 흐릿하게 인물은 선명하게 보이는 느낌을 받을 수 있다.
④ 롱 테이크를 활용하여 사자가 사슴을 사냥하는 모든 과정을 하나의 숏으로 길게 촬영한 장면에서, 관객은 실제 상황을 마주하는 듯한 느낌을 받을 수 있다.
⑤ 디프 포커스와 롱 테이크를 활용하여 광장의 군중을 촬영한 장면에서, 관객은 자율적으로 인물이나 배경에 시선을 옮기며 사건의 전개를 지켜볼 수 있다.

03

〈보기〉의 입장에서 (가)의 '바쟁'에 대해 비판한 내용으로 가장 적절한 것은?

> ┤ 보기 ├
>
> 관객은 특별한 예술 교육을 받지 않아도 작품을 해석할 수 있다. 또한 감독의 의도대로 작품을 해석하는 존재가 아니다. 따라서 감독은 영화를 통해 관객을 계몽하려 할 필요가 없다. 관객은 작품과 상호 작용하며 의미를 생산하는 능동적 존재이다. 감독과 관객은 수평적인 위치에 있다.

① 바쟁은 열린 결말의 영화를 관객이 이해하도록 돕는 예술 교육의 필요성을 간과하고 있다.
② 바쟁은 정교하게 구조화된 서사의 영화를 통해 관객을 계몽하는 것을 영화의 목적이라고 오인하고 있다.
③ 바쟁이 감독의 연출 역량을 기준으로 감독의 유형을 나눈 것은 영화와 관객의 상호 작용을 무시한 구분에 불과하다.
④ 바쟁이 변형된 현실을 통해 생성한 의미를 관객에게 전달하는 것을 중시한다는 점에서 관객의 능동적인 작품 해석 능력을 과소평가하고 있다.
⑤ 바쟁은 감독의 연출 방식에 따라 영화 작품에 대한 관객의 이해가 달라질 수 있다고 본다는 점에서 감독이 관객보다 우위에 있다고 간주하고 있다.

04

정신분석학적 영화 이론을 바탕으로 할 때, ㉠의 이유로 가장 적절한 것은?

① 관객은 영화 장치의 영향을 받기 때문이다.
② 현실의 의미는 미리 정해져 있지 않기 때문이다.
③ 영화가 현실을 불연속적으로 파편화하여 드러내기 때문이다.
④ 관객은 영화의 은폐된 이념을 그대로 받아들일 위험이 있기 때문이다.
⑤ 관객은 영화의 제작 과정에서 배제된 것들을 인식할 수 있기 때문이다.

05

다음은 학생이 작성한 영화 감상문이다. 이에 대해 (가)의 바쟁(A)의 관점과 (나)의 정신분석학적 영화 이론(B)의 관점에서 설명한 내용으로 가장 적절한 것은? [3점]

> ㉮첫째 번 영화는 고단하게 살아가는 한 가족의 일상을 표현한 작품이다. 다큐멘터리라는 착각이 들 정도로 사실적인 영화였다. 작품에 대해 더 찾아보니 거리에서 인공조명 없이 촬영되었고, 주인공은 연기 경험이 없는 일반인이었다고 한다. 마지막에 아버지가 아들의 손을 꼭 잡아 줄 때, 마치 내 손을 잡아 주는 것처럼 느껴져 감동적이었다. 열린 결말이라서 주인공 가족이 앞으로 어떻게 살아갈지 궁금했다.
>
> ㉯둘째 번 영화는 초인적 주인공이 외계의 침략자를 물리치는 내용이다. 영화 후반부까지 사건 전개를 예측하지 못할 정도로 반전을 거듭하는 이야기와 실재라고 착각할 정도로 뛰어난 컴퓨터 그래픽 화면은 으뜸이었지만 뻔한 결말은 아쉬웠다. 그래도 주인공이 침략자를 무찌르는 장면에서는 내가 주인공이 되어 세상을 구하는 것 같아서 쾌감이 느껴졌다. 그런데 영화가 끝나고 생각해 보니 왜 세계의 평화는 서구인이 지키고, 특정 나라에서 일어나는 사건이 인류의 위기인지 의아했다.

① A의 관점에서 보면, 학생이 ㉮에서 궁금함을 떠올린 것은 '이미지를 믿는 감독'이 열린 결말을 통해 현실을 있는 그대로 ㉮에 담았기 때문이다.

② A의 관점에서 보면, 학생이 ㉯에서 사건의 전개를 예측하지 못한 것은 ㉯에는 의미가 미리 정해져 있지 않은 미결정 상태의 현실이 담겨 있기 때문이다.

③ A의 관점에서 보면, 학생이 ㉮와 ㉯에서 착각하는 듯한 인상을 받은 것은 ㉮와 ㉯가 강한 현실감을 만들어 내는 연출 방식으로 촬영되었기 때문이다.

④ B의 관점에서 보면, 학생이 ㉯에서 의아함을 떠올린 것은 ㉯가 관객으로 하여금 비판적 거리를 유지하며 영화를 볼 수 있도록 하는 대안적인 영화이기 때문이다.

⑤ B의 관점에서 보면, 학생이 ㉮에서 감동을 받은 것과 ㉯에서 쾌감을 느낀 것은 상상적 작업을 통해 허구적 세계의 중심에 자신을 위치시켰기 때문이다.

06

문맥상 ⓐ~ⓔ와 바꿔 쓰기에 적절하지 <u>않은</u> 것은?

① ⓐ: 개선(改善)된

② ⓑ: 파괴(破壞)할

③ ⓒ: 대면(對面)하는

④ ⓓ: 기용(起用)하는

⑤ ⓔ: 해소(解消)한다

주제 통합 03

2025학년도 6월 평가원

공부한 날		월	일
목표 시간		분	초
시작 :	종료	:	
소요 시간		분	초

 01~06 다음 글을 읽고 물음에 답하시오.

(가)

전통적인 윤리학의 주요 주제는 '선', '올바름'과 같은 도덕 용어에 대한 해명을 바탕으로 무엇이 옳고 그른지를 판정하는 객관적 근거를 ⓐ찾는 것이다. 그러나 윤리학은 오랫동안 그에 대한 만족스러운 답을 ⓑ내놓지 못했다. 이러한 상황에서 에이어는 도덕적으로 옳고 그름에 관한 문장인 도덕 문장이 진리 적합성, 즉 참 또는 거짓일 수 있다는 성질을 갖지 않는다는 주장을 ⓒ펼쳤다.

에이어는 진리 적합성을 갖는 모든 문장은 그 문장에 사용된 단어의 정의를 통해 검증되는 분석적 문장이거나 경험적 관찰에 의해 검증되는 종합적 문장이라는 원리를 바탕으로 도덕 문장은 진리 적합성이 없다고 주장했다. 우선 그는 도덕 문장은 분석적이지 않다는 기존의 논의를 수용했다. '선은 A이다.'라는 도덕 문장이 분석적이려면, 술어인 'A'가 주어인 '선'이라는 개념 속에 내포되어 있어야 한다. 하지만 '선'은 속성이나 내용을 더 이상 분석할 수 없는 단순 개념이므로 해당 문장은 분석적이지 않다. 그렇다고 해서 '선은 A이다.'라는 도덕 문장이 경험적 관찰로 검증될 수 있는 것도 아니다. '선' 그 자체는 우리의 감각으로 검증할 수 없기 때문이다.

도덕 문장은 다양한 감정이나 태도를 표현하고 타인의 감정을 ⓓ불러일으키는 정서적 의미를 갖는다고 에이어는 주장했다. 그는 많은 사람들이 도덕 문장이 진리 적합성을 갖는다고 오해하는 것은 도덕 용어의 두 가지 용법을 구분하지 못해서라고 주장한다. 그에 따르면 도덕 용어는 감정을 표현하는 표현적 용법으로도, 세계에 관한 어떤 사실을 기술하는 기술적 용법으로도 사용될 수 있다. 만약 '도둑질은 나쁘다.'가 도둑질이 사회적으로 배척된다는 사실을 기술하는 문장이라면, 이 문장은 도덕적으로 옳고 그름에 관한 것이 아니다. 따라서 이 문장은 도덕 문장이 아니고, 경험적으로 검증이 가능하다. 반대로 그 문장이 도둑질에 대한 화자의 감정을 표현한 문장이라면 이는 도덕 문장이며 어떤 사실을 기술한 것이 아니다. 에이어에게는 '도둑질은 나쁘다.'와 같은 도덕 문장을 진술하는 것은 감정을 담은 어조로 '네가 도둑질을 하다니!'라고 말하는 것과 다름없기 때문이다. 그의 주장대로라면 도덕 문장은 감정을 표현하는 도덕 주체로부터 독립적으로 존재하는 무언가를 기술할 수 없다. 이는 전통적인 윤리학자들의 기본 가정을 부정하는 급진적 주장이지만 윤리학에 새로운 사고를 ⓔ열어 준 선구적인 면도 있다.

(나)

논리학에서 제기된 의문이 윤리학의 특정 견해에 대한 비판이 되기도 한다. 다음 논의는 이를 보여 준다. 'P이면 Q이다. P이다. 따라서 Q이다.'인 논증을 전건 긍정식이라 한다. 전건 긍정식은 'P이면 Q이다.'와 'P이다.'라는 두 전제가 참이면 결론 'Q이다.'는 반드시 참이라는 뜻에서 타당하다. 그런데 어떤 문장이 단독으로 진술되는 경우에는 감정이나 태도를 표현할 수 있지만 그 문장이 조건문인 'P이면 Q이다.'의 부분으로 포함되는 경우에는 그렇지 않다. '귤은 맛있다.'는 화자의 선호라는 감정을 표현한다. 하지만 그 문장이 '귤은 맛있다면 귤은 비싸다.'처럼 조건문의 일부가 되면 귤에 관한 화자의 선호를 표현하지 않는다. 이에 전건 긍정식의 P가 감정이나 태도를 표현하는 문장일 때 'P이면 Q이다.'의 P와 'P이다.'의 P 사이에 내용의 차이가 생기므로, 전건 긍정식임에도 두 전제의 참이 결론 'Q이다.'의 참을 보장하지 않는다는 것이 ㉠몇몇 논리학자들이 제기한 문제였다. 전건 긍정식인 '표절은 나쁘다면 표절을 돕는 것은 나쁘다. 표절은 나쁘다. 따라서 표절을 돕는 것은 나쁘다.'라는 논증은 직관적으로 타당해 보인다. 하지만 '표절은 나쁘다.'가 감정을 표현했다면, 위 논증은 타당하지 않다고 해야 한다. 그러므로 에이어의 윤리학 견해를 고수하려면, 도덕 문장을 포함하는 전건 긍정식의 타당성을 부정하거나, 전건 긍정식은 도덕 문장을 포함할 수 없다고 해야 한다. 이 쟁점에 대해 행크스는 다음과 같이 논의를 전개하였다.

[A]
'표절은 나쁘다.'라는 문장은 표절이라는 대상에 나쁨이라는 속성을 부여하는 내용을 가진다. 그리고 화자의 문장 진술은 그 내용과 완전히 무관할 수는 없기 때문에 그런 문장은 단독으로 진술되든 그렇지 않든 판단적이다. 문장이 판단적이라는 것은, 대상에 속성을 부여하는 내용을 지니는 것이 그 문장의 본질이라는 것을 뜻한다. 도덕 문장을 비롯한 모든 판단적 문장은 참 또는 거짓일 수 있다. 조건문에 포함된 문장도 판단적이라는 점에서 단독으로 진술될 때와 내용의 차이가 없다. 그러므로 도덕 문장을 포함하는 전건 긍정식은 타당해 보일 뿐 아니라 실제로도 타당하다. 그렇다면 'P이면 Q이다.'에 포함된 'P이다.'가 단독으로 진술된 경우와 다른 점은 무엇인가? 가령 '귤은 맛있다.'는, '귤은 맛있다면 귤은 비싸다.'라는 조건문에 포함되는 경우 화자가 대상에 속성을 부여하는 행위를 하는 것은 아니기에 그것의 판단적 본질을 발현하지 못한다. 그러나 이 맥락에서도 조건문에 포함된 '귤은 맛있다.'는 판단적 본질을 여전히 잃지 않는다. 다시 말해, 그 문장 자체는 대상에 속성을 부여하는 내용을 지닌다.

01

(가)에 나타난 에이어 의 입장으로 적절하지 않은 것은?

① 도덕 용어를 기술적 용법으로 사용한 문장은 검증이 가능하다.

② 표현적 용법을 활용한 도덕 문장은 자신의 감정을 표현하는 문장과 동일한 의미를 표현한다.

③ 주어와 술어의 의미 관계를 통해 어떤 문장을 검증할 수 있다면 그 문장은 분석적 문장이다.

④ 도덕 용어의 용법은 도덕 용어가 기술하는 사실의 종류에 따라 기술적 용법과 표현적 용법으로 구분할 수 있다.

⑤ 도덕 문장에 진리 적합성이 있다는 오해는 도덕 문장을 세계에 대한 어떠한 사실을 기술한 것으로 해석한 데에 기인한다.

02

[A]로부터 추론한 내용으로 가장 적절한 것은?

① '귤은 맛있다면 귤은 비싸다.'에 포함된 '귤은 맛있다.'는 판단적이지 않다.

② '표절은 나쁘다.'는 단독으로 진술되었을 때에만 참 또는 거짓일 수 있다.

③ '귤은 맛있다.'는 조건문의 일부로 진술될 때는 대상에 속성을 부여하는 내용을 지니지 않는다.

④ 화자는 귤이 맛있음의 속성을 가진다는 내용과 완전히 무관한 채로 '귤은 맛있다.'를 진술할 수 있다.

⑤ '표절은 나쁘다.'는 화자가 표절에 나쁨을 부여하지 않는 맥락에서도 그것의 판단적 본질을 유지할 수 있다.

03

다음은 윗글을 읽고 학생이 작성한 학습 활동지이다. 윗글을 바탕으로 할 때, 적절하지 않은 것은?

> 다음의 진술에 대해 윗글에 제시된 학자들이 보일 수 있는 견해를 작성해 봅시다.
>
> **[진술 1] 객관적으로 존재하는 도덕적 사실이 있다.**
> - 전통적인 윤리학자: 옳다. 도덕적 판단의 근거는 도덕 주체로부터 독립적으로 존재하기 때문이다. ············ ①
> - 에이어: 옳지 않다. 도덕 문장은 도덕 주체로부터 독립적일 수 없기 때문이다. ············ ②
>
> **[진술 2] 도덕 문장은 참 또는 거짓이라는 속성을 갖는다.**
> - 에이어: 옳지 않다. 도덕 문장은 분석적이지도 종합적이지도 않기 때문이다. ············ ③
> - 행크스: 옳다. 도덕 문장은 도덕 용어가 나타내는 속성에 비추어 참 또는 거짓이 정해지기 때문이다.
>
> **[진술 3] 전건 긍정식의 두 전제에 공통으로 포함된 도덕 문장은 내용이 다르다.**
> - 에이어: 옳다. 도덕 문장은 전건 긍정식의 전제로 사용되면 진리 적합성을 갖기 때문이다. ············ ④
> - 행크스: 옳지 않다. 단독으로 진술된 문장은 조건문의 일부로 사용된 때와 내용 차이가 없기 때문이다. ············ ⑤

04

윗글을 바탕으로 ㉠을 이해한 내용으로 적절하지 않은 것은?

① 에이어의 윤리학 견해가 옳다면 전건 긍정식이 직관적으로 타당해 보이게 된다는 점에서, ㉠은 에이어에 대한 비판이 된다.

② ㉠에 따르면, 도덕 문장을 포함하는 전건 긍정식이 타당하다면 도덕 문장이 감정을 표현한다는 견해는 수용될 수 없다.

③ ㉠은 전건 긍정식이 타당하려면 두 전제 모두에 나타난 문장의 내용이 일치해야 함에 기초한다.

④ ㉠은 도덕 문장뿐 아니라 개인적 선호를 나타내는 문장에 대해서도 제기될 수 있다.

⑤ 도덕 문장을 판단적이라고 보는 이론에 따르면 ㉠은 애당초 발생하지 않는다.

05

윗글과 〈보기〉를 비교하여 이해한 내용으로 적절하지 <u>않은</u> 것은?

[3점]

┤ 보기 ├

　'자선은 옳다.'는 자선에 대한 찬성, '폭력은 나쁘다.'는 폭력에 대한 반대라는 태도를 표현한다. 도덕 문장을 포함하는 '자선은 옳다면 봉사는 옳다.'라는 조건문은 '태도에 대한 태도'를 표현한다. 위와 같은 주관적 태도들에는 참, 거짓이 없다. '자선은 옳다면 봉사는 옳다.'와 '자선은 옳다.'가 나타내는 태도를 지니면서, '봉사는 옳다.'에 반대하는 것은 비일관적이다. '자선은 옳다면 봉사는 옳다. 자선은 옳다. 따라서 봉사는 옳다.'가 타당하다는 것은 이런 뜻이다.

① 도덕 문장이 태도나 감정을 표현한다는 주장은, 도덕 문장을 포함하는 조건문이 '태도에 대한 태도'를 표현한다는 〈보기〉의 주장과 상충하는군.

② 논증의 타당성이 전제와 결론의 참에 의해 규정된다는 주장은, 타당성을 논증에 나타난 태도 사이의 관계에 의해 규정할 수 있다는 〈보기〉의 주장과 상충하는군.

③ 무엇이 윤리적으로 옳고 그른지에 대한 객관적 기준을 세워야 한다는 주장은, 도덕 문장은 찬성과 반대라는 주관적 태도를 나타낸다는 〈보기〉의 주장과 상충하는군.

④ '귤은 맛있다.'가 귤에 대한 화자의 선호를 표현한다는 주장은, '자선은 옳다.'가 자선에 대한 화자의 찬성을 표현한다는 〈보기〉의 주장과 상충하지 않는군.

⑤ '도둑질은 나쁘다.'가 화자의 정서를 표출하므로 진리 적합성이 없다는 주장은, 폭력에 대한 화자의 태도를 표현하는 문장이 참, 거짓일 수 없다는 〈보기〉의 주장과 상충하지 않는군.

06

문맥상 ⓐ~ⓔ와 바꿔 쓰기에 가장 적절한 것은?

① ⓐ: 수색하는
② ⓑ: 제시하지
③ ⓒ: 전파했다
④ ⓓ: 발산하는
⑤ ⓔ: 공개하여

주제 통합 04

2024학년도 수능

공부한 날		월	일
목표 시간		분	초
시작	:	종료	:
소요 시간		분	초

 01-06 다음 글을 읽고 물음에 답하시오.

(가)

『한비자』는 중국 전국 시대의 한비자가 제시한 사상이 ⓐ담긴 저작이다. 여러 나라가 패권을 다투던 혼란기를 맞아 엄격한 법치를 통해 부국강병을 꾀한 한비자는 『노자』에 대한 해석을 통해 자신의 법치 사상을 뒷받침했고, 이러한 면모는 『한비자』의 「해로」, 「유로」 등에서 확인할 수 있다.

『노자』에서 '도(道)'는 만물 생성의 근원으로 묘사된다. 도를 천지 만물의 존재와 본질의 근거라고 본 한비자의 이해도 이와 다르지 않다. 그는 자연과 인간 사회의 모든 현상은 도의 영향을 받지 않을 수 없다고 보고, 인간 사회의 일은 도에 따라 제대로 행했는가의 여부에 따라 그 성패가 드러나는 것이라고 이해했다.

한비자는 『노자』에 제시된 영구불변하는 도의 항상성에 대해 도가 천지와 더불어 영원히 존재한다는 것을 의미하는 것이지, 도가 모습과 이치를 일정하게 유지하는 것은 아니라고 이해했다. 그리고 도는 형체가 없을 뿐 아니라 일정하게 고정되어 있지 않기 때문에 때와 상황에 따라 유연하게 변화하는 것이라고 파악했다. 도가 가변성을 가지고 있어야 도가 일정한 곳에만 있지 않게 되고, 그래야만 도가 모든 사물의 존재와 본질의 근거가 될 수 있다고 파악한 것이다. 그는 도가 가변적이기 때문에 통치술도 고정되어서는 안 된다고 주장했다.

한편, 한비자는 도를 구체적인 사물과 사건에 내재한 개별 법칙의 통합으로 보고, 『노자』의 도에 시비 판단의 근거라는 새로운 의미를 부여했다. 항상 존재하는 도는 개별 법칙을 포괄하기 때문에 다양한 개별 사건의 시비를 판단하는 기준이 될 수 있고, 이러한 도에 근거해서 입법해야 다양한 사건을 판단할 수 있다고 본 것이다. 이러한 이해를 바탕으로 그는 만족을 모르는 인간의 욕망을 사회 혼란의 원인으로 지목한 『노자』의 견해에 동의하면서도, 『노자』에서처럼 욕망을 없애야 한다고 주장하지 않고 인간은 욕망을 필연적으로 가질 수밖에 없음을 지적하며 욕망을 제어하기 위해 법이 필요하다고 강조했다.

(나)

유학자들은 도를 인간 삶의 올바른 길을 의미하는 것이라고 보았다. 중국 송나라 이후, 유학자들은 이러한 유학의 도를 기반으로 현상 세계 너머의 근원으로서 도가의 도에 주목하여 『노자』 주석을 전개했다.

혼란기를 거친 송나라 초기에 중앙집권화가 추진된 이후 정치적 갈등이 드러나면서 개혁의 분위기가 조성됐다. 이러한 분위기하

에서 유학자이자 개혁 사상가인 왕안석은 『노자주』를 저술했다. 그는 『노자』의 도를 만물의 물질적 근원인 '기(氣)'라고 파악하고, 현상 세계에 앞서 존재하는 기의 작용에 의해 사물이 형성된다고 보았다. 그는 기가 시시각각 변화하듯 현상 세계도 변화한다고 이해했다. 인위적인 것을 제거해야만 도가 드러나고 인간 사회가 안정된다는 『노자』를 비판한 그는 자연과 달리 인간 사회의 안정을 위해서는 제도와 규범의 제정과 같은 인간의 적극적인 개입이 필요하다고 주장했다. 지혜와 덕이 뛰어난 사람이 제정한 사회 제도와 규범도 현실 사회의 변화에 따라 새롭게 해야 한다고 주장한 것이다. 『노자』의 이상 정치가 실현되려면 유학 이념이 실질적 수단으로 사용되어야 한다고 주장하는 등 왕안석은 『노자』를 유학의 실천적 측면과 결부하여 이해했다.

송 이후 원나라에 이르러 성행하던 도교는 유학과 불교 등을 받아들여 체계화되었지만, 오징에게는 주술적인 종교에 불과했다. ⓛ유학자의 입장에서 그는 잘못된 가르침을 펴는 도교에 사람들이 빠지는 것을 경계했다. 그는 도교의 시조로 간주된 노자의 가르침이 공자의 학문과 크게 다르지 않음을 밝히고자 『도덕진경주』를 저술했다. 그는 도와 유학 이념을 관련짓는 구절을 추가하는 등 『노자』의 일부 내용을 바꾸고 기존 구성 체제를 재편했다. 『노자』의 도를 근원적인 불변하는 도로 본 그는 모든 이치를 내재한 도가 현실화하여 천지 만물이 생성된다고 이해했다. 이런 관점에서 그는 유학의 인의예지가 도의 쇠퇴 때문에 나타난 것이라는 『노자』와 달리 도가 현실화하여 드러난 것으로 해석하고, 인간이 마땅히 따라야 할 사회 규범과 사회 질서 체계도 도가 현실화한 결과로 파악했다.

원이 쇠퇴하고 명나라가 들어선 이후 유학과 도가 등 여러 사상이 합류하는 사조가 무르익는 가운데, 유학자인 설혜는 자신의 ⓜ학문적 소신에 따라 『노자』를 주석한 『노자집해』를 저술했다. 그는 공자도 존중했던 스승이 노자이므로 노자 사상에 대한 오해를 불식해야 한다고 보았다. 그는 기존의 주석서가 『노자』의 진정한 의미를 제대로 밝히지 못했기 때문에 유학자들이 노자 사상을 이단으로 치부했다고 파악한 것이다. 다양한 경전을 인용하여 『노자』를 해석하면서 그는 『노자』의 도를 인간의 도덕 본성과 그것의 근거인 천명으로 이해하고, 본성과 천명의 이치를 탐구한다는 점에서 노자 사상과 유학이 다르지 않다고 보았다. 또한 그는 『노자』에서 인의 등을 비판한 것은 도덕을 근본으로 삼게 하기 위한 충고라고 파악했다.

01

(가), (나)에 대한 설명으로 가장 적절한 것은?

① (가)는 『한비자』의 철학사적 의의를 설명하고 『한비자』와 『노자』의 사회적 파급력을 비교하고 있다.

② (가)는 한비자가 추구한 이상적인 사회를 소개하고 그 실현을 위해 『노자』를 수용한 입장의 한계를 설명하고 있다.

③ (나)는 특정 개념을 중심으로 『노자』에 대한 여러 학자의 견해를 시간의 흐름에 따라 제시하고 있다.

④ (나)는 여러 유학자가 『노자』를 해석한 의도를 각각 제시하고 그 차이로 인해 발생한 학자 간의 이견을 절충하고 있다.

⑤ (가)와 (나)는 모두, 『노자』에 대해 다양한 시각에서 제시된 비판이 심화되는 과정을 구체적 사례와 함께 설명하고 있다.

02

(가)에 제시된 한비자의 견해로 적절하지 않은 것은?

① 사건의 시비에 따라 달라지는 도에 근거하여 법이 제정되어야 한다.

② 인간은 무엇을 가지거나 누리고자 하는 마음에서 벗어날 수 없다.

③ 도는 고정된 모습 없이 때와 형편에 따라 변화하며 영원히 존재한다.

④ 인간 사회의 흥망성쇠는 사람이 도에 따라 올바르게 행하였는가의 여부에 좌우되는 것이다.

⑤ 도는 만물의 근원이면서 동시에 현실 사회의 개별 사물과 사건에 내재한 법칙을 포괄하는 것이다.

03

㉠과 ㉡에 대한 이해로 가장 적절한 것은?

① ㉠은 유학 덕목의 등장을 긍정적으로 평가한 『노자』의 견해를 수용하는, ㉡은 유학 덕목에 대한 『노자』의 비판에 담긴 긍정적 의도를 밝히려는 것으로 표출되었다.

② ㉠은 유학에 유입되고 있는 주술성을 제거하는, ㉡은 노자 사상이 탐구하는 대상에 대한 이해를 근거로 노자 사상과 유학의 공통점을 제시하려는 것으로 표출되었다.

③ ㉠은 유학의 가르침을 차용한 종교가 사람들을 현혹하는 상황에 대응하는, ㉡은 『노자』를 해석한 경전들을 참고하여 유학 이론의 독창성을 밝히려는 것으로 표출되었다.

④ ㉠은 유학을 노자 사상과 연관 지어 유교적 사회 질서의 정당성을 확인하는, ㉡은 유학에서 이단으로 치부하는 사상의 진의를 밝혀 오해를 바로잡으려는 것으로 표출되었다.

⑤ ㉠은 특정 종교에서 추앙하는 사상가와 유학 이론의 관련성을 제시하는, ㉡은 유학의 사상적 우위를 입증하여 다른 학문을 통합할 수 있는 근거를 제시하려는 것으로 표출되었다.

04

(나)의 왕안석과 오징의 입장에서 다음의 ㄱ~ㄹ에 대해 판단한 것으로 가장 적절한 것은?

> ㄱ. 도는 만물을 통해 드러나는 것이지 만물에 앞서서 존재하는 것은 아니다.
> ㄴ. 인간 사회의 규범은 이치를 내재한 근원적 존재인 도가 현실에 드러난 것이다.
> ㄷ. 도는 현상 세계의 너머에만 머물러 있지 않고 세상일과 유기적으로 관련되는 것이다.
> ㄹ. 도가 변화하듯이 현상 세계가 변하니, 현실 사회의 변화에 따라 인간 사회의 규범도 변해야 한다.

① 왕안석은 ㄱ에 동의하지 않고 ㄴ에 동의하겠군.

② 왕안석은 ㄴ과 ㄹ에 동의하겠군.

③ 왕안석은 ㄷ에 동의하고 ㄹ에 동의하지 않겠군.

④ 오징은 ㄱ과 ㄹ에 동의하지 않겠군.

⑤ 오징은 ㄴ에 동의하고 ㄷ에 동의하지 않겠군.

05

〈보기〉를 참고할 때, (가), (나)의 사상가에 대한 왕부지의 평가로 적절하지 않은 것은? [3점]

| 보기 |

청나라 초기의 유학자 왕부지는 『노자』의 본래 뜻을 드러내어 노자 사상을 비판하고자 『노자연』을 저술했다. 노자 사상의 비현실성을 드러내어 유학의 실용적 가치를 부각하고자 했던 그는 기존의 『노자』 주석서가 노자 사상이 아닌 사상을 기준으로 삼았기 때문에 『노자』뿐만 아니라 주석자의 사상마저 왜곡했다고 비판했다. 『노자』에서 아무런 행동을 하지 않아도 천하가 다 스려진다고 한 것 등을 비판한 그는, 『노자』에서처럼 단순히 인간의 이기적 욕망을 없애는 것이 아니라 사회 질서 유지를 위해 유학 규범을 활용해야 한다고 강조했다.

① 왕부지는 인간의 욕망에 대한 『노자』의 대응 방식을 부정적으로 보았으므로, (가)의 한비자가 『노자』와 달리 사회에 대한 인위적 개입이 필요하다고 한 것에 대해서는 수긍하겠군.

② 왕부지는 『노자』에 제시된 소극적인 삶의 태도를 부정적으로 보았으므로, (나)의 왕안석이 사회 제도에 대한 『노자』의 견해를 비판하며 유학 이념의 활용을 주장한 것은 긍정하겠군.

③ 왕부지는 『노자』의 본래 뜻을 파악해야 한다고 보았으므로, (나)의 오징이 『노자』를 주석하면서 자신의 이해에 따라 원문의 구성과 내용을 수정한 것이 잘못이라고 보겠군.

④ 왕부지는 주석자가 유학을 기준으로 『노자』를 이해하면 주석자의 사상도 왜곡된다고 보았으므로, (나)의 오징이 유학의 인의예지를 『노자』의 도가 현실화한 것으로 본 것을 비판하겠군.

⑤ 왕부지는 『노자』에 담긴 비현실성을 드러내야 한다고 보았으므로, (나)의 설혜가 기존의 『노자』 주석서들을 비판하며 드러낸 학문적 입장이 유학의 실용적 가치를 부각한다고 보겠군.

06

ⓐ와 문맥상 의미가 가장 가까운 것은?

① 과일이 접시에 예쁘게 담겨 있다.

② 상자에 탁구공이 가득 담겨 있다.

③ 시원한 계곡물에 수박이 담겨 있다.

④ 화폭에 봄 경치가 그대로 담겨 있다.

⑤ 매실이 설탕물에 한 달째 담겨 있다.

공부한 날		월	일
목표 시간		분	초
시작	:	종료	:
소요 시간		분	초

 01-06 다음 글을 읽고 물음에 답하시오.

(가)

조선 왕조의 기본 법전인 『경국대전』에 규정된 신분제는 신분을 양인과 천인으로 나눈 양천제이다. 양인은 과거에 응시할 수 있었지만, 납세와 군역 등의 의무를 져야 했다. 천인은 개인이나 국가에 소속되어 천역(賤役)을 담당했다. 관료 집단을 뜻하던 양반이 16세기 이후 세습적으로 군역 면제 등의 차별적 특혜를 받는 신분으로 굳어짐에 따라 양인은 사회적으로 양반, 중인, 상민으로 분화되었다. 이러한 법적, 사회적 신분제는 갑오개혁으로 철폐되기 이전까지 조선 사회의 근간이 되었다.

조선 후기에 접어들어 농업 생산력의 증대와 상공업의 발달로 같은 신분 안에서도 분화가 확대되었고, 이에 따라 신분제에 변화가 일어났다. 천인의 대다수를 구성했던 노비는 속량과 도망 등의 방식으로 신분적 억압에서 점차 벗어났다. 영조 연간에 편찬된 법전인 『속대전』에서는 노비가 속량할 수 있는 값을 100냥으로 정하는 규정을 둠으로써 속량을 제도화했다. 이는 국가의 재정 운영상 노비제의 유지보다 그들을 양인 납세자로 전환하는 것이 유리했기 때문이었다. 몰락한 양반들은 노비의 유지가 어려워졌기 때문에 몸값을 받고 속량해 주는 길을 선택했다.

18세기 이후 경제적으로 성장한 상민층에서는 '유학(幼學)' 직역*을 얻고자 하는 현상이 나타났다. 유학은 벼슬을 하지 않은 유생(儒生)을 지칭했으나, 이 시기에는 관료로 진출하지 못한 이들을 가리키는 직역 명칭으로 ⓐ굳어졌다. 호적상 유학은 군역 면제라는 특권이 있어서 상민층이 원하는 직역이었다. 유학 직역의 획득은 제도적으로 양반이 되는 것을 의미하였으나 그것이 곧 온전한 양반으로 인정받는 것을 의미하는 것은 아니었다. 당시 양반 집단의 일원으로 인정받기 위해서는 ㉠유교적 의례의 준행, 문중과 족보에의 편입 등 다양한 조건이 필요했다. 이에 따라 일부 상민층은 유학 직역을 발판으로 양반 문화를 모방하면서 양반으로 인정받고자 했다.

조선 후기에는 신분 상승 현상이 일어나면서 양반의 하한선과 비(非)양반층의 상한선이 근접하는 모습이 나타났다. 양반들이 비양반층의 진입을 막는 힘은 여전히 작동하고 있었지만, 비양반층이 양반에 접근하고자 하는 힘은 더 강하게 작동했다. 유학의 증가는 이러한 현상의 단면을 보여 준다.

*직역: 신분에 따라 정해진 의무로서의 역할.

(나)

『경국대전』 체제에서 양인은 관료가 될 수 있다는 점에서 능력주의가 일부 작동하는 것처럼 보이지만, 실제로는 양반 이외의 신분

에서는 관료가 되기 어려웠다. 이러한 상황에서 17세기의 유형원은 『반계수록』을 통해, 19세기의 정약용은 『경세유표』 등을 통해 각각 도덕적 능력주의에 기초한 일련의 개혁론을 제시했다.

유형원의 기본적인 생각은 국가 공동체를 성리학적 가치와 규범에 따라 운영하고, 구성원도 도덕적으로 만드는 도덕 국가의 건설이었다. 신분 세습을 비판한 그는 현명한 인재라도 노비로 태어나면 노비로 살아야 하는 것이 천하의 도리에 어긋난다고 보고, 노비제 폐지를 주장했다. 아울러 비도덕적 직업이라고 생각한 광대와 같은 직업군을 철폐하고, 사농공상(士農工商)의 사민(四民)으로 편성하고자 했다. 그는 과거제 대신 공거제를 통해 도덕적 능력이 뛰어난 자를 추천으로 선발하여 여러 단계의 교육을 한 후, 최소한의 학식을 확인하여 관료로 임명해야 한다고 제안했다. 도덕을 기준으로 관료를 선발하고 지방에도 관료 선발 인원을 적절히 분배하면 향촌 사회의 풍속도 도덕적으로 이끌 수 있다고 본 것이다.

정약용은 신분제가 동요하는 상황에서 사민이 뒤섞여 사는 것이 교화에 도움이 되지 않는다고 보고, 사농공상별로 구분하여 거주하는 것을 포함한 행정 구역 개편을 구상했다. 이에 맞춰 사(士) 집단을 재편하고자 했다. 도덕적 능력의 여부에 따라 추천으로 예비 관료인 '선사'를 선발하고 일정한 교육을 한 후, 여러 단계의 시험을 거쳐 관료를 선발할 것을 제안했다. ㉡사 거주지에서 더 많은 선사를 선발하도록 했지만, 농민과 상공인에도 선사의 선발 인원을 배정하는 등 노비 이외에서 사 집단으로 진출할 수 있도록 했다. 노비제에 대해서는 사를 뒷받침하기 위해 유지되어야 한다고 주장했다.

도덕적 능력주의와 관련하여 두 사람은 모두 사회 지배층으로서의 사에 주목했다. 유형원은 다스리는 자인 사와 다스림을 받는 민의 구분을 분명히 하는 것이 천하의 이치라고 보고 ㉢도덕적 능력이 뛰어난 사람들로 지배층인 사를 구성하고자 했다. 정약용도 양반의 세습을 비판하며 도덕적 능력에 따라 사회 지배층을 재편하는 데 입장을 같이했다. 또한 두 사람은 사회 전체의 도덕 실천을 이끌기 위해 사 집단에 정치권력, 경제력 등을 집중시키려 했고, 지배층과 피지배층 간의 차등을 엄격하게 유지하고자 했다. 내용에서 일부 차이가 있었지만, 두 사람은 사회 지배층의 재구성을 통해 도덕 국가 체제를 추구했다.

01

(가)를 읽고 이해한 내용으로 적절하지 않은 것은?

① 『속대전』의 규정을 적용받아 속량된 사람들은 납세의 의무를 지게 되었다.

② 『경국대전』 반포 이후 갑오개혁까지 조선의 법적 신분제에는 두 개의 신분이 존재했다.

③ 조선 후기 양반 중에는 노비를 양인 신분으로 풀어 주고 금전적 이익을 얻은 이들이 있었다.

④ 조선 후기 '유학'의 증가 현상은 『경국대전』의 신분 체계가 작동하지 않는 현상을 보여 주는 것이었다.

⑤ 조선 후기에 상민이 '유학'의 직역을 얻었을 때, 양반의 특권을 일부 가지게 되지만 온전한 양반으로 인정받지는 못했다.

02

일련의 개혁론에 대한 이해로 적절하지 않은 것은?

① 유형원은 자신이 구상한 공동체의 성격에 적합하지 않은 특정 직업군을 없애는 방안을 구상했다.

② 유형원은 지방 사회의 도덕적 기풍을 진작하기 위해 관료 선발 인원을 지방에도 할당하는 방안을 구상했다.

③ 정약용은 지배층인 사 집단이 주도권을 가지고 사회를 운영하는 방안을 구상했다.

④ 정약용은 직업별로 거주지를 달리하는 것을 포함한 행정 구역 개편 방안을 구상했다.

⑤ 유형원과 정약용은 모두 시험으로 도덕적 능력이 우수한 이를 선발하여 교육한 후 관료로 임명하는 방안을 제시했다.

03

㉠~㉢에 대한 설명으로 가장 적절한 것은?

① ㉠은 경제적 영향으로 신분 상승 현상이 나타나는 상황에서 신분적 정체성을 지키려는 양반층의 노력이고, ㉡은 이러한 양반층의 노력을 뒷받침하기 위한 정책적 방안이다.

② ㉠은 호적상 유학 직역이 증가하는 상황에서 양반 집단이 기득권을 지키기 위한 자율적 노력이고, ㉡은 기존의 양반들이 가진 기득권을 제도적으로 강화하기 위한 방안이다.

③ ㉠은 상민층이 유학 직역을 얻는 것이 확대되는 상황에서 양반으로 인정받는 것을 억제하는 장치이고, ㉢은 능력주의를 통해 인재 등용에 신분의 벽을 두지 않으려는 방안이다.

④ ㉠은 능력주의가 작동하기 어려운 현실적인 상황에서 신분 구분을 강화하여 불평등을 심화하는 제도이고, ㉢은 사회 지배층의 인원을 늘려 도덕 실천을 이끌기 위한 방안이다.

⑤ ㉡은 양반층의 특권이 점차 사라져 가고 있는 상황에서 신분적 구분을 명확하게 하기 위한 장치이고, ㉢은 양반과 비양반층의 신분적 구분을 없애기 위한 방안이다.

04

(나)를 바탕으로 다음의 ㄱ~ㄹ에 대해 판단한 것으로 가장 적절한 것은?

> ㄱ. 아래로 농공상이 힘써 일하고, 위로 사(士)가 효도하고 공경하니, 이는 나라의 기풍이 흐트러지지 않는 것이다.
>
> ㄴ. 사농공상 누구나 인의(仁義)를 실천한다면 비록 농부의 자식이 관직에 나아가더라도 지나친 일이 아닐 것이다.
>
> ㄷ. 덕행으로 인재를 판정하면 천하가 다투어 이에 힘쓸 것이니, 나라 안의 모든 이에게 존귀하게 될 기회가 열릴 것이다.
>
> ㄹ. 양반과 상민의 구분은 엄연하니, 그 경계를 넘지 않아야 상하의 위계가 분명해지고 나라가 편안하게 다스려질 것이다.

① 유형원은 ㄱ과 ㄹ에 동의하겠군.

② 유형원은 ㄴ과 ㄷ에 동의하지 않겠군.

③ 유형원은 ㄴ에 동의하지 않고, ㄹ에 동의하겠군.

④ 정약용은 ㄴ과 ㄹ에 동의하겠군.

⑤ 정약용은 ㄱ에 동의하고, ㄷ에 동의하지 않겠군.

05

(가), (나)를 바탕으로 〈보기〉에 대해 보인 반응으로 적절하지 <u>않은</u> 것은? [3점]

| 보기 |

16세기 초 영국의 토머스 모어는 '유토피아'라는 가상 국가를 통해 당대 사회를 비판했다. 그가 제시한 유토피아에서는 현실 국가와 달리 모두가 일을 하고, 사치에 필요한 일은 하지 않기 때문에 하루 6시간만 일해도 경제적으로 풍요롭다. 하지만 이곳에서도 노동을 면제받는 '학자 계급'이 존재한다. 성직자, 관료 등의 권력층은 이 학자 계급에서만 나오도록 하였는데, 학자 계급은 의무가 면제되는 대신 연구와 공공의 일에 전념한다. 학자 계급은 능력 있는 이를 성직자가 추천하고, 대표들이 승인하는 절차를 거쳐야 될 수 있다. 그러나 학자 계급도 성과가 부족하면 '노동 계급'으로 환원될 수 있고, 노동 계급도 공부에 진전이 있으면 학자 계급으로 승격될 수 있다.

① 유토피아에서 연구와 공공의 일에 전념하는 사람들은 선발의 과정을 거친다는 점에서, (가)의 '유학'보다 (나)의 '선사'에 가깝군.

② 유토피아에서 관료는 노동을 면제받지만 그 특권이 세습되지 않는다는 점에서, (가)에서 차별적 특혜를 받던 16세기 이후의 '양반'과는 다르군.

③ 유토피아에서 '학자 계급'에서만 권력층이 나오도록 한 것은, (나)에서 우월한 집단인 '사 집단'에 정치권력을 집중시키고자 한 유형원, 정약용의 생각과 유사하군.

④ 유토피아에서 '노동 계급'이 '학자 계급'으로 승격되는 것은 학업 능력을 기준으로 추천받는다는 점에서, (가)의 상민 출신인 '유학'이 '양반'으로 인정받는 것과는 다르군.

⑤ 유토피아에서 '노동 계급'과 '학자 계급' 간의 이동이 가능한 것은 계급 간 차등이 없음을 전제하므로, (나)에서 차등을 엄격하게 유지하고자 한 유형원, 정약용의 구상과는 다르군.

06

ⓐ와 문맥상 의미가 가장 가까운 것은?

① 관용이 우리 집의 가훈으로 확고하게 <u>굳어졌다</u>.
② 어젯밤 적당하게 내린 비로 대지가 더욱 <u>굳어졌다</u>.
③ 포기하지 않겠다는 결심이 어머니의 격려로 <u>굳어졌다</u>.
④ 길에서 버스를 기다리던 사람들의 몸이 추위로 <u>굳어졌다</u>.
⑤ 갑작스러운 소식에 나도 모르게 얼굴이 딱딱하게 <u>굳어졌다</u>.

주제 통합 06

2024학년도 6월 평가원

공부한 날	월	일
목표 시간		분 초
시작 :	종료	:
소요 시간		분 초

 01-06 다음 글을 읽고 물음에 답하시오.

(가)

심리 철학에서 동일론은 의식이 뇌의 물질적 상태와 동일하다고 ⓐ본다. 이와 달리 기능주의는 의식은 기능이며, 서로 다른 물질에서 같은 기능이 구현될 수 있다고 주장한다. 이때 기능이란 어떤 입력이 주어졌을 때 특정한 출력을 내놓는 함수적 역할로 정의되며, 함수적 역할의 일치는 입력과 출력의 쌍이 일치함을 의미한다. 실리콘 칩으로 구성된 로봇이 찔림이라는 입력에 대해 고통을 출력으로 내놓는 기능을 가진다면, 로봇과 우리는 같은 의식을 가진다는 것이다. 이처럼 기능주의는 의식을 구현하는 물질이 무엇인지는 중요하지 않다고 본다.

설(Searle)은 기능주의를 반박하는 사고 실험을 제시한다. '중국어 방' 안에 중국어를 모르는 한 사람만 있다고 하자. 그는 중국어로 된 입력이 들어오면 정해진 규칙에 따라 중국어로 된 출력을 내놓는다. 설에 의하면 방 안의 사람은 중국어 사용자와 함수적 역할이 같지만 중국어를 아는 것은 아니다. 기능이 같으면서 의식은 다른 사례가 있다는 것이다.

동일론, 기능주의, 설은 모두 의식에 대한 논의를 의식을 구현하는 몸의 내부로만 한정하고 있다. 하지만 의식의 하나인 '인지' 즉 '무언가를 알게 됨'은 몸 바깥에서 ⓑ일어나는 일과 맞물려 벌어진다. 기억나지 않는 정보를 노트북에 저장된 파일을 열람하여 확인하는 것이 한 예이다. 로랜즈의 확장 인지 이론은 이를 설명하는 이론이다.

그에 ⓒ따르면 인지 과정은 주체에게 '심적 상태'가 생겨나게 하는 과정이다. 기억이나 믿음이 심적 상태의 예이다. 심적 상태는 어떤 것에도 의존함이 없이 주체에게 의미를 나타낸다. 예를 들어, 무언가를 기억하는 사람은 자기의 기억이 무엇인지 ⓓ알아보기 위해 아무것도 의존할 필요가 없다. 이와 달리 '파생적 상태'는 주체의 해석에 의존해서만 또는 사회적 합의에 의존해서만 의미를 나타내는 상태로 정의된다. 앞의 예에서 노트북에 저장된 정보는 전자적 신호가 나열된 상태로서 파생적 상태이다. 주체에 의해 열람된 후에도 노트북의 정보는 여전히 파생적 상태이다. 하지만 열람 후 주체에게는 기억이 생겨난다. 로랜즈에게 인지 과정은 파생적 상태가 심적 상태로 변환되는 과정이 아니라, 파생적 상태를 조작함으로써 심적 상태를 생겨나게 하는 과정이다. 심적 상태가 주체의 몸 외부로 확장되는 것이 아니라, 심적 상태를 생겨나게 하는 인지 과정이 확장되는 것이다. 이러한 ㉠확장된 인지 과정은 인지 주체의 것일 때에만, 다시 말해 환경의 변화를 탐지하고 그에 맞춰 행위를 조절하는 주체와 통합되어 있을 때에만 성립할 수 있다. 즉 로랜즈에

게 주체 없는 인지란 있을 수 없다. 확장 인지 이론은 의식의 문제를 몸 안으로 한정하지 않고 바깥으로까지 넓혀 설명한다는 의의를 지닌다.

(나)

일반적으로 '지각'이란 몸의 감각 기관을 통해 사물에 대해 아는 것을 의미한다. 이러한 지각을 분석할 때 두 가지 사실에 직면한다. 첫째, 그 사물과 내 몸은 물질세계에 있다. 둘째, 그 사물에 대한 나의 의식은 물질세계가 아닌 다른 세계에 있다. 즉 몸으로서의 나는 사물과 같은 세계에 속하는 동시에 의식으로서의 나는 사물과 다른 세계에 속한다.

이에 대한 객관주의 철학의 입장은 두 가지로 나뉜다. 의식을 포함한 모든 것을 물질로 환원하여 의식은 물질에 불과하다고 주장하거나, 의식을 물질과 구분되는 독자적 실체로 규정함으로써 의식과 물질의 본질적 차이를 주장한다. 전자에 의하면 지각은 사물로부터의 감각 자극에 따른 주체의 물질적 반응으로 이해되며, 후자에 의하면 지각은 감각된 사물에 대한 주체 즉 의식의 판단으로 이해된다. 이처럼 양자 모두 주체와 대상의 분리를 전제하고 지각을 이해한다. 주체와 대상은 지각 이전에 이미 확정되어 각각 존재한다는 것이다.

하지만 지각은 주체와 대상이 각자로서 존재하기 이전에 나타나는 얽힘의 체험이다. 예를 들어 다른 사람과 손이 맞닿을 때 내가 누군가의 손을 ⓔ만지는 동시에 나의 손 역시 누군가에 의해 만져진다. 감각하는 것이 동시에 감각되는 것이 되는 얽힘의 순간에, 나는 나와 대상을 확연히 구분한다. 지각이라는 얽힘의 작용이 있어야 주체와 대상이 분리될 수 있다. 다시 말해 주체와 대상은 지각이 일어난 이후 비로소 확정된다. 따라서 ㉡지각과 감각은 서로 구분되지 않는다.

지각은 물질적 반응이나 의식의 판단이 아니라, 내 몸의 체험이다. 지각은 나의 몸에 의해 이루어지는 것이고, 지각이 이루어지게 하는 것은 모두 나의 몸이다.

01

다음은 윗글을 읽은 학생이 정리한 내용이다. ㉮와 ㉯에 들어갈 말로 가장 적절한 것은?

> (가)는 기능주의를 소개한 후 ㉮ 은/는 같지 않다는 설(Searle)의 비판을 제시하고 있다. 그리고 인지 과정이 몸 바깥으로까지 확장된다고 주장하는 확장 인지 이론을 설명하고 있다. (나)는 인지 중에서도 감각 기관을 통한 인지, 즉 지각을 주제로 하고 있다. (나)는 지각에 대한 객관주의 철학의 입장을 비판하고, ㉯ 으로서의 지각을 주장하고 있다.

	㉮	㉯
①	의식과 함수적 역할	내 몸의 체험
②	의식과 함수적 역할	물질적 반응
③	의식과 뇌의 상태	의식의 판단
④	의식과 뇌의 상태	내 몸의 체험
⑤	입력과 출력	의식의 판단

02

(가)에서 알 수 있는 내용으로 적절하지 않은 것은?

① 동일론자들은 뇌가 존재하지 않으면 의식도 존재하지 않는다고 볼 것이다.
② 설(Searle)은 '중국어 방' 안의 사람과 중국어를 아는 사람의 의식이 다르다고 볼 것이다.
③ 로랜즈는 기억이 주체의 몸 바깥으로 확장될 수 있다고 볼 것이다.
④ 로랜즈는 인지 과정이 파생적 상태를 조작하는 과정을 포함한다고 볼 것이다.
⑤ 로랜즈는 노트북에 저장된 정보가 그 자체로는 심적 상태가 아니라고 볼 것이다.

03

(나)의 필자의 관점에서 ㉠을 평가한 내용으로 가장 적절한 것은?

① 확장된 인지 과정이 인지 주체의 것일 때에만 성립할 수 있다는 주장은, 지각 이전에 확정된 주체를 전제한 것이므로 타당하지 않다.
② 확장된 인지 과정이 인지 주체의 것일 때에만 성립할 수 있다는 주장은, 의식이 세계를 구성하는 독자적 실체라고 규정하는 것이므로 타당하다.
③ 주체와 통합된 경우에만 확장된 인지 과정이 성립할 수 있다는 주장은, 의식은 물질에 불과하다고 본 것이므로 타당하다.
④ 주체와 통합된 경우에만 확장된 인지 과정이 성립할 수 있다는 주장은, 외부 세계에 대한 지각이 이루어질 수 없다고 보는 것이므로 타당하지 않다.
⑤ 주체와 통합된 경우에만 확장된 인지 과정이 성립할 수 있다는 주장은, 주체와 대상의 분리를 통해서만 지각이 이루어질 수 있다고 보는 것이므로 타당하다.

04

㉡의 이유로 가장 적절한 것은?

① 감각과 지각 모두 물질세계에서 이루어지기 때문에
② 감각하는 것이 동시에 감각되는 것이 되는 얽힘의 작용이 지각이기 때문에
③ 지각은 몸에 의해 이루어지지만 감각은 몸에 의해 이루어지지 않기 때문에
④ 지각은 의식으로서의 주체가 외부의 대상을 감각하여 판단한 결과이기 때문에
⑤ 주체와 대상이 분리되기 이전에 감각과 지각이 분리된 채로 존재하기 때문에

05

(가), (나)를 바탕으로 〈보기〉의 상황을 이해한 내용으로 적절하지 <u>않은</u> 것은? [3점]

| 보기 |

빛이 완전히 차단된 암실에 A와 B 두 명의 사람이 있다. A는 막대기로 주변을 더듬어 사물의 위치를 파악한다. 막대기 사용에 익숙한 A는 사물에 부딪친 막대기의 진동을 통해 사물의 위치를 파악할 수 있다. B는 초음파 센서로 탐지한 사물의 위치 정보를 '뇌-컴퓨터 인터페이스(BCI)'를 사용하여 전달받는다. 이를 통해 B는 사물의 위치를 파악할 수 있다. BCI는 사람의 뇌에 컴퓨터를 연결하여 외부 정보를 뇌에 전달할 수 있는 기술이다.

① (가)의 기능주의에 따르면, A와 B가 암실 내 동일한 사물의 위치를 묻는 질문에 동일한 대답을 내놓는 경우 이때 둘의 의식은 차이가 없겠군.

② (가)의 확장 인지 이론에 따르면, BCI로 암실 내 사물의 위치를 파악하는 것이 B의 인지 과정인 경우 B에게 사물의 위치에 대한 심적 상태가 생겨나겠군.

③ (가)의 확장 인지 이론에 따르면, 암실 내 사물에 부딪친 막대기의 진동이 A의 해석에 의존해서만 의미를 나타내는 경우 그 진동 상태는 파생적 상태가 아니겠군.

④ (나)에서 몸에 의한 지각을 주장하는 입장에 따르면, 막대기에 의해 A가 사물의 위치를 지각하는 경우 막대기는 A의 몸의 일부라고 할 수 있겠군.

⑤ (나)에서 의식을 물질로 환원하는 입장에 따르면, BCI를 통해 입력된 정보로부터 B의 지각이 일어난 경우 BCI를 통해 들어온 자극에 따른 B의 물질적 반응이 일어난 것이겠군.

06

문맥상 ⓐ~ⓔ의 단어와 가장 가까운 의미로 쓰인 것은?

① ⓐ: 그간의 사정을 <u>봐서</u> 그를 용서해 주었다.

② ⓑ: 이사 후에 가난하던 살림살이가 <u>일어났다</u>.

③ ⓒ: 개발에 <u>따른</u> 자연 훼손 문제가 심각해졌다.

④ ⓓ: 단어의 뜻을 <u>알아보기</u> 위해 사전을 펼쳤다.

⑤ ⓔ: 그는 컴퓨터 프로그램을 제법 <u>만질</u> 줄 안다.

주제 통합 07

📖 2023학년도 수능

공부한 날		월	일
목표 시간		분	초
시작 :	종료	:	
소요 시간		분	초

01-06 다음 글을 읽고 물음에 답하시오.

(가)

중국에서 비롯된 유서(類書)는 고금의 서적에서 자료를 수집하고 항목별로 분류, 정리하여 이용에 편리하도록 편찬한 서적이다. 일반적으로 유서는 기존 서적에서 필요한 부분을 뽑아 배열할 뿐 상호 비교하거나 편찬자의 해석을 가하지 않았다. 유서는 모든 주제를 망라한 일반 유서와 특정 주제를 다룬 전문 유서로 나눌 수 있으며, 편찬 방식은 책에 따라 다른 경우가 많았다. 중국에서는 대체로 왕조 초기에 많은 학자를 동원하여 국가 주도로 대규모 유서를 편찬하여 간행하였다. 이를 통해 이전까지의 지식을 집성하고 왕조의 위엄을 과시할 수 있었다. [A]

고려 때 중국 유서를 수용한 이후, 조선에서는 중국 유서를 활용하는 한편, 중국 유서의 편찬 방식에 ⓐ따라 필요에 맞게 유서를 편찬하였다. 조선의 유서는 대체로 국가보다 개인이 소규모로 편찬하는 경우가 많았고, 목적에 따른 특정 주제의 전문 유서가 집중적으로 편찬되었다. 전문 유서 가운데 편찬자가 미상인 유서가 많은데, 대체로 간행을 염두에 두지 않고 기존 서적에서 필요한 부분을 발췌, 기록하여 시문 창작, 과거 시험 등 개인적 목적으로 유서를 활용하고자 하였기 때문이었다.

이 같은 유서 편찬 경향이 지속되는 가운데 17세기부터 실학의 학풍이 하나의 조류를 형성하면서 유서 편찬에 변화가 나타났다. ㉮실학자들의 유서는 현실 개혁의 뜻을 담았고, 편찬 의도를 지식의 제공과 확산에 두었다. 또한 단순 정리를 넘어 지식을 재분류하여 범주화하고 평가를 더하는 등 저술의 성격을 드러냈다. 독서와 견문을 통해 주자학에서 중시되지 않았던 지식을 집적했고, 증거를 세워 이론적으로 밝히는 고증과 이에 대한 의견 등 '안설'을 덧붙이는 경우가 많았다. 주자학의 지식을 ⓑ이어받는 한편, 주자학이 아닌 새로운 지식을 수용하는 유연성과 개방성을 보였다. 광범위하게 정리한 지식을 식자층이 ⓒ쉽게 접할 수 있어야 한다고 생각했고, 객관적 사실 탐구를 중시하여 박물학과 자연 과학에 관심을 기울였다.

조선 후기 실학자들이 편찬한 유서가 주자학의 관념적 사유에 국한되지 않고 새로운 지식의 축적과 확산을 촉진한 것은 지식의 역사에서 적지 않은 의미를 지닌다.

(나)

예수회 선교사들이 중국에 소개한 서양의 학문, 곧 서학은 조선 후기 유서(類書)의 지적 자원 중 하나로 활용되었다. 조선 후기 실학자들 가운데 이수광, 이익, 이규경 등이 편찬한 백과전서식 유서는 주자학의 지적 영역 내에서 서학의 지식을 어떻게 수용하였는지

를 보여 주는 대표적인 사례이다.

17세기의 이수광은 주자학뿐 아니라 다른 학문에 대해서도 열린 태도를 가지고 있었다. 주자학에 기초하여 도덕에 관한 학문과 경전에 관한 학문 등이 주류였던 당시 상황에서, 그는 『지봉유설』을 통해 당대 조선의 지식을 망라하여 항목화하고 자신의 견해를 덧붙였을 뿐 아니라 사신의 일원으로 중국에서 접한 서양 관련 지식을 객관적으로 소개했다. 이에 대해 심성 수양에 절실하지 않을뿐더러 주자학이 아닌 것이 ⓓ뒤섞여 순수하지 않다는 ㉯일부 주자학자의 비판이 있었지만, 그가 소개한 서양 관련 지식은 중국과 큰 시간 차이 없이 주변에 알려졌다.

18세기의 이익은 서학 지식 자체를 ㉠『성호사설』의 표제어로 삼았고, 기존의 학설을 정당화하거나 배제하는 근거로 서학을 수용하는 등 서학을 지적 자원으로 활용하였다. 특히 그는 서학의 세부 내용을 다른 분야로 확대하며 상호 참조하는 방식으로 지식을 심화하고 확장하여 소개하였다. 서학의 해부학과 생리학을 그 자체로 수용하지 않고 주자학 심성론의 하위 이론으로 재분류하는 등 지식의 범주를 ⓔ바꾸어 수용하였다. 또한 서학의 수학을 주자학의 지식 영역 안에서 재구성하기도 하였다.

19세기의 이규경도 ㉡『오주연문장전산고』를 편찬하면서 서학을 적극 활용하였다. 그는 『성호사설』의 분류 체계를 적용하였고 이익과 마찬가지로 서학의 천문학, 우주론 등의 내용을 수록하였다. 그가 주로 유서의 지적 자원으로 활용한 중국의 서학 연구서들은 서학을 소화하여 중국의 학문과 절충한 것이었고, 서학이 가지는 진보성의 토대가 중국이라는 서학 중국 원류설을 반영한 것이었다. 이에 따라 이규경은 이 책들에 담긴 중국화한 서학 지식과 서학 중국 원류설을 받아들였고, 문명의 척도로 여겨진 기존의 중화 관념에서 탈피하지 않으면서도 서학 수용의 이질감과 부담감에서 자유로울 수 있었다. 이렇듯 이규경은 중국의 서학 연구서들을 활용해 매개적 방식으로 서학을 수용하였다.

01

(가)와 (나)에 대한 설명으로 가장 적절한 것은?

① (가)는 유서의 유형을 분류하였고, (나)는 유서의 분류 기준
   과 적절성 여부를 평가하였다.

② (가)는 유서의 개념과 유용성을 소개하였고, (나)는 국가별
   유서의 변천 과정을 설명하였다.

③ (가)는 유서의 기원에 대한 다양한 학설을 검토하였고, (나)
   는 유서 편찬자들 간의 견해 차이를 분석하였다.

④ (가)는 유서의 특성과 의의를 설명하였고, (나)는 유서 편찬
   에서 특정 학문의 수용 양상을 시기별로 소개하였다.

⑤ (가)는 유서에 대한 평가가 시대별로 달라진 원인을 분석하였
   고, (나)는 역사적으로 대표적인 유서의 특징을 제시하였다.

02

[A]에 대한 이해로 적절하지 않은 것은?

① 조선에서 편찬자가 미상인 유서가 많았던 것은 편찬자의 개
   인적 목적으로 유서를 활용하려 했기 때문이다.

② 조선에서는 시문 창작, 과거 시험 등에 필요한 내용을 담은
   유서가 편찬되는 경우가 적지 않았다.

③ 조선에서는 중국의 편찬 방식을 따르면서도 대체로 국가보
   다는 개인에 의해 유서가 편찬되었다.

④ 중국에서는 많은 학자를 동원하여 대규모로 편찬한 유서를
   통해 왕조의 위엄을 드러내었다.

⑤ 중국에서는 주로 서적에서 발췌한 내용을 비교하고 해석을
   덧붙여 유서를 편찬하였다.

03

**㉔에 대한 이해를 바탕으로 ㉠, ㉡에 대해 파악한 내용으로 적절하
지 않은 것은?**

① 지식의 제공이라는 ㉔의 편찬 의도는, ㉠에서 지식을 심화
   하고 확장하여 소개한 것에서 나타난다.

② 지식을 재분류하여 범주화한 ㉔의 방식은, ㉠에서 해부학과
   생리학을 주자학 심성론의 하위 이론으로 수용한 것에서 나
   타난다.

③ 평가를 더하는 저술로서 ㉔의 성격은, ㉡에서 중국 학문의
   진보성을 확인하고자 서학을 활용한 것에서 나타난다.

④ 사실 탐구를 중시하며 자연 과학에 대해 드러낸 ㉔의 관심
   은, ㉡에서 천문학과 우주론의 내용을 수록한 것에서 나타
   난다.

⑤ 새로운 지식을 수용하는 ㉔의 유연성과 개방성은, ㉠과 ㉡
   에서 서학을 지적 자원으로 받아들인 것에서 나타난다.

04

㉕를 반박하기 위한 '이수광'의 말로 가장 적절한 것은?

① 학문에서 의리를 앞세우고 이익을 뒤로하는 것보다 중한 것
   이 없으니, 심성을 수양하는 것은 그다음의 일이다.

② 주자학에 매몰되어 세상의 여러 이치를 연구하지 않는 것은
   널리 배우고 익히는 앎의 바른 방법이 아닐 것이다.

③ 주자의 가르침이 쇠퇴하게 되면 주자학이 아닌 학문이 날로
   번성하게 되니, 주자의 도가 분명히 밝혀져야 한다.

④ 유학 경전에서 쓰이지 않은 글자를 한 글자라도 더하는 일
   을 용납하는 것은 바른 학문을 해치는 길이 될 것이다.

⑤ 참되게 알고 참되게 행하는 것이 어려우니, 우리 학문의 여
   러 경전으로부터 널리 배우고 면밀히 익혀야 할 것이다.

05

(가), (나)를 읽은 학생이 〈보기〉의 『임원경제지』에 대해 보인 반응으로 적절하지 <u>않은</u> 것은? [3점]

┌─── 보기 ───┐

　　서유구의 『임원경제지』는 19세기까지의 조선과 중국 서적들에서 향촌 관련 부분을 발췌, 분류하고 고증한 유서이다. 국가를 위한다는 목적의식을 명시한 이 유서에는 향촌 사대부의 이상적인 삶을 제시하는 과정에서 향촌 구성원 전체의 삶의 조건을 개선할 수 있는 방안이 실렸고, 향촌 실생활에서 활용할 수 있는 내용이 집성되었다. 주자학을 기반으로 실증과 실용의 자세를 견지했던 서유구의 입장, 서학 중국 원류설, 중국과 비교한 조선의 현실 등이 반영되었다. 안설을 부기했으며, 제한적으로 색인을 넣어 검색이 가능하도록 하였다.

└─────────────┘

① 현실 개혁의 뜻을 담았던 (가)의 실학자들의 유서와 마찬가지로 현실의 문제를 개선하려는 목적의식이 확인되겠군.

② 증거를 제시하여 이론적으로 밝히거나 의견을 제시하는 경우가 많았던 (가)의 실학자들의 유서와 마찬가지로 편찬자의 고증과 의견이 반영된 것이 확인되겠군.

③ 당대 지식을 망라하고 서양 관련 지식을 소개하고자 한 (나)의 『지봉유설』에 비해 특정한 주제를 중심으로 편찬되는 전문 유서의 성격이 두드러지게 드러나겠군.

④ 기존 학설의 정당화 내지 배제에 관심을 두었던 (나)의 『성호사설』에 비해 향촌 사회 구성원의 삶에 필요한 실용적인 지식의 활용에 대한 관심이 드러나겠군.

⑤ 중국을 문명의 척도로 받아들였던 (나)의 『오주연문장전산고』와 달리 중화 관념에 구애되지 않고 중국의 현실과 조선의 현실을 비교한 내용이 확인되겠군.

06

문맥상 ⓐ~ⓔ와 바꾸어 쓰기에 적절하지 <u>않은</u> 것은?

① ⓐ: 의거(依據)하여

② ⓑ: 계몽(啓蒙)하는

③ ⓒ: 용이(容易)하게

④ ⓓ: 혼재(混在)되어

⑤ ⓔ: 변경(變更)하여

주제 통합 08
2023학년도 9월 평가원

공부한 날		월	일
목표 시간		분	초
시작	:	종료	:
소요 시간		분	초

01-06 다음 글을 읽고 물음에 답하시오.

(가)

아도르노는 문화 산업에 의해 양산되는 대중 예술이 이윤 극대화를 위한 상품으로 전락함으로써 예술의 본질을 상실했을 뿐 아니라 현대 사회의 모순과 부조리를 은폐하고 있다고 지적했다. 아도르노가 보는 대중 예술은 창작의 구성에서 표현까지 표준화되어 생산되는 상품에 불과하다. 그는 대중 예술의 규격성으로 인해 개인의 감상 능력 역시 표준화되고, 개인의 개성은 다른 개인의 그것과 다르지 않게 된다고 보았다. 특히 모든 것을 상품의 교환 가치로 환원하려는 자본주의 사회에서, 대중 예술은 개인의 정체성마저 상품으로 ⓐ전락시키는 기제로 작용한다는 것이다.

아도르노는 서로 다른 가치 체계를 하나의 가치 체계로 통일시키려는 속성을 동일성으로, 하나의 가치 체계로의 환원을 거부하는 속성을 비동일성으로 규정하고, 예술은 이러한 환원을 거부하는 비동일성을 지녀야 한다고 주장한다. 그렇기 때문에 예술은 대중이 원하는 아름다운 상품이 되기를 거부하고, 그 자체로 추하고 불쾌한 것이 되어야 한다는 것이다. 그에게 있어 예술은 예술가가 직시한 세계의 본질을 감상자들에게 체험하게 해야 한다. 예술은 동일화되지 않으려는, 일정한 형식이 없는 비정형화된 모습으로 나타남으로써 현대 사회의 부조리를 체험하게 하는 매개여야 한다는 것이다.

아도르노는 쇤베르크의 음악과 같은 전위 예술이 그 자체로 동일화에 저항하면서도, 저항이나 계몽을 직접적으로 드러내지 않는다는 것을 높게 평가한다. 저항이나 계몽을 직접 표현하는 것에는 비동일성을 동일화하려는 폭력적 의도가 내재되어 있다고 보기 때문이다. 불협화음으로 가득 찬 쇤베르크의 음악이 감상자들에게 불쾌함을 느끼게 했던 것처럼 예술은 그것에 드러난 비동일성을 체험하게 함으로써 동일화의 폭력에 저항해야 한다는 것이다.

아도르노에게 있어 예술은 사회적 산물이며, 그래서 미학은 작품에 침전된 사회의 고통스러운 상태를 읽기 위해 존재한다. 그는 비동일성 그 자체를 속성으로 하는 전위 예술을 예술이 추구해야 할 바람직한 모습으로 제시했다.

(나)

아도르노의 미학은 예술과 사회의 관계를 통해 예술의 자율성을 추구했다는 점에서 긍정적으로 평가된다. 예술은 사회적인 것인 동시에 사회에서 떨어져 사회의 본질을 직시하는 것이어야 한다고 보기 때문이다. 그의 미학은 기존의 예술에 대한 비판적 관점을 제공한다. 가령 사과를 표현한 세잔의 작품을 아도르노의 미학으로 읽어 낸다면, 이 그림은 사회의 본질과 ⓑ유리된 '아름다운 가상'을 표현한 것에 불과할 것이다.

하지만 세잔의 작품은 예술가의 주관적 인상을 붉은색과 회색 등의 색채와 기하학적 형태로 표현한 미메시스일 수 있다. 미메시스란 세계를 바라보는 주체의 관념을 재현하는 것, 즉 감각될 수 없는 것을 감각 가능한 것으로 구현하는 것을 의미한다. 다시 말해 세잔의 작품은 눈에 보이는 특정의 사과가 아닌 예술가의 시선에 포착된 세계의 참모습, 곧 자연의 생명력과 그에 얽힌 농부의 삶 그리고 이를 ⓒ응시하는 예술가의 사유를 재현한 것이 된다.

아도르노는 예술이 예술가에게 포착된 세계의 본질을 감상자로 하여금 체험하게 하는 것이어야 한다고 본다. 그러나 그는 이러한 미적 체험을 현대 사회의 부조리에 국한시킴으로써, 진정한 예술을 감각적 대상인 형태 그 자체의 비정형성에 대한 체험으로 한정한다. 결국 ㉠아도르노의 미학에서는 주관의 재현이라는 미메시스가 부정되고 있다.

한편 아도르노의 미학은 예술의 영역을 극도로 축소시키고 있다. 즉 그 자신은 동일화의 폭력을 비판하지만, 자신이 추구하는 전위 예술만이 진정한 예술이라고 주장하며 ㉡전위 예술의 관점에서 예술의 동일화를 시도하고 있다. 특히 이는 현실 속 다양한 예술의 가치가 발견될 기회를 ⓓ박탈한다. 실수로 찍혀 작가의 어떠한 주관도 결여된 사진에서조차 새로운 예술 정신을 ⓔ발견하는 것이 가능하다는 베냐민의 지적처럼, 전위 예술이 아닌 예술에서도 미적 가치를 발견할 수 있다. 또한 대중음악이 사회적 저항의 메시지를 전달하는 사례도 있듯이, 자본의 논리에 편승한 대중 예술이라 하더라도 사회에 대한 비판적 기능을 수행하는 경우도 있다.

01

다음은 (가)와 (나)를 읽고 수행한 독서 활동지의 일부이다. Ⓐ~Ⓔ 중 적절하지 않은 것은?

	(가)	(나)
글의 화제	아도르노의 예술관 ······························ Ⓐ	
서술 방식의 공통점	구체적인 예를 제시하고 그것에 담긴 의미를 설명함. ·· Ⓑ	
서술 방식의 차이점	(가)는 (나)와 달리 화제와 관련된 개념을 정의하고 개념의 변화 과정을 제시함. ·········· Ⓒ	(나)는 (가)와 달리 논지를 강화하기 위해 다른 이의 견해를 인용함. ·········· Ⓓ
서술된 내용 간의 관계	(가)에서 소개한 이론에 대해 (나)에서 의의를 밝히고 한계를 지적함. ························· Ⓔ	

① Ⓐ
② Ⓑ
③ Ⓒ
④ Ⓓ
⑤ Ⓔ

02

아도르노가 보는 대중 예술에 대한 이해로 적절하지 않은 것은?

① 문화 산업을 통해 상품화된 개인의 정체성과 대립적 관계를 형성한다.

② 일정한 규격에 맞춰 생산될 뿐 아니라 대중의 감상 능력을 표준화한다.

③ 자본주의의 교환 가치 체계에 종속된 것으로서 예술로 포장된 상품에 불과하다.

④ 모든 것을 상품의 교환 가치로 환원하려는 자본주의 사회의 속성을 은폐한다.

⑤ 문화 산업의 이윤 극대화 과정에서 개인들이 지닌 개성의 차이를 상실시킨다.

03

㉠의 이유를 추론한 내용으로 가장 적절한 것은?

① 비정형적 형태뿐 아니라 정형적 형태 역시 재현되기 때문이다.

② 재현의 주체가 예술가로부터 예술 작품의 감상자로 전환되기 때문이다.

③ 미적 체험의 대상이 사회의 부조리에서 세계의 본질로 변화되기 때문이다.

④ 미적 체험의 과정에서 비정형적인 형태가 예술가의 주관으로 왜곡되기 때문이다.

⑤ 예술가의 주관이 가려지고 작품에 나타난 형태에 대한 체험만이 강조되기 때문이다.

04

(가)의 '아도르노'의 관점을 바탕으로 할 때, ㉡에 대해 반박할 수 있는 말로 가장 적절한 것은?

① 동일화는 애초에 예술과 무관하므로 예술의 동일화는 실현 불가능하다.

② 전위 예술의 속성은 부조리 그 자체를 폭로하는 것이므로 비동일성은 결국 동일성으로 귀결된다.

③ 동일성으로 환원된 대중 예술에서도 비동일성을 발견할 수 있으므로 예술의 동일화는 무의미하다.

④ 전위 예술은 동일성과 비동일성의 구분을 거부하므로 전위 예술로의 동일화는 새로운 차원의 비동일성으로 전환된다.

⑤ 동일화를 거부하는 속성이 전위 예술의 본질이므로 전위 예술을 추구하는 것은 동일화가 아니라 비동일화를 지향하는 것이다.

05

다음은 학생이 미술관에 다녀와서 작성한 감상문이다. 이에 대해 (가)의 '아도르노'의 관점(A)과 (나)의 글쓴이의 관점(B)에서 설명한 내용으로 적절하지 <u>않은</u> 것은? [3점]

주말 동안 미술관에서 작품을 관람했다. 기억에 남는 세 작품이 있었다. 첫 번째 작품의 제목은 〈자화상〉이었지만 얼굴의 형상을 전혀 찾아볼 수 없는 기괴한 모습이었고, 제각각의 형태와 색채들이 이곳저곳 흩어져 있어 불편한 감정만 느껴졌다. 두 번째 작품은 사회에 비판적인 유명 연예인의 얼굴을 묘사한 그림으로, 대량 복제되어 유통되는 작품이었다. 그리고 사용된 색채와 구도가 TV에서 본 상업 광고의 한 장면같이 익숙하게 느껴져서 좋았다. 세 번째 작품은 시골 마을의 서정적인 풍경을 사실적으로 묘사한 그림으로 색감과 조형미가 뛰어나 오랫동안 기억에 잔상으로 남았다.

① A: 첫 번째 작품에서 학생이 기괴함과 불편함을 느낀 것은 부조리한 사회에 대한 예술적 체험의 충격 때문일 수 있습니다.

② A: 두 번째 작품에서 학생이 느낀 익숙함은 현대 사회의 모순에 대한 무감각과 같은 것일 수 있습니다. 이는 문화 산업의 논리에 동일화되어 감각이 무뎌진 결과라 할 수 있습니다.

③ A: 세 번째 작품에 표현된 서정성과 조형미는 부조리에 대한 저항과는 괴리가 있습니다. 사회에 대한 저항을 직접적으로 드러낸 예술이어야 진정한 예술이라고 할 수 있습니다.

④ B: 첫 번째 작품의 흩어져 있는 형태와 색채가 예술가의 표현 의도를 담고 있지 않더라도 그 작품에서 예술적 가치를 발견할 수 있습니다.

⑤ B: 두 번째 작품은 대량 생산을 통해 제작된 것이지만 그 연예인의 사회 비판적 이미지를 이용해 현대 사회의 문제점을 고발하는 것일 수 있습니다.

06

문맥상 ⓐ~ⓔ와 바꿔 쓰기에 적절하지 <u>않은</u> 것은?

① ⓐ: 맞바꾸는

② ⓑ: 동떨어진

③ ⓒ: 바라보는

④ ⓓ: 빼앗는다

⑤ ⓔ: 찾아내는

주제 통합 **09**

📖 2023학년도 6월 평가원

공부한 날		월	일
목표 시간		분	초
시작 :	종료 :		
소요 시간		분	초

 매운맛 **01-06** 다음 글을 읽고 물음에 답하시오.

(가)

전국 시대의 혼란을 종식한 진(秦)은 분서갱유를 단행하며 사상 통제를 ⓐ기도했다. 당시 권력자였던 이사(李斯)에게 역사 지식은 전통만 따지는 허언이었고, 학문은 법과 제도에 대해 논란을 일으키는 원인에 불과했다. 이에 따라 전국 시대의 『순자』처럼 다른 사상을 비판적으로 ⓑ흡수하여 통합 학문의 틀을 보여 준 분위기는 일시적으로 약화되었다. 이에 한(漢) 초기 사상가들의 과제는 진의 멸망 원인을 분석하고 이에 기초한 안정적 통치 방안을 제시하며, 힘의 지배를 ⓒ숭상하던 당시 지배 세력의 태도를 극복하는 것이었다. 이러한 과제에 부응한 대표적 사상가는 육가(陸賈)였다.

순자의 학문을 계승한 그는 한 고조의 치국 계책 요구에 부응해 『신어』를 저술하였다. 이 책을 통해 그는 진의 단명 원인을 가혹한 형벌의 남용, 법률에만 의거한 통치, 군주의 교만과 사치, 그리고 현명하지 못한 인재 등용 등으로 지적하고, 진의 사상 통제가 낳은 폐해를 거론하며 한 고조에게 지식과 학문이 중요함을 설득하고자 하였다. 그에게 지식의 핵심은 현실 정치에 도움을 주는 역사 지식이었다. 그는 역사를 관통하는 자연의 이치에 따라 천문·지리·인사 등 천하의 모든 일을 포괄한다는 ㉠통물(統物)과, 역사 변화 과정에 대한 통찰로서 상황에 맞는 조치를 취하고 기존 규정을 고수하지 않는다는 ㉡통변(通變)을 제시하였다. 통물과 통변이 정치의 세계에 드러나는 것이 ㉢인의(仁義)라고 파악한 그는 힘에 의한 권력 창출을 긍정하면서도 권력의 유지와 확장을 위한 왕도 정치를 제안하며 인의의 실현을 위해 유교 이념과 현실 정치의 결합을 시도하였다.

인의가 실현되는 정치를 위해 육가는 유교의 범위를 벗어나지 않는 한에서 타 사상을 수용하였다. 예와 질서를 중시하며 교화의 정치를 강조하는 유교를 중심으로 도가의 무위와 법가의 권세를 끌어들였다. 그에게 무위는 형벌을 가벼이 하고 군주의 수양을 강조하는 것으로 평온한 통치의 결과를 의미했고, 권세도 현명한 신하의 임용을 통해 정치권력의 안정을 도모하는 방향성을 가진 것이었기에 원래의 그것과는 차별된 것이었다.

육가의 사상은 과도한 융통성으로 사상적 정체성이 문제가 되기도 했지만, 군주의 정치 행위에 따라 천명이 결정됨을 지적하고 인의의 실현을 강조한 통합의 사상이었다. 그의 사상은 한 무제 이후 유교 독존의 시대를 여는 데 기여하였다.

(나)

조선 초기에 진행된 고려 관련 역사서 편찬은 고려 멸망의 필연

성과 조선 건국의 정당성을 드러내는 작업이었다. 편찬자들은 다양한 방식으로 고려와 조선의 차별성을 부각하고, 고려보다 조선이 뛰어남을 설득하고자 하였다.

태조의 명으로 고려 말에 찬술되었던 자료들을 모아 고려에 관한 역사서가 편찬되었지만, 왕실이 아닌 편찬자의 주관이 ⓓ개입되었다는 비판이 제기되는 등 여러 문제점이 지적되었다. 이에 태종은 고려의 역사서를 다시 만들라는 명을 내렸다. 이후 고려의 용어들을 그대로 싣자는 주장과 유교적 사대주의에 따른 명분에 맞추어 고쳐 쓰자는 주장이 맞서는 등 세종 대까지도 논란이 ⓔ계속되었지만, 문종 대에 이르러 『고려사』 편찬이 완성되었다. 이 과정에서 역사 연구에 관심을 기울인 세종은 경서(經書)가 학문의 근본이라면 역사서는 학문을 현실에서 구현하는 것으로 파악하고, 집현전 학자들과의 경연을 통해 경서와 역사서에 대한 이해를 쌓아 갔다.

이런 분위기에서 세종은 중국과 우리나라의 흥망성쇠를 담은 『치평요람』의 편찬을 명하였고, 집현전 학자들은 원(元)까지의 중국 역사와 고려까지의 우리 역사를 정리하였다. 정리 과정에서 주자학적 역사관이 담긴 『자치통감강목』에 따라 역대 국가를 정통과 비정통으로 구분했지만, 편찬 형식 측면에서는 강목체를 따르지 않았다. 또한 올바른 정치의 여부에 따라 국가의 운명이 다하고 천명이 옮겨 간다는 내용을 드러내고자 기존 역사서와 달리 국가 간 전쟁과 외교 문제, 국가 말기의 혼란과 새 국가 초기의 혼란 수습 등을 부각하였다.

이러한 편찬 방식은 국가의 흥망성쇠를 거울삼아 국가를 잘 운영하겠다는 목적 이외에 새 국가의 토대를 마련하려는 의도가 전제된 것이었다. 이런 의도가 집중적으로 반영된 곳은 『치평요람』의 「국조(國朝)」 부분이었다. 이 부분의 편찬자들은 유교적 시각에서 고려 정치를 바라보며 불교 사상의 폐단을 비롯한 문제점들을 다각도로 드러냈고, 이를 통해 유교적 사회로의 변화를 주장하였다. 이성계의 능력과 업적을 담기는 했지만 이것이 조선 건국을 정당화하기에는 불충분했기에 세종은 역사적 사실을 배경으로 조선 왕조의 우수성을 부각한 『용비어천가』의 편찬을 지시했다. 이는 왕조의 우수성과 정통성을 경전과 역사의 다양한 근거를 통해 보여 주고자 한 것이었다.

01

(가)와 (나)의 차이점을 중심으로 두 글을 비교하며 읽는 방법으로 가장 적절한 것은?

① (가)는 한(漢)에서, (나)는 조선에서 쓰인 책을 설명하고 있으니, 시대 상황과 사상이 책에 반영된 양상을 비교하며 읽는다.

② (가)는 피지배 계층을, (나)는 지배 계층을 대상으로 한 책을 설명하고 있으니, 예상 독자의 반응 양상을 비교하며 읽는다.

③ (가)는 동일한 시대에, (나)는 서로 다른 시대에 쓰인 책들을 설명하고 있으니, 시대에 따른 창작 환경을 비교하며 읽는다.

④ (가)는 학문적 성격의, (나)는 실용적 성격의 책을 설명하고 있으니, 다양한 분야의 책에 담긴 보편성을 확인하며 읽는다.

⑤ (가)는 국가 주도로, (나)는 개인 주도로 편찬된 책들을 설명하고 있으니, 각 주체별 관심 분야의 차이를 확인하며 읽는다.

02

(가), (나)의 내용과 일치하지 않는 것은?

① 진의 권력자인 이사는 역사 지식과 학문을 부정적인 것으로 인식하였다.

② 전국 시대에는 『순자』처럼 여러 사상을 통합하려는 학문 경향이 있었다.

③ 『치평요람』은 『자치통감강목』의 편찬 형식에 따라 역대 국가를 정통과 비정통으로 구분하여 정리하였다.

④ 『치평요람』의 「국조」는 고려의 문제점들을 보임으로써 사회의 변화를 이끌어야 한다는 주장을 드러내었다.

⑤ 『용비어천가』에는 조선 왕조의 우수성을 드러내고 건국의 정당성을 확보하려는 목적이 담겨 있다.

03

㉠~㉢에 대한 이해로 가장 적절한 것은?

① ㉠은 역사 속에서 각광을 받았던 학문 분야들의 개별적 특징을 이해한 것이다.

② ㉡은 도가나 법가 사상을 중심 이념으로 삼아 정치 상황의 변화에 대응하려는 것이다.

③ ㉢은 현명한 신하의 임용과 엄한 형벌의 집행을 전제로 한 평온한 정치의 결과를 의미한다.

④ ㉢은 군주가 부단한 수양과 안정된 권력을 바탕으로 교화의 정치를 펼쳐야 실현되는 것이다.

⑤ ㉠과 ㉡은 역사 지식과 현실 정치를 긴밀히 연결하여 힘으로 권력을 창출하는 것을 의미한다.

04

윗글에서 '육가'와 '집현전 학자들'이 공통적으로 드러내고자 한 내용에 해당하는 것만을 〈보기〉에서 있는 대로 고른 것은?

| 보기 |

ㄱ. 옛 국가의 역사를 거울삼아 새 국가를 안정적으로 통치하도록 한다.

ㄴ. 옛 국가의 멸망 원인은 잘못된 정치 운영에 있지 않고 새 국가로 천명이 옮겨 온 것에 있다.

ㄷ. 옛 국가에서 드러난 사상적 공백을 채우기 위해 새 국가의 군주는 유교에 따라 통치하도록 한다.

① ㄱ 　② ㄴ 　③ ㄱ, ㄴ
④ ㄱ, ㄷ 　⑤ ㄴ, ㄷ

05

〈보기〉는 동양 역사가들의 견해이다. 〈보기〉를 바탕으로 (가), (나)를 이해한 내용으로 적절하지 <u>않은</u> 것은? [3점]

---| 보기 |---

ㄱ. 대부분 옛일의 성패를 논하기 좋아하고 그 일의 진위를 자세히 살피지 않는다. 하지만 진위를 분명히 한 후에야 성패가 어긋나지 않을 수 있다. 이는 역사 서술의 근원인 자료를 바로잡고 깨끗이 한다는 뜻이다.

ㄴ. 고금의 흥망은 현실의 객관적 형세인 시세의 흐름에 따르는 것이며, 사림(士林)의 재주와 덕행으로 말미암은 것은 아니었다. 그러므로 천하의 일은 시세가 제일 중요하고, 행복과 불행이 다음이며, 옳고 그름의 구분은 마지막이라고 하는 것이다.

ㄷ. 도(道)의 본체는 경서에 있지만 그것의 큰 쓰임은 역사서에 담겨 있다. 역사란 선을 높이고 악을 낮추며 선을 권면하고 악을 징계하는 것이다.

① ㄱ의 관점에 따르면, 『신어』에 제시된 진의 멸망 원인에 대한 지적은 관련 내용의 진위에 대한 명확한 판별 이후에 이루어져야 하는 것이겠군.

② ㄱ의 관점에 따르면, 『고려사』 편찬 과정에서 고려의 용어를 고쳐 쓰자고 한 의견은 역사 서술의 근원인 자료를 바로잡고 깨끗이 하자는 것이라고 볼 수 있겠군.

③ ㄴ의 관점에 따르면, 『치평요람』에 서술된 국가의 흥망은 그 원인이 인물들의 능력보다는 객관적 형세인 시세의 흐름에 있다고 보아야겠군.

④ ㄷ의 관점에 따르면, 『신어』에 제시된 진에 대한 비판은 악을 낮추고 징계하는 것으로 볼 수 있겠군.

⑤ ㄷ의 관점에 따르면, 『치평요람』 편찬과 관련한 세종의 생각에서 학문의 근본은 도의 본체에, 현실에서 학문의 구현은 도의 큰 쓰임에 대응하겠군.

06

문맥상 @~ⓔ와 바꿔 쓰기에 적절하지 <u>않은</u> 것은?

① ⓐ: 꾀했다
② ⓑ: 받아들여
③ ⓒ: 믿던
④ ⓓ: 끼어들었다는
⑤ ⓔ: 이어졌지만

II

사회

사회 01

🔖 2025학년도 수능

공부한 날		월	일
목표 시간		분	초
시작 :	종료	:	
소요 시간		분	초

🔥 **매운맛** 01-04 다음 글을 읽고 물음에 답하시오.

리프킨은 사회적 상호 작용에서의 자기표현은 본질적으로 연극적이며, 표면 연기와 심층 연기로 ⓐ이루어진다고 언급했다. 표면 연기는 내면의 자연스러운 감정보다 의례적인 표현과 같은 형식에 집중하여 연기하는 것이고, 심층 연기는 내면의 솔직한 정서를 ⓑ불러내어 자신의 진정성을 보여 주는 것이다. 인터넷에서의 커뮤니케이션에 주목한 리프킨은 가상 공간에서 자기표현이 더욱 활발히 이루어진다고 보았다.

가상 공간의 특성에 주목한 연구자들은 사람들과의 관계 속에서 드러나는 고유한 존재로서의 위상을 뜻하는 자기 정체성이 가상 공간에서 다양하게 ⓒ나타난다고 본다. 가상 공간에서는 익명성이 작동하므로 현실에서 위축되는 사람도 적극적으로 자기표현을 할 수 있다. 아울러 현실에서의 자기 정체성을 ⓓ감추고 다른 인격체로 활동하거나 현실에서 억압된 정서를 공격적으로 드러내기도 한다. 게임 아이디, 닉네임, 아바타 등 가상 공간에서 개별적 대상으로 인식되는 '인터넷 ID'에 대한 사이버 폭력이 ⓔ넘쳐 나는 현실도 이와 무관하지 않다.

사이버 폭력과 관련하여, 인터넷 ID만을 알고 있는 상황에서 그에 대해 명예훼손이나 모욕 등의 공격이 있을 때 가해자에게 법적인 책임을 물을 수 있는지에 대한 논란이 있어 왔다. 이는 인터넷 ID가 사회적 평판인 명예의 주체로 인정될 수 있는가와 관련된다. 인터넷 ID의 명예 주체성을 ㉠인정하는 입장에 따르면, 자기 정체성은 일원적·고정적인 것이 아니라 현실 세계와 가상 공간에 걸쳐 존재하고 상호 작용하는 복합적인 것이다. 인터넷에서의 자기 정체성은 사용자 개인의 자기 정체성의 일부이기 때문에 자기 정체성을 가진 인터넷 ID의 명예 역시 보호되어야 한다. 반면 ㉡인정하지 않는 입장에 따르면, 생성·변경·소멸이 자유롭고 복수로 개설이 가능한 인터넷 ID는 그 사용자인 개인을 가상 공간에서 구별하는 장치에 불과하다. 인터넷 ID는 현실에서의 성명과 달리 그 사용자인 개인과 동일시될 수 없고, 인터넷 ID 자체는 사람이 아니므로 명예 주체성을 인정할 수 없다는 것이다.

㉮대법원은 실명을 거론한 경우는 물론, 실명을 거론하지 않았더라도 주위 사정을 종합할 때 지목된 사람이 누구인지를 제3자가 알 수 있는 경우에는 명예훼손이나 모욕에 대한 가해자의 법적 책임이 성립한다고 판시해 왔다. 이를 수용한 헌법재판소에서는 인터넷 ID와 관련된 명예훼손·모욕 사건의 헌법 소원에 대한 결정을 내린 바 있다. 이 결정에서 ㉯다수 의견은 인터넷 ID만을 알 수 있을 뿐 그 사용자가 누구인지 제3자가 알 수 없다면 피해자가 특정되지 않아 명예훼손이나 모욕에 대한 가해자의 법적 책임이 성립하지 않는다고 보았다. 반면 인터넷 ID는 가상 공간에서 성명과 같은

기능을 하므로 제3자의 인식 여부가 법적 책임의 근거가 될 수 없다는 ㉰소수 의견도 제시되었다.

01

윗글의 내용과 일치하지 않는 것은?

① 심층 연기는 내면의 진솔한 정서를 드러내기 위해 형식에 집중하는 자기표현이다.

② 리프킨은 현실 세계보다 가상 공간에서 자기표현이 더욱 왕성하게 드러난다고 보았다.

③ 가상 공간에서 개별적인 것으로 인식되는 아바타는 사이버 폭력의 대상이 될 수 있다.

④ 익명성은 가상 공간에서 자기 정체성이 다양하게 나타나는 데 영향을 미치는 가상 공간의 특성이다.

⑤ 가상 공간에서의 자기 정체성은 현실에서의 자기 정체성과 마찬가지로 타인과의 관계 속에서 나타난다.

02

㉠과 ㉡에 대한 이해로 가장 적절한 것은?

① ㉠은 ㉡과 달리 자기 정체성을 단일하고 고정적인 것으로 파악하겠군.

② ㉠은 ㉡과 달리 인터넷 ID에 대한 공격을 그 사용자인 개인에 대한 공격이라고 보겠군.

③ ㉡은 ㉠과 달리 인터넷에서의 자기 정체성과 현실 세계의 자기 정체성이 상호 작용을 한다고 보겠군.

④ ㉡은 ㉠과 달리 인터넷 ID는 복수 개설이 가능하므로 자기 정체성이 복합적으로 구성된다고 보겠군.

⑤ ㉠과 ㉡은 모두, 인터넷 ID마다 개인의 자기 정체성이 다르다고 보겠군.

03

윗글을 바탕으로 〈보기〉를 이해한 내용으로 적절하지 <u>않은</u> 것은?

[3점]

┌─ 보기 ─┐

○○ 인터넷 카페의 이용자 A는 a, B는 b, C는 c라는 ID를 사용한다. 박사 학위 소지자인 A는 □□ 전시관의 해설사이고, B는 같은 전시관에서 물고기 관리를 혼자 전담한다. 이 전시관의 누리집에는 직무별로 담당자가 공개되어 있다. 어떤 사람이 □□ 전시관에서 A의 해설을 듣고 A의 실명을 언급한 후기를 카페 게시판에 올리자 다음과 같은 댓글이 달렸다.

┌──────────────────────────────┐
│ **A의 해설에 대한 후기** │
└──────────────────────────────┘
ㄴ b │A가 박사인지 의심스럽다. A는 # ~ #.
　　ㄴ a │□□ 전시관에서 물고기를 관리하는 b는 # ~ #.
　　　　ㄴ c │게시판 분위기를 흐리는 a는 # ~ #.

(단, '#~#'는 명예를 훼손하거나 모욕을 주는 표현이고 A, B, C는 실명이다. ID로는 그 사용자의 개인 정보를 알 수 없으며, A, B, C의 법적 책임에 영향을 미치는 다른 요소는 고려하지 않는다.)

① ㉮는 B가 가해자로서의 법적 책임을 져야 하지만 C는 가해자로서의 법적 책임을 지지 않는다고 보겠군.

② ㉯는 B가 가해자로서의 법적 책임을 져야 하지만 A는 가해자로서의 법적 책임을 지지 않는다고 보겠군.

③ ㉮와 ㉯는 A가 가해자로서의 법적 책임을 져야 하는지의 여부에 대해 같게 보겠군.

④ ㉯와 ㉰는 B가 가해자로서의 법적 책임을 져야 하는지의 여부에 대해 같게 보겠군.

⑤ ㉮, ㉯, ㉰가, C가 가해자로서의 법적 책임을 져야 하는지의 여부에 대해 판단한 내용이 모두 같지는 않겠군.

04

문맥상 ⓐ~ⓔ와 바꿔 쓰기에 가장 적절한 것은?

① ⓐ: 완성(完成)된다고
② ⓑ: 요청(要請)하여
③ ⓒ: 표출(表出)된다고
④ ⓓ: 기만(欺瞞)하고
⑤ ⓔ: 확충(擴充)되는

공부한 날		월	일
목표 시간		분	초
시작	:	종료	:
소요 시간		분	초

01-04 다음 글을 읽고 물음에 답하시오.

공정거래위원회는 시장 경쟁을 촉진하고 소비자 주권을 확립하기 위해, 사업자의 불공정한 거래 행위와 부당한 광고를 규제한다. 이를 위해 '공정거래법'과 '표시광고법'을 활용한다.

'공정거래법'은 사업자의 재판매 가격 유지 행위를 원칙적으로 금지한다. ㉠재판매 가격 유지 행위란 사업자가 상품·용역을 거래할 때 거래 상대방 사업자 또는 그다음 거래 단계별 사업자에게 거래 가격을 정해 그 가격대로 판매·제공할 것을 강제하거나 그 가격대로 판매·제공하도록 그 밖의 구속 조건을 ⓐ붙여 거래하는 행위이다. 이때 거래 가격에는 재판매 가격, 최고 가격, 최저 가격, 기준 가격이 포함된다. 권장 소비자 가격이라도 강제성이 있다면 재판매 가격 유지 행위에 해당한다.

재판매 가격 유지 행위는 사업자의 가격 결정의 자유, 즉 영업의 자유를 제한하고 사업자 간 가격 경쟁을 제한한다. 유통 조직의 효율성도 저하시킨다. 재판매 가격 유지 행위를 하는 사업자는 형사 처벌은 받지 않지만 시정명령이나 과징금 부과 대상이 될 수 있다. 다만, '공정거래법'에 따라 공정거래위원회가 고시하는 출판된 저작물은 금지 대상이 아니다. 또 경쟁 제한의 폐해보다 소비자 후생 증대 효과가 큰 경우 등 정당한 이유가 있으면 재판매 가격 유지 행위가 허용되는데, 그 이유는 사업자가 입증해야 한다.

'표시광고법'은 소비자를 속이거나 오인하게 할 우려가 있는 부당한 광고를 금지한다. 광고는 표현의 자유와 영업의 자유로 보호받는다. 하지만 사실과 다르거나 사실을 지나치게 부풀리는 거짓·과장 광고, 사실을 은폐하거나 축소하는 기만 광고를 금지한다. 이를 위반한 사업자는 시정명령이나 과징금 부과 또는 형사 처벌 대상이 될 수 있다.

추천·보증과 이용후기를 활용한 인터넷 광고가 늘면서 부당 광고 심사 기준이 중요해졌다. 공정거래위원회의 '추천·보증 광고 심사 지침', '인터넷 광고 심사 지침'에 따르면 추천·보증은 사업자의 의견이 아니라 제3자의 독자적 의견으로 인식되는 표현으로서, 해당 상품·용역의 장점을 알리거나 구매·사용을 권장하는 것이다. 경험적 사실을 근거로 추천·보증을 할 때는 실제 사용해 봐야 하고 추천·보증을 하는 내용이 경험한 사실에 부합해야 부당한 광고로 제재받지 않는다. 전문적 판단을 근거로 추천·보증을 할 때는 그 내용이 해당 분야의 전문적 지식에 부합해야 한다. 추천·보증이 광고에 활용되면서 추천·보증을 한 사람이 사업자로부터 현금 등의 대가를 지급받는 등 경제적 이해관계가 있다면 해당 게시물에 이를 명시해야 한다.

위의 두 심사 지침에서 말하는 ㉡이용후기 광고란 사업자가 자사 홈페이지 등에 게시된 소비자의 상품 이용후기를 활용해 광고하는 것이다. 사업자는 자신에게 유리한 이용후기는 광고로 적극 활용한다. 반면 사업자는 자신에게 불리한 이용후기는 비공개하거나 삭제하기도 하는데, 합리적 이유가 없다면 이는 부당한 광고가 될 수 있다. 사업자는 자신에게 불리한 이용후기의 게시자를 인터넷상 명예훼손죄로 고소하기도 한다. 이때 이용후기가 객관적 내용으로 자신의 사용 경험에 바탕을 두고 다른 이용자에게 도움을 주려는 등 공공의 이익에 관한 것으로 인정받는다면, 게시자의 비방할 목적이 부정되어 명예훼손죄가 성립하지 않는다.

01

윗글을 통해 알 수 있는 내용으로 적절하지 않은 것은?

① 부당한 광고 행위에 대해서는 재판매 가격 유지 행위와 달리 형사 처벌이 내려질 수 있다.

② 거래 단계별 사업자에게 거래 가격을 강제하는 것은 유통 조직의 효율성 저하를 초래한다.

③ 재판매 가격 유지 행위의 정당성을 인정받고자 하는 사업자는 그 행위의 정당성을 입증할 책임을 진다.

④ 경험적 사실을 바탕으로 한 추천·보증은 심사 지침에 따라 해당 분야의 전문적 지식에 부합해야 한다.

⑤ 공정거래위원회가 고시하는 출판된 저작물의 사업자는 거래 상대방 사업자에게 기준 가격을 지정할 수 있다.

02

㉠, ㉡에 대한 이해로 가장 적절한 것은?

① ㉠은 소비자 후생 증대 효과가 시장 경쟁 제한의 폐해보다 작은 경우에 허용된다.

② ㉠을 '공정거래법'에서 금지하는 목적은 사업자의 가격 결정의 자유를 제한하기 위한 것이다.

③ ㉡을 할 때 사업자는 영업의 자유를 보호받지만 표현의 자유는 보호받지 못한다.

④ ㉡은 사업자가 자사의 홈페이지에 직접 작성해서 게시한 이용 후기를 광고로 활용하는 것을 포함하지 않는다.

⑤ ㉠은 사업자와 소비자 간에, ㉡은 소비자와 소비자 간에 직접 일어나는 행위이다.

03

윗글을 바탕으로 〈보기〉를 이해한 내용으로 적절하지 <u>않은</u> 것은?

[3점]

━━━━━┤ 보기 ├━━━━━

　　A 상품 제조 사업자인 갑은 거래 상대방 사업자에게 특정 판매 가격을 지정해 거래했다. 갑의 회사 홈페이지에 A 상품에 대한 이용후기가 다수 게시되었다. 갑은 그중 A 상품의 품질 불량을 문제 삼은 이용후기 200개를 삭제하고, 박○○ 교수팀이 A 상품을 추천·보증한 광고를 게시했다. 광고 대행사 직원 을은 A 상품의 효능이 뛰어나다는 후기를 갑의 회사 홈페이지에 게시했다. 소비자 병은 A 상품을 사용하며 발견한 하자를 찍은 사진과 품질이 불량하다는 글을 갑의 회사 홈페이지에 게시했다. 갑은 병을 명예훼손죄로 처벌해 달라며 수사 기관에 고소했다.

① 갑이 A 상품의 품질 불량을 은폐하기 위해 자신에게 불리한 이용후기를 삭제하는 대신 비공개 처리하는 것도 부당한 광고에 해당하겠군.
② 갑이 박○○ 교수팀이 A 상품을 실험·검증하고 우수성을 추천·보증했다고 광고했으나 해당 실험이 진행된 적이 없다면 갑은 부당한 광고 행위로 제재를 받겠군.
③ 갑이 거래 상대방에게 판매 가격을 지정하며 이를 준수하도록 부과한 조건에 대해 정당성을 인정받지 못했더라도 그 가격이 권장 소비자 가격이었다면 갑은 제재를 받지 않겠군.
④ 을이 갑으로부터 금전을 받고 갑의 회사 홈페이지에 A 상품의 장점을 알리는 이용후기를 게시했다면 대가성이 있었다는 사실을 명시해야겠군.
⑤ 병이 A 상품을 직접 사용해 보고 그 상품의 결점을 제시하면서 다른 소비자들에게 도움을 주려는 취지로 이용후기를 게시한 점이 인정된다면 명예훼손죄가 성립되지 않겠군.

04

ⓐ와 문맥상 의미가 가장 가까운 것은?

① 그는 내 의견에 본인의 견해를 <u>붙여</u> 발언을 이어 갔다.
② 나는 수영에 재미를 <u>붙여</u> 수영장에 다니기로 결정했다.
③ 그는 따뜻한 바닥에 등을 <u>붙여</u> 잠깐 동안 잠을 청했다.
④ 나는 알림판에 게시물을 <u>붙여</u> 동아리 행사를 홍보했다.
⑤ 그는 숯에 불을 <u>붙여</u> 고기를 배부를 만큼 구워 먹었다.

공부한 날		월	일
목표 시간		분	초
시작	:	종료	:
소요 시간		분	초

매운맛 01-04 다음 글을 읽고 물음에 답하시오.

정당과 같은 정치 조직이 민주적 방식과 절차로 운영되어야 하는 것은 당연하다. 그런데 민주적 운영 체제를 갖추었으면서도 실제로는 일부 소수에게 권력이 집중되어 있는 경우도 적지 않다. 조직 운영에서 보이는 이러한 현상을 흔히 과두제라 한다. 이는 정치 조직에서뿐만 아니라 기업 경영에서도 나타난다.

모든 주주가 경영진을 이루어 상호 협력 관계를 기반으로 기업을 운영하며 의사 결정권도 균등하게 행사하는 경우에 이를 '공동체적 경영'이라 부르기도 한다. 이런 기업에서 경영진은 모두 업무와 관련하여 전문성을 가지며, 경영 수익에 관련된 중요한 사항은 주주들이 공동으로 결정한다. 그러나 기업의 규모가 성장하고 사업이 다양해지면, 소수의 의사 결정에 따른 수직적 경영으로 효율성을 지향하는 '과두제적 경영'으로 나아가는 일도 있다.

과두제적 경영은 소수의 경영자로 이루어진 경영진이 강한 결속력을 가지면서 실질적 권한과 정보를 독점하며 기업을 운영하는 것을 말한다. 이런 체제는 전문성과 경험을 갖춘 경영진을 중심으로 안정적 경영권이 확보될 수 있도록 하여, 기업 전략을 장기적으로 수립하고, 이에 맞춰 과감하고 지속적인 투자를 할 수 있어서 첨단 핵심 기술의 개발에도 유리한 면이 있다. 그리고 기업과 경영진 간의 높은 일체성은 위기 상황에서 신속한 의사 결정으로 효율적인 대처를 하는 데 도움을 주기도 한다.

그런데 대체로 주주의 수가 많으면 개별 주주의 결정권은 약하고, 소수의 경영진이 기업을 장악하는 힘은 크다. 이를 이용하여 정보와 권한이 집중된 소수의 경영진이 사익에 치중하면 다수 주주의 이익이 침해되는 폐해가 나타날 수 있다. 경영 성과를 실제보다 부풀려 투자를 유치한 뒤 주주들에게 회복하기 어려운 손해를 입히는 경우도 있으며, 기업 운영에 중대한 영향을 미치는 주요 정보들을 은폐하거나 경영 상황을 조작하여 발표함으로써 결과적으로 기업의 가치에 심각한 타격을 주는 사례도 종종 보게 된다.

이러한 문제점을 완화하기 위해 기업이 경영자와 계약을 체결하여 급여 이외의 경제적 이익을 동기로 부여하는 방안이 있다. 예를 들면, 일정 수량의 주식을 계약 시에 정한 가격으로 미래에 매수할 수 있도록 하는 스톡옵션의 권리를 경영자에게 부여하는 방식이 있다. 이 권리를 행사할지 말지는 자유이고, 경영자는 매수 시점을 유리하게 선택할 수 있다. 또 아직 우리나라에 도입되지는 않았지만, 기업의 주식 가치가 목표치 이상으로 올랐을 때 경영자가 그에 상응하는 보상을 받는 주식 평가 보상권의 방식도 있다.

기업 경영의 건전성을 확보하기 위해 마련된 공적 제도들은 과두제적 경영의 폐해를 방지하는 기능도 한다. 기업의 주식 가치에 영향을 미칠 수 있는 정보 제공을 법적으로 의무화한 경영 공시 제도는 경영 투명성을 높이려는 것이다. 이를 통해 경영진과 주주들 간 정보 격차가 줄어들 수 있다. 기업의 이사회에 외부 인사를 이사로 참여시키도록 하는 사외 이사 제도는 독단적인 의사 결정을 견제함으로써 폐쇄적 경영으로 인한 정보와 권한의 집중을 억제하는 효과를 거둘 수 있다.

01

윗글의 내용 전개 방식으로 가장 적절한 것은?

① 대상의 개념과 장단점을 제시하고 보완책을 소개한다.
② 유사한 원리들을 분석하고 이를 하나의 이론으로 통합한다.
③ 대립하는 유형을 들어 이론적 근거의 변천 과정을 설명한다.
④ 가설을 세우고 그에 대해 현실적인 사례를 들어 가며 검토한다.
⑤ 문제 상황의 근본 원인을 진단하고 해결책에 대한 상반된 입장을 해설한다.

02

과두제적 경영에 대한 이해로 적절하지 않은 것은?

① 소수의 경영진이 내린 의사 결정이 수직적으로 집행되는 효율성을 추구한다.
② 강한 결속력을 가진 소수의 경영자로 경영진을 이루어 경영권 유지에 강점이 있다.
③ 경영권이 안정되어 중요 기술 개발에 적극적인 투자를 계속하는 데에 유리하다는 장점이 있다.
④ 경영진이 투자자의 유입을 유도하기 위하여 경영 성과를 부풀릴 위험성이 있어 이에 대비할 필요가 있다.
⑤ 경영진과 다수 주주 사이의 이해가 일치하는 경우에는 그렇지 않은 경우보다 기업 가치가 훼손될 위험성이 높아진다.

03

윗글을 읽고 추론한 내용으로 적절하지 <u>않은</u> 것은?

① 스톡옵션의 권리를 가진 경영자는 주식 가격이 미리 정해 놓은 것보다 하락하더라도 손실을 입지 않을 수 있다.

② 스톡옵션은 경영자의 성과 보상에 미래의 주식 가치가 관련 된다는 점에서 주식 평가 보상권과 차이가 있다.

③ 경영 공시는 주주가 기업 경영 상황을 파악하여 기업 가치 를 평가하는 데 유용한 제도가 될 수 있다.

④ 사외 이사 제도는 기업의 의사 결정에 외부 인사를 참여시 켜 경영의 개방성을 높일 수 있는 제도라 평가할 수 있다.

⑤ 경영 공시 제도와 사외 이사 제도는 기업의 중요 정보에 대 한 경영진의 독점을 완화할 수 있다.

04

윗글을 바탕으로 〈보기〉를 이해한 내용으로 가장 적절한 것은? [3점]

┤ 보기 ├

X사는 정밀 부품 분야에서 독보적인 기술을 장기간 보유하여 발전시켜 온 기업으로서 시장 점유율도 높다. 원래 X사의 주주 들은 모두 함께 경영진이 되어 중요 사항에 대하여 동등한 결정 권을 보유하였으나, 기업이 성장하면서 효율성 증진을 위하여 소수의 주주만으로 경영진을 구성하였다. 경영진은 주기적으로 다른 주주들로 교체되어 전체 주주는 기업의 경영 상태를 파악 할 수 있으며, 경영 이익의 분배와 같은 주요 사항은 전체 주주 가 공동으로 의결한다. X사의 주주 A와 B는 회사의 진로에 관 하여 다음과 같은 대화를 나누었다.

A: 최근 치열해진 경쟁에 대응하려면, 경영진의 구성원을 변동 시키지 않고 경영 결정권도 경영진이 전적으로 행사하도록 하는 게 좋겠습니다.

B: 시장 점유율도 잘 유지되고 있고 우리 주주들의 전문성도 탁 월하니, 예전처럼 회사를 운영한다고 하더라도 문제없을 듯 합니다.

① X사는 주주들 사이의 평등성이 강하여 과도한 정보 격차나 권한 집중과 같은 폐해를 보이지 않는다.

② X사는 현재 경영진이 고정되는 구조로 바뀌었지만 주주가 실적에 대한 이익 분배를 결정할 수 있기 때문에 수직적 경 영의 부작용은 나타나지 않는다.

③ A는 결속력이 강한 소수의 경영진을 중심으로 운영되는 경 영 방식을 현행대로 유지하여야 시장의 점유율을 지킬 수 있다고 보는 입장이다.

④ B는 수평적인 의사 결정 구조로의 전환을 최소한으로 하여 효율적 경영을 유지해야 한다고 보는 입장이다.

⑤ A와 B는 현재 X사가 경험과 전문성을 바탕으로 안정적인 과두제적 경영을 하고 있다는 전제에서 논의를 한다.

사회 04

📖 2024학년도 수능

공부한 날		월	일
목표 시간		분	초
시작	:	종료	:
소요 시간		분	초

01-04 다음 글을 읽고 물음에 답하시오.

⊙경마식 보도는 경마 중계를 하듯 지지율 변화나 득표율 예측 등을 집중 보도하는 선거 방송의 한 방식이다. 경마식 보도는 선거일이 가까워질수록 증가한다. 새롭고 재미있는 정보를 원하는 시청자들의 요구에 부응하고, 방송사로서도 매일 새로운 뉴스를 제공하는 방편이 될 수 있기 때문이다. 경마식 보도는 선거와 정치에 무관심한 유권자들의 선거 참여, 정치 참여를 독려하는 장점이 있다. 하지만 흥미를 돋우는 데 치중하는 경마식 보도는 선거의 주요 의제를 도외시하고 경쟁 결과에 초점을 맞춰 선거의 공정성을 저해할 수 있다.

경마식 보도의 문제점을 줄이려는 조치가 있다. ㉮「공직선거법」의 규정에 따르면, 당선인을 예상케 하는 여론조사를 실시하는 것은 언제든지 가능하지만, 그 결과의 보도는 선거일 6일 전부터 투표 마감 시각까지 금지된다. 이러한 규정이 국민의 알 권리와 언론의 자유를 침해하는지에 대해 헌법재판소는 신뢰할 수 있는 여론조사 결과라 하더라도 선거일에 임박해 보도하면 선거에 영향을 끼칠 수 있다며 합헌 결정을 내렸다. 「공직선거법」에 근거를 둔 ㉯「선거 방송심의에 관한 특별규정」은 유권자에게 영향을 줄 수 있는 사실의 왜곡 보도를 금지하고, 여론조사 결과가 오차 범위 내에 있을 때에 이를 밝히지 않은 채로 서열이나 우열을 나타내는 보도도 금지하고 있다. 언론 단체의 ㉰「선거여론조사보도준칙」은 표본 오차를 감안하여 여론조사 결과를 정확하게 보도하도록 요구한다. 지지율 차이가 오차 범위 내에 있을 때 "경합"이라는 표현은 무방하지만 서열화하거나 "오차 범위 내에서 앞섰다."라는 표현처럼 우열을 나타내어 보도할 수 없다는 것이다.

경마식 보도로부터 드러난 선거 방송의 한계를 보완하는 방책 중 하나로 선거 방송 토론회가 활용될 수 있다. 이 토론회를 통해 후보자 간 정책과 자질 등의 차이가 드러날 수 있는데, 현실적인 이유로 초청 대상자는 한정된다. ㉡「공직선거법」의 선거 방송 토론회 규정은 5인 이상의 국회의원을 가진 정당이나 직전 선거에서 3% 이상 득표한 정당이 추천한 후보, 또는 언론기관의 여론조사 결과 평균 지지율이 5% 이상인 후보자 등을 초청 기준으로 제시하고 있다. 다만 초청 대상이 아닌 후보자들을 위해 별도의 토론회 개최가 가능하고 시간이나 횟수를 다르게 할 수 있다.

이러한 규정이 선거 운동의 기회균등 원칙을 침해하는지에 대해 헌법재판소는 위헌이 아니라고 결정했다. ⓐ다수 의견은 방송 토론회의 효율적 운영을 고려할 때 초청 대상 후보자 수가 너무 많으면 제한된 시간 안에 심층적인 토론이 이루어지기 어렵고, 유권자들도 관심이 큰 후보자들의 정책 및 자질을 직접 비교하기 어렵

다는 점을 지적하며, 이 규정은 합리적 제한이라고 보았다. 반면 ⓑ소수 의견은 이 규정이 가장 효과적인 선거 운동의 기회를 일부 후보자에게서 박탈하며, 유권자에게도 모든 후보자를 동시에 비교하지 못하게 하고, 초청 대상 후보자 토론회에 참여한 후보자와 그렇지 못한 후보자를 차별적으로 인식하게 만든다고 지적하였다. 이 규정을 소수 정당이나 정치 신인 등에 대한 자의적이고 차별적인 침해라고 본 것이다.

01

⊙에 대한 설명으로 가장 적절한 것은?

① 선거 기간의 후반기에 비해 전반기에 더 많다.
② 시청자와 방송사의 상반된 이해관계가 반영된다.
③ 당선자 예측과 관련된 정보의 전파에 초점을 맞추지 않는다.
④ 선거의 핵심 의제에 관한 후보자의 입장을 다룬 보도를 중시한다.
⑤ 정치에 관심이 없던 유권자들이 선거에 관심을 갖도록 북돋운다.

02

윗글에서 알 수 있는 내용으로 적절하지 않은 것은?

① 신뢰할 수 있는 여론조사의 결과를 보도하더라도 선거의 공정성을 위협할 수 있다.
② 정당의 추천을 받지 못해도 선거 방송의 초청 대상 후보자 토론회에 참여할 수 있다.
③ 국민의 알 권리와 언론의 자유가 서로 충돌하는지의 문제를 헌법재판소에서 논의한 적이 있다.
④ 선거일에 당선인 예측 선거 여론조사를 실시하고 투표 마감 시각 이후에 그 결과를 보도할 수 있다.
⑤ 「공직선거법」에는 선거 운동의 기회가 모든 후보자에게 균등하게 배분되지 못하도록 할 가능성이 있는 규정이 있다.

03

ⓒ과 관련하여 ⓐ와 ⓑ의 입장에 대한 반응으로 가장 적절한 것은?
[3점]

① 선거 방송 초청 대상 후보자 토론회에서 후보자들이 심층적인 토론을 하지 못한 원인이 시간의 제한이나 참여한 후보자의 수와 관계가 없다면 ⓐ의 입장은 강화되겠군.

② 주요 후보자의 정책이 가진 치명적 허점을 지적하고 좋은 대안을 제시해 유명해진 정치 신인이 선거 방송 초청 대상 후보자 토론회에 초청받지 못한다면 ⓐ의 입장은 약화되겠군.

③ 선거 방송 초청 대상 후보자 토론회에 참여할 적정 토론자의 수를 제한하는 기준이 국민의 합의에 의해 결정되었기 때문에 자의적인 것이 아니라고 한다면 ⓑ의 입장은 강화되겠군.

④ 어떤 후보자가 지지율이 낮은 후보자 간의 별도 토론회에서 뛰어난 정치 역량을 보여 주었음에도 그 토론회에 참여했다는 이유만으로 지지율이 떨어진다면 ⓑ의 입장은 약화되겠군.

⑤ 유권자들이 뛰어난 역량을 가진 소수 정당 후보자를 주요 후보자들과 동시에 비교할 수 있는 가장 효율적인 방법이 선거 방송 초청 대상 후보자 토론회라면 ⓑ의 입장은 약화되겠군.

04

㉮~㉱에 따라 〈보기〉에 대한 언론 보도를 평가한 내용으로 적절하지 않은 것은?

| 보기 |

다음은 ○○방송사의 의뢰로 △△여론조사 기관에서 세 차례 실시한 당선인 예측 여론조사 결과의 일부이다. (세 조사 모두 신뢰 수준 95%, 오차 범위 8.8%P임.)

구분		1차 조사	2차 조사	3차 조사
조사일		선거일 15일 전	선거일 10일 전	선거일 5일 전
조사 결과	A 후보	42%	38%	39%
	B 후보	32%	37%	38%
	C 후보	18%	17%	17%

① 1차 조사 결과를 선거일 14일 전에 "A 후보, 10%P 이상의 차이로 B 후보와 C 후보에 우세"라고 보도하는 것은 ㉯와 ㉱ 중 어느 것에도 위배되지 않겠군.

② 2차 조사 결과를 선거일 9일 전에 "A 후보는 B 후보에 조금 앞서고, C 후보는 3위"라고 보도하는 것은 ㉯에 위배되지만, ㉱에 위배되지 않겠군.

③ 3차 조사 결과를 선거일 4일 전에 "A 후보는 오차 범위 내에서 1위"라고 보도하는 것은 ㉮와 ㉱에 모두 위배되겠군.

④ 1차 조사 결과를 선거일 14일 전에 "A 후보 1위, B 후보 2위, C 후보 3위"라고 보도하는 것은 ㉯에 위배되지 않고, 2차 조사 결과를 선거일 9일 전에 같은 표현으로 보도하는 것은 ㉱에 위배되겠군.

⑤ 2차 조사 결과를 선거일 9일 전에 "B 후보, A 후보와 오차 범위 내 경합"이라고 보도하는 것은 ㉱에 위배되지 않고, 3차 조사 결과를 선거일 4일 전에 같은 표현으로 보도하는 것은 ㉮에 위배되겠군.

사회 05

2024학년도 9월 평가원

공부한 날	월	일
목표 시간		분 초
시작 : 종료 :		
소요 시간		분 초

01-04 다음 글을 읽고 물음에 답하시오.

교통 이용 내역과 같은 기록은 개인의 데이터이며, 그 개인이 '정보 주체'이다. 데이터는 물리적 형체가 없고, 복제와 재사용이 수월하다. 이 데이터가 대량으로 집적·처리되면 빅 데이터가 되고, 이것의 정보 처리자인 기업 등이 '빅 데이터 보유자'이다. 산업 분야의 빅 데이터는 특정한 목적으로 활용될 수 있다는 점에서 경제적 가치를 지닌다.

데이터를 재화로 보아 소유권이 누구에게 귀속되어야 하는지에 대한 논의가 있다. 소유권의 주체를 빅 데이터 보유자로 보는 견해와 정보 주체로 보는 견해가 있다. 전자는 빅 데이터 보유자에게 소유권을 부여하면 빅 데이터의 생성 및 유통이 ⓐ쉬워져 데이터 관련 산업이 활성화된다고 주장한다. 후자는 정보 생산 주체는 개인인데, 빅 데이터 보유자에게 부가 집중되는 것은 부당하므로, 정보 주체에게도 대가가 주어져야 한다고 본다.

최근에는 논의의 중심이 데이터의 소유권 주체에서 데이터에 접근하기 위한 방안으로서의 데이터 이동권으로 바뀌고 있다. 우리나라는 데이터에 대해 소유권이 아닌 이동권을 법으로 명문화하여 정보 주체의 개인 정보 자기 결정권을 강화하였다. 데이터 이동권이란 정보 주체가 본인의 데이터를 보유한 자에게 데이터 이동을 요청하면, 그 데이터를 본인 혹은 지정한 제3자에게 무상으로 전송하게 하는 권리이다. 다만, 본인의 데이터라도 빅 데이터 보유자가 수집하여, 분석·가공하는 개발 과정을 거쳐 새로운 가치가 생성된 것은 이에 해당되지 않는다. 법제화 이전에도 은행 간에 계좌 자동 이체 항목을 이동할 수 있는 서비스는 있었다. 이는 은행 간 약정에 ⓑ따라 부분적으로 시행한 조치였다. 데이터 이동권의 도입으로 쇼핑몰 상품 소비 이력 등 정보 주체의 행동 양상과 관련된 부분까지 정보 주체가 자율적으로 통제·관리할 수 있는 범위가 확대되었다.

데이터 이동권의 법제화로 기업은 데이터의 생성 비용과 거래 비용을 줄일 수 있다. 생성 비용은 기업 내에서 데이터를 개발할 때 발생하는 비용으로, 기업이 스스로 데이터를 수집할 때보다 전송받은 데이터를 복제 및 재사용하게 되면 절감할 수 있다. 거래 비용은 경제 주체 간 거래 시 발생하는 비용으로, 계약 체결이나 분쟁 해결 등의 과정에서 생긴다. 그런데 데이터 이동권의 법제화로, ㉎정보 주체가 지정하여 데이터를 전송받게 된 기업은 ㉏정보 주체의 데이터를 보유했던 기업으로부터 데이터를 받으면 비용을 절감할 수 있다. 이에 따라 기업 간 공유나 유통이 촉진되고, 관련 산업이 활성화된다. [A]

한편, 정보 주체가 보안의 신뢰성이 높고 데이터 제공에 따른 혜택이 많은 기업으로 데이터를 이동하면, 데이터가 집중되어 데이터의 공유나 유통이 위축될 수 있다는 우려도 있다. ㉐데이터 보유량이 적은 신규 기업은 기존 기업과 거래를 통해 데이터를 수집하는 것이 데이터 생성 비용 절감에도 효율적이다. 그런데 ㉑데이터가 집중된 기존 기업이 집적·처리된 데이터를 공유하려 하지 않으면, 신규 기업의 시장 진입이 어려워져 독점화가 강화될 수 있다. [B]

01

윗글의 내용과 일치하지 않는 것은?

① 데이터는 재사용할 수 있으며 물리적 형체가 없다.

② 교통 이용 내역이 집적·처리되면 경제적 가치를 지닌 데이터가 될 수 있다.

③ 우리나라 현행법에는 정보 주체에게 데이터의 소유권을 인정하는 규정이 있다.

④ 정보 주체의 데이터로 발생한 이득이 빅 데이터 보유자에게 집중되는 것은 부당하다는 견해가 있다.

⑤ 데이터 이동권의 도입으로 정보 주체의 데이터 통제 범위가 본인의 행동 양상과 관련된 부분으로 확대되었다.

02

[A], [B]의 입장에서 ㉎~㉑에 대해 이해한 내용으로 적절하지 않은 것은?

① [A]의 입장에서, ㉎는 데이터 이동권 도입을 통해 ㉏의 데이터를 재사용할 수 있게 되었으므로 데이터 생성 비용을 줄일 수 있다고 보겠군.

② [A]의 입장에서, 정보 주체가 데이터 이동을 요청하여 데이터를 전송받는 제3자가 ㉎라면, ㉎는 분쟁 없이 정보 주체의 데이터를 받게 되어 거래 비용을 줄일 수 있다고 보겠군.

③ [B]의 입장에서, ㉐가 ㉑와의 거래에 실패해 데이터를 수집하지 못하여 ㉐에 데이터 생성 비용이 발생하면, 데이터 관련 산업의 시장에 진입하기 어려워질 수 있다고 보겠군.

④ [A]와 달리 [B]의 입장에서, 정보 주체의 데이터가 ㉏에서 ㉑로 이동하여 집적·처리될수록 기업 간 공유나 유통이 위축될 수 있다고 보겠군.

⑤ [B]와 달리 [A]의 입장에서, ㉏는 ㉎로 데이터를 이동하여 경제적 이득을 취할 수 있으므로 데이터의 공유나 유통의 활성화에 기여할 수 있다고 보겠군.

03

윗글을 바탕으로 〈보기〉를 이해한 내용으로 적절하지 <u>않은</u> 것은?

[3점]

─── 보기 ───

A 은행은 고객들의 데이터를 수집하고 이를 분석 · 가공하여 자산 관리 데이터 서비스인 연령별 · 직업군별 등 고객 맞춤형 금융 상품 추천 서비스를 제공했다. 갑은 본인의 데이터 제공에 동의하여 A 은행으로부터 소정의 포인트를 받았다. 데이터 이동권이 법제화된 이후 갑은 B 은행 체크 카드를 발급받은 뒤, A 은행에 '계좌 자동 이체 항목', '체크 카드 사용 내역', '연령별 맞춤형 금융 상품 추천 서비스 내역'을 B 은행으로 이동할 것을 요청했다.

① 갑이 본인의 데이터를 이동 요청하면 A 은행은 갑의 '체크 카드 사용 내역'을 B 은행으로 전송해야 한다.

② A 은행에 대한 갑의 데이터 이동 요청은 정보 주체의 자율적 관리이므로 강화된 개인 정보 자기 결정권의 행사이다.

③ 데이터의 소유권 주체가 정보 주체라고 본다면, 갑이 A 은행으로부터 받은 포인트는 본인의 데이터 제공에 대한 대가이다.

④ 갑이 본인의 데이터를 보유한 A 은행을 상대로 요청한 '연령별 맞춤형 금융 상품 추천 서비스 내역'은 데이터 이동권 행사의 대상이다.

⑤ 데이터 이동권의 법제화 이전에도 갑이 A 은행에서 B 은행으로 이동을 요청한 정보 중에서 '계좌 자동 이체 항목'은 이동이 가능했다.

04

문맥상 ⓐ, ⓑ와 바꾸어 쓰기에 가장 적절한 것은?

	ⓐ	ⓑ
①	용이(容易)해져	근거(根據)하여
②	유력(有力)해져	근거(根據)하여
③	용이(容易)해져	의탁(依託)하여
④	원활(圓滑)해져	의탁(依託)하여
⑤	유력(有力)해져	기초(基礎)하여

사회 06

📖 2024학년도 6월 평가원

공부한 날		월	일
목표 시간		분	초
시작	:	종료	:
소요 시간		분	초

01-04 다음 글을 읽고 물음에 답하시오.

공포 소구는 그 메시지에 담긴 권고를 따르지 않을 때의 해로운 결과를 강조하여 수용자를 설득하는 것으로, 1950년대 초부터 설득 전략 연구자들의 연구 대상이 되었다. 초기 연구를 대표하는 재니스는 기존 연구에서 다루어지지 않았던 공포 소구의 설득 효과에 주목하였다. 그는 수용자에게 공포 소구를 세 가지 수준으로 달리 제시하는 실험을 한 결과, 중간 수준의 공포 소구가 가장 큰 설득 효과를 보인다는 것을 발견하였다.

공포 소구 연구를 진척시킨 레벤달은 재니스의 연구가 인간의 감정적 측면에만 ⓐ치우쳤다고 비판하며, 공포 소구의 효과는 수용자의 감정적 반응만이 아니라 인지적 반응과도 관련된다고 하였다. 그는 감정적 반응을 '공포 통제 반응', 인지적 반응을 '위험 통제 반응'이라 ⓑ불렀다. 그리고 후자가 작동하면 수용자들은 공포 소구의 권고를 따르게 되지만, 전자가 작동하면 공포 소구로 인한 두려움의 감정을 통제하기 위해 오히려 공포 소구에 담긴 위험을 무시하려는 반응을 보이게 된다고 하였다.

이러한 선행 연구들을 종합한 위티는 우선 공포 소구의 설득 효과를 좌우하는 두 요인으로 '위협'과 '효능감'을 설정하였다. 수용자가 공포 소구에 담긴 위험을 자신이 ⓒ겪을 수 있는 것이고 그 위험의 정도가 크다고 느끼면, 그 공포 소구는 위협의 수준이 높다. 그리고 공포 소구에 담긴 권고를 이행하면 자신의 위험을 예방할 수 있고 자신에게 그 권고를 이행할 능력이 있다고 느끼면, 효능감의 수준이 높다. 한 동호회에서 회원들에게 '모임에 꼭 참석해 주세요. 불참 시 회원 자격이 사라집니다.'라는 안내문을 ⓓ보냈다고 하자. 회원 자격이 사라진다는 것은 그 동호회 활동에 강한 애착을 가지고 있는 사람에게는 높은 수준의 위협이 된다. 그리고 그가 동호회 모임에 참석하는 일이 어렵지 않다고 느낄 때, 안내문의 권고는 그에게 높은 수준의 효능감을 주게 된다.

위티는 이 두 요인을 레벤달이 말한 두 가지 통제 반응과 관련지어 다음과 같은 결론을 도출하였다. 위협과 효능감의 수준이 모두 높을 때에는 위험 통제 반응이 작동하고, 위협의 수준은 높지만 효능감의 수준이 낮을 때에는 공포 통제 반응이 작동한다. 그러나 위협의 수준이 낮으면, 수용자는 그 위협이 자신에게 아무 영향을 ⓔ주지 않는다고 느껴 효능감의 수준에 관계없이 공포 소구에 대한 반응이 없게 된다. 이렇게 정리된 결론은 그간의 공포 소구 이론을 통합한 결과라는 점에서 후속 연구의 중요한 디딤돌이 되었다.

01

윗글의 내용 전개 방식으로 가장 적절한 것은?

① 화제에 대한 연구들이 시작된 사회적 배경을 분석하고 있다.

② 화제에 대한 연구들을 선행 연구와 연결하여 설명하고 있다.

③ 화제에 대한 연구들을 분류하는 기준의 문제점을 검토하고 있다.

④ 화제에 대한 연구들을 소개한 후 남겨진 연구 과제를 제시하고 있다.

⑤ 화제에 대한 연구들이 봉착했던 난관과 그 극복 과정을 소개하고 있다.

02

윗글을 읽은 학생의 반응으로 적절하지 않은 것은?

① 재니스는 공포 소구의 효과를 연구하는 실험에서 공포 소구의 수준을 달리하며 수용자의 변화를 살펴보았겠군.

② 레벤달은 재니스의 연구 결과에 대하여 수용자의 감정적 반응과 인지적 반응을 모두 고려하여 살펴보았겠군.

③ 레벤달은 공포 소구의 설득 효과가 나타나려면 공포 통제 반응보다 위험 통제 반응이 작동해야 한다고 보았겠군.

④ 위티는 수용자가 공포 소구에 담긴 위험을 느끼지 않아야 공포 소구의 권고를 따르게 된다고 보았겠군.

⑤ 위티는 공포 소구의 위협 수준이 그 공포 소구의 효능감 수준에 따라 달라지는 것은 아니라고 보았겠군.

03

윗글을 참고할 때, 〈보기〉의 실험에 대해 추론한 내용으로 적절하지 **않은** 것은? [3점]

---| 보기 |---

한 모임에서 공포 소구 실험을 진행한 결과, 수용자들의 반응은 위티의 결론과 부합하였다. 이 실험에서는 위협의 수준(높음 / 낮음), 효능감의 수준(높음 / 낮음)의 조합을 달리하여 피실험자들을 네 집단으로 나누었다. 집단 1과 집단 2는 공포 소구에 대한 반응이 없었고, 집단 3은 위험 통제 반응, 집단 4는 공포 통제 반응이 작동하였다.

① 집단 1은 위협의 수준이 낮았을 것이다.
② 집단 3은 효능감의 수준이 높았을 것이다.
③ 집단 4는 위협과 효능감의 수준이 서로 달랐을 것이다.
④ 집단 2와 집단 4는 위협의 수준이 서로 달랐을 것이다.
⑤ 집단 3과 집단 4는 효능감의 수준이 서로 같았을 것이다.

04

문맥상 ㉠~㉤과 바꾸어 쓰기에 적절하지 **않은** 것은?

① ㉠: 편향(偏向)되었다고
② ㉡: 명명(命名)하였다
③ ㉢: 경험(經驗)할
④ ㉣: 발송(發送)했다고
⑤ ㉤: 기여(寄與)하지

사회 07

📖 2023학년도 수능

공부한 날		월	일
목표 시간		분	초
시작 :	종료	:	
소요 시간		분	초

 매운맛 **01-04** 다음 글을 읽고 물음에 답하시오.

법령의 조문은 대개 'A에 해당하면 B를 해야 한다.'처럼 요건과 효과로 구성된 조건문으로 규정된다. 하지만 그 요건이나 효과가 항상 일의적인 것은 아니다. 법조문에는 구체적 상황을 고려해야 그 상황에 ⓐ맞는 진정한 의미가 파악되는 불확정 개념이 사용될 수 있기 때문이다. 개인 간 법률관계를 규율하는 민법에서 불확정 개념이 사용된 예로 '손해 배상 예정액이 부당히 과다한 경우에는 법원은 적당히 감액할 수 있다.'라는 조문을 ⓑ들 수 있다. 이때 법원은 요건과 효과를 재량으로 판단할 수 있다. 손해 배상 예정액은 위약금의 일종이며, 계약 위반에 대한 제재인 위약벌도 위약금에 속한다. 위약금의 성격이 둘 중 무엇인지 증명되지 못하면 손해 배상 예정액으로 다루어진다.

채무자의 잘못으로 계약 내용이 실현되지 못하여 계약 위반이 발생하면, 이로 인해 손해를 입은 채권자가 손해 액수를 증명해야 그 액수만큼 손해 배상금을 받을 수 있다. 그러나 손해 배상 예정액이 정해져 있었다면 채권자는 손해 액수를 증명하지 않아도 손해 배상 예정액만큼 손해 배상금을 받을 수 있다. 이때 손해 액수가 얼마로 증명되든 손해 배상 예정액보다 더 받을 수는 없다. 한편 위약금이 위약벌임이 증명되면 채권자는 위약벌에 해당하는 위약금을 ⓒ받을 수 있고, 손해 배상 예정액과는 달리 법원이 감액할 수 없다. 이때 채권자가 손해 액수를 증명하면 손해 배상금도 받을 수 있다.

불확정 개념은 행정 법령에도 사용된다. 행정 법령은 행정청이 구체적 사실에 대해 행하는 법 집행인 행정 작용을 규율한다. 법령상 요건이 충족되면 그 효과로서 행정청이 반드시 해야 하는 특정 내용의 행정 작용은 기속 행위이다. 반면 법령상 요건이 충족되더라도 그 효과인 행정 작용의 구체적 내용을 ⓓ고를 수 있는 재량이 행정청에 주어져 있을 때, 이러한 재량을 행사하는 행정 작용은 재량 행위이다. 법령에서 불확정 개념이 사용되면 이에 근거한 행정 작용은 대개 재량 행위이다.

행정청은 재량으로 재량 행사의 기준을 명확히 정할 수 있는데 이 기준을 ㉠재량 준칙이라 한다. 재량 준칙은 법령이 아니므로 재량 준칙대로 재량을 행사하지 않아도 근거 법령 위반은 아니다. 다만 특정 요건하에 재량 준칙대로 특정한 내용의 적법한 행정 작용이 반복되어 행정 관행이 생긴 후에는, 같은 요건이 충족되면 행정청은 동일한 내용의 행정 작용을 해야 한다. 행정청은 평등 원칙을 ⓔ지켜야 하기 때문이다.

01

윗글의 내용과 일치하지 않는 것은?

① 법령의 요건과 효과에는 모두 불확정 개념이 사용될 수 있다.

② 법원은 불확정 개념이 사용된 법령을 적용할 때 재량을 행사할 수 있다.

③ 불확정 개념이 사용된 법령의 진정한 의미를 이해하려면 구체적 상황을 고려해야 한다.

④ 불확정 개념이 사용된 행정 법령에 근거한 행정 작용은 재량 행위인 경우보다 기속 행위인 경우가 많다.

⑤ 불확정 개념은 행정청이 행하는 법 집행 작용을 규율하는 법령과 개인 간의 계약 관계를 규율하는 법률에 모두 사용된다.

02

㉠에 대한 이해로 가장 적절한 것은?

① 재량 준칙은 법령이 아니기 때문에 일의적이지 않은 개념으로 규정된다.

② 재량 준칙으로 정해진 내용대로 재량을 행사하는 행정 작용은 기속 행위이다.

③ 재량 준칙으로 규정된 재량 행사 기준은 반복되어 온 적법한 행정 작용의 내용대로 정해져야 한다.

④ 재량 준칙이 정해져야 행정청은 특정 요건하에 행정 작용의 구체적 내용을 선택할 수 있는 재량을 행사할 수 있다.

⑤ 재량 준칙이 특정 요건에서 적용된 선례가 없으면 행정청은 동일한 요건이 충족되어도 행정 작용을 할 때 재량 준칙을 따르지 않을 수 있다.

03

윗글을 바탕으로 <보기>를 이해한 내용으로 가장 적절한 것은? [3점]

┤ 보기 ├

갑은 을에게 물건을 팔고 그 대가로 100을 받기로 하는 매매 계약을 했다. 그 후 갑이 계약을 위반하여 을은 80의 손해를 입었다. 이와 관련하여 세 가지 상황이 있다고 하자.

(가) 갑과 을 사이에 위약금 약정이 없었다.
(나) 갑이 을에게 위약금 100을 약정했고, 위약금의 성격이 무엇인지 증명되지 못했다.
(다) 갑이 을에게 위약금 100을 약정했고, 위약금의 성격이 위약벌임이 증명되었다.

(단, 위의 모든 상황에서 세금, 이자 및 기타 비용은 고려하지 않음.)

① (가)에서 을의 손해가 얼마인지 증명되지 못한 경우에도, 갑이 을에게 80을 지급해야 하고 법원이 감액할 수 없다.
② (나)에서 을의 손해가 80임이 증명된 경우, 갑이 을에게 100을 지급해야 하고 법원이 감액할 수 있다.
③ (나)에서 을의 손해가 얼마인지 증명되지 못한 경우, 갑이 을에게 100을 지급해야 하고 법원이 감액할 수 없다.
④ (다)에서 을의 손해가 80임이 증명된 경우, 갑이 을에게 180을 지급해야 하고 법원이 감액할 수 있다.
⑤ (다)에서 을의 손해가 얼마인지 증명되지 못한 경우, 갑이 을에게 80을 지급해야 하고 법원이 감액할 수 없다.

04

문맥상 ⓐ~ⓔ의 의미와 가장 가까운 것은?

① ⓐ: 이것이 네가 찾는 자료가 맞는지 확인해 보아라.
② ⓑ: 그 부부는 노후 대책으로 적금을 들고 안심했다.
③ ⓒ: 그의 파격적인 주장은 학계의 큰 주목을 받았다.
④ ⓓ: 형은 땀 흘려 울퉁불퉁한 땅을 평평하게 골랐다.
⑤ ⓔ: 그분은 우리에게 한 약속을 반드시 지킬 것이다.

사회 08

📖 2023학년도 9월 평가원

공부한 날		월	일
목표 시간		분	초
시작	:	종료	:
소요 시간		분	초

 01-04 다음 글을 읽고 물음에 답하시오.

사유 재산 제도하에서는 누구나 자신의 재산을 자유롭게 처분할 수 있다. 그러나 기부와 같이 어떤 재산이 대가 없이 넘어가는 무상 처분 행위가 행해졌을 때는 그 당사자인 무상 처분자와 무상 취득자의 의사와 무관하게 그 결과가 번복될 수 있다. 무상 처분자가 사망하면 상속이 개시되고, 그의 상속인들이 유류분을 반환받을 수 있는 권리인 유류분권을 행사할 수 있기 때문이다. 이때 무상 처분자는 피상속인이 되고 그의 권리와 의무는 상속인에게 이전된다.

유류분은 피상속인의 무상 처분 행위가 없었다고 가정할 때 상속인들이 상속받을 수 있었을 이익 중 법으로 보장된 부분이다. 만약 상속인이 피상속인의 자녀 한 명뿐이면, 상속받을 수 있었을 이익의 $\frac{1}{2}$만 보장된다. 상속인들이 상속받을 수 있었을 이익은 상속 개시 당시에 피상속인이 가졌던 재산의 가치에 이미 무상 취득자에게 넘어간 재산의 가치를 더하여 산정한다. 유류분은 상속인들이 기대했던 이익을 보호하기 위한 것이기 때문이다.

피상속인이 상속 개시 당시에 가졌던 재산으로부터 상속받은 이익이 있는 상속인은 유류분에 해당하는 이익의 일부만 반환받을 수 있다. 유류분에 해당하는 이익에서 이미 상속받은 이익을 뺀 값인 유류분 부족액만 반환받을 수 있기 때문이다. 유류분 부족액의 가치는 금액으로 계산되지만 항상 돈으로 반환되는 것은 아니다. 만약 무상 처분된 재산이 돈이 아니라 물건이나 주식처럼 돈 이외의 재산이라면, 처분된 재산 자체가 반환 대상이 되는 것이 원칙이다. 다만 그 재산 자체를 반환하는 것이 불가능한 때에는 무상 취득자는 돈으로 반환해야 한다. 또한 재산 자체의 반환이 가능해도 유류분권자와 무상 취득자의 합의에 의해 돈으로 반환될 수도 있다.

무상 처분된 재산이 물건이라면 유류분 반환은 어떤 형태로 이루어질까? 무상 취득자가 반환해야 할 유류분 부족액이 무상 처분된 물건의 가치보다 적다면 유류분권자는 그 물건의 가치에 상당하는 금액에서 유류분 부족액이 차지하는 비율만큼 무상 취득자로부터 반환받을 수 있다. 이로 인해 하나의 물건에 대한 소유권이 여러 명에게 나눠지는데, 이때 각자의 몫을 지분이라고 한다.

무상 처분된 물건의 시가가 변동하면 유류분 부족액을 계산할 때는 언제의 시가를 기준으로 삼아야 할까? ㉠유류분의 취지에 비추어 상속 개시 당시의 시가를 기준으로 해야 한다. 다만 그 물건의 시가 상승이 무상 취득자의 노력에서 비롯되었으면 이때는 무상 취득 당시의 시가를 기준으로 계산해야 한다. 이렇게 정해진 유류분 부족액을 근거로 반환 대상인 지분을 계산할 때는, 시가 상승의 원인이 무엇이든 상속 개시 당시의 시가를 기준으로 해야 한다.

01

윗글의 내용과 일치하지 <u>않는</u> 것은?

① 유류분권은 상속인이 아닌 사람에게는 인정되지 않는다.

② 유류분권이 보장되는 범위는 유류분 부족액의 일부에 한정된다.

③ 상속인은 상속 개시 전에는 무상 취득자에게 유류분권을 행사할 수 없다.

④ 피상속인이 생전에 다른 사람에게 판 재산은 유류분권의 대상이 될 수 없다.

⑤ 무상으로 취득한 재산에 대한 권리는 무상 취득자 자신의 의사에 반하여 제한될 수 있다.

02

윗글에 대한 이해로 가장 적절한 것은?

① 무상 처분된 재산이 물건 한 개이면 유류분권자는 그 물건 전부를 반환받는다.

② 무상 처분된 물건이 반환되는 경우 유류분 부족액이 클수록 무상 취득자의 지분이 더 커진다.

③ 무상 취득자가 무상 취득한 물건을 반환할 수 없게 되면 유류분 부족액을 지분으로 반환해야 한다.

④ 유류분권자가 유류분 부족액을 물건 대신 돈으로 반환하라고 요구하더라도 무상 취득자는 무상 취득한 물건으로 반환할 수 있다.

⑤ 무상 처분된 물건의 일부가 반환되면 무상 취득자는 그 물건의 소유권을 가지고 유류분권자는 유류분 부족액만큼의 돈을 반환받게 된다.

03

윗글을 통해 알 수 있는 ㉠의 이유로 가장 적절한 것은?

① 유류분은 피상속인이 자유롭게 처분한 재산의 일부이어야 하기 때문이다.

② 유류분은 피상속인이 재산을 무상 처분하지 않은 것으로 가정하여 산정되기 때문이다.

③ 유류분은 재산의 가치를 증가시킨 무상 취득자의 노력에 대한 보상으로 인정되는 것이기 때문이다.

④ 유류분은 피상속인의 재산에 대해 소유권을 나눠 가진 사람들 각자의 몫을 반영해야 하기 때문이다.

⑤ 유류분에 해당하는 이익의 가치가 상속 개시 전후에 걸쳐 변동되는 것을 반영해야 하기 때문이다.

04

윗글을 바탕으로 〈보기〉를 이해한 내용으로 적절하지 않은 것은?

[3점]

> ┤ 보기 ├
>
> 갑의 재산으로는 A 물건과 B 물건이 있었으며 그 외의 재산이나 채무는 없었다. 갑은 을에게 A 물건을 무상으로 넘겨주었고 그로부터 6개월 후 사망했다. 갑의 상속인으로는 갑의 자녀인 병만 있다. A 물건의 시가는 을이 A 물건을 소유하게 되었을 때는 300, 갑이 사망했을 때는 700이었다. 병은 갑이 사망한 날로부터 3개월 후에 을에게 유류분권을 행사했다. B 물건의 시가는 병이 상속받았을 때부터 병이 을에게 유류분 반환을 요구했을 때까지 100으로 동일하다.
>
> (단, 세금, 이자 및 기타 비용은 고려하지 않음.)

① A 물건의 시가 상승이 을의 노력과 무관한 경우 유류분 부족액은 300이다.

② A 물건의 시가 상승이 을의 노력과 무관한 경우 유류분 반환의 대상은 A 물건의 $\frac{3}{7}$ 지분이다.

③ A 물건의 시가가 을의 노력으로 상승한 경우 유류분 부족액은 100이다.

④ A 물건의 시가가 을의 노력으로 상승한 경우 유류분 반환의 대상은 A 물건의 $\frac{1}{3}$ 지분이다.

⑤ A 물건의 시가가 을의 노력으로 상승한 경우와 을의 노력과 무관하게 상승한 경우 모두, 갑이 상속 개시 당시 소유했던 재산으로부터 병이 취득할 수 있는 이익은 동일하다.

공부한 날		월	일
목표 시간		분	초
시작	:	종료	:
소요 시간		분	초

 01-04 다음 글을 읽고 물음에 답하시오.

경제학에서는 증거에 근거한 정책 논의를 위해 사건의 효과를 평가해야 할 경우가 많다. 어떤 사건의 효과를 평가한다는 것은 사건 후의 결과와 사건이 없었을 경우에 나타났을 결과를 비교하는 일이다. 그런데 가상의 결과는 관측할 수 없으므로 실제로는 사건을 경험한 표본들로 구성된 시행집단의 결과와, 사건을 경험하지 않은 표본들로 구성된 비교집단의 결과를 비교하여 사건의 효과를 평가한다. 따라서 이 작업의 관건은 그 사건 외에는 결과에 차이가 @날 이유가 없는 두 집단을 구성하는 일이다. 가령 어떤 사건이 임금에 미친 효과를 평가할 때, 그 사건이 없었다면 시행집단과 비교집단의 평균 임금이 같을 수밖에 없도록 두 집단을 구성하는 것이다. 이를 위해서는 두 집단에 표본이 임의로 배정되도록 사건을 설계하는 실험적 방법이 이상적이다. 그러나 사람을 표본으로 하거나 사회 문제를 다룰 때에는 이 방법을 적용할 수 없는 경우가 많다.

이중차분법은 시행집단에서 일어난 변화에서 비교집단에서 일어난 변화를 뺀 값을 사건의 효과라고 평가하는 방법이다. 이는 사건이 없었더라도 비교집단에서 일어난 변화와 같은 크기의 변화가 시행집단에서도 일어났을 것이라는 평행추세 가정에 근거해 사건의 효과를 평가한 것이다. 이 가정이 충족되면 사건 전의 상태가 평균적으로 같도록 두 집단을 구성하지 않아도 된다.

이중차분법은 1854년에 스노가 처음 사용했다고 알려져 있다. 그는 두 수도 회사로부터 물을 공급받는 런던의 동일 지역 주민들에 주목했다. 같은 수원을 사용하던 두 회사 중 한 회사만 수원을 ⓑ바꿨는데 주민들은 자신의 수원을 몰랐다. 스노는 수원이 바뀐 주민들과 바뀌지 않은 주민들의 수원 교체 전후 콜레라로 인한 사망률의 변화들을 비교함으로써 콜레라가 공기가 아닌 물을 통해 전염된다는 결론을 ⓒ내렸다. 경제학에서는 1910년대에 최저임금제 도입 효과를 파악하는 데 이 방법이 처음 이용되었다.

평행추세 가정이 충족되지 않는 경우에 이중차분법을 적용하면 사건의 효과를 잘못 평가하게 된다. 예컨대 ㉠어떤 노동자 교육 프로그램의 고용 증가 효과를 평가할 때, 일자리가 급격히 줄어드는 산업에 종사하는 노동자의 비중이 비교집단에 비해 시행집단에서 더 큰 경우에는 평행추세 가정이 충족되지 않을 것이다. 그렇다고 해서 집단 간 표본의 통계적 유사성을 ⓓ높이려고 사건 이전 시기의 시행집단을 비교집단으로 설정하는 것이 평행추세 가정의 충족을 보장하는 것은 아니다. 예컨대 고용처럼 경기변동에 민감한 변화라면 집단 간 표본의 통계적 유사성보다 변화 발생의 동시성이 이 가정의 충족에서 더 중요할 수 있기 때문이다.

여러 비교집단을 구성하여 각각에 이중차분법을 적용한 평가 결과가 같음을 확인하면 평행추세 가정이 충족된다는 신뢰를 줄 수 있다. 또한 시행집단과 여러 특성에서 표본의 통계적 유사성이 높은 비교집단을 구성하면 평행추세 가정이 위협받을 가능성을 ⓔ줄일 수 있다. 이러한 방법들을 통해 이중차분법을 적용한 평가에 대한 신뢰도를 높일 수 있다.

01

윗글에 대한 이해로 적절하지 않은 것은?

① 실험적 방법에서는 시행집단에서 일어난 평균 임금의 사건 전후 변화를 어떤 사건이 임금에 미친 효과라고 평가한다.

② 사람을 표본으로 하거나 사회 문제를 다룰 때에도 실험적 방법을 적용하는 경우가 있다.

③ 평행추세 가정에서는 특정 사건 이외에는 두 집단의 변화에 차이가 날 이유가 없다고 전제한다.

④ 스노의 연구에서 시행집단과 비교집단의 콜레라 사망률은 사건 후뿐만 아니라 사건 전에도 차이가 있었을 수 있다.

⑤ 스노는 수원이 바뀐 주민들과 바뀌지 않은 주민들 사이에 공기의 차이는 없다고 보았을 것이다.

02

다음은 이중차분법을 ㉠에 적용할 경우에 나타날 결과를 추론한 것이다. A와 B에 들어갈 말을 바르게 짝지은 것은?

> 프로그램이 없었다면 시행집단에서 일어났을 고용률 증가는, 비교집단에서 일어난 고용률 증가와/보다 (A) 것이다. 그러므로 ㉠에 이중차분법을 적용하여 평가한 프로그램의 고용 증가 효과는 평행추세 가정이 충족되는 비교집단을 이용하여 평가한 경우의 효과보다 (B) 것이다.

	A	B
①	클	클
②	클	작을
③	같을	클
④	작을	클
⑤	작을	작을

03

윗글을 바탕으로 〈보기〉를 이해한 내용으로 적절하지 <u>않은</u> 것은?

[3점]

┤ 보기 ├

아래의 표는 S 국가의 P주와 그에 인접한 Q주에 위치한 식당들을 1992년 1월 초와 12월 말에 조사한 결과의 일부이다. P주는 1992년 4월에 최저임금을 시간당 4달러에서 5달러로 올렸고, Q주는 1992년에 최저임금을 올리지 않았다. P주 저임금 식당들은, 최저임금 인상 전에 시간당 4달러의 임금을 지급했고 최저임금 인상 후에 임금이 상승했다. P주 고임금 식당들은, 최저임금 인상 전에 이미 시간당 5달러보다 더 높은 임금을 지급했고 최저임금 인상 후에도 임금이 상승하지 않았다. 이때 최저임금 인상에 따른 임금 상승이 고용에 미친 효과를 평가한다고 하자.

집단	평균 피고용인 수(단위: 명)		
	사건 전(A)	사건 후(B)	변화(B-A)
P주 저임금 식당	19.6	20.9	1.3
P주 고임금 식당	22.3	20.2	−2.1
Q주 식당	23.3	21.2	−2.1

① 최저임금 인상 후에 시행집단에서 일어난 변화는 1.3명이다.

② 시행집단과 비교집단의 식당들이 종류나 매출액 수준 등의 특성에서 통계적 유사성이 높을수록 평가에 대한 신뢰도가 높아진다.

③ 비교집단을 Q주 식당들로 택해 이중차분법을 적용하면 시행집단에서 최저임금 인상에 따른 임금 상승의 고용 효과는 3.4명 증가로 평가된다.

④ 비교집단의 변화를, P주 고임금 식당들의 1992년 1년간 변화로 파악할 경우보다 시행집단의 1991년 1년간 변화로 파악할 경우에 더 신뢰할 만한 평가를 얻는다.

⑤ 비교집단을 Q주 식당들로 택하든 P주 고임금 식당들로 택하든 비교집단에서 일어난 변화가 동일하다는 사실은 평행추세 가정의 충족에 대한 신뢰도를 높인다.

04

문맥상 ⓐ~ⓔ의 단어와 가장 가까운 의미로 쓰인 것은?

① ⓐ: 그 사건의 전말이 모두 오늘 신문에 <u>났다</u>.

② ⓑ: 산에 가려다가 생각을 <u>바꿔</u> 바다로 갔다.

③ ⓒ: 기상청에서 전국에 건조 주의보를 <u>내렸다</u>.

④ ⓓ: 회원들이 회칙 개정을 요구하는 목소리를 <u>높였다</u>.

⑤ ⓔ: 하고 싶은 말은 많지만 오늘은 이만 <u>줄입니다</u>.

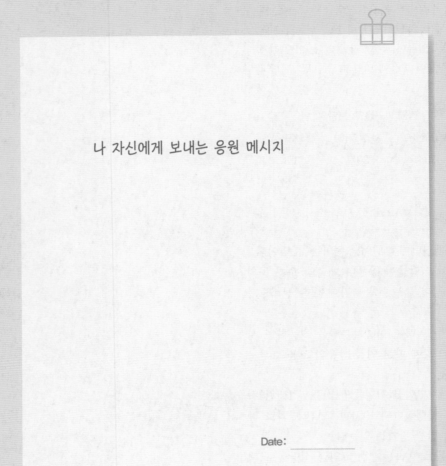

나 자신에게 보내는 응원 메시지

Date: _____

과학·기술

01-04 다음 글을 읽고 물음에 답하시오.

문장이나 영상, 음성을 만들어 내는 인공 지능 생성 모델 중 확산 모델은 영상의 복원, 생성 및 변환에 뛰어난 성능을 보인다. 확산 모델의 기본 발상은, 원본 이미지에 노이즈를 점진적으로 추가하였다가 그 노이즈를 다시 제거해 나가면 원본 이미지를 복원할 수 있다는 것이다. 노이즈는 불필요하거나 원하지 않는 값을 의미한다. 원하는 값만 들어 있는 원본 이미지에 노이즈를 단계별로 더하면 노이즈가 포함된 확산 이미지가 되고, 여러 단계를 거치면 결국 원본 이미지가 어떤 이미지였는지 전혀 알아볼 수 없는 노이즈 이미지가 된다. 역으로, 단계별로 더해진 노이즈를 알 수 있다면 노이즈 이미지에서 원본 이미지를 복원할 수 있다. 확산 모델은 노이즈 생성기, 이미지 연산기, 노이즈 예측기로 구성되며, 순확산 과정과 역확산 과정 순으로 작동한다.

순확산 과정은 이미지에 노이즈를 추가하면서 노이즈 예측기를 학습시키는 과정이다. 첫 단계에서는, 노이즈 생성기에서 노이즈를 만든 후 이미지 연산기가 이 노이즈를 원본 이미지에 더해서 노이즈가 포함된 확산 이미지를 출력한다. 다음 단계부터는 노이즈 생성기에서 만든 노이즈를 이전 단계에서 출력된 확산 이미지에 더한다. 이러한 단계를 충분히 반복하면 최종적으로 노이즈 이미지가 출력된다. 이때 더해지는 노이즈는 크기나 분포 양상 등 그 특성이 단계별로 다르다. 따라서 노이즈 예측기는 단계별로 확산 이미지를 입력받아 이미지에 포함된 노이즈의 특성을 추출하여 수치들로 표현하고, 이 수치들을 바탕으로 노이즈를 예측한다. 노이즈 예측기 내부의 이러한 수치들을 잠재 표현 이라고 한다. 노이즈 예측기는 잠재 표현을 구하고 노이즈를 예측하는 방식을 학습한다.

노이즈 예측기의 학습 방법은 기계 학습 중에서 지도 학습에 해당한다. 지도 학습은 학습 데이터에 정답이 주어져 출력과 정답의 차이가 작아지도록 모델을 학습시키는 방법이다. 노이즈 예측기를 학습시킬 때는 노이즈 생성기에서 만들어 넣어 준 노이즈가 정답에 해당하며 이 노이즈와 예측된 노이즈 사이의 차이가 작아지도록 학습시킨다.

역확산 과정은 노이즈 이미지에서 노이즈를 제거하여 원본 이미지를 복원하는 과정이다. 노이즈를 제거하려면 이미지에 단계별로 어떤 특성의 노이즈가 더해졌는지 알아야 하는데 노이즈 예측기가 이 역할을 한다. 노이즈 이미지 또는 중간 단계에서의 확산 이미지를 노이즈 예측기에 입력하면 이미지에 포함된 노이즈의 특성을 추출하여 잠재 표현을 구하고 이를 바탕으로 노이즈를 예측한다. 이미지 연산기는 입력된 확산 이미지로부터 이 노이즈를 빼서 현 단계의 노이즈를 제거한 확산 이미지를 출력한다. 확산 이미지에 이

런 단계를 반복하면 결국 노이즈가 대부분 제거되어 원본 이미지에 가까운 이미지만 남게 된다.

한편, 많은 종류의 이미지를 학습시킨 후 학습된 이미지의 잠재 표현에 고유 번호를 붙이면 역확산 과정에서 이미지를 선택하여 생성할 수 있다. 또한 잠재 표현의 수치들을 조정하면 다른 특성의 노이즈가 생성되어 여러 이미지를 혼합하거나 실재하지 않는 이미지를 만들어 낼 수도 있다.

01

학생이 윗글을 읽은 방법으로 적절하지 않은 것은?

① 확산 모델이 지도 학습을 사용한다는 점에 주목하고, 지도 학습 방법이 확산 모델에 어떻게 적용되는지 확인하며 읽었다.
② 확산 모델이 두 가지 과정으로 이루어진다는 점에 주목하고, 두 과정 중 어느 과정이 선행되어야 하는지 살피며 읽었다.
③ 확산 모델에서 노이즈의 중요성을 파악하고, 사용되는 노이즈의 종류가 모델의 성능에 미치는 영향을 이해하며 읽었다.
④ 잠재 표현의 개념을 파악하고, 그 개념을 바탕으로 확산 모델이 노이즈를 예측하고 제거하는 원리를 이해하며 읽었다.
⑤ 확산 모델의 구성 요소를 파악하고, 그 구성 요소가 노이즈 처리 과정에서 어떤 기능을 하는지 확인하며 읽었다.

02

윗글을 이해한 내용으로 가장 적절한 것은?

① 노이즈 생성기는 순확산 과정에서만 작동한다.
② 확산 모델에서의 학습은 역확산 과정에서 이루어진다.
③ 이미지 연산기와 노이즈 예측기는 모두 확산 이미지를 출력한다.
④ 노이즈 예측기를 학습시킬 때는 예측된 노이즈가 정답으로 사용된다.
⑤ 역확산 과정에서 단계가 반복될수록 출력되는 확산 이미지는 원본 이미지와의 유사성이 줄어든다.

03

잠재 표현 에 대한 설명으로 적절하지 <u>않은</u> 것은?

① 잠재 표현의 수치들을 조정하면 여러 이미지를 혼합할 수 있다.

② 역확산 과정에서 잠재 표현이 다르면 예측되는 노이즈가 다르다.

③ 확산 모델의 학습에는 잠재 표현을 구하는 방식이 포함되어 있다.

④ 잠재 표현은 이미지에 더해진 노이즈의 크기나 분포 양상에 따라 다른 값들이 얻어진다.

⑤ 잠재 표현은 노이즈 예측기가 원본 이미지를 입력받아 노이즈의 특성을 추출한 결과이다.

04

윗글을 바탕으로 〈보기〉를 이해한 내용으로 적절하지 <u>않은</u> 것은?

[3점]

┤ 보기 ├

A 단계는 확산 모델 과정 중 한 단계이다. ㉠은 원본 이미지이고, ㉡은 확산 이미지 중의 하나이며, ㉢은 노이즈 이미지이다. (가)는 이미지가 A 단계로 입력되는 부분이고, (나)는 이미지가 A 단계에서 출력되는 부분이다.

(가) ⇨ A 단계 ⇨ (나)

① (가)에 ㉠이 입력된다면, A 단계의 이미지 연산기에서는 ㉠에 노이즈를 더하겠군.

② (나)에 ㉢이 출력된다면, A 단계의 노이즈 생성기에서 생성된 노이즈가 이미지 연산기에서 확산 이미지에 더해졌겠군.

③ 순확산 과정에서 (가)에 ㉡이 입력된다면, A 단계의 노이즈 예측기에서 예측한 노이즈가 이미지 연산기에 입력되겠군.

④ 역확산 과정에서 (가)에 ㉢이 입력된다면, A 단계의 이미지 연산기에서는 ㉢에서 노이즈를 빼겠군.

⑤ 역확산 과정에서 (나)에 ㉡이 출력된다면, A 단계의 노이즈 예측기에서 예측한 노이즈가 이미지 연산기에 입력되었겠군.

공부한 날		월	일
목표 시간		분	초
시작 :	종료	:	
소요 시간		분	초

01-04 다음 글을 읽고 물음에 답하시오.

블록체인 기술은 데이터를 블록이라는 단위로 묶어 체인 형태로 연결한 것을 여러 대의 컴퓨터에 중복 저장하는 기술이다. 체인 형태로 연결된 블록의 집합을 블록체인이라 하고, 블록체인을 저장하는 컴퓨터를 노드라고 한다. 새로 생성된 블록은 노드들에 전파된다. 노드들은 블록에 포함된 내용이 블록체인의 다른 블록에 있는 내용과 상충되지 않는지, 동일한 내용이 블록체인의 다른 블록에 이중으로 포함되어 있지 않은지 검증한다. 검증이 끝난 블록을 블록체인에 연결할지 여부는 모든 노드들이 참여하는 승인 과정을 통해 정해진다. 승인이 완료된 블록은 블록체인에 연결되고, 이 블록체인은 노드들에 저장된다. 승인 과정에는 합의 알고리즘이 사용되고, 합의 알고리즘의 예로 '작업증명'이 있다.

블록체인 기술의 성능은 블록체인에 데이터가 저장되는 속도로 정의되며, 단위 시간당 블록체인에 저장되는 데이터의 양으로 계산될 수 있다. 블록체인 기술은 공개형과 비공개형으로 구분된다. 비공개형은 공개형과 달리 노드 수에 제한을 두고, 일반적으로 공개형에 비해 합의 알고리즘의 속도가 빠르다. 따라서 비공개형은 승인 과정에 걸리는 시간이 짧기 때문에 성능이 높다.

데이터가 무단으로 변경되기 어렵다는 성질을 무결성이라 하는데 무결성은 블록체인 기술의 대표적인 장점이다. 특정 노드에 저장되어 있는 일부 데이터가 변경되면 변경된 블록과 그 이후의 블록들은 블록체인과의 연결이 끊어진다. 끊어진 모든 블록을 다시 연결하는 것은 승인 과정을 필요로 하기 때문에 연결을 복구하는 것은 어렵다. 즉 블록과 블록체인의 연결을 유지하면서 블록체인에 포함된 데이터를 변경하는 것이 어려우므로 블록체인 데이터는 무결성이 높다. 무단 변경과 달리, 일부 데이터가 지워져도 승인된 원래의 데이터로 복원할 때는 승인 과정이 필요하지 않다. 따라서 ⍰블록체인에 포함된 데이터는 일부가 지워지더라도 복원이 용이하다.

블록체인 기술에서 고려해야 할 세 가지 특성이 있다. 보안성은 데이터의 무단 변경이 어려울 뿐 아니라 동일한 내용의 데이터가 블록체인의 서로 다른 블록에 또는 단일 블록에 이중으로 포함되는 것이 어렵다는 성질이다. 승인 과정에 걸리는 시간이 줄거나 노드 수가 감소하면 보안성은 낮아진다. 탈중앙성은 승인 과정에 다수의 노드들이 참여하고, 특정 노드가 승인 과정을 주도하지 않는다는 성질이다. 노드 수가 감소하면 탈중앙성은 낮아진다. 확장성은 블록체인 기술이 목표로 하는 응용 분야에 적용 가능할 만큼 성능이 높고, 노드 수가 증가해도 서비스 유지가 가능하다는 성질이다. 노드 수가 증가하면 성능이 저하되므로, 확장성이 높다는 것은 노드

수가 증가하더라도 성능 저하가 크지 않다는 것을 의미한다. 그래서 기술 변화 없이 확장성을 높이고자 할 때 노드 수를 제한하는 방법이 사용되기도 한다. 노드 수를 제한하면 성능 저하를 막을 수 있기 때문이다. 아직까지 블록체인 기술은 보안성, 탈중앙성, 확장성을 함께 높일 수 있는 방법이 없어 대규모로 채택되지 못하고 있다.

01

다음은 윗글을 읽은 학생에게 제공된 학습지의 일부이다. 학생의 '판단 결과'로 적절하지 **않은** 것은?

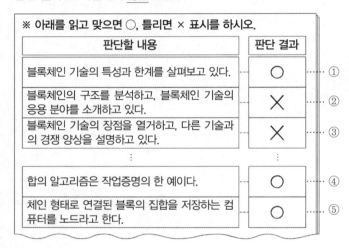

※ 아래를 읽고 맞으면 ○, 틀리면 × 표시를 하시오.		
판단할 내용	**판단 결과**	
블록체인 기술의 특성과 한계를 살펴보고 있다.	○	①
블록체인의 구조를 분석하고, 블록체인 기술의 응용 분야를 소개하고 있다.	×	②
블록체인 기술의 장점을 열거하고, 다른 기술과의 경쟁 양상을 설명하고 있다.	×	③
합의 알고리즘은 작업증명의 한 예이다.	○	④
체인 형태로 연결된 블록의 집합을 저장하는 컴퓨터를 노드라고 한다.	○	⑤

02

윗글에 대한 이해로 가장 적절한 것은?

① 승인 과정에 참여할 노드를 결정하기 위해 합의 알고리즘이 사용된다.

② 일부 블록체인 데이터가 변경되면 전체 노드의 모든 블록은 승인 과정을 다시 거쳐야 한다.

③ 블록과 블록체인의 연결을 유지하면서 블록체인 데이터를 삭제할 수 있으면 보안성이 높다.

④ 공개형 블록체인 기술은 같은 양의 데이터가 저장되는 데 걸리는 시간이 짧을수록 성능이 낮아진다.

⑤ 블록이 블록체인에 연결되기 위해서는 블록의 데이터가 블록체인의 다른 데이터와 비교되어야 한다.

03

㉠의 이유로 가장 적절한 것은?

① 블록체인에 포함된 데이터는 변경이 쉽기 때문이다.
② 블록체인이 여러 노드들에 중복 저장되기 때문이다.
③ 승인 과정에 참여하는 노드 수에 제한이 있기 때문이다.
④ 데이터가 블록체인에 포함되기 위해서는 승인 과정을 필요
　로 하기 때문이다.
⑤ 동일한 데이터가 블록체인에 연결된 서로 다른 블록에 이중
　으로 포함되어 있기 때문이다.

04

윗글을 바탕으로 〈보기〉를 이해한 내용으로 가장 적절한 것은? [3점]

┤ 보기 ├

　노드 수가 10개로 고정된 블록체인 기술을 사용하고 있는 A
업체는 이전에 사용하던 작업증명 대신 속도가 더 빠른 합의 알
고리즘을 개발해, 유통 분야에서 요구되는 성능을 초과 달성했
다. 한편 B 업체는 최근 A 업체보다 데이터의 위조 불가능성을
향상시킨 블록체인 기술을 개발했다. 이 기술은 노드 수에 제한
이 없지만 현재는 200개의 노드가 참여하고 있다. 승인 과정에
는 작업증명을 사용한다.

① A 업체의 블록체인 기술은 이전보다 확장성과 보안성이 모
　두 높아졌겠군.
② B 업체의 블록체인 기술은 노드 수가 증가할수록 보안성과
　확장성이 모두 높아지겠군.
③ B 업체의 블록체인 기술은 노드 수가 감소하면 성능은 높아
　지고 탈중앙성이 낮아지겠군.
④ A업체의 블록체인 기술은 B 업체와 달리 공개형이고, B 업
　체보다 탈중앙성이 낮겠군.
⑤ A 업체의 블록체인 기술은 B 업체와 승인 과정이 다르고, B 업
　체보다 무결성이 높겠군.

공부한 날		월	일
목표 시간		분	초
시작	:	종료	:
소요 시간		분	초

🔥매운맛 **01-04 다음 글을 읽고 물음에 답하시오.**

식품 포장재, 세제 용기 등으로 사용되는 플라스틱은 생활에서 흔히 ⓐ접할 수 있다. 플라스틱은 '성형할 수 있는, 거푸집으로 조형이 가능한'이라는 의미의 '플라스티코스'라는 그리스어에서 온 말로, 열과 압력으로 성형할 수 있는 고분자 화합물을 이른다.

플라스틱은 단위체인 작은 분자가 수없이 반복 연결되는 중합을 통해 만들어진 거대 분자로 이루어져 있다. 단위체들은 공유 결합으로 연결되는데, 분자를 구성하는 원자들이 서로 전자를 공유하여 안정한 상태가 되는 결합을 공유 결합이라 한다. 두 원자가 각각 전자를 하나씩 내어놓아 그 두 개의 전자를 한 쌍으로 공유하면 단일 결합이라 하고, 두 쌍을 공유하면 이중 결합이라 한다. 공유 전자쌍이 많을수록 원자 간의 결합력은 강하다. 대부분의 원자는 가장 바깥 전자 껍질의 전자 수가 8개가 될 때 안정해진다. 탄소 원자는 가장 바깥 전자 껍질에 4개의 전자를 갖고 있어, 다른 원자들과 전자를 공유하여 안정해질 수 있으며 다양한 형태의 공유 결합이 가능하여 거대한 분자의 골격을 이룰 수 있다.

플라스틱의 한 종류인 폴리에틸렌은 에틸렌 분자들이 서로 연결되는 중합 과정을 거쳐 만들어진다. 에틸렌은 두 개의 탄소 원자와 네 개의 수소 원자로 이루어지는데, 두 개의 탄소 원자가 서로 이중 결합을 하고 각각의 탄소 원자는 두 개의 수소 원자와 단일 결합을 한다. 탄소 원자 간의 이중 결합에서는 한 결합이 다른 하나보다 끊어지기 쉽다.

에틸렌의 중합에는 여러 가지 방법이 있는데 그중에 하나는 과산화물 개시제를 사용하는 것이다. 열을 흡수한 과산화물 개시제는 가장 바깥 껍질에 7개의 전자가 있는 불안정한 상태의 원자를 가진 분자로 분해된다. 이 불안정한 원자는 안정해지기 위해 에틸렌이 가진 탄소의 이중 결합 중 더 약한 결합을 끊어 버리면서 에틸렌의 한쪽 탄소 원자와 전자를 공유하며 단일 결합한다. 그러면 다른 쪽 탄소 원자는 공유되지 못한, 홀로 남은 전자를 갖게 된다. 이 불안정한 탄소 원자는 같은 방식으로 다른 에틸렌 분자와 반응을 하게 되고, 이와 같은 반응이 이어지며 불안정해지는 탄소 원자가 계속 생성된다. 에틸렌 분자들이 결합하여 더해지면 이것들은 사슬 형태를 이루며, 이 사슬은 지속적으로 성장하고 사슬 끝에는 불안정한 탄소 원자가 존재하게 된다. 성장하는 두 사슬의 끝이 서로 만나 결합하여 안정한 상태가 되면 반복적인 반응이 멈추게 된다. ⊙이 중합 과정을 거쳐 에틸렌 분자들은 폴리에틸렌이라는 고분자 화합물이 된다.

플라스틱을 이루는 거대한 분자들은 길이가 길다. 그래서 사슬들이 일정한 방향으로 나란히 배열되어 있는 결정 영역은, 분자들 전체에서 기대할 수는 없지만 부분적으로 있을 수는 있다. 플라스틱에서 결정 영역이 차지하는 부분의 비율은 여러 조건에 따라 조절이 가능하고 물성에 영향을 미친다. 결정 영역이 많아질수록 플라스틱은 유연성이 낮아 충격에 약하고 가공성이 떨어지며 점점 불투명해지지만, 밀도가 높아져 단단해지고 화학 물질에 대한 민감성이 감소하며 열에 의해 잘 변형되지 않는다. 이런 성질을 활용하여 필요에 따라 다양한 종류의 플라스틱을 만들 수 있다.

01

윗글에서 알 수 있는 내용으로 적절하지 않은 것은?

① 단위체들은 중합을 거쳐 거대 분자를 이룰 수 있다.

② 에틸렌 분자에는 단일 결합과 이중 결합이 모두 존재한다.

③ 플라스틱이라는 명칭의 유래는 열과 압력으로 성형이 되는 성질과 관련이 있다.

④ 불안정한 원자를 가진 에틸렌은 과산화물을 개시제로 쓰면 분해되면서 안정해진다.

⑤ 탄소와 탄소 사이의 이중 결합 중 하나의 결합 세기는 나머지 하나의 결합 세기보다 크다.

02

⊙에 대한 이해로 적절하지 않은 것은?

① 성장 중의 사슬은 그 양쪽 끝부분에서 불안정한 탄소 원자가 생성된다.

② 사슬의 중간에 두 탄소 원자가 서로 전자를 하나씩 내어놓아 공유하는 결합이 존재한다.

③ 상태가 불안정한 원자를 지닌 분자의 생성이 연속적인 사슬 성장 반응이 일어나는 계기가 된다.

④ 공유되지 못하고 홀로 남은 전자를 가진 탄소 원자는 사슬의 성장 과정이 종결되기 전까지 계속 발생한다.

⑤ 에틸렌 분자를 구성하는 탄소 원자들 사이의 이중 결합이 단일 결합으로 되면서 사슬의 성장 과정을 이어 간다.

03

윗글을 바탕으로 〈보기〉의 ㉮와 ㉯를 이해한 내용으로 가장 적절한 것은? [3점]

┤ 보기 ├

　폴리에틸렌은 높은 압력과 온도에서 중합되어 사슬이 여기저기 가지를 친 구조로 만들어지기도 한다. ㉮가지를 친 구조의 사슬들은 조밀하게 배열되기 힘들다. 한편 특수한 촉매를 사용하여 저온에서 중합되면 탄소 원자들이 이루는 사슬이 한 줄로 쭉 이어진 직선형 구조로 만들어지기도 한다. 이 ㉯직선형 구조의 사슬들은 한 방향으로 서로 나란히 조밀하게 배열될 수 있다.

① 충격에 잘 깨지지 않도록 유연하게 하려면 ㉮보다 ㉯로 이루어진 소재가 적합하겠군.

② 포장된 물품이 잘 보이게 하려면 포장재로는 ㉮보다 ㉯로 이루어진 소재가 적합하겠군.

③ 보관 용기에서 화학 물질이 닿는 부분에는 ㉮보다 ㉯로 이루어진 소재를 쓰는 것이 좋겠군.

④ ㉯보다 ㉮로 이루어진 소재의 밀도가 더 높겠군.

⑤ 열에 잘 견디게 하려면 ㉯보다 ㉮로 이루어진 소재가 적합하겠군.

04

ⓐ와 문맥상 의미가 가장 가까운 것은?

① 요즘 신도시는 아파트가 대규모로 서로 접해 있다.

② 그는 자신의 수상 소식을 오늘에야 접하게 되었다.

③ 나는 교과서에서 접한 시를 모두 외웠다.

④ 우리나라는 삼면이 바다에 접해 있다.

⑤ 우리 집은 공원을 접하고 있다.

공부한 날		월	일
목표 시간		분	초
시작	:	종료	:
소요 시간		분	초

 01~04 다음 글을 읽고 물음에 답하시오.

　데이터를 처리할 때 데이터의 정확성은 매우 중요하다. 그런데 데이터에 결측치와 이상치가 포함되면 데이터의 특징을 제대로 ⓐ나타내기 어렵다.

　결측치는 데이터 값이 ⓑ빠져 있는 것이다. 결측치를 처리하는 방법 중 하나인 대체는 다른 값으로 결측치를 채우는 것인데, 대체하는 값으로는 평균, 중앙값, 최빈값을 많이 사용한다. 중앙값은 데이터를 크기순으로 정렬했을 때 중앙에 위치한 값이다. 크기가 같은 값이 복수일 경우에도 순위를 매겨 중앙값을 찾고, 데이터의 개수가 짝수이면 중앙에 있는 두 값의 평균이 중앙값이다. 또 최빈값은 데이터에 가장 많이 나타나는 값을 이른다. 일반적으로 데이터 값이 연속적인 수치이면 평균으로, 석차처럼 순위가 있는 값에는 중앙값으로, 직업과 같이 문자인 경우에는 최빈값으로 결측치를 대체한다.

　이상치는 데이터의 다른 값에 비해 유달리 크거나 작은 값으로, 데이터를 수집할 때 측정 오류 등에 의해 주로 ⓒ생긴다. 그러나 정상적인 데이터라도 데이터의 특징을 왜곡하는 데이터 값이 있을 수 있다. 예를 들어, 데이터가 어떤 프로 선수들의 연봉이고 그중 한 명의 연봉이 유달리 많다면, 이상치가 포함된 데이터에 해당한다. 이런 데이터의 특징을 하나의 수치로 나타내려는 경우 ㉠대푯값으로 평균보다 중앙값을 주로 사용한다.

　평면상에 있는 점들의 위치를 나타내는 데이터에서도 이상치를 발견할 수 있다. 대부분의 점들이 가상의 직선 주위에 모여 있다면 이 직선은 데이터의 특징을 잘 나타낸다고 할 수 있다. 이 직선을 직선 L이라고 하자. 그런데 직선 L로부터 멀리 떨어진 위치에도 몇 개의 점이 있다. 이 점들이 이상치이다.

　㉡이상치를 포함하는 데이터에서 직선 L을 찾는다고 하자. 이때 사용할 수 있는 기법의 하나인 A 기법은 두 점을 무작위로 골라 정상치 집합으로 가정하고, 이 두 점을 ⓓ지나는 후보 직선을 그어 나머지 점들과 후보 직선 사이의 거리를 구한다. 이 거리가 허용 범위 이내인 점들을 정상치 집합에 추가한다. 정상치 집합의 점의 개수가 미리 정해 둔 기준, 즉 문턱값보다 많으면 후보 직선을 최종 후보군에 넣는다. 반대로 점의 개수가 문턱값보다 적으면 후보 직선을 버린다. 만약 처음에 고른 점이 이상치이면, 대부분의 점들은 해당 후보 직선과의 거리가 너무 ⓔ멀어 이 직선은 최종 후보군에서 제외되는 것이다. 이 과정을 반복하여 최종 후보군을 구하고, 최종 후보군에 포함된 직선 중에서 정상치 집합의 데이터 개수가 최대인 직선을 직선 L로 선택한다. 이 기법은 이상치가 있어도 직선 L을 찾을 가능성이 높다.

01

윗글을 이해한 내용으로 적절하지 않은 것은?

① 데이터가 수치로 구성되지 않아도 최빈값을 구할 수 있다.

② 데이터의 특징이 언제나 하나의 수치로 나타나는 것은 아니다.

③ 데이터가 정상적으로 수집되었다면 이상치가 존재하지 않는다.

④ 데이터에 동일한 수치가 여러 개 있어도 중앙값으로 결측치를 대체할 수 있다.

⑤ 데이터를 수집하는 과정에서 측정 오류가 발생한 값이라도 이상치가 아닐 수 있다.

02

윗글을 참고할 때, ㉠의 이유로 가장 적절한 것은?

① 중앙값은 극단에 있는 이상치의 영향을 덜 받기 때문이다.

② 중앙값을 찾기 위해 데이터를 나열할 때 이상치는 제외되기 때문이다.

③ 데이터의 개수가 많아질수록 이상치도 많아지고 평균을 구하기 어렵기 때문이다.

④ 이상치가 포함되면 평균을 구하는 것이 중앙값을 찾는 것보다 복잡하기 때문이다.

⑤ 이상치가 포함되면 평균은 데이터에 포함되지 않는 값일 가능성이 큰 반면 중앙값은 항상 데이터에 포함된 값이기 때문이다.

03

㉡과 관련하여 윗글의 A 기법과 〈보기〉의 B 기법을 설명한 내용으로 가장 적절한 것은? [3점]

보기

　다음과 같은 방법으로 직선 L을 찾는 B 기법을 가정해 보자. 후보 직선을 임의로 여러 개 가정한 뒤에 모든 점에서 각 후보 직선들과의 거리를 구하여 점들과 가장 가까운 직선을 선택한다. 그러나 이렇게 찾은 직선은 직선 L로 적합한 직선이 아니다. 이상치를 포함해서 찾다 보니 대부분 최적의 직선과 이상치 사이에 위치한 직선을 선택하게 된다.

① A 기법과 B 기법 모두 최적의 직선을 찾기 위해 최대한 많은 점을 지나는 후보 직선을 가정한다.

② A 기법은 이상치를 제외하고 후보 직선을 가정하지만 B 기법은 이상치를 제외하는 과정이 없다.

③ A 기법에서 최종적으로 선택한 직선은 이상치를 지나지 않지만 B 기법에서 선택한 직선은 이상치를 지난다.

④ A 기법은 이상치의 개수가 문턱값보다 적으면 후보 직선을 버리지만 B 기법은 선택한 직선이 이상치를 포함할 수 있다.

⑤ A 기법에서 후보 직선의 정상치 집합에는 이상치가 포함될 수 있고 B 기법에서 후보 직선은 이상치를 지날 수 있다.

04

문맥상 ⓐ~ⓔ와 바꿔 쓰기에 가장 적절한 것은?

① ⓐ: 형성(形成)하기
② ⓑ: 누락(漏落)되어
③ ⓒ: 도래(到來)한다
④ ⓓ: 투과(透過)하는
⑤ ⓔ: 소원(疏遠)하여

과학·기술 05

📖 2024학년도 9월 평가원

공부한 날		월	일
목표 시간		분	초
시작 :	종료	:	
소요 시간		분	초

01-04 다음 글을 읽고 물음에 답하시오.

저울은 흔히 지렛대의 원리를 이용하거나 전기 저항 변화를 측정하여 질량을 잰다. 그렇다면 초정밀 저울은 기체 분자나 DNA와 같은 미세 물질의 질량을 어떻게 잴까? 이에 답하기 위해서는 압전 효과에 대한 이해가 필요하다.

압전 효과에는 재료에 기계적 변형이 생기면 재료에 전압이 발생하는 1차 압전 효과와, 재료에 전압을 걸면 재료에 기계적 변형이 생기는 2차 압전 효과가 있다. 두 압전 효과가 모두 생기는 재료를 압전체라 하며, 수정이 주로 쓰인다.

압전체로 사용하는 수정은 특정 방향으로 절단 및 가공하여 납작한 원판 모양으로 만든다. 이후 원판의 양면에 전극을 만든 후 (+)와 (−) 극이 교대로 바뀌는 전압을 가하면 수정이 진동한다. 이때 전압의 주파수*를 수정의 고유 주파수와 일치시켜 수정이 큰 폭으로 진동하도록 하여 진동을 측정하기 쉽게 만든 것이 ⊙수정 진동자이다. 고유 주파수란 어떤 물체가 갖는 고유한 진동 주파수인데, 같은 재료의 압전체라도 압전체의 모양과 크기에 따라 달라진다. 수정 진동자에 어떤 물질이 달라붙어 질량이 증가하면 고유 주파수에서 진동하던 수정 진동자의 주파수가 감소한다. 수정 진동자의 주파수는 매우 작은 질량 변화에 민감하게 변하므로 기체 분자나 DNA와 같은 미세한 물질의 질량을 측정할 수 있다. 진동자에서 질량 민감도는 주파수의 변화 정도를 측정된 질량으로 나눈 값인데, 수정 진동자의 질량 민감도는 매우 크다.

수정 진동자로 질량을 측정하는 원리를 응용하면 특정 기체의 농도를 감지할 수 있다. 수정 진동자를 특정 기체가 붙도록 처리하면, 여기에 특정 기체가 달라붙으며 질량 변화가 생겨 수정 진동자의 주파수는 감소한다. 일정 시점이 되면 수정 진동자의 주파수가 더 감소하지 않고 일정한 값을 유지한다. 이렇게 일정한 값을 유지하는 이유는 특정 기체가 일정량 이상 달라붙지 않기 때문이다. 혼합 기체에서 특정 기체의 농도가 클수록 더 작은 주파수에서 주파수가 일정하게 유지된다. 특정 기체가 얼마나 빨리 수정 진동자에 붙어서 주파수가 일정한 값이 되는가의 척도를 반응 시간이라 하는데, 반응 시간이 짧을수록 특정 기체의 농도를 더 빨리 잴 수 있다.

그런데 측정 대상이 아닌 기체가 함께 붙으면 측정하려는 대상 기체의 정확한 농도 측정이 어렵다. 또한 대상 기체만 붙더라도 그 기체의 농도를 알 수는 없다. 이 때문에 대상 기체의 농도에 따라 수정 진동자의 주파수 변화를 미리 측정해 놓아야 한다. 그 후 대상 기체의 농도를 모르는 혼합 기체에서 주파수 변화를 측정하면 대상 기체의 농도를 알 수 있다. 수정 진동자의 주파수 변화 정도를 농도로 나누면 농도에 대한 민감도를 구할 수 있다.

*주파수: 진동이 1초 동안 반복하는 횟수 또는 전압의 (+)와 (−) 극이 1초 동안, 서로 바뀌고 다시 원래대로 되는 횟수.

01

윗글에 대한 설명으로 가장 적절한 것은?

① 압전체의 제작 방법을 소개하고 제작 시 유의점을 나열하고 있다.
② 압전 효과의 개념을 정의하고 압전체의 장단점을 분석하고 있다.
③ 압전 효과의 종류를 분류하고 그 분류에 따른 압전체의 구조를 비교하고 있다.
④ 압전체의 유형을 구분하는 기준을 제시하고 초정밀 저울의 작동 과정을 단계별로 설명하고 있다.
⑤ 압전 효과에 기반한 초정밀 저울의 작동 원리를 설명하고 이 원리가 적용된 기체 농도 측정 방법을 소개하고 있다.

02

윗글을 통해 알 수 있는 내용으로 적절하지 <u>않은</u> 것은?

① 수정 이외에도 압전 효과를 보이는 재료가 존재한다.
② 수정을 절단하고 가공하여 미세 질량 측정에 사용한다.
③ 전기 저항 변화를 이용하여 물체의 질량을 측정하는 경우가 있다.
④ 같은 방향으로 절단한 수정은 크기가 달라도 고유 주파수가 서로 같다.
⑤ 진동자의 주파수 변화 정도를 측정된 질량으로 나누면 질량에 대한 민감도를 구할 수 있다.

03

㉠에 대한 이해로 적절하지 <u>않은</u> 것은?

① ㉠에는 1차 압전 효과를 보일 수 있는 재료가 있다.

② ㉠에서는 전압에 의해 압전체의 기계적 변형이 일어난다.

③ ㉠에는 전극이 양면에 있는 원판 모양의 수정이 사용된다.

④ ㉠에서는 전극에 가하는 전압의 주파수를 수정의 고유 주파수에 맞춘다.

⑤ ㉠의 전극에 가해지는 특정 주파수의 전압은 압전체의 고유 주파수 값을 더 크게 만든다.

04

윗글을 바탕으로 〈보기〉를 탐구한 내용으로 가장 적절한 것은? [3점]

---- 보기 ----

　　알코올 감지기 A와 B를 이용하여 어떤 밀폐된 공간에 있는 혼합 기체의 알코올 농도를 측정하였다. 이때 A와 B는 모두 진동자에 알코올이 달라붙을 수 있도록 처리되어 있다. A와 B 모두, 시간이 흐름에 따라 주파수가 감소하다가 더 이상 감소하지 않고 일정하게 유지되었다.

　　(단, 측정하는 동안 밀폐된 공간의 상황은 변동 없음.)

---

① A의 진동자에 있는 압전체의 고유 주파수를 알코올만 있는 기체에서 미리 측정해 놓으면, 혼합 기체에서의 알코올의 농도를 알 수 있겠군.

② B에 달라붙은 알코올의 양은 변하지 않고 다른 기체가 함께 달라붙은 후 진동자의 주파수가 일정하게 유지된다면, 이때 주파수의 값은 알코올만 붙었을 때보다 더 작겠군.

③ A와 B에서 알코올이 달라붙도록 진동자를 처리한 것은 알코올이 달라붙음에 따라 진동자가 최대한 큰 폭으로 진동할 수 있게 하려는 것이겠군.

④ A가 B에 비해 동일한 양의 알코올이 달라붙은 후에 생기는 주파수 변화 정도가 크다면, A가 B보다 알코올 농도에 대한 민감도가 더 작다고 할 수 있겠군.

⑤ B가 A보다 알코올이 일정량까지 달라붙는 시간이 더 짧더라도 알코올이 달라붙은 양이 서로 같다면, A와 B의 반응 시간은 서로 같겠군.

공부한 날		월	일
목표 시간			분 초
시작	:	종료	:
소요 시간			분 초

01-04 다음 글을 읽고 물음에 답하시오.

분자들이 만나 화학 반응을 진행하는 데 필요한 최소한의 운동 에너지를 활성화 에너지라 한다. 활성화 에너지가 작은 반응은, 반응의 활성화 에너지보다 큰 운동 에너지를 가진 분자들이 많아 반응이 빠르게 진행된다. 활성화 에너지를 조절하여 반응 속도에 변화를 주는 물질을 촉매라고 하며, 반응 속도를 빠르게 하는 능력을 촉매 활성이라 한다. 촉매는 촉매가 없을 때와는 활성화 에너지가 다른, 새로운 반응 경로를 제공한다.

화학 산업에서는 주로 고체 촉매가 이용되는데, 액체나 기체인 생성물을 촉매로부터 분리하는 별도의 공정이 필요 없기 때문이다. 고체 촉매는 대부분 활성 성분, 지지체, 증진제로 구성된다. 활성 성분은 그 표면에 반응물을 흡착시켜 촉매 활성을 제공하는 물질이다. 고체 촉매의 촉매 작용에서는 반응물이 먼저 활성 성분의 표면에 화학 흡착되고, 흡착된 반응물이 표면에서 반응하여 생성물로 변환된 후, 생성물이 표면에서 탈착되는 과정을 거쳐 반응이 완결된다. 금속은 다양한 물질들이 표면에 흡착될 수 있어 여러 반응에서 활성 성분으로 사용된다. 예를 들면, 암모니아를 합성할 때 철을 활성 성분으로 사용하는데, 이때 반응물인 수소와 질소가 철의 표면에 흡착되어 각각 원자 상태로 분리된다. 흡착된 반응물은 전자를 금속 표면의 원자와 공유하여 안정화된다. 반응물의 흡착 세기는 금속의 종류에 따라 달라진다. 이때 흡착 세기가 적절해야 한다. 흡착이 약하면 흡착량이 적어 촉매 활성이 낮으며, 흡착이 너무 강하면 흡착된 반응물이 지나치게 안정화되어 표면에서의 반응이 느려지므로 촉매 활성이 낮다. 일반적으로 고체 촉매에서는 반응에 관여하는 표면의 활성 성분 원자가 많을수록 반응물의 흡착이 많아 촉매 활성이 높아진다.

금속은 열적 안정성이 낮아, 화학 반응이 일어나는 고온에서 금속 원자들로 이루어진 작은 입자들이 서로 달라붙어 큰 입자를 이루게 되는데 이를 소결이라 한다. 입자가 소결되면 금속 활성 성분의 전체 표면적은 줄어든다. 이러한 문제를 해결하는 것이 지지체이다. 작은 금속 입자들을 표면적이 넓고 열적 안정성이 높은 지지체의 표면에 분산하면 소결로 인한 촉매 활성 저하가 억제된다. 따라서 소량의 금속으로도 ㉠금속을 활성 성분으로 사용하는 고체 촉매의 활성을 높일 수 있다.

증진제는 촉매에 소량 포함되어 활성을 조절한다. 활성 성분의 표면 구조를 변화시켜 소결을 억제하기도 하고, 활성 성분의 전자 밀도를 변화시켜 흡착 세기를 조절하기도 한다. 고체 촉매는 활성 성분이 반드시 있어야 하지만 경우에 따라 증진제나 지지체를 포함하지 않기도 한다.

01

윗글의 내용과 일치하지 않는 것은?

① 촉매를 이용하면 화학 반응이 새로운 경로로 진행된다.

② 고체 촉매는 기체 생성물과 촉매의 분리 공정이 필요하다.

③ 고체 촉매에 의한 반응은 생성물의 탈착을 거쳐 완결된다.

④ 암모니아 합성에서 철 표면에 흡착된 수소는 전자를 철 원자와 공유한다.

⑤ 증진제나 지지체 없이 촉매 활성을 갖는 고체 촉매가 있다.

02

㉠의 촉매 활성을 높이는 방법으로 가장 적절한 것은?

① 반응물을 흡착하는 금속 원자의 개수를 늘린다.

② 활성 성분의 소결을 촉진하는 증진제를 첨가한다.

③ 반응물의 반응 속도를 늦추는 지지체를 사용한다.

④ 반응에 대한 활성화 에너지를 크게 하는 금속을 사용한다.

⑤ 활성 성분의 금속 입자들을 뭉치게 하여 큰 입자로 만든다.

03

윗글을 바탕으로 〈보기〉를 이해한 내용으로 적절하지 않은 것은?

[3점]

┤ 보기 ├

아세틸렌은 보통 선택적 수소화 공정을 통하여 에틸렌으로 변환된다. 이 공정에서 사용되는 고체 촉매는 팔라듐 금속 입자를 실리카 표면에 분산하여 만들며, 아세틸렌과 수소는 팔라듐 표면에 흡착되어 반응한다. 여기서 실리카는 표면적이 넓고 열적 안정성이 높다. 이때, 촉매에 규소를 소량 포함시키면 활성 성분의 표면 구조가 변화되어 고온에서 팔라듐의 소결이 억제된다. 또한 은을 소량 포함시키면 팔라듐의 전자 밀도가 높아지고 팔라듐 표면에 반응물이 흡착되는 세기가 조절되어 원하는 반응을 얻을 수 있다.

① 아세틸렌은 반응물에 해당한다.

② 팔라듐은 활성 성분에 해당한다.

③ 규소와 은은 모두 증진제에 해당한다.

④ 실리카는 낮은 온도에서 활성 성분을 소결한다.

⑤ 실리카는 촉매 활성 저하를 억제하는 기능을 한다.

04

윗글을 바탕으로 할 때, 〈보기〉의 금속 ⓐ~ⓓ에 대한 설명으로 가장 적절한 것은?

┤ 보기 ├

다음은 여러 가지 금속에 물질 ㉮가 흡착될 때의 흡착 세기와 ㉮의 화학 반응에서 각 금속의 촉매 활성을 나타낸다.

(단, 흡착에 영향을 주는 다른 요소는 고려하지 않음.)

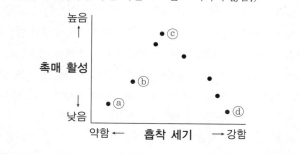

① ㉮의 화학 반응은 ⓐ보다 ⓑ를 활성 성분으로 사용할 때 더 느리게 일어난다.

② ㉮는 ⓐ보다 ⓒ에 흡착될 때 흡착량이 더 적다.

③ ㉮는 ⓐ보다 ⓓ에 흡착될 때 안정화되는 정도가 더 크다.

④ ㉮는 ⓑ보다 ⓒ에 더 약하게 흡착된다.

⑤ ㉮의 화학 반응에서 촉매 활성만을 고려하면 가장 적합한 활성 성분은 ⓓ이다.

공부한 날		월	일
목표 시간		분	초
시작 :	종료	:	
소요 시간		분	초

01-04 다음 글을 읽고 물음에 답하시오.

하루에 필요한 에너지의 양은 하루 동안의 총 열량 소모량인 대사량으로 구한다. 그중 기초 대사량은 생존에 필수적인 에너지로, 쾌적한 온도에서 편히 쉬는 동물이 공복 상태에서 생성하는 열량으로 정의된다. 이때 체내에서 생성한 열량은 일정한 체온에서 체외로 발산되는 열량과 같다. 기초 대사량은 개체에 따라 대사량의 60~75%를 차지하고, 근육량이 많을수록 증가한다.

기초 대사량은 직접법 또는 간접법으로 구한다. ㉠직접법은 온도가 일정하게 유지되고 공기의 출입량을 알고 있는 호흡실에서 동물이 발산하는 열량을 열량계를 이용해 측정하는 방법이다. ㉡간접법은 호흡 측정 장치를 이용해 동물의 산소 소비량과 이산화 탄소 배출량을 측정하고, 이를 기준으로 체내에서 생성된 열량을 추정하는 방법이다.

19세기의 초기 연구는 체외로 발산되는 열량이 체표 면적에 비례한다고 보았다. 즉 그 둘이 항상 일정한 비(比)를 갖는다는 것이다. 체표 면적은 $(체중)^{0.67}$에 비례하므로, 기초 대사량은 체중이 아닌 $(체중)^{0.67}$에 비례한다고 하였다. 어떤 변수의 증가율은 증가 후 값을 증가 전 값으로 나눈 값이므로, 체중이 W에서 2W로 커지면 체중의 증가율은 (2W) / (W) =2이다. 이 경우에 기초 대사량의 증가율은 $(2W)^{0.67}$ / $(W)^{0.67}$ = $2^{0.67}$, 즉 약 1.6이 된다.

1930년대에 클라이버는 생쥐부터 코끼리까지 다양한 크기의 동물의 기초 대사량 측정 결과를 분석했다. 그래프의 가로축 변수로 동물의 체중을, 세로축 변수로 기초 대사량을 두고, 각 동물별 체중과 기초 대사량의 순서쌍을 점으로 나타냈다.

가로축과 세로축 두 변수의 증가율이 서로 다를 경우, 그 둘의 증가율이 같을 때와 달리, '일반적인 그래프'에서 이 점들은 직선이 아닌 어떤 곡선의 주변에 분포한다. 그런데 순서쌍의 값에 상용로그를 취해 새로운 순서쌍을 만들어서 이를 〈그림〉과 같이 그래프에 표시하면, 어떤 직선의 주변에 점들이 분포하는 것으로 나타난다. 그러면 그 직선의 기울기를 이용해 두 변수의 증가율을 비교할 수 있다. 〈그림〉에서 X와 Y는 각각 체중과 기초 대사량에 상용로그를 취한 값이다. 이런 방식으로 표현한 그래프를 'L-그래프'라 하자.

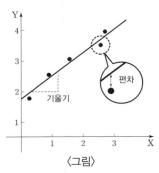

〈그림〉

체중의 증가율에 비해, 기초 대사량의 증가율이 작다면 L-그래프에서 직선의 기울기는 1보다 작으며 기초 대사량의 증가율이 작

을수록 기울기도 작아진다. 만약 체중의 증가율과 기초 대사량의 증가율이 같다면 L-그래프에서 직선의 기울기는 1이 된다.

이렇듯 L-그래프와 같은 방식으로 표현할 때, 생물의 어떤 형질이 체중 또는 몸 크기와 직선의 관계를 보이며 함께 증가하는 경우 그 형질은 '상대 성장'을 한다고 한다. 동일 종에서의 심장, 두뇌와 같은 신체 기관의 크기도 상대 성장을 따른다.

한편, 그래프에서 가로축과 세로축 두 변수의 관계를 대변하는 최적의 직선의 기울기와 절편은 최소 제곱법으로 구할 수 있다. 우선, 그래프에 두 변수의 순서쌍을 나타낸 점들 사이를 지나는 임의의 직선을 그린다. 각 점에서 가로축에 수직 방향으로 직선까지의 거리인 편차의 절댓값을 구하고 이들을 각각 제곱하여 모두 합한 것이 '편차 제곱 합'이며, 편차 제곱 합이 가장 작은 직선을 구하는 것이 최소 제곱법이다.

클라이버는 이런 방법에 근거하여 L-그래프에 나타난 최적의 직선의 기울기로 0.75를 얻었고, 이에 따라 동물의 $(체중)^{0.75}$에 기초 대사량이 비례한다고 결론지었다. 이것을 '클라이버의 법칙'이라 하며, $(체중)^{0.75}$을 대사 체중이라 부른다. 대사 체중은 치료제 허용량의 결정에도 이용되는데, 이때 그 양은 대사 체중에 비례하여 정한다. 이는 치료제 허용량이 체내 대사와 밀접한 관련이 있기 때문이다.

01

윗글의 내용과 일치하지 <u>않는</u> 것은?

① 클라이버의 법칙은 동물의 기초 대사량이 대사 체중에 비례한다고 본다.

② 어떤 개체가 체중이 늘 때 다른 변화 없이 근육량이 늘면 기초 대사량이 증가한다.

③ 'L-그래프'에서 직선의 기울기는 가로축과 세로축 두 변수의 증가율의 차이와 동일하다.

④ 최소 제곱법은 두 변수 간의 관계를 나타내는 최적의 직선의 기울기와 절편을 알게 해 준다.

⑤ 동물의 신체 기관인 심장과 두뇌의 크기는 몸무게나 몸의 크기에 상대 성장을 하며 발달한다.

02

윗글을 읽고 추론한 내용으로 적절하지 <u>않은</u> 것은?

① 일반적인 경우 기초 대사량은 하루에 소모되는 총 열량 중에 가장 큰 비중을 차지하겠군.

② 클라이버의 결론에 따르면, 기초 대사량이 동물의 체표 면적에 비례한다고 볼 수 없겠군.

③ 19세기의 초기 연구자들은 체중의 증가율보다 기초 대사량의 증가율이 작다고 생각했겠군.

④ 코끼리에게 적용하는 치료제 허용량을 기준으로, 체중에 비례하여 생쥐에게 적용할 허용량을 정한 후 먹이면 과다 복용이 될 수 있겠군.

⑤ 클라이버의 법칙에 따르면, 동물의 체중이 증가함에 따라 함께 늘어나는 에너지의 필요량이 이전 초기 연구에서 생각했던 양보다 많겠군.

04

윗글을 바탕으로 〈보기〉를 탐구한 내용으로 가장 적절한 것은? [3점]

> ── 보기 ──
>
> 농게의 수컷은 집게발 하나가 매우 큰데, 큰 집게발의 길이는 게딱지의 폭에 '상대 성장'을 한다. 농게의 ⓐ게딱지 폭을 이용해 ⓑ큰 집게발의 길이를 추정하기 위해, 다양한 크기의 농게의 게딱지 폭과 큰 집게발의 길이를 측정하여 다수의 순서쌍을 확보했다. 그리고 'L-그래프'와 같은 방식으로, 그래프의 가로축과 세로축에 각각 게딱지 폭과 큰 집게발의 길이에 해당하는 값을 놓고 분석을 실시했다.

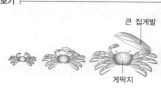
큰 집게발
게딱지

① 최적의 직선을 구한다고 할 때, 최적의 직선의 기울기가 1보다 작다면 ⓐ에 ⓑ가 비례한다고 할 수 없겠군.

② 최적의 직선을 구하여 ⓐ와 ⓑ의 증가율을 비교하려고 할 때, 점들이 최적의 직선으로부터 가로축에 수직 방향으로 멀리 떨어질수록 편차 제곱 합은 더 작겠군.

③ ⓐ의 증가율보다 ⓑ의 증가율이 크다면, 점들의 분포가 직선이 아닌 어떤 곡선의 주변에 분포하겠군.

④ ⓐ의 증가율보다 ⓑ의 증가율이 작다면, 점들 사이를 지나는 최적의 직선의 기울기는 1보다 크겠군.

⑤ ⓐ의 증가율과 ⓑ의 증가율이 같고 '일반적인 그래프'에서 순서쌍을 점으로 표시한다면, 점들은 직선이 아닌 어떤 곡선의 주변에 분포하겠군.

03

⊙, ⓒ에 대한 이해로 가장 적절한 것은?

① ⊙은 체온을 환경 온도에 따라 조정하는 변온 동물이 체외로 발산하는 열량을 측정할 수 없다.

② ⓒ은 동물이 호흡에 이용한 산소의 양을 알 필요가 없다.

③ ⊙은 ⓒ과 달리 격한 움직임이 제한된 편하게 쉬는 상태에서 기초 대사량을 구한다.

④ ⊙과 ⓒ은 모두 일정한 체온에서 동물이 체외로 발산하는 열량을 구할 수 있다.

⑤ ⊙과 ⓒ은 모두 생존에 필수적인 최소한의 에너지를 공급하면서 기초 대사량을 구한다.

과학·기술 08

2023학년도 9월 평가원

공부한 날		월	일
목표 시간		분	초
시작 :	종료	:	
소요 시간		분	초

01-04 다음 글을 읽고 물음에 답하시오.

인터넷 검색 엔진은 검색어를 포함하는 웹 페이지를 찾아 화면에 보여 준다. 웹 페이지가 화면에 나타나는 순서를 정하기 위해 검색 엔진은 수백 개가 ⓐ넘는 항목을 고려한 다양한 방식을 사용한다. 대표적인 항목으로 중요도와 적합도가 있다.

검색 엔진은 빠른 시간 내에 검색 결과를 보여 주기 위해 웹 페이지들의 데이터를 수집하여 인덱스를 미리 작성해 놓는다. 인덱스란 단어를 알파벳순으로 정리한 목록으로, 여기에는 각 단어가 등장하는 웹 페이지와 단어의 빈도수 등이 저장된다. 이때 각 웹 페이지의 중요도가 함께 기록된다.

㉠중요도는 웹 페이지의 중요성을 값으로 나타낸 것으로 링크 분석 기법으로 측정할 수 있다. 기본적인 링크 분석 기법에서 웹 페이지 A의 값은 A를 링크한 각 웹 페이지들로부터 받는 값의 합이다. 이렇게 받은 A의 값은 A가 링크한 다른 웹 페이지들에 균등하게 나눠진다. 즉 A의 값이 4이고 A가 두 개의 링크를 통해 다른 웹 페이지로 연결된다면, A의 값은 유지되면서 두 웹 페이지에는 각각 2가 보내진다.

하지만 두 웹 페이지가 실제로 받는 값은 2에 댐핑 인자를 곱한 값이다. 댐핑 인자는 사용자들이 웹 페이지를 읽다가 링크를 통해 다른 웹 페이지로 이동하지 않는 비율을 반영한 값으로 1 미만의 값을 가진다. 댐핑 인자는 모든 링크에 동일하게 적용된다. 가령 그 비율이 20%이면 댐핑 인자는 0.8이고 두 웹 페이지는 A로부터 각각 1.6을 받는다. 웹 페이지로 연결된 링크를 통해 받는 값을 모두 반영했을 때의 값이 각 웹 페이지의 중요도이다. 웹 페이지들을 연결하는 링크들은 변할 수 있기 때문에 검색 엔진은 주기적으로 웹 페이지의 중요도를 갱신한다.

사용자가 검색어를 입력하면 검색 엔진은 인덱스에서 검색어에 적합한 웹 페이지를 찾는다. ㉡적합도는 단어의 빈도, 단어가 포함된 웹 페이지의 수, 웹 페이지의 글자 수를 반영한 식을 통해 값이 정해진다. 해당 검색어가 많이 나올수록, 그 검색어를 포함하는 다른 웹 페이지의 수가 적을수록, 현재 웹 페이지의 글자 수가 전체 웹 페이지의 평균 글자 수에 비해 적을수록 적합도가 높아진다. 검색 엔진은 중요도와 적합도, 기타 항목들을 적절한 비율로 합산하여 화면에 나열되는 웹 페이지의 순서를 결정한다.

01

윗글을 통해 알 수 있는 내용으로 가장 적절한 것은?

① 인덱스는 사용자가 검색어를 입력한 직후에 작성된다.

② 사용자가 링크를 따라 다른 웹 페이지로 이동하는 비율이 높을수록 댐핑 인자가 커진다.

③ 링크 분석 기법은 웹 페이지 사이의 링크를 분석하여 웹 페이지의 적합도를 값으로 나타낸다.

④ 웹 페이지의 중요도는 다른 웹 페이지에서 받는 값과 다른 웹 페이지에 나눠 주는 값의 합이다.

⑤ 사용자가 검색어를 입력하면 검색 엔진은 검색한 결과를 인덱스에 정렬된 순서대로 화면에 나타낸다.

02

㉠, ㉡을 고려하여 검색 결과에서 웹 페이지의 순위를 높이기 위한 방안으로 가장 적절한 것은?

① 화제가 되고 있는 검색어들을 웹 페이지에 최대한 많이 나열하여 ㉠을 높인다.

② 사람들이 많이 접속하는 유명 검색 사이트로 연결하는 링크를 웹 페이지에 많이 포함시켜 ㉠을 높인다.

③ 알파벳순으로 앞 순서에 있는 단어들을 웹 페이지 첫 부분에 많이 포함시켜 ㉡을 높인다.

④ 다른 많은 웹 페이지들이 링크하도록 웹 페이지에서 여러 주제를 다루고 전체 글자 수를 많게 하여 ㉡을 높인다.

⑤ 다른 웹 페이지에서 흔히 다루지 않는 주제를 간략하게 설명하되 주제와 관련된 단어를 자주 사용하여 ㉡을 높인다.

03

〈보기〉는 웹 페이지들의 관계를 도식화한 것이다. 윗글을 바탕으로 〈보기〉를 이해한 내용으로 적절한 것은? [3점]

┤ 보기 ├

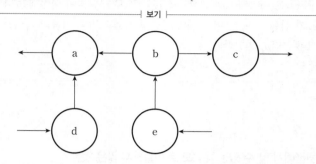

    원은 웹 페이지이고, 화살표는 웹 페이지에서 링크를 통해 화살표 방향의 다른 웹 페이지로 연결됨을 뜻한다. 댐핑 인자는 0.5이고, d와 e의 중요도는 16으로 고정된 값이다.
    (단, 링크와 댐핑 인자 외에 웹 페이지의 중요도에 영향을 주는 다른 요소는 고려하지 않음.)

① a의 중요도는 16이다.

② a가 b와 d로부터 각각 받는 값은 같다.

③ b에서 a로의 링크가 끊어지면 b와 c의 중요도는 같다.

④ e에서 a로의 링크가 추가되면 b의 중요도는 6이다.

⑤ e에서 c로의 링크가 추가되면 c의 중요도는 5이다.

04

문맥상 ⓐ의 의미와 가장 가까운 것은?

① 공부를 하다 보니 시간은 자정이 넘었다.

② 그들은 큰 산을 넘어서 마을에 도착했다.

③ 철새들이 국경선을 넘어서 훨훨 날아갔다.

④ 선수들은 가까스로 어려운 고비를 넘었다.

⑤ 갑자기 냄비에서 물이 넘어서 좀 당황했다.

공부한 날		월	일
목표 시간		분	초
시작	:	종료	:
소요 시간		분	초

01-04 다음 글을 읽고 물음에 답하시오.

혈액은 세포에 필요한 물질을 공급하고 노폐물을 제거한다. 만약 혈관 벽이 손상되어 출혈이 생기면 손상 부위의 혈액이 응고되어 혈액 손실을 막아야 한다. 혈액 응고는 섬유소 단백질인 피브린이 모여 형성된 섬유소 그물이 혈소판이 응집된 혈소판 마개와 뭉쳐 혈병이라는 덩어리를 만드는 현상이다. 혈액 응고는 혈관 속에서도 일어나는데, 이때의 혈병을 혈전이라 한다. 이물질이 쌓여 동맥 내벽이 두꺼워지는 동맥 경화가 일어나면 그 부위에 혈전 침착, 혈류 감소 등이 일어나 혈관 질환이 발생하기도 한다. 이러한 혈액의 응고 및 원활한 순환에 비타민 K가 중요한 역할을 한다.

비타민 K는 혈액이 응고되도록 돕는다. 지방을 뺀 사료를 먹인 병아리의 경우, 지방에 녹는 어떤 물질이 결핍되어 혈액 응고가 지연된다는 사실을 발견하고 그 물질을 비타민 K로 명명했다. 혈액 응고는 단백질로 이루어진 다양한 인자들이 관여하는 연쇄 반응에 의해 일어난다. 우선 여러 혈액 응고 인자들이 활성화된 이후 프로트롬빈이 활성화되어 트롬빈으로 전환되고, 트롬빈은 혈액에 녹아 있는 피브리노겐을 불용성인 피브린으로 바꾼다. 비타민 K는 프로트롬빈을 비롯한 혈액 응고 인자들이 간세포에서 합성될 때 이들의 활성화에 관여한다. 활성화는 칼슘 이온과의 결합을 통해 이루어지는데, 이들 혈액 단백질이 칼슘 이온과 결합하려면 카르복실화되어 있어야 한다. 카르복실화는 단백질을 구성하는 아미노산 중 글루탐산이 감마−카르복시글루탐산으로 전환되는 것을 말한다. 이처럼 비타민 K에 의해 카르복실화되어야 활성화가 가능한 표적 단백질을 비타민 K−의존성 단백질이라 한다.

비타민 K는 식물에서 합성되는 ㉠비타민 K_1과 동물 세포에서 합성되거나 미생물 발효로 생성되는 ㉡비타민 K_2로 나뉜다. 녹색 채소 등은 비타민 K_1을 충분히 함유하므로 일반적인 권장 식단을 따르면 혈액 응고에 차질이 생기지 않는다.

그런데 혈관 건강과 관련된 비타민 K의 또 다른 중요한 기능이 발견되었고, 이는 칼슘의 역설과도 관련이 있다. 나이가 들면 뼈 조직의 칼슘 밀도가 낮아져 골다공증이 생기기 쉬운데, 이를 방지하고자 칼슘 보충제를 섭취한다. 하지만 칼슘 보충제를 섭취해서 혈액 내 칼슘 농도는 높아지나 골밀도는 높아지지 않고, 혈관 벽에 칼슘염이 침착되는 혈관 석회화가 진행되어 동맥 경화 및 혈관 질환이 발생하는 경우가 생긴다. 혈관 석회화는 혈관 근육 세포 등에서 생성되는 MGP라는 단백질에 의해 억제되는데, 이 단백질이 비타민 K−의존성 단백질이다. 비타민 K가 부족하면 MGP 단백질이 활성화되지 못해 혈관 석회화가 유발된다는 것이다.

비타민 K_1과 K_2는 모두 비타민 K−의존성 단백질의 활성화를 유도하지만 K_1은 간세포에서, K_2는 그 외의 세포에서 활성이 높다. 그러므로 혈액 응고 인자의 활성화는 주로 K_1이, 그 외의 세포에서 합성되는 단백질의 활성화는 주로 K_2가 담당한다. 이에 따라 일부 연구자들은 비타민 K의 권장량을 K_1과 K_2로 구분하여 설정해야 하며, K_2가 함유된 치즈, 버터 등의 동물성 식품과 발효 식품의 섭취를 늘려야 한다고 권고한다.

01

윗글에서 알 수 있는 내용으로 적절하지 않은 것은?

① 혈전이 형성되면 섬유소 그물이 뭉쳐 혈액의 손실을 막는다.
② 혈액의 응고가 이루어지려면 혈소판 마개가 형성되어야 한다.
③ 혈관 손상 부위에 혈병이 생기려면 혈소판이 응집되어야 한다.
④ 혈관 경화를 방지하려면 이물질이 침착되지 않게 해야 한다.
⑤ 혈관 석회화가 계속되면 동맥 내벽과 혈류에 변화가 생긴다.

02

칼슘의 역설에 대한 이해로 가장 적절한 것은?

① 칼슘 보충제를 섭취하면 오히려 비타민 K_1의 효용성이 감소된다는 것이겠군.

② 칼슘 보충제를 섭취해도 뼈 조직에서는 칼슘이 여전히 필요하다는 것이겠군.

③ 칼슘 보충제를 섭취해도 골다공증은 막지 못하나 혈관 건강은 개선되는 경우가 있다는 것이겠군.

④ 칼슘 보충제를 섭취하면 혈액 내 단백질이 칼슘과 결합하여 혈관 벽에 칼슘이 침착된다는 것이겠군.

⑤ 칼슘 보충제를 섭취해도 혈액으로 칼슘이 흡수되지 않아 골다공증 개선이 안 되는 경우가 있다는 것이겠군.

03

㉠과 ㉡에 대한 설명으로 가장 적절한 것은?

① ㉠은 ㉡과 달리 우리 몸의 간세포에서 합성된다.

② ㉡은 ㉠과 달리 지방과 함께 섭취해야 한다.

③ ㉡은 ㉠과 달리 표적 단백질의 아미노산을 변형하지 않는다.

④ ㉠과 ㉡은 모두 표적 단백질의 활성화 이전 단계에 작용한다.

⑤ ㉠과 ㉡은 모두 일반적으로는 결핍이 발생해 문제가 되는 경우는 없다.

04

윗글을 참고할 때 〈보기〉의 (가)~(다)를 투여함에 따라 체내에서 일어나는 반응을 예상한 내용으로 적절하지 <u>않은</u> 것은? [3점]

> ┤ 보기 ├
>
> 다음은 혈전으로 인한 질환을 예방 또는 치료하는 약물이다.
>
> (가) 와파린: 트롬빈에는 작용하지 않고 비타민 K의 작용을 방해함.
>
> (나) 플라스미노겐 활성제: 피브리노겐에는 작용하지 않고 피브린을 분해함.
>
> (다) 헤파린: 비타민 K−의존성 단백질에는 작용하지 않고 트롬빈의 작용을 억제함.

① (가)의 지나친 투여는 혈관 석회화를 유발할 수 있겠군.

② (나)는 이미 뭉쳐 있던 혈전이 풀어지도록 할 수 있겠군.

③ (다)는 혈액 응고 인자와 칼슘 이온의 결합을 억제하겠군.

④ (가)와 (다)는 모두 피브리노겐이 전환되는 것을 억제하겠군.

⑤ (나)와 (다)는 모두 피브린 섬유소 그물의 형성을 억제하겠군.

Speed Check

유형 학습							
01	▸	01 ①	02 ④	03 ⑤	04 ③	05 ④	06 ③
02	▸	01 ⑤	02 ①	03 ⑤	04 ④	05 ③	
03	▸	01 ⑤	02 ⑤	03 ③	04 ③		

I 주제 통합							
01	▸	01 ④	02 ⑤	03 ③	04 ②	05 ①	06 ②
02	▸	01 ①	02 ③	03 ⑤	04 ①	05 ⑤	06 ①
03	▸	01 ④	02 ⑤	03 ④	04 ①	05 ①	06 ②
04	▸	01 ③	02 ①	03 ④	04 ④	05 ⑤	06 ④
05	▸	01 ④	02 ⑤	03 ③	04 ⑤	05 ⑤	06 ①
06	▸	01 ①	02 ③	03 ①	04 ②	05 ③	06 ④
07	▸	01 ④	02 ⑤	03 ③	04 ②	05 ⑤	06 ②
08	▸	01 ③	02 ①	03 ⑤	04 ⑤	05 ③	06 ①
09	▸	01 ①	02 ③	03 ④	04 ①	05 ②	06 ③

II 사회					
01	▸	01 ①	02 ②	03 ②	04 ③
02	▸	01 ④	02 ④	03 ③	04 ①
03	▸	01 ①	02 ⑤	03 ②	04 ①
04	▸	01 ⑤	02 ③	03 ②	04 ②
05	▸	01 ③	02 ⑤	03 ④	04 ①
06	▸	01 ②	02 ④	03 ⑤	04 ⑤
07	▸	01 ④	02 ⑤	03 ②	04 ⑤
08	▸	01 ②	02 ④	03 ④	04 ④
09	▸	01 ①	02 ⑤	03 ④	04 ②

III
과학·기술

01	▸	01 ③	02 ①	03 ⑤	04 ③
02	▸	01 ④	02 ⑤	03 ②	04 ③
03	▸	01 ④	02 ①	03 ③	04 ③
04	▸	01 ③	02 ①	03 ⑤	04 ②
05	▸	01 ⑤	02 ④	03 ⑤	04 ②
06	▸	01 ②	02 ①	03 ④	04 ③
07	▸	01 ③	02 ④	03 ④	04 ①
08	▸	01 ②	02 ⑤	03 ⑤	04 ①
09	▸	01 ①	02 ②	03 ④	04 ③

MEMO

MEMO

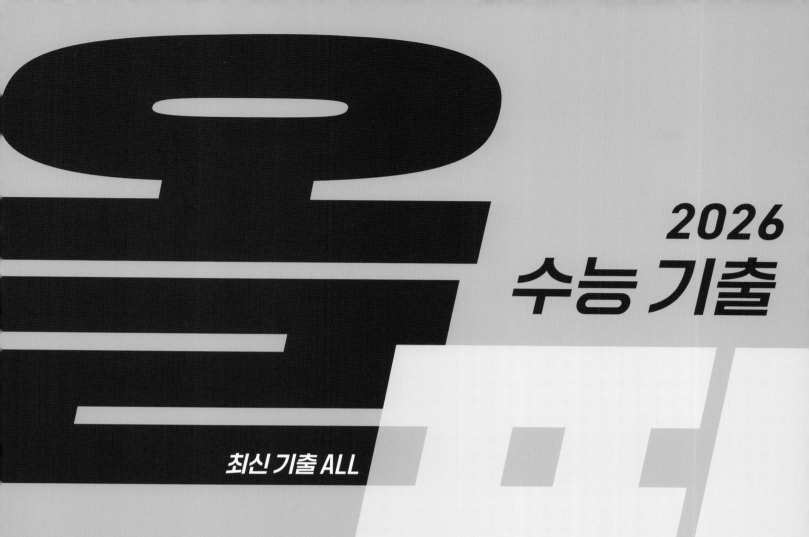

2026
수능 기출

최신 기출 ALL

우수 기출 PICK

국어 **독서**

BOOK **1** 최신 기출 ALL

정답 및 해설

메가스터디BOOKS

수능 기출
올픽

국어 **독서**

BOOK **1**

정답 및 해설

▶ 본문 008쪽

유형 학습 01
2021학년도 수능

01 ①	02 ④	03 ⑤
04 ③	05 ④	06 ③

(가) 〈18세기 박제가와 이덕무의 북학론〉

🔗 EBS 연결 고리
2021학년도 EBS 수능완성 69쪽 〈박제가의 사상에 나타난 비판 정신과 탈 성리학적 경향〉에서 '박제가의 사상' 관련 내용 연계

해제 이 글은 박제가와 이덕무의 북학론이 형성된 배경과 견해를 차이점을 중심으로 비교하고 있다. 박제가는 청의 현실을 조선이 지향할 가치이자 발전 방향이라고 보고, 이런 생각을 바탕으로 실용적인 입장에서 청의 문물제도를 도입해야 함을 설파하였다. 이와 달리, 같은 북학파인 이덕무는 스스로 '평등견'이라 칭한 인식 태도를 바탕으로 청을 배우되, 조선의 독자성을 유지해야 한다고 주장하였다. 또한 그는 박제가와 달리 명에 대한 의리를 중시하는 모습을 보이기도 하였다.

주제 18세기 박제가와 이덕무의 북학론 형성 배경 및 견해 차이

짜임

1문단	학문 성향과 관심에 따라 차이가 나는 북학론
2문단	박제가의 북학론 형성 배경과 견해
3문단	이덕무의 북학론 형성 배경과 견해

1문단 18세기 북학파들은 청에 다녀온 경험을 연행록으로 기록하여 청
[01-①, ②] [03-①] 18세기 북학파들의 북학론
의 문물제도를 수용하자는 북학론을 구체화하였다. 이들은 개인적인 학문
[01-①] 북학론을 주장한 학자들의 견해 간 차이
성향과 관심에 따라 주목한 영역이 서로 달랐기 때문에 이들의 북학론도
차이를 보였다. 이들에게는 동아시아에서 문명의 척도로 여겨진 중화 관
념이 청의 현실에 대한 인식에 각각 다르게 반영된 것이다. 1778년 함께
연행길에 올라 동일한 일정을 소화했던 박제가와 이덕무의 연행록에서도
이러한 차이가 확인된다.

2문단 북학이라는 목적의식이 강했던 박제가가 인식한 청의 현실
[01-①] [02-②] 18세기 북학파인 박제가의 중국에 대한 견해 → 청의 현실을 가치 기준으로 삼음.
은 단순한 현실이 아니라 조선이 지향할 가치 기준이었다. 그가 쓴
『북학의』에 묘사된 청의 현실은 특정 관점에 따라 선택 및 추상화된
것이었으며, 그런 청의 현실은 그에게 중화가 손상 없이 ⓐ보존된 것
[02-①, ④] 청이 중화를 보존했다고 본 박제가
이자 조선의 발전 방향이기도 하였다. 중화 관념의 절대성을 인정하
[02-⑤] 중화 관념 자체에 긍정적 태도 견지
였기 때문에 당시 조선은 나름의 독자성을 유지하기보다 중화와 합 [A]
[01-①] 18세기 북학파인 박제가의 중국에 대한 견해
치되는 방향으로 나아가야 한다는 생각이 그의 북학론의 밑바탕이
되었다. 명에 대한 의리를 중시하는 당시 주류의 견해에 대해 그는
의리 문제는 청이 천하를 차지한 지 백여 년이 지나며 자연스럽게 소
멸된 것으로 여기고, 청 문물제도의 수용이 가져다주는 이익을 논하
[02-①] [05-②] 이익에 근거한 북학론의 당위성
며 북학론의 당위성을 설파하였다. 대체로 이익 추구에 대해 부정적

이었던 주자학자들과 달리, 이익 추구를 인간의 자연스러운 욕망으
[05-①] 이익 추구를 중시한 박제가의 실용적 입장
로 긍정하고 양반도 이익을 추구하자는 등 실용적인 입장을 보였다.

3문단 이덕무는 「입연기」를 저술하면서 청의 현실을 객관적 태도로 기록하고자 하였다. 잘 정비된 마을의 모습을 기술하며 그는 황제의 행차에 대비하여 이루어진 일련의 조치가 민생과 무관하다고 지적하였다. 하지만
[02-③] 청의 현실 이면에 있는 민생 문제까지 살핌.
청 문물의 효용을 ⓑ도외시하지 않고 박제가와 마찬가지로 물질적 삶을 중시하는 이용후생에 관심을 보였다. 스스로 평등견이라 불렀던 인식 태도를 바탕으로 그는 당시 청에 대한 찬반의 이분법에서 벗어나 청과 조선
[01-①] [03-②, ③] 18세기 북학파인 이덕무의 중국에 대한 견해
의 현실적 차이뿐만 아니라 양쪽 모두의 가치를 인정하였다. 이런 시각에서 그는 청과 조선은 구분되지만 서로 배타적이지 않다고 보았다. 즉 청을
[03-①, ②, ③, ⑤] 청에 대한 배타적 태도를 지양하자는 입장을 보인 이덕무
배우는 것과 조선 사람이 조선 풍토에 맞게 살아가는 것은 서로 모순되지 않는다는 것이다. 하지만 그는 중국인들의 외양이 만주족처럼 변화된 것을 보고 비통한 감정을 토로하며 중화의 중심이라 여겼던 명에 대한 의리
[02-④, ⑤] [03-④] 명이 중화의 중심이라는 인식을 고수한 이덕무 → 중화 관념 자체에 긍정적 태도 견지
를 중시하는 등 자신이 제시한 인식 태도에서 벗어나는 모습을 보이기도 하였다.

(나) 〈18세기 후반 청의 사회 · 경제적 실태〉

🔗 EBS 연결 고리
비연계

해제 이 글은 18세기 후반 청의 실태를 설명하고 있다. 18세기 후반 청은 활발한 국내 교역과 대외 무역, 은의 유입 등으로 경제적 번영의 정점을 이루었다. 그러나 급격한 인구 증가로 인한 여러 문제가 발생하면서 소외 계층의 결사 조직이 성행하고 관료 사회의 부정부패가 심화되는 등 심각한 위기의 징후가 나타나기도 하였다.

주제 18세기 후반 청의 경제적 번성 요인 및 사회적 불안 요소

짜임

1문단	18세기 후반 중국의 경제적 번영의 요인
2문단	인구의 급격한 증가로 나타난 위기의 징후
3문단	경제적 번영 속에서 불안을 느낀 통치자들의 대응

1문단 18세기 후반의 중국은 명대 이래의 경제 발전이 정점에 달해 있었
[01-③, ④] 18세기 중국의 사회상 - 경제적 관점을 중심으로 제시
다. 대부분의 주민들이 접근할 수 있는 향촌의 정기 시장부터 인구 100만
의 대도시의 시장에 이르는 여러 단계의 시장들이 그물처럼 연결되어 국
[04-②] [05-②, ③] 경제 발전이 정점에 달한 중국 사회의 구체적 모습
내 교역이 활발하게 이루어지고 있었다. 장거리 교역의 상품이 사치품에
ⓒ한정되지 않고 일상적 물건으로까지 확대되었다. 상인 조직의 발전과
신용 기관의 확대는 교역의 질과 양이 급변하고 있었음을 보여 준다. 대외
무역의 발전과 은의 유입은 중국의 경제적 번영에 영향을 미친 외부적 요
[05-④] 중국의 경제적 번영에 기여한 요인
인이었다. 은의 유입, 그리고 이를 통해 가능해진 은을 매개로 한 과세는

상품 경제의 발전을 ④자극하였다. 은과 상품의 세계적 순환으로 중국 경제가 세계 경제와 긴밀하게 연결되었다.

2문단 그러나 청의 번영은 지속되지 않았고, 19세기에 접어들 무렵부터
[01-④] 중국 경제의 하락
는 심각한 내외의 위기에 직면해 급속한 하락의 시대를 겪게 된다. 북학파

들이 연행을 했던 18세기 후반에도 이미 위기의 징후들이 나타나고 있었

다. 급격한 인구 증가로 인한 여러 문제는 새로운 작물 재배, 개간, 이주,
[04-①, ③, ④] 민간의 노력으로 해결되지 못한 인구 증가로 인한 문제점
농경 집약화 등 민간의 노력에도 불구하고 해결되지 않았다. 인구 증가로

이주 및 도시화가 진행되는 가운데 전통적인 사회적 유대가 약화되거나

단절된 사람들이 상호 부조 관계를 맺는 결사 조직이 ⓔ성행하였다. 이런
[04-③, ⑤] 인구 증가로 인한 문제 ①
결사 조직은 불법적인 활동으로 연결되곤 했고 위기 상황에서는 반란의

조직적 기반이 되었다. 인맥에 기초한 관료 사회의 부정부패가 심화된 것
[04-⑤] [05-⑤] 인구 증가로 인한 문제 ②
역시 인구 증가와 무관하지 않았다. 교육받은 지식인들이 늘어났지만 이

들을 흡수할 수 있는 관료 조직의 규모는 정체되어 있었고, 경쟁의 심화가
[04-③] 관료 사회의 부정부패 심화 원인
종종 불법적인 행위로 연결되었다. 이와 같이 18세기 후반 청의 화려한 번

영의 그늘에는 ㉠심각한 위기의 씨앗들이 뿌려지고 있었다.

3문단 통치자들도 번영 속에서 불안을 느끼고 있었다. 조정에는 외국과

의 접촉으로부터 백성들을 차단하려는 경향이 있었으며, 서양 선교사들의

선교 활동 확대로 인해 이런 경향이 강화되기도 하였다. 이 때문에 18세기

후반에 청 조정은 서양에 대한 무역 개방을 축소하는 모습을 보였다. 그

러나 그때까지는 위기가 본격화되지는 않았고, 소수의 지식인들만이 사회

변화의 부정적 측면을 염려하거나 개혁 방안을 모색하였다.

---

01 글의 전개 방식 파악　　　　　　　　　　답 ①

선지별 선택 비율	①	②	③	④	⑤
	80%	3%	5%	7%	2%

(가), (나)에 대한 설명으로 가장 적절한 것은?

😊 **정답 띡!동!**
　　　　　　└ 박제가, 이덕무의 북학론
① (가)는 18세기 중국에 대한 학자들의 견해를 제시하면서 그러한 견해의 형
　성 배경 및 견해 간의 차이를 설명하고 있다
　　└ 학문 성향과 관심에 따라 주목한 영역이 다름.

┃ (가) 1문단 청에 다녀온 경험을 바탕으로 청의 문물제도 수용을 주장한 18세기 북
　학파들의 북학론 → 개인적인 학문 성향과 관심에 따라 주목한 영역이 달라 차
　이를 보임.
┃ (가) 2문단 박제가의 북학론 → 청의 현실을 조선이 지향해야 할 가치로 인식하
　고 조선의 독자성 유지보다 중화와 합치되는 방향 추구
┃ (가) 3문단 이덕무의 북학론 → 평등견을 바탕으로 청과 조선의 현실적 차이뿐
　아니라 양쪽 모두의 가치를 인정
┃ 뭔말?
· (가): 18세기 중국(청)에 대한 학자들(박제가와 이덕무)의 견해(북학론) 제시 → 견해
　형성 배경 및 견해 간 차이(청과 조선에 대한 인식 태도 등)를 설명함.

😣 **오답 땡!**

② (가)는 18세기 중국을 바라보는 사상적 관점을 제시하면서 각 관점이 지닌
　~~역사적 의의와 한계를 서로 비교~~하고 있다.
　　└ 제시 X

┃ 뭔말?
· (가): 18세기 중국을 바라보는 북학파의 관점(사상적 관점)을 박제가와 이덕무를
　중심으로 제시함. 그러나 두 사람의 관점이 지닌 역사적 의의나 한계는 제시되
　지 않음.

③ (나)는 18세기 중국의 사회상을 제시하면서 다양한 사회상을 ~~시대별 기준
　에 따라 분류~~하여 서술하고 있다.
　　└ 제시 X

┃ (나) 1문단 18세기 후반 정점에 달한 중국의 경제 발전
┃ (나) 2문단 19세기 접어들 무렵부터 직면한 위기: 인구 증가에 따른 문제점(결사
　조직 성행, 관료 사회의 부정부패) 발생
┃ (나) 3문단 18세기 후반 청 조정의 폐쇄적 성향, 무역 개방 축소
┃ 뭔말?
· (나): 18세기 후반 중국의 사회상 제시 → 경제적 관점을 중심으로 당시 청이 번
　영할 수 있었던 이유와 그 이면에 깃든 부정적인 상황 분석
　※시대별 기준에 따른 사회상 분류는 제시되지 않음.
　　　　　　　　　　　　　　└ 제시 X
④ (나)는 18세기 중국의 ~~사상적 변화를 제시~~하면서 그러한 변화가 지니는 긍
　정적 측면과 부정적 측면을 분석하고 있다.

┃ 뭔말?
· (나): 18세기 후반 중국의 경제적 번영(긍정적 측면)과 그 이면인 사회적 위기(부
　정적 측면)를 다룸. ※당시의 사상적 변화는 제시되지 않음.

⑤ (가)와 (나)는 모두 18세기 중국의 현실을 제시하면서 그러한 현실이 ~~다른
　나라에 미친 영향을 예를 들어 설명~~하고 있다.
　　└ 제시 X

┃ 뭔말?
· (가): 청의 문물제도를 수용하자는 주장을 펼쳤던 박제가와 이덕무의 이론을 설
　명할 뿐, 청이 당시 조선에 끼친 영향을 제시하고 있지 않았으며 예시도 없음.
· (나): 1문단의 "은과 상품의 세계적 순환으로 중국 경제가 세계 경제와 긴밀하게
　연결되었다."에서 당시 중국 경제가 세계 경제에 영향을 미쳤음을 간단히 언급
　할 뿐, 특정 나라에 미친 영향을 설명하지 않았으며 예시도 없음.

---

02 관점의 파악　　　　　　　　　　답 ④

선지별 선택 비율	①	②	③	④	⑤
	2%	9%	10%	72%	5%

(가)의 '박제가'와 '이덕무'에 대한 이해로 적절하지 않은 것은?

😊 **정답 띡!동!**

④ 이덕무는 청 문물의 효용성을 긍정하면서 ~~청이 중화를 보존하고 있음을
　인정~~하였다.
　　　　└ 이덕무가 아니라 박제가의 인식

┃ (가) 2문단 "청의 현실은 그(박제가)에게 중화가 손상 없이 보존된 것이자 조선의
　발전 방향이기도 하였다."

| (가) 3문단 "그(이덕무)는 중국인들의 외양이 만주족처럼 변화된 것을 보고 비통한 감정을 토로하며 중화의 중심이라 여겼던 명에 대한 의리를 중시"

| 뭔말?

· 박제가는 청이 중화를 보존하고 있다고 보았으나, 이덕무는 중화의 중심이 명이라는 인식에서 벗어나지 못함.

😞 오답 땡!

① 박제가는 청의 문물을 도입하는 것이 중화를 이루는 방도라고 간주하였다.

| (가) 2문단 "청의 현실은 그에게 중화가 손상 없이 보존된 것이자 조선의 발전 방향 ~ 중화 관념의 절대성을 인정하였기 때문에 당시 조선은 나름의 독자성을 유지하기보다 중화와 합치되는 방향으로 나아가야 한다는 생각 ~ 청 문물제도의 수용이 가져다주는 이익을 논하며 북학론의 당위성을 설파"

| 뭔말?

· 박제가가 주장한 북학론의 당위성: 중화 관념의 절대성 인정 → 중화가 보존된 청의 문물제도를 수용하는 것이 중화와 합치되는 방향임.

② 박제가는 자신이 파악한 청의 현실을 조선을 평가하는 기준이라고 생각하였다.

| (가) 1문단 "박제가가 인식한 청의 현실은 단순한 현실이 아니라 조선이 지향할 가치 기준"

| 뭔말?

· 박제가의 인식: 가치 기준이 청의 현실이므로 이에 따라 조선의 현실을 평가하고, 그 가치 기준과 합치되는 것을 발전 방향으로 삼아야 함.

③ 이덕무는 청의 현실을 관찰하면서 이면에 있는 민생의 문제를 간과하지 않았다.

| (가) 3문단 "잘 정비된 마을의 모습을 기술하며 그는 황제의 행차에 대비하여 이루어진 일련의 조치가 민생과 무관하다고 지적(민생 문제 고려)"

| 뭔말?

· 황제의 행차에 대비하기 위해 잘 정비된 마을의 모습을 관찰한 이덕무는 그런 조치가 백성들의 생활이나 생계와 관련이 없음을 지적함으로써 백성들이 당면한 문제를 대충 넘기지 않는 태도를 보임.

⑤ 박제가와 이덕무는 모두 중화 관념 자체에 대해서는 긍정적인 태도를 견지하였다.

| (가) 2문단 "중화 관념의 절대성을 인정"

| (가) 3문단 "중화의 중심이라 여겼던 명에 대한 의리를 중시"

| 뭔말?

· 박제가와 이덕무 모두 중화 관념을 인정했으나, 박제가는 청이 중화를 보존했다고 보았고, 이덕무는 청의 외양 변화가 중화의 손상이라고 봄.

😊 정답 띵!동!

⑤ 청에 대한 배타적 태도를 지양하고 청과 구분되는 조선의 독자성을 유지하자는 인식 태도이다.

| (가) 3문단 "당시 청에 대한 찬반의 이분법에서 벗어나 ~ 양쪽 모두의 가치를 인정(청과 조선 각각의 독자성 인정)하였다. 이런 시각에서 그는 청과 조선은 구분되지만 서로 배타적이지 않다(청에 대한 배타적 태도 지양)고 보았다."

| 뭔말?

· 이덕무의 인식: 조선이 청을 배타적으로 대하는 입장에서 벗어나 청의 문물을 배우더라도 조선의 독자성을 유지할 수 있음.

😞 오답 땡!

① 조선의 풍토를 기준으로 삼아 청의 제도를 개선하자는 인식 태도이다.
└→ 북학론 - 청의 문물제도를 배우자는 입장, 청의 제도 개선 ✗

| (가) 1문단 "청의 문물제도를 수용하자는 북학론"

| (가) 3문단 "청을 배우는 것과 조선 사람이 조선 풍토에 맞게 살아가는 것은 서로 모순되지 않는다는 것"

| 뭔말?

· 기본적으로 북학론은 청의 문물제도를 조선이 수용해야 한다는 입장임.

· 이덕무의 인식 태도: 청을 배우면서도 조선 풍토에 맞게 살아갈 수 있음. → 청을 배우자는 것이지 청의 제도를 개선하자는 것이 아님.

② 조선의 고유한 삶의 방식을 청의 방식에 따라 개혁해야 한다는 인식 태도이다.
└→ 청을 배우면서 조선 고유의 삶의 방식을 유지할 수 있다는 입장

| 뭔말?

· 평등견: 청과 조선 양쪽 모두의 가치를 인정 → 청의 방식에 따라 조선의 고유한 삶의 방식을 개혁하는 것은 조선의 가치를 인정하지 않는 것

③ 청과 조선의 가치를 평등하게 인정하고 풍토로 인한 차이를 해소하려는 인식 태도이다.
└→ 청과 조선의 현실적 차이를 인정함.

| 뭔말?

· 평등견: 청과 조선의 현실적 차이를 포함해 양쪽 모두의 가치를 인정하는 것 → 청과 조선의 풍토로 인한 차이를 해소하는 것은 두 나라의 차이를 인정하지 않는 것

· 이덕무는 조선 사람이 조선 풍토에 맞게 살아가는 것을 긍정함.

④ 중국인의 외양이 변화된 모습을 명에 대한 의리 문제와 관련지어 파악하려는 인식 태도이다.
└→ 청의 가치를 인정한다는 평등견의 인식 태도를 벗어남.

| (가) 3문단 "그는 중국인들의 외양이 만주족처럼 변화된 것을 보고 비통한 감정을 토로하며 중화의 중심이라 여겼던 명에 대한 의리를 중시하는 등 자신이 제시한 인식 태도(= 평등견)에서 벗어나는 모습을 보이기도 하였다."

03 특정 개념의 의미 파악   답 ⑤

선지별 선택 비율	①	②	③	④	⑤
	3%	2%	41%	4%	48%

평등견에 대한 이해로 가장 적절한 것은?

04 구절의 의미 파악   답 ③

선지별 선택 비율	①	②	③	④	⑤
	1%	2%	76%	3%	15%

문맥을 고려할 때 ⊙의 의미를 파악한 내용으로 가장 적절한 것은?

😊 **정답 띵!동!**

③ 반란의 위험성 증가 등 인구 증가로 인한 문제점들이 나타나는 상황을 가리키는 것이군. ┌→ 급격한 인구의 증가로 심각한 위기가 초래되는 상황

| (나) 2문단 "인구 증가로 이주 및 도시화가 진행되는 가운데 ~ 결사 조직이 성행 ~ 이런 결사 조직은 ~ 위기 상황에서는 반란의 조직적 기반이 되었다. 인맥에 기초한 관료 사회의 부정부패가 심화된 것 역시 인구 증가와 무관하지 않았다."

| 뭔말?

· 18세기 후반 경제적 번영을 누리던 청의 이면에 내재되어 있던 문제점: 결사 조직의 성행(반란의 조직적 기반 = 반란의 위험성 증가), 관료 사회의 부정부패 → 인구 증가가 원인

😞 **오답 땡!**

① ~~새로운 작물의 보급 증가가 경제적 번영으로 이어지는 상황을 가리키는~~ 것이군. ┌→ 새로운 작물 보급 증가 → 인구 증가로 인한 문제 해결에 실패

| (나) 2문단 "급격한 인구 증가로 인한 여러 문제는 새로운 작물 재배 ~ 등 민간의 노력에도 불구하고 해결되지 않았다."

| 뭔말?

· 새로운 작물 재배: 인구 증가로 인한 여러 문제를 해결하기 위한 노력의 하나로, 문제 해결에 실패함. 또한 1문단으로 보아 이것이 경제적 번영을 가져온 이유도 아님.

· '위기의 씨앗'은 부정적·문제적 상황의 의미를 함축함. → 경제적 번영은 긍정적 상황임.

② ~~신용 기관이 확대되고 교역의 질과 양이 급변하고 있는 상황을 가리키는~~ 것이군. ┌→ 청의 경제 발전이 정점에 달했을 때 - 문제 상황 X

| (나) 1문단 "18세기 후반의 중국은 명대 이래의 경제 발전이 정점에 달해 있었다. ~ 상인 조직의 발전과 신용 기관의 확대는 교역의 질과 양이 급변하고 있었음을 보여 준다."

| 뭔말?

· 신용 기관 확대, 교역의 질과 양 급변: 18세기 후반 청이 경제 발전의 정점에 달해 있었음을 보여 주는 정황 → '위기의 씨앗들'에 해당하는 문제 상황이 아님.

④ 이주나 농경 집약화 등 ~~조정에서 추진한 정책들이~~ 실패한 상황을 가리키는 것이군. ┌→ 민간의 노력

| (나) 2문단 "급격한 인구 증가로 인한 여러 문제는 ~ 이주, 농경 집약화 등 민간의 노력에도 불구하고 해결되지 않았다."

| 뭔말?

· 이주와 농경 집약화: 조정의 정책이 아니라 민간의 노력

⑤ 사회적 유대의 약화로 인하여 ~~관료 사회의 부정부패가 심화되는~~ 상황을 가리키는 것이군. ┌→ 결사 조직이 성행

| (나) 2문단 "전통적인 사회적 유대가 약화되거나 단절된 사람들이 상호 부조 관계를 맺는 결사 조직이 성행하였다. ~ 관료 사회의 부정부패가 심화된 것 ~ 교육받은 지식인들이 늘어났지만 이들을 흡수할 수 있는 관료 조직의 규모는 정체되어 있었고, 경쟁의 심화가 종종 불법적인 행위로 연결"

| 뭔말?

· 관료 사회의 부정부패 심화: '위기의 씨앗들'로 볼 수 있으나 그 원인은 사회적

유대의 약화가 아니라 '경쟁 심화'임.

· 사회적 유대 약화 → 결사 조직의 성행으로 이어짐.

05 관점의 적용   답 ④

선지별 선택 비율	①	②	③	④	⑤
	3%	6%	11%	70%	7%

〈보기〉는 (가)에 제시된 『북학의』의 일부이다. [A]와 (나)를 참고하여 〈보기〉에 대해 비판적 읽기를 수행한 학생의 반응으로 적절하지 **않은** 것은? [3점]

─ 보기 ─

우리나라에서는 자기가 사는 지역에서 많이 나는 산물을 다른 데서 산출되는 필요한 물건과 교환하여 풍족하게 살려는 백성이 많으나 힘이 미치지 못한다.(원활하지 않은 국내 교역) … 중국 사람은 가난하면 장사를 한다. 그렇더라도 정말 사람만 현명하면 원래 가진 풍류와 명망은 그대로다. 그래서 유생이 거리낌 없이 서점을 출입하고, 재상조차도 직접 융복사 앞 시장에 가서 골동품을 산다(신분에 구애되지 않는 자유로운 상거래). … 우리나라는 해마다 은 수만 냥을 연경에 실어 보내 약재와 비단을 사 오는 반면, 우리나라 물건을 팔아 저들의 은으로 바꿔 오는 일은 없다(중국의 물품을 수입만 하고 국내 물품의 수출은 이루어지지 않음). 은이란 천년이 지나도 없어지지 않는 물건이지만, 약은 사람에게 먹여 반나절이면 사라져 버리고 비단은 시신을 감싸서 묻으면 반년 만에 썩어 없어진다.

😊 **정답 띵!동!**

④ 〈보기〉에 제시된 은에 대한 평가는 (나)에 제시된 중국의 경제적 번영에 기여한 요소를 참고할 때, ~~은의 효용적 측면을 간과한~~ 평가라 볼 수 있어. ┌→ 은의 효용성을 주목한 평가(은이 유입되지 않는 조선의 현실 비판)

| (나) 1문단 "대외 무역의 발전과 은의 유입은 중국의 경제적 번영에 영향을 미친 외부적 요인이었다."

| 〈보기〉 "우리나라는 해마다 은 수만 냥을 연경에 실어 보내 약재와 비단을 사 오는(수입으로 은이 유출됨.) 반면, 우리나라 물건을 팔아 저들의 은으로 바꿔 오는 일(수출을 통해 은이 유입됨.)은 없다. 은이란 천년이 지나도 없어지지 않는 물건(은의 가치 긍정)이지만, 약은 사람에게 먹여 반나절이면 사라져 버리고 비단은 시신을 감싸서 묻으면 반년 만에 썩어 없어진다."

→ 없어지는 물품인 약재, 비단의 수입을 위해 없어지지 않는 은을 계속 유출만 하는 조선의 현실 비판

| 뭔말?

· 박제가의 주장: 우리나라도 중국처럼 대외 무역을 통해 은이 국내로 유입되게 함으로써 경제적 번영을 도모해야 함. → 은의 효용성을 간과한 것이 아니라 은의 효용성을 간과하고 있는 조선의 현실을 비판한 것임.

😞 **오답 땡!**

① 〈보기〉에 제시된 중국인들의 상업에 대한 인식은 [A]에서 제시한 실용적인 입장에 부합하는 것이라 볼 수 있어.

| 뭔말?

· [A]에서 제시한 실용적 입장: 이익 추구를 인간의 자연스러운 욕망으로 긍정하고 양반도 이익을 추구하자는 것

· 〈보기〉에 제시된 중국인들의 상업에 대한 인식: 중국인들은 가난한 사람만이 아니라 사회적으로 명망 있는 사람들(유생, 재상)도 거리낌 없이 상행위를 함. = 사회적 신분과 무관하게 누구나 상거래를 하여 이익을 추구할 수 있다는 인식

┌→ 이익 추구를 긍정하고 양반도 이익을 추구하자는 박제가의 실용적 입장과 부합함.

유형 학습   **005**

② 〈보기〉에 제시된 조선의 산물 유통에 대한 서술은 [A]에서 제시한 북학론의 당위성을 뒷받침하는 근거라 볼 수 있어.

| (나) 1문단 "대부분의 주민들이 접근할 수 있는 향촌의 정기 시장부터 인구 100만의 대도시의 시장에 이르는 여러 단계의 시장들이 그물처럼 연결되어 국내 교역이 활발하게 이루어지고 있었다."
→ 시장의 발달로 국내 교역이 활발했던 중국의 상황

| 뭔말?

· 〈보기〉에 제시된 조선의 산물 유통: 자신의 지역에서 많이 나는 산물을 타 지역의 필요한 물건과 교환하기 어려움. → 국내 산물 유통이 원활하지 못한 상황 지적
· (나)로 보아, 중국은 시장의 발달로 국내 산물 유통이 활발함.
· 〈보기〉에 제시된 바와 같은 문제점을 해결하고 이익을 얻기 위해 청의 문물제도를 받아들여야 한다는 것
→ 조선의 산물 유통에 대한 〈보기〉의 서술 = 북학론을 주장하는 이유

③ 〈보기〉에 제시된 중국인들의 상행위에 대한 서술은 (나)에 제시된 중국 국내 교역의 양상과 상충되지 않는다고 볼 수 있어.

| (나) 1문단 "여러 단계의 시장들이 그물처럼 연결되어 국내 교역이 활발하게 이루어지고 있었다. 장거리 교역의 상품이 사치품에 한정되지 않고 일상적 물건으로까지 확대되었다."

| 뭔말?

· 〈보기〉에 제시된 중국인들의 상행위: 중국인들은 가난하면 장사를 하고, 유생이 서점에서 책(일상품)을 사고 재상도 직접 시장에서 골동품(사치품)을 구매함.
→ 신분에 구애 없이 누구나 필요에 따라 자연스럽게 상행위를 함.
· 〈보기〉의 서술과 (나)에 제시된 양상, 즉 시장이 활성화되어 일상품부터 사치품까지 국내 교역이 활발히 이루어지는 모습이 서로 통함.

⑤ 〈보기〉에 제시된 중국의 관료에 대한 묘사는 (나)에 제시된 관료 사회의 모습을 참고할 때, 지배층의 전체 면모가 드러나지 않는 진술이라 볼 수 있어.

| (나) 2문단 "인맥에 기초한 관료 사회의 부정부패가 심화"

| 뭔말?

· 〈보기〉에 제시된 중국의 관료에 대한 묘사: 재상이 직접 시장에 가서 골동품을 사는 모습
→ (나)에 제시된 관료 사회의 부패상이 〈보기〉에는 드러나지 않음. = 지배층의 면모 중 일부만 제시

① ⓐ: 드러난

| ⓐ의 '보존되다' '잘 보호되고 간수되어 남겨지다.'라는 의미
| '드러나다' '가려 있거나 보이지 않던 것이 보이게 되다.' 등의 의미

② ⓑ: 생각하지

| ⓑ의 '도외시하다' '상관하지 아니하거나 무시하다.'라는 의미
| '생각하다' '사물을 헤아리고 판단하다.' 등의 의미

④ ⓓ: 따라갔다

| ⓓ의 '자극하다' '외부에서 작용을 주어 감각이나 마음에 반응이 일어나게 하다.'라는 의미
| '따라가다' '다른 사람이나 동물의 뒤에서, 그가 가는 대로 가다.', '앞서 있는 것의 정도나 수준에 이를 만큼 가까이 가다.' 등의 의미

⑤ ⓔ: 일어났다

| ⓔ의 '성행하다' '매우 성하게 유행하다.'라는 의미
| '일어나다' '어떤 일이 생기다.' 등의 의미

06 어휘의 의미 파악   답 ③

선지별 선택 비율	①	②	③	④	⑤
	1%	1%	92%	1%	2%

문맥상 ⓐ~ⓔ와 바꿔 쓰기에 가장 적절한 것은?

③ ⓒ: 그치지

| ⓒ의 '한정되다' '수량이나 범위 따위가 제한되어 정해지다.'라는 의미
| '그치다' '더 이상의 진전이 없이 어떤 상태에 머무르다.'라는 의미 → 장거리 교역의 상품 범위가 사치품에 머물지 않았다는 맥락상 바꿔 쓰기에 적절함.

유형 학습 02	01 ⑤	02 ①	03 ⑤
2021학년도 9월 평가원	04 ④	05 ③	

〈행정입법에 의한 행정 규제〉

🔗 **EBS 연결 고리**
2021학년도 EBS 수능특강 독서 36쪽 〈행정 규제의 원칙과 바람직한 규제
의 방향〉에서 '행정 규제' 관련 내용 연계

해제 이 글은 행정부나 지방 의회가 제정하는 행정입법에 의한 행정 규제
를 설명하고 있다. 행정입법에는 위임명령, 행정규칙, 조례 등이 있다. 그중
위임명령은 국회가 행정부에 입법을 위임하여 제정된 행정입법으로, 전 국
민에게 적용되기 때문에 입법예고와 공포 등의 일정한 제정 절차를 거쳐야
한다. 또한 행정규칙은 행정부의 직제나 사무 처리에 관한 행정입법으로,
법률에 의한 위임이 불필요하고, 일반 국민에게 적용되지 않아 위임명령 제
정 시와 동일한 절차를 거치지 않아도 된다. 하지만 위임명령으로 효율적인
대응이 어렵거나 위임 근거 법률이 행정입법의 제정 주체만 지정하고 유형
을 지정하지 않은 특수한 경우에는 행정 규제 사항에 관하여 행정규칙이 제
정되기도 한다. 마지막으로 조례는 지방 의회가 지역의 사안에 대해 제정
하는 행정입법으로, 위임명령과 같은 제정 절차가 필요한 반면, 위임명령과
달리 근거 법률로부터 포괄적인 위임이 가능하다.

주제 행정입법의 유형과 각각의 특징

짜임

1문단	행정입법에 의한 행정 규제의 비중이 커지는 상황
2문단	행정입법의 유형 ① – 위임명령의 개념 및 특징
3문단	행정입법의 유형 ② – 행정규칙의 개념 및 특징
4문단	행정입법의 유형 ③ – 조례의 개념 및 특징

1문단 국가, 지방 자치 단체와 같은 행정 주체가 행정 목적을 ⓐ실현하
[02-④] [04-④] 행정 규제의 개념과 근거
기 위해 국민의 권리를 제한하거나 국민에게 의무를 부과하는 '행정 규제'
는 국회가 제정한 법률에 근거해야 한다. 그러나 국회가 아니라, 대통령을
수반으로 하는 행정부나 지방 자치 단체와 같은 행정 기관이 제정한 법령
인 행정입법에 의한 행정 규제의 비중이 커지고 있다. 드론과 관련된 행정
[01-②, ⑤] [02-③, ⑤] [04-①] 행정입법에 의한 행정 규제가 늘어나는 이유
규제 사항들처럼, 첨단 기술과 관련되거나, 상황 변화에 즉각 대처해야 하
거나, 개별적 상황을 ⓑ반영하여 규제를 달리해야 하는 행정 규제 사항들
이 늘어나고 있기 때문이다. 행정 기관은 국회에 비해 이러한 사항들을 다
루기에 적합하다.

2문단 행정입법의 유형에는 위임명령, 행정규칙, 조례 등이 있다. 헌법
에 따르면, 국회는 행정 규제 사항에 관한 법률을 제정할 때 특정한 내용
[01-③] 국회의 위임에 근거하여 정당성을 확보하는 위임 명령
에 관한 입법을 행정부에 위임할 수 있다. 이에 따라 제정된 행정입법을
위임명령이라고 한다. 위임명령은 제정 주체에 따라 대통령령, 총리령, 부
[04-④] 제정 주체에 따른 위임명령의 종류
령으로 나누어진다. 이들은 모두 국민에게 적용되기 때문에 입법예고, 공
[04-⑤] 위임명령의 대상 → 국민
포 등의 절차를 거쳐야 한다. 위임명령은 입법부인 국회가 자신의 권한의
[04-③] 위임명령의 제정 절차   [01-③] 위임명령의 정당성 근거
일부를 행정부에 맡겼기 때문에 정당화될 수 있다. 그래서 특정한 행정 규
제의 근거 법률이 위임명령으로 제정할 사항의 범위를 정하지 않은 채 위

임하는 포괄적 위임은 헌법상 삼권 분립 원칙에 저촉된다. 위임된 행정 규
[01-④] [02-②] 포괄적 위임이 금지된 위임명령
제 사항의 대강을 위임 근거 법률의 내용으로부터 ⓒ예측할 수 있어야 한
[04-①] 위임명령과 근거 법률 간 내용상 연관성
다는 것이다. 다만 행정 규제 사항의 첨단 기술 관련성이 클수록 위임 근
[03-③, ⑤] 첨단 기술과의 관련성 ↑ → 위임명령이 위임받는 사항의 범위 ↑
거 법률이 위임할 수 있는 사항의 범위가 넓어진다. 한편, 위임명령이 법
률로부터 위임받은 범위를 벗어나서 제정되거나, 위임 근거 법률이 사용
[02-①] [04-②, ④] 위임명령 제정 시 지켜야 할 제한 → 제한 위반 시 효력 상실
한 어구의 의미를 확대하거나 축소하여 제정되어서는 안 된다. ㉠위임명
령이 이러한 제한을 위반하여 제정되면 효력이 없다.

3문단 행정규칙은 원래 행정부의 직제나 사무 처리 절차에 관한 행정입
[03-①] 행정규칙의 대상 ①
법으로서 고시(告示), 예규 등이 여기에 속한다. 일반 국민에게는 직접 적
[03-②] 행정규칙의 대상 ②
용되지 않기 때문에, 법률로부터 위임받지 않아도 유효하게 제정될 수 있
[01-③] 국회의 위임에 근거한 정당성 확보가 불필요한 행정규칙
고 위임명령 제정 시와 동일한 절차를 거칠 필요가 없다. 그러나 행정규제
사항에 관하여 행정규칙이 제정되는 예외적인 경우도 있다. 위임된 사항
[03-⑤] 행정규칙으로 행정 규제 사항을 정하는 경우
이 첨단 기술과의 관련성이 매우 커서 위임명령으로는 ⓓ대응하기 어려
워 불가피한 경우, 위임 근거 법률이 행정입법의 제정 주체만 지정하고 행
[03-④, ⑤] 행정규칙으로 행정 규제 사항을 정하는 경우의 제정 주체
정입법의 유형을 지정하지 않았다면 위임된 사항이 고시나 예규로 제정될
수 있다. 이런 경우의 행정규칙은 위임명령과 달리, 입법예고, 공포 등을
[03-③] 행정규칙으로 행정 규제 사항을 정하는 경우의 제정 절차
거치지 않고 제정된다.

4문단 조례는 지방 의회가 제정하는 행정입법으로 지역의 특수성을 반
[01-②] [04-④, ⑤] 조례의 제정 주체와 성격
영하여 제정되고 지역에서 발생하는 사안에 대해 적용된다. 제정 주체가
[04-⑤] 조례의 적용 대상 → 해당 지역의 사안에 관련된 국민
지방 자치 단체의 기관인 지방 의회라는 점에서 행정부에서 제정하는 위
[01-①] 행정 입법의 법령들은 제정 주체가 다름.
임명령, 행정규칙과 ⓔ구별된다. 조례도 행정 규제 사항을 규정하려면 법
[01-③] 국회의 위임에 근거하여 정당성을 확보하는 조례
률의 위임에 근거해야 한다. 또한 법률로부터 포괄적 위임을 받을 수 있지
[01-④] 포괄적 위임이 가능한 조례
만 위임 근거 법률이 사용한 어구의 의미를 다르게 사용할 수 없다. 조례
[04-④] 근거 법률에서 사용한 어구의 의미를 그대로 사용해야 하는 조례
는 입법예고, 공포 등의 절차를 거쳐 제정된다.
[04-③] 조례의 제정 절차

---

01 세부 정보의 파악   답 ⑤

선지별 선택 비율	①	②	③	④	⑤
	2%	5%	9%	9%	73%

윗글의 내용과 일치하는 것은?

😊 정답 띡! 동!

⑤ 행정부가 국회보다 신속히 대응할 수 있는 행정 규제 사항은 행정입법의
대상으로 적합하다.

┊ 1문단 "행정부나 지방 자치 단체와 같은 행정 기관이 제정한 법령인 행정입법에
의한 행정 규제의 비중이 커지고 있다. ~ 첨단 기술과 관련되거나, 상황 변화에
즉각 대처해야 하거나(신속한 대응 필요), 개별적 상황을 반영하여 규제를 달리해
야 하는 행정 규제 사항들이 늘어나고 있기 때문이다. 행정 기관은 국회에 비해
이러한 사항들을 다루기에 적합하다"

┊ 뭔말?

· 행정입법에 의한 행정 규제의 비중이 커지는 이유 중 하나가 상황 변화에 대한

즉각 대처, 즉 신속한 대응이 필요한 행정 규제 사항이 늘어나기 때문임. → 국회보다 행정부 등의 행정 기관이 행정 규제가 필요한 상황을 다루기에 더 적합함.

오답 땡!

① 행정입법에 속하는 법령들은 제정 주체가 ~~동일하다.~~
　　　　　　　　　　　　　　　　└ 동일 X(조례는 지방 의회, 나머지는 행정부) ┘

| 4문단 "제정 주체가 지방 자치 단체의 기관인 지방 의회라는 점에서 행정부에서 제정하는 위임명령, 행정규칙과 구별된다."

| 뭔말?
· 위임명령, 행정규칙의 제정 주체: 행정부
· 조례의 제정 주체: 지방 의회

② 행정입법에 속하는 법령들은 ~~모두~~ 개별적 상황과 지역의 특수성을 반영한다.
　　　　　　　　　　　　　　　└ 조례만 해당

| 1문단 "개별적 상황을 반영하여 규제를 달리해야 하는 행정 규제 사항들이 늘어나고 있기 때문"
| 4문단 "조례는 지방 의회가 제정하는 행정입법으로 지역의 특수성을 반영하여 제정"

| 뭔말?
· 행정입법에 속하는 법령들이 개별적 상황을 반영한다고 볼 수 있으나, 지역의 특수성을 반영하는 것은 조례뿐임.

③ 행정입법에 속하는 법령들은 ~~모두~~ 정당성을 확보하기 위하여 국회의 위임에 근거한다.
　　　　　　　　　　　　└ 행정규칙은 해당 X

| 2문단 "국회는 행정 규제 사항에 관한 법률을 제정할 때 특정한 내용에 관한 입법을 행정부에 위임할 수 있다. 이에 따라 제정된 행정입법을 위임명령이라고 한다. ~ 위임명령은 입법부인 국회가 자신의 권한의 일부를 행정부에 맡겼기 때문에 정당화될 수 있다(정당성 확보)."
| 3문단 "법률로부터 위임받지 않아도 유효하게 제정될 수 있고"
| 4문단 "조례도 행정 규제 사항을 규정하려면 법률의 위임에 근거해야 한다."

| 뭔말?
· 국회가 제정한 법률의 위임에 근거하는 법령: 위임명령과 조례. 행정규칙은 해당하지 않음.

④ 행정 규제 사항에 적용되는 행정입법은 ~~모두~~ 포괄적 위임이 금지되어 있다.
　　　　　　　　　　　　　　　　　　└ 조례는 포괄적 위임 가능

| 2문단 "특정한 행정 규제의 근거 법률이 위임명령으로 제정할 사항의 범위를 정하지 않은 채 위임하는 포괄적 위임은 헌법상 삼권 분립 원칙에 저촉된다."
| 4문단 "법률로부터 포괄적 위임을 받을 수 있지만"

| 뭔말?
· 위임명령 → 포괄적 위임 금지
· 조례 → 포괄적 위임 가능
　※ 행정규칙은 법률에 의한 위임 자체가 필요하지 않음.

02 내용의 추론　　　　　　　　답 ①

⊙의 이유로 가장 적절한 것은?

정답 띵! 동!

① 그 위임명령이 법률의 근거 없이 행정 규제 사항을 규정했기 때문이다.

| 2문단 "위임명령이 법률로부터 위임받은 범위를 벗어나서 제정되거나, 위임 근거 법률이 사용한 어구의 의미를 확대하거나 축소하여 제정되어서는 안 된다."

| 뭔말?
· ⊙의 '이러한 제한': 위임명령이 근거 법률로부터 위임받은 범위 내에서, 근거 법률의 의미 왜곡 없이 제정되어야 한다는 제한을 의미함.
· 위임명령이 근거 법률에서 정한 행정 규제 범위를 벗어나거나 근거 법률의 어구를 임의로 해석하여 제정될 경우 = 법률의 근거 상실 → 위임명령 효력 상실

오답 땡!

② 그 위임명령이 ~~포괄적 위임을 받아 제정된 경우~~에 해당하기 때문이다.
　　　　　　└ 포괄적 위임: 위임 범위를 정하지 않은 것
　　　　　　≠ ⊙: 위임받은 범위를 벗어난 것

| 2문단 "특정한 행정 규제의 근거 법률이 위임명령으로 제정할 사항의 범위를 정하지 않은 채 위임하는 포괄적 위임"

| 뭔말?
· ⊙의 '이러한 제한': 위임명령이 법률로부터 위임받은 범위를 벗어나서 제정되어서는 안 된다는 것은, 법률로부터 위임받은 범위가 있음을 전제함.
· 포괄적 위임은 위임명령 제정 사항의 범위를 정하지 않은 것 → 위임받은 범위가 있음을 전제하고 있는 ⊙의 이유로 부적절함.

③ 그 위임명령이 ~~첨단 기술에 대한 내용을 정확히 반영하지 않았기 때문이~~다.
　　　　　　　└ 위임명령의 대상이 첨단 기술과 관련된 것만 있는 것은 아님.

| 1문단 "첨단 기술과 관련되거나, 상황 변화에 즉각 대처해야 하거나, 개별적 상황을 반영하여 규제를 달리해야 하는 행정 규제 사항들"
| 2문단 "행정 규제 사항의 첨단 기술 관련성이 클수록 위임 근거 법률이 위임할 수 있는 사항의 범위가 넓어진다."

| 뭔말?
· 위임명령을 통한 행정 규제 사항이 반드시 첨단 기술 관련인 것은 아님.
　※ 첨단 기술과의 관련성이 클수록 위임 가능한 범위가 넓어질 뿐, 위임명령의 효력 상실과는 관련이 없음.

④ 그 위임명령이 ~~국민의 권리를 제한하는 권한을 행정 기관에 맡겼기 때문~~이다.
　　　　　　　└ 위임명령으로 국민의 권리 제한 가능 → 위임명령의 효력 상실 근거 X

| 1문단 "행정 주체가 행정 목적을 실현하기 위해 국민의 권리를 제한하거나 국민에게 의무를 부과하는 '행정 규제'는 국회가 제정한 법률에 근거해야 한다. ~ 행정입법에 의한 행정 규제의 비중이 커지고 있다."

| 뭔말?
· 행정입법을 통한 행정 규제는 국민의 권리 제한 가능 → 행정입법의 하나인 위임명령으로 국민의 권리를 제한하는 것은 정당하므로, 위임명령의 효력 상실의 이유가 될 수 없음.

⑤ 그 위임명령이 ~~구체적 상황의 특성을 반영한 융통성 있는 대응을 하지 못했기 때문~~이다.
　　　　　└ 행정입법의 취지 → 개별 상황의 특성을 반영한 융통성 있는 대응

| 1문단 "개별적 상황을 반영하여 규제를 달리해야 하는 행정 규제 사항들이 늘어

나고 있기 때문이다. 행정 기관은 국회에 비해 이러한 사항들을 다루기에 적합하다."

| 뭔말?

· 행정입법의 취지: 국회가 다루기 어려운 개별적·구체적 상황의 특성을 반영하여 융통성 있게 대응하도록 함. → 위임명령은 행정입법 중 하나

· 행정입법의 취지를 살리지 못한 것과 위임명령이 법률의 근거를 위반하여 제정되는 것을 금한다는 내용의 ㉠은 인과 관계가 없음.

03 특정 개념의 의미 파악   답 ⑤

선지별 선택 비율	①	②	③	④	⑤
	3%	3%	10%	14%	68%

행정규칙 에 관한 설명 중 적절하지 않은 것은?

😊 정답 띵!동!

⑤ 행정 규제 사항을 규정하는 경우, 위임 근거 법률로부터 위임받을 수 있는 사항의 범위가 위임명령과 ~~같다.~~
    └ 다르다
        → 위임명령으로 대응하기 어려울 때 행정규칙으로 제정

| 2문단 "행정 규제 사항의 첨단 기술 관련성이 클수록 위임 근거 법률이 위임할 수 있는 사항의 범위가 넓어진다."

| 3문단 "행정 규제 사항에 관하여 행정규칙이 제정되는 예외적인 경우도 있다. 위임된 사항이 첨단 기술과의 관련성이 매우 커서 위임명령으로는 대응하기 어려워 불가피한 경우, 위임 근거 법률이 행정입법의 제정 주체만 지정하고 행정입법의 유형을 지정하지 않았다면 위임된 사항이 고시나 예규로 제정될 수 있다."

| 뭔말?

· 행정규칙으로 행정 규제 사항을 규정하는 것은 예외적 경우 → 첨단 기술과의 관련성이 매우 커서 위임명령으로 대응하기 어려울 때

· 위임명령: 첨단 기술과의 관련성이 클 때 근거 법률로부터 위임받을 수 있는 사항의 범위가 넓어짐.

· 위임명령으로 대응하기 어려울 만큼 첨단 기술과의 관련성이 더 클 때 행정규칙으로 제정 → 위임 근거 법률이 제정 주체만 지정하므로 위임받을 수 있는 사항의 범위가 위임명령보다 더 넓을 것임.

😟 오답 땡!

① 행정부의 직제나 사무 처리 절차를 규정하는 경우, 법률의 위임이 요구되지 않는다.

| 3문단 "행정규칙은 원래 행정부의 직제나 사무 처리 절차에 관한 행정입법으로서 ~ 법률로부터 위임받지 않아도 유효하게 제정될 수 있고"

② 행정부의 직제나 사무 처리 절차를 규정하는 경우, 일반 국민에게 직접 적용되지 않는다.

| 3문단 "행정규칙은 원래 행정부의 직제나 사무 처리 절차에 관한 행정입법으로서 ~ 일반 국민에게는 직접 적용되지 않기 때문에"

③ 행정 규제 사항을 규정하는 경우, 위임명령의 제정 절차를 따르지 않는다.

| 3문단 "행정 규제 사항에 관하여 행정규칙이 제정되는 예외적인 경우 ~ 이런 경우의 행정규칙은 위임명령과 달리, 입법예고, 공포 등을 거치지 않고 제정된다."

④ 행정 규제 사항을 규정하는 경우, 위임 근거 법률의 위임을 받은 제정 주체에 의해 제정된다.

| 3문단 "행정 규제 사항에 관하여 행정규칙이 제정되는 예외적인 경우 ~ 위임 근거 법률이 행정입법의 제정 주체만 지정'
    → 위임 근거 법률에 의해 지정된 주체가 행정 규제 사항에 관한 행정규칙을 제정함.

04 구체적 사례에의 적용   답 ④

선지별 선택 비율	①	②	③	④	⑤
	8%	21%	12%	50%	7%

윗글을 바탕으로 〈보기〉의 ㉮~㉱에 대해 이해한 내용으로 가장 적절한 것은?

[3점]

┤ 보기 ├

갑은 새로 개업한 자신의 가게 홍보를 위해 인근 자연 공원에 현수막을 설치하려고 한다. 현수막 설치에 관한 행정 규제의 내용을 확인하기 위해 ○○ 시청에 문의하고 아래와 같은 회신을 받았다.

문의하신 내용에 대해 다음과 같이 알려 드립니다. ㉮「옥외광고물 등의 관리와 옥외광고산업 진흥에 관한 법률」(위임 근거 법률) 제3조(광고물 등의 허가 또는 신고)에 따른 허가 또는 신고 대상 광고물에 관한 사항은 대통령령(위임명령)인 ㉯「옥외광고물 등의 관리와 옥외광고산업 진흥에 관한 법률 시행령」 제5조에 규정되어 있습니다. 이에 따르면 문의하신 규격의 현수막을 설치하시려면 설치 전에 신고하셔야 합니다.
또한 위 법률(㉮, 위임 근거 법률) 제16조(광고물 실명제)에 의하면, 신고 번호, 표시 기간, 제작자명 등을 표시하도록 규정하고 있습니다. 표시하는 방법에 대해서는 ㉱○○ 시 지방 의회에서 제정한 법령(조례)에 따르셔야 합니다.

😊 정답 띵!동!

④ ㉯에 나오는 '광고물'의 의미와 ㉱에 나오는 '광고물'의 의미는 일치하겠군.

| 1문단 "'행정 규제'는 국회가 제정한 법률에 근거해야 한다."
    → ㉮는 ㉯, ㉱의 근거 법률

| 2문단 "위임명령은 제정 주체에 따라 대통령령, 총리령, 부령으로 나누어진다. ~ 위임 근거 법률이 사용한 어구의 의미를 확대하거나 축소하여 제정되어서는 안 된다." → ㉯는 대통령령의 위임명령

| 4문단 "조례는 지방 의회가 제정하는 행정입법 ~ 위임 근거 법률이 사용한 어구의 의미를 다르게 사용할 수 없다. → ㉱는 지방 의회가 제정한 조례

| 뭔말?

· ㉮는 국회가 제정한 법률, ㉯는 ㉮의 제3조에 근거한 위임명령, ㉱는 ㉮의 제16조에 근거한 조례

· 위임명령, 조례 모두 근거 법률이 사용한 어구의 의미를 달리 사용하여 제정할 수 없음. → 똑같이 ㉮에 근거하고 있는 ㉯, ㉱에서 '광고물'의 의미는 동일함.

😟 오답 땡!

① ㉮의 제3조의 내용에서 ㉯의 제5조의 신고 대상 광고물에 관한 사항의 ~~구체적 내용을 확인할 수 있겠군.~~
    └ 대강의 내용을 예측 가능

| 1문단 "행정입법에 의한 행정 규제의 비중이 커지고 있다. ~ 상황 변화에 즉각 대처해야 하거나, 개별적 상황을 반영하여 규제를 달리해야 하는 행정 규제 사항들이 늘어나고 있기 때문이다. 행정 기관은 국회에 비해 이러한 사항들을 다루기에 적합하다."

| 2문단 "위임된 행정 규제 사항의 대강을 위임 근거 법률의 내용으로부터 예측할 수 있어야 한다"

| 뭔말?

· 위임명령 같은 행정입법이 국회에서 정한 법률보다 개별적·구체적 상황 변화에 더 적절하게 대응할 수 있음. → 위임명령이 근거 법률보다 구체적임을 의미
· 근거 법률로부터 위임명령의 내용을 대강 예측 가능

② ④의 제5조는 ㉮의 ~~제16조~~로부터 제정할 사항의 범위가 정해져 위임을 받았겠군.
└→ 제3조

| 2문단 "위임명령이 법률로부터 위임받은 범위를 벗어나서 ~ 제정되어서는 안 된다."

| 뭔말?

· ④의 제5조: ㉮의 제3조로부터 제정할 사항의 범위가 정해져 위임을 받아 제정된 것

※ ㉮의 제16조에 의거한 행정입법 → 조례인 ㉰

③ ~~④는 ⑤와 달리~~ 입법예고와 공포 절차를 거쳤겠군.
└→ ④와 ⑤ 모두

| 2문단 "위임명령은 ~ 국민에게 적용되기 때문에 입법예고, 공포 등의 절차를 거쳐야 한다."
| 4문단 "조례는 입법예고, 공포 등의 절차를 거쳐 제정된다."

⑤ ④를 준수해야 하는 국민 중에는 ⑤를 준수하지 않아도 되는 국민이 있겠군.
└→ ④   └→ ⑤

| 2문단 "위임명령은 ~ 국민에게 적용"
| 4문단 "조례는 지방 의회가 제정하는 행정입법으로 지역의 특수성을 반영하여 제정되고 지역에서 발생하는 사안에 대해 적용"

| 뭔말?

· ④를 준수해야 하는 국민 → 모든 국민
· ⑤를 준수해야 하는 국민 → 해당 지역에서 발생하는 사안에 관련된 국민

① ⓐ: 나타내기

| ⓐ의 '실현하다' '꿈, 기대 따위를 실제로 이루다.'라는 의미
| '나타내다' '보이지 아니하던 어떤 대상이 모습을 드러내다.' 등의 의미

② ⓑ: 드러내어

| ⓑ의 '반영하다' '다른 것에 영향을 받아 어떤 현상을 나타내다.'라는 의미
| '드러내다' '알려지지 않은 사실을 보이거나 밝히다.' 등의 의미

④ ⓓ: 마주하기

| ⓓ의 '대응하다' '어떤 일이나 사태에 맞추어 태도나 행동을 취하다.'라는 의미
| '마주하다' '마주 대하다.'라는 의미

⑤ ⓔ: 달라진다

| ⓔ의 '구별되다' '성질이나 종류에 따라 차이가 나다.'라는 의미
| '달라지다' '변하여 전과는 다르게 되다.'라는 의미

05 어휘의 의미 파악   답 ③

선지별 선택 비율	①	②	③	④	⑤
	10%	4%	61%	9%	13%

문맥상 ⓐ~ⓔ와 바꿔 쓰기에 가장 적절한 것은?

③ ⓒ: 헤아릴

| ⓒ의 '예측하다' '미리 헤아려 짐작하다.'라는 의미
| '헤아리다' '짐작하여 가늠하거나 미루어 생각하다.' 등의 의미 → 위임 근거 법률의 내용으로부터 위임된 행정 규제 사항의 대강을 미루어 짐작한다는 맥락상 바꿔 쓰기에 적절함.

유형 학습03
2020학년도 9월 평가원

01 ⑤ **02** ⑤ **03** ③
04 ③

〈스마트폰의 위치 측정 기술〉

🔗 EBS 연결 고리
2020학년도 EBS 수능특강 독서 170쪽 〈로봇의 군집 비행〉에서 '위치 측정' 관련 내용 연계

해제 이 글은 스마트폰에 활용되는 다양한 위치 측정 기술을 소개하고 있다. 실외에서는 주로 스마트폰 단말기에 내장된 GPS나 IMU를 사용하는데, GPS는 스마트폰의 절대 위치를 측정하며, IMU는 스마트폰의 상대 위치를 측정한다. 두 기술을 함께 사용하면 서로의 단점을 보완하여 오차를 줄일 수 있다. 실내에서는 블루투스 기반의 비콘을 활용한다. 고정 설치되어 있는 비콘이 식별 번호와 위치 정보 신호를 사방으로 보내고, 단말기 안의 수신기가 이 신호를 인식하여 단말기의 상대 위치를 측정하는 방식인데, 이를 이용한 위치 측정 기술로는 근접성 기법, 삼변측량 기법, 위치 지도 기법 등이 있다.

주제 스마트폰에 활용되는 다양한 위치 측정 기술들

짜임

1문단	절대 위치와 상대 위치의 개념
2문단	실외에서 스마트폰의 위치 측정에 사용하는 기술 – GPS, IMU
3문단	실내에서 스마트폰의 위치 측정에 사용하는 기술 – 비콘
4문단	비콘을 이용한 위치 측정 방법 ① – 근접성 기법
5문단	비콘을 이용한 위치 측정 방법 ② – 삼변측량 기법
6문단	비콘을 이용한 위치 측정 방법 ③ – 위치 지도 기법

1문단 스마트폰은 다양한 위치 측정 기술을 활용하여 여러 지형 환경에서 위치를 측정한다. 위치에는 절대 위치와 상대 위치가 있다. 절대 위치는 위도, 경도 등으로 표시된 위치이고, 상대 위치는 특정한 위치를 기준
[01-①] 절대 위치와 상대 위치의 개념
으로 한 상대적인 위치이다.

2문단 실외에서는 주로 스마트폰 단말기에 내장된 GPS(위성항법장치)나 IMU(관성측정장치)를 사용한다. GPS는 위성으로부터 오는 신호를 이
[01-①] [02-②] GPS의 위치 측정 방식
용하여 절대 위치를 측정한다. GPS는 위치 오차가 시간에 따라 누적되지
[02-②] GPS의 장점 – 오차 누적 ×
않는다. 그러나 전파 지연 등으로 접속 초기에 짧은 시간 동안이지만 큰
[02-①, ③] GPS의 단점 → 전파 지연으로 인한 초기 오차 발생
오차가 발생하고 실내나 터널 등에서는 GPS 신호를 받기 어렵다. IMU는
[01-④] [02-④] GPS 신호의 한계
내장된 센서로 가속도와 속도를 측정하여 위치 변화를 계산하고 초기 위
[01-④] IMU의 위치 측정 방식
치를 기준으로 하는 상대 위치를 구한다. 단기간 움직임에 대한 측정 성능
이 뛰어나지만 센서가 측정한 값의 오차가 누적되기 때문에 시간이 지날
[02-②, ③, ⑤] IMU의 오차가 커지는 이유
수록 위치 오차가 커진다. 이 두 방식을 함께 사용하면 서로의 단점을 보
완하여 오차를 줄일 수 있다.

3문단 한편 실내에서 위치 측정에 사용 가능한 방법으로는 블루투스 기반의 비콘을 활용하는 기술이 있다. 비콘은 실내에 고정 설치되어 비콘마
[01-④] 비콘의 기반 - 블루투스   [01-③, ④] 비콘의 개념
다 정해진 식별 번호와 위치 정보가 포함된 신호를 주기적으로 보내는 기기이다. 비콘들은 동일한 세기의 신호를 사방으로 보내지만 비콘으로부터
[01-②] [03-④] [04-③] 비콘들이 보내는 신호의 세기 및 비콘의 세기에 영향을 미치는 요인

거리가 멀어질수록, 벽과 같은 장애물이 많을수록 신호의 세기가 약해진다. 단말기가 비콘 신호의 도달 거리 내로 진입하면 단말기 안의 수신기가 이 신호를 인식한다. 이 신호를 이용하여 2차원 평면에서의 위치를 측정하는 방법으로는 다음과 같은 것들이 있다.

4문단 근접성 기법은 단말기가 비콘 신호를 수신하면 해당 비콘의 위치를 단말기의 위치로 정한다. 여러 비콘 신호를 수신했을 경우에는 신호가 가장 강한 비콘의 위치를 단말기의 위치로 정한다.
[04-①] 근접성 기법에 따른 단말기의 위치
5문단 삼변측량 기법은 3개 이상의 비콘으로부터 수신된 신호 세기를 측정하여 단말기와 비콘 사이의 거리로 환산한다. 각 비콘을 중심으로 이
[04-②, ③, ④, ⑤] 신호 세기를 거리로 환산하는 삼변측량 기법
거리를 반지름으로 하는 원을 그리고, 그 교점을 단말기의 현재 위치로 정
[04-①, ③] 삼변측량 기법에 따른 단말기의 위치
한다. 교점이 하나로 모이지 않는 경우에는 세 원에 공통으로 속한 영역의 중심점을 단말기의 위치로 측정한다.

6문단 ㉠위치 지도 기법은 측정 공간을 작은 구역들로 나누어 각 구역
[03-①, ④] 위치 지도 기법의 기준점 설정
마다 기준점을 설정하고 그 주위에 비콘들을 설치한다. 그러고 나서 비콘들이 송신하여 각 기준점에 도달하는 신호의 세기를 측정한다. 이 신호 세
[03-④] 비콘 위치 이동 시 데이터베이스 갱신 필요 → 정확한 위치 측정 가능
기와 비콘의 식별 번호, 기준점의 위치 좌표를 서버에 있는 데이터베이스
[03-②, ⑤] 위치 지도의 개념
에 위치 지도로 기록해 놓는다. 이 작업을 모든 기준점에서 수행한다. 특정한 위치에 도달한 단말기가 비콘 신호를 수신하면 신호 세기를 측정한 뒤 비콘의 식별 번호와 함께 서버로 전송한다. 서버는 수신된 신호 세기와 가장 가까운 신호 세기를 갖는 기준점을 데이터베이스에서 찾아 이 기준
[03-②, ③] 기준점의 위치를 통해 단말기의 위치를 측정하는 방법인 위치 지도 기법
점의 위치를 단말기에 알려 준다.

---

01 세부 정보의 파악 답 ⑤

선지별 선택 비율	①	②	③	④	⑤
	3%	7%	19%	8%	60%

윗글의 내용과 일치하는 것은?

😊 정답 띵! 등!

⑤ IMU는 단말기가 초기 위치로부터 얼마나 떨어져 있는지를 계산하여 단말기의 위치를 구한다.

  ┊ 2문단 "스마트폰 단말기에 내장된 GPS(위성항법장치)나 IMU(관성측정장치) ~ IMU는 내장된 센서로 가속도와 속도를 측정하여 위치 변화를 계산하고 초기 위치를 기준으로 하는 상대 위치를 구한다."

  ┊ 뭔말?

  · IMU: 초기 위치를 기준으로 하는 상대 위치 측정 → 초기 위치로부터의 거리 변화 측정 포함

😞 오답 땡!

① GPS를 이용하여 측정한 위치는 ~~기준이 되는 위치가 어디냐에 따라 달라진다.~~
  └→ 상대 위치에 해당(GPS → 절대 위치 측정)

| 1문단 "절대 위치는 위도, 경도 등으로 표시된 위치이고, 상대 위치는 특정한 위치를 기준으로 한 상대적인 위치"
| 2문단 "GPS는 위성으로부터 오는 신호를 이용하여 절대 위치를 측정"

② 비콘들이 ~~서로 다른~~ 세기의 신호를 송신해야 단말기의 위치를 측정할 수 있다.
     ↳ 동일한

| 3문단 "비콘들은 동일한 세기의 신호를 사방으로 보내지만 비콘으로부터 거리가 멀어질수록, 벽과 같은 장애물이 많을수록 신호의 세기가 약해진다."

③ 비콘이 전송하는 식별 번호는 ~~신호가 도달하는 단말기를~~ 구별하기 위한 정보이다.
             ↳ 신호를 보내는 비콘을

| 3문단 "비콘은 실내에 고정 설치되어 비콘마다 정해진 식별 번호(신호를 송신하는 비콘을 구별하기 위한 것)와 위치 정보가 포함된 신호를 주기적으로 보내는 기기"

④ 비콘은 실내에서 ~~GPS 신호를 받아~~ 주위에 ~~위성~~ 식별 번호와 위치 정보를 전송하는 장치이다.
            ↳ 블루투스 기반으로   ↳ 비콘

| 2문단 "실내나 터널 등에서는 GPS 신호를 받기 어렵다."
| 3문단 "블루투스 기반의 비콘 ~ 비콘은 실내에 고정 설치되어 비콘마다 정해진 식별 번호와 위치 정보가 포함된 신호를 주기적으로 보내는 기기"

---

02 특정 개념의 의미 파악   답 ⑤

선지별 선택 비율	①	②	③	④	⑤
	4%	5%	7%	6%	76%

오차에 대해 이해한 내용으로 적절한 것은?

😊 정답 띵! 동!

⑤ IMU의 오차가 커지는 것은 가속도와 속도를 측정할 때 생기는 오차가 누적되기 때문이다.

| 2문단 "IMU는 내장된 센서로 가속도와 속도를 측정 ~ 센서가 측정한 값(가속도와 속도 값)의 오차가 누적되기 때문에 시간이 지날수록 위치 오차가 커진다."

😞 오답 땡!

① IMU는 시간이 지날수록 ~~전파 지연으로 인한 오차가~~ 커진다.
             ↳ GPS에서 발생

| 2문단 "GPS는 ~ 전파 지연 등으로 접속 초기에 짧은 시간 동안이지만 큰 오차가 발생"

② GPS는 ~~사용 시간이 길어질수록 위성의 위치를 파악하는~~ 데 오차가 커진다.
      ↳ 시간에 따른 오차 누적 X   ↳ 위성으로부터 오는 신호 이용

| 2문단 "GPS는 위성으로부터 오는 신호를 이용하여 절대 위치를 측정한다. GPS는 위치 오차가 시간에 따라 누적되지 않는다.", "IMU는 ~ 시간이 지날수록 위치 오차가 커진다."

| 뭔말?
· 사용 시간이 길어질수록, 즉 시간이 지날수록 위치 오차가 커지는 것은 GPS가 아니라 IMU임.

③ IMU는 ~~순간적인 오차가 발생~~하지만 시간이 지날수록 ~~정확한 위치 측정이 가능~~해진다.
    ↳ GPS에 해당   ↳ 위치 오차가 커짐.

| 2문단 "GPS는 위치 오차가 시간에 따라 누적되지 않는다. 그러나 전파 지연 등으로 접속 초기에 짧은 시간 동안(= 순간적)이지만 큰 오차가 발생", "IMU는 단기간 움직임에 대한 측정 성능이 뛰어나지만 센서가 측정한 값의 오차가 누적되기 때문에 시간이 지날수록 위치 오차가 커진다."

④ GPS는 단말기가 터널에 진입 시 발생한 오차를 터널을 통과하는 동안 보정할 수 ~~있다.~~
                ↳ 없다(∵ 터널에서 신호 받기 어려움.)

| 2문단 "실내나 터널 등에서는 GPS 신호를 받기 어렵다."

---

03 내용의 추론   답 ③

선지별 선택 비율	①	②	③	④	⑤
	4%	13%	48%	23%	9%

㉠에 대한 이해로 적절하지 않은 것은?

😊 정답 띵! 동!

③ 측정된 신호 세기가 서버에 저장된 값과 가장 가까운 ~~비콘~~의 위치가 단말기의 위치가 된다.
             ↳ 기준점

| 6문단 "특정한 위치에 도달한 단말기가 비콘 신호를 수신하면 신호 세기를 측정한 뒤 비콘의 식별 번호와 함께 서버로 전송한다. 서버는 수신된 신호 세기(단말기가 측정한 신호 세기)와 가장 가까운 신호 세기를 갖는 기준점을 데이터베이스에서 찾아 이 기준점의 위치를 단말기에 알려 준다."

| 뭔말?
· ㉠(위치 지도 기법): 측정 공간을 구역들로 나누어 구역마다 기준점 설치 → 기준점 주위에 비콘들 설치 후 비콘들이 송신하여 기준점에 도달하는 신호 세기 측정 → 기준점마다 비콘들의 식별 번호, 신호 세기, 기준점의 위치 좌표 등을 서버의 데이터베이스에 기록 → 특정 위치의 단말기가 비콘 신호 수신 후 신호 세기, 식별 번호를 서버로 전송 → 서버가 수신된 신호 세기와 가장 가까운 신호 세기를 갖는 기준점의 위치를 단말기에 알려 줌.

| 결론! ㉠은 비콘의 위치가 아니라 기준점의 위치를 통해 단말기의 위치를 측정하는 방법임.

😞 오답 땡!

① 측정 공간을 더 많은 구역으로 나눌수록 기준점이 많아진다.

| 6문단 "측정 공간을 작은 구역들로 나누어 각 구역마다 기준점을 설정(구역이 많으면 기준점도 많아짐.)"

② 단말기가 측정 공간에 들어오기 전에 데이터베이스가 미리 구축되어 있어야 한다.

| 뭔말?

· 서버는 단말기가 전송한 정보와 가장 가까운 신호 세기를 갖는 기준점을 데이터베이스에서 찾아 단말기에 알려 줌. → 단말기가 측정 공간에 들어오기 전에 데이터베이스(신호의 세기, 비콘의 식별 번호, 기준점의 위치 좌표 등에 관한 정보)가 먼저 구축되어 있어야 함.

④ 비콘을 이동하여 설치하면 정확한 위치 측정을 위해 데이터베이스를 갱신할 필요가 있다.
    └→ 신호 세기에 영향을 주는 요인 변화

─────────

| 3문단 "비콘으로부터 거리가 멀어질수록, 벽과 같은 장애물이 많을수록 <u>신호의 세기가 약해진다.</u>"

| 6문단 "각 구역마다 기준점을 설정하고 그 주위에 비콘들을 설치 ~ 비콘들이 송신하여 각 기준점에 도달하는 <u>신호의 세기를 측정</u>"

| 뭔말?

· 비콘의 위치 변화: 기준점과의 거리나 장애물 등의 요인 변화로 기준점에 도달하는 신호 세기가 달라짐. → 데이터베이스 갱신 필요

┌→ 기준점
⑤ 위치 지도는 측정 공간 안의 특정 위치에서 수신된 신호 세기와 식별 번호 등을 데이터베이스에 기록해 놓은 것이다.

─────────

| 6문단 "<u>신호 세기</u>(비콘들이 송신하여 각 기준점에 도달하는 신호의 세기)와 비콘의 <u>식별 번호</u>, 기준점의 위치 좌표를 서버에 있는 데이터베이스에 위치 지도로 기록해 놓는다."

04 시각 자료에의 적용   답 ③

선지별 선택 비율	①	②	③	④	⑤
	5%	12%	45%	19%	15%

〈보기〉는 단말기가 3개의 비콘 신호를 받은 상태를 도식화한 것이다. 윗글을 바탕으로 〈보기〉를 이해한 내용으로 적절한 것은? [3점]

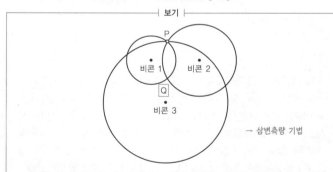

─ 보기 ─

P
비콘 1   비콘 2
Q
비콘 3
                          → 삼변측량 기법

* 각 원의 반지름은 신호 세기로 환산한 비콘과 단말기 사이의 거리이다.
* 신호 세기에 영향을 미치는 장애물이 Q의 위치에 있다.
  (단, 세 원에 공통으로 속한 영역이 항상 존재한다고 가정하며, 신호 세기에 영향을 미치는 다른 요소는 고려하지 않음.)

정답 띵!동!

③ 실제 단말기의 위치는 삼변측량 기법으로 측정된 위치에 비해 비콘 3 더 가까이 있겠군.

─────────

| 3문단 "비콘으로부터 거리가 멀어질수록, 벽과 같은 장애물이 많을수록 신호의 세기가 약해진다."

| 5문단 "3개 이상의 비콘으로부터 수신된 신호 세기를 측정하여 단말기와 비콘 사이의 거리로 환산한다. 각 비콘을 중심으로 이 거리를 반지름으로 하는 원을 그리고, 그 교점을 단말기의 현재 위치로 정한다."

| 뭔말?

· 〈보기〉에서 삼변측량 기법으로 측정된 단말기의 위치 = P(세 원의 교점)
· P의 위치는 장애물 Q로 인해 약해진 신호 세기가 반영된 것 → 단말기의 실제 위치는 장애물 Q가 존재하지 않을 때를 가정하여 측정해야 함.
· 신호 세기가 약해지면(=비콘과의 거리가 멀다는 것) 그것을 환산한 거리, 즉 원의 반지름이 본래보다 커지고, 반대로 신호 세기가 강해지면(=비콘과의 거리가 가깝다는 것) 원의 반지름이 본래보다 작아짐.
· 장애물 Q가 존재하지 않을 때: 비콘 3을 중심점으로 하는 원의 반지름이 〈보기〉보다 작아짐. → 실제 단말기 위치는 P보다 비콘 3에 더 가까워짐.

오답 땡!

① 근접성 기법과 삼변측량 기법으로 측정한 단말기의 위치는 ~~동일하겠군.~~
                                                    동일 X(비콘 1과 P) ←┘

─────────

| 4문단 "근접성 기법은 ~ 여러 비콘 신호를 수신했을 경우에는 신호가 가장 강한 비콘의 위치를 단말기의 위치로 정한다."

| 뭔말?

· 근접성 기법에 따른 단말기의 위치: 〈보기〉에서 신호가 가장 강한 비콘 = 비콘 1 (원의 반지름이 작을수록 신호가 세고 거리가 가까우므로)
· 삼변측량 기법에 따른 단말기의 위치: 〈보기〉의 P(비콘으로부터 수신된 신호 세기에서 환산된 거리를 반지름으로 하는 원들의 교점)

② 측정된 신호 세기를 약한 것부터 나열하면 ~~비콘 1, 비콘 2, 비콘 8의 신호~~ 순이겠군.
              └→ 비콘 3, 비콘 2, 비콘 1

─────────

| 뭔말?

· 신호 세기를 환산한 거리인 원의 반지름이 클수록 신호 세기는 약한 것 → 신호 세기를 약한 것부터 나열하면 비콘 3, 비콘 2, 비콘 1의 신호 순

④ Q의 위치에 있는 장애물이 제거된다면, 삼변측량 기법으로 측정되는 단말기의 위치는 현재 측정된 위치에서 ~~P~~ 방향으로 이동하겠군.
                          └→ 비콘 3

─────────

| 뭔말?

· Q의 위치에 있는 장애물이 제거 → 비콘 3으로부터 수신된 신호 세기가 더 강해짐.
· 신호 세기가 강해지면 비콘 3을 중심점으로 하는 원의 반지름이 〈보기〉보다 작아짐.
· 세 원에 공통으로 속한 영역의 중심점이 단말기의 위치가 됨. → 단말기 위치가 P에서 비콘 3 방향으로 이동

⑤ 단말기에서 측정되는 비콘 2의 신호 세기만 약해진다면, 삼변측량 기법으로 측정되는 단말기의 위치는 현재 측정된 위치에서 ~~비콘 2 방향~~으로 이동하겠군.
                          비콘 2와 멀어지는 방향 ←┘

─────────

| 뭔말?

· 비콘의 신호 세기가 약해짐. → 그 비콘을 중심점으로 하는 원의 반지름이 커짐.
· 단말기에서 측정되는 비콘 2의 신호 세기만 약해진다면, 비콘 2를 중심점으로 하는 원의 반지름이 커짐. → 세 원의 교점이나 교집합이 되는 영역의 중심점이 비콘 2 방향에서 멀어짐.

주제 통합 01
2025학년도 수능

01 ④	02 ⑤	03 ③
04 ②	05 ①	06 ②

(가) 개항 이후 개화 개념의 변화

🔗 EBS 연결 고리
2025학년도 EBS 수능특강 독서 271쪽 〈개화기 과학 기술에 대한 지식인들의 생각〉에서 '주체성을 위한 인격 수양을 주장한 박은식의 견해' 관련 내용 연계

해제 이 글은 개항 전후와 을사늑약 이후까지 개화 개념이 변화한 양상에 대해 설명하고 있다. 개항 이전에 통치차의 통치 행위로서 변화하는 세상에 대한 지식 확장과 피통치자에 대한 교화를 의미했던 개화는 개항 이후에 서양 문명의 수용을 뜻하는 개념으로 자리 잡았다. 이후 『한성순보』는 국가의 독립 주권에 대한 의식 변화 및 통치자 입장에서의 국가 진보 달성을, 개화당의 한 인사는 서양 근대 국가의 통치 방식으로의 변화를 내포하는 개화 개념을 제시하였다. 한편 갑신정변을 기점으로 개화의 실행 주체로서 왕의 역할이 사라졌고 개화 개념은 통치권에 대한 도전, 개인의 사욕을 위한 것으로 표상되었다. 이후 유길준은 『서유견문』에서 개화 개념에 덧씌워진 부정적 이미지를 떼어 내고자 했다. 을사늑약 이후 대한 자강회의 주요 인사들이 서양 근대 문명을 수용하는 과정에서 민족 주체성을 간과하자 박은식은 근대 국가 건설과 새로운 주체 형성에 주목해 문명의 물질적 측면인 과학은 서양으로부터 수용하되, 문명의 정신적 측면인 철학은 유학을 혁신하여 재구성하자는 견해를 제시했다.

주제 개항 전후 우리나라에서 전개된 개화 개념의 변화 양상

짜임

1문단	개항 이전의 개화 개념
2문단	개항 이후와 『한성순보』의 개화 개념
3문단	개화 실행 주체의 변화 및 유길준, 『대한매일신보』의 개화 개념
4문단	을사늑약 이후의 개화 논의 – 대한 자강회, 박은식

1문단 서양의 과학과 기술, 천주교의 수용을 반대했던 이항로를 비롯한
[01-①] 개항 이전·이후에 지속된 척사파의 주장
척사파의 주장은 개항 이후에도 지속되었지만, 개화는 거스를 수 없는 대
세로 자리 잡았다. 개물성무(開物成務)와 화민성속(化民成俗)의 앞 글자를
딴 개화는 개항 이전에는 통치자의 통치 행위로서 변화하는 세상에 대한
[02-①] 개항 이전 개화의 개념
지식 확장과 피통치자에 대한 교화를 의미했다.

2문단 개항 이후 서양 문명에 대한 긍정적 인식이 확산되면서 서양 문명
의 수용을 뜻하는 개화 개념이 자리 잡았다. 임오군란 이후, 고종은 자강
정책을 추진하면서 반(反)서양 정서의 교정을 위해 『한성순보』를 발간했
[05-①] 『한성순보』를 간행한 취지
다. 이 신문의 개화 개념은 서양 기술과 제도의 도입을 통한 인지의 발달
[02-②] 『한성순보』의 개화의 개념
과 풍속의 진보를 뜻했다. 이 개념에는 인민이 국가의 독립 주권의 소중함
[02-⑤] 국가 주권과 결부한 개화 개념을 제시한 『한성순보』
을 깨닫는 의식의 변화가 내포되었고, 통치자의 입장에서 수용 가능한 문
[02-②, ③] 『한성순보』의 개화 개념에 내포된 의미
명의 장점을 받아들여 국가의 진보를 달성한다는 의미도 담겼다.

3문단 개화당의 한 인사가 제시한 개화 개념은 성문화된 규정에 따른 대
[05-②] 개화당의 한 인사의 개화 개념 - 통치 방식의 변화와 관련된 개화의 지향점
민 정치에서의 법적 처리 절차 실현 등 서양 근대 국가의 통치 방식으로의
변화를 내포하는 것이었다. 그는 개화 실행 주체를 여전히 왕으로 생각했
[02-③] 왕을 개화의 실행 주체로 본 개화당 인사의 개화 개념

고, 개화 실행 주체로서 왕의 역할이 사라진 것은 갑신정변에서였다. 풍속
[02-④] 개화 실행 주체의 변화
의 진보와 통치 방식 변화라는 의미를 내포한 갑신정변의 개화 개념은 통
치권에 대한 도전으로뿐 아니라 개인의 사욕을 위한 것으로 표상되었다.
[02-④] 갑신정변의 개화 개념에 대한 인식
이후 개화 개념은 국가 구성원을 조직하고 동원하기 위해 부정적 이미지
에서 벗어나야 했고, 유길준은 『서유견문』을 저술하며 개화 개념에 덧씌워
진 부정적 이미지를 떼어 내고자 했다. 이후 간행된 『대한매일신보』 등의
개화 개념은 국가 구성원 전체를 실행 주체로 하여 근대 국가 주권을 향해
[02-⑤] 국가 주권과 결부한 개화 개념을 제시한 『대한매일신보』
그들을 조직하고 동원하는 것을 의미했다.

4문단 을사늑약 이후, 개화 논의는 문명에 대한 본격적인 논의로 이어졌
다. 대한 자강회의 주요 인사들은 서양 근대 문명을 수용하여 근대 국가를
[04-④] 앞서 근대 문명을 이룬 국가를 추종한 대한 자강회의 주요 인사들
건설하고자, 앞서 문명화를 이룬 일본의 지도를 받아야 한다고 보았다. 이
들은 서양 근대 문명의 주체를 주체 인식의 준거로 삼았기 때문에 민족 주
[04-②, ④] 대한 자강회의 인식을 부정적으로 본 박은식
체성을 간과했다. 이러한 상황에서 박은식은 ⊙근대 국가 건설과 새로운
주체의 형성에 주목하여 문명에 대한 견해를 제시했다. 그의 기본 전략은
문명의 물질적 측면인 과학은 서양으로부터 수용하되, 문명의 정신적 측
[01-②] [04-⑤] [05-③] 문명을 이루는 두 축으로서의 과학과 철학에 대한 박은식의 견해
면인 철학은 유학을 혁신하여 재구성하는 것이었다. 그는 생존과 편리 증
진을 위해 과학 연구가 시급하지만, 가치관 정립과 인격 수양을 위해 철학
[04-④] 생존과 편리 증진을 위한 과학 연구의 시급성을 인정한 박은식
또한 필수적이라고 보았다. 자국 철학 전통의 정립이라는 당시 동아시아
[04-①] [05-③] 철학을 통한 가치관 정립, 인격 수양을 동반하는 근대 주체의 성립에 동의한 박은식
의 사상적 흐름 속에서 그가 제시한 근대 주체는 과학적·철학적 인식의
[04-①] 박은식이 제시한 근대 주체의 성격
주체이자 실천적 도덕 수양의 주체로서의 성격을 띠는 것이었다.

(나) 중국의 서양 과학 및 기술 수용에 대한 다양한 관점

🔗 EBS 연결 고리
비연계

해제 이 글은 아편 전쟁과 청일 전쟁을 겪으면서 서양의 과학과 기술이 화두로 떠올랐던 중국에서 20세기 초 진정한 근대를 이루기 위해 과학 정신을 어떻게 수용할 것인지에 대해 논의했던 옌푸, 천두슈, 장쥔마이라는 세 사상가의 견해를 설명하고 있다. 옌푸는 국가 간 경쟁에서 승리하기 위해 과학 정신을 전제로 한 정신적 자질이 뒷받침되어야 한다고 보았다. 천두슈는 과학을 습득하여 전통 학문의 폐단에서 벗어나야 한다는 옌푸의 견해를 이어받아 전통문화에 대한 부정·비판을 시도하며 사상이나 철학에서도 과학의 연구 방법을 이용해야 한다고 보았다. 한편 장쥔마이는 통제되지 않은 과학이 불러온 역작용을 직접 본 뒤 서양 근대 문명을 비판하였고, 과학적 방법과 인생관을 별개로 보는 태도를 제시하며 중국 전통 가치관의 수호를 내세웠다.

주제 20세기 초 중국의 서양 과학 및 기술 수용에 대한 관점의 변화

짜임

1문단	아편 전쟁 이후 중국의 서양 과학 및 기술 수용의 흐름
2문단	과학 정신을 전제로 한 옌푸의 관점
3문단	신문화 운동을 주도한 천두슈의 과학만능주의적 관점
4문단	중국 전통 가치관 수호를 내세운 장쥔마이의 과학 수용 관점

1문단 중국이 서양의 과학과 기술에 전면적인 관심을 기울인 때는 아편
전쟁 이후였다. 전쟁 패배에 따른 위기감은 반세기에 걸쳐 근대화의 추진
과 함께 의욕적인 기술 수용으로 이어졌지만, 청일 전쟁의 패배는 기술 수
[01-③] 과학 정신을 사회 전체에 이식하려는 시도가 나타난 배경
용만으로는 부족하다는 인식을 낳았다. 이에 따라 20세기 초반 진정한 근
대를 이루기 위해 기술 배후에서 작용하는 과학 정신을 사회 전체에 이식
하려는 시도가 구체화되었다.

2문단 옌푸는 국가 간에 벌어지는 약육강식의 경쟁을 부각하고, 경쟁에
[05-④] 옌푸의 견해 - 경쟁에서 승리하기 위한 조건(기술, 정신적 자질)
서 승리하려면 기술뿐 아니라 국민의 정신적 자질이 뒷받침되어야 한다고
보았다. 정신적 자질 중 과학적 사유 능력이 가장 중요하다고 파악한 그에
게 과학 정신이 전제되지 않은 정치적 변혁은 뿌리내릴 수 없는 것이었다.
　[01-④] 옌푸의 견해 - 과학 정신과 정치적 변혁의 관계
그는 인과 실증의 방법에 근거한 근대 학문 전체를 과학이라 파악하고, 과
학을 습득하여 전통 학문의 폐단에서 벗어나야 한다고 주장했다. 그의 입
[03-②] 천두슈에게 이어진 옌푸의 견해 - 전통 학문 부정, 과학 습득 주장
장은 1910년대 후반 신문화 운동을 주도한 천두슈에게 이어졌다.

3문단 천두슈를 비롯한 신문화 운동의 지식인들은 ⓒ과학의 근거 위에
　　　　[03-④] 천두슈의 견해 - 과학 정신 도입으로 국가 위기 극복 가능
서만 민주 정치의 실현이 가능하다고 주장했다. 중국이 달성해야 할 신문
화는 과학 및 과학의 방법에 근거한 문화라 보고, 신문화를 이루기 위해
[03-①, ⑤] [04-①, ②] 천두슈의 견해 - 전통 사상과 과학 및 과학 정신의 관계
전통문화 전반에 대해 철저한 부정과 비판을 시도했다. 사상이나 철학이
과학의 방법을 이용하지 않으면 공상(空想)에 ⓐ그칠 뿐이라고 주장한 천
[03-②, ③, ⑤] [04-②, ③, ⑤] 천두슈의 견해 - 사회, 인간의 삶에 대한 연구도 과학의 연구 방법을 이용해야 함.
두슈는 사회와 인간의 삶에 대한 연구도 과학의 연구 방법을 이용해야 한
다고 보았다. 그는 제1차 세계 대전의 비극은 과학을 이용해 저지른 죄악
[03-③] [04-④] 천두슈의 견해 - 과학적 방법을 부정할 수 없음.
의 결과일 뿐 과학 자체의 죄악이 아니라고 주장하며 과학에 대한 자신의
생각을 지속했다.

4문단 한편, 제1차 세계 대전 이후 유럽을 시찰했던 장쥔마이는 통제되
　　　　　[01-⑤] [03-④, ⑤] [05-⑤] 장쥔마이의 견해 - 과학적 방법의 한계
지 않은 과학이 불러온 역작용을 목도한 후, 과학이 어떻게 발달하든 그것
이 인생관의 문제를 해결할 수는 없다며 서양 근대 문명을 비판했다. 근대
과학 문명에서 초래된 사상적 위기가 주체의 책임 부재에서 비롯된 것이
라는 주장에 동의했던 그는 과학적 방법을 부정하지 않았지만, 인생관의
　　　　　　　[03-③] 장쥔마이의 견해 - 과학적 방법을 부정할 수 없음.
문제에는 과학적 방법이 적용될 수 없다고 지적했다. 그는 인생관을 과학
과 별개로 파악했고, 과학만능주의에 기초한 신문화 운동에 의해 부정된
[01-⑤] [03-①, ②] 중국 전통 가치관의 수호를 내세운 장쥔마이의 견해 - 전통 사상과 과학의 관계
중국 전통 가치관의 수호를 내세웠다.

는 주장이 제기되었다.

| (나) 2문단 "정신적 자질 중 과학적 사유 능력이 가장 중요하다고 파악한 그(옌푸)
에게 과학 정신이 전제되지 않은 정치적 변혁은 뿌리내릴 수 없는 것이었다.(과
학 정신이 전제된 뒤에 정치적 변혁이 뿌리내릴 수 있음.)"

| 뭔말?
· (나)의 옌푸: 정치적 변혁이 뿌리내리려면 과학 정신이 전제되어야 함.
· 전제: '어떠한 사물이나 현상을 이루기 위하여 먼저 내세우는 것'을 의미함.
　　　　　　　　　　　　　　　→ ④는 '선행 조건 – 결과'를 반대로 서술하고 있음.

😖 오답 땡!

① (가): 서양 과학과 기술의 국내 유입을 반대하는 주장이 개항 이후에도 이
어졌다.　└→ 척사파의 주장

| (가) 1문단 "서양의 과학과 기술, 천주교의 수용을 반대했던 이항로를 비롯한 척
사파의 주장은 개항 이후에도 지속되었지만"

② (가): 유학을 혁신하여 철학으로 재구성하는 것이 필요하다는 견해가 을
사늑약 이후에 제기되었다.　└→ 박은식의 견해

| (가) 4문단 "을사늑약 이후, ~ 그(박은식)의 기본 전략은 문명의 물질적 측면인 과
학은 서양으로부터 수용하되, 문명의 정신적 측면인 철학은 유학을 혁신하여
재구성하는 것이었다."

③ (나): 진정한 근대를 이루려면 기술 수용의 차원을 넘어서야 한다는 인식
이 등장하였다.　└→ 청일 전쟁 이후 형성된 인식

| (나) 1문단 "청일 전쟁의 패배는 기술 수용만으로는 부족하다는 인식을 낳았다.
이에 따라 20세기 초반 진정한 근대를 이루기 위해 기술 배후에서 작용하는 과
학 정신을 사회 전체에 이식하려는 시도가 구체화되었다."

⑤ (나): 근대 과학 문명에 대한 비판적 인식을 바탕으로 전통 가치관에 주목
하는 견해가 제시되었다.　└→ 장쥔마이의 견해

| (나) 4문단 "장쥔마이는 통제되지 않은 과학이 불러온 역작용을 목도한 후 ~ 서
양 근대 문명을 비판했다. ~ 그는 과학적 방법을 부정하지 않았지만, 인생관의
문제에는 과학적 방법이 적용될 수 없다고 지적했다. 그는 인생관을 과학과 별
개로 파악했고, 과학만능주의에 기초한 신문화 운동에 의해 부정된 중국 전통
가치관의 수호를 내세웠다."

| 뭔말?
· 장쥔마이는 서양 근대 문명을 비판하면서, 중국 전통 가치관을 수호하는 견해를
제시함.

01　세부 정보의 파악　　　　　　　　　　　　　답 ④

선지별 선택 비율	①	②	③	④	⑤
화작	11%	5%	7%	65%	12%
언매	7%	3%	3%	79%	8%

윗글에 대한 이해로 적절하지 <u>않은</u> 것은?

😊 정답 띵! 동!

④ (나): 과학 정신이 ~~사회에 자리 잡으려면 정치적 변혁이 선행되어야 한다~~
　　　　　　　　└→ 전제된 뒤 정치적 변혁이 뿌리내릴 수 있다는

02　특정 개념의 의미 파악　　　　　　　　　　답 ⑤

선지별 선택 비율	①	②	③	④	⑤
화작	6%	18%	12%	9%	55%
언매	4%	13%	8%	5%	70%

<u>개화</u>에 대한 이해로 적절하지 <u>않은</u> 것은?

😊 정답 띵! 동!

⑤ ~~『대한매일신보』의 발간에 이르러서야~~ 국가의 주권과 결부한 개화 개념이
제기되었다.　└→ 『대한매일신보』 발간 전 『한성순보』에서도

| (가) 2문단 "(고종은) 『한성순보』를 발간했다. ~ 이 개념(『한성순보』의 개화 개념)에는 인민이 국가의 독립 주권의 소중함을 깨닫는 의식의 변화가 내포되었고,"
| (가) 3문단 "(유길준의 『서유견문』) 이후 간행된 『대한매일신보』 등의 개화 개념은 국가 구성원 전체를 실행 주체로 하여 근대 국가 주권을 향해 그들을 조직하고 동원하는 것을 의미했다."
| 뭔말?
· 『대한매일신보』 이전 『한성순보』에 이미 국가의 독립 주권과 결부한 개화 개념이 제기되었음.

🙁 오답 땡!

① 개항 이전의 개화 개념은 백성을 다스리는 통치자로서의 역할과 관련 있었다.

| (가) 1문단 "개화는 개항 이전에는 통치자의 통치 행위로서 변화하는 세상에 대한 지식 확장과 피통치자에 대한 교화를 의미했다."
| 뭔말?
· 개항 이전의 개화 개념은 '통치자의 통치 행위'를 전제로 하고 있음. → '변화하는 세상에 대한 지식 확장과 피통치자에 대한 교화'는 통치자의 역할에 해당함.

② 『한성순보』의 개화 개념은 서양 기술과 제도의 선별적 수용을 통한 국가 진보의 의미를 포함하였다.

| (가) 2문단 "이 신문(『한성순보』)의 개화 개념은 서양 기술과 제도의 도입을 통한 인지의 발달과 풍속의 진보를 뜻했다. 이 개념에는 ~ 통치자의 입장에서 수용 가능한 문명의 장점을 받아들여 국가의 진보를 달성한다는 의미도 담겼다."
| 뭔말?
· 『한성순보』의 개화 개념은 서양 기술과 제도를 도입하여 인지를 발달, 풍속을 진보시키는 것임.
· 이 개념에는 통치자 입장에서 수용 가능한 문명의 장점을 받아들인다는 의미가 있었음. 즉 통치자 입장에서 서양 기술과 제도를 선별적으로 수용하는 것임.

③ 『한성순보』와 개화당의 한 인사의 개화 개념은 통치권자인 왕을 개화의 실행 주체로 상정하였다.

| (가) 2문단 "임오군란 이후, 고종은 자강 정책을 추진하면서 반서양 정서의 교정을 위해 『한성순보』를 발간했다. ~ 이 개념(『한성순보』의 개화 개념)에는 ~ 통치자의 입장에서 수용 가능한 문명의 장점을 받아들여 국가의 진보를 달성한다는 의미도 담겼다."
| (가) 3문단 "개화당의 한 인사가 제시한 개화 개념은 성문화된 규정에 따른 대민 정치에서의 법적 처리 절차 실현 등 서양 근대 국가의 통치 방식으로의 변화를 내포하는 것이었다. 그는 개화 실행 주체를 여전히 왕으로 생각했고,"
| 뭔말?
· 『한성순보』: 통치자 입장에서 수용 가능한 문명의 장점을 받아들여 국가의 진보를 달성하고자 함. → 통치권자인 왕을 개화의 실행 주체로 상정
· 개화당의 한 인사: 개화의 실행 주체를 여전히 왕으로 상정

④ 개화의 실행 주체로 왕에게 역할을 부여하지 않은 갑신정변의 개화 개념은 통치권에 대한 도전으로 이해되었다.

| (가) 3문단 "개화 실행 주체로서 왕의 역할이 사라진 것은 갑신정변에서였다. 풍속의 진보와 통치 방식 변화라는 의미를 내포한 갑신정변의 개화 개념은 통치권에 대한 도전으로뿐 아니라 개인의 사욕을 위한 것으로 표상되었다."

03 관점의 파악

답 ③

선지별 선택 비율	①	②	③	④	⑤
화작	9%	8%	66%	8%	9%
언매	7%	4%	77%	6%	6%

(나)의 '천두슈'와 '장쥔마이'가 모두 동의할 수 있는 진술로 가장 적절한 것은?

😊 정답 띵!/동!

③ 과학을 이용하는 과정에서 문제가 발생했다고 해도 과학적 방법을 부정할 수 없다.

| (나) 3문단 "천두슈는 사회와 인간의 삶에 대한 연구도 과학의 연구 방법을 이용해야 한다고 보았다. 그는 제1차 세계 대전의 비극은 과학을 이용해 저지른 죄악의 결과일 뿐 과학 자체의 죄악이 아니라고 주장하며 과학에 대한 자신의 생각을 지속했다."
| (나) 4문단 "한편, 제1차 세계 대전 이후 유럽을 시찰했던 장쥔마이는 통제되지 않은 과학이 불러온 역작용을 목도한 후 ~ 근대 과학 문명에서 초래된 사상적 위기가 주체의 책임 부재에서 비롯된 것이라는 주장에 동의했던 그(장쥔마이)는 과학적 방법을 부정하지 않았지만, 인생관의 문제에는 과학적 방법이 적용될 수 없다고 지적했다."
| 뭔말?
· 천두슈: 과학을 이용하는 과정에서 문제가 생겼다고(제1차 세계 대전) 하더라도 이는 과학 자체의 죄악은 아니라고 봄. → 과학에 대한 생각 지속 = 과학적 방법을 부정할 수 없음.
· 장쥔마이: 과학을 이용하는 과정에서 문제가 생겼지만(제1차 세계 대전) 과학적 방법을 부정하지 않음.
| 결론! 천두슈와 장쥔마이 둘 모두 과학을 이용하는 과정에서 문제(제1차 세계 대전)가 발생했다고 보았지만, 과학적 방법을 부정하지 않음.

🙁 오답 땡!

① 전통 사상은 과학 및 과학 정신과 양립할 수 없는 관계에 놓여 있다.

→ 천두슈 O, 장쥔마이 X

| (나) 3문단 "(천두슈를 비롯한 신문화 운동의 지식인들은) 중국이 달성해야 할 신문화는 과학 및 과학의 방법에 근거한 문화라 보고, 신문화를 이루기 위해 전통문화 전반에 대해 철저한 부정과 비판을 시도했다."
| (나) 4문단 "그(장쥔마이)는 과학적 방법을 부정하지 않았지만, 인생관의 문제에는 과학적 방법이 적용될 수 없다고 지적했다. 그는 인생관을 과학과 별개로 파악했고, ~ 중국 전통 가치관의 수호를 내세웠다."
| 뭔말?
· 천두슈: 전통문화를 철저히 부정함. → 전통 사상과 과학 및 과학 정신을 양립할 수 없는 관계로 봄.
· 장쥔마이: 전통 사상과 관련된 인생관의 문제를 과학과 별개로 파악하며 중국 전통 가치관을 수호함. → 전통 사상과 과학 및 과학 정신을 양립할 수 있는 관계로 봄.

② 전통 사상의 폐단은 과학 정신이 뿌리내리지 못한 사회 체질에서 비롯된 것이다. → 천두슈 O, 장쥔마이 X

| (나) 2문단 "그(옌푸)는 인과 실증의 방법에 근거한 근대 학문 전체를 과학이라 파악하고, 과학을 습득하여 전통 학문의 폐단에서 벗어나야 한다고 주장했다. 그의 입장은 1910년대 후반 신문화 운동을 주도한 천두슈에게 이어졌다."
| (나) 4문단 "(장쥔마이는) 과학만능주의에 기초한 신문화 운동에 의해 부정된 중국

전통 가치관의 수호를 내세웠다."

| 뭔말?

· 천두슈: 천두슈는 옌푸의 입장을 이어받았으므로 전통 사상(학문)의 폐단이 과학 정신이 뿌리내리지 못한 사회 체질에서 비롯되었다는 데 동의할 것임.

· 장쥔마이: 장쥔마이는 중국 전통 가치관 수호를 내세웠으므로 전통 사상의 폐단이 과학 정신이 뿌리내리지 못한 사회 체질에서 비롯된 것이라는 데 동의하지 않을 것임.

④ 서양의 과학 정신을 전면적으로 도입하면 당면한 국가의 위기를 충분히 극복할 수 있다. → 천두슈 O, 장쥔마이 X

| (나) 3문단 "천두슈를 비롯한 신문화 운동의 지식인들은 과학의 근거 위에서만 민주 정치의 실현이 가능하다고 주장했다. 중국이 달성해야 할 신문화는 과학 및 과학의 방법에 근거한 문화라 보고,"

| (나) 4문단 "장쥔마이는 ~ 과학이 어떻게 발달하든 그것이 인생관의 문제를 해결할 수는 없다며 서양 근대 문명을 비판했다. ~ 과학만능주의에 기초한 신문화 운동에 의해 부정된 중국 전통 가치관의 수호를 내세웠다."

| 뭔말?

· 천두슈(과학만능주의): 과학의 근거 위에서 민주 정치의 실현이 가능함. 중국이 달성해야 할 신문화는 과학 및 과학 방법에 근거함. → 서양의 과학 정신을 도입하면 국가 위기를 극복할 수 있다는 데 동의할 것임.

· 장쥔마이: 과학이 인생관의 문제를 해결할 수 없다고 봄. → 서양의 과학 정신을 전면적으로 도입하자는 주장에 동의하지 않을 것임.

⑤ 국가의 위기는 과학적 방법으로 사상을 재구성할 필요가 있다는 인식이 부재한 데에서 비롯된 것이다. → 천두슈 O, 장쥔마이 X

| (나) 3문단 "중국이 달성해야 할 신문화는 과학 및 과학의 방법에 근거한 문화라 보고, ~ 사상이나 철학이 과학의 방법을 이용하지 않으면 공상에 그칠 뿐이라고 주장한 천두슈는 사회와 인간의 삶에 대한 연구도 과학의 연구 방법을 이용해야 한다고 보았다."

| (나) 4문단 "한편, 제1차 세계 대전 이후 유럽을 시찰했던 장쥔마이는 통제되지 않은 과학이 불러온 역작용을 목도한 후, 과학이 어떻게 발달하든 그것이 인생관의 문제를 해결할 수는 없다며 서양 근대 문명을 비판했다."

| 뭔말?

· 천두슈: 과학 및 과학의 방법으로 신문화를 이루어야 한다고 봄. → 국가 위기는 과학적 방법으로 사상을 재구성할 필요가 있다는 인식의 부재에서 비롯되었다는 데에 동의할 것임.

· 장쥔마이: 과학이 발달해도 인생관(사상)의 문제를 해결할 수 없다고 봄. → 국가 위기는 과학적 방법으로 사상을 재구성할 필요가 있다는 인식의 부재에서 비롯되었다는 데에 동의하지 않을 것임.

04 내용의 추론   답 ②

선지별 선택 비율	①	②	③	④	⑤
화작	7%	29%	33%	13%	18%
언매	5%	38%	30%	10%	17%

㉠과 ㉡에 대한 이해로 가장 적절한 것은?

😊 정답 띵!띵!

→ 대한 자강회의 인식

② ㉠은 주체 인식의 준거가 서양 근대 문명의 주체라는 인식에, ㉡은 철학이 과학의 방법에 근거할 수 없다는 생각에 반대하는 입장이다.

| (가) 4문단 "이들(대한 자강회의 주요 인사들)은 서양 근대 문명의 주체를 주체 인식의 준거로 삼았기 때문에 민족 주체성을 간과했다. 이러한 상황에서 박은식은 ㉠근대 국가 건설과 새로운 주체의 형성에 주목하여 문명에 대한 견해를 제시했다."

| (나) 3문단 "천두슈를 비롯한 신문화 운동의 지식인들은 ㉡과학의 근거 위에서만 민주 정치의 실현이 가능하다고 주장했다. ~ 사상이나 철학이 과학의 방법을 이용하지 않으면 공상에 그칠 뿐이라고 주장한 천두슈는 사회와 인간의 삶에 대한 연구도 과학의 연구 방법을 이용해야 한다고 보았다."

| 뭔말?

· ㉠: 대한 자강회의 주요 인사들은 서양 근대 문명의 주체를 주체 인식의 준거로 삼아 민족 주체성을 외면함. → 박은식은 새로운 주체 형성에 주목함. → 주체 인식의 준거가 서양 근대 문명의 주체라는 인식에 반대함.

· ㉡: 과학의 방법을 이용하지 않은 철학은 공상이며 사회와 인간 삶에 대한 연구도 과학의 연구 방법을 이용해야 함. → 철학이 과학의 방법에 근거할 수 없다는 생각에 반대함.

😖 오답 땡!

① ㉠은 인격의 수양을 동반하는 근대 주체의 정립에, ㉡은 ~~전통적 사유 방식에 기반을 둔~~ 신문화의 달성에 동의하는 입장이다.
        └→ 과학 및 과학의 방법에 근거한

| (가) 4문단 "박은식은 ㉠근대 국가 건설과 새로운 주체의 형성에 주목하여 문명에 대한 견해를 제시했다. ~ 그는 생존과 편리 증진을 위해 과학 연구가 시급하지만, 가치관 정립과 인격 수양을 위해 철학 또한 필수적이라고 보았다."

| (나) 3문단 "(천두슈는) 중국이 달성해야 할 신문화는 과학 및 과학의 방법에 근거한 문화라 보고, 신문화를 이루기 위해 전통문화 전반에 대해 철저한 부정과 비판을 시도했다."

| 뭔말?

· ㉠: 근대 주체의 형성에 주목함. + 인격 수양을 위해 철학 또한 필수적임. → 인격의 수양을 동반하는 근대 주체의 정립에 동의할 것임.

· ㉡: 전통문화 전반에 대해 철저하게 부정함. → 전통적 사유 방식에 기반을 둔 신문화의 달성에 동의하지 않을 것임.

③ ㉠은 생존과 편리 증진을 위한 과학 연구의 시급성을, ㉡은 과학의 방법에 영향 받지 않는 사상이나 철학을 ~~부인하는~~ 입장이다.
                                    └→ ㉠은 해당 X

| (가) 4문단 "그(박은식)는 생존과 편리 증진을 위해 과학 연구가 시급하지만, 가치관 정립과 인격 수양을 위해 철학 또한 필수적이라고 보았다."

| (나) 3문단 "사상이나 철학이 과학의 방법을 이용하지 않으면 공상에 그칠 뿐이라고 주장한 천두슈는 사회와 인간의 삶에 대한 연구도 과학의 연구 방법을 이용해야 한다고 보았다."

| 뭔말?

· ㉠: 생존과 편리 증진을 위해 과학 연구가 시급함. → 과학 연구의 시급성을 부인하지 않을 것임.

· ㉡: 사상이나 철학이 과학의 방법을 이용하지 않으면 공상에 그칠 뿐임. → 과학의 방법에 영향 받지 않는 사상이나 철학을 부인할 것임.

                      → 일본
④ ㉠은 앞서 근대 문명을 이룬 국가를 추종하는 태도를, ㉡은 전쟁의 폐해가 과학을 오용한 자들의 탓이라는 주장을 ~~비판하는~~ 입장이다.
                              └→ ㉡은 해당 X

| (가) 4문단 "대한 자강회의 주요 인사들은 서양 근대 문명을 수용하여 근대 국가를 건설하고자, 앞서 문명화를 이룬 일본의 지도를 받아야 한다고 보았다. ~ 이

러한 상황에서 박은식은 ⊙근대 국가 건설과 새로운 주체의 형성에 주목하여 문명에 대한 견해를 제시했다."

| (나) 3문단 "그(천두슈)는 제1차 세계 대전의 비극은 과학을 이용해 저지른 죄악의 결과일 뿐 과학 자체의 죄악이 아니라고 주장하며 과학에 대한 자신의 생각을 지속했다."

| 뭔말?

· ⊙: 서양 근대 문명을 수용해 근대 국가를 건설하고자 하여 민족 주체성을 간과한 대한 자강회의 주요 인사들 → 박은식은 새로운 주체 형성에 주목함. → 근대 문명을 이룬 국가를 추종하는 태도(= 대한 자강회의 태도)를 비판적으로 볼 것임.

· ⓒ: 전쟁의 폐해는 과학을 이용해 저지른 죄악의 결과임. → 전쟁의 폐해가 과학을 오용한 자들의 탓이라는 주장을 비판하지 않는 입장

⑤ ⊙은 과학과 철학이 문명의 두 축을 이루는 학문이라는 견해에, ⓒ은 철학보다 과학이 우위임을 ~~인정할 수 없다는~~ 견해에 동의하는 입장이다.
└→ 인정하는

| (가) 4문단 "그(박은식)의 기본 전략은 문명의 물질적 측면인 과학은 서양으로부터 수용하되, 문명의 정신적 측면인 철학은 유학을 혁신하여 재구성하는 것이었다."

| (나) 3문단 "사상이나 철학이 과학의 방법을 이용하지 않으면 공상에 그칠 뿐이라고 주장한 천두슈는 사회와 인간의 삶에 대한 연구도 과학의 연구 방법을 이용해야 한다고 보았다."

| 뭔말?

· ⊙: 문명의 물질적 측면으로 과학, 정신적 측면으로 철학을 설정함. → 과학과 철학이 문명의 두 축을 이루는 학문이라는 견해에 동의할 것임.

· ⓒ: 철학도 과학의 방법을 이용해야 함. → 과학이 철학보다 우위에 있다는 견해에 동의할 것임.

🧊 꿀피스 Tip!

▶ 이 문제의 포인트는 (가)에 제시된 박은식과, (나)에 제시된 천두슈의 견해를 바르게 판단할 수 있는가에 있어. (가)와 (나) 모두 화제에 대한 다양한 견해를 담고 있는 만큼 견해를 구분해서 이해하는 것이 관건이야.

▶ 학생들이 많이 헷갈린 오답 선지는 ③, ⑤인데, 먼저 ③을 보자. (가)의 4문단에서 박은식의 전략은 문명의 물질적 측면인 과학은 서양으로부터 수용하고, 문명의 정신적 측면인 철학은 유학을 혁신하여 재구성하는 것이라고 했어. 그러면서 박은식은 생존과 편리 증진을 위해 과학 연구가 시급하지만, 철학 또한 필수적이라고 보았다고 했지. 즉 ⊙은 생존과 편리 증진을 위한 과학 연구가 시급하다는 것을 '부인하지 않는' 입장이야. ③을 정답이라 생각했다면 '부인하는'을 놓쳤거나 박은식의 견해에 대한 판단을 잘못한 거지. 급하다고 해서 선지를 흘려 읽으면 안 되고, 끝까지 집중해서 읽어야 돼.

▶ ⑤를 정답으로 착각한 경우, ⓒ의 견해를 잘못 판단했을 가능성이 높아. (나)의 3문단에서 천두슈를 비롯한 신문화 운동의 지식인들은 과학의 근거 위에서만 민주 정치의 실현이 가능하며, 신문화는 과학 및 과학의 방법에 근거한 것이라고 봤다고 했어. 그리고 사상이나 철학, 사회와 인간의 삶에 대한 연구도 과학의 연구 방법을 이용해야 한다고 보았대. 그럼 ⓒ은 철학과 과학 중 무엇이 우위에 있다고 본 거야? 맞아, 과학이 우위에 있다고 본 거지. 그래서 ⓒ은 철학보다 과학이 우위임을 인정하는 견해에 동의하는 입장인 거야.

▶ 정답 선지 ②를 판단해 보자. (가)의 4문단에 따르면 박은식은 서양 근대 문명의 주체를 주체 인식의 준거로 삼아 민족 주체성을 간과(일본 추종)한 대한 자강회의 견해를 부정적으로 보았을 거야. 그럼 ⊙은 주체 인식의 준거를 서양 근대 문명의 주체라고 보는 인식, 즉 대한 자강회의 인식에 반대하겠지? 그리고 앞서 말했듯이 (나)의 3문단에서 천두슈를 비롯한 신문화 운동의 지식인들은 사상이나 철학, 사회와 인간의 삶에 대한 연구도 과학의 연구 방법을 이용해야 한다고 보았어. 그러면 ⓒ은 철학이 과학에 근거한다고 보므로, 철학이 과학의 방법에 근거할 수 없다는 생각에 반대하는 입장이겠지. 선지에서 ⊙과 ⓒ에 대한 서술을 쉼표로 연결하여 나열한 다음에 '동의, 반대, 부인, 비판' 여부를 판단하도록 하고 있어서 자칫하면 그 결과를 헷갈리기 쉬워. 이럴 땐 '동의, 반대, 부인, 비판' 같은 단어를 ⊙에 대한 서술 뒤에도 써 놓고 확실히 확인하는 것이 좋아!

05 구체적 사례에의 적용   답 ①

선지별 선택 비율	①	②	③	④	⑤
화작	20%	26%	16%	26%	12%
언매	28%	23%	15%	24%	10%

(가), (나)를 이해한 학생이 〈보기〉에 대해 보인 반응으로 적절하지 않은 것은?

[3점]

──── | 보기 | ────

A 마을은 가난했지만 전통문화와 공동체적 삶을 중시하며 이웃 마을들과 조화롭게 살아왔다. 오래전, 정부는 마을의 경제 발전을 목표로 서양의 생산 기술을 도입하는 정책을 시행했다. 마을 사람들은 정책의 필요성에 공감(서양의 기술 도입 찬성)하면서도 자신들이 발전을 이뤄 낼 수 있다는 확신이 부족했다. 이에 정부는 마을 사람들을 독려하기 위해 마을의 역량으로 달성할 수 있는 미래상을 지속해서 홍보했다. 이후 마을은 물질적 풍요를 누리게 되었지만 경제적 이권을 두고 이웃 마을들과 경쟁하며 갈등하게 되었다. 격화된 경쟁에서 A 마을은 새로운 기술의 수용만을 우선시했고, 과거에 중시되었던 협력과 나눔의 인생관(정신적 자질, 전통적 가치관)은 낡은 관념이 되었다. 젊은이들에게 전통문화는 서양 문화에 비해 열등한 것으로 여겨졌다.

😊 정답 띡! 동!

① (가)에서 『한성순보』를 간행한 취지는 서양에 대한 반감을 줄이는 데에 있다는 점에서, 〈보기〉에서 정부가 서양의 생산 기술 도입으로 변화하게 될 마을을 홍보한 취지와 ~~부합하겠군~~.
└→ 부합하지 않겠군

| 〈보기〉 "오래전, 정부는 마을의 경제 발전을 목표로 서양의 생산 기술을 도입하는 정책을 시행했다. 마을 사람들은 정책의 필요성에 공감하면서도 자신들이 발전을 이뤄 낼 수 있다는 확신이 부족했다. 이에 정부는 마을 사람들을 독려하기 위해 마을의 역량으로 달성할 수 있는 미래상을 지속해서 홍보했다."

| (가) 2문단 "임오군란 이후, 고종은 자강 정책을 추진하면서 반서양 정서의 교정을 위해 『한성순보』를 발간했다."

| 뭔말?

· 〈보기〉: 정부는 경제 발전을 목표로 서양의 생산 기술을 도입 → 정부는 확신이 부족한 마을 사람들을 독려하기 위해 마을의 미래상을 홍보함.

· (가): 고종은 반서양 정서(서양에 대한 반감)를 교정하기 위해 『한성순보』를 발간함.
| 결론! 〈보기〉에서 정부가 서양의 생산 기술 도입으로 변화하게 될 마을을 홍보한 취지(마을 사랑 독려)는 서양에 대한 반감을 줄이는 것과 부합하지 않음.

오답 땡!

② (가)에서 개화당의 한 인사의 개화 개념에 내포된 개화의 지향점은 통치 방식의 변화와 관련 있다는 점에서, 〈보기〉에서 정부가 서양의 생산 기술 을 도입하며 내세운 목표와 다르겠군. ↳ 경제 발전

| 〈보기〉 "오래전, 정부는 마을의 경제 발전을 목표로 서양의 생산 기술을 도입하는 정책을 시행했다."
| 〈가〉 3문단 "개화당의 한 인사가 제시한 개화 개념은 성문화된 규정에 따른 대민 정치에서의 법적 처리 절차 실현 등 서양 근대 국가의 통치 방식으로의 변화를 내포하는 것이었다."
| 뭔말?
· 〈보기〉: 정부는 마을의 경제 발전을 목표로 서양의 생산 기술을 도입
· 〈가〉: 개화당의 한 인사가 제시한 개화 개념은 서양 근대 국가의 통치 방식으로의 변화(개화의 지향점)를 내포함.
| 결론! 〈가〉의 개화 개념에 내포된 지향점과 〈보기〉에서 내세운 목표는 다름.

③ (가)에서 박은식은 과학과 구별되는 철학의 중요성을 강조했으므로, 〈보기〉에서 젊은이들의 자문화에 대한 인식 변화는 가치관 정립을 위한 철학이 부재했기 때문이라고 보겠군.

| 〈보기〉 "격화된 경쟁에서 A 마을은 새로운 기술의 수용만을 우선시했고, 과거에 중시되었던 협력과 나눔의 인생관은 낡은 관념이 되었다. 젊은이들에게 전통문화는 서양 문화에 비해 열등한 것으로 여겨졌다."
| 〈가〉 4문단 "그(박은식)의 기본 전략은 문명의 물질적 측면인 과학은 서양으로부터 수용하되, 문명의 정신적 측면인 철학은 유학을 혁신하여 재구성하는 것이었다. 그는 생존과 편리 증진을 위해 과학 연구가 시급하지만, 가치관 정립과 인격 수양을 위해 철학 또한 필수적이라고 보았다."
| 뭔말?
· 〈보기〉: A 마을에서 과거에 중시했던 협력과 나눔의 인생관(전통적 가치관)은 낡은 관념이 됨. → 젊은이들은 전통문화를 서양 문화에 비해 열등한 것으로 여김(자문화에 대한 인식 변화).
· 〈가〉: 박은식은 문명의 정신적 측면인 철학은 전통적 사상인 유학을 혁신하여 재구성해야 하며, 이러한 철학으로 가치관의 정립을 이루어야 한다고 보았음.
| 결론! 박은식은 〈보기〉의 A 마을의 젊은이들이 자문화를 열등한 것으로 여기게 된 이유가 가치관 정립을 위한 철학이 부재하기 때문이라고 볼 것임.

④ (나)에서 옌푸는 경쟁에서 승리하기 위한 조건으로 기술과 정신적 자질을 강조했으므로, 〈보기〉에서 마을이 기술의 수용만을 중시하면 마을 간 경쟁에서 승리할 수 없다고 보겠군.

| 〈보기〉 "이후 마을은 물질적 풍요를 누리게 되었지만 경제적 이권을 두고 이웃 마을들과 경쟁하며 갈등하게 되었다. 격화된 경쟁에서 A 마을은 새로운 기술의 수용만을 우선시했고, 과거에 중시되었던 협력과 나눔의 인생관은 낡은 관념이 되었다."
| 〈나〉 2문단 "옌푸는 국가 간에 벌어지는 약육강식의 경쟁을 부각하고, 경쟁에서 승리하려면 기술(조건 1)뿐 아니라 국민의 정신적 자질(조건 2)이 뒷받침되어야 한다고 보았다."
| 뭔말?
· 〈보기〉: A 마을은 이웃 마을들과 경쟁하면서 새로운 기술 수용만 우선시하게 됨.

· (나): 옌푸는 경쟁의 승리 조건으로 기술과 국민의 정신적 자질을 들었음.
| 결론! 옌푸는 A 마을이 정신적 자질의 뒷받침 없이 기술 수용만 중시하면, 경쟁에서 승리하기 어렵다고 볼 것임.

⑤ (나)에서 장쥔마이는 과학적 방법의 한계를 지적했으므로, 〈보기〉에서 마을이 과거에 중시했던 인생관이 더 이상 유효하지 않게 된 문제는 과학적 방법으로 해결할 수 없다고 보겠군.

| 〈보기〉 "격화된 경쟁에서 A 마을은 새로운 기술의 수용만을 우선시했고, 과거에 중시되었던 협력과 나눔의 인생관은 낡은 관념이 되었다."
| 〈나〉 4문단 "(장쥔마이는) 과학이 어떻게 발달하든 그것이 인생관의 문제를 해결할 수는 없다며 서양 근대 문명을 비판했다. ~ 그는 과학적 방법을 부정하지 않았지만, 인생관의 문제에는 과학적 방법이 적용될 수 없다고 지적했다."
| 뭔말?
· 〈보기〉: A 마을이 과거에 중시했던 협력과 나눔의 인생관은 낡은 관념이 됨(유효하지 않게 됨).
· 〈나〉: 장쥔마이에 따르면 과학, 과학적 방법은 인생관의 문제에 적용될 수 없음.
| 결론! 과학적 방법의 한계를 지적한 장쥔마이는 A 마을의 문제(인생관의 문제)는 과학적 방법으로 해결될 수 없다고 볼 것임.

꿀피스 Tip!

▶ 이 문제의 포인트는 (가), (나)에 제시된 여러 관점을 바탕으로 〈보기〉에 제시된 구체적인 상황을 파악할 수 있는가에 있지.

▶ 학생들이 많이 헷갈린 선지는 ②, ④인데, 먼저 ④를 보자. 이걸 고른 경우 '경쟁에서 승리하려면 기술뿐 아니라 국민의 정신적 자질이 뒷받침' 이 '경쟁에서 승리하기 위한 조건'임을 판단하지 못했을 가능성이 커. '-면'은 어떤 사실을 가정할 때 외에 어떤 일에 대한 조건을 말할 때에도 쓴다는 점을 기억해 두자. (나)의 2문단에서 옌푸는 경쟁에서 승리하려면 기술뿐 아니라 정신적 자질이 뒷받침되어야 한다고 했으므로 옌푸가 경쟁 승리 조건으로 기술과 정신적 자질을 강조했다는 것은 맞아. 그런 옌푸의 입장에서는 〈보기〉의 마을이 기술 수용만 중시하고 정신적 자질을 도외시하면 마을 간 경쟁에서 승리할 수 없다고 보겠지. 따라서 ④는 적절한 설명이야.

▶ 그다음으로 ②를 보자. (가)의 3문단에서 개화당의 한 인사가 제시한 개화 개념은 서양 근대 국가의 통치 방식으로의 변화, 즉 정치적 변화를 내포한다고 했어. 〈보기〉에서 정부는 A 마을에 서양 기술을 도입하며 마을의 경제를 발전시키는 것을 목표로 내세웠지. 그럼 (가)에서 말한 통치 방식의 변화와 관련된 개화의 지향점은 〈보기〉에서 정부가 내세운 경제 발전이라는 목표와 다르므로 ②는 적절했어. ②와 ④는 지문 내용, 〈보기〉 내용을 조합해서 적절하다는 것을 판단할 수 있는 선지인데 왜 많은 학생들이 적절하지 않은 것으로 골랐을까?

▶ 〈보기〉를 읽고 선지를 고를 때 적절성을 날카롭게 판단하지 않고 단순하게 훑어보기만 했다면, 아마 처음에는 적절하지 않은 선지를 찾을 수가 없어서 당황했을 거야. 그 뒤 멘붕에 빠지는 거지. 처음 훑어본 대로 선지를 다시 읽어도 정답 선지가 쉽게 눈에 보이지 않거든. 많은 학생들이 ②, ④를 고른 것은 처음에 ①이 적절하지 않은 이유를 찾지 못해서일 가능성이 높아.

▶ 정답 선지인 ①을 보자. (가)의 2문단에서 『한성순보』는 반서양 정서의 교정을 위해 발간했다고 했으므로, 간행 취지가 서양에 대한 반감을 줄이는 데에 있다는 것은 맞아. 한편 〈보기〉에서 정부는 자신들이 발전을 이루어 낼 수 있을지 확신이 부족했던 A 마을 사람들을 독려하기 위해 마을의 역량으로 달성할 수 있는 미래상을 홍보해서 서양의 생산 기술을 도입하게 했다고 볼 수 있지. 그럼 생각해 보자. A 마을 사람들이 서양 기술을 도입하는 것에 대해 반감을 가지고 있던 걸까? 아니야. A 마을 사람들은 정책의 필요성에 공감하면서도 확신이 부족했던 것뿐이야. 그러므로 (가)에서 『한성순보』를 발간한 취지(반서양 정서의 교정을 위함.)와 〈보기〉에서 정부가 서양 생산 기술 도입으로 변화하게 될 마을을 홍보한 취지(마을 사람들에게 확신을 주기 위함.)는 다르지. 따라서 ①이 정답인 거야. 선지의 정오를 판단할 때 훑어보는 습관을 들이면 이처럼 정답 선지를 놓칠 수 있으니까 신중하게 판단하는 태도를 갖추자.

06 어휘의 의미 파악 · 답 ②

선지별 선택 비율	①	②	③	④	⑤
화작	2%	81%	1%	3%	12%
언매	1%	91%	1%	2%	5%

ⓐ와 문맥상 의미가 가장 가까운 것은?

😊 정답 띵!동!

② 우리 학교는 이번에 16강에 <u>그쳤다</u>.

| ⓐ와 ②의 '그치다' '더 이상의 진전이 없이 어떤 상태에 머무르다.'의 의미

😟 오답 땡!

① 다행히 비는 그사이에 <u>그쳐</u> 있었다.

| '계속되던 일이나 움직임이 멈추거나 끝나다. 또는 그렇게 하다.'의 의미

③ 아이 울음이 좀처럼 <u>그치지</u> 않았다.

| '계속되던 일이나 움직임이 멈추거나 끝나다. 또는 그렇게 하다.'의 의미

④ 그는 만류에도 말을 <u>그치지</u> 않았다.

| '계속되던 일이나 움직임이 멈추거나 끝나다. 또는 그렇게 하다.'의 의미

⑤ 저 사람들은 불평이 <u>그칠</u> 날이 없다.

| '계속되던 일이나 움직임이 멈추거나 끝나다. 또는 그렇게 하다.'의 의미

주제 통합 02
2025학년도 9월 평가원

01 ①	02 ③	03 ⑤
04 ①	05 ⑤	06 ①

(가) 바쟁의 영화 이론

🔗 **EBS 연결 고리**
2025학년도 EBS 수능완성 240쪽 〈영화에서 몽타주 사용에 대한 상반된 입장〉에서 '에이젠시테인의 영화 기법과 몽타주, 몽타주의 문제점을 인식한 바쟁의 영화 기법' 관련 내용 연계

해제 이 글은 리얼리즘 영화 이론가 앙드레 바쟁의 영화 이론을 설명하고 있다. 바쟁은 영화 감독을 '이미지를 믿는 감독'과 '현실을 믿는 감독'으로 분류했는데, '이미지를 믿는 감독'이 다양한 영화적 기법으로 현실을 변형하여 새로운 의미를 창조하는 데 주력하고, '현실을 믿는 감독'이 변형되지 않은 현실을 객관적으로 보여 주고자 한다고 보았다. 그는 '현실을 믿는 감독'을 지지했으며, 그들이 사용했던 디프 포커스나 롱 테이크 기법과 다큐멘터리처럼 강한 현실감을 만들어 내는 연출 방식, 열린 결말 등이 현실을 있는 그대로 드러낸다며 찬사를 보냈다.

주제 현실을 있는 그대로 드러내야 한다고 본 바쟁의 영화 이론

짜임

1문단	영화를 '세상을 향해 열린 창'으로 보는 바쟁의 영화 이론
2문단	'이미지를 믿는 감독'에 대한 바쟁의 견해
3문단	'현실을 믿는 감독'을 지지하는 바쟁의 견해
4문단	연출 방식과 결말 방식에 대한 바쟁의 견해

1문단 리얼리즘 영화 이론가 앙드레 바쟁에 따르면 영화는 '세상을 향해
[01-①] 영화에 대한 비유
열린 창'이다. 창을 통해 세상을 인식하는 것처럼, 관객은 영화를 통해 현
[03-⑤] 바쟁의 관점에서 영화의 효용
실을 객관적으로 인식할 수 있다. 영화가 담아내고자 하는 현실은 물리적
[04-②] [05-②] 바쟁의 관점에서 영화가 담아내고자 하는 현실
시 · 공간이 분할되지 않는 하나의 총체로, 그 의미가 미리 정해지지 않은
미결정의 상태이다. 바쟁은 영화가 현실의 물리적 연속성과 미결정성을 있
는 그대로 드러내야 한다고 생각했다.

2문단 바쟁은 영화감독을 '이미지를 믿는 감독'과 '현실을 믿는 감독'으
로 분류했다. 영화의 형식을 중시한 '이미지를 믿는 감독'은 다양한 영화
[03-③, ④] 바쟁이 분류한 감독의 유형 ① - '이미지를 믿는 감독'의 특징
적 기법으로 현실을 변형하여 ⓐ새로운 의미를 창조하는 데 주력한다. 몽
타주의 대가인 예이젠시테인이 대표적이다. 몽타주는 추상적이거나 상징
[02-①] 몽타주 기법의 특징과 효과 ①
적인 이미지를 통해 관객이 익숙한 대상을 낯설게 받아들이게 한다. 또한
짧은 숏들을 불규칙적으로 편집해서 영화가 재현한 공간이 불연속적으로
[02-②] [04-③] 몽타주 기법의 특징과 효과 ②
연결된 듯한 느낌을 만들어 낸다. 바쟁은 몽타주가 현실의 연속성을 ⓑ깨
뜨릴 뿐만 아니라 감독의 의도에 따라 관객이 현실을 하나의 의미로만 해
[03-⑤] 감독의 연출 방식이 관객의 이해도에 미치는 영향 ①
석하게 할 우려가 있는 연출 방식이라고 생각했다.

3문단 바쟁은 '현실을 믿는 감독'을 지지했다. 이들은 '이미지를 믿는 감
[01-②] [03-③, ④, ⑤] 바쟁이 분류한 감독의 유형 ② - '현실을 믿는 감독'의 특징
독'과 달리 영화의 내용, 즉 현실을 더 중요하게 생각하기에 변형되지 않
은 현실을 객관적으로 보여 주고자 한다. 디프 포커스와 롱 테이크는 이
[03-⑤] 감독의 연출 방식이 관객의 이해도에 미치는 영향 ②
를 가능하게 해 주는 영화적 기법이다. 디프 포커스는 근경에서 원경까지
[02-③] 디프 포커스 기법의 특징

숏 전체를 선명하게 초점을 맞춰 촬영하는 기법으로, 원근감이 느껴지도록 공간감을 표현할 수 있다. 롱 테이크는 하나의 숏이 1~2분 이상 끊김 [02-④] 롱 테이크 기법의 특징과 효과
없이 길게 진행되도록 촬영하는 기법이다. 영화 속 사건이 지속되는 시간과 관객의 영화 체험 시간이 일치하여 현실을 ⓒ마주하는 듯한 효과를 낳는다. 바쟁에 따르면, 디프 포커스와 롱 테이크를 혼용하여 연출한 장면은 관객이 그 장면에 담긴 인물이나 사물을 자율적으로 선택하여 응시하면서 [02-⑤] 디프 포커스와 롱 테이크를 혼용한 연출의 효과
화면 속 공간 전체와 사건의 전개를 지켜볼 수 있게 해 준다.

4문단 바쟁은 현실의 공간에서 자연광을 이용해 촬영하거나, 연기 경험이 [03-⑤] [05-3] 바쟁은 강한 현실감을 만들어 내는 연출 방식을 긍정함.
없는 일반인을 배우로 ⓓ쓰는 등 다큐멘터리처럼 강한 현실감을 만들어 내는 연출 방식에 찬사를 보냈다. 또한 정교하게 구조화된 서사를 통해 의미를 명확하게 제시하는 영화보다는 열린 결말을 통해 의미를 확정적으로 제 [03-①, ②] [05-①, ②] 바쟁은 정교하게 구조화된 서사의 영화가 아닌 열린 결말의 영화 선호
시하지 않는 영화를 선호했다. 이러한 영화가 미결정 상태의 현실을 있는 그대로 드러낸다고 생각했기 때문이다.

(나) 정신분석학적 영화 이론

> **EBS 연결 고리**
> 비연계

해제 이 글은 관객이 영화에서 느끼는 현실감이 환영이라고 보는 정신분석학적 영화 이론을 설명하고 있다. 이 이론에서는 영화 장치로 인해 발생하는 동일시 현상을 통해 영화가 보여 주는 허구적 세계와 현실 사이의 간극이 없어지므로 영화를 일종의 몽상이라고 본다. 관객의 시점이 카메라의 시점과 동일시되며 관객은 촬영과 편집을 통해 선택과 배제가 이루어진 인위적인 세계를 보게 된다는 것이다. 또한 영화관의 환경도 관객이 스크린에 비친 허구적 세계를 현실로 착각하게 만든다. 정신분석학적 영화 이론에서는 영화가 은폐하고 있는 특정 이념을 관객이 의심 없이 자신의 것으로 받아들일 위험이 있다고 보기 때문에, 관객이 비판적 거리를 유지할 수 있도록 영화가 환영임을 영화 스스로 폭로하는 설정이 담겨 있는 대안적인 영화가 필요하다고 본다.

주제 영화의 현실감이 환영이라고 보는 정신분석학적 영화 이론

짜임

1문단	영화는 관객과 영화 사이의 동일시 현상에 의해 발생한 환영이라고 보는 정신분석학적 영화 이론
2문단	영화는 카메라, 촬영과 편집을 통해 선택과 배제가 이루어진 인위적 세계라고 보는 정신분석학적 영화 이론
3문단	영화가 환영임을 폭로하는 설정이 담긴 대안적인 영화가 필요하다고 보는 정신분석학적 영화 이론

1문단 정신분석학적 영화 이론 에 따르면 ㉠관객이 영화에서 느끼는 현실감은 상상적인 것이며 환영이다. 영화와 관객의 심리 사이의 관계를 다루는 정신분석학적 영화 이론은 영화와 관객 사이에 발생하는 동일시 현 [04-①] 관객이 영화에서 느끼는 현실감이 상상적인 것이고 환영인 이유
상에 주목한다. 이런 동일시 현상은 영화 장치로 인해 발생한다. 이때 영화 장치는 카메라, 영화의 서사, 영화관의 환경 등을 아우르는 개념이다.

가장 대표적인 동일시 현상은 관객이 영화의 등장인물에 자신을 일치시키는 것이다. 이런 동일시는 극영화뿐 아니라 다큐멘터리 영화에서도 발생한다. 그런데 관객이 보고 있는 인물과 사물은 영화가 상영되는 그 시간과 장소에는 존재하지 않는다. 그 인물과 사물의 부재를 채우는 역할은 관객의 몫이다. 관객은 상상적 작업을 통해, 영화가 보여 주는 세계의 중심에 [05-⑤] 관객이 영화에서 감동이나 쾌감을 느끼는 이유
자신을 위치시킴으로써, 허구적 세계와 현실 사이의 간극을 ⓔ없앤다. 따라서 정신분석학적 영화 이론에서 영화는 일종의 몽상이다.

2문단 정신분석학적 영화 이론에 따르면 관객의 시점은 카메라의 시점과 동일시된다. 관객은 카메라에 의해 기록된 것만을 볼 수 있다. 따라서 관객은 자신이 영화를 보는 시선의 주체라고 생각하지만 그 시선은 카메라에 의해 이미 규정된 시선이다. 또한 영화는 촬영과 편집 과정에서 특정한 의도에 따라 선택과 배제가 이루어지지만, 관객은 제작 과정에서 무엇 [04-⑤] 동일시 현상을 발생시키는 영화 장치 - 영화의 서사
이 배제되었는지 알 수 없다. 관객은 자신이 현실 세계를 보고 있다고 믿지만, 사실은 인위적으로 만들어진 세계를 보고 있다는 것이 정신분석학적 영화 이론가들의 주장이다.

3문단 영화관의 환경은 관객이 영화가 환영임을 인식하기 어렵게 만든 [01-⑤] 영화관 환경이 관객에게 주는 영향
다. 영화에 몰입한 관객은 플라톤이 말한 '동굴의 비유' 속 죄수처럼 스크린에 비친 허구적 세계를 현실이라고 착각한다. 이때 영화는 꿈에 빗대진 [01-①] 영화에 대한 비유
다. 정신분석학적 영화 이론은 영화가 은폐하고 있는 특정한 이념을 관객 [04-④] 관객이 영화에서 현실감을 느낀 결과
이 의심하지 않고 자신의 것으로 받아들일 위험이 있다고 경고한다. 이는 관객이 비판적 거리를 유지하면서 영화를 볼 수 있도록, 영화가 환영임을 [05-④] 정신분석학적 영화 이론에 따른 대안적인 영화의 필요성
영화 스스로 폭로하는 설정이 담겨 있는 대안적인 영화가 필요하다는 주장으로 이어진다.

---

01 세부 정보의 파악 답 ①

선지별 선택 비율	①	②	③	④	⑤
화작	56%	9%	24%	4%	5%
언매	74%	5%	14%	2%	2%

(가)와 (나)에서 모두 답을 찾을 수 있는 질문으로 가장 적절한 것은?

😊 **정답 띵! 동!**

① 영화는 무엇에 비유될 수 있는가?

┃ (가) 1문단 "리얼리즘 영화 이론가 앙드레 바쟁에 따르면 영화는 '세상을 향해 열린 창'(영화에 대한 비유)이다."

┃ (나) 3문단 "영화에 몰입한 관객은 플라톤이 말한 '동굴의 비유' 속 죄수처럼 스크린에 비친 허구적 세계를 현실이라고 착각한다. 이때 영화는 꿈(영화에 대한 비유)에 빗대진다."

┃ 뭔말?

· (가): 영화(원관념)는 '세상을 향한 열린 창(보조 관념)'에 비유될 수 있다.

· (나): 영화(원관념)는 꿈(보조 관념)에 비유될 수 있다.

② 영화의 내용과 형식 중 무엇이 중요한가?
　　└→ (가) 제시 O (나) 제시 X

| (가) 3문단 "바쟁은 '현실을 믿는 감독'을 지지했다. 이들은 '이미지를 믿는 감독'과 달리 영화의 내용, 즉 현실을 더 중요하게 생각하기에 변형되지 않은 현실을 객관적으로 보여 주고자 한다."

③ 영화에 관객의 심리는 어떻게 반영되는가?
　　└→ (가), (나) 모두 제시 X

| (가) 1문단 "창을 통해 세상을 인식하는 것처럼, 관객은 영화를 통해 현실을 객관적으로 인식할 수 있다." → 관객이 영화를 통해 무엇을 인식하는지에 대해 제시
| (나) 1문단 "관객이 영화에서 느끼는 현실감은 상상적인 것이며 환영이다. ~ 가장 대표적인 동일시 현상은 관객이 영화의 등장인물에 자신을 일치시키는 것이다." → 관객이 영화에서 무엇을 느끼는지에 대해 제시
| 뭔말?
· (가), (나): 관객이 영화에서 무엇을 인식하고 느끼는지에 관해서는 제시했으나, 관객의 심리가 영화에 어떻게 반영되는지는 제시하지 않음.

④ 영화 이론의 시기별 변천 양상은 어떠한가?
　　└→ (가), (나) 모두 제시 X

| (가) 1문단 "리얼리즘 영화 이론가 앙드레 바쟁"
| (나) 1문단 "정신분석학적 영화 이론"
| 뭔말?
· (가), (나): 바쟁의 영화 이론과 정신분석학적 영화 이론이 각각 제시되어 있으나, 그 이론이 시기별로 어떻게 변했는지는 제시하지 않음.

⑤ 영화관 환경은 관객에게 어떤 영향을 주는가?
　　└→ (가) 제시 X (나) 제시 O

| (나) 3문단 "영화관의 환경은 관객이 영화가 환영임을 인식하기 어렵게 만든다."

02 구체적 사례에의 적용　　　　답 ③

선지별 선택 비율	①	②	③	④	⑤
화작	4%	8%	78%	4%	4%
언매	2%	4%	89%	1%	2%

(가)를 바탕으로 할 때, 영화적 기법의 효과에 대한 이해로 적절하지 않은 것은?

③ 디프 포커스를 활용하여 주인공과 주인공 뒤로 펼쳐진 배경을 하나의 숏으로 촬영한 장면에서, 관객은 배경이 ~~흐릿하게~~ 인물은 선명하게 보이는 느낌을 받을 수 있다.
　　　　　　　　　　　　　　　└→ 선명하게

| (가) 3문단 "디프 포커스는 근경에서 원경까지 숏 전체를 선명하게 초점을 맞춰 촬영하는 기법(디프 포커스의 특징)으로, 원근감이 느껴지도록 공간감을 표현할 수 있다."
| 뭔말?
· 디프 포커스를 활용하여 주인공과 주인공 뒤의 배경을 하나의 숏으로 촬영한 장면: 배경과 인물 모두 선명하게 보임.

① 몽타주를 활용하여 대립 관계의 두 세력이 충돌하는 상황을 상징적 이미지로 표현한 장면에서, 관객은 생소한 느낌을 받을 수 있다.
　　　　　　　　　　└→ 대상을 낯설게 받아들이게 하는 몽타주의 효과

| (가) 2문단 "몽타주는 추상적이거나 상징적인 이미지를 통해 관객이 익숙한 대상을 낯설게 받아들이게 한다." → 몽타주의 특징과 효과
| 뭔말?
· 몽타주를 통해 두 세력이 충돌하는 상황을 상징적 이미지로 나타낸 장면: 대상을 낯설게 받아들이게 하는 몽타주 효과로 관객이 생소한 느낌을 받을 수 있음.

② 몽타주를 활용하여 서로 다른 공간을 짧은 숏으로 불규칙하게 교차시킨 장면에서, 관객은 영화 속 공간이 불연속적으로 재구성되었다는 인상을 받을 수 있다.
　　　　　　└→ 몽타주의 효과

| (가) 2문단 "또한 짧은 숏들을 불규칙적으로 편집(몽타주 기법)해서 영화가 재현한 공간이 불연속적으로 연결된 듯한 느낌(몽타주의 효과)을 만들어 낸다."

④ 롱 테이크를 활용하여 사자가 사슴을 사냥하는 모든 과정을 하나의 숏으로 길게 촬영한 장면에서, 관객은 실제 상황을 마주하는 듯한 느낌을 받을 수 있다.
　　　　　　　　└→ 롱 테이크의 효과

| (가) 3문단 "롱 테이크는 하나의 숏이 1~2분 이상 끊김 없이 길게 진행되도록 촬영하는 기법(롱 테이크의 특징)이다. 영화 속 사건이 지속되는 시간과 관객의 영화 체험 시간이 일치하여 현실을 마주하는 듯한 효과(롱 테이크의 효과)를 낳는다."
| 뭔말?
· 사자가 사슴을 사냥하는 모든 과정을 하나의 숏으로 길게 촬영한 장면: 롱 테이크를 활용한 것이므로 관객은 실제 상황을 마주한 듯한 느낌을 받을 수 있음.

⑤ 디프 포커스와 롱 테이크를 활용하여 광장의 군중을 촬영한 장면에서, 관객은 자율적으로 인물이나 배경에 시선을 옮기며 사건의 전개를 지켜볼 수 있다.
　　　　　　└→ 디프 포커스와 롱 테이크를 혼용한 효과

| (가) 3문단 "바쟁에 따르면, 디프 포커스와 롱 테이크를 혼용하여 연출한 장면은 관객이 그 장면에 담긴 인물이나 사물을 자율적으로 선택하여 응시하면서 화면 속 공간 전체와 사건의 전개를 지켜볼 수 있게 해 준다."
| 뭔말?
· 디프 포커스와 롱 테이크를 활용하여 광장의 군중을 촬영한 장면: 관객이 인물이나 배경에 자율적으로 시선을 옮기면서 사건의 전개를 지켜 볼 수 있음.

03 관점의 파악　　　　답 ⑤

선지별 선택 비율	①	②	③	④	⑤
화작	3%	9%	11%	11%	64%
언매	1%	4%	5%	5%	82%

〈보기〉의 입장에서 (가)의 '바쟁'에 대해 비판한 내용으로 가장 적절한 것은?

> ── 보기 ──
> 　관객은 특별한 예술 교육을 받지 않아도(예술 교육의 필요성 X) 작품을 해석할 수 있다. 또한 감독의 의도대로 작품을 해석하는 존재가 아니다(주체적 관객). 따라서 감독은 영화를 통해 관객을 계몽하려 할 필요가 없다. 관객은 작품과 상호 작용하며 의미를 생산하는 능동적 존재이다. 감독과 관객은 수평적인 위치(대등한 관계)에 있다.

⑤ 바쟁은 감독의 연출 방식에 따라 영화 작품에 대한 관객의 이해가 달라질 수 있다고 본다는 점에서 감독이 관객보다 우위에 있다고 간주하고 있다. _{→ 바쟁 입장 O}

| 〈보기〉 "(관객은) 감독의 의도대로 작품을 해석하는 존재가 아니다. ~ 관객은 작품과 상호 작용하며 의미를 생산하는 능동적 존재이다. 감독과 관객은 수평적인 위치에 있다."

| (가) 1문단 "앙드레 바쟁에 따르면 ~ 관객은 영화를 통해 현실을 객관적으로 인식할 수 있다."

| (가) 2문단 "바쟁은 몽타주가 현실의 연속성을 깨뜨릴 뿐만 아니라 감독의 의도에 따라 관객이 현실을 하나의 의미로만 해석하게 할 우려가 있는 연출 방식이라고 생각했다." → 몽타주에 대한 바쟁의 비판

| (가) 3문단 "이(현실을 믿는 감독)들은 ~ 현실을 객관적으로 보여 주고자 한다. 디프 포커스와 롱 테이크는 이를 가능하게 해 주는 영화적 기법이다." → 현실을 객관적으로 보여 줄 수 있는 두 가지 영화 기법

| (가) 4문단 "바쟁은 현실의 공간에서 자연광을 이용해 촬영하거나, 연기 경험이 없는 일반인을 배우로 쓰는 등 다큐멘터리처럼 강한 현실감을 만들어 내는 연출 방식에 찬사를 보냈다. ~ 열린 결말을 통해 의미를 확정적으로 제시하지 않는 영화를 선호했다." → 현실감을 만들어 내는 연출 방식과 열린 결말을 선호하는 바쟁

| 뭔말?

· 〈보기〉: 관객은 감독의 의도대로 작품을 해석하는 존재가 아니며 감독과 수평적인 관계임.

· (가)의 '바쟁': 몽타주는 감독의 의도에 따라 관객이 현실을 하나의 의미로만 해석하게 할 수 있음. + 디프 포커스와 롱 테이크, 강한 현실감을 만드는 연출 방식, 열린 결말 등을 통해 관객이 현실을 객관적으로 인식하게 할 수 있음. → 감독의 연출 방식에 따라 영화에 대한 관객의 이해가 달라질 수 있다고 보는 것임.

· 결론! 〈보기〉의 입장(감독과 관객은 수평적 관계)에서 (가)의 '바쟁'은 감독이 관객보다 우위에 있다고 간주한다고 비판하는 것이 가능

① 바쟁은 열린 결말의 영화를 관객이 이해하도록 돕는 예술 교육의 필요성을 간과하고 있다. (X) _{→ 〈보기〉의 입장 X}

| 〈보기〉 "관객은 특별한 예술 교육을 받지 않아도 작품을 해석할 수 있다."

| 뭔말?

· 〈보기〉: 관객이 예술 교육을 받지 않아도 된다는 입장 → 관객에게 예술 교육이 필요하다고 보는 것은 〈보기〉를 잘못 이해한 것임.

② 바쟁은 정교하게 구조화된 서사의 영화를 통해 관객을 계몽하는 것을 영화의 목적이라고 오인하고 있다. (X) _{→ 바쟁의 입장 X}

| (가) 4문단 "또한 (바쟁은) 정교하게 구조화된 서사를 통해 의미를 명확하게 제시하는 영화보다는 열린 결말을 통해 의미를 확정적으로 제시하지 않는 영화를 선호했다."

| 뭔말?

· 바쟁은 정교하게 구조화된 서사의 영화를 선호하지 않았음. → 바쟁이 정교하게 구조화된 서사의 영화를 통해 관객을 계몽하는 것을 영화의 목적으로 본다는 것은 바쟁의 견해를 잘못 이해한 것임.

③ 바쟁이 감독의 연출 역량을 기준으로 감독의 유형을 나눈 것은 영화와 관객의 상호 작용을 무시한 구분에 불과하다. (X) _{→ 바쟁의 입장 X}

| (가) 2문단 "바쟁은 영화감독을 '이미지를 믿는 감독'과 '현실을 믿는 감독'으로 분류했다. 영화의 형식을 중시한 '이미지를 믿는 감독'은 다양한 영화적 기법으로 현실을 변형하여 새로운 의미를 창조하는 데 주력한다." _{→ '이미지를 믿는 감독'에 대한 바쟁의 견해}

| (가) 3문단 "바쟁은 '현실을 믿는 감독'을 지지했다. 이들은 '이미지를 믿는 감독'과 달리 영화의 내용, 즉 현실을 더 중요하게 생각하기에 변형되지 않은 현실을 객관적으로 보여 주고자 한다." → '현실을 믿는 감독'에 대한 바쟁의 견해

| 뭔말?

· 바쟁이 영화감독을 '이미지를 믿는 감독'과 '현실을 믿는 감독'으로 분류한 기준 → 감독의 연출 역량이 아니라 영화의 형식과 내용(현실) 중 무엇을 중요하게 여기는가임.

④ 바쟁이 변형된 현실을 통해 생성한 의미를 관객에게 전달하는 것을 중시한다는 점에서 관객의 능동적인 작품 해석 능력을 과소평가하고 있다. (X) _{→ 바쟁의 입장 X}

| (가) 2문단 "영화의 형식을 중시한 '이미지를 믿는 감독'은 다양한 영화적 기법으로 현실을 변형하여 새로운 의미를 창조하는 데 주력한다."

| (가) 3문단 "바쟁은 '현실을 믿는 감독'을 지지했다. 이들은 '이미지를 믿는 감독'과 달리 영화의 내용, 즉 현실을 더 중요하게 생각하기에 변형되지 않은 현실을 객관적으로 보여 주고자 한다." → 바쟁은 현실을 있는 그대로 드러내는 영화를 선호함

| 뭔말?

· 변형된 현실을 통해 생성한 의미를 관객에게 전달하는 것을 중시하는 것은 '이미지를 믿는 감독'임.

· 바쟁은 '현실을 믿는 감독'을 지지하므로 변형되지 않은 현실을 관객에게 전달하는 것을 중시함.

04 내용의 추론 답 ①

선지별 선택 비율	①	②	③	④	⑤
화작	59%	9%	8%	16%	6%
언매	72%	6%	5%	11%	4%

정신분석학적 영화 이론 을 바탕으로 할 때, ⊙의 이유로 가장 적절한 것은?

① 관객은 영화 장치의 영향을 받기 때문이다.

| (나) 1문단 "정신분석학적 영화 이론에 따르면 ⊙관객이 영화에서 느끼는 현실감은 상상적인 것이며 환영이다. ~ 정신분석학적 영화 이론은 영화와 관객 사이에 발생하는 동일시 현상에 주목한다. 이런 동일시 현상은 영화 장치로 인해 발생한다. 이때 영화 장치는 카메라, 영화의 서사, 영화관의 환경 등을 아우르는 개념이다."

| 뭔말?

· 정신분석학적 영화 이론: 동일시 현상에 주목하는데, 이 현상은 카메라, 영화의 서사, 영화관 환경 등의 영화 장치로 인해 발생함.

· 즉 영화 장치로 인해 관객이 영화와 현실을 동일시하므로 관객이 느끼는 현실감은 상상적인 것이며 환영이라고 보는 것임.

② 현실과 의미는 미리 정해져 있지 않기 때문이다. _{→ (나)에 제시되지 않음, (가)에서 다루어짐.}

| (가) 1문단 "영화가 담아내고자 하는 현실은 ~ 그 의미가 미리 정해지지 않은 미결정의 상태"

| 뭔말?

· (나)에서는 정신분석학적 영화 이론에서 현실의 의미가 미리 정해져 있지 않다고 보는지 여부를 확인할 수 없음.

· 또한 현실의 의미가 정해져 있는지 여부는 ㉠과 관련이 없음.

③ ~~영화가 현실을 불연속적으로 파편화하여 드러내기 때문이다.~~
   └→ (가)의 몽타주와 관련된 내용, ㉠의 이유 X

| (가) 2문단 "영화가 재현한 공간이 불연속적으로 연결된 듯한 느낌을 만들어 낸다. 바쟁은 몽타주가 현실의 연속성을 깨뜨릴 뿐만 아니라"

| (나) 2문단 "영화는 촬영과 편집 과정에서 특정한 의도에 따라 선택과 배제가 이루어지지만, 관객은 제작 과정에서 무엇이 배제되었는지 알 수 없다."

| 뭔말?

· 정신분석학적 영화 이론에서는 영화가 촬영과 편집 과정에서 현실을 선택 · 배제한다고 보므로 영화가 현실을 불연속적으로 파편화(깨어지거나 부서져 여러 조각으로 나뉨. 또는 그렇게 나눔.)하여 드러낸다고 볼 수도 있음.

· 그러나 관객은 촬영과 편집 등 영화 장치로 인해 그러한 사실을 알 수가 없기 때문에 관객이 영화에서 느끼는 현실감이 상상적인 것이며 환영인 것임.

④ ~~관객은 영화의 은폐된 이념을 그대로 받아들일 위험이 있기 때문이다.~~
   └→ 관객이 영화의 은폐된 이념을 그대로 받아들일 위험이 있는 것은 ㉠의 원인이 아니라 결과임.

| (나) 3문단 "정신분석학적 영화 이론은 영화가 은폐하고 있는 특정한 이념을 관객이 의심하지 않고 자신의 것으로 받아들일 위험이 있다(영화 장치로 인해 발생할 수 있는 문제점)고 경고한다."

| 뭔말?

· 관객이 영화의 은폐된 이념을 그대로 받아들일 위험이 있다는 것은 ㉠으로 인해 발생할 수 있는 문제점에 해당함. 즉 ㉠의 이유가 아니라 결과임.

⑤ ~~관객은 영화의 제작 과정에서 배제된 것들을 완석할 수 있기 때문이다.~~
   └→ 인식할 수 없음.

| (나) 2문단 "관객은 제작 과정에서 무엇이 배제되었는지 알 수 없다."

05 구체적 사례에의 적용   답 ⑤

선지별 선택 비율	①	②	③	④	⑤
화작	4%	12%	10%	13%	59%
언매	2%	7%	5%	8%	75%

다음은 학생이 작성한 영화 감상문이다. 이에 대해 (가)의 바쟁(A)의 관점과 (나)의 정신분석학적 영화 이론(B)의 관점에서 설명한 내용으로 가장 적절한 것은? [3점]

> 최근 영화관에서 본 두 편의 영화가 기억에 남는다. ㉮첫째 번 영화는 고단하게 살아가는 한 가족의 일상을 표현한 작품이다. 다큐멘터리라는 착각이 들 정도로 사실적인 영화(리얼리즘 영화)였다. 작품에 대해 더 찾아보니 거리에서 인공조명 없이 촬영되었고, 주인공은 연기 경험이 없는 일반인이었다(다큐멘터리처럼 강한 현실감을 만들어 내는 연출 방식)고 한다. 마지막에 아버지가 아들의 손을 꼭 잡아 줄 때,

마치 내 손을 잡아 주는 것처럼 느껴져(동일시) 감동적이었다. 열린 결말(바쟁이 선호한 결말 방식)이라서 주인공 가족이 앞으로 어떻게 살아갈지 궁금했다.

㉯둘째 번 영화는 초인적 주인공이 외계의 침략자를 물리치는 내용이다. 영화 후반부까지 사건 전개를 예측하지 못할 정도로 반전을 거듭하는 이야기와 실재라고 착각할 정도로 뛰어난 컴퓨터 그래픽 화면은 으뜸이었지만 뻔한 결말(닫힌 결말)은 아쉬웠다. 그래도 주인공이 침략자를 무찌르는 장면에서는 내가 주인공이 되어 세상을 구하는 것 같아서(동일시) 쾌감이 느껴졌다. 그런데 영화가 끝나고 생각해 보니 왜 세계의 평화는 서구인이 지키고, 특정 나라에서 일어나는 사건이 인류의 위기인지 의아했다.

😊 정답 띡!동!

⑤ B의 관점에서 보면, 학생이 ㉮에서 감동을 받은 것과 ㉯에서 쾌감을 느낀 것은 상상적 작업을 통해 허구적 세계의 중심에 자신을 위치시켰기 때문이다.
   └→ 동일시 현상

| (나) 1문단 "가장 대표적인 동일시 현상은 관객이 영화의 등장인물에 자신을 일치시키는 것(동일시 현상의 예시)이다. ~ 관객은 상상적 작업을 통해, 영화가 보여 주는 세계의 중심에 자신을 위치시킴으로써(=동일시함으로써), 허구적 세계와 현실 사이의 간극을 없앤다."

| 뭔말?

· ㉮: 영화 속의 아버지가 아들의 손을 잡아 줄 때 마치 자신의 손을 잡아 주는 것 같은 감동을 받음. → 영화 속 인물과 자신을 동일시함.

· ㉯: 주인공이 침략자를 무찌를 때 자신이 주인공이 되어 세상을 구하는 것 같은 쾌감을 느낌. → 영화 속 인물과 자신을 동일시함.

· B의 관점에서 볼 때, ㉮에서 받은 감동과 ㉯에서 느낀 쾌감은 모두 동일시를 통해 이루어진 것임. 즉, 학생은 상상을 통해 영화 속 허구적 세계의 중심에 자신을 위치시켰기 때문에 그런 감정을 느낀 것임.

😞 오답 땡!

① A의 관점에서 보면, 학생이 ㉮에서 궁금함을 떠올린 것은 ~~'이미지를 믿는 감독'~~이 열린 결말을 통해 현실을 있는 그대로 ㉮에 담았기 때문이다.
   └→ '현실을 믿는 감독'

| (가) 2문단 "영화의 형식을 중시한 '이미지를 믿는 감독'은 다양한 영화적 기법으로 현실을 변형하여 새로운 의미를 창조하는 데 주력한다."

| (가) 3문단 "바쟁은 '현실을 믿는 감독'을 지지했다. 이들은 '이미지를 믿는 감독'과 달리 영화의 내용, 즉 현실을 더 중요하게 생각하기에 변형되지 않은 현실을 객관적으로 보여 주고자 한다."

| (가) 4문단 "또한 정교하게 구조화된 서사를 통해 의미를 명확하게 제시하는 영화보다는 열린 결말을 통해 의미를 확정적으로 제시하지 않는 영화를 선호했다. 이러한 영화가 미결정 상태의 현실을 있는 그대로 드러낸다고 생각했기 때문이다."

| 뭔말?

· ㉮: 열린 결말이라서 주인공 가족이 앞으로 어떻게 살아갈지 궁금해 함. → A(바쟁)의 관점에서 열린 결말을 통해 있는 그대로의 현실을 담는 것은 '이미지를 믿는 감독'이 아니라 '현실을 믿는 감독'의 특징임.

② A의 관점에서 보면, 학생이 ㉯에서 사건의 전개를 예측하지 못한 것은 ~~㉯에는 의미가 미리 정해져 있지 않은 미결정 상태의 현실이 담겨 있었기 때문이다.~~
   └→ ㉯ 해당 X, ㉮ 해당 O

| (가) 1문단 "영화가 담아내고자 하는 현실은 물리적 시·공간이 분할되지 않는 하나의 총체로, 그 의미가 미리 정해지지 않은 미결정의 상태이다. 바쟁은 영화가 현실의 물리적 연속성과 미결정성을 있는 그대로 드러내야 한다고 생각했다." → 바쟁이 생각하는 영화와 현실의 관계

| (가) 4문단 "열린 결말을 통해 의미를 확정적으로 제시하지 않는 영화를 선호했다. 이러한 영화가 미결정 상태의 현실을 있는 그대로 드러낸다고 생각했기 때문이다." → 의미가 정해지지 않은 미결정 상태의 현실을 그대로 드러내는 영화를 선호

| 뭔말?

· ⓓ가 사건의 전개를 예측하지 못할 정도로 반전을 거듭했다고 하더라도 ⓓ는 열린 결말이 아니라 뻔한 결말(닫힌 결말)이므로 ⓓ에 미결정 상태의 현실이 담겨 있다고 볼 수 없음.

· 의미가 정해지지 않은 미결정 상태의 현실을 담은 것(=열린 결말)은 ⑦에 해당함.

③ A의 관점에서 보면, 학생이 ⑦와 ⓓ에서 착각하는 듯한 인상을 받은 것은 ~~ⓓ와 ⓓ가~~ 강한 현실감을 만들어 내는 연출 방식으로 촬영되었기 때문이다.
  └→ ⑦ 해당 O, ⓓ 해당 X

| (가) 4문단 "바쟁은 현실의 공간에서 자연광을 이용해 촬영하거나, 연기 경험이 없는 일반인을 배우로 쓰는 등 다큐멘터리처럼 강한 현실감을 만들어 내는 연출 방식에 찬사를 보냈다."

| 뭔말?

· ⑦: 다큐멘터리라는 착각이 들 정도로 사실적, 인공조명 없이 촬영, 주인공은 연기 경험이 없는 일반인 → 강한 현실감을 만들어 내는 연출 방식으로 촬영됨.

· ⓓ: 실재라고 착각할 정도로 뛰어난 컴퓨터 그래픽 화면 → 강한 현실감을 만들어 내는 연출 방식으로 촬영된 것이 아님.

④ B의 관점에서 보면, 학생이 ⓓ에서 의아함을 떠올린 것은 ~~ⓓ가 관객으로 하여금 비판적 거리를 유지하며 영화를 볼 수 있도록 하는 대안적인 영화여서 때문이다.~~
  └→ 영화에 숨겨진 어떤 의도에 의문을 가진 것이다.

| (나) 3문단 "정신분석학적 영화 이론은 영화가 은폐하고 있는 특정한 이념을 관객이 의심하지 않고 자신의 것으로 받아들일 위험이 있다고 경고한다. 이는 관객이 비판적 거리를 유지하면서 영화를 볼 수 있도록, 영화가 환영임을 영화 스스로 폭로하는 설정이 담겨 있는 대안적인 영화가 필요하다는 주장으로 이어진다."

| 뭔말?

· ⓓ: 왜 세계의 평화는 서구인이 지키고, 특정 나라에서 일어나는 사건이 인류의 위기인지 의아해 함. → 영화에 은폐되어 있는 특정 이념이나 의도를 의심한 것이라고 볼 수는 있으나, 영화가 환영임을 영화 스스로 폭로하는 설정이 담겨 있지는 않음.

· 학생은 영화가 끝난 후에야 의아함을 느꼈으므로, ⓓ를 관객으로 하여금 비판적 거리를 유지하며 영화를 볼 수 있도록 하는 대안적 영화라고 볼 수 없음.

06 어휘의 의미 파악   답 ①

선지별 선택 비율	①	②	③	④	⑤
화작	89%	1%	1%	2%	4%
언매	95%	1%	1%	1%	1%

문맥상 ⓐ~ⓔ와 바꿔 쓰기에 적절하지 않은 것은?

😊 정답 띵!동!

① ⓐ: 개선(改善)된

| ⓐ의 '새롭다' '지금까지 있은 적이 없다.'의 의미

| '개선되다' '잘못된 것이나 부족한 것, 나쁜 것 따위가 고쳐져 더 좋게 되다.'의 의미 → ⓐ와 바꾸어 쓰기에 적절하지 않음.

😞 오답 땡!

② ⓑ: 파괴(破壞)할

| ⓑ의 '깨뜨리다' '일이나 상태 따위를 중간에서 어그러뜨리다.'의 의미

| '파괴하다' '조직, 질서, 관계 따위를 와해하거나 무너뜨리다.'의 의미

③ ⓒ: 대면(對面)하는

| ⓒ의 '마주하다' '마주 대하다.'의 의미

| '대면하다' '서로 얼굴을 마주 보고 대하다.'의 의미

④ ⓓ: 기용(起用)하는

| ⓓ의 '쓰다' '사람에게 어떤 일을 하게 하다.'의 의미

| '기용하다' '인재를 높은 자리에 올려 쓰다.'의 의미

⑤ ⓔ: 해소(解消)한다

| ⓔ의 '없애다' '어떤 일이나 현상, 증상 따위를 사라지게 하다.'의 의미

| '해소하다' '어려운 일이나 문제가 되는 상태를 해결하여 없애 버리다.'의 의미

(가) 도덕 문장의 진리 적합성에 대한 에이어의 견해

> 🧭 **EBS 연결 고리**
> 2025학년도 EBS 수능특강 독서 283쪽 〈직관주의와 정의주의〉에서 '에이어의 견해' 관련 내용 연계

해제 이 글은 도덕 문장의 진리 적합성에 대한 에이어의 견해를 설명하고 있다. 전통적인 윤리학에서는 옳고 그름을 판정하는 객관적 근거를 찾고자 했으나 만족스러운 답을 찾지 못하고 있었다. 이러한 상황에서 에이어는 도덕 문장이 진리 적합성을 갖지 않는다는 주장을 펼쳤다. 에이어는 진리 적합성을 갖는 문장은 단어의 정의를 통해 검증되는 분석적 문장이나 경험적 관찰에 의해 검증되는 종합적 문장이라는 원리를 바탕으로, 도덕 문장은 분석적이지 않으며 경험적 관찰로 검증될 수 없으므로 종합적이지도 않아 진리 적합성을 갖지 못한다고 주장하였다. 그러면서 감정이나 태도를 표현하는 도덕 문장이 진리 적합성을 갖는다고 오해하는 것은 도덕 용어의 표현적 용법과 기술적 용법을 구분하지 못해서라고 하였다. 에이어의 주장에 따르면 도덕 문장은 감정을 표현하는 도덕 주체로부터 독립적으로 존재하는 무언가를 기술할 수 없다. 이러한 에이어의 견해는 전통적인 윤리학자들의 기본 가정을 부정하는 급진적 주장으로서, 윤리학에 새로운 사고를 열어 주었다는 의의가 있다.

주제 도덕 문장이 진리 적합성을 갖지 않는다고 본 에이어의 견해

짜임

1문단	도덕 문장의 진리 적합성에 대한 에이어의 주장 소개
2문단	진리 적합성을 갖는 문장의 원리를 바탕으로 도덕 문장의 진리 적합성을 부정한 에이어의 주장
3문단	도덕 문장이 진리 적합성을 갖는다고 오해하는 이유에 대한 에이어의 주장

1문단 전통적인 윤리학의 주요 주제는 '선', '올바름'과 같은 도덕 용어에 대한 해명을 바탕으로 무엇이 옳고 그른지를 판정하는 객관적 근거를 ⓐ찾는 것이다. 그러나 윤리학은 오랫동안 그에 대한 만족스러운 답을
[03-①] [05-③] 전통적인 윤리학의 주요 주제
ⓑ내놓지 못했다. 이러한 상황에서 |에이어|는 도덕적으로 옳고 그름에 관한 문장인 도덕 문장이 진리 적합성, 즉 참 또는 거짓일 수 있다는 성질을
[01-⑤] [03-③, ④] [05-①, ④, ⑤] 도덕 문장이 진리 적합성을 갖지 않는다고 본 에이어
갖지 않는다는 주장을 ⓒ펼쳤다.

2문단 에이어는 진리 적합성을 갖는 모든 문장은 그 문장에 사용된 단어
[01-③] 진리 적합성을 갖는 문장의 종류
의 정의를 통해 검증되는 분석적 문장이거나 경험적 관찰에 의해 검증되는 종합적 문장이라는 원리를 바탕으로 도덕 문장은 진리 적합성이 없다고 주장했다. 우선 그는 도덕 문장은 분석적이지 않다는 기존의 논의를 수
[03-③] 에이어가 주장하는 도덕 문장의 특징 ① - 분석적 문장 X
용했다. '선은 A이다.'라는 도덕 문장이 분석적이려면, 술어인 'A'가 주어인 '선'이라는 개념 속에 내포되어 있어야 한다. 하지만 '선'은 속성이나 내
[01-③] 에이어가 주장하는 분석적 문장의 특징
용을 더 이상 분석할 수 없는 단순 개념이므로 해당 문장은 분석적이지 않다. 그렇다고 해서 '선은 A이다.'라는 도덕 문장이 경험적 관찰로 검증될
[03-③] 에이어가 주장하는 도덕 문장의 특징 ② - 종합적 문장 X
수 있는 것도 아니다. '선' 그 자체는 우리의 감각으로 검증할 수 없기 때문이다.

3문단 도덕 문장은 다양한 감정이나 태도를 표현하고 타인의 감정을
[05-①] 에이어의 도덕 문장
ⓓ불러일으키는 정서적 의미를 갖는다고 에이어는 주장했다. 그는 많은 사람들이 도덕 문장이 진리 적합성을 갖는다고 오해하는 것은 도덕 용어
[01-⑤] 도덕 문장에 진리 적합성이 있다고 오해하는 이유
의 두 가지 용법을 구분하지 못해서라고 주장한다. 그에 따르면 도덕 용어
[01-④] 도덕 용어의 두 가지 용법
는 감정을 표현하는 표현적 용법으로도, 세계에 관한 어떤 사실을 기술하는 기술적 용법으로도 사용될 수 있다. 만약 '도둑질은 나쁘다.'가 도둑질이 사회적으로 배척된다는 사실을 기술하는 문장이라면, 이 문장은 도덕
[01-①, ⑤] 기술적 용법을 활용한 문장 → 도덕 문장 X, 경험적으로 검증 가능 O
적으로 옳고 그름에 관한 것이 아니다. 따라서 이 문장은 도덕 문장이 아니고, 경험적으로 검증이 가능하다. 반대로 그 문장이 도둑질에 대한 화자의 감정을 표현한 문장이라면 이는 도덕 문장이며 어떤 사실을 기술한 것
[01-②, ⑤] [05-④, ⑤] 표현적 용법을 활용한 문장 → 도덕 문장 O, 사실 기술 X
이 아니다. 에이어에게는 '도둑질은 나쁘다.'와 같은 도덕 문장을 진술하는 것은 감정을 담은 어조로 '네가 도둑질을 하다니!'라고 말하는 것과 다
[01-②] [05-⑤] 표현적 용법을 활용한 문장은 감정 표현의 문장과 의미가 동일함.
름없기 때문이다. 그의 주장대로라면 도덕 문장은 감정을 표현하는 도덕
[03-①] 전통적인 윤리학의 기본 가정
주체로부터 독립적으로 존재하는 무언가를 기술할 수 없다. 이는 전통적인 윤리학자들의 기본 가정을 부정하는 급진적 주장이지만 윤리학에 새로
[03-②] 에이어의 주장: 객관적으로 존재하는 도덕적 사실은 없음.
운 사고를 ⓔ열어 준 선구적인 면도 있다.

(나) 도덕 문장의 타당성에 대한 논리학의 관점

> 🧭 **EBS 연결 고리**
> 비연계

해제 이 글은 도덕 문장에 대한 논증을 통해 에이어의 견해를 비판한 논리학의 관점을 설명하고 있다. 논리학에서 전건 긍정식은 'P이면 Q이다.'와 'P이다.'라는 두 전제가 참이면 결론 'Q이다.'는 반드시 참이 되는 논증이다. 그런데 어떤 문장은 단독으로 진술되는 경우 감정이나 태도를 표현할 수 있지만, 조건문의 일부가 되면 감정이나 태도를 표현할 수 없다. 전건 긍정식의 P가 도덕 문장(감정이나 태도를 표현하는 문장)일 때 'P이면 Q이다.'의 P와 'P이다.'의 P 사이에 내용의 차이가 생겨 논증이 타당하지 않게 된다. 그러므로 도덕 문장을 포함하는 전건 긍정식의 타당성을 부정하거나, 전건 긍정식은 도덕 문장을 포함할 수 없다고 해야만 에이어의 윤리학 견해를 고수할 수 있다. 이 쟁점에 대해 행크스는 화자의 문장 진술은 그 내용과 완전히 무관할 수는 없기 때문에 도덕 문장을 포함한 모든 판단적 문장은 참과 거짓을 논할 수 있어, 조건문의 일부가 되어도 전건 긍정식이 타당하다고 주장했다. 다만 도덕 문장이 조건문에 포함되는 경우에 단독으로 진술된 경우와 달리 판단적 본질을 발현하지 못할 뿐, 판단적 본질은 그대로 유지된다고 보았다.

주제 에이어가 주장한 도덕 문장에 대해 전건 긍정식의 타당성을 중심으로 살펴본 논리학의 관점 및 행크스의 견해

짜임

1문단	전건 긍정식의 타당성을 중심으로 에이어의 견해에 대해 논리학자들이 제기한 비판적 관점
2문단	도덕 문장을 포함하는 전건 긍정식의 타당성에 대한 행크스의 주장

논리학에서 제기된 의문이 윤리학의 특정 견해에 대한 비판이 되기도 한다. 다음 논의는 이를 보여 준다. 'P이면 Q이다. P이다. 따라서 Q이다.'인 논증을 전건 긍정식이라 한다. 전건 긍정식은 'P이면 Q이다.'와 'P이다.'라는 두 전제가 참이면 결론 'Q이다.'는 반드시 참이라는 뜻에서
[04-③] [05-②] 전건 긍정식이 타당성을 지니기 위한 조건
타당하다. 그런데 어떤 문장이 단독으로 진술되는 경우에는 감정이나 태도를 표현할 수 있지만 그 문장이 조건문인 'P이면 Q이다.'의 부분으로 포함되는 경우에는 그렇지 않다. '귤은 맛있다.'는 화자의 선호라는 감정을
[04-④] [05-④] 감정 표현의 문장 = 도덕 문장
표현한다. 하지만 그 문장이 '귤은 맛있다면 귤은 비싸다.'처럼 조건문의 일부가 되면 귤에 관한 화자의 선호를 표현하지 않는다. 이에 전건 긍정식의 P가 감정이나 태도를 표현하는 문장일 때 'P이면 Q이다.'의 P와 'P
[04-③] 전건 긍정식이 타당하기 위한 조건: 두 전제에 사용된 P의 내용 일치
이다.'의 P 사이에 내용의 차이가 생기므로, 전건 긍정식임에도 두 전제의 참이 결론 'Q이다.'의 참을 보장하지 않는다는 것이 ㉠ 몇몇 논리학자들이 제기한 문제였다. 전건 긍정식인 '표절은 나쁘다면 표절을 돕는 것은 나쁘
[04-①, ②] 논리학자 입장에서 에이어의 도덕 문장의 문제: 전건 긍정식의 타당성 부정
다. 표절은 나쁘다. 따라서 표절을 돕는 것은 나쁘다.'라는 논증은 직관적으로 타당해 보인다. 하지만 '표절은 나쁘다.'가 감정을 표현했다면, 위 논증은 타당하지 않다고 해야 한다. 그러므로 에이어의 윤리학 견해를 고수하려면, 도덕 문장을 포함하는 전건 긍정식의 타당성을 부정하거나, 전건
[04-②] 몇몇 논리학자들이 에이어의 견해에 대해 제기한 문제
긍정식은 도덕 문장을 포함할 수 없다고 해야 한다. 이 쟁점에 대해 행크스는 다음과 같이 논의를 전개하였다.

2문단 '표절은 나쁘다.'라는 문장은 표절이라는 대상에 나쁨이라는
[02-⑤] '표절은 나쁘다.'라는 문장에 대한 행크스의 분석
속성을 부여하는 내용을 가진다. 그리고 화자의 문장 진술은 그 내용
[02-①~⑤] 전건 긍정식에 대한 행크스의 견해 ①
과 완전히 무관할 수는 없기 때문에 그런 문장이 단독으로 진술되든 그렇지 않든 판단적이다. 문장이 판단적이라는 것은, 대상에 속성을 부여하는 내용을 지니는 것이 그 문장의 본질이라는 것을 뜻한다. 도덕 문장을 비롯한 모든 판단적 문장은 참 또는 거짓일 수 있다. 조건
[02-②] 전건 긍정식에 대한 행크스의 견해 ②
문에 포함된 문장도 판단적이라는 점에서 단독으로 진술될 때와 내
[03-⑤] [04-③, ⑤] 판단적 문장은 단독이든 조건문의 일부이든 내용의 차이가 없음.
용의 차이가 없다. 그러므로 도덕 문장을 포함하는 전건 긍정식은 타 [A]
당해 보일 뿐 아니라 실제로도 타당하다. 그렇다면 'P이면 Q이다.'에 포함된 'P이다.'가 단독으로 진술된 경우와 다른 점은 무엇인가? 가령 '귤은 맛있다.'는, '귤은 맛있다면 귤은 비싸다.'라는 조건문에 포
[02-⑤] 대상에 속성을 부여하지 않는 맥락
함되는 경우 화자가 대상에 속성을 부여하는 행위를 하는 것은 아니기에 그것의 판단적 본질을 발현하지 못한다. 그러나 이 맥락에서도 조건문에 포함된 '귤은 맛있다.'는 판단적 본질을 여전히 잃지 않는다.
[02-①, ③, ⑤] 조건문의 일부가 되어도 판단적 본질을 유지함.
다시 말해, 그 문장 자체는 대상에 속성을 부여하는 내용을 지닌다.

---

01 세부 정보의 파악

선지별 선택 비율	①	②	③	④	⑤
화작	11%	7%	15%	45%	22%
언매	7%	4%	10%	60%	19%

(가)에 나타난 에이어의 입장으로 적절하지 <u>않은</u> 것은?

😊 **정답 띵! 동!**

④ 도덕 용어의 용법은 도덕 용어가 ~~커술하는 사실의 종류에 따라~~ 기술적 용법과 표현적 용법으로 구분할 수 있다.
└→ 사실을 기술하냐 감정을 표현하냐에 따라

| (가) 3문단 "그(에이어)에 따르면 도덕 용어는 감정을 표현하는 표현적 용법으로도, 세계에 관한 어떤 사실을 기술하는 기술적 용법으로도 사용될 수 있다."

| 뭔말?

· 도덕 용어의 용법 → ① 표현적 용법: 감정 표현 / ② 기술적 용법: 세계에 관한 사실 기술

☹️ **오답 땡!**

① 도덕 용어를 기술적 용법으로 사용한 문장은 검증이 가능하다.

| (가) 3문단 "만약 '도둑질은 나쁘다(도덕 용어).'가 도둑질이 사회적으로 배척된다는 사실을 기술하는 문장(기술적 용법으로 사용된 문장)이라면, 이 문장은 도덕적으로 옳고 그름에 관한 것이 아니다. 따라서 이 문장은 도덕 문장이 아니고, 경험적으로 검증이 가능하다."

| 뭔말?

· '도둑질은 나쁘다.'라는 문장이 도덕 용어 '나쁘다'를 도둑질이 사회적으로 배척된다는 사실을 기술하는 데 사용(기술적 용법으로 사용)한 문장이라면 경험적 검증이 가능함.

② 표현적 용법을 활용한 도덕 문장은 자신의 감정을 표현하는 문장과 동일한 의미를 표현한다.

| (가) 3문단 "반대로 그 문장('도둑질은 나쁘다.')이 도둑질에 대한 화자의 감정을 표현한 문장(표현적 용법으로 사용된 도덕 문장)이라면 이는 도덕 문장이며 어떤 사실을 기술한 것이 아니다. 에이어에게는 '도둑질은 나쁘다.'와 같은 도덕 문장을 진술하는 것은 감정을 담은 어조로 '네가 도둑질을 하다니'라고 말하는 것(감정을 표현하는 문장)과 다름없기(동일하기) 때문이다."

| 뭔말?

· '도둑질은 나쁘다.'가 화자의 감정을 표현한 도덕 문장(표현적 용법으로 사용된 도덕 문장)이라면 이는 '네가 도둑질을 하다니!'라는 감정을 표현하는 문장과 다름없음.

③ 주어와 술어의 의미 관계를 통해 어떤 문장을 검증할 수 있다면 그 문장은 분석적 문장이다.

| (가) 2문단 "에이어는 진리 적합성을 갖는 모든 문장은 그 문장에 사용된 단어의 정의를 통해 검증되는 분석적 문장이거나 ~ '선은 A이다.'라는 도덕 문장이 분석적이려면, 술어인 'A'가 주어인 '선'이라는 개념 속에 내포(술어의 의미 ⊂ 주어의 의미)되어 있어야 한다."

| 뭔말?

· 분석적 문장: 그 문장에 사용된 단어의 정의를 통해 검증됨.

· 술어가 주어의 개념 속에 내포되어 있으면(주어와 술어의 의미 관계) 단어의 정의를 통해 검증되는 분석적 문장이라고 볼 수 있음.

⑤ 도덕 문장에 진리 적합성이 있다는 오해는 도덕 문장을 세계에 대한 어떠한 사실을 기술한 것으로 해석한 데에 기인한다.
　└→ 도덕 용어의 기술적 용법

┈┈┈┈┈┈┈┈┈┈┈┈┈┈┈┈┈┈┈┈┈┈┈┈┈┈┈

| (가) 3문단 "그(에이어)는 많은 사람들이 도덕 문장이 진리 적합성을 갖는다고 오해하는 것은 도덕 용어의 두 가지 용법을 구분하지 못해서라고 주장한다. ~ 만약 '도둑질은 나쁘다.'가 도둑질이 사회적으로 배척된다는 사실을 기술하는 문장이라면, 이 문장은 도덕적으로 옳고 그름에 관한 것이 아니다. 따라서 이 문장은 도덕 문장이 아니고, 경험적으로 검증이 가능하다. 반대로 그 문장이 도둑질에 대한 화자의 감정을 표현한 문장이라면 이는 도덕 문장이며 어떤 사실을 기술한 것이 아니다."

| 뭔말?

· 도덕 문장에 진리 적합성이 있다는 오해의 원인: 도덕 용어의 두 가지 용법을 구분하지 못해서임.

　※도덕 문장: 도덕적으로 옳고 그름에 관한 문장. 표현적 용법과 관련됨. ↔ 진리 적합성: 참또는 거짓일 수 있다는 성질. 기술적 용법과 관련됨.

· 에이어의 주장: 도덕 문장은 도덕 용어의 표현적 용법이 활용된 문장 → 사실을 기술하는 문장은 도덕적으로 옳고 그름에 관한 것이 아니므로, 도덕 문장 X

| 결론! 도덕 문장에 진리 적합성이 있다는 오해는 도덕 문장을 사실 기술의 문장으로 해석했기 때문에 발생함.

02 내용의 추론　　　　　　　　　　답 ⑤

선지별 선택 비율	①	②	③	④	⑤
화작	10%	10%	21%	21%	37%
언매	7%	7%	21%	15%	48%

[A]로부터 추론한 내용으로 가장 적절한 것은?

😊 정답 띵! 동!

⑤ '표절은 나쁘다.'는 화자가 표절에 나쁨을 부여하지 않는 맥락에서도 그것의 판단적 본질을 유지할 수 있다.

┈┈┈┈┈┈┈┈┈┈┈┈┈┈┈┈┈┈┈┈┈┈┈┈┈┈┈

| (나) 2문단 "'표절은 나쁘다.'라는 문장은 표절이라는 대상에 나쁨이라는 속성을 부여하는 내용을 가진다. 그리고 화자의 문장 진술은 그 내용과 완전히 무관할 수는 없기 때문에 그런 문장은 단독으로 진술되든 그렇지 않든 판단적이다. 문장이 판단적이라는 것은, 대상에 속성을 부여하는 내용을 지니는 것이 그 문장의 본질이라는 것을 뜻한다. ~ 가령 '귤은 맛있다.'는, '귤은 맛있다면 귤은 비싸다.'라는 조건문에 포함되는 경우 화자가 대상(귤)에 속성(맛있다)을 부여하는 행위를 하는 것은 아니(대상에 속성을 부여하지 않는 맥락이기에)에 그것의 판단적 본질을 발현하지(겉이나 밖으로 나타내게 하지) 못한다. 그러나 이 맥락에서도 조건문에 포함된 '귤은 맛있다.'는 판단적 본질을 여전히 잃지 않는다(판단적 본질 유지). 다시 말해, 그 문장 자체는 대상에 속성을 부여하는 내용을 지닌다."

| 뭔말?

· '표절은 나쁘다.'라는 문장은 단독으로 진술되든 그렇지 않든(조건문에 포함되는 경우) 판단적임.

· '귤은 맛있다.'의 예에 비추어 볼 때, 조건문의 일부가 되면 화자가 대상(귤)에 속성(맛있다)을 부여하는 행위를 하는 것은 아니므로, 대상에 속성을 부여하지 않는 맥락이 됨.

· 이를 선지에 적용하면, '표절은 나쁘다.'라는 문장이 조건문에 포함되는 경우는 대상(표절)에 속성(나쁘다)을 부여하지 않는 맥락임. → 이런 맥락에서 판단적 본질 발현 X, 판단적 본질 유지 O

| 결론! 표절에 나쁨을 부여하지 않는 맥락에서도 판단적 본질은 유지됨.

😣 오답 땡!

① '귤은 맛있다면 귤은 비싸다.'에 포함된 '귤은 맛있다.'는 판단적이지 않다.
　　　　　　　　　　　　　　　└→ 판단적이다

┈┈┈┈┈┈┈┈┈┈┈┈┈┈┈┈┈┈┈┈┈┈┈┈┈┈┈

| (나) 2문단 "그리고 화자의 문장 진술은 그 내용과 완전히 무관할 수는 없기 때문에 그런 문장은 단독으로 진술되든 그렇지 않든(조건문의 일부) 판단적이다. ~ 가령 '귤은 맛있다.'는, '귤은 맛있다면 귤은 비싸다.'라는 조건문에 포함되는 경우 ~ 그러나 이 맥락에서도 조건문에 포함된 '귤은 맛있다.'는 판단적 본질을 여전히 잃지 않는다."

| 뭔말?

· '귤은 맛있다.'는 단독 진술, 조건문의 일부일 때 모두 판단적임.

· '귤은 맛있다면 귤은 비싸다.'에 포함된 '귤은 맛있다.' → 조건문의 일부로, 판단적임.

② '표절은 나쁘다.'는 단독으로 진술되었을 때에만 참 또는 거짓일 수 있다.
　　　　　　　　　└→ 단독 진술될 때는 물론 조건문에 포함될 때에도

┈┈┈┈┈┈┈┈┈┈┈┈┈┈┈┈┈┈┈┈┈┈┈┈┈┈┈

| (나) 2문단 "'표절은 나쁘다.'라는 문장은 표절이라는 대상에 나쁨이라는 속성을 부여하는 내용을 가진다. ~ 그런 문장은 단독으로 진술되든 그렇지 않든 판단적이다. 문장이 판단적이라는 것은, 대상에 속성을 부여하는 내용을 지니는 것이 그 문장의 본질이라는 것을 뜻한다. 도덕 문장을 비롯한 모든 판단적 문장은 참 또는 거짓일 수 있다. 조건문에 포함된 문장도 판단적이라는 점(판단적 문장)에서 단독으로 진술될 때와 내용의 차이가 없다."

| 뭔말?

· '표절은 나쁘다.'라는 문장은 단독 진술, 조건문에 포함된 경우 모두 참 또는 거짓일 수 있음.

③ '귤은 맛있다.'는 조건문의 일부로 진술될 때는 대상에 속성을 부여하는 내용을 차녀지 않는다.
　　　　　　　└→ 지닌다

┈┈┈┈┈┈┈┈┈┈┈┈┈┈┈┈┈┈┈┈┈┈┈┈┈┈┈

| (나) 2문단 "가령 '귤은 맛있다.'는, '귤은 맛있다면 귤은 비싸다.'라는 조건문에 포함되는 경우 화자가 대상에 속성을 부여하는 행위를 하는 것은 아니기에 그것의 판단적 본질을 발현하지 못한다. 그러나 이 맥락에서도 조건문에 포함된 '귤은 맛있다.'는 판단적 본질을 여전히 잃지 않는다. 다시 말해, 그 문장 자체는 대상에 속성을 부여하는 내용을 지닌다."

| 뭔말?

· '귤은 맛있다.'가 조건문에 포함되는 경우, 화자가 대상에 속성을 부여하는 '행위'를 하는 것은 아니나, 대상에 속성을 부여하는 '내용'은 지님.

| 결론! 조건문의 일부인 '귤은 맛있다.'는 대상에 속성을 부여하는 '내용' O

④ 화자는 귤이 맛있음의 속성을 가진다는 내용과 완전히 무관한 채로 '귤은 맛있다.'를 진술할 수 있다.
　　　　　　　　　　　└→ 무관할 수 없음.

┈┈┈┈┈┈┈┈┈┈┈┈┈┈┈┈┈┈┈┈┈┈┈┈┈┈┈

| (나) 2문단 "'표절은 나쁘다.'라는 문장은 표절이라는 대상에 나쁨이라는 속성을 부여하는 내용을 가진다. 그리고 화자의 문장 진술은 그 내용(대상에 속성을 부여하는 내용)과 완전히 무관할 수는 없기 때문에 그런 문장은 단독으로 진술되든 그렇지 않든 판단적이다. ~ 가령 '귤은 맛있다.'는, ~ 그 문장 자체(귤은 맛있다.)는 대상에 속성을 부여하는 내용을 지닌다."

| 뭔말?

· 화자의 문장 진술은 대상에 속성을 부여하는 내용과 완전히 무관할 수 없음.

· '귤은 맛있다.'는 대상에 속성을 부여하는 내용을 지님. → 화자의 진술이 '귤이 맛있음의 속성을 가진다'(대상에 속성을 부여한 내용)는 내용과 완전히 무관할 수 없음.

▶ 이 문제의 포인트는 행크스가 '표절은 나쁘다.'와 '귤은 맛있다.'라는 문장을 예로 들어 설명한 내용을 연결지어 이해할 수 있는가에 있지. 여기서 중요한 것은 두 예문이 다른 내용을 담고 있지만, [A]에서는 판단적 문장이라는 동일한 성격의 문장임을 전제하고 있다는 사실이야. ('표절은 나쁘다.'와 '귤은 맛있다.'에 대한 각각의 설명이 사실은 모두 판단적 문장에 대한 거야.) [A]의 첫 문장에서 '표절은 나쁘다.'가 '표절이라는 대상에 나쁨이라는 속성을 부여하는 내용을 가진다.'고 하였고, 마지막 문장에서 '귤은 맛있다.'가 '대상에 속성을 부여하는 내용을 지닌다.'고 하였어. 그리고 [A]에서는 '판단적'이라는 특성을 바탕으로 두 예문을 분석하고 있으므로 두 문장이 판단적 문장에 대해 설명하고 있다고 볼 수 있는 거지.

▶ 이 '판단적'이라는 말과 관련지어 [A]에서 특히 주의해야 할 것이 판단적 본질의 '발현'과 판단적 본질의 '유지'는 다르다는 거야. 판단적 본질의 발현은 화자가 대상에 속성을 부여하는 '행위'를 하는 경우에 이루어지는 것이고, 판단적 본질의 유지는 대상에 속성을 부여하는 '내용을 지니는 것'이라는 차이가 있어. 이 차이를 제대로 이해하지 못하면 함정에 빠질 수밖에 없어.(인문 특히 논리학 지문에서 '판단적 본질의 발현', '판단적 본질의 유지'와 같이 비슷한 느낌을 주면서도 그 의미가 전혀 다른 두 개념이 제시되었을 때 그 차이를 구분하지 못하면 오답을 고를 확률이 높아져.)

▶ 선택률을 보니, 이 문제에서 함정 선지는 ③, ④라고 할 수 있겠네. 먼저 ③을 보자. 이걸 선택한 경우는 '판단적 본질의 발현', '판단적 본질의 유지'를 구분해서 파악하지 못했을 가능성이 높아. [A]에서 조건문에 포함되는 경우, '대상에 속성을 부여하는 행위를 하는 것이 아니'라고 한 내용을 '대상에 속성을 부여하는 내용을 지니지 않는다.'로 잘못 판단한 거지. '행위'와 '내용'이 서로 다른 표현인데 둘을 구분하지 못하고, 같은 표현으로 이해해 버린 거야. [A]를 자세히 보면 "이 맥락에서도 조건문에 포함된 '귤은 맛있다.'는 판단적 본질"을 유지한다고 했어. 즉 '대상에 속성을 부여하는 내용을 지닌다는 의미지. (국어영역에서는 단어 하나, 구절 하나도 꼼꼼히 살펴야 해. 이 문제처럼 '발현', '유지' 그리고 '행위', '내용'이라는 단어를 구분하지 않고 대충 읽으면 오답을 고를 확률이 높아지는 거야.)

▶ 이번에는 ④를 보자. 이걸 선택한 경우 '표절은 나쁘다.'와 '귤은 맛있다.'가 동일한 견해를 설명하기 위해 사용된 예문임을 알아채지 못했을 가능성이 높아. [A]에서 두 예문은 모두 대상에 속성을 부여하는 내용을 가지며, 판단적 문장이라고 설명하고 있어. 따라서 두 예문은 동일선상에서 분석해야 해. '표절은 나쁘다.'라는 화자의 문장 진술이 표절이라는 대상에 나쁨이라는 속성을 부여하는 내용과 무관하지 않다고 했으니, '귤은 맛있다.'에도 그대로 적용되어야 하지. 그런데 '판단적'이라는 공통적 특성을 무시하고, 둘이 서로 다른 성격의 문장이라고 생각하고 문제를 풀었다면 정답을 찾기는 어려웠을 거야.

▶ 그럼 이제 정답 선지인 ⑤를 보자. 사실 '표절은 나쁘다.'와 '귤은 맛있다.'를 같은 문장이라고 생각하고 풀었다면 어렵지 않게 문제를 해결했을 것 같아. '표절에 나쁨을 부여하지 않는 맥락'과 비슷한 표현은 '귤은 맛있다.'를 설명할 때에 나오네. '귤은 맛있다.'가 조건문의 일부로 포함되었을 때 판단적 본질을 발현하지 못한다고 했는데, 이것이 바로 '대상에 속성을 부여하지 않는 맥락'이야. 그런데 이러한 맥락에서도 판단적 본질은 유지된다고 했어. 이를 '표절은 나쁘다.'에 적용하면 마찬가지로 판단적 본질은 유지할 수 있다고 말할 수 있지.

▶ 지문에 여러 학자들의 이론이나 견해가 나오면 그것들을 뒷받침하는 예문들은 각 학자의 이론이나 견해가 반영된 것들이니, 각각의 예문을 분석할 때에는 각 학자의 이론이나 견해를 대입해야 하지. 그런데 이 문제와 같이 한 사람(행크스)의 주장을 뒷받침하는 예문들은 공통된 내용을 설명하기도 하니까, 이럴 때는 예문들의 차이점보다는 공통점을 중심으로 지문을 읽어 나갈 필요가 있어.

03 관점의 파악 답 ④

선지별 선택 비율	①	②	③	④	⑤
화작	9%	7%	17%	54%	13%
언매	6%	5%	10%	66%	13%

다음은 윗글을 읽고 학생이 작성한 학습 활동지이다. 윗글을 바탕으로 할 때, 적절하지 않은 것은?

> 다음의 진술에 대해 윗글에 제시된 학자들이 보일 수 있는 견해를 작성해 봅시다.

😊 정답 띵! 똥!

[진술 3] 전건 긍정식의 두 전제에 공통으로 포함된 도덕 문장은 내용이 다르다.
- 에이어: 옳다. 도덕 문장은 전건 긍정식의 전제로 사용되면 진리 적합성을 갖기 때문이다. ────── ④
  └→ 갖지 않음.

| (가) 1문단 "에이어는 도덕적으로 옳고 그름에 관한 문장인 도덕 문장이 진리 적합성, 즉 참 또는 거짓일 수 있다는 성질을 갖지 않는다는 주장을 펼쳤다."

| (가) 3문단 "반대로 그 문장이 도둑질에 대한 화자의 감정을 표현한 문장이라면 이는 도덕 문장이며 어떤 사실을 기술한 것이 아니다."

| (나) 1문단 "'귤은 맛있다.'는 화자의 선호라는 감정을 표현한다. 하지만 그 문장이 '귤은 맛있다면 귤은 비싸다.'처럼 조건문의 일부가 되면 귤에 관한 화자의 선호를 표현하지 않는다. 이에 전건 긍정식의 P가 감정이나 태도를 표현하는 문장일 때 'P이면 Q이다.'의 P와 'P이다.'의 P 사이에 내용의 차이가 생기므로, 전건 긍정식임에도 두 전제의 참이 결론 'Q이다.'의 참을 보장하지 않는다는 것이 몇몇 논리학자들이 제기한 문제였다."

| 뭔말?

· (나)의 '몇몇 논리학자들이 제기한 문제' = 감정 표현의 문장이 전건 긍정식의 전제로 사용될 때의 문제 = 에이어의 견해가 지닌 문제 → 도덕 문장이 전건 긍정식의 두 전제로 사용되면 내용 차이가 발생할 수 있음.

· (가)의 '에이어의 도덕 문장' = 감정을 표현한 문장

· 에이어는 도덕 문장이 진리 적합성을 갖지 않는다고 주장함.

| 결론! 에이어는 도덕 문장이 전건 긍정식의 전제로 사용되면 진리 적합성을 갖는다는 생각은 하지 않을 것임.

😵 오답 땡!

[진술 1] 객관적으로 존재하는 도덕적 사실이 있다.
- 전통적인 윤리학자: 옳다. 도덕적 판단의 근거는 도덕 주체로부터 독립적으로 존재하기 때문이다. ────── ①

| (가) 1문단 "전통적인 윤리학의 주요 주제는 '선', '올바름'과 같은 도덕 용어에 대한 해명을 바탕으로 무엇이 옳고 그른지를 판정하는 객관적 근거(도덕적 판단의 근거)를 찾는 것이다."

| (가) 3문단 "그(에이어)의 주장대로라면 도덕 문장은 감정을 표현하는 도덕 주체로부터 독립적으로 존재하는 무언가를 기술할 수 없다. 이는 전통적인 윤리학자들의 기본 가정(도덕 주체로부터 독립적으로 존재하는 무언가가 있음.)을 부정하는 급진적 주장이지만"

| 뭔말?

· 전통적인 윤리학의 주요 주제: 도덕적 판단의 객관적 근거를 찾는 것

· 전통적인 윤리학의 기본 가정: 도덕 주체로부터 독립적으로 존재(객관적으로 존재)하는 무언가(도덕적 사실)가 있음.

| 결론! 전통적인 윤리학자는 [진술 1]에 동의 O

[진술 1] 객관적으로 존재하는 도덕적 사실이 있다.

· 에이어: 옳지 않다. 도덕 문장은 도덕 주체로부터 독립적일 수 없기 때문이다. ·········· ②

| (가) 3문단 "그(에이어)의 주장대로라면 도덕 문장은 감정을 표현하는 도덕 주체로부터 독립적으로 존재하는 무언가를 기술할 수 없다."

| 결론! 에이어는 도덕 주체로부터 독립하여 객관적으로 존재하는 도덕적 사실은 없다고 보므로, [진술 1]에 동의 X

[진술 2] 도덕 문장은 참 또는 거짓이라는 속성을 갖는다.

· 에이어: 옳지 않다. 도덕 문장은 분석적이지도 종합적이지도 않기 때문이다. ·········· ③

· 행크스: 옳다. 도덕 문장은 도덕 용어가 나타내는 속성에 비추어 참 또는 거짓이 정해지기 때문이다.

| (가) 1문단 "에이어는 도덕적으로 옳고 그름에 관한 문장인 도덕 문장이 진리 적합성, 즉 참 또는 거짓일 수 있다는 성질을 갖지 않는다는 주장을 펼쳤다."

| (가) 2문단 "에이어는 진리 적합성을 갖는 모든 문장은 그 문장에 사용된 단어의 정의를 통해 검증되는 분석적 문장이거나 경험적 관찰에 의해 검증되는 종합적 문장이라는 원리를 바탕으로 도덕 문장은 진리 적합성이 없다고 주장했다. ~ '선은 A이다.'라는 도덕 문장이 분석적이려면, 술어인 'A'가 주어인 '선'이라는 개념 속에 내포되어 있어야 한다. 하지만 '선'은 속성이나 내용을 더 이상 분석할 수 없는 단순 개념이므로 해당 문장은 분석적이지 않다. 그렇다고 해서 '선은 A이다.'라는 도덕 문장이 경험적 관찰로 검증될 수 있는 것도 아니다."

| 뭔말?

· 진리 적합성 = 참 또는 거짓일 수 있는 성질

· 진리 적합성을 가진 문장: ① 문장에 사용된 단어의 정의를 통해 검증되는 분석적 문장 ② 경험적 관찰에 의해 검증되는 종합적 문장

· 에이어의 주장: 도덕 문장은 분석적이지 않으며(분석적 문장 X), 경험적 관찰로 검증될 수 없어 종합적이지도 않음(종합적 문장 X). → 그러므로 도덕 문장은 진리 적합성(참 또는 거짓일 수 있는 성질)이 없음.

| 결론! 에이어는 [진술 2]에 동의 X

[진술 3] 전건 긍정식의 두 전제에 공통으로 포함된 도덕 문장은 내용이 다르다.

· 행크스: 옳지 않다. 단독으로 진술된 문장은 조건문의 일부로 사용된 때와 내용 차이가 없기 때문이다. ·········· ⑤

| (나) 1문단 "전건 긍정식은 'P이면 Q이다.'와 'P이다.'라는 두 전제가 참이면 결론 'Q이다.'는 반드시 참이라는 뜻에서 타당하다."

| (나) 2문단 "도덕 문장을 비롯한 모든 판단적 문장은 참 또는 거짓일 수 있다. 조건문('P이면 Q이다.')에 포함된 문장('P이면')도 판단적이라는 점에서 단독으로 진술('P이다.')될 때와 내용의 차이가 없다."

| 뭔말?

· 전건 긍정식의 두 전제에 공통으로 포함된 도덕 문장 = 'P이다.'

· 행크스는 조건문의 일부인 'P이면'과 단독 진술 'P이다'는 내용의 차이가 없다고 봄.

| 결론! 내용이 다르다(내용의 차이가 있다)는 [진술 3]에 행크스는 동의 X

---

04 세부 정보의 파악 답 ①

선지별 선택 비율	①	②	③	④	⑤
화작	27%	16%	18%	24%	15%
언매	36%	15%	15%	20%	14%

윗글을 바탕으로 ㉠을 이해한 내용으로 적절하지 않은 것은?

😊 **정답 띵! 동!**

① 에이어의 윤리학 견해가 옳다면 전건 긍정식이 ~~직관적으로 타당해 보이게~~ 된다는 점에서, ㉠은 에이어에 대한 비판이 된다.
→ 타당하지 않게

| (가) 3문단 "(에이어의 주장에 따르면) 도덕 문장은 다양한 감정이나 태도를 표현하고 ~ 그 문장이 도둑질에 대한 화자의 감정을 표현한 문장이라면 이는 도덕 문장이며"

| (나) 1문단 "전건 긍정식의 P가 감정이나 태도를 표현하는 문장일 때 'P이면 Q이다.'의 P와 'P이다.'의 P 사이에 내용의 차이가 생기므로, 전건 긍정식임에도 두 전제의 참이 결론 'Q이다.'의 참을 보장하지 않는다는 것이 ㉠ 몇몇 논리학자들이 제기한 문제였다. 전건 긍정식인 '표절은 나쁘다면 표절을 돕는 것은 나쁘다. 표절은 나쁘다. 따라서 표절을 돕는 것은 나쁘다.'라는 논증(전건 긍정식)은 직관적으로 타당해 보인다. 하지만 '표절은 나쁘다.'가 감정을 표현했다면, 위 논증은 타당하지 않다고 해야 한다. 그러므로 에이어의 윤리학 견해를 고수하려면(에이어의 견해가 옳다면), 도덕 문장을 포함하는 전건 긍정식의 타당성을 부정하거나, 전건 긍정식은 도덕 문장을 포함할 수 없다고 해야 한다."

| 뭔말?

· 에이어의 도덕 문장 = 화자의 감정을 표현한 문장임.

· ㉠ = 전건 긍정식의 P가 감정이나 태도를 표현하는 문장(에이어의 도덕 문장)이면 결론의 참을 보장할 수 없다는(전건 긍정식이 타당하지 않은 것이 되는) 문제 → 에이어의 윤리학 견해(도덕 문장은 화자의 감정을 표현한 문장)가 옳다면 ① 도덕 문장을 포함하는 전건 긍정식의 타당성을 부정해야 함. 또는 ② 전건 긍정식에 도덕 문장을 포함할 수 없음.

· ㉠은 에이어의 윤리학 견해가 옳다면 전건 긍정식이 타당하지 않게 되기 때문에 에이어를 비판함.

😞 **오답 띵!**

② ㉠에 따르면, 도덕 문장을 포함하는 전건 긍정식이 타당하다면 도덕 문장이 감정을 표현한다는 견해는 수용될 수 없다.

| (나) 1문단 "하지만 '표절은 나쁘다.'가 감정을 표현했다면, 위 논증은 타당하지 않다고 해야 한다. 그러므로 에이어의 윤리학 견해를 고수하려면(에이어의 견해가 옳다면), 도덕 문장을 포함하는 전건 긍정식의 타당성을 부정하거나, 전건 긍정

식은 도덕 문장을 포함할 수 없다고 해야 한다."

| 뭔말?

· ㉠: 감정 표현의 문장(도덕 문장)을 포함한 전건 긍정식 타당 X → 전건 긍정식이 타당하려면 감정 표현의 문장(도덕 문장)을 포함하면 안 됨.

· ㉡: 도덕 문장을 포함한 전건 긍정식이 타당 ○ → 도덕 문장은 감정을 표현한 문장이 아니어야 함.

| 결론! ㉠에 따르면, 도덕 문장이 감정을 표현한다는 견해는 수용 X

③ ㉠은 전건 긍정식이 타당하려면 두 전제 모두에 나타난 문장의 내용이 일치해야 함에 기초한다.

- -

| (나) 1문단 "전건 긍정식은 'P이면 Q이다.'와 'P이다.'라는 두 전제가 참이면 결론 'Q이다.'는 반드시 참이라는 뜻에서 타당하다. ~ 이에 전건 긍정식의 P가 감정이나 태도를 표현하는 문장일 때 'P이면 Q이다.'의 P와 'P이다.'의 P 사이에 내용의 차이가 생기므로, 전건 긍정식임에도 두 전제의 참이 결론 'Q이다.'의 참을 보장하지 않는다는 것이 ㉠몇몇 논리학자들이 제기한 문제였다."

| 뭔말?

· 전건 긍정식의 타당성 = 두 전제가 참이면 결론이 반드시 참

· 전건 긍정식의 P가 감정이나 태도 표현할 때: 두 전제에 사용된 P의 내용 차이로, 결론의 참을 보장하지 않음. → 전건 긍정식 타당 X

| 결론! 전건 긍정식이 타당하려면 두 전제에 공통으로 사용된 문장 P의 내용이 일치되어야 함.

④ ㉠은 도덕 문장뿐 아니라 개인적 선호를 나타내는 문장에 대해서도 제기될 수 있다.

- -

| (나) 1문단 "'귤은 맛있다.'는 화자의 선호라는 감정을 표현한다. 하지만 그 문장이 '귤은 맛있다면 귤은 비싸다.'처럼 조건문의 일부가 되면 귤에 관한 화자의 선호를 표현하지 않는다. 이에 전건 긍정식의 P가 감정이나 태도를 표현하는 문장일 때 'P이면 Q이다.'의 P와 'P이다.'의 P 사이에 내용의 차이가 생기므로, 전건 긍정식임에도 두 전제의 참이 결론 'Q이다.'의 참을 보장하지 않는다는 것이 ㉠몇몇 논리학자들이 제기한 문제였다."

| 뭔말?

· ㉠: 전건 긍정식의 P가 감정이나 태도 표현 → 두 전제 'P이면 Q이다.'의 P(조건문의 일부)와 'P이다.'의 P(단독 진술) 사이에 내용 차이가 생기는 문제

· '귤은 맛있다.': 개인적 선호(감정)를 표현한 문장(단독 진술) → 조건문의 일부가 되면 선호를 표현하지 않는 문제가 생김.

| 결론! 개인적 선호를 나타내는 문장을 전건 긍정식으로 표현할 경우에도 ㉠의 제기 가능

⑤ 도덕 문장을 판단적이라고 보는 이론에 따르면 ㉠은 애당초 발생하지 않는다.
└→ 행크스

| (나) 2문단 "'표절은 나쁘다.'라는 문장은 표절이라는 대상에 나쁨이라는 속성을 부여하는 내용을 가진다. 그리고 화자의 문장 진술은 그 내용과 완전히 무관할 수는 없기 때문에 그런 문장은 단독으로 진술되든 그렇지 않든 판단적이다. ~ 조건문에 포함된 문장도 판단적이라는 점에서 단독으로 진술될 때와 내용의 차이가 없다."

| 뭔말?

· ㉠: 두 전제 'P이면 Q이다.'의 P(조건문의 일부)와 'P이다.'의 P(단독 진술) 사이에 내용의 차이가 생기는 문제 발생

· 행크스: 조건문에 포함된 문장과 단독으로 진술될 때에 내용의 차이가 없음.

→ ㉠의 문제가 발생하지 않는다고 봄.

꿀피스 Tip!

▶ 이 문제의 포인트는 ㉠, 즉 몇몇 논리학자들이 에이어의 견해에 대해 제기한 문제가 무엇인지를 파악할 수 있는가에 있어. 그런데 여기서 중요한 것은 에이어는 윤리학적 견해를 제시한 것이고, ㉠은 윤리학이 아닌 논리학적 관점에서 문제를 제기했다는 거야. (무슨 얘기냐 하면 에이어의 견해가 지닌 윤리학적 문제가 아니라 논증 규칙을 중시하는 논리학적 관점에서 본 문제를 제기하고 있다는 거야. 그러니 에이어의 견해를 어떤 논증 규칙과 관련지어 비판하고 있는지 판단할 수 있어야겠지.) 그래서 전건 긍정식, 조건문, 전제, 결론과 같은 용어들이 정신없이 등장하고 있어. 그러니 용어들과 예문을 연결지어 파악해야 지문의 내용을 제대로 이해할 수 있겠지?

▶ (나)의 1문단에서 "전건 긍정식 = 'P이면 Q이다.(전제 1, P는 조건문의 일부) P이다.(전제 2, 단독 진술) 따라서 Q이다.(결론)'의 논증"으로 설명하고 있어. 그리고 예문으로 '귤은 맛있다.'와 '표절은 나쁘다.'를 제시하고 있지. 그런데 논리학자들은 왜 이 두 문장을 예로 들었을까? 그것은 둘 다 감정이나 태도를 표현하는 문장이라는 공통점을 가지기 때문이야. (앞서도 말했지만, 논리학에서 중요한 것은 논증 규칙이야. 즉 두 전제로부터 결론에 도달하기까지의 과정이 타당한가를 따지는 거지.) 논리학자들은 이 두 예문의 공통점, 즉 감정이나 태도를 표현하는 문장이라는 점을 활용하여 '도덕 문장은 감정 표현의 문장이어야 한다는 에이어의 견해'에 의문을 던지고 있는 거야.

▶ 선택률을 보니, 이 문제에서 함정 선지는 ④라고 할 수 있겠네. 이걸 선택했다면 ㉠은 논리학자들이 에이어의 견해에 대해 제기한 비판적 의문이라는 점에만 초점을 두었을 가능성이 높아. ㉠에서 지적한 에이어의 견해가 무엇이야? 바로 도덕 문장이지? 그래서 ㉠은 도덕 문장에 대해 제기한 것일 뿐이며, '개인적 선호를 나타내는 문장'과는 관련이 없다고 생각한 거야. 그런데 ㉠을 위해 예로 든 것이 '귤은 맛있다.'는 개인적 선호를 표현한 문장이잖아. 그러니 ㉠ 논리학자들이 제기한 문제는 '개인적 선호를 나타내는 문장'에도 적용할 수 있는 거지. (선지의 '대해서도'의 '도'에 좀 더 신경을 썼어야 했겠지?) 그러니 ④의 설명은 적절한 거지.

▶ 그럼 이제 정답 선지인 ①을 보자. '직관적으로 타당해 보이게 된다'는 내용이 '에이어에 대한 비판'이 되는지를 확인해야 하는 선지야. 앞서 말했듯이 ㉠은 '에이어의 견해'에 대해 논리학적 관점에서 제기한 문제야. 어떤 문제? ㉠의 바로 앞에 나오잖아. '전건 긍정식임에도 두 전제의 참이 결론의 참을 보장하지 않는다'는 문제. 즉, 전건 긍정식이 타당하지 않게 되는 문제를 지적하고 있어.

▶ 그럼 먼저, '직관적으로 타당해 보이'는 것이 무엇인지 보자. '표절은 나쁘다면 표절을 돕는 것은 나쁘다. 표절은 나쁘다. 따라서 표절을 돕는 것은 나쁘다.'라는 논증이야. 'P이면 Q이다. P이다. 따라서 Q이다.'의 규칙에 맞잖아. 그러니 직관적으로 전건 긍정식이 타당해 보이지. '직관적'은 어떤 사유의 과정을 거치지 않고 대상을 직접적으로 파악하는 것으로, 딱 봤을 때 전건 긍정식의 규칙에 맞는 것처럼 보이잖아. 그런데 앞에서 ㉠은, P가 감정이나 태도를 나타내는 말일 때는 'P이면 Q이다. P이다.'에 쓰인 두 개의 'P'가 같은 내용이 아니라 다른 내용이 되는 게 문제라고 지적했어. 즉 직관적으로 봤을 때 전건 긍정식 형식에 맞는 것처럼 보이지만, 내용적으로 볼 때는 두 전제의 참으로부터 결론의 참을 이끌어 내기 어려워서 전건 긍정식이 타당하지 않다는 점을 지적하고 있는 거지.(사실 '타당해 보이게 된다'가 긍정적 평가에 해당하는 내용이라는 점만 생각해 봐도, '문제'나 '비판'이 되기 어렵다는 것을 짐작할 수 있기는 해. 그렇다고

지문의 내용을 제대로 파악하지 않고, 선지의 표현만 가지고 적절성을 판단하는 것은 금물!!! 긍정적으로 보이는 내용이 비판의 내용이 될 수도 있는 거니까.)

05 관점의 비교   답 ①

선지별 선택 비율	①	②	③	④	⑤
화작	23%	12%	21%	27%	17%
언매	32%	11%	18%	22%	17%

윗글과 〈보기〉를 비교하여 이해한 내용으로 적절하지 않은 것은? [3점]

> ── 보기 ─
> '자선은 옳다.'는 자선에 대한 찬성, '폭력은 나쁘다.'는 폭력에 대한 반대라는 태도를 표현한다. 도덕 문장을 포함하는 '자선은 옳다면 봉사는 옳다.'라는 조건문은 '태도에 대한 태도'를 표현한다. 위와 같은 주관적 태도들에는 참, 거짓(진리 적합성)이 없다. '자선은 옳다면 봉사는 옳다.'와 '자선은 옳다.'가 나타내는 태도를 지니면서, '봉사는 옳다.'에 반대하는 것은 비일관적이다. '자선은 옳다면 봉사는 옳다. 자선은 옳다. 따라서 봉사는 옳다.(전건 긍정식)'가 타당하다는 것은 이런 뜻이다.

정답 띵! 동!

① 도덕 문장이 태도나 감정을 표현한다는 주장은, 도덕 문장을 포함하는 조 ← 에이어의 주장
건문이 '태도에 대한 태도'를 표현한다는 〈보기〉의 주장과 ~~상충하는군.~~
└→ 상충하지 않음.

| 〈보기〉 "도덕 문장을 포함하는 '자선은 옳다면 봉사는 옳다.'라는 조건문은 '태도에 대한 태도'를 표현한다. 위와 같은 주관적 태도들에는 참, 거짓(진리 적합성)이 없다."

| (가) 1문단 "에이어는 도덕적으로 옳고 그름에 관한 문장인 도덕 문장이 진리 적합성, 즉 참 또는 거짓일 수 있다는 성질을 갖지 않는다는 주장을 펼쳤다."

| (가) 3문단 "도덕 문장은 다양한 감정이나 태도를 표현하고 타인의 감정을 불러일으키는 정서적 의미를 갖는다고 에이어는 주장했다."

| 뭔말?
· 〈보기〉: 도덕 문장을 포함하는 조건문이 '태도에 대한 태도'를 표현 → 참, 거짓이 없음.(진리 적합성을 갖지 않음.)
· 에이어의 주장: 도덕 문장은 화자의 감정과 태도를 표현한 것이며, 진리 적합성(참, 거짓)을 갖지 않음.
| 결론! 에이어의 주장과 〈보기〉의 주장은 상충하지 않음.

오답 땡!

② 논증의 타당성이 전제와 결론의 참에 의해 규정된다는 주장은, 타당성을 ← 논리학의 주장
논증에 나타난 태도 사이의 관계에 의해 규정할 수 있다는 〈보기〉의 주장과 상충하는군.

| 〈보기〉 "위와 같은 주관적 태도들('자선은 옳다.', '자선은 옳다면 봉사는 옳다.')에는 참, 거짓이 없다. '자선은 옳다면 봉사는 옳다.'와 '자선은 옳다.'(← 전제)가 나타내는 태도를 지니면서, '봉사는 옳다.'(← 결론)에 반대하는 것은 비일관적이다. '자선은 옳다면 봉사는 옳다. 자선은 옳다. 따라서 봉사는 옳다.'가 타당하다는 것은 이런 뜻(태도 간 일관성이 타당성의 기준)이다."

| (나) 1문단 "전건 긍정식은 'P이면 Q이다.'와 'P이다.'라는 두 전제가 참이면 결론

'Q이다.'는 반드시 참이라는 뜻에서 타당하다. ~ 전건 긍정식의 P가 감정이나 태도를 표현하는 문장일 때 'P이면 Q이다.'의 P와 'P이다.'의 P 사이에 내용의 차이가 생기므로, 전건 긍정식임에도 두 전제의 참이 결론 'Q이다.'의 참을 보장하지 않는다는 것이 몇몇 논리학자들이 제기한 문제였다."

| 뭔말?
· 〈보기〉: 전제가 되는 주관적 태도들에 참, 거짓이 없음. → 전제의 참, 거짓을 판단할 수 없음.
· 〈보기〉: 전제와 결론이 나타내는 태도가 일관적 → 논증이 타당함(타당성을 태도 사이의 관계로 규정함.)
· 논리학: (전건 긍정식의 P가 감정이나 태도가 아닌 경우) 두 전제가 참이면 결론이 반드시 참 → 논증이 타당함.
| 결론! 논리학의 주장과 〈보기〉의 주장은 상충함.

→ 전통적인 윤리학
③ 무엇이 윤리적으로 옳고 그른지에 대한 객관적 기준을 세워야 한다는 주장은, 도덕 문장은 찬성과 반대라는 주관적 태도를 나타낸다는 〈보기〉의 주장과 상충하는군.

| 〈보기〉 "'자선은 옳다.'는 자선에 대한 찬성, '폭력은 나쁘다.'는 폭력에 대한 반대라는 태도를 표현한다. 도덕 문장을 포함하는 ~ 위와 같은 주관적 태도들에는 참, 거짓이 없다."

| (가) 1문단 "전통적인 윤리학의 주요 주제는 ~ 무엇이 옳고 그른지를 판정하는 객관적 근거를 찾는 것이다."

| (가) 3문단 "도덕 문장은 감정을 표현하는 도덕 주체로부터 독립적으로 존재하는 무언가를 기술할 수 없다. 이는 전통적인 윤리학자들의 기본 가정을 부정하는 급진적 주장"

| 뭔말?
· 〈보기〉: 도덕 문장에서 찬성, 반대의 태도는 주관적 태도들임.
· 전통적인 윤리학: 옳고 그름을 판정하는 객관적인 근거 → 도덕 문장은 감정을 표현하는 도덕 주체로부터 독립적으로 존재함.
| 결론! 전통적인 윤리학의 주장과 〈보기〉의 주장은 상충함.

→ 화자의 감정을 표현하는 문장의 경우
④ '귤은 맛있다.'가 귤에 대한 화자의 선호를 표현한다는 주장은, '자선은 옳다.'가 자선에 대한 화자의 찬성을 표현한다는 〈보기〉의 주장과 상충하지 않는군.

| 〈보기〉 "'자선은 옳다.'는 자선에 대한 찬성, '폭력은 나쁘다.'는 폭력에 대한 반대라는 태도를 표현한다. ~ 위와 같은 주관적 태도들에는 참, 거짓이 없다."

| (가) 1문단 "에이어는 도덕적으로 옳고 그름에 관한 문장인 도덕 문장이 진리 적합성, 즉 참 또는 거짓일 수 있다는 성질을 갖지 않는다는 주장을 펼쳤다."

| (가) 3문단 "반대로 그 문장이 도둑질에 대한 화자의 감정을 표현한 문장이라면 이는 도덕 문장이며 어떤 사실을 기술한 것이 아니다."

| (나) 1문단 "'귤은 맛있다.'는 화자의 선호라는 감정을 표현한다."

| 뭔말?
· 〈보기〉의 '자선은 옳다.': 자선에 대한 찬성, 화자의 주관적 태도를 표현한 문장으로, 참, 거짓을 판단할 수 없음.
· 에이어의 주장: '감정을 표현한 문장'은 진리 적합성(참, 거짓의 성질)을 갖지 않음. → '귤은 맛있다.': 선호의 감정을 표현한 문장으로, 참, 거짓을 판단할 수 없음.
| 결론! 두 주장이 상충하지 않음.

→ 에이어의 주장
⑤ '도둑질은 나쁘다.'가 화자의 정서를 표출하므로 진리 적합성이 없다는 주장은, 폭력에 대한 화자의 태도를 표현하는 문장이 참, 거짓일 수 없다는 〈보기〉의 주장과 상충하지 않는군.

| 〈보기〉 "'폭력은 나쁘다.'는 폭력에 대한 반대라는 태도를 표현한다. ~ 위와 같은 주관적 태도들에는 참, 거짓(진리 적합성)이 없다."

| (가) 1문단 "에이어는 도덕적으로 옳고 그름에 관한 문장인 도덕 문장이 진리 적합성, 즉 참 또는 거짓일 수 있다는 성질을 갖지 않는다는 주장을 펼쳤다."

| (가) 3문단 "반대로 그 문장('도둑질은 나쁘다.')이 도둑질에 대한 화자의 감정을 표현한 문장이라면 이는 도덕 문장이며 어떤 사실을 기술한 것이 아니다."

| 뭔말?

· 〈보기〉: 주관적 태도를 표현한 문장('폭력은 나쁘다.')에는 참, 거짓이 없음.

· 에이어의 주장: 화자의 정서를 표현한 도덕 문장('도둑질은 나쁘다.')은 참, 거짓의 성질(진리 적합성)을 갖지 않음.

| 결론! 에이어의 주장과 〈보기〉의 주장은 상충하지 않음.

꿀피스 Tip!

▶ 이 문제의 포인트는 (가)와 (나)에 제시된 학자들의 주장을 구분하고, 이를 〈보기〉에 나타난 주장과 비교하여 판단할 수 있는가에 있어. (지문에 제시된 학자들의 주장을 구분하고, 이를 바탕으로 각 학자들의 주장과 〈보기〉의 주장 사이의 공통점과 차이점을 파악해야 하는 문제야. 짧은 시간 안에 여러 주장을 파악해서 문제를 해결하는 것이 결코 쉽지는 않았을 거야.) (가)에는 전통적인 윤리학의 주장과 에이어의 주장이, (나)에는 몇몇 논리학자들의 문제 제기와 행크스의 견해가 제시되어 있어. 각각의 주장을 먼저 정리해 보고, 〈보기〉를 살펴보도록 하자.

▶ (가)에서 전통적인 윤리학자들은 옳고 그름을 판단하는 객관적 근거가 있다고 생각하고 있음을 알 수 있어. 이에 대해 에이어는 객관적 근거(주체로부터 독립적으로 존재하는 무언가)를 부정하고, '도덕 문장'이 화자의 감정을 표현한 것이라고 주장했어. (나)에 제시된 몇몇 논리학자들은 전건 긍정식의 타당성을 근거로 에이어가 주장한 '감정을 표현하는 도덕 문장'에 대해 문제를 제기했지. 그리고 행크스는 판단적 문장을 바탕으로 논리학자들의 논쟁을 정리했어. (이 문제에서는 행크스의 주장은 안 살펴 봐도 돼. 사실 선지에서 전통적인 윤리학, 에이어, 몇몇 논리학자들의 주장만 다루고 있거든.)

▶ 그럼 〈보기〉를 살펴볼까? '옳다', '나쁘다'라는 도덕 용어가 쓰인 도덕 문장을 설명하고 있네. 도덕 문장을 포함한 조건문을 예로 제시하면서 이 문장들은 모두 '주관적 태도들'을 담고 있으며, 참, 거짓을 판단할 수 없다고 했어. (여기서 '참, 거짓'을 보는 순간 지문의 '진리 적합성'을 떠올릴 수 있어야 해.) 그리고 전건 긍정식의 타당성을 언급했네. "'자선은 옳다면 봉사는 옳다.'와 '자선은 옳다.'가 나타내는 태도를 지니면서, '봉사는 옳다.'에 반대하는 것은 비일관적이다."를 통해, 타당성은 태도의 일관성과 관련됨을 파악할 수 있어야 해. 자, 지금까지 정리한 내용을 바탕으로 선지를 살펴보자.

▶ 선택률을 보니, 이 문제에서 함정 선지는 ④라고 할 수 있겠어. 이걸 선택했다면 '귤은 맛있다.'가 귤에 대한 화자의 선호를 표현한다는 주장이 가리키는 바를 파악하지 못했을 가능성이 높아. (나)에서 '귤은 맛있다.'가 화자의 선호를 표현한다고 하면서, 이어서 몇몇 논리학자들이 지적한 문제가 제시되었어. 그래서 '귤에 대한 선호 표현을 주장한 사람'이 '몇몇 논리학자들'이라고 판단하게 된 거지. 그런데 논리학자들은 감정이나 태도를 표현하는 문장을 바탕으로 에이어의 견해에 문제 제기를 하고 있어.

▶ 왜? 에이어의 도덕 문장이 감정을 표현하는 문장이니까. 에이어는 감정이나 태도를 나타내는 도덕 문장이 참, 거짓의 성질을 가지고 있지 않다고 보는 입장이지? 〈보기〉에서 '자선은 옳다.'는 찬성의 태도, 즉 주관적 태도를 나타낸 것으로 참, 거짓이 없다고 했네. 다시 정리하면, '귤은 맛있다.'와 '자선이 옳다.'는 모두 감정이나 태도, 즉 주관과 관련된다는 점에서 공통되고, '귤은 맛있다.'가 귤에 대한 화자의 선호를 표현한다는 주장은 에이어의 견해와 연결되지. 따라서 두 주장은 상충되지 않는 거야. 이를 바탕으로 선지의 적절성을 판단했어야 해.

▶ 선택률을 보니, ③도 만만치 않은 함정 선지라 할 수 있겠네. 이걸 선택했다면 〈보기〉에서 도덕 문장이 찬성과 반대라는 주관적 태도를 나타낸다는 주장을 안 했다고 판단했을 가능성이 높아. 그런데 〈보기〉의 "도덕 문장을 포함하는 ~ 조건문은 '태도에 대한 태도'를 표현"하며, 이들 태도는 모두 '주관적 태도들'이라고 했어. 〈보기〉에서 도덕 문장을 찬성이나 반대의 주관적 태도를 드러낸 문장으로 보고 있으니, ③에서 〈보기〉에 대해 설명한 내용은 맞지. 그러니 '객관'적 기준을 세워야 한다는 전통적인 윤리학의 주장과 〈보기〉에서 말하는 '주관'적 태도는 상충되는 내용이지?

▶ 그럼 이제 정답 선지인 ①을 보자. 사실 선지에서 서술된 '도덕 문장이 태도'나 감정을 '표현'한다는 내용만 보아도 판단이 그렇게 어렵지 않은 선지야. 그럼에도 불구하고 '~한다는 주장'이 지문에 설명된 어느 학자의 주장이냐를 판단한 다음, 이 주장이 〈보기〉의 주장과 상충하느냐 아니냐를 판단해야 하는 여러 단계의 사고를 필요로 하는 문제이다 보니 정답률이 아주 낮게 나온 것 같아. 〈보기〉를 봐. '자선은 옳다.', '폭력은 나쁘다.', '자선은 옳다면 봉사는 옳다.'를 예로 들며 도덕 문장이 단독 진술이든 조건문의 일부에 포함되든 모두 태도를 나타내며, 참, 거짓이 없다고 했어. 이것은 도덕 문장이 태도를 표현한다는 주장에 해당하잖아. 그렇다면 선지의 앞부분에 제시된 주장(=에이어의 주장)과 〈보기〉의 주장이 상충하지 않는 거지.

▶ 그런데 이를 선택하지 않았다면, 〈보기〉가 전건 긍정식을 이용하여 도덕 문장을 설명하고 있다는 점에서, (나)에 제시된 논리학자들의 주장이라고 잘못 생각했기 때문일 거야. '도덕 문장이 태도나 감정을 표현한다는 주장'은 에이어의 주장, 〈보기〉의 주장은 에이어에 대해 비판적 의문을 제기한 논리학자들의 주장, 그러니 상충하겠지!' 하고 생각한 거지. 〈보기〉에 전건 긍정식이 나타나 있지만, (나)의 논리학자들의 주장과 다르다는 것을 파악하지 못한 결과라 할 수 있어.

06 어휘의 의미 파악   답 ②

선지별 선택 비율	①	②	③	④	⑤
화작	3%	87%	3%	5%	2%
언매	2%	93%	2%	2%	1%

문맥상 ⓐ~ⓔ와 바꿔 쓰기에 가장 적절한 것은?

정답 띵! 동!

② ⓑ: 제시하지

| ⓑ의 '내놓다' '생각이나 의견을 제시하다.'라는 의미
| '제시하다' '어떠한 의사를 말이나 글로 나타내어 보이게 하다.'라는 의미

😠 오답 땡!

① ⓐ: 수색하는

- ⓐ의 '찾다' '모르는 것을 알아내고 밝혀내려고 애쓰다. 또는 그것을 알아내고 밝혀내다.'라는 의미
- '수색하다' '구석구석 뒤지어 찾다.'라는 의미

③ ⓒ: 전파했다

- ⓒ의 '펼치다' '생각 따위를 전개하거나 발전시키다.'라는 의미
- '전파하다' '전하여 널리 퍼뜨리다.'라는 의미

④ ⓓ: 발산하는

- ⓓ의 '불러일으키다' '어떤 마음, 행동, 상태를 일어나게 하다.'라는 의미
- '발산하다' '감정 따위가 밖으로 드러나 해소되거나 분위기 따위가 한껏 드러나다. 또는 그렇게 되게 하다.'라는 의미

⑤ ⓔ: 공개하여

- ⓔ의 '열다' '새로운 기틀을 마련하다.'라는 의미
- '공개하다' '어떤 사실이나 사물, 내용 따위를 여러 사람에게 널리 터놓다.'라는 의미

▶ 본문 031쪽

매운맛 주제 통합 04
2024학년도 수능

| 01 ③ | 02 ① | 03 ④ |
| 04 ④ | 05 ⑤ | 06 ④ |

(가) 『노자』의 도에 대한 한비자의 견해

🔗 **EBS 연결 고리**
2024학년도 EBS 수능특강 독서 242쪽 〈한비자와 마키아벨리의 통치론〉에서 '한비자와 노자의 사상' 관련 내용 연계

해제 이 글은 『노자』의 도에 대한 한비자의 견해를 설명하고 있다. 전국 시대에 법치를 주장한 한비자는 『노자』와 마찬가지로 도를 천지 만물의 존재와 본질의 근거로 인식하면서, 도는 천지와 더불어 영원히 존재하는 항상성 및 때와 상황에 따라 유연하게 변하는 가변성을 지닌다고 보았다. 그리고 이런 인식을 바탕으로 『노자』의 도에 시비 판단의 근거라는 새로운 의미를 부여하고, 도에 근거하여 법을 제정해야 한다고 주장하였다. 특히 욕망을 없애야 한다고 주장한 『노자』와 달리 욕망을 인정하면서 사회를 안정시키기 위해서는 욕망을 법으로 제어할 수 있어야 한다고 보았다.

주제 『노자』의 도에 주목하여 도를 시비 판단의 근거로 본 한비자

짜임

1문단	『노자』 해석을 통해 법치 사상을 뒷받침한 한비자
2문단	도를 천지 만물의 존재와 본질의 근거로 본 한비자
3문단	도의 항상성과 가변성에 대한 한비자의 견해
4문단	도를 시비 판단의 근거로 보고 법치를 주장한 한비자

1문단 『한비자』는 중국 전국 시대의 한비자가 제시한 사상이 ⓐ담긴 저
[01-①] 『한비자』의 의의
작이다. 여러 나라가 패권을 다투던 혼란기를 맞아 엄격한 법치를 통해 부
[01-②] 한비자가 추구한 이상적 사회
국강병을 꾀한 한비자는 『노자』에 대한 해석을 통해 자신의 법치 사상을
[01-①] 『한비자』의 의의
뒷받침했고, 이러한 면모는 『한비자』의 「해로」, 「유로」 등에서 확인할 수
있다.

2문단 『노자』에서 '도(道)'는 만물 생성의 근원으로 묘사된다. 도를 천지
[02-⑤] 도에 대한 『노자』의 견해 - 근원성
만물의 존재와 본질의 근거라고 본 한비자의 이해도 이와 다르지 않다. 그
[02-⑤] 도에 대한 한비자의 견해 - 근원성
는 자연과 인간 사회의 모든 현상은 도의 영향을 받지 않을 수 없다고 보
고, 인간 사회의 일은 도에 따라 제대로 행했는가의 여부에 따라 그 성패
[02-④] 도에 대한 한비자의 견해 - 인간 사회 일의 성패 좌우
가 드러나는 것이라고 이해했다.

3문단 한비자는 『노자』에 제시된 영구불변하는 도의 항상성에 대해 도가
천지와 더불어 영원히 존재한다는 것을 의미하는 것이지, 도가 모습과 이
[02-③] 도에 대한 한비자의 견해 - 영원성
치를 일정하게 유지하는 것은 아니라고 이해했다. 그리고 도는 형체가 없
을 뿐 아니라 일정하게 고정되어 있지 않기 때문에 때와 상황에 따라 유연
[02-③] 도에 대한 한비자의 견해 - 가변성
하게 변화하는 것이라고 파악했다. 도가 가변성을 가지고 있어야 도가 일
정한 곳에만 있지 않게 되고, 그래야만 도가 모든 사물의 존재와 본질의
근거가 될 수 있다고 파악한 것이다. 그는 도가 가변적이기 때문에 통치술
도 고정되어서는 안 된다고 주장했다.

4문단 한편, 한비자는 도를 구체적인 사물과 사건에 내재한 개별 법칙

의 통합으로 보고, 『노자』의 도에 시비 판단의 근거라는 새로운 의미를 부여했다. 항상 존재하는 도는 개별 법칙을 포괄하기 때문에 다양한 개별 사
[02-①] 사건의 시비를 판단하는 기준인 도
건의 시비를 판단하는 기준이 될 수 있고, 이러한 도에 근거해서 입법해야
[01-②] 한비자가 추구한 이상적 사회
다양한 사건을 판단할 수 있다고 본 것이다. 이러한 이해를 바탕으로 그는
만족을 모르는 인간의 욕망을 사회 혼란의 원인으로 지목한 『노자』의 견해
에 동의하면서도, 『노자』에서처럼 욕망을 없애야 한다고 주장하지 않고 인
[02-②] [05-①] 인간 욕망에 대한 한비자의 견해
간은 욕망을 필연적으로 가질 수밖에 없음을 지적하며 욕망을 제어하기
위해 법이 필요하다고 강조했다.
[01-②] [05-①] 한비자가 추구한 이상적 사회

(나) 『노자』의 도에 대한 유학자들의 견해

EBS 연결 고리
2024학년도 EBS 수능특강 독서 242쪽 〈한비자와 마키아벨리의 통치론〉에서 '노자의 사상' 관련 내용 연계

해제 이 글은 송나라 이후 유학의 도를 기반으로 『노자』 주석을 전개한 유학자들의 견해를 소개하고 있다. 송나라 초기에 왕안석은 『노자』의 도를 '기'로 파악하고, 기의 작용에 의해 만물이 형성된다고 보았다. 그리고 무위를 주장한 『노자』와 달리 사회 안정을 위해서는 제도와 규범의 제정 같은 인간의 적극적인 개입이 필요하다고 주장했다. 송 이후 원나라 때의 오징은 주술성에 빠져 있는 도교를 비판하며 『노자』의 내용과 구성 등을 편집하여 노자의 가르침이 공자의 학문과 크게 다르지 않음을 밝히려 했다. 특히 『노자』와 달리 유학의 인의예지를 도가 현실화하여 드러난 것으로 보았다. 원 이후 명나라 때의 설혜는 다양한 경전을 인용하여 『노자』를 해석함으로써 노자 사상이 본질적으로 유학과 다르지 않음을 밝혀 노자 사상을 이단시한 유학자들의 오해를 불식하고자 했다.

주제 왕안석, 오징, 설혜가 각각 유학의 도를 기반으로 본 『노자』의 도

짜임

1문단	유학의 도를 기반으로 『노자』 주석을 전개한 유학자들
2문단	『노자』의 도에 대한 송나라 왕안석의 견해
3문단	『노자』의 도에 대한 원나라 오징의 견해
4문단	『노자』의 도에 대한 명나라 설혜의 견해

1문단 유학자들은 도를 인간 삶의 올바른 길을 의미하는 것이라고 보았다. 중국 송나라 이후, 유학자들은 이러한 유학의 도를 기반으로 현상 세계 너머의 근원으로서 도가의 도에 주목하여 『노자』 주석을 전개했다.
[01-③] [05-④] 글의 화제, 유학자들의 『노자』 주석 방향

2문단 혼란기를 거친 송나라 초기에 중앙집권화가 추진된 이후 정치적 갈등이 드러나면서 개혁의 분위기가 조성됐다. 이러한 분위기하에서 유학
[01-③] 통시적 전개
자이자 개혁 사상가인 왕안석은 『노자주』를 저술했다. 그는 『노자』의 도를 만물의 물질적 근원인 '기(氣)'라고 파악하고, 현상 세계에 앞서 존재하는
[04-①] 도에 대한 왕안석의 견해
기의 작용에 의해 사물이 형성된다고 보았다. 그는 기가 시시각각 변화하
[04-①, ③] 기에 대한 왕안석의 견해 - 근원성
듯 현상 세계도 변화한다고 이해했다. 인위적인 것을 제거해야만 도가 드
[04-②, ③] 기에 대한 왕안석의 견해 - 가변성
[01-⑤] [04-①, ②] [05-②] 왕안석의 『노자』 비판

러나고 인간 사회가 안정된다는 『노자』를 비판한 그는 자연과 달리 인간 사회의 안정을 위해서는 제도와 규범의 제정과 같은 인간의 적극적인 개
[04-①, ②] 인위적 규범의 필요성 주장
입이 필요하다고 주장했다. 지혜와 덕이 뛰어난 사람이 제정한 사회 제도 와 규범도 현실 사회의 변화에 따라 새롭게 해야 한다고 주장한 것이다.
[04-②, ③] 사회 제도, 규범 변화의 필요성
『노자』의 이상 정치가 실현되려면 유학 이념이 실질적 수단으로 사용되어야 한다고 주장하는 등 왕안석은 『노자』를 유학의 실천적 측면과 결부하여
[01-④] 왕안석의 『노자』 해석 의도
이해했다.

3문단 송 이후 원나라에 이르러 성행하던 도교는 유학과 불교 등을 받아
[01-③] 통시적 전개   [03-②, ③] 도교에 대한 오징의 부정적 태도 ①
들여 체계화되었지만, 오징에게는 주술적인 종교에 불과했다. ㉠유학자
의 입장에서 그는 잘못된 가르침을 펴는 도교에 사람들이 빠지는 것을 경
[03-②, ③] 도교에 대한 오징의 부정적 태도 ②
계했다. 그는 도교의 시조로 간주된 노자의 가르침이 공자의 학문과 크게
[01-④] [03-④, ⑤] 오징의 『노자』 해석 의도
다르지 않음을 밝히고자 『도덕진경주』를 저술했다. 그는 도와 유학 이념을
[03-④] [05-③] 유학과 노자 사상을 관련지은 오징
관련짓는 구절을 추가하는 등 『노자』의 일부 내용을 바꾸고 기존 구성 체
[05-③] 오징의 『노자』 내용과 구성 편집
제를 재편했다. 『노자』의 도를 근원적인 불변하는 도로 본 그는 모든 이치
[04-④, ⑤] 도에 대한 오징의 견해
를 내재한 도가 현실화하여 천지 만물이 생성된다고 이해했다. 이런 관점
에서 그는 유학의 인의예지가 도의 쇠퇴 때문에 나타난 것이라는 『노자』와
[03-①, ④] [04-⑤] 유학과 노자 사상을 관련지은 오징
달리 도가 현실화하여 드러난 것으로 해석하고, 인간이 마땅히 따라야 할
[03-④] 유학과 노자 사상을 관련지은 오징
사회 규범과 사회 질서 체계도 도가 현실화한 결과로 파악했다.

4문단 원이 쇠퇴하고 명나라가 들어선 이후 유학과 도가 등 여러 사상이
[01-③] 통시적 전개
합류하는 사조가 무르익는 가운데, 유학자인 설혜는 자신의 ㉡학문적 소
신에 따라 『노자』를 주석한 『노자집해』를 저술했다. 그는 공자도 존중했던 스승이 노자이므로 노자 사상에 대한 오해를 불식해야 한다고 보았다. 그
[01-④] [03-④, ⑤] 설혜의 『노자』 해석 의도
는 기존의 주석서가 『노자』의 진정한 의미를 제대로 밝히지 못했기 때문에
[03-④] [05-⑤] 『노자』에 대한 유학의 부정적 시선에 대한 설혜의 견해
유학자들이 노자 사상을 이단으로 치부했다고 파악한 것이다. 다양한 경 전을 인용하여 『노자』를 해석하면서 그는 『노자』의 도를 인간의 도덕 본성
[03-①] 『노자』 해석에 경전을 활용한 설혜
과 그것의 근거인 천명으로 이해하고, 본성과 천명의 이치를 탐구한다는
[03-②, ⑤] 설혜가 해석한 『노자』와 유학의 동질성
점에서 노자 사상과 유학이 다르지 않다고 보았다. 또한 그는 『노자』에서 인의 등을 비판한 것은 도덕을 근본으로 삼게 하기 위한 충고라고 파악했다.
[03-①] 『노자』를 옹호한 설혜의 견해

---

01 글의 전개 방식 파악
답 ③

선지별 선택 비율	①	②	③	④	⑤
화작	4%	7%	73%	9%	5%
언매	1%	3%	86%	5%	2%

(가), (나)에 대한 설명으로 가장 적절한 것은?

정답 띡! 통!

③ (나)는 특정 개념을 중심으로 『노자』에 대한 여러 학자의 견해를 시간의 흐름에 따라 제시하고 있다.

| (나) 1문단 유학의 '도' 및 도가의 '도'(특정 개념)에 대한 유학자들의 인식

| (나) 2~4문단 『노자』에 제시된 도가의 '도'에 대한 여러 학자들의 견해 소개: 송나라(왕안석) → 송 이후의 원나라(오징) → 원 이후의 명나라(설혜)라는 시간적 흐름에 따라 제시(통시적 전개)

😕 오답 땡!

① (가)는 『한비자』의 철학사적 의의를 설명하고 ~~『한비자』와 『노자』의 사회적~~ ~~파급력을 비교~~하고 있다.
  └→ 제시 X

| (가) 1문단 "『한비자』는 중국 전국 시대의 한비자가 제시한 사상이 담긴 저작 ~ 법치 사상을 뒷받침" → 『한비자』의 철학사적 의의

| 뭔말?

· 한비자가 생각한 '도'의 개념을 『노자』의 '도'와 비교하고 있을 뿐 『한비자』나 『노자』의 사회적 파급력과 관련된 내용은 제시되지 않음.

② (가)는 한비자가 추구한 이상적인 사회를 소개하고 그 실현을 위해 ~~『노자』~~ ~~를 수용한 입장와 한계~~를 설명하고 있다.
  └→ 제시 X

| (가) 1문단 "엄격한 법치를 통해 부국강병을 꾀한 한비자"

| (가) 4문단 "도에 근거해서 입법해야 다양한 사건을 판단할 수 있다 ~ 욕망을 제어하기 위해 법이 필요"

| 뭔말?

· '도'에 바탕으로 둔 법을 통해 욕망을 제어하고 부국강병을 꾀하는 사회를 한비자가 추구한 이상적인 사회로 볼 수 있으나, 한비자가 『노자』를 수용한 입장의 한계는 제시되지 않음.

④ (나)는 여러 유학자가 『노자』를 해석한 의도를 각각 제시하고 ~~그 차이로~~ ~~인해 발생한 학자 간의 이견을 절충~~하고 있다.
  └→ 제시 X

| (나) 2문단 "『노자』를 유학의 실천적 측면과 결부하여 이해"
                                          → 왕안석의 『노자』해석 의도

| (나) 3문단 "도교의 시조로 간주된 노자의 가르침이 공자의 학문과 크게 다르지 않음을 밝히고자" → 오징의 『노자』해석 의도

| (나) 4문단 "공자도 존중했던 스승이 노자이므로 노자 사상에 대한 오해를 불식해야 한다" →설혜의 『노자』해석 의도

| 뭔말?

· 유학자인 왕안석, 오징, 설혜 등이 『노자』를 해석한 의도를 제시하고 있지만, 그 차이로 인해 발생한 학자 간의 이견을 절충하는 내용은 제시되지 않음.

⑤ (가)와 (나)는 모두, 『노자』에 대해 ~~다양한 시각에서 제시된 비판이 심화되~~ ~~는 과정을 구체적 사례와 함께~~ 설명하고 있다.
  └→ 제시 X

| (나) 2문단 "인위적인 것을 제거해야만 도가 드러나고 인간 사회가 안정된다는 『노자』를 비판"

| 뭔말?

· (가): 『노자』의 '도'에 대한 한비자의 견해를 제시하고 있을 뿐, 다양한 시각에서 제시된 비판이나 그와 관련된 구체적 사례는 제시되지 않음.

· (나): 『노자』에 대한 왕안석의 비판만 드러날 뿐, 다양한 시각에서 제시된 비판이 심화되는 과정이나 그와 관련된 구체적 사례는 제시되지 않음.

02 세부 정보의 파악   답 ①

선지별 선택 비율	①	②	③	④	⑤
화작	44%	9%	9%	21%	14%
언매	65%	5%	4%	14%	9%

(가)에 제시된 한비자의 견해로 적절하지 <u>않은</u> 것은?

😊 정답 띵! 등!

① ~~사건의 시비에 따라 달라지는~~ 도에 근거하여 법이 제정되어야 한다.
  └→ '도'에 따라 사건의 시비가 판단됨.

| (가) 4문단 "도는 개별 법칙을 포괄하기 때문에 다양한 개별 사건의 시비를 판단하는 기준이 될 수 있고, 이러한 도에 근거해서 입법(법 제정)해야 다양한 사건을 판단할 수 있다고 본 것"

| 뭔말?

· 한비자는 '도'가 개별 법칙을 포괄하기 때문에 다양한 개별 사건의 시비를 판단하는 기준이 될 수 있다고 보았음. → 사건의 시비에 따라 '도'가 달라지는 것이 아니라 '도'에 따라 사건의 시비가 판단됨.

😕 오답 땡!

② 인간은 무엇을 가지거나 누리고자 하는 마음에서 벗어날 수 없다.
            └→ 욕망

| (가) 4문단 "인간은 욕망을 필연적으로 가질 수밖에 없음을 지적"

③ 도는 고정된 모습 없이 때와 형편에 따라 변화하며 영원히 존재한다.

| (가) 3문단 "도가 천지와 더불어 영원히 존재한다는 것 ~ 일정하게 고정되어 있지 않기(고정된 모습 없음.) 때문에 때와 상황(형편)에 따라 유연하게 변화하는 것"

④ 인간 사회의 흥망성쇠는 사람이 도에 따라 올바르게 행하였는가의 여부에 좌우되는 것이다.

| (가) 2문단 "인간 사회의 일은 (사람이) 도에 따라 제대로 행했는가의 여부에 따라 그 성패(흥망성쇠)가 드러나는 것"

⑤ 도는 만물의 근원이면서 동시에 현실 사회의 개별 사물과 사건에 내재한 법칙을 포괄하는 것이다.

| (가) 2문단 "『노자』에서 '도'는 만물 생성의 근원으로 묘사된다. 도를 천지 만물의 존재와 본질의 근거라고 본 한비자의 이해도 이와 다르지 않다."

| (가) 4문단 "도를 구체적인 사물과 사건에 내재한 개별 법칙의 통합으로 보고 ~ 도는 개별 법칙을 포괄"

03 내용의 추론   답 ④

선지별 선택 비율	①	②	③	④	⑤
화작	7%	26%	12%	45%	8%
언매	3%	27%	6%	56%	6%

㉠과 ㉡에 대한 이해로 가장 적절한 것은?

④ ⊙은 유학을 노자 사상과 연관 지어 유교적 사회 질서의 정당성을 확인하
는, ⓒ은 유학에서 이단으로 치부하는 사상의 진의를 밝혀 오해를 바로잡
으려는 것으로 표출되었다.
  └→ 노자의 사상

| (나) 3문단 "유학자의 입장에서 그는 ~ 노자의 가르침이 공자의 학문과 크게
다르지 않음을 밝히고자", "도와 유학 이념을 관련짓는 구절을 추가", "유학의
인의예지(유교적 사회 질서)가 ~ 도가 현실화하여 드러난 것으로 해석하고, 인간
이 마땅히 따라야 할 사회 규범과 사회 질서(유교적 사회 질서) 체계도 도가 현실
화한 결과로 파악"

| (나) 4문단 "유학자인 설혜는 자신의 ⓒ학문적 소신에 따라 ~ 노자 사상에 대한
오해를 불식해야 한다고 보았다. 그는 기존의 주석서가 『노자』의 진정한 의미(진
의)를 제대로 밝히지 못했기 때문에 유학자들이 노자 사상을 이단으로 치부했다
고 파악"

| 뭔말?

· ⊙: 노자의 사상에 대한 오징의 접근 방향 → 노자 사상을 유학과 관련지어 유학
의 인의예지 등 사회 규범과 질서는 노자의 '도'가 현실화한 것이라 주장하며 그
정당성을 뒷받침함.

· ⓒ: 노자의 사상에 대한 설혜의 접근 방향 → 기존 해석이 노자 사상의 진정한
뜻을 밝히지 못하여 유학에서 이단으로 치부되었다고 보고 이러한 오해를 없애
려 함.

유학 덕목의 등장에 대한 ←
『노자』의 견해 수용 X
    → 부정적
① ⊙은 유학 덕목의 등장을 ~~긍정적~~으로 평가한 『노자』의 견해를 ~~수용~~하는,
ⓒ은 유학 덕목에 대한 『노자』의 비판에 담긴 긍정적 의도를 밝히려는 것
으로 표출되었다.

| (나) 3문단 "유학의 인의예지(유학 덕목)가 도의 쇠퇴 때문에 나타난 것(부정적 평가)
이라는 『노자』와 달리 도가 현실화하여 드러난 것으로 해석"
          → 『노자』는 유학 덕목의 등장을 부정적으로 평가, 오징은 이를 수용하지 않음.
| (나) 4문단 "『노자』에서 인의(유학 덕목) 등을 비판한 것은 도덕을 근본으로 삼게
하기 위한(긍정적 의도) 충고라고 파악"

          → 오징이 주술적이라 본 것은 도교, 유학 X
② ⊙은 유학에 ~~유입되고 있는 주술성을 제거~~하는, ⓒ은 노자 사상이 탐구하
는 대상에 대한 이해를 근거로 노자 사상과 유학의 공통점을 제시하려는
것으로 표출되었다.

| (나) 3문단 "도교는 유학과 불교 등을 받아들여 체계화되었지만, 오징에게는 주
술적인 종교(도교)에 불과 ~ 그는 잘못된 가르침을 펴는 도교에 사람들이 빠지
는 것을 경계"
| (나) 4문단 "『노자』의 도(노자 사상이 탐구하는 대상)를 인간의 도덕 본성과 그것의
근거인 천명으로 이해하고, 본성과 천명의 이치를 탐구한다는 점(노자 사상과 유
학의 공통점)에서 노자 사상과 유학이 다르지 않다고 보았다."

| 뭔말?

· ⊙: 오징은 도교가 주술적이라 보고 사람들이 여기에 빠지는 것을 경계하였지,
유학에 주술성이 유입되었다고 본 것이 아님. 또한 도교가 유학을 수용하였지
유학이 도교를 수용한 것이 아님.

                → 제시 X
③ ⊙은 유학의 ~~가르침을 차용~~한 종교가 사람들을 현혹하는 상황에 대응하는,
ⓒ은 ~~『노자』를 해석한 경전들~~을 참고하여 ~~유학 이론의 독창성~~을 밝히려는 것
으로 표출되었다.   └→ 제시 X   └→ 유학과 노자 사상의 공통점

| (나) 3문단 "도교는 유학과 불교 등을 받아들여 체계화되었지만, 오징에게는 주
술적인 종교에 불과 ~ 그는 잘못된 가르침을 펴는 도교에 사람들이 빠지는(현
혹되는) 것을 경계"
| (나) 4문단 "다양한 경전을 인용하여 『노자』를 해석 ~ 노자 사상과 유학이 다르
지 않다고 보았다."

| 뭔말?

· ⊙: 도교가 유학을 받아들였으나 유학의 가르침을 차용한 것인지는 알 수 없음.
도교가 사람들을 현혹하는 상황을 경계한 것은 맞음.

· ⓒ: 노자 사상에 대한 오해를 없애고 유학과의 공통점을 밝히려는 의도이지, 유
학 이론의 독창성을 밝히려는 의도가 아님. 또한 다양한 경전을 참고하였으나 『노
자』를 해석한 경전인지는 알 수 없음.

⑤ ⊙은 특정 종교에서 추앙하는 사상가와 유학 이론의 관련성을 제시하는,
ⓒ은 ~~유학의 사상적 우위를 입증하여 다른 학문을 통합할 수 있는 근거~~를
제시하려는 것으로 표출되었다. └→ 유학과 노자 사상의 공통점
                              (유학의 사상적 우위 X, 타 학문 통합의 근거 X)

| (나) 3문단 "도교의 시조로 간주된 노자(특정 종교에서 추앙하는 사상가)의 가르침이
공자의 학문과 크게 다르지 않음(유학 이론과의 관련성)을 밝히고자"
| (나) 4문단 "공자도 존중했던 스승이 노자이므로 노자 사상에 대한 오해를 불식
해야 한다고 보았다. ~ 노자 사상과 유학이 다르지 않다고 보았다."

| 뭔말?

· ⓒ: 노자 사상에 대한 유학자들의 오해를 불식하고 노자 사상과 유학의 공통점
을 드러내려 하였지, 유학의 사상적 우위를 입증하거나 이를 바탕으로 다른 학
문을 통합할 수 있는 근거를 제시하려 한 것이 아님.

04 관점의 파악   답 ④

선지별 선택 비율	①	②	③	④	⑤
화작	12%	24%	13%	30%	19%
언매	10%	20%	7%	42%	18%

(나)의 왕안석과 오징의 입장에서 다음의 ㄱ~ㄹ에 대해 판단한 것으로 가장 적
절한 것은?

> ㄱ. 도는 만물을 통해 드러나는 것이지 만물에 앞서서 존재하는 것은
> 아니다. → 왕안석 X, 오징 X
> ㄴ. 인간 사회의 규범은 이치를 내재한 근원적 존재인 도가 현실에 드
> 러난 것이다. → 왕안석 X, 오징 ○
> ㄷ. 도는 현상 세계의 너머에만 머물러 있지 않고 세상일과 유기적으
> 로 관련되는 것이다. → 왕안석 ○, 오징 ○
> ㄹ. 도가 변화하듯이 현상 세계가 변하니, 현실 사회의 변화에 따라
> 인간 사회의 규범도 변해야 한다. → 왕안석 ○, 오징 X

④ 오징은 ㄱ과 ㄹ에 동의하지 않겠군.

| (나) 3문단 "『노자』의 도를 근원적인 불변하는 도로 본 그는 모든 이치를 내재한
도가 현실화하여 천지 만물이 생성된다고 이해"

| 뭔말?

· ㄱ에 대한 오징의 입장: 도가 현실화하여 만물이 생성되는 것 = 도는 만물에 앞
서서 존재하는 것 → 동의 X

· ㄹ에 대한 오징의 입장: 도는 불변, 즉 변하지 않는 것 → 동의 X

① 왕안석은 ㄱ에 동의하지 않고 ㄴ에 동의하겠군.

| (나) 2문단 "『노자』의 도를 만물의 물질적 근원인 '기'라고 파악 ~ 현상 세계에 앞서 존재하는 기의 작용에 의해 사물이 형성", "인위적인 것을 제거해야만 도가 드러나고 인간 사회가 안정된다는 『노자』를 비판한 그는 자연과 달리 인간 사회의 안정을 위해서는 제도와 규범의 제정과 같은 인간의 적극적인 개입이 필요"

| 뭔말?

· ㄱ에 대한 왕안석의 입장: 도 = 만물의 근원인 '기' = 현상 세계에 앞서 존재
→ 동의 X

· ㄴ에 대한 왕안석의 입장: 도 ↔ 인위적인 것. 그러나 자연과 달리 인간 사회에는 인위적인 규범 필요
→ 동의 X(도가 현실에 드러난 것이 인간 사회의 규범이라고 보지 않음.)

② 왕안석은 ㄴ과 ㄹ에 동의하겠군.

| (나) 2문단 "기(=도)가 시시각각 변화하듯 현상 세계도 변화 ~ 사회 제도와 규범도 현실 사회의 변화에 따라 새롭게 해야 한다고 주장"

| 뭔말?

· ㄹ에 대한 왕안석의 입장: 도(기)가 변화하고 현상 세계도 변화하므로 인간 사회의 규범도 이에 따라 변화해야 함. → 동의 ○

③ 왕안석은 ㄷ에 동의하고 ㄹ에 동의하지 않겠군.

| (나) 2문단 "기의 작용에 의해 사물이 형성 ~ 기가 시시각각 변화하듯 현상 세계도 변화"

| 뭔말?

· ㄷ에 대한 왕안석의 입장: 도(기)에 의해 사물이 형성되고 도의 변화에 따라 현상 세계도 변화(도와 세계의 유기적 관련성) → 동의 ○

⑤ 오징은 ㄴ에 동의하고 ㄷ에 동의하지 않겠군.

| (나) 3문단 "『노자』의 도를 근원적인 불변하는 도로 본 그는 모든 이치를 내재한 도가 현실화하여 천지 만물이 생성", "유학의 인의예지 ~ 도가 현실화하여 드러난 것"

| 뭔말?

· ㄴ에 대한 오징의 입장: 인의예지와 같은 인간 사회의 규범은 모든 이치를 내재한 근원적인 도가 현실화하여 드러난 것 → 동의 ○

· ㄷ에 대한 오징의 입장: 도가 현실화하여 천지 만물이 생성되고, 인간 사회의 규범으로 드러나기도 함(도와 세계의 유기적 관련성). → 동의 ○

애 웠지?

🧊 꿀피스 Tip!

▶ 이 문제의 포인트는 (나)에 제시된 두 학자의 '도'에 대한 관점을 바르게 판단할 수 있는가에 있어. 도, 기, 규범 등 다양한 개념들이 등장하니, 각 개념 간 관계를 추론하는 것이 관건이야.

▶ 학생들이 많이 헷갈린 오답 선지는 ②, ⑤인데, 먼저 ②를 보자. 〈보기〉의 ㄹ의 경우 2문단의 서술을 짜깁기한 수준이지. 왕안석은 '도 = 기'라고 했고, '기(도)가 시시각각 변화하듯 현상 세계도 변화', '사회 규범도 현실

사회의 변화에 따라 새롭게 해야', 즉 변해야 한다고 했으니 판단하기 쉬웠을 거야. ②를 정답이라 생각했다면 아마 ㄴ에 대한 판단을 잘못했을 거야.

▶ ㄴ에 대해 판단할 내용을 끊어서 생각해 보자. 먼저 왕안석은 '도가 이치를 내재한 근원적 존재'라고 생각할까? 딩동댕! 왕안석은 도가 만물의 물질적 근원인 기이고, 현상 세계에 앞서 존재하는 기의 작용으로 사물이 형성된다고 했으니 기(도)에 사물 형성의 이치가 내재되어 있다고 보았음을 추리할 수 있어.

▶ 그렇다면 왕안석은 '인간 사회의 규범은 도가 현실로 드러난 것'이라고도 생각할까? 2문단을 보면, 일단 노자와 왕안석 모두 인간 사회의 안정을 추구하는데, 방법이 달라. 노자는 인위적인 것을 제거해야 한다고 본 반면, 왕안석은 제도와 규범의 제정 같은 인간의 적극적인 개입이 필요하다고 했지. 그렇다면 인위적인 것에 대응하는 것이 뭐겠어? '제도와 규범의 제정 같은 인간의 적극적인 개입'이겠지? 자, 이제 '인간 사회의 규범'은 인위적인 것임을 알 수 있지. 그런데 여기서 '자연과 달리'라는 말을 놓치면 안 돼. 무슨 말이냐, 왕안석도 자연에서는 인위적인 것을 제거할 때 도가 드러난다고 보았다는 거지. 즉 그의 관점에서 도와 인위적인 것은 별개의 것이고, 따라서 인간 사회의 규범은 도가 현실로 나타난 것이 아닌 거야.

▶ ㄴ의 경우, 선지 ⑤와도 관련이 있네. 이건 오징의 관점에서 판단하기는 쉬워. 3문단의 서술을 짜깁기한 수준이거든? 오징은 '근원적이고 불변하는 도', '모든 이치를 내재한 도'라고 보았고, '유학의 인의예지', 즉 인간 사회의 규범은 '도가 현실화하여 드러난 것'이라고 했지. 유학의 인의예지가 인간 사회의 규범인 걸 몰랐다고? 못 찾을까 봐 걱정됐는지 바로 아래에 또 나와요. '인간이 마땅히 따라야 할 사회 규범과 사회 질서 체계도 도가 현실화한 결과'라고 말이지.

▶ 그렇다면 선지 ⑤를 정답으로 착각한 경우, ㄷ에 대한 판단을 잘못했을 가능성이 커 보여. 먼저 오징은 '도가 현상 세계의 너머에만 머물러 있지 않다'고 보았을까? 딩동댕! 도가 현상 세계의 너머에만 존재한다는 건 현상 세계와 단절되어 있다는 의미인데, 앞에서 살펴봤듯 오징에 따르면 '도가 현실화'하여 만물이 생성되고 의인예지, 인간 사회 규범과 사회 질서 체계로 나타난다고 했잖아. 자동적으로 오징은 '도가 세상일과 관련되는 것'이라고 보았다는 것도 알 수 있어. 이걸 헷갈렸다면 1문단에 제시된 유학자들이 '현상 세계 너머의 근원으로서 도가의 도에 주목'했다는 내용을 잘못 접목했을 수 있어. 그런데 '현상 세계 너머의 근원이 도'라는 것과 '도가 현상 세계 너머에만 존재한다'는 건 아주 다른 의미잖아?

▶ 한편 정답 선지인 ④는 의외로 판단이 어렵지 않아. 먼저 ㄱ의 경우, 오징은 '도가 현실화하여 만물이 생성'된다고 했으니, 선후가 분명하잖아. 만물보다 도가 먼저겠지. ㄹ의 경우 맨 앞에서 판단 끝이야. 오징은 도가 '불변'한다고 보았잖아. 아닐 불에 변할 변! '도가 변화하듯이' 아니죠!

05 관점의 적용　　　　　　　　　　　　　　답 ⑤

선지별 선택 비율	①	②	③	④	⑤
화작	9%	11%	22%	21%	35%
언매	5%	7%	16%	21%	48%

〈보기〉를 참고할 때, (가), (나)의 사상가에 대한 왕부지의 평가로 적절하지 <u>않은</u> 것은? [3점]

> ┤ 보기 ├
>
> 청나라 초기의 유학자 왕부지는 『노자』의 본래 뜻을 드러내어 노자 사상을 비판하고자 『노자연』을 저술했다. 노자 사상의 비현실성을 드러내어 유학의 실용적 가치를 부각하고자 했던 그는 기존의 『노자』 주석서가 노자 사상이 아닌 사상(유학)을 기준으로 삼았기 때문에 『노자』뿐만 아니라 주석자의 사상마저 왜곡했다고 비판했다. 『노자』에서 아무런 행동을 하지 않아도 천하가 다스려진다고 한 것 등을 비판한 그는, 『노자』에서처럼 단순히 인간의 이기적 욕망을 없애는 것이 아니라 사회 질서 유지를 위해 유학 규범을 활용해야 한다고 강조했다.

😀 정답 띵!동!

⑤ 왕부지는 『노자』에 담긴 비현실성을 드러내야 한다고 보았으므로, (나)의 설혜가 기존의 『노자』 주석서들을 비판하며 드러낸 학문적 입장이 ~~유학의 실용적 가치를 부각~~한다고 보겠군.
┗→ 왕부지의 입장에 해당, 설혜의 입장 X

| 〈보기〉 "왕부지는 ~ 노자 사상을 비판하고자 『노자연』을 저술 ~ 노자 사상의 비현실성을 드러내어 유학의 실용적 가치를 부각하고자 했던 그"
| (나) 4문단 "기존의 주석서가 『노자』의 진정한 의미를 제대로 밝히지 못했기 ~ 본성과 천명의 이치를 탐구한다는 점에서 노자 사상과 유학이 다르지 않다고 보았다."
| 뭔말?
· 왕부지의 입장: 『노자』 사상을 비판하며 그 비현실성을 드러내고 유학의 실용적 가치를 부각하려 함. → 노자 사상에 대한 부정적 태도
· 설혜의 입장: 『노자』의 진정한 의미를 밝히려 함. → 노자의 사상이 인간의 본성과 천명을 탐구하는 유학과 다르지 않다고 봄.
　　　　　　　　→ 노자 사상에 대한 긍정적 태도, 유학의 실용적 가치와 관련 X

😞 오답 땡!

① 왕부지는 인간의 욕망에 대한 『노자』의 대응 방식을 부정적으로 보았으므로, (가)의 한비자가 『노자』와 달리 사회에 대한 인위적 개입이 필요하다고 한 것에 대해서는 수긍하겠군.

| 〈보기〉 "『노자』에서처럼 단순히 인간의 이기적 욕망을 없애는 것이 아니라 사회 질서 유지를 위해 유학 규범(인위적 개입)을 활용해야 한다고 강조"
| (가) 4문단 "『노자』에서처럼 욕망을 없애야 한다고 주장하지 않고 ~ 욕망을 제어하기 위해 법(인위적 개입)이 필요하다고 강조"
| 뭔말?
· 왕부지와 한비자의 공통적 견해: 무위를 주장하며 인간의 욕망을 없애야 한다는 『노자』의 사상에 반대, 유학 규범이나 법과 같은 인위적 개입 찬성

② 왕부지는 『노자』에 제시된 소극적인 삶의 태도를 부정적으로 보았으므로, (나)의 왕안석이 사회 제도에 대한 『노자』의 견해를 비판하며 유학 이념의 활용을 주장한 것은 긍정하겠군.

| 〈보기〉 "『노자』에서 아무런 행동을 하지 않아도(소극적 태도) 천하가 다스려진다고 한 것 등을 비판 ~ 사회 질서 유지를 위해 유학 규범을 활용해야 한다고 강조"
| (나) 2문단 "인위적인 것(사회 제도 포함)을 제거해야만 도가 드러나고 인간 사회가 안정된다는 『노자』를 비판 ~ 유학 이념이 실질적 수단으로 사용되어야 한다고 주장"

| 뭔말?
· 왕부지와 왕안석의 공통적 견해: 인위적인 것을 반대하며 아무것도 하지 않아야 한다는 『노자』의 무위 사상에 반대, 유학 이념의 활용 주장

③ 왕부지는 『노자』의 본래 뜻을 파악해야 한다고 보았으므로, (나)의 오징이 『노자』를 주석하면서 자신의 이해에 따라 원문의 구성과 내용을 수정한 것이 잘못이라고 보겠군.

| 〈보기〉 "『노자』의 본래 뜻을 드러내어 노자 사상을 비판 ~ 기존의 『노자』 주석서가 노자 사상이 아닌 사상을 기준으로 삼았기 때문에 『노자』뿐만 아니라 주석자의 사상마저 왜곡했다고 비판"
| (나) 3문단 "도와 유학 이념을 관련짓는 구절을 추가하는 등 『노자』의 일부 내용을 바꾸고 기존 구성 체제를 재편"
| 뭔말?
· 『노자』의 본래 뜻을 드러내는 방식을 취한 왕부지는 자신의 의도에 따라 『노자』 원문의 구성과 내용을 수정한 오징의 방식을 비판할 수 있음.

④ 왕부지는 주석자가 유학을 기준으로 『노자』를 이해하면 주석자의 사상도 왜곡된다고 보았으므로, (나)의 오징이 유학의 인의예지를 『노자』의 도가 현실화한 것으로 본 것을 비판하겠군.

| 〈보기〉 "기존의 『노자』 주석서가 노자 사상이 아닌 사상을 기준으로 삼았기 때문에 『노자』뿐만 아니라 주석자의 사상마저 왜곡했다고 비판"
| (나) 1문단 "중국 송나라 이후, 유학자들은 이러한 유학의 도를 기반으로 ~ 『노자』 주석을 전개"
| (나) 3문단 "송 이후 원나라에 이르러 ~ 유학의 인의예지가 ~ 도가 현실화하여 드러난 것으로 해석"
| 뭔말?
· 오징이 유학의 인의예지를 도가 현실화하여 드러난 것으로 해석한 것 → 유학의 도를 기반으로 『노자』를 주석한 경향에 해당
· 왕부지는 다른 사상을 기준으로 『노자』를 주석한 결과 나타난 왜곡을 비판하므로 유학을 기준으로 『노자』를 주석한 오징을 비판할 수 있음.

📦 꿀피스 Tip!

▶ 이 문제의 포인트는 지문에 제시된 학자들의 관점과 〈보기〉에 새롭게 제시된 학자의 관점을 각각 정확히 파악하고 비교할 수 있는가에 있지.

▶ 정답 선지 ⑤를 보면 왕부지의 관점 사이에 설혜의 관점을 끼워 넣어서 인과 관계인 것처럼 구성해 놓았어. 각각 떼어 놓고 보면 맞는 말이야. 왕부지는 『노자』의 비현실성을 드러내어 유학의 실용적 가치를 부각하려 했고, 설혜는 기존의 주석서가 『노자』의 진정한 의미를 제대로 밝히지 못했다며 비판했지. 그래서 이걸 적절하다고 판단했을 거야. 그런데 말입니다. 과연 인과적 연결이 성립하는 걸까?

▶ 선지를 압축하면 '왕부지는 설혜의 학문적 입장이 유학의 실용적 가치를 부각한다고 (긍정적으로) 평가했다'는 것인데, 설혜의 학문적 입장이 뭐야? 설혜는 노자 사상과 유학이 '인간의 본성과 천명의 이치를 탐구한다는 점'에서 다르지 않다고 보았지. 그런데 왕부지가 말하는 유학의 실용적 가치란 '사회 질서 유지를 위해 유학 규범을 활용'하는 것이잖아? 인간의 본성과 천명의 이치는 추상적, 관념적 내용이지 사회 질서 유지에

써먹을 수 있는 실용적 내용은 아니지. 애초에 왕부지는 노자 사상을 비판하고자 하는데 설혜는 노자 사상을 유학과 연결하여 옹호하려고 하잖아. 그런데 왕부지가 그런 설혜의 학문적 입장을 긍정적으로 평가하겠어? 아니겠지. 그럴듯해 보이지만 인과는 하나도 성립하지 않고 있어.

▶ 선택률 높았던 오답 선지는 ③, ④인데, ③의 경우 '왕부지가 「노자」의 본래 뜻을 파악해야 한다고 보았다'는 걸 긍정적 의미로 잘못 이해했을 수 있어. 하지만 왕부지는 「노자」의 본래 뜻을 드러내면 노자 사상의 비현실성이 드러난다고 보았다는 게 핵심이야. 「노자」의 뜻을 본래 그대로 드러내면 그 문제점이 나타나는데 괜히 유학자들이 유학 사상을 여기에 개입시키고 접목해서 해석하다 보니 노자 사상은 물론, 본인들의 사상까지 왜곡된다는 거야.

▶ 이러한 맥락에서 보니 ④도 바로 이해가 되지? 쉽게 말해 오징은 「노자」의 내용과 구성을 편집해서 유학 사상에 끼워 맞추려 했고 인의예지와 같은 유학 규범도 도의 현실화 결과로 본 거잖아. 왕부지는 그걸 노자와 주석자의 사상, 즉 유학 사상 모두의 왜곡으로 본 거야. 왕부지의 입장에서는 노자 사상이 아닌 사상, 즉 유학 사상을 기준으로 「노자」 주석을 전개한 경향 자체가 비판의 대상이 되는 거지.

06 어휘의 의미 파악   답 ④

선지별 선택 비율	①	②	③	④	⑤
화작	1%	1%	1%	94%	1%
언매	1%	1%	1%	96%	1%

ⓐ와 문맥상 의미가 가장 가까운 것은?

정답 띡! 통!

④ 화폭에 봄 경치가 그대로 담겨 있다.

| ⓐ와 ④의 '담기다' '어떤 내용이나 사상이 그림, 글, 말, 표정 따위 속에 포함되거나 반영되다.'의 의미

오답 땡!

① 과일이 접시에 예쁘게 담겨 있다.

| '어떤 물건이 그릇 따위에 넣어지다.'의 의미

② 상자에 탁구공이 가득 담겨 있다.

| '어떤 물건이 그릇 따위에 넣어지다.'의 의미

③ 시원한 계곡물에 수박이 담겨 있다.

| '액체 속에 넣어지다.'의 의미

⑤ 매실이 설탕물에 한 달째 담겨 있다.

| '김치·술·장·젓갈 따위를 만드는 재료가 버무려지거나 물이 부어져서, 익거나 삭도록 그릇에 보관되다.'의 의미

매운맛
주제 통합 05
2024학년도 9월 평가원

| 01 ④ | 02 ⑤ | 03 ③ |
| 04 ⑤ | 05 ⑤ | 06 ① |

(가) 조선 시대 신분 제도의 변화 양상

🔗 **EBS 연결 고리**
2024학년도 EBS 수능완성 212쪽 〈(가) 조선 후기 신분제 변화의 양상 (나) 실학자의 신분제 개혁 방안〉에서 '조선 후기 신분제 변화와 그 원인' 관련 내용 연계

해제 이 글은 조선의 신분제가 후기에 접어들어 변화하는 양상을 살펴보고 있다. 『경국대전』에 규정된 신분제는 양인과 천인으로 나누는 양천제였지만 이중 양인은 사회적으로 양반, 중인, 상민으로 분화되어 있었다. 조선 후기에는 신분 분화가 더욱 확대되면서 변화가 일어났는데 먼저 천인인 노비들이 속량과 도망 등으로 신분의 억압에서 벗어났다. 또한 상민층은 유학 직역의 획득을 꾀하는 등 양반으로의 신분 상승을 도모하였다. 양반들은 비양반층의 진입을 막고자 하였으나 신분 상승 현상을 막기는 어려웠으며 그 결과 유학이 증가하였다.

주제 조선 후기 신분제의 변화 양상

짜임

1문단	조선의 법적 신분인 양천제와 양인의 사회적 분화
2문단	신분제의 변화 ① – 조선 후기 노비의 속량
3문단	신분제의 변화 ② – 상민층의 유학 직역 획득
4문단	신분제의 변화 ③ – 신분 상승 현상과 유학의 증가

1문단 조선 왕조의 기본 법전인 『경국대전』에 규정된 신분제는 신분을
[01-②, ④] 조선의 법적 신분제
양인과 천인으로 나눈 양천제이다. 양인은 과거에 응시할 수 있었지만, 납
[01-①] 양인의 의무
세와 군역 등의 의무를 져야 했다. 천인은 개인이나 국가에 소속되어 천역
(賤役)을 담당했다. 관료 집단을 뜻하던 양반이 16세기 이후 세습적으로
[05-②] 특권층으로 고착화된 양반층
군역 면제 등의 차별적 특혜를 받는 신분으로 굳어짐에 따라 양인은 사회
[01-④] 사회적 신분제
적으로 양반, 중인, 상민으로 분화되었다. 이러한 법적, 사회적 신분제는
[01-②] 조선의 신분제 유지 기간
갑오개혁으로 철폐되기 이전까지 조선 사회의 근간이 되었다.

2문단 조선 후기에 접어들어 농업 생산력의 증대와 상공업의 발달로 같
은 신분 안에서도 분화가 확대되었고, 이에 따라 신분제에 변화가 일어났
다. 천인의 대다수를 구성했던 노비는 속량과 도망 등의 방식으로 신분적
[01-①] 노비의 법적 신분
억압에서 점차 벗어났다. 영조 연간에 편찬한 법전인 『속대전』에서는 노
[01-①, ③] 『속대전』의 속량 규정
비가 속량할 수 있는 값을 100냥으로 정하는 규정을 둠으로써 속량을 제
도화했다. 이는 국가의 재정 운영상 노비제의 유지보다 그들을 양인 납세
[01-①] 속량으로 인한 신분 변화
자로 전환하는 것이 유리했기 때문이었다. 몰락한 양반들은 노비의 유지
[01-③] 몰락 양반들에 의한 속량
가 어려워졌기 때문에 몸값을 받고 속량해 주는 길을 선택했다.

3문단 18세기 이후 경제적으로 성장한 상민층에서는 '유학(幼學)' 직역*
[03-①, ②, ③, ④] 상민층의 유학 직역 획득 현상
을 얻고자 하는 현상이 나타났다. 유학은 벼슬을 하지 않은 유생(儒生)을
[05-①] 유학 명칭의 의미
지칭했으나, 이 시기에는 관료로 진출하지 못한 이들을 가리키는 직역 명

칭으로 @굳어졌다. 호적상 유학은 군역 면제라는 특권이 있어서 상민층
[01-⑤] [03-②, ⑤] 유학의 특권
이 원하는 직역이었다. 유학 직역의 획득은 제도적으로 양반이 되는 것을
[01-⑤] [03-③] 유학 직역 획득의 의미
의미하였으나 그것이 곧 온전한 양반으로 인정받는 것을 의미하는 것은
[01-⑤] [03-③] 유학 직역 획득의 한계
아니었다. 당시 양반 집단의 일원으로 인정받기 위해서는 ⑦유교적 의례
[03-①], [05-④] 양반층으로 인정받기 위한 조건
의 준행, 문중과 족보에의 편입 등 다양한 조건이 필요했다. 이에 따라 일
부 상민층은 유학 직역을 발판으로 양반 문화를 모방하면서 양반으로 인
정받고자 했다.

4문단 조선 후기에는 신분 상승 현상이 일어나면서 양반의 하한선과 비
(非)양반층의 상한선이 근접하는 모습이 나타났다. 양반들이 비양반층의
진입을 막는 힘은 여전히 작동하고 있었지만, 비양반층이 양반에 접근하
[03-④] 신분 상승 현상에서 양반층과 비양반층의 대립적 구도
고자 하는 힘은 더 강하게 작동했다. 유학의 증가는 이러한 현상의 단면을
[01-④] 상민층의 유학 직역 획득의 결과
보여 준다.

*직역: 신분에 따라 정해진 의무로서의 역할.

(나) 실학자들의 신분제 개혁

> 🔄 **EBS 연결 고리**
> 2024학년도 EBS 수능완성 212쪽 〈(가) 조선 후기 신분제 변화의 양상 (나)
> 실학자의 신분제 개혁 방안〉에서 '유형원의 사상' 관련 내용 연계

해제 이 글은 조선의 신분제를 개편하고자 한 두 학자의 견해를 살펴보고
있다. 먼저 유형원은 신분 세습과 노비제를 비판하며 사농공상의 사민을 편
성하고자 하였고, 도덕적 능력을 기준으로 관료를 선발함으로써 도덕 국가
를 건설할 수 있다고 보았다. 그는 추천을 통한 공거제로써 도덕적 능력이
뛰어난 이를 선발하고 교육을 거쳐 관료로 임명할 것을 주장하였다. 정약용
은 사농공상의 구분을 강조하였으며 도덕적 능력을 기반으로 사 계층을 재
편하고자 하였는데, 노비제에 대해서는 찬성의 입장이었다. 그는 도덕적 능
력을 기준으로 추천을 통해 예비 관료인 선사를 선발한 후 교육과 시험을
거쳐 관료를 최종 선발할 것을 주장하였다. 이때 선사는 농민과 상공인도
선발될 수 있도록 하였다. 두 학자 모두 도덕적 능력주의에 따라 사회 지배
층을 재구성하고 도덕 국가 건설을 추구했다는 점에서 공통된다.

주제 신분제 개혁에 대한 유형원과 정약용의 사상

짜임

1문단	신분제 개혁론을 제시한 유형원과 정약용
2문단	신분제 개혁에 관한 유형원의 견해
3문단	신분제 개혁에 관한 정약용의 견해
4문단	도덕적 능력주의를 바탕으로 사회 지배층의 재구성을 추구한 유형원과 정약용

1문단 『경국대전』 체제에서 양인은 관료가 될 수 있다는 점에서 능력주
의가 일부 작동하는 것처럼 보이지만, 실제로는 양반 이외의 신분에서는
[03-③] 관료 진출의 신분적 제약
관료가 되기 어려웠다. 이러한 상황에서 17세기의 유형원은 『반계수록』을
통해, 19세기의 정약용은 『경세유표』 등을 통해 각각 도덕적 능력주의에
[03-⑤] 조선 후기 실학자인 정약용

기초한 일련의 개혁론을 제시했다.
[03-⑤] 유형원, 정약용의 공통적 사상

2문단 유형원의 기본적인 생각은 국가 공동체를 성리학적 가치와 규범
에 따라 운영하고, 구성원도 도덕적으로 만드는 도덕 국가의 건설이었다.
신분 세습을 비판한 그는 현명한 인재라도 노비로 태어나면 노비로 살아
[03-③] [04-①, ②, ③] [05-⑤] 당시 신분제에 대한 유형원의 비판
야 하는 것이 천하의 도리에 어긋난다고 보고, 노비제 폐지를 주장했다.
아울러 비도덕적 직업이라고 생각한 광대와 같은 직업군을 철폐하고, 사
[02-①] 유형원의 비도덕적 직업군 철폐 제안
농공상(士農工商)의 사민(四民)으로 편성하고자 했다. 그는 과거제 대신
[04-②, ③] 유형원의 신분제 편성안
공거제를 통해 도덕적 능력이 뛰어난 자를 추천으로 선발하여 여러 단계
[02-⑤] 추천에 의한 인재 선발
의 교육을 한 후, 최소한의 학식을 확인하여 관료로 임명해야 한다고 제안
[02-⑤] 관료 임명 과정
했다. 도덕을 기준으로 관료를 선발하고 지방에도 관료 선발 인원을 적절
[03-③] [04-②, ③] [05-⑤] 도덕적 능력주의
히 분배하면 향촌 사회의 풍속도 도덕적으로 이끌 수 있다고 본 것이다.
[02-②] 지방 사회의 도덕성 확립을 위한 방안

3문단 정약용은 신분제가 동요하는 상황에서 사민이 뒤섞여 사는 것이
교화에 도움이 되지 않는다고 보고, 사농공상별로 구분하여 거주하는 것
[02-④] 정약용의 행정 구역 개편 방안
을 포함한 행정 구역 개편을 구상했다. 이에 맞춰 사(士) 집단을 재편하고
[03-①, ②] 정약용의 지배층 재편 제안
자 했다. 도덕적 능력의 여부에 따라 추천으로 예비 관료인 '선사'를 선발
[02-⑤] [03-①, ②, ③] [04-④, ⑤] [05-①] 추천에 의한 선사 선발, 도덕적 능력주의
하고 일정한 교육을 한 후, 여러 단계의 시험을 거쳐 관료를 선발할 것을
[02-⑤] 관료 선발 과정
제안했다. ⓒ사 거주지에서 더 많은 선사를 선발하도록 했지만, 농민과
상공인에도 선사의 선발 인원을 배정하는 등 노비 이외에서 사 집단으로
[03-①, ②, ③] [04-④, ⑤] [05-⑤] 신분 이동 가능(노비 제외)
진출할 수 있도록 했다. 노비제에 대해서는 사를 뒷받침하기 위해 유지되
[04-⑤] 정약용의 노비제 찬성 견해
어야 한다고 주장했다.

4문단 도덕적 능력주의와 관련하여 두 사람은 모두 사회 지배층으로서
[02-③] 사 집단을 중시한 유형원, 정약용
의 사에 주목했다. 유형원은 다스리는 자인 사와 다스림을 받는 민의 구분
[04-①, ③] 신분 구분에 대한 유형원의 견해
을 분명히 하는 것이 천하의 이치라고 보고 ⓒ도덕적 능력이 뛰어난 사람
들로 지배층인 사를 구성하고자 했다. 정약용도 양반의 세습을 비판하며
[03-⑤] [04-①, ③] [05-③] 도덕적 능력주의에 기반한 지배층 재구성 견해
도덕적 능력에 따라 사회 지배층을 재편하는 데 입장을 같이했다. 또한 두
[05-③] 정약용의 지배층 개편 견해
사람은 사회 전체의 도덕 실천을 이끌기 위해 사 집단에 정치권력, 경제력
[02-③] [04-⑤] [05-③] 사회 운영의 권력이 집중된 사 집단
등을 집중시키려 했고, 지배층과 피지배층 간의 차등을 엄격하게 유지하
[04-①, ③, ⑤] [05-⑤] 신분 간 구분 인정
고자 했다. 내용에서 일부 차이가 있었지만, 두 사람은 사회 지배층의 재
구성을 통해 도덕 국가 체제를 추구했다.
[03-④] 유형원, 정약용의 개혁안의 공통점

---

01 세부 정보의 파악   답 ④

선지별 선택 비율	①	②	③	④	⑤
화작	5%	23%	10%	55%	4%
언매	3%	20%	5%	66%	3%

(가)를 읽고 이해한 내용으로 적절하지 않은 것은?

😊 **정답 띡!둥!**

④ 조선 후기 '유학'의 증가 현상은 『경국대전』의 신분 체계가 작동하지 않는
~~현상을 보여 주는 것이었다.~~ └→ 양천제   └→ 양인과 천인의 구분은 변동 없이 작동함.

| (가) 1문단 "조선 왕조의 기본 법전인 『경국대전』에 규정된 신분제(법적 신분제)는 신분을 양인과 천인으로 나눈 양천제이다. ~ 양인은 사회적으로 양반, 중인, 상민으로 분화(사회적 신분제)되었다."

| (가) 3문단 "유학 직역의 획득은 제도적으로 양반이 되는 것을 의미"

| (가) 4문단 "유학의 증가"

| 뭔말?

· 『경국대전』의 신분제(법적 신분제) = 양천제 → 양인과 천인으로만 구분

· 조선 후기 '유학'의 증가 = 양반의 증가 → 양인(양반, 중인, 상민) 내에서 신분 이동으로 양반이 늘어나는 현상(사회적 신분제의 동요)

| 결론! 조선 후기 '유학'의 증가가 양천제의 와해를 보여 주는 것은 아님(양인과 천인의 구분은 변동 X).

😞 오답 땡!

① 『속대전』의 규정을 적용받아 속량된 사람들은 납세의 의무를 지게 되었다.
└→ 노비(천인)에서 벗어나 양인이 됨.

| (가) 1문단 "양인은 ~ 납세와 군역 등의 의무를 져야 했다."

| (가) 2문단 "천인의 대다수를 구성했던 노비 ~ 『속대전』에서는 노비가 속량할 수 있는 값을 100냥으로 정하는 규정을 둠으로써 속량을 제도화했다. 이는 ~ 그들을 양인 납세자로 전환하는 것이 유리했기 때문이었다."

| 뭔말?

· 『속대전』의 규정을 적용받아 속량된 사람들(노비): 천인에서 양인으로 신분 전환 → 양인의 의무인 납세의 의무를 지게 됨.

② 『경국대전』 반포 이후 갑오개혁까지 조선의 법적 신분제에는 두 개의 신분이 존재했다.
└→ 양천제 └→ 양인과 천인

| (가) 1문단 "조선 왕조의 기본 법전인 『경국대전』에 규정된 신분제(법적 신분제)는 신분을 양인과 천인으로 나눈 양천제이다. ~ 이러한 법적, 사회적 신분제는 갑오개혁으로 철폐되기 이전까지 조선 사회의 근간이 되었다."

③ 조선 후기 양반 중에는 노비를 양인 신분으로 풀어 주고 금전적 이익을 얻은 이들이 있었다. → 몰락한 양반들

| (가) 2문단 "『속대전』에서는 노비가 속량(양인으로 신분 전환)할 수 있는 값을 100냥으로 정하는 규정을 둠 ~ 몰락한 양반들은 노비의 유지가 어려워졌기 때문에 몸값(금전적 이익)을 받고 속량해 주는 길을 선택했다."

⑤ 조선 후기에 상민이 '유학'의 직역을 얻었을 때, 양반의 특권을 일부 가지게 되지만 온전한 양반으로 인정받지는 못했다. └→ 군역 면제 등

| (가) 3문단 "호적상 유학은 군역 면제라는 특권이 있어서 상민층이 원하는 직역이었다. 유학 직역의 획득은 제도적으로 양반이 되는 것을 의미하였으나 그것이 곧 온전한 양반으로 인정받는 것을 의미하는 것은 아니었다."

02 특정 개념의 의미 파악   답 ⑤

선지별 선택 비율	①	②	③	④	⑤
화작	5%	13%	21%	13%	46%
언매	3%	8%	13%	8%	66%

일련의 개혁론에 대한 이해로 적절하지 않은 것은?

😊 정답 띡!동!

⑤ 유형원과 정약용은 모두 ~~시험~~으로 도덕적 능력이 우수한 이를 선발하여 교육한 후 관료로 임명하는 방안을 제시했다.
└→ 추천

| (나) 2문단 "과거제 대신 공거제를 통해 도덕적 능력이 뛰어난 자를 추천으로 선발하여 여러 단계의 교육을 한 후, 최소한의 학식을 확인하여 관료로 임명해야 한다고 제안"

| (나) 3문단 "도덕적 능력의 여부에 따라 추천으로 예비 관료인 '선사'를 선발하고 일정한 교육을 한 후, 여러 단계의 시험을 거쳐 관료를 선발할 것을 제안"

| 뭔말?

· 유형원, 정약용 모두 도덕적 능력을 갖춘 이를 시험이 아니라 추천으로 선발한 후, 교육을 거쳐 관료로 임명할 것을 제안함.

※ 정약용은 선사를 선발하고 교육한 후 시험을 거칠 것을 제안함. 그러나 시험으로 도덕적 능력을 평가하여 선사를 선발하자고 한 것은 아님.

😞 오답 땡!

① 유형원은 자신이 구상한 공동체의 성격에 적합하지 않은 특정 직업군을 없애는 방안을 구상했다.
└→ 도덕적   └→ 광대

| (나) 2문단 "비도덕적 직업이라고 생각한 광대와 같은 직업군을 철폐"

② 유형원은 지방 사회의 도덕적 기풍을 진작하기 위해 관료 선발 인원을 지방에도 할당하는 방안을 구상했다.

| (나) 2문단 "지방에도 관료 선발 인원을 적절히 분배하면 향촌 사회(지방 사회)의 풍속도 도덕적으로 이끌 수 있다고 본 것"

③ 정약용은 지배층인 사 집단이 주도권을 가지고 사회를 운영하는 방안을 구상했다.

| (나) 4문단 "두 사람은 모두 사회 지배층으로서의 사에 주목 ~ 사 집단에 정치권력, 경제력 등을 집중(사회 운영의 주도권을 부여)시키려 했고"

④ 정약용은 직업별로 거주지를 달리하는 것을 포함한 행정 구역 개편 방안을 구상했다.

| (나) 3문단 "사농공상(선비, 농부, 공인, 상인 → 직업별 구분)별로 구분하여 거주하는 것을 포함한 행정 구역 개편을 구상"

03 내용의 추론   답 ③

선지별 선택 비율	①	②	③	④	⑤
화작	7%	12%	59%	12%	7%
언매	8%	10%	68%	8%	5%

㉠~㉢에 대한 설명으로 가장 적절한 것은?

😊 정답 띡!동!

③ ㉠은 상민층이 유학 직역을 얻는 것이 확대되는 상황에서 양반으로 인정받는 것을 억제하는 장치이고, ㉢은 능력주의를 통해 인재 등용에 신분의 벽을 두지 않으려는 방안이다.

| (가) 3문단 "상민층에서는 '유학' 직역을 얻고자 하는 현상이 나타났다. ~ 유학 직역의 획득은 ~ 곧 온전한 양반으로 인정받는 것을 의미하는 것은 아니었다. 당시 양반 집단의 일원으로 인정받기 위해서는 ㉠유교적 의례의 준행, 문중과 족보에의 편입 등 다양한 조건이 필요했다."

| (나) 1문단 "『경국대전』 체제에서 ~ 실제로는 양반 이외의 신분에서는 관료가 되기 어려웠다. 이러한 상황에서 ~ (유형원과 정약용은) 각각 도덕적 능력주의에 기초한 일련의 개혁론(양반 이외 신분에서도 관료가 될 수 있도록 하는 방안)을 제시"

| (나) 2문단 "신분 세습을 비판한 그는 현명한 인재라도 노비로 태어나면 노비로 살아야 하는 것이 천하의 도리에 어긋난다고 보고, 노비제 폐지를 주장 ~ 도덕을 기준으로 관료를 선발"

| (나) 3문단 "도덕적 능력의 여부에 따라 ~ 농민과 상공인에도 선사의 선발 인원을 배정하는 등 노비 이외에서 사 집단으로 진출할 수 있도록 했다."

| 뭔말?

· 상민층이 유학 직역을 획득해도 온전한 양반으로 인정받으려면 ㉠의 조건을 충족해야 함. → ㉠이 양반으로 인정받는 것을 억제하는 장치로 작용

· ㉡(도덕적 능력이 뛰어난 사람들로 지배층인 사를 구성) = 유형원과 정약용의 개혁론: 양반만 관료가 되는 현실에 대한 개혁 추구 → 신분이 아니라 도덕적 능력주의를 통한 관료 선발(인재 등용) 제안

오답 땡!

① ㉠은 경제적 영향으로 신분 상승 현상이 나타나는 상황에서 신분적 정체성을 지키려는 양반층의 노력이고, ㉡은 ~~이러한 양반층의 노력을 뒷받침~~ 하기 위한 정책적 방안이다.
　　　　└ 사 집단(양반 이외 신분도 포함)의 재편
　　　　　 ≠ 기존 양반층

| (가) 3문단 "18세기 이후 경제적으로 성장한 상민층에서는 '유학' 직역을 얻고자 하는 현상이 나타났다. ~ 양반 집단의 일원으로 인정받기 위해서는 유교적 의례의 준행, 문중과 족보에의 편입 등 다양한 조건이 필요"

| (나) 3문단 "사 집단을 재편하고자 했다. 도덕적 능력의 여부에 따라 추천으로 예비 관료인 '선사'를 선발 ~ ㉡사 거주지에서 더 많은 선사를 선발하도록 했지만, 농민과 상공인에도 선사의 선발 인원을 배정"

| 뭔말?

· 상민층의 유학 직역 획득, 즉 신분 상승 추구는 경제적 성장의 영향임.

· ㉠: 양반의 신분적 정체성은 유학 직역 이상의 것임을 드러내므로, 이를 지키려는 양반층의 노력으로 볼 수 있음.

· ㉡: 재편된 사 집단(도덕적 능력에 따라 선발, 농민과 상공인 포함)을 우대하는 것 → 기존 양반층의 신분적 정체성을 지키려는 정책으로 보기 어려움.

② ㉠은 호적상 유학 직역이 증가하는 상황에서 양반 집단이 기득권을 지키기 위한 자율적 노력이고, ㉡은 ~~기존의 양반들이 가진 기득권을 제도적으로 강화~~하기 위한 방안이다.
　　　　└ 사 집단(양반 이외 신분도 포함)의 재편
　　　　　 ≠ 기존 양반층

| (가) 3문단 "호적상 유학은 군역 면제라는 특권이 있어서 상민층이 원하는 직역"

| 뭔말?

· ㉠: 상민층의 호적상 유학 직역 획득이 증가하여 유학이 증가하자, 기존 양반층이 기득권을 지키기 위해 내건 조건

· ㉡: 기존 양반층이 아니라 새롭게 재편된 사 집단을 우대하는 것 → 기존 양반층의 기득권 강화를 위한 제도로 보기 어려움.

　　　　　 └ 상민층의 경제적 능력 상승으로 유학이 증가하던 상황

④ ㉠은 ~~능력주의가 작동하기 어려운 현실적인 상황~~에서 신분 구분을 강화하여 불평등을 심화하는 제도이고, ㉡은 ~~사회 지배층의 인원을 늘려~~ 도덕 실천을 이끌기 위한 방안이다.
　　　　└ 사회 지배층을 재구성하여(인원 수 증가 X)

| (가) 3문단 "18세기 이후 경제적으로 성장한 상민층에서는 '유학' 직역을 얻고자 하는 현상이 나타났다."

| (가) 4문단 "양반들이 비양반층의 진입을 막는 힘은 여전히 작동하고 있었지만, 비양반층이 양반에 접근하고자 하는 힘은 더 강하게 작동했다. 유학의 증가는 이러한 현상의 단면을 보여 준다."

| (나) 4문단 "사회 지배층의 재구성을 통해 도덕 국가 체제를 추구"

| 뭔말?

· ㉠: 신분 구분을 강화하여 양반층 진입을 막으려는 시도나 실제로 상민층이 경제적 능력을 바탕으로 유학 직역을 획득하여 유학(양반)이 증가함. → 능력주의가 작동하지 못하는 상황이라고 보기 어려움.

· ㉡: 도덕적 능력이 우수한 인재들로 사회 지배층인 사 집단을 재구성하려는 것이지 지배층의 인원을 늘린다는 것이 아님.

　　　　　 → 군역 면제 등의 특권 여전히 존재
⑤ ㉡은 ~~양반층의 특권이 점차 사라져 가고 있는 상황~~에서 신분적 구분을 명확하게 하기 위한 장치이고, ㉡은 양반과 비양반층의 신분적 구분을 없애기 위한 방안이다.

| (가) 3문단 "18세기 이후 ~ 호적상 유학은 군역 면제라는 특권이 있어서 상민층이 원하는 직역"

| (나) 1문단 "19세기의 정약용"

| 뭔말?

· 18세기 이후 상민층이 유학 직역이 되려고 한 이유: 군역 면제와 같은 특권을 얻기 위해 → 정약용의 시대(19세기)에도 양반의 특권 존재

· ㉡: 양반, 비양반의 신분이 아닌 도덕적 능력을 기준으로 지배층 재편

 매운맛 픽

04 관점의 파악 　　　　　　　　　　　답 ⑤

선지별 선택 비율	①	②	③	④	⑤
화작	13%	9%	9%	35%	32%
언매	15%	5%	6%	35%	37%

(나)를 바탕으로 다음의 ㄱ~ㄹ에 대해 판단한 것으로 가장 적절한 것은?

> ㄱ. 아래로 농공상이 힘써 일하고, 위로 사(士)가 효도하고 공경하니, 이는 나라의 기풍이 흐트러지지 않는 것이다.
> 　　　　　　　→ 지배층으로서의 사 집단 강조(유형원 ○, 정약용 ○)
>
> ㄴ. 사농공상 누구나 인의(仁義)를 실천한다면 비록 농부의 자식이 관직에 나아가더라도 지나친 일이 아닐 것이다.
> 　　　　　　　→ 사농공상의 관료 선발 가능(유형원 ○, 정약용 ○)
>
> ㄷ. 덕행으로 인재를 판정하면 천하가 다투어 이에 힘쓸 것이니, 나라 안의 모든 이에게 존귀하게 될 기회가 열릴 것이다.
> 　　　　　　　→ 모든 계층의 사 집단 진출 가능(유형원 ○, 정약용 X)
>
> ㄹ. 양반과 상민의 구분은 엄연하니, 그 경계를 넘지 않아야 상하의 위계가 분명해지고 나라가 편안하게 다스려질 것이다.
> 　　　　　　　→ 신분 간 이동 불가능(유형원 X, 정약용 X)

정답 띵!동!

⑤ 정약용은 ㄱ에 동의하고, ㄷ에 동의하지 않겠군.

| (나) 3문단 "도덕적 능력의 여부에 따라 ~ 관료를 선발할 것을 제안 ~ 노비 이외에서 사 집단으로 진출할 수 있도록 했다."

| (나) 4문단 "두 사람(유형원, 정약용)은 ~ 사 집단에 정치권력, 경제력 등을 집중시

키려 했고, 지배층(사 집단)과 피지배층(농공상) 간의 차등을 엄격하게 유지하고자
했다."

| 뭔말?

· ㄱ: 사 집단이 위, 나머지 농공상이 아래라고 보고 있으므로 지배층과 피지배층
  간의 상하 질서, 즉 차등을 인정하는 입장 → 정약용의 견해와 부합

· ㄷ: 덕행(도덕적 능력 기준)으로 인재를 판정하면 모든 계층에게 지배층이 될 기회
  (존귀하게 될 기회)가 주어진다는 입장

  → 노비는 사 집단으로 진출할 수 없다고 한 정약용의 견해와 부합 X

🙁 오답 땡!

① 유형원은 ㄱ과 ㄹ에 동의하겠군.
  └→ ㄹ에 동의 X

| (나) 2문단 "신분 세습을 비판 ~ 노비제 폐지를 주장 ~ 도덕을 기준으로 관료를
  선발"

| (나) 4문단 "유형원은 다스리는 자인 사와 다스림을 받는 민의 구분을 분명히 하
  는 것이 천하의 이치라고 보고 도덕적 능력이 뛰어난 사람들로 지배층인 사를
  구성하고자 했다. ~ 지배층과 피지배층 간의 차등을 엄격하게 유지하고자 했다."

| 뭔말?

· ㄱ과 관련한 유형원의 견해: 정약용과 마찬가지로 유형원 역시 지배층인 사 집
  단과 피지배층의 상하 질서, 즉 차등을 인정함. → 동의

· ㄹ: 지배층과 피지배층의 구분을 인정(유형원 동의)하며, 계층 간 이동이 불가능하
  다(유형원 동의 X)는 입장

· ㄹ과 관련한 유형원의 견해: 도덕적 능력을 갖춘 지배층 구성(도덕적 능력만 있다면
  지배층이 될 수 있음.), 이에 따른 지배층과 피지배층의 차등과 구분 인정

② 유형원은 ㄴ과 ㄷ에 동의하지 않겠군.
  └→ 동의함.

| (나) 2문단 "현명한 인재라도 노비로 태어나면 노비로 살아야 하는 것이 천하의
  도리에 어긋난다고 보고, 노비제 폐지를 주장 ~ 사농공상의 사민으로 편성 ~
  도덕을 기준으로 관료를 선발"

| 뭔말?

· ㄴ: 인의(도덕적 능력)를 갖춘 사농공상 누구나 관직(관료)에 나갈 수 있음.

· ㄴ, ㄷ과 관련한 유형원의 견해: 노비제를 인정하고 노비의 관료 진출을 금한 정
  약용과 달리, 노비제 폐지를 주장하면서 도덕적 능력을 갖추었다면 사농공상 모
  든 계층에서 관료가 될 수 있다고 보았음. → 동의

③ 유형원은 ㄷ에 동의하지 않고, ㄹ에 동의하겠군.
  └→ ㄹ   └→ ㄴ

| ①, ② 풀이 참조

④ 정약용은 ㄴ과 ㄹ에 동의하겠군.
  └→ ㄹ에 동의 X

| (나) 3문단 "도덕적 능력의 여부에 따라 추천으로 예비 관료인 '선사'를 선발 ~
  사 거주지에서 더 많은 선사를 선발하도록 했지만, 농민과 상공인에도 선사의
  선발 인원을 배정"

| 뭔말?

· ㄴ과 관련한 정약용의 견해: 사농공상 모두 도덕적 능력의 여부에 따라 관료가
  될 수 있음. → 동의

· ㄹ과 관련한 정약용의 견해: 농공상이 사 집단, 즉 지배층에 편입될 수 있으므로
  신분 이동 가능 → 동의 X

044   정답 및 해설

🧊 꿀피스 Tip!

▶ 이 문제의 포인트는 '신분 간 구분'과 '신분 간 이동 가능성'에 대한 정약
  용과 유형원의 견해의 공통점을 바르게 이해했는가, 또한 정약용과 유형
  원의 견해의 차이점을 파악했는가에 있어.

▶ 유형원은 노비제 폐지, 비도덕적인 직업군의 철폐를 주장하고 사농공상
  만으로 계층을 구분할 것을 주장하였지. (즉 그의 사상에 따르면 천인이 없어
  지는 거야.) 사농공상의 네 계층에서 '사 집단'은 도덕적 능력을 갖춘 지배
  층이 되는 것이며, 나머지 농공상은 피지배층으로서 그 사이에 상하 질
  서와 차등은 존재한다는 거야. 신분 간 구분을 인정한다는 말이지.

▶ 중요한 것은 그의 사상에서는 농공상의 나머지 계층에서도 '사 집단'에
  진출할 수 있다는 거야. 왜냐하면 사 집단을 구성하는 기준은 어디까지
  나 '도덕적 능력'이거든. 즉 신분 간 구분은 있되 신분 간 이동은 가능하
  다는 거야. 이걸 파악했다면 유형원과 관련된 선지 ①~③ 해결이야.

▶ 정약용의 경우도 사농공상의 신분 구분을 강조했지. 유형원과 마찬가지
  로 정약용도 지배층인 사 집단과 나머지 계층 간 차등과 구분을 주장했
  으니 신분 간 구분을 인정한 거지. 그런데 유형원과 달리 그는 노비제가
  사 집단 유지를 위해 필요하다고 보았어. (즉 정약용은 천인의 존재를 유지해
  야 한다고 본 거지.) 이것이 유형원과의 견해 차이야.

▶ 하지만 정약용 역시 농공상의 다른 계층에서도 예비 관료인 선사를 선발
  하도록 했고, 이를 통해 관료가 된다는 것은 사 집단으로 신분 이동이 가
  능하다는 말이지. 즉 유형원과 마찬가지로 신분 간 구분은 있되 신분 간
  이동은 가능하다고 본 거지. (단, 유형원과 달리 노비는 제외하고 말이야)

▶ 자, 이걸로 정약용과 관련된 선지 ④, ⑤도 해결! 선지 ④를 선택해서 틀
  린 경우가 많은데, ㄹ의 '그 경계를 넘지 않아야'를 놓친 것으로 보여. '그
  경계'란 신분 간 경계인데, 정약용은 농공상에게도 사 집단으로 진출할
  기회를 부여했잖아. '신분 간 엄격한 구분'이 '신분 간 이동 불가능'을 뜻
  하는 게 아니라고!

---

05   관점의 적용   답 ⑤

선지별 선택 비율	①	②	③	④	⑤
화작	5%	12%	20%	20%	42%
언매	4%	8%	16%	16%	53%

(가), (나)를 바탕으로 〈보기〉에 대해 보인 반응으로 적절하지 않은 것은? [3점]

| 보기 |

16세기 초 영국의 토머스 모어는 '유토피아'라는 가상 국가를 통해
당대 사회를 비판했다. 그가 제시한 유토피아에서는 현실 국가와 달
리 모두가 일을 하고, 사치에 필요한 일은 하지 않기 때문에 하루 6시
간만 일해도 경제적으로 풍요롭다. 하지만 이곳에서도 노동을 면제(특
권)받는 '학자 계급'이 존재한다. 성직자, 관료 등의 권력층(지배층)은 이
학자 계급에서만 나오도록 하였는데, 학자 계급은 의무가 면제되는
대신 연구와 공공의 일에 전념한다. 학자 계급은 능력 있는 이를 성
직자가 추천(추천에 의한 선발)하고, 대표들이 승인하는 절차를 거쳐야 될
수 있다. 그러나 학자 계급도 성과가 부족하면 '노동 계급'으로 환원
될 수 있고, 노동 계급도 공부에 진전이 있으면 학자 계급으로 승격(신
분 이동 가능)될 수 있다.

계급 간 차등 존재(학자 계급만 권력층 진입 가능) ←┐

⑤ 유토피아에서 '노동 계급'과 '학자 계급' 간의 이동이 가능한 것은 ~~계급 간~~ ~~차등이 없음을 전제~~하므로, (나)에서 차등을 엄격하게 유지하고자 한 유형원, 정약용의 구상과는 ~~다르군.~~
└→ 유사함(신분 간 차등 존재, 신분 이동 가능).

| (나) 2문단 "신분 세습을 비판한 그는 현명한 인재라도 노비로 태어나면 노비로 살아야 하는 것이 천하의 도리에 어긋난다고 보고, 노비제 폐지를 주장 ~ 도덕을 기준으로 관료를 선발"

| (나) 3문단 "농민과 상공인에도 선사의 선발 인원을 배정하는 등 노비 이외에서 사 집단으로 진출할 수 있도록 했다."

| (나) 4문단 "지배층과 피지배층 간의 차등을 엄격하게 유지하고자 했다."

| 뭔말?

· 계급 간 이동이 가능한 것이 곧 계급 간 차등이 없다는 의미는 아님.
    └→ 유형원, 정약용의 구상에서도 신분 간 차등이 있으나 신분 간 이동이 가능함.

· 〈보기〉의 '학자 계급': 노동 면제라는 특권 소유, 권력층 구성, 노동 계급에서 승격 가능 → '학자 계급'과 '노동 계급' 간 차등 존재

----

① 유토피아에서 연구와 공공의 일에 전념하는 사람들은 선발의 과정을 거친다는 점에서, (가)의 '유학'보다 (나)의 '선사'에 가깝군.

| (가) 3문단 "유학은 벼슬을 하지 않은 유생을 지칭했으나, 이 시기에는 관료로 진출하지 못한 이들을 가리키는 직역 명칭으로 굳어졌다."

| (나) 3문단 "추천으로 예비 관료인 '선사'를 선발"

| 뭔말?

· (나)의 '선사'는 추천으로 선발 ≒ 〈보기〉의 '연구와 공공의 일에 전념하는 사람들(학자 계급)' 역시 추천을 받은 후 선발

· (가)의 '유학': 선발된 사람들이 아님.

② 유토피아에서 관료는 노동을 면제받지만 그 특권이 세습되지 않는다는 점에서, (가)에서 차별적 특혜를 받던 16세기 이후의 '양반'과는 다르군.

| (가) 1문단 "관료 집단을 뜻하던 양반이 16세기 이후 세습적으로 군역 면제 등의 차별적 특혜를 받는 신분으로 굳어짐"

| 뭔말?

· 〈보기〉에서 유토피아의 관료는 '학자 계급'에서 선발: '학자 계급'은 노동 면제 특권이 있고 성과 부족 시 '노동 계급'으로 환원됨. 즉 세습되지 않음.

· 16세기 이후 '양반': 군역 면제 등 특권이 세습됨.

③ 유토피아에서 '학자 계급'에서만 권력층이 나오도록 한 것은, (나)에서 우월한 집단인 '사 집단'에 정치권력을 집중시키고자 한 유형원, 정약용의 생각과 유사하군.

| (나) 4문단 "도덕적 능력이 뛰어난 사람으로 지배층인 사를 구성(유형원) ~ 도덕적 능력에 따라 사회 지배층을 재편(정약용) ~ 사 집단에 정치권력, 경제력 등을 집중시키려"

| 뭔말?

· 〈보기〉에서 유토피아의 '학자 계급': 연구와 공공의 일에서 성과를 낼 수 있는 우수한 능력을 갖춘 집단 → 권력층 형성

· (나)의 유형원, 정약용이 생각한 '사 집단': 도덕적으로 뛰어난(우월한) 능력을 갖춘 집단 → 지배층 형성

④ 유토피아에서 '노동 계급'이 '학자 계급'으로 승격되는 것은 학업 능력을 기준으로 추천받는다는 점에서, (가)의 상민 출신인 '유학'이 '양반'으로 인정받는 것과는 다르군.

| (가) 3문단 "당시 양반 집단의 일원으로 인정받기 위해서는 유교적 의례의 준행, 문중과 족보에의 편입 등 다양한 조건이 필요"

| 뭔말?

· 〈보기〉에서 '노동 계급'의 '학자 계급' 승격 조건: 공부에 진전이 있는 경우, 즉 학업 능력이 있을 때 가능

· (가)의 상민 출신인 '유학'이 '양반'으로 인정받는 조건: 유교적 의례를 지키고, 문중과 족보에 편입되어야 함. → 학업 능력과 관련 X

06 어휘의 의미 파악   답 ①

선지별 선택 비율	①	②	③	④	⑤
화작	93%	1%	2%	1%	0%
언매	97%	0%	1%	0%	0%

ⓐ와 문맥상 의미가 가장 가까운 것은?

① 관용이 우리 집의 가훈으로 확고하게 굳어졌다.

| ⓐ와 ①의 '굳어지다' '점점 몸에 배어 아주 자리를 잡게 되다.'의 의미

② 어젯밤 적당하게 내린 비로 대지가 더욱 굳어졌다.

| '누르는 자국이 나지 아니할 만큼 단단하게 되다.'의 의미

③ 포기하지 않겠다는 결심이 어머니의 격려로 굳어졌다.

| '흔들리거나 바뀌지 아니할 만큼 힘이나 뜻이 강하게 되다.'의 의미

④ 길에서 버스를 기다리던 사람들의 몸이 추위로 굳어졌다.

| '근육이나 뼈마디가 점점 뻣뻣하게 되다.'의 의미

⑤ 갑작스러운 소식에 나도 모르게 얼굴이 딱딱하게 굳어졌다.

| '표정이나 태도 따위가 긴장으로 딱딱하게 되다.'의 의미

(가) 심리 철학에서 의식을 설명하는 여러 가지 관점

🔗 EBS 연결 고리

2024학년도 EBS 수능특강 독서 11쪽 〈기능주의 철학과 중국어 방 논증〉에서 '기능주의, 설의 중국어 방 논증' 관련 내용 연계

해제 이 글은 의식에 대한 여러 이론들을 살펴보고 있다. 먼저 심리 철학의 동일론과 기능주의의 입장을 제시하고, 기능주의를 반박하는 설의 '중국어 방' 실험에 대해 설명하였다. 이 세 가지는 모두 의식에 대한 논의를 몸의 내부로 한정하고 있는데, 이와 달리 의식의 문제를 몸 바깥으로 확장하여 설명한 이론이 로랜즈의 확장 인지 이론이다. 확장 인지 이론에서 인지 과정은 파생적 상태를 조작함으로써 심적 상태를 생겨나게 하는 과정이다. 즉 확장 인지 이론은 주체에게 심적 상태를 생겨나게 하는 인지 과정의 확장에 대해 설명하고 있음을 밝히고 있다.

주제 의식에 대한 동일론, 기능주의, 설의 입장과 로랜즈의 확장 인지 이론

짜임

1문단	의식에 대한 동일론과 기능주의의 관점
2문단	기능주의를 반박하는 설의 '중국어 방' 실험
3문단	의식에 대한 논의를 몸 외부로 확장한 로랜즈의 확장 인지 이론
4문단	확장 인지 이론의 관점과 의의

1문단 심리 철학에서 동일론은 의식이 뇌의 물질적 상태와 동일하다고
[01-③, ④] [02-①] 의식에 대한 동일론의 관점
ⓐ본다. 이와 달리 기능주의는 의식은 기능이며, 서로 다른 물질에서 같
[01-①, ②] [05-①] 의식에 대한 기능주의의 관점
은 기능이 구현될 수 있다고 주장한다. 이때 기능이란 어떤 입력이 주어졌
을 때 특정한 출력을 내놓는 함수적 역할로 정의되며, 함수적 역할의 일치
[01-①, ②, ⑤] [05-①] 기능주의에서 '기능'과 '함수적 역할'의 의미
는 입력과 출력의 쌍이 일치함을 의미한다. 실리콘 칩으로 구성된 로봇이
[05-①] 기능주의에서 '함수적 역할 일치'의 의미
찔림이라는 입력에 대해 고통을 출력으로 내놓는 기능을 가진다면, 로봇과 우리는 같은 의식을 가진다는 것이다. 이처럼 기능주의는 의식을 구현하는 물질이 무엇인지는 중요하지 않다고 본다.

2문단 설(Searle)은 기능주의를 반박하는 사고 실험을 제시한다. '중국어 방' 안에 중국어를 모르는 한 사람만 있다고 하자. 그는 중국어로 된 입력이 들어오면 정해진 규칙에 따라 중국어로 된 출력을 내놓는다. 설에 의하면 방 안의 사람은 중국어 사용자와 함수적 역할이 같지만 중국어를 아
[02-②] 기능주의에 대한 설의 반박
는 것은 아니다. 기능이 같으면서 의식은 다른 사례가 있다는 것이다.

3문단 동일론, 기능주의, 설은 모두 의식에 대한 논의를 의식을 구현하는 몸의 내부로만 한정하고 있다. 하지만 의식의 하나인 '인지' 즉 '무언가를 알게 됨'은 몸 바깥에서 ⓑ일어나는 일과 맞물려 벌어진다. 기억나지 않는 정보를 노트북에 저장된 파일을 열람하여 확인하는 것이 한 예이다. 로랜즈의 확장 인지 이론은 이를 설명하는 이론이다.

4문단 그에 ⓒ따르면 인지 과정은 주체에게 '심적 상태'가 생겨나게 하

는 과정이다. 기억이나 믿음이 심적 상태의 예이다. 심적 상태는 어떤 것
[02-③] '심적 상태'의 예
에도 의존함이 없이 주체에게 의미를 나타낸다. 예를 들어, 무언가를 기억하는 사람은 자기의 기억이 무엇인지 ⓓ알아보기 위해 아무것도에도 의존할 필요가 없다. 이와 달리 '파생적 상태'는 주체의 해석에 의존해서만 또
[03-①] [05-③] '파생적 상태'의 개념
는 사회적 합의에 의존해서만 의미를 나타내는 상태로 정의된다. 앞의 예에서 노트북에 저장된 정보는 전자적 신호가 나열된 상태로서 파생적 상
[02-⑤] '파생적 상태'의 예
태이다. 주체에 의해 열람된 후에도 노트북의 정보는 여전히 파생적 상태이다. 하지만 열람 후 주체에게는 기억이 생겨난다. 로랜즈에게 인지 과정
[03-④] 몸을 통한 외부 세계 지각
은 파생적 상태가 심적 상태로 변환되는 과정이 아니라, 파생적 상태를 조작함으로써 심적 상태를 생겨나게 하는 과정이다. 심적 상태가 주체의 몸
[02-④] [03-①] [05-②] '인지 과정'의 개념   [02-③] '인지 과정'의 의미 부연
외부로 확장되는 것이 아니라, 심적 상태를 생겨나게 하는 인지 과정이 확장되는 것이다. 이러한 ㉠확장된 인지 과정은 인지 주체의 것일 때에만, 다시 말해 환경의 변화를 탐지하고 그에 맞춰 행위를 조절하는 주체와 통합되어 있을 때에만 성립할 수 있다. 즉 로랜즈에게 주체 없는 인지란 있
[03-①] 로랜즈의 이론에서 '인지'와 '주체'의 관계
을 수 없다. 확장 인지 이론은 의식의 문제를 몸 안으로 한정하지 않고 바깥으로까지 넓혀 설명한다는 의의를 지닌다.

(나) 체험으로서의 지각

🔗 EBS 연결 고리

비연계

해제 이 글은 지각에 대한 객관주의 철학의 입장과 이에 대한 비판적 견해를 제시하고 있다. 객관주의 철학의 입장은 두 가지로 나뉘는데, 하나는 사물에 대한 의식 역시 물질에 불과하다고 보는 것이고 다른 하나는 의식을 물질과 구분되는 독자적 실체로 규정하는 것이다. 그러나 이 둘 모두 주체와 대상의 분리를 전제하고 지각을 이해한다는 점에서는 동일하다. 필자는 이를 비판하면서 지각은 주체와 대상이 각자 존재하기 이전에 나타나는 얽힘의 체험으로써 감각과 구분되지 않으며, 물질적 반응이나 의식의 판단이 아니라 내 몸의 체험이라고 주장하고 있다.

주제 지각에 대한 객관주의 철학의 입장과 이에 대한 비판

짜임

1문단	지각의 개념 및 지각을 분석할 때 직면하는 두 가지 사실
2문단	지각에 대한 객관주의 철학의 입장
3문단	지각에 대한 객관주의 철학의 입장에 대한 비판
4문단	내 몸의 체험으로서의 지각

1문단 일반적으로 '지각'이란 몸의 감각 기관을 통해 사물에 대해 아는
[04-③] '지각'의 개념
것을 의미한다. 이러한 지각을 분석할 때 두 가지 사실에 직면한다. 첫째, 그 사물과 내 몸은 물질세계에 있다. 둘째, 그 사물에 대한 나의 의식은 물질세계가 아닌 다른 세계에 있다. 즉 몸으로서의 나는 사물과 같은 세계에 속하는 동시에 의식으로서의 나는 사물과 다른 세계에 속한다.

2문단 이에 대한 객관주의 철학의 입장은 두 가지로 나뉜다. 의식을 포함한 모든 것을 물질로 환원하여 의식은 물질에 불과하다고 주장하거나,
[03-③] 의식에 대한 객관주의 철학의 첫 번째 입장
의식을 물질과 구분되는 독자적 실체로 규정함으로써 의식과 물질의 본질
[03-②] 의식에 대한 객관주의 철학의 두 번째 입장
적 차이를 주장한다. 전자에 의하면 지각은 사물로부터의 감각 자극에 따
[04-①] [05-⑤] 지각에 대한 객관주의 철학의 첫 번째 입장
른 주체의 물질적 반응으로 이해되며, 후자에 의하면 지각은 감각된 사물
에 대한 주체 즉 의식의 판단으로 이해된다. 이처럼 양자 모두 주체와 대
[04-④] 지각에 대한 객관주의 철학의 두 번째 입장
상의 분리를 전제하고 지각을 이해한다. 주체와 대상은 지각 이전에 이미
[03-①] 지각 이해에 관한 객관주의 철학의 전제
확정되어 각각 존재한다는 것이다.

3문단 하지만 지각은 주체와 대상이 각자로서 존재하기 이전에 나타나
는 얽힘의 체험이다. 예를 들어 다른 사람과 손이 맞닿을 때 내가 누군가
의 손을 ⓔ만지는 동시에 나의 손 역시 누군가에 의해 만져진다. 감각하는
[04-③] 몸에 의한 감각
것이 동시에 감각되는 것이 되는 얽힘의 순간에, 나는 나와 대상을 확연히
[04-②] 감각과 지각의 동시적 발생
구분한다. 지각이라는 얽힘의 작용이 있어야 주체와 대상이 분리될 수 있
[03-①, ⑤] [04-⑤] 객관주의 철학의 입장과 상반되는 필자의 관점
다. 다시 말해 주체와 대상은 지각이 일어난 이후 비로소 확정된다. 따라
서 ⓛ지각과 감각은 서로 구분되지 않는다.

4문단 지각은 물질적 반응이나 의식의 판단이 아니라, 내 몸의 체험이
[01-①~⑤] 지각에 대한 필자의 관점
다. 지각은 나의 몸에 의해 이루어지는 것이고, 지각이 이루어지게 하는
것은 모두 나의 몸이다.
[05-④] 몸과 지각에 대한 필자의 관점

---

01 내용의 추론 답 ①

선지별 선택 비율	①	②	③	④	⑤
화작	67%	5%	8%	17%	1%
언매	78%	3%	5%	12%	1%

다음은 윗글을 읽은 학생이 정리한 내용이다. ㉮와 ㉯에 들어갈 말로 가장 적절한 것은?

> (가)는 기능주의를 소개한 후 ㉮ 은/는 같지 않다는 설(Searle)의 비판을 제시하고 있다. 그리고 인지 과정이 몸 바깥으로까지 확장된다고 주장하는 확장 인지 이론을 설명하고 있다. (나)는 인지 중에서도 감각 기관을 통한 인지, 즉 지각을 주제로 하고 있다. (나)는 지각에 대한 객관주의 철학의 입장을 비판하고, ㉯ (으)로서의 지각을 주장하고 있다.

😊 **정답 띵! 동!**

① ㉮ – 의식과 함수적 역할 ㉯ – 내 몸의 체험

| (가) 1문단 "기능주의는 의식은 기능이며, 서로 다른 물질에서 같은 기능이 구현될 수 있다고 주장한다. 이때 기능이란 어떤 입력이 주어졌을 때 특정한 출력을 내놓는 함수적 역할로 정의되며"

| (가) 2문단 "설은 기능주의를 반박하는 사고 실험을 제시한다. ~ 기능이 같으면서 의식은 다른 사례가 있다는 것이다."

| (나) 2문단 "객관주의 철학의 입장은 두 가지로 나뉜다. ~ 전자에 의하면 지각은

사물로부터의 감각 자극에 따른 주체의 물질적 반응으로 이해되며, 후자에 의하면 지각은 감각된 사물에 대한 주체 즉 의식의 판단으로 이해된다."

| (나) 4문단 "지각은 물질적 반응이나 의식의 판단이 아니라, 내 몸의 체험이다."

| 뭔말?

· ㉮ (설의 관점): '의식 = 기능 = 함수적 역할'이라는 기능주의를 반박함. → 의식 ≠ 기능 ≠ 함수적 역할

· ㉯ (필자의 관점): '지각 = 물질적 반응 또는 의식의 판단'이라는 객관주의 철학을 반박함. → 지각 ≠ 물질적 반응 또는 의식의 판단, 지각 = 내 몸의 체험

😵 **오답 땡!**

② ㉮ – 의식과 함수적 역할 ㉯ – 물질적 반응

| 뭔말?

· 지각을 사물로부터의 감각 자극에 따른 주체의 물질적 반응으로 보는 것: 객관주의 철학의 한 입장 ※ ㉯는 객관주의 철학을 비판하는 입장임.

③ ㉮ – 의식과 뇌의 상태 ㉯ – 의식의 판단

| (가) 1문단 "동일론은 의식이 뇌의 물질적 상태와 동일하다고 본다. 이와 달리 기능주의는"

| 뭔말?

· 의식이 뇌의 물질적 상태와 동일하다고 보는 것: 기능주의가 아니라 동일론의 입장 ※ ㉮는 기능주의를 비판하는 설의 입장임.

· 지각을 감각된 사물에 대한 의식의 판단이라고 보는 것: 객관주의 철학의 한 입장

④ ㉮ – 의식과 뇌의 상태 ㉯ – 내 몸의 체험

| ①, ③ 풀이 참조

⑤ ㉮ – 입력과 출력 ㉯ – 의식의 판단

| (가) 1문단 "기능이란 어떤 입력이 주어졌을 때 특정한 출력을 내놓는 함수적 역할로 정의되며, 함수적 역할의 일치는 입력과 출력의 쌍이 일치함을 의미"

| 뭔말?

· 기능주의에서 말하는 함수적 역할: 어떤 입력이 주어졌을 때 특정 출력을 내놓는 것 → 입력과 출력이 같다는 의미가 아님.

· 기능주의에서 말하는 '함수적 역할의 일치': 두 대상에게서 '입력과 출력의 쌍'이 일치하는 것(예를 들어 인간과 로봇이 '찔림(입력) : 고통(출력)'으로 함수적 역할이 일치한다면 기능주의는 로봇과 인간이 같은 의식을 가진다고 봄.)

---

02 세부 정보의 파악 답 ③

선지별 선택 비율	①	②	③	④	⑤
화작	6%	6%	64%	12%	9%
언매	3%	4%	78%	7%	5%

(가)에서 알 수 있는 내용으로 적절하지 <u>않은</u> 것은?

😊 **정답 띵! 동!**

③ 로랜즈는 ~~기억이 주체의 몸 바깥으로 확장될 수 있다고~~ 볼 것이다.
└▶ 기억을 생겨나게 하는 인지 과정이 확장된다고

| (가) 4문단 "기억이나 믿음이 심적 상태의 예이다. ~ 로랜즈에게 인지 과정은 ~ 심적 상태를 생겨나게 하는 과정이다. 심적 상태(기억이나 믿음)가 주체의 몸 외부(바깥)로 확장되는 것이 아니라, 심적 상태를 생겨나게 하는 인지 과정이 확장되는 것이다."

😦 오답 땡!

① 동일론자들은 뇌가 존재하지 않으면 의식도 존재하지 않는다고 볼 것이다.

| (가) 1문단 "동일론은 의식이 뇌의 물질적 상태와 동일하다고 본다."

| 뭔말?
· 동일론자의 관점: 의식 = 뇌의 물질적 상태 → 뇌가 없으면 의식도 없음.

② 설(Searle)은 '중국어 방' 안의 사람과 중국어를 아는 사람의 의식이 다르다고 볼 것이다.

| (가) 2문단 "'중국어 방' 안에 중국어를 모르는 한 사람만 있다고 하자. 그는 중국어로 된 입력이 들어오면 정해진 규칙에 따라 중국어로 된 출력을 내놓는다. 설에 의하면 방 안의 사람은 중국어 사용자(중국어를 아는 사람)와 함수적 역할(어떤 입력에 특정 출력을 내놓음.)이 같지만 중국어를 아는 것은 아니다. 기능이 같으면서(중국어의 입력, 출력 값은 동일) 의식은 다른(중국어 모름. / 중국어 앎.) 사례가 있다는 것이다."

④ 로랜즈는 인지 과정이 파생적 상태를 조작하는 과정을 포함한다고 볼 것이다.

| (가) 4문단 "로랜즈에게 인지 과정은 ~ 파생적 상태를 조작함으로써 심적 상태를 생겨나게 하는 과정이다."

⑤ 로랜즈는 노트북에 저장된 정보가 그 자체로는 심적 상태가 아니라고 볼 것이다.

| (가) 4문단 "앞의 예에서 노트북에 저장된 정보는 전자적 신호가 나열된 상태로서 파생적 상태이다. ~ 로랜즈에게 인지 과정은 ~ 파생적 상태를 조작함으로써 심적 상태를 생겨나게 하는 과정이다."

| 뭔말?
· 로랜즈에 의하면 노트북에 저장된 정보는 심적 상태가 아니라 파생적 상태이고, 주체가 이것을 조작하여 심적 상태를 생겨나게 할 수 있음.

03 관점의 파악   답 ①

선지별 선택 비율	①	②	③	④	⑤
화작	39%	12%	16%	17%	14%
언매	56%	9%	10%	12%	10%

(나)의 필자의 관점에서 ㉠을 평가한 내용으로 가장 적절한 것은?

😊 정답 띵! 등!

① 확장된 인지 과정이 인지 주체의 것일 때에만 성립할 수 있다는 주장은, 지각 이전에 확정된 주체를 전제한 것이므로 타당하지 않다.

| (가) 3문단 "'인지' 즉 '무언가를 알게 됨'"

| (나) 1문단 "'지각'이란 몸의 감각 기관을 통해 사물에 대해 아는 것을 의미한다."

| (가) 4문단 "'파생적 상태'는 주체의 해석에 의존해서만 ~ 의미를 나타내는 상태", "로랜즈에게 인지 과정은 ~ 파생적 상태를 조작함(주체에 의해 일어남.)으로써 심적 상태를 생겨나게 하는 과정이다. ~ 로랜즈에게 주체 없는 인지란 있을 수 없다."

| (나) 3문단 "지각이라는 얽힘의 작용이 있어야 주체와 대상이 분리될 수 있다. 다시 말해 주체와 대상은 지각이 일어난 이후 비로소 확정된다."

| 뭔말?
· (가)의 '인지', (나)의 '지각' → '알다'라는 의미가 공통됨.
· ㉠(로랜즈의 입장): 주체가 파생적 상태(대상 예 노트북 저장 정보)를 조작함으로써 기억(심적 상태)이 생겨남. → 심적 상태를 생겨나게 하는 인지 과정은 주체를 전제로 할 때에만, 즉 인지 과정 전에 주체가 확정되어 있어야 성립 가능
· (나)의 필자의 입장: 지각이 일어나기 전에 주체는 확정되지 않음. → 주체와 대상이 지각 이전에 이미 확정되어 각각 존재한다는 객관주의 철학 비판
| 결론! (나)의 필자: 로랜즈의 생각에 대해 지각, 즉 '아는 것' 이전에 확정적 주체를 전제한 것이라고 비판 가능

😦 오답 땡!

② 확장된 인지 과정이 인지 주체의 것일 때에만 성립할 수 있다는 주장은, ~~의식이 세계를 구성하는 독자적 실체라고 규정하는 것이므로 타당하다.~~
↳ 객관주의 철학의 한 입장, (나)의 필자의 입장 X

| (나) 2문단 "객관주의 철학의 입장은 ~ 의식을 물질과 구분되는 독자적 실체로 규정"

| 뭔말?
· (나)의 필자: 객관주의 철학의 두 입장 모두 주체와 대상의 분리를 전제하고 지각을 이해한다는 점을 비판

③ 주체와 통합된 경우에만 확장된 인지 과정이 성립할 수 있다는 주장은, ~~의식은 물질에 불과하다고 본 것이므로 타당하다.~~
↳ 객관주의 철학의 한 입장, (나)의 필자의 입장 X

| (나) 2문단 "객관주의 철학의 입장은 ~ 의식을 포함한 모든 것을 물질로 환원하여 의식은 물질에 불과하다고 주장"

| 뭔말?
· (나)의 필자: 객관주의 철학의 두 입장 모두 주체와 대상의 분리를 전제하고 지각을 이해한다는 점을 비판

④ 주체와 통합된 경우에만 확장된 인지 과정이 성립할 수 있다는 주장은, ~~외부 세계에 대한 지각이 이루어질 수 없다고 보는 것이므로 타당하지 않다.~~
↳ 로랜즈는 외부 세계에 대한 지각이 이루어질 수 있다고 봄.

| (가) 4문단 "노트북에 저장된 정보(외부 세계)는 전자적 신호가 나열된 상태로서 파생적 상태이다. 주체에 의해 열람된 후에도 노트북의 정보는 여전히 파생적 상태이다. 하지만 열람 후 주체에게는 기억이 생겨난다.(지각이 이루어짐.)"

⑤ 주체와 통합된 경우에만 확장된 인지 과정이 성립할 수 있다는 주장은, ~~주체와 대상의 분리를 통해서만 지각이 이루어질 수 있다고 보는 것이므로 타당하다.~~
↳ (나)의 필자: 지각이 이루어져야 주체와 대상의 분리가 일어남.

| (나) 3문단 "지각이라는 얽힘의 작용이 있어야 주체와 대상이 분리될 수 있다."

| 뭔말?

· (나)의 필자: 주체와 대상의 분리를 통해서 지각이 이루어진다는 것이 아니라, 지각이 이루어져야 주체와 대상의 분리가 일어남.

꿀피스 Tip!

▶ 이 문제의 포인트는 (나)의 필자가 비판하고 있는 입장과 (나)의 필자의 견해를 분명히 구분하는 데 있어. 선지들이 다소 길어 보이지만 실제로 각 선지들의 앞부분은 공통된 내용이지. ①, ②의 '확장된 인지 과정이 인지 주체의 것일 때에만 성립할 수 있다는 주장은,'과 ③~⑤의 '주체와 통합된 경우에만 확장된 인지 과정이 성립할 수 있다는 주장은,'은 모두 ㉠의 내용이잖아.

▶ 따라서 이 부분은 공통적으로 '로랜즈의 주장은,'으로 바꿀 수 있고, ㉠을 요약적으로 재서술하고 있으니 판단할 필요가 없어. 그렇다면 각 선지에서 '~ 주장은,' 뒷부분의 내용이 중요하겠지. 이 부분의 내용이 (나)의 필자의 관점에서 나올 수 있는가를 판단해야 하는 거지.

▶ (나)는 필자의 견해를 제시하기 전에 2문단에서 객관주의 철학의 입장을 밝히고 있는데, 다 이유가 있겠지? 3문단에서 '하지만'이라는 접속어 이후부터 (나)의 필자의 견해가 제시되고 있으니, 그 이전에 제시된 객관주의 철학의 입장을 (나)의 필자가 비판하고 있다는 흐름을 쉽게 파악할 수 있잖아.

▶ 객관주의 철학은 또 두 가지 입장이 있지. 하나는 의식이 물질에 불과하다고 보는 것, 다른 하나는 의식이 물질과 다른 독자적 실체라는 것. 어라, 선지 ②, ③이 이 내용들을 근거로 각각 타당하다고 서술하고 있네? (나)의 필자의 관점이 절대 아니겠지?

▶ 그럼 (나)의 필자는 객관주의 철학을 왜 비판하는 걸까? 2문단 끝부분과 3문단을 연결해서 보면 답이 바로 나오지. (나)의 필자는 지각 후에 주체와 대상이 확정된다고 보는데, 객관주의 철학은 지각 전에 주체와 대상이 이미 확정되어 있다고 보기 때문이야. 그런데 선지 ⑤를 보니 '지각'과 '주체와 대상의 분리'의 순서를 슬쩍 바꾸어 놓았네. 주체와 대상이 분리되어야 지각할 수 있다는 게 아니라 지각이 일어나야 주체와 대상이 분리된다는 거지.

▶ 정답인 ① 역시 '지각 이전에 확정된 주체를 전제한 것'을 말하고 있는데 이건 객관주의 철학의 입장이잖아? 그런데 그렇기 때문에 타당하지 않다고 보고 있으니 우선 (나)의 필자의 관점에 부합하지. 그럼 로랜즈의 주장이 '지각 이전에 확정된 주체를 전제'하고 있는지 살펴보아야겠지? 로랜즈에게 주체 없는 인지란 있을 수 없다고 했어. 즉 주체가 먼저 존재해야만 인지가 일어날 수 있다는 거니 객관주의 철학의 입장과 유사하게 지각 전에 확정된 주체를 전제한 것으로 볼 수 있지.

▶ 자, 그리고 ④를 선택했다면, '외부 세계에 대한 지각'을 너무 어렵게 생각한 게 아닌가 싶어. (나)에서 지각이란 몸의 감각 기관을 통해 사물을 아는 것이라고 했는데, 전혀 어려운 의미가 아니야. 감각 기관이 뭐야? 눈, 코, 입, 귀, 피부 등등이잖아. 로랜즈의 인지 과정 예시를 보면 '노트북에 저장된 정보'를 주체가 열람한 뒤 기억이 생겨난다고 했지. 노트북에 저장된 정보를 눈으로 볼 거 아니겠어? 그러니 몸의 감각 기관을 통해서 '노트북 저장 정보'라는 몸 바깥의 외부 세계를 알게 된 거잖아. 즉 로랜즈 역시 외부 세계에 대한 지각이 이루어질 수 있다고 보는 거지.

04 내용의 추론
답 ②

선지별 선택 비율	①	②	③	④	⑤
화작	3%	70%	9%	11%	5%
언매	2%	80%	6%	7%	3%

㉤의 이유로 가장 적절한 것은?

정답 띵! 동!

② 감각하는 것이 동시에 감각되는 것이 되는 얽힘의 작용이 지각이기 때문에

| (나) 3문단 "지각은 주체와 대상이 각자로서 존재하기 이전에 나타나는 얽힘의 체험이다. ~ 감각하는 것이 동시에 감각되는 것이 되는 얽힘의 순간에, 나는 나와 대상을 확연히 구분한다."

| 뭔말?

· 지각 = 감각하는 것이 동시에 감각되는 것이 되는 순간 일어남. → 감각과 지각이 얽혀 동시에 일어나므로 이 둘은 서로 구분되지 않음.

오답 땡!

① 감각과 지각 모두 물질세계에서 이루어지기 때문에 (X) 객관주의 철학의 한 입장

| (나) 2문단 "객관주의 철학의 입장 ~ 의식을 포함한 모든 것을 물질로 환원하여 의식은 물질에 불과하다고 주장 ~ 지각은 사물(물질세계에 존재)로부터의 감각 자극에 따른 주체의 물질적 반응으로 이해"

| 뭔말?

· 객관주의 철학에서 의식이 물질에 불과하다고 주장하는 입장 → 지각과 감각 모두 물질세계에서 이루어진다고 볼 것임.
  ※ 객관주의 철학의 입장에서 사물로부터의 '감각'과 사물로부터의 감각 자극에 따른 주체의 물질적 반응인 '지각'은 구분됨을 알 수 있음.

· ㉤은 객관주의 철학을 비판하는 필자의 견해임.

③ 지각은 몸에 의해 이루어지지만 ~~감각은 몸에 의해 이루어지지 않기 때문에~~
  └ 감각 역시 몸에 의해 이루어짐.

| (나) 1문단 "'지각'이란 몸의 감각 기관을 통해 사물에 대해 아는 것"
| (나) 3문단 "내가 누군가의 손을 만지는(감각하는 것) 동시에 나의 손(감각 기관 = 몸) 역시 누군가에 의해 만져진다. 감각하는 것이 동시에 감각되는 것이 되는 얽힘"

| 뭔말?

· 지각과 감각 모두 몸의 감각 기관을 통해 이루어짐.

· 지각은 몸에 의해 이루어지지만 감각은 몸에 의해 이루어지지 않는다는 차이점이 있다고 판단한다면 ㉤과 같이 지각과 감각이 구분되지 않는다고 볼 수 없음.

④ 지각은 의식으로서의 주체가 외부의 대상을 감각하여 판단한 결과이기 때문에 (X) 객관주의 철학의 한 입장

| (나) 2문단 "후자에 의하면 지각은 감각된 사물에 대한 주체 즉 의식의 판단"
| 뭔말?

· (나)의 필자는 객관주의 철학의 입장을 비판하며, 지각 이전에 주체와 대상이 확정되어 있지 않다고 봄.

⑤ 주체와 대상이 분리되기 이전에 감각과 지각이 분리된 채로 존재하기 때문에 (X)

| (나) 4문단 "지각이라는 얽힘의 작용이 있어야 주체와 대상이 분리될 수 있다. 다시 말해 주체와 대상은 지각이 일어난 이후 비로소 확정된다."

| 뭔말?

· (나)의 필자의 관점: 감각과 지각은 구분되지 않는 것, 지각(=감각)이 일어난 후 주체와 대상이 분리 → '주체와 대상이 분리되기 이전'은 '감각과 지각이 일어나기 이전'을 의미함.

※ 감각과 지각이 분리되어 존재하다가 합쳐지는 것이 아니라, 감각과 지각이 얽혀 동시에 일어나 구분되지 않는 것임.

· 감각과 지각이 분리된 채로 존재하기 때문에 감각과 지각이 서로 구분되지 않는다? → 인과 성립 X

05 구체적 사례에의 적용   답 ③

선지별 선택 비율	①	②	③	④	⑤
화작	6%	8%	59%	15%	10%
언매	3%	6%	69%	12%	8%

(가), (나)를 바탕으로 〈보기〉의 상황을 이해한 내용으로 적절하지 <u>않은</u> 것은? [3점]

┌─── 보기 ───┐

빛이 완전히 차단된 암실에 A와 B 두 명의 사람이 있다. A는 막대기로 주변을 더듬어 사물의 위치를 파악한다. 막대기 사용에 익숙한 A는 사물에 부딪친 막대기의 진동을 통해 사물의 위치를 파악할 수 있다. B는 초음파 센서로 탐지한 사물의 위치 정보를 '뇌 – 컴퓨터 인터페이스(BCI)'를 사용하여 전달받는다. 이를 통해 B는 사물의 위치를 파악할 수 있다. BCI는 사람의 뇌에 컴퓨터를 연결하여 외부 정보를 뇌에 전달할 수 있는 기술이다.

└─────────┘

😊 정답 띵!동!

③ (가)의 확장 인지 이론에 따르면, 암실 내 사물에 부딪친 막대기의 진동이 A의 해석에 의존해서만 의미를 나타내는 경우 그 진동 상태는 파생적 상태가 ~~아니겠군.~~ └→ 맞겠군

| (가) 4문단 "'파생적 상태'는 주체의 해석에 의존해서만 또는 사회적 합의에 의존해서만 의미를 나타내는 상태로 정의된다."

| 뭔말?

· 〈보기〉에서 사물에 부딪친 막대기의 진동이 A의 해석에 의존해서만 의미를 나타내는 경우 → 사물에 부딪친 막대기의 진동 상태는 주체인 A의 해석에 의존해서만 의미를 갖는 파생적 상태

※(가)에 제시된 예시의 '노트북에 저장된 정보'와 동일한 상태

😩 오답 땡!

① (가)의 기능주의에 따르면, A와 B가 암실 내 동일한 사물의 위치를 묻는 질문에 동일한 대답을 내놓는 경우 이때 둘의 의식은 차이가 없겠군.

| (가) 1문단 "기능주의는 의식은 기능이며, ~ 기능이란 어떤 입력이 주어졌을 때 특정한 출력을 내놓는 함수적 역할로 정의되며, 함수적 역할의 일치는 입력과 출력의 쌍이 일치함을 의미"

| 뭔말?

· 기능주의의 관점: '의식 = 기능 = 함수적 역할' → 입력과 출력의 쌍이 일치한다면 함수적 역할이 일치하므로 같은 의식을 가진 것으로 간주함.

· 〈보기〉의 A와 B가 암실 내 동일한 사물의 위치를 묻는 질문(입력)에 동일한 대답

(출력)을 내놓는 경우 : 입력과 출력의 쌍이 일치함. = 함수적 역할이 일치함. → 기능주의의 관점에서 둘의 의식은 동일함.

② (가)의 확장 인지 이론에 따르면, BCI로 암실 내 사물의 위치를 파악하는 것이 B의 인지 과정인 경우 B에게 사물의 위치에 대한 심적 상태가 생겨나겠군.

| (가) 4문단 "인지 과정은 ~ 심적 상태를 생겨나게 하는 과정"

| 뭔말?

· 확장 인지 이론에서의 인지 과정: 주체에게 심적 상태(기억, 믿음 등)가 생겨나게 하는 과정

· 〈보기〉에서 BCI로 암실 내 사물의 위치를 파악하는 것이 B의 인지 과정인 경우: B에게 암실 내 사물의 위치에 대한 심적 상태가 생겨남.

④ (나)에서 몸에 의한 지각을 주장하는 입장에 따르면, 막대기에 의해 A가 사물의 위치를 지각하는 경우 막대기는 A의 몸의 일부라고 할 수 있겠군.

| (나) 4문단 "지각이 이루어지게 하는 것은 모두 나의 몸"

| 뭔말?

· (나)에서 몸에 의한 지각을 주장하는 입장 = 필자의 입장: 지각은 몸에 의해 이루어지는 것이고, 지각이 이루어지게 하는 것은 모두 몸으로 봄.

· 〈보기〉에서 막대기에 의해 A가 사물의 위치를 지각하는 경우: (나)의 필자의 관점에서 지각이 이루어지게 하는 막대기는 A의 몸의 일부임

⑤ (나)에서 의식을 물질로 환원하는 입장에 따르면, BCI를 통해 입력된 정보로부터 B의 지각이 일어난 경우 BCI를 통해 들어온 자극에 따른 B의 물질적 반응이 일어난 것이겠군.

| (나) 2문단 "의식을 포함한 모든 것을 물질로 환원하여 의식은 물질에 불과하다고 주장 ~ 지각은 사물로부터의 감각 자극에 따른 주체의 물질적 반응"

| 뭔말?

· (나)에서 의식을 물질로 환원하는 입장 = 객관주의 철학의 첫 번째 입장: 지각을 사물로부터의 감각 자극에 따른 주체의 물질적 반응으로 봄.

· 〈보기〉에 대한 객관주의 철학의 첫 번째 입장: 〈보기〉의 BCI를 통해 입력된 정보 → 사물로부터의 감각 자극, B의 지각 → 주체인 B의 물질적 반응

06 어휘의 의미 파악   답 ④

선지별 선택 비율	①	②	③	④	⑤
화작	3%	1%	8%	84%	1%
언매	2%	1%	4%	91%	1%

문맥상 ⓐ~ⓔ의 단어와 가장 가까운 의미로 쓰인 것은?

😊 정답 띵!동!

④ ⓓ: 단어의 뜻을 알아보기 위해 사전을 펼쳤다.

| ⓓ와 ④의 '알아보다' '조사하거나 살펴보다.'의 의미

😩 오답 땡!

① ⓐ: 그간의 사정을 봐서 그를 용서해 주었다.

| ⓐ의 '보다' '대상을 평가하다.'의 의미
| ①의 '보다' '상대편의 형편 따위를 헤아리다.'의 의미

② ⓑ: 이사 후에 가난하던 살림살이가 <u>일어났다</u>.

　| ⓑ의 '일어나다' '어떤 일이 생기다.'의 의미
　| ②의 '일어나다' '약하거나 희미하던 것이 성하여지다.'의 의미

③ ⓒ: 개발에 <u>따른</u> 자연 훼손 문제가 심각해졌다.

　| ⓒ의 '따르다' '어떤 경우, 사실이나 기준 따위에 의거하다.'의 의미
　| ③의 '따르다' '어떤 일이 다른 일과 더불어 일어나다.'의 의미

⑤ ⓔ: 그는 컴퓨터 프로그램을 제법 <u>만질</u> 줄 안다.

　| ⓔ의 '만지다' '손을 대어 여기저기 주무르거나 쥐다.'의 의미
　| ⑤의 '만지다' '물건을 다루어 쓰다.'의 의미

주제 통합 07
2023학년도 수능

| 01 ④ | 02 ⑤ | 03 ③ |
| 04 ② | 05 ⑤ | 06 ② |

(가) 유서의 특성과 의의

🔗 EBS 연결 고리
비연계

해제 이 글은 고금의 서적에서 자료를 수집하고 항목별로 분류, 정리하여 이용에 편리하도록 편찬한 서적인 '유서'의 특성과 의의에 대해 설명하고 있다. 유서는 모든 주제를 망라한 일반 유서와 특정 주제를 다룬 전문 유서로 나눌 수 있는데, 일반적으로 유서는 기존 서적에서 필요한 부분을 뽑아 배열할 뿐 상호 비교하거나 편찬자의 해석을 가하지 않았다. 중국에서는 왕조 초기에 국가 주도로 대규모 유서를 편찬하여 간행하였는데, 이를 통해 이전까지의 지식을 집성하고 왕조의 위엄을 과시했다. 조선의 유서는 대체로 국가보다 개인이 소규모로 편찬하는 경우가 많았고, 목적에 따른 특정 주제의 전문 유서가 집중적으로 편찬되었다. 특히 조선 후기 실학자들이 편찬한 유서는 현실 개혁의 뜻을 담았고, 새로운 지식의 축적과 확산을 촉진하였다는 점에서 의의가 있다.

주제 유서의 특성과 의의

짜임

1문단	유서의 개념 및 특성, 유서의 분류
2문단	조선에서 편찬된 유서의 특징
3문단	조선 후기 실학자들이 편찬한 유서의 특징
4문단	조선 후기 실학자들이 편찬한 유서의 의의

1문단 중국에서 비롯된 유서(類書)는 고금의 서적에서 자료를 수집
[01-②, ③] 유서의 개념, 기원
하고 항목별로 분류, 정리하여 이용에 편리하도록 편찬한 서적이다.

일반적으로 유서는 기존 서적에서 필요한 부분을 뽑아 배열할 뿐 상
[01-④] [02-⑤] 유서의 특성
호 비교하거나 편찬자의 해석을 가하지 않았다. 유서는 모든 주제를

망라한 일반 유서와 특정 주제를 다룬 전문 유서로 나눌 수 있으며,
[01-①] [05-③] 유서의 유형 분류
편찬 방식은 책에 따라 다른 경우가 많았다. 중국에서는 대체로 왕조
[02-④] 중국의 유서 편찬 양상
초기에 많은 학자를 동원하여 국가 주도로 대규모 유서를 편찬하여

간행하였다. 이를 통해 이전까지의 지식을 집성하고 왕조의 위엄을
[01-②] [02-④] 유서의 유용성, 중국에서의 유서 편찬의 효용
과시할 수 있었다. 　　　　　　　　　　　　　　　　　　　　　　[A]

2문단 고려 때 중국 유서를 수용한 이후, 조선에서는 중국 유서를

활용하는 한편, 중국 유서의 편찬 방식에 ⓐ<u>따라</u> 필요에 맞게 유서
[02-③] 조선 유서의 편찬 방식
를 편찬하였다. 조선의 유서는 대체로 국가보다 개인이 소규모로 편
[02-③] 조선 유서의 편찬 주체
찬하는 경우가 많았고, 목적에 따른 특정 주제의 전문 유서가 집중적

으로 편찬되었다. 전문 유서 가운데 편찬자가 미상인 유서가 많은데,
[02-①] 조선 유서의 특징
대체로 간행을 염두에 두지 않고 기존 서적에서 필요한 부분을 발췌,

기록하여 시문 창작, 과거 시험 등 개인적 목적으로 유서를 활용하고
[02-①, ②] 조선 유서의 편찬 목적
자 하였기 때문이었다.

3문단 이 같은 유서 편찬 경향이 지속되는 가운데 17세기부터 실학의 학

풍이 하나의 조류를 형성하면서 유서 편찬에 변화가 나타났다. ㉮실학자
들의 유서는 현실 개혁의 뜻을 담았고, 편찬 의도를 지식의 제공과 확산에
[05-①] 실학자들의 유서에 담긴 의지 [03-①] 실학자들의 유서의 편찬 의도
두었다. 또한 단순 정리를 넘어 지식을 재분류하고 범주화하고 평가를 더
[03-③] 실학자들의 유서의 성격
하는 등 저술의 성격을 드러냈다. 독서와 견문을 통해 주자학에서 중시되
지 않았던 지식을 집적했고, 증거를 세워 이론적으로 밝히는 고증과 이에
[05-②] 실학자들의 유서의 특징
대한 의견 등 '안설'을 덧붙이는 경우가 많았다. 주자학의 지식을 ⓑ이어
받는 한편, 주자학이 아닌 새로운 지식을 수용하는 유연성과 개방성을 보
[03-⑤] 실학자들의 유서에 나타난 지식 수용 태도
였다. 광범위하게 정리한 지식을 식자층이 ⓒ쉽게 접할 수 있어야 한다고
생각했고, 객관적 사실 탐구를 중시하여 박물학과 자연 과학에 관심을 기
[03-④] 실학자들의 유서에 나타난 학문적 태도와 관심 분야
울였다.

4문단 조선 후기 실학자들이 편찬한 유서가 주자학의 관념적 사유에 국
한되지 않고 새로운 지식의 축적과 확산을 촉진한 것은 지식의 역사에서
[01-②, ④] 유서의 유용성 및 의의
적지 않은 의미를 지닌다.

(나) 조선 후기 유서 편찬에서 서학의 수용 양상

⟲ EBS 연결 고리
비연계

해제 이 글은 조선 후기 실학자들이 편찬한 백과전서식 유서에 활용된 서
학(서양 학문)의 수용 양상을 시기별, 학자별로 소개하고 있다. 17세기에 이
수광이 편찬한 유서인 『지봉유설』은 당대 조선의 지식을 망라하고 중국에
서 접한 서양 관련 지식을 객관적으로 소개하였다. 그리고 18세기에 이익은
자신이 편찬한 『성호사설』에서 기존의 학설을 정당화하거나 배제하는 근거
로 서학을 수용하는 등 서학을 지적 자원으로 활용하였다. 또 19세기에 이
규경은 『오주연문장전산고』를 편찬하면서 기존의 중화 관념에서 탈피하지
않으면서 서학을 적극적으로 활용하였는데, 중국의 서학 연구서들을 활용
해 매개적 방식으로 서학을 수용하는 양상을 보였다.

주제 조선 후기 실학자들의 유서 편찬에서 나타난 서학의 수용 양상

짜임

1문단	조선 후기 실학자들의 유서 편찬에 활용된 서학
2문단	17세기 이수광의 유서 편찬에 나타난 서학의 수용 양상
3문단	18세기 이익의 유서 편찬에 나타난 서학의 수용 양상
4문단	19세기 이규경의 유서 편찬에 나타난 서학의 수용 양상

1문단 예수회 선교사들이 중국에 소개한 서양의 학문, 곧 서학은 조선
후기 유서(類書)의 지적 자원 중 하나로 활용되었다. 조선 후기 실학자들
가운데 이수광, 이익, 이규경 등이 편찬한 백과전서식 유서는 주자학의 지
적 영역 내에서 서학의 지식을 어떻게 수용하였는지를 보여 주는 대표적
인 사례이다.

2문단 17세기의 이수광은 주자학뿐 아니라 다른 학문에 대해서도 열린
[01-④] 유서 편찬에서 서학의 수용 양상 시기별 소개
태도를 가지고 있었다. 주자학에 기초하여 도덕에 관한 학문과 경전에 관
[04-②] 이수광의 학문 수용 태도

한 학문 등이 주류였던 당시 상황에서, 그는 『지봉유설』을 통해 당대 조선
[04-④] [05-③] 『지봉유설』의 내용
의 지식을 망라하여 항목화하고 자신의 견해를 덧붙였을 뿐 아니라 사신
의 일원으로 중국에서 접한 서양 관련 지식을 객관적으로 소개했다. 이에
[04-⑤] 『지봉유설』에 담긴 서학
대해 심성 수양에 절실하지 않을뿐더러 주자학이 아닌 것이 ⓓ뒤섞여 순
[04-②, ③] 일부 주자학자의 관점
수하지 않다는 ㉯일부 주자학자의 비판이 있었지만, 그가 소개한 서양 관
련 지식은 중국과 큰 시간 차이 없이 주변에 알려졌다.

3문단 18세기의 이익은 서학 지식 자체를 ㉠『성호사설』의 표제어로 삼
[01-④] 유서 편찬에서 서학의 수용 양상 시기별 소개
았고, 기존의 학설을 정당화하거나 배제하는 근거로 서학을 수용하는 등
[05-④] 『성호사설』의 서학 수용 양상
서학을 지적 자원으로 활용하였다. 특히 그는 서학의 세부 내용을 다른 분
[03-⑤] 『성호사설』의 서학 활용
야로 확대하며 상호 참조하는 방식으로 지식을 심화하고 확장하여 소개하
[03-①] 『성호사설』의 내용
였다. 서학의 해부학과 생리학을 그 자체로 수용하지 않고 주자학 심성론
[03-②] 『성호사설』의 서학 수용 양상
의 하위 이론으로 재분류하는 등 지식의 범주를 ⓔ바꾸어 수용하였다. 또
한 서학의 수학을 주자학의 지식 영역 안에서 재구성하기도 하였다.

4문단 19세기의 이규경도 ㉡『오주연문장전산고』를 편찬하면서 서학을
[01-④] 유서 편찬에서 서학의 수용 양상 시기별 소개
적극 활용하였다. 그는 『성호사설』의 분류 체계를 적용하였고 이익과 마찬
가지로 서학의 천문학, 우주론 등의 내용을 수록하였다. 그가 주로 유서
[03-④] 『오주연문장전산고』의 내용
의 지적 자원으로 활용한 중국의 서학 연구서들은 서학을 소화하여 중국
[03-⑤] 『오주연문장전산고』의 서학 활용
의 학문과 절충한 것이었고, 서학이 가지는 진보성의 토대가 중국이라는
[03-③] 이규경의 유서에 반영된 중국의 사상
서학 중국 원류설을 반영한 것이었다. 이에 따라 이규경은 이 책들에 담
긴 중국화한 서학 지식과 서학 중국 원류설을 받아들였고, 문명의 척도로
여겨진 기존의 중화 관념에서 탈피하지 않으면서도 서학 수용의 이질감과
[05-⑤] 『오주연문장전산고』의 서학 수용 양상
부담감에서 자유로울 수 있었다. 이렇듯 이규경은 중국의 서학 연구서들
을 활용해 매개적 방식으로 서학을 수용하였다.

---

01 글의 전개 방식 파악

답 ④

선지별 선택 비율	①	②	③	④	⑤
화작	1%	3%	6%	80%	7%
언매	1%	1%	3%	89%	4%

(가)와 (나)에 대한 설명으로 가장 적절한 것은?

😄 정답 띵!동!

④ (가)는 유서의 특성과 의의를 설명하였고, (나)는 유서 편찬에서 특정 학
문의 수용 양상을 시기별로 소개하였다.
　　　　　　　　　　　　　　　　└→ 서학

| **(가) 1문단** "유서는 기존 서적에서 필요한 부분을 뽑아 배열할 뿐 상호 비교하거
나 편찬자의 해석을 가하지 않았다. ~ 편찬 방식은 책에 따라 다른 경우가 많
았다." → 유서의 특성

| **(가) 4문단** "조선 후기 실학자들이 편찬한 유서가 ~ 새로운 지식의 축적과 확산
을 촉진한 것은 지식의 역사에서 적지 않은 의미를 지닌다." → 유서의 의의

| **(나) 2문단** "17세기의 이수광은 ~ 중국에서 접한 서양 관련 지식을 객관적으로
소개했다. ~" → 서학(특정 학문)의 수용 양상 소개 ① - 17세기

| (나) 3문단 "18세기의 이익은 서학 지식 자체를 『성호사설』의 표제어로 삼았고, 기존의 학설을 정당화하거나 배제하는 근거로 서학을 수용하는 등 서학을 지적 자원으로 활용하였다. ~" → 서학의 수용 양상 소개 ② - 18세기

| (나) 4문단 "19세기의 이규경도 『오주연문장전산고』를 편찬하면서 서학을 적극 활용하였다. ~" → 서학의 수용 양상 소개 ③ - 19세기

🙁 오답 땡!

① (가)는 유서의 유형을 분류하였고, (나)는 ~~유서의 분류 기준과 적절성 여부를 평가~~하였다.
└→ 제시 X

| (가) 1문단 "유서는 모든 주제를 망라한 일반 유서와 특정 주제를 다룬 전문 유서로 나눌 수 있으며" → 유서의 유형 분류

※ (나)에 유서의 분류 기준과 적절성 여부에 대한 평가는 제시되지 않음.

② (가)는 유서의 개념과 유용성을 소개하였고, (나)는 ~~국가별 유서의 변찬 과정~~을 설명하였다.
└→ 제시 X

| (가) 1문단 "유서는 고금의 서적에서 자료를 수집하고 항목별로 분류, 정리하여 이용에 편리하도록 편찬한 서적이다." → 유서의 개념
| (가) 1문단 "이전까지의 지식을 집성하고 왕조의 위엄을 과시" → 유서의 유용성 ①
| (가) 4문단 "새로운 지식의 축적과 확산을 촉진" → 유서의 유용성 ②

※ (나): 조선 후기 유서에 활용된 서학의 수용 양상을 시기별, 학자별로 소개(그러나 국가별 X)

③ (가)는 유서의 기원에 대한 ~~다양한 학설을 검토~~하였고, (나)는 유서 편찬자들 간의 ~~견해 차이를 분석~~하였다.
└→ 제시 X   └→ 제시 X

| (가) 1문단 "중국에서 비롯된 유서" → 유서의 기원(그러나 다양한 학설 X)
| (나) 이수광, 이익, 이규경 등 유서 편찬자들 소개
→ 학자별로 유서 편찬에서 서학을 수용한 양상 설명(그러나 견해 차이 X)

⑤ (가)는 ~~유서에 대한 평가가 시대별로 달라진 원인을 분석~~하였고, (나)는 역사적으로 대표적인 유서의 특징을 제시하였다.
└→ 제시 X

| (나) 17세기 이수광의 『지봉유설』, 18세기 이익의 『성호사설』, 19세기 이규경의 『오주연문장전산고』 등 역사적으로 대표적인 유서의 특징 소개

※ (가)에 유서에 대한 평가가 시대별로 달랐다는 내용이나 그 원인 분석은 없음.

02 세부 정보의 파악
답 ⑤

선지별 선택 비율	①	②	③	④	⑤
화작	1%	4%	3%	3%	87%
언매	1%	2%	1%	1%	93%

[A]에 대한 이해로 적절하지 않은 것은?

😀 정답 띵! 동!

⑤ 중국에서는 주로 서적에서 발췌한 내용을 ~~비교하고 해석을 덧붙여~~ 유서를 편찬하였다.
└→ 상호 비교, 편찬자의 해석 덧붙임 X

| (가) 1문단 "일반적으로 유서는 기존 서적에서 필요한 부분을 뽑아(발췌) 배열할 뿐 상호 비교하거나 편찬자의 해석을 가하지 않았다."

| 윗말?
· 유서의 일반적 특징이므로 중국의 유서도 해당됨. → 기존 서적에서 필요한 부분 발췌, 상호 비교나 편찬자의 해석 추가 X

🙁 오답 땡!

① 조선에서 편찬자가 미상인 유서가 많았던 것은 편찬자의 개인적 목적으로 유서를 활용하려 했기 때문이다.

| (가) 2문단 "조선의 유서는 ~ 전문 유서 가운데 편찬자가 미상인 유서가 많은데, ~ 개인적 목적으로 유서를 활용하고자 하였기 때문이었다."

② 조선에서는 시문 창작, 과거 시험 등에 필요한 내용을 담은 유서가 편찬되는 경우가 적지 않았다.

| (가) 2문단 "조선의 유서는 ~ 기존 서적에서 필요한 부분을 발췌, 기록하여 시문 창작, 과거 시험 등 개인적 목적으로 유서를 활용하고자 하였기 때문이었다."

③ 조선에서는 중국의 편찬 방식을 따르면서도 대체로 국가보다는 개인에 의해 유서가 편찬되었다.

| (가) 2문단 "조선에서는 ~ 중국 유서의 편찬 방식에 따라 필요에 맞게 유서를 편찬하였다. 조선의 유서는 대체로 국가보다 개인이 소규모로 편찬하는 경우가 많았고"

④ 중국에서는 많은 학자를 동원하여 대규모로 편찬한 유서를 통해 왕조의 위엄을 드러내었다.

| (가) 1문단 "중국에서는 대체로 왕조 초기에 많은 학자를 동원하여 국가 주도로 대규모 유서를 편찬하여 간행하였다. 이를 통해 ~ 왕조의 위엄을 과시할 수 있었다."

03 내용의 추론
답 ③

선지별 선택 비율	①	②	③	④	⑤
화작	3%	8%	75%	7%	4%
언매	2%	4%	86%	3%	2%

㉮에 대한 이해를 바탕으로 ㉠, ㉡에 대해 파악한 내용으로 적절하지 않은 것은?

😀 정답 띵! 동!

③ 평가를 더하는 저술로서 ㉮의 성격은, ㉡에서 ~~중국 학문의 진보성을 확인하고자~~ 서학을 활용한 것에서 나타난다.
└→ 서학의 진보성의 토대가 중국이라는 사상을 수용함.

| (가) 3문단 "㉮실학들의 유서는 ~ 평가를 더하는 등 저술의 성격을 드러냈다."
| (나) 4문단 "그(이규경)가 주로 유서의 지적 자원으로 활용한 중국의 서학 연구서들은 ~ 서학이 가지는 진보성의 토대가 중국이라는 서학 중국 원류설을 반영한 것이었다. 이에 따라 이규경은 ~ 문명의 척도로 여겨진 기존의 중화 관념에서 탈피하지 않으면서도 서학 수용의 이질감과 부담감에서 자유로울 수 있었다."

| 윗말?
· 기존 중국 서학 연구서에서 서학이 진보성을 지녔다고 보고, 그 토대가 중국이라고 주장함. → 이규경의 서학 수용에 활용됨.

· 이규경의 서학 활용의 목적이 중국 학문의 진보성 확인은 아니며, 서학 중국 원류설을 통해 진보적인 서학 수용의 부담을 줄인 것

· ㉮(실학자들의 유서)의 평가를 더하는 저술의 성격이 ㉡(『오주연문장전산고』)에서 나타나는지 알 수 없음(이규경이 서학 중국 원류설을 받아들였다고만 했지 자신의 평가를 덧붙여 저술했다는 내용 X).

😞 오답 땡!

① 지식의 제공이라는 ㉮의 편찬 의도는, ㉠에서 지식을 심화하고 확장하여 소개한 것에서 나타난다.

| (가) 3문단 "실학자들의 유서는 ~ 편찬 의도를 지식의 제공과 확산에 두었다."
| (나) 3문단 "그(이익)는 서학의 세부 내용을 다른 분야로 확대하며 상호 참조하는 방식으로 지식을 심화하고 확장하여 소개(지식의 제공과 확산)하였다."

② 지식을 재분류하여 범주화한 ㉮의 방식은, ㉠에서 해부학과 생리학을 주자학 심성론의 하위 이론으로 수용한 것에서 나타난다.

| (가) 3문단 "실학자들의 유서는 ~ 단순 정리를 넘어 지식을 재분류하여 범주화하고"
| (나) 3문단 "서학의 해부학과 생리학(새로운 지식)을 그 자체로 수용하지 않고 주자학 심성론의 하위 이론으로 재분류하는 등 지식의 범주를 바꾸어(범주화) 수용하였다."

④ 사실 탐구를 중시하며 자연 과학에 대해 드러낸 ㉮의 관심은, ㉡에서 천문학과 우주론의 내용을 수록한 것에서 나타난다.

| (가) 3문단 "객관적 사실 탐구를 중시하여 박물학과 자연 과학에 관심을 기울였다."
| (나) 4문단 "그(이규경)는 ~ 이익과 마찬가지로 서학의 천문학, 우주론(자연 과학) 등의 내용을 수록하였다."

⑤ 새로운 지식을 수용하는 ㉮의 유연성과 개방성은, ㉠과 ㉡에서 서학을 지적 자원으로 받아들인 것에서 나타난다.

| (가) 3문단 "주자학의 지식을 이어받는 한편, 주자학이 아닌 새로운 지식을 수용하는 유연성과 개방성을 보였다."
| (나) 3문단 "18세기의 이익은 ~ 서학(새로운 지식)을 지적 자원으로 활용하였다."
| (나) 4문단 "19세기의 이규경도 ~ 서학을 적극 활용하였다. ~ 그가 주로 유서의 지적 자원으로 활용한 중국의 서학 연구서들"

04 관점의 파악   답 ②

선지별 선택 비율	①	②	③	④	⑤
화작	4%	80%	5%	4%	4%
언매	3%	88%	3%	2%	2%

⑭를 반박하기 위한 '이수광'의 말로 가장 적절한 것은?

😊 정답 띵! 동!
                          → 서양의 학문인 서학도 포함
② 주자학에 매몰되어 세상의 여러 이치를 연구하지 않는 것은 널리 배우고 익히는 앎의 바른 방법이 아닐 것이다.
                          └→ 학문에 대한 열린 태도

| (나) 2문단 "17세기의 이수광은 주자학뿐 아니라 다른 학문에 대해서도 열린 태도를 가지고 있었다. 주자학 ~ 주류였던 당시 상황에서, 그는 『지봉유설』을 통해 당대 조선의 지식을 망라하여 항목화하고 자신의 견해를 덧붙였을 뿐 아니라 ~ 중국에서 접한 서양 관련 지식(새로운 학문)을 객관적으로 소개했다."
    → 학문에 대한 이수광의 태도: 주자학 외의 다른 새로운 학문에도 열린 태도
| (나) 2문단 "주자학이 아닌 것이 뒤섞여 순수하지 않다는 ⑭일부 주자학자의 비판" → 주자학만 중시하는(주자학에 매몰된) 태도 ≠ 열린 태도
| 결론! 주자학만 중시하는 ⑭에 대해 이수광은 주자학이 아닌 다른 학문에 대해서도 열린 태도를 가져야 한다는 내용으로 반박 가능

😞 오답 땡!

① 학문에서 의리를 앞세우고 이익을 뒤로하는 것보다 중한 것이 없으니, 심성을 수양하는 것은 그다음의 일이다. (X) 제시되지 않은 내용

| 결론! 이수광이 학문에서 의리를 앞세우고 이익을 뒤로하는 것을 제일 중시했다는 내용 없음.

③ 주자의 가르침이 쇠퇴하게 되면 주자학이 아닌 학문이 날로 번성하게 되니, 주자의 도가 분명히 밝혀져야 한다. (X) ⑭의 입장

| 뭔말?
· 주자학이 아닌 학문의 번성을 우려하며 주자의 도가 분명히 밝혀져야 한다는 것: 주자학만 중시하는 ⑭의 '일부 주자학자'의 입장 ≠ 학문에 열린 태도를 지닌 이수광의 입장(⑭에 대한 이수광의 반박 X)

④ 유학 경전에서 쓰이지 않은 글자를 한 글자라도 더하는 일을 용납하는 것은 바른 학문을 해치는 길이 될 것이다. (X) 이수광은 자신의 견해도 덧붙임

| (나) 2문단 "그는 『지봉유설』을 통해 당대 조선의 지식을 망라하여 항목화하고 자신의 견해를 덧붙였을"
| 뭔말?
· 이수광은 저서인 『지봉유설』에서 당대 조선의 지식을 망라하여 항목화하고 자신의 견해도 덧붙임. 그런데 유학 경전에서 쓰이지 않은 글자를 한 글자라도 더하는 것을 용납하지 않는다면 자신의 견해도 덧붙일 수 없음.

⑤ 참되게 알고 참되게 행하는 것이 어려우니, 우리 학문의 여러 경전으로부터 널리 배우고 면밀히 익혀야 할 것이다. (X) 서학도 소개함.

| (나) 2문단 "그는 『지봉유설』을 통해 당대 조선의 지식을 망라하여 항목화하고 ~ 중국에서 접한 서양 관련 지식을 객관적으로 소개"
| 뭔말?
· 이수광은 조선의 지식뿐만 아니라 중국에서 접한 서양 관련 지식도 소개함. → 참된 지식의 출처를 '우리 학문의 여러 경전'으로 한정하지 않고 다른 나라의 학문에까지 열어 둠.

05 구체적 사례에의 적용   답 ⑤

선지별 선택 비율	①	②	③	④	⑤
화작	4%	12%	19%	16%	47%
언매	2%	9%	14%	12%	61%

(가), (나)를 읽은 학생이 〈보기〉의 『임원경제지』에 대해 보인 반응으로 적절하지 않은 것은? [3점]

─────────────── 보기 ───────────────
서유구의 『임원경제지』는 19세기까지의 조선과 중국 서적들에서 향촌 관련 부분을 발췌, 분류하고 고증한 유서이다. 국가를 위한다는 목적의식을 명시(목적에 따른 특정 주제의 전문 유서)한 이 유서에는 향촌 사대부의 이상적인 삶을 제시하는 과정에서 향촌 구성원 전체의 삶의 조건을 개선(현실적인 문제 개선)할 수 있는 방안이 실렸고, 향촌 실생활에서 활용할 수 있는(실용적) 내용이 집성되었다. 주자학을 기반으로 실증과 실용의 자세를 견지했던 서유구의 입장, 서학 중국 원류설, 중국과 비교한 조선의 현실 등이 반영되었다. 안설(증거를 세워 이론적으로 밝히는 고증과 이에 대한 의견 등)을 부기했으며, 제한적으로 색인을 넣어 검색이 가능하도록 하였다.
──────────────────────────────────

😊 정답 띡! 돌!

⑤ 중국을 문명의 척도로 받아들였던 (나)의 『오주연문장전산고』와 달리 중화 관념에 구애되지 않고 중국의 현실과 조선의 현실을 비교한 내용이 확인되겠군.
　→ 『오주연문장전산고』와 마찬가지로 중화 관념을 유지하면서

ㅣ (나) 4문단 "『오주연문장전산고』를 편찬하면서 ~ 서학이 가지는 진보성의 토대가 중국이라는 ~ 서학 중국 원류설을 받아들였고, 문명의 척도로 여겨진 기존의 중화 관념에서 탈피하지 않으면서도 서학 수용의 이질감과 부담감에서 자유로울 수 있었다."
ㅣ 〈보기〉 "서유구의 『임원경제지』는 ~ 서학 중국 원류설 ~ 등이 반영되었다."
ㅣ 뭔말?
· 서학 중국 원류설: 서학이 가지는 진보성도 중국에 기반한 것이라는 관점 → 문명의 척도를 중국으로 삼는 중화 관념이 드러남.
· (나)의 『오주연문장전산고』: 서학 중국 원류설을 받아들임. → 중화 관념 유지
· 〈보기〉의 『임원경제지』: 서학 중국 원류설 반영 → 중화 관념 유지

☹ 오답 땡!

① 현실 개혁의 뜻을 담았던 (가)의 실학자들의 유서와 마찬가지로 현실의 문제를 개선하려는 목적의식이 확인되겠군.

ㅣ (가) 3문단 "실학자들의 유서는 현실 개혁의 뜻을 담았고"
ㅣ 〈보기〉 "향촌 구성원 전체의 삶의 조건을 개선할 수 있는 방안이 실렸고"
ㅣ 뭔말?
· 향촌 구성원 전체의 삶의 조건 개선 방안 = 현실 문제 개선 방안 → 현실을 바꾸려는, 즉 현실 개혁의 목적의식이 담겨 있음.

② 증거를 제시하여 이론적으로 밝히거나 의견을 제시하는 경우가 많았던 (가)의 실학자들의 유서와 마찬가지로 편찬자의 고증과 의견이 반영된 것이 확인되겠군.

ㅣ (가) 3문단 "증거를 세워 이론적으로 밝히는 고증과 이에 대한 의견 등 '안설'을 덧붙이는 경우가 많았다."
ㅣ 〈보기〉 "『임원경제지』는 19세기까지의 조선과 중국 서적들에서 향촌 관련 부분을 발췌, 분류하고 고증한 유서 ~ 안설(고증과 이에 대한 의견 등)을 부기했으며"

③ 당대 지식을 망라하고 서양 관련 지식을 소개하고자 한 (나)의 『지봉유설』에 비해 특정한 주제를 중심으로 편찬되는 전문 유서의 성격이 두드러지

게 드러나겠군.

ㅣ (가) 1문단 "유서는 모든 주제를 망라한 일반 유서와 특정 주제를 다룬 전문 유서로 나눌 수 있으며"
ㅣ (나) 2문단 "『지봉유설』을 통해 당대 조선의 지식을 망라하여 항목화하고 ~ 중국에서 접한 서양 관련 지식을 객관적으로 소개했다."
ㅣ 〈보기〉 "『임원경제지』는 19세기까지의 조선과 중국 서적들에서 향촌 관련(특정 주제) 부분을 발췌, 분류하고 고증한 유서"
ㅣ 뭔말?
· 당대 지식(조선, 서양 포함)을 망라한 『지봉유설』 → 일반 유서
· '향촌과 관련'이라는 특정 주제를 다룬 『임원경제지』 → 전문 유서

④ 기존 학설의 정당화 내지 배제에 관심을 두었던 (나)의 『성호사설』에 비해 향촌 사회 구성원의 삶에 필요한 실용적인 지식의 활용에 대한 관심이 드러나겠군.

ㅣ (나) 3문단 "기존의 학설을 정당화하거나 배제하는 근거로 서학을 수용하는 등 서학을 지적 자원으로 활용"
ㅣ 〈보기〉 "향촌 구성원 전체의 삶의 조건을 개선할 수 있는 방안이 실렸고, 향촌 실생활에서 활용할 수 있는 내용이 집성되었다. ~ 실용의 자세를 견지했던 서유구의 입장"
ㅣ 뭔말?
· 『임원경제지』: 학문적으로 지식을 다룬 『성호사설』에 비해 향촌의 삶과 실생활에서 필요한 실용적 지식을 담음.

06 어휘의 의미 파악　　　　　　　　　　　답 ②

선지별 선택 비율	①	②	③	④	⑤
화작	3%	75%	11%	6%	2%
언매	2%	86%	6%	2%	1%

문맥상 ⓐ~ⓔ와 바꾸어 쓰기에 적절하지 않은 것은?

😊 정답 띡! 돌!

② ⓑ: 계몽(啓蒙)하는

ㅣ ⓑ의 '이어받다' '조상이나 선임자 따위의 지위·신분·권리·의무 따위를 물려받다.'라는 의미
ㅣ '계몽하다' '지식수준이 낮거나 인습에 젖은 사람을 가르쳐서 깨우치다.'라는 의미 → 바꾸어 쓰기에 부적절
※ ⓑ는 문맥상 '조상의 전통이나 문화유산, 업적 따위를 물려받아 이어 나가다.'라는 뜻의 '계승하다'와 바꿔 쓰는 것이 적절함.

☹ 오답 땡!

① ⓐ: 의거(依據)하여

ㅣ ⓐ의 '따르다' '어떤 경우, 사실이나 기준 따위에 의거하다.'라는 의미
ㅣ '의거하다' '어떤 사실이나 원리 따위에 근거하다.'의 의미

③ ⓒ: 용이(容易)하게

④ ⓓ: 혼재(混在)되어

| '혼재되다' '뒤섞이어 있다.'라는 의미

⑤ ⓔ: 변경(變更)하여

| '변경하다' '다르게 바꾸어 새롭게 고치다.'라는 의미

'용이하다' '어렵지 아니하고 매우 쉽다.'라는 의미

주제 통합 08
2023학년도 9월 평가원

01 ③   02 ①   03 ⑤
04 ⑤   05 ③   06 ①

(가) 아도르노의 미학 이론

♺ EBS 연결 고리
2023학년도 EBS 수능특강 독서 83쪽 〈아도르노의 음악론과 대중음악 비판〉에서 '아도르노의 관점' 관련 내용 연계

해제 이 글은 예술의 본질을 상실한 대중 예술에 대한 아도르노의 비판적 인식과 예술의 비동일성을 추구한 아도르노의 예술관에 대해 설명하고 있다. 아도르노는 모든 것을 상품의 교환 가치로 환원하려는 속성을 지닌 자본주의 사회에서 대중 예술은 하나의 상품으로 전락하여 예술의 본질을 상실했을 뿐 아니라 현대 사회의 모순과 부조리를 은폐하고 있다고 비판하였다. 아도르노는 예술이 하나의 가치 체계로 환원되는 것을 거부하는 속성인 비동일성을 지녀야 하고, 동일화되지 않으려는 비정형화된 모습으로 나타남으로써 현대 사회의 부조리를 체험하게 하는 매개여야 한다고 주장하면서, 비동일성 자체를 속성으로 하는 전위 예술을 예술이 추구해야 할 바람직한 모습으로 제시하였다.

주제 아도르노의 대중 예술에 대한 비판과 미학 이론

짜임

1문단	대중 예술에 대한 아도르노의 비판적 인식
2문단	아도르노의 예술관
3문단	전위 예술에 대한 아도르노의 평가
4문단	아도르노가 추구하는 예술의 바람직한 모습

1문단 아도르노는 문화 산업에 의해 양산되는 대중 예술이 이윤 극대화
[02-⑤] [05-②] 아도르노의 대중 예술 비판
를 위한 상품으로 전락함으로써 예술의 본질을 상실했을 뿐 아니라 현대
사회의 모순과 부조리를 은폐하고 있다고 지적했다. 아도르노가 보는 대
[02-④] [05-②] 아도르노의 대중 예술 비판
중 예술은 창작의 구성에서 표현까지 표준화되어 생산되는 상품에 불과
[02-②] [04-①, ③] 아도르노의 대중 예술 비판
하다. 그는 대중 예술의 규격성으로 인해 개인의 감상 능력 역시 표준화
[02-②] [04-③] [05-②] 대중 예술의 동일성
되고, 개인의 개성은 다른 개인의 그것과 다르지 않게 된다고 보았다. 특
[02-⑤] 대중 예술의 악영향
히 모든 것을 상품의 교환 가치로 환원하려는 자본주의 사회에서, 대중 예
[02-③, ④] 자본주의 사회의 속성
술은 개인의 정체성마저 상품으로 ⓐ전락시키는 기제로 작용한다는 것
[02-①] 대중 예술의 작용
이다.

2문단 아도르노는 서로 다른 가치 체계를 하나의 가치 체계로 통일시키
[01-③] [05-②] 동일성, 비동일성의 개념 정의
려는 속성을 동일성으로, 하나의 가치 체계로의 환원을 거부하는 속성을
비동일성으로 규정하고, 예술은 이러한 환원을 거부하는 비동일성을 지녀
야 한다고 주장한다. 그렇기 때문에 예술은 대중이 원하는 아름다운 상품
이 되기를 거부하고, 그 자체로 추하고 불쾌한 것이 되어야 한다는 것이
[05-①] 아도르노의 예술관
다. 그에게 있어 예술은 예술가가 직시한 세계의 본질을 감상자들에게 체
험하게 해야 한다. 예술은 동일화되지 않으려는, 일정한 형식이 없는 비정
[03-①] [04-①] 예술의 비동일성, 비정형성 강조
형화된 모습으로 나타남으로써 현대 사회의 부조리를 체험하게 하는 매개
[05-①] 아도르노의 예술관
여야 한다는 것이다.

3문단 아도르노는 쇤베르크의 음악과 같은 전위 예술이 그 자체로 동일
[01-②] 전위 예술의 구체적인 예
화에 저항하면서도, 저항이나 계몽을 직접적으로 드러내지 않는다는 것
[04-②] 전위 예술에 대한 아도르노의 긍정적 평가
을 높게 평가한다. 저항이나 계몽을 직접 표현하는 것에는 비동일성을 동
[05-③] 저항이나 계몽의 직접 표현에 대한 부정적 관점
일화하려는 폭력적 의도가 내재되어 있다고 보기 때문이다. 불협화음으로

가득 찬 쇤베르크의 음악이 감상자들에게 불쾌함을 느끼게 했던 것처럼
[01-②] 전위 예술의 구체적인 예
예술은 그것에 드러난 비동일성을 체험하게 함으로써 동일화의 폭력에 저
[01-②] [04-②, ④] 쇤베르크 음악의 의미, 예술의 지향점 - 비동일성
항해야 한다는 것이다.

4문단 아도르노에게 있어 예술은 사회적 산물이며, 그래서 미학은 작품
[01-①] 글의 화제
에 침전된 사회의 고통스러운 상태를 읽기 위해 존재한다. 그는 비동일성

그 자체를 속성으로 하는 전위 예술을 예술이 추구해야 할 바람직한 모습
[04-④, ⑤] 전위 예술의 속성
으로 제시했다.

(나) 아도르노의 미학 이론에 대한 비판

EBS 연결 고리

2023학년도 EBS 수능특강 독서 83쪽 〈아도르노의 음악론과 대중음악 비
판〉에서 '아도르노의 관점' 관련 내용 연계

해제 이 글은 아도르노의 미학이 지닌 의의와 그 한계를 설명하고 있다. 아
도르노의 미학은 예술과 사회의 관계를 통해 예술의 자율성을 추구했으며
기존의 예술에 대한 비판적 관점을 제공했다는 점에서 의의가 있다. 하지
만 아도르노의 미학은 예술가의 시선에 포착된 세계의 본질을 현대 사회의
부조리에 국한시킴으로써, 예술가의 주관 재현이라는 미메시스가 부정되고
예술의 영역을 극도로 축소시킨다는 한계를 지니고 있다. 또한 전위 예술이
아닌 예술에서도 미적 가치를 발견할 수 있고, 자본의 논리에 편승한 대중 예
술이라 하더라도 사회에 대한 비판적 기능을 수행할 수 있음을 간과했다는
점도 아도르노 미학의 한계로 볼 수 있다.

주제 아도르노의 미학이 지닌 의의와 한계

짜임

1문단	아도르노의 미학이 지닌 의의
2문단	예술가의 주관의 재현인 미메시스
3문단	아도르노의 미학이 지닌 한계 ① – 미메시스 부정
4문단	아도르노의 미학이 지닌 한계 ② – 예술의 영역 축소

1문단 아도르노의 미학은 예술과 사회의 관계를 통해 예술의 자율성을
[01-①] 글의 화제   [01-⑤] 아도르노 미학의 의의
추구했다는 점에서 긍정적으로 평가된다. 예술은 사회적인 것인 동시에

사회에서 떨어져 사회의 본질을 직시하는 것이어야 한다고 보기 때문이

다. 그의 미학은 기존의 예술에 대한 비판적 관점을 제공한다. 가령 사과

를 표현한 세잔의 작품을 아도르노의 미학으로 읽어 낸다면, 이 그림은 사
[01-②] 미메시스의 구체적인 예
회의 본질과 ⓑ유리된 '아름다운 가상'을 표현한 것에 불과할 것이다.

2문단 하지만 세잔의 작품은 예술가의 주관적 인상을 붉은색과 회색 등

의 색채와 기하학적 형태로 표현한 미메시스일 수 있다. 미메시스란 세계

를 바라보는 주체의 관념을 재현하는 것, 즉 감각될 수 없는 것을 감각 가
[01-③] [03-①, ⑤] 미메시스의 개념 정의
능한 것으로 구현하는 것을 의미한다. 다시 말해 세잔의 작품은 눈에 보이

는 특정의 사과가 아닌 예술가의 시선에 포착된 세계의 참모습, 곧 자연의
[01-②] 세잔 작품의 의미
생명력과 그에 얽힌 농부의 삶 그리고 이를 ⓒ응시하는 예술가의 사유를

재현한 것이 된다.

3문단 아도르노는 예술이 예술가에게 포착된 세계의 본질을 감상자로
[03-②] 아도르노 미학에서 예술의 역할
하여금 체험하게 하는 것이어야 한다고 본다. 그러나 그는 이러한 미적 체

험을 현대 사회의 부조리에 국한시킴으로써, 진정한 예술을 감각적 대상
[03-③] 아도르노 미학에서 미적 체험의 범주
인 형태 그 자체의 비정형성에 대한 체험으로 한정한다. 결국 ㉠아도르노
[03-①, ④, ⑤] 아도르노가 규정한 진정한 예술
의 미학에서는 주관의 재현이라는 미메시스가 부정되고 있다.
[01-⑤] 아도르노 미학의 한계 ①

4문단 한편 아도르노의 미학은 예술의 영역을 극도로 축소시키고 있다.
[01-⑤] 아도르노 미학의 한계 ②
즉 그 자신은 동일화의 폭력을 비판하지만, 자신이 추구하는 전위 예술만

이 진정한 예술이라고 주장하며 ㉡전위 예술의 관점에서 예술의 동일화

를 시도하고 있다. 특히 이는 현실 속 다양한 예술의 가치가 발견될 기회를

ⓓ박탈한다. 실수로 찍혀 작가의 어떠한 주관도 결여된 사진에서조차 새로
[01-④] [05-④] 다른 이의 견해 인용
운 예술 정신을 ⓔ발견하는 것이 가능하다는 베냐민의 지적처럼, 전위 예

술이 아닌 예술에서도 미적 가치를 발견할 수 있다. 또한 대중음악이 사회

적 저항의 메시지를 전달하는 사례도 있듯이, 자본의 논리에 편승한 대중

예술이라 하더라도 사회에 대한 비판적 기능을 수행하는 경우도 있다.
[05-⑤] 사회 비판 기능을 갖기도 하는 대중 예술

---

01 글의 전개 방식 파악   답 ③

선지별 선택 비율	①	②	③	④	⑤
화작	1%	5%	81%	8%	2%
언매	1%	3%	89%	5%	1%

다음은 (가)와 (나)를 읽고 수행한 독서 활동지의 일부이다. Ⓐ~Ⓔ 중 적절하지
않은 것은?

	(가)	(나)
글의 화제	아도르노의 예술관 ·· Ⓐ	
서술 방식의 공통점	구체적인 예를 제시하고 그것에 담긴 의미를 설명함. ········ Ⓑ	
서술 방식의 차이점	(가)는 (나)와 달리 화제와 관련된 개념을 정의하고 개념의 변화 과정을 제시함. ··· Ⓒ	(나)는 (가)와 달리 논지를 강화하기 위해 다른 이의 견해를 인용함. ··················· Ⓓ
서술된 내용 간의 관계	(가)에서 소개한 이론에 대해 (나)에서 의의를 밝히고 한계를 지적함. ·· Ⓔ	

정답 띡!동!

③ Ⓒ – ~~(가)는 (나)와~~ 달리 화제와 관련된 개념을 정의하고 개념의 변화 과
└→ (가)와 (나) 모두
정을 ~~제시함.~~
└→ 제시하지 않음.

| (가) 2문단 "서로 다른 가치 체계를 하나의 가치 체계로 통일시키려는 속성을 동일성으로, 하나의 가치 체계로의 환원을 거부하는 속성을 비동일성으로 규정"

　　　　　　　　→ 화제(아도르노의 예술관)와 관련된 개념(동일성, 비동일성) 정의

| (나) 2문단 "미메시스란 세계를 바라보는 주체의 관념을 재현하는 것, 즉 감각될 수 없는 것을 감각 가능한 것으로 구현하는 것을 의미한다."

　　　　　　　　→ 화제(아도르노의 미학)와 관련된 개념(미메시스) 정의

| 결론! (가)에서 '동일성'과 '비동일성', (나)에서 '미메시스'에 대한 개념 정의는 나타나나 그 변화 과정은 제시 X

😞 **오답 땡!**

① ⓐ – 아도르노의 예술관

| (가) 1문단 대중 예술에 대한 아도르노의 비판적 시각
| (가) 2문단 아도르노가 생각하는 예술의 속성(비동일성)과 역할(감상자가 세계의 본질을 체험하게 하는 것)
| (가) 3문단 전위 예술에 대한 아도르노의 긍정적 평가
| (가) 4문단 아도르노가 생각하는 바람직한 예술의 모습 제시

　　　　　　　　∴ 글의 화제: 아도르노의 예술관

| (나) 1문단 아도르노 미학에 대한 긍정적 평가(예술과 사회의 관계를 통해 예술의 자율성 추구)
| (나) 2~3문단 미메시스를 부정하는 아도르노 미학에 대한 비판
| (나) 4문단 예술의 영역을 축소시키는 아도르노 미학에 대한 비판 제시

　　　　　　　　∴ 글의 화제: 아도르노의 미학(예술관)

② ⓑ – 구체적인 예를 제시하고 그것에 담긴 의미를 설명함.

| (가) 3문단 "불협화음으로 가득 찬 쇤베르크의 음악(구체적인 예)이 감상자들에게 불쾌함을 느끼게 했던 것처럼 예술은 그것에 드러난 비동일성을 체험하게 함으로써 동일화의 폭력에 저항(아도르노 미학의 관점에서 바라본 쇤베르크 음악의 의미)해야 한다"

| (나) 1문단 "가령 사과를 표현한 세잔의 작품(구체적인 예)을 아도르노의 미학으로 읽어 낸다면, 이 그림은 사회의 본질과 유리된 '아름다운 가상'을 표현한 것(아도르노 미학의 관점에서 바라본 세잔 작품의 의미)에 불과할 것이다."

| (나) 2문단 "세잔의 작품(구체적인 예)은 ~ 예술가의 시선에 포착된 세계의 참모습, 곧 자연의 생명력과 그에 얽힌 농부의 삶 그리고 이를 응시하는 예술가의 사유를 재현한 것(세잔 작품의 미메시스적 의미)"

④ ⓓ – (나)는 (가)와 달리 논지를 강화하기 위해 다른 이의 견해를 인용함.

| (가) 다른 이의 견해 인용 X
| (나) 4문단 "실수로 찍혀 작가의 어떠한 주관도 결여된 사진에서조차 새로운 예술 정신을 발견하는 것이 가능하다는(베냐민의 견해 간접 인용) 베냐민의 지적처럼, 전위 예술이 아닌 예술에서도 미적 가치를 발견할 수 있다(아도르노의 미학 비판)."

　　　　　　　　→ 베냐민의 견해를 인용하여 아도르노의 미학 비판이라는 논지 강화

⑤ ⓔ – (가)에서 소개한 이론에 대해 (나)에서 의의를 밝히고 한계를 지적함.

| (나) 1문단 "아도르노의 미학(가)에서 소개한 이론)은 예술과 사회의 관계를 통해 예술의 자율성을 추구했다는 점에서 긍정적으로 평가(아도르노 미학의 의의)된다."

| (나) 3문단 "아도르노의 미학에서는 주관의 재현이라는 미메시스가 부정(아도르노 미학의 한계 ①)되고 있다."

| (나) 4문단 "아도르노의 미학은 예술의 영역을 극도로 축소(아도르노 미학의 한계 ②)시키고 있다."

02 세부 정보의 파악　　　　　　　　답 ①

선지별 선택 비율	①	②	③	④	⑤
화작	69%	4%	4%	19%	2%
언매	78%	3%	2%	13%	1%

아도르노가 보는 대중 예술에 대한 이해로 적절하지 **않은** 것은?

😊 **정답 딩! 동!**

① 문화 산업을 통해 상품화된 개인의 정체성과 ~~대립적~~ 관계를 형성한다.

　　　　　　　　└→ 동질적

| (가) 1문단 "문화 산업에 의해 양산되는 대중 예술이 이윤 극대화를 위한 상품으로 전락 ~ 대중 예술은 개인의 정체성마저 상품으로 전락시키는 기제로 작용"

| 원말?
· 아도르노의 관점: 현대 자본주의 사회에서 개인의 정체성과 대중 예술 모두 상품으로 전락 → 동질적 관계(대립적 관계 X)

😞 **오답 땡!**

② 일정한 규격에 맞춰 생산될 뿐 아니라 대중의 감상 능력을 표준화한다.

| (가) 1문단 "아도르노가 보는 대중 예술은 창작의 구성에서 표현까지 표준화되어 (= 일정한 기준에 따라 통일되어) 생산되는 상품에 불과하다. ~ 대중 예술의 규격성으로 인해 개인의 감상 능력 역시 표준화되고"

③ 자본주의의 교환 가치 체계에 종속된 것으로서 예술로 포장된 상품에 불과하다.

| (가) 1문단 "대중 예술이 이윤 극대화를 위한 상품으로 전락 ~ 모든 것을 상품의 교환 가치로 환원하려는 자본주의 사회에서, 대중 예술은 개인의 정체성마저 상품으로 전락시키는 기제로 작용"

| 원말?
· 아도르노의 대중 예술: 그 자체도 자본주의 사회에서 교환 가치를 지니는 상품이면서, 개인의 정체성도 상품화하는 역할을 함.

　　　　　　　　→ 자본주의의 교환 가치 체계에 종속되어 있음.

④ 모든 것을 상품의 교환 가치로 환원하려는 자본주의 사회의 속성을 은폐한다.

| (가) 1문단 "대중 예술이 이윤 극대화를 위한 상품으로 전락함으로써 ~ 현대 사회의 모순과 부조리를 은폐하고 있다고 지적 ~ 특히 모든 것을 상품의 교환 가치로 환원하려는 자본주의 사회에서, 대중 예술은 개인의 정체성마저 상품으로 전락시키는 기제로 작용"

| (가) 2문단 "서로 다른 가치 체계를 하나의 가치 체계로 통일시키려는 속성(자본주의의 속성)을 동일성으로, 하나의 가치 체계로의 환원을 거부하는 속성을 비동일성으로 규정 ~ 예술은 동일화되지 않으려는, 일정한 형식이 없는 비정형화된 모습으로 나타남으로써 현대 사회의 부조리를 체험하게 하는 매개여야 한다는 것이다."

| 원말?
· 자본주의의 속성: 모든 것을 상품의 교환 가치라는 하나의 가치 체계로 환원함.
　　　　　　　　→ 동일성
· 아도르노의 예술관: 동일성 거부 → 동일성을 속성으로 하는 자본주의 사회를 부조리하다고 볼 것임.

· 아도르노가 보는 대중 예술: 그 자체가 상품화되고 개인의 정체성도 상품화함으로써 동일성을 지닌 자본주의 사회의 부조리를 은폐함.

⑤ 문화 산업의 이윤 극대화 과정에서 개인들이 지닌 개성의 차이를 상실시킨다.

| (가) 1문단 "문화 산업에 의해 양산되는 대중 예술이 이윤 극대화를 위한 상품으로 전락 ~ 대중 예술의 규격성으로 인해 ~ 개인의 개성은 다른 개인의 그것과 다르지 않게 된다(각 개인의 개성이 동일해짐. = 개성의 차이 상실)고 보았다."

03 내용의 추론   답 ⑤

선지별 선택 비율	①	②	③	④	⑤
화작	11%	7%	10%	18%	50%
언매	11%	5%	8%	15%	58%

㉠의 이유를 추론한 내용으로 가장 적절한 것은?

😊 정답 띵!동!

⑤ 예술가의 주관이 가려지고 작품에 나타난 형태에 대한 체험만이 강조되기 때문이다.

| (나) 2문단 "세잔의 작품은 예술가의 주관적 인상을 붉은색과 회색 등의 색채와 기하학적 형태로 표현한 미메시스일 수 있다. 미메시스란 세계를 바라보는 주체의 관념(= 주관)을 재현하는 것, 즉 감각될 수 없는 것을 감각 가능한 것으로 구현하는 것을 의미한다."

| (나) 3문단 "아도르노는 ~ 미적 체험을 현대 사회의 부조리에 국한시킴으로써, 진정한 예술을 감각적 대상인 형태 그 자체의 비정형성에 대한 체험으로 한정 ~ 결국 ㉠아도르노의 미학에서는 주관의 재현이라는 미메시스가 부정되고 있다."

| 뭔말?

· 미메시스: 예술가의 주관적 인상이나 세계를 보는 관념과 같은 주관의 재현

· 아도르노의 예술관: 형태의 비정형성을 통해 현대 사회의 부조리를 체험시키는 것만 진정한 예술로 간주, 예술가의 주관 재현은 고려 대상이 아님.

  → 미메시스(주관의 재현)가 부정되는 결과(예 미메시스인 세잔의 작품이 아도르노에게는 진정한 예술로 평가되지 않음.)

😞 오답 띵!

① 비정형적 형태뿐 아니라 ~~정형적 형태 역시 재현~~되기 때문이다.
  └→ 아도르노 미학: 특정 형태의 재현 강조 X,
      형태의 비정형성을 추구

| (가) 2문단 "예술은 동일화되지 않으려는, 일정한 형식이 없는 비정형화된 모습으로 나타남으로써"

| (나) 2문단 "미메시스란 세계를 바라보는 주체의 관념을 재현하는 것, 즉 감각될 수 없는 것을 감각 가능한 것으로 구현하는 것"

| 뭔말?

· 미메시스: 예술가의 주관적 인상이나 관념이 재현되는 것이지 비정형적·정형적 형태를 재현하는 것이 아님.

· 아도르노 미학에서 '형태의 비정형성': 예술이 '일정한 형식이 없는 비정형화된 모습'으로 나타나야 한다는 맥락 → 형태의 재현과 관련 X

② ~~재현의 주체가 예술가로부터 예술 작품과 감상자로 전환~~되기 때문이다.
  └→ 아도르노의 관점에서 재현은 중요치 않음, 예술가와 감상자의 전환 X

| (나) 3문단 "아도르노는 예술이 예술가에게 포착된 세계의 본질을 감상자로 하여금 체험하게 하는 것이어야 한다고 본다."

| 뭔말?

· 아도르노 미학에서 세계의 본질을 포착하고, 감상자의 미적 체험을 불러일으키는 주체 = 예술가(≠ 감상자)

· 아도르노 미학에서 주관의 재현이 부정되는 이유는 미적 체험에 대한 관점(주관의 재현을 미적 체험으로 보지 않음.) 때문이지 주관을 재현하는 주체와는 관련 없음.

③ 미적 체험의 대상이 ~~사회의 부조리에서 세계의 본질로 변화~~되기 때문이다.
  └→ 세계의 본질인 사회의 부조리에 국한

| (가) 2문단 "그(아도르노)에게 있어 예술은 예술가가 직시한 세계의 본질을 감상자들에게 체험하게 해야 한다. 예술은 ~ 현대 사회의 부조리를 체험하게 하는 매개여야 한다는 것이다."

| (나) 3문단 "아도르노는 예술이 예술가에게 포착된 세계의 본질을 감상자로 하여금 체험하게 하는 것이어야 한다고 본다. 그러나 그는 이러한 미적 체험을 현대 사회의 부조리에 국한시킴"

| 뭔말?

· 아도르노의 미학에서 미적 체험의 대상은 세계의 본질이며, 사회의 부조리에 한정됨.

④ 미적 체험의 과정에서 ~~비정형적인 형태가 예술가의 주관으로 왜곡~~되기 때문이다.
  아도르노의 미적 체험: 형태의 비정형성 체험(비정형성 왜곡 X) ←┘

| (가) 2문단 "예술은 동일화되지 않으려는, 일정한 형식이 없는 비정형화된 모습으로 나타남으로써 현대 사회의 부조리를 체험하게 하는 매개여야 한다"

| (나) 2문단 "미메시스란 세계를 바라보는 주체의 관념을 재현하는 것, 즉 감각될 수 없는 것을 감각 가능한 것으로 구현하는 것"

| 뭔말?

· 아도르노의 미적 체험: 형태의 비정형성에 대한 체험을 통한 사회의 부조리 체험 → 예술가의 주관으로 비정형적 형태가 왜곡되지 않음.

04 관점의 파악   답 ⑤

선지별 선택 비율	①	②	③	④	⑤
화작	2%	7%	8%	7%	74%
언매	1%	5%	4%	5%	83%

(가)의 '아도르노'의 관점을 바탕으로 할 때, ㉡에 대해 반박할 수 있는 말로 가장 적절한 것은?

😊 정답 띵!동!
  └→ 비동일성
⑤ 동일화를 거부하는 속성이 전위 예술의 본질이므로 전위 예술을 추구하는 것은 동일화가 아니라 비동일화를 지향하는 것이다.

| (가) 2문단 "아도르노는 서로 다른 가치 체계를 하나의 가치 체계로 통일시키려는 속성을 동일성으로, 하나의 가치 체계로의 환원(= 동일화)을 거부하는 속성을 비동일성으로 규정하고, 예술은 이러한 환원을 거부하는 비동일성을 지녀야 한다고 주장"

| (가) 4문단 "비동일성 그 자체를 속성으로 하는 전위 예술"

| (나) 4문단 "그 자신은 동일화의 폭력을 비판하지만, 자신이 추구하는 전위 예술만이 진정한 예술이라고 주장하며 ㉡전위 예술의 관점에서 예술의 동일화를 시도하고 있다."

| 원말?

· ㉡: 아도르노가 동일화를 거부하면서도 전위 예술만을 인정함으로써 예술을 전위 예술이라는 하나의 가치 체계로 통일시키려(예술의 동일화) 한다는 비판

· 아도르노의 관점에서 본 전위 예술의 본질적 속성: 비동일성

· 전위 예술의 본질적 속성을 근거로 들어, 전위 예술을 추구하는 것은 동일화(동일성)가 아니라 비동일화(비동일성)를 지향하는 것이라고 반박 가능

😖 오답 땡!

① 동일화는 애초에 예술과 무관하므로 예술의 동일화는 실현 불가능하다.
 ↳ 무관 X - 예술은 동일화에 저항해야 함.   동일화된 대중 예술 존재 ↰

| (가) 1문단 "아도르노가 보는 대중 예술은 창작의 구성에서 표현까지 표준화되어 생산되는 상품에 불과 ~ 대중 예술의 규격성으로 인해 개인의 감상 능력 역시 표준화" → 대중 예술의 동일성

| (가) 2문단 "예술은 동일화되지 않으려는, 일정한 형식이 없는 비정형화된 모습으로 나타남으로써 현대 사회의 부조리를 체험하게 하는 매개여야 한다"

| 원말?

· 아도르노의 관점: 진정한 예술은 동일화를 거부하는 비동일성을 지녀야 하는데, 대중 예술은 동일화되어 예술의 본질을 상실함.
             → 예술과 동일화가 관계없는 것은 아님.

② 전위 예술의 속성은 부조리 그 자체를 폭로하는 것이므로 비동일성은 결국 동일성으로 귀결된다.
 ↳ 비동일성의 체험을 통해 동일화에 저항하게 함. ↳ 부조리를 간접적으로 체험하게 하는 것

| (가) 3문단 "쇤베르크의 음악과 같은 전위 예술이 그 자체로 동일화에 저항하면서도, 저항이나 계몽을 직접적으로 드러내지 않는다는 것을 높게 평가 ~ 저항이나 계몽을 직접 표현하는 것에는 비동일성을 동일화하려는 폭력적 의도가 내재되어 있다 ~ 불협화음으로 가득 찬 쇤베르크의 음악이 감상자들에게 불쾌함을 느끼게 했던 것처럼 예술은 그것에 드러난 비동일성을 체험하게 함으로써 동일화의 폭력에 저항해야 한다"

| 원말?

· 아도르노의 관점: 전위 예술은 부조리에 대한 저항, 계몽을 직접적으로 드러내지 않음.
  ⓔ 쇤베르크의 음악: 불협화음을 통해 불쾌감을 느끼게 하는 간접적 방식으로 부조리를 경험하도록 함.

· 전위 예술의 비동일성 = 동일성에 대한 저항 → 동일성으로 귀결 X

③ 동일성으로 환원된 대중 예술에서도 비동일성을 발견할 수 있으므로 예술의 동일화는 무의미하다.
                    ↳ 아도르노가 대중 예술에서 비동일성을 발견한다는 내용 X

| (가) 1문단 "대중 예술이 이윤 극대화를 위한 상품으로 전락함으로써 예술의 본질(비동일성)을 상실"

| 원말?

· 아도르노의 관점: 대중 예술은 창작의 구성에서 표현까지 표준화되어 생산되는 상품에 불과하며 개인의 개성도 획일화시킴. → 비동일성을 잃고 동일성으로 환원된 대중 예술 비판

· 아도르노가 대중 예술에서 비동일성을 발견할 수 있다고 보았다는 내용 없음.

                  ↳ 동일화를 거부하는 비동일성을 속성으로 함.

④ 전위 예술은 동일성과 비동일성의 구분을 거부하므로 전위 예술로의 동일화는 새로운 차원의 비동일성으로 전환된다.

| (가) 4문단 "비동일성 그 자체를 속성으로 하는 전위 예술"

---

05 구체적 사례에의 적용   답 ③

선지별 선택 비율	①	②	③	④	⑤
화작	5%	9%	61%	16%	7%
언매	3%	7%	70%	13%	4%

다음은 학생이 미술관에 다녀와서 작성한 감상문이다. 이에 대해 (가)의 '아도르노'의 관점(A)과 (나)의 글쓴이의 관점(B)에서 설명한 내용으로 적절하지 <u>않은</u> 것은? [3점]

> 주말 동안 미술관에서 작품을 관람했다. 기억에 남는 세 작품이 있었다. 첫 번째 작품(전위 예술)의 제목은 〈자화상〉이었지만 얼굴의 형상을 전혀 찾아볼 수 없는 기괴한 모습이었고, 제각각의 형태와 색채들이 이곳저곳 흩어져 있어 불편한 감정만 느껴졌다. 두 번째 작품(대중 예술)은 사회에 비판적인 유명 연예인의 얼굴을 묘사한 그림으로, 대량 복제되어 유통되는 작품이었다. 그리고 사용된 색채와 구도가 TV에서 본 상업 광고의 한 장면같이 익숙하게 느껴져서 좋았다. 세 번째 작품(미메시스)은 시골 마을의 서정적인 풍경을 사실적으로 묘사한 그림으로 색감과 조형미가 뛰어나 오랫동안 기억에 잔상으로 남았다.

😊 정답 띡! 동!

③ A: 세 번째 작품에 표현된 서정성과 조형미는 부조리에 대한 저항과는 괴리가 있습니다. 사회에 대한 저항을 직접적으로 드러낸 예술이어야 진정한 예술이라고 할 수 있습니다.
 ↳ 아도르노의 진정한 예술: 저항이나 계몽을 직접 드러내지 않는 전위 예술

| (가) 2문단 "예술은 ~ 그 자체로 추하고 불쾌한 것이 되어야 한다 ~ 예술은 ~ 현대 사회의 부조리를 체험하게 하는 매개여야 한다"

| (가) 3문단 "쇤베르크의 음악과 같은 전위 예술이 그 자체로 동일화에 저항하면서도, 저항이나 계몽을 직접적으로 드러내지 않는다는 것을 높게 평가 ~ 저항이나 계몽을 직접 표현하는 것에는 비동일성을 동일화하려는 폭력적 의도가 내재되어 있다고 보기 때문"

| 원말?

· 아도르노의 관점으로 본 세 번째 작품: 서정성과 조형미는 동일성이라는 사회의 부조리에 저항하도록 만들지 못함. → 진정한 예술 X, 세잔의 그림과 유사한 사례

· 아도르노는 저항이나 계몽의 직접적 표현을 부정적으로 봄.

        → 사회에 대한 저항을 직접적으로 드러낸 예술을 진정한 예술로 보지 않음.

😖 오답 땡!

① A: 첫 번째 작품에서 학생이 기괴함과 불편함을 느낀 것은 부조리한 사회에 대한 예술적 체험의 충격 때문일 수 있습니다.

| (가) 2문단 "예술은 대중이 원하는 아름다운 상품이 되기를 거부하고, 그 자체로 추하고 불쾌한 것이 되어야 한다 ~ 현대 사회의 부조리를 체험하게 하는 매개여야 한다"

| 뭔말?
· 아도르노의 관점으로 본 첫 번째 작품: 얼굴의 형상이 없고 형태와 색채들이 흩어져 있는 비정형성을 통해 현대 사회의 부조리를 체험하게 하는 전위 예술에 해당 → 쇤베르크의 음악과 유사한 사례

② A: 두 번째 작품에서 학생이 느낀 익숙함은 현대 사회의 모순에 대한 무감각과 같은 것일 수 있습니다. 이는 문화 산업의 논리에 동일화되어 감각이 무뎌진 결과라 할 수 있습니다.

| (가) 1문단 "문화 산업에 의해 양산되는 대중 예술이 ~ 현대 사회의 모순과 부조리를 은폐하고 있다 ~ 대중 예술의 규격성으로 인해 개인의 감상 능력 역시 표준화되고, 개인의 개성은 다른 개인의 그것과 다르지 않게 된다"
| (가) 2문단 "아도르노는 서로 다른 가치 체계를 하나의 가치 체계로 통일시키려는 속성을 동일성으로 ~ 규정"
| 뭔말?
· 아도르노의 관점으로 본 두 번째 작품: 산업화로 양산되는 대중 예술 → 현대 사회의 모순을 은폐, 동일성을 지녀(문화 산업 논리라는 하나의 가치 체계로 통일시켜) 감각을 무뎌지게 만듦.

④ B: 첫 번째 작품의 흩어져 있는 형태와 색채가 예술가의 표현 의도를 담고 있지 않더라도 그 작품에서 예술적 가치를 발견할 수 있습니다.

| (나) 4문단 "실수로 찍혀 작가의 어떠한 주관도 결여된 사진에서조차 새로운 예술 정신을 발견하는 것이 가능하다는 베냐민의 지적처럼, 전위 예술이 아닌 예술에서도 미적 가치를 발견할 수 있다."
| 뭔말?
· 실수로 찍힌 사진 = 예술가의 표현 의도가 담기지 않은 것
· (나)의 필자는 베냐민의 견해에 동의하는 입장: 첫 번째 작품의 형태와 색채가 예술가의 의도를 담고 있지 않더라도 그 작품에서 예술적 가치를 발견할 수 있다고 볼 것

⑤ B: 두 번째 작품은 대량 생산을 통해 제작된 것이지만 그 연예인의 사회 비판적 이미지를 이용해 현대 사회의 문제점을 고발하는 것일 수 있습니다.

| (나) 4문단 "자본의 논리에 편승한 대중 예술이라 하더라도 사회에 대한 비판적 기능을 수행하는 경우도 있다."
| 뭔말?
· 두 번째 작품: 대량 복제되어 유통되는 것 = 대량 생산을 통해 제작된 것 → 자본의 논리에 편승한 대중 예술
· 연예인의 사회 비판적 이미지를 이용한 현대 사회의 문제점 고발 → 사회에 대한 비판적 기능 수행

06 어휘의 의미 파악   답 ①

선지별 선택 비율	①	②	③	④	⑤
화작	82%	9%	1%	4%	1%
언매	90%	4%	1%	2%	1%

문맥상 ⓐ~ⓔ와 바꿔 쓰기에 적절하지 않은 것은?

> 정답 띵!동!

① ⓐ : 맞바꾸는

| ⓐ의 '전락시키다' '나쁜 상태나 타락한 상태에 빠지게 하다.'의 의미
| ⓐ의 '맞바꾸다' '더 보태거나 빼지 아니하고 어떤 것을 주고 다른 것을 받다.'의 의미 → 바꿔 쓰기에 부적절

> 오답 땡!

② ⓑ : 동떨어진

| ⓑ의 '유리되다' '따로 떨어지게 되다.'의 의미

③ ⓒ : 바라보는

| ⓒ의 '응시하다' '눈길을 모아 한 곳을 똑바로 바라보다.'의 의미

④ ⓓ : 빼앗는다

| ⓓ의 '박탈하다' '남의 재물이나 권리, 자격 따위를 빼앗다.'의 의미

⑤ ⓔ : 찾아내는

| ⓔ의 '발견하다' '미처 찾아내지 못하였거나 아직 알려지지 아니한 사물이나 현상, 사실 따위를 찾아내다.'의 의미

주제 통합 09
2023학년도 6월 평가원

| 01 ① | 02 ③ | 03 ④ |
| 04 ① | 05 ② | 06 ③ |

(가) 『신어』에 담긴 육가의 사상

🔖 EBS 연결 고리
비연계

해제 이 글은 중국 한나라의 사상가인 육가가 저술한 역사서 『신어』에 담긴 사상과 그 의의를 설명하고 있다. 역사 지식과 학문을 부정적으로 보고 분서갱유를 단행하며 사상 통제를 기도했던 진의 멸망 이후 건국된 한나라 고조의 치국 계책 요구에 부응하기 위해 육가는 역사 지식에 주목하였고, 진의 단명 원인에 대한 분석과 왕도 정치를 위한 방법을 담은 『신어』를 저술하였다. 육가는 이 책에서 '통물, 통변, 인의'를 제시하였고 인의가 실현되는 정치를 위해 유교를 중심으로 도가와 법가의 사상을 접목하였다. 이러한 통합의 사상은 한 무제 이후 유교 중심의 시대를 여는 데 기여하였다.

주제 『신어』에 나타난 육가의 사상과 그 의의

짜임

1문단	한 초기 사상가들의 과제와 이에 부응한 육가
2문단	육가가 저술한 『신어』에 담긴 주요 내용
3문단	유교를 중심으로 도가, 법가 사상을 접목한 육가
4문단	육가의 사상이 지닌 의의

1문단 전국 시대의 혼란을 종식한 진(秦)은 분서갱유를 단행하며 사상 통제를 ⓐ기도했다. 당시 권력자였던 이사(李斯)에게 역사 지식은 전통만
[04-④, ⑤] 옛 국가 진의 사상 통제
따지는 허언이었고, 학문은 법과 제도에 대해 논란을 일으키는 원인에 불
[02-①] 지식과 학문에 대한 이사의 태도
과했다. 이에 따라 전국 시대의 『순자』처럼 다른 사상을 비판적으로 ⓑ흡
[01-③] [02-②] (가)의 설명 대상과 그 시대
수하여 통합 학문의 틀을 보여 준 분위기는 일시적으로 약화되었다. 이에
[02-②] 전국 시대의 학문 경향
한(漢) 초기 사상가들의 과제는 진의 멸망 원인을 분석하고 이에 기초한
[01-①, ②] [04-①, ③, ④] 『신어』에 반영된 시대 상황, 『신어』의 예상 독자
안정적 통치 방안을 제시하며, 힘의 지배를 ⓒ숭상하던 당시 지배 세력의
태도를 극복하는 것이었다. 이러한 과제에 부응한 대표적 사상가는 육가
(陸賈)였다.

2문단 순자의 학문을 계승한 그는 한 고조의 치국 계책 요구에 부응해
[01-①, ③] (가)의 설명 대상과 그 시대
『신어』를 저술하였다. 이 책을 통해 그는 진의 단명 원인을 가혹한 형벌
의 남용, 법률에만 의거한 통치, 군주의 교만과 사치, 그리고 현명하지 못
[04-②, ⑤] [05-①, ④] 『신어』에 담긴 옛 국가의 멸망 원인과 그에 대한 비판
한 인재 등용 등으로 지적하고, 진의 사상 통제가 낳은 폐해를 거론하며
한 고조에게 지식과 학문이 중요함을 설득하고자 하였다. 그에게 지식의
[01-②] 『신어』의 예상 독자
핵심은 현실 정치에 도움을 주는 역사 지식이었다. 그는 역사를 관통하는
[01-④] 『신어』의 성격
자연의 이치에 따라 천문·지리·인사 등 천하의 모든 일을 포괄한다는
[03-①, ⑤] '통물'의 개념
㉠통물(統物)과, 역사 변화 과정에 대한 통찰로서 상황에 맞는 조치를 취
[03-②, ⑤] '통변'의 개념
하고 기존 규정을 고수하지 않는다는 ㉡통변(通變)을 제시하였다. 통물과
통변이 정치의 세계에 드러나는 것이 ㉢인의(仁義)라고 파악한 그는 힘
[03-⑤] '통물', '통변', '인의'의 관계
에 의한 권력 창출을 긍정하면서도 권력의 유지와 확장을 위한 왕도 정치
[01-④] [03-⑤] 『신어』의 내용 및 성격

를 제안하며 인의의 실현을 위해 유교 이념과 현실 정치의 결합을 시도하
[01-④] 『신어』의 성격
였다.

3문단 인의가 실현되는 정치를 위해 육가는 유교의 범위를 벗어나지 않
는 한에서 타 사상을 수용하였다. 예와 질서를 중시하며 교화의 정치를 강
[03-④] 인의의 실현을 위한 사상 - 유교
조하는 유교를 중심으로 도가의 무위와 법가의 권세를 끌어들였다. 그에
[01-①] [03-②] 『신어』에 담긴 사상
게 무위는 형벌을 가벼이 하고 군주의 수양을 강조하는 것으로 평온한 통
[03-③, ④] 인의의 실현을 위한 사상 - 도가
치의 결과를 의미했고, 권세도 현명한 신하의 임용을 통해 정치권력의 안
[03-③, ④] 인의의 실현을 위한 사상 - 법가
정을 도모하는 방향성을 가진 것이었기에 원래의 그것과는 차별된 것이었다.

4문단 육가의 사상은 과도한 융통성으로 사상적 정체성이 문제가 되기
도 했지만, 군주의 정치 행위에 따라 천명이 결정됨을 지적하고 인의의 실
[04-②, ⑤] 『신어』에서 부각된 내용
현을 강조한 통합의 사상이었다. 그의 사상은 한 무제 이후 유교 독존의
시대를 여는 데 기여하였다.

(나) 『치평요람』에 담긴 세종과 편찬자들의 사상

🔖 EBS 연결 고리
비연계

해제 이 글은 조선 초 고려 관련 역사서 편찬 작업과 그 일환으로 편찬된 『치평요람』에 대해 설명하고 있다. 조선 초 진행되었던 고려 관련 역사서 편찬은 고려 멸망의 필연성과 조선 건국의 정당성을 드러내기 위한 작업이었다. 이 과정에서 세종의 명에 따라 집현전 학자들이 편찬한 『치평요람』은 원까지의 중국 역사와 고려까지의 우리 역사를 정리한 책으로, 국가의 운명이 올바른 정치 여부에 따라 결정된다는 내용을 담고 있다. 이는 과거 국가의 흥망성쇠를 거울삼아 국가를 잘 운영하고 새 국가의 토대를 마련하려는 의도를 바탕으로 한 것으로, 불교 사상의 폐단 등 고려 정치의 문제점을 드러내고 유교적 사회로의 변화를 주장하였다. 또한 조선 건국의 정당화를 더욱 강력하게 뒷받침하기 위해 『용비어천가』가 추가적으로 편찬되었다.

주제 『치평요람』의 편찬 방식과 내용 및 의도

짜임

1문단	조선 초기 고려 관련 역사서 편찬의 의도
2문단	태조부터 문종 대까지의 고려 관련 역사서 편찬 과정
3문단	세종과 집현전 학자들에 의해 편찬된 『치평요람』의 특징
4문단	『치평요람』의 편찬 의도와 이후 편찬된 『용비어천가』의 편찬 목적

1문단 조선 초기에 진행된 고려 관련 역사서 편찬은 고려 멸망의 필연성
[01-①] (나)의 설명 대상
과 조선 건국의 정당성을 드러내는 작업이었다. 편찬자들은 다양한 방식
[01-①] 『치평요람』에 반영된 시대 상황
으로 고려와 조선의 차별성을 부각하고, 고려보다 조선이 뛰어남을 설득
하고자 하였다.

2문단 태조의 명으로 고려 말에 찬술되었던 자료들을 모아 고려에 관한
역사서가 편찬되었지만, 왕실이 아닌 편찬자의 주관이 ⓓ개입되었다는
비판이 제기되는 등 여러 문제점이 지적되었다. 이에 태종은 고려의 역사

서를 다시 만들라는 명을 내렸다. 이후 고려의 용어들을 그대로 싣자는 주
[05-②] 고려 관련 역사서 편찬에서의 논란
장과 유교적 사대주의에 따른 명분에 맞추어 고쳐 쓰자는 주장이 맞서는

등 세종 대까지도 논란이 ⓔ <u>계속되었지만</u>, 문종 대에 이르러 『고려사』 편
[01-③] (나)의 설명 대상과 그 시대
찬이 완성되었다. 이 과정에서 역사 연구에 관심을 기울인 세종은 경서(經

書)가 학문의 근본이라면 역사서는 학문을 현실에서 구현하는 것으로 파
[05-⑤] 경서에 대한 세종의 생각   [01-④] [05-③] 『치평요람』의 성격, 역사서에 대한 세종의 생각
악하고, 집현전 학자들과의 경연을 통해 경서와 역사서에 대한 이해를 쌓

아 갔다.

3문단 이런 분위기에서 세종은 중국과 우리나라의 흥망성쇠를 담은 『치
[01-③, ⑤] (나)의 설명 대상과 그 시대, 『치평요람』의 편찬 주도자
평요람』의 편찬을 명하였고, 집현전 학자들은 원(元)까지의 중국 역사와
[05-③] 『치평요람』의 서술 대상
고려까지의 우리 역사를 정리하였다. 정리 과정에서 주자학적 역사관이

담긴 『자치통감강목』에 따라 역대 국가를 정통과 비정통으로 구분했지만,

편찬 형식 측면에서는 강목체를 따르지 않았다. 또한 올바른 정치의 여부
[02-③] 『치평요람』의 편찬 형식
에 따라 국가의 운명이 다하고 천명이 옮겨 간다는 내용을 드러내고자 기
[04-②, ⑤] 『치평요람』에서 부각한 내용
존 역사서와 달리 국가 간 전쟁과 외교 문제, 국가 말기의 혼란과 새 국가

초기의 혼란 수습 등을 부각하였다.

4문단 이러한 편찬 방식은 국가의 흥망성쇠를 거울삼아 국가를 잘 운영
[01-④] [05-③] 『치평요람』의 성격 및 편찬 의도
하겠다는 목적 이외에 새 국가의 토대를 마련하려는 의도가 전제된 것이

었다. 이런 의도가 집중적으로 반영된 곳은 『치평요람』의 「국조(國朝)」 부
[02-④] 『치평요람』의 편찬 의도가 부각되는 부분
분이었다. 이 부분의 편찬자들은 유교적 시각에서 고려 정치를 바라보며

불교 사상의 폐단을 비롯한 문제점들을 다각도로 드러냈고, 이를 통해 유
[01-①] [02-④] [04-④, ⑤] 『치평요람』에 반영된 사상
교적 사회로의 변화를 주장하였다. 이성계의 능력과 업적을 담기는 했지

만 이것이 조선 건국을 정당화하기에는 불충분했기에 세종은 역사적 사실
[02-⑤] 『용비어천가』의 편찬 목적
을 배경으로 조선 왕조의 우수성을 부각한 『용비어천가』의 편찬을 지시했
[01-③, ⑤] (나)의 설명 대상과 그 시대, 『용비어천가』의 편찬 목적 및 주도자
다. 이는 왕조의 우수성과 정통성을 경전과 역사의 다양한 근거를 통해 보

여 주고자 한 것이었다.

---

01 읽기 전략의 적절성 판단   답 ①

선지별 선택 비율	①	②	③	④	⑤
화작	78%	3%	8%	6%	2%
언매	87%	2%	4%	3%	1%

(가)와 (나)의 차이점을 중심으로 두 글을 비교하며 읽는 방법으로 가장 적절한
것은?

정답 띵! 동!

① (가)는 한(漢)에서, (나)는 조선에서 쓰인 책을 설명하고 있으니, 시대 상
황과 사상이 책에 반영된 양상을 비교하며 읽는다.

| (가)

· 설명 대상: 한나라 초기 육가에 의해 저술된 『신어』 [(가) 2문단]

· 『신어』에 반영된 시대 상황: 진의 멸망 후, 한나라 초기에 힘의 지배를 숭상하

던 당시 지배 세력의 태도를 극복하고 안정적 통치 방안을 제시해야 했던 상황
[(가) 1문단]

· 『신어』에 반영된 사상: 유교를 중심으로 도가와 법가 등 타 사상 반영 [(가) 3문단]

| (나)

· 설명 대상: 조선 초 편찬된 고려 관련 역사서 『치평요람』 [(나) 3문단]

· 『치평요람』에 반영된 시대 상황: 조선 초기, 고려 멸망의 필연성과 조선 건국의
정당성을 드러내기 위해 고려 관련 역사서 편찬이 이루어졌음. [(나) 1, 2문단]

· 『치평요람』에 반영된 사상: 유교(유교적 사회로의 변화를 주장하는 내용을 담고
있음.) [(나) 4문단]

| 뭔말?

· (가), (나)의 설명 대상은 다르나(차이점) 역사서를 다루고 있다는 공통점에 주목
하여 각각에 반영된 시대 상황, 사상을 비교하며 읽을 수 있음.

오답 땡!

               ┌→ 지배 계층
② (가)는 ~~피지배 계층을~~, (나)는 지배 계층을 대상으로 한 책을 설명하고 있
으니, 예상 독자의 반응 양상을 비교하며 읽는다.

| (가) 1문단 "한 초기 사상가들의 과제는 ~ 당시 지배 세력의 태도를 극복하는 것
이었다. 이러한 과제에 부응한 대표적 사상가는 육가였다."

| (가) 2문단 "이 책을 통해 그는 ~ 한 고조에게 지식과 학문이 중요함을 설득하고
자 하였다."

| 뭔말?

· (가)의 『신어』의 예상 독자: 왕을 비롯한 지배 세력 = 지배 계층

   ※ (나)에 제시된 책들의 예상 독자는 분명히 제시되지 않음. 다만 책에 담긴 학문과 사상(주
자학, 유교 등) 등을 고려할 때 지배 계층을 대상으로 한다고 추측할 수 있음.

              ┌→ 서로 다른 시대   ┌→ 동일한 시대
③ (가)는 ~~동일한 시대에~~, (나)는 ~~서로 다른 시대에~~ 쓰인 책들을 설명하고 있
으니, 시대에 따른 창작 환경을 비교하며 읽는다.

| (가) 1문단 "전국 시대의 『순자』"

| (가) 2문단 "한 고조의 치국 계책 요구에 부응해 『신어』를 저술"

| (나) 2문단 "문종 대에 이르러 『고려사』 편찬이 완성"

| (나) 3문단 "세종은 ~ 『치평요람』의 편찬을 명하였고"

| (나) 4문단 "세종은 ~ 『용비어천가』의 편찬을 지시"

| 뭔말?

· (가)의 『순자』는 전국 시대, 『신어』는 한나라 때 쓰인 것 → 서로 다른 시대에 쓰
인 책들

· (나)의 『고려사』, 『치평요람』, 『용비어천가』 모두 조선 시대에 쓰인 것 → 동일한
시대에 쓰인 책들

   ※ 참고로 (나)의 『치평요람』 편찬 시 참고한 『자치통감강목』: 중국 송나라 때 주희가 쓴 책

            ┌→ (가)의 『신어』, (나)의 『치평요람』 모두 학문적 성격과 실용적 성격을 함께 지님.
④ ~~(가)는 학문적 성격의~~, ~~(나)는 실용적 성격의~~ 책을 설명하고 있으니, ~~다양
한 분야의 책에 담긴 보편성을 확인하며 읽는다.~~
           └→ (가), (나) 모두 역사서를 다룸. → 동일한 분야의 책에 해당

| (가) 2문단 "그에게 지식의 핵심은 현실 정치에 도움을 주는 역사 지식이었다. ~
권력의 유지와 확장을 위한 왕도 정치를 제안하며 인의의 실현을 위해 유교 이
념과 현실 정치의 결합을 시도하였다."

| (나) 2문단 "역사서는 학문을 현실에서 구현하는 것으로 파악"

| (나) 3문단 "국가의 흥망성쇠를 거울삼아 국가를 잘 운영하겠다는 목적 이외에
새 국가의 토대를 마련하려는 의도가 전제된 것"

| 뭔말?

· 『신어』와 『치평요람』 모두 학문적 지식을 현실에 적용하려 하였고, 역사를 바탕

으로 새로운 국가 운영과 정치에 도움을 주고자 함.
→ 학문적 성격과 실용적 성격을 모두 지님.
· 두 책 모두 역사 지식을 다룬 역사서 → 다양한 분야의 책에 담긴 보편성 확인 X

⑤ (가)는 국가 주도로, (나)는 ~~개인 주도~~로 편찬된 책들을 설명하고 있으니, ┌→ 국가 주도
각 주체별 관심 분야의 차이를 확인하며 읽는다.

| 뭔말?:
· (나)의 『치평요람』, 『용비어천가』: 세종의 명에 따라 편찬한 것 → 국가 주도로 편찬(개인 주도 X)
※ (가)의 『신어』: 한 고조의 치국 계책 요구에 부응해 저술된 책이므로 국가 주도로 추측할 수 있음.

02 세부 정보의 파악   답 ③

선지별 선택 비율	①	②	③	④	⑤
화작	3%	26%	54%	9%	6%
언매	2%	21%	65%	6%	4%

(가), (나)의 내용과 일치하지 않는 것은?

정답 띵! 똥!

③ 『치평요람』은 『자치통감강목』의 ~~편찬 형식에 따라~~ 역대 국가를 정통과 비
정통으로 구분하여 정리하였다. └→ 편찬 형식(강목체)를 따르지 않음.

| (나) 3문단 "정리 과정에서 주자학적 역사관이 담긴 『자치통감강목』에 따라 역대
국가를 정통과 비정통으로 구분했지만, 편찬 형식 측면에서는 강목체(『자치통감
강목』의 편찬 형식)를 따르지 않았다."

오답 땡!

① 진의 권력자인 이사는 역사 지식과 학문을 부정적인 것으로 인식하였다.
└→ 허언, 논란의 원인

| (가) 1문단 "전국 시대의 혼란을 종식한 진 ~ 당시의 권력자였던 이사에게 역사
지식은 전통만 따지는 허언이었고, 학문은 법과 제도에 대해 논란을 일으키는
원인에 불과했다."

② 전국 시대에는 『순자』처럼 여러 사상을 통합하려는 학문 경향이 있었다.

| (가) 1문단 "전국 시대의 『순자』처럼 다른 사상을 비판적으로 흡수하여 통합 학문
의 틀을 보여 준 분위기"

④ 『치평요람』의 「국조」는 고려의 문제점들을 보임으로써 사회의 변화를 이끌
어야 한다는 주장을 드러내었다. └→ 불교 정치의 폐단 등   유교적 사회로의 변화 ←┘

| (나) 4문단 "『치평요람』의 「국조」 ~ 이 부분의 편찬자들은 유교적 시각에서 고려
정치를 바라보며 불교 사상의 폐단을 비롯한 문제점들을 다각도로 드러냈고,
이를 통해 유교적 사회로의 변화를 주장하였다."

⑤ 『용비어천가』에는 조선 왕조의 우수성을 드러내고 건국의 정당성을 확보
하려는 목적이 담겨 있다.

| (나) 4문단 "이성계의 능력과 업적을 담기는 했지만 이것이 조선 건국을 정당화
하기에는 불충분했기에 세종은 역사적 사실을 배경으로 조선 왕조의 우수성을
부각한 『용비어천가』의 편찬을 지시했다."

03 내용의 추론   답 ④

선지별 선택 비율	①	②	③	④	⑤
화작	4%	10%	9%	59%	16%
언매	3%	7%	6%	67%	15%

㉠~㉢에 대한 이해로 가장 적절한 것은?

정답 띵! 똥!

④ ㉢은 군주가 부단한 수양과 안정된 권력을 바탕으로 교화의 정치를 펼쳐
야 실현되는 것이다.

| (가) 3문단 "인의가 실현되는 정치를 위해 육가는 ~ 교화의 정치를 강조하는 유
교를 중심으로 도가의 무위와 법가의 권세를 끌어들였다. ~ 무위는 형벌을 가
벼이 하고 군주의 수양을 강조하는 것 ~ 권세도 현명한 신하의 임용을 통해 정
치권력의 안정을 도모하는 방향성을 가진 것"
| 뭔말?
· 인의(㉢)의 실현: 유교의 '교화의 정치' + 도가의 '군주의 수양' + 법가의 '정치권
력의 안정'

오답 땡!

① ㉠은 역사 속에서 각광을 받았던 학문 분야들의 ~~개별적 특징을 이해~~한 것
이다. └→ 포괄적으로 수용

| (가) 2문단 "역사를 관통하는 자연의 이치에 따라 천문·지리·인사 등 천하의
모든 일을 포괄한다는 통물"
| 뭔말?
· 통물(㉠): 천문·지리·인사 등 다양한 학문 분야들을 포괄함.
→ 개별적 특징 이해가 아니라 포괄적 수용

② ㉡은 ~~도가나 법가~~ 사상을 중심 이념으로 삼아 정치 상황의 변화에 대응하
려는 것이다. └→ 유교

| (가) 2문단 "역사 변화 과정에 대한 통찰로서 상황에 맞는 조치를 취하고 기존 규
정을 고수하지 않는다는 통변"
| (가) 3문단 "유교를 중심으로 도가의 무위와 법가의 권세를 끌어들였다."
| 뭔말?
· 통변(㉡)은 상황에 맞는 조치를 취하는 것 → 정치 상황의 변화에 따라 대응하
려는 것이라 할 수 있음.
· 육가가 중심 이념으로 삼은 것: 유교

③ ㉢은 현명한 신하의 임용과 ~~엄한~~ 형벌의 집행을 전제로 한 평온한 정치의
결과를 의미한다. └→ 가벼운

| (가) 3문단 "무위는 형벌을 가벼이 하고 군주의 수양을 강조하는 것"
| 뭔말?
· 인의: 유교를 중심으로 도가의 무위와 법가의 권세를 끌어들임.
· 현명한 신하의 임용 → 법가의 권세, 평온한 정치의 결과 → 도가의 무위

· 도가의 무위: 형벌을 가벼이 하는 것 → 엄한 형벌의 집행 X

⑤ ㉠과 ㉡은 역사 지식과 현실 정치를 긴밀히 연결하여 힘으로 권력을 창출하는 것을 의미한다. (X) 육가가 힘에 의한 권력 창출을 긍정한 것은 맞지만, '통물'과 '통변'이 힘에 의한 권력 창출을 의미하는 것은 아님.

| (가) 2문단 "역사를 관통하는 자연의 이치에 따라(통물) ~ 역사 변화 과정에 대한 통찰로서(통변) ~ 통물과 통변이 정치의 세계에 드러나는 것이 인의라고 파악한 그는 힘에 의한 권력 창출을 긍정하면서도 권력의 유지와 확장을 위한 왕도 정치를 제안하며 인의의 실현을 위해 유교 이념과 현실 정치의 결합을 시도"

| 뭔말?

· '통물'과 '통변': 역사 지식을 기반으로 하며, 이 두 가지 원리가 현실 정치 세계에 '인의'로 드러나므로 현실 정치와 긴밀히 연결됨.

· 육가가 힘에 의한 권력 창출을 긍정한 것은 맞지만 권력 창출 자체보다 그 권력의 유지와 확장을 위한 왕도 정치, 인의의 실현을 강조

  ※ 육가의 『신어』는 한나라 건국, 즉 새로운 권력이 이미 창출된 후에 나라를 안정적으로 다스릴 수 있는 방법(치국 계책)을 제안하기 위해 저술되었음.

04 관점의 파악   답 ①

선지별 선택 비율	①	②	③	④	⑤
화작	35%	4%	7%	48%	4%
언매	40%	3%	4%	48%	3%

윗글에서 '육가'와 '집현전 학자들'이 공통적으로 드러내고자 한 내용에 해당하는 것만을 〈보기〉에서 있는 대로 고른 것은?

┌─────────── 보기 ───────────┐
ㄱ. 옛 국가의 역사를 거울삼아 새 국가를 안정적으로 통치하도록 한다.
ㄴ. 옛 국가의 멸망 원인은 잘못된 정치 운영에 ~~있지 않고~~ 새 국가로 └→ 있고
   천명이 옮겨 온 것에 있다.
ㄷ. 옛 국가에서 드러난 ~~사상적 공백을 채우기 위해~~ 새 국가의 군주는
   유교에 따라 통치하도록 한다. └→ (가)의 진, (나)의 고려의 사상적 공백을
                              채우는 것이 목적이 아님.
                              ※고려의 지배적 사상: 불교(사상적 공백 X)
└───────────────────────────┘

정답 띵!동!

① ㄱ

| (가) 1문단 "한 초기 사상가들(대표적 인물: 육가)의 과제는 진의 멸망 원인을 분석(옛 국가를 거울삼음.)하고 이에 기초한 (새 국가인 한나라의) 안정적 통치 방안을 제시"
| (나) 4문단 "국가의 흥망성쇠(옛 국가의 역사)를 거울삼아 국가(새 국가인 조선)를 잘 운영하겠다는 목적 이외에 새 국가의 토대를 마련하려는 의도가 전제된 것"
| 뭔말?
· (가)의 '육가', (나)의 '집현전 학자들'의 역사서 저술 또는 편찬의 공통적 목적: 옛 국가(가)의 진, (나)의 고려 등 역사 속 국가)의 역사를 거울삼아 새 국가(가)의 한, (나)의 조선)를 안정적으로 통치하도록 함.

오답 땡!

② ㄴ

③ ㄱ, ㄴ

| (가) 2문단 "진의 단명 원인을 가혹한 형벌의 남용, 법률에만 의거한 통치, 군주의 교만과 사치, 그리고 현명하지 못한 인재 등용(잘못된 정치 운영) 등으로 지적"

| (가) 4문단 "군주의 정치 행위에 따라 천명이 결정됨을 지적"
| (나) 3문단 "올바른 정치의 여부에 따라 국가의 운명이 다하고 천명이 옮겨 간다는 내용을 드러내고자"
| ㄴ
· (가)의 '육가', (나)의 '집현전 학자'들 모두 옛 국가의 잘못된 정치 운영이 멸망의 원인이며 이에 따라 천명이 결정된다고 봄.

④ ㄱ, ㄷ

⑤ ㄴ, ㄷ

| (가) 1문단 "진은 분서갱유를 단행하며 사상 통제를 기도했다."
| (나) 4문단 "편찬자들은 유교적 시각에서 고려 정치를 바라보며 불교 사상의 폐단을 비롯한 문제점들을 다각도로 드러냈고, 이를 통해 유교적 사회로의 변화를 주장하였다."
| ㄷ
· (가)의 '육가': 옛 국가인 진이 사상 통제를 했으므로 사상적 공백이 있었다고 볼 수도 있음. 그러나 진의 사상적 공백을 메꾸기 위해서가 아니라 인의가 실현되는 정치를 위해 유교, 도가, 법가를 통합한 사상을 강조함.
· (나)의 '집현전 학자들': 옛 국가인 고려의 지배적 사상은 불교이므로, 사상적 공백이 있다고 보기 어려움. 올바른 정치를 위해 불교 사상의 폐단을 비롯한 문제점들을 드러내고 유교적 사회로의 변화를 주장함.

꿀피스 Tip!

▶ 이 문제의 포인트는 결국 (가), (나) 각각에 제시된 학자들의 관점을 파악하고, 공통점을 추려 내는 것이라 할 수 있어. 선지 선택률이 정답인 ①보다 오답인 ④가 더 높은 걸 보니, 이 문제에서 관건은 ㄷ에 대해 바르게 판단했는지 여부라고 할 수 있겠어.

▶ 특히 ㄷ의 '옛 국가에서 드러난 사상적 공백을 채우기 위해' 이 부분이 정답과 오답을 가르는 갈림길로 작용했을 것으로 보여. 이 부분을 판단하려면 2가지를 살펴보아야 할 거야. 먼저 (가), (나)에 제시된 옛 국가에서 사상적 공백이 있었는가, 그리고 (가)의 육가와 (나)의 집현전 학자들이 사상적 공백을 채워야 한다고 생각했는가를 확인해야 하겠지?

▶ (가)에서 옛 국가는 한에 의해 멸망한 진이지. 진은 분서갱유를 통해 사상 통제를 단행했다고 제시되어 있어. 그렇다면 진에서는 사상적 공백이 있었다고 추측할 수도 있겠지. 한편 (나)에서 옛 국가는 조선에 의해 멸망한 고려이지. 그런데 집현전 학자들이 편찬한 역사서에서는 고려 때의 불교 사상의 폐단을 드러냈다고 했지. 무슨 소리냐. 고려 때에는 불교 사상에 의해 정치가 이루어졌고 따라서 사상적 공백이 없었다는 거야. ('공백'이 빈 곳을 뜻한다는 건 알고 있겠지?) 그러면서 집현전 학자들은 유교적 사회로의 변화를 주장했다고 했지. 즉 불교 사상에서 유교 사상으로의 변화를 주장한 것이지 유교 사상으로 사상의 공백을 채워야 한다는 것이 아니야.

▶ 한편 (가)의 육가는 '사상적 공백을 채우기 위해' 유교에 의한 통치를 주장했을까? 육가는 잘못된 통치로 멸망한 진을 교훈으로 삼아 '안정적 통치'를 위한 방안을 제시하는 것이 목적이었다고 했잖아. 이렇게 ㄷ 뒷부분의 '새 국가의 군주는 유교에 따라 통치'가 맞다고 판단하고 앞부분의 근거를 명확히 확인하지 않아서 오답을 선택하게 된 거야.

05 관점의 적용

선지별 선택 비율	①	②	③	④	⑤
화작	4%	46%	15%	15%	18%
언매	3%	56%	11%	13%	16%

〈보기〉는 동양 역사가들의 견해이다. 〈보기〉를 바탕으로 (가), (나)를 이해한 내용으로 적절하지 <u>않은</u> 것은? [3점]

┌─────────── 보기 ───────────┐
ㄱ. 대부분 옛일의 성패를 논하기 좋아하고 그 일의 진위를 자세히 살피지 않는다. 하지만 진위를 분명히 한 후에야 성패가 어긋나지 않을 수 있다. 이는 역사 서술의 근원인 자료를 바로잡고 깨끗이 한다는 뜻이다.

ㄴ. 고금의 흥망은 현실의 객관적 형세인 시세의 흐름에 따르는 것이며, 사림(士林)의 재주와 덕행으로 말미암은 것은 아니었다. 그러므로 천하의 일은 시세가 제일 중요하고, 행복과 불행이 다음이며, 옳고 그름의 구분은 마지막이라고 하는 것이다.

ㄷ. 도(道)의 본체는 경서에 있지만 그것의 큰 쓰임은 역사서에 담겨있다. 역사란 선을 높이고 악을 낮추며 선을 권면하고 악을 징계하는 것이다.
└──────────────────────────┘

정답 띡! 동!

② ㄱ의 관점에 따르면, 『고려사』 편찬 과정에서 고려의 용어를 고쳐 쓰자고 한 의견은 ~~역사 서술의 근원인 자료를 바로잡고 깨끗이 하자는 것이라고~~ 볼 수 있겠군.
　→ 유교적 사대주의(조선의 사상)를 고려의 역사 서술에 반영하는 것

| (나) 2문단 "고려의 용어들을 그대로 싣자는 주장과 유교적 사대주의에 따른 명분에 맞추어 고쳐 쓰자는 주장이 맞서는 등"
| 뭔말?
· 〈보기〉의 ㄱ에서 '역사 서술의 근원인 자료를 바로잡고 깨끗이 한다는' 것: 역사서에 서술된 옛일의 진위, 즉 참과 거짓 여부를 분명히 밝혀야 한다는 것
· 역사서 서술에서 고려의 용어를 고쳐 쓰자는 주장: 유교적 사대주의(조선의 사상)에 따른 명분에 맞추려는 의도 = 후대의 관점을 과거의 역사 서술에 개입시키는 것 ≠ 옛일의 참, 거짓을 분명히 밝히는 것

오답 땡!

① ㄱ의 관점에 따르면, 『신어』에 제시된 진의 멸망 원인에 대한 지적은 관련 내용의 진위에 대한 명확한 판별 이후에 이루어져야 하는 것이겠군.

| (가) 2문단 "이 책(『신어』)을 통해 그는 진의 단명 원인을 가혹한 형벌의 남용, 법률에만 의거한 통치, 군주의 교만과 사치, 그리고 현명하지 못한 인재 등용 등으로 지적"
| 뭔말?
· 〈보기〉의 ㄱ: 역사 서술에서 옛일의 진위를 분명히 할 것을 강조
· 『신어』에 서술된 진의 단명 원인: 가혹한 형벌의 남용, 법률에만 의거한 통치, 군주의 교만과 사치, 현명하지 못한 인재 등용 ← ㄱ의 견해에서는 이 내용들의 진위에 대한 명확한 판별이 필요하다고 볼 것

③ ㄴ의 관점에 따르면, 『치평요람』에 서술된 국가의 흥망은 그 원인이 인물들의 능력보다는 객관적 형세인 시세의 흐름에 있다고 보아야겠군.

| (나) 3문단 "원까지의 중국 역사와 고려까지의 우리 역사를 정리"

| (나) 4문단 "국가의 흥망성쇠를 거울삼아"
| 뭔말?
· 〈보기〉의 ㄴ: 고금의 흥망에서 객관적 형세인 시세의 흐름이 사람의 재주와 덕행, 즉 개인의 능력보다 더 큰 영향력을 갖는다는 관점
· 『치평요람』에 담긴 역사: 중국과 우리나라의 과거 국가들의 흥망성쇠 ← ㄴ의 견해에서는 그 국가들의 흥망에서 제일 중요한 것은 객관적 형세인 시세의 흐름이라고 볼 것

④ ㄷ의 관점에 따르면, 『신어』에 제시된 진에 대한 비판은 악을 낮추고 징계하는 것으로 볼 수 있겠군.

| (가) 2문단 "진의 단명 원인을 가혹한 형벌의 남용, 법률에만 의거한 통치, 군주의 교만과 사치, 그리고 현명하지 못한 인재 등용 등으로 지적하고, 진의 사상 통제가 낳은 폐해를 거론"
| 뭔말?
· 〈보기〉의 ㄷ: 선을 높이고 권면하며, 악을 낮추고 징계하는 것이 역사라고 보는 관점
· 『신어』에 서술된 진에 대한 비판: 가혹한 형벌과 통치, 군주의 잘못, 인재 등용 실패, 사상 통제의 문제점 등 ← ㄷ의 견해에서 이는 악을 낮추고 징계하는 것에 해당함.

⑤ ㄷ의 관점에 따르면, 『치평요람』 편찬과 관련한 세종의 생각에서 학문의 근본은 도의 본체에, 현실에서 학문의 구현은 도의 큰 쓰임에 대응하겠군.

| (나) 2문단 "세종은 경서가 학문의 근본이라면 역사서는 학문을 현실에서 구현하는 것으로 파악"
| 뭔말?
· 〈보기〉의 ㄷ: 도의 본체는 경서, 도의 큰 쓰임은 역사서에 담겨 있다는 관점
· ㄷ의 관점과 세종의 생각 연결: 경서 = 도의 본체 = 학문의 근본, 역사서 = 도의 큰 쓰임 = 학문의 현실 구현

06 어휘의 의미 파악

선지별 선택 비율	①	②	③	④	⑤
화작	27%	5%	47%	18%	1%
언매	20%	4%	56%	16%	1%

문맥상 ⓐ〜ⓔ와 바꿔 쓰기에 적절하지 <u>않은</u> 것은?

정답 띡! 동!

③ ⓒ: 믿던

| ⓒ의 '숭상하다' '높여 소중히 여기다.'라는 의미
| '믿다' '어떤 사실이나 말을 꼭 그렇게 될 것이라고 생각하거나 그렇다고 여기다.'라는 의미 → 바꿔 쓰기에 부적절

오답 땡!

① ⓐ: 꾀했다

| ⓐ의 '기도하다' '어떤 일을 이루도록 꾀하다.'라는 의미

② ⓑ: 받아들여

| ⓑ의 '흡수하다' '외부에 있는 사람이나 사물 따위를 내부로 모아들이다.'라는 의미
| '받아들이다' '다른 문화(외부), 문물을 받아서 자기 것(내부)으로 되게 하다.'라는 의미
　※ 문맥적으로 '사상을 흡수하다.'는 '사상을 받아들이다.'와 의미상 통함.

④ ⓓ: 끼어들었다는

| ⓓ의 '개입하다' '자신과 직접적인 관계가 없는 일에 끼어들다.'라는 의미

⑤ ⓔ: 이어졌지만

| ⓔ의 '계속되다' '끊이지 않고 이어져 나가다.'라는 의미

매운맛 사회 01
2025학년도 수능

01 ① **02** ② **03** ②
04 ③

인터넷 ID와 관련된 명예훼손·모욕과 법적 책임

🔖 **EBS 연결 고리**
2025학년도 EBS 수능특강 독서 38쪽 〈고프먼의 사회적 상호 작용〉에서 '리프킨의 자아 표현' 관련 내용 연계

해제 이 글은 사회적 상호 작용 과정에서 나타나는 자기표현이 인터넷에서 어떻게 발현되는지 살펴본 다음, 인터넷 ID에 대한 관점을 중심으로 가상 공간에서 발생하는 명예훼손이나 모욕 행위 가해자의 법적 책임에 대해 설명하고 있다. 먼저 리프킨의 자기표현 이론을 들어 현실에서의 자기표현을 설명한 후, 자기 정체성 개념을 중심으로 가상 공간에서의 자기표현의 특징을 제시하였다. 그리고 이러한 자기 정체성을 바탕으로 인터넷 ID가 명예 주체성을 가지느냐 여부에 대해 상반된 입장이 있음을 밝히고, 인터넷 ID와 관련된 명예훼손·모욕 사건에 대한 우리나라 대법원 판시와 헌법재판소의 결정을 제시하였다. 대법원 판시에 따르면 실명을 거론한 경우는 물론, 실명을 거론하지 않았어도 지목된 사람이 누구인지 제3자가 알 수 있다면 가해자의 법적 책임이 성립한다. 헌법재판소의 결정 역시 이를 수용하였다. 한편 헌법재판소 소수 의견은 제3자의 인식 여부는 법적 책임의 근거가 될 수 없으며 인터넷 ID가 성명과 같은 기능을 한다고 보아 그 명예 주체성을 인정하였다.

주제 인터넷 ID에 대한 명예훼손 및 모욕 사건에서 가해자의 법적 책임

짜임

1문단	리프킨의 사회적 상호 작용에서의 자기표현 이론
2문단	가상 공간에서의 자기표현의 특징과 사이버 폭력
3문단	인터넷 ID의 명예 주체성 인정 여부에 대한 상반된 관점
4문단	인터넷 ID와 관련된 명예훼손·모욕 사건에 대한 대법원 판시와 헌법재판소의 결정

1문단 리프킨은 사회적 상호 작용에서의 자기표현은 본질적으로 연극적이며, 표면 연기와 심층 연기로 ⓐ이루어진다고 언급했다. 표면 연기는 내면의 자연스러운 감정보다 의례적인 표현과 같은 형식에 집중하여 연기
[01-①] 표면 연기의 개념
하는 것이고, 심층 연기는 내면의 솔직한 정서를 ⓑ불러내어 자신의 진정
[01-①] 심층 연기의 개념
성을 보여 주는 것이다. 인터넷에서의 커뮤니케이션에 주목한 리프킨은
가상 공간에서 자기표현이 더욱 활발히 이루어진다고 보았다.
[01-②] 가상 공간의 자기표현에 대한 리프킨의 견해
2문단 가상 공간의 특성에 주목한 연구자들은 사람들과의 관계 속에서
[01-⑤] 자기 정체성의 개념
드러나는 고유한 존재로서의 위상을 뜻하는 자기 정체성이 가상 공간에서
다양하게 ⓒ나타난다고 본다. 가상 공간에서는 익명성이 작동하므로 현
[01-④] 가상 공간에서 자기 정체성이 나타나는 양상
실에서 위축되는 사람도 적극적으로 자기표현을 할 수 있다. 아울러 현실
[01-④] 가상 공간에서 자기 정체성이 다양하게 나타나는 이유 - 익명성
에서의 자기 정체성을 ⓓ감추고 다른 인격체로 활동하거나 현실에서 억
압된 정서를 공격적으로 드러내기도 한다. 게임 아이디, 닉네임, 아바타
등 가상 공간에서 개별적 대상으로 인식되는 '인터넷 ID'에 대한 사이버
[01-③] 사이버 폭력의 대상이 되는 인터넷 ID
폭력이 ⓔ넘쳐 나는 현실도 이와 무관하지 않다.

3문단 사이버 폭력과 관련하여, 인터넷 ID만을 알고 있는 상황에서 그

에 대해 명예훼손이나 모욕 등의 공격이 있을 때 가해자에게 법적인 책임을 물을 수 있는지에 대한 논란이 있어 왔다. 이는 인터넷 ID가 사회적 평판인 명예의 주체로 인정될 수 있는가와 관련된다. 인터넷 ID의 명예 주체성을 ㉠인정하는 입장에 따르면, 자기 정체성은 일원적·고정적인 것
[02-①, ③, ④] ㉠의 관점에서 본 자기 정체성의 성격
이 아니라 현실 세계와 가상 공간에 걸쳐 존재하고 상호 작용하는 복합적인 것이다. 인터넷에서의 자기 정체성은 사용자 개인의 자기 정체성의 일
[02-②, ⑤] 인터넷 ID의 자기 정체성을 인정하는 ㉠의 관점
부이기 때문에 자기 정체성을 가진 인터넷 ID의 명예 역시 보호되어야 한다. 반면 ㉡인정하지 않는 입장에 따르면, 생성·변경·소멸이 자유롭고
복수로 개설이 가능한 인터넷 ID는 그 사용자인 개인을 가상 공간에서 구
[02-④] ㉡의 관점에서 본 인터넷 ID의 특징
별하는 장치에 불과하다. 인터넷 ID는 현실에서의 성명과 달리 그 사용자
[02-②, ⑤][03-③, ④, ⑤] 인터넷 ID의 자기 정체성을 인정하지 않는 ㉡의 관점
인 개인과 동일시될 수 없고, 인터넷 ID 자체는 사람이 아니므로 명예 주체성을 인정할 수 없다는 것이다.

4문단 ㉮대법원은 실명을 거론한 경우는 물론, 실명을 거론하지 않았더
[03-①, ③, ⑤] 인터넷 ID와 관련된 명예훼손·모욕 사건에 대한 대법원 판시
라도 주위 사정을 종합할 때 지목된 사람이 누구인지를 제3자가 알 수 있는 경우에는 명예훼손이나 모욕에 대한 가해자의 법적 책임이 성립한다고 판시해 왔다. 이를 수용한 헌법재판소에서는 인터넷 ID와 관련된 명예
[03-②, ④, ⑤] 대법원 판시와 입장을 같이하는 헌법재판소 결정(다수 의견)
훼손·모욕 사건의 헌법 소원에 대한 결정을 내린 바 있다. 이 결정에서
㉯다수 의견은 인터넷 ID만을 알 수 있을 뿐 그 사용자가 누구인지 제3자
[03-①, ⑤] 실명이 거론되지 않고 제3자가 알 수 없는 경우에 대한 ㉮, ㉯의 입장
가 알 수 없다면 피해자가 특정되지 않아 명예훼손이나 모욕에 대한 가해자의 법적 책임이 성립하지 않는다고 보았다. 반면 인터넷 ID는 가상 공간에서 성명과 같은 기능을 하므로 제3자의 인식 여부가 법적 책임의 근
[03-③, ④, ⑤] 헌법 재판소 소수 의견의 입장
거가 될 수 없다는 ㉰소수 의견도 제시되었다.

---

01 세부 정보의 파악
답 ①

선지별 선택 비율	①	②	③	④	⑤
화작	68%	5%	7%	7%	13%
언매	85%	2%	3%	4%	6%

윗글의 내용과 일치하지 않는 것은?

😊 **정답 띵! 동!**

① 심층 연기는 내면의 ~~진솔한 정서를 드러내기 위해~~ **형식에 집중하는** 자기표현이다.
 └▸ 표면 연기에 해당함.

| 1문단 "표면 연기는 내면의 자연스러운 감정보다 의례적인 표현과 같은 형식에 집중하여 연기하는 것이고, 심층 연기는 내면의 솔직한 정서를 불러내어 자신의 진정성을 보여 주는 것이다."
| 뭔말?
· 형식에 집중하는 자기표현 = 심층 연기가 아니라 표면 연기

😞 **오답 땡!**

② 리프킨은 현실 세계보다 가상 공간에서 자기표현이 더욱 왕성하게 드러난

다고 보았다.

> | 1문단 "리프킨은 가상 공간에서 자기표현이 더욱 활발히 이루어진다고(=왕성하게 드러난다고) 보았다."

③ 가상 공간에서 개별적인 것으로 인식되는 아바타는 사이버 폭력의 대상이 될 수 있다.

> | 2문단 "게임 아이디, 닉네임, 아바타 등 가상 공간에서 개별적 대상으로 인식되는 '인터넷 ID'에 대한 사이버 폭력이 넘쳐 나는 현실도 이와 무관하지 않다."
> | 뭔말?
> · 아바타: 가상 공간에서 개별적으로 인식되는 '인터넷 ID' 중 하나 → 사이버 폭력의 대상 중 하나

④ 익명성은 가상 공간에서 자기 정체성이 다양하게 나타나는 데 영향을 미치는 가상 공간의 특성이다.

> | 2문단 "가상 공간의 특성에 주목한 연구자들은 ~ 자기 정체성이 가상 공간에서 다양하게 나타난다고 본다. 가상 공간에서는 익명성(가상 공간의 특성)이 작동하므로 현실에서 위축되는 사람도 적극적으로 자기표현을 할 수 있다."
> | 뭔말?
> · 자기 정체성이 가상 공간에서 다양하게 나타나는 이유: 가상 공간의 익명성 때문에 현실에서 위축되는 사람도 적극적으로 자기표현 가능

⑤ 가상 공간에서의 자기 정체성은 현실에서의 자기 정체성과 마찬가지로 타인과의 관계 속에서 나타난다.

> | 2문단 "사람(=타인)들과의 관계 속에서 드러나는 고유한 존재로서의 위상을 뜻하는 자기 정체성이 가상 공간에서 다양하게 나타난다 ~ 현실에서의 자기 정체성을 감추고 다른 인격체로 활동하거나 현실에서 억압된 정서를 공격적으로 드러내기도 한다."
> | 뭔말?
> · 자기 정체성: 사람들과의 관계 속에서 드러나는 고유한 존재로서의 위상 → 가상 공간과 현실 모두에서 나타남.

02 관점의 파악 　　　　　　　　　　　답 ②

선지별 선택 비율	①	②	③	④	⑤
화작	5%	76%	6%	7%	6%
언매	3%	86%	3%	5%	3%

⊙과 ⓛ에 대한 이해로 가장 적절한 것은?

😊 정답 띵! 동!

② ⊙은 ⓛ과 달리 인터넷 ID에 대한 공격을 그 사용자인 개인에 대한 공격이라고 보겠군.

> | 3문단 "인터넷 ID의 명예 주체성을 ⊙인정하는 입장에 따르면, ~ 인터넷에서의 자기 정체성은 사용자 개인의 자기 정체성의 일부이기 때문에 자기 정체성을 가진 인터넷 ID의 명예 역시 보호되어야 한다. 반면 ⓛ인정하지 않는 입장에 따르면, 생성·변경·소멸이 자유롭고 복수로 개설이 가능한 인터넷 ID는 ~ 현실에서의 성명과 달리 그 사용자인 개인과 동일시될 수 없고, 인터넷 ID 자체는 사람이 아니므로 명예 주체성을 인정할 수 없다는 것이다."

> | 뭔말?
> · ⊙(인터넷 ID의 명예 주체성을 인정하는 입장): 인터넷 ID를 사용자 개인과 동일시하는 관점 → 인터넷 ID에 대한 공격 = 사용자 개인에 대한 공격
> · ⓛ(인터넷 ID의 명예 주체성을 인정하지 않는 입장): 인터넷 ID를 사용자 개인과 동일시하지 않는 관점 → 인터넷 ID에 대한 공격 ≠ 사용자 개인에 대한 공격

😞 오답 땡!

① ⊙은 ⓛ과 달리 자기 정체성을 단일하고 고정적인 ~~것으로~~ 파악하겠군.
　　　　　　　　　└→ 것이 아니라고

> | 3문단 "인터넷 ID의 명예 주체성을 ⊙인정하는 입장에 따르면, 자기 정체성은 일원적·고정적인 것이 아니라"
> | 뭔말?
> · ⊙: 자기 정체성을 단일하고 고정적이지 않은 것으로 봄.

③ ~~ⓛ~~은 ~~ⓛ~~과 달리 인터넷에서의 자기 정체성과 현실 세계의 자기 정체성이 상호 작용을 한다고 보겠군.

> | 3문단 "인터넷 ID의 명예 주체성을 ⊙인정하는 입장에 따르면, 자기 정체성은 ~ 현실 세계와 가상 공간에 걸쳐 존재하고 상호 작용하는 복합적인 것이다."
> | 뭔말?
> · 인터넷에서의 자기 정체성과 현실 세계의 자기 정체성이 상호 작용을 한다고 보는 입장 = ⊙

④ ⓛ은 ⊙과 달리 인터넷 ID는 복수 개설이 가능하므로 ~~자기 정체성이 복합적으로 구성된다고~~ 보겠군.
　　　　　　　　　└→ ⊙의 관점

> | 3문단 "인터넷 ID의 명예 주체성을 ⊙인정하는 입장에 따르면, 자기 정체성은 ~ 현실 세계와 가상 공간에 걸쳐 존재하고 상호 작용하는 복합적인 것이다. ~ 반면 ⓛ인정하지 않는 입장에 따르면, 생성·변경·소멸이 자유롭고 복수로 개설이 가능한 인터넷 ID는 그 사용자인 개인을 가상 공간에서 구별하는 장치에 불과하다. 인터넷 ID는 현실에서의 성명과 달리 그 사용자인 개인과 동일시될 수 없고, 인터넷 ID 자체는 사람이 아니므로 명예 주체성을 인정할 수 없다는 것이다."
> | 뭔말?
> · ⓛ이 인터넷 ID가 복수 개설이 가능하다고 보는 것은 맞지만, 이를 근거로 인터넷 ID가 개인을 가상 공간에서 구별하는 장치에 불과하다고 주장함. → ⓛ은 인터넷 ID에 자기 정체성이 없다고 봄.
> · 현실 세계와 가상 공간에 걸쳐 존재하는 자기 정체성이 상호 작용하여 복합적으로 구성된다고 보는 입장 = ⊙

⑤ ⊙과 ~~ⓛ~~은 모두, 인터넷 ID마다 개인의 자기 정체성이 다르다고 보겠군.
　　　　　└→ ⓛ X

> | 3문단 "인터넷 ID의 명예 주체성을 ⊙인정하는 입장에 따르면, ~ 자기 정체성을 가진 인터넷 ID의 명예 역시 보호되어야 한다. 반면 ⓛ인정하지 않는 입장에 따르면, ~ 인터넷 ID는 현실에서의 성명과 달리 그 사용자인 개인과 동일시될 수 없고, 인터넷 ID 자체는 사람이 아니므로 명예 주체성을 인정할 수 없다는 것이다."
> | 뭔말?
> · ⊙: 인터넷 ID에 자기 정체성이 있다고 보는 입장 → 인터넷 ID마다 개인의 자기 정체성이 다르다고 볼 것임.
> · ⓛ: 인터넷 ID에 자기 정체성이 없다고 보는 입장

03 구체적 사례에의 적용   답 ②

선지별 선택 비율	①	②	③	④	⑤
화작	16%	32%	20%	21%	11%
언매	15%	43%	19%	16%	7%

윗글을 바탕으로 〈보기〉를 이해한 내용으로 적절하지 않은 것은? [3점]

─── 보기 ───

○○ 인터넷 카페의 이용자 A는 a, B는 b, C는 c라는 ID를 사용한다. 박사 학위 소지자인 A는 □□ 전시관의 해설사이고, B는 같은 전시관에서 물고기 관리를 혼자 전담한다. 이 전시관의 누리집에는 직무별로 담당자가 공개되어 있다. 어떤 사람이 □□ 전시관에서 A의 해설을 듣고 A의 실명을 언급한 후기를 카페 게시판에 올리자 다음과 같은 댓글이 달렸다.

> **A의 해설에 대한 후기**
> └ b A(실명 언급 - 명예훼손이나 모욕의 피해자 특정 가능)가 박사인지 의심스럽다. A는 # ~ #.
>   └ a □□ 전시관에서 물고기를 관리하는 b(전시관 누리집에서 b가 누구인지 확인 가능)는 # ~ #.
>   └ c 게시판 분위기를 흐리는 a는 # ~ #.

(단, '#~#'는 명예를 훼손하거나 모욕을 주는 표현이고 A, B, C는 실명이다. ID로는 그 사용자의 개인 정보를 알 수 없으며, A, B, C의 법적 책임에 영향을 미치는 다른 요소는 고려하지 않는다.)

🙂 **정답 띵!동!**

② ㈏는 B가 가해자로서의 법적 책임을 져야 하지만 A는 가해자로서의 법적 책임을 ~~지지 않는다고~~ 보겠군.
    └ 져야 한다고

┃ 4문단 "㉠대법원은 실명을 거론한 경우는 물론, 실명을 거론하지 않았더라도 주위 사정을 종합할 때 지목된 사람이 누구인지를 제3자가 알 수 있는 경우에는 명예훼손이나 모욕에 대한 가해자의 법적 책임이 성립한다고 판시 ~ 이를 수용한 헌법재판소에서는 인터넷 ID와 관련된 명예훼손·모욕 사건의 헌법 소원에 대한 결정을 내린 바 있다. 이 결정에서 ㉡다수 의견은 인터넷 ID만을 알 수 있을 뿐 그 사용자가 누구인지 제3자가 알 수 없다면 피해자가 특정되지 않아 명예훼손이나 모욕에 대한 가해자의 법적 책임이 성립하지 않는다고 보았다."

┃ 〈보기〉 "어떤 사람이 □□ 전시관에서 A의 해설을 듣고 A의 실명을 언급 ~ b A(실명을 거론한 경우)가 박사인지 의심스럽다. A는 # ~ #(실명이 거론된 A의 명예를 훼손하거나 모욕을 주는 표현). a □□ 전시관에서 물고기를 관리하는 b(□□ 전시관에서 물고기를 관리하는 사람은 B 혼자이며, 누리집에 담당자가 공개되어 있음. → 실명을 거론하지 않았으나 제3자가 알 수 있는 경우)는 # ~ #(실명이 거론되지 않았어도 제3자가 누구인지 알 수 있는 B의 명예를 훼손하거나 모욕을 주는 표현)."

┃ 뭔말?

· 대법원(㉠)이 가해자로서의 법적 책임이 있다고 보는 경우: 실명한 거론한 경우, 실명을 거론하지 않았더라도 그 사람이 누구인지 제3자가 알 수 있는 경우

· 헌법재판소의 결정(= ㉡다수 의견): 대법원의 판시 수용 → 실명한 거론한 경우, 실명을 거론하지 않았더라도 제3자가 알 수 있는 경우 가해자로서의 법적 책임이 있다고 봄. 단, 실명이 거론되지 않았고 제3자가 누구인지 알 수 없는 경우에는 가해자의 법적 책임이 성립하지 않는다고 봄.

· 〈보기〉의 B: A의 실명을 거론하여 명예훼손·모욕의 표현을 함. → ㉡는 가해자로서의 법적 책임이 성립한다고 볼 것임.

· 〈보기〉의 A: 실명을 거론하지 않았으나 b가 누구인지 제3자가 알 수 있는 경우 → ㉡는 가해자로서의 법적 책임이 성립한다고 볼 것임.

😕 **오답 땡!**

① ㈎는 B가 가해자로서의 법적 책임을 져야 하지만 C는 가해자로서의 법적 책임을 지지 않는다고 보겠군.

┃ 4문단 "㉠대법원은 실명을 거론한 경우는 물론, 실명을 거론하지 않았더라도 주위 사정을 종합할 때 지목된 사람이 누구인지를 제3자가 알 수 있는 경우에는 명예훼손이나 모욕에 대한 가해자의 법적 책임이 성립한다고 판시"

┃ 〈보기〉 "c 게시판 분위기를 흐리는 a(ID만 언급되고 a가 누구인지 알 수 있는 정보는 후기와 댓글에 제시되지 않음.)는 # ~ #."

┃ 뭔말?

· 〈보기〉의 B: A의 실명을 거론하여 명예훼손·모욕의 표현을 함. → ㈎는 가해자로서의 법적 책임이 성립한다고 봄.

· 〈보기〉의 C: A의 ID만 거론하고 누구인지 특정할 수 있는 정보 없이 명예훼손·모욕의 표현을 함. → ㈎는 가해자로서의 법적 책임이 성립하지 않는다고 봄.

③ ㈎와 ㈐는 A가 가해자로서의 법적 책임을 져야 하는지의 여부에 대해 같게 보겠군.

┃ 3문단 "인터넷 ID는 현실에서의 성명(그 사용자 개인과 동일시됨.)과 달리 그 사용자인 개인과 동일시될 수 없고"

┃ 4문단 "㉠대법원은 실명을 거론한 경우는 물론, 실명을 거론하지 않았더라도 주위 사정을 종합할 때 지목된 사람이 누구인지를 제3자가 알 수 있는 경우에는 명예훼손이나 모욕에 대한 가해자의 법적 책임이 성립한다고 판시 ~ 인터넷 ID는 가상 공간에서 성명과 같은 기능(인터넷 ID와 그 사용자 개인이 동일시된다는 입장)을 하므로 제3자의 인식 여부가 법적 책임의 근거가 될 수 없다는 ㉢소수 의견"

┃ 뭔말?

· 헌법재판소의 소수 의견(㉢): 인터넷 ID는 그 사용자 개인과 동일시되므로 제3자의 인식 여부와 상관없이 법적 책임의 근거가 된다고 봄.

· 〈보기〉의 A에 대한 ㈎의 관점: 실명을 거론하지 않았으나 b가 누구인지 제3자가 알 수 있으므로 가해자로서의 법적 책임이 성립한다고 봄.

· 〈보기〉의 A에 대한 ㈐의 관점: b가 누구인지 제3자가 인식할 수 있느냐 여부와 상관없이 A가 명예훼손·모욕 행위를 했으므로 가해자로서의 법적 책임이 성립한다고 봄.

④ ㈏와 ㈐는 B가 가해자로서의 법적 책임을 져야 하는지의 여부에 대해 같게 보겠군.

┃ 4문단 "㉠대법원은 실명을 거론한 경우 ~ 명예훼손이나 모욕에 대한 가해자의 법적 책임이 성립한다고 판시 ~ 이를 수용한 헌법재판소 ~ 인터넷 ID는 가상 공간에서 성명과 같은 기능 ~ ㉢소수 의견"

┃ 뭔말?

· 〈보기〉의 B에 대한 ㈏의 관점: 대법원 판시와 마찬가지로 실명을 거론한 경우이므로 가해자로서의 법적 책임이 성립한다고 봄.

· 〈보기〉의 B에 대한 ㈐의 관점: 인터넷 ID는 그 사용자와 동일시되므로 명예훼손·모욕 행위를 한 경우 가해자로서의 법적 책임이 성립한다고 봄.

⑤ ㈎, ㈏, ㈐가, C가 가해자로서의 법적 책임을 져야 하는지의 여부에 대해 판단한 내용이 모두 같지는 않겠군.

┃ 4문단 "㉠대법원은 ~ 실명을 거론하지 않았더라도 주위 사정을 종합할 때 지목된 사람이 누구인지를 제3자가 알 수 있는 경우에는 명예훼손이나 모욕에 대한 가해자의 법적 책임이 성립한다고 판시 ~ ㉡다수 의견은 인터넷 ID만을 알 수 있을 뿐 그 사용자가 누구인지 제3자가 알 수 없다면 ~ 명예훼손이나 모욕

에 대한 가해자의 법적 책임이 성립하지 않는다고 보았다. ~ 인터넷 ID는 가상 공간에서 성명과 같은 기능을 하므로 제3자의 인식 여부가 법적 책임의 근거가 될 수 없다는 ㉰소수 의견"

| 뭔말?

· 〈보기〉의 C에 대한 ㉮, ㉯의 관점: 실명이 거론되지 않았고 지목된 사람이 누구인지 제3자가 알 수 없는 경우 → 가해자로서의 법적 책임이 성립하지 않는다고 봄.

· 〈보기〉의 C에 대한 ㉰의 관점: 제3자 인식 여부와 상관없이 명예훼손·모욕 행위를 하였으므로 가해자로서의 법적 책임이 성립한다고 봄.

🧊 꿀피스 Tip!

▶ 이 문제의 포인트는 인터넷 ID와 관련된 명예훼손·모욕 사건에 대한 대법원과 헌법재판소 판결에 나타난 관점 파악과 〈보기〉의 사례에 대한 정확한 이해에 있어.

▶ 이 문제의 정답을 바르게 고르기 위해서 파악했어야 하는 요소가 몇 가지 있는데, 먼저 대법원(㉮)의 판시를 헌법재판소가 수용했다는 내용의 의미를 이해했느냐 여부이지. 이 말은 대법원의 결정과 헌법재판소의 결정이 일치한다는 말이잖아. 헌법재판소의 최종 결정은 당연히 '다수 의견(㉯)'이겠지? 즉 ㉮와 ㉯는 동일한 입장이라는 거지. 이것만 파악했어도 정답을 훨씬 쉽게 찾을 수 있었을 거야.

▶ 지문에서는 ㉮와 ㉯가 다른 입장인 듯 살짝 위장하고 있지. 하지만 같은 내용이야. ㉮의 판시에서는 실명을 거론한 경우, 실명을 거론하지 않았더라도 그 사람이 누구인지를 제3자가 알 수 있는 경우에 대해 언급하고 있지? 그리고 ㉯에서는 인터넷 ID만을 알 수 있는 경우, 즉 실명을 거론하지 않았고 그 사용자가 누구인지 제3자가 알 수 없는 경우에 대해 언급하고 있잖아. (겹치는 경우가 아니야.) 즉 ㉮와 ㉯는 실명을 거론한 경우와 실명을 거론하지 않았어도 제3자가 알 수 있는 경우에는 가해자로서 법적 책임이 성립한다고 보고, 실명을 거론하지 않았고 제3자가 알 수 없는 경우에는 가해자로서 법적 책임이 성립하지 않는다고 보는 것이겠지?

▶ 다음 요소는 헌법재판소 소수 의견(㉰)을 바르게 파악했느냐 여부야. 이걸 제대로 파악하지 못했다면 ③, ④, ⑤ 선지가 모두 함정이 될 수 있어. '제3자의 인식 여부가 법적 책임의 근거가 될 수 없다'는 의견의 맥락을 잘 봐야 해. ㉮와 ㉯의 입장에서 실명을 거론하지 않은 경우에 법적 책임의 성립 여부는 제3자가 그 ID의 사용자를 알 수 있느냐에 따라 달라지거든? 그런데 ㉰는 그렇게 보지 않는다는 거지. 그렇다면 ㉰는 법적 책임의 근거를 무엇으로 보느냐를 파악해야겠지? 바로 앞에 단서가 있네. '인터넷 ID는 가상 공간에서 성명과 같은 기능을 하'는 것으로 보겠다는 거지. 3문단에서 인터넷 ID의 명예 주체성을 인정하지 않는 입장에서는 인터넷 ID가 현실에서의 성명과 달리 그 사용자인 개인과 동일시될 수 없다고 본다고 했지? 그럼 인터넷 ID를 성명으로 본다는 의미가 뭐겠어? 그 사용자와 인터넷 ID를 동일시한다는 거잖아. 즉 ㉰는 제3자의 인식 여부와 상관없이 인터넷 ID로 명예훼손이나 모욕 행위를 했다면 가해자로서 법적 책임이 성립한다는 입장인 거야.

▶ 마지막 요소는 〈보기〉의 사례를 위의 두 요소와 관련하여 파악했느냐 여부야. ㉮~㉰의 입장이 나뉘는 지점이 어딘지 기억하고 있지? 실명의 거론 여부, 실명이 거론되지 않은 경우 제3자의 인식 가능 여부, 제3자 인식 여부와 상관없이 명예훼손이나 모욕 행위를 했느냐 여부를 가려 내야 해. 〈보기〉 아래를 보니 '# ~ #'는 모두 명예를 훼손하거나 모욕을 주

는 표현이래. 자, 벌써 한 가지는 확실하지. ㉰는 a, b, c 모두 가해자로서 법적 책임이 성립한다고 보겠지? 다음으로 실명 거론 여부를 보면 b가 실명 'A'를 거론하고 있네. 그렇다면 ㉮, ㉯는 가해자로서 법적 책임이 성립한다고 볼 거야. 그리고 실명이 거론되지 않은 경우를 보면 a, c의 댓글이지. 그런데 □□ 전시관에서 물고기 관리를 하는 사람은 B 혼자이고 전시관 누리집에 직무별로 담당자가 공개되어 있다고 단서를 주고 있잖아? a의 댓글에 실명이 거론되지 않았어도 b가 누구인지 제3자가 충분히 알아낼 수 있는 상황이야. 따라서 ㉮, ㉯는 가해자로서 법적 책임이 성립한다고 볼 거야. 마지막으로 c는 인터넷 ID인 a만 언급하였는데 a의 사용자가 A임을 알 수 있는 단서는 제시되어 있지 않으니 실명이 거론되지 않고 제3자가 알 수 없는 경우겠지? 따라서 ㉮, ㉯는 가해자로서 법적 책임이 성립하지 않는다고 볼 거야. a, b, c가 ID라는 걸 헷갈리지만 않는다면 충분히 판단 가능해!

04 어휘의 의미 파악   답 ③

선지별 선택 비율	①	②	③	④	⑤
화작	2%	2%	92%	2%	2%
언매	1%	1%	96%	1%	1%

문맥상 ⓐ~ⓔ와 바꿔 쓰기에 가장 적절한 것은?

😊 정답 띵! 동!

③ ⓒ: 표출(表出)된다고

| ⓒ의 '나타나다' '어떤 일의 결과나 징후가 겉으로 드러나다.'의 의미
| '표출되다' '겉으로 나타나다.'의 의미 → ⓒ와 바꿔 쓰기에 적절함.

😞 오답 띵!

① ⓐ: 완성(完成)된다고

| ⓐ의 '이루어지다' '몇 가지 부분이나 요소가 모여 일정한 성질이나 모양을 가진 존재가 되다.'의 의미
| '완성되다' '완전히 다 이루어지다.'의 의미

② ⓑ: 요청(要請)하여

| ⓑ의 '불러내다' '불러서 밖으로 나오게 하다.'의 의미
| '요청하다' '필요한 어떤 일이나 행동을 청하다.'의 의미

④ ⓓ: 기만(欺瞞)하고

| ⓓ의 '감추다' '어떤 사실이나 감정 따위를 남이 모르게 하다.'의 의미
| '기만하다' '남을 속여 넘기다.'의 의미

⑤ ⓔ: 확충(擴充)되는

| ⓔ의 '넘쳐 나다' '일정한 정도를 훨씬 넘다.'의 의미
| '확충되다' '늘어나고 넓어져서 충실하게 되다.'의 의미

사회 02
2025학년도 9월 평가원

01 ④　02 ④　03 ③
04 ①

재판매 가격 유지 행위 및 부당 광고의 규제

🔄 **EBS 연결 고리**
2025학년도 EBS 수능특강 독서 124쪽 〈재판매 가격 유지 행위의 금지〉에서 '재판매 가격 유지 행위의 개념, 재판매 가격 유지 행위를 허용하는 경우' 관련 내용 연계

해제 이 글은 사업자의 불공정한 거래 행위와 부당한 광고에 대한 규제에 대해 설명하고 있다. 먼저 공정거래위원회가 '공정거래법'을 통해 사업자가 거래 상대방 사업자나 그다음 거래 사업자에게 거래 가격을 강제하거나 그 가격대로 판매 · 제공하도록 기타 구속 조건을 붙여 거래하는 재판매 가격 유지 행위를 원칙적으로 금지하고 있음을 밝힌 다음, '표시광고법'을 통해 소비자를 속이거나 오인하게 할 우려가 있는 거짓 · 과장 광고, 기만 광고를 금지하고 있음을 설명하였다. 특히 최근 추천 · 보증과 이용후기를 활용한 인터넷 광고가 늘면서 부당 광고 심사 기준이 중요해졌는데 이와 관련하여 추천 · 보증 광고와 이용후기 광고의 심사 지침을 제시하였다.

주제 사업자의 재판매 가격 유지 행위와 부당한 광고에 대한 규제

짜임

1문단	사업자의 불공정한 거래 행위와 부당한 광고를 규제하는 공정거래위원회
2문단	공정거래법에 의한 사업자의 재판매 가격 유지 행위 금지
3문단	재판매 가격 유지 행위를 금지하는 이유와 허용되는 경우
4문단	표시광고법에 의한 부당한 광고 금지
5문단	추천 · 보증 광고의 심사 기준
6문단	이용후기 광고의 심사 기준

1문단 공정거래위원회는 시장 경쟁을 촉진하고 소비자 주권을 확립하기 위해, 사업자의 불공정한 거래 행위와 부당한 광고를 규제한다. 이를 위해 '공정거래법'과 '표시광고법'을 활용한다.

2문단 '공정거래법'은 사업자의 재판매 가격 유지 행위를 원칙적으로 금지한다. ㉠재판매 가격 유지 행위란 사업자가 상품 · 용역을 거래할 때 거래 상대방 사업자 또는 그다음 거래 단계별 사업자에게 거래 가격을 정해
[02-⑤] 재판매 가격 유지 행위의 개념 - 사업자와 사업자 간에 일어나는 행위
그 가격대로 판매 · 제공할 것을 강제하거나 그 가격대로 판매 · 제공하도록 그 밖의 구속 조건을 ⓐ붙여 거래하는 행위이다. 이때 거래 가격에는 재판매 가격, 최고 가격, 최저 가격, 기준 가격이 포함된다. 권장 소비자 가격이라도 강제성이 있다면 재판매 가격 유지 행위에 해당한다.

3문단 재판매 가격 유지 행위는 사업자의 가격 결정의 자유, 즉 영업의 자유를 제한하고 사업자 간 가격 경쟁을 제한한다. 유통 조직의 효율성도
[01-②] [02-②] 재판매 가격 유지 행위의 문제점 및 금지의 이유
저하시킨다. 재판매 가격 유지 행위를 하는 사업자는 형사 처벌은 받지 않지만 시정명령이나 과징금 부과 대상이 될 수 있다. 다만, '공정거래법'에
[01-①] 재판매 가격 유지 행위에 대한 제재
따라 공정거래위원회가 고시하는 출판된 저작물은 금지 대상이 아니다.
[01-⑤] 재판매 가격 유지 행위가 허용되는 경우 ①
또 경쟁 제한의 폐해보다 소비자 후생 증대 효과가 큰 경우 등 정당한 이
[02-①] [03-③] 재판매 가격 유지 행위가 허용되는 경우 ②
유가 있으면 재판매 가격 유지 행위가 허용되는데, 그 이유는 사업자가 입
[01-③] 재판매 가격 유지 행위 허용을 위한 입증 책임
증해야 한다.

4문단 '표시광고법'은 소비자를 속이거나 오인하게 할 우려가 있는 부당한 광고를 금지한다. 광고는 표현의 자유와 영업의 자유로 보호받는다. 하
[02-③] 광고를 할 때 보호받는 것
지만 사실과 다르거나 사실을 지나치게 부풀리는 거짓 · 과장 광고, 사실
[01-①] [03-②] 거짓 광고 등 부당한 광고 행위에 대한 제재
을 은폐하거나 축소하는 기만 광고를 금지한다. 이를 위반한 사업자는 시정명령이나 과징금 부과 또는 형사 처벌 대상이 될 수 있다.

5문단 추천 · 보증과 이용후기를 활용한 인터넷 광고가 늘면서 부당 광고 심사 기준이 중요해졌다. 공정거래위원회의 '추천 · 보증 광고 심사 지침', '인터넷 광고 심사 지침'에 따르면 추천 · 보증은 사업자의 의견이 아니라 제3자의 독자적 의견으로 인식되는 표현으로서, 해당 상품 · 용역의 장점을 알리거나 구매 · 사용을 권장하는 것이다. 경험적 사실을 근거로 추천 · 보증을 할 때는 실제 사용해 봐야 하고 추천 · 보증을 하는 내용이
[01-④] 경험적 사실을 바탕으로 한 추천·보증 광고의 요건
경험한 사실에 부합해야 부당한 광고로 제재받지 않는다. 전문적 판단을 근거로 추천 · 보증을 할 때는 그 내용이 해당 분야의 전문적 지식에 부합
[01-④] 전문적 판단을 근거로 한 추천·보증 광고의 요건
해야 한다. 추천 · 보증이 광고에 활용되면서 추천 · 보증을 한 사람이 사
[03-④] 대가를 받은 추천·보증 게시물의 요건
업자로부터 현금 등의 대가를 지급받는 등 경제적 이해관계가 있다면 해당 게시물에 이를 명시해야 한다.

6문단 위의 두 심사 지침에서 말하는 ㉡이용후기 광고란 사업자가 자사 홈페이지 등에 게시된 소비자의 상품 이용후기를 활용해 광고하는 것이
[02-④, ⑤] 이용후기 광고의 개념 – 사업자가 개입함.
다. 사업자는 자신에게 유리한 이용후기는 광고로 적극 활용한다. 반면 사업자는 자신에게 불리한 이용후기는 비공개하거나 삭제하기도 하는데, 합
[03-①] 이용후기 광고가 부당한 광고가 되는 경우
리적 이유가 없다면 이는 부당한 광고가 될 수 있다. 사업자는 자신에게 불리한 이용후기의 게시자를 인터넷상 명예훼손죄로 고소하기도 한다. 이
[03-⑤] 사업자에게 불리한 이용후기에 명예훼손죄가 성립하지 않는 경우
때 이용후기가 객관적 내용으로 자신의 사용 경험에 바탕을 두고 다른 이용자에게 도움을 주려는 등 공공의 이익에 관한 것으로 인정받는다면, 게시자의 비방할 목적이 부정되어 명예훼손죄가 성립하지 않는다.

01 세부 정보의 파악
답 ④

선지별 선택 비율	①	②	③	④	⑤
화작	2%	3%	3%	82%	7%
언매	1%	1%	1%	92%	3%

윗글을 통해 알 수 있는 내용으로 적절하지 않은 것은?

😊 **정답 띡! 돋!**

④ 경험적 사실을 바탕으로 한 추천 · 보증은 심사 지침에 따라 ~~해당 분야의 전문적 지식에 부합해야~~ 한다.
↳ 실제 사용해 봐야 하고 경험한 사실에 부합해야

ㅣ 5문단 "경험적 사실을 근거로 추천 · 보증을 할 때는 실제 사용해 봐야 하고 추천 · 보증을 하는 내용이 경험한 사실에 부합해야 부당한 광고로 제재받지 않는

다. 전문적 판단을 근거로 추천·보증을 할 때는 그 내용이 해당 분야의 전문적 지식에 부합해야 한다."

오답 땡!

① 부당한 광고 행위에 대해서는 재판매 가격 유지 행위와 달리 형사 처벌이 내려질 수 있다.
→ 시정명령이나 과징금이 부과될 뿐, 형사 처벌은 받지 않음.

| 3문단 "재판매 가격 유지 행위를 하는 사업자는 형사 처벌은 받지 않지만 시정 명령이나 과징금 부과 대상이 될 수 있다."

| 4문단 "'표시광고법'은 소비자를 속이거나 오인하게 할 우려가 있는 부당한 광고 를 금지한다. ~ 사실과 다르거나 사실을 지나치게 부풀리는 거짓·과장 광고, 사실을 은폐하거나 축소하는 기만 광고(=부당한 광고)를 금지한다. 이를 위반한 사업자는 시정명령이나 과징금 부과 또는 형사 처벌 대상이 될 수 있다."

| 뭔말?
· 재판매 가격 유지 행위: 시정명령이나 과징금 부과 ○, 형사 처벌 ×
· 부당한 광고: 시정명령이나 과징금 부과 ○, 형사 처벌 ○

② 거래 단계별 사업자에게 거래 가격을 강제하는 것은 유통 조직의 효율성 저하를 초래한다.
→ =재판매 가격 유지 행위

| 2문단 "재판매 가격 유지 행위란 사업자가 상품·용역을 거래할 때 거래 상대방 사업자 또는 그다음 거래 단계별 사업자에게 거래 가격을 정해 그 가격대로 판 매·제공할 것을 강제하거나 그 가격대로 판매·제공하도록 그 밖의 구속 조건 을 붙여 거래하는 행위이다." → 재판매 가격 유지 행위의 개념

| 3문단 "재판매 가격 유지 행위는 ~ 유통 조직의 효율성도 저하시킨다."
→ 재판매 가격 유지 행위의 문제점

| 뭔말?
· 사업자가 거래 단계별 사업자에게 거래 가격을 강제하는 것은 재판매 가격 유지 행위에 해당함.
· 재판매 가격 유지 행위의 문제점 중 하나가 유통 조직의 효율성 저하임.

③ 재판매 가격 유지 행위의 정당성을 인정받고자 하는 사업자(재판매 가격 유지 행위를 허용받고자 하는 사업자)는 그 행위의 정당성을 입증할 책임을 진다.

| 3문단 "경쟁 제한의 폐해보다 소비자 후생 증대 효과가 큰 경우 등 정당한 이유 가 있으면(재판매 가격 유지 행위가 허용되는 경우) 재판매 가격 유지 행위가 허용되 는데, 그 이유는 사업자가 입증해야 한다(재판매 가격 행위의 정당성을 입증할 책임은 그 정당성을 인정받고 싶은 사업자에게 있음.)."

⑤ 공정거래위원회가 고시하는 출판된 저작물의 사업자는 거래 상대방 사업 자에게 기준 가격을 지정할 수 있다.
→ =재판매 가격 유지 행위를 허용함.

| 2문단 "'공정거래법'은 사업자의 재판매 가격 유지 행위를 원칙적으로 금지 ~ 재판매 가격 유지 행위란 사업자가 상품·용역을 거래할 때 거래 상대방 사업 자 또는 그다음 거래 단계별 사업자에게 거래 가격을 정해(=기준 가격 지정) 그 가 격대로 판매·제공할 것을 강제"

| 3문단 "다만, '공정거래법'에 따라 공정거래위원회가 고시하는 출판된 저작물은 금지 대상이 아니다.(재판매 가격 유지 행위를 금지하지 않는 경우)"

| 뭔말?
· 재판매 가격 유지 행위는 거래 상대방 사업자에게 기준 가격을 지정하는 행위임.
· 공정거래위원회가 고시하는 출판된 저작물은 재판매 가격 유지 행위를 금지하 는 대상이 아님. = 거래 상대방 사업자에게 기준 가격을 지정할 수 있음.

선지별 선택 비율	①	②	③	④	⑤
화작	5%	20%	11%	58%	4%
언매	4%	13%	7%	71%	2%

㉠, ㉡에 대한 이해로 가장 적절한 것은?

정답 띡! 동!

④ ㉡은 사업자가 자사의 홈페이지에 직접 작성해서 게시한 이용 후기를 광 고로 활용하는 것을 포함하지 않는다.
→ 소비자가 작성한 이용후기가 아니기 때문임.

| 6문단 "㉡이용후기 광고란 사업자가 자사 홈페이지 등에 게시된 소비자의 상품 이용후기를 활용해 광고하는 것(= 소비자가 상품을 이용하고 쓴 후기를 사업자가 광고에 활용하는 것)이다."

| 뭔말?
· ㉡: 소비자가 작성한 상품 이용후기를 활용한 광고
· 사업자 자신이 직접 작성한 이용후기를 광고로 활용하는 것은 ㉡이 아님.

오답 땡!

① ㉠은 소비자 후생 증대 효과가 시장 경쟁 제한의 폐해보다 ~~작은~~ 경우에 허 용된다.
→ 큰

| 3문단 "경쟁 제한의 폐해보다 소비자 후생 증대 효과가 큰 경우 등 정당한 이유 가 있으면 재판매 가격 유지 행위가 허용되는데, 그 이유는 사업자가 입증해야 한다."

| 뭔말?
· ㉠(재판매 가격 유지 행위): 경쟁 제한의 폐해보다 소비자 후생 증대 효과가 크 면 허용 ○ → 경쟁 제한의 폐해보다 소비자 후생 증대 효과가 작으면 허용 ×

② ㉠을 '공정거래법'에서 금지하는 목적은 사업자의 가격 결정의 자유를 ~~제 한하기~~ 위한 것이다.
→ 제한하지 못하도록 하기

| 3문단 "재판매 가격 유지 행위는 사업자의 가격 결정의 자유, 즉 영업의 자유를 제한하고 사업자 간 가격 경쟁을 제한한다."
→ 재판매 가격 유지 행위를 금지하는 목적은 이런 문제점을 해결하기 위한 것임.

| 뭔말?
· ㉠은 사업자의 가격 결정의 자유를 제한함.
· ㉠을 금지하는 목적: 사업자의 가격 결정의 자유를 제한하지 못하도록 하기 위 함. = 사업자의 가격 결정의 자유를 보호하여 사업자 간 가격 경쟁이 제한되지 않도록 하기 위함.

③ ㉡을 할 때 사업자는 영업의 자유를 보호받지만 ~~표현의 자유는 보호받지 못한다.~~
→ 표현의 자유도 보호받음.

| 4문단 "광고는 표현의 자유와 영업의 자유로 보호받는다."

| 뭔말?
· ㉡도 광고에 포함되므로 영업의 자유, 표현의 자유 모두 보호받음.

⑤ ㉠은 사업자와 ~~소비자~~ 간에, ㉡은 ~~소비자와 소비자 간에 직접~~ 일어나는 행 위이다.
→ 사업자　　　→ 직접 ×, 사업자가 개입함.

| 6문단 "㉡이용후기 광고란 사업자가 자사 홈페이지 등에 게시된 소비자의 상품
이용후기를 활용해 광고하는 것이다."

| 뭔말?

· ㉠: 사업자가 거래 상대방 사업자나 그다음 거래 단계별 사업자에게 하는 행위
→ 사업자와 소비자 간에 일어나는 것 ×

· ㉡: 사업자가 소비자가 쓴 상품 이용후기를 활용해 하는 광고 → 중간에 사업자
가 개입하므로 소비자와 소비자 간에 직접 일어나는 것 ×

03 구체적 사례에의 적용   답 ③

선지별 선택 비율	①	②	③	④	⑤
화작	1%	4%	88%	4%	2%
언매	1%	2%	94%	1%	1%

윗글을 바탕으로 〈보기〉를 이해한 내용으로 적절하지 않은 것은? [3점]

┌─── 보기 ───┐

A 상품 제조 사업자인 갑은 거래 상대방 사업자에게 특정 판매 가
격을 지정해 거래(재판매 가격 유지 행위)했다. 갑의 회사 홈페이지에 A 상
품에 대한 이용후기가 다수 게시되었다. 갑은 그중 A 상품의 품질 불
량을 문제 삼은 이용후기 200개를 삭제(부당한 광고 행위)하고, 박○○ 교
수팀이 A 상품을 추천·보증한 광고를 게시했다. 광고 대행사 직원
을은 A 상품의 효능이 뛰어나다는 후기를 갑의 회사 홈페이지에 게시
했다. 소비자 병은 A 상품을 사용하며 발견한 하자(물건 등의 깨지거나 잘
못된 부분)를 찍은 사진과 품질이 불량하다는 글을 갑의 회사 홈페이지
에 게시했다. 갑은 병을 명예훼손죄(게시자의 사업자 비방 목적이 인정될 때 성
립)로 처벌해 달라며 수사 기관에 고소했다.

└──────────┘

😊 정답 띵!동!

③ 갑이 거래 상대방에게 판매 가격을 지정하며 이를 준수하도록 부과한 조
건에 대해 정당성을 인정받지 못했더라도 그 가격이 권장 소비자 가격이
었다면 갑은 ~~제재를 받지 않겠군.~~
                └→ 제재를 받음.
        → 권장 소비자 가격이어도 정당성을 인정받아야 그 가격을 지정해 판매하도록 할 수 있음.

| 2문단 "권장 소비자 가격이라도 강제성이 있다면 재판매 가격 유지 행위에 해당
한다."

| 3문단 "재판매 가격 유지 행위를 하는 사업자는 ~ 시정명령이나 과징금 부과
(제재) 대상이 될 수 있다. ~ 경쟁 제한의 폐해보다 소비자 후생 증대 효과가 큰
경우 등 정당한 이유가 있으면 재판매 가격 유지 행위가 허용"

| 뭔말?

· 정당한 이유가 있어야 재판매 가격 유지 행위가 허용됨.

· 권장 소비자 가격이라도 정당성을 인정받지 못했다면 거래 상대방에게 판매 가
격을 지정하여 준수하도록 할 수 없음.

· 따라서 재판매 가격 유지 행위를 한 갑은 제재를 받음.

☹️ 오답 땡!
                  → 합리적 이유 X
① 갑이 A 상품의 품질 불량을 은폐하기 위해 자신에게 불리한 이용후기를
삭제하는 대신 비공개 처리하는 것도 부당한 광고에 해당하겠군.
          └→ 삭제, 비공개 모두 부당한 광고임.

| 6문단 "사업자(갑)는 자신에게 불리한 이용후기는 비공개하거나 삭제(예 갑이 회사
홈페이지에서 A 상품의 품질 불량을 문제 삼은 이용후기 200개를 삭제한 것)하기도 하는
데, 합리적 이유가 없다면 이는 부당한 광고가 될 수 있다."

| 뭔말?

· 이용후기 광고가 부당한 광고가 되는 경우: 사업자가 합리적 이유 없이 자신에
게 불리한 이용후기를 비공개하는 것, 삭제하는 것

· 갑이 자신에게 불리한 이용후기를 삭제하는 대신 비공개 처리해도 부당한 광고
에 해당함.

② 갑이 박○○ 교수팀이 A 상품을 실험·검증하고 우수성을 추천·보증했
다고 광고했으나 해당 실험이 진행된 적이 없다면 갑은 부당한 광고 행위
로 제재를 받겠군.   → 사실과 다른 내용을 광고함.

| 4문단 "사실과 다르거나 사실을 지나치게 부풀리는 거짓·과장 광고, 사실을 은
폐하거나 축소하는 기만 광고를 금지한다. 이를 위반한 사업자는 시정명령이나
과징금 부과 또는 형사 처벌 대상이 될 수 있다."

| 뭔말?

· 사실과 다른 거짓 광고는 금지되고, 이를 위반한 경우 처벌됨.

· A 상품의 우수성을 검증하는 실험을 한 적이 없다면, 박○○ 교수팀이 A 상품을
실험·검증해 우수성을 추천·보증했다고 한 광고는 거짓 광고에 해당함.

· 따라서 갑은 부당한 광고 행위로 제재를 받음.

                    → 경제적 이해관계
④ 을이 갑으로부터 금전을 받고 갑의 회사 홈페이지에 A 상품의 장점을 알
리는 이용후기를 게시했다면 대가성이 있었다는 사실을 명시해야겠군.

| 5문단 "추천·보증이 광고에 활용되면서 추천·보증을 한 사람(A 상품의 효능이
뛰어나다는 후기를 갑의 회사 홈페이지에 게시한 광고 대행사 직원 '을')이 사업자(갑)로부
터 현금 등의 대가를 지급받는 등 경제적 이해관계가 있다면 해당 게시물에 이
를 명시해야 한다."

⑤ 병이 A 상품을 직접 사용해 보고 그 상품의 결점을 제시하면서 다른 소비
자들에게 도움을 주려는 취지로 이용후기를 게시한 점이 인정된다면(공공
의 이익에 관한 것으로 인정받는다면) 명예훼손죄가 성립되지 않겠군.

| 6문단 "사업자는 자신에게 불리한 이용후기의 게시자를 인터넷상 명예훼손죄로
고소하기도 한다.(게시자가 사업자를 비방할 목적으로 이용후기를 썼다고 보았기 때문) 이
때 이용후기가 객관적 내용으로 자신의 사용 경험에 바탕을 두고 다른 이용자
(소비자)에게 도움을 주려는 등 공공의 이익에 관한 것으로 인정받는다면, 게시
자의 비방할 목적이 부정되어 명예훼손죄가 성립하지 않는다."

| 뭔말?

· 사업자에게 불리한 이용후기 게시자에 대한 명예훼손죄가 성립하지 않는 경우:
자신의 사용 경험을 바탕으로 한 객관적 내용, 다른 이용자에게 도움을 주려는
등 공공의 이익 목적

· 소비자 병이 A 상품을 사용하며 알게 된 결점에 관해 다른 소비자들에게 도움을
주려는 취지로 이용후기를 작성한 것이 인정됨. → 소비자 병은 명예훼손죄가
성립하지 않음.

04 어휘의 의미 파악   답 ①

선지별 선택 비율	①	②	③	④	⑤
화작	95%	1%	1%	1%	1%
언매	96%	1%	1%	1%	1%

@와 문맥상 의미가 가장 가까운 것은?

① 그는 내 의견에 본인의 견해를 **붙여** 발언을 이어 갔다.

| @와 ①의 '붙이다' '조건, 이유, 구실 따위를 딸리게 하다.'의 의미

② 나는 수영에 재미를 **붙여** 수영장에 다니기로 결정했다.

| '어떤 감정이나 감각을 생기게 하다.'의 의미

③ 그는 따뜻한 바닥에 등을 **붙여** 잠깐 동안 잠을 청했다.

| '신체의 일부분을 어느 곳에 대다.'의 의미

④ 나는 알림판에 게시물을 **붙여** 동아리 행사를 홍보했다.

| '맞닿아 떨어지지 않게 하다.'의 의미

⑤ 그는 숯에 불을 **붙여** 고기를 배부를 만큼 구워 먹었다.

| '불을 일으켜 타게 하다.'의 의미

기업 경영에서의 과두제적 경영

🔖 EBS 연결 고리
2025학년도 EBS 수능특강 독서 286쪽 〈과두제의 철칙〉에서 '과두제' 관련 내용 연계

해제 이 글은 기업 운영에서 나타나는 과두제적 경영에 대해 설명하고 있다. 모든 주주가 경영진이 되어 상호 협력 관계를 기반으로 의사 결정권도 균등하게 행사하며 기업을 운영하는 것을 '공동체적 경영'이라고 한다. 그런데 기업의 규모가 커지면 소수의 의사 결정에 따른 수직적 경영으로 효율성을 지향하는 '과두제적 경영'으로 나아가기도 한다. 과두제적 경영은 전문성과 경험을 갖춘 소수의 경영진이 강한 결속력을 가지고 실질적 권한과 정보를 독점하며 기업을 운영하는 것이다. 이런 경영은 기업 전략의 장기적 수립과 첨단 핵심 기술의 개발에 유리한 면이 있다. 또한 위기 상황에서 신속한 의사 결정을 할 수 있다는 장점이 있다. 그러나 정보와 권한이 집중된 소수 경영진의 사익 추구로 다수 주주의 이익이 침해될 수 있는데, 경영 성과를 실제보다 부풀려 투자를 유치한 뒤 주주들에게 큰 손해를 입히거나, 기업 운영에 중대한 영향을 주는 정보를 은폐, 조작하여 발표함으로서 기업의 가치에 타격을 입히는 문제가 발생할 수 있다. 이러한 문제점을 완화하기 위해 기업이 경영자와 계약을 체결하여 경제적 이익을 동기로 부여하는 방안이 있다. 또한 경영 공시 제도, 사외 이사 제도와 같은 공적 제도들을 통해 과두제적 경영의 폐해를 방지할 수도 있다.

주제 과두제적 경영의 장단점 및 과두제적 경영의 단점을 보완하는 방안

짜임

1문단	조직 운영에서 보이는 현상인 '과두제' 소개
2문단	공동체적 경영과 과두제적 경영의 차이점
3문단	과두제적 경영의 개념과 장점
4문단	과두제적 경영으로 나타날 수 있는 폐해
5문단	과두제적 경영의 문제점을 완화하기 위한 방안
6문단	과두제적 경영의 폐해를 방지하는 기능을 하는 공적 제도들

1문단 정당과 같은 정치 조직이 민주적 방식과 절차로 운영되어야 하는 것은 당연하다. 그런데 민주적 운영 체제를 갖추었으면서도 실제로는 일부 소수에게 권력이 집중되어 있는 경우도 적지 않다. 조직 운영에서 보이는 이러한 현상을 흔히 과두제라 한다. 이는 정치 조직에서뿐만 아니라 기업 경영에서도 나타난다.

2문단 모든 주주가 경영진을 이루어 상호 협력 관계를 기반으로 기업을
[04-④] 공동체적 경영의 개념과 특징 - 수평적 의사 결정 구조
운영하며 의사 결정권도 균등하게 행사하는 경우에 이를 '공동체적 경영'이라 부르기도 한다. 이런 기업에서 경영진은 모두 업무와 관련하여 전문
[04-②, ⑤] 공동체적 경영에서 경영진의 특징과 역할
성을 가지며, 경영 수익에 관련된 중요한 사항은 주주들이 공동으로 결정한다. 그러나 기업의 규모가 성장하고 사업이 다양해지면, 소수의 의사 결정에 따른 수직적 경영으로 효율성을 지향하는 '과두제적 경영'으로 나아
[02-①] [04-④, ⑤] '과두제적 경영'의 특징 – 소수에 의한 수직적 경영
가는 일도 있다.

3문단 과두제적 경영은 소수의 경영자로 이루어진 경영진이 강한 결속
[01-①] [02-②] [04-③] '과두제적 경영'의 개념과 특징

력을 가지면서 실질적 권한과 정보를 독점하며 기업을 운영하는 것을 말한다. 이런 체제는 전문성과 경험을 갖춘 경영진을 중심으로 안정적 경영 [01-①] [02-②, ③] [04-⑤] '과두제적 경영'의 장점 ①
권이 확보될 수 있도록 하여, 기업 전략을 장기적으로 수립하고, 이에 맞춰 과감하고 지속적인 투자를 할 수 있어서 첨단 핵심 기술의 개발에도 유리한 면이 있다. 그리고 기업과 경영진 간의 높은 일체성은 위기 상황에서 [01-①] '과두제적 경영'의 장점 ②
신속한 의사 결정으로 효율적인 대처를 하는 데 도움을 주기도 한다.

4문단 그런데 대체로 주주의 수가 많으면 개별 주주의 결정권은 약하고, 소수의 경영진이 기업을 장악하는 힘은 크다. 이를 이용하여 정보와 권한이 집중된 소수의 경영진이 사익에 치중하면 다수 주주의 이익이 침해되 [01-①] [02-⑤] [04-①] '과두제적 경영'의 단점
는 폐해가 나타날 수 있다. 경영 성과를 실제보다 부풀려 투자를 유치한 [02-④] '과두제적 경영'의 폐해 사례 ①
뒤 주주들에게 회복하기 어려운 손해를 입히는 경우도 있으며, 기업 운영에 중대한 영향을 미치는 주요 정보들을 은폐하거나 경영 상황을 조작하 [04-①] '과두제적 경영'의 폐해 사례 ②
여 발표함으로써 결과적으로 기업의 가치에 심각한 타격을 주는 사례도 종종 보게 된다.

5문단 이러한 문제점을 완화하기 위해 기업이 경영자와 계약을 체결하여 급여 이외의 경제적 이익을 동기로 부여하는 방안이 있다. 예를 들면, [01-①] '과두제적 경영'에 대한 보완책 ① - 경영자에게 경제적 이익 부여
일정 수량의 주식을 계약 시에 정한 가격으로 미래에 매수할 수 있도록 하 [03-①, ②] 경제적 이익을 동기로 부여하는 방안 ① - 스톡옵션의 권리 부여
는 스톡옵션의 권리를 경영자에게 부여하는 방식이 있다. 이 권리를 행사할지 말지는 자유이고, 경영자는 매수 시점을 유리하게 선택할 수 있다. [03-①, ②] 스톡옵션의 장점 - 경제적 이익을 고려해 매수 시점 선택 가능
또 아직 우리나라에 도입되지는 않았지만, 기업의 주식 가치가 목표치 이상으로 올랐을 때 경영자가 그에 상응하는 보상을 받는 주식 평가 보상권 [03-①, ②] 경제적 이익을 동기로 부여하는 방안 ② - 주식 가치를 올린 성과에 따른 보상
의 방식도 있다.

6문단 기업 경영의 건전성을 확보하기 위해 마련된 공적 제도들은 과두 [01-①] '과두제적 경영'에 대한 보완책 ② - 공적 제도 마련
제적 경영의 폐해를 방지하는 기능도 한다. 기업의 주식 가치에 영향을 미칠 수 있는 정보 제공을 법적으로 의무화한 경영 공시 제도는 경영 투명성 [03-③] 공적 제도 ① - '경영 공시 제도'의 개념과 목적
을 높이려는 것이다. 이를 통해 경영진과 주주들 간 정보 격차가 줄어들 [03-⑤] '경영 공시 제도'의 효과
수 있다. 기업의 이사회에 외부 인사를 이사로 참여시키도록 하는 사외 이 [03-④] 공적 제도 ② - '사외 이사 제도'의 개념
사 제도는 독단적인 의사 결정을 견제함으로써 폐쇄적 경영으로 인한 정 [03-④, ⑤] '사외 이사 제도'의 효과
보와 권한의 집중을 억제하는 효과를 거둘 수 있다.

01 글의 전개 방식 파악   답 ①

선지별 선택 비율	①	②	③	④	⑤
화작	89%	2%	3%	3%	3%
언매	95%	1%	1%	1%	1%

윗글의 내용 전개 방식으로 가장 적절한 것은?

😊 **정답 띵!동!**

① 대상의 개념과 장단점을 제시하고 보완책을 소개한다.
  └ 과두제적 경영

3문단 "과두제적 경영(대상)은 소수의 경영자로 이루어진 경영진이 강한 결속력을 가지면서 실질적 권한과 정보를 독점하며 기업을 운영하는 것(과두제적 경영의 개념)을 말한다. 이런 체제는 전문성과 경험을 갖춘 경영진을 중심으로 안정적 경영권이 확보(과두제적 경영의 장점 ①)될 수 있도록 하여, 기업 전략을 장기적으로 수립(장점 ②)하고, 이에 맞춰 과감하고 지속적인 투자(장점 ③)를 할 수 있어서 첨단 핵심 기술의 개발에도 유리(장점 ④)한 면이 있다. ~ 위기 상황에서 신속한 의사 결정으로 효율적인 대처를 하는 데 도움(장점 ⑤)을 주기도 한다."

4문단 "정보와 권한이 집중된 소수의 경영진이 사익에 치중하면 다수 주주의 이익이 침해되는 폐해(과두제적 경영의 단점)가 나타날 수 있다."

5문단 "이러한 문제점을 완화하기 위해 기업이 경영자와 계약을 체결하여 급여 이외의 경제적 이익을 동기로 부여하는 방안(보완책 ①)이 있다."

6문단 "기업 경영의 건전성을 확보하기 위해 마련된 공적 제도들(보완책 ②)은 과두제적 경영의 폐해를 방지하는 기능도 한다."

결론! 3문단에서 과두제적 경영의 개념과 장점, 4문단에서 단점, 5문단과 6문단에서 보완책을 제시함.

☹️ **오답 땡!**

② ~~유사한 원리들을~~ 분석하고 이를 ~~하나의 이론으로 통합~~한다.
  └ 원리 X, 조직 운영 방식 O   └ 제시 X

1문단 "조직 운영에서 보이는 이러한 현상을 흔히 과두제라 한다. 이는 정치 조직에서뿐만 아니라 기업 경영에서도 나타난다."

뭔말?

· 유사한 성격의 특정 원리들을 분석한 것이 아니라 과두제적 경영이라는 조직 운영 방식을 분석함.

· 여러 원리를 하나의 이론으로 통합하는 내용은 제시되지 않음.

③ 대립하는 유형을 들어 ~~이론적 근거와 변천 과정~~을 설명한다.
  └ 제시 X

2문단 "모든 주주가 경영진을 이루어 상호 협력 관계를 기반으로 기업을 운영하며 의사 결정권도 균등하게 행사하는 경우에 이를 '공동체적 경영(↔ 과두제적 경영)'이라 부르기도 한다."

뭔말?

· 공동체적 경영과 과두제적 경영이라는 대립적 유형은 제시됨.

· 두 유형에 대한 이론적 근거의 변천 과정은 제시되지 않음.

④ ~~가설을 세우고 그에 대해~~ 현실적인 사례를 들어 가며 검토한다.
  └ 제시 X

4문단 "경영 성과를 실제보다 부풀려 투자를 유치한 뒤 주주들에게 회복하기 어려운 손해를 입히는 경우(과두제적 경영의 폐해를 보여 주는 현실적 사례 ①)도 있으며, 기업 운영에 중대한 영향을 미치는 주요 정보들을 은폐하거나 경영 상황을 조작하여 발표함으로써 결과적으로 기업의 가치에 심각한 타격을 주는 사례(사례 ②)도 종종 보게 된다."

뭔말?

· 소수의 경영진이 사익을 추구하면서 다수 주주의 이익을 침해하는 현실적인 사례를 제시함. → 과두제적 경영의 단점을 설명하기 위한 사례 O

· 가설을 세우고 이를 검토하기 위한 사례 X

⑤ 문제 상황의 근본 원인을 진단하고 ~~해결책에 대한 상반된 입장~~을 해설한다.
  └ 제시 X

│ 4문단 "그런데 대체로 주주의 수가 많으면 개별 주주의 결정권은 약하고, 소수의 경영진이 기업을 장악하는 힘은 크다.(과두제적 경영의 폐해가 나타나는 원인)"

│ 5문단 "이러한 문제점을 완화하기 위해 기업이 경영자와 계약을 체결하여 급여 이외의 경제적 이익을 동기로 부여하는 방안(보완책 ①)이 있다."

│ 6문단 "기업 경영의 건전성을 확보하기 위해 마련된 공적 제도들(보완책 ②)은 과두제적 경영의 폐해를 방지하는 기능도 한다."

│ 뭔말?

· 과두제적 경영의 폐해가 나타나는 원인과 문제점을 완화하기 위한 방안을 설명하였을 뿐, 해결책에 대한 상반된 입장은 제시하지 않음.

02 특정 개념의 의미 파악   답 ⑤

선지별 선택 비율	①	②	③	④	⑤
화작	2%	2%	3%	5%	87%
언매	1%	1%	2%	3%	93%

<u>과두제적 경영</u>에 대한 이해로 적절하지 <u>않은</u> 것은?

정답 띵! 동!

경영진과 다수 주주 사이의 이해가 일치하지 않는 경우 ←┐
⑤ 경영진과 다수 주주 사이의 이해가 일치하는 경우~~에는~~ 그렇지 않은 경우~~보다~~ 기업 가치가 훼손될 위험성이 높아진다.
└→ 에   └→ 보다

│ 4문단 "그런데 대체로 주주의 수가 많으면 개별 주주의 결정권은 약하고, 소수의 경영진이 기업을 장악하는 힘은 크다. 이를 이용하여 정보와 권한이 집중된 <u>소수의 경영진이 사익에 치중하면 다수 주주의 이익이 침해</u>(소수 경영진의 이익과 다수 주주의 이익이 상충함. 즉 경영진과 다수 주주 간 이해가 일치하지 않음.)되는 폐해가 나타날 수 있다. ~ 결과적으로 <u>기업의 가치에 심각한 타격</u>을 주는 사례도 종종 보게 된다."

│ 뭔말?

· 소수 경영진과 다수 주주 사이의 이해가 일치하지 않으면 폐해가 나타날 수 있음. → 이러한 폐해는 기업 가치 훼손의 위험성을 높임.

│ 결론! 경영진과 다수 주주 사이의 이해가 일치하지 않는 경우에 기업 가치 훼손의 위험성이 더 높아짐.

오답 땡!

① 소수의 경영진이 내린 의사 결정이 수직적으로 집행되는 효율성을 추구한다.

│ 2문단 "그러나 기업의 규모가 성장하고 사업이 다양해지면, <u>소수의 의사 결정</u>(소수의 경영진이 내린 의사 결정)에 따른 수직적 경영으로 효율성을 지향하는 '과두제적 경영'으로 나아가는 일도 있다."

│ 3문단 "과두제적 경영은 소수의 경영자로 이루어진 경영진이 강한 결속력을 가지면서 실질적 권한과 정보를 독점하며 기업을 운영하는 것"

② 강한 결속력을 가진 소수의 경영자로 경영진을 이루어 경영권 유지에 강점이 있다.

│ 3문단 "<u>과두제적 경영</u>은 <u>소수의 경영자로 이루어진 경영진이 강한 결속력을 가지면서</u>(강한 결속력을 가진 소수의 경영자가 경영진을 이룸.) 실질적 권한과 정보를 독점하며 기업을 운영하는 것을 말한다. 이런 체제는 전문성과 경험을 갖춘 경영진을 중심으로 안정적 경영권이 확보(소수의 경영진을 중심으로 경영권 유지)될 수 있도록 하여"

③ 경영권이 안정되어 중요 기술 개발에 적극적인 투자를 계속하는 데에 유리하다는 장점이 있다.

│ 3문단 "이런 체제(과두제적 경영)는 전문성과 경험을 갖춘 경영진을 중심으로 안정적 경영권이 확보될 수 있도록 하여, 기업 전략을 장기적으로 수립하고, 이에 맞춰 과감하고(적극적이고) 지속적인(계속적인) 투자를 할 수 있어서 <u>첨단 핵심 기술의 개발</u>(중요 기술 개발)에도 유리한 면이 있다."

④ 경영진이 투자자의 유입을 유도하기 위하여 경영 성과를 부풀릴 위험성이 있어 이에 대비할 필요가 있다.

│ 4문단 "이를 이용하여 정보와 권한이 집중된 소수의 경영진이 사익에 치중하면 다수 주주의 이익이 침해되는 폐해가 나타날 수 있다. 경영 성과를 실제보다 부풀려 투자를 유치(투자자의 유입 유도)한 뒤 주주들에게 회복하기 어려운 손해를 입히는 경우도 있으며."

│ 뭔말?

· 소수의 경영진이 투자 유치를 위해 경영 성과를 부풀림. → 결과적으로 주주들에게 심각한 손해를 입힐 수 있으므로, 대비가 필요함.

03 내용의 추론   답 ②

선지별 선택 비율	①	②	③	④	⑤
화작	17%	63%	9%	8%	3%
언매	12%	75%	6%	5%	2%

윗글을 읽고 추론한 내용으로 적절하지 <u>않은</u> 것은?

정답 띵! 동!

② 스톡옵션은 경영자의 성과 보상에 미래의 주식 가치가 관련된다는 점에서 주식 평가 보상권과 차이가 ~~있다~~.
└→ 없음.

│ 5문단 "일정 수량의 주식을 계약 시에 정한 가격으로 미래에 매수(물건을 사들임.)할 수 있도록 하는 스톡옵션의 권리를 경영자에게 부여하는 방식이 있다. 이 권리를 행사할지 말지는 자유이고, 경영자는 매수 시점을 유리하게 선택할 수 있다. 또 아직 우리나라에 도입되지는 않았지만, 기업의 주식 가치가 목표치 이상으로 올랐을 때 경영자가 그에 상응하는 보상을 받는 주식 평가 보상권의 방식도 있다."

│ 뭔말?

· 스톡옵션의 권리를 가진 경영자: 미래에 주식 가치가 올라가면(경영자의 성과) 권리를 행사하여 경제적 이익(성과에 대한 보상)을 얻을 수 있음.
· 주식 평가 보상권의 방식: 기업의 주식 가치가 목표치 이상 오르면(경영자의 성과) 보상을 받고, 목표치를 넘지 못하면 보상을 받지 못함. → 목표치는 미래의 주식 가치와 관련됨.

│ 결론! 스톡옵션과 주식 평가 보상권 모두 경영자의 성과 보상이 미래의 주식 가치와 관련된다는 공통점이 있음.

오답 땡!

① 스톡옵션의 권리를 가진 경영자는 주식 가격이 미리 정해 놓은 것보다 하락하더라도 손실을 입지 않을 수 있다.

│ 5문단 "예를 들면, 일정 수량의 주식을 계약 시에 정한 가격(미리 정해 놓은 가격)으로 미래에 매수할 수 있도록 하는 스톡옵션의 권리를 경영자에게 부여하는 방

식이 있다. 이 권리를 행사할지 말지는 (경영자의) 자유이고, 경영자는 매수 시점을 유리하게 선택할 수 있다."

| 뭔말?
· 계약 시 정한 가격(미리 정해 놓은 가격)보다 주식 가격이 하락하더라도 스톡옵션의 권리를 가진 경영자가 권리를 행사하지 않으면 손실을 입지 않음.

③ 경영 공시는 주주가 기업 경영 상황을 파악하여 기업 가치를 평가하는 데 유용한 제도가 될 수 있다.

| 6문단 "기업의 주식 가치에 영향을 미칠 수 있는 정보 제공을 법적으로 의무화한 경영 공시(일정한 내용을 공개적으로 게시하여 일반에게 널리 알림.) 제도는 경영 투명성을 높이려는 것이다. 이를 통해 경영진과 주주들 간 정보 격차가 줄어들 수 있다."

| 뭔말?
· 경영 공시: 기업의 주식 가치에 영향을 미칠 수 있는 정보 제공 → 경영진과 주주 사이의 정보 격차 감소
· 경영 공시를 통해 제공받은 정보를 바탕으로 주주는 기업의 경영 상황을 파악하고 기업 가치를 평가할 수 있음.

④ 사외 이사 제도는 기업의 의사 결정에 외부 인사를 참여시켜 경영의 개방성을 높일 수 있는 제도라 평가할 수 있다.

| 6문단 "기업의 이사회(기업의 의사 결정 기구)에 외부 인사를 이사로 참여시키도록 하는 사외 이사 제도는 독단적인 의사 결정을 견제함으로써 폐쇄적 경영(소수 경영진에 의한 과두제적 경영)으로 인한 정보와 권한의 집중을 억제하는 효과를 거둘 수 있다."

| 뭔말?
· 사외 이사 제도: 외부 인사가 이사로 참여 → 독단적인 의사 결정 견제, 폐쇄적 경영으로 인한 정보와 권한의 집중을 억제하는 효과
| 결론! 사외 이사 제도는 외부 인사의 참여를 통해 경영의 개방성을 높임.

⑤ 경영 공시 제도와 사외 이사 제도는 기업의 중요 정보에 대한 경영진의 독점을 완화할 수 있다.

| 6문단 "기업의 주식 가치에 영향을 미칠 수 있는 정보 제공을 법적으로 의무화한 경영 공시 제도는 경영 투명성을 높이려는 것이다. 이를 통해 경영진과 주주들 간 정보 격차가 줄어들 수 있다. 기업의 이사회에 외부 인사를 이사로 참여시키도록 하는 사외 이사 제도는 독단적인 의사 결정을 견제함으로써 폐쇄적 경영으로 인한 정보와 권한의 집중을 억제하는 효과를 거둘 수 있다."

| 뭔말?
· 경영 공시 제도: 기업의 중요 정보를 공시함. → 경영진과 주주들 간의 정보 격차가 줄어듦. → 기업 정보가 경영진에게만 독점되지 않음.
· 사외 이사 제도: 소수의 경영진에게만 정보와 권한이 집중되는 것을 억제함.
| 결론! 경영 공시 제도와 사외 이사 제도는 모두 기업 정보에 대한 경영진의 독점을 완화할 수 있음.

04 구체적 사례에의 적용   답 ①

선지별 선택 비율	①	②	③	④	⑤
화작	39%	7%	26%	12%	16%
언매	49%	5%	20%	9%	17%

윗글을 바탕으로 〈보기〉를 이해한 내용으로 가장 적절한 것은? [3점]

├─ 보기 ├─

X사는 정밀 부품 분야에서 독보적인 기술을 장기간 보유하여 발전시켜 온 기업으로서 시장 점유율도 높다. 원래 X사의 주주들은 모두 함께 경영진이 되어 중요 사항에 대하여 동등한 결정권을 보유(공동체적 경영)하였으나, 기업이 성장하면서 효율성 증진을 위하여 소수의 주주만으로 경영진을 구성(과두제적 경영)하였다. 경영진은 주기적으로 다른 주주들로 교체(과두제적 경영의 보완)되어 전체 주주는 기업의 경영 상태(기업 정보)를 파악할 수 있으며, 경영 이익의 분배와 같은 주요 사항은 전체 주주가 공동으로 의결(소수의 경영진에게 권한이 집중되지 않음.)한다. X사의 주주 A와 B는 회사의 진로에 관하여 다음과 같은 대화를 나누었다.

A: 최근 치열해진 경쟁에 대응하려면, 경영진의 구성원을 변동시키지 않고 경영 결정권도 경영진이 전적으로 행사(완전한 과두제적 경영)하도록 하는 게 좋겠습니다.
B: 시장 점유율도 잘 유지되고 있고 우리 주주들의 전문성도 탁월하니, 예전(공동체적 경영)처럼 회사를 운영한다고 하더라도 문제없을 듯합니다.

😊 정답 띡! 동!

① X사는 주주들 사이의 평등성이 강하여 과도한 정보 격차나 권한 집중과 같은 폐해를 보이지 않는다.
  └→ 주주들 모두가 경영진의 구성원, 동등한 의결권

| 3문단 "과두제적 경영은 소수의 경영자로 이루어진 경영진이 강한 결속력을 가지면서 실질적 권한과 정보를 독점하며 기업을 운영하는 것을 말한다."
| 4문단 "정보와 권한이 집중된 소수의 경영진이 사익에 치중하면 다수 주주의 이익이 침해되는 폐해가 나타날 수 있다. ~ 기업 운영에 중대한 영향을 미치는 주요 정보들을 은폐하거나 경영 상황을 조작하여 발표함으로써 결과적으로 기업의 가치에 심각한 타격을 주는 사례도 종종 보게 된다."
| 〈보기〉"경영진은 주기적으로 다른 주주들로 교체되어(모든 주주들이 돌아가면서 경영진으로 참여) 전체 주주는 기업의 경영 상태를 파악(경영진과 주주들 간의 정보 격차 X)할 수 있으며, 경영 이익의 분배와 같은 주요 사항은 전체 주주가 공동으로 의결(권한의 집중을 억제)한다."

| 뭔말?
· 과두제적 경영: 소수의 경영진에게 실질적 권한과 정보가 집중됨.→ 이로 인해 정보 은폐 등의 폐해가 발생하기도 함.
· 〈보기〉의 X사: 경영진은 주기적으로 다른 주주들로 교체 → 기업 경영에 전체 주주가 참여(= 주주 사이의 평등성이 강함.)
· 전체 주주가 기업의 경영 상태 파악 → 과도한 정보 격차 ✕, 주요 사항은 전체 주주가 공동 의결 → 소수에 권한 집중 ✕

😞 오답 땡!
  └→ 주기적으로 다른 주주들로 교체되는 구조임.
② X사는 현재 경영진이 고정되는 구조로 바뀌었지만 주주가 실적에 대한 이익 분배를 결정할 수 있기 때문에 수직적 경영의 부작용은 나타나지 않는다.
  └→ 과두제적 경영의 폐해

| 〈보기〉"기업이 성장하면서 효율성 증진을 위하여 소수의 주주만으로 경영진을 구성하였다. 경영진은 주기적으로 다른 주주들로 교체되어 전체 주주는 기업의 경영 상태를 파악할 수 있으며, 경영 이익의 분배와 같은 주요 사항은 전체 주주가 공동으로 의결한다."

| 뭔말?
· 경영진은 소수의 주주로만 구성되지만, 주기적 교체를 통해 모든 주주가 경영진이 됨. → 경영진이 고정되는 구조가 아닌 변동되는 구조임.

③ A는 ~~결속력이 강한 소수의 경영진을 중심으로 운영되는 경영 방식을 현행~~ ~~태로 유지하여야~~ 시장의 점유율을 지킬 수 있다고 보는 입장이다.
　└→ 현행 방식을 바꾸어야

| 3문단 "과두제적 경영은 소수의 경영자로 이루어진 경영진이 강한 결속력을 가지면서 ~ 이런 체제(과두제적 경영)는 전문성과 경험을 갖춘 경영진을 중심으로 안정적 경영권이 확보될 수 있도록 하여,"

| 〈보기〉 "소수의 주주만으로 경영진을 구성(현행 방식 ①)하였다. 경영진은 주기적으로 다른 주주들로 교체되어(현행 방식 ②)"

| 〈보기〉의 A "경영진의 구성원을 변동시키지 않고 경영 결정권도 경영진이 전적으로 행사하도록 하는 게 좋겠습니다."

| 뭔말?

· X사의 현행 방식 = 소주의 주주가 경영진 구성 + 경영진의 구성원이 주기적으로 교체 → 전체 주주가 돌아가면서 경영진이 됨.

· 결속력이 강한 고정적인 소수의 경영진을 중심으로 운영되는 경영 방식, 즉 완전한 과두제적 경영은 X사의 현행 방식이 아님.

· A는 현행 방식(경영진의 주기적 교체로 인한 변동)을 경영진을 변동시키지 않는 방식으로 바꾸자고 함. → 현행 방식의 유지 X

④ B는 수평적인 의사 결정 구조로~~와 전환을 최소한으로 하여 효율적 경영을~~ ~~유지해야 한다고~~ 보는 입장이다.
　　　　　　　└→ 전환해도 문제가 없다고

| 2문단 "모든 주주가 경영진을 이루어 상호 협력 관계를 기반으로 기업을 운영하며 의사 결정권도 균등하게 행사(수평적인 의사 결정 구조)하는 경우에 이를 '공동체적 경영'이라 부르기도 한다. ~ 효율성을 지향하는 '과두제적 경영'"

| 〈보기〉 "원래 X사의 주주들은 모두 함께 경영진이 되어 중요 사항에 대하여 동등한 결정권을 보유(예전의 경영 방식)하였으나."

| 〈보기〉의 B "시장 점유율도 잘 유지되고 있고 우리 주주들의 전문성도 탁월하니, 예전(공동체적 경영)처럼 회사를 운영한다고 하더라도 문제없을 듯합니다."

| 뭔말?

· X사는 예전에는 모든 주주가 경영진이 되어 동등한 결정권을 지닌 수평적 의사 결정 구조(공동체적 경영)를 취하였음.

· B는 예전처럼 수평적 의사 결정 구조로 전환해도 괜찮다고 주장함. → 수평적 의사 결정 구조로의 전환을 최소화하자는 것이 아님.

· B가 주장하는 예전 방식, 즉 공동체적 경영은 효율성 지향과 거리가 멂. 효율성 지향은 과두제적 경영에 해당함.

⑤ A와 B는 현재 X사가 경험과 전문성을 바탕으로 ~~안정적인 과두제적 경영~~ ~~을 하고 있다는 전제~~에서 논의를 한다.
　└→ 현재 X사는 경영진이 변동됨. 안정적 X

| 〈보기〉 "소수의 주주만으로 경영진을 구성하였다. 경영진은 주기적으로 다른 주주들로 교체되어 전체 주주는 기업의 경영 상태를 파악할 수 있으며, 경영 이익의 분배와 같은 주요 사항은 전체 주주가 공동으로 의결한다."

| 〈보기〉의 A "경영진의 구성원을 변동시키지 않고 경영 결정권도 경영진이 전적으로 행사하도록 하는 게 좋겠습니다."

| 〈보기〉의 B "우리 주주들의 전문성도 탁월하니, 예전처럼 회사를 운영한다고 하더라도 문제없을 듯합니다."

| 뭔말?

· 현재 X사: 경영진을 주기적으로 다른 주주들로 교체 → 안정적인 과두제적 경영이 아님.

· A는 경영진의 구성원 변동이 없고, 경영 결정권도 전적으로 경영진에게 부여하는 안정적인 과두제적 경영으로 바꾸자고 제안함. → A는 현재 X가 안정적인 과

· 두제 경영을 하고 있지 않다고 전제함.

· B는 주주들의 전문성을 인정하고 있으나 이는 공동체적 경영으로 돌아가자는 주장의 근거임.

꿀피스 Tip!

▶ 이 문제의 포인트는 〈보기〉에 제시된 X사의 경영 방식을 파악하는 것에 있어. X사의 경영 방식에 과두제적 경영과 공동체적 경영의 특징이 섞여 있다는 것을 파악할 수 있느냐가 관건이지. X사의 방식에서 소수의 주주만이 경영진을 이루는 것은 과두제적 경영 방식의 특징이고, 경영진이 다른 주주들로 계속 교체되어 전체 주주가 기업 경영에 참여하게 되는 것은 공동체적 경영의 특징인 거지. 이 문제의 함정은 바로 여기에 있어. X사의 경영 방식이 과두제적 경영 같지만 완벽한 과두제적 경영은 아니라는 거야. (경영진의 구성원 교체를 통해 과두제적 경영의 폐해를 막아 줄 장치를 마련했잖아.)

▶ 선지 선택률을 보니, 이 문제에서 함정 선지는 ③이라고 할 수 있겠네. 이걸 선택했다면 X사의 현행 방식의 특징을 제대로 이해하지 못했을 가능성이 높아 보여. 〈보기〉의 '소수의 주주만으로 경영진을 구성'했다는 내용에서 '아, 과두제적 경영이구나!'라고 성급하게 판단했을 거야. 놓치지 말아야 할 내용은 바로 그 뒤의 '경영진은 주기적으로 다른 주주들로 교체되어 전체 주주는 ~ '인데, 이걸 가볍게 흘려 버린 것이지. 앞서 말한 것처럼 X사의 현행 방식은 '과두제적 경영 + 경영진의 교체(변동)'야. 따라서 '결속력이 강한 소수의 경영진을 중심으로 운영되는 경영 방식'이 '현행'이라는 선지의 설명은 적절하지 않아. 참고로 〈보기〉의 A가 말한 '경영진의 구성원을 변동시키지 않'는 것에 집중했다면 문제를 더 쉽게 해결했을 거야. X사의 현행 방식은 경영진의 구성원이 계속 변동되는 거잖아. (그러니 A가 현행대로 유지하자고 말했다는 것은 완전 틀린 거지.)

▶ 그럼 이제 정답 선지인 ①을 보자. 사실 〈보기〉의 '경영진은 주기적으로 다른 주주들로 교체되어 전체 주주'가 기업 경영에 참여한다는 것의 의미를 이해했다면 그렇게 어렵지 않게 판단이 가능한 선지야. 전체 주주가 참여하는 것이니 소수의 독점을 막을 수 있잖아. 〈보기〉에서 전체 주주가 기업의 경영 상태를 파악할 수 있다는 게 뭐겠어? 경영 정보가 소수 경영진에 의해 은폐되거나 하는 일이 없다는 거지. 즉 정보 격차가 없다는 거야. 또 경영 이익의 분배와 같은 주요 사항은 전체 주주가 공동으로 의결한다는 게 뭐겠어? 소수 경영진에게 모든 권한이 집중되지 않는다는 거겠지? 다시 말해 〈보기〉는 과두제적 경영의 문제점을 보완하기 위한 장치를 도입한 사례라 이거야!

사회04
2024학년도 수능

01 ⑤ **02** ③ **03** ②
04 ②

경마식 보도의 특성과 보완 방법

🔗 **EBS 연결 고리**
2024학년도 EBS 수능특강 독서 137쪽 〈선거 방송 보도의 종류와 특징〉에서 '경마식 보도' 관련 내용 연계

해제 이 글은 선거 방송에서 경마식 보도가 지닌 문제점을 제시하고, 그것을 보완할 수 있는 방안을 두 가지 측면에서 소개하고 있다. 경마식 보도는 유권자들의 흥미를 자극하여 선거에 관심을 갖도록 하는 효과가 있지만 선거의 공정성을 저해할 가능성이 있다. 이 때문에 「공직선거법」 규정과 언론 단체의 보도 준칙 등을 통해 선거 결과에 영향을 끼칠 수 있는 여론조사 결과에 대한 보도를 제한하고 있다. 또한 선거 방송 토론회를 통해 유권자들이 후보자들의 정책과 자질 등을 직접 비교해 볼 수 있도록 하고 있다. 하지만 선거 방송 토론회에는 현실적인 여건상 군소 후보자들의 토론 참여가 제한될 수밖에 없다는 한계가 있다.

주제 선거 방송에서 경마식 보도가 지닌 문제점과 그에 대한 보완 방안들

짜임

1문단	경마식 보도의 장점과 문제점
2문단	여론조사 결과의 보도에 관한 제한 규정들
3문단	선거 방송 토론회의 효용 및 토론회 초청 기준
4문단	선거 방송 토론회 규정에 대한 헌법재판소의 의견

1문단 ㉠경마식 보도는 경마 중계를 하듯 지지율 변화나 득표율 예측
[01-③] 경마식 보도의 초점
등을 집중 보도하는 선거 방송의 한 방식이다. 경마식 보도는 선거일이 가
[01-①] 경마식 보도의 특징 - 시기
까워질수록 증가한다. 새롭고 재미있는 정보를 원하는 시청자들의 요구에
[01-②] 경마식 보도의 특징 - 시청자, 방송사의 이해관계
부응하고, 방송사로서도 매일 새로운 뉴스를 제공하는 방편이 될 수 있기
때문이다. 경마식 보도는 선거와 정치에 무관심한 유권자들의 선거 참여,
[01-⑤] 경마식 보도의 장점
정치 참여를 독려하는 장점이 있다. 하지만 흥미를 돋우는 데 치중하는 경
[01-⑤] 경마식 보도의 단점
마식 보도는 선거의 주요 의제를 도외시하고 경쟁 결과에 초점을 맞춰 선
[01-③] 경마식 보도의 초점
거의 공정성을 저해할 수 있다.

2문단 경마식 보도의 문제점을 줄이려는 조치가 있다. ㉡「공직선거법」
의 규정에 따르면, 당선인을 예상케 하는 여론조사를 실시하는 것은 언제
[02-④] [04-③, ⑤] 「공직선거법」의 선거 여론조사 결과 보도 규정
든지 가능하지만, 그 결과의 보도는 선거일 6일 전부터 투표 마감 시각까
지 금지된다. 이러한 규정이 국민의 알 권리와 언론의 자유를 침해하는지
[02-①, ③] 「공직선거법」 규정에 대한 헌법재판소 결정
에 대해 헌법재판소는 신뢰할 수 있는 여론조사 결과라 하더라도 선거일
에 임박해 보도하면 선거에 영향을 끼칠 수 있다며 합헌 결정을 내렸다.
「공직선거법」에 근거를 둔 ㉢「선거방송심의에 관한 특별규정」은 유권자에
게 영향을 줄 수 있는 사실의 왜곡 보도를 금지하고, 여론조사 결과가 오
차 범위 내에 있을 때에 이를 밝히지 않은 채로 서열이나 우열을 나타내
[04-①, ②, ④] 「선거방송심의에 관한 특별규정」의 내용
는 보도도 금지하고 있다. 언론 단체의 ㉣「선거여론조사보도준칙」은 표본
오차를 감안하여 여론조사 결과를 정확하게 보도하도록 요구한다. 지지율

차이가 오차 범위 내에 있을 때 "경합"이라는 표현은 무방하지만 서열화
[04-①~⑤] 「선거여론조사보도준칙」의 내용
하거나 "오차 범위 내에서 앞섰다."라는 표현처럼 우열을 나타내어 보도
할 수 없다는 것이다.

3문단 경마식 보도로부터 드러난 선거 방송의 한계를 보완하는 방책 중
하나로 선거 방송 토론회가 활용될 수 있다. 이 토론회를 통해 후보자 간
정책과 자질 등의 차이가 드러날 수 있는데, 현실적인 이유로 초청 대상자
는 한정된다. ㉤「공직선거법」의 선거 방송 토론회 규정은 5인 이상의 국
회의원을 가진 정당이나 직전 선거에서 3% 이상 득표한 정당이 추천한 후
[02-②, ⑤] 선거 방송 토론회 초청 대상자 기준
보자, 또는 언론기관의 여론조사 결과 평균 지지율이 5% 이상인 후보자
등을 초청 기준으로 제시하고 있다. 다만 초청 대상이 아닌 후보자들을 위
[03-④] 선거 방송 토론회 초청 대상자 제한의 보완 방안
해 별도의 토론회 개최가 가능하고 시간이나 횟수를 다르게 할 수 있다.

4문단 이러한 규정이 선거 운동의 기회균등 원칙을 침해하는지에 대해
[02-⑤] 선거 방송 토론회 초청 대상자 기준 규정에 대한 논의
헌법재판소는 위헌이 아니라고 결정했다. ⓐ다수 의견은 방송 토론회의
효율적 운영을 고려할 때 초청 대상 후보자 수가 너무 많으면 제한된 시
[03-①] 다수 의견의 근거 - 제한된 시간, 후보자 수
간 안에 심층적인 토론이 이루어지기 어렵고, 유권자들도 관심이 큰 후보
[03-②] 다수 의견의 근거 - 유권자의 비교 용이성
자들의 정책 및 자질을 직접 비교하기 어렵다는 점을 지적하며, 이 규정은
합리적 제한이라고 보았다. 반면 ⓑ소수 의견은 이 규정이 가장 효과적인
선거 운동의 기회를 일부 후보자에게서 박탈하며, 유권자에게도 모든 후
[02-⑤] [03-④, ⑤] 「공직선거법」 규정의 기회균등 원칙 침해 가능성
보자를 동시에 비교하지 못하게 하고, 초청 대상 후보자 토론회에 참여한
후보자와 그렇지 못한 후보자를 차별적으로 인식하게 만든다고 지적하였
다. 이 규정을 소수 정당이나 정치 신인 등에 대한 자의적이고 차별적인
[02-⑤] [03-③] 선거 방송 토론회 초청 대상자 기준의 권리 침해 가능성
침해라고 본 것이다.

---

01 세부 정보의 파악   답 ⑤

선지별 선택 비율	①	②	③	④	⑤
화작	2%	2%	3%	5%	85%
언매	1%	1%	1%	3%	91%

㉠에 대한 설명으로 가장 적절한 것은?

😊 **정답 띵! 동!**

⑤ 정치에 관심이 없던 유권자들이 선거에 관심을 갖도록 북돋운다.

┃ 1문단 "㉠경마식 보도는 ~ 정치에 무관심한(관심이 없던) 유권자들의 선거 참여, 정치 참여를 독려(북돋웅)하는 장점이 있다."

😣 **오답 땡!**

① 선거 기간의 ~~후반기~~에 비해 ~~전반기~~에 더 많다.
  └ 전반기   └ 후반기

┃ 1문단 "경마식 보도는 선거일이 가까워질수록(선거 기간의 후반기가 될수록) 증가한다."

② 시청자와 방송사의 ~~상반된 이해관계~~가 반영된다.
　　　　　　　　└→ 이해관계가 일치함.

- | 1문단 "새롭고 재미있는 정보를 원하는 시청자들의 요구에 부응하고, 방송사로
　서도 매일 새로운 뉴스를 제공하는 방편"
- | 결론! ㉠: 새로운 뉴스(정보)라는 점에서 시청자와 방송사 모두에게 이익이 됨.
　　　　　　　　　　　　　　　　　　　　　→ 상반된 이해관계 X

③ 당선자 예측과 관련된 정보의 전파에 초점을 ~~맞추지 않는다.~~
　　　　　　　　　　　　　　　└→ 맞춘다

- | 1문단 "득표율 예측(당선자 예측) 등을 집중 보도 ~ 경쟁 결과(당선자 예측)에 초점
　을 맞춰"
- | 결론! ㉠: 당선자 예측과 관련된 정보의 전파에 초점을 맞춤.

④ 선거의 핵심 의제에 관한 후보자의 입장을 다룬 보도를 ~~중시한다.~~
　　　　　　　　　　　　　　중시하지 않는다(도외시한다) ←┘

- | 1문단 "흥미를 돋우는 데 치중하는 경마식 보도는 선거의 주요 의제를 도외시
　하고"
- | 결론! ㉠: 선거의 핵심 의제에 관한 후보자의 입장보다는 지지율 변화나 득표율
　과 같이 시청자의 흥미를 자극할 수 있는 내용 중시

02 내용의 추론　　　　　　　　　　　　　　답 ③

선지별 선택 비율	①	②	③	④	⑤
화작	5%	17%	40%	18%	18%
언매	3%	11%	57%	12%	14%

윗글에서 알 수 있는 내용으로 적절하지 <u>않은</u> 것은?

🙂 정답 띵! 동!

③ 국민의 알 권리와 언론의 자유가 서로 충돌하는지의 문제를 헌법재판소에
서 논의한 적이 있다.　└→「공직선거법」 규정과 국민의 알 권리 및 언론의 자유

- | 2문단 "이러한 규정(「공직선거법」 규정 - 당선인 예상과 관련한 여론조사 결과의 보도를
　선거일 6일 전부터 투표 마감 시각까지 금지)이 국민의 알 권리와 언론의 자유를 침해
　하는지에 대해 헌법재판소는 ~ 합헌 결정을 내렸다."
- | 뭔말?
- · 헌법재판소에서 논의된 것:「공직선거법」 규정과 국민의 알 권리 및 언론의 자유
　가 충돌하는지의 문제 → '국민의 알 권리' vs '언론의 자유' 충돌 여부 X

😣 오답 땡!

① 신뢰할 수 있는 여론조사의 결과를 보도하더라도 선거의 공정성을 위협할
수 있다.

- | 2문단 "신뢰할 수 있는 여론조사 결과라 하더라도 선거일에 임박해 보도하면 선
　거에 영향을 끼칠 수 있다(=선거의 공정성을 위협할 수 있다)"

② 정당의 추천을 받지 못해도 선거 방송의 초청 대상 후보자 토론회에 참여
할 수 있다.

- | 3문단 "5인 이상의 국회의원을 가진 정당이나 직전 선거에서 3% 이상 득표한

정당이 추천한 후보자, 또는 언론기관의 여론조사 결과 평균 지지율이 5% 이상
인 후보자 등을 초청 기준으로 제시"

- | 뭔말?
- · 정당의 추천을 받지 못한 후보자라도 언론기관의 여론조사 결과 평균 지지율
　5% 이상을 얻으면 토론회에 참여 가능

④ 선거일에 당선인 예측 선거 여론조사를 실시하고 투표 마감 시각 이후에
그 결과를 보도할 수 있다.

- | 2문단 "당선인을 예상케 하는 여론조사를 실시하는 것은 언제든지 가능하지만,
　그 결과의 보도는 선거일 6일 전부터 투표 마감 시각까지 금지"
- | 뭔말?
- · 선거일이라도 당선인 예측 선거 여론조사를 실시하는 것은 가능, 그 결과를 투
　표 마감 시각 이후에 보도하는 것은 가능

⑤「공직선거법」에는 선거 운동의 기회가 모든 후보자에게 균등하게 배분되
지 못하도록 할 가능성이 있는 규정이 있다.

- | 3문단 "「공직선거법」의 선거 방송 토론회 규정은 5인 이상의 국회의원을 가진
　정당이나 직전 선거에서 3% 이상 득표한 정당이 추천한 후보자, 또는 언론기관
　의 여론조사 결과 평균 지지율이 5% 이상인 후보자 등을 초청 기준으로 제시"
- | 4문단 "이러한 규정이 선거 운동의 기회균등 원칙을 침해하는지에 대해 ~ 소수
　의견은 이 규정이 가장 효과적인 선거 운동의 기회를 일부 후보자에게서 박탈
　~ 초청 대상 후보자 토론회에 참여한 후보자와 그렇지 못한 후보자를 차별적
　으로 인식하게 만든다고 지적 ~ 소수 정당이나 정치 신인 등에 대한 자의적이
　고 차별적인 침해"
- | 뭔말?
- ·「공직선거법」의 선거 방송 토론회 규정: 토론회에 초청될 수 있는 후보자를 한정
　→ 모든 후보자가 선거 방송 토론회에 초청되는 것은 아님(예 소수 정당, 정치 신인
　후보자 제외).
- · 이 규정에 대한 비판 의견: 선거 운동의 기회를 일부 후보자에게서 박탈하는 결
　과를 초래할 수 있음. → 선거 운동의 기회가 균등하게 배분되지 않을 가능성

03 관점의 파악　　　　　　　　　　　　　　답 ②

선지별 선택 비율	①	②	③	④	⑤
화작	6%	55%	8%	15%	12%
언매	3%	69%	4%	12%	9%

㉡과 관련하여 ⓐ와 ⓑ의 입장에 대한 반응으로 가장 적절한 것은? [3점]

🙂 정답 띵! 동!

② 주요 후보자의 정책이 가진 치명적 허점을 지적하고 좋은 대안을 제시해
유명해진 정치 신인이 선거 방송 초청 대상 후보자 토론회에 초청받지 못
한다면 ⓐ의 입장은 약화되겠군.

- | 4문단 "ⓐ다수 의견은 방송 토론회의 효율적 운영을 고려할 때 초청 대상 후보
　자 수가 너무 많으면 ~ 유권자들도 관심이 큰 후보자들의 정책 및 자질을 직접
　비교하기 어렵다는 점을 지적"
- | 뭔말?
- · ⓐ의 입장: 유권자의 관심이 큰 후보자들의 정책 및 자질을 직접 비교할 수 있도
　록(근거) 선거 방송 토론회에 초청할 후보자를 한정해야 함(주장).

- 주요 후보자의 정책이 가진 치명적 허점을 지적하고 좋은 대안을 제시해 유명해진 정치 신인 = 정책적 우위를 가진, 유권자의 관심이 큰 후보자
- 「공직선거법」의 선거 방송 토론회 규정 때문에 이러한 정치 신인이 토론회에 초청받지 못하는 것 = 관심이 큰 후보자의 정책 및 자질을 비교할 기회를 박탈하는 결과 → ⓐ의 근거가 반박됨. = ⓐ의 입장 약화

😖 오답 땡!

① 선거 방송 초청 대상 후보자 토론회에서 후보자들이 심층적인 토론을 하지 못한 원인이 시간의 제한이나 참여한 후보자의 수와 관계가 없다면 ⓐ의 입장은 ~~강화~~되겠군.
    ↳ 약화

| 4문단 "방송 토론회의 효율적 운영을 고려할 때 초청 대상 후보자 수가 너무 많으면 제한된 시간 안에 심층적인 토론이 이루어지기 어렵고"

| 뭔말?

- ⓐ의 입장: 심층적인 토론이 이루어지도록 하기 위해 고려되어야 하는 전제 조건 → 토론에 참여하는 후보자 수, 토론 시간
- 심층적인 토론을 하지 못한 원인이 시간의 제한이나 참여한 후보자의 수와 관계 없음. → ⓐ의 전제 조건이 반박됨. = ⓐ의 입장 약화

③ 선거 방송 초청 대상 후보자 토론회에 참여할 적정 토론자의 수를 제한하는 기준이 국민의 합의에 의해 결정되었기 때문에 자의적인 것이 아니라고 한다면 ⓑ의 입장은 ~~강화~~되겠군.
    ↳ 약화

| 4문단 "ⓑ소수 의견은 ~ 이 규정을 소수 정당이나 정치 신인 등에 대한 자의적이고 차별적인 침해라고 본 것"

| 뭔말?

- ⓑ의 입장: 토론회에 초청할 후보자를 제한하는 「공직선거법」의 규정은 자의적인 침해이므로(근거) 선거 운동의 기회균등 원칙에 어긋남(주장).
- 토론회에 참여할 적정 토론자의 수를 제한하는 기준이 국민의 합의에 의해 결정된 것으로 자의적인 것이 아님. → ⓑ의 근거가 반박됨. = ⓑ의 입장 약화

④ 어떤 후보자가 지지율이 낮은 후보자 간의 별도 토론회에서 뛰어난 정치 역량을 보여 주었음에도 그 토론회에 참여했다는 이유만으로 지지율이 떨어진다면 ⓑ의 입장은 ~~약화~~되겠군.
    ↳ 강화

| 3문단 "초청 대상이 아닌 후보자들을 위해 별도의 토론회 개최가 가능"

| 4문단 "초청 대상 후보자 토론회에 참여한 후보자와 그렇지 못한 후보자를 차별적으로 인식하게 만든다고 지적"

| 뭔말?

- ⓑ의 입장: 토론회에 초청할 후보자를 제한하는 「공직선거법」의 규정은 유권자로 하여금 해당 토론회 참석 후보자와 그렇지 못한 후보자에 대한 차별적 인식을 갖게 함.
- 지지율이 낮은 후보자 간의 별도 토론회 ≠ 초청 대상 후보자 토론회
- 뛰어난 정치 역량을 보여 주었음에도 별도 토론회에 참여했다는 이유만으로 지지율이 떨어짐. = 별도 토론회에 참여한 것이 유권자들에게 차별적으로 인식된 결과 → ⓑ의 입장이 뒷받침됨. = ⓑ의 입장 강화

⑤ 유권자들이 뛰어난 역량을 가진 소수 정당 후보자를 주요 후보자들과 동시에 비교할 수 있는 가장 효율적인 방법이 선거 방송 초청 대상 후보자 토론회라면 ⓑ의 입장은 ~~약화~~되겠군.
    ↳ 강화

| 4문단 "이 규정이 가장 효과적인 선거 운동의 기회를 일부 후보자에게서 박탈하며, 유권자에게도 모든 후보자를 동시에 비교하지 못하게 하고"

| 뭔말?

- ⓑ의 입장: 「공직선거법」의 규정으로 인한 손해가 큼(일부 후보자에 대하여 가장 효과적인 선거 운동의 기회 박탈, 유권자들에 대하여 모든 후보자를 동시에 비교할 수 있는 기회 박탈).
- 유권자들이 뛰어난 역량을 가진 소수 정당 후보자를 주요 후보자들과 동시에 비교할 수 있는 가장 효율적인 방법이 선거 방송 초청 대상 후보자 토론회 → 선거 방송 초청 대상 후보자 토론회에 소수 정당 후보자를 포함시켜야 한다는 근거가 됨. 「공직선거법」규정을 비판하는 ⓑ의 입장이 뒷받침됨. = ⓑ의 입장 강화

04 구체적 사례에의 적용   답 ②

선지별 선택 비율	①	②	③	④	⑤
화작	12%	43%	9%	26%	7%
언매	9%	53%	5%	23%	6%

㉮~㉱에 따라 〈보기〉에 대한 언론 보도를 평가한 내용으로 적절하지 <u>않은</u> 것은?

┤ 보기 ├

다음은 ○○방송사의 의뢰로 △△여론조사 기관에서 세 차례 실시한 당선인 예측 여론조사 결과의 일부이다. (세 조사 모두 신뢰 수준 95%, 오차 범위 8.8%P임.)

구분		1차 조사	2차 조사	3차 조사
조사일		선거일 15일 전	선거일 10일 전	선거일 5일 전
조사 결과	A 후보	42%	38%	39%
	B 후보	32%	37%	38%
	C 후보	18%	17%	17%

😀 정답 띵! 동!

② 2차 조사 결과를 선거일 9일 전에 "A 후보는 B 후보에 조금 앞서고, C 후보는 3위"라고 보도하는 것은 ㉯에 위배되지만, ㉱에 ~~위배되지 않겠군.~~
            ↳ 위배됨.

| 2문단 "㉯「선거방송심의에 관한 특별규정」 ~ 여론조사 결과가 오차 범위 내에 있을 때에 이를 밝히지 않은 채로 서열이나 우열을 나타내는 보도도 금지", "㉱「선거여론조사보도준칙」 ~ 지지율 차이가 오차 범위 내에 있을 때 "경합"이라는 표현은 무방하지만 서열화하거나 "오차 범위 내에서 앞섰다."라는 표현처럼 우열을 나타내어 보도할 수 없다"

| 〈보기〉 2차 조사 결과(선거일 10일 전): A 후보와 B 후보의 차이는 1%P → 오차 범위(8.8%) 내, B 후보와 C 후보의 차이는 20%P → 오차 범위 밖

| 뭔말?

- 2차 조사 결과를 선거일 9일 전 "A 후보는 B 후보에 조금 앞서고, C 후보는 3위"라고 보도 → A 후보와 B 후보의 차이가 오차 범위 내인데 이를 밝히지 않고 서열이나 우열을 나타냈으므로 ㉯와 ㉱ 모두 위배

😖 오답 땡!

① 1차 조사 결과를 선거일 14일 전에 "A 후보, 10%P 이상의 차이로 B 후보와 C 후보에 우세"라고 보도하는 것은 ㉯와 ㉱ 중 어느 것에도 위배되지 않겠군.

| 2문단 "⑭「선거방송심의에 관한 특별규정」 ~ 여론조사 결과가 오차 범위 내에 있을 때에 ~", "⑮「선거여론조사보도준칙」 ~ 지지율 차이가 오차 범위 내에 있을 때 ~"

| 〈보기〉 1차 조사 결과(선거일 15일 전): A 후보와 B 후보의 차이는 10%P → 오차 범위(8.8%) 밖, A 후보와 C 후보의 차이는 24%P → 오차 범위 밖

| 뭔말?

· 1차 조사 결과를 선거일 14일 전에 "A 후보, 10%P 이상의 차이로 B 후보와 C 후보에 우세"라고 보도 → A 후보와 B 후보, A 후보와 C 후보의 차이가 모두 오차 범위 밖에 있으므로 ⑭와 ⑮ 모두 위배되지 않음.

③ 3차 조사 결과를 선거일 4일 전에 "A 후보는 오차 범위 내에서 1위"라고 보도하는 것은 ㉠와 ⑮에 모두 위배되겠군.

| 2문단 "㉠「공직선거법」의 규정에 따르면, 당선인을 예상케 하는 여론조사 ~ 결과의 보도는 선거일 6일 전부터 투표 마감 시각까지 금지", "⑮「선거여론조사보도준칙」 ~ 지지율 차이가 오차 범위 내에 있을 때 ~ "오차 범위 내에서 앞섰다."라는 표현처럼 우열을 나타내어 보도할 수 없다"

| 〈보기〉 3차 조사 결과(선거일 5일 전): A 후보와 B 후보의 차이는 1%P → 오차 범위(8.8%) 내, B 후보와 C 후보의 차이는 21%P → 오차 범위 밖

| 뭔말?

· 1차 조사 결과를 선거일 4일 전에 "A 후보는 오차 범위 내에서 1위"라고 보도: 선거일 6일 전부터 투표 마감 시각까지는 당선인을 예상케 하는 여론조사의 결과를 보도하는 것을 금지하는 ㉠ 위배, A 후보와 B 후보의 지지율 차이가 오차 범위 내에 있는데 우열을 나타내는 보도를 했으므로 ⑮ 위배

④ 1차 조사 결과를 선거일 14일 전에 "A 후보 1위, B 후보 2위, C 후보 3위"라고 보도하는 것은 ⑭에 위배되지 않고, 2차 조사 결과를 선거일 9일 전에 같은 표현으로 보도하는 것은 ⑮에 위배되겠군.

| 2문단 "⑭「선거방송심의에 관한 특별규정」 ~ 여론조사 결과가 오차 범위 내에 있을 때에 ~", "⑮「선거여론조사보도준칙」 ~ 지지율 차이가 오차 범위 내에 있을 때 서열화하거나 ~ 우열을 나타내어 보도할 수 없다"

| 〈보기〉

· 1차 조사 결과(선거일 15일 전): A 후보와 B 후보의 차이는 10%P → 오차 범위(8.8%) 밖, B 후보와 C 후보의 차이는 14%P → 오차 범위 밖

· 2차 조사 결과(선거일 10일 전): A 후보와 B 후보의 차이는 1%P → 오차 범위(8.8%) 내, B 후보와 C 후보의 차이는 20%P → 오차 범위 밖

| 뭔말?

· 1차 조사 결과를 선거일 14일 전에 "A 후보 1위, B 후보 2위, C 후보 3위"라고 보도: 세 후보 간 격차는 모두 오차 범위를 넘으므로 ⑭에 위배되지 않음

· 2차 조사 결과를 선거일 9일 전에 "A 후보 1위, B 후보 2위, C 후보 3위"라고 보도: A 후보와 B 후보간 지지율 격차가 1%P로 오차 범위 내인데 서열화했으므로 ⑮ 위배

⑤ 2차 조사 결과를 선거일 9일 전에 "B 후보, A 후보와 오차 범위 내 경합"이라고 보도하는 것은 ⑮에 위배되지 않고, 3차 조사 결과를 선거일 4일 전에 같은 표현으로 보도하는 것은 ㉠에 위배되겠군.

| 2문단 ""㉠「공직선거법」의 규정에 따르면, 당선인을 예상케 하는 여론조사 ~ 결과의 보도는 선거일 6일 전부터 투표 마감 시각까지 금지", "⑮「선거여론조사보도준칙」 ~ 지지율 차이가 오차 범위 내에 있을 때 ~ "경합"이라는 표현은 무방"

| 〈보기〉

· 2차 조사 결과(선거일 10일 전): A 후보와 B 후보의 차이는 1%P → 오차 범위

(8.8%) 내, B 후보와 C 후보의 차이는 20%P → 오차 범위 밖

· 3차 조사 결과(선거일 5일 전): A 후보와 B 후보의 차이는 1%P → 오차 범위 (8.8%) 내, B 후보와 C 후보의 차이는 21%P → 오차 범위 밖

| 뭔말?

· 2차 조사 결과를 선거일 9일 전에 "B 후보, A 후보와 오차 범위 내 경합"이라고 보도: A 후보와 B 후보 간 지지율 차이는 1%P로 오차 범위 내이므로 이 경우 '경합'이라는 표현 사용이 가능하다는 ⑮에 위배되지 않음.

· 3차 조사 결과를 선거일 4일 전에 "B 후보, A 후보와 오차 범위 내 경합"이라고 보도: 선거일 6일 전부터 투표 마감 시각까지는 당선인을 예상케 하는 여론조사의 결과를 보도하는 것을 금지하는 ㉠에 위배

사회 05
2024학년도 9월 평가원

01 ③ **02** ⑤ **03** ④
04 ①

데이터 소유권과 데이터 이동권

🔗 **EBS 연결 고리**
2024학년도 EBS 수능특강 독서 124쪽 〈데이터 소유권과 데이터 경제〉에서 '데이터 소유권' 관련 내용 연계

해제 이 글은 데이터에 대한 권리를 둘러싼 여러 견해를 살펴보고 있다. 먼저 데이터 소유권의 주체가 누구인지에 대해 각각 빅 데이터 보유자와 정보 주체인 개인으로 보는 견해가 있음을 밝힌 후, 최근 논의의 중심이 되고 있는 데이터 이동권의 법제화를 바라보는 두 가지 입장을 제시하였다. 데이터 이동권의 법제화를 긍정적으로 보는 입장에서는 기업의 비용 절감으로 기업 간 공유나 유통이 촉진되고 관련 산업이 활성화될 것으로 전망한다. 반면 데이터 이동권의 법제화를 부정적으로 보는 입장에서는 데이터의 특정 기업 집중으로 독점화가 강화될 것을 우려한다.

주제 데이터 소유권, 데이터 이동권 법제화에 대한 다양한 견해

짜임

1문단	'정보 주체'와 '빅 데이터 보유자'의 개념
2문단	데이터 소유권의 주체에 대한 두 가지 견해
3문단	데이터 이동권의 개념과 법제화의 의의
4문단	데이터 이동권 법제화에 대한 긍정적 전망
5문단	데이터 이동권 법제화에 대한 부정적 전망

1문단 교통 이용 내역과 같은 기록은 개인의 데이터이며, 그 개인이 '정[01-②] 데이터 예시
보 주체'이다. 데이터는 물리적 형체가 없고, 복제와 재사용이 수월하다.
[01-①] 데이터의 성격
이 데이터가 대량으로 집적 · 처리되면 빅 데이터가 되고, 이것의 정보 처
[01-②] 빅 데이터의 형성
리자인 기업 등이 '빅 데이터 보유자'이다. 산업 분야의 빅 데이터는 특정
[01-②] 산업 분야 빅 데이터의 경제적 가치
한 목적으로 활용될 수 있다는 점에서 경제적 가치를 지닌다.

2문단 데이터를 재화로 보아 소유권이 누구에게 귀속되어야 하는지에
대한 논의가 있다. 소유권의 주체를 빅 데이터 보유자로 보는 견해와 정
보 주체로 보는 견해가 있다. 전자는 빅 데이터 보유자에게 소유권을 부여
하면 빅 데이터의 생성 및 유통이 ⓐ쉬워져 데이터 관련 산업이 활성화된
다고 주장한다. 후자는 정보 생산 주체는 개인인데, 빅 데이터 보유자에게
[01-④] [03-③] 데이터 소유권의 주체를 정보 주체로 보는 견해
부가 집중되는 것은 부당하므로, 정보 주체에게도 대가가 주어져야 한다
고 본다.

3문단 최근에는 논의의 중심이 데이터의 소유권 주체에서 데이터에 접
근하기 위한 방안으로서의 데이터 이동권으로 바뀌고 있다. 우리나라는
데이터에 대해 소유권이 아닌 이동권을 법으로 명문화하여 정보 주체의
[01-③] [03-②] 우리나라의 데이터 이동권 법제화
개인 정보 자기 결정권을 강화하였다. 데이터 이동권이란 정보 주체가 본
인의 데이터를 보유한 자에게 데이터 이동을 요청하면, 그 데이터를 본인
[02-②], ⑤] [03-①] 데이터 이동권의 개념
혹은 지정한 제3자에게 무상으로 전송하게 하는 권리이다. 다만, 본인의
데이터라도 빅 데이터 보유자가 수집하여, 분석 · 가공하는 개발 과정을
[03-①, ④] 데이터 이동권의 예외

거쳐 새로운 가치가 생성된 것은 이에 해당되지 않는다. 법제화 이전에도
은행 간에 계좌 자동 이체 항목을 이동할 수 있는 서비스는 있었다. 이는
[03-⑤] 데이터 이동권 법제화 이전의 데이터 이동 사례
은행 간 약정에 ⓑ따라 부분적으로 시행한 조치였다. 데이터 이동권의 도
입으로 쇼핑몰 상품 소비 이력 등 정보 주체의 행동 양상과 관련된 부분까
[01-⑤] [03-②] 데이터 이동권의 도입이 정보 주체에게 미친 영향
지 정보 주체가 자율적으로 통제 · 관리할 수 있는 범위가 확대되었다.

4문단 데이터 이동권의 법제화로 기업은 데이터의 생성 비용과 거 ⌐
[02-①, ②, ④, ⑤] 데이터 이동권 법제화에 대한 긍정적 입장
래 비용을 줄일 수 있다. 생성 비용은 기업 내에서 데이터를 개발할
[02-①, ③] 생성 비용의 개념과 절감 방법
때 발생하는 비용으로, 기업이 스스로 데이터를 수집할 때보다 전송
받은 데이터를 복제 및 재사용하게 되면 절감할 수 있다. 거래 비용
은 경제 주체 간 거래 시 발생하는 비용으로, 계약 체결이나 분쟁 해   [A]
[02-④] 거래 비용의 개념
결 등의 과정에서 생긴다. 그런데 데이터 이동권의 법제화로, ㉮정
보 주체가 지정하여 데이터를 전송받게 된 기업은 ㉯정보 주체의 데
이터를 보유했던 기업으로부터 데이터를 받으면 비용을 절감할 수
있다. 이에 따라 기업 간 공유나 유통이 촉진되고, 관련 산업이 활성
[02-④, ⑤] 데이터 이동권 법제화의 긍정적 효과
화된다. ⌐

5문단 한편, 정보 주체가 보안의 신뢰성이 높고 데이터 제공에 따 ⌐
[02-③, ④, ⑤] 데이터 이동권 법제화에 대한 부정적 입장
른 혜택이 많은 기업으로 데이터를 이동하면, 데이터가 집중되어 데
이터의 공유나 유통이 위축될 수 있다는 우려도 있다. ㉰데이터 보
유량이 적은 신규 기업은 기존 기업과 거래를 통해 데이터를 수집하   [B]
는 것이 데이터 생성 비용 절감에도 효율적이다. 그런데 ㉱데이터가
집중된 기존 기업이 집적 · 처리된 데이터를 공유하려 하지 않으면,
[02-③, ④] 데이터 이동권 법제화의 부정적 결과
신규 기업의 시장 진입이 어려워져 독점화가 강화될 수 있다. ⌐

01 세부 정보의 파악   답 ③

선지별 선택 비율	①	②	③	④	⑤
화작	1%	4%	82%	5%	6%
언매	1%	2%	89%	3%	3%

윗글의 내용과 일치하지 <u>않는</u> 것은?

😊 **정답 띵!똥!**

③ 우리나라 현행법에는 정보 주체에게 데이터의 ~~소유권~~을 인정하는 ~~규정~~이
    └→ 이동권
있다.

> ┃ 3문단 "우리나라는 데이터에 대해 소유권이 아닌 이동권을 법으로 명문화하여
> 정보 주체의 개인 정보 자기 결정권을 강화하였다."

😟 **오답 땡!**

① 데이터는 재사용할 수 있으며 물리적 형체가 없다.

> ┃ 1문단 "데이터는 물리적 형체가 없고, 복제와 재사용이 수월하다."

② 교통 이용 내역이 집적·처리되면 경제적 가치를 지닌 데이터가 될 수 있다.
└→ 산업 분야의 빅 데이터

| 1문단 "교통 이용 내역과 같은 기록은 개인의 데이터이며 ~ 이 데이터가 대량으로 집적·처리되면 빅 데이터가 되고 ~ 산업 분야의 빅 데이터는 특정한 목적으로 활용될 수 있다는 점에서 경제적 가치를 지닌다."

④ 정보 주체의 데이터로 발생한 이득이 빅 데이터 보유자에게 집중되는 것은 부당하다는 견해가 있다.

| 2문단 "후자(데이터 소유권의 주체를 정보 주체로 보는 견해)는 정보 생산 주체는 개인인데 빅 데이터 보유자에게 부가 집중되는 것은 부당하므로, 정보 주체에게도 대가가 주어져야 한다고 본다."

⑤ 데이터 이동권의 도입으로 정보 주체의 데이터 통제 범위가 본인의 행동 양상과 관련된 부분으로 확대되었다.

| 3문단 "데이터 이동권의 도입으로 쇼핑몰 상품 소비 이력 등 정보 주체의 행동 양상과 관련된 부분까지 정보 주체가 자율적으로 (데이터를) 통제·관리할 수 있는 범위가 확대되었다."

02 관점의 파악
답 ⑤

선지별 선택 비율	①	②	③	④	⑤
화작	3%	16%	6%	25%	47%
언매	2%	12%	4%	18%	61%

[A], [B]의 입장에서 ㉮~㉱에 대해 이해한 내용으로 적절하지 <u>않은</u> 것은?

😊 정답 띵!동!
정보 주체의 데이터를 →   → 정보 주체가 지정하여 데이터를
보유했던 기업   └→   전송받게 된 기업
⑤ [B]와 달리 [A]의 입장에서, ㉯는 ㉮로 데이터를 이동하여 ~~경제적 이득을 취할 수 있으므로~~ 데이터의 공유나 유통의 활성화에 기여할 수 있다고 보겠군.
└→ 경제적 이득: 데이터를 공짜로 얻는 ㉮

| [A] "데이터 이동권의 법제화로 기업은 데이터의 생성 비용과 거래 비용을 줄일 수 있다. ~ 기업 간 공유나 유통이 촉진되고, 관련 산업이 활성화"
→ 데이터 이동권 법제화로 기업의 비용이 절감되어 공유나 유통이 활성화된다는 입장
| [B] "데이터가 집중되어 데이터의 공유나 유통이 위축될 수 있다는 우려 ~ 신규 기업의 시장 진입이 어려워져 독점화가 강화"
→ 데이터 이동권 법제화로 독점화가 강화되어 공유나 유통이 위축된다는 입장
| 3문단 "데이터 이동권이란 정보 주체가 본인의 데이터를 보유한 자에게 데이터 이동을 요청하면, 그 데이터를 본인 혹은 지정한 제3자에게 무상으로 전송하게 하는 권리"
| 뭔말?
· 데이터 이동권의 법제화: ㉯에서 ㉮로 데이터가 무상으로 이동 → 경제적 이득은 데이터를 무상으로 얻게 되는 ㉮가 취하게 됨.

😠 오답 땡!
                    → 데이터 이동권의 법제화에 대한 긍정적 입장(비용 절감)
① [A]의 입장에서, ㉮는 데이터 이동권 도입을 통해 ㉯의 데이터를 재사용할 수 있게 되었으므로 데이터 생성 비용을 줄일 수 있다고 보겠군.

| [A] "생성 비용은 기업 내에서 데이터를 개발할 때 발생하는 비용으로, 기업이

스스로 데이터를 수집할 때보다 전송받은 데이터를 복제 및 재사용하게 되면 절감할 수 있다."
| 뭔말?
· 데이터 이동권으로 ㉮는 ㉯의 데이터를 대가 없이 받아서 재사용하게 됨. → 생성 비용 절감

② [A]의 입장에서, 정보 주체가 데이터 이동을 요청하여 데이터를 전송받는 제3자가 ㉰라면, ㉰는 분쟁 없이 정보 주체의 데이터를 받게 되어 거래 비용을 줄일 수 있다고 보겠군.
└→ 데이터 보유량이 적은 신규 기업

| 3문단 "데이터 이동권이란 정보 주체가 본인의 데이터를 보유한 자에게 데이터 이동을 요청하면, 그 데이터를 본인 혹은 지정한 제3자에게 무상으로 전송하게 하는 권리"
| [A] "거래 비용은 경제 주체 간 거래 시 발생하는 비용으로, 계약 체결이나 분쟁 해결 등의 과정에서 생긴다."
| 뭔말?
· 데이터 이동권으로 정보 주체(개인)의 데이터를 ㉰가 전송받음. → 데이터 권리 등과 관련한 분쟁 해결을 위한 거래 비용이 발생하지 않아 비용 절감

                    → 데이터 이동권의 법제화에 대한 부정적 입장(독점화 강화)
③ [B]의 입장에서, ㉰가 ㉱와의 거래에 실패해 데이터를 수집하지 못하여 ㉰에 데이터 생성 비용이 발생하면, 데이터 관련 산업의 시장에 진입하기 어려워질 수 있다고 보겠군.
└→ 데이터가 집중된 기존 기업

| [A] "생성 비용은 ~ 기업이 스스로 데이터를 수집할 때보다 전송받은 데이터를 복제 및 재사용하게 되면 절감할 수 있다."
| [B] "데이터가 집중된 기존 기업이 집적·처리된 데이터를 공유하려 하지 않으면, 신규 기업의 시장 진입이 어려워져 독점화가 강화될 수 있다."
| 뭔말?
· ㉰가 ㉱와의 거래에 실패 → 스스로 데이터를 수집해야 하므로 데이터 생성 비용 발생 → 시장 진입이 어려워짐.

④ [A]와 달리 [B]의 입장에서, 정보 주체의 데이터가 ㉯에서 ㉱로 이동하여 집적·처리될수록 기업 간 공유나 유통이 위축될 수 있다고 보겠군.

| [A] "데이터 이동권의 법제화로 ~ 기업 간 공유나 유통이 촉진되고, 관련 산업이 활성화된다."
| [B] "정보 주체가 보안의 신뢰성이 높고 데이터 제공에 따른 혜택이 많은 기업으로 데이터를 이동하면, 데이터가 집중되어 데이터의 공유나 유통이 위축될 수 있다는 우려"
| 뭔말?
· [A]의 입장: 비용 절감으로 공유나 유통 촉진 vs [B]의 입장: 독점화 현상으로 공유나 유통 위축
· ㉯에서 ㉱로 데이터가 이동하여 집적·처리됨. → 기존 데이터 집중 기업에 데이터가 더욱 집중되어 쏠림 현상 가중 → 독점화 현상 강화로 기업 간 공유나 유통 위축([B]의 입장에 해당)

03 구체적 사례에의 적용
답 ④

선지별 선택 비율	①	②	③	④	⑤
화작	4%	8%	9%	64%	13%
언매	3%	6%	7%	73%	9%

윗글을 바탕으로 〈보기〉를 이해한 내용으로 적절하지 않은 것은? [3점]

> ── | 보기 | ──
>
> A 은행(빅 데이터 보유자)은 고객들의 데이터를 수집하고 이를 분석 · 가공하여 자산 관리 데이터 서비스인 연령별 · 직업군별 등 고객 맞춤형 금융 상품 추천 서비스(빅 데이터 제공자에 의해 새로운 가치가 생성된 것)를 제공했다. 갑(정보 주체)은 본인의 데이터 제공에 동의하여 A 은행으로부터 소정의 포인트를 받았다. 데이터 이동권이 법제화된 이후 갑은 B 은행 체크 카드를 발급받은 뒤, A 은행에 '계좌 자동 이체 항목', '체크 카드 사용 내역', '연령별 맞춤형 금융 상품 추천 서비스 내역'을 B 은행으로 이동할 것을 요청했다.

☺ 정답 띵! 동!

④ 갑이 본인의 데이터를 보유한 A 은행을 상대로 요청한 '연령별 맞춤형 금융 상품 추천 서비스 내역'은 데이터 이동권 행사의 ~~대상이다.~~

　　대상 X(빅 데이터 보유자가 분석 · 가공하는 개발 과정을 거쳐 ←
　　새로운 가치가 생성된 서비스 - 데이터 이동권의 대상 X)

| 3문단 "다만, 본인의 데이터라도 빅 데이터 보유자가 수집하여, 분석 · 가공하는 개발 과정을 거쳐 새로운 가치가 생성된 것은 이(데이터 이동권의 대상)에 해당되지 않는다."

| 뭔말?
· 〈보기〉의 '연령별 맞춤형 금융 상품 추천 서비스 내역': A 은행이 데이터를 수집하고 분석 · 가공하는 개발 과정을 거쳐 새로운 가치가 생성된 것 → 데이터 이동권의 대상에 해당되지 않음.

☹ 오답 땡!

① 갑이 본인의 데이터를 이동 요청하면 A 은행은 갑의 '체크 카드 사용 내역'을 B 은행으로 전송해야 한다.

| 뭔말?
· 〈보기〉의 '체크 카드 사용 내역': A 은행이 데이터를 수집하고 분석 · 가공하는 개발 과정을 거쳐 새로운 가치가 생성된 것이 아님. → 데이터 이동권의 대상이므로 갑의 데이터 이동권 행사 가능

② A 은행에 대한 갑의 데이터 이동 요청은 정보 주체의 자율적 관리이므로 강화된 개인 정보 자기 결정권의 행사이다.

| 3문단 "우리나라는 데이터에 대해 소유권이 아닌 이동권을 법으로 명문화하여 정보 주체의 개인 정보 자기 결정권을 강화 ~ 데이터 이동권의 도입으로 ~ 정보 주체가 자율적으로 통제 · 관리할 수 있는 범위가 확대"

| 뭔말?
· A 은행에 대한 갑의 데이터 이동 요청 = 갑의 데이터 이동권 행사: 정보 주체인 갑이 본인의 데이터를 자율적으로 관리하는 것 → 데이터 이동권 법제화로 강화된 개인 정보 자기 결정권의 행사

③ 데이터의 소유권 주체가 정보 주체라고 본다면, 갑이 A 은행으로부터 받은 포인트는 본인의 데이터 제공에 대한 대가이다.

| 2문단 "소유권의 주체를 ~ 정보 주체로 보는 견해 ~ 정보 생산 주체는 개인인데, 빅 데이터 보유자에게 부가 집중되는 것은 부당하므로, 정보 주체에게도 대가가 주어져야 한다고 본다."

| 뭔말?
· 데이터 소유권의 주체를 정보 주체로 보는 견해: 정보 주체에게 데이터 제공에

대한 대가가 주어져야 한다는 입장 → 갑이 데이터 제공에 동의하여 A 은행으로부터 받은 포인트를 대가로 볼 것임.

⑤ 데이터 이동권의 법제화 이전에도 갑이 A 은행에서 B 은행으로 이동을 요청한 정보 중에서 '계좌 자동 이체 항목'은 이동이 가능했다.

| 3문단 "(데이터 이동권의) 법제화 이전에도 은행 간에 계좌 자동 이체 항목을 이동할 수 있는 서비스는 있었다."

04 어휘의 의미 파악　　　　　　　　　　답 ①

선지별 선택 비율	①	②	③	④	⑤
화작	85%	1%	6%	5%	1%
언매	91%	1%	5%	2%	1%

문맥상 ⓐ, ⓑ와 바꾸어 쓰기에 가장 적절한 것은?

☺ 정답 띵! 동!

　　　　　　ⓐ　　　　　　　　ⓑ

① 용이(容易)해져　　　근거(根據)하여

| '용이하다' '어렵지 아니하고 매우 쉽다.'의 의미 → ⓐ의 '쉽다'와 바꾸어 쓰기에 적절

| '근거하다' '어떤 일이나 판단, 주장 따위가 어떤 현상이나 사실에 바탕을 두다.' → '어떤 경우, 사실이나 기준 따위에 의거하다(어떤 사실이나 원리 따위에 근거하다.).'의 뜻으로 쓰인 ⓑ의 '따르다'와 바꾸어 쓰기에 적절

☹ 오답 땡!

② 유력(有力)해져　　　근거(根據)하여

| '유력하다' '세력이나 재산이 있다.', '가능성이 많다.'의 의미 → ⓐ와 바꾸어 쓰기에 부적절

③ 용이(容易)해져　　　의탁(依託)하여

| '의탁하다' '어떤 것에 몸이나 마음을 의지하여 맡기다.'의 의미 → ⓑ와 바꾸어 쓰기에 부적절

④ 원활(圓滑)해져　　　의탁(依託)하여

| '원활하다' '모난 데가 없고 원만하다.', '거침이 없이 잘 나가는 상태에 있다.'의 의미 → ⓐ와 바꾸어 쓰기에 적절

⑤ 유력(有力)해져　　　기초(基礎)하여

| '기초하다' '근거를 두다.'의 의미 → ⓑ와 바꾸어 쓰기에 적절

사회 06
2024학년도 6월 평가원

| 01 ② | 02 ④ | 03 ⑤ |
| 04 ⑤ | | |

공포 소구에 대한 연구

🔗 **EBS 연결 고리**
2024학년도 EBS 수능특강 독서 111쪽 〈위협 소구〉에서 '위협 소구에 대한 재니스, 레벤달의 연구' 관련 내용 연계

해제 이 글은 공포 소구에 대한 학자들의 연구를 다루고 있으며, 특히 선행 연구를 종합하여 도출한 위티의 결론과 그 의의를 제시하고 있다. 대표적 초기 연구자인 재니스는 실험을 통해 세 가지 수준으로 공포 소구를 제시하고, 중간 수준일 때 설득 효과가 가장 크다는 결론을 얻었다. 한편 레벤달은 공포 소구의 효과가 수용자의 감정적 반응뿐만 아니라 인지적 반응과도 관련된다고 주장하였다. 위티는 이를 종합하여 공포 소구의 설득 효과를 좌우하는 요인으로 '위협'과 '효능감'을 설정하고, 이 둘의 수준에 따라 위험 통제 반응과 공포 통제 반응이 작동한다는 결론을 내렸다. 이러한 위티의 연구는 앞선 이론들을 통합한 것이라는 점에서 의의가 있다.

주제 공포 소구에 대한 재니스, 레벤달, 위티의 연구

짜임

1문단	공포 소구의 개념과 재니스의 실험 결과
2문단	재니스의 연구를 비판한 레벤달의 주장
3문단	선행 연구들을 종합한 위티의 연구
4문단	위티의 연구 결과와 그 의의

1문단 공포 소구는 그 메시지에 담긴 권고를 따르지 않을 때의 해로운
[01-①~⑤] 글의 화제
결과를 강조하여 수용자를 설득하는 것으로, 1950년대 초부터 설득 전략 연구자들의 연구 대상이 되었다. 초기 연구를 대표하는 재니스는 기존 연구에서 다루어지지 않았던 공포 소구의 설득 효과에 주목하였다. 그는 수
[01-②] 기존 연구와 달리 공포 소구의 설득 효과에 주목한 재니스
용자에게 공포 소구를 세 가지 수준으로 달리 제시하는 실험을 한 결과,
[02-①] 공포 소구의 수준을 달리한 재니스의 실험
중간 수준의 공포 소구가 가장 큰 설득 효과를 보인다는 것을 발견하였다.

2문단 공포 소구 연구를 진척시킨 레벤달은 재니스의 연구가 인간의 감
[01-②] [02-②] 재니스의 연구에 대한 레벤달의 비판
정적 측면에만 ⊙치우쳤다고 비판하며, 공포 소구의 효과는 수용자의 감정적 반응만이 아니라 인지적 반응과도 관련된다고 하였다. 그는 감정적 반응을 '공포 통제 반응', 인지적 반응을 '위험 통제 반응'이라 ⊙불렀다.
[02-③] 레벤달이 제시한 두 가지 통제 반응
그리고 후자가 작동하면 수용자들은 공포 소구의 권고를 따르게 되지만,
[02-③, ④] 위험 통제 반응, 공포 통제 반응의 작동 결과
전자가 작동하면 공포 소구로 인한 두려움의 감정을 통제하기 위해 오히려 공포 소구에 담긴 위험을 무시하려는 반응을 보이게 된다고 하였다.

3문단 이러한 선행 연구들을 종합한 위티는 우선 공포 소구의 설득 효과
[01-②] 선행 연구들을 종합한 위티의 연구
를 좌우하는 두 요인으로 '위협'과 '효능감'을 설정하였다. 수용자가 공포
[02-⑤] 공포 소구의 설득 효과에 영향을 미치는 두 요인
소구에 담긴 위험을 자신이 ⊙겪을 수 있는 것이고 그 위험의 정도가 크
[02-④, ⑤] 수용자가 느끼는 위험과 위협 수준 간 관계
다고 느끼면, 그 공포 소구는 위협의 수준이 높다. 그리고 공포 소구에 담긴 권고를 이행하면 자신의 위험을 예방할 수 있고 자신에게 그 권고를 이
[02-⑤] 권고 이행에 따른 위험 예방 여부 및 권고 이행 능력과 효능감 수준 간 관계
행할 능력이 있다고 느끼면, 효능감의 수준이 높다. 한 동호회에서 회원들

에게 '모임에 꼭 참석해 주세요. 불참 시 회원 자격이 사라집니다.'라는 안내문을 ⊙보냈다고 하자. 회원 자격이 사라진다는 것은 그 동호회 활동에 강한 애착을 가지고 있는 사람에게는 높은 수준의 위협이 된다. 그리고 그가 동호회 모임에 참석하는 일이 어렵지 않다고 느낄 때, 안내문의 권고는 그에게 높은 수준의 효능감을 주게 된다.

4문단 위티는 이 두 요인을 레벤달이 말한 두 가지 통제 반응과 관련지
[01-②] [02-④] 레벤달의 연구를 반영한 위티의 연구
어 다음과 같은 결론을 도출하였다. 위협과 효능감의 수준이 모두 높을 때
[02-④] [03-②, ⑤] 위험 통제 반응의 작동 조건
에는 위험 통제 반응이 작동하고, 위협의 수준은 높지만 효능감의 수준이
[03-③, ④, ⑤] 공포 통제 반응의 작동 조건
낮을 때에는 공포 통제 반응이 작동한다. 그러나 위협의 수준이 낮으면, 수용자는 그 위협이 자신에게 아무 영향을 ⊙주지 않는다고 느껴 효능감
[02-④, ⑤] [03-①, ④] 위협 수준이 낮을 때의 결과
의 수준에 관계없이 공포 소구에 대한 반응이 없게 된다. 이렇게 정리된 결론은 그간의 공포 소구 이론을 통합한 결과라는 점에서 후속 연구의 중요한 디딤돌이 되었다.

01 글의 전개 방식 파악　　　답 ②

선지별 선택 비율	①	②	③	④	⑤
화작	2%	89%	3%	3%	1%
언매	1%	93%	2%	2%	1%

윗글의 내용 전개 방식으로 가장 적절한 것은?

😊 **정답 띡! 돋!**

② 화제에 대한 연구들을 선행 연구와 연결하여 설명하고 있다.
└→ 공포소구

Ⅰ 1문단 화제인 '공포 소구'의 개념 제시, 기존 연구(= 선행 연구)에서 다루어지지 않았던 공포 소구의 설득 효과에 대한 실험을 한 재니스의 연구와 그 결과 제시

Ⅰ 2문단 선행 연구인 재니스의 연구 결과가 인간의 감정적 측면에 치우쳤다고 비판한 레벤달의 연구 제시

Ⅰ 3, 4문단 선행 연구들을 종합한 위티의 연구와 의의 제시

😖 **오답 땡!**

① 화제에 대한 연구들이 시작된 ~~사회적 배경~~을 분석하고 있다.
└→ 제시 X

Ⅰ 뭔말?

· 1문단에서 공포 소구가 1950년대 초부터 설득 전략 연구자들의 연구 대상이 되었음을 알 수 있을 뿐, 그 사회적 배경은 제시되지 않음.

③ 화제에 대한 연구들을 ~~분류하는 기준의 문제점~~을 검토하고 있다.
└→ 제시 X

Ⅰ 뭔말?

· 문단별로 재니스, 레벤달, 위티의 연구 결과를 각각 제시하고 있을 뿐, 공포 소구에 대한 연구들을 특정 기준에 따라 분류하고 있지 않으며, 분류 기준의 문제점을 검토하고 있지도 않음.

④ 화제에 대한 연구들을 소개한 후 ~~남겨진 연구 과제~~를 제시하고 있다.
   └→ 제시 X

| 뭔말?

· 4문단에서 위티의 연구가 지니는 의의를 밝히고 있을 뿐, 남겨진 연구 과제를 제시하고 있지 않음.

⑤ 화제에 대한 연구들이 ~~봉착했던 난관과 그 극복 과정~~을 소개하고 있다.
   └→ 제시 X

| 뭔말?

· 재니스, 레벤달, 위티 등 학자들이 연구 과정에서 부딪힌 어려움이나 그 극복 과정은 제시되지 않음.

02 세부 정보의 파악 답 ④

선지별 선택 비율	①	②	③	④	⑤
화작	1%	2%	5%	84%	6%
언매	1%	1%	4%	90%	3%

윗글을 읽은 학생의 반응으로 적절하지 않은 것은?

정답 띵!동!

④ 위티는 수용자가 공포 소구에 담긴 위험을 ~~느끼지 않아야~~ 공포 소구의 권고를 따르게 된다고 보았겠군.
   └→ 느껴야

| 2문단 "그는 감정적 반응을 '공포 통제 반응', 인지적 반응을 '위험 통제 반응'이라 불렀다. 그리고 후자(위험 통제 반응)가 작동하면 수용자들은 공포 소구의 권고를 따르게 되지만"

| 3문단 "수용자가 공포 소구에 담긴 위험을 자신이 겪을 수 있는 것이고 그 위험의 정도가 크다고 느끼면, 그 공포 소구는 위협의 수준이 높다."

| 4문단 "위티는 이 두 요인을 레벤달이 말한 두 가지 통제 반응과 관련지어 다음과 같은 결론을 도출하였다. 위험과 효능감의 수준이 모두 높을 때에는 위험 통제 반응이 작동 ~ 그러나 위험의 수준이 낮으면, ~ 효능감의 수준에 관계없이 공포 소구에 대한 반응이 없게 된다."

| 뭔말?

· 레벤달의 연구: 위험 통제 반응이 작동할 때 수용자가 공포 소구의 권고를 따름.
· 레벤달의 연구를 이어받은 위티의 연구: 수용자가 공포 소구에 담긴 위험이 크다고 느낄 때, 즉 위험 수준이 높을 때 위험 통제 반응이 작동함.
· 수용자가 공포 소구에 담긴 위험을 느끼지 않으면, 즉 위협 수준이 낮으면 공포 소구에 반응하지 않음.

오답 땡!

① 재니스는 공포 소구의 효과를 연구하는 실험에서 공포 소구의 수준을 달리하며 수용자의 변화를 살펴보았겠군.

| 1문단 "그(재니스)는 수용자에게 공포 소구를 세 가지 수준으로 달리 제시하는 실험을 한 결과 중간 수준의 공포 소구가 가장 큰 설득 효과를 보인다는 것을 발견하였다."

② 레벤달은 재니스의 연구 결과에 대하여 수용자의 감정적 반응과 인지적 반응을 모두 고려하여 살펴보았겠군.

| 2문단 "레벤달은 재니스의 연구가 인간의 감정적 측면에만 치우쳤다고 비판하며, 공포 소구의 효과는 수용자의 감정적 반응만이 아니라 인지적 반응과도 관련된다고 하였다."

③ 레벤달은 공포 소구의 설득 효과가 나타나려면 공포 통제 반응보다 위험 통제 반응이 작동해야 한다고 보았겠군.

| 2문단 "그(레벤달)는 감정적 반응을 '공포 통제 반응', 인지적 반응을 '위험 통제 반응'이라 불렀다. 그리고 후자(위험 통제 반응)가 작동하면 수용자들은 공포 소구의 권고를 따르게(공포 소구의 설득 효과가 나타남) 되지만, 전자(공포 통제 반응)가 작동하면 공포 소구로 인한 두려움의 감정을 통제하기 위해 오히려 공포 소구에 담긴 위험을 무시하려는 반응을 보이게 된다고 하였다."

⑤ 위티는 공포 소구의 위협 수준이 그 공포 소구의 효능감 수준에 따라 달라지는 것은 아니라고 보았겠군.

| 3문단 "위티는 우선 공포 소구의 설득 효과를 좌우하는 두 요인으로 '위협'과 '효능감'을 설정하였다. 수용자가 공포 소구에 담긴 위험을 자신이 겪을 수 있는 것이고 그 위험의 정도가 크다고 느끼면, 그 공포 소구는 위협의 수준이 높다. 그리고 공포 소구에 담긴 권고를 이행하면 자신의 위험을 예방할 수 있고 자신에게 그 권고를 이행할 능력이 있다고 느끼면, 효능감의 수준이 높다."

| 4문단 "위협의 수준이 낮으면, 수용자는 ~ 효능감의 수준에 관계없이 공포 소구에 대한 반응이 없게 된다."

| 결론! 위티가 설정한 '위협'과 '효능감'은 각각 별개의 요인으로 서로 상관관계가 없음.

03 구체적 사례에의 적용 답 ⑤

선지별 선택 비율	①	②	③	④	⑤
화작	1%	3%	5%	5%	83%
언매	1%	2%	4%	3%	88%

윗글을 참고할 때, 〈보기〉의 실험에 대해 추론한 내용으로 적절하지 않은 것은? [3점]

| 보기 |

한 모임에서 공포 소구 실험을 진행한 결과, 수용자들의 반응은 위티의 결론과 부합하였다. 이 실험에서는 위협의 수준(높음 / 낮음), 효능감의 수준(높음 / 낮음)의 조합을 달리하여 피실험자들을 네 집단으로 나누었다. 집단 1과 집단 2는 공포 소구에 대한 반응이 없었고(위협 수준 ↓), 집단 3은 위험 통제 반응(위협 수준 ↑, 효능감 수준 ↑), 집단 4는 공포 통제 반응(위협 수준 ↑, 효능감 수준 ↓)이 작동하였다.

정답 띵!동!

⑤ 집단 3과 집단 4는 효능감의 수준이 서로 ~~같았을~~ 것이다.
   └→ 달랐음(집단 3은 높고 집단 4는 낮음.)

| 4문단 "위티는 ~ 다음과 같은 결론을 도출하였다. 위험과 효능감의 수준이 모두 높을 때에는 위험 통제 반응이 작동하고, 위협의 수준은 높지만 효능감의 수준이 낮을 때에는 공포 통제 반응이 작동한다."

| 뭔말?

· 집단 3: 위험 통제 반응 → 위협과 효능감의 수준이 모두 높음.
· 집단 4: 공포 통제 반응 → 위협의 수준은 높지만 효능감의 수준은 낮음.

③ ©: 경험(經驗)할

| '경험하다' → '자신이 실제로 해 보거나 겪어 보다.'라는 의미 → ©의 '겪다'와 바꾸어 쓰기에 적절

④ ㉣: 발송(發送)했다고

| '발송하다' '물건, 편지, 서류 따위를 우편이나 운송 수단을 이용하여 보내다.'라는 의미 → ㉣의 '보내다'와 바꾸어 쓰기에 적절

---

① 집단 1은 위협의 수준이 낮았을 것이다.

| 4문단 "위협의 수준이 낮으면, ~ 효능감의 수준에 관계없이 공포 소구에 대한 반응이 없게 된다."
| 뭔말?
· 공포 소구에 대한 반응이 없었던 집단 1: 위협 수준이 낮음.

② 집단 3은 효능감의 수준이 높았을 것이다.

| 뭔말?
· 집단 3: 위험 통제 반응 → 위협과 효능감의 수준이 모두 높음.

③ 집단 4는 위협과 효능감의 수준이 서로 달랐을 것이다.

| 뭔말?
· 집단 4: 공포 통제 반응 → 위협의 수준은 높고 효능감의 수준은 낮음.

④ 집단 2와 집단 4는 위협의 수준이 서로 달랐을 것이다.

| 뭔말?
· 집단 2: 공포 소구에 대한 반응 없음. → 위협의 수준이 낮음.
· 집단 4: 공포 통제 반응 → 위협의 수준은 높고 효능감의 수준은 낮음.

---

04 어휘의 의미 파악   답 ⑤

선지별 선택 비율	①	②	③	④	⑤
화작	2%	10%	2%	2%	81%
언매	1%	5%	1%	1%	89%

문맥상 ㉠~㉤과 바꾸어 쓰기에 적절하지 않은 것은?

⑤ ㉤: 기여(寄與)하지

| ㉤의 '주다' '남에게 어떤 일이나 감정을 겪게 하거나 느끼게 하다.'의 의미
| '기여하다' '도움이 되도록 이바지하다.'의 의미 → ㉤과 의미가 통하지 않음.

① ㉠: 편향(偏向)되었다고

| '편향되다' '한쪽으로 치우치게 되다.'라는 의미 → ㉠의 '치우치다'와 바꾸어 쓰기에 적절

② ㉡: 명명(命名)하였다

| '명명하다' '사람, 사물, 사건 따위의 대상에 이름을 지어 붙이다.'라는 의미 → '무엇이라고 가리켜 말하거나 이름을 붙이다.'라는 의미로 쓰인 ㉡의 '부르다'와 바꾸어 쓰기에 적절

법령의 요건과 효과에서의 불확정 개념

🔗 **EBS 연결 고리**
2023학년도 EBS 수능완성 137쪽 〈(가) 기속 행위와 재량 행위 (나) 판단 여지의 인정 가능성〉에서 '재량 행위, 불확정 법 개념' 관련 내용 연계

해제 이 글은 법조문에 사용된 불확정 개념과 불확정 개념이 행정 법령에 사용되었을 때 이에 근거한 행정 작용인 재량 행위에 대해 설명하고 있다. 법조문의 요건이나 효과는 항상 일의적이지 않은데, 불확정 개념이 사용될 수 있기 때문이다. 이러한 불확정 개념이 사용된 예로 '손해 배상 예정액이 부당히 과다한 경우에는 법원은 적당히 감액할 수 있다.'라는 조문을 들 수 있다. 위약금은 손해 배상 예정액일 수도 있고 위약벌일 수도 있는데, 위약금의 성격이 둘 중 무엇인지 증명되지 못하면 손해 배상 예정액으로 다루어진다. 만일 채무자의 잘못으로 계약 위반이 발생할 경우, 손해 배상 예정액이 정해져 있었다면 손해를 입은 채권자는 손해 액수를 증명하지 않아도 그만큼 배상금을 받을 수 있고, 위약금이 위약벌임이 증명되면 채권자는 위약벌에 해당하는 위약금뿐만 아니라, 손해 액수를 증명하여 손해 배상금도 받을 수 있다. 한편 불확정 개념은 행정 법령에도 사용되는데, 행정청에서 재량을 행사하는 행정 작용인 재량 행위는 불확정 개념에 근거한 것이라 할 수 있다. 행정청은 재량 행사의 기준인 재량 준칙을 명확히 정할 수 있으나, 재량 준칙을 지키지 않는 것이 법령 위반은 아니다. 하지만 재량 준칙대로 적법한 행정 작용이 반복되어 행정 관행이 생긴 후에는, 같은 요건이 충족되면 행정청은 평등 원칙에 따라 동일한 내용의 행정 작용을 해야 한다.

주제 법조문에 사용된 불확정 개념과 불확정 개념에 근거한 행정 작용인 재량 행위

짜임

1문단	법조문에 사용되는 불확정 개념과 그 예
2문단	계약 위반이 발생할 때 손해 배상금을 받는 방식
3문단	불확정 개념이 사용된 행정 법령에 근거한 행정 작용인 재량 행위
4문단	재량 준칙 및 행정 관행에 따른 행정 작용

1문단 법령의 조문은 대개 'A에 해당하면 B를 해야 한다.'처럼 요건과
[01-①] 조건문으로 규정되는 법령의 조문
효과로 구성된 조건문으로 규정된다. 하지만 그 요건이나 효과가 항상 일
[01-①] [02-①] 법조문의 요건과 효과의 성격
의적인 것은 아니다. 법조문에는 구체적 상황을 고려해야 그 상황에 ⓐ맞는
[01-①, ③] [02-①] 법조문에 사용되는 불확정 개념의 의미
진정한 의미가 파악되는 불확정 개념이 사용될 수 있기 때문이다. 개인 간

법률관계를 규율하는 민법에서 불확정 개념이 사용된 예로 '손해 배상 예
[01-⑤] 민법에 사용될 수 있는 불확정 개념
정액이 부당히 과다한 경우에는 법원은 적당히 감액할 수 있다.'라는 조문
[01-⑤] [03-②, ③] 민법에 불확정 개념이 사용된 예
을 ⓑ들 수 있다. 이때 법원은 요건과 효과를 재량으로 판단할 수 있다.
[01-②] 불확정 개념이 사용된 법조문과 법원의 재량
손해 배상 예정액은 위약금의 일종이며, 계약 위반에 대한 제재인 위약벌

도 위약금에 속한다. 위약금의 성격이 둘 중 무엇인지 증명되지 못하면 손
[03-②, ③] 손해 배상 예정액으로 다루어지는 경우
해 배상 예정액으로 다루어진다.

2문단 채무자의 잘못으로 계약 내용이 실현되지 못하여 계약 위반이 발

생하면, 이로 인해 손해를 입은 채권자가 손해 액수를 증명해야 그 액수
[03-①] 손해 배상 예정액이 정해지지 않은 경우의 손해 배상

만큼 손해 배상금을 받을 수 있다. 그러나 손해 배상 예정액이 정해져 있

었다면 채권자는 손해 액수를 증명하지 않아도 손해 배상 예정액만큼 손
[03-②, ③] 손해 배상 예정액이 정해져 있는 경우의 손해 배상금
해 배상금을 받을 수 있다. 이때 손해 액수가 얼마로 증명되든 손해 배상

예정액보다 더 받을 수는 없다. 한편 위약금이 위약벌임이 증명되면 채권
[03-④, ⑤] 위약벌인 경우의 위약금과 법원의 재량 행사 여부
자는 위약벌에 해당하는 위약금을 ⓒ받을 수 있고, 손해 배상 예정액과는

달리 법원이 감액할 수 없다. 이때 채권자가 손해 액수를 증명하면 손해
[03-④, ⑤] 위약벌인 경우의 손해 배상금
배상금도 받을 수 있다.

3문단 불확정 개념은 행정 법령에도 사용된다. 행정 법령은 행정청이 구
[01-⑤] 행정 법령에 사용될 수 있는 불확정 개념
체적 사실에 대해 행하는 법 집행인 행정 작용을 규율한다. 법령상 요건이
[01-⑤] 행정 법령의 역할
충족되면 그 효과로서 행정청이 반드시 해야 하는 특정 내용의 행정 작용
[02-⑤] 기속 행위의 개념
은 기속 행위이다. 반면 법령상 요건이 충족되더라도 그 효과인 행정 작용
[02-②, ④] 재량 행위의 개념
의 구체적 내용을 ⓓ고를 수 있는 재량이 행정청에 주어져 있을 때, 이러

한 재량을 행사하는 행정 작용은 재량 행위이다. 법령에서 불확정 개념이

사용되면 이에 근거한 행정 작용은 대개 재량 행위이다.
[01-④] 불확정 개념이 사용된 행정 법령과 재량 행위

4문단 행정청은 재량으로 재량 행사의 기준을 명확히 정할 수 있는데 이
[02-①, ②, ③, ④] 재량 준칙의 개념
기준을 ㉠재량 준칙이라 한다. 재량 준칙은 법령이 아니므로 재량 준칙대
[02-①, ②, ⑤] 재량 준칙의 성격
로 재량을 행사하지 않아도 근거 법령 위반은 아니다. 다만 특정 요건하에

재량 준칙대로 특정한 내용의 적법한 행정 작용이 반복되어 행정 관행이
[02-③, ⑤] 재량 준칙을 따라야 하는 경우(행정 관행 성립 후)
생긴 후에는, 같은 요건이 충족되면 행정청은 동일한 내용의 행정 작용을

해야 한다. 행정청은 평등 원칙을 ⓔ지켜야 하기 때문이다.

---

01 세부 정보의 파악   답 ④

선지별 선택 비율	①	②	③	④	⑤
화작	4%	6%	6%	78%	4%
언매	3%	4%	3%	86%	2%

윗글의 내용과 일치하지 않는 것은?

😊 **정답 띵!동!**

④ 불확정 개념이 사용된 행정 법령에 근거한 행정 작용은 ~~재량 행위인 경우보다 기속 행위인 경우가 많다.~~
↳ 대개 재량 행위임.

┃ 3문단 "법령에서 불확정 개념이 사용되면 이에 근거한 행정 작용은 대개 재량 행위이다."

😟 **오답 땡!**

① 법령의 요건과 효과에는 모두 불확정 개념이 사용될 수 있다.

┃ 1문단 "법령의 조문은 대개 'A에 해당하면 B를 해야 한다.'처럼 요건과 효과로 구성된 조건문으로 규정된다. 하지만 그 요건이나 효과가 항상 일의적인 것은 아니다. 법조문(요건과 효과로 구성)에는 구체적 상황을 고려해야 그 상황에 맞는 진정한 의미가 파악되는 불확정 개념이 사용될 수 있기 때문이다."

② 법원은 불확정 개념이 사용된 법령을 적용할 때 재량을 행사할 수 있다.

> |1문단 "개인 간 법률관계를 규율하는 민법에서 불확정 개념이 사용된 예로 '손해 배상 예정액이 부당히 과다한 경우에는 법원은 적당히 감액할 수 있다.(불확정 개념이 사용된 법령)'라는 조문을 들 수 있다. 이때 법원은 요건과 효과를 재량으로 판단할 수 있다."

③ 불확정 개념이 사용된 법령의 진정한 의미를 이해하려면 구체적 상황을 고려해야 한다.

> |1문단 "법조문에는 구체적 상황을 고려해야 그 상황에 맞는 진정한 의미가 파악되는 불확정 개념이 사용될 수 있기 때문이다."

⑤ 불확정 개념은 행정청이 행하는 법 집행 작용을 규율하는 법령과 <u>개인 간의 계약 관계를 규율하는 법률</u>에 모두 사용된다.
      └→ 민법   └→ 행정 법령

> |1문단 "개인 간 법률관계(개인 간의 계약 관계 포함)를 규율하는 민법에서 불확정 개념이 사용된 예로 '손해 배상 예정액이 부당히 과다한 경우에는 법원은 적당히 감액할 수 있다.'라는 조문을 들 수 있다."
>
> |3문단 "불확정 개념은 행정 법령에도 사용된다. 행정 법령은 행정청이 구체적 사실에 대해 행하는 법 집행인 행정 작용을 규율한다."

02 특정 개념의 의미 파악   답 ⑤

선지별 선택 비율	①	②	③	④	⑤
화작	11%	10%	22%	11%	43%
언매	9%	6%	17%	7%	57%

㉠에 대한 이해로 가장 적절한 것은?

😊 정답 띵!둥!   → 행정 관행

⑤ 재량 준칙이 특정 요건에서 적용된 선례가 없으면 행정청은 동일한 요건이 충족되어도 행정 작용을 할 때 재량 준칙을 따르지 않을 수 있다.

> |4문단 "재량 준칙은 법령이 아니므로 재량 준칙대로 재량을 행사하지 않아도 근거 법령 위반은 아니다. 다만 특정 요건하에 재량 준칙대로 특정한 내용의 적법한 행정 작용이 반복(선례 존재)되어 행정 관행이 생긴 후에는, 같은 요건이 충족되면 행정청은 동일한 내용의 행정 작용을 해야 한다."
>
> |뭔말?
>
> · 재량 준칙(㉠)은 법령이 아니므로 반드시 따라야 하는 것은 아니나, 예외적으로 행정 관행이 생긴 후에는 따라야 함.
>
> · 재량 준칙이 특정 요건에서 적용된 선례가 없다는 것 = 행정 관행이 생기지 않았다는 것 → 재량 준칙을 따르지 않아도 됨.

😞 오답 땡!

① 재량 준칙은 법령이 아니기 때문에 일의적이지 않은 개념으로 규정된다. (X)

> |1문단 "(법령의) 요건이나 효과가 항상 일의적인 것은 아니다. 법조문에는 구체적 상황을 고려해야 그 상황에 맞는 진정한 의미가 파악되는 불확정 개념(일의적이지 않은 개념)이 사용될 수 있기 때문"

> |4문단 "행정청은 재량으로 재량 행사의 기준을 명확히 정할 수 있는데 이 기준을 재량 준칙이라 한다. 재량 준칙은 법령이 아니므로"
>
> |뭔말?
>
> · 일의적이지 않은 개념: 구체적 상황에 따라 의미가 여럿으로 해석 가능한 불확정 개념
>
> · 재량 준칙: 법령은 아니나 행정청이 재량으로 재량 행사의 기준을 명확히 정한 것(↔ 불확정)
>
> · 재량 준칙이 일의적이지 않은 개념, 즉 불확정 개념으로 규정되면 재량 행사의 기준을 명확히 정하려는 재량 준칙의 의도와 부합하지 않음.
>
> · 법령 조문의 요건과 효과는 일의적인 것도 있고 아닌 것(불확정 개념)도 있음. → '재량 준칙이 법령이 아닌 것'이 '일의적이지 않은 개념으로 규정'되는 원인이 되지 않음.
>
> ※ '법령이 아닌 것'과 '일의적이지 않은 개념으로 규정되는 것' 사이에 인과 X: 법령이면 일의적인 개념으로 규정되고 법령이 아니면 일의적이지 않은 개념으로 규정되는 것이 아님. 법령에도 일의적이지 않은 개념, 즉 불확정 개념이 사용됨.

② 재량 준칙으로 정해진 내용대로 재량을 행사하는 행정 작용은 ~~기속~~ 행위이다.
                                  └→ 재량

> |3문단 "법령상 요건이 충족되면 그 효과로서 행정청이 반드시 해야 하는 특정 내용의 행정 작용은 기속 행위이다. 반면 법령상 요건이 충족되더라도 그 효과인 행정 작용의 구체적 내용을 고를 수 있는 재량이 행정청에 주어져 있을 때, 이러한 재량을 행사하는 행정 작용은 재량 행위이다."
>
> |4문단 "행정청은 재량으로 재량 행사의 기준을 명확히 정할 수 있는데 이 기준을 재량 준칙이라 한다."
>
> |뭔말?
>
> · 재량 준칙: 행정청이 재량으로 정한 기준
>
> · 행정청이 재량으로 정한 재량 준칙의 내용대로 재량을 행사하는 행정 작용 → 기속 행위가 아니라 재량 행위

③ 재량 준칙으로 규정된 재량 행사 기준은 ~~반복되어 온 적법한 행정 작용의 내용대로 정해져야 한다.~~
        └→ 재량 준칙이 먼저 정해지고 이에 따라 적법한 행정 작용이 반복되면 행정 관행이 생김.

> |4문단 "특정 요건하에 재량 준칙대로 특정한 내용의 적법한 행정 작용이 반복되어 행정 관행이 생긴 후에는, 같은 요건이 충족되면 행정청은 동일한 내용의 행정 작용을 해야 한다."
>
> |뭔말?
>
> · '재량 준칙으로 규정된 재량 행사 기준'이 먼저, '반복'되는 '적법한 행정 작용'(행정 관행)이 나중임.

           ┌→ 선행 조건 X
④ ~~재량 준칙이 정해져야~~ 행정청은 특정 요건하에 행정 작용의 구체적 내용을 선택할 수 있는 재량을 행사할 수 있다.

> |3문단 "(행정) 법령상 요건이 충족되더라도 그 효과인 행정 작용의 구체적 내용을 고를 수 있는 재량이 행정청에 주어져 있을 때, 이러한 재량을 행사하는 행정 작용은 재량 행위이다."
>
> |4문단 "행정청은 재량으로 재량 행사의 기준을 명확히 정할 수 있는데 이 기준을 재량 준칙이라 한다."
>
> |뭔말?
>
> · 행정청은 행정 법령상 효과의 구체적 내용을 고를 수 있는 재량이 주어질 때 재량을 행사할 수 있고, 법령이 아닌 재량 준칙을 재량으로 정할 수도 있음.
>> → 재량 준칙 수립도 행정청의 재량 행사임. 재량 준칙이 정해져야만 재량 행사를 할 수 있는 것이 아님.

03 구체적 사례에의 적용　　　　　　　　　답 ②

선지별 선택 비율	①	②	③	④	⑤
화작	5%	38%	21%	24%	9%
언매	4%	44%	16%	26%	8%

윗글을 바탕으로 〈보기〉를 이해한 내용으로 가장 적절한 것은? [3점]

> ┤ 보기 ├
>
> 　갑은 을에게 물건을 팔고 그 대가로 100을 받기로 하는 매매 계약을 했다. 그 후 갑이 계약을 위반하여 을은 80의 손해를 입었다. 이와 관련하여 세 가지 상황이 있다고 하자.
>
> (가) 갑과 을 사이에 위약금 약정이 없었다.
> 　　→ 을이 손해 액수를 증명해야 그 액수만큼 손해 배상금을 받을 수 있음.
> (나) 갑이 을에게 위약금 100(손해 배상 예정액)을 약정했고, 위약금의 성격이 무엇인지 증명되지 못했다.
> 　　→ 을은 손해 배상 예정액만큼 손해 배상금을 받을 수 있음.
> (다) 갑이 을에게 위약금 100(위약벌)을 약정했고, 위약금의 성격이 위약벌임이 증명되었다.
> 　　→ 을은 위약벌에 해당하는 위약금을 받을 수 있고, 손해 액수를 증명하면 손해 배상금도 받을 수 있음.
>
> (단, 위의 모든 상황에서 세금, 이자 및 기타 비용은 고려하지 않음.)

😊 정답 띵! 동!

② (나)에서 을의 손해가 80임이 증명된 경우, 갑이 을에게 100을 지급해야 하고 법원이 감액할 수 있다.

| 1문단 "'손해 배상 예정액이 부당히 과다한 경우에는 법원은 적당히 감액할 수 있다.' ~ 손해 배상 예정액은 위약금의 일종이며, 계약 위반에 대한 제재인 위약벌도 위약금에 속한다. 위약금의 성격이 둘(손해 배상 예정액, 위약벌) 중 무엇인지 증명되지 못하면 손해 배상 예정액으로 다루어진다."

| 2문단 "손해 배상 예정액이 정해져 있었다면 채권자는 손해 액수를 증명하지 않아도 손해 배상 예정액만큼 손해 배상금을 받을 수 있다."

| 뭔말?

· (나)의 상황: 위약금의 성격이 증명되지 못했으므로 손해 배상 예정액으로 다루어지며, 손해 배상 예정액은 100(위약금)으로 정해져 있음. → 을의 손해 액수 증명 여부와 상관없이 갑은 을에게 약정한 손해 배상 예정액만큼 100을 지급해야 함.

· 위약금의 성격이 손해 배상 예정액인 경우, 법원은 재량으로 이를 감액할 수 있음.

☹ 오답 땡!

① (가)에서 을의 손해가 얼마인지 증명되지 못한 경우~~에도, 갑이 을에게 80을 지급해야 하고 법원이 감액할 수 없다.~~
　　└→ 갑이 을에게 80을 지급하지 않아도 됨.

| 2문단 "채무자의 잘못으로 계약 내용이 실현되지 못하여 계약 위반이 발생하면, 이로 인해 손해를 입은 채권자가 손해 액수를 증명해야 그 액수만큼 손해 배상금을 받을 수 있다."

| 뭔말?

· 위약금 약정이 없었던 (가)에서 을의 손해가 얼마인지 증명되지 못한 경우: 갑이 을에게 손해 배상금 80을 지급하지 않아도 됨.

③ (나)에서 을의 손해가 얼마인지 증명되지 못한 경우, 갑이 을에게 100을

지급해야 하고 법원이 감액할 수 ~~없다.~~
　　└→ 있다

| 뭔말?

· (나)에서 갑은 을에게 위약금 100을 약정했으므로, 을의 손해 액수 증명 여부와 상관없이 을에게 손해 배상 예정액만큼 100을 지급해야 함.

· 손해 배상 예정액의 경우 법원이 감액할 수 있음.

④ (다)에서 을의 손해가 80임이 증명된 경우, 갑이 을에게 180을 지급해야 하고 법원이 감액할 수 ~~있다.~~
　　└→ 없다

| 2문단 "위약금이 위약벌임이 증명되면 채권자는 위약벌에 해당하는 위약금을 받을 수 있고, 손해 배상 예정액과는 달리 법원이 감액할 수 없다. 이때 채권자가 손해 액수를 증명하면 손해 배상금도 받을 수 있다."

| 뭔말?

· 위약금이 위약벌임이 증명된 (다)의 상황에서 을의 손해 액수가 증명된 경우: 갑은 을에게 위약벌에 해당하는 위약금 100과 증명된 손해 액수 80을 모두 지급해야 함.

· 위약벌에 해당하는 위약금은 법원이 감액할 수 없음.

⑤ (다)에서 을의 손해가 얼마인지 증명되지 못한 경우, 갑이 을에게 ~~80~~을 지급해야 하고 법원이 감액할 수 없다.
　　　　　　└→ 100

| 뭔말?

· (다)의 상황에서 을의 손해가 얼마인지 증명되지 못한 경우: 갑은 을에게 위약벌에 해당하는 위약금 100을 지급해야 하고, 손해 배상금은 지급하지 않아도 됨.

· 위약벌에 해당하는 위약금은 법원이 감액할 수 없음.

🍯 꿀피스 Tip!

▶ 이 문제의 포인트는 지문에 제시된 계약 위반 시의 손해 배상과 관련한 법률 조문을 사례에 바르게 적용할 수 있는가에 있어. 이 문제를 해결하기 위해서는 몇 가지 경우의 수와 각각의 조건을 잘 연결해야 해.

▶ 먼저 계약 위반 시 배상금이 미리 정해져 있었는가 없었는가의 경우지. 2문단의 첫 문장을 보면 계약 위반이 발생할 때 채권자가 손해 액수를 증명해야 손해 배상금을 받을 수 있으나, 손해 배상 예정액으로 미리 정해져 있었다면 증명할 필요 없이 그 금액을 받을 수 있다는 거야. 〈보기〉에서 위약금 약정이 없었다는 (가)는 바로 이 지점을 평가하기 위한 사례야. 휴대폰 약정을 떠올려 보라고. 약정은 약속으로 정해 놓았다는 뜻이잖아. (가)는 계약 위반 시의 배상금, 즉 위약금이 미리 정해져 있지 않았으니 채권자인 을이 손해 액수를 증명해야 그만큼 배상금을 받을 수 있는 거야.

▶ 그다음은 위약금의 성격이 무엇인가와 관련한 경우지. 〈보기〉의 (나)와 (다)의 상황이 여기에서 나뉘지. (나)는 위약금의 성격이 증명되지 않았고, (다)는 위약벌이라고 했지. 1문단에서 위약금의 종류는 2가지로 제시되어 있는데 손해 배상 예정액과 위약벌이지. 그리고 위약금의 종류가 증명되지 못하면 손해 배상 예정액으로 다루어진다고 했잖아. 즉 (나)는 손해 배상 예정액, (다)는 위약벌인 사례야.

▶ 손해 배상 예정액인 (나)와 관련한 선지는 ②와 ③인데, 두 선지를 딱 보니 앞부분이 채권자인 을의 손해가 증명된 경우와 증명되지 않은 경우로 나뉘어 있지. 이게 나름 함정이라고 할 수 있어. 앞서 언급했듯 채권자가 자기 손해 액수를 증명해야 하는 경우는 언제라고? 손해 배상 예정액이 안 정해진 경우라고 했으니 (나)에는 적용되지 않는 거야. 즉 채권자인 을의 손해 액수와 상관없이 정해진 100만큼 배상금을 받는 거야.

▶ 그리고 두 선지의 뒷부분을 보니 법원의 감액 여부가 달리 서술되어 있으니 이 판단 기준을 지문에서 찾아야겠지? 이건 지문에 아주 분명히 제시되어 있다. 1문단을 보면 손해 배상 예정액은 법원이 감액할 수 있다고 법조문 자체에 명시되어 있고, 설령 이를 놓쳤더라도 2문단에서 친절하게 위약벌은 '손해 배상 예정액과 달리' 감액할 수 없다고 했잖아. (③을 정답으로 잘못 선택했다면 (나)가 손해 배상 예정액에 해당하는 상황임을 정확히 파악하지 못했을 확률이 높아.)

▶ 마지막으로 위약벌인 (다)의 상황을 보자. ④, ⑤의 선지를 보니 여기도 판단해야 할 지점은 두 가지네. 을의 손해가 증명된 경우와 증명되지 못한 경우, 법원의 감액 가능과 불가능 여부! 위약벌에 대해서는 2문단 뒷부분에서 친절히 설명하고 있지. 위약벌은 미리 정해진 위약금을 받을 수 있고 거기에 채권자가 손해 액수를 증명했을 때 손해 배상금까지 더 받을 수 있다는 거야. 선지에서 을의 손해 증명 여부는 이 손해 배상금을 더 받을 수 있냐 없냐 여부와 관련하여 제시된 거겠지? 다음으로 위약벌인 경우 법원의 감액이 불가능하다는 건 앞에서 얘기했어. 어쨌든지 위약벌인 위약금 100은 확정이야.

▶ ④를 정답으로 잘못 고른 비율이 높은데, 위약벌인 위약금 100은 법원의 감액이 불가능하고 을이 손해 액수를 증명한 80에 대해서는 법원이 감액 가능하다고 자의로 판단했을 수 있어. 그러나 1문단의 법조문을 잘 보라고. '손해 배상 예정액'인 경우 법원이 감액할 수 있다고 했지. (다)는 뭐라고? 위약금의 두 가지 종류, 손해 배상 예정액과 위약벌 중 위약벌에 해당하는 상황이지. 법원이 채권자가 증명한 손해액을 감액할 수 있다는 내용은 지문에서 눈을 씻고 찾아봐도 없을 것이야.

| ①의 '맞다' '어떤 대상의 내용, 정체 따위의 무엇임이 틀림이 없다.'의 의미

② ⓑ: 그 부부는 노후 대책으로 적금을 들고 안심했다.

| ⓑ의 '들다' '설명하거나 증명하기 위하여 사실을 가져다 대다.'의 의미
| ②의 '들다' '적금이나 보험 따위의 거래를 시작하다.'의 의미

③ ⓒ: 그의 파격적인 주장은 학계의 큰 주목을 받았다.

| ⓒ의 '받다' '다른 사람이 주거나 보내오는 물건 따위를 가지다.'의 의미
| ③의 '받다' '다른 사람이나 대상이 가하는 행동, 심리적인 작용 따위를 당하거나 입다.'의 의미

④ ⓓ: 형은 땀 흘려 울퉁불퉁한 땅을 평평하게 골랐다.

| ⓓ의 '고르다' '여럿 중에서 가려내거나 뽑다.'의 의미
| ④의 '고르다' '울퉁불퉁한 것을 평평하게 하거나 들쭉날쭉한 것을 가지런하게 하다.'의 의미

---

04 어휘의 의미 파악   답 ⑤

선지별 선택 비율	①	②	③	④	⑤
화작	5%	1%	1%	1%	88%
언매	3%	1%	1%	1%	92%

문맥상 ⓐ~ⓔ의 의미와 가장 가까운 것은?

🙂 정답 띵! 동!

⑤ ⓔ: 그분은 우리에게 한 약속을 반드시 지킬 것이다.

| ⓔ와 ⑤의 '지키다' '규정, 약속, 법, 예의 따위를 어기지 아니하고 그대로 실행하다.'의 의미

😕 오답 땡!

① ⓐ: 이것이 네가 찾는 자료가 맞는지 확인해 보아라.

| ⓐ의 '맞다' '어떤 행동, 의견, 상황 따위가 다른 것과 서로 어긋나지 아니하고 같거나 어울리다.'의 의미

유류분권

🔗 EBS 연결 고리
2023학년도 EBS 수능특강 독서 302쪽 〈유류분 제도〉에서 '유류분' 관련 내용 연계

해제 이 글은 피상속인이 재산을 무상 처분했을 때 발생할 수 있는 상속인의 유류분권에 대해 설명하고 있다. 어떤 재산의 무상 처분 행위가 행해졌을 때 그 결과가 번복될 수 있는데, 상속인들이 유류분권을 행사할 수 있기 때문이다. 여기에서 유류분은 피상속인의 무상 처분 행위가 없었다고 가정할 때 상속인들이 상속받을 수 있었던 이익 중 법으로 보장된 부분으로, 상속인들이 기대했던 이익을 보장하기 위해 산정한 것이다. 그런데 상속인이 상속 개시 이전에 상속받은 것이 있는 경우에는 유류분에 해당하는 이익에서 이미 상속받은 이익을 뺀 값인 유류분 부족액을 무상 취득자로부터 반환받을 수 있다. 이때 유류분 부족액의 가치는 금액으로 계산되지만 무상 처분된 재산이 돈이 아닐 경우 처분된 재산 자체가 반환 대상이 되는 것이 원칙이다. 그리고 무상 처분된 재산이 물건일 경우, 유류분 부족액이 무상 처분된 물건보다 가치가 적을 때에는 물건에 대한 지분으로 반환받을 수 있다. 한편 유류분 부족액을 계산할 때에는 유류분의 취지에 따라 상속 개시 당시의 시가를 기준으로 한다. 하지만 무상 취득자의 노력으로 물건의 시가가 상승한 경우에는 무상 취득 당시의 시가를 기준으로 하며, 지분을 계산할 때에는 시가 상승의 원인이 무엇이든 상속 개시 당시의 시가를 기준으로 한다.

주제 유류분권의 개념 및 유류분 부족액의 반환 방법

짜임

1문단	무상 처분 행위와 유류분권
2문단	유류분의 개념 및 유류분을 산정하는 이유
3문단	유류분 부족액의 개념과 반환 원칙
4문단	무상 처분된 재산이 물건일 경우 유류분 반환이 이루어지는 방식
5문단	무상 처분된 물건의 시가가 변동된 경우의 계산 기준

1문단 사유 재산 제도하에서는 누구나 자신의 재산을 자유롭게 처분할 수 있다. 그러나 기부와 같이 어떤 재산이 대가 없이 넘어가는 무상 처분
[01-④, ⑤] [03-①] 유류분권의 대상이 되는 무상 처분 재산
행위가 행해졌을 때는 그 당사자인 무상 처분자와 무상 취득자의 의사와 무관하게 그 결과가 번복될 수 있다. 무상 처분자가 사망하면 상속이 개시
[01-①, ③, ⑤] [03-①, ⑤] 유류분권 행사의 주체, 시기
되고, 그의 상속인들이 유류분을 반환받을 수 있는 권리인 유류분권을 행사할 수 있기 때문이다. 이때 무상 처분자는 피상속인이 되고 그의 권리와 의무는 상속인에게 이전된다.

2문단 유류분은 피상속인의 무상 처분 행위가 없었다고 가정할 때 상속
[01-②, ④] [03-②, ③, ④, ⑤] 유류분의 개념
인들이 상속받을 수 있었을 이익 중 법으로 보장된 부분이다. 만약 상속인이 피상속인의 자녀 한 명뿐이면, 상속받을 수 있었을 이익의 $\frac{1}{2}$만 보장된
[04-①~④] 상속인이 피상속인의 자녀 1인일 경우의 유류분
다. 상속인들이 상속받을 수 있었을 이익은 상속 개시 당시에 피상속인이
[04-①~④] 상속인들이 상속받을 수 있었을 이익의 계산
가졌던 재산의 가치에 이미 무상 취득자에게 넘어간 재산의 가치를 더하

여 산정한다. 유류분은 상속인들이 기대했던 이익을 보호하기 위한 것이
[03-②, ③, ④, ⑤] 유류분의 취지
기 때문이다.

3문단 피상속인이 상속 개시 당시에 가졌던 재산으로부터 상속받은 이
[04-①~④] 유류분 부족액 계산이 필요한 경우
익이 있는 상속인은 유류분에 해당하는 이익의 일부만 반환받을 수 있다. 유류분에 해당하는 이익에서 이미 상속받은 이익을 뺀 값인 유류분 부족
[01-②] [02-②] [04-①~④] 유류분 부족액의 개념
액만 반환받을 수 있기 때문이다. 유류분 부족액의 가치는 금액으로 계산되지만 항상 돈으로 반환되는 것은 아니다. 만약 무상 처분된 재산이 돈이 아니라 물건이나 주식처럼 돈 이외의 재산이라면, 처분된 재산 자체가 반
[02-④] 무상 처분된 재산이 돈이 아닌 경우의 반환 원칙
환 대상이 되는 것이 원칙이다. 다만 그 재산 자체를 반환하는 것이 불가
[02-③, ④] 유류분 부족액을 돈으로 반환하는 경우 ①
능한 때에는 무상 취득자는 돈으로 반환해야 한다. 또한 재산 자체의 반환이 가능해도 유류분권자와 무상 취득자의 합의에 의해 돈으로 반환될 수
[02-④] 유류분 부족액을 돈으로 반환하는 경우 ②
도 있다.

4문단 무상 처분된 재산이 물건이라면 유류분 반환은 어떤 형태로 이루어질까? 무상 취득자가 반환해야 할 유류분 부족액이 무상 처분된 물건의
[02-①, ②, ⑤] 유류분 부족액이 무상 처분된 물건의 가치보다 적은 경우
가치보다 적다면 유류분권자는 그 물건의 가치에 상당하는 금액에서 유류분 부족액이 차지하는 비율만큼 무상 취득자로부터 반환받을 수 있다. 이로 인해 하나의 물건에 대한 소유권이 여러 명에게 나눠지는데, 이때 각자
[02-①, ②, ⑤] 지분의 개념
의 몫을 지분이라고 한다.

5문단 무상 처분된 물건의 시가가 변동하면 유류분 부족액을 계산할 때는 언제의 시가를 기준으로 삼아야 할까? ㉠유류분의 취지에 비추어 상속
[04-①, ②] 유류분 부족액 계산 시 시가 기준 ①
개시 당시의 시가를 기준으로 해야 한다. 다만 그 물건의 시가 상승이 무상 취득자의 노력에서 비롯되었으면 이때는 무상 취득 당시의 시가를 기
[03-③] [04-③, ④] 유류분 부족액 계산 시 시가 기준 ②
준으로 계산해야 한다. 이렇게 정해진 유류분 부족액을 근거로 반환 대상인 지분을 계산할 때는, 시가 상승의 원인이 무엇이든 상속 개시 당시의
[04-②, ④] 지분 계산 시 시가 기준
시가를 기준으로 해야 한다.

---

01 세부 정보의 파악

답 ②

선지별 선택 비율	①	②	③	④	⑤
확작	3%	49%	9%	15%	22%
언매	2%	62%	5%	11%	17%

윗글의 내용과 일치하지 않는 것은?

😊 정답 띵! 동!

② 유류분권이 보장되는 범위는 유류분 부족액와 일부에 한정된다.
  └→ 전체에 해당한다

| 2문단 "유류분은 피상속인의 무상 처분 행위가 없었다고 가정할 때 상속인들이 상속받을 수 있었을 이익 중 법으로 보장된 부분"

| 3문단 "피상속인이 상속 개시 당시에 가졌던 재산으로부터 상속받은 이익이 있는 상속인은 ~ 유류분에 해당하는 이익에서 이미 상속받은 이익을 뺀 값인 유류분 부족액만 반환받을 수 있기 때문"

| 뭔말?
· 유류분 부족액 전체가 유류분권의 대상임.

😠 오답 땡!

① 유류분권은 상속인이 아닌 사람에게는 인정되지 않는다.

| 1문단 "무상 처분자가 사망하면 상속이 개시되고, 그의 상속인들이 유류분을 반
환받을 수 있는 권리인 유류분권을 행사"

③ 상속인은 상속 개시 전에는 무상 취득자에게 유류분권을 행사할 수 없다.

| 1문단 "무상 처분자가 사망하면 상속이 개시되고, 그의 상속인들이 유류분을 반
환받을 수 있는 권리인 유류분권을 행사할 수 있기 때문"

④ 피상속인이 생전에 다른 사람에게 판 재산은 유류분권의 대상이 될 수 없다.

| 1문단 "기부와 같이 어떤 재산이 대가 없이 넘어가는 무상 처분 행위가 행해졌을
때는 ~ 그의 상속인들이 유류분을 반환받을 수 있는 권리인 유류분권을 행사
할 수 있기 때문이다."
| 2문단 "유류분은 피상속인의 무상 처분 행위가 없었다고 가정할 때 상속인들이
상속받을 수 있었을 이익 중 법으로 보장된 부분"
| 뭔말?
· 유류분권은 피상속인의 '무상 처분 행위'를 전제로 함. → 무상 처분이 아닌 다른
사람에게 판(유상 처분) 재산은 유류분권의 대상이 아님.

⑤ 무상으로 취득한 재산에 대한 권리는 무상 취득자 자신의 의사에 반하여
제한될 수 있다.

| 1문단 "기부와 같이 어떤 재산이 대가 없이 넘어가는 무상 처분 행위가 행해졌을
때는 그 당사자인 무상 처분자와 무상 취득자의 의사와 무관하게 그 결과가 번
복될 수 있다(무상 취득자가 원치 않아도 무상 취득한 재산을 반환해야 할 수 있다). ~
그의 상속인들이 유류분을 반환받을 수 있는 권리인 유류분권을 행사할 수 있
기 때문이다."
| 뭔말?
· 상속인의 유류분권 행사 → 무상 취득자의 의사와 상관없이 유류분 반환

02 내용의 추론 답 ④

선지별 선택 비율	①	②	③	④	⑤
화작	3%	13%	21%	49%	11%
언매	2%	12%	16%	60%	7%

윗글에 대한 이해로 가장 적절한 것은?

😊 정답 땡! 동!

④ 유류분권자가 유류분 부족액을 물건 대신 돈으로 반환하라고 요구하더라
도 무상 취득자는 무상 취득한 물건으로 반환할 수 있다.

| 3문단 "무상 처분된 재산이 돈이 아니라 물건이나 주식처럼 돈 이외의 재산이
라면, 처분된 재산 자체가 반환 대상이 되는 것이 원칙이다. 다만 그 재산 자체
를 반환하는 것이 불가능한 때에는 무상 취득자는 돈으로 반환해야 한다. 또한

재산 자체의 반환이 가능해도 유류분권자와 무상 취득자의 합의에 의해 돈으로
반환될 수도 있다."
| 뭔말?
· 물건 자체를 반환하는 것이 가능할 때 → 유류분권자가 유류분 부족액을 물건
대신 돈으로 반환하라고 요구해도 무상 취득자가 이에 합의하지 않고 원칙대로
물건으로 반환 가능

😠 오답 땡!

① 무상 처분된 재산이 물건 한 개이면 유류분권자는 ~~크 물건 전부를~~ 반환받
는다.
물건의 가치보다 유류분 부족액이 적다면 유류분 부족액 비율만큼 ←┘

| 4문단 "무상 취득자가 반환해야 할 유류분 부족액이 무상 처분된 물건의 가치보
다 적다면 유류분권자는 그 물건의 가치에 상당하는 금액에서 유류분 부족액이
차지하는 비율만큼 무상 취득자로부터 반환받을 수 있다. 이로 인해 하나의 물
건에 대한 소유권이 여러 명에게 나눠지는데 이때 각자의 몫을 지분이라고 한다."
| 뭔말?
· 무상 처분된 재산이 물건 하나라고 해도, 무상 취득자가 반환해야 할 유류분 부
족액이 무상 처분된 물건의 가치보다 적은 경우 그 한 물건에 대한 소유권이 나
뉘게 됨. → 물건 전부를 반환받는 것이 아니라 유류분권자의 지분만큼 반환
받을 수 있음.

② 무상 처분된 물건이 반환되는 경우 유류분 부족액이 클수록 무상 취득자
의 지분이 더 ~~커진다.~~
└→ 작아진다

| 3문단 "유류분에 해당하는 이익에서 이미 상속받은 이익을 뺀 값인 유류분 부족
액만 반환"
| 4문단 "무상 취득자가 반환해야 할 유류분 부족액이 무상 처분된 물건의 가치보
다 적다면 유류분권자는 그 물건의 가치에 상당하는 금액에서 유류분 부족액이
차지하는 비율만큼 무상 취득자로부터 반환받을 수 있다. ~ 이때 각자의 몫을
지분이라고 한다."
| 뭔말?
· 유류분 부족액: 무상 취득자가 유류분권자에게 반환해야 하는 값
· 무상 처분된 재산이 물건이고 유류분 부족액이 물건의 가치보다 적은 경우: 유
류분권자가 유류분 부족액 비율만큼 그 물건에 대한 지분을 갖게 됨.
· 유류분 부족액이 크면 유류분권자가 갖게 되는 지분이 커지고 무상 취득자의 지
분은 작아짐.

③ 무상 취득자가 무상 취득한 물건을 반환할 수 없게 되면 유류분 부족액을
~~처분으로~~ 반환해야 한다.
└→ 돈으로

| 3문단 "무상 처분된 재산이 돈이 아니라 물건이나 주식처럼 돈 이외의 재산이라
면, 처분된 재산 자체가 반환 대상이 되는 것이 원칙이다. 다만 그 재산 자체를
반환하는 것이 불가능한 때에는 무상 취득자는 돈으로 반환해야 한다."
※ 지분: 유류분 부족액이 무상 처분된 물건의 가치보다 적을 때, 그 물건에 대한 소유권이
나뉘어 유류분권자와 무상 취득자 각각이 갖는 몫

⑤ 무상 처분된 물건의 일부가 반환되면 무상 취득자는 그 물건의 소유권을
~~가지고~~ 유류분권자는 유류분 부족액만큼의 ~~돈을~~ 반환받게 된다.
└→ 유류분권자와 나누어 가지고 └→ 지분을

| 4문단 "무상 취득자가 반환해야 할 유류분 부족액이 무상 처분된 물건의 가치
보다 적다면 유류분권자는 그 물건의 가치에 상당하는 금액에서 유류분 부족액

이 차지하는 비율만큼 무상 취득자로부터 반환받을 수 있다. 이로 인해 하나의 물건에 대한 소유권이 여러 명에게 나눠지는데 이때 각자의 몫을 지분이라고 한다."

| 뭔말?

· 무상 처분된 물건의 일부가 반환되어야 하는 상황: 유류분 부족액이 무상 처분된 물건의 가치보다 적은 경우 → 그 물건의 가치에 상당하는 금액에서 무상 취득자의 지분과 유류분권자의 지분이 나뉘고 이에 따라 소유권도 나눠짐.

03 내용의 추론　　　　　　　　　　　　답 ②

선지별 선택 비율	①	②	③	④	⑤
화작	6%	46%	12%	12%	22%
언매	5%	59%	7%	10%	17%

윗글을 통해 알 수 있는 ㉠의 이유로 가장 적절한 것은?

😀 **정답 띵!등!**

② 유류분은 피상속인이 재산을 무상 처분하지 않은 것으로 가정하여 산정되기 때문이다.

| 2문단 "유류분은 피상속인의 무상 처분 행위가 없었다고 가정할 때 상속인들이 상속받을 수 있었을 이익 중 법으로 보장된 부분 ~ 상속인들이 상속받을 수 있었을 이익은 상속 개시 당시에 피상속인이 가졌던 재산의 가치에 이미 무상 취득자에게 넘어간 재산의 가치를 더하여 산정한다. 유류분은 상속인들이 기대했던 이익을 보호하기 위한 것이기 때문"

| 뭔말?

· 유류분의 취지: 상속 개시 당시 상속인들이 기대했던 이익을 보호하는 것

· 유류분 산정: 상속 개시 당시 피상속인이 재산을 무상 처분하지 않은 것으로 가정할 때 상속받을 수 있었을 이익 ∴ 상속 개시 당시의 시가를 기준으로 삼음.

😞 **오답 땡!**

① 유류분은 피상속인이 ~~자유롭게 처분한 재산의 일부이어야 하기~~ 때문이다.
　　　┗ 무상 처분한 재산을 대상으로 하며, 상속 개시 당시
　　　　상속인들이 기대했던 이익을 보호함.

| 1문단 "기부와 같이 어떤 재산이 대가 없이 넘어가는 무상 처분 행위가 행해졌을 때는 ~ 그의 상속인들이 유류분을 반환받을 수 있는 권리인 유류분권을 행사할 수 있기 때문이다."

| 뭔말?

· 유류분은 기부와 같은 피상속인의 무상 처분 행위를 전제로 함. → 피상속인이 자유롭게 처분한 재산 중 유상 처분한 재산은 대상으로 하지 않음.

③ 유류분은 ~~재산의 가치를 증가시킨 무상 취득자의 노력에 대한 보상으로 완정되는 것이기~~ 때문이다. ┗ 무상 취득자가 아니라 상속인들의 이익을 보장함.

| 2문단 "유류분은 피상속인의 무상 처분 행위가 없었다고 가정할 때 상속인들이 상속받을 수 있었을 이익 중 법으로 보장된 부분"

| 5문단 "물건의 시가 상승이 무상 취득자의 노력에서 비롯되었으면 이때는 무상 취득 당시의 시가를 기준으로 계산해야 한다."

| 뭔말?

· 유류분은 상속인의 이익을 보호하기 위한 것이지 무상 취득자의 노력을 인정하기 위한 것이 아님.

· 무상 취득자의 노력 인정 → 유류분 부족액 계산 시 반영. 무상 취득 물건의 가

치가 무상 취득자의 노력에 의해 상승한 경우, 상속 개시 당시가 아니라 무상 취득 당시의 시가를 기준으로 유류분 부족을 계산함.

　※ 상속 개시 당시의 시가를 기준으로 해야 한다는 ㉠의 이유 X

④ 유류분은 피상속인의 재산에 대해 ~~소유권을 나눠 가진 사람들 각자의 몫을 반영해야 하기 때문이다.~~
　　　┗ 상속인과 무상 취득자가 소유권을 나눠 가질 수 있으나,
　　　　무상 취득자의 이익 보호는 유류분의 취지 X

| 뭔말?

· 유류분의 취지: 상속 개시 당시 상속인의 기대 이익 보호

· '피상속인의 재산에 대해 소유권을 나눠 가진 사람들'에는 상속인과 무상 취득자가 모두 포함될 수 있는데, 무상 취득자의 지분 반영은 유류분의 취지가 아님.

· 상속인과 무상 취득자 각각의 지분을 반영하는 것과 상속 개시 당시의 시가를 기준으로 삼는 것 간에 인과 관계 없음.

　※ 무상 처분된 물건의 시가 상승이 무상 취득자의 노력 때문인 경우, 상속 개시 시점이 아니라 무상 취득 당시의 시가를 기준으로 계산함.

⑤ 유류분에 해당하는 이익의 가치가 ~~상속 개시 전후에 걸쳐 변동되는 것을 반영해야 하기 때문이다.~~
　　　┗ 상속 개시 당시의 시가를 기준으로 해야 한다는 ㉠과 부합 X

| 뭔말?

· 유류분: 상속 개시 당시 상속인들이 상속받을 수 있었을 이익을 법으로 보장하는 것

· 상속 개시 전후에 변동되는 가치를 반영해야 한다면 상속 개시 당시의 시가를 기준으로 삼지 않아야 함.

🔥 **매운맛 픽**

04 구체적 사례에의 적용　　　　　　　　답 ④

선지별 선택 비율	①	②	③	④	⑤
화작	9%	14%	18%	33%	23%
언매	8%	12%	14%	40%	23%

윗글을 바탕으로 〈보기〉를 이해한 내용으로 적절하지 않은 것은? [3점]

> ──── 보기 ────
>
> 갑(피상속인)의 재산으로는 A 물건과 B 물건이 있었으며 그 외의 재산이나 채무는 없었다. 갑은 을(무상 취득자)에게 A 물건을 무상으로 넘겨주었고 그로부터 6개월 후 사망했다. 갑의 상속인으로는 갑의 자녀인 병(상속인)만 있다. A 물건의 시가는 을이 A 물건을 소유하게 되었을 때는 300(무상 취득 당시), 갑이 사망했을 때는 700(상속 개시 시점, 무상 취득 물건의 가치 상승)이었다. 병은 갑이 사망한 날로부터 3개월 후에 을에게 유류분권을 행사했다. B 물건의 시가는 병이 상속받았을 때부터 병이 을에게 유류분 반환을 요구했을 때까지 100으로 동일하다.
> (단, 세금, 이자 및 기타 비용은 고려하지 않음.)

😀 **정답 띵!등!**

④ A 물건의 시가가 을의 노력으로 상승한 경우 유류분 반환의 대상은 A 물건의 $\frac{1}{3}$ 지분이다.
　　　　　　　　　　　　┗ $\frac{1}{7}$

| 2문단 "상속인이 피상속인의 자녀 한 명뿐이면, 상속받을 수 있었을 이익의 $\frac{1}{2}$ 만 보장된다. 상속인들이 상속받을 수 있었을 이익은 상속 개시 당시에 피상속

인이 가졌던 재산의 가치에 이미 무상 취득자에게 넘어간 재산의 가치를 더하여 산정"

| 5문단 "물건의 시가 상승이 무상 취득자의 노력에서 비롯되었으면 이때는 무상 취득 당시의 시가를 기준으로 계산해야 한다. 이렇게 정해진 유류분 부족액을 근거로 반환 대상인 지분을 계산할 때는, 시가 상승의 원인이 무엇이든 상속 개시 당시의 시가를 기준으로 해야 한다."

| 뭔말?
· A 물건의 시가가 을의 노력으로 상승한 경우 유류분: 을의 A 물건 취득 당시의 시가(300) + B 물건의 시가(100) ÷ 2 = 200
· 유류분 부족액: 유류분(200) − 상속받은 B 물건의 시가(100) = 100
· A 물건에 대한 병의 지분(유류분 반환 대상): 유류분 부족액(100) ÷ 갑이 사망했을 때, 즉 상속 개시 당시 A 물건의 시가(700) = 1/7
| 결론! 유류분 반환의 대상: A 물건의 1/3이 아니라 1/7임.

오답 땡!

① A 물건의 시가 상승이 을의 노력과 무관한 경우 유류분 부족액은 300이다.

| 뭔말?
· A 물건의 시가 상승이 을의 노력과 무관한 경우: 상속 개시 시점을 기준으로 유류분 부족액 계산
· 유류분: 갑의 사망 당시 A 물건의 시가(700) + 상속받은 B 물건의 시가(100) ÷ 2 = 400
· 유류분 부족액: 유류분(400) − 상속받은 B 물건의 시가(100) = 300

② A 물건의 시가 상승이 을의 노력과 무관한 경우 유류분 반환의 대상은 A 물건의 $\frac{3}{7}$ 지분이다.

| 뭔말?
· A 물건의 시가 상승이 을의 노력과 무관한 경우 유류분 부족액 = 300
· A 물건에 대한 병의 지분(유류분 반환 대상): 유류분 부족액(300) ÷ 갑이 사망했을 때, 즉 상속 개시 당시 A 물건의 시가(700) = 3/7

③ A 물건의 시가가 을의 노력으로 상승한 경우 유류분 부족액은 100이다.

| 뭔말?
· A 물건의 시가가 을의 노력으로 상승한 경우 유류분: 을의 A 물건 취득 당시의 시가(300) + B 물건의 시가(100) ÷ 2 = 200
· 유류분 부족액: 유류분(200) − 상속받은 B 물건의 시가(100) = 100

⑤ A 물건의 시가가 을의 노력으로 상승한 경우와 을의 노력과 무관하게 상승한 경우 모두, 갑이 상속 개시 당시 소유했던 재산으로부터 병이 취득할 수 있는 이익은 동일하다.
→ B 물건

| 뭔말?
· 갑이 상속 개시 당시 소유했던 재산: B 물건
· B 물건의 시가 100: A 물건의 시가 상승에 대한 을의 노력 여부와 상관없이 모두 병이 취득할 수 있음.
  ※ A 물건의 시가가 을의 노력으로 상승한 경우 유류분은 200, 을의 노력과 무관한 경우는 400으로 다르나, A 물건은 갑이 사망 6개월 전 을에게 무상 처분하였으므로 상속 개시 당시 소유했던 재산이 아님.
| 결론! 갑이 상속 개시 당시 소유했던 재산인 B 물건으로부터 병이 취득할 수 있는 이익 → 100으로 동일함.

꿀피스 Tip!

▶ 이 문제의 포인트는 지문에 제시된 유류분, 유류분 부족액과 유류분 반환 대상인 물건의 지분을 실제 사례에서 계산할 수 있는가에 있어. 숫자 계산이 필요하지만 더하기, 빼기, 나누기 수준이야.

▶ 우선 〈보기〉의 상황을 보자. 갑의 자녀인 병이 상속을 받는데, 갑이 재산 중 하나인 A 물건을 을에게 무상 처분했으니 병이 유류분권을 행사할 수 있는 상황인 거지.

▶ 먼저 2문단의 내용을 적용해 보자. 상속인인 병이 상속받을 수 있었을 이익, 즉 유류분은 상속 개시 당시 피상속인인 갑이 가졌던 재산인 B 물건과 무상 취득자에게 넘어간 재산인 A 물건의 가치를 더해야 해. 그런데 갑의 자녀는 병 하나뿐이니 보장되는 이익은 1/2이라는 거지.

▶ 그리고 병은 상속 개시 당시 갑이 소유하고 있던 B 물건을 상속받았기 때문에 유류분 부족액을 계산해야 하는 상황이야. 3문단에 제시되어 있듯이 유류분 부족액은 유류분에서 이미 상속받은 이익을 뺀 값이잖아. 무상 취득자인 을이 병에게 반환해야 하는 건 바로 이 유류분 부족액이라는 걸 파악하지 못하면 정답을 고를 수 없어.

▶ 그런데 A는 물건이잖아? 만약 유류분 부족액이 A 물건의 가치보다 적으면 물건을 쪼갤 수도 없고 어떻게 될까? 이건 4문단에서 설명하고 있지. 이때 병은 A 물건의 가치를 금액으로 환산하고 거기에서 유류분 부족액이 차지하는 비율, 즉 지분을 받게 되는 거야. 즉 A 물건의 소유권을 을과 병이 나누어 갖는 거지.

▶ 그게 아니라 유류분 부족액이 물건의 가치와 동일하다면 3문단에서 설명한 대로 A 물건 자체를 반환하는 것이 원칙인데, 을과 병이 합의해서 돈으로 반환할 수도 있지.

▶ 이제 계산하면 되는데 조건이 또 하나 있네. A 물건의 시가가 상승되었다는 건데, 시가 변동은 5문단에서 설명하고 있지. 자, 감이 오지? 선지에서 시가 상승과 관련한 조건이 붙을 거라는 것이! 무상 취득자 을의 노력이 시가 상승의 원인인가 아닌가에 따라 계산이 달라지니까 말이야.

▶ 그럼 먼저 시가 상승이 을의 노력 때문인 경우를 보자.
· 유류분: 300(A 물건의 무상 취득 당시 시가) + 100(B 물건) ÷ 2(자녀 한 명 뿐인 경우) = 200
· 유류분 부족액: 200(유류분) − 100(병이 B 물건을 상속받아 얻은 이익) = 100
  ※ A는 물건이고 유류분 부족액이 물건의 가치보다 적으므로 지분 계산 필요 → 지분 계산 시에는 상속 개시 당시 시가(700)가 기준임.
· 병의 지분: 100(유류분 부족액) ÷ 700(A 물건 상속 당시 시가) = 1/7

▶ 다음으로 시가 상승이 을의 노력 때문이 아닌 경우를 보자.
· 유류분: 700(A 물건의 상속 개시 당시 시가) + 100(B 물건) ÷ 2(자녀 한 명 뿐인 경우) = 400
· 유류분 부족액: 400(유류분) − 100(병이 B 물건을 상속받아 얻은 이익) = 300
  ※ A는 물건이고 유류분 부족액이 물건의 가치보다 적으므로 지분 계산 필요 → 지분 계산 시에는 상속 당시 시가(700)가 기준임.
· 병의 지분: 300(유류분 부족액) ÷ 700(A 물건 상속 당시 시가) = 3/7

▶ ④를 보면 유류분 반환의 대상이 A 물건의 1/30이라고 했는데, 어느 경우이든 해당되지 않잖아. 이걸 맞다고 생각했다면 유류분 부족액 계산은 바르게 했지만 지분 계산할 때 상속 개시 당시 시가를 기준으로 해야 한다는 내용을 놓쳐서 100 ÷ 300으로 계산했을 수 있겠네.

▶ 그리고 의외로 ⑤를 정답으로 선택한 비율이 높은데, 사실 이건 간단한 함정이거든? 계산도 필요 없어. 핵심은 '갑이 상속 개시 당시 소유했던 재산'이 B 물건이라는 거야. 〈보기〉를 보면 B 물건의 시가는 100으로 변동이 없다는 설명을 굳이 붙여 놓았는데 다 이유가 있는 거지. A 물건의 시가 상승은 B 물건이랑은 아무 상관이 없다구. 선지 독해를 정확히 하지 않고, A 물건의 시가 상승 원인이 을의 노력인 경우와 아닌 경우 병의 이익은 달라진다고만 판단하면 정답을 놓치게 되는 거야.

▶ 본문 066쪽

매운맛 사회09
2023학년도 6월 평가원

01 ①   02 ⑤   03 ④
04 ②

이중차분법

↻ EBS 연결 고리
2023학년도 EBS 수능특강 독서 118쪽 〈이민과 이중차분법〉에서 '이중차분법' 관련 내용 연계

해제 이 글은 경제학에서 사건의 효과를 평가하는 방법인 이중차분법에 대해 설명하고 있다. 경제학에서는 증거에 근거한 정책 논의를 위해 사건의 효과를 평가해야 할 경우가 많은데, 평가 방법 중 대표적인 것이 이중차분법이다. 이중차분법은 시행집단에서 일어난 변화에서 비교집단에서 일어난 변화를 뺀 값을 사건의 효과라고 평가하는 방법이다. 이중차분법에서는 평행추세 가정에 근거해 사건의 효과를 평가하는데, 평행추세 가정은 사건이 없었더라도 비교집단에서 일어난 변화와 같은 크기의 변화가 시행집단에서도 일어났을 것이라고 가정하는 것이다. 이중차분법을 적용한 평가의 신뢰도를 높이기 위해서는 평행추세 가정의 충족이 중요하므로, 이를 위해 여러 비교집단을 구성하여 각각에 이중차분법을 적용한 평가 결과가 동일함을 확인하거나 시행집단과 여러 특성에서 표본의 통계적 유사성이 높은 비교집단을 구성하는 등의 방법을 사용한다.

주제 평형추세 가정을 바탕으로 하는 이중차분법의 사건 효과 평가

짜임

1문단	경제학에서 사건의 효과를 평가하는 방법
2문단	평행추세 가정에 근거해 사건의 효과를 평가하는 이중차분법
3문단	이중차분법의 최초의 사용 사례 및 경제학에서의 이용
4문단	평행추세 가정이 충족되어야 하는 이중차분법
5문단	이중차분법을 적용한 평가에 대한 신뢰도를 높이는 방법

1문단 경제학에서는 증거에 근거한 정책 논의를 위해 사건의 효과를 평가해야 할 경우가 많다. 어떤 사건의 효과를 평가한다는 것은 사건 후의 결과와 사건이 없었을 경우에 나타났을 결과를 비교하는 일이다. 그런데 가상의 결과는 관측할 수 없으므로 실제로는 사건을 경험한 표본들로 구성된 시행집단의 결과와, 사건을 경험하지 않은 표본들로 구성된 비교집[01-④] 실험적 방법의 사건 효과 평가
단의 결과를 비교하여 사건의 효과를 평가한다. 따라서 이 작업의 관건은 그 사건 외에는 결과에 차이가 ⓐ날 이유가 없는 두 집단을 구성하는 일이다. 가령 어떤 사건이 임금에 미친 효과를 평가할 때, 그 사건이 없었다면 시행집단과 비교집단의 평균 임금이 같을 수밖에 없도록 두 집단을 구성하는 것이다. 이를 위해서는 두 집단에 표본이 임의로 배정되도록 사건
[01-①] 실험적 방법의 사건 설계
을 설계하는 실험적 방법이 이상적이다. 그러나 사람을 표본으로 하거나
[01-②] 실험적 방법의 한계
사회 문제를 다룰 때에는 이 방법을 적용할 수 없는 경우가 많다.

2문단 이중차분법은 시행집단에서 일어난 변화에서 비교집단에서 일어
[02-①~⑤] [03-③] 이중차분법의 개념
난 변화를 뺀 값을 사건의 효과라고 평가하는 방법이다. 이는 사건이 없었더라도 비교집단에서 일어난 변화와 같은 크기의 변화가 시행집단에서
[01-③] [02-①~⑤] 평행추세 가정의 개념
도 일어났을 것이라는 평행추세 가정에 근거해 사건의 효과를 평가한 것

이다. 이 가정이 충족되면 사건 전의 상태가 평균적으로 같도록 두 집단을
[01-④] 평행추세 가정 충족의 장점
구성하지 않아도 된다.

3문단 이중차분법은 1854년에 스노가 처음 사용했다고 알려져 있다. 그
[01-④] 이중차분법을 사용한 최초 사례
는 두 수도 회사로부터 물을 공급받는 런던의 동일 지역 주민들에 주목했
다. 같은 수원을 사용하던 두 회사 중 한 회사만 수원을 ⓑ바꿨는데 주민
들은 자신의 수원을 몰랐다. 스노는 수원이 바뀐 주민들과 바뀌지 않은 주
[01-④, ⑤] 이중차분법을 이용한 스노의 연구
민들의 수원 교체 전후 콜레라로 인한 사망률의 변화들을 비교함으로써
콜레라가 공기가 아닌 물을 통해 전염된다는 결론을 ⓒ내렸다. 경제학에
서는 1910년대에 최저임금제 도입 효과를 파악하는 데 이 방법이 처음 이
용되었다.

4문단 평행추세 가정이 충족되지 않는 경우에 이중차분법을 적용하면
사건의 효과를 잘못 평가하게 된다. 예컨대 ㉠어떤 노동자 교육 프로그램
의 고용 증가 효과를 평가할 때, 일자리가 급격히 줄어드는 산업에 종사하
는 노동자의 비중이 비교집단에 비해 시행집단에서 더 큰 경우에는 평행
추세 가정이 충족되지 않을 것이다. 그렇다고 해서 집단 간 표본의 통계적
유사성을 ⓓ높이려고 사건 이전 시기의 시행집단을 비교집단으로 설정하
[03-④] 사건 이전 시기의 시행집단을 비교집단으로 설정하는 경우
는 것이 평행추세 가정의 충족을 보장하는 것은 아니다. 예컨대 고용처럼
경기변동에 민감한 변화라면 집단 간 표본의 통계적 유사성보다 변화 발
[03-④] 평행추세 가정 충족에서 더 중요한 요인(고용의 예)
생의 동시성이 이 가정의 충족에서 더 중요할 수 있기 때문이다.

5문단 여러 비교집단을 구성하여 각각에 이중차분법을 적용한 평가 결
[03-⑤] 이중차분법을 적용한 평가에 대한 신뢰도를 높이는 방법 ①
과가 같음을 확인하면 평행추세 가정이 충족된다는 신뢰를 줄 수 있다. 또
한 시행집단과 여러 특성에서 표본의 통계적 유사성이 높은 비교집단을
[03-②] 이중차분법을 적용한 평가에 대한 신뢰도를 높이는 방법 ②
구성하면 평행추세 가정이 위협받을 가능성을 ⓔ줄일 수 있다. 이러한 방
법들을 통해 이중차분법을 적용한 평가에 대한 신뢰도를 높일 수 있다.

---

01 세부 정보의 파악   답 ①

선지별 선택 비율	①	②	③	④	⑤
화작	19%	19%	20%	30%	10%
언매	24%	15%	18%	30%	11%

윗글에 대한 이해로 적절하지 <u>않은</u> 것은?

😊 정답 띡! 등!

① 실험적 방법에서는 ~~시행집단에서 일어난 평균 임금의 사건 전후 변화를~~ → 시행집단과 비교집단에서 일어난
어떤 사건이 임금에 미친 효과라고 평가한다. 평균 임금의 사건 전후 변화를
                                                     비교하여

| 1문단 "사건을 경험한 표본들로 구성된 시행집단의 결과와, 사건을 경험하지 않
은 표본들로 구성된 비교집단의 결과를 비교하여 사건의 효과를 평가한다. ~
이를 위해서는 두 집단에 표본이 임의로 배정되도록 사건을 설계하는 실험적
방법이 이상적이다."

| 뭔말?
· 실험적 방법은 시행집단과 비교집단의 결과를 비교하는 것 → 시행집단에서만
일어난 평균 임금의 사건 전후 변화를 대상으로 하지 않음.

😫 오답 땡!

② 사람을 표본으로 하거나 사회 문제를 다룰 때에도 실험적 방법을 적용하
는 경우가 있다.

| 1문단 "이를 위해서는 두 집단에 표본이 임의로 배정되도록 사건을 설계하는 실
험적 방법이 이상적이다. 그러나 사람을 표본으로 하거나 사회 문제를 다룰 때
에는 이 방법(실험적 방법)을 적용할 수 없는 경우가 많다."
→ 사람을 표본으로 하거나 사회 문제를 다룰 때 실험적 방법을 적용하는 경우도 많지는 않
지만 있음.

③ 평행추세 가정에서는 특정 사건 이외에는 두 집단의 변화에 차이가 날 이
유가 없다고 전제한다.

| 2문단 "(특정) 사건이 없었더라도 비교집단에서 일어난 변화와 같은 크기의 변화
가 시행집단에서도 일어났을 것이라는 평행추세 가정"
→ 두 집단 간 특정 사건 이외에 다른 변화 차이가 없어야 그 특정 사건의 효과를 정확히 평
가할 수 있음.

④ 스노의 연구에서 시행집단과 비교집단의 콜레라 사망률은 사건 후뿐만 아
니라 사건 전에도 차이가 있었을 수 있다.

| 2문단 "이 가정(평행추세 가정)이 충족되면 사건 전의 상태가 평균적으로 같도록
두 집단을 구성하지 않아도 된다."
| 3문단 "이중차분법은 1854년에 스노가 처음 사용 ~ 그는 두 수도 회사로부터
물을 공급받는 런던의 동일 지역 주민들에 주목했다. 같은 수원을 사용하던 두
회사 중 한 회사만 수원을 바꿨는데 주민들은 자신의 수원을 몰랐다. 스노는 수
원이 바뀐 주민들(시행집단)과 바뀌지 않은 주민들(비교집단)의 수원 교체 전후 콜
레라로 인한 사망률의 변화들을 비교"
| 뭔말?
· 이중차분법은 평행추세 가정에 근거하므로, 사건(수원 교체) 전 두 집단의 상태,
즉 콜레라 사망률이 동일하지 않아도 됨.
· 스노의 이중차분법: 수원이 바뀐 주민들(시행집단)의 수원 교체 전 콜레라 사망률
과 교체 후 콜레라 사망률 변화와, 수원이 바뀌지 않은 주민들(비교집단)의 수원
교체 전 콜레라 사망률과 교체 후 콜레라 사망률 변화를 비교
→ 사건 발생(수원 교체) 전후 콜레라 사망률의 변화값을 비교하는 것이므로 수원 교체 전 콜
레라 사망률이 동일하지 않아도 됨.

⑤ 스노는 수원이 바뀐 주민들과 바뀌지 않은 주민들 사이에 공기의 차이는
없다고 보았을 것이다.

| 3문단 "스노는 수원이 바뀐 주민들과 바뀌지 않은 주민들의 수원 교체 전후 콜
레라로 인한 사망률의 변화들을 비교함으로써 콜레라가 공기가 아닌 물을 통해
전염된다는 결론을 내렸다."
→ 공기 차이가 있다면 콜레라 사망률의 변화 차이가 수원 교체 때문만이 아니게 됨.
| 뭔말?
· 스노는 이중차분법을 사용했으므로 평행추세 가정에 근거함. → 수원이 바뀐 주
민들(시행집단)과 수원이 안 바뀐 주민들(비교집단)은 수원 교체가 없었다면 동일
한 변화가 일어날 것 = 수원 교체 외에 다른 변화 요인(공기 차이)이 없을 것

꿀피스 Tip!

▶ 이 문제의 포인트는 사건의 효과 평가 방법으로 제시된 실험적 방법과 이중차분법, 그리고 이중차분법의 핵심인 평행추세 가정에 대해 정확히 파악했는가에 있어. 모든 선지에 대한 선택률이 골고루 나타났다는 건 지문의 핵심 개념들 하나하나를 전부 이해하지는 못하고 부분적으로 이해했다는 것으로 보여. 그러니 이 문제를 틀렸다면 해당 포인트와 관련된 다른 문제도 같이 틀렸을 수 있지.

▶ 각 선지별로 살펴보자. 정답은 ①인데 이것을 적절하다고 판단했다면 건성으로 독해를 했을 거야. 1문단에서 '어떤 사건의 효과를 평가한다는 것은 사건 후의 결과와 사건이 없었을 경우에 나타났을 결과를 비교하는 것이다.'만 본 거지. 하지만 바로 다음이 '그런데'로 시작하잖아? (접속사로 내용의 흐름을 파악하는 것은 언제나 중요해.) 그러한 비교는 '가상의 결과'라는 거야. 생각해 봐. 어떤 한 집단에 사건이 발생하는 동시에 사건이 없을 수는 없는 거지. 실제로는 어떻게 한다고? '사건을 경험한 표본들로 구성된 시행집단의 결과와, 사건을 경험하지 않은 표본들로 구성된 비교집단의 결과를 비교'한다는 거지. 즉 '한 집단'이 아니라 '두 집단'을 비교하는 것이 핵심이야. 실험적 방법과 이중차분법 모두 시행집단과 비교집단을 비교한다는 건 공통적이지.

▶ 다음으로 ②의 경우, 1문단의 문장이 거의 그대로 나왔잖아. '사람을 표본으로 하거나 사회 문제를 다룰 때에는 이 방법(실험적 방법)을 적용할 수 없는 경우가 많다'고 했지 적용할 수 없다고 한 게 아니야. 더 이상의 설명은 생략한다.

▶ ③의 경우, 평행추세 가정의 개념을 묻고 있어. 2문단을 보면 '사건이 없었더라도 비교집단에서 일어난 변화와 같은 크기의 변화가 시행집단에서도 일어났을 것'으로 가정한다고 했지. 무슨 말일까? 사건 외에는 시행집단과 비교집단에서 동일한 크기의 변화가 일어난다고 가정한다는 말이지.

▶ 이걸 적절하지 않은 것으로 판단했다면 '이 가정이 충족되면 사건 전의 상태가 평균적으로 같도록 두 집단을 구성하지 않아도 된다.'를 잘못 이해했을 수 있어. 이 문장이 무슨 의미인지 살펴보자.

▶ 먼저 시행집단과 비교집단의 사건 전 상태가 같은 경우는 이런 거야. 가 집단(시행집단)과 나 집단(비교집단)을 실험적 방법으로 구성했다고 하자.

- 사건 전 상태: 가 집단 10, 나 집단 10
- 사건 후 상태: 가 집단 20, 나 집단 10
- 사건의 효과: 10

이렇게 되는 거지. 그런데 이건 이상적인 것이라 했고, 실제 사회 현상을 대상으로는 이렇게 구성하기 어려운 경우가 많겠지?

▶ 반면 이중차분법은 이렇게 되는 거지.

- 사건 전 상태: 가 집단 10, 나 집단 20
- 사건 후 상태: 가 집단 40, 나 집단 30
- 사건의 효과: 가 집단의 변화 30 - 나 집단의 변화 10 = 20

차이를 바로 알 수 있지? 가 집단과 나 집단의 사건 전 상태가 동일할 필요가 없어. 이러한 이중차분법이 성립하기 위해서 가 집단에 사건이

발생하지 않았다면 나 집단과 동일하게 10만큼의 변화만 있었을 거라는 평행추세 가정이 필요한 거야. 그래야 그 차이를 비교하는 의미가 있는 거지.

▶ 이걸 이해했다면 ④는 바로 판단 가능하겠지? 스노는 이중차분법을 썼으니, 시행집단과 비교집단의 콜레라 사망률이 사건 전후에 모두 차이가 날 수 있는 거야.

▶ 마지막으로 ⑤는 스노의 연구 결과가 대놓고 말해 주고 있어. 스노는 콜레라 사망률의 변화 요인을 공기가 아니라 물이라고 결론 내렸잖아. 또한 두 집단 간 공기 차이가 있었다면 '수원 교체'라는 사건을 제외하고는 두 집단의 변화가 동일했을 거라는 평행추세 가정이 성립하지 않겠지.

02 내용의 추론   답 ⑤

선지별 선택 비율	①	②	③	④	⑤
화작	10%	14%	14%	27%	33%
언매	9%	11%	10%	23%	44%

다음은 [이중차분법]을 ⊙에 적용할 경우에 나타날 결과를 추론한 것이다. A와 B에 들어갈 말을 바르게 짝지은 것은?

> 프로그램(사건)이 없었다면 시행집단(일자리가 급격히 줄어드는 산업 종사자 ↑)에서 일어났을 고용률 증가는, 비교집단에서 일어난 고용률 증가와/보다 (A) 것이다. 그러므로 ⊙에 이중차분법을 적용하여 평가한 프로그램의 고용 증가 효과는 평행추세 가정이 충족되는 비교집단(⊙의 비교집단보다 일자리가 급격히 줄어드는 산업 종사자 ↑)을 이용하여 평가한 경우의 효과보다 (B) 것이다.

정답 띡! 동!

	A	B
⑤	작을	작을

| 2문단 "이중차분법은 시행집단에서 일어난 변화에서 비교집단에서 일어난 변화를 뺀 값을 사건의 효과라고 평가하는 방법이다. 이는 사건이 없었더라도 비교집단에서 일어난 변화와 같은 크기의 변화가 시행집단에서도 일어났을 것이라는 평행추세 가정에 근거해 사건의 효과를 평가한 것"

| 뭔말?

· ⊙: 평행추세 가정이 충족되지 않는 경우임. ⊙이 평행추세 가정을 충족하는 경우였다면, '사건'(노동자 교육 프로그램)이 없더라도 시행집단과 비교집단에서의 고용률 증가 정도는 동일할 것임.

· ⊙의 시행집단: 비교집단에 비해 일자리가 급격히 줄어드는 산업에 종사하는 노동자의 비중이 더 큼. → 프로그램이 없는 사건 전의 상태에서 시행집단의 고용률 증가 < 비교집단에서 일어나는 고용률 증가

  ∵ 일자리가 급격히 줄어드는 산업에서 고용률은 낮을 것이므로

· ⊙이 평행추세 가정을 충족하려면 일자리가 급격히 줄어드는 산업에 종사하는 노동자의 비중이 시행집단과 비교집단에서 동일해져야 함. → '⊙의 비교집단'보다 '평행추세 가정을 충족하는 비교집단'은 일자리가 급격히 줄어드는 산업에 종사하는 노동자의 비중이 큼.

  ∴ 프로그램으로 인한 ⊙의 비교집단의 고용률 증가 > 평행추세 가정을 충족하는 비교집단의 고용률 증가

· 이중차분법을 적용하여 평가한 프로그램의 고용 증가 효과: 시행집단에서 일어난 변화(고용률 증가) – 비교집단에서 일어난 변화(고용률 증가)

　→ 평행추세 가정을 충족하는 경우보다 ㉠의 경우 프로그램의 고용 증가 효과가 더 작음.

😣 오답 땡!

① 클　　클
② 클　　작을
③ 같을　클
④ 작을　클

배웠지?

🍯 꿀피스 Tip!

▶ 이 문제의 포인트는 사례를 통해 이중차분법에서 평행추세 가정이 충족되어야 하는 필요성을 이해할 수 있는가에 있어. 〈보기〉의 A, B에 들어갈 내용을 추리해야 하는데, 관건은 B에 있지. B에 들어갈 내용을 잘못 판단해서 틀린 경우가 많을 것으로 보여.

▶ 우선 A를 보자. ㉠에서 시행집단은 비교집단보다 일자리가 급격히 줄어드는 산업에 종사하는 노동자의 비중이 비교집단보다 높다고 했다. 일자리가 급격히 줄어드는 산업에서 고용이 잘 되겠어, 안 되겠어? 당연히 고용이 잘 안 되겠지. 그럼 고용이 잘 안 되는 산업 종사자가 많은 시행집단의 고용률 증가 폭이 더 작겠지. A에 들어갈 내용은 벌써 나왔네. 노동자 교육 프로그램 시행 전에 시행집단의 고용률 증가가 비교집단의 고용률 증가보다 작을 거라고 어렵지 않게 추리할 수 있지. 이걸 잘못 판단했다면 비교집단과 시행집단을 헷갈렸거나 뒤바꾸어 적용했을 수 있지.

▶ 다음으로 B를 보자. 여기에서 중요한 건 〈보기〉에서 말한 '평행추세 가정이 충족되는 비교집단'과 '㉠의 비교집단'의 차이를 파악하는 거야. 2문단에서 평행추세 가정은 사건이 없을 경우 비교집단과 시행집단의 변화 크기가 같다고 보는 것임을 알 수 있다. 그런데 ㉠은 위에서 살펴보았듯이, 사건(노동자 교육 프로그램)이 없을 때 비교집단과 시행집단의 변화 크기가 다르잖아? 그 원인은 비교집단과 시행집단에서 일자리가 급격히 줄어드는 산업에 종사하는 노동자의 비중이 다르기 때문이야. 그러니 '평생추세 가정이 충족되는 비교집단'이 되려면 어떻게 해야겠어? 시행집단만큼 일자리가 급격히 줄어드는 산업에 종사하는 노동자의 비중을 늘려야겠지!

▶ 즉 '㉠의 비교집단'보다 '평생추세 가정이 충족되는 비교집단'은 일자리가 급격히 줄어드는 산업에 종사하는 노동자 비중이 더 크다는 것이겠지? 그러면 프로그램 시행으로 인한 고용 효과가 어디가 크겠어? 일자리가 급격히 줄어드는 산업 종사자 비중이 더 작은 '㉠의 비교집단'이라고 추리할 수 있지.

▶ 이제 이중차분법의 사건 효과를 구하는 방법에도 적용해 보자.

　사건의 효과 = 시행집단에서 일어난 변화 – 비교집단에서 일어난 변화

시행집단은 같으니 '시행집단에서 일어난 변화' 값은 동일할 것인데, '비교집단에서 일어난 변화' 값은 '㉠의 비교집단'이 더 크고, 그 말은 사건의 효과가 평행추세 가정이 충족될 때보다 ㉠에서 더 작게 나타난다는 거지(더 큰 값을 빼야 하니까).

---

03 구체적 사례에의 적용　　　　　답 ④

윗글을 바탕으로 〈보기〉를 이해한 내용으로 적절하지 <u>않은</u> 것은? [3점]

── 보기 ──

　아래의 표는 S 국가의 P주와 그에 인접한 Q주에 위치한 식당들을 1992년 1월 초와 12월 말에 조사한 결과의 일부이다. P주는 1992년 4월에 최저임금을 시간당 4달러에서 5달러로 올렸고, Q주는 1992년에 최저임금을 올리지 않았다. P주 저임금 식당들은, 최저임금 인상 전에 시간당 4달러의 임금을 지급했고 최저임금 인상 후에 임금이 상승했다. P주 고임금 식당들은, 최저임금 인상 전에 이미 시간당 5달러보다 더 높은 임금을 지급했고 최저임금 인상 후에도 임금이 상승하지 않았다. 이때 최저임금 인상(사건)에 따른 임금 상승이 고용에 미친 효과를 평가한다고 하자.

집단	평균 피고용인 수(단위: 명)		
	사건 전(A)	사건 후(B)	변화(B − A)
P주 저임금 식당 → 시행집단	19.6	20.9	1.3
P주 고임금 식당 → 비교집단 1	22.3	20.2	−2.1
Q주 식당 → 비교집단 2	23.3	21.2	−2.1

😊 정답 땡!동!

④ 비교집단의 변화를, P주 고임금 식당들의 1992년 1년간 변화로 파악할 경우보다 시행집단의 1991년 1년간 변화로 파악할 경우에 ~~더 신뢰할 만한 평가를 얻는다.~~

　└ 이전 시기 시행집단을 비교집단으로 설정한다고 해서 신뢰도가 높아지는 것은 아님.

| 4문단 "집단 간 표본의 통계적 유사성을 높이려고 사건 이전 시기의 시행집단을 비교집단으로 설정하는 것이 평행추세 가정의 충족을 보장하는 것은 아니다. 예컨대 고용처럼 경기변동에 민감한 변화라면 집단 간 표본의 통계적 유사성보다 변화 발생의 동시성이 이 가정의 충족에서 더 중요할 수 있기 때문이다."

| 뭔말?

· 〈보기〉는 고용과 관련된 사례임. → 집단 간 표본의 통계적 유사성보다 변화 발생의 동시성이 더 중요

· 비교집단의 변화를 시행집단(P주 저임금 식당)의 1991년 1년간 변화로 파악하는 경우: 통계적 유사성을 높이기 위해 사건(〈보기〉의 사건은 1992년에 발생한 최저임금 인상) 이전 시기의 시행집단을 비교집단으로 설정하는 경우

| 결론! 임금 상승이 고용에 미친 효과를 분석하는 〈보기〉의 경우, 사건 이전 시기의 시행집단을 비교집단으로 설정하여 표본의 통계적 유사성을 높이는 것이 더 신뢰할 만한 평가를 얻는다고 보기 어려움.

😣 오답 땡!

① 최저임금 인상 후에 시행집단에서 일어난 변화는 1.3명이다.

| 뭔말?

· 시행집단: 임금 인상(사건)을 시행한 P주의 저임금 식당

· 시행집단에서 일어난 변화: 사건 후 20.9명 – 사건 전 19.6명 = 1.3명

② 시행집단과 비교집단의 식당들이 종류나 매출액 수준 등의 특성에서 통계

적 유사성이 높을수록 평가에 대한 신뢰도가 높아진다.

| 5문단 "시행집단과 여러 특성(식당 종류나 매출액 수준 등)에서 표본의 통계적 유사성이 높은 비교집단을 구성하면 평행추세 가정이 위협받을 가능성을 줄일 수 있다. 이러한 방법들을 통해 이중차분법을 적용한 평가에 대한 신뢰도를 높일 수 있다."

③ 비교집단을 Q주 식당들로 택해 이중차분법을 적용하면 시행집단에서 최저임금 인상에 따른 임금 상승의 고용 효과는 3.4명 증가로 평가된다.

| 2문단 "이중차분법은 시행집단에서 일어난 변화에서 비교집단에서 일어난 변화를 뺀 값을 사건의 효과라고 평가하는 방법"
| 뭔말?
· <보기>의 시행집단: P주의 저임금 식당
· 비교집단을 Q주의 식당들로 택해 이중차분법을 적용할 경우: 시행집단의 변화 1.3명 − 비교집단의 변화 −2.1명 = 3.4명 → 최저임금 인상(사건)에 따른 임금 상승의 고용 효과

⑤ 비교집단을 Q주 식당들로 택하든 P주 고임금 식당들로 택하든 비교집단에서 일어난 변화가 동일하다는 사실은 평행추세 가정의 충족에 대한 신뢰도를 높인다.

| 5문단 "여러 비교집단을 구성하여 각각에 이중차분법을 적용한 평가 결과가 같음을 확인하면 평행추세 가정이 충족된다는 신뢰를 줄 수 있다."
| 뭔말?
· 비교집단으로 제시할 수 있는 Q주 식당이나 P주 고임금 식당 모두 −2.1의 동일한 변화를 보임. → 평행추세 가정의 충족에 대한 신뢰도 ↑

04 어휘의 의미 파악   답 ②

선지별 선택 비율	①	②	③	④	⑤
화작	3%	57%	31%	3%	3%
언매	2%	66%	25%	2%	3%

문맥상 ⓐ~ⓔ의 단어와 가장 가까운 의미로 쓰인 것은?

정답 띵! 동!

② ⓑ: 산에 가려다가 생각을 바꿔 바다로 갔다.

| ⓑ와 ②의 '바꾸다' '원래의 내용이나 상태를 다르게 고치다.'의 의미

오답 땡!

① ⓐ: 그 사건의 전말이 모두 오늘 신문에 났다.

| ⓐ의 '나다' '어떤 작용에 따른 효과, 결과 따위의 현상이 이루어져 나타나다.'의 의미
| ①의 '나다' '신문, 잡지 따위에 어떤 내용이 실리다.'의 의미

③ ⓒ: 기상청에서 전국에 건조 주의보를 내렸다.

| ⓒ의 '내리다' '판단, 결정을 하거나 결말을 짓다.'의 의미

| ③의 '내리다' '명령이나 지시 따위를 선포하거나 알려주다. 또는 그렇게 하다.'의 의미

④ ⓓ: 회원들이 회칙 개정을 요구하는 목소리를 높였다.

| ⓓ의 '높이다' '값이나 비율 따위를 더 높게 하다.'의 의미
| ④의 '높이다' '어떤 의견을 다른 의견보다 더 강하게 내다.'의 의미

⑤ ⓔ: 하고 싶은 말은 많지만 오늘은 이만 줄입니다.

| ⓔ의 '줄이다' '힘이나 세력 따위를 본디보다 약하게 하다.'의 의미
| ⑤의 '줄이다' '말이나 글의 끝에서, 할 말은 많으나 그만하고 마친다는 뜻으로 하는 말.'의 의미

MEMO

▶ 본문 070쪽

과학 · 기술 01

01 ③	02 ①	03 ⑤
04 ③		

확산 모델과 기계 학습

🔗 **EBS 연결 고리**
2025학년도 EBS 수능특강 독서 170쪽 〈인공 지능과 기계 학습〉에서 '기계 학습 중 지도 학습' 관련 내용 연계

해제 이 글은 인공 지능 생성 모델 중 영상의 복원, 생성 및 변환에 이용되는 확산 모델의 기본 발상, 구성 요소, 그리고 그 작동 과정을 설명하고 있다. 확산 모델은 노이즈 생성기, 노이즈 예측기, 이미지 연산기로 이루어지며 그 작동 과정은 순확산 과정과 역확산 과정으로 나눌 수 있다. 이 글은 확산 모델의 두 가지 과정에서 이루어지는 작업을 단계별로 제시하고, 특히 확산 모델의 구성 요소 중 하나인 노이즈 예측기가 순확산 과정에서 기계 학습 중 지도 학습 과정을 거친다는 점을 밝히면서, 확산 모델에서 인공 지능의 학습이 이루어진다는 점을 부각하였다. 또한 확산 모델에서 학습이 이루어지는 노이즈 예측기에서 '잠재 표현'을 활용한다는 점과 관련하여 그 개념 및 원리를 밝히고, 잠재 표현을 활용하여 얻을 수 있는 결과물을 제시하였다.

주제 확산 모델의 기본 발상과 작동 과정 및 원리

짜임

1문단	확산 모델의 기본 발상 및 구성 요소와 작동 과정
2문단	순확산 과정의 개념과 작동 과정
3문단	노이즈 예측기의 학습 방법 – 지도 학습
4문단	역확산 과정의 개념과 작동 과정
5문단	잠재 표현을 활용해 얻을 수 있는 결과물

1문단 문장이나 영상, 음성을 만들어 내는 인공 지능 생성 모델 중 확산 모델은 영상의 복원, 생성 및 변환에 뛰어난 성능을 보인다. 확산 모델의 기본 발상은, 원본 이미지에 노이즈를 점진적으로 추가하였다가 그 노
[01-③] 확산 모델에서의 노이즈의 중요성
이즈를 다시 제거해 나가면 원본 이미지를 복원할 수 있다는 것이다. 노이즈는 불필요하거나 원하지 않는 값을 의미한다. 원하는 값만 들어 있는 원본 이미지에 노이즈를 단계별로 더하면 노이즈가 포함된 확산 이미지가 되고, 여러 단계를 거치면 결국 원본 이미지가 어떤 이미지였는지 전혀 알아볼 수 없는 노이즈 이미지가 된다. 역으로, 단계별로 더해진 노이즈를 알수 있다면 노이즈 이미지에서 원본 이미지를 복원할 수 있다. 확산 모델은 노이즈 생성기, 이미지 연산기, 노이즈 예측기로 구성되며, 순확산 과정과
[01-⑤] 확산 모델의 구성 요소
역확산 과정 순으로 작동한다.
[01-②] 확산 모델의 두 가지 과정 및 작동 순서
2문단 순확산 과정은 이미지에 노이즈를 추가하면서 노이즈 예측기를
[02-①, ②] [03-③] [04-③] 순확산 과정의 개념
학습시키는 과정이다. 첫 단계에서는, 노이즈 생성기에서 노이즈를 만든
[01-⑤] [02-①] 노이즈 생성기의 기능
후 이미지 연산기가 이 노이즈를 원본 이미지에 더해서 노이즈가 포함된
[01-⑤] [02-③] [04-①] 이미지 연산기의 기능
확산 이미지를 출력한다. 다음 단계부터는 노이즈 생성기에서 만든 노이
즈를 이전 단계에서 출력된 확산 이미지에 더한다. 이러한 단계를 충분히
[01-⑤] [02-①] [04-①] 노이즈 생성기 및 이미지 연산기의 기능

반복하면 최종적으로 노이즈 이미지가 출력된다. 이때 더해지는 노이즈는
[04-②] 노이즈 이미지의 출력 과정
크기나 분포 양상 등 그 특성이 단계별로 다르다. 따라서 노이즈 예측기는
[03-④] 노이즈의 특성
단계별로 확산 이미지를 입력받아 이미지에 포함된 노이즈의 특성을 추출
[01-④, ⑤] [03-④, ⑤] 잠재 표현의 개념, 노이즈 예측기의 기능
하여 수치들로 표현하고, 이 수치들을 바탕으로 노이즈를 예측한다. 노이
즈 예측기 내부의 이러한 수치들을 잠재 표현이라고 한다. 노이즈 예측기
[01-④] 잠재 표현의 개념
는 잠재 표현을 구하고 노이즈를 예측하는 방식을 학습한다.
[03-③] [04-③] 잠재 표현을 활용하는 노이즈 예측기의 학습
3문단 노이즈 예측기의 학습 방법은 기계 학습 중에서 지도 학습에 해당
[01-①] 지도 학습을 사용하는 확산 모델
한다. 지도 학습은 학습 데이터에 정답이 주어져 출력과 정답의 차이가 작
[01-①] 지도 학습의 개념
아지도록 모델을 학습시키는 방법이다. 노이즈 예측기를 학습시킬 때는
노이즈 생성기에서 만들어 넣어 준 노이즈가 정답에 해당하며 이 노이즈
[01-①] [02-④] [04-③] 확산 모델에 적용된 지도 학습
와 예측된 노이즈 사이의 차이가 작아지도록 학습시킨다.
4문단 역확산 과정은 노이즈 이미지에서 노이즈를 제거하여 원본 이미
[02-①] [04-④] 역확산 과정의 개념
지를 복원하는 과정이다. 노이즈를 제거하려면 이미지에 단계별로 어떤
특성의 노이즈가 더해졌는지 알아야 하는데 노이즈 예측기가 이 역할을
한다. 노이즈 이미지 또는 중간 단계에서의 확산 이미지를 노이즈 예측기
[01-④, ⑤] [02-③] [03-②] [04-⑤] 노이즈 예측기의 기능(잠재 표현 활용)
에 입력하면 이미지에 포함된 노이즈의 특성을 추출하여 잠재 표현을 구
하고 이를 바탕으로 노이즈를 예측한다. 이미지 연산기는 입력된 확산 이
미지로부터 이 노이즈를 빼서 현 단계의 노이즈를 제거한 확산 이미지를
[01-④, ⑤] [02-③, ④, ⑤] 노이즈 제거 과정, 이미지 연산기의 기능
출력한다. 확산 이미지에 이런 단계를 반복하면 결국 노이즈가 대부분 제
[02-⑤] 역확산 과정의 결과
거되어 원본 이미지에 가까운 이미지만 남게 된다.
5문단 한편, 많은 종류의 이미지를 학습시킨 후 학습된 이미지의 잠재 표
현에 고유 번호를 붙이면 역확산 과정에서 이미지를 선택하여 생성할 수
있다. 또한 잠재 표현의 수치들을 조정하면 다른 특성의 노이즈가 생성되
[03-①] 잠재 표현을 활용한 결과물
어 여러 이미지를 혼합하거나 실재하지 않는 이미지를 만들어 낼 수도 있다.

---

01 세부 정보의 파악   답 ③

선지별 선택 비율	①	②	③	④	⑤
화작	4%	13%	68%	7%	6%
언매	2%	7%	83%	3%	2%

학생이 윗글을 읽은 방법으로 적절하지 않은 것은?

😊 **정답 띵!동!**

③ 확산 모델에서 노이즈의 중요성을 파악하고, 사용되는 ~~노이즈의 종류가~~ ~~모델의 성능에 미치는 영향을~~ 이해하며 읽었다.
└→ 제시 X

| 1문단 "확산 모델의 기본 발상은, 원본 이미지에 노이즈를 점진적으로 추가하였다가 그 노이즈를 다시 제거해 나가면 원본 이미지를 복원할 수 있다는 것이다."

| 윗말?

· 확산 모델은 기본 발상이 노이즈를 이용하여 이미지를 복원하는 것 → 노이즈가 중요하다고 볼 수 있음.

· 노이즈의 종류를 설명하지도 않았고, 그에 따라 모델의 성능이 어떤 영향을 받는지도 제시하고 있지 않음.

→ 노이즈 예측기의 학습 방법
① 확산 모델이 지도 학습을 사용한다는 점에 주목하고, 지도 학습 방법이 확산 모델에 어떻게 적용되는지 확인하며 읽었다.
└→ 노이즈 생성기에서 만들어 넣어 준 노이즈(정답)와
　　예측된 노이즈 사이의 차이가 작아지도록 학습시킴.

| 3문단 "노이즈 예측기의 학습 방법은 기계 학습 중에서 지도 학습에 해당한다. 지도 학습은 학습 데이터에 정답이 주어져 출력과 정답의 차이가 작아지도록 모델을 학습시키는 방법이다. 노이즈 예측기를 학습시킬 때는 노이즈 생성기에서 만들어 넣어 준 노이즈가 정답에 해당하며 이 노이즈와 예측된 노이즈 사이의 차이가 작아지도록 학습시킨다."

| 뭔말?

· 확산 모델에서 노이즈 예측기의 학습 방법은 지도 학습임.

· 정답(노이즈 생성기에서 만들어 넣어 준 노이즈)과 출력(예측된 노이즈) 사이의 차이가 작아지도록 학습시킴.

→ 순확산 과정, 역확산 과정
② 확산 모델이 두 가지 과정으로 이루어진다는 점에 주목하고, 두 과정 중 어느 과정이 선행되어야 하는지 살피며 읽었다.
└→ 순확산 과정

| 1문단 "확산 모델은 ~ 순확산 과정과 역확산 과정 순으로 작동한다."

| 뭔말?

· 확산 모델은 순확산 과정과 역확산 과정으로 이루어지며, 순확산 과정이 먼저 작동함.

→ 확산 이미지에 포함된 노이즈의 특성을 추출하여 수치들로 나타낸 것
④ 잠재 표현의 개념을 파악하고, 그 개념을 바탕으로 확산 모델이 노이즈를 예측하고 제거하는 원리를 이해하며 읽었다.
└→ 잠재 표현을 구해 노이즈 예측, 예측된 노이즈를 이미지에서 빼서 노이즈 제거

| 2문단 "노이즈 예측기는 단계별로 확산 이미지를 입력받아 이미지에 포함된 노이즈의 특성을 추출하여 수치들로 표현하고, 이 수치들을 바탕으로 노이즈를 예측한다. 노이즈 예측기 내부의 이러한 수치들을 잠재 표현이라고 한다."

| 4문단 "노이즈 이미지 또는 중간 단계에서의 확산 이미지를 노이즈 예측기에 입력하면 이미지에 포함된 노이즈의 특성을 추출하여 잠재 표현을 구하고 이를 바탕으로 노이즈를 예측한다. 이미지 연산기는 입력된 확산 이미지로부터 이 노이즈를 빼서 현 단계의 노이즈를 제거한 확산 이미지를 출력한다."

| 뭔말?

· 노이즈 예측기가 노이즈의 특성을 추출하여 나타낸 수치들인 잠재 표현을 구해 노이즈를 예측함.

· 이미지 연산기가 이 예측한 노이즈를 이미지에서 빼서 노이즈를 제거함.

→ 노이즈 생성기, 이미지 연산기, 노이즈 예측기
⑤ 확산 모델의 구성 요소를 파악하고, 그 구성 요소가 노이즈 처리 과정에서 어떤 기능을 하는지 확인하며 읽었다.
└→ 노이즈 생성기: 노이즈 생성, 이미지 연산기: 노이즈를 포함한 또는 노이즈를 제거한 확산 이미지 출력, 노이즈 예측기: 잠재 표현을 바탕으로 노이즈 예측

| 1문단 "확산 모델은 노이즈 생성기, 이미지 연산기, 노이즈 예측기로 구성되며,"

| 2문단 "노이즈 생성기에서 노이즈를 만든 후 이미지 연산기가 이 노이즈를 원본 이미지에 더해서 노이즈가 포함된 확산 이미지를 출력한다. ~ 노이즈 예측기는 단계별로 확산 이미지를 입력받아 이미지에 포함된 노이즈의 특성을 추출하여 수치들로 표현하고, 이 수치들을 바탕으로 노이즈를 예측한다."

| 4문단 "노이즈를 제거하려면 이미지에 단계별로 어떤 특성의 노이즈가 더해졌는지 알아야 하는데 노이즈 예측기가 이 역할을 한다. ~ 이미지 연산기는 입력된 확산 이미지로부터 이 노이즈를 빼서 현 단계의 노이즈를 제거한 확산 이미지를 출력한다."

| 뭔말?

· 확산 모델의 구성 요소: 노이즈 생성기, 이미지 연산기, 노이즈 예측기

· 각 요소의 기능

	순확산 과정	역확산 과정
노이즈 생성기	노이즈를 만듦.	–
이미지 연산기	노이즈 생성기가 만든 노이즈를 이전 단계 이미지에 더해서 노이즈가 포함된 확산 이미지를 출력함.	노이즈 예측기가 예측한 노이즈를 빼서 현 단계의 노이즈를 제거한 확산 이미지를 출력함.
노이즈 예측기	잠재 표현을 구하고 노이즈를 예측하는 방식을 학습함.	이미지에 단계별로 어떤 특성의 노이즈가 더해졌는지 알아냄.

02 내용의 추론 답 ①

선지별 선택 비율	①	②	③	④	⑤
화작	53%	7%	18%	15%	4%
언매	72%	4%	11%	8%	2%

윗글을 이해한 내용으로 가장 적절한 것은?

① 노이즈 생성기는 순확산 과정에서만 작동한다.

| 2문단 "순확산 과정은 이미지에 노이즈를 추가하면서 노이즈 예측기를 학습시키는 과정이다. 첫 단계에서는, 노이즈 생성기에서 노이즈를 만든 후 ~ 다음 단계부터는 노이즈 생성기에서 만든 노이즈를 이전 단계에서 출력된 확산 이미지에 더한다."

| 4문단 "역확산 과정은 노이즈 이미지에서 노이즈를 제거하여 원본 이미지를 복원하는 과정이다."

| 뭔말?

· 노이즈 생성기의 역할: 노이즈를 만듦. → 이미지에 노이즈를 추가하는 순확산 과정에서만 작동함.

· 역확산 과정 = 이미지에서 노이즈를 제거하는 과정 → 노이즈를 생성하는 노이즈 생성기는 작동하지 않음.

② 확산 모델에서의 학습은 ~~역확산~~ 과정에서 이루어진다.
　　　　　　　　　　　└→ 순확산

| 2문단 "순확산 과정은 ~ 노이즈 예측기를 학습시키는 과정이다."

| 뭔말?

· 확산 모델에서의 학습 = 노이즈 예측기의 학습 → 순확산 과정에서 이루어짐.

③ 이미지 연산기와 ~~노이즈 예측기는 모두~~ 확산 이미지를 출력한다.
　　　　　　　　　└→ X

| 2문단 "이미지 연산기가 이 노이즈를 원본 이미지에 더해서 노이즈가 포함된 확산 이미지를 출력한다. ~ 노이즈 예측기는 ~ 노이즈를 예측한다."

| 4문단 "노이즈 이미지 또는 중간 단계에서의 확산 이미지를 노이즈 예측기에 입력하면 ~ 노이즈를 예측한다. 이미지 연산기는 입력된 확산 이미지로부터 이 노이즈를 빼서 현 단계의 노이즈를 제거한 확산 이미지를 출력한다."

| 뭔말?

· 확산 이미지의 출력: 순확산 과정, 역확산 과정 모두 이미지 연산기에 의해 이루어짐.

· 노이즈 예측기: 노이즈를 예측할 뿐, 확산 이미지를 출력하지 않음.

④ 노이즈 예측기를 학습시킬 때는 ~~예측된~~ 노이즈가 정답으로 사용된다.
    └→ 노이즈 생성기에서 만들어 넣어 준

──────────────────

| 3문단 "노이즈 예측기를 학습시킬 때는 노이즈 생성기에서 만들어 넣어 준 노이즈가 정답에 해당하며 이 노이즈와 예측된 노이즈 사이의 차이가 작아지도록 학습시킨다."

| 뭔말?

· 노이즈 예측기의 학습: 정답(노이즈 생성기에서 입력한 노이즈)과 예측된 노이즈 간 차이가 작아지도록 하는 것

⑤ 역확산 과정에서 단계가 반복될수록 출력되는 확산 이미지는 원본 이미지와의 유사성이 ~~줄어든다.~~
    └→ 늘어난다

──────────────────

| 4문단 "확산 이미지에 이런(단계별 노이즈를 제거하는) 단계를 반복하면 결국 노이즈가 대부분 제거되어 원본 이미지에 가까운 이미지만 남게 된다."

| 뭔말?

· 역확산 과정에서 단계 반복 → 노이즈가 단계별로 제거되어 원본 이미지와의 유사성이 커짐.

03 특정 개념의 의미 파악   답 ⑤

선지별 선택 비율	①	②	③	④	⑤
화작	6%	7%	14%	9%	63%
언매	3%	3%	8%	4%	80%

잠재 표현에 대한 설명으로 적절하지 <u>않은</u> 것은?

😊 정답 띵!등!

⑤ 잠재 표현은 노이즈 예측기가 ~~원본~~ 이미지를 입력받아 노이즈의 특성을 추출한 결과이다.
    └→ 확산

| 2문단 "노이즈 예측기는 단계별로 확산 이미지를 입력받아 (확산) 이미지에 포함된 노이즈의 특성을 추출하여 수치들로 표현하고, ~ 노이즈 예측기 내부의 이러한 수치들을 잠재 표현이라고 한다."

| 뭔말?

· 잠재 표현: 원본 이미지가 아니라 노이즈가 포함된 확산 이미지를 입력받아 그 노이즈의 특성을 추출하여 수치들로 표현한 것

😞 오답 땡!

① 잠재 표현의 수치들을 조정하면 여러 이미지를 혼합할 수 있다.
    └→ 노이즈의 크기, 분포 양상 등이 달라짐.

──────────────────

| 5문단 "잠재 표현의 수치들을 조정하면 다른 특성의 노이즈가 생성되어 여러 이미지를 혼합하거나 실재하지 않는 이미지를 만들어 낼 수도 있다."

② 역확산 과정에서 잠재 표현이 다르면 예측되는 노이즈가 다르다.

| 4문단 "노이즈 이미지 또는 중간 단계에서의 확산 이미지를 노이즈 예측기에 입력하면 이미지에 포함된 노이즈의 특성을 추출하여 잠재 표현(노이즈의 특성을 나타낸 수치들)을 구하고 이(잠재 표현)를 바탕으로 노이즈를 예측한다."

| 뭔말?

· 역확산 과정에서 노이즈 예측기가 잠재 표현을 바탕으로 노이즈 예측 → 잠재 표현이 다르면 예측되는 노이즈가 다름.

③ 확산 모델의 학습에는 잠재 표현을 구하는 방식이 포함되어 있다.

| 2문단 "순확산 과정은 ~ 노이즈 예측기를 학습시키는 과정이다. ~ 노이즈 예측기는 잠재 표현을 구하고 노이즈를 예측하는 방식을 학습한다."

| 뭔말?

· 확산 모델의 순확산 과정에 노이즈 예측기의 학습이 포함됨.

· 노이즈 예측기: 잠재 표현을 구하고 노이즈를 예측하는 방식을 학습함.

④ 잠재 표현은 이미지에 더해진 노이즈의 크기나 분포 양상에 따라 다른 값들이 얻어진다.
                         └→ 노이즈의 특성

| 2문단 "이때 더해지는 노이즈는 크기나 분포 양상 등 그 특성이 단계별로 다르다. ~ 이미지에 포함된 노이즈의 특성(크기나 분포 양상 등)을 추출하여 수치들로 표현 ~ 이러한 수치들을 잠재 표현이라고 한다."

| 뭔말?

· 노이즈의 특성: 노이즈의 크기나 분포 양상 등을 가리킴.

· 잠재 표현: 노이즈의 특성, 즉 크기나 분포 양상 등을 추출해 나타낸 수치들 → 노이즈의 크기나 분포 양상에 따라 달라짐.

04 시각 자료에의 적용   답 ③

선지별 선택 비율	①	②	③	④	⑤
화작	6%	10%	43%	17%	22%
언매	3%	6%	59%	11%	18%

윗글을 바탕으로 〈보기〉를 이해한 내용으로 적절하지 <u>않은</u> 것은? [3점]

─── 보기 ───

A 단계는 확산 모델 과정(순확산 과정, 역확산 과정) 중 한 단계이다. ㉠은 원본 이미지이고, ㉡은 확산 이미지 중의 하나(노이즈가 더해진 중간 단계의 확산 이미지)이며, ㉢은 노이즈 이미지이다. (가)는 이미지가 A 단계로 입력되는 부분이고, (나)는 이미지가 A 단계에서 출력되는 부분이다.

※ 이미지 변화 순서 ┌ 순확산 과정: ㉠ → ㉡ → ㉢
　　　　　　　　　└ 역확산 과정: ㉢ → ㉡ → ㉠

(가) ⇨ A 단계 ⇨ (나)

③ 순확산 과정에서 (가)에 ⓒ이 입력된다면, A 단계의 ~~노이즈 예측기에서~~
~~예측한 노이즈가 이미지 연산기에 입력되겠군.~~
└▸ 역확산 과정에서 이루어짐.

| 2문단 "순확산 과정은 이미지에 노이즈를 추가하면서 노이즈 예측기를 학습시
키는 과정이다. ~ 노이즈 예측기는 잠재 표현을 구하고 노이즈를 예측하는 방
식을 학습한다."

| 3문단 "노이즈 생성기에서 만들어 넣어 준 노이즈가 정답에 해당하며 이 노이즈
(정답)와 예측된 노이즈 사이의 차이가 작아지도록 학습"

| 4문단 "역확산 과정은 노이즈 이미지에서 노이즈를 제거하여 원본 이미지를 복
원하는 과정 ~ 중간 단계에서의 확산 이미지(ⓒ에 해당)를 노이즈 예측기에 입력
하면 ~ 노이즈를 예측한다. 이미지 연산기는 입력된 확산 이미지로부터 이 노
이즈(노이즈 예측기로부터 입력됨.)를 빼서 현 단계의 노이즈를 제거한 확산 이미지
를 출력한다."

| 뭔말?

· 순확산 과정에서는 노이즈 예측기의 학습이 일어날 뿐, 노이즈 예측값이 이미지
연산기에 전달되지 않음.

· 역확산 과정에서 중간 단계의 확산 이미지로부터 노이즈 예측기가 예측한 노이
즈가 이미지 연산기로 전달됨. → 예측된 노이즈를 빼서 노이즈를 제거한 확산
이미지를 출력함.

① (가)에 ⊙이 입력된다면, A 단계의 이미지 연산기에서는 ⊙에 노이즈를
더하겠군.

| 2문단 "순확산 과정 ~ 첫 단계에서는, 노이즈 생성기에서 노이즈를 만든 후 이
미지 연산기가 이 노이즈를 원본 이미지(⊙)에 더해서 노이즈가 포함된 확산 이
미지를 출력한다."

| 뭔말?

· 원본 이미지(⊙)는 순확산 과정의 첫 단계에서만 사용됨. → 이미지 연산기가 원
본 이미지에 노이즈를 더한 확산 이미지를 출력함.

② (나)에 ⓒ이 출력된다면, A 단계의 노이즈 생성기에서 생성된 노이즈가
이미지 연산기에서 확산 이미지에 더해졌겠군.

| 2문단 "순확산 과정 ~ 다음 단계부터는 (이미지 연산기가) 노이즈 생성기에서 만
든 노이즈를 이전 단계에서 출력된 확산 이미지에 더한다. 이러한 단계를 충분
히 반복하면 최종적으로 노이즈 이미지(ⓒ)가 출력된다."

| 뭔말?

· 노이즈 이미지(ⓒ)의 출력: 노이즈 생성기에서 만든 노이즈를 이미지 연산기가
확산 이미지에 더하는 과정을 반복한 결과

④ 역확산 과정에서 (가)에 ⓒ이 입력된다면, A 단계의 이미지 연산기에서는
ⓒ에서 노이즈를 빼겠군.

| 4문단 "역확산 과정은 노이즈 이미지(ⓒ)에서 노이즈를 제거하여 원본 이미지를
복원하는 과정 ~ 이미지 연산기는 ~ 이 노이즈를 빼서 현 단계의 노이즈를 제
거한 확산 이미지를 출력한다."

| 뭔말?

· 역확산 과정 = 노이즈를 제거하는 과정
· 노이즈 이미지(ⓒ)를 입력하면 노이즈 예측기에 의해 예측된 노이즈를 이미지
연산기가 빼서 노이즈를 제거하는 과정을 거침.

⑤ 역확산 과정에서 (나)에 ⓒ이 출력된다면, A 단계의 노이즈 예측기에서
예측한 노이즈가 이미지 연산기에 입력되었겠군.

| 4문단 "노이즈 이미지 또는 중간 단계에서의 확산 이미지를 노이즈 예측기에 입
력하면 ~ 노이즈를 예측한다. 이미지 연산기는 입력된 확산 이미지로부터 이
노이즈(노이즈 예측기에서 예측한 노이즈가 이미지 연산기에 전달된 것)를 빼서 현 단계
의 노이즈를 제거한 확산 이미지를 출력한다."

| 뭔말?

· 역확산 과정에서 중간 단계의 확산 이미지(ⓒ) 출력: 〈보기〉에서 (가)에 노이즈
이미지(ⓒ)가 입력됨. → 노이즈 예측기가 예측한 노이즈가 이미지 연산기에 입
력됨. → 이미지 연산기가 그 노이즈를 빼서 노이즈를 제거한 확산 이미지(ⓒ)를
출력함.

과학 · 기술 02
2025학년도 9월 평가원

01 ④ 02 ⑤ 03 ②
04 ③

블록체인 기술의 특성과 한계

🔗 **EBS 연결 고리**
2025학년도 EBS 수능특강 독서 218쪽 〈블록체인과 암호 화폐〉에서 '블록체인의 개념과 확장성, 무결성' 관련 내용 연계

해제 이 글은 블록체인 기술의 개념과 특성 및 한계를 설명하고 있다. 블록체인 기술은 데이터를 블록 단위로 묶어 체인 형태로 연결한 것을 여러 대의 컴퓨터에 중복 저장하는 기술로, 검증과 승인 과정을 거쳐 데이터를 저장한다. 이 기술은 노드 수의 제한과 합의 알고리즘의 속도에 따라 비공개형과 공개형으로 구분되는데, 비공개형은 노드 수에 제한이 있고 합의 알고리즘의 속도가 빠르다. 블록체인 기술은 데이터를 무단으로 변경하기 어렵고 데이터가 일부 지워지더라도 복원이 용이하다는 장점이 있으며, 보안성, 탈중앙성, 확장성이라는 특성을 지닌다. 그런데 아직까지 이 특성들을 함께 높이는 방법이 없어 블록체인 기술은 대규모로 채택되지 못한다는 한계가 있다.

주제 블록체인 기술의 특성과 한계

짜임

1문단	블록체인 기술의 개념 및 블록체인이 노드에 저장되는 과정
2문단	블록체인 기술의 성능과 유형
3문단	블록체인 기술의 특성과 장점
4문단	블록체인 기술의 특성 및 한계

1문단 블록체인 기술은 데이터를 블록이라는 단위로 묶어 체인 형태로
[01-②] [03-②] 블록체인 기술의 개념 - 데이터 복원이 용이한 이유
연결한 것을 여러 대의 컴퓨터에 중복 저장하는 기술이다. 체인 형태로 연
결된 블록의 집합을 블록체인이라 하고, 블록체인을 저장하는 컴퓨터를
[01-②, ⑤] 블록체인의 개념과 구조   [01-⑤] 노드의 개념
노드라고 한다. 새로 생성된 블록은 노드들에 전파된다. 노드들은 블록에
포함된 내용이 블록체인의 다른 블록에 있는 내용과 상충되지 않는지, 동
[02-①, ⑤] [03-⑤] 블록의 검증 과정 - 블록체인의 다른 블록과의 내용 비교
일한 내용이 블록체인의 다른 블록에 이중으로 포함되어 있지 않은지 검
증한다. 검증이 끝난 블록을 블록체인에 연결할지 여부는 모든 노드들이
[03-③] [04-③] 블록의 승인 과정 - 노드의 수가 적을수록 승인 과정 시간이 짧음.
참여하는 승인 과정을 통해 정해진다. 승인이 완료된 블록은 블록체인에
연결되고, 이 블록체인은 노드들에 저장된다. 승인 과정에는 합의 알고리
[02-①] [04-⑤] 블록의 블록체인 연결 여부를 정하는 승인 과정에 사용되는 알고리즘
즘이 사용되고, 합의 알고리즘의 예로 '작업증명'이 있다.
[01-④] [04-⑤] 합의 알고리즘의 한 예인 작업증명

2문단 블록체인 기술의 성능은 블록체인에 데이터가 저장되는 속도로
[02-④] [04-③] 데이터 저장 시간이 짧을수록 블록체인 기술의 성능이 높음.
정의되며, 단위 시간당 블록체인에 저장되는 데이터의 양으로 계산될 수
있다. 블록체인 기술은 공개형과 비공개형으로 구분된다. 비공개형은 공
개형과 달리 노드 수에 제한을 두고, 일반적으로 공개형에 비해 합의 알고
[04-④] 노드 수에 따른 블록체인 기술 유형
리즘의 속도가 빠르다. 따라서 비공개형은 승인 과정에 걸리는 시간이 짧
기 때문에 성능이 높다.

3문단 데이터가 무단으로 변경되기 어렵다는 성질을 무결성이라 하는데
[01-①, ③] [03-①] [04-④] 무결성의 개념 - 블록체인 기술의 특성과 장점
무결성은 블록체인 기술의 대표적인 장점이다. 특정 노드에 저장되어 있

는 일부 데이터가 변경되면 변경된 블록과 그 이후의 블록들은 블록체인
[02-②] 일부 데이터가 변경될 때 끊어진 블록들을 다시 연결하려면 승인 과정이 필요함.
과의 연결이 끊어진다. 끊어진 모든 블록을 다시 연결하는 것은 승인 과정
을 필요로 하기 때문에 연결을 복구하는 것은 어렵다. 즉 블록과 블록체인
의 연결을 유지하면서 블록체인에 포함된 데이터를 변경하는 것이 어려우
[02-③] [03-①] 데이터 무단 변경의 어려움 → 무결성, 보안성 높음.
므로 블록체인 데이터는 무결성이 높다. 무단 변경과 달리, 일부 데이터가
지워져도 승인된 원래의 데이터로 복원할 때는 승인 과정이 필요하지 않
[03-②, ③, ④] 데이터가 일부 지워져도 복원이 용이한 이유 - 승인 과정 불필요
다. 따라서 ⊙블록체인에 포함된 데이터는 일부가 지워지더라도 복원이
[01-③] 블록체인 기술의 장점
용이하다.

4문단 블록체인 기술에서 고려해야 할 세 가지 특성이 있다. 보안성은
데이터의 무단 변경이 어려울 뿐 아니라 동일한 내용의 데이터가 블록체
[01-①] [02-③] 보안성의 개념
인의 서로 다른 블록에 또는 단일 블록에 이중으로 포함되는 것이 어렵다
는 성질이다. 승인 과정에 걸리는 시간이 줄거나 노드 수가 감소하면 보안
[04-①, ②] 승인 과정 시간, 노드 수와 보안성의 관계
성은 낮아진다. 탈중앙성은 승인 과정에 다수의 노드들이 참여하고, 특정
[01-①] [04-④] 탈중앙성의 개념
노드가 승인 과정을 주도하지 않는다는 성질이다. 노드 수가 감소하면 탈
[04-③, ④] 노드 수와 탈중앙성의 관계
중앙성은 낮아진다. 확장성은 블록체인 기술이 목표로 하는 응용 분야에
[01-①] [04-①] 확장성의 개념
적용 가능할 만큼 성능이 높고, 노드 수가 증가해도 서비스 유지가 가능하
다는 성질이다. 노드 수가 증가하면 성능이 저하되므로, 확장성이 높다는
[04-③] 노드 수와 성능의 관계
것은 노드 수가 증가하더라도 성능 저하가 크지 않다는 것을 의미한다. 그
래서 기술 변화 없이 확장성을 높이고자 할 때 노드 수를 제한하는 방법이
사용되기도 한다. 노드 수를 제한하면 성능 저하를 막을 수 있기 때문이
다. 아직까지 블록체인 기술은 보안성, 탈중앙성, 확장성을 함께 높일 수
[01-①] 블록체인 기술의 한계
있는 방법이 없어 대규모로 채택되지 못하고 있다.

---

01 글의 전개 방식 파악, 세부 정보의 파악   답 ④

선지별 선택 비율	①	②	③	④	⑤
화작	5%	12%	9%	72%	2%
언매	3%	6%	4%	86%	1%

다음은 윗글을 읽은 학생에게 제공된 학습지의 일부이다. 학생의 '판단 결과'로 적절하지 않은 것은?

😊 **정답 띡! 등!**

※ 아래를 읽고 맞으면 ○, 틀리면 × 표시를 하시오.

④	판단할 내용		판단 결과
	~~합의 알고리즘은 작업증명의 한 예이다.~~	…	⊖
	└ 작업증명이 합의 알고리즘의 한 예임.		└ ×

┃ 1문단 "승인 과정에는 합의 알고리즘이 사용되고, 합의 알고리즘의 예로 '작업증
명'이 있다.
   └ 합의 알고리즘 > 작업증명

┃ 왜말?

· 합의 알고리즘의 예가 작업증명이지, 합의 알고리즘이 작업증명의 예가 아님.
   → 판단 내용과 결과가 적절하지 않음.

①

판단할 내용	판단 결과
블록체인 기술의 특성과 한계를 살펴보고 있다.	… ○

┃3문단 "데이터가 무단으로 변경되기 어렵다는 성질을 무결성(블록체인 기술의 특성)이라 하는데 무결성은 블록체인 기술의 대표적인 장점이다."

┃4문단 "블록체인 기술에서 고려해야 할 세 가지 특성이 있다. ~ 아직까지 블록체인 기술은 보안성, 탈중앙성, 확장성(블록체인 기술에서 고려해야 할 세 가지 특성)을 함께 높일 수 있는 방법이 없어 대규모로 채택되지 못하고 있다.(블록체인 기술의 한계)"

┃뭔말?

· 3문단: 블록체인 기술의 특성과 장점

· 4문단: 블록체인 기술에서 고려해야 할 세 가지 특성과 그로 인한 한계

②

판단할 내용	판단 결과
블록체인의 구조를 분석하고, 블록체인 기술의 응용 분야를 소개하고 있다.	… ×

┃1문단 "블록체인 기술은 데이터를 블록이라는 단위로 묶어 체인 형태로 연결한 것을 여러 대의 컴퓨터에 중복 저장하는 기술이다. 체인 형태로 연결된 블록의 집합을 블록체인이라 하고,"

┃뭔말?

· 블록체인이 데이터를 블록 단위로 묶어 체인 형태로 연결한 구조임을 제시하고 있으나, 블록체인 기술의 응용 분야에 관해서는 소개하지 않음.

③

판단할 내용	판단 결과
블록체인 기술의 장점을 열거하고, 다른 기술과의 경쟁 양상을 설명하고 있다.	… ×

┃3문단 "데이터가 무단으로 변경되기 어렵다(장점)는 성질을 무결성이라 하는데 무결성은 블록체인 기술의 대표적인 장점이다. ~ 무단 변경과 달리, 일부 데이터가 지워져도 승인된 원래의 데이터로 복원할 때는 승인 과정이 필요하지 않다. 따라서 블록체인에 포함된 데이터는 일부가 지워지더라도 복원이 용이(장점)하다." → 블록체인 기술의 장점

┃뭔말?

· 블록체인 기술의 장점을 열거하고 있지만, 다른 기술과의 경쟁 양상에 관해서는 설명하지 않음.

⑤

판단할 내용	판단 결과
체인 형태로 연결된 블록의 집합을 저장하는 컴퓨터를 노드라고 한다.	… ○

┃1문단 "체인 형태로 연결된 블록의 집합을 블록체인이라 하고, 블록체인(체인 형태로 연결된 블록의 집합)을 저장하는 컴퓨터를 노드라고 한다."

02 세부 정보의 파악, 내용의 추론   답 ⑤

선지별 선택 비율	①	②	③	④	⑤
화작	8%	18%	6%	7%	61%
언매	3%	11%	2%	3%	80%

윗글에 대한 이해로 가장 적절한 것은?

⑤ 블록이 블록체인에 연결되기 위해서는 블록의 데이터가 블록체인의 다른 데이터와 비교되어야 한다.

┃1문단 "노드들은 블록에 포함된 내용이 블록체인의 다른 블록에 있는 내용과 상충되지 않는지(다른 블록의 데이터와 비교), 동일한 내용이 블록체인의 다른 블록에 이중으로 포함되어 있지 않은지(다른 블록의 데이터와 비교) 검증한다. 검증이 끝난 블록을 블록체인에 연결할지 여부(블록이 블록체인에 연결되기 위해서는 다른 블록의 데이터와 비교하는 검증이 끝나야 함.)는 모든 노드들이 참여하는 승인 과정을 통해 정해진다."

┃뭔말?

· 블록체인에 연결될 수 있는 블록은 검증 과정을 거친 것이어야 함.

· 검증: 블록에 포함된 내용이 다른 블록에 있는 내용과 상충되거나 동일한 내용이 블록체인의 다른 블록에 이중으로 포함되어 있지 않은지 확인하는 것 = 블록의 데이터를 블록체인의 다른 블록의 데이터와 비교하는 것

① 승인 과정에 ~~참여할 노드를 결정하기 위해~~ 합의 알고리즘이 사용된다.
    └→ 승인 과정에는 모든 노드가 참여함.

┃1문단 "검증이 끝난 블록을 블록체인에 연결할지 여부는 모든 노드들이 참여하는 승인 과정을 통해 정해진다. ~ 승인 과정에는 합의 알고리즘이 사용되고, 합의 알고리즘의 예로 '작업증명'이 있다."

┃뭔말?

· 합의 알고리즘: 검증이 끝난 블록을 블록체인에 연결할지 여부를 결정하기 위해 모든 노드들이 참여하는 승인 과정에 사용됨. → 승인 과정에 참여할 노드를 결정하기 위해 사용되는 것이 아님.

② 일부 블록체인 데이터가 변경되면 ~~전체 노드와 모든 블록은~~ 승인 과정을 다시 거쳐야 한다.
    └→ 특정 노드의 변경된 블록과 그 이후의 블록들

┃3문단 "특정 노드에 저장되어 있는 일부 데이터가 변경되면 변경된 블록과 그 이후의 블록들은 블록체인과의 연결이 끊어진다. 끊어진 모든 블록(데이터가 변경된 블록과 그 이후의 블록들)을 다시 연결하는 것은 승인 과정을 필요로 하기 때문에 연결을 복구하는 것은 어렵다."

┃뭔말?

· 특정 노드에 저장되어 있는 일부 데이터가 변경되면 변경된 블록과 그 이후의 블록들은 블록체인과 연결이 끊어져 이 블록들을 다시 연결하려면 승인 과정이 필요함.

· 승인 과정을 다시 거쳐야 하는 블록: 특정 노드에 저장되어 있던 끊어진 블록 = 데이터가 변경된 블록과 그 이후의 블록들

③ 블록과 블록체인의 연결을 유지하면서 블록체인 데이터를 삭제할 수 있으면 보안성이 ~~높다.~~
    └→ 높지 않다

┃3문단 "데이터가 무단으로 변경되기 어렵다는 성질을 무결성이라 하는데 ~ 특정 노드에 저장되어 있는 일부 데이터가 변경되면 변경된 블록과 그 이후의 블록들은 블록체인과의 연결이 끊어진다. 끊어진 모든 블록을 다시 연결하는 것은 승인 과정을 필요로 하기 때문에 연결을 복구하는 것은 어렵다. 즉 블록과 블록체인의 연결을 유지하면서 블록체인에 포함된 데이터를 변경하는 것이 어려우므로 블록체인 데이터는 무결성이 높다."

┃4문단 "보안성은 데이터의 무단 변경이 어려울 뿐 아니라 ~ 성질이다."

- | 원말?
- · 보안성: 데이터의 무단 변경이 어렵다는 성질을 포함함.
- · 블록체인 데이터가 변경되면 변경된 블록과 그 이후의 블록들은 블록체인과의 연결이 끊어지고 이를 다시 연결하기가 어려움. → 무결성과 보안성이 높은 이유
- · 블록체인 데이터 삭제 = 데이터를 무단으로 변경하는 것 → 보안성이 높지 않음.
- · 블록체인 데이터가 변경되어도 블록과 블록체인 연결이 유지되면 무결성, 보안성이 높을 이유가 사라짐.

④ 공개형 블록체인 기술은 같은 양의 데이터가 저장되는 데 걸리는 시간이 짧을수록 성능이 ~~낮아진다.~~
　　　　　　　　　└→ 높아진다

- | 2문단 "블록체인 기술의 성능은 블록체인에 데이터가 저장되는 속도로 정의되며, 단위 시간당 블록체인에 저장되는 데이터의 양으로 계산될 수 있다. ~ 따라서 비공개형은 승인 과정에 걸리는 시간이 짧기 때문에 성능이 높다(공개형은 승인 과정에 걸리는 시간이 상대적으로 길기 때문에 성능이 낮음.)."
- | 원말?
- · 블록체인 기술의 성능은 블록체인에 데이터가 저장되는 속도로 정의됨.
- · 같은 양의 데이터가 저장되는 데 걸리는 시간이 짧을수록 블록체인 기술의 성능 ↑, 시간이 길수록 성능 ↓

03　내용의 추론　　　　　　　　　　답 ②

선지별 선택 비율	①	②	③	④	⑤
화작	4%	52%	8%	28%	8%
언매	2%	67%	4%	22%	4%

㉠의 이유로 가장 적절한 것은?

정답 띵!동!

② 블록체인이 여러 노드들에 중복 저장되기 때문이다.

- | 1문단 "블록체인 기술은 데이터를 블록이라는 단위로 묶어 체인 형태로 연결한 것을 여러 대의 컴퓨터에(여러 노드에) 중복 저장하는 기술이다. 체인 형태로 연결된 블록의 집합을 블록체인이라 하고, 블록체인을 저장하는 컴퓨터를 노드라고 한다."
- | 3문단 "무단 변경과 달리, 일부 데이터가 지워져도 승인된 원래의 데이터(여러 노드에 중복 저장되어 있는 것)로 복원할 때는 승인 과정이 필요하지 않다. 따라서 ㉠블록체인에 포함된 데이터는 일부가 지워지더라도 복원이 용이하다."
- | 원말?
- · 데이터를 블록 단위로 묶어 체인 형태로 연결한 것을 여러 노드에 중복 저장 → 블록체인에 포함된 데이터가 일부 지워졌을 때, 다른 노드에 있는 승인된 원래 데이터를 가져오면 되므로 복원 용이

오답 땡!

① 블록체인에 포함된 데이터는 변경이 ~~쉽다~~ 때문이다.
　　　　　　　　　　　　　└→ 어렵기

- | 3문단 "블록과 블록체인의 연결을 유지하면서 블록체인에 포함된 데이터를 변경하는 것이 어려우므로 블록체인 데이터는 무결성이 높다."
- | 원말?
- · 블록체인 데이터는 무결성이 높은데, 이는 블록체인에 포함된 데이터를 변경하기 어렵기 때문임. → 지워진 데이터 복원이 쉬운 이유와 관련 X

③ 승인 과정에 참여하는 ~~노드 수에 제한이 있기 때문이다.~~
　　　　　　　　　　└→ 모든 노드가 참여함.

- | 1문단 "검증이 끝난 블록을 블록체인에 연결할지 여부는 모든 노드들이 참여하는 승인 과정을 통해 정해진다."
- | 3문단 "일부 데이터가 지워져도 승인된 원래의 데이터로 복원할 때는 승인 과정이 필요하지 않다."
- | 원말?
- · 승인 과정에는 모든 노드가 참여함.
- · 지워진 데이터 복원에는 승인 과정 불필요

④ 데이터가 블록체인에 포함되기 위해서는 ~~승인 과정을 필요로 하기 때문이다.~~
　　　　　└→ 지워진 데이터의 복원은 승인 과정 불필요

- | 3문단 "특정 노드에 저장되어 있는 일부 데이터가 변경되면 ~ 끊어진 모든 블록을 다시 연결하는 것은 승인 과정을 필요로 하기 때문에 연결을 복구하는 것은 어렵다.(무단 변경인 경우: 승인 과정 필요, 복구 어려움.) ~ 무단 변경과 달리, 일부 데이터가 지워져도 승인된 원래의 데이터로 복원할 때는 승인 과정이 필요하지 않다. 따라서 ㉠블록체인에 포함된 데이터는 일부가 지워지더라도 복원이 용이하다.(데이터가 일부 지워진 경우: 승인 과정 불필요, 복원 쉬움.)"
- | 원말?
- · 일부 데이터가 지워졌을 때: 승인 과정이 필요 없어 복원이 용이함.
- · 따라서 승인 과정을 필요로 하기 때문에 블록체인에 포함된 데이터의 복원이 용이하다고 보는 것은 적절하지 않음.

⑤ 동일한 데이터가 블록체인에 연결된 서로 다른 블록에 이중으로 포함되어 ~~있기 때문이다.~~
　　　　　└→ 있지 않음.

- | 1문단 "노드들은 블록에 포함된 내용이 블록체인의 다른 블록에 있는 내용과 상충되지 않는지, 동일한 내용이 블록체인의 다른 블록에 이중으로 포함되어 있지 않은지 검증한다. 검증이 끝난 블록을 블록체인에 연결할지 여부는 모든 노드들이 참여하는 승인 과정을 통해 정해진다."
- | 원말?
- · 동일한 내용이 블록체인의 다른 블록에 이중으로 포함되어 있지 않은지 검증한 다음, 검증된 블록을 블록체인에 연결함. = 동일한 데이터가 블록체인에 이중으로 포함되지 않음. → 지워진 데이터 복원이 쉬운 이유와 관련 X

04　구체적 사례에의 적용　　　　　　답 ③

선지별 선택 비율	①	②	③	④	⑤
화작	3%	15%	63%	9%	8%
언매	2%	9%	78%	4%	4%

윗글을 바탕으로 〈보기〉를 이해한 내용으로 가장 적절한 것은? [3점]

┤ 보기 ├

　노드 수가 10개로 고정된 블록체인 기술(비공개형)을 사용하고 있는 A 업체는 이전에 사용하던 작업증명 대신 속도가 더 빠른 합의 알고리즘(승인 과정에 걸리는 시간이 빨라짐.)을 개발해, 유통 분야(응용 분야)에서 요구되는 성능을 초과 달성했다(확장성 높음.). 한편 B 업체는 최근 A 업체보다 데이터의 위조 불가능성을 향상시킨 블록체인 기술(무결성 높음.)을 개발했다. 이 기술은 노드 수에 제한이 없지만(공개형) 현재는 200개의 노드가 참여하고 있다. 승인 과정에는 작업증명을 사용한다.

😊 **정답 띵!동!**

③ B 업체의 블록체인 기술은 노드 수가 감소하면 성능은 높아지고 탈중앙성이 낮아지겠군.

ㅣ 1문단 "블록체인 기술은 데이터를 블록이라는 단위로 묶어 체인 형태로 연결한 것을 여러 대의 컴퓨터에 중복 저장하는 기술 ~ 검증이 끝난 블록을 블록체인에 연결할지 여부는 모든 노드들이 참여하는 승인 과정을 통해 정해진다."

ㅣ 2문단 "블록체인 기술의 성능은 블록체인에 데이터가 저장되는 속도로 정의되며, 단위 시간당 블록체인에 저장되는 데이터의 양으로 계산될 수 있다."

ㅣ 4문단 "노드 수가 감소하면 탈중앙성은 낮아진다. ~ 노드 수가 증가하면 성능이 저하"

ㅣ 뭔말?

· 블록체인 기술의 성능은 블록체인에 데이터가 저장되는 속도로 정의됨. → 블록이 블록체인에 연결되는 속도가 빠를수록 데이터 저장 속도가 빠름.

· 승인 과정: 블록을 블록체인에 연결할지 여부를 정하는 과정 → 블록이 블록체인에 연결되는 속도는 승인 과정에 걸리는 시간이 짧을수록 빠름.

· 승인 과정에 모든 노드들이 참여하므로 노드 수가 적을수록 승인 과정에 걸리는 시간이 짧음. → B 업체의 블록체인 기술은 노드 수가 감소하면 성능 ↑

· 노드 수가 감소하면 탈중앙성은 낮아짐. → B 업체의 블록체인 기술은 노드 수가 감소하면 탈중앙성 ↓

☹️ **오답 땡!**

① A 업체의 블록체인 기술은 이전보다 ~~확장성과 보안성이 모두 높아졌겠군.~~
  └→ 확장성만 높아짐.

ㅣ 4문단 "승인 과정에 걸리는 시간이 줄거나 노드 수가 감소하면 보안성은 낮아진다. ~ 확장성은 블록체인 기술이 목표로 하는 응용 분야에 적용 가능할 만큼 성능이 높고, 노드 수가 증가해도 서비스 유지가 가능하다는 성질이다."

ㅣ 뭔말?

· 확장성: 블록체인 기술이 응용 분야에 적용 가능할 만큼 성능이 높다는 성질을 나타냄. → A 업체의 기술은 응용 분야인 유통 분야에서 요구되는 성능을 초과 달성했으므로 이전보다 확장성이 높아진 것임.

· A 업체는 속도가 더 빠른 합의 알고리즘을 개발함. → 승인 과정에 걸리는 시간이 줄어듦.

· 승인 과정에 걸리는 시간이 줄면 보안성은 낮아짐. → A 업체의 블록체인 기술의 보안성이 이전보다 낮아진 것임.

---

② B 업체의 블록체인 기술은 노드 수가 증가할수록 ~~보안성과 확장성이 모두 높아지겠군.~~
  └→ 보안성만 높아짐.

ㅣ 2문단 "블록체인 기술의 성능은 블록체인에 데이터가 저장되는 속도로 정의(노드 수 증가 → 승인 속도 저하 → 성능 저하)되며,

ㅣ 4문단 "승인 과정에 걸리는 시간이 줄거나 노드 수가 감소하면 보안성은 낮아진다. ~ 노드 수가 증가하면 성능이 저하되므로, 확장성이 높다는 것은 노드 수가 증가하더라도 성능 저하가 크지 않다는 것을 의미한다."

ㅣ 뭔말?

· 노드 수가 감소하면 보안성은 낮아짐. → 노드 수가 증가하면 B 업체의 블록체인 기술의 보안성이 높아짐.

· 노드 수가 증가하면 성능이 저하됨. → 확장성이 높으려면 노드 수가 증가해도 성능 저하가 크지 않아야 함. 성능은 데이터 저장 속도와 관련 있는데, B 업체의 블록체인 기술은 위조 불가능성을 향상시켰을 뿐임. 따라서 노드 수가 증가하면 데이터 저장 속도가 느려져 성능이 저하되고 확장성이 낮아질 수 있음.

---

④ A 업체의 블록체인 기술은 B 업체와 달리 ~~공개형~~이고, B 업체보다 탈중앙성이 낮겠군.
  └→ 비공개형   └→ 노드 수가 B 업체보다 적기 때문

ㅣ 2문단 "블록체인 기술은 공개형과 비공개형으로 구분된다. 비공개형은 공개형과 달리 노드 수에 제한을 두고, 일반적으로 공개형에 비해 합의 알고리즘의 속도가 빠르다(노드 수에 제한이 있어 승인 과정에 참여하는 노드 수 적음. → 합의 알고리즘 속도가 빠름.)."

ㅣ 4문단 "노드 수가 감소하면 탈중앙성은 낮아진다."

ㅣ 뭔말?

· 비공개형: 공개형과 달리 노드 수에 제한을 두는 블록체인 기술임.

· A 업체의 블록체인 기술: 노드 수가 10개로 고정됨. → 비공개형

· B 업체의 블록체인 기술: 노드 수에 제한이 없음. → 공개형

· 노드 수가 감소하면 탈중앙성은 낮아짐.

· A 업체의 노드 수(10개)가 B 업체의 노드 수(200개)보다 적음. → 탈중앙성이 B 업체보다 A 업체가 더 낮음.

---

⑤ A 업체의 블록체인 기술은 B 업체와 승인 과정이 다르고, B 업체보다 무결성이 ~~높겠군.~~
        └→ 서로 다른 합의 알고리즘을 사용하기 때문
  └→ 낮겠군

ㅣ 1문단 "승인 과정에는 합의 알고리즘이 사용되고, 합의 알고리즘의 예로 '작업증명'이 있다."

ㅣ 3문단 "데이터가 무단으로 변경되기 어렵다는 성질을 무결성이라 하는데 무결성은 블록체인 기술의 대표적인 장점이다."

ㅣ 뭔말?

· A 업체는 작업증명 대신 속도가 더 빠른 합의 알고리즘을, B 업체는 작업증명을 사용함. → 두 업체는 다른 합의 알고리즘을 사용하므로 승인 과정이 다름.

· 무결성: 데이터가 무단으로 변경되기 어렵다는 성질

· B 업체의 블록체인 기술은 A 업체보다 데이터의 위조 불가능성을 향상시킨 것임. → 무결성은 B 업체보다 A 업체가 더 낮음.

▶ 본문 074쪽

매운맛
과학 · 기술 03
2025학년도 6월 평가원

01 ④　　**02** ①　　**03** ③
04 ③

플라스틱의 형성 원리

🔗 **EBS 연결 고리**
2025학년도 EBS 수능특강 독서 307쪽 〈생체 내의 화학 결합과 창발성〉에서 '공유 결합' 관련 내용 연계

해제 이 글은 분자가 중합을 거쳐 플라스틱으로 만들어지는 과정을 설명하고 있다. 플라스틱은 열과 압력으로 성형할 수 있는 고분자 화합물로, 단위체인 작은 분자가 수없이 반복 연결되는 중합을 통해 만들어진 거대 분자로 구성된다. 단위체들은 원자들이 서로 전자를 공유하며 안정한 상태가 되는 공유 결합으로 연결된다. 플라스틱의 한 종류인 폴리에틸렌은 에틸렌 분자들의 중합 과정을 거쳐 만들어진다. 과산화물 개시제를 사용하여 지속적인 사슬 성장 반응을 일으키는 중합 과정을 거쳐 에틸렌 분자들이 폴리에틸렌이라는 고분자 화합물이 된다. 한편 플라스틱에서 결정 영역이 차지하는 비율이 물성에 영향을 미치기 때문에 이를 활용하여 다양한 종류의 플라스틱을 만들 수 있다.

주제 중합을 통해 플라스틱이 만들어지는 과정과 플라스틱의 성질

짜임

1문단	플라스틱이라는 명칭의 유래와 개념
2문단	플라스틱을 이루는 단위체들의 연결 방식 – 공유 결합
3문단	에틸렌 분자의 구조와 공유 결합 방식
4문단	과산화물 개시제를 사용한 에틸렌의 중합 과정
5문단	플라스틱에서 결정 영역이 차지하는 부분의 비율에 따른 성질

1문단 식품 포장재, 세제 용기 등으로 사용되는 플라스틱은 생활에서 흔히 ⓐ접할 수 있다. 플라스틱은 '성형할 수 있는, 거푸집으로 조형이 가능한'이라는 의미의 '플라스티코스'라는 그리스어에서 온 말로, 열과 압력으로 성형할 수 있는 고분자 화합물을 이른다.
[01-③] 플라스틱이라는 명칭의 유래
[01-③] 플라스틱의 개념 및 성질

2문단 플라스틱은 단위체인 작은 분자가 수없이 반복 연결되는 중합을 통해 만들어진 거대 분자로 이루어져 있다. 단위체들은 공유 결합으로 연결되는데, 분자를 구성하는 원자들이 서로 전자를 공유하여 안정한 상태가 되는 결합을 공유 결합이라 한다. 두 원자가 각각 전자를 하나씩 내어 놓아 그 두 개의 전자를 한 쌍으로 공유하면 단일 결합이라 하고, 두 쌍을 공유하면 이중 결합이라 한다. 공유 전자쌍이 많을수록 원자 간의 결합력은 강하다. 대부분의 원자는 가장 바깥 전자 껍질의 전자 수가 8개가 될 때 안정해진다. 탄소 원자는 가장 바깥 전자 껍질에 4개의 전자를 갖고 있어, 다른 원자들과 전자를 공유하여 안정해질 수 있으며 다양한 형태의 공유 결합이 가능하여 거대한 분자의 골격을 이룰 수 있다.
[01-①] 플라스틱의 구성 요소와 구조
[02-②] 공유 결합의 개념
[02-②] 공유 결합의 두 유형

3문단 플라스틱의 한 종류인 폴리에틸렌은 에틸렌 분자들이 서로 연결되는 중합 과정을 거쳐 만들어진다. 에틸렌은 두 개의 탄소 원자와 네 개의 수소 원자로 이루어지는데, 두 개의 탄소 원자가 서로 이중 결합을 하
[01-②] 에틸렌 분자에 존재하는 단일 결합과 이중 결합

고 각각의 탄소 원자는 두 개의 수소 원자와 단일 결합을 한다. 탄소 원자 간의 이중 결합에서는 한 결합이 다른 하나보다 끊어지기 쉽다.
[01-⑤] 탄소 원자 간 이중 결합의 세기 차이

4문단 에틸렌의 중합에는 여러 가지 방법이 있는데 그중에 하나는 과산화물 개시제를 사용하는 것이다. 열을 흡수한 과산화물 개시제는 가장 바깥 껍질에 7개의 전자가 있는 불안정한 상태의 원자를 가진 분자로 분해된다. 이 불안정한 원자는 안정해지기 위해 에틸렌이 가진 탄소의 이중 결합 중 더 약한 결합을 끊어 버리면서 에틸렌의 한쪽 탄소 원자와 전자를 공유하며 단일 결합한다. 그러면 다른 쪽 탄소 원자는 공유되지 못한, 홀로 남은 전자를 갖게 된다. 이 불안정한 탄소 원자는 같은 방식으로 다른 에틸렌 분자와 반응을 하게 되고, 이와 같은 반응이 이어지며 불안정해지는 탄소 원자가 계속 생성된다. 에틸렌 분자들이 결합하여 더해지면 이것들은 사슬 형태를 이루며, 이 사슬은 지속적으로 성장하고 사슬 끝에는 불안정한 탄소 원자가 존재하게 된다. 성장하는 두 사슬의 끝이 서로 만나 결합하여 안정한 상태가 되면 반복적인 반응이 멈추게 된다. ㉠이 중합 과정을 거쳐 에틸렌 분자들은 폴리에틸렌이라는 고분자 화합물이 된다.
[01-④] 과산화물 개시제의 분해 – 에틸렌의 탄소 원자에 영향을 미침.
[02-①, ②, ⑤] 에틸렌을 구성하는 탄소 원자의 이중 결합이 단일 결합으로 되는 과정
[02-②, ④] 상태가 불안정한 탄소 원자 생성
[02-①, ②] 불안정한 탄소 원자가 안정한 상태가 되기 위한 과정
[02-③] 연속적인 사슬 성장 반응이 발생하는 원인
[02-①] 사슬에서 불안정한 탄소 원자의 위치　　[02-④] 사슬의 성장 과정의 종결

5문단 플라스틱을 이루는 거대한 분자들은 길이가 길다. 그래서 사슬들이 일정한 방향으로 나란히 배열되어 있는 결정 영역은, 분자들 전체에서 기대할 수는 없지만 부분적으로 있을 수는 있다. 플라스틱에서 결정 영역이 차지하는 부분의 비율은 여러 조건에 따라 조절이 가능하고 물성에 영향을 미친다. 결정 영역이 많아질수록 플라스틱은 유연성이 낮아 충격에 약하고 가공성이 떨어지며 점점 불투명해지지만, 밀도가 높아져 단단해지고 화학 물질에 대한 민감성이 감소하며 열에 의해 잘 변형되지 않는다. 이런 성질을 활용하여 필요에 따라 다양한 종류의 플라스틱을 만들 수 있다.
[03-③] 결정 영역의 개념
[03-①, ②] 플라스틱에서 결정 영역이 차지하는 비율이 높을 때의 단점
[03-③, ④, ⑤] 플라스틱에서 결정 영역이 차지하는 비율이 높을 때의 장점

01 세부 정보의 파악　　　　답 ④

선지별 선택 비율	①	②	③	④	⑤
화작	3%	5%	5%	73%	13%
언매	1%	2%	3%	86%	7%

윗글에서 알 수 있는 내용으로 적절하지 않은 것은?

😀 정답 띵!동!

④ 불안정한 원자를 가진 에틸렌은 과산화물을 개시제로 쓰면 분해되면서 완정해진다.
→ 열을 흡수한 과산화물 개시제 분자가 불안정한 원자를 가짐.
→ 불안정한 상태의 탄소 원자를 가진 분자가 됨.

| **4문단** "열을 흡수한 과산화물 개시제는 가장 바깥 껍질에 7개의 전자가 있는 불안정한 상태의 원자를 가진 분자로 분해된다. 이 불안정한 원자는 안정해지기 위해 에틸렌이 가진 탄소의 이중 결합 중 더 약한 결합을 끊어 버리면서 에틸렌의 한쪽 탄소 원자와 전자를 공유하며 단일 결합한다. 그러면 다른 쪽 탄소 원자는 공유되지 못한, 홀로 남은 전자를 갖게 된다. 이 불안정한 탄소 원자는 같은 방식으로 다른 에틸렌 분자와 반응을 하게 되고 이와 같은 반응이 이어지며 불안정해지는 탄소 원자가 계속 생성된다."

| 뭔말?
· 과산화물 개시제는 열을 흡수하면 불안정한 원자를 가진 분자로 분해됨.
· 과산화물 개시제의 불안정한 원자는 에틸렌 분자와 반응하여 안정한 상태가 되려고 함. → 에틸렌의 한쪽 탄소 원자와 공유 결합을 함.
· 결합이 끊어진 에틸렌의 다른 쪽 탄소 원자는 불안정해짐.
| 결론! 에틸렌은 과산화물 개시제로 인해 불안정한 탄소 원자를 가지게 됨.

오답 땡!

① 단위체들은 중합을 거쳐 거대 분자를 이룰 수 있다.

| 2문단 "플라스틱은 단위체인 작은 분자가 수없이 반복 연결되는 중합을 통해 만들어진 거대 분자(중합을 거쳐 거대 분자를 이룸.)로 이루어져 있다."

② 에틸렌 분자에는 단일 결합과 이중 결합이 모두 존재한다.

| 3문단 "에틸렌은 ~ 두 개의 탄소 원자가 서로 이중 결합을 하고 각각의 탄소 원자는 두 개의 수소 원자와 단일 결합을 한다."
| 뭔말?

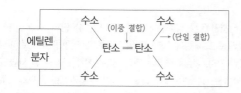

③ 플라스틱이라는 명칭의 유래는 열과 압력으로 성형이 되는 성질과 관련이 있다.

| 1문단 "플라스틱은 '성형할 수 있는, 거푸집으로 조형이 가능한'이라는 의미의 '플라스티코스'라는 그리스어('플라스틱'이라는 명칭의 유래)에서 온 말로, 열과 압력으로 성형할 수 있는(플라스틱의 성질) 고분자 화합물을 이른다."

⑤ 탄소와 탄소 사이의 이중 결합 중 하나의 결합 세기는 나머지 하나의 결합 세기보다 크다.

| 3문단 "탄소 원자 간의 이중 결합에서는 한 결합이 다른 하나보다 끊어지기 쉽다."
| 뭔말?
· 한 결합을 A, 다른 하나의 결합을 B라고 할 때, '한 결합(A)이 다른 하나(B)보다 끊어지기 쉽다.' = A의 결합 세기가 B의 결합 세기보다 작다. → 하나의 결합 세기는 나머지 하나의 결합 세기보다 크다.

매운맛 픽

02 내용의 추론   답 ①

선지별 선택 비율	①	②	③	④	⑤
화작	25%	36%	14%	15%	10%
언매	35%	32%	12%	11%	9%

㉠에 대한 이해로 적절하지 않은 것은?

정답 띵! 동

① 성장 중의 사슬은 그 **양쪽** 끝부분에서 불안정한 탄소 원자가 생성된다.
       └→ 한쪽

| 2문단 "분자를 구성하는 원자들이 서로 전자를 공유하여 안정한 상태가 되는 결합을 공유 결합이라 한다."
| 4문단 "열을 흡수한 과산화물 개시제는 가장 바깥 껍질에 7개의 전자가 있는 불안정한 상태의 원자를 가진 분자로 분해된다. 이 불안정한 원자는 안정해지기 위해 에틸렌이 가진 탄소의 이중 결합 중 더 약한 결합을 끊어 버리면서 에틸렌의 한쪽 탄소 원자와 전자를 공유하며 단일 결합한다. 그러면 다른 쪽 원자는 공유되지 못한, 홀로 남은 전자를 갖게 된다. 이 불안정한 탄소 원자는 같은 방식으로 다른 에틸렌 분자와 반응(결합)을 하게 되고, 이와 같은 반응이 이어지며 불안정해지는 탄소 원자가 계속 생성된다. 에틸렌 분자들이 결합하여 더해지면 이것들은 사슬 형태를 이루며, 이 사슬은 지속적으로 성장하고 사슬 끝에는 불안정한 탄소 원자가 존재하게 된다."
| 뭔말?
· 과산화물 개시제의 불안정한 원자가 에틸렌이 가진 두 개의 탄소 원자 중 한쪽과 단일 결합함. → 안정한 상태가 됨
· 결합이 끊어진 다른 쪽 탄소 원자는 다른 에틸렌 분자의 한쪽 탄소 원자와 단일 결합하게 됨. → 나머지 한쪽에 불안정한 탄소 원자가 계속 생성됨.
· 불안정한 원자가 있는 사슬 한쪽 끝에서 결합이 이루어져 사슬이 계속 성장함.
| 결론! 성장 중의 사슬은 양쪽이 아니라 한쪽 끝에서 불안정한 탄소 원자가 생성됨.

오답 땡!

② 사슬의 중간에 두 탄소 원자가 서로 전자를 하나씩 내어놓아 공유하는 결합이 존재한다.
                                                    └→ 단일 결합

| 2문단 "두 원자가 각각 전자를 하나씩 내어놓아 그 두 개의 전자를 한 쌍으로 공유하면 단일 결합이라 하고,"
| 4문단 "이 불안정한 원자는 안정해지기 위해 에틸렌이 가진 탄소의 이중 결합 중 더 약한 결합을 끊어 버리면서 에틸렌의 한쪽 탄소 원자와 전자를 공유하며 단일 결합(두 원자가 하나씩 내어놓은 두 개의 전자를 한 쌍으로 공유하는 결합)한다. 그러면 다른 쪽 원자는 공유되지 못한, 홀로 남은 전자를 갖게 된다. 이 불안정한 탄소 원자는 같은 방식(탄소의 이중 결합 중 더 약한 결합을 끊어 버리면서 단일 결합)으로 다른 에틸렌 분자와 반응을 하게 되고, 이와 같은 반응이 이어지며 불안정해지는 탄소 원자가 계속 생성된다. 에틸렌 분자들이 결합하여 더해지면 이것들은 사슬 형태를 이루며,"
| 뭔말?
· 두 탄소 원자가 서로 전자를 하나씩 내어놓아 공유하는 결합 = 단일 결합
· 불안정한 원자가 에틸렌의 한쪽 탄소 원자와 전자를 공유하며 단일 결합함. → 다른 쪽 탄소 원자는 남은 전자를 가지고 다른 에틸렌 분자와 반응하며 단일 결합함. → 사슬 형태를 이루며 지속적으로 이어짐.
| 결론! 사슬의 중간에 단일 결합이 존재함.

③ 상태가 불안정한 원자를 지닌 분자의 생성이 연속적인 사슬 성장 반응이 일어나는 계기가 된다.
                      └→ 원인   └→ 결과

| 4문단 "이 불안정한 탄소 원자는 같은 방식으로 다른 에틸렌 분자와 반응을 하게 되고, 이와 같은 반응이 이어지며 불안정해지는 탄소 원자가 계속 생성(상태가 불안정한 원자를 지닌 분자의 생성)된다. 에틸렌 분자들이 결합하여 더해지면 이것들은 사슬 형태(에틸렌 분자들이 연속적으로 이어진 형태)를 이루며, 이 사슬은 지속적으로 성장(연속적인 사슬 성장 반응의 발생)하고 사슬 끝에는 불안정한 탄소 원자가 존재하게 된다."
| 뭔말?
· 불안정해지는 탄소 원자가 계속 생성 → 이를 계기로 에틸렌 분자들이 결합하여 더해지면서 사슬이 지속적으로 성장

④ 공유되지 못하고 홀로 남은 전자를 가진 탄소 원자는 사슬의 성장 과정이 종결되기 전까지 계속 발생한다.
　└→ 불안정한 탄소 원자

| 4문단 "그러면 다른 쪽 탄소 원자는 공유되지 못한, 홀로 남은 전자를 갖게 된다. 이 불안정한 탄소 원자는 ~ 이 사슬은 지속적으로 성장하고 사슬 끝에는 불안정한 탄소 원자(공유되지 못하고 홀로 남은 전자를 가진 탄소 원자)가 존재하게 된다. 성장하는 두 사슬의 끝이 서로 만나 결합하여 안정한 상태가 되면 반복적인 반응이 멈추게 된다(사슬의 성장 과정 종결)."

| 뭔말?

· 불안정한 탄소 원자는 사슬 끝에 있음. → 두 사슬의 끝이 만나면 반복적 반응이 멈춤.
· 이는 두 사슬의 끝이 만나기(사슬의 성장 과정 종결) 전까지는 불안정한 탄소 원자가 계속 발생함을 의미함.

⑤ 에틸렌 분자를 구성하는 탄소 원자들 사이의 이중 결합이 단일 결합으로 되면서 사슬의 성장 과정을 이어 간다.
　└→ 이중 결합 중 약한 쪽이 끊어지고 다른 탄소 원자와 단일 결합함.

| 4문단 "이 불안정한 원자는 안정해지기 위해 에틸렌이 가진 탄소의 이중 결합 중 더 약한 결합을 끊어 버리면서(이중 결합에서 한쪽이 끊어짐.) 에틸렌의 한쪽 탄소 원자와 전자를 공유하며 단일 결합한다. 그러면 다른 쪽 탄소 원자는 공유되지 못한, 홀로 남은 전자를 갖게 된다. 이 불안정한 탄소 원자는 같은 방식(이중 결합 중 약한 결합을 끊고 단일 결합하는 방식)으로 다른 에틸렌 분자와 반응을 하게 되고, ~ 이 사슬은 지속적으로 성장하고 사슬 끝에는 불안정한 탄소 원자가 존재하게 된다."

| 뭔말?

· 과산화물 개시제의 불안정한 원자는 에틸렌이 가진 탄소의 이중 결합을 끊고, 에틸렌의 한쪽 탄소 원자와 단일 결합함.
· 불안정해진 에틸렌의 다른 쪽 탄소 원자(A)는 다른 에틸렌 분자의 탄소 이중 결합 중 약한 결합을 끊고 한쪽 탄소 원자(B)와 단일 결합함. → 같은 방식이 반복되면서 사슬이 성장함.

마웠지? 꿀피스 Tip!

▶ 이 문제의 포인트는 에틸렌의 중합 과정, 즉 사슬이 형성되어 성장하는 과정을 이해할 수 있는가에 있어. 이 중합 과정을 이해하기 위해서는 공유 결합의 개념과 유형, 그리고 에틸렌 분자의 구조와 사슬의 형성 양상에 대해 정확하게 파악해야 해. 원자의 공유 결합 개념에 대한 설명은 2문단에 집중적으로 제시가 되어 있네? (그렇다면 이것을 먼저 구분해서 정리해야지!) 먼저 '공유 결합(안정된 상태가 되는 결합) ⊃ 단일 결합, 이중 결합' 요렇게 관계를 정리할 수 있겠고, 두 원자가 '전자 한 쌍을 공유하면 단일 결합 / 두 쌍을 공유하면 이중 결합' 이렇게 구분할 수 있겠지.

▶ 그리고 3문단에서 에틸렌의 분자 구조와 공유 결합을 설명하고 있네. (2문단의 개념 제시는 이걸 설명하기 위한 바탕이 되는 거겠지? 수능형 지문 스타일에 익숙해지자.) 에틸렌은 총 6개의 원자가 결합하고 있는데, 탄소 원자가 2개, 수소 원자가 4개라고 했지? 여기서 두 개의 탄소 원자끼리는 이중 결합, 각 탄소 원자는 두 개의 수소 원자와 단일 결합을 맺고 있다고 하네. 이때 중요한 것은 탄소 원자 간의 이중 결합에서 한 결합이 다른 결합보다 끊어지기 쉬운 성질이 있다는 거야. 그래서 4문단에 제시된 바와 같이 과산화물 개시제의 불안정한 원자가 탄소의 이중 결합 중 약한 쪽의 결합을 끊고, 한쪽 탄소 원자와 공유 결합을 할 수 있는 것이지.

▶ 자, 그렇다면 사슬이 어떻게 형성된다는 건지 보자. 에틸렌은 탄소 원자 2개가 결합하고 있다고 했지? 그럼 과산화물 개시제의 불안정한 원자와 결합하지 않은 다른 쪽 탄소 원자는 어떻게 되겠어? 공유 결합으로 안정을 이루고 있다가 하나가 끊어졌으니 불안정해졌겠지? 그래서 이 녀석도 또 다른 에틸렌 분자의 탄소 이중 결합을 끊고 한쪽 탄소 원자와 공유 결합을 하여 안정을 찾으려 하는 거지. 그럼 다른 쪽에서 불안정해진 탄소 원자가 또 생기고… 이것이 반복되면서 사슬 형태를 이룬다는 거야!

▶ 그럼 이제 정답 선지인 ①을 보자. 사실 4문단의 '사슬 끝에는 불안정한 탄소 원자가 존재'를 제대로 이해했다면 그렇게 어렵지 않게 판단이 되었을 거야. 에틸렌 분자의 탄소 이중 결합이 끊어지면서 단일 결합이 이루어진 쪽 말고, 다른 한쪽 탄소 원자가 어떻게 되었지? 맞아. 불안정한 원자가 되었잖아. 그리고 이 원자가 안정한 상태가 되고 싶어 다른 분자와 결합하려고 하고. 사슬 한쪽 끝에서는 과산화물 개시제의 원자가 에틸렌 분자의 탄소 원자와 단일 결합을 해서 이미 안정을 이룬 상태이고 말이야. (2문단에서 언급했듯 공유 결합은 안정한 상태를 이룬 것이고, 단일 결합과 이중 결합 모두 공유 결합에 해당한다는 것도 놓치지 말자.)

▶ 정답 선지인 ①을 적절하다고 판단했다면, 4문단의 '사슬 끝'을 '사슬 양쪽 끝'으로 오해했거나 과산화물 개시제의 역할을 제대로 파악하지 못한 것일 거야. 과산화물 개시제의 불안정한 원자 때문에 사슬 구조 형성이 시작되는 걸 말야. 과산화물 개시제의 불안정한 원자와 에틸렌 분자의 탄소 원자가 결합하여 안정을 이루고 이것이 사슬의 한쪽 끝이 된다는 걸 제대로 파악하지 못한 채로, 4문단의 '성장하는 두 사슬의 끝이 서로 만나 결합하여 안정한 상태가 되면'을 보고 '아, 사슬 양쪽 끝이 불안정해서 이 둘이 만나 결합하여 안정한 상태가 되는군.' 이렇게 잘못 판단할 수도 있었겠지. 근본적으로 '이중 결합이 끊어지면서 한쪽에는 단일 결합(안정), 나머지 한쪽에는 불안정한 탄소 원자 생성'이 일어난다는 걸 제대로 이해하지 못한 거야.

▶ 선지 선택률을 보니, 이 문제에서 함정 선지는 ②라고 할 수 있겠네. 이걸 선택했다면 지문에 제시된 공유 결합의 개념과 대상, 사슬 형성 양상을 제대로 이해하지 못했을 가능성이 높아 보여. ②의 '두 탄소 원자가 서로 전자를 하나씩 내어놓아 공유하는 결합은 바로 단일 결합이지? (2문단에서 딱 설명했잖아.) ②는 '사슬의 중간에 단일 결합이 존재한다.'라는 말을 길게 풀어 쓴 거야. 이것은 4문단을 통해서도 확인할 수 있어. 중합 과정에서 이중 결합을 끊고 단일 결합을 하는 과정이 나타나잖아. 이 과정을 반복하면서 사슬이 계속 성장하는 거니까 사슬의 중간에 단일 결합이 존재하지.

▶ 아니면 처음에 과산화물 개시제의 불안정한 원자와 에틸렌의 탄소 원자가 결합하는 것만 이해하고 그다음부터는 에틸렌 분자들의 탄소 원자들 간에 이중 결합 끊어짐과 단일 결합이 일어난다는 걸 파악하지 못했을 수도 있겠지. '과산화물 개시제의 불안정한 원자가 에틸렌의 한쪽 탄소 원자와 단일 결합하는 것이지, 두 탄소 원자끼리 단일 결합하는 건 아니야!'라고 성급하게 잘못 판단할 수 있어. 하지만 '개시제'의 의미를 잘 생각해 봐. 이러한 반응이 시작되도록 하는 역할이라는 걸 간과하지 말자. (참고로 '개시제'는 고분자 합성 반응에 주로 쓰이는, 중합 반응을 일으키는 물질을 의미해. 한자로는 '열 개(開) + 시작할 시(始) + 약 제(劑)'이지.) 과산화물 개시제로 시작해서 이후부터는 4문단에 제시되어 있듯 '에틸렌 분자들이 결합하여 더해'진다는 걸 놓쳐선 안 돼.

03 구체적 사례에의 적용   답 ③

윗글을 바탕으로 〈보기〉의 ㉮와 ㉯를 이해한 내용으로 가장 적절한 것은? [3점]

┤ 보기 ├

폴리에틸렌은 높은 압력과 온도에서 중합되어 사슬이 여기저기 가지를 친 구조(일정한 방향으로 나란히 배열된 것 X)로 만들어지기도 한다. ㉮가지를 친 구조의 사슬들은 조밀하게 배열되기 힘들다. 한편 특수한 촉매를 사용하여 저온에서 중합되면 탄소 원자들이 이루는 사슬이 한 줄로 쭉 이어진 직선형 구조로 만들어지기도 한다. 이 ㉯직선형 구조의 사슬들은 한 방향으로 서로 나란히 조밀하게 배열(일정한 방향으로 나란히 배열 = 결정 영역)될 수 있다.

😊 **정답 띵!동!**

③ 보관 용기에서 화학 물질이 닿는 부분에는 ㉮보다 ㉯로 이루어진 소재를 쓰는 것이 좋겠군.

ㅣ5문단 "플라스틱을 이루는 거대한 분자들은 길이가 길다. 그래서 사슬들이 일정한 방향으로 나란히 배열되어 있는 결정 영역(㉯'직선형 구조의 사슬들'에 해당)은, 분자들 전체에서 기대할 수는 없지만 부분적으로 있을 수는 있다. ~ 결정 영역이 많아질수록 플라스틱은 ~ 화학 물질에 대한 민감성이 감소"

ㅣ〈보기〉 "㉮가지를 친 구조의 사슬들은 조밀하게 배열되기 힘들다. ~ 이 ㉯직선형 구조의 사슬들은 한 방향으로 서로 나란히 조밀하게 배열될 수 있다."

ㅣ뭔말?

· 결정 영역 = 사슬들이 일정한 방향으로 나란히 배열됨. → ㉯ '직선형 구조의 사슬들'

· 결정 영역이 많을수록 화학 물질에 대한 민감성↓(㉯) ↔ 결정 영역이 적을수록 화학 물질에 대한 민감성↑(㉮)

· ㉮보다 ㉯로 이루어진 소재가 화학 물질에 덜 민감함.

ㅣ결론! 화학 물질이 닿는 부분에 사용하기에는 ㉮보다 ㉯로 이루어진 소재가 더 적합함.

☹️ **오답 땡!**

① 충격에 잘 깨지지 않도록 유연하게 하려면 ~~㉮보다 ㉯로~~ 이루어진 소재가 적합하겠군.
          └→ ㉯보다 ㉮로

ㅣ5문단 "결정 영역이 많아질수록 플라스틱은 유연성이 낮아 충격에 약하고"

ㅣ뭔말?

· 결정 영역이 많을수록 유연성↓(㉯) ↔ 결정 영역이 적을수록 유연성↑(㉮)

ㅣ결론! ㉯보다 ㉮로 이루어진 소재가 유연성이 높아 충격에 잘 깨지지 않음.

② 포장된 물품이 잘 보이게 하려면 포장재로는 ~~㉮보다 ㉯로~~ 이루어진 소재가 적합하겠군.
          └→ ㉯보다 ㉮로

ㅣ5문단 "결정 영역이 많아질수록 플라스틱은 ~ 점점 불투명(안이 잘 보이지 않음.)해지지만,"

ㅣ뭔말?

· 결정 영역이 많을수록 불투명(㉯) ↔ 결정 영역이 적을수록 투명(㉮)

ㅣ결론! ㉯보다 ㉮로 이루어진 소재가 더 투명하여 포장된 물품이 잘 보임.

④ ~~㉮보다 ㉯로~~ 이루어진 소재의 밀도가 더 높겠군.
          └→ ㉮보다 ㉯로

ㅣ5문단 "결정 영역이 많아질수록 플라스틱은 ~ 밀도가 높아져 단단해지고"

ㅣ뭔말?

· 결정 영역이 많을수록 밀도↑(㉯) ↔ 결정 영역이 적을수록 밀도↓(㉮)

ㅣ결론! ㉮보다 ㉯로 이루어진 소재가 밀도가 더 높음.

⑤ 열에 잘 견디게 하려면 ~~㉮보다 ㉯로~~ 이루어진 소재가 적합하겠군.
          └→ ㉮보다 ㉯로

ㅣ5문단 "결정 영역이 많아질수록 플라스틱은 ~ 열에 의해 잘 변형되지 않는다(열에 잘 견딤.)."

ㅣ뭔말?

· 결정 영역이 많을수록 열에 의한 변형↓(㉯) ↔ 결정 영역이 적을수록 열에 의한 변형↑(㉮)

ㅣ결론! ㉮보다 ㉯로 이루어진 소재가 열에 더 잘 견딤.

04 어휘의 의미 파악   답 ③

ⓐ와 문맥상 의미가 가장 가까운 것은?

😊 **정답 띵!동!**

③ 나는 교과서에서 접한 시를 모두 외웠다.

ㅣⓐ와 ③의 '접하다' '가까이 대하다.'의 의미

☹️ **오답 땡!**

① 요즘 신도시는 아파트가 대규모로 서로 접해 있다.

ㅣ'이어서 닿다.'의 의미

② 그는 자신의 수상 소식을 오늘에야 접하게 되었다.

ㅣ'소식이나 명령 따위를 듣거나 받다.'의 의미

④ 우리나라는 삼면이 바다에 접해 있다.

ㅣ'이어서 닿다.'의 의미

⑤ 우리 집은 공원을 접하고 있다.

ㅣ'이어서 닿다.'의 의미

데이터에서 결측치와 이상치의 처리 방법

🔗 **EBS 연결 고리**
2024학년도 EBS 수능특강 독서 199쪽 〈이상치와 결측치의 처리〉에서 '결측치와 이상치' 관련 내용 연계

해제 이 글은 데이터에 결측치와 이상치가 포함될 때 그것을 처리하는 방법을 설명하고 있다. 데이터의 정확성을 높이기 위해서는 데이터가 빠져 있는 결측치, 데이터의 다른 값에 비해 유달리 크거나 작은 값인 이상치를 처리해야 한다. 결측치는 주로 평균, 중앙값, 최빈값 등으로 대체하고, 이상치는 주로 중앙값을 대푯값으로 사용하여 데이터의 특징을 하나의 수치로 나타낸다. 한편 평면상 점들의 위치를 나타내는 데이터에 이상치가 발견될 수 있는데, 이때 사용할 수 있는 기법 중에 A 기법이 있다. A 기법은 무작위로 고른 두 점을 지나는 후보 직선을 그어 나머지 점들과 후보 직선 사이의 거리를 구한 뒤, 이 거리가 허용 범위 이내인 점들을 정상치 집합에 넣고, 정상치 집합의 점의 개수가 미리 정해 둔 문턱값보다 많은 후보 직선만 최종 후보군에 넣는다. 이런 과정을 반복한 뒤에 정상치 집합의 점의 개수가 가장 많은 직선을 해당 데이터의 특징을 나타내는 직선으로 선택한다.

주제 데이터에 포함된 결측치와 이상치를 처리하는 방법

짜임

1문단	결측치와 이상치가 포함된 데이터의 문제점
2문단	데이터에서 나타난 결측치 처리 방법
3문단	데이터에서 나타난 이상치 처리 방법
4문단	평면상 점들의 위치를 나타내는 데이터에서의 이상치
5문단	이상치가 포함된 데이터에서 직선 L을 찾는 방법

1문단 데이터를 처리할 때 데이터의 정확성은 매우 중요하다. 그런데 데이터에 결측치와 이상치가 포함되면 데이터의 특징을 제대로 ⓐ 나타내기 어렵다.

2문단 결측치는 데이터 값이 ⓑ 빠져 있는 것이다. 결측치를 처리하는 방법 중 하나인 대체는 다른 값으로 결측치를 채우는 것인데, 대체하는 값으로는 평균, 중앙값, 최빈값을 많이 사용한다. 중앙값은 데이터를 크기순으로 정렬했을 때 중앙에 위치한 값이다.
[02-①, ②, ④] 중앙값의 개념
크기가 같은 값이 복수일 경우에도 순위를 매겨 중앙값을 찾고, 데이터의 개수가 짝수이면 중앙에 있는 두
[01-④] 동일한 수치의 데이터가 복수일 경우 중앙값을 찾는 법
값의 평균이 중앙값이다. 또 최빈값은 데이터에 가장 많이 나타나는 값을
[02-⑤] 데이터 개수가 짝수일 경우 중앙값을 찾는 법
이른다. 일반적으로 데이터 값이 연속적인 수치이면 평균으로, 석차처럼
[01-①] 최빈값의 개념
순위가 있는 값에는 중앙값으로, 직업과 같이 문자인 경우에는 최빈값으로 결측치를 대체한다.
[01-①] 최빈값을 구할 수 있는 데이터 유형

3문단 이상치는 데이터의 다른 값에 비해 유달리 크거나 작은 값으로,
[01-⑤] [02-②, ③, ④] 이상치의 개념
데이터를 수집할 때 측정 오류 등에 의해 주로 ⓒ 생긴다. 그러나 정상적인 데이터라도 데이터의 특징을 왜곡하는 데이터 값이 있을 수 있다. 예를
[01-③] 정상적 데이터에서 이상치 발생 가능성 존재
들어, 데이터가 어떤 프로 선수들의 연봉이고 그중 한 명의 연봉이 유달리

많다면, 이상치가 포함된 데이터에 해당한다. 이런 데이터의 특징을 하나의 수치로 나타내려는 경우 ⊙ 대푯값으로 평균보다 중앙값을 주로 사용한다.
[01-②] 중앙값을 사용하는 경우

4문단 평면상에 있는 점들의 위치를 나타내는 데이터에서도 이상치를 발견할 수 있다. 대부분의 점들이 가상의 직선 주위에 모여 있다면 이 직선은 데이터의 특징을 잘 나타낸다고 할 수 있다. 이 직선을 직선 L이라고
[01-②] 데이터의 특징을 잘 나타내는 직선의 특징
하자. 그런데 직선 L로부터 멀리 떨어진 위치에도 몇 개의 점이 있다. 이 점들이 이상치이다.

5문단 ⓛ 이상치를 포함하는 데이터에서 직선 L을 찾는다고 하자. 이때 사용할 수 있는 기법의 하나인 A 기법은 두 점을 무작위로 골라 정상치 집
[03-①, ②, ⑤] A 기법의 후보 직선 선정
합으로 가정하고, 이 두 점을 ⓓ 지나는 후보 직선을 그어 나머지 점들과 후보 직선 사이의 거리를 구한다. 이 거리가 허용 범위 이내인 점들을 정상치 집합에 추가한다. 정상치 집합의 점의 개수가 미리 정해 둔 기준, 즉 문턱값보다 많으면 후보 직선을 최종 후보군에 넣는다. 반대로 점의 개수가 문턱값보다 적으면 후보 직선을 버린다. 만약 처음에 고른 점이 이상치
[03-④] A 기법에서 후보 직선 제외되는 기준   [03-③] A 기법에서 이상치가 제외되는 원리
이면, 대부분의 점들은 해당 후보 직선과의 거리가 너무 ⓔ 멀어 이 직선은 최종 후보군에서 제외되는 것이다. 이 과정을 반복하여 최종 후보군을 구하고, 최종 후보군에 포함된 직선 중에서 정상치 집합의 데이터 개수가
[03-③] A 기법에서 최종 선택되는 직선 L의 기준
최대인 직선을 직선 L로 선택한다. 이 기법은 이상치가 있어도 직선 L을 찾을 가능성이 높다.

---

01 세부 정보의 파악   답 ③

선지별 선택 비율	①	②	③	④	⑤
화작	4%	3%	75%	8%	7%
언매	2%	1%	85%	5%	5%

윗글을 이해한 내용으로 적절하지 <u>않은</u> 것은?

😊 **정답 띡! 동!**

③ 데이터가 정상적으로 수집되었다면 이상치가 ~~존재하지 않는다.~~
└▶ 존재할 수 있음.

┃ 3문단 "이상치는 데이터의 다른 값에 비해 유달리 크거나 작은 값으로, 데이터를 수집할 때 측정 오류 등에 의해 주로 생긴다. 그러나 정상적인 데이터라도 데이터의 특징을 왜곡하는 데이터 값(이상치)이 있을 수 있다."

😣 **오답 땡!**

① 데이터가 수치로 구성되지 않아도 최빈값을 구할 수 있다.

┃ 2문단 "최빈값은 데이터에 가장 많이 나타나는 값 ~ 직업과 같이 문자(수치로 구성되지 않은 데이터)인 경우에는 최빈값으로 결측치를 대체"

② 데이터의 특징이 언제나 하나의 수치로 나타나는 것은 아니다.

∣ 3문단 "데이터의 특징을 하나의 수치로 나타내려는 경우 대푯값으로 평균보다 중앙값을 주로 사용"

∣ 4문단 "대부분의 점들이 가상의 직선 주위에 모여 있다면 이 직선은 데이터의 특징을 잘 나타낸다고 할 수 있다."

∣ 뭔말?

· 3문단의 '데이터의 특징을 하나의 수치로 나타내려는 경우': 데이터의 특징이 '하나의 수치'로 나타나지 않는 경우도 있음을 의미

· 4문단의 '직선'을 통해 '데이터의 특징'을 나타내는 경우: 직선을 '하나의 수치'로 볼 수 없음. → 데이터의 특징이 언제나 하나의 수치로 나타나는 것은 아님.

④ 데이터에 동일한 수치가 여러 개 있어도 중앙값으로 결측치를 대체할 수 있다.

∣ 2문단 "결측치를 ~ 대체하는 값으로는 평균, 중앙값, 최빈값을 많이 사용 ~ 크기가 같은 값(동일한 수치)이 복수(여러 개)일 경우에도 순위를 매겨 중앙값을 찾고"

⑤ 데이터를 수집하는 과정에서 측정 오류가 발생한 값이라도 이상치가 아닐 수 있다.

∣ 3문단 "이상치는 데이터의 다른 값에 비해 유달리 크거나 작은 값"

∣ 뭔말?

· 데이터를 수집하는 과정에서 측정 오류가 발생한 값이라도 그것이 다른 데이터 값에 비해 유달리 크거나 작지 않다면 이상치가 되지 않음.

02 내용의 추론   답 ①

선지별 선택 비율	①	②	③	④	⑤
화작	59%	5%	9%	11%	14%
언매	75%	2%	4%	7%	9%

윗글을 참고할 때, ㉠의 이유로 가장 적절한 것은?

정답 띡!동!

① 중앙값은 극단에 있는 이상치의 영향을 덜 받기 때문이다.

∣ 2문단 "중앙값은 데이터를 크기순으로 정렬했을 때 중앙에 위치한 값"

∣ 3문단 "이상치는 데이터의 다른 값에 비해 유달리 크거나 작은 값 ~ 데이터가 어떤 프로 선수들의 연봉이고 그중 한 명의 연봉이 유달리 많다면, 이상치가 포함된 데이터에 해당한다. 이런 데이터의 특징을 하나의 수치로 나타내려는 경우 ㉠대푯값으로 평균보다 중앙값을 주로 사용한다."

∣ 뭔말?

· 평균: 데이터를 이루는 여러 수치의 합을 그 수치의 개수로 나눈 값(중간값) → 극단에 있는 값, 즉 다른 데이터보다 너무 크거나 작은 값인 이상치가 포함되면 변동성이 커지므로 대푯값으로서 정확성이 떨어짐.

※ 프로 선수 연봉을 예로 들면 한 명의 연봉이 너무 높을 때(이상치) 연봉 평균값이 높아지고, 반대로 너무 낮은 연봉(이상치)이 있으면 연봉 평균값이 낮아짐.

· 중앙값: 극단적인 값의 영향을 평균에 비해 거의 받지 않으므로 데이터의 왜곡이 상대적으로 적음. → 이상치가 포함된 데이터의 대푯값으로 사용

오답 띡!

② 중앙값을 찾기 위해 데이터를 나열할 때 이상치는 ~~제외되기~~ 때문이다.
 └→ 제외 X(포함)

∣ 2문단 "중앙값은 데이터를 크기순으로 정렬했을 때 중앙에 위치한 값"

∣ 뭔말?

· 이상치도 데이터를 구성하는 여러 값 중 하나이므로 중앙값을 구할 때 이상치도 포함됨.

③ 데이터의 개수가 많아질수록 ~~이상치도 많아지고 평균을 구하기 어렵기~~ 때문이다.
 └→ 데이터 개수와 이상치 개수 비례 관계 X, 평균 계산 난이도 관련 근거 X

∣ 2문단 "이상치는 데이터의 다른 값에 비해 유달리 크거나 작은 값으로, 데이터를 수집할 때 측정 오류 등에 의해 주로 생긴다."

∣ 뭔말?

· 데이터의 개수와 이상치 개수의 관계: 비례 관계로 볼 근거 없음.

※ 데이터의 개수가 많아져도 측정 오류가 없다면 이상치가 나타나지 않을 수 있고, 이상치의 개수는 변하지 않을 수도 있음.

· 이상치가 많아진다고 해서 평균을 구하기가 어려워진다고 볼 근거 없음.

④ 이상치가 포함되면 ~~평균을 구하는 것이 중앙값을 찾는 것보다 복잡하기~~ 때문이다.
 └→ 제시 X

∣ 뭔말?

· 이 글에 평균을 구하는 방식과 중앙값을 구하는 방식의 복잡성에 대한 언급은 없음.

· 이상치가 포함된다고 해서 평균을 구하거나 중앙값을 찾는 방식이 달라지는 것은 아님.

⑤ 이상치가 포함되면 평균은 데이터에 포함되지 않는 값일 가능성이 큰 반면 중앙값은 ~~항상 데이터에 포함된 값이기~~ 때문이다.
 └→ 데이터에 포함된 값이 아닐 수도 있음.
    (데이터 개수가 짝수이고 중앙에 있는 두 값이 다를 경우)

∣ 2문단 "데이터의 개수가 짝수이면 중앙에 있는 두 값의 평균이 중앙값"

∣ 뭔말?

· 평균: 데이터를 이루는 여러 수치의 합을 그 수치의 개수로 나누어 나온 값, 즉 데이터 전체의 중간값이므로 데이터에 포함되지 않는 값일 수도 있음.

· 중앙값: 데이터의 개수가 짝수이고 중앙에 있는 두 값이 서로 다를 경우에는 두 값의 평균을 중앙값으로 하므로 데이터에 포함되지 않는 값이 중앙값이 될 수 있음. 이 또한 이상치의 포함 여부와는 무관함.

03 다른 상황에의 적용   답 ⑤

선지별 선택 비율	①	②	③	④	⑤
화작	8%	11%	14%	34%	30%
언매	5%	9%	9%	29%	47%

㉡과 관련하여 윗글의 A 기법과 〈보기〉의 B 기법을 설명한 내용으로 가장 적절한 것은? [3점]

─────── 보기 ───────
다음과 같은 방법으로 직선 L을 찾는 B 기법을 가정해 보자. 후보 직선을 임의로 여러 개 가정한 뒤에 모든 점에서 각 후보 직선들과의 거리를 구하여 점들과 가장 가까운 직선을 선택한다. 그러나 이렇게 찾은 직선은 직선 L로 적합한 직선이 아니다. 이상치를 포함해서 찾다 보니 대부분 최적의 직선과 이상치 사이에 위치한 직선을 선택(최적의 직선 L을 찾기 어려운 B 기법)하게 된다.

⑤ A 기법에서 후보 직선의 정상치 집합에는 이상치가 포함될 수 있고 B 기법에서 후보 직선은 이상치를 지날 수 있다.

ㅣ5문단 "A 기법은 두 점을 무작위로 골라(이상치 포함 가능) 정상치 집합으로 가정하고, 이 두 점을 지나는 후보 직선을 그어 나머지 점들과 후보 직선 사이의 거리를 구한다."

ㅣ〈보기〉 "B 기법 ~ 후보 직선을 임의로 여러 개 가정(이상치를 지나는 직선일 수 있음.)한 뒤에 모든 점에서 각 후보 직선들과의 거리를 구하여 점들과 가장 가까운 직선을 선택"

ㅣ뭔말?

· A 기법: 데이터의 두 점을 무작위로 골라 정상치 집합으로 가정 → 후보 직선을 긋기 위해 고른 두 점에 이상치가 포함되어 있다면 후보 직선의 정상치 집합에 이상치가 포함됨.

· B 기법: 후보 직선을 임의로 여러 개 가정 → 이상치를 지나가는 후보 직선이 있을 수 있음.

① A 기법과 B 기법 모두 최적의 직선을 찾기 위해 ~~최대한 많은 점을 지나는~~ 후보 직선을 가정한다.
　　　　　　　　　　　　　A 기법: 두 점, B 기법: 점의 개수와 관련 X ←┘

ㅣ5문단 "A 기법은 두 점을 무작위로 골라 정상치 집합으로 가정하고, 이 두 점을 지나는 후보 직선을 그어"

ㅣ〈보기〉 "B 기법 ~ 후보 직선을 임의로 여러 개 가정한 뒤에 모든 점에서 각 후보 직선들과의 거리를 구하여 점들과 가장 가까운 직선을 선택"

ㅣ뭔말?

· A 기법: 무작위로 고른 두 점을 지나는 후보 직선을 긋고 나서 나머지 점들과 후보 직선 사이의 거리를 구함. → 최대한 많은 점을 지나는 후보 직선 가정 X

· B 기법: 후보 직선을 임의로 여러 개 가정한 뒤에 모든 점에서 각 후보 직선들과의 거리를 구함. → 최대한 많은 점을 지나는 후보 직선 가정 X

② A 기법은 이상치를 ~~제외~~하고 후보 직선을 가정하지만 B 기법은 이상치를 제외하는 과정이 없다.
　　　　　　　　　　└→ 포함

ㅣ5문단 "A 기법은 두 점을 무작위로 골라 정상치 집합으로 가정하고, 이 두 점을 지나는 후보 직선을 그어"

ㅣ〈보기〉 "B 기법 ~ 후보 직선을 임의로 여러 개 가정한 뒤에 모든 점에서 각 후보 직선들과의 거리를 구하여 점들과 가장 가까운 직선을 선택"

ㅣ뭔말?

· A 기법: 후보 직선을 긋기 위해 고른 두 점에 이상치가 포함되어 있다면 후보 직선의 정상치 집합에 이상치가 포함됨. → 이상치를 제외하지 않음.

· B 기법: 후보 직선을 임의로 여러 개 가정하므로 이상치를 지나가는 후보 직선이 있을 수 있음. → 이상치를 제외하는 과정 없음.

③ A 기법에서 최종적으로 선택한 직선은 이상치를 지나지 않지만 B 기법에서 선택한 직선은 이상치를 ~~지난다.~~
　　　　　　　　　　　　　　└→ 대부분 지나지 않음.

ㅣ5문단 "만약 처음에 고른 점이 이상치이면, 대부분의 점들은 해당 후보 직선과의 거리가 너무 멀어 이 직선(이상치가 포함된 직선)은 최종 후보군에서 제외되는 것이다. ~ 최종 후보군에 포함된 직선 중에서 정상치 집합의 데이터 개수가 최대인 직선을 직선 L(최종적으로 선택한 직선)로 선택"

ㅣ〈보기〉 "B 기법 ~ 모든 점에서 각 후보 직선들과의 거리를 구하여 점들과 가장

가까운 직선을 선택 ~ 이상치를 포함해서 찾다 보니 대부분 최적의 직선과 이상치 사이에 위치한 직선을 선택하게 된다."

ㅣ뭔말?

· A 기법: 후보 직선을 긋기 위해 고른 점이 이상치일 경우, 이 이상치를 포함하는 후보 직선은 나머지 점들과의 거리가 허용 범위를 넘게 되어 최종 후보군에서 제외됨. → 최종 후보군에 포함된 후보 직선 중에서 직선 L을 최종 선택

∴ A 기법에서 최종적으로 선택한 직선은 이상치를 지나지 않음.

· B 기법: 최종적으로 선택한 직선은 '대부분' 최적의 직선과 이상치 사이에 위치

∴ B 기법에서 최종적으로 선택한 직선이 반드시 이상치를 지나는 것은 아님.

　　　　　　┌→ 정상치 집합의 점
④ A 기법은 ~~이상치~~의 개수가 문턱값보다 적으면 후보 직선을 버리지만 B 기법은 선택한 직선이 이상치를 포함할 수 있다.

ㅣ5문단 "A 기법은 ~ 정상치 집합의 점의 개수가 ~ 문턱값보다 적으면 후보 직선을 버린다.

ㅣ〈보기〉 "B 기법 ~ 대부분 최적의 직선과 이상치 사이에 위치한 직선을 선택하게 된다."

ㅣ뭔말?

· A 기법: 정상치 집합의 점의 개수가 문턱값보다 적을 때 후보 직선을 버림. → 이상치의 개수가 아니라 정상치 집합의 점의 개수가 기준

· B 기법: 선택한 직선 대부분은 이상치를 지나지 않지만 이상치를 포함할 수도 있음.

애읽지!?

🧊 꿀피스 Tip!

▶ 이 문제의 포인트는 평면상 점들의 위치를 나타내는 데이터의 특징을 잘 드러내는 직선 L을 구하는 두 가지 기법을 비교할 수 있는가에 있어. 여기서 중요한 조건은 이 데이터에 '이상치'가 포함되어 있다는 거야. 그러니 이상치의 개념을 정확히 이해하고 두 기법에서 이상치를 처리하는 방식을 주의깊게 살펴보아야겠지?

▶ 5문단에 제시된 A 기법과 〈보기〉에 제시된 B 기법의 확실한 차이는 최적의 직선의 후보 직선을 뭘로 하느냐 하는 거야. 이때 놓치면 안 되는 중요한 단어가 있는데, 바로 지문의 '무작위'와 〈보기〉의 '임의'야. 두 단어는 모두 문맥상 '정해지지 않음.'의 의미를 지니고 있어. 즉 '아무'라는 말로 바꿔 쓸 수 있지.

▶ A 기법의 경우, 점들 중에서 아무 점이나 2개를 선택한 다음, 이 2개의 점을 잇는 선을 그리는 거지. ('아무 점'이니까 여기에는 이상치 점이 포함될 수도 있는 거야.) 그다음 이 후보 직선과 나머지 점들 사이의 거리를 구해.

▶ 반면 B 기법은 점을 고르는 게 아니라 아무 선을 일단 그려. (마찬가지로 '아무 선'이니까 이 선이 이상치 점을 지날 수도 있는 거야.) 그다음에 점들과 이 후보 직선의 거리를 따져 본다는 거야. 이 기본적인 사항을 이해하고 선지를 보도록 하자.

▶ 선택률을 보니, 이 문제에서 함정 선지는 ④라고 할 수 있겠네. 이걸 선택했다면 지문에 제시된 '문턱값'을 제대로 이해하지 못했을 가능성이 높아 보여. '문턱값'은 후보 직선을 최종 후보군에 넣을 때 기준이 되는 값이라고 했어. 그럼 문턱값의 대상이 선지에 제시된 이상치 개수인지 확인하면 되겠지? 그런데 문턱값을 가지고 정상치 집합의 점의 개수를 판단하고 있네. 그렇다면 정상치 집합의 점이 이상치를 말하는 것인가를 또 봐야지.

▶ A 기법에서는 아무 점 2개를 골라서 직선을 그린 다음 나머지 점들과의 거리를 구하는데, 이때 이 거리가 허용 범위 이내인 점들이 정상치 집합에 들어간다는 거야. (여기서 이미 판단을 끝낼 수도 있어. 허용 범위, 즉 거리 기준이 이상치, 즉 지나치게 멀리 떨어진 값은 아니겠지.) 그리고 정상치 집합의 점의 개수가 지정된 문턱값보다 많아야 후보 직선이 최종 후보에 들어가게 되는 거지.

▶ 허용 범위, 문턱값이라는 말이 어렵다면 그냥 기준, 기준값이라고 생각해 봐. 이 직선은 이상치를 처리하고 데이터 특징을 잘 보여 주기 위한 것이잖아? 그러면 해당 직선이 이상치보다 나머지 점들과 더 많이, 더 가까워야 하겠지? 그런데 이상치 개수가 기준값보다 적을 때 후보 직선을 버리고 반대로 이상치 개수가 기준값보다 많을 때 후보 직선을 취한다면 어떻게 되겠어? 선이 나머지 점들과 동떨어질 확률이 크겠지?

▶ 그럼 이제 정답 선지인 ⑤를 보자. 앞에서도 말했듯이 '무작위, 임의'라는 말만 잘 이해했어도 판단이 그렇게 어렵지 않은 선지야. A 기법에서는 처음에 무작위로, 즉 아무 점 2개를 골라서 후보 직선을 그린다고 했잖아. 그런데 그 아무 점이 이상치랑 가까이 있는 점이었다고 생각해 봐. 그럼 이상치 점과 그 후보 직선 간 거리가 가까워서 허용 범위 이내에 들어갈 것이고, 따라서 정상치 집합에 포함될 수 있는 거야. 처음에 고른 아무 점 2개에 이상치가 포함되어 있었다면 더 말할 것도 없고 말이야. 이게 헷갈렸다면 A 기법의 과정을 정확히 이해하지 못한 거지.

▶ 한편 B 기법에서는 임의로, 즉 아무 직선을 여러 개 일단 그려. 아무 직선이니까 이상치 점을 지나는 직선도 포함될 수 있을 거 아니겠어? 너무 간단하지. 〈보기〉의 마지막 문장에서 '대부분 최적의 직선과 이상치 사이에 위치한 직선을 선택하게 된다.'는 문장을 보고 '아, 이상치를 지날 수 없구나.' 하고 생각한 걸까? 하지만 선지에서는 분명히 '후보 직선'이라고 했고, 〈보기〉의 마지막 문장에서는 최종 선택 직선에 대해 진술하고 있지. 게다가 이조차도 '대부분'이라고 되어 있어서 이상치를 지날 가능성은 여전히 있지.

③ ©: 도래(到來)한다

| ©의 '생기다' '어떤 일이 일어나다.'라는 의미
| '도래하다' '어떤 시기나 기회가 닥쳐오다.'라는 의미

④ @: 투과(透過)하는

| @의 '지나다' '어디를 거치어 가거나 오거나 하다.'라는 의미
| '투과하다' '장애물에 빛이 비치거나 액체가 스미면서 통과하다.'라는 의미

⑤ ⑥: 소원(疏遠)하여

| ⑥의 '멀다' '거리가 많이 떨어져 있다.'라는 의미
| '소원하다' '지내는 사이가 두텁지 아니하고 거리가 있어서 서먹서먹하다.'라는 의미

04 어휘의 의미 파악   답 ②

선지별 선택 비율	①	②	③	④	⑤
화작	3%	83%	4%	4%	3%
언매	1%	91%	2%	1%	1%

문맥상 @~⑥와 바꿔 쓰기에 가장 적절한 것은?

😊 정답 띵! 동!

② ⑥: 누락(漏落)되어

| ⑥의 '빠지다' '차례를 거르거나 일정하게 들어 있어야 할 곳에 들어 있지 아니하다.'라는 의미
| '누락되다' '기입되어야 할 것이 기록에서 빠지다.'라는 의미

😣 오답 땡!

① @: 형성(形成)하기

| @의 '나타내다' '어떤 일의 결과나 징후를 겉으로 드러내다.'라는 의미
| '형성하다' '어떤 형상을 이루다.'라는 의미

과학 · 기술 05
2024학년도 9월 평가원

01 ⑤　**02** ④　**03** ⑤
04 ②

초정밀 저울의 작동 원리와 그 응용

🔗 **EBS 연결 고리**
2024학년도 EBS 수능특강 독서 195쪽 〈다양한 저울의 측정 원리〉에서 '초
정밀 저울', 207쪽 〈진동 센서〉에서 '압전 효과' 관련 내용 연계

해제 이 글은 압전 효과를 바탕으로 미세 물질의 질량을 측정하는 원리와
이를 응용하여 기체의 농도를 측정하는 원리를 설명하고 있다. 초정밀 저울
은 수정을 절단, 가공한 수정 진동자를 이용한다. 수정 진동자의 주파수는
매우 작은 질량 변화에도 민감하게 반응하는 특성이 있으므로 수정 진동자
의 주파수 변화를 통해 미세 물질의 질량을 측정할 수 있다. 이러한 초정밀
저울의 원리를 응용하여 특정 기체의 농도를 측정할 수 있는데, 이 역시 수
정 진동자의 주파수 변화를 이용한다.

주제 압전 효과를 이용한 미세 물질의 질량 측정 및 이를 응용한 기체 농
도 측정 원리

짜임

1문단	초정밀 저울에 이용되는 압전 효과
2문단	압전 효과의 종류와 압전체의 개념
3문단	수정 진동자로 질량을 측정하는 원리
4문단	수정 진동자의 질량 측정을 응용한 기체 농도 측정 원리 ①
5문단	수정 진동자의 질량 측정을 응용한 기체 농도 측정 원리 ②

1문단 저울은 흔히 지렛대의 원리를 이용하거나 전기 저항 변화를 측정
[02-③] 전기 저항 변화를 이용한 질량 측정
하여 질량을 잰다. 그렇다면 초정밀 저울은 기체 분자나 DNA와 같은 미
세 물질의 질량을 어떻게 잴까? 이에 답하기 위해서는 압전 효과에 대한
이해가 필요하다.

2문단 압전 효과에는 재료에 기계적 변형이 생기면 재료에 전압이 발생
[01-②, ③] 압전 효과의 종류 - 1차 압전 효과의 개념
하는 1차 압전 효과와, 재료에 전압을 걸면 재료에 기계적 변형이 생기는
[01-②, ③] [03-②] 압전 효과의 종류 - 2차 압전 효과의 개념
2차 압전 효과가 있다. 두 압전 효과가 모두 생기는 재료를 압전체라 하
[01-①] [02-①] [03-①] 압전체의 개념과 압전체인 수정
며, 수정이 주로 쓰인다.

3문단 압전체로 사용하는 수정은 특정 방향으로 절단 및 가공하여 납작
[01-①] [02-②] [03-③] 수정 진동자의 제작 방법
한 원판 모양으로 만든다. 이후 원판의 양면에 전극을 만든 후 (+)와 (−)
[03-②, ③, ④, ⑤] 압전 효과를 이용하는 수정 진동자
극이 교대로 바뀌는 전압을 가하면 수정이 진동한다. 이때 전압의 주파
수*를 수정의 고유 주파수와 일치시켜 수정이 큰 폭으로 진동하도록 하여
[01-①] [03-④, ⑤] [04-③] 수정 진동자의 개념
진동을 측정하기 쉽게 만든 것이 ⑦수정 진동자이다. 고유 주파수란 어
떤 물체가 갖는 고유한 진동 주파수인데, 같은 재료의 압전체라도 압전체
[02-④] [03-⑤] 고유 주파수의 개념과 변화 요인
의 모양과 크기에 따라 달라진다. 수정 진동자에 어떤 물질이 달라붙어 질
[01-⑤] [04-③] 수정 진동자의 주파수 감소를 이용한 질량 측정
량이 증가하면 고유 주파수에서 진동하던 수정 진동자의 주파수가 감소한
다. 수정 진동자의 주파수는 매우 작은 질량 변화에 민감하게 변하므로 기
[01-⑤] [02-②] 수정 진동자를 이용한 미세 물질의 질량 측정
체 분자나 DNA와 같은 미세한 물질의 질량을 측정할 수 있다. 진동자에
서 질량 민감도는 주파수의 변화 정도를 측정된 질량으로 나눈 값인데, 수
[02-⑤] 질량 민감도를 구하는 법

정 진동자의 질량 민감도는 매우 크다.

4문단 수정 진동자로 질량을 측정하는 원리를 응용하면 특정 기체의 농
[01-⑤] 수정 진동자의 질량 측정 원리를 응용한 기체 농도 측정
도를 감지할 수 있다. 수정 진동자를 특정 기체가 붙도록 처리하면, 여기
[04-②, ③] 기체의 질량 변화에 따른 수정 진동자의 주파수 감소
에 특정 기체가 달라붙으며 질량 변화가 생겨 수정 진동자의 주파수는 감
소한다. 일정 시점이 되면 수정 진동자의 주파수가 더 감소하지 않고 일정
[04-⑤] 수정 진동자의 주파수 값이 일정하게 유지되는 이유
한 값을 유지한다. 이렇게 일정한 값을 유지하는 이유는 특정 기체가 일정
량 이상 달라붙지 않기 때문이다. 혼합 기체에서 특정 기체의 농도가 클수
[04-②] 기체의 농도와 주파수 크기 간 관계
록 더 작은 주파수에서 주파수가 일정하게 유지된다. 특정 기체가 얼마나
빨리 수정 진동자에 붙어서 주파수가 일정한 값이 되는가의 척도를 반응
[04-⑤] 반응 시간의 개념
시간이라 하는데, 반응 시간이 짧을수록 특정 기체의 농도를 더 빨리 잴
수 있다.

5문단 그런데 측정 대상이 아닌 기체가 함께 붙으면 측정하려는 대상 기
체의 정확한 농도 측정이 어렵다. 또한 대상 기체만 붙더라도 그 기체의
농도를 알 수는 없다. 이 때문에 대상 기체의 농도에 따라 수정 진동자의
주파수 변화를 미리 측정해 놓아야 한다. 그 후 대상 기체의 농도를 모르
[04-①] 대상 기체의 농도에 따른 주파수 변화를 미리 측정해야 하는 이유
는 혼합 기체에서 주파수 변화를 측정하면 대상 기체의 농도를 알 수 있
다. 수정 진동자의 주파수 변화 정도를 농도로 나누면 농도에 대한 민감도
[04-④] 농도에 대한 민감도를 구하는 법
를 구할 수 있다.

* 주파수: 진동이 1초 동안 반복하는 횟수 또는 전압의 (+)와 (−) 극이 1초 동안, 서로 바뀌
고 다시 원래대로 되는 횟수.

---

01 글의 전개 방식 파악　　　　　　답 ⑤

선지별 선택 비율	①	②	③	④	⑤
화작	2%	7%	6%	7%	76%
언매	1%	4%	2%	3%	88%

윗글에 대한 설명으로 가장 적절한 것은?

😊 **정답 띵! 동!**

　　　　　┌→ 1, 2문단　　　　　┌→ 3문단
⑤ 압전 효과에 기반한 초정밀 저울의 작동 원리를 설명하고 이 원리가 적용
된 기체 농도 측정 방법을 소개하고 있다.
　└→ 4, 5문단

┃ 1, 2문단 초정밀 저울에 이용되는 압전 효과의 개념과 유형 제시
┃ 3문단 수정 진동자를 통해 미세 물질의 질량을 측정하는 원리, 즉 초정밀 저울의
작동 원리 제시
┃ 4, 5문단 수정 진동자로 질량을 측정하는 원리를 응용하여 특정 기체의 농도를
측정하는 원리 제시

😝 **오답 땡!**

① ~~압전체~~의 제작 방법을 소개하고 ~~제작 시 유의점을 나열하고~~ 있다.
　└→ 수정 진동자　　　　　　└→ 제시 X

| 2문단 "두 압전 효과가 모두 생기는 재료를 압전체라 하며, 수정이 주로 쓰인다"
→ 수정 = 압전체

| 3문단 "압전체로 사용하는 수정은 특정 방향으로 절단 및 가공하여 납작한 원판 모양으로 만든다. ~ 이때 전압의 주파수를 수정의 고유 주파수와 일치시켜 수정이 큰 폭으로 진동하도록 하여 진동을 측정하기 쉽게 만든 것이 수정 진동자"
→ 수정을 가공하여 수정 진동자를 제작하는 방법 제시(압전체의 제작 방법이 아님.)

② 압전 효과의 개념을 정의하고 ~~압전체의 장단점을 분석하고~~ 있다.
→ 제시 X

| 2문단 "재료에 기계적 변형이 생기면 재료에 전압이 발생하는 1차 압전 효과와 ~ 재료에 전압을 걸면 재료에 기계적 변형이 생기는 2차 압전 효과"
→ 압전 효과의 개념 정의

③ 압전 효과의 종류를 분류하고 ~~그 분류에 따른 압전체의 구조를 비교하고~~ 있다.
→ 제시 X

| 2문단 "재료에 기계적 변형이 생기면 재료에 전압이 발생하는 1차 압전 효과와 ~ 재료에 전압을 걸면 재료에 기계적 변형이 생기는 2차 압전 효과"
→ 압전 효과의 종류를 1차 압전 효과와 2차 압전 효과로 분류

→ 제시 X

④ ~~압전체의 유형을 구분하는 기준을 제시하고~~ 초정밀 저울의 작동 과정을 ~~단계별로 설명하고~~ 있다.
→ 제시 X

| 3문단 "수정 진동자에 어떤 물질이 달라붙어 질량이 증가하면 고유 주파수에서 진동하던 수정 진동자의 주파수가 감소한다. 수정 진동자의 주파수는 매우 작은 질량 변화에 민감하게 변하므로 기체 분자나 DNA와 같은 미세한 물질의 질량을 측정할 수 있다."
→ 수정 진동자를 통한 미세 물질의 질량 측정 원리(초정밀 저울의 단계별 작동 과정 X)

02 세부 정보의 파악

답 ④

선지별 선택 비율	①	②	③	④	⑤
화작	4%	6%	6%	77%	5%
언매	1%	3%	3%	87%	3%

윗글을 통해 알 수 있는 내용으로 적절하지 <u>않은</u> 것은?

😀 정답 띵!동!

④ 같은 방향으로 절단한 수정은 ~~크기가 달라도 고유 주파수가 서로 같다.~~
→ 크기가 다르면 고유 주파수가 달라짐.

| 3문단 "고유 주파수란 어떤 물체가 갖는 고유한 진동 주파수인데, 같은 재료의 압전체라도 압전체의 모양과 크기에 따라 달라진다."

😟 오답 땡!

① 수정 이외에도 압전 효과를 보이는 재료가 존재한다.

| 2문단 "두 압전 효과가 모두 생기는 재료를 압전체라 하며, 수정이 주로 쓰인다." → 수정이 주로 쓰이는 것이지 그 외에 다른 압전체도 존재함.

② 수정을 절단하고 가공하여 미세 질량 측정에 사용한다.

| 3문단 "압전체로 사용하는 수정은 특정 방향으로 절단 및 가공하여 납작한 원판 모양으로 만든다.(수정 진동자 제작 과정) ~ 수정 진동자의 주파수는 매우 작은 질량 변화에 민감하게 변하므로 기체 분자나 DNA와 같은 미세한 물질의 질량을 측정할 수 있다."

③ 전기 저항 변화를 이용하여 물체의 질량을 측정하는 경우가 있다.

| 1문단 "저울은 흔히 지렛대의 원리를 이용하거나 전기 저항 변화를 측정하여 질량을 잰다."

⑤ 진동자의 주파수 변화 정도를 측정된 질량으로 나누면 질량에 대한 민감도를 구할 수 있다.

| 3문단 "진동자에서 질량 민감도는 (진동자의) 주파수의 변화 정도를 측정된 질량으로 나눈 값"

03 내용의 추론

답 ⑤

선지별 선택 비율	①	②	③	④	⑤
화작	6%	13%	6%	9%	63%
언매	4%	8%	3%	5%	77%

㉠에 대한 이해로 적절하지 <u>않은</u> 것은?

😀 정답 띵!동!

⑤ ㉠의 전극에 가해지는 특정 주파수의 전압은 압전체의 고유 주파수 값을 ~~더 크게 만든다.~~
→ 변화시키지 않음.

| 3문단 "원판(압전체인 수정으로 만든 것)의 양면에 전극을 만든 후 ~ 전압을 가하면 수정이 진동한다. 이때 전압의 주파수를 수정의 고유 주파수와 일치시켜 수정이 큰 폭으로 진동하도록 하여 진동을 측정하기 쉽게 만든 것이 ㉠수정 진동자 ~ 고유 주파수란 어떤 물체가 갖는 고유한 진동 주파수인데, 같은 재료의 압전체라도 압전체의 모양과 크기에 따라 달라진다."

| 뭔말?
· 수정 진동자의 전극에 가해지는 전압의 주파수 = 수정의 고유 주파수
→ 압전체(수정 진동자)의 진동 폭을 크게 하는 것이지 고유 주파수 값을 크게 만들지 않음.
· 같은 재료의 압전체일 때 고유 주파수 값이 변화하는 요인: 압전체의 모양과 크기 → 전압이 가해진다고 해서 수정 진동자의 모양과 크기가 변하는 것은 아님.

😟 오답 땡!

① ㉠에는 1차 압전 효과를 보일 수 있는 재료가 있다.

| 2문단 "두 압전 효과(1차 압전 효과와 2차 압전 효과)가 모두 생기는 재료를 압전체라 하며, 수정이 주로 쓰인다."
| 뭔말?
· 수정 진동자: 1차, 2차 압전 효과를 모두 보일 수 있는 재료, 즉 압전체인 수정으로 만들어짐.

② ㉠에서는 전압에 의해 압전체의 기계적 변형이 일어난다.

| 2문단 "재료에 전압을 걸면 재료에 기계적 변형이 생기는 2차 압전 효과"

| 3문단 "원판(수정 진동자)의 양면에 전극을 만든 후 (+)와 (−) 극이 교대로 바뀌는 전압을 가하면 수정(압전체)이 진동(기계적 변형)한다." → 2차 압전 효과

③ ㉠에는 전극이 양면에 있는 원판 모양의 수정이 사용된다.

| 3문단 "압전체로 사용하는 수정은 ~ 납작한 원판 모양으로 만든다. 이후 원판의 양면에 전극을 만든 후"

④ ㉠에서는 전극에 가하는 전압의 주파수를 수정의 고유 주파수에 맞춘다.

| 3문단 "원판의 양면에 전극을 만든 후 (+)와 (−) 극이 교대로 바뀌는 전압을 가하면 수정이 진동한다. 이때 전압의 주파수를 수정의 고유 주파수와 일치시켜"

04 구체적 사례에의 적용   답 ②

선지별 선택 비율	①	②	③	④	⑤
화작	21%	41%	15%	14%	7%
언매	19%	53%	12%	9%	5%

윗글을 바탕으로 〈보기〉를 탐구한 내용으로 가장 적절한 것은? [3점]

─── 보기 ───

알코올 감지기 A와 B를 이용하여 어떤 밀폐된 공간에 있는 혼합 기체의 알코올(측정 대상인 기체) 농도를 측정하였다. 이때 A와 B는 모두 진동자에 알코올이 달라붙을 수 있도록 처리되어 있다. A와 B 모두, 시간이 흐름에 따라 주파수가 감소하다가 더 이상 감소하지 않고 일정하게 유지되었다.
→ 수정 진동자로 질량을 측정하는 원리를 응용한 특정 기체 농도 감지 사례

(단, 측정하는 동안 밀폐된 공간의 상황은 변동 없음.)

😊 **정답 띵! 동!**

② B에 달라붙은 알코올의 양은 변하지 않고 다른 기체가 함께 달라붙은 후 진동자의 주파수가 일정하게 유지된다면, 이때 주파수의 값은 알코올만 붙었을 때보다 더 작겠군.

| 3문단 "수정 진동자에 어떤 물질이 달라붙어 질량이 증가하면 고유 주파수에서 진동하던 수정 진동자의 주파수가 감소한다."
| 4문단 "수정 진동자를 특정 기체가 붙도록 처리하면, 여기에 특정 기체가 달라붙으며 질량 변화가 생겨 수정 진동자의 주파수는 감소한다. ~ 혼합 기체에서 (수정 진동자에 달라붙는) 특정 기체의 농도가 클수록 더 작은 주파수에서 주파수가 일정하게 유지된다."

| 뭔말?
· B에 달라붙은 알코올의 양은 변하지 않고 다른 기체가 함께 달라붙었다는 것: 알코올만 달라붙었을 때보다 수정 진동자에 달라붙는 기체가 더 많아진 것 → 질량 증가
· 수정 진동자에 달라붙은 기체의 질량이 증가하면 수정 진동자의 주파수가 감소함. → 수정 진동자의 주파수 값 = 알코올만 붙었을 때 > '알코올 + 다른 기체'가 붙었을 때
· 전체 혼합 기체 중 수정 진동자에 붙은 기체의 농도: 알코올만 붙었을 때 < '알코올 + 다른 기체'가 붙었을 때 → 더 작은 주파수에서 주파수가 일정하게 유지

😞 **오답 땡!**

                              → 주파수 변화
① A의 진동자에 있는 압전체의 고유 주파수를 알코올만 있는 기체에서 미리

측정해 놓으면, 혼합 기체에서의 알코올의 농도를 알 수 있겠군.

| 5문단 "대상 기체의 농도에 따라 수정 진동자의 주파수 변화를 미리 측정해 놓아야 한다. 그 후 대상 기체의 농도를 모르는 혼합 기체에서 주파수 변화를 측정하면 대상 기체의 농도를 알 수 있다."

| 뭔말?
· 기체 농도 측정의 원리: 수정 진동자에 기체가 달라붙으면 주파수가 감소하는 성질, 즉 '주파수 변화'를 이용하는 것
| 결론! 압전체의 고유 주파수가 아니라 기체 농도에 따른 주파수 변화를 미리 측정해 놓아야 함.

③ A와 B에서 알코올이 달라붙도록 진동자를 처리한 것은 알코올이 달라붙음에 따라 ~~진동자가 최대한 큰 폭으로 진동할 수 있게 하려는 것~~이겠군.
→ 질량 변화가 생겨 수정 진동자의 주파수가 감소하는 것을 측정하려는 것

| 3문단 "전압의 주파수를 수정의 고유 주파수와 일치시켜 수정이 큰 폭으로 진동하도록 하여 진동을 측정하기 쉽게 만든 것"
| 4문단 "수정 진동자를 특정 기체가 붙도록 처리하면, 여기에 특정 기체가 달라붙으며 질량 변화가 생겨 수정 진동자의 주파수는 감소한다."

| 뭔말?
· 알코올이 달라붙도록 진동자를 처리한 이유: 질량 변화에 따른 수정 진동자의 주파수 감소를 측정하기 위해서
· 진동자가 최대한 큰 폭으로 진동할 수 있도록 하는 조치: 수정 진동자에 가하는 전압의 주파수를 수정의 고유 주파수와 일치시키는 것

④ A가 B에 비해 동일한 양의 알코올이 달라붙은 후에 생기는 주파수 변화 정도가 크다면, A가 B보다 알코올 농도에 대한 민감도가 더 ~~작다고~~ 할 수 있겠군.
→ 크다고

| 5문단 "수정 진동자의 주파수 변화 정도를 농도로 나누면 농도에 대한 민감도를 구할 수 있다."

| 뭔말?
· 특정 기체의 농도에 대한 민감도 = 수정 진동자의 주파수 변화 / 농도
· 동일한 양의 알코올이 달라붙음. → A와 B의 알코올 농도값은 동일
· 주파수 변화 정도: A > B → 알코올 농도 민감도는 A가 더 큼.

⑤ B가 A보다 알코올이 일정량까지 달라붙는 시간이 더 짧더라도 알코올이 달라붙은 양이 서로 같다면, A와 B의 반응 시간은 ~~서로 같겠군.~~
다름. (반응 시간: B가 A보다 짧음.) ←

| 4문단 "일정 시점이 되면 수정 진동자의 주파수가 더 감소하지 않고 일정한 값을 유지한다. 이렇게 일정한 값을 유지하는 이유는 특정 기체가 일정량 이상 달라붙지 않기 때문 ~ 특정 기체가 얼마나 빨리 수정 진동자에 붙어서 주파수가 일정한 값이 되는가의 척도를 반응 시간이라 하는데, 반응 시간이 짧을수록 특정 기체의 농도를 더 빨리 잴 수 있다."

| 뭔말?
· B가 A보다 알코올이 일정량까지 달라붙는 시간이 더 짧다는 것: B가 A보다 알코올이 달라붙어 주파수가 일정한 값이 되는 시간, 즉 B의 반응 시간이 A보다 짧다는 것

과학·기술 06
2024학년도 6월 평가원

01 ②   **02** ①   **03** ④
04 ③

고체 촉매의 구성 요소

🔗 **EBS 연결 고리**
2024학년도 EBS 수능특강 독서 182쪽 〈화학 반응과 촉매〉에서 '촉매' 관련 내용 연계

해제 이 글은 활성화 에너지를 조절하여 반응 속도에 변화를 주는 물질인 촉매 중 화학 산업에서 주로 이용되는 고체 촉매에 대해 설명하고 있다. 먼저 활성화 에너지, 촉매, 촉매 활성 등의 개념을 밝힌 후, 고체 촉매의 3가지 구성 요소인 활성 성분, 지지체, 증진제에 대해 차례대로 제시하고 있다. 활성 성분은 표면에 반응물을 흡착시켜 촉매 활성을 제공하는 물질로, 금속이 많이 사용되는데 이때 반응물의 흡착 세기가 적절해야 촉매 활성이 높아진다. 한편 금속은 열적 안정성이 낮아 고온에서 소결이 일어나는 문제점이 있는데 이를 해결하기 위한 것이 지지체이다. 또한 소결 억제와 흡착 세기 조절을 위해 증진제가 사용되기도 한다.

주제 고체 촉매의 구성 요소와 촉매 활성 원리

짜임

1문단	활성화 에너지와 촉매, 촉매 활성의 개념
2문단	고체 촉매의 구성 요소 ① – 활성 성분
3문단	고체 촉매의 구성 요소 ② – 지지체
4문단	고체 촉매의 구성 요소 ③ – 증진제

1문단 분자들이 만나 화학 반응을 진행하는 데 필요한 최소한의 운동 에너지를 활성화 에너지라 한다. 활성화 에너지가 작은 반응은, 반응의 활성화 에너지보다 큰 운동 에너지를 가진 분자들이 많아 반응이 빠르게 진행
[02-④] 활성화 에너지가 작은 반응의 반응 속도
된다. 활성화 에너지를 조절하여 반응 속도에 변화를 주는 물질을 촉매라고 하며, 반응 속도를 빠르게 하는 능력을 촉매 활성이라 한다. 촉매는 촉
[02-③, ④] [04-①] 촉매 활성의 개념
매가 없을 때와는 활성화 에너지가 다른, 새로운 반응 경로를 제공한다.
[01-①] 새로운 화학 반응 경로를 제공하는 촉매
2문단 화학 산업에서는 주로 고체 촉매가 이용되는데, 액체나 기체인 생
[01-②] 화학 산업에서 주로 고체 촉매가 사용되는 이유
성물을 촉매로부터 분리하는 별도의 공정이 필요 없기 때문이다. 고체 촉매는 대부분 활성 성분, 지지체, 증진제로 구성된다. 활성 성분은 그 표면
[02-①] 활성 성분의 개념
에 반응물을 흡착시켜 촉매 활성을 제공하는 물질이다. 고체 촉매의 촉매 작용에서는 반응물이 먼저 활성 성분의 표면에 화학 흡착되고, 흡착된 반
[03-①] 고체 촉매의 촉매 작용 시작 단계
응물이 표면에서 반응하여 생성물로 변환된 후, 생성물이 표면에서 탈착되는 과정을 거쳐 반응이 완결된다. 금속은 다양한 물질들이 표면에 흡착
[01-③] 고체 촉매의 촉매 작용 완결 단계   [02-①] [03-①] 금속이 활성 성분으로 사용되는 이유
될 수 있어 여러 반응에서 활성 성분으로 사용된다. 예를 들면, 암모니아를 합성할 때 철을 활성 성분으로 사용하는데, 이때 반응물인 수소와 질소
[01-④] 암모니아 합성에서 반응물의 흡착
가 철의 표면에 흡착되어 각각 원자 상태로 분리된다. 흡착된 반응물은 전자를 금속 표면의 원자와 공유하여 안정화된다. 반응물의 흡착 세기는 금
[01-④] 암모니아 합성에서 반응물의 안정화
속의 종류에 따라 달라진다. 이때 흡착 세기가 적절해야 한다. 흡착이 약하면 흡착량이 적어 촉매 활성이 낮으며, 흡착이 너무 강하면 흡착된 반응
[04-①~⑤] 흡착 세기와 촉매 활성 간 관계

물이 지나치게 안정화되어 표면에서의 반응이 느려지므로 촉매 활성이 낮다. 일반적으로 고체 촉매에서는 반응에 관여하는 표면의 활성 성분 원자
[02-①] 고체 촉매의 촉매 활성을 높이는 조건
가 많을수록 반응물의 흡착이 많아 촉매 활성이 높아진다.

3문단 금속은 열적 안정성이 낮아, 화학 반응이 일어나는 고온에서 금속
[02-⑤] [03-④] 소결의 개념
원자들로 이루어진 작은 입자들이 서로 달라붙어 큰 입자를 이루게 되는데 이를 소결이라 한다. 입자가 소결되면 금속 활성 성분의 전체 표면적은
[02-③] 지지체를 사용하는 이유
줄어든다. 이러한 문제를 해결하는 것이 지지체이다. 작은 금속 입자들을 표면적이 넓고 열적 안정성이 높은 지지체의 표면에 분산하면 소결로 인
[02-③] [03-④, ⑤] 지지체의 역할
한 촉매 활성 저하가 억제된다. 따라서 소량의 금속으로도 ⊙금속을 활성 성분으로 사용하는 고체 촉매의 활성을 높일 수 있다.

4문단 증진제는 촉매에 소량 포함되어 활성을 조절한다. 활성 성분의 표면 구조를 변화시켜 소결을 억제하기도 하고, 활성 성분의 전자 밀도를 변
[02-②] [03-③] 증진제의 역할
화시켜 흡착 세기를 조절하기도 한다. 고체 촉매는 활성 성분이 반드시 있어야 하지만 경우에 따라 증진제나 지지체를 포함하지 않기도 한다.
[01-⑤] 고체 촉매에서 필수적이지 않은 증진제, 지지체

01 세부 정보의 파악   답 ②

선지별 선택 비율	①	②	③	④	⑤
화작	3%	80%	8%	5%	2%
언매	1%	88%	5%	3%	1%

윗글의 내용과 일치하지 <u>않는</u> 것은?

😊 **정답 띡! 등!**

② 고체 촉매는 기체 생성물과 촉매의 분리 공정이 ~~필요하다.~~
                              ↳ 필요 없음.

┃ 2문단 "화학 산업에서는 주로 고체 촉매가 이용되는데, 액체나 기체인 생성물을 촉매로부터 분리하는 별도의 공정이 필요 없기 때문이다."

😞 **오답 땡!**

① 촉매를 이용하면 화학 반응이 새로운 경로로 진행된다.

┃ 1문단 "촉매는 촉매가 없을 때와는 활성화 에너지가 다른, 새로운 (화학) 반응 경로를 제공한다."

③ 고체 촉매에 의한 반응은 생성물의 탈착을 거쳐 완결된다.

┃ 2문단 "고체 촉매의 촉매 작용에서는 ~ 생성물이 표면에서 탈착되는 과정을 거쳐 반응이 완결된다."

④ 암모니아 합성에서 철 표면에 흡착된 수소는 전자를 철 원자와 공유한다.

┃ 2문단 "암모니아를 합성할 때 철을 활성 성분으로 사용하는데, 이때 반응물인 수소와 질소가 철의 표면에 흡착되어 각각 원자 상태로 분리된다. 흡착된 반응물은 전자를 금속(철) 표면의 원자와 공유하여 안정화된다."

⑤ 증진제나 지지체 없이 촉매 활성을 갖는 고체 촉매가 있다.

| 4문단 "고체 촉매는 활성 성분이 반드시 있어야 하지만 경우에 따라 증진제나 지지체를 포함하지 않기도 한다."

02 내용의 추론   답 ①

선지별 선택 비율	①	②	③	④	⑤
화작	47%	7%	24%	14%	6%
언매	65%	4%	15%	9%	4%

㉠의 촉매 활성을 높이는 방법으로 가장 적절한 것은?

😊 정답 띵!등!

① 반응물을 흡착하는 금속 원자의 개수를 늘린다.

| 2문단 "고체 촉매는 대부분 활성 성분, 지지체, 증진제로 구성된다. 활성 성분은 그 표면에 반응물을 흡착시켜 촉매 활성을 제공하는 물질이다. ~ 금속은 다양한 물질들이 표면에 흡착될 수 있어 여러 반응에서 활성 성분으로 사용된다. ~ 일반적으로 고체 촉매에서는 반응에 관여하는 표면의 활성 성분 원자가 많을수록 반응물의 흡착이 많아 촉매 활성이 높아진다."

😠 오답 땡!

② 활성 성분의 소결을 ~~촉진하는~~ 증진제를 첨가한다.
  └→ 억제하는

| 3문단 "소결로 인한 촉매 활성 저하"
| 4문단 "증진제는 ~ 활성 성분의 표면 구조를 변화시켜 소결을 억제하기도 하고"

③ ~~반응물의 반응 속도를 늦추는~~ 지지체를 사용한다.
  └→ 소결로 인한 촉매 활성 저하를 억제하는
     ※ 촉매 활성을 높이기 위해서는 반응 속도를 빠르게 해야 함.

| 1문단 "반응 속도를 빠르게 하는 능력을 촉매 활성이라 한다."
| 3문단 "입자가 소결되면 금속 활성 성분의 전체 표면적은 줄어든다. 이러한 문제(소결로 인한 금속 활성 성분의 전체 표면적 축소 문제)를 해결하는 것이 지지체이다. 작은 금속 입자들을 표면적이 넓고 열적 안정성이 높은 지지체의 표면에 분산하면 소결로 인한 촉매 활성 저하가 억제"

④ 반응에 대한 활성화 에너지를 ~~크게~~ 하는 금속을 사용한다.
  └→ 작게

| 1문단 "활성화 에너지가 작은 반응은, 반응의 활성화 에너지보다 큰 운동 에너지를 가진 분자들이 많아 반응이 빠르게 진행된다. 활성화 에너지를 조절하여 반응 속도에 변화를 주는 물질을 촉매라고 하며, 반응 속도를 빠르게 하는 능력을 촉매 활성이라 한다."

⑤ 활성 성분의 금속 입자들을 뭉치게 하여 큰 입자로 만든다. (X)
  └→ 소결 → 촉매 활성 저하의 원인

| 3문단 "금속 원자들로 이루어진 작은 입자들이 서로 달라붙어(뭉쳐져) 큰 입자를 이루게 되는데 이를 소결이라 한다. ~ 소결로 인한 촉매 활성 저하"

03 구체적 사례에의 적용   답 ④

선지별 선택 비율	①	②	③	④	⑤
화작	3%	6%	19%	60%	9%
언매	1%	4%	14%	73%	6%

윗글을 바탕으로 〈보기〉를 이해한 내용으로 적절하지 않은 것은? [3점]

┤ 보기 ├

아세틸렌(반응물)은 보통 선택적 수소화 공정을 통하여 에틸렌(생성물)으로 변환된다. 이 공정에서 사용되는 고체 촉매는 팔라듐 금속 입자를 실리카 표면에 분산하여 만들며, 아세틸렌과 수소는 팔라듐(활성 성분) 표면에 흡착되어 반응한다. 여기서 실리카(지지체)는 표면적이 넓고 열적 안정성이 높다. 이때, 촉매에 규소(증진제)를 소량 포함시키면 활성 성분의 표면 구조가 변화되어 고온에서 팔라듐의 소결이 억제된다. 또한 은(증진제)을 소량 포함시키면 팔라듐의 전자 밀도가 높아지고 팔라듐 표면에 반응물이 흡착되는 세기가 조절되어 원하는 반응을 얻을 수 있다.

😊 정답 띵!등!

④ 실리카는 ~~낮은~~ 온도에서 ~~활성 성분을 소결한다.~~
  └→ 높은   └→ 활성 성분의 소결을 억제

| 3문단 "화학 반응이 일어나는 고온에서 금속 원자들로 이루어진 작은 입자들이 서로 달라붙어 큰 입자를 이루게 되는데 이를 소결이라 한다. ~ 작은 금속 입자들을 표면적이 넓고 열적 안정성이 높은 지지체의 표면에 분산하면 소결로 인한 촉매 활성 저하가 억제된다."

| 뭔말?

· 실리카: 표면적이 넓고 열적 안정성이 높음. = 지지체

· 지지체: 소결로 인한 촉매 활성 저하를 억제하는 역할

· 소결: 화학 반응이 일어나는 고온에서 나타나는 현상 → 낮은 온도에서 활성 성분을 소결한다는 내용 부적절

😠 오답 땡!

① 아세틸렌은 반응물에 해당한다.

| 2문단 "고체 촉매의 촉매 작용에서는 반응물이 먼저 활성 성분의 표면에 화학 흡착되고, 흡착된 반응물이 표면에서 반응하여 생성물로 변환"
| 〈보기〉 "아세틸렌은 보통 선택적 수소화 공정을 통하여 에틸렌으로 변환 ~ 아세틸렌과 수소는 팔라듐 표면에 흡착되어 반응한다."

| 뭔말?

· 반응물: 고체 촉매 작용에서 화학 반응을 일으키는 물질로, 활성 성분 표면에 흡착됨

· 〈보기〉에서 활성 성분인 팔라듐의 표면에 흡착되는 '아세틸렌'은 반응물, 변환된 '에틸렌'은 생성물

② 팔라듐은 활성 성분에 해당한다.

| 2문단 "금속은 다양한 물질들이 표면에 흡착될 수 있어 여러 반응에서 활성 성분으로 사용된다."

| 뭔말?

· 〈보기〉에서 아세틸렌과 수소는 팔라듐 표면에 흡착되어 반응: 팔라듐 = 고체 촉매의 활성 성분

③ 규소와 은은 모두 증진제에 해당한다.

| 4문단 "증진제는 촉매에 소량 포함되어 활성을 조절한다. 활성 성분의 표면 구조를 변화시켜 소결을 억제하기도 하고, 활성 성분의 전자 밀도를 변화시켜 흡착 세기를 조절하기도 한다."
| 뭔말?
· 규소: 활성 성분의 표면 구조를 변화시켜 팔라듐의 소결을 억제 = 증진제
· 은: 팔라듐(활성 성분)의 전자 밀도를 변화시켜 팔라듐 표면에 반응물이 흡착되는 세기를 조절함. = 증진제

⑤ 실리카는 촉매 활성 저하를 억제하는 기능을 한다.

| 3문단 "작은 금속 입자들을 표면적이 넓고 열적 안정성이 높은 지지체의 표면에 분산하면 소결로 인한 촉매 활성 저하가 억제"
| 뭔말?
· 실리카: 표면적이 넓고 열적 안정성이 높음. = 지지체
· 지지체: 소결로 인한 촉매 활성 저하를 억제하는 역할

04 시각 자료에의 적용　　　　　답 ③

선지별 선택 비율	①	②	③	④	⑤
화작	7%	6%	68%	11%	5%
언매	4%	4%	80%	7%	3%

윗글을 바탕으로 할 때, 〈보기〉의 금속 ⓐ~ⓓ에 대한 설명으로 가장 적절한 것은?

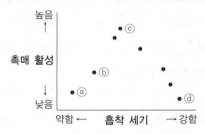

┤ 보기 ├
다음은 여러 가지 금속에 물질 ㉮가 흡착될 때의 흡착 세기와 ㉮의 화학 반응에서 각 금속의 촉매 활성을 나타낸다.
(단, 흡착에 영향을 주는 다른 요소는 고려하지 않음.)

😊 정답 띵! 동!

③ ㉮는 ⓐ보다 ⓓ에 흡착될 때 안정화되는 정도가 더 크다.

| 2문단 "흡착된 반응물은 전자를 금속 표면의 원자와 공유하여 안정화된다. ~ 흡착이 약하면 흡착량이 적어 촉매 활성이 낮으며, 흡착이 너무 강하면 흡착된 반응물이 지나치게 안정화되어(흡착이 강할 때 반응물이 안정화되는 정도가 커짐.) 표면에서의 반응이 느려지므로 촉매 활성이 낮다."
| 〈보기〉 금속에 흡착되는 물질 ㉮ = 반응물, ⓐ ~ ⓓ = 활성 성분인 금속들, 그래프 = 흡착 세기에 따라 촉매 활성 정도가 달라짐을 나타냄.
| 뭔말?
· ⓐ: 흡착 세기가 약해 흡착량이 적어 촉매 활성이 낮은 경우
· ⓓ: 흡착 세기가 너무 강하여 반응물이 지나치게 안정화되어 표면에서의 반응이 느려져 촉매 활성이 낮은 경우

| 결론! ㉮의 안정화 정도: ⓐ에 흡착될 때 < ⓓ에 흡착될 때

😖 오답 땡!

① ㉮의 화학 반응은 ⓐ보다 ⓑ를 활성 성분으로 사용할 때 더 ~~느리게~~ 일어난다.
　　└→ 빠르게

| 1문단 "반응 속도를 빠르게 하는 능력을 촉매 활성이라 한다."
| 뭔말?
· 그래프에서 ㉮의 촉매 활성 정도: ⓐ를 활성 성분으로 사용할 때 < ⓑ를 활성 성분으로 사용할 때
· 촉매 활성 정도가 높을수록 반응 속도가 빠름. → ⓐ보다 ⓑ를 활성 성분으로 사용할 때 ㉮의 화학 반응은 더 빠르게 일어남.

② ㉮는 ⓐ보다 ⓒ에 흡착될 때 흡착량이 더 적다.
　　└→ ⓒ　└→ ⓐ

| 2문단 "흡착이 약하면 흡착량이 적어 촉매 활성이 낮으며"
| 뭔말?
· 그래프에서 ⓐ는 ⓒ보다 흡착 세기가 약하고 촉매 활성 정도도 낮음. → ⓐ의 흡착량 < ⓒ의 흡착량

④ ㉮는 ⓑ보다 ⓒ에 더 ~~약하게~~ 흡착된다.
　　　　　└→ 강하게

| 뭔말?
· 그래프에서 흡착 세기가 ⓑ보다 ⓒ가 더 강함. → ㉮는 ⓑ보다 ⓒ에 더 강하게 흡착됨.

⑤ ㉮의 화학 반응에서 촉매 활성만을 고려하면 가장 적합한 활성 성분은 ~~ⓓ~~이다.
　　└→ ⓒ

| 뭔말?
· 그래프에서 촉매 활성 정도가 가장 높은 것 = ⓒ → ㉮의 화학 반응에서 촉매 활성만을 고려하면 가장 적합한 활성 성분은 ⓒ임.

매운맛
과학·기술 07
2023학년도 수능

01 ③ **02** ④ **03** ④
04 ①

생명체의 기초 대사량 측정 방법과 그 의미

🔗 **EBS 연결 고리**
2023학년도 EBS 수능특강 독서 289쪽 〈최소 제곱법과 엥겔의 법칙〉에서 '최소 제곱법' 관련 내용 연계

해제 이 글은 생명체의 생존에 필요한 에너지인 '기초 대사량'의 개념 및 이를 측정하는 방법에 관해 설명하고 있다. 기초 대사량은 직접법 또는 간접법으로 구할 수 있는데, 직접법은 온도가 일정하게 유지되는 상태에서 동물이 발산하는 열량을 열량계를 이용해 측정하는 방법이고, 간접법은 동물의 산소 소비량과 이산화 탄소 배출량을 측정하고, 이를 기준으로 체내에서 생성된 열량을 추정하는 방법이다. 이러한 기초 대사량에 대한 19세기의 초기 연구에서는 체표 면적이 $(체중)^{0.67}$에 비례하므로 기초 대사량이 $(체중)^{0.67}$에 비례한다고 보았다. 하지만 1930년대에 클라이버는 L-그래프를 이용하여 체중의 증가율과 기초 대사량의 증가율 간의 관계를 직선의 기울기로 나타내고, 최소 제곱법에 근거하여 기초 대사량이 $(체중)^{0.75}$, 즉 대사 체중에 비례한다고 결론짓고, 이것을 '클라이버의 법칙'이라 명명하였다. 클라이버의 대사 체중은 치료제의 허용량 결정에도 이용되고 있다.

주제 생명체의 기초 대사량 측정 방법

짜임

1문단	기초 대사량의 개념과 특징
2문단	기초 대사량을 구하는 방법 – 직접법과 간접법
3문단	기초 대사량에 관한 19세기 연구와 그 결과
4문단	클라이버의 동물의 기초 대사량 분석 방법
5문단	L-그래프를 활용한 체중과 기초 대사량의 증가율 비교
6문단	두 변수의 증가율과 L-그래프의 기울기 간 관계
7문단	상대 성장의 개념과 예
8문단	L-그래프에서 최적의 직선을 구하는 방법
9문단	클라이버의 법칙과 그 이용

1문단 하루에 필요한 에너지의 양은 하루 동안의 총 열량 소모량인 대사
[02-①, ⑤] 대사량의 정의
량으로 구한다. 그중 기초 대사량은 생존에 필수적인 에너지로, 쾌적한 온
[02-①, ⑤] [03-⑤] 기초 대사량의 정의
도에서 편히 쉬는 동물이 공복 상태에서 생성하는 열량으로 정의된다. 이
[03-③] 기초 대사량의 전제 조건
때 체내에서 생성한 열량은 일정한 체온에서 체외로 발산되는 열량과 같
[03-④] 체내 생성 열량과 일정 체온하 체외 발산 열량의 관계
다. 기초 대사량은 개체에 따라 대사량의 60~75%를 차지하고, 근육량이
[02-①] 대사량(하루 동안의 총 열량 소모량) 중 기초 대사량의 비율
많을수록 증가한다.
[01-②] 근육량과 기초 대사량의 관계

2문단 기초 대사량은 직접법 또는 간접법으로 구한다. ㉠직접법은 온도
가 일정하게 유지되고 공기의 출입량을 알고 있는 호흡실에서 동물이 발
[03-④] 직접법 측정 환경
산하는 열량을 열량계를 이용해 측정하는 방법이다. ㉡간접법은 호흡 측
[03-④] 직접법에서 측정하는 열량
정 장치를 이용해 동물의 산소 소비량과 이산화 탄소 배출량을 측정하고,
[03-②] 간접법에서 측정하는 것
이를 기준으로 체내에서 생성된 열량을 추정하는 방법이다.
[03-④] 간접법에서 추정하는 열량('일정한 체온에서 체외로 발산되는 열량'과 동일)

3문단 19세기의 초기 연구는 체외로 발산되는 열량이 체표 면적에 비례
한다고 보았다. 즉 그 둘이 항상 일정한 비(比)를 갖는다는 것이다. 체표

면적은 $(체중)^{0.67}$에 비례하므로, 기초 대사량은 체중이 아닌 $(체중)^{0.67}$에
[02-②, ⑤] 19세기 초기 연구에서 체표 면적과 체중, 기초 대사량의 관계
비례한다고 하였다. 어떤 변수의 증가율은 증가 후 값을 증가 전 값으로
나눈 값이므로, 체중이 W에서 2W로 커지면 체중의 증가율은 (2W) / (W)
[02-③] 19세기 초기 연구에서 체중 증가율과 기초 대사량 증가율의 관계
=2이다. 이 경우에 기초 대사량의 증가율은 $(2W)^{0.67}$ / $(W)^{0.67}$ = $2^{0.67}$,
즉 약 1.6이 된다.

4문단 1930년대에 클라이버는 생쥐부터 코끼리까지 다양한 크기의 동
물의 기초 대사량 측정 결과를 분석했다. 그래프의 가로축 변수로 동물의
체중을, 세로축 변수로 기초 대사량을 두고, 각 동물별 체중과 기초 대사
량의 순서쌍을 점으로 나타냈다.

5문단 가로축과 세로축 두 변수의 증가율
[04-③, ⑤] 순서쌍 점들이 곡선 주변에 분포하는 경우
이 서로 다를 경우, 그 둘의 증가율이 같을
때와 달리, '일반적인 그래프'에서 이 점들
은 직선이 아닌 어떤 곡선의 주변에 분포한

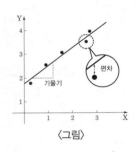
〈그림〉

다. 그런데 순서쌍의 값에 상용로그를 취
[04-③] 순서쌍 점들이 직선 주변에 분포하는 경우
해 새로운 순서쌍을 만들어서 이를 〈그림〉
과 같이 그래프에 표시하면, 어떤 직선의 주변에 점들이 분포하는 것으로
나타난다. 그러면 그 직선의 기울기를 이용해 두 변수의 증가율을 비교할
수 있다. 〈그림〉에서 X와 Y는 각각 체중과 기초 대사량에 상용로그를 취
[01-③] [04-①] L-그래프의 가로축과 세로축 변수
한 값이다. 이런 방식으로 표현한 그래프를 'L-그래프'라 하자.

6문단 체중의 증가율에 비해, 기초 대사량의 증가율이 작다면 L-그래
[01-③] [04-①, ④] L-그래프의 기울기와 체중 증가율, 기초 대사량 증가율의 관계
프에서 직선의 기울기는 1보다 작으며 기초 대사량의 증가율이 작을수록
기울기도 작아진다. 만약 체중의 증가율과 기초 대사량의 증가율이 같다
[01-③] L-그래프의 직선의 기울기가 1인 경우
면 L-그래프에서 직선의 기울기는 1이 된다.

7문단 이렇듯 L-그래프와 같은 방식으로 표현할 때, 생물의 어떤 형질
[01-⑤] L-그래프와 상대 성장의 관계
이 체중 또는 몸 크기와 직선의 관계를 보이며 함께 증가하는 경우 그 형
질은 '상대 성장'을 한다고 한다. 동일 종에서의 심장, 두뇌와 같은 신체 기관
[01-⑤] 상대 성장을 하는 신체 기관
기관의 크기도 상대 성장을 따른다.

8문단 한편, 그래프에서 가로축과 세로축 두 변수의 관계를 대변하는 최
[01-④] [04-①] 최고 제곱법으로 알 수 있는 것
적의 직선의 기울기와 절편은 최소 제곱법으로 구할 수 있다. 우선, 그래
프에 두 변수의 순서쌍을 나타낸 점들 사이를 지나는 임의의 직선을 그린
다. 각 점에서 가로축에 수직 방향으로 직선까지의 거리인 편차의 절댓값
[04-②] 편차 제곱 합의 개념
을 구하고 이들을 각각 제곱하여 모두 합한 것이 '편차 제곱 합'이며, 편차
제곱 합이 가장 작은 직선을 구하는 것이 최소 제곱법이다.

9문단 클라이버는 이런 방법에 근거하여 L-그래프에 나타난 최적의 직
[04-①] 클라이버의 연구 결과
선의 기울기로 0.75를 얻었고, 이에 따라 동물의 $(체중)^{0.75}$에 기초 대사량
이 비례한다고 결론지었다. 이것을 '클라이버의 법칙'이라 하며, $(체중)^{0.75}$
[01-①] [02-③, ⑤] 클라이버의 연구에서 대사 체중과 기초 대사량의 관계
을 대사 체중이라 부른다. 대사 체중은 치료제 허용량의 결정에도 이용되
[02-④] 치료제 허용량을 정하는 기준인 대사 체중
는데, 이때 그 양은 대사 체중에 비례하여 정한다. 이는 치료제 허용량이
체내 대사와 밀접한 관련이 있기 때문이다.

01 세부 정보의 파악　　　　　　　　　　답 ③

선지별 선택 비율	①	②	③	④	⑤
화작	7%	13%	59%	14%	4%
언매	6%	9%	72%	9%	3%

윗글의 내용과 일치하지 <u>않는</u> 것은?

😊 정답 띵! 동!

③ 'L−그래프'에서 직선의 기울기는 가로축과 세로축 두 변수의 증가율의 차이와 ~~동일하다.~~
　└→ 동일하지 않음. 가로축, 세로축 두 변수의 증가율 차이가 커지면 직선의 기울기가 작아짐.

| 5문단 "〈그림〉에서 X(가로축)와 Y(세로축)는 각각 체중과 기초 대사량에 상용로그를 취한 값이다."

| 6문단 "체중의 증가율에 비해, 기초 대사량의 증가율이 작다면 L−그래프에서 직선의 기울기는 1보다 작으며 기초 대사량의 증가율이 작을수록 기울기도 작아진다. 만약 체중의 증가율과 기초 대사량의 증가율이 같다면 L−그래프에서 직선의 기울기는 1이 된다."

| 뭔말?

· L−그래프에서 가로축 변수 = 체중에 상용로그를 취한 값, 세로축 변수 = 기초 대사량에 상용로그를 취한 값

· 가로축 변수의 증가율을 a, 세로축 변수의 증가율을 b라고 할 때, 두 변수의 증가율 차이는 a − b로, 직선의 기울기가 이 값과 동일하다면 b가 작을수록 기울기가 커져야 함. 그러나 b가 작을수록 기울기가 작아짐.
　　　　→ 직선의 기울기는 가로축과 세로축 두 변수의 증가율의 차이와 동일하지 않음.

· 체중의 증가율과 기초 대사량의 증가율이 같은 경우 그 차이는 0이 되지만, 이때 기울기는 1임. → 두 변수의 증가율의 차이가 직선의 기울기가 아님.

😣 오답 땡!

① 클라이버의 법칙은 동물의 기초 대사량이 대사 체중에 비례한다고 본다.

| 9문단 "클라이버는 ~ 동물의 (체중)^0.75에 기초 대사량이 비례한다고 결론지었다. 이것을 '클라이버의 법칙'이라 하며, (체중)^0.75을 대사 체중이라 부른다."

② 어떤 개체가 체중이 늘 때 다른 변화 없이 근육량이 늘면 기초 대사량이 증가한다.

| 1문단 "기초 대사량은 개체에 따라 대사량의 60~75%를 차지하고, 근육량이 많을수록 증가한다."

④ 최소 제곱법은 두 변수 간의 관계를 나타내는 최적의 직선의 기울기와 절편을 알게 해 준다.

| 8문단 "그래프에서 가로축과 세로축 두 변수의 관계를 대변하는 최적의 직선의 기울기와 절편은 최소 제곱법으로 구할 수 있다."

⑤ 동물의 신체 기관인 심장과 두뇌의 크기는 몸무게나 몸의 크기에 상대 성장을 하며 발달한다.

| 7문단 "생물의 어떤 형질이 체중(몸무게) 또는 몸 크기와 직선의 관계를 보이며 함께 증가하는 경우 그 형질은 상대 성장을 한다고 한다. 동일 종에서의 심장, 두뇌와 같은 신체 기관의 크기도 상대 성장을 따른다."

02 내용의 추론　　　　　　　　　　답 ④

선지별 선택 비율	①	②	③	④	⑤
화작	5%	33%	19%	31%	10%
언매	4%	30%	14%	39%	10%

윗글을 읽고 추론한 내용으로 적절하지 <u>않은</u> 것은?

😊 정답 띵! 동!

④ 코끼리에게 적용하는 치료제 허용량을 기준으로, 체중에 비례하여 생쥐에게 적용할 허용량을 정한 후 먹이면 ~~과다 복용~~이 될 수 있겠군.
　　　　　　　　　　└→ 더 적은 양 복용

| 9문단 "(체중)^0.75을 대사 체중이라 부른다. 대사 체중은 치료제 허용량의 결정에도 이용되는데, 이때 그 양은 대사 체중에 비례하여 정한다."

| 뭔말?

· 코끼리의 체중을 100, 생쥐의 체중을 1로 가정할 때 코끼리의 대사 체중은 100^0.75, 생쥐의 대사 체중은 1^0.75 → 체중에 비례한 치료제 허용량 1/100 = 0.01, 대사 체중에 비례한 치료제 허용량 1^0.75/100^0.75 = 약 0.03

| 결론! 체중에 비례하여 적용할 치료제 허용량 < 대사 체중에 비례하여 적용할 치료제 허용량

😣 오답 땡!

① 일반적인 경우 기초 대사량은 하루에 소모되는 총 열량 중에 가장 큰 비중을 차지하겠군.
　　　　　　　　　　　　└→ 대사량

| 1문단 "하루 동안의 총 열량 소모량인 대사량 ~ 그중 기초 대사량은 생존에 필수적인 에너지 ~ 기초 대사량은 개체에 따라 대사량의 60~75%를 차지"

② 클라이버의 결론에 따르면, 기초 대사량이 동물의 체표 면적에 비례한다고 볼 수 없겠군.

| 3문단 "19세기의 초기 연구는 체외로 발산되는 열량이 체표 면적에 비례한다고 보았다. 즉 그 둘이 항상 일정한 비를 갖는다는 것이다. 체표 면적은 (체중)^0.67에 비례하므로, 기초 대사량은 체중이 아닌 (체중)^0.67에 비례한다."

| 9문단 "클라이버는 ~ 동물의 (체중)^0.75에 기초 대사량이 비례한다고 결론지었다."

| 뭔말?

· 기초 대사량이 동물의 체표 면적에 비례한다고 본 것은 클라이버가 아니라 19세기 초기 연구임.

③ 19세기의 초기 연구자들은 체중의 증가율보다 기초 대사량의 증가율이 작다고 생각했겠군.

| 3문단 "체중이 W에서 2W로 커지면 체중의 증가율은 (2W) / (W) =2이다. 이 경우에 기초 대사량의 증가율은 (2W)^0.67 / (W)^0.67 = 2^0.67, 즉 약 1.60이 된다."

| 뭔말?

· 19세기 초기 연구자들 → 체중이 2배 증가할 때, 기초 대사량은 1.6배 증가한다고 생각함.

⑤ 클라이버의 법칙에 따르면, 동물의 체중이 증가함에 따라 함께 늘어나는 에너지의 필요량이 이전 초기 연구에서 생각했던 양보다 많겠군.

| 1문단 "하루에 필요한 에너지의 양은 하루 동안의 총 열량 소모량인 대사량으로

구한다. 그중 기초 대사량은 생존에 필수적인 에너지"

| 3문단 "19세기의 초기 연구 ~ 기초 대사량은 체중이 아닌 (체중)$^{0.67}$에 비례한다."

| 9문단 "클라이버는 ~ 동물의 (체중)$^{0.75}$에 기초 대사량이 비례한다고 결론지었다."

| 뭔말?

· 기초 대사량 = 동물의 체중이 증가함에 따라 함께 늘어나는 에너지의 필요량
  → 19세기 초기 연구에서 (체중)$^{0.67}$ < 클라이버의 법칙에서 (체중)$^{0.75}$

배웠지?

꿀피스 Tip!

▶ 이 문제에서 요구하는 키 포인트는 지문의 핵심 개념인 클라이버의 '대사 체중'과 일반 '체중'의 차이를 명확히 인지하느냐 여부! 단어 하나 차이지만, 의미의 차이는 매우 크지. 19세기 초기 연구와 달리 클라이버의 연구 결과에서 기초 대사량과 비례하며 치료제 허용량의 결정 기준이 되는 것은 그냥 '체중'이 아니라 '대사 체중', 즉 (체중)$^{0.75}$인 것이야.

▶ 정답인 ④는 뭔가 복잡한 수학적 계산을 요구하는 것처럼 보이기도 하지. 체중에 비례한 값과 (체중)$^{0.75}$에 비례한 값을 어떻게 비교해야 할지 당황했을 수 있어. 지수가 소수이니 말이야. 이런 경우에는 계산하기 쉬운 예시에 적용하는 것이 좋아. 중요한 건 코끼리보다 생쥐가 체중이 더 적게 나간다는 것이니까 말이야. 1(생쥐)과 10(코끼리), 1(생쥐)과 100(코끼리) 뭐 다 괜찮아. 그러면 1/10, 1/100과 $1^{0.75}/10^{0.75}$, $1^{0.75}/100^{0.75}$을 비교하면 되는데 후자는 결과적으로 $1/10^{0.75}$, $1/100^{0.75}$ 이렇게 되겠지? 여기서 정확한 값을 몰라도 3문단의 예시로 볼 때 후자의 경우 분모($10^{0.75}$, $100^{0.75}$)가 전자(10, 100)보다 더 작아지게 된다는 걸 알 수 있지. (3문단의 예시에서 2보다 $2^{0.67}$ 값이 1.6으로 더 작아지잖아? 지수가 0.67에서 0.75로 커지면 1.6보다 값이 크긴 하겠지만 2보다는 작을 것으로 추측할 수 있어.) 결국 체중에 비례한 값보다 (체중)$^{0.75}$에 비례한 값이 더 큰 거지.

▶ 한편 함정 선지 ②를 선택한 경우, 19세기 초기 연구 결과와 클라이버의 연구 결과의 차이를 분명히 파악하지 못했을 확률이 높아. 19세기 초기 연구에서는 기초 대사량, 체표 면적, (체중)$^{0.67}$ 이 세 가지가 비례 관계에 있다고 보았지만, 클라이버의 연구에서는 기초 대사량과 대사 체중, 즉 (체중)$^{0.75}$이 비례 관계이므로, 기초 대사량과 체표 면적은 비례 관계가 아니란 말씀!

▶ 여기서 둘 다 (체중)에 근거한 비례 관계라고 자의적으로 추론해서는 안 돼. (체중)$^{0.67}$과 (체중)$^{0.75}$는 수치상 엄연히 다른 값이니까 말이지.

▶ ①, ③, ⑤는 사실 지문의 내용이 거의 그대로 선지로 제시되었는데 말이야. 아마 실전 수능에서 시간에 쫓겨 전체적으로 지문 독해를 제대로 하지 못한 결과가 아닐까 해.

▶ ①의 경우, 선지에서 '하루에 소모되는 총 열량'이 '대사량'이라는 것만 1문단에서 찾아냈다면 고민할 필요도 없이 해결되지. 기초 대사량은 대사량의 60~75%를 차지하니, 절반도 훨씬 넘잖아. 그러니 가장 큰 비중이지.

▶ ③의 경우, 3문단에서 친절히 예시까지 들었는데? 체중의 증가율이 2일 때, 기초 대사량의 증가율은 1.60이라는 거잖아.

▶ ⑤의 경우, '동물의 체중이 증가함에 따라 함께 늘어나는 에너지'가 기초 대사량이라는 것을 파악했다면 역시 고민할 필요도 없어. 19세기 초기 연구에서는 기초 대사량이 (체중)$^{0.67}$과 비례하고, 클라이버의 법칙에서는 (체중)$^{0.75}$과 비례하니까 어느 값이 더 크겠어? 당연히 후자지.

---

03 특정 개념의 의미 파악   답 ④

선지별 선택 비율	①	②	③	④	⑤
화작	14%	12%	15%	41%	15%
언매	13%	9%	10%	52%	13%

㉠, ㉡에 대한 이해로 가장 적절한 것은?

😊 정답 띵! 동!

④ ㉠과 ㉡은 모두 일정한 체온에서 동물이 체외로 발산하는 열량을 구할 수 있다.

| 1문단 "체내에서 생성한 열량은 일정한 체온에서 체외로 발산되는 열량과 같다."

| 2문단 "㉠직접법은 온도가 일정하게 유지(일정한 체온 유지 가능)되고 공기의 출입량을 알고 있는 호흡실에서 동물이 (체외로) 발산하는 열량을 열량계를 이용해 측정하는 방법 ~ ㉡간접법은 호흡 측정 장치를 이용해 동물의 산소 소비량과 이산화 탄소 배출량을 측정하고, 이를 기준으로 체내에서 생성된 열량(=일정한 체온에서 체외로 발산되는 열량)을 추정하는 방법"

😣 오답 띵!

① ㉠은 체온을 환경 온도에 따라 조정하는 변온 동물이 체외로 발산하는 열량을 측정할 수 ~~없다~~.
  └→ 있다

| 뭔말?

· ㉠: 온도가 일정하게 유지되는 환경에서 열량 측정

· 체온을 환경 온도에 따라 조정하는 변온 동물: 환경 온도가 일정하면 체온 변화가 없음. → 직접법을 통해 체외로 발산하는 열량 측정 가능

② ㉡은 동물이 호흡에 이용한 산소의 양을 알 필요가 ~~없다~~.
  └→ 있다

| 뭔말?

· ㉡: 호흡 측정 장치를 이용해 동물의 산소 소비량, 이산화 탄소 배출량을 측정하고, 이를 기준으로 체내에서 생성된 열량을 추정하는 방법 → 동물이 호흡에 이용한 산소의 양을 알아야만 체내에서 생성된 열량 추정 가능

③ ㉠은 ~~㉡과 달리~~ 격한 움직임이 제한된 편하게 쉬는 상태에서 기초 대사량을 구한다.
  └→ ㉠과 ㉡ 모두

| 1문단 "기초 대사량은 ~ 쾌적한 온도에서 편히 쉬는 동물이 공복 상태에서 생성하는 열량"

| 뭔말?

  ㉠과 ㉡ 모두 기초 대사량을 구하는 방법 → 격한 움직임이 제한된 편하게 쉬는 상태에서 측정해야 함.

⑤ ㉠과 ㉡은 모두 생존에 필수적인 최소한의 에너지를 ~~공급하면서~~ 기초 대사량을 구한다.
  └→ X

| 1문단 "기초 대사량은 생존에 필수적인 에너지로, 쾌적한 온도에서 편히 쉬는 동물이 공복 상태에서 생성하는 열량"

| 뭔말?

· 생존에 필수적인 최소한의 에너지 = 기초 대사량

· 공복 상태에서 기초 대사량을 구해야 하는데, 기초 대사량을 공급하면서 이를 측정한다는 것은 말이 안 됨.

04 구체적 사례에의 적용

답 ①

선지별 선택 비율	①	②	③	④	⑤
화작	16%	21%	29%	21%	11%
언매	21%	16%	29%	18%	13%

윗글을 바탕으로 〈보기〉를 탐구한 내용으로 가장 적절한 것은? [3점]

> ┤ 보기 ├
>
>
>
> 큰 집게발
>
> 게딱지
>
> 농게의 수컷은 집게발 하나가 매우 큰데, 큰 집게발의 길이는 게딱지의 폭에 '상대 성장'을 한다.(큰 집게발의 길이와 게딱지 폭은 L-그래프에서 직선의 관계) 농게의 ⓐ게딱지 폭(지문의 '체중'에 대응)을 이용해 ⓑ큰 집게발의 길이(지문의 '기초 대사량'에 대응)를 추정하기 위해, 다양한 크기의 농게의 게딱지 폭과 큰 집게발의 길이를 측정하여 다수의 순서쌍을 확보했다. 그리고 'L-그래프'와 같은 방식(가로축과 세로축 변수, 즉 게딱지 폭과 큰 집게발 길이에 상용로그를 취한 새로운 순서쌍을 그래프로 표시)으로, 그래프의 가로축과 세로축에 각각 게딱지 폭과 큰 집게발의 길이에 해당하는 값을 놓고 분석을 실시했다.

정답 띵! 동!

① 최적의 직선을 구한다고 할 때, 최적의 직선의 기울기가 1보다 작다면 ⓐ에 ⓑ가 비례한다고 할 수 없겠군.

| 5문단 "〈그림〉(L-그래프)에서 X(가로축)와 Y(세로축)는 각각 체중과 기초 대사량에 상용로그를 취한 값이다."
| 6문단 "체중의 증가율에 비해, 기초 대사량의 증가율이 작다면 L-그래프에서 직선의 기울기는 1보다 작으며"
| 8문단 "그래프에서 가로축과 세로축 두 변수의 관계를 대변하는 최적의 직선의 기울기와 절편은 최소 제곱법으로 구할 수 있다."
| 9문단 "L-그래프에 나타난 최적의 직선의 기울기로 0.75를 얻었고 이에 따라 동물의 (체중)$^{0.75}$에 기초 대사량이 비례한다고 결론지었다."

| 뭔말?

· 최적의 직선을 구한다는 것: L-그래프에 최소 제곱법 적용
· L-그래프: ⓐ, ⓑ에 상용로그를 취한 값으로 순서쌍을 만들어 나타냄.
· 최적의 직선의 기울기가 1보다 작음. → 가로축인 ⓐ '게딱지 폭'의 증가율에 비해 세로축인 ⓑ '큰 집게발의 길이'의 증가율이 작음.
· 클라이버의 법칙을 적용해 본다면, 동물의 (체중)$^{직선의 기울기}$에 기초 대사량이 비례하므로, (게딱지 폭)$^{직선의 기울기}$에 '큰 집게발의 길이'가 비례함.

| 결론!

· ⓐ에 ⓑ가 비례하는 것이 아니라, ⓐ의 증가율에 ⓑ의 증가율이 비례함.
· 체중에 직선의 기울기를 제곱한 값, 즉 (체중)$^{0.75}$에 기초 대사량이 비례 → 〈보기〉에 적용하면 ⓐ와 ⓑ가 비례하는 것이 아니라, ⓐ에 직선의 기울기를 제곱한 값이 ⓑ와 비례함.

오답 땡!

② 최적의 직선을 구하여 ⓐ와 ⓑ의 증가율을 비교하려고 할 때, 점들이 최적

의 직선으로부터 가로축에 수직 방향으로 멀리 떨어질수록 편차 제곱 합은 더 ~~작겠군.~~
└→ 크겠군

| 8문단 "각 점에서 가로축에 수직 방향으로 직선까지의 거리인 편차의 절댓값을 구하고 이들을 각각 제곱하여 모두 합한 것이 '편차 제곱 합'이며, 편차 제곱 합이 가장 작은 직선을 구하는 것이 최소 제곱법이다."

| 뭔말?

· '점들이 최적의 직선으로부터 가로축에 수직 방향으로 멀리 떨어'진다는 것 = 편차가 커진다는 것 → 편차가 커지면 편차 제곱 합도 커짐.

③ ⓐ의 증가율보다 ⓑ의 증가율이 크다면, 점들의 분포가 ~~직선이 아닌 어떤 곡선의~~ 주변에 분포하겠군.
└→ 어떤 직선의

| 5문단 "가로축과 세로축 두 변수의 증가율이 서로 다를 경우, 그 둘의 증가율이 같을 때와 달리, '일반적인 그래프'에서 이 점들은 직선이 아닌 어떤 곡선의 주변에 분포한다. 그런데 순서쌍의 값에 상용로그를 취해 새로운 순서쌍을 만들어 이를 〈그림〉과 같이 그래프에 표시(L-그래프)하면, 어떤 직선의 주변에 점들이 분포하는 것으로 나타난다."
| 〈보기〉 "'L-그래프'와 같은 방식으로, 그래프의 가로축과 세로축에 각각 게딱지 폭과 큰 집게발의 길이에 해당하는 값을 놓고 분석을 실시"

| 뭔말?

· 〈보기〉는 ⓐ의 증가율과 ⓑ의 증가율을 L-그래프 방식으로 분석 → ⓐ와 ⓑ의 증가율이 다르므로 점들의 분포는 어떤 직선의 주변에 나타남.

④ ⓐ의 증가율보다 ⓑ의 증가율이 작다면, 점들 사이를 지나는 최적의 직선의 기울기는 1보다 ~~크겠군.~~
└→ 작겠군

| 6문단 "체중의 증가율에 비해, 기초 대사량의 증가율이 작다면 L-그래프에서 직선의 기울기는 1보다 작으며"

| 뭔말?

· ⓐ '게딱지폭('체중'에 대응)'의 증가율 > ⓑ '큰 집게발의 길이'('기초 대사량'에 대응)'의 증가율 → 직선의 기울기 < 1

┌→ 서로 다르고
⑤ ⓐ의 증가율과 ⓑ의 증가율이 ~~같고~~ '일반적인 그래프'에서 순서쌍을 점으로 표시한다면, 점들은 직선이 아닌 어떤 곡선의 주변에 분포하겠군.

| 5문단 "가로축과 세로축 두 변수의 증가율이 서로 다를 경우, 그 둘의 증가율이 같을 때와 달리, '일반적인 그래프'에서 이 점들은 직선이 아닌 어떤 곡선의 주변에 분포한다."

꿀피스 Tip!

▶ 오답 선지들의 선택률이 골고루 높은 고난도 문항이야. 정답인 ①을 고르기 위한 키 포인트는 L-그래프의 직선 기울기를 좌우하는 변수가 무엇인지 명확히 파악하는 것이지. 체중과 기초 대사량 자체가 아닌 거기에 상용로그를 취한 값이 변수임을 파악하지 못했다면 정답을 고르기 어려웠을 거야.

▶ 우선 지문의 정보와 〈보기〉의 정보를 정확히 대응시키는 것이 중요한데, 이 기초 공사를 제대로 하지 않으면 문제를 해결할 수 없어. 7문단에서 L-그래프로 나타냈을 때 생물의 어떤 형질이 체중 또는 몸 크기와 직선의 관계를 보이며 함께 증가하는 경우 그 형질이 '상대 성장'을 한다고 했잖아. 〈보기〉에서 큰 집게발 길이가 게딱지 폭에 대해 '상대 성장'을 한다고 했으니, '생물의 어떤 형질'이 〈보기〉의 '큰 집게발 길이'에, '체중 또는 몸 크기'가 '게딱지 폭'에 대응되는 거지. 즉 ⓐ는 지문의 '체중', ⓑ는 지문의 '기초 대사량'과 대응되는 값이므로 지문의 L-그래프에서 체중의 증가율과 기초 대사량의 증가율이 비례 관계(직선)로 나타나는 것과 동일하게 ⓐ의 증가율과 ⓑ의 증가율이 비례 관계인 것이지.

▶ ②의 경우, 최대 힌트는 그림이야. 이유 없이 '편차'만 확대해서 보여 준 것이 아니겠지? 그림으로 보아, 편차란 쉽게 말해 점이 직선에서 떨어진 수직 거리이므로, 점이 직선에서 멀리 떨어져 있으면 당연히 편차의 제곱을 모두 더한 값이 커지게 되지.

▶ 함정 선지인 ③을 선택한 경우, '일반적인 그래프'와 'L-그래프'의 차이를 제대로 파악하지 못한 것이라 할 수 있어. 또는 상대 성장을 하는 경우 L-그래프가 직선으로 나타난다는 내용을 간과했을 수 있어. 〈보기〉는 상대 성장하는 ⓐ와 ⓑ 값을 L-그래프 방식으로 분석했으므로, 점들이 당연히 직선의 주변에 분포할 거야. 지문에서 두 변수의 순서쌍이 곡선 주변에 나타나는 경우는 '일반적인 그래프'라고 분명히 밝혔지.

▶ ④, ⑤는 지문에 근거가 명확히 나와 있으므로 이를 선택했다면 ⓐ와 ⓑ를 반대로 적용했거나 실수를 했거나 지문의 해당 부분을 간과하였을 확률이 높아.

▶ 본문 084쪽

과학·기술 08
2023학년도 9월 평가원

01 ②　02 ⑤　03 ⑤
04 ①

검색 엔진의 웹 페이지 순서 결정

📎 EBS 연결 고리
비연계

해제 이 글은 인터넷 검색 엔진에서 검색어를 포함하는 웹 페이지를 찾아 화면에 보여 줄 때, 그 순서를 결정하는 데 적용되는 중요도와 적합도에 대해 설명하고 있다. 중요도는 웹 페이지의 중요성을 값으로 나타낸 것으로 링크 분석 기법으로 측정할 수 있는데, 하나의 웹 페이지에 링크된 웹 페이지의 개수와 댐핑 인자를 통해 구할 수 있다. 한편 적합도는 단어의 빈도, 단어가 포함된 웹 페이지의 수, 웹 페이지의 글자 수를 반영한 식을 통해 값이 정해지는데, 해당 검색어가 많을수록, 검색어를 포함한 다른 웹 페이지의 수가 적을수록, 현재 웹 페이지의 글자 수가 전체 웹 페이지의 평균 글자 수에 비해 적을수록 적합도는 높아진다. 검색 엔진은 이처럼 중요도와 적합도 등을 적절한 비율로 합산하여 화면에 나열되는 웹 페이지의 순서를 결정한다.

주제 인터넷 검색 엔진에서 웹 페이지 순서 결정에 활용되는 중요도와 적합도

짜임

1문단	인터넷 검색 엔진에서 웹 페이지 순서를 결정하는 데 이용되는 대표적 항목인 중요도와 적합도
2문단	인덱스의 개념과 인덱스에 기록되는 중요도
3문단	중요도의 개념
4문단	중요도를 구하는 방법
5문단	적합도의 개념과 적합도를 높이는 방법

1문단 인터넷 검색 엔진은 검색어를 포함하는 웹 페이지를 찾아 화면에 보여 준다. 웹 페이지가 화면에 나타나는 순서를 정하기 위해 검색 엔진은 수백 개가 ⓐ넘는 항목을 고려한 다양한 방식을 사용한다. 대표적인 항목으로 중요도와 적합도가 있다.

2문단 검색 엔진은 빠른 시간 내에 검색 결과를 보여 주기 위해 웹 페이지들의 데이터를 수집하여 인덱스를 미리 작성해 놓는다. 인덱스란 단어를 알파벳순으로 정리한 목록으로, 여기에는 각 단어가 등장하는 웹 페이지와 단어의 빈도수 등이 저장된다. 이때 각 웹 페이지의 중요도가 함께 기록된다.
[01-①] 검색 엔진의 인덱스 작성
[01-⑤] 인덱스의 개념

3문단 ㉠중요도는 웹 페이지의 중요성을 값으로 나타낸 것으로 링크 분석 기법으로 측정할 수 있다. 기본적인 링크 분석 기법에서 웹 페이지 A의 값은 A를 링크한 각 웹 페이지들로부터 받는 값의 합이다. 이렇게 받은 A의 값은 A가 링크한 다른 웹 페이지들에 균등하게 나눠진다. 즉 A의 값이 4이고 A가 두 개의 링크를 통해 다른 웹 페이지로 연결된다면, A의 값은 유지되면서 두 웹 페이지에는 각각 2가 보내진다.
[01-③] 링크 분석 기법을 통해 측정하는 중요도
[03-①~⑤] 링크 분석 기법 - 링크한 웹 페이지들에 균등 분배
[03-①~⑤] 링크 분석 기법의 예시 - 링크한 웹 페이지들에 균등 분배

4문단 하지만 두 웹 페이지가 실제로 받는 값은 2에 댐핑 인자를 곱한
[03-①~⑤] 링크 분석 기법의 예시 - 댐핑 인자 적용

값이다. 댐핑 인자는 사용자들이 웹 페이지를 읽다가 링크를 통해 다른 웹
[01-②] [03-①~⑤] 댐핑 인자의 개념과 예시
페이지로 이동하지 않는 비율을 반영한 값으로 1 미만의 값을 가진다. 댐

핑 인자는 모든 링크에 동일하게 적용된다. 가령 그 비율이 20%이면 댐핑

인자는 0.8이고 두 웹 페이지는 A로부터 각각 1.6을 받는다. 웹 페이지로

연결된 링크를 통해 받는 값을 모두 반영했을 때의 값이 각 웹 페이지의
[01-④] [02-②] 중요도의 계산 방법
중요도이다. 웹 페이지들을 연결하는 링크들은 변할 수 있기 때문에 검색

엔진은 주기적으로 웹 페이지의 중요도를 갱신한다.

5문단 사용자가 검색어를 입력하면 검색 엔진은 인덱스에서 검색어에
[01-⑤] 검색어 입력 후 검색 엔진의 작용
적합한 웹 페이지를 찾는다. ⓒ적합도는 단어의 빈도, 단어가 포함된 웹

페이지의 수, 웹 페이지의 글자 수를 반영한 식을 통해 값이 정해진다. 해

당 검색어가 많이 나올수록, 그 검색어를 포함하는 다른 웹 페이지의 수가
[02-①, ③, ④, ⑤] 적합도를 높이는 방법
적을수록, 현재 웹 페이지의 글자 수가 전체 웹 페이지의 평균 글자 수에

비해 적을수록 적합도가 높아진다. 검색 엔진은 중요도와 적합도, 기타 항

목들을 적절한 비율로 합산하여 화면에 나열되는 웹 페이지의 순서를 결
[01-⑤] 검색 엔진의 웹 페이지 순서 결정 방식
정한다.

---

01 세부 정보의 파악   답 ②

선지별 선택 비율	①	②	③	④	⑤
화작	3%	31%	17%	19%	28%
언매	2%	41%	14%	17%	23%

윗글을 통해 알 수 있는 내용으로 가장 적절한 것은?

정답 띵! 동!

② 사용자가 링크를 따라 다른 웹 페이지로 이동하는 비율이 높을수록 댐핑
인자가 커진다.

┃4문단 "댐핑 인자는 사용자들이 웹 페이지를 읽다가 링크를 통해 다른 웹 페이
지로 이동하지 않는 비율을 반영한 값으로 1 미만의 값을 가진다. ~ 가령 그 비
율이 20%이면 댐핑 인자는 0.8이고 두 웹 페이지는 A로부터 각각 1.6(2×0.8)을
받는다."

┃ 뭔말?

· 사용자가 링크를 따라 다른 웹 페이지로 이동하지 않는 비율이 20%(=이동하는 비
율 80%)일 때 댐핑 인자 0.8 → 이동하지 않는 비율이 낮을수록, 반대로 이동하
는 비율이 높을수록 댐핑 인자는 커짐.

오답 땡!

① 인덱스는 사용자가 검색어를 ~~입력한 직후에 작성된다.~~
                        └→ 입력하기 전에 미리 작성되어 있음.

┃2문단 "검색 엔진은 빠른 시간 내에 검색 결과를 보여 주기 위해 웹 페이지들의
데이터를 수집하여 인덱스를 미리 작성해 놓는다."
┃5문단 "사용자가 검색어를 입력하면 검색 엔진은 (미리 작성해 놓은) 인덱스에서
검색어에 적합한 웹 페이지를 찾는다."

---

③ 링크 분석 기법은 웹 페이지 사이의 링크를 분석하여 웹 페이지의 ~~적합도~~
를 값으로 나타낸다.   └→ 중요도

┃3문단 "중요도는 웹 페이지의 중요성을 값으로 나타낸 것으로 링크 분석 기법으
로 측정할 수 있다."

④ 웹 페이지의 중요도는 다른 웹 페이지에서 받는 ~~값과 다른 웹 페이지에 나~~
~~눠 주는 값의 합~~이다.
      └→ 값을 모두 반영한 값

┃4문단 "웹 페이지로 연결된 링크를 통해 받는 값을 모두 반영했을 때의 값이 각
웹 페이지의 중요도이다."

        중요도와 적합도 및 기타 항목들을 적절한 비율로 합산하여 결정됨(알파벳순 X) ←┐
⑤ 사용자가 검색어를 입력하면 검색 엔진은 검색한 결과를 ~~인덱스에 정렬된~~
순서대로 화면에 나타낸다.

┃2문단 "인덱스란 단어를 알파벳순으로 정리한 목록"
┃5문단 "사용자가 검색어를 입력하면 검색 엔진은 인덱스에서 검색어에 적합한
웹 페이지를 찾는다. ~ 검색 엔진은 중요도와 적합도, 기타 항목들을 적절한 비
율로 합산하여 화면에 나열되는 웹 페이지의 순서를 결정"

🎁 꿀피스 Tip!

▶ 이 문제의 포인트는 지문에 제시된 사실적 정보 파악과 이에 근거한 미
루어 알기라고 할 수 있어. 난이도가 높은 문제는 아니지만 정답률이 낮
은데, 같은 내용을 놓고 표현을 달리하거나 다른 각도에서 서술했을 때
이를 정확히 꿰뚫어 판단하는 능력의 부족이 원인일 수 있겠어.

▶ 정답인 ②를 보자. 사실 이 내용은 지문에 제시된 정보를 다른 방향에서
서술했을 뿐이거든? 4문단에서 댐핑 인자는 사용자가 다른 웹 페이지로
이동하지 않는 비율이라고 했고, 이해하기 쉽게 예를 들어 놓았는데 이
동하지 않는 비율이 20%일 때 댐핑 인자는 0.80이 된다고 했지. 이 관계
를 파악하는 것이 중요한 거야.

▶ 선지를 보면 지문의 '이동하지 않는 비율'을 '이동하는 비율'로 바꾸어 놓
았을 뿐이거든? 그럼 이동하지 않는 비율이 20%인데, 이동하는 비율은
당연히 80%가 되겠지. 댐핑 인자는 1 미만 값이니까 1이 100%라면 0.8
은 80%에 해당하겠지. 즉 댐핑 인자는 이동하지 않는 비율과 반비례, 이
동하는 비율과 비례 관계에 있다고 볼 수 있어.

▶ 오답 선지 중 ⑤를 선택한 학생들이 많은데, 인덱스에 대한 정보는 2문
단과 5문단에서 잘 찾아놓고, 정작 제일 중요한 핵심인 검색 엔진에서
최종적으로 화면에 나열되는 웹 페이지의 순서를 결정하는 방식을 놓친
거야. 인덱스는 사전에 알파벳순으로 정리된 목록이고 검색어 입력 시
검색 엔진이 여기에서 적합한 웹 페이지를 찾는 것일 뿐, 인덱스 순서대
로 화면에 나열된다는 근거는 전혀 없어.

▶ 또한 5문단의 마지막 문장에서 검색 엔진은 중요도와 적합도, 기타 항목
들을 적절한 비율로 합산하여 최종적으로 화면에 나열되는 웹 페이지의
순서를 결정한다고 했지. 상식적으로 생각했을 때 중요도와 적합도 등의
합산으로 결정되는 웹 페이지 순서가 알파벳 순서대로 착착 나올 리가
없잖아.

▶ ①, ③, ④는 지문의 정보를 달리 서술한 것도 아니고 거의 그대로 제시한 것이니 이것들을 선택했다면 독해를 꼼꼼하게 하지 않은 결과야. ①의 경우, 2문단에서 인덱스를 미리 작성해 놓는다고 했고, 5문단에서 사용자가 검색어를 입력하면 인덱스에서 검색어에 적합한 웹 페이지를 찾는다고 했는데 이걸 무지성적으로 조합해서 검색어를 입력하면 인덱스를 작성한다고 판단한 것일까?

▶ ③의 경우, 문단의 흐름만 알아도 판단이 어렵지가 않은데 말이지. 2문단과 3문단은 모두 중요도에 대해 설명하고 있고, 링크 분석 기법 역시 중요도를 구하는 방법이잖아. 그런데 갑툭튀 적합도?

▶ ④의 경우, 지문에서 2번이나 반복해서 말하고 있거든? 3문단에서 '웹 페이지 A의 값은 A를 링크한 각 웹 페이지들로부터 받는 값의 합'이라고 했고, 4문단에서도 '웹 페이지로 연결된 링크를 통해 받는 값을 모두 반영했을 때의 값이 각 웹 페이지의 중요도'라고 또 언급했어. 2문단의 예시에서 A가 보낸 값이 나오지만 이것도 결국 A가 링크한 두 웹 페이지가 받는 값을 계산하기 위한 과정이잖아.

02 내용의 추론   답 ⑤

선지별 선택 비율	①	②	③	④	⑤
화작	5%	16%	10%	10%	56%
언매	3%	14%	7%	7%	67%

㉠, ㉡을 고려하여 검색 결과에서 웹 페이지의 순위를 높이기 위한 방안으로 가장 적절한 것은?

😊 정답 띡! 동!

⑤ 다른 웹 페이지에서 흔히 다루지 않는 주제를 간략하게 설명하되 주제와 관련된 단어를 자주 사용하여 ㉡을 높인다.

┃ 5문단 "해당 검색어가 많이 나올수록, 그 검색어를 포함하는 다른 웹 페이지의 수가 적을수록, 현재 웹 페이지의 글자 수가 전체 웹 페이지의 평균 글자 수에 비해 적을수록 적합도(㉡)가 높아진다."

┃ 뭔말?

· 다른 웹 페이지에서 흔히 다루지 않는 주제 선정 → 그 주제를 다루는 다른 웹 페이지 수가 적음. (적합도 ↑)
· 간략하게 설명 → 전체 웹 페이지의 평균 글자 수보다 해당 웹 페이지의 글자 수를 적게 하는 것 (적합도 ↑)
· 주제와 관련된 단어를 자주 사용 → 해당 검색어가 많이 나옴. (적합도 ↑)

😞 오답 땡!

① 화제가 되고 있는 검색어들을 웹 페이지에 최대한 많이 나열하여 ㉠을 높인다.
                                                    └→ ㉡

┃ 5문단 "해당 검색어가 많이 나올수록, ~ 적합도가 높아진다."

② 사람들이 많이 접속하는 유명 검색 사이트로 연결하는 링크를 웹 페이지에 많이 포함시켜 ㉠을 높인다. (X)

┃ 4문단 "웹 페이지로 연결된 링크를 통해 받는 값을 모두 반영했을 때의 값이 각

웹 페이지의 중요도이다."

┃ 뭔말?

· 중요도를 높이려면 다른 많은 웹 페이지가 해당 웹 페이지를 링크해야 함.
· 웹 페이지 내에 다른 웹 페이지(유명 검색 사이트)로 연결되는 링크를 많이 포함함.
  → 해당 웹 페이지의 값이 나누어 보내지는 웹 페이지들이 많아질 뿐, 해당 웹 페이지의 중요도가 높아지지 않음.

③ 알파벳순으로 앞 순서에 있는 단어들을 웹 페이지 첫 부분에 많이 포함시켜 ㉡을 높인다. (X)

┃ 5문단 "해당 검색어가 많이 나올수록, ~ 적합도가 높아진다."
┃ 뭔말?

· 적합도를 높이려면 해당 검색어가 웹 페이지에 많이 나와야 함.
※ 2문단에서 인덱스가 알파벳순으로 정리되어 있다고 했을 뿐, 알파벳 앞 순서에 있는 단어들을 많이 포함하는 것은 적합도와 관련이 없음.

④ 다른 많은 웹 페이지들이 링크하도록 웹 페이지에서 여러 주제를 다루고 전체 글자 수를 많게 하여 ㉡을 높인다. (X)

┃ 3문단 "중요도는 웹 페이지의 중요성을 값으로 나타낸 것으로 링크 분석 기법으로 측정할 수 있다. 기본적인 링크 분석 기법에서 웹 페이지 A의 값은 A를 링크한 각 웹 페이지들로부터 받는 값의 합이다."
┃ 5문단 "현재 웹 페이지의 글자 수가 전체 웹 페이지의 평균 글자 수에 비해 적을수록 적합도가 높아진다."
┃ 뭔말?

· 다른 많은 웹 페이지들이 링크하도록 웹 페이지에서 여러 주제를 다룸. → 해당 웹 페이지에 대한 링크가 늘어날 것이므로 ㉠ '중요도'는 높아질 수 있으나 ㉡ '적합도'를 높이는 것과는 관련이 없음.
· 전체 글자 수를 많게 함. → 웹 페이지의 글자 수가 전체 웹 페이지의 평균 글자 수에 비해 많아지면 '적합도'는 오히려 낮아짐.

03 시각 자료에의 적용   답 ⑤

선지별 선택 비율	①	②	③	④	⑤
화작	4%	13%	27%	21%	32%
언매	3%	11%	22%	18%	43%

〈보기〉는 웹 페이지들의 관계를 도식화한 것이다. 윗글을 바탕으로 〈보기〉를 이해한 내용으로 적절한 것은? [3점]

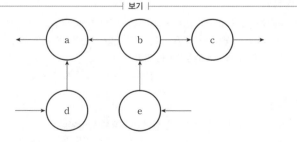

┤ 보기 ├

원은 웹 페이지이고, 화살표는 웹 페이지에서 링크를 통해 화살표 방향의 다른 웹 페이지로 연결됨을 뜻한다. 댐핑 인자는 0.5(모든 링크에 적용)이고, d와 e의 중요도는 16으로 고정된 값이다.
(단, 링크와 댐핑 인자 외에 웹 페이지의 중요도에 영향을 주는 다른 요소는 고려하지 않음.)

⑤ e에서 c로의 링크가 추가되면 c의 중요도는 5이다.

| 3문단 "A의 값은 A가 링크한 다른 웹 페이지들에 균등하게 나눠진다. 즉 A의 값이 4이고 A가 두 개의 링크를 통해 다른 웹 페이지로 연결된다면, A의 값은 유지되면서 두 웹 페이지에는 각각 2가 보내진다."

| 4문단 "하지만 두 웹 페이지가 실제로 받는 값은 2에 댐핑 인자를 곱한 값이다. ~ 댐핑 인자는 모든 링크에 동일하게 적용된다. 가령 그 비율이 20%이면 댐핑 인자는 0.8이고 두 웹 페이지는 A로부터 각각 1.6을 받는다."

| 뭔말?

· e에서 c로의 링크가 추가되면 e는 b와 c로 값을 나누어 주게 됨. → e의 중요도는 16이므로, 이를 b와 c에 8씩 균등하게 나누어 주게 되는데, 여기에 댐핑 인자 0.5를 곱하면 b와 c가 e로부터 받는 값은 각각 4임.

· b는 a와 c를 링크하고 있음. → b는 e로부터 받은 값 4를 a와 c에 2씩 균등하게 나누어 주는데, 여기에 댐핑 인자 0.5를 곱하면 b로부터 c가 받는 값은 1이 됨.

| 결론! c의 중요도: 4(e로부터 받은 값) + 1(b로부터 받은 값) = 5

① a의 중요도는 ~~16~~이다.
  └→ 10

| 뭔말?

· a의 중요도: 링크된 d와 b로부터 받은 값의 합

· d로부터는 받는 값: 16에 댐핑 인자 0.5를 곱한 8

· b로부터 받는 값: b는 e로부터 16에 댐핑 인자 0.5를 곱한 8을 받고, 이를 링크된 a와 c에 4씩 균등하게 나누어 주어야 하는데 여기에 댐핑 인자 0.5를 곱해야 하므로, b에서 a로 가는 최종값은 2임.

| 결론! a의 중요도: 8 + 2 = 10

② a가 b와 d로부터 각각 받는 값은 ~~같다~~.
  └→ 다름.

| 뭔말?

· a가 d로부터 받는 값: 16에 댐핑 인자 0.5를 곱한 값

· a가 b로부터 받는 값: b의 값은 8(e의 값 16에 댐핑 인자 0.5를 곱한 것)이고, 이를 링크된 a와 c에 각각 4씩 나누어 주면서 댐핑 인자 0.5를 곱한 값

| 결론! a는 b로부터는 2를, d로부터는 8을 받음.

③ b에서 a로의 링크가 끊어지면 b와 c의 중요도는 ~~같다~~.
  └→ 다름.

| 뭔말?

· b에서 a로의 링크가 끊어질 때 b의 중요도: e로부터 받은 8(16×0.5)

· c의 중요도: b로부터 받은 4(8×0.5)

※ a로의 링크가 끊어졌으므로 b는 c로만 값을 보냄.

④ e에서 a로의 링크가 추가되면 b의 중요도는 ~~8~~이다.
  └→ 4

| 뭔말?

· e에서 a로의 링크가 추가되면 e의 중요도 16은 a와 b에 각각 8씩 균등하게 나누어 보내지고, 여기에 댐핑 인자 0.5를 곱하면 a와 b는 e로부터 4(8×0.5)씩 받음.

· b의 중요도: e로부터 받은 4

▶ 이 문제의 포인트는 링크 분석 기법을 통해 실제로 중요도를 계산할 수 있는가라고 할 수 있어. 중요도 값을 도출하는 데 필요한 조건은 많지도 않아. 다른 웹 페이지로 보내는 값을 균등 배분할 것, 균등 배분한 값에 댐핑 인자를 곱할 것, 다른 웹 페이지에서 받은 값을 모두 더할 것. 이 세 가지뿐이지. 나누기, 곱하기, 더하기만 하면 돼. (이미 다들 알겠지만 독서 지문에서 요구되는 계산은 그다지 복잡하지 않아. 나의 계산이 지나치게 복잡하다? 독해를 잘못했거나 잘못 적용했을 확률이 높아요.)

▶ 여기서 중요한 건 '댐핑 인자'는 모든 링크에 적용되어야 한다는 거야. 이걸 놓치고 댐핑 인자를 매 링크에 곱해서 적용하지 않으면 계산이 제대로 될 리가 없겠지? 선지 선택률을 딱 보니 ②, ③, ④를 정답이라고 잘못 판단한 비율이 골고루 높은데, 결국 b와 관련된 값을 제대로 계산하지 못한 결과로 보여.

▶ 〈보기〉를 보면 계산을 위한 조건이 제시되어 있는데, 댐핑 인자는 0.5이고 d와 e의 값이 16이라고 했지. 무슨 말이냐? d와 e에서 계산을 출발해야 한다는 말이야. 웹 페이지 링크는 주고받고 얽혀 있기 때문에 최초 값을 알기 어려우니 이렇게 줘 버린 것이지. d와 e 모두 하나의 페이지에만 값을 보내면 되니 16×0.5=8이 되어 a와 b에 각각 8이 가게 되는 것이지.

▶ b는 a와 c에 자신의 값 8을 균등 배분해야 하고 여기에 댐핑 인자를 곱하면 되니 4×0.5=2가 되어 a와 c는 b로부터 2씩 받는 거야. 정리하자면 a의 값은 d로부터 받은 8과 b로부터 받은 2를 더해 10, b의 값은 e에서 받은 8, c의 값은 b에서 받은 2인 거지.

▶ 링크가 추가되거나 삭제되면 주어진 조건에서 계산만 다시 하면 되는 거야. b에서 a로의 링크가 끊어지면 b는 c에만 값을 보내면 되잖아. 그러니 8×0.5=4가 되어 c의 값이 4로 변하지. 또한 e에서 a로 링크가 추가되면 e가 a와 b에 값을 균등 배분해야 하니 8×0.5=4가 되어 b의 값이 4로 변하지.

04 어휘의 의미 파악 답 ①

선지별 선택 비율	①	②	③	④	⑤
화작	58%	3%	2%	4%	31%
언매	64%	2%	1%	2%	28%

문맥상 ⓐ의 의미와 가장 가까운 것은?

① 공부를 하다 보니 시간은 자정이 넘었다.

| ⓐ와 ①의 '넘다' '일정한 시간, 시기, 범위 따위에서 벗어나 지나다.'의 의미

② 그들은 큰 산을 넘어서 마을에 도착했다.

| '높은 부분의 위를 지나가다.'의 의미

③ 철새들이 국경선을 넘어서 훨훨 날아갔다.

| '경계를 건너 지나다.'의 의미

④ 선수들은 가까스로 어려운 고비를 넘었다.

| '어려움이나 고비 따위를 겪어 지나다.'의 의미

⑤ 갑자기 냄비에서 물이 넘어서 좀 당황했다.

| '일정한 곳에 가득 차고 나머지가 밖으로 나오다.'의 의미

과학 · 기술 09
2023학년도 6월 평가원

01 ①   **02** ②   **03** ④
04 ③

비타민 K의 기능

🔗 EBS 연결 고리
2023학년도 EBS 수능특강 독서 221쪽 〈지혈의 과정〉에서 '혈액 응고' 관련 내용 연계

해제 이 글은 혈액의 응고와 순환, 혈관 석회화 방지에 관여하는 비타민 K의 기능에 대해 설명하고 있다. 혈액 응고는 섬유소 단백질인 피브린이 모여 형성된 섬유소 그물이 혈소판 마개와 뭉쳐 혈병을 만드는 현상으로, 비타민 K는 이러한 혈액 응고 및 혈액의 원활한 순환에 중요한 역할을 한다. 비타민 K는 프로트롬빈을 비롯한 혈액 응고 인자들의 활성화에 관여하여 혈액이 응고되도록 돕는다. 또한 혈관 건강에서도 중요한 기능을 하는데, 이는 칼슘의 역설과도 관련이 있다. 칼슘의 역설은 칼슘 보충제를 섭취해도 혈액 내 칼슘 농도만 높아지고 혈관 벽에 칼슘이 침착되는 혈관 석회화가 진행되는 현상을 가리키는 것인데, 비타민 K는 MGP라는 비타민 K-의존성 단백질을 활성화시켜 혈관 석회화를 막는 역할을 한다. 이러한 비타민 K는 비타민 K_1과 K_2로 나눌 수 있는데, 비타민 K_1은 혈액 응고 인자의 활성화에, 비타민 K_2는 간 이외의 세포에서 합성되는 단백질의 활성화를 담당하므로, 비타민 K의 권장량은 비타민 K_1과 K_2로 구분해서 설정해야 한다는 입장이 있다.

주제 혈액의 응고와 원활한 순환 및 혈관 석회화 방지에 관여하는 비타민 K

짜임

1문단	혈액 응고의 의미 및 혈관 질환 발생의 원인
2문단	비타민 K의 역할 ① – 혈액 응고
3문단	비타민 K의 종류
4문단	비타민 K의 역할 ② – 혈관 석회화 방지
5문단	비타민 K_1과 K_2의 역할 및 비타민 K 섭취 시의 유의점

1문단 혈액은 세포에 필요한 물질을 공급하고 노폐물을 제거한다. 만약 혈관 벽이 손상되어 출혈이 생기면 손상 부위의 혈액이 응고되어 혈액 손실을 막아야 한다.
[01-①, ③] 혈액 응고의 이유
혈액 응고는 섬유소 단백질인 피브린이 모여 형성된 섬
[01-①, ②, ③] [04-②, ③, ⑤] 혈액 응고의 개념
유소 그물이 혈소판이 응집된 혈소판 마개와 뭉쳐 혈병이라는 덩어리를
만드는 현상이다. 혈액 응고는 혈관 속에서도 일어나는데, 이때의 혈병을
[01-①] [04-②] 혈전의 개념
혈전이라 한다. 이물질이 쌓여 동맥 내벽이 두꺼워지는 동맥 경화가 일어
[01-④, ⑤] 혈관 질환의 발생 이유
나면 그 부위에 혈전 침착, 혈류 감소 등이 일어나 혈관 질환이 발생하기
도 한다. 이러한 혈액의 응고 및 원활한 순환에 비타민 K가 중요한 역할
을 한다.

2문단 비타민 K는 혈액이 응고되도록 돕는다. 지방을 뺀 사료를 먹인
병아리의 경우, 지방에 녹는 어떤 물질이 결핍되어 혈액 응고가 지연된다
[03-②, ⑤] 비타민 K의 성질(지용성) 및 결핍 시 문제점
는 사실을 발견하고 그 물질을 비타민 K로 명명했다. 혈액 응고는 단백질
로 이루어진 다양한 인자들이 관여하는 연쇄 반응에 의해 일어난다. 우선
여러 혈액 응고 인자들이 활성화된 이후 프로트롬빈이 활성화되어 트롬빈
[04-③, ④, ⑤] 프로트롬빈의 활성화 및 트롬빈의 작용

으로 전환되고, 트롬빈은 혈액에 녹아 있는 피브리노젠을 불용성인 피브린으로 바꾼다. 비타민 K는 프로트롬빈을 비롯한 혈액 응고 인자들이 간 세포에서 합성될 때 이들의 활성화에 관여한다. [04-③, ④] 비타민 K의 기능 - 혈액 응고 인자의 활성화 활성화는 칼슘 이온과의 결합을 통해 이루어지는데, [03-④] [04-③] 혈액 응고 인자의 활성화 조건 이들 혈액 단백질이 칼슘 이온과 결합하려면 카르복실화되어 있어야 한다. 카르복실화는 단백질을 구성하는 아미노산 [03-③] 카르복실화의 개념 중 글루탐산이 감마 - 카르복시글루탐산으로 전환되는 것을 말한다. 이처럼 비타민 K에 의해 카르복실화되어야 활성화가 가능한 표적 단백질을 비 [03-③, ④] [04-③] 비타민 K - 의존성 단백질의 개념 타민 K - 의존성 단백질이라 한다.

3문단 비타민 K는 식물에서 합성되는 ⊙비타민 K_1과 동물 세포에서 합 [03-①] 비타민 K_1, K_2의 합성 위치 성되거나 미생물 발효로 생성되는 ⓒ비타민 K_2로 나뉜다. 녹색 채소 등은 비타민 K_1을 충분히 함유하므로 일반적인 권장 식단을 따르면 혈액 응고 에 차질이 생기지 않는다.

4문단 그런데 혈관 건강과 관련된 비타민 K의 또 다른 중요한 기능이 발견되었고, 이는 칼슘의 역설과도 관련이 있다. 나이가 들면 뼈 조직의 칼슘 밀도가 낮아져 골다공증이 생기기 쉬운데, 이를 방지하고자 칼슘 보 [02-②] 칼슘 보충제의 섭취 목적 충제를 섭취한다. 하지만 칼슘 보충제를 섭취해서 혈액 내 칼슘 농도는 높 [02-②, ③, ⑤] 칼슘 보충제의 섭취 결과 아지나 골밀도는 높아지지 않고, 혈관 벽에 칼슘염이 침착되는 혈관 석회 [01-⑤] [02-③, ④] 칼슘 보충제의 부작용 - 혈관 석회화 화가 진행되어 동맥 경화 및 혈관 질환이 발생하는 경우가 생긴다. 혈관 석회화는 혈관 근육 세포 등에서 생성되는 MGP라는 단백질에 의해 억제 되는데, 이 단백질이 비타민 K - 의존성 단백질이다. 비타민 K가 부족하 [03-⑤] [04-①] 비타민 K 부족의 문제점 면 MGP 단백질이 활성화되지 못해 혈관 석회화가 유발된다는 것이다.

5문단 비타민 K_1과 K_2는 모두 비타민 K - 의존성 단백질의 활성화를 유 [03-④] 비타민 K_1, K_2의 작용 도하지만 K_1은 간세포에서, K_2는 그 외의 세포에서 활성이 높다. 그러므 로 혈액 응고 인자의 활성화는 주로 K_1이, 그 외의 세포에서 합성되는 단 백질의 활성화는 주로 K_2가 담당한다. 이에 따라 일부 연구자들은 비타민 K의 권장량을 K_1과 K_2로 구분하여 설정해야 하며, K_2가 함유된 치즈, 버 터 등의 동물성 식품과 발효 식품의 섭취를 늘려야 한다고 권고한다.

---

01 세부 정보의 파악 답 ①

선지별 선택 비율	①	②	③	④	⑤
화작	52%	7%	9%	17%	12%
언매	67%	5%	6%	11%	9%

윗글에서 알 수 있는 내용으로 적절하지 <u>않은</u> 것은?

😊 **정답 띵! 동!**

① 혈전이 형성되면 섬유소 그물이 뭉쳐 혈액의 손실을 막는다.
  └→ 섬유소 그물이 혈소판 마개와 뭉쳐 혈전 생성(선후 바뀜.)

| 1문단 "혈관 벽이 손상되어 출혈이 생기면 손상 부위의 혈액이 응고되어 혈액 손 실을 막아야 한다. 혈액 응고는 섬유소 단백질인 피브린이 모여 형성된 **섬유소**

그물이 혈소판이 응집된 혈소판 마개와 뭉쳐 혈병이라는 덩어리를 만드는 현상 이다. 혈액 응고는 혈관 속에서도 일어나는데, 이때의 혈병을 혈전이라 한다."

| 뭔말?

· 혈전(혈관 속) = 혈병(혈관 벽) → 섬유소 그물이 혈소판 마개와 뭉쳐진 덩어리 로, 혈액 응고의 결과물 ※ 섬유소 그물이 뭉치게 되는 원인이나 조건이 아님.

😣 **오답 땡!**

② 혈액의 응고가 이루어지려면 혈소판 마개가 형성되어야 한다.

| 1문단 "혈액 응고는 ~ 섬유소 그물이 혈소판이 응집된 혈소판 마개와 뭉쳐 혈병 이라는 덩어리를 만드는 현상이다."

---

③ 혈관 손상 부위에 혈병이 생기려면 혈소판이 응집되어야 한다.

| 1문단 "혈관 벽이 손상되어 출혈이 생기면 손상 부위의 혈액이 응고되어 혈액 손 실을 막아야 한다. 혈액 응고는 ~ 섬유소 그물이 혈소판이 응집된 혈소판 마개 와 뭉쳐 혈병이라는 덩어리를 만드는 현상이다."

---

④ 혈관 경화를 방지하려면 이물질이 침착되지 않게 해야 한다.

| 1문단 "이물질이 쌓여(침착되어) 동맥 내벽이 두꺼워지는 동맥(혈관의 한 종류) 경화 가 일어나면"

---

⑤ 혈관 석회화가 계속되면 동맥 내벽과 혈류에 변화가 생긴다.

| 1문단 "이물질이 쌓여 동맥 내벽이 두꺼워지는 동맥 경화가 일어나면 그 부위에 혈전 침착, 혈류 감소 등이 일어나 혈관 질환이 발생하기도 한다."

| 4문단 "혈관 벽에 칼슘염이 침착되는 혈관 석회화가 진행되어 동맥 경화 및 혈 관 질환이 발생하는 경우가 생긴다."

| 결론! 혈관 석회화 진행 → 동맥 경화(동맥 내벽이 두꺼워지는 변화) 발생 → 혈류 감 소 발생

---

02 구절의 의미 파악 답 ②

선지별 선택 비율	①	②	③	④	⑤
화작	6%	44%	7%	28%	13%
언매	5%	53%	4%	25%	10%

칼슘의 역설에 대한 이해로 가장 적절한 것은?

😊 **정답 띵! 동!**

② 칼슘 보충제를 섭취해도 뼈 조직에서는 칼슘이 여전히 필요하다는 것이겠군.

| 4문단 "나이가 들면 뼈 조직의 칼슘 밀도가 낮아져 골다공증이 생기기 쉬운데, 이를 방지하고자 칼슘 보충제를 섭취한다. 하지만 칼슘 보충제를 섭취해서 혈 액 내 칼슘 농도는 높아지나 골밀도는 높아지지 않고"

| 뭔말?

· 칼슘 보충제를 섭취했지만 혈액 내 칼슘 농도만 높아지고 골밀도(뼈 조직의 밀 도)는 높아지지 않음. → 칼슘 보충제를 섭취해도 여전히 뼈 조직에서 칼슘이 부 족한 상태인 것 = '칼슘의 역설'

※ 역설: 논리적으로 모순되지만 그 속에 진리를 담고 있는 표현법. 지문에서는 칼슘을 공급 했는데 칼슘이 부족하다는 모순적 상황을 가리킴.

😢 오답 땡!

① 칼슘 보충제를 섭취하면 ~~오히려 비타민 K의 효용성이 감소된다~~는 것이겠군.
  └ 제시 X

| 뭔말?

· 이 글에 칼슘 보충제 섭취와 비타민 K의 효용성 간의 관계는 제시되지 않음.

  ※ 비타민 K 관련 내용: 비타민 K가 부족하면 혈관 벽에 칼슘염이 침착되는 혈관 석회화가 유발됨. → 칼슘 보충제를 섭취할 때, 비타민 K가 부족하면 혈관 석회화가 진행될 것임을 알 수 있음.

---

③ 칼슘 보충제를 섭취해도 골다공증은 막지 못하나 ~~혈관 건강은 개선되는 경우가 있다~~는 것이겠군.
  └ 혈관 석회화로 혈관 건강이 나빠지는 경우 발생

| 4문단 "칼슘 보충제를 섭취해서 혈액 내 칼슘 농도는 높아지나 골밀도는 높아지지 않고, 혈관 벽에 칼슘염이 침착되는 혈관 석회화가 진행되어 동맥 경화 및 혈관 질환이 발생하는 경우가 생긴다."

---

④ 칼슘 보충제를 섭취하면 ~~혈액 내 단백질이 칼슘과 결합~~하여 혈관 벽에 칼슘이 침착된다는 것이겠군.
  └ 제시 X

| 4문단 "칼슘 보충제를 섭취해서 혈액 내 칼슘 농도는 높아지나 ~ 혈관 벽에 칼슘염이 침착되는 혈관 석회화가 진행"

| 뭔말?

· 이 글에서 혈액 내 단백질이 칼슘과 결합하여 혈관 벽에 칼슘염으로 침착되는지 알 수 없음.

  ※ 2문단에 제시된 혈액 단백질과 칼슘 이온과의 결합은 혈액 응고 인자의 활성화와 관련한 것이지, 혈관 벽에 칼슘염이 침착되는 원인으로 제시된 것이 아님. 또한 혈액 응고 인자의 활성화는 혈관이 아니라 간세포에서 이루어짐.

---

⑤ 칼슘 보충제를 섭취해도 ~~혈액으로 칼슘이 흡수되지 않아~~ 골다공증 개선이 안 되는 경우가 있다는 것이겠군.
  └ 혈액 내 칼슘 농도는 높아짐.
  (뼈 조직에 흡수되지 않음.)

| 4문단 "칼슘 보충제를 섭취해서 혈액 내 칼슘 농도는 높아지나 골밀도는 높아지지 않고"

| 뭔말?

· 칼슘 보충제를 섭취했을 때 골다공증이 개선되지 않음. ← 칼슘이 뼈 조직이 아니라 혈액 내에 흡수되어 혈액 내 칼슘 농도만 높아짐.

---

03 내용의 추론   답 ④

선지별 선택 비율	①	②	③	④	⑤
화작	23%	9%	10%	49%	6%
언매	15%	8%	8%	62%	5%

㉠과 ㉡에 대한 설명으로 가장 적절한 것은?

😊 정답 띵! 동!

④ ㉠과 ㉡은 모두 표적 단백질의 활성화 이전 단계에 작용한다.

| 2문단 "활성화는 칼슘 이온과의 결합을 통해 이루어지는데, 이들 혈액 단백질이 칼슘 이온과 결합하려면 카르복실화되어 있어야 한다. ~ 비타민 K에 의해 카르복실화되어야 활성화가 가능한 표적 단백질을 비타민 K-의존성 단백질이라 한다."

| 5문단 "비타민 K₁과 K₂는 모두 비타민 K-의존성 단백질의 활성화를 유도"

| 뭔말?

· 표적 단백질인 비타민 K-의존성 단백질은 비타민 K₁과 비타민 K₂에 의해 카르복실화된 다음 활성화 가능 → 비타민 K₁과 비타민 K₂ 모두 표적 단백질의 활성화 이전 단계에 작용함.

😢 오답 땡!

① ㉠은 ㉡과 달리 ~~우리 몸의 간세포~~에서 합성된다.
  └ 식물

| 3문단 "비타민 K는 식물에서 합성되는 비타민 K₁(㉠)과 동물 세포에서 합성되거나 미생물 발효로 생성되는 비타민 K₂(㉡)로 나뉜다."

  ※ 5문단에 따르면 비타민 K₁은 간세포에서 활성이 높은 것이지 간세포에서 합성되는 것이 아님.

---

② ㉡은 ㉠과 달리 지방과 함께 섭취해야 한다.
  └ ㉠과 ㉡ 모두

| 2문단 "지방을 뺀 사료를 먹인 병아리의 경우, 지방에 녹는 어떤 물질(비타민 K)이 결핍되어 혈액 응고가 지연된다는 사실을 발견하고 그 물질을 비타민 K로 명명했다."

| 뭔말?

· 비타민 K는 지방에 녹아 흡수되므로 지방과 함께 섭취해야 함

  ※ 비타민 K₁은 녹색 채소(3문단), 비타민 K₂는 치즈나 버터 등 동물성 식품이나 발효 식품(5문단)에 함유되어 있는데, 둘 모두 지방과 함께 섭취해야 함.

---

③ ㉡은 ㉠과 달리 표적 단백질의 아미노산을 ~~변형하지 않는다.~~
  └ ㉠과 ㉡ 모두   └ 변형한다

| 2문단 "카르복실화는 단백질을 구성하는 아미노산 중 글루탐산이 감마-카르복시글루탐산으로 전환(아미노산 변형)되는 것을 말한다. 이처럼 비타민 K에 의해 카르복실화되어야 활성화가 가능한 표적 단백질을 비타민 K-의존성 단백질이라 한다.

| 5문단 "비타민 K₁과 K₂는 모두 비타민 K-의존성 단백질의 활성화를 유도"

---

⑤ ㉠과 ㉡은 모두 일반적으로는 결핍이 발생해 문제가 ~~되는 경우는 없다.~~
  └ 된다

| 2문단 "지방에 녹는 어떤 물질(비타민 K)이 결핍되어 혈액 응고가 지연된다"

| 4문단 "비타민 K가 부족하면 MGP 단백질이 활성화되지 못해 혈관 석회화가 유발된다"

---

04 구체적 사례에의 적용   답 ③

선지별 선택 비율	①	②	③	④	⑤
화작	7%	11%	41%	27%	12%
언매	5%	10%	48%	25%	10%

윗글을 참고할 때 〈보기〉의 (가)~(다)를 투여함에 따라 체내에서 일어나는 반응을 예상한 내용으로 적절하지 <u>않은</u> 것은? [3점]

┌─ **보기** ─────────────────────────┐

  다음은 혈전으로 인한 질환을 예방 또는 치료하는 약물이다.
  (가) 와파린: 트롬빈에는 작용하지 않고 비타민 K의 작용을 방해함.
  (나) 플라스미노겐 활성제: 피브리노겐에는 작용하지 않고 피브린을 분해함.
  (다) 헤파린: 비타민 K-의존성 단백질에는 작용하지 않고 트롬빈의 작용을 억제함.

└─────────────────────────────────┘

③ (다)는 <del>혈액 응고 인자와 칼슘 이온의 결합을 억제하겠군.</del>
　　└→ 비타민 K-의존성 단백질인 혈액 응고 인자 프로트롬빈과
　　　　칼슘 이온의 결합을 통한 활성화 억제 X

──────────────────────────────

| 1문단 "혈액 응고는 섬유소 단백질인 피브린이 모여 형성된 섬유소 그물이 혈소판이 응집된 혈소판 마개와 뭉쳐 혈병이라는 덩어리를 만드는 현상"
| 2문단 "프로트롬빈이 활성화되어 트롬빈으로 전환되고, 트롬빈은 혈액에 녹아 있는 피브리노겐을 불용성인 피브린으로 바꾼다. 비타민 K는 프로트롬빈을 비롯한 혈액 응고 인자들이 간세포에서 합성될 때 이들의 활성화에 관여한다. 활성화는 칼슘 이온과의 결합을 통해 이루어지는데, 이들 혈액 단백질(프로트롬빈을 비롯한 혈액 응고 인자들)이 칼슘 이온과 결합하려면 카르복실화되어 있어야 한다. ~ 이처럼 비타민 K에 의해 카르복실화되어야 활성화가 가능한 표적 단백질을 비타민 K-의존성 단백질이라 한다. "
| 뭔말?
· 트롬빈은 피브리노겐을 피브린으로 바꾸고 이 피브린이 모여 형성된 섬유소 그물이 혈소판 마개와 뭉쳐 혈병을 만듦. → (다)는 트롬빈의 작용을 억제하므로 혈병 생성 억제 역할을 함.
· (다)는 비타민 K-의존성 단백질에 작용하지 않음. → 프로트롬빈(비타민 K-의존성 단백질로 이루어진 혈액 응고 인자)이 칼슘 이온과 결합하여 활성화되어 트롬빈으로 전환되는 과정을 억제하지 않음.

──────────────────────────────

① (가)의 지나친 투여는 혈관 석회화를 유발할 수 있겠군.

──────────────────────────────

| 4문단 "비타민 K가 부족하면 MGP 단백질이 활성화되지 못해 혈관 석회화가 유발된다는 것"
| 뭔말?
· 비타민 K의 작용을 방해하는 (가)를 지나치게 투여 → MGP 단백질이 활성화되지 않아 혈관 석회화가 유발될 수 있음.

──────────────────────────────

② (나)는 이미 뭉쳐 있던 혈전이 풀어지도록 할 수 있겠군.

──────────────────────────────

| 1문단 "혈액 응고는 섬유소 단백질인 피브린이 모여 형성된 섬유소 그물이 혈소판이 응집된 혈소판 마개와 뭉쳐 혈병이라는 덩어리를 만드는 현상이다. 혈액 응고는 혈관 속에서도 일어나는데, 이때의 혈병을 혈전이라 한다."
| 뭔말?
· (나)는 피브린을 분해함. → 피브린 섬유소 그물과 혈소판 마개가 뭉쳐져 만들어진 혈전을 풀어지게 할 수 있음.

──────────────────────────────

④ (가)와 (다)는 모두 피브리노겐이 전환되는 것을 억제하겠군.

──────────────────────────────

| 2문단 "프로트롬빈이 활성화되어 트롬빈으로 전환되고, 트롬빈은 혈액에 녹아 있는 피브리노겐을 불용성인 피브린으로 바꾼다. ~ 비타민 K는 프로트롬빈을 비롯한 혈액 응고 인자들이 간세포에서 합성될 때 이들의 활성화에 관여"
| 뭔말?
· 프로트롬빈이 활성화되어야 트롬빈으로 전환되며, 피브리노겐은 트롬빈에 의해 피브린으로 전환됨.
· (가)는 프로트롬빈이 활성화되는 데 관여하는 비타민 K의 작용을 방해함. → 프로트롬빈에서 트롬빈으로의 전환을 막음으로써 피브리노겐이 피브린으로 전환되는 것을 억제할 수 있음.
· (다)는 트롬빈의 작용을 억제함. → 피브리노겐이 피브린으로 전환되는 것을 억제할 수 있음.

──────────────────────────────

⑤ (나)와 (다)는 모두 피브린 섬유소 그물의 형성을 억제하겠군.

──────────────────────────────

| 1문단 "피브린이 모여 형성된 섬유소 그물"
| 2문단 "트롬빈은 혈액에 녹아 있는 피브리노겐을 불용성인 피브린으로 바꾼다."
| 뭔말?
· (나)는 피브린을 분해함. → 피브린이 모여서 형성되는 섬유소 그물의 형성이 억제됨.
· (다)는 피브리노겐을 피브린으로 바꾸는 트롬빈의 작용을 억제함. → 피브린 섬유소 그물의 형성이 억제됨.

MEMO

MEMO

메가스터디 (고등학습) 시리즈

수능 기출

국어 **독서**

BOOK **1** 최신 기출 ALL

정답 및 해설

메가스터디BOOKS

내용 문의 02-6984-6897 | 구입 문의 02-6984-6868,9 | www.megastudybooks.com

메가스터디BOOKS

수능 영어 듣기 만점을 위한 최적의 실전 연습!

메가스터디
수능 영어 듣기 모의고사

예비고~고2

예비고2 ~ N수

**주요 표현 받아쓰기로
듣기 실력 강화**

**최신 수능 영어 듣기
출제 경향 반영**

**실제 수능보다 조금 어렵게
속도는 조금 빠르게**

메가스터디북스 수능 시리즈

레전드 수능 문제집

메가스터디 N제

- [국어] EBS 빈출 및 교과서 수록 지문 집중 학습
- [영어] 핵심 기출 분석과 유사·변형 문제 집중 훈련
- [수학] 3점 공략, 4점 공략의 수준별 문제 집중 훈련

국어 문학 | 독서
영어 독해 | 고난도·3점 | 어법·어휘
수학 수학 Ⅰ 3점 공략 | 4점 공략
　　　 수학 Ⅱ 3점 공략 | 4점 공략
　　　 확률과 통계 3점·4점 공략 | **미적분** 3점·4점 공략
과탐 지구과학 Ⅰ

수능 만점 훈련 기출서 ALL × PICK

수능 기출 올픽

- 최근 3개년 기출 전체 수록 ALL
　최근 3개년 이전 우수 기출 선별 수록 PICK
- 북1 + 북2 구성으로 효율적인 기출 학습 가능
- 효과적인 수능 대비에 포커싱한
　엄격한 기출문제 분류 → 선별 → 재배치

국어 문학 | 독서
영어 독해
수학 수학 Ⅰ | 수학 Ⅱ | 확률과 통계 | 미적분

수능 수학 개념 기본서

메가스터디 수능 수학 KICK

- 수능 필수 개념을 체계적으로 정리·훈련
- 수능에 자주 출제되는 3점, 쉬운 4점 중심
　문항으로 수능 실전 대비
- 본책의 필수예제와 1:1 매칭된 워크북 수록

수학 Ⅰ | 수학 Ⅱ | 확률과 통계 | 미적분

수능 기초 중1~고1 수학 개념 5일 완성

수능 잡는 중학 수학

- 하루 1시간 5일 완성 커리큘럼
- 수능에 꼭 나오는 중1~고1 수학 필수 개념 50개
- 메가스터디 현우진, 김성은 쌤 강력 추천

수능 핵심 빈출 어휘 60일 완성

메가스터디 수능영단어 2580

- 수능 기출, 모의고사, 학평, 교과서 필수 어휘
- 2580개 표제어와 파생어, 유의어, 반의어 수록
- 숙어, 기출 어구, 어법 포인트까지 학습 가능

수능 영어 듣기 실전 대비

메가스터디 수능 영어 듣기 모의고사

- 주요 표현 받아쓰기로 듣기 실력 강화
- 최신 수능 영어 듣기 출제 경향 반영
- 실제 수능보다 어려운 난이도로 완벽한 실전 대비

20회 | 30회

메가스터디 (고등학습) 시리즈

올 수능 기출
픽

국어 독서

BOOK 1 최신 기출 ALL

메가스터디BOOKS

내용 문의 02-6984-6897 | **구입 문의** 02-6984-6868,9 | www.megastudybooks.com

53800

ISBN 979-11-297-1408-4

값 21,000원 (전 2권)

2026
수능 기출

최신 기출 ALL

우수 기출 PICK

국어 **독서**

BOOK ❷ 우수 기출 PICK

최근 3개년 이전(2018~2022학년도)
수능·평가원 기출 중 고난도 세트 선별 수록

메가스터디BOOKS

메가스터디 수능 기출 '올픽'에 도움을 주신 선생님들
수능 기출 '올픽' BOOK❷ 우수 기출문제 엄선 과정에 참여하신 전국의 선생님들께 진심으로 감사드립니다.

PICK_

기출 학습을
효율적으로! 완벽하게!
수능 기출

수능 기출 '올픽'은 다음과 같이 BOOK❶ × BOOK❷ 구성입니다.

BOOK ❶ 최신 기출 ALL   최근 3개년(2023~2025학년도) 수능·평가원 기출 전체 수록

BOOK ❷ 우수 기출 PICK   최근 3개년 이전(2018~2022학년도) 수능·평가원 기출 중 고난도 세트 선별 수록

올 수능 기출 픽

국어 독서

BOOK 2

역대 수능·평가원 기출문제를 다 풀어 보는 것은 비효율적입니다.
하지만 과거의 기출문제 중에는 반드시 짚고 넘어갈 만한 우수 문제들이 있습니다.
이에 여러 선생님들이 최근 3개년 이전 수능·평가원 기출(2022~2018) 중
수험생이 꼭 풀어야 하는 우수 기출문제를 선별하여 BOOK❷에 담았습니다.

수능 기출 학습 시너지를 높이는 '올픽'의 BOOK❶ × BOOK❷ 활용 Tip!
BOOK❶의 최신 기출문제를 먼저 푼 후, 본인의 학습 상태에 따라 BOOK❷의
고난도 기출문제까지 풀면 효율적이고 완벽한 기출 학습이 가능합니다!

BOOK ❷ 구성과 특징

▶ 최근 3개년 이전 기출문제 중 수험생이 꼭 풀어야 하는 고난도 필수 세트만을 선별하여 담았습니다.

① 옛기출 PICK

- 최근 3개년 이전(2022~2018) 기출문제 중 화제가 된 고난도 세트를 선별하였습니다.

- 학생들이 가장 어려워했던 최저 정답률 문항을 밝히고 난이도를 표기하였습니다.

- 선별에 참여해 주신 학교와 학원 선생님들의 PICK 이유를 제시하였습니다.

② 영역별 기출 학습

- 등급을 가르는 고난도 세트를 영역별로 균형 있게 학습할 수 있도록 하였습니다.

- 정답률이 낮았던 문제는 매운맛 픽 으로 별도 표시하여 집중 학습할 수 있도록 하였습니다.

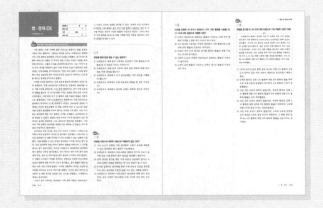

③ 지문의 핵 분석

- 기출 지문의 존재 이유는? 문제를 풀기 위한 것! **문제, 선지와의 관련성을 밝힌 지문 분석**을 통해 일반적 독해가 아니라 문제를 풀기 위한 독해에 초점을 맞추었습니다.

- 지문에 대한 필수 정보인 해당 연도 **EBS 연계 정보**를 제시하였습니다.

④ 띵 해설

- "이 선지는 어디까지가 맞는 말이고, 어디까지가 틀린 말일까?" ❶ 선지에 직접 첨삭하여 한눈에 보여 주는 띵 해설로 빠른 이해, 가장 편리한 학습을 도모하였습니다.

- 해설에도 해설이 필요하지 않나요? 주절주절 읽기 힘든 줄글 해설에서 과감하게 벗어나 ❷ 요점정리형 해설을 제공합니다.

  정답 띵! 동! 왜 정답인지를 알고 생각을 띵(THINK)!

  오답 땡! 땡! 왜 오답인지를 알고 철저한 대비를!

- 낮은 정답률의 매운맛 문제는 꿀피스 Tip! 으로 확실히 해결할 수 있도록 하였습니다.

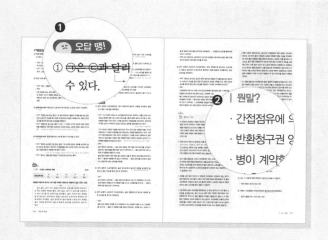

⑤ 쏙쏙! 기출 속 독서 배경지식

- 지문을 이해하는 데 도움이 되는 배경지식을 제시하였습니다.

- 지문의 용어나 이론, 학자들의 견해 등과 관련된 내용을 잡지처럼 읽어 보면서 지식을 확장할 수 있도록 하였습니다.

BOOK ❶

최근 3개년 기출 ALL

BOOK ❶에는 2015 개정 교육과정으로 치러진 최근 3개년의 수능·평가원의 모든 기출문제를 담았습니다.

BOOK❷ 차례

I 법·경제

II 과학·기술

주제 통합 · 인문

연도	구분	제재	최저 정답률(문항)	쌤의 PICK 한마디
2022학년도	수능	**주제 통합** (가) 변증법에 기반을 둔 헤겔 미학 / (나) 변증법의 원칙을 기반으로 한, 헤겔 미학 비판	31% (8번) 🔥🔥	헤겔의 변증법과 이를 바탕으로 한 미학 관련 개념어의 이해 및 헤겔 미학에 대한 비판적 관점과 <보기>에 나타난 헤겔의 견해를 비교 판단해야 하는 점이 매운맛!
		경제 브레턴우즈 체제와 트리핀 딜레마	30% (13번) 🔥🔥	기축 통화국을 포함한 세 국가의 금리와 국제 유동성, 환율 및 경상 수지 변화의 관계 파악의 복잡성이 매운맛!
		기술 운전자에게 차량 주위 영상을 제공하는 장치의 원리	25% (15번) 🔥🔥🔥	왜곡 보정과 시점 변환 과정에서 이루어지는 작업에 관여하는 다양한 요인과 함수, 좌표계 등 수학적 개념과 관련된 원리 이해가 매운맛!
	6월	**기술** 전통적 PCR와 실시간 PCR	26% (17번) 🔥🔥🔥	실시간 PCR의 발색도과 실시간 PCR의 Ct값에서의 발색도 차이를 혼동하기 쉬운 함정이 매운맛!
2021학년도	수능	**기술** 3D 합성 영상의 생성, 출력 과정	39% (37번) 🔥	모델링과 랜더링, GPU의 원리 등 낯선 용어와 내용, 추론 및 복합적 사례 적용 능력이 요구되는 점이 매운맛!
2020학년도	수능	**경제** BIS 비율 규제와 국제 사회에 작용하는 규범성	29% (40번) 🔥🔥	BIS 비율 계산 기준의 변동과 관련한 많은 정보, 사례 적용 시 BIS 비율 계산이나 판단의 복잡성이 매운맛!
	9월	**법** 소유권의 공시 방법	37% (30번) 🔥	일상적 의미와 다르거나 생소한 법률 용어(점유, 선의취득 등)로 인해 지문 이해 난이도 상승, 사례 적용과 판단이 매운맛!
	6월	**경제** 경제 안정을 위한 정책	32% (30번) 🔥🔥	금리, 신용 공급, 물가 등의 변동과 인과성 파악, <보기>의 새로운 개념과의 연계 적용이 매운맛!
		과학 개체성의 조건과 공생발생설에 따른 진핵생물의 발생	21% (41번) 🔥🔥🔥	'개체성'이라는 인문학적 개념과 과학적 원리의 결합으로 인한 지문 이해 난이도 상승, 개체 간 공생과 한 개체의 부분 간 관계 판단의 복잡성이 매운맛!
2019학년도	수능	**과학** 서양과 중국의 천문 이론	21% (31번) 🔥🔥🔥	동서양의 여러 학자들의 이론과 그 통시적 흐름 파악, 만유인력의 계산과 관련되는 많은 정보 중 추론을 통한 취사선택의 어려움이 매운맛!
		인문 가능세계의 개념과 성질	36% (42번) 🔥	생소한 개념인 가능세계의 성질과 논리 관계의 접목으로 인한 지문 이해 난이도 상승, <보기>의 새로운 논리 관계 적용까지 요구되는 점이 매운맛!
2018학년도	수능	**경제** 환율의 오버슈팅	45% (29번) 🔥	오버슈팅 상황에서 두 국가의 금리와 외국인 투자 자금, 통화량 및 환율 변화를 연계하여 이해해야 하는 점이 매운맛!
	6월	**경제** 통화 정책	34% (23번) 🔥🔥	금리, 이자율, 물가 등의 요인 간 관계성 파악, <보기>의 많은 정보를 지문 개념과 연계하여 해석 및 적용해야 하는 어려움이 매운맛!

I

법·경제

법·경제 01

📖 2022학년도 수능

공부한 날		월	일
목표 시간		분	초
시작 :	종료	:	
소요 시간		분	초

매운맛 01-04 다음 글을 읽고 물음에 답하시오.

기축 통화는 국제 거래에 결제 수단으로 통용되고 환율 결정에 기준이 되는 통화이다. 1960년 트리핀 교수는 브레턴우즈 체제에서의 기축 통화인 달러화의 구조적 모순을 지적했다. 한 국가의 재화와 서비스의 수출입 간 차이인 경상 수지는 수입이 수출을 초과하면 적자이고, 수출이 수입을 초과하면 흑자이다. 그는 "미국이 경상 수지 적자를 허용하지 않아 국제 유동성 공급이 중단되면 세계 경제는 크게 위축될 것"이라면서도 "반면 적자 상태가 지속돼 달러화가 과잉 공급되면 준비 자산으로서의 신뢰도가 저하되고 고정 환율 제도도 붕괴될 것"이라고 말했다.

이러한 트리핀 딜레마는 국제 유동성 확보와 달러화의 신뢰도 간의 문제이다. 국제 유동성이란 국제적으로 보편적인 통용력을 갖는 지불 수단을 말하는데, ㉠금 본위 체제에서는 금이 국제 유동성의 역할을 했으며, 각 국가의 통화 가치는 정해진 양의 금의 가치에 고정되었다. 이에 따라 국가 간 통화의 교환 비율인 환율은 자동적으로 결정되었다. 이후 ㉡브레턴우즈 체제에서는 국제 유동성으로 달러화가 추가되어 '금 환 본위제'가 되었다. 1944년에 성립된 이 체제는 미국의 중앙은행에 '금 태환 조항'에 따라 금 1온스와 35달러를 언제나 맞교환해 주어야 한다는 의무를 지게 했다. 다른 국가들은 달러화에 대한 자국 통화의 가치를 고정했고, 달러화로만 금을 매입할 수 있었다. 환율은 경상 수지의 구조적 불균형이 있는 예외적인 경우를 제외하면 ±1% 내에서의 변동만을 허용했다. 이에 따라 기축 통화인 달러화를 제외한 다른 통화들 간 환율인 교차 환율은 자동적으로 결정되었다.

1970년대 초에 미국은 경상 수지 적자가 누적되기 시작하고 달러화가 과잉 공급되어 미국의 금 준비량이 급감했다. 이에 따라 미국은 달러화의 금 태환 의무를 더 이상 감당할 수 없는 상황에 도달했다. 이를 해결할 수 있는 방법은 달러화의 가치를 내리는 평가 절하, 또는 달러화에 대한 여타국 통화의 환율을 하락시켜 그 가치를 올리는 평가 절상이었다. 하지만 브레턴우즈 체제하에서 달러화의 평가 절하는 규정상 불가능했고, 당시 대규모 대미 무역 흑자 상태였던 독일, 일본 등 주요국들은 평가 절상에 나서려고 하지 않았다. 이 상황이 유지되기 어려울 것이라는 전망으로 독일의 마르크화와 일본의 엔화에 대한 투기적 수요가 증가했고, 결국 환율의 변동 압력은 더욱 커질 수밖에 없었다. 이러한 상황에서 각국은 보유한 달러화를 대규모로 금으로 바꾸기를 원했다. 미국은 결국 1971년 달러화의 금 태환 정지를 선언한 닉슨 쇼크를 단행했고, 브레턴우즈 체제는 붕괴되었다.

그러나 붕괴 이후에도 달러화의 기축 통화 역할은 계속되었다.

그 이유로 규모의 경제를 생각할 수 있다. 세계의 모든 국가에서 ㉢어떠한 기축 통화도 없이 각각 다른 통화가 사용되는 경우 두 국가를 짝짓는 경우의 수만큼 환율의 가짓수가 생긴다. 그러나 하나의 기축 통화를 중심으로 외환 거래를 하면 비용을 절감하고 규모의 경제를 달성할 수 있다.

01

윗글을 통해 답을 찾을 수 없는 질문은?

① 브레턴우즈 체제 붕괴 이후에도 달러화가 기축 통화로서 역할을 할 수 있었던 이유는 무엇인가?

② 브레턴우즈 체제 붕괴 이후의 세계 경제 위축에 대해 트리핀은 어떤 전망을 했는가?

③ 브레턴우즈 체제에서 미국 중앙은행은 어떤 의무를 수행해야 했는가?

④ 브레턴우즈 체제에서 국제 유동성의 역할을 한 것은 무엇인가?

⑤ 브레턴우즈 체제에서 달러화 신뢰도 하락의 원인은 무엇인가?

02

윗글을 바탕으로 추론한 내용으로 적절하지 않은 것은?

① 닉슨 쇼크가 단행된 이후 달러화의 고평가 문제를 해결할 수 있는 달러화의 평가 절하가 가능해졌다.

② 브레턴우즈 체제에서 마르크화와 엔화의 투기적 수요가 증가한 것은 이들 통화의 평가 절상을 예상했기 때문이다.

③ 금의 생산량 증가를 통한 국제 유동성 공급량의 증가는 트리핀 딜레마 상황을 완화하는 한 가지 방법이 될 수 있다.

④ 트리핀 딜레마는 달러화를 통한 국제 유동성 공급을 중단할 수도 없고 공급량을 무한정 늘릴 수도 없는 상황을 말한다.

⑤ 브레턴우즈 체제에서 마르크화가 달러화에 대해 평가 절상되면, 같은 금액의 마르크화로 구입 가능한 금의 양은 감소한다.

03

미국을 포함한 세 국가가 존재하고 각각 다른 통화를 사용할 때, ㉠~㉢에 대한 설명으로 적절한 것은?

① ㉠에서 자동적으로 결정되는 환율의 가짓수는 금에 자국 통화의 가치를 고정한 국가 수보다 하나 적다.

② ㉡이 붕괴된 이후에도 여전히 달러화가 기축 통화라면 ㉡에 비해 교차 환율의 가짓수는 적어진다.

③ ㉢에서 국가 수가 하나씩 증가할 때마다 환율의 전체 가짓수도 하나씩 증가한다.

④ ㉠에서 ㉡으로 바뀌면 자동적으로 결정되는 환율의 가짓수가 많아진다.

⑤ ㉡에서 교차 환율의 가짓수는 ㉢에서 생기는 환율의 가짓수보다 적다.

04

윗글을 참고할 때, 〈보기〉에 대한 반응으로 가장 적절한 것은? [3점]

┤ 보기 ├

브레턴우즈 체제가 붕괴된 이후 두 차례의 석유 가격 급등을 겪으면서 기축 통화국인 A국의 금리는 인상되었고 통화 공급은 감소했다. 여기에 A국 정부의 소득세 감면과 군비 증대는 A국의 금리를 인상시켰으며, 높은 금리로 인해 대량으로 외국 자본이 유입되었다. A국은 이로 인한 상황을 해소하기 위한 국제적 합의를 주도하여, 서로 교역을 하며 각각 다른 통화를 사용하는 세 국가 A, B, C는 외환 시장에 대한 개입을 합의했다. 이로 인해 A국 통화에 대한 B국 통화와 C국 통화의 환율은 각각 50%, 30% 하락했다.

① A국의 금리 인상과 통화 공급 감소로 인해 A국 통화의 신뢰도가 낮아진 것은 외국 자본이 대량으로 유입되었기 때문이겠군.

② 국제적 합의로 인한 A국 통화에 대한 B국 통화의 환율 하락으로 국제 유동성 공급량이 증가하여 A국 통화의 가치가 상승했겠군.

③ 다른 모든 조건이 변하지 않았다면, 국제적 합의로 인해 A국 통화에 대한 B국 통화의 환율과 B국 통화에 대한 C국 통화의 환율은 모두 하락했겠군.

④ 다른 모든 조건이 변하지 않았다면, 국제적 합의로 인해 A국 통화에 대한 B국과 C국 통화의 환율이 하락하여, B국에 대한 C국의 경상 수지는 개선되었겠군.

⑤ 다른 모든 조건이 변하지 않았다면, A국의 소득세 감면과 군비 증대로 A국의 경상 수지가 악화되며, 그 완화 방안 중 하나는 A국 통화에 대한 B국 통화의 환율을 상승시키는 것이겠군.

법·경제 02

📖 2020학년도 수능

공부한 날		월	일
목표 시간		분	초
시작 :	종료	:	
소요 시간		분	초

매운맛 **01~06** 다음 글을 읽고 물음에 답하시오.

국제법에서 일반적으로 조약은 국가나 국제기구들이 그들 사이에 지켜야 할 구체적인 권리와 의무를 명시적으로 합의하여 창출하는 규범이며, 국제 관습법은 조약 체결과 관계없이 국제 사회 일반이 받아들여 지키고 있는 보편적인 규범이다. 반면에 경제 관련 국제기구에서 어떤 결정을 하였을 경우, 이 결정 사항 자체는 권고적 효력만 있을 뿐 법적 구속력은 없는 것이 일반적이다. 그런데 국제 결제은행 산하의 바젤위원회가 결정한 BIS 비율 규제와 같은 것들이 비회원인 국가에서도 엄격히 준수되는 모습을 종종 보게 된다. 이처럼 일종의 규범적 성격이 나타나는 현실을 어떻게 이해할지에 대한 논의가 있다. 이는 위반에 대한 제재를 통해 국제법의 효력을 확보하는 데 주안점을 두는 일반적 경향을 되돌아보게 한다. 곧 신뢰가 형성하는 구속력에 주목하는 것이다.

BIS 비율은 은행의 재무 건전성을 유지하는 데 필요한 최소한의 자기자본 비율을 설정하여 궁극적으로 예금자와 금융 시스템을 보호하기 위해 바젤위원회에서 도입한 것이다. 바젤위원회에서는 BIS 비율이 적어도 규제 비율인 8%는 되어야 한다는 기준을 제시하였다. 이에 대한 식은 다음과 같다.

$$\text{BIS 비율(\%)} = \frac{\text{자기자본}}{\text{위험가중자산}} \times 100 \geq 8(\%)$$

여기서 자기자본은 은행의 기본자본, 보완자본 및 단기후순위채무의 합으로, 위험가중자산은 보유 자산에 각 자산의 신용 위험에 대한 위험 가중치를 곱한 값들의 합으로 구하였다. 위험 가중치는 자산 유형별 신용 위험을 반영하는 것인데, OECD 국가의 국채는 0%, 회사채는 100%가 획일적으로 부여되었다. 이후 금융 자산의 가격 변동에 따른 시장 위험도 반영해야 한다는 요구가 커지자, 바젤위원회는 위험가중자산을 신용 위험에 따른 부분과 시장 위험에 따른 부분의 합으로 새로 정의하여 BIS 비율을 산출하도록 하였다. 신용 위험의 경우와 달리 시장 위험의 측정 방식은 감독 기관의 승인하에 은행의 선택에 따라 사용할 수 있게 하여 '바젤 I' 협약이 1996년에 완성되었다.

금융 혁신의 진전으로 '바젤 I' 협약의 한계가 드러나자 2004년에 '바젤 II' 협약이 도입되었다. 여기에서 BIS 비율의 위험가중자산은 신용 위험에 대한 위험 가중치에 자산의 유형과 신용도를 모두 ⓐ고려하도록 수정되었다. 신용 위험의 측정 방식은 표준 모형이나 내부 모형 가운데 하나를 은행이 이용할 수 있게 되었다. 표준 모형에서는 OECD 국가의 국채는 0%에서 150%까지, 회사채는 20%에서 150%까지 위험 가중치를 구분하여 신용도가 높을수록 낮게 부과한다. 예를 들어 실제 보유한 회사채가 100억 원인데 신용

위험 가중치가 20%라면 위험가중자산에서 그 회사채는 20억 원으로 계산된다. 내부 모형은 은행이 선택한 위험 측정 방식을 감독 기관의 승인하에 그 은행이 사용할 수 있도록 하는 것이다. 또한 감독 기관은 필요시 위험가중자산에 대한 자기자본의 최저 비율이 ⓑ규제 비율을 초과하도록 자국 은행에 요구할 수 있게 함으로써 자기자본의 경직된 기준을 보완하고자 했다.

최근에는 '바젤 III' 협약이 발표되면서 자기자본에서 단기후순위채무가 제외되었다. 또한 위험가중자산에 대한 기본자본의 비율이 최소 6%가 되게 보완하여 자기자본의 손실 복원력을 강화하였다. 이처럼 새롭게 발표되는 바젤 협약은 이전 협약에 들어 있는 관련 기준을 개정하는 효과가 있다.

바젤 협약은 우리나라를 비롯한 수많은 국가에서 채택하여 제도화하고 있다. 현재 바젤위원회에는 28개국의 금융 당국들이 회원으로 가입되어 있으며, 우리 금융 당국은 2009년에 가입하였다. 하지만 우리나라는 가입하기 훨씬 전부터 BIS 비율을 도입하여 시행하였으며, 현행 법제에도 이것이 반영되어 있다. 바젤 기준을 따름으로써 은행이 믿을 만하다는 징표를 국제 금융 시장에 보여 주어야 했던 것이다. 재무 건전성을 의심받는 은행은 국제 금융 시장에 자리를 잡지 못하거나, 심하면 아예 ⓒ발을 들이지 못할 수도 있다.

바젤위원회에서는 은행 감독 기준을 협의하여 제정한다. 그 헌장에서는 회원들에게 바젤 기준을 자국에 도입할 의무를 부과한다. 하지만 바젤위원회가 초국가적 감독 권한이 없으며 그의 결정도 ⓓ법적 구속력이 없다는 것 또한 밝히고 있다. 바젤 기준은 100개가 넘는 국가가 채택하여 따른다. 이는 국제기구의 결정에 형식적으로 구속을 받지 않는 국가에서까지 자발적으로 받아들여 시행하고 있다는 것인데, 이런 현실을 ㉠말랑말랑한 법(soft law)의 모습이라 설명하기도 한다. 이때 조약이나 국제 관습법은 그에 대비하여 딱딱한 법(hard law)이라 부르게 된다. 바젤 기준도 장래에 ⓔ딱딱하게 응고될지 모른다.

01

윗글의 내용 전개 방식으로 가장 적절한 것은?

① 특정한 국제적 기준의 내용과 그 변화 양상을 서술하며 국제 사회에 작용하는 규범성을 설명하고 있다.

② 특정한 국제적 기준이 제정된 원인을 서술하며 국제 사회의 규범을 감독 권한의 발생 원인에 따라 분류하고 있다.

③ 특정한 국제적 기준의 필요성을 서술하며 국제 사회에 수용되는 규범의 필요성을 상반된 관점에서 논증하고 있다.

④ 특정한 국제적 기준과 관련된 국내법의 특징을 서술하며 국제 사회에 받아들여지는 규범의 장단점을 설명하고 있다.

⑤ 특정한 국제적 기준의 설정 주체가 바뀐 사례를 서술하며 국제 사회에서 규범 설정 주체가 지닌 특징을 분석하고 있다.

03

BIS 비율에 대한 이해로 가장 적절한 것은?

① 바젤 I 협약에 따르면, 보유하고 있는 회사채의 신용도가 낮아질 경우 BIS 비율은 낮아지는 경향이 있다.

② 바젤 II 협약에 따르면, 각국의 은행들이 준수해야 하는 위험가중자산 대비 자기자본의 최저 비율은 동일하다.

③ 바젤 II 협약에 따르면, 보유하고 있는 OECD 국가의 국채를 매각한 뒤 이를 회사채에 투자한다면 BIS 비율은 항상 높아진다.

④ 바젤 II 협약에 따르면, 시장 위험의 경우와 마찬가지로 감독 기관의 승인하에 은행이 선택하여 사용할 수 있는 신용 위험의 측정 방식이 있다.

⑤ 바젤 III 협약에 따르면, 위험가중자산 대비 보완자본이 최소 2%는 되어야 보완된 BIS 비율 규제를 은행이 준수할 수 있다.

02

윗글에서 알 수 있는 내용으로 적절하지 않은 것은?

① 조약은 체결한 국가들에 대하여 권리와 의무를 부과하는 것이 원칙이다.

② 새로운 바젤 협약이 발표되면 기존 바젤 협약에서의 기준이 변경되는 경우가 있다.

③ 딱딱한 법에서는 일반적으로 제재보다는 신뢰로써 법적 구속력을 확보하는 데 주안점이 있다.

④ 국제기구의 결정을 지키지 않을 때 입게 될 불이익은 그 결정이 준수되도록 하는 역할을 한다.

⑤ 세계 각국에서 바젤 기준을 법제화하는 것은 자국 은행의 재무 건전성을 대외적으로 인정받기 위해서이다.

04

윗글을 참고할 때, 〈보기〉에 대한 반응으로 적절하지 않은 것은? [3점]

보기

　갑 은행이 어느 해 말에 발표한 자기자본 및 위험가중자산은 아래 표와 같다. 갑 은행은 OECD 국가의 국채와 회사채만을 자산으로 보유했으며, 바젤 II 협약의 표준 모형에 따라 BIS 비율을 산출하여 공시하였다. 이때 회사채에 반영된 위험 가중치는 50%이다. 그 이외의 자본 및 자산은 모두 무시한다.

항목	자기자본		
	기본자본	보완자본	단기후순위채무
금액	50억 원	20억 원	40억 원

항목	위험 가중치를 반영하여 산출한 위험가중자산		시장 위험에 따른 위험가중자산
	신용 위험에 따른 위험가중자산		
	국채	회사채	
금액	300억 원	300억 원	400억 원

① 갑 은행이 공시한 BIS 비율은 바젤위원회가 제시한 규제 비율을 상회하겠군.
② 갑 은행이 보유 중인 회사채의 위험 가중치가 20%였다면 BIS 비율은 공시된 비율보다 높았겠군.
③ 갑 은행이 보유 중인 국채의 실제 규모가 회사채의 실제 규모보다 컸다면 위험 가중치는 국채가 회사채보다 낮았겠군.
④ 갑 은행이 바젤 I 협약의 기준으로 신용 위험에 따른 위험가중자산을 산출한다면 회사채는 600억 원이 되겠군.
⑤ 갑 은행이 위험가중자산의 변동 없이 보완자본을 10억 원 증액한다면 바젤 III 협약에서 보완된 기준을 충족할 수 있겠군.

05

㉠에 해당하는 사례로 가장 적절한 것은?

① 바젤위원회가 국제 금융 현실에 맞지 않게 된 바젤 기준을 개정한다.
② 바젤위원회가 가입 회원이 없는 국가에 바젤 기준을 준수하도록 요청한다.
③ 바젤위원회 회원의 국가가 준수 의무가 있는 바젤 기준을 실제로는 지키지 않는다.
④ 바젤위원회 회원의 국가가 강제성이 없는 바젤 기준에 대하여 준수 의무를 이행한다.
⑤ 바젤위원회 회원이 없는 국가에서 바젤 기준을 제도화하여 국내에서 효력이 발생하도록 한다.

06

문맥상 ⓐ~ⓔ와 바꿔 쓰기에 적절하지 않은 것은?

① ⓐ: 반영하여 산출하도록
② ⓑ: 8%가 넘도록
③ ⓒ: 바젤위원회에 가입하지
④ ⓓ: 권고적 효력이 있을 뿐이라는
⑤ ⓔ: 조약이나 국제 관습법이 될지

법·경제 03

공부한 날		월	일
목표 시간		분	초
시작	:	종료	:
소요 시간		분	초

매운맛 01-05 다음 글을 읽고 물음에 답하시오.

물건을 사용하고 있는 사람이 그 물건의 주인일까? 점유란 물건에 대한 사실상의 지배 상태를 뜻한다. 이에 비해 소유란 어떤 물건을 사용·수익·처분할 수 있는 권리를 가진 상태라고 정의된다. 따라서 점유자와 소유자가 항상 일치하지는 않는다.

물건을 빌려 쓰거나 보관하고 있는 것을 포함하여 물건을 물리적으로 지배하는 상태를 직접점유라고 한다. 이에 비해 어떤 물건을 빌려 쓰거나 보관하는 사람에게 그 물건의 반환을 청구할 수 있는 권리를 가진 사람도 사실상의 지배를 한다고 볼 수 있다. 이와 같이 반환청구권을 가진 상태를 간접점유라고 한다. 직접점유와 간접점유는 모두 점유에 해당한다. 점유는 소유자를 공시하는 기능도 수행한다. 공시란 물건에 대해 누가 어떤 권리를 가지고 있는지를 알려 주는 것이다. 물건 중에서 피아노, 금반지, 가방 등과 같은 대부분의 동산은 점유에 의해 소유권이 공시된다. [A]

물건의 소유권이 양도되려면, 소유자가 양도인이 되어 양수인과 유효한 양도 계약을 하고 이에 더하여 소유권 양도를 공시해야 한다. ㉠점유로 소유권이 공시되는 동산의 소유권 양도는 점유를 넘겨주는 점유 인도로 공시된다. 양수인이 간접점유를 하여 소유권 이전이 공시되는 경우로서 '점유개정'과 '반환청구권 양도'가 있다. 예를 들어 A가 B에게 피아노의 소유권을 양도하기로 계약하되 사흘간 빌려 쓰는 것으로 합의한 경우, B는 A에게 피아노를 사흘 후 돌려 달라고 요구할 수 있는 반환청구권을 가지게 된다. 이처럼 양도인이 직접점유를 유지하지만, 양수인에게 점유 인도가 이루어진 것으로 간주되는 경우를 점유개정이라고 한다. 한편 C가 자신이 소유한 가방을 D에게 맡겨 두어 이에 대한 반환청구권을 가지게 되었는데, 이 가방의 소유권을 E에게 양도하는 계약을 체결하였다고 하자. 이때 C가 D에게 통지하여 가방 주인이 바뀌었으니 가방을 E에게 반환하라고 알려 주면 D가 보관 중인 가방에 대한 반환청구권은 C로부터 E에게로 넘어간다. 이 경우를 반환청구권 양도라고 한다.

양도인이 소유자가 아니더라도 양수인이 점유 인도를 받으면 소유권을 취득할 수 있을까? 점유로 공시되는 동산의 경우 양수인이 충분히 주의를 했는데도 양도인이 소유자가 아님을 알지 못한 채 양도인과 유효한 계약을 하고, 점유 인도로 공시를 했다면 양수인은 소유권을 취득한다. 이것을 '선의취득'이라 한다. 다만 간접점유에 의한 인도 방법 중 점유개정으로는 선의취득을 하지 못한다. 선의취득으로 양수인이 소유권을 취득하면 원래 소유자는 원하지 않아도 소유권을 상실하게 된다.

반면에 국가가 관리하는 공적 기록인 등기·등록으로 공시되어야 하는 물건은 아예 선의취득 대상이 아니다. ㉡법률이 등록 대상으로 규정한 자동차, 항공기 등의 동산은 등록으로 공시되는 물건이고, ㉢토지·건물과 같은 부동산은 등기로 공시되는 물건이다. 이러한 고가의 재산에 대해 선의취득을 허용하게 되면 원래 소유자의 의사에 반하는 소유권 박탈이 ⓐ일어나게 된다. 이것은 거래 안전에만 치중하고 원래 소유자의 권리 보호를 경시한 것이 되어 바람직하지 않다고 볼 수 있다.

01

윗글을 이해한 내용으로 적절하지 않은 것은?

① 가방을 사용하고 있는 사람은 그 가방의 점유자이다.
② 가방을 점유하고 있더라도 그 가방의 소유자가 아닐 수 있다.
③ 가방의 소유권이 유효한 계약으로 이전되려면 점유 인도가 있어야 한다.
④ 가방에 대해 누가 소유권을 가지고 있는지를 알게 해 주는 방법은 점유이다.
⑤ 가방의 소유권을 양도하는 유효한 계약을 체결하면 공시 방법이 갖춰지지 않아도 소유권은 이전된다.

02

[A]에 대한 이해로 가장 적절한 것은?

① 물리적 지배를 해야 동산의 간접점유자가 될 수 있다.
② 간접점유는 피아노 소유권에 대한 공시 방법이 아니다.
③ 하나의 동산에 직접점유자가 있으려면 간접점유자도 있어야 한다.
④ 피아노의 직접점유자가 있으면 그 피아노의 간접점유자는 소유자가 아니다.
⑤ 유효한 양도 계약으로 피아노의 소유자가 되려면 피아노에 대해 직접점유나 간접점유 중 하나를 갖춰야 한다.

03

⑦~ⓒ을 비교한 내용으로 가장 적절한 것은?

① ⑦은 ⓒ과 달리, 국가가 관리하는 공적 기록에 의해 소유권 양도가 공시될 수 있다.

② ⓛ은 ⑦과 달리, 원래 소유자의 권리 보호가 거래 안전보다 중시되는 대상이다.

③ ⓒ은 ⑦과 달리, 물리적 지배의 대상이 아니므로 점유로 공시될 수 없다.

④ ⑦과 ⓛ은 모두 양도인이 소유자가 아니더라도 소유권 이전이 가능하다.

⑤ ⑦과 ⓒ은 모두 점유개정으로 소유권 양도가 공시될 수 있다.

04

윗글을 바탕으로 할 때, 〈보기〉를 이해한 내용으로 적절하지 않은 것은? [3점]

| 보기 |

갑과 을은, 갑이 끼고 있었던 금반지의 소유권을 을에게 양도하기로 하는 유효한 계약을 했다. 갑과 을은, 갑이 이 금반지를 보관하다가 을이 요구할 때 넘겨주기로 합의했다. 을은 소유권 양도 계약을 할 때 양도인이 소유자라고 믿었고 양도인이 소유자인지 확인하기 위해 충분히 주의했다. 을은 일주일 후 병과 유효한 소유권 양도 계약을 했고, 갑에게 통지하여 사흘 후 병에게 금반지를 넘겨주라고 알려 주었다.

① 갑이 금반지 소유자였다면, 병이 금반지의 물리적 지배를 넘겨받지 않았으나 병은 소유권을 취득한다.

② 갑이 금반지 소유자였다면, 을은 갑으로부터 물리적 지배를 넘겨받지 않았으나 점유 인도를 받은 것으로 간주된다.

③ 갑이 금반지 소유자가 아니었더라도, 병은 을로부터 을이 가진 소유권을 양도받아 취득한다.

④ 갑이 금반지 소유자가 아니었더라도, 을은 반환청구권 양도로 병에게 점유 인도를 한 것으로 간주된다.

⑤ 갑이 금반지 소유자가 아니었더라도, 병이 계약할 때 양도인이 소유자라고 믿었고 양도인이 소유자인지 확인하기 위해 충분히 주의했다면, 병은 소유권을 취득한다.

05

문맥상 의미가 ⓐ와 가장 가까운 것은?

① 작년은 우리나라에서 수많은 사건이 일어난 해였다.

② 청중 사이에서는 기쁨으로 인해 환호성이 일어났다.

③ 형님의 강한 의지력으로 집안이 다시 일어나게 되었다.

④ 나는 그 사람에 대해 경계심이 일어나지 않을 수 없었다.

⑤ 사회는 구성원들이 부조리에 맞서 일어남으로써 발전한다.

법·경제 04

2020학년도 6월 평가원

공부한 날		월	일
목표 시간		분	초
시작	:	종료	:
소요 시간		분	초

 01-05 다음 글을 읽고 물음에 답하시오.

전통적인 통화 정책은 정책 금리를 활용하여 물가를 안정시키고 경제 안정을 도모하는 것을 목표로 한다. 중앙은행은 경기가 과열되었을 때 정책 금리 인상을 통해 경기를 진정시키고자 한다. 정책 금리 인상으로 시장 금리도 높아지면 가계 및 기업에 대한 대출 감소로 신용 공급이 축소된다. 신용 공급의 축소는 경제 내 수요를 줄여 물가를 안정시키고 경기를 진정시킨다. 반면 경기가 침체되었을 때는 반대의 과정을 통해 경기를 부양시키고자 한다.

금융을 통화 정책의 전달 경로로만 보는 전통적인 경제학에서는 금융감독 정책이 개별 금융 회사의 건전성 확보를 통해 금융 안정을 달성하고자 하는 ㉠미시 건전성 정책에 집중해야 한다고 보았다. 이러한 관점은 금융이 직접적인 생산 수단이 아니므로 단기적일 때와는 달리 장기적으로는 경제 성장에 영향을 미치지 못한다는 인식과, 자산 시장에서는 가격이 본질적 가치를 초과하여 폭등하는 버블이 존재하지 않는다는 효율적 시장 가설에 기인한다. 미시 건전성 정책은 개별 금융 회사의 건전성에 대한 예방적 규제 성격을 가진 정책 수단을 활용하는데, 그 예로는 향후 손실에 대비하여 금융 회사의 자기자본 하한을 설정하는 최저 자기자본 규제를 들 수 있다.

이처럼 전통적인 경제학에서는 금융감독 정책을 통해 금융 안정을, 통화 정책을 통해 물가 안정을 달성할 수 있다고 보는 이원적인 접근 방식이 지배적인 견해였다. 그러나 글로벌 금융 위기 이후 금융 시스템이 와해되어 경제 불안이 확산되면서 기존의 접근 방식에 대한 자성이 일어났다. 이 당시 경기 부양을 목적으로 한 중앙은행의 저금리 정책이 자산 가격 버블에 따른 금융 불안을 야기하여 경제 안정이 훼손될 수 있다는 데 공감대가 형성되었다. 또한 금융 회사가 대형화되면서 개별 금융 회사의 부실이 금융 시스템의 붕괴를 야기할 수 있게 됨에 따라 금융 회사 규모가 금융 안정의 새로운 위험 요인으로 등장하였다. 이에 기존의 정책으로는 금융 안정을 확보할 수 없고, 경제 안정을 위해서는 물가 안정뿐만 아니라 금융 안정도 필수적인 요건임이 밝혀졌다. 그 결과 미시 건전성 정책에 ㉡거시 건전성 정책이 추가된 금융감독 정책과 물가 안정을 위한 통화 정책 간의 상호 보완을 통해 경제 안정을 달성해야 한다는 견해가 주류를 형성하게 되었다.

거시 건전성이란 개별 금융 회사 차원이 아니라 금융 시스템 차원의 위기 가능성이 낮아 건전한 상태를 말하고, 거시 건전성 정책은 금융 시스템의 건전성을 추구하는 규제 및 감독 등을 포괄하는 활동을 의미한다. 이때, 거시 건전성 정책은 미시 건전성이 거시 건전성을 담보할 수 있는 충분조건이 되지 못한다는 '구성의 오류'에

논리적 기반을 두고 있다. 거시 건전성 정책은 금융 시스템 위험 요인에 대한 예방적 규제를 통해 금융 시스템의 건전성을 추구한다는 점에서, 미시 건전성 정책과는 차별화된다.

거시 건전성 정책의 목표를 효과적으로 달성하기 위해서는 경기 변동과 금융 시스템 위험 요인 간의 상관관계를 감안한 정책 수단의 도입이 필요하다. 금융 시스템 위험 요인은 경기 순응성을 가진다. 즉 경기가 호황일 때는 금융 회사들이 대출을 늘려 신용 공급을 팽창시킴에 따라 자산 가격이 급등하고, 이는 다시 경기를 더 과열시키는 반면 불황일 때는 그 반대의 상황이 일어난다. 이를 완화할 수 있는 정책 수단으로는 경기 대응 완충자본 제도를 ⓐ들 수 있다. 이 제도는 정책 당국이 경기 과열기에 금융 회사로 하여금 최저 자기자본에 추가적인 자기자본, 즉 완충자본을 쌓도록 하여 과도한 신용 팽창을 억제시킨다. 한편 적립된 완충자본은 경기 침체기에 대출 재원으로 쓰도록 함으로써 신용이 충분히 공급되도록 한다.

01

윗글을 통해 알 수 있는 것은?

① 글로벌 금융 위기 이전에는, 금융이 단기적으로 경제 성장에 영향을 미치지 못한다고 보았다.

② 글로벌 금융 위기 이전에는, 개별 금융 회사가 건전하다고 해서 금융 안정이 달성되는 것은 아니라고 보았다.

③ 글로벌 금융 위기 이전에는, 경기 침체기에는 통화 정책과 더불어 금융감독 정책을 통해 경기를 부양시켜야 한다고 보았다.

④ 글로벌 금융 위기 이후에는, 정책 금리 인하가 경제 안정을 훼손하는 요인이 될 수 있다고 보았다.

⑤ 글로벌 금융 위기 이후에는, 경기 변동이 자산 가격 변동을 유발하나 자산 가격 변동은 경기 변동을 유발하지 않는다고 보았다.

02

⊙과 ⓒ에 대한 설명으로 적절하지 <u>않은</u> 것은?

① ⊙에서는 물가 안정을 위한 정책 수단과는 별개의 정책 수단을 통해 금융 안정을 달성하고자 한다.
② ⓒ에서는 신용 공급의 경기 순응성을 완화시키는 정책 수단이 필요하다.
③ ⊙은 ⓒ과 달리 예방적 규제 성격의 정책 수단을 사용하여 금융 안정을 달성하고자 한다.
④ ⓒ은 ⊙과 달리 금융 시스템 위험 요인을 감독하는 정책 수단을 사용한다.
⑤ ⊙과 ⓒ은 모두 금융 안정을 달성하기 위해 금융 회사의 자기자본을 이용한 정책 수단을 사용한다.

03

윗글을 바탕으로 할 때, 〈보기〉의 A~D에 들어갈 말을 바르게 짝지은 것은?

┤ 보기 ├

 미시 건전성 정책과 거시 건전성 정책 간에는 정책 수단 운용에서 입장 차이가 존재한다. 경기가 (A)일 때 (B) 건전성 정책에서는 완충자본을 (C)하도록 하고, (D) 건전성 정책에서는 최소 수준 이상의 자기자본을 유지하도록 하여 개별 금융 회사의 건전성을 확보하려 한다.

	A	B	C	D
①	불황	거시	사용	미시
②	호황	거시	사용	미시
③	불황	거시	적립	미시
④	호황	미시	적립	거시
⑤	불황	미시	사용	거시

04

윗글과 〈보기〉에 대한 이해로 적절하지 <u>않은</u> 것은? [3점]

┤ 보기 ├

 현실에서의 통화 정책 효과는 경기에 대해 비대칭적인 것으로 알려져 있다. 통화 정책은 경기 과열을 억제하는 데는 효과적이지만 경기 침체를 벗어나는 데는 효과가 미미하기 때문이다. 경기 침체를 극복하기 위해 중앙은행의 정책 금리 인하로 은행이 대출을 늘려 신용 공급을 확대하려 해도, 가계의 소비 심리가 위축되었거나 기업이 투자할 대상이 마땅치 않을 경우 전통적인 통화 정책에서 기대되는 효과는 나타나지 않게 된다. 오히려 확대된 신용 공급이 주식이나 부동산 등 자산 시장으로 과도하게 유입되어 의도치 않은 문제를 일으킬 수 있다.
 경제학자들은 경제 주체들이 경기 상황에 대해 비대칭적으로 반응하기 때문에 나타나는 이러한 현상을 '끈 밀어올리기(pushing on a string)'라고 부른다. 이는 끈을 당겨서 아래로 내리는 것은 쉽지만, 밀어서 위로 올리는 것은 어렵다는 것에 빗댄 것이다.

① '끈 밀어올리기'를 통해 경기 침체기에 자산 가격 버블이 발생하는 경우를 설명할 수 있겠군.
② 현실에서 경기가 침체되었을 경우 정책 금리 인하에 따른 경기 부양 효과는 경제 주체의 심리에 따라 달라질 수 있겠군.
③ '끈 밀어올리기'가 있을 경우 경기 침체기에 금융 안정을 달성하려면 경기 대응 완충자본 제도의 도입이 필요하겠군.
④ 통화 정책 효과가 경기에 대해 비대칭적이라면 경기 침체기에는 정책 금리 조정 이외의 방안을 도입할 필요가 있겠군.
⑤ 통화 정책 효과가 경기에 대해 비대칭적이라면 정책 금리 인상은 신용 공급을 축소시킴으로써 경기를 진정시킬 수 있겠군.

05

문맥상 의미가 ⓐ와 가장 가까운 것은?

① 나는 그 사람에게 친근감이 <u>든다</u>.
② 그는 목격자의 진술을 증거로 <u>들고</u> 있다.
③ 그분은 이미 대가의 경지에 <u>든</u> 학자이다.
④ 하반기에 <u>들자</u> 수출이 서서히 증가하기 시작했다.
⑤ 젊은 부부는 집을 마련하기 위해 적금을 <u>들기</u>로 했다.

법·경제 05

2018학년도 수능

공부한 날		월	일
목표 시간		분	초
시작 :	종료	:	
소요 시간		분	초

 매운맛 **01-06** 다음 글을 읽고 물음에 답하시오.

정부는 국민 생활에 영향을 미치는 활동의 총체인 정책의 목표를 효과적으로 달성하기 위해 정책 수단의 특성을 고려하여 정책을 수행한다. 정책 수단은 강제성, 직접성, 자동성, 가시성의 ㉺네 가지 측면에서 다양한 특성을 갖는다. 강제성은 정부가 개인이나 집단의 행위를 제한하는 정도로서, 유해 식품 판매 규제는 강제성이 높다. 직접성은 정부가 공공 활동의 수행과 재원 조달에 직접 관여하는 정도를 의미한다. 정부가 정책을 직접 수행하지 않고 민간에 위탁하여 수행하게 하는 것은 직접성이 낮다. 자동성은 정책을 수행하기 위해 별도의 행정 기구를 설립하지 않고 기존의 조직을 활용하는 정도를 말한다. 전기 자동차 보조금 제도를 기존의 시청 환경과에서 시행하는 것은 자동성이 높다. 가시성은 예산 수립 과정에서 정책을 수행하기 위한 재원이 명시적으로 드러나는 정도이다. 일반적으로 사회 규제의 정도를 조절하는 것은 예산 지출을 수반하지 않으므로 가시성이 낮다.

정책 수단 선택의 사례로 환율과 관련된 경제 현상을 살펴보자. 외국 통화에 대한 자국 통화의 교환 비율을 의미하는 환율은 장기적으로 한 국가의 생산성과 물가 등 기초 경제 여건을 반영하는 수준으로 수렴된다. 그러나 단기적으로 환율은 이와 ⓐ괴리되어 움직이는 경우가 있다. 만약 환율이 예상과는 다른 방향으로 움직이거나 또는 비록 예상과 같은 방향으로 움직이더라도 변동 폭이 예상보다 크게 나타날 경우 경제 주체들은 과도한 위험에 ⓑ노출될 수 있다. 환율이나 주가 등 경제 변수가 단기에 지나치게 상승 또는 하락하는 현상을 오버슈팅(overshooting)이라고 한다. 이러한 오버슈팅은 물가 경직성 또는 금융 시장 변동에 따른 불안 심리 등에 의해 촉발되는 것으로 알려져 있다. 여기서 물가 경직성은 시장에서 가격이 조정되기 어려운 정도를 의미한다.

물가 경직성에 따른 환율의 오버슈팅을 이해하기 위해 통화를 금융 자산의 일종으로 보고 경제 충격에 대해 장기와 단기에 환율이 어떻게 조정되는지 알아보자. 경제에 충격이 발생할 때 물가나 환율은 충격을 흡수하는 조정 과정을 거치게 된다. 물가는 단기에는 장기 계약 및 공공요금 규제 등으로 인해 경직적이지만 장기에는 신축적으로 조정된다. 반면 환율은 단기에서도 신축적인 조정이 가능하다. 이러한 물가와 환율의 조정 속도 차이가 오버슈팅을 초래한다. 물가와 환율이 모두 신축적으로 조정되는 장기에서의 환율은 구매력 평가설에 의해 설명되는데, 이에 의하면 장기의 환율은 자국 물가 수준을 외국 물가 수준으로 나눈 비율로 나타나며, 이를 균형 환율로 본다. 가령 국내 통화량이 증가하여 유지될 경우 장기에서는 자국 물가도 높아져 장기의 환율은 상승한다. 이때 통화량을 물가로 나눈 실질 통화량은 변하지 않는다.

그런데 단기에는 물가의 경직성으로 인해 구매력 평가설에 기초한 환율과는 다른 움직임이 나타나면서 오버슈팅이 발생할 수 있다. 가령 국내 통화량이 증가하여 유지될 경우, 물가가 경직적이어서 ㉠실질 통화량은 증가하고 이에 따라 시장 금리는 하락한다. 국가 간 자본 이동이 자유로운 상황에서, ㉡시장 금리 하락은 투자의 기대 수익률 하락으로 이어져, 단기성 외국인 투자 자금이 해외로 빠져나가거나 신규 해외 투자 자금 유입을 위축시키는 결과를 ㉢초래한다. 이 과정에서 자국 통화의 가치는 하락하고 ㉣환율은 상승한다. 통화량의 증가로 인한 효과는 물가가 신축적인 경우에 예상되는 환율 상승에, 금리 하락에 따른 자금의 해외 유출이 유발하는 추가적인 환율 상승이 더해진 것으로 나타난다. 이러한 추가적인 상승 현상이 환율의 오버슈팅인데, 오버슈팅의 정도 및 지속성은 물가 경직성이 클수록 더 크게 나타난다. 시간이 경과함에 따라 물가가 상승하여 실질 통화량이 원래 수준으로 돌아오고 해외로 유출되었던 자금이 시장 금리의 반등으로 국내로 ⓓ복귀하면서, 단기에 과도하게 상승했던 환율은 장기에는 구매력 평가설에 기초한 환율로 수렴된다. [가]

단기의 환율이 기초 경제 여건과 괴리되어 과도하게 급등락하거나 균형 환율 수준으로부터 장기간 이탈하는 등의 문제가 심화되는 경우를 예방하고 이에 대처하기 위해 정부는 다양한 정책 수단을 동원한다. 오버슈팅의 원인인 물가 경직성을 완화하기 위한 정책 수단 중 강제성이 낮은 사례로는 외환의 수급 불균형 해소를 위해 관련 정보를 신속하고 정확하게 공개하거나, 불필요한 가격 규제를 축소하는 것을 들 수 있다. 한편 오버슈팅에 따른 부정적 파급 효과를 완화하기 위해 정부는 환율 변동으로 가격이 급등한 수입 필수 품목에 대한 세금을 조절함으로써 내수가 급격히 위축되는 것을 방지하려고 하기도 한다. 또한 환율 급등락으로 인한 피해에 대비하여 수출입 기업에 환율 변동 보험을 제공하거나, 외화 차입 시 지급 보증을 제공하기도 한다. 이러한 정책 수단은 직접성이 높은 특성을 가진다. 이와 같이 정부는 기초 경제 여건을 반영한 환율의 추세는 용인하되, 사전적 또는 사후적 미세 조정 정책 수단 을 활용하여 환율의 단기 급등락에 따른 위험으로부터 실물 경제와 금융 시장의 안정을 ⓔ도모하는 정책을 수행한다.

01

윗글에 대한 이해로 적절하지 <u>않은</u> 것은?

① 국내 통화량이 증가하여 유지될 경우 장기에는 실질 통화량이 변하지 않으므로 장기의 환율도 변함이 없을 것이다.

② 물가가 신축적인 경우가 경직적인 경우에 비해 국내 통화량 증가에 따른 국내 시장 금리 하락 폭이 작을 것이다.

③ 물가 경직성에 따른 환율의 오버슈팅은 물가의 조정 속도보다 환율의 조정 속도가 빠르기 때문에 발생하는 것이다.

④ 환율의 오버슈팅이 발생한 상황에서 외국인 투자 자금이 국내 시장 금리에 민감하게 반응할수록 오버슈팅 정도는 커질 것이다.

⑤ 환율의 오버슈팅이 발생한 상황에서 물가 경직성이 클수록 구매력 평가설에 기초한 환율로 수렴되는 데 걸리는 기간이 길어질 것이다.

02

를 바탕으로 정책 수단의 특성을 이해한 것으로 가장 적절한 것은?

① 다자녀 가정에 출산 장려금을 지급하는 것은, 불법 주차 차량에 과태료를 부과하는 것보다 강제성이 높다.

② 전기 제품 안전 규제를 강화하는 것은, 학교 급식을 제공하기 위한 재원을 정부 예산에 편성하는 것보다 가시성이 높다.

③ 문화재를 발견하여 신고할 경우 포상금을 주는 것은, 자연 보존 지역에서 개발 행위를 금지하는 것보다 강제성이 높다.

④ 쓰레기 처리를 민간 업체에 맡겨서 수행하게 하는 것은, 정부 기관에서 주민등록 관련 행정 업무를 수행하는 것보다 직접성이 높다.

⑤ 담당 부서에서 문화 소외 계층에 제공하던 복지 카드의 혜택을 늘리는 것은, 전담 부처를 신설하여 상수원 보호 구역을 감독하는 것보다 자동성이 높다.

03

윗글을 바탕으로 할 때, <보기>의 'A국' 경제 상황에 대한 '경제학자 갑'의 견해를 추론한 것으로 적절하지 <u>않은</u> 것은?

> ┤ 보기 ├
>
> A국 경제학자 갑은 자국의 최근 경제 상황을 다음과 같이 진단했다.
>
> 금융 시장 불안의 여파로 A국의 주식, 채권 등 금융 자산의 가격 하락에 대한 우려가 확산되면서 안전 자산으로 인식되는 B국의 채권에 대한 수요가 증가하고 있다. 이로 인해 외환 시장에서는 A국에 투자되고 있던 단기성 외국인 자금이 B국으로 유출되면서 A국의 환율이 급등하고 있다.
>
> B국에서는 해외 자금 유입에 따른 통화량 증가로 B국의 시장 금리가 변동할 것으로 예상된다. 이에 따라 A국의 환율 급등은 향후 다소 진정될 것이다. 또한 양국 간 교역 및 금융 의존도가 높은 현실을 감안할 때, A국의 환율 상승은 수입품의 가격 상승 등에 따른 부작용을 초래할 것으로 예상되지만 한편으로는 수출이 증대되는 효과도 있다. 그러므로 정부는 시장 개입을 가능한 한 자제하고 환율이 시장 원리에 따라 자율적으로 균형 환율 수준으로 수렴되도록 두어야 한다.

① A국에 환율의 오버슈팅이 발생한 상황에서 B국의 시장 금리가 하락한다면 오버슈팅의 정도는 커질 것이다.

② A국에 환율의 오버슈팅이 발생하였다면 이는 금융 시장 변동에 따른 불안 심리에 의해 촉발된 것으로 볼 수 있다.

③ A국에 환율의 오버슈팅이 발생할지라도 시장의 조정을 통해 환율이 장기에는 균형 환율 수준에 도달할 수 있을 것이다.

④ A국의 환율 상승이 수출을 증대시키는 긍정적인 효과도 동반하므로 A국의 정책 당국은 외환 시장 개입에 신중해야 한다.

⑤ A국의 환율 상승은 B국으로부터 수입하는 상품의 가격을 인상시킴으로써 A국의 내수를 위축시키는 결과를 초래할 수 있다.

04

〈보기〉에 제시된 그래프의 세로축 a, b, c는 [가]의 ㉠~㉢과 하나씩 대응된다. 이를 바르게 짝지은 것은? [3점]

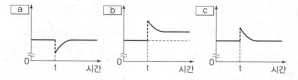

┤ 보기 ├

다음 그래프들은 [가]에서 국내 통화량이 t 시점에서 증가하여 유지된 경우 예상되는 ㉠~㉢의 시간에 따른 변화를 순서 없이 나열한 것이다.

(단, t 시점 근처에서 그래프의 형태는 개략적으로 표현하였으며, t 시점 이전에는 모든 경제 변수들의 값이 일정한 수준에서 유지되어 왔다고 가정한다. 장기 균형으로 수렴되는 기간은 변수마다 상이하다.)

	㉠	㉡	㉢
①	a	c	b
②	b	a	c
③	b	c	a
④	c	a	b
⑤	c	b	a

05

미세 조정 정책 수단의 사례로 적절하지 않은 것은?

① 예기치 못한 외환 손실에 대비한 환율 변동 보험을 수출 주력 중소기업에 제공한다.

② 원유와 같이 수입 의존도가 높은 상품의 경우 해당 상품에 적용하는 세율을 환율 변동에 따라 조정한다.

③ 환율의 급등락으로 금융 시장이 불안정할 경우 해외 자금 유출과 유입을 통제하여 환율의 추세를 바꾼다.

④ 환율 급등으로 수입 물가가 가파르게 상승했을 때, 수입 대금 지급을 위해 외화를 빌리는 수입 업체에 지급 보증을 제공한다.

⑤ 수출입 기업을 대상으로 국내외 금리 변동, 해외 투자 자금 동향 등 환율 변동에 영향을 주는 요인들에 대한 정보를 제공한다.

06

문맥상 ⓐ~ⓔ와 바꿔 쓰기에 적절하지 않은 것은?

① ⓐ: 동떨어져

② ⓑ: 드러낼

③ ⓒ: 불러온다

④ ⓓ: 되돌아오면서

⑤ ⓔ: 꾀하는

법·경제 06

📖 2018학년도 6월 평가원

공부한 날		월	일
목표 시간		분	초
시작	:	종료	:
소요 시간		분	초

🔥 매운맛 **01-04** 다음 글을 읽고 물음에 답하시오.

통화 정책은 중앙은행이 물가 안정과 같은 경제적 목적의 달성을 위해 이자율이나 통화량을 조절하는 것이다. 대표적인 통화 정책 수단인 '공개 시장 운영'은 중앙은행이 민간 금융 기관을 상대로 채권을 매매해 금융 시장의 이자율을 정책적으로 결정한 기준 금리 수준으로 접근시키는 것이다. 중앙은행이 채권을 매수하면 이자율은 하락하고, 채권을 매도하면 이자율은 상승한다. 이자율이 하락하면 소비와 투자가 확대되어 경기가 활성화되고 물가 상승률이 오르며, 이자율이 상승하면 경기가 위축되고 물가 상승률이 떨어진다. 이와 같이 공개 시장 운영의 영향은 경제 전반에 ⓐ파급된다.

중앙은행의 통화 정책이 의도한 효과를 얻기 위한 요건 중에는 '선제성'과 '정책 신뢰성'이 있다. 먼저 통화 정책이 선제적이라는 것은 중앙은행이 경제 변동을 예측해 이에 미리 대처한다는 것이다. 기준 금리를 결정하고 공개 시장 운영을 실시하여 그 효과가 실제로 나타날 때까지는 시차가 발생하는데 이를 '정책 외부 시차'라 하며, 이 때문에 선제성이 문제가 된다. 예를 들어 중앙은행이 경기 침체 국면에 들어서야 비로소 기준 금리를 인하한다면, 정책 외부 시차로 인해 경제가 스스로 침체 국면을 벗어난 다음에야 정책 효과가 ⓑ발현될 수도 있다. 이 경우 경기 과열과 같은 부작용이 ⓒ수반될 수 있다. 따라서 중앙은행은 통화 정책을 선제적으로 운용하는 것이 바람직하다.

또한 통화 정책은 민간의 신뢰가 없이는 성공을 거둘 수 없다. 따라서 중앙은행은 정책 신뢰성이 손상되지 않게 ⓓ유의해야 한다. 그런데 어떻게 통화 정책이 민간의 신뢰를 얻을 수 있는지에 대해서는 견해 차이가 있다. 경제학자 프리드먼은 중앙은행이 특정한 정책 목표나 운용 방식을 '준칙'으로 삼아 민간에 약속하고 어떤 상황에서도 이를 지키는 ㉠'준칙주의'를 주장한다. 가령 중앙은행이 물가 상승률 목표치를 민간에 약속했다고 하자. 민간이 이 약속을 신뢰하면 물가 불안 심리가 진정된다. 그런데 물가가 일단 안정되고 나면 중앙은행으로서는 이제 경기를 ⓔ부양하는 것도 고려해 볼 수 있다. 문제는 민간이 이 비일관성을 인지하면 중앙은행에 대한 신뢰가 훼손된다는 점이다. 준칙주의자들은 이런 경우에 중앙은행이 애초의 약속을 일관되게 지키는 편이 바람직하다고 주장한다.

그러나 민간이 사후적인 결과만으로는 중앙은행이 준칙을 지키려 했는지 판단하기 어렵고, 중앙은행에 준칙을 지킬 것을 강제할 수 없는 것도 사실이다. 준칙주의와 대비되는 ㉡'재량주의'에서는 경제 여건 변화에 따른 신축적인 정책 대응을 지지하며 준칙주의의 엄격한 실천은 현실적으로 어렵다고 본다. 아울러 준칙주의가 최선인지에 대해서도 물음을 던진다. 예상보다 큰 경제 변동이 있으면

사전에 정해 둔 준칙이 장애물이 될 수 있기 때문이다. 정책 신뢰성은 중요하지만, 이를 위해 중앙은행이 반드시 준칙에 얽매일 필요는 없다는 것이다.

01

윗글에서 사용한 설명 방식에 해당하지 않는 것은?

① 통화 정책의 목적을 유형별로 나누어 제시하고 있다.

② 통화 정책에서 선제적 대응의 필요성을 예를 들어 설명하고 있다.

③ 공개 시장 운영이 경제 전반에 영향을 미치는 과정을 인과적으로 설명하고 있다.

④ 관련된 주요 용어의 정의를 바탕으로 통화 정책의 대표적인 수단을 설명하고 있다.

⑤ 통화 정책의 신뢰성 확보를 위해 준칙을 지켜야 하는지에 대한 두 견해의 차이를 드러내고 있다.

02

윗글을 바탕으로 〈보기〉를 이해할 때 '경제학자 병'이 제안한 내용으로 가장 적절한 것은? [3점]

> ─ 보기 ─
>
> 어떤 가상의 경제에서 20○○년 1월 1일부터 9월 30일까지 3개 분기 동안 중앙은행의 기준 금리가 4%로 유지되는 가운데 다양한 물가 변동 요인의 영향으로 물가 상승률은 아래 표와 같이 나타났다. 단, 각 분기의 물가 변동 요인은 서로 관련이 없다고 한다.
>
> | 기간 | 1/1~3/31 | 4/1~6/30 | 7/1~9/30 |
> |---|---|---|---|
> | | 1분기 | 2분기 | 3분기 |
> | 물가 상승률 | 2% | 3% | 3% |
>
> 경제학자 병은 1월 1일에 위 표의 내용을 예측할 수 있었고 국민들의 생활 안정을 위해 물가 상승률을 매 분기 2%로 유지해야 한다고 주장하였다. 이를 위해 다음 사항을 고려한 선제적 통화 정책을 제안했으나 받아들여지지 않았다.
>
> [경제학자 병의 고려 사항]
> 기준 금리가 4%로부터 1.5%p*만큼 변하면 물가 상승률은 위 표의 각 분기 값을 기준으로 1%p만큼 달라지며, 기준 금리 조정과 공개 시장 운영은 1월 1일과 4월 1일에 수행된다. 정책 외부 시차는 1개 분기이며 기준 금리 조정에 따른 물가 상승률 변동 효과는 1개 분기 동안 지속된다.
>
> *%p는 퍼센트 간의 차이를 말한다. 예를 들어 1%에서 2%로 변화하면 이는 1%p 상승한 것이다.

① 중앙은행은 기준 금리를 1월 1일에 2.5%로 인하하고 4월 1일에도 이를 2.5%로 유지해야 한다.
② 중앙은행은 기준 금리를 1월 1일에 2.5%로 인하하고 4월 1일에는 이를 4%로 인상해야 한다.
③ 중앙은행은 기준 금리를 1월 1일에 4%로 유지하고 4월 1일에는 이를 5.5%로 인상해야 한다.
④ 중앙은행은 기준 금리를 1월 1일에 5.5%로 인상하고 4월 1일에는 이를 4%로 인하해야 한다.
⑤ 중앙은행은 기준 금리를 1월 1일에 5.5%로 인상하고 4월 1일에도 이를 5.5%로 유지해야 한다.

03

윗글의 ㉠과 ㉡에 대한 설명으로 가장 적절한 것은?

① ㉠에서는 중앙은행이 정책 운용에 관한 준칙을 지키느라 경제 변동에 신축적인 대응을 못해도 이를 바람직하다고 본다.
② ㉡에서는 중앙은행이 스스로 정한 준칙을 지키는 것은 얼마든지 가능하다고 본다.
③ ㉠에서는 ㉡과 달리, 정책 운용에 관한 준칙을 지키지 않아도 민간의 신뢰를 확보할 수 있다고 본다.
④ ㉡에서는 ㉠과 달리, 통화 정책에서 민간의 신뢰 확보를 중요하게 여기지 않는다.
⑤ ㉡에서는 ㉠과 달리, 경제 상황 변화에 대한 통화 정책의 탄력적 대응이 효과적이지 않다고 본다.

04

ⓐ~ⓔ의 문맥적 의미를 활용하여 만든 문장으로 적절하지 않은 것은?

① ⓐ: 그의 노력으로 소비자 운동이 전국적으로 파급되었다.
② ⓑ: 의병 활동은 민중의 애국 애족 의식이 발현한 것이다.
③ ⓒ: 이 질병은 구토와 두통 증상을 수반하는 경우가 많다.
④ ⓓ: 기온과 습도가 높은 요즘 건강관리에 유의해야 한다.
⑤ ⓔ: 장남인 그가 늙으신 부모와 어린 동생들을 부양하고 있다.

어려운 고비를 극복해 나가는 나만의 힘은?

Date: _____

II

과학·기술

과학·기술 01

2022학년도 수능

공부한 날		월	일
목표 시간			분 초
시작	:	종료	:
소요 시간			분 초

매운맛 01-04 다음 글을 읽고 물음에 답하시오.

　주차하거나 좁은 길을 지날 때 운전자를 돕는 장치들이 있다. 이 중 차량 전후좌우에 장착된 카메라로 촬영한 영상을 이용하여 차량 주위 360°의 상황을 위에서 내려다본 것 같은 영상을 만들어 차 안의 모니터를 통해 운전자에게 제공하는 장치가 있다. 운전자에게 제공되는 영상이 어떻게 만들어지는지 알아보자.

　먼저 차량 주위 바닥에 바둑판 모양의 격자판을 펴 놓고 카메라로 촬영한다. 이 장치에서 사용하는 광각 카메라는 큰 시야각을 갖고 있어 사각지대가 줄지만 빛이 렌즈를 ⓐ지날 때 렌즈 고유의 곡률로 인해 영상이 중심부는 볼록하고 중심부에서 멀수록 더 휘어지는 현상, 즉 렌즈에 의한 상의 왜곡이 발생한다. 이 왜곡에 영향을 주는 카메라 자체의 특징을 내부 변수라고 하며 왜곡 계수로 나타낸다. 이를 알 수 있다면 왜곡 모델을 설정하여 왜곡을 보정할 수 있다. 한편 차량에 장착된 카메라의 기울어짐 등으로 인해 발생하는 왜곡의 원인을 외부 변수라고 한다. ㉠촬영된 영상과 실세계 격자판을 비교하면 영상에서 격자판이 회전한 각도나 격자판의 위치 변화를 통해 카메라의 기울어진 각도 등을 알 수 있으므로 왜곡을 보정할 수 있다.

　왜곡 보정이 끝나면 영상의 점들에 대응하는 3차원 실세계의 점들을 추정하여 이로부터 원근 효과가 제거된 영상을 얻는 시점 변환이 필요하다. 카메라가 3차원 실세계를 2차원 영상으로 투영하면 크기가 동일한 물체라도 카메라로부터 멀리 있을수록 더 작게 나타나는데, 위에서 내려다보는 시점의 영상에서는 거리에 따른 물체의 크기 변화가 없어야 하기 때문이다.

　㉡왜곡이 보정된 영상에서의 몇 개의 점과 그에 대응하는 실세계 격자판의 점들의 위치를 알고 있다면, 영상의 모든 점들과 격자판의 점들 간의 대응 관계를 가상의 좌표계를 이용하여 기술할 수 있다. 이 대응 관계를 이용해서 영상의 점들을 격자의 모양과 격자 간의 상대적인 크기가 실세계에서와 동일하게 유지되도록 한 평면에 놓으면 2차원 영상으로 나타난다. 이때 얻은 영상이 ㉢위에서 내려다보는 시점의 영상이 된다. 이와 같은 방법으로 구한 각 방향의 영상을 합성하면 차량 주위를 위에서 내려다본 것 같은 영상이 만들어진다.

01

윗글의 내용과 일치하는 것은?

① 차량 주위를 위에서 내려다본 것 같은 영상은 360°를 촬영하는 카메라 하나를 이용하여 만들어진다.

② 외부 변수로 인한 왜곡은 카메라 자체의 특징을 알 수 있으면 쉽게 해결할 수 있다.

③ 차량의 전후좌우 카메라에서 촬영된 영상을 하나의 영상으로 합성한 후 왜곡을 보정한다.

④ 영상이 중심부로부터 멀수록 크게 휘는 것은 왜곡 모델을 설정하여 보정할 수 있다.

⑤ 위에서 내려다보는 시점의 영상에 있는 점들은 카메라 시점의 영상과는 달리 3차원 좌표로 표시된다.

02

㉠~㉢을 이해한 내용으로 가장 적절한 것은?

① ㉠에서 광각 카메라를 이용하여 확보한 시야각은 ㉡에서는 작아지겠군.

② ㉡에서는 ㉠과 마찬가지로 렌즈와 격자판 사이의 거리가 멀어질수록 격자판이 작아 보이겠군.

③ ㉡에서는 ㉠에서 렌즈와 격자판 사이의 거리에 따른 렌즈의 곡률 변화로 생긴 휘어짐이 보정되었겠군.

④ ㉡과 실세계 격자판을 비교하여 격자판의 위치 변화를 보정한 ㉢은 카메라의 기울어짐에 의한 왜곡을 바로잡은 것이겠군.

⑤ ㉡에서 렌즈에 의한 상의 왜곡 때문에 격자판의 윗부분으로 갈수록 격자 크기가 더 작아 보이던 것이 ㉢에서 보정되었겠군.

03

윗글을 바탕으로 〈보기〉를 탐구한 내용으로 가장 적절한 것은? [3점]

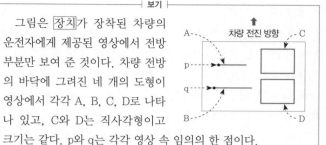

┤ 보기 ├

그림은 장치가 장착된 차량의 운전자에게 제공된 영상에서 전방 부분만 보여 준 것이다. 차량 전방의 바닥에 그려진 네 개의 도형이 영상에서 각각 A, B, C, D로 나타나 있고, C와 D는 직사각형이고 크기는 같다. p와 q는 각각 영상 속 임의의 한 점이다.

① 원근 효과가 제거되기 전의 영상에서 C는 윗변이 아랫변보다 긴 사다리꼴 모양이다.

② 시점 변환 전의 영상에서 D는 C보다 더 작은 크기로 영상의 더 아래쪽에 위치한다.

③ A와 B는 p와 q 간의 대응 관계를 이용하여 바닥에 그려진 도형을 크기가 유지되도록 한 평면에 놓은 것이다.

④ B에 대한 A의 상대적 크기는 가상의 좌표계를 이용하여 시점을 변환하기 전의 영상에서보다 더 커진 것이다.

⑤ p가 A 위의 한 점이라면 A는 p에 대응하는 실세계의 점이 시점 변환을 통해 선으로 나타난 것이다.

04

문맥상 ⓐ의 의미와 가장 가까운 것은?

① 그때 동생이 탄 버스는 교차로를 지나고 있었다.

② 그것은 슬픈 감정을 지나서 아픔으로 남아 있다.

③ 어느새 정오가 훌쩍 지나 식사할 시간이 되었다.

④ 물의 온도가 어는점을 지나 계속 내려가고 있다.

⑤ 가장 힘든 고비를 지나고 나니 마음이 가뿐하다.

과학·기술 02

📖 2022학년도 6월 평가원

공부한 날		월	일
목표 시간		분	초
시작	:	종료	:
소요 시간		분	초

 01-04 다음 글을 읽고 물음에 답하시오.

1993년 노벨 화학상은 중합 효소 연쇄 반응(PCR)을 개발한 멀리스에게 수여된다. 염기 서열을 아는 DNA가 한 분자라도 있으면 이를 다량으로 증폭할 수 있는 길을 열었기 때문이다. PCR는 주형 DNA, 프라이머, DNA 중합 효소, 4종의 뉴클레오타이드가 필요하다. 주형 DNA란 시료로부터 추출하여 PCR에서 DNA 증폭의 바탕이 되는 이중 가닥 DNA를 말하며, 주형 DNA에서 증폭하고자 하는 부위를 표적 DNA라 한다. 프라이머는 표적 DNA의 일부분과 동일한 염기 서열로 이루어진 짧은 단일 가닥 DNA로, 2종의 프라이머가 표적 DNA의 시작과 끝에 각각 결합한다. DNA 중합 효소는 DNA를 복제하는데, 단일 가닥 DNA의 각 염기 서열에 대응하는 뉴클레오타이드를 순서대로 결합시켜 이중 가닥 DNA를 생성한다.

PCR 과정은 우선 열을 가해 이중 가닥의 DNA를 2개의 단일 가닥으로 분리하는 것으로 시작한다. 이후 각각의 단일 가닥 DNA에 프라이머가 결합하면, DNA 중합 효소에 의해 복제되어 2개의 이중 가닥 DNA가 생긴다. 일정한 시간 동안 진행되는 이러한 DNA 복제 과정이 한 사이클을 이루며, 사이클마다 표적 DNA의 양은 2배씩 증가한다. 그리고 DNA의 양이 더 이상 증폭되지 않을 정도로 충분히 사이클을 수행한 후 PCR를 종료한다. 전통적인 PCR는 PCR의 최종 산물에 형광 물질을 결합시켜 발색을 통해 표적 DNA의 증폭 여부를 확인한다.

PCR는 시료의 표적 DNA 양도 알 수 있는 실시간 PCR라는 획기적인 개발로 이어졌다. 실시간 PCR는 전통적인 PCR와 동일하게 PCR를 실시하지만, 사이클마다 발색 반응이 일어나도록 하여 누적되는 발색을 통해 표적 DNA의 증폭을 실시간으로 확인할 수 있다. 이를 위해 실시간 PCR에서는 PCR 과정에 발색 물질이 추가로 필요한데, '이중 가닥 DNA 특이 염료' 또는 '형광 표식 탐침'이 이에 이용된다. ㉠이중 가닥 DNA 특이 염료는 이중 가닥 DNA에 결합하여 발색하는 형광 물질로, 새로 생성된 이중 가닥 표적 DNA에 결합하여 발색하므로 표적 DNA의 증폭을 알 수 있게 한다. 다만, 이중 가닥 DNA 특이 염료는 모든 이중 가닥 DNA에 결합할 수 있기 때문에 2개의 프라이머끼리 결합하여 이중 가닥의 이합체(二合體)를 형성한 경우에는 이와 결합하여 의도치 않은 발색이 일어난다.

㉡형광 표식 탐침은 형광 물질과 이 형광 물질을 억제하는 소광 물질이 붙어 있는 단일 가닥 DNA 단편으로, 표적 DNA에서 프라이머가 결합하지 않는 부위에 특이적으로 결합하도록 설계된다. PCR 과정에서 이중 가닥 DNA가 단일 가닥으로 되면, 형광 표식 탐침은 프라이머와 마찬가지로 표적 DNA에 결합한다. 이후 DNA 중합 효소에 의해 이중 가닥 DNA가 형성되는 과정 중에 탐침은 표적 DNA와의 결합이 끊어지고 분해된다. 탐침이 분해되어 형광 물

질과 소광 물질의 분리가 일어나면 비로소 형광 물질이 발색되며, 이로써 표적 DNA가 증폭되었음을 알 수 있다. 형광 표식 탐침은 표적 DNA에 특이적으로 결합하는 장점을 지니나 상대적으로 비용이 비싸다.

실시간 PCR에서 발색도는 증폭된 이중 가닥 표적 DNA의 양에 비례하며, 일정 수준의 발색도에 도달하는 데 필요한 사이클은 표적 DNA의 초기 양에 따라 달라진다. 사이클의 진행에 따른 발색도의 변화가 연속적인 선으로 표시되며, 표적 DNA를 검출했다고 판단하는 발색도에 도달하는 데 소요된 사이클을 Ct값이라 한다. 표적 DNA의 농도를 알지 못하는 미지 시료의 Ct값과 표적 DNA의 농도를 알고 있는 표준 시료의 Ct값을 비교하면 미지 시료에 포함된 표적 DNA의 농도를 계산할 수 있다. [A]

PCR는 시료로부터 얻은 DNA를 가지고 유전자 복제, 유전병 진단, 친자 감별, 암 및 감염성 질병 진단 등에 광범위하게 활용된다. 특히 실시간 PCR를 이용하면 바이러스의 감염 여부를 초기에 정확하고 빠르게 진단할 수 있다.

01

윗글에서 알 수 있는 내용으로 적절하지 않은 것은?

① 2종의 프라이머 각각의 염기 서열과 정확히 일치하는 염기 서열을 주형 DNA에서 찾을 수 없다.

② PCR에서 표적 DNA 양이 초기 양을 기준으로 처음의 2배가 되는 시간과 4배에서 8배가 되는 시간은 같다.

③ 전통적인 PCR는 표적 DNA 농도를 아는 표준 시료가 있어도 미지 시료의 표적 DNA 농도를 PCR 과정 중에 알 수 없다.

④ 실시간 PCR는 가열 과정을 거쳐야 시료에 포함된 표적 DNA의 양을 증폭할 수 있다.

⑤ 실시간 PCR를 실시할 때에 표적 DNA의 증폭이 일어나려면 DNA 중합 효소와 프라이머가 필요하다.

02

㉠과 ㉡에 대한 설명으로 가장 적절한 것은?

① ㉠은 ㉡과 달리 프라이머와 결합하여 이합체를 이룬다.

② ㉠은 ㉡과 달리 표적 DNA에 붙은 채 발색 반응이 일어난다.

③ ㉡은 ㉠과 달리 형광 물질과 결합하여 이합체를 이룬다.

④ ㉡은 ㉠과 달리 한 사이클의 시작 시점에 발색 반응이 일어난다.

⑤ ㉠과 ㉡은 모두 이중 가닥 표적 DNA에 결합하는 물질이다.

03

어느 바이러스 감염증의 진단 검사에 PCR를 이용하려고 한다. 윗글을 읽고 이해한 반응으로 가장 적절한 것은?

① 전통적인 PCR로 진단 검사를 할 때, 시료에 바이러스의 양이 적은 감염 초기에는 감염 여부를 진단할 수 없겠군.

② 전통적인 PCR로 진단 검사를 할 때, DNA 증폭 여부 확인에 발색 물질이 필요 없으니 비용이 상대적으로 싸겠군.

③ 전통적인 PCR로 진단 검사를 할 때, 실시간 증폭 여부를 확인할 필요가 없어 진단에 걸리는 시간을 줄일 수 있겠군.

④ 실시간 PCR로 진단 검사를 할 때, 표적 DNA의 염기 서열이 알려져 있어야 감염 여부를 분석할 수 있겠군.

⑤ 실시간 PCR로 진단 검사를 할 때, 감염 여부는 PCR가 끝난 후에야 알 수 있지만 실시간 증폭은 확인할 수 있겠군.

04

[A]를 바탕으로 〈보기 1〉의 실험 상황을 가정하고 〈보기 2〉와 같이 예상 결과를 추론하였다. ㉮~㉱에 들어갈 말로 적절한 것은? [3점]

┤ 보기 1 ├

표적 DNA의 농도를 알지 못하는 ⓐ미지 시료와, 이와 동일한 표적 DNA를 포함하지만 그 농도를 알고 있는 ⓑ표준 시료가 있다. 각 시료의 DNA를 주형 DNA로 하여 같은 양의 시료로 동일한 조건에서 실시간 PCR를 실시한다.

┤ 보기 2 ├

만약 ⓐ가 ⓑ보다 표적 DNA의 초기 농도가 높다면,

↓

표적 DNA가 증폭되는 동안, 사이클이 진행됨에 따라 시간당 시료의 표적 DNA의 증가량은 ⓐ가 (㉮).

↓

실시간 PCR의 Ct값에서의 발색도는 ⓐ가 (㉯).

↓

따라서 실시간 PCR의 Ct값은 ⓐ가 (㉰).

	㉮	㉯	㉰
①	ⓑ보다 많겠군	ⓑ보다 높겠군	ⓑ보다 크겠군
②	ⓑ보다 많겠군	ⓑ와 같겠군	ⓑ보다 작겠군
③	ⓑ와 같겠군	ⓑ보다 높겠군	ⓑ보다 작겠군
④	ⓑ와 같겠군	ⓑ와 같겠군	ⓑ보다 작겠군
⑤	ⓑ와 같겠군	ⓑ보다 높겠군	ⓑ보다 크겠군

공부한 날		월	일
목표 시간		분	초
시작 :	종료	:	
소요 시간		분	초

 01~04 다음 글을 읽고 물음에 답하시오.

최근의 3D 애니메이션은 섬세한 입체 영상을 구현하여 실물을 촬영한 것 같은 느낌을 준다. 실물을 촬영하여 얻은 자연 영상을 그대로 화면에 표시할 때와 달리 3D 합성 영상을 생성, 출력하기 위해서는 모델링과 렌더링을 거쳐야 한다.

모델링은 3차원 가상 공간에서 물체의 모양과 크기, 공간적인 위치, 표면 특성 등과 관련된 고유의 값을 설정하거나 수정하는 단계이다. 모양과 크기를 설정할 때 주로 3개의 정점으로 형성되는 삼각형을 활용한다. 작은 삼각형의 조합으로 이루어진 그물과 같은 형태로 물체 표면을 표현하는 방식이다. 이 방법으로 복잡한 굴곡이 있는 표면도 정밀하게 표현할 수 있다. 이때 삼각형의 꼭짓점들은 물체의 모양과 크기를 결정하는 정점이 되는데, 이 정점들의 개수는 물체가 변형되어도 변하지 않으며, 정점들의 상대적 위치는 물체 고유의 모양이 변하지 않는 한 달라지지 않는다. 물체가 커지거나 작아지는 경우에는 정점 사이의 간격이 넓어지거나 좁아지고, 물체가 회전하거나 이동하는 경우에는 정점들이 간격을 유지하면서 회전축을 중심으로 회전하거나 동일 방향으로 동일 거리만큼 이동한다. 물체 표면을 구성하는 각 삼각형 면에는 고유의 색과 질감 등을 나타내는 표면 특성이 하나씩 지정된다.

공간에서의 입체에 대한 정보인 이 데이터를 활용하여, 물체를 어디에서 바라보는가를 나타내는 관찰 시점을 기준으로 2차원의 화면을 생성하는 것이 렌더링이다. 전체 화면을 잘게 나눈 점이 화소인데, 정해진 개수의 화소로 화면을 표시하고 각 화소별로 밝기나 색상 등을 나타내는 화솟값이 부여된다. 렌더링 단계에서는 화면 안에서 동일 물체라도 멀리 있는 경우는 작게, 가까이 있는 경우는 크게 보이는 원리를 활용하여 화솟값을 지정함으로써 물체의 원근감을 구현한다. 표면 특성을 나타내는 값을 바탕으로, 다른 물체에 가려짐이나 조명에 의해 물체 표면에 생기는 명암, 그림자 등을 고려하여 화솟값을 정해 줌으로써 물체의 입체감을 구현한다. 화면을 구성하는 모든 화소의 화솟값이 결정되면 하나의 프레임이 생성된다. 이를 화면출력장치를 통해 모니터에 표시하면 정지 영상이 완성된다.

모델링과 렌더링을 반복하여 생성된 프레임들을 순서대로 표시하면 동영상이 된다. 프레임을 생성할 때, 모델링과 관련된 계산을 완료한 후 그 결과를 이용하여 렌더링을 위한 계산을 한다. 이때 정점의 개수가 많을수록, 해상도가 높아 출력 화소의 수가 많을수록 연산 양이 많아져 연산 시간이 길어진다. 컴퓨터의 중앙처리장치(CPU)는 데이터 연산을 하나씩 순서대로 수행하기 때문에 과도한 양의 데이터가 집중되면 미처 연산되지 못한 데이터가 차례를 기다리는 병목 현상이 생겨 프레임이 완성되는 데 오랜 시간이 걸린다. CPU의 그래픽 처리 능력을 보완하기 위해 개발된 ⊙그래픽처리장치(GPU)는 연산을 비롯한 데이터 처리를 독립적으로 수행할 수 있는 장치인 코어를 수백에서 수천 개씩 탑재하고 있다. GPU의 각 코어는 그래픽 연산에 특화된 연산만을 할 수 있고 CPU의 코어에 비해서 저속으로 연산한다. 하지만 GPU는 동일한 연산을 여러 번 수행해야 하는 경우, 고속으로 출력 영상을 생성할 수 있다. 왜냐하면 GPU는 한 번의 연산에 쓰이는 데이터들을 순차적으로 각 코어에 전송한 후, 전체 코어에 하나의 연산 명령어를 전달하면, 각 코어는 모든 데이터를 동시에 연산하여 연산 시간이 짧아지기 때문이다.

01

윗글에 대한 이해로 적절하지 않은 것은?

① 자연 영상은 모델링과 렌더링 단계를 거치지 않고 생성된다.
② 렌더링에서 사용되는 물체 고유의 표면 특성은 화솟값에 의해 결정된다.
③ 물체의 원근감과 입체감은 관찰 시점을 기준으로 구현한다.
④ 3D 영상을 재현하는 화면의 해상도가 높을수록 연산 양이 많아진다.
⑤ 병목 현상은 연산할 데이터의 양이 처리 능력을 초과할 때 발생한다.

02

모델링에 대한 설명으로 가장 적절한 것은?

① 다른 물체에 가려져 보이지 않는 부분에 있는 삼각형의 정점들의 위치는 계산하지 않는다.
② 삼각형들을 조합함으로써 물체의 복잡한 곡면을 정교하게 표현할 수 있다.
③ 하나의 작은 삼각형에 다양한 색상의 표면 특성들을 함께 부여한다.
④ 공간상에 위치한 정점들을 2차원 평면에 존재하도록 배치한다.
⑤ 다양하게 변할 수 있는 관찰 시점을 순차적으로 저장한다.

03

㉠에 대한 추론으로 적절한 것은?

① 동일한 개수의 정점 위치를 연산할 때, 동시에 연산을 수행하는 코어의 개수가 많아지면 총 연산 시간이 길어진다.
② 정점의 위치를 구하기 위한 10개의 연산을 10개의 코어에서 동시에 진행하려면, 10개의 연산 명령어가 필요하다.
③ 1개의 코어만 작동할 때, 정점의 위치를 구하기 위한 연산 시간은 1개의 코어를 가진 CPU의 연산 시간과 같다.
④ 정점 위치를 구하기 위한 각 데이터의 연산을 하나씩 순서대로 처리해야 한다면, 다수의 코어가 작동하는 경우 총 연산 시간은 1개의 코어만 작동하는 경우의 총 연산 시간과 같다.
⑤ 정점 위치를 구하기 위해 연산해야 할 10개의 데이터를 10개의 코어에서 처리할 경우, 모든 데이터를 모든 코어에 전송하는 시간은 1개의 데이터를 1개의 코어에 전송하는 시간과 같다.

o 정답 및 해설 044쪽

04

다음은 3D 애니메이션 제작을 위한 계획의 일부이다. 윗글을 바탕으로 할 때 적절하지 않은 것은? [3점]

	[장면 구상]	[장면 스케치]
장면 1	주인공 '네모'가 얼굴을 정면으로 향한 채 입에 아직 불지 않은 풍선을 물고 있다.	
장면 2	'네모'가 바람을 불어 넣어 풍선이 점점 커진다.	
장면 3	풍선이 더 이상 커지지 않고 모양을 유지한 채, '네모'는 풍선과 함께 하늘로 날아 올라 점점 멀어지는 모습이 보인다.	

① 장면 1의 렌더링 단계에서 풍선에 가려 보이지 않는 입 부분의 삼각형들의 표면 특성은 화솟값을 구하는 데 사용되지 않겠군.
② 장면 2의 모델링 단계에서 풍선에 있는 정점의 개수는 유지되겠군.
③ 장면 2의 모델링 단계에서 풍선에 있는 정점 사이의 거리가 멀어지겠군.
④ 장면 3의 모델링 단계에서 풍선에 있는 정점들이 이루는 삼각형들이 작아지겠군.
⑤ 장면 3의 렌더링 단계에서 전체 화면에서 화솟값이 부여되는 화소의 개수는 변하지 않겠군.

<table>
<tr><td>공부한 날</td><td></td><td>월</td><td>일</td></tr>
<tr><td>목표 시간</td><td></td><td>분</td><td>초</td></tr>
<tr><td>시작</td><td>:</td><td>종료</td><td>:</td></tr>
<tr><td>소요 시간</td><td></td><td>분</td><td>초</td></tr>
</table>

🔥매운맛 **01-06** 다음 글을 읽고 물음에 답하시오.

우리는 한 대의 자동차는 개체라고 하지만 바닷물을 개체라고 하지는 않는다. 어떤 부분들이 모여 하나의 개체를 ⓐ이룬다고 할 때 이를 개체라고 부를 수 있는 조건은 무엇일까? 일단 부분들 사이의 유사성은 개체성의 조건이 될 수 없다. 가령 일란성 쌍둥이인 두 사람은 DNA 염기 서열과 외모도 같지만 동일한 개체는 아니다. 그래서 부분들의 강한 유기적 상호작용이 그 조건으로 흔히 제시된다. 하나의 개체를 구성하는 부분들은 외부 존재가 개체에 영향을 주는 것과는 비교할 수 없이 강한 방식으로 서로 영향을 주고받는다.

상이한 시기에 존재하는 두 대상을 동일한 개체로 판단하는 조건도 물을 수 있다. 그것은 두 대상 사이의 인과성이다. 과거의 '나'와 현재의 '나'를 동일하다고 볼 수 있는 것은 강한 인과성이 존재하기 때문이다. 과거의 '나'와 현재의 '나'는 세포 분열로 세포가 교체되는 과정을 통해 인과적으로 연결되어 있다. 또 '나'가 세포 분열을 통해 새로운 개체를 생성할 때도 '나'와 '나의 후손'은 인과적으로 연결되어 있다. 비록 '나'와 '나의 후손'은 동일한 개체는 아니지만 '나'와 다른 개체들 사이에 비해 더 강한 인과성으로 연결되어 있다.

개체성에 대한 이러한 철학적 질문은 생물학에서도 중요한 연구 주제가 된다. 생명체를 구성하는 단위는 세포이다. 세포는 생명체의 고유한 유전 정보가 담긴 DNA를 가지며 이를 복제하여 증식하고 번식하는 과정을 통해 자신의 DNA를 후세에 전달한다. 세포는 사람과 같은 진핵생물의 진핵세포와, 박테리아나 고세균과 같은 원핵생물의 원핵세포로 구분된다. 진핵세포는 세포질에 막으로 둘러싸인 핵이 ⓑ있고 그 안에 DNA가 있지만, 원핵세포는 핵이 없다. 또한 진핵세포의 세포질에는 막으로 둘러싸인 여러 종류의 세포 소기관이 있으며, 그중 미토콘드리아는 세포 활동에 필요한 생체 에너지를 생산하는 기관이다. 대부분의 진핵세포는 미토콘드리아를 필수적으로 ⓒ가지고 있다.

이러한 미토콘드리아가 원래 박테리아의 한 종류인 원생미토콘드리아였다는 이론이 20세기 초에 제기되었다. 공생발생설 또는 세포 내 공생설이라고 불리는 이 이론에서는 두 원핵생물 간의 공생 관계가 지속되면서 진핵세포를 가진 진핵생물이 탄생했다고 설명한다. 공생은 서로 다른 생명체가 함께 살아가는 것을 말하며, 서로 다른 생명체를 가정하는 것은 어느 생명체의 세포 안에서 다른 생명체가 공생하는 '내부 공생'에서도 마찬가지이다. ㉠공생발생설은 한동안 생물학계로부터 인정받지 못했다. 미토콘드리아의 기능과 대략적인 구조, 그리고 생명체 간 내부 공생의 사례는 이미 알려졌지만 미토콘드리아가 과거에 독립된 생명체였다는 것을 쉽게 믿을 수 없었기 때문이었다. 그리고 한 생명체가 세대를 이어 가는 과정 중에 돌연변이와 자연선택이 일어나고, 이로 인해 종이 진화하고 분화한다고 보는 전통적인 유전학에서 두 원핵생물의 결합은 주목받지 못했다. 그러다가 전자 현미경의 등장으로 미토콘드리아의 내부까지 세밀히 관찰하게 되고, 미토콘드리아 안에는 세포핵의 DNA와는 다른 DNA가 있으며 단백질을 합성하는 자신만의 리보솜을 가지고 있다는 사실이 ⓓ밝혀지면서 공생발생설이 새롭게 부각되었다.

공생발생설에 따르면 진핵생물은 원생미토콘드리아가 고세균의 세포 안에서 내부 공생을 하다가 탄생했다고 본다. 고세균의 핵의 형성과 내부 공생의 시작 중 어느 것이 먼저인지에 대해서는 논란이 있지만, 고세균은 세포질에 핵이 생겨 진핵세포가 되고 원생미토콘드리아는 세포 소기관인 미토콘드리아가 되어 진핵생물이 탄생했다는 것이다. 미토콘드리아가 원래 박테리아의 한 종류였다는 근거는 여러 가지가 있다. 박테리아와 마찬가지로 새로운 미토콘드리아는 이미 존재하는 미토콘드리아의 '이분 분열'을 통해서만 ⓔ만들어진다. 미토콘드리아의 막에는 진핵세포막의 수송 단백질과는 다른 종류의 수송 단백질인 포린이 존재하고 박테리아의 세포막에 있는 카디오리핀이 존재한다. 또 미토콘드리아의 리보솜은 진핵세포의 리보솜보다 박테리아의 리보솜과 더 유사하다.

미토콘드리아는 여전히 고유한 DNA를 가진 채 복제와 증식이 이루어지는데도, 미토콘드리아와 진핵세포 사이의 관계를 공생 관계로 보지 않는 이유는 무엇일까? 두 생명체가 서로 떨어져서 살 수 없더라도 각자의 개체성을 잃을 정도로 유기적 상호작용이 강하지 않다면 그 둘은 공생 관계에 있다고 보는데, 미토콘드리아와 진핵세포 간의 유기적 상호작용은 둘을 다른 개체로 볼 수 없을 만큼 매우 강하기 때문이다. 미토콘드리아가 개체성을 잃고 세포 소기관이 되었다고 보는 근거는, 진핵세포가 미토콘드리아의 증식을 조절하고, 자신을 복제하여 증식할 때 미토콘드리아도 함께 복제하여 증식시킨다는 것이다. 또한 미토콘드리아의 유전자의 많은 부분이 세포핵의 DNA로 옮겨 가 미토콘드리아의 DNA 길이가 현저히 짧아졌다는 것이다. 미토콘드리아에서 일어나는 대사 과정에 필요한 단백질은 세포핵의 DNA로부터 합성되고, 미토콘드리아의 DNA에 남은 유전자 대부분은 생체 에너지를 생산하는 역할을 한다. 예컨대 사람의 미토콘드리아는 37개의 유전자만 있을 정도로 DNA 길이가 짧다.

01

윗글의 내용 전개 방식으로 가장 적절한 것은?

① 개체성과 관련된 예를 제시한 후 공생발생설에 대한 다양한 견해를 비교하고 있다.

② 개체에 대한 정의를 제시한 후 세포의 생물학적 개념이 확립되는 과정을 서술하고 있다.

③ 개체성의 조건을 제시한 후 세포 소기관의 개체성에 대해 공생발생설을 중심으로 설명하고 있다.

④ 개체의 유형을 분류한 후 세포의 소기관이 분화되는 과정을 공생발생설을 중심으로 설명하고 있다.

⑤ 개체와 관련된 개념들을 설명한 후 세포가 하나의 개체로 변화하는 과정을 인과적으로 서술하고 있다.

02

윗글에 대한 이해로 적절하지 <u>않은</u> 것은?

① 유사성은 아무리 강하더라도 개체성의 조건이 될 수 없다.

② 바닷물을 개체라고 말하기 어려운 이유는 유기적 상호작용이 약하기 때문이다.

③ 새로운 미토콘드리아를 복제하기 위해서는 세포 안에 미토콘드리아가 반드시 있어야 한다.

④ 미토콘드리아의 대사 과정에 필요한 단백질은 미토콘드리아의 막을 통과하여 세포질로 이동해야 한다.

⑤ 진핵세포가 되기 전의 고세균이 원생미토콘드리아보다 진핵세포와 더 강한 인과성으로 연결되어 있다.

03

윗글을 참고할 때, ㉠의 이유로 가장 적절한 것은?

① 진핵세포가 세포 소기관을 가지고 있다는 사실을 알지 못했기 때문이다.

② 공생발생설이 당시의 유전학 이론에 어긋난다는 근거가 부족했기 때문이다.

③ 한 생명체가 다른 생명체의 세포 속에서 살 수 있다는 근거가 부족했기 때문이다.

④ 미토콘드리아가 진핵세포의 활동에 중요한 기능을 한다는 사실을 알지 못했기 때문이다.

⑤ 미토콘드리아가 자신의 고유한 유전 정보를 전달할 수 있다는 것을 알지 못했기 때문이다.

04

〈보기〉는 진핵세포의 세포 소기관을 연구한 결과들이다. 윗글을 바탕으로 할 때, 각각의 세포 소기관이 박테리아로부터 비롯되었다고 판단할 수 있는 것만을 〈보기〉에서 고른 것은?

───┤ 보기 ├───

ㄱ. 세포 소기관이 자신의 DNA를 가지고 있다는 것과 이분 분열을 한다는 것을 확인하였다.

ㄴ. 세포 소기관이 자신의 DNA를 가지고 있다는 것과 진핵세포의 리보솜을 가지고 있다는 것을 확인하였다.

ㄷ. 세포 소기관이 막으로 둘러싸여 있다는 것과 막에는 수송 단백질이 있는 것을 확인하였다.

ㄹ. 세포 소기관이 막으로 둘러싸여 있다는 것과 막에는 다량의 카디오리핀이 있는 것을 확인하였다.

① ㄱ, ㄷ   ② ㄱ, ㄹ   ③ ㄴ, ㄷ

④ ㄴ, ㄹ   ⑤ ㄷ, ㄹ

05

윗글을 바탕으로 〈보기〉를 이해한 내용으로 적절하지 <u>않은</u> 것은?

[3점]

┤ 보기 ├

• 복어는 테트로도톡신이라는 신경 독소를 가지고 있지만 테트로도톡신을 스스로 만들지 못하고 체내에서 서식하는 미생물이 이를 생산한다. 복어는 독소를 생산하는 미생물에게 서식처를 제공하는 대신 포식자로부터 자신을 방어할 수 있는 무기를 갖게 되었다. 만약 복어의 체내에 있는 미생물을 제거하면 복어는 독소를 가지지 못하나 생존에는 지장이 없었다.

• 실험실의 아메바가 병원성 박테리아에 감염되어 대부분의 아메바가 죽고 일부 아메바는 생존하였다. 생존한 아메바의 세포질에서 서식하는 박테리아는 스스로 복제하여 증식할 수 있었고 더 이상 병원성을 지니지는 않았다. 아메바에게는 무해하지만 박테리아에게는 치명적인 항생제를 아메바에게 투여하면 박테리아와 함께 아메바도 죽었다.

① 병원성을 잃은 '아메바의 세포질에서 서식하는 박테리아'는 세포 소기관으로 변한 것이겠군.

② 복어의 '체내에서 서식하는 미생물'은 '복어'와의 유기적 상호작용이 강해진다면 개체성을 잃을 수 있겠군.

③ 복어의 세포가 증식할 때 복어의 체내에서 '독소를 생산하는 미생물'의 DNA도 함께 증식하는 것은 아니겠군.

④ '아메바의 세포질에서 서식하는 박테리아'가 개체성을 잃었다면 '아메바의 세포질에서 서식하는 박테리아'의 DNA 길이는 짧아졌겠군.

⑤ '아메바의 세포질에서 서식하는 박테리아'와 '아메바' 사이의 관계와 '복어'와 '독소를 생산하는 미생물' 사이의 관계는 모두 공생 관계이겠군.

06

문맥상 ⓐ~ⓔ와 바꿔 쓰기에 적절하지 <u>않은</u> 것은?

① ⓐ: 구성(構成)한다고

② ⓑ: 존재(存在)하고

③ ⓒ: 보유(保有)하고

④ ⓓ: 조명(照明)되면서

⑤ ⓔ: 생성(生成)된다

과학·기술 05

2019학년도 수능

공부한 날		월	일
목표 시간		분	초
시작	:	종료	:
소요 시간		분	초

 매운맛 **01-06** 다음 글을 읽고 물음에 답하시오.

16세기 전반에 서양에서 태양 중심설을 지구 중심설의 대안으로 제시하며 시작된 천문학 분야의 개혁은 경험주의의 확산과 수리 과학의 발전을 통해 형이상학을 뒤바꾸는 변혁으로 이어졌다. 서양의 우주론이 전파되자 중국에서는 중국과 서양의 우주론을 회통하려는 시도가 전개되었고, 이 과정에서 자신의 지적 유산에 대한 관심이 제고되었다.

복잡한 문제를 단순화하여 푸는 수학적 전통을 이어받은 코페르니쿠스는 천체의 운행을 단순하게 기술할 방법을 찾고자 하였고, 그것이 ⓐ일으킬 형이상학적 문제에는 별 관심이 없었다. 고대의 아리스토텔레스와 프톨레마이오스는 우주의 중심에 고정되어 움직이지 않는 지구의 주위를 달, 태양, 다른 행성들의 천구들과, 항성들이 붙어 있는 항성 천구가 회전한다는 지구 중심설을 내세웠다. 그와 달리 코페르니쿠스는 태양을 우주의 중심에 고정하고 그 주위를 지구를 비롯한 행성들이 공전하며 지구가 자전하는 우주 모형을 ⓑ만들었다. 그러자 프톨레마이오스보다 훨씬 적은 수의 원으로 행성들의 가시적인 운동을 설명할 수 있었고 행성이 태양에서 멀수록 공전 주기가 길어진다는 점에서 단순성이 충족되었다. 그러나 아리스토텔레스의 형이상학을 고수하는 다수 지식인과 종교 지도자들은 그의 이론을 받아들이려 하지 않았다. 왜냐하면 그것은 지상계와 천상계를 대립시키는 아리스토텔레스의 이분법적 구도를 무너뜨리고, 신의 형상을 ⓒ지닌 인간을 한갓 행성의 거주자로 전락시키는 것으로 여겨졌기 때문이다.

16세기 후반에 브라헤는 코페르니쿠스 천문학의 장점은 인정하면서도 아리스토텔레스 형이상학과의 상충을 피하고자 우주의 중심에 지구가 고정되어 있고, 달과 태양과 항성들은 지구 주위를 공전하며, 지구 외의 행성들은 태양 주위를 공전하는 모형을 제안하였다. 그러나 케플러는 우주의 수적 질서를 신봉하는 형이상학인 신플라톤주의에 매료되었기 때문에, 태양을 우주 중심에 배치하여 단순성을 추구한 코페르니쿠스의 천문학을 받아들였다. 하지만 그는 경험주의자였기에 브라헤의 천체 관측치를 활용하여 태양 주위를 공전하는 행성의 운동 법칙들을 수립할 수 있었다. 우주의 단순성을 새롭게 보여 주는 이 법칙들은 아리스토텔레스 형이상학을 더 이상 온존할 수 없게 만들었다.

17세기 후반에 뉴턴은 태양 중심설을 역학적으로 정당화하였다. 그는 만유인력 가설로부터 케플러의 행성 운동 법칙들을 성공적으로 연역했다. 이때 가정된 만유인력은 두 질점*이 서 [A] 로 당기는 힘으로, 그 크기는 두 질점의 질량의 곱에 비례하고 거리의 제곱에 반비례한다. 지구를 포함하는 천체들이 밀도가

균질하거나 구 대칭*을 이루는 구라면 천체가 그 천체 밖 어떤 질점을 당기는 만유인력은, 그 천체를 잘게 나눈 부피 요소들 각각이 그 천체 밖 어떤 질점을 당기는 만유인력을 모두 더하여 구할 수 있다. 또한 여기에서 지구보다 질량이 큰 태양과 지구가 서로 당기는 만유인력이 서로 같음을 증명할 수 있다. 뉴턴은 이 원리를 적용하여 달의 공전 궤도와 사과의 낙하 운동 등에 관한 실측값을 연역함으로써 만유인력의 실재를 입증하였다.

16세기 말부터 중국에 본격 유입된 서양 과학은, 청 왕조가 1644년 중국의 역법(曆法)을 기반으로 서양 천문학 모델과 계산법을 수용한 시헌력을 공식 채택함에 따라 그 위상이 구체화되었다. 브라헤와 케플러의 천문 이론을 차례로 수용하여 정확도를 높인 시헌력이 생활 리듬으로 자리 잡았지만, 중국 지식인들은 서양 과학이 중국의 지적 유산에 적절히 연결되지 않으면 아무리 효율적이더라도 불온한 요소로 ⓓ여겼다. 이에 따라 서양 과학에 매료된 학자들도 어떤 방식으로든 ㉠서양 과학과 중국 전통 사이의 적절한 관계 맺음을 통해 이 문제를 해결하고자 하였다.

17세기 웅명우와 방이지 등은 중국 고대 문헌에 수록된 우주론에 대해서는 부정적 태도를 견지하면서 성리학적 기론(氣論)에 입각하여 실증적인 서양 과학을 재해석한 독창적 이론을 제시하였다. 수성과 금성이 태양 주위를 회전한다는 그들의 태양계 학설은 브라헤의 영향이었지만, 태양의 크기에 대한 서양 천문학 이론에 의문을 제기하고 기(氣)와 빛을 결부하여 제시한 광학 이론은 그들이 창안한 것이었다.

17세기 후반 왕석천과 매문정은 서양 과학의 영향을 받아 경험적 추론과 수학적 계산을 통해 우주의 원리를 파악하고자 하였다. 그러면서 서양 과학의 우수한 면은 모두 중국 고전에 이미 ⓔ갖추어져 있던 것인데 웅명우 등이 이를 깨닫지 못한 채 성리학 같은 형이상학에 몰두했다고 비판했다. 매문정은 고대 문헌에 언급된, 하늘이 땅의 네 모퉁이를 가릴 수 없을 것이라는 증자의 말을 땅이 둥글다는 서양 이론과 연결하는 등 서양 과학의 중국 기원론을 뒷받침하였다.

중국 천문학을 중심으로 서양 천문학을 회통하려는 매문정의 입장은 18세기 초를 기점으로 중국의 공식 입장으로 채택되었으며, 이 입장은 중국의 역대 지식 성과물을 망라한 총서인 『사고전서』에 그대로 반영되었다. 이 총서의 편집자들은 고대부터 당시까지 쏟아진 천문 관련 문헌들을 정리하여 수록하였다. 이와 같이 고대 문헌에 담긴 우주론을 재해석하고 확인하려는 경향은 19세기 중엽까지 주를 이루었다.

*질점: 크기가 없고 질량이 모여 있다고 보는 이론상의 물체.
*구 대칭: 어떤 물체가 중심으로부터 모든 방향으로 같은 거리에서 같은 특성을 갖는 상태.

01

다음은 윗글을 읽은 학생의 독서 기록 중 일부이다. 윗글을 참고할 때, '점검 결과'로 적절하지 <u>않은</u> 것은?

> • **읽기 계획:** 1문단을 훑어보면서 뒷부분을 예측하고 질문 만들기를 한 후, 글을 읽고 점검하기
>
> | 예측 및 질문 내용 | 점검 결과 |
> |---|---|
> | ○ 서양의 우주론에 태양 중심설과 지구 중심설의 개념이 소개되어 있을 것이다. | 예측과 같음 ·········· ① |
> | ○ 서양의 우주론의 영향으로 변화된 중국의 우주론이 소개되어 있을 것이다. | 예측과 다름 ·········· ② |
> | ○ 서양에서 태양 중심설을 제기한 사람은 누구일까? | 질문의 답이 제시됨 ······· ③ |
> | ○ 중국에서 서양의 우주론을 접하고 회통을 시도한 사람은 누구일까? | 질문의 답이 제시됨 ······· ④ |
> | ○ 중국에 서양의 우주론을 전파한 서양의 인물은 누구일까? | 질문의 답이 제시되지 않음 ····· ⑤ |

02

윗글에 대한 이해로 적절하지 <u>않은</u> 것은?

① 서양과 중국에서는 모두 우주론을 정립하는 과정에서 형이상학적 사고에 대한 재검토가 이루어졌다.

② 서양 천문학의 전래는 중국에서 자국의 우주론 전통을 재인식하는 계기가 되었다.

③ 중국에 서양의 천문학적 성과가 자리 잡게 된 데에는 국가의 역할이 작용하였다.

④ 중국에서는 18세기에 자국의 고대 우주론을 긍정하는 입장이 주류가 되었다.

⑤ 서양에서는 중국과 달리 경험적 추론에 기초한 우주론이 제기되었다.

03

윗글에 나타난 서양의 우주론 에 대한 설명으로 가장 적절한 것은?

① 항성 천구가 고정되어 있다고 보는 아리스토텔레스의 우주론은 천상계와 지상계를 대립시킨 형이상학을 토대로 한 것이었다.

② 많은 수의 원을 써서 행성의 가시적 운동을 설명한 프톨레마이오스의 우주론은 행성이 태양에서 멀수록 공전 주기가 길어진다는 점에서 단순성을 갖는 것이었다.

③ 지구와 행성이 태양 주위를 공전한다는 코페르니쿠스의 우주론은 이전의 지구 중심설보다 단순할 뿐 아니라 아리스토텔레스의 형이상학과 양립이 가능한 것이었다.

④ 지구가 우주 중심에 고정되어 있고 다른 행성을 거느린 태양이 지구 주위를 돈다는 브라헤의 우주론은 아리스토텔레스의 형이상학에서 자유롭지 못한 것이었다.

⑤ 태양 주위를 공전하는 행성의 운동 법칙들을 관측치로부터 수립한 케플러의 우주론은 신플라톤주의에서 경험주의적 근거를 찾은 것이었다.

04

㉠에 대한 이해로 적절하지 <u>않은</u> 것은?

① 중국에서 서양 과학을 수용한 학자들은 자국의 지적 유산에 서양 과학을 접목하려 하였다.

② 서양 천문학과 관련된 내용이 중국의 역대 지식 성과를 집대성한 『사고전서』에 수록되었다.

③ 방이지는 서양 우주론의 영향을 받았지만 서양의 이론과 구별되는 새 이론의 수립을 시도하였다.

④ 매문정은 중국 고대 문헌에 나타나는 천문학적 전통과 서양 과학의 수학적 방법론을 모두 활용하였다.

⑤ 성리학적 기론을 긍정한 학자들은 중국 고대 문헌의 우주론을 근거로 서양 우주론을 받아들여 새 이론을 창안하였다.

○ 정답 및 해설 056쪽

05

〈보기〉를 참고할 때, [A]에 대한 이해로 적절하지 <u>않은</u> 것은? [3점]

┌─────── 보기 ───────┐

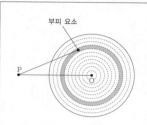

구는 무한히 작은 부피 요소들로 이루어져 있다. 그 부피 요소들이 빈틈없이 한 겹으로 배열되어 구 껍질을 이루고, 그런 구 껍질들이 구의 중심 O 주위에 반지름을 달리하며 양파처럼 겹겹이 싸여 구를 이룬다. 이때 부피 요소는 그것의 부피와 밀도를 곱한 값을 질량으로 갖는 질점으로 볼 수 있다.

(1) 같은 밀도의 부피 요소들이 하나의 구 껍질을 구성하면, 이 부피 요소들이 구 외부의 질점 P를 당기는 만유인력들의 총합은, 그 구 껍질과 동일한 질량을 갖는 질점이 그 구 껍질의 중심 O에서 P를 당기는 만유인력과 같다.

(2) (1)에서의 구 껍질들이 구를 구성할 때, 그 동심의 구 껍질들이 P를 당기는 만유인력들의 총합은, 그 구와 동일한 질량을 갖는 질점이 그 구의 중심 O에서 P를 당기는 만유인력과 같다.

(1), (2)에 의하면, 밀도가 균질하거나 구 대칭인 구를 구성하는 부피 요소들이 P를 당기는 만유인력들의 총합은, 그 구와 동일한 질량을 갖는 질점이 그 구의 중심 O에서 P를 당기는 만유인력과 같다.

└──────────────────┘

① 밀도가 균질한 하나의 행성을 구성하는 동심의 구 껍질들이 같은 두께일 때, 하나의 구 껍질이 태양을 당기는 만유인력은 그 구 껍질의 반지름이 클수록 커지겠군.

② 태양의 중심에 있는 질량이 m인 질점이 지구 전체를 당기는 만유인력은, 지구의 중심에 있는 질량이 m인 질점이 태양 전체를 당기는 만유인력과 크기가 같겠군.

③ 질량이 M인 지구와 질량이 m인 달은, 둘의 중심 사이의 거리만큼 떨어져 있으면서 질량이 M, m인 두 질점 사이의 만유인력과 동일한 크기의 힘으로 서로 당기겠군.

④ 태양을 구성하는 하나의 부피 요소와 지구 사이에 작용하는 만유인력은, 지구를 구성하는 모든 부피 요소들과 태양의 그 부피 요소 사이에 작용하는 만유인력들을 모두 더하면 구해지겠군.

⑤ 반지름이 R, 질량 M인 지구와 지구 표면에서 높이 h에 중심이 있는 질량이 m인 구슬 사이의 만유인력은, R+h의 거리만큼 떨어져 있으면서 질량이 M, m인 두 질점 사이의 만유인력과 크기가 같겠군.

06

문맥상 ⓐ~ⓔ와 바꿔 쓴 것으로 가장 적절한 것은?

① ⓐ: 진작(振作)할
② ⓑ: 고안(考案)했다
③ ⓒ: 소지(所持)한
④ ⓓ: 설정(設定)했다
⑤ ⓔ: 시사(示唆)되어

마지막 스퍼트! 이 순간 나의 감회는?

Date: _____

III 주제 통합 · 인문

01-06 다음 글을 읽고 물음에 답하시오.

(가)

　㉠정립-반정립-종합. 변증법의 논리적 구조를 일컫는 말이다. 변증법에 따라 철학적 논증을 수행한 인물로는 단연 헤겔이 거명된다. 변증법은 대등한 위상을 지니는 세 범주의 병렬이 아니라, 대립적인 두 범주가 조화로운 통일을 이루어 가는 수렴적 상향성을 구조적 특징으로 한다. 헤겔에게서 변증법은 논증의 방식임을 넘어, 논증 대상 자체의 존재 방식이기도 하다. 즉 세계의 근원적 질서인 '이념'의 내적 구조도, 이념이 시·공간적 현실로서 드러나는 방식도 변증법적이기에, 이념과 현실은 하나의 체계를 이루며, 이 두 차원의 원리를 밝히는 철학적 논증도 변증법적 체계성을 ⓐ지녀야 한다.

　헤겔은 미학도 철저히 변증법적으로 구성된 체계 안에서 다루고자 한다. 그에게서 미학의 대상인 예술은 종교, 철학과 마찬가지로 '절대정신'의 한 형태이다. 절대정신은 절대적 진리인 '이념'을 인식하는 인간 정신의 영역을 ⓑ가리킨다. 예술·종교·철학은 절대적 진리를 동일한 내용으로 하며, 다만 인식 형식의 차이에 따라 구분된다. 절대정신의 세 형태에 각각 대응하는 형식은 직관·표상·사유이다. '직관'은 주어진 물질적 대상을 감각적으로 지각하는 지성이고, '표상'은 물질적 대상의 유무와 무관하게 내면에서 심상을 떠올리는 지성이며, '사유'는 대상을 개념을 통해 파악하는 순수한 논리적 지성이다. 이에 세 형태는 각각 '직관하는 절대정신', '표상하는 절대정신', '사유하는 절대정신'으로 규정된다. 헤겔에 따르면 직관의 외면성과 표상의 내면성은 사유에서 종합되고, 이에 맞춰 예술의 객관성과 종교의 주관성은 철학에서 종합된다.

　형식 간의 차이로 인해 내용의 인식 수준에는 중대한 차이가 발생한다. 헤겔에게서 절대정신의 내용인 절대적 진리는 본질적으로 논리적이고 이성적인 것이다. 이러한 내용을 예술은 직관하고 종교는 표상하며 철학은 사유하기에, 이 세 형태 간에는 단계적 등급이 매겨진다. 즉 예술은 초보 단계의, 종교는 성장 단계의, 철학은 완숙 단계의 절대정신이다. 이에 따라 ㉡예술-종교-철학 순의 진행에서 명실상부한 절대정신은 최고의 지성에 의거하는 것, 즉 철학뿐이며, 예술이 절대정신으로 기능할 수 있는 것은 인류의 보편적 지성이 미발달된 머나먼 과거로 한정된다.

(나)

　변증법의 매력은 '종합'에 있다. 종합의 범주는 두 대립적 범주 중 하나의 일방적 승리로 ⓒ끝나도 안 되고, 두 범주의 고유한 본질적 규정이 소멸되는 중화 상태로 나타나도 안 된다. 종합은 양자의 본질적 규정이 유기적 조화를 이루어 질적으로 고양된 최상의

범주가 생성됨으로써 성립하는 것이다.

　헤겔이 강조한 변증법의 탁월성도 바로 이것이다. 그러기에 변증법의 원칙에 최적화된 엄밀하고도 정합적인 학문 체계를 조탁하는 것이 바로 그의 철학적 기획이 아니었던가. 그런데 그가 내놓은 성과물들은 과연 그 기획을 어떤 흠결도 없이 완수한 것으로 평가될 수 있을까? 미학에 관한 한 '그렇다'는 답변은 쉽지 않을 것이다. 지성의 형식을 직관-표상-사유 순으로 구성하고 이에 맞춰 절대정신을 예술-종교-철학 순으로 편성한 전략은 외관상으로는 변증법 모델에 따른 전형적 구성으로 보인다. 그러나 실질적 내용을 ⓓ보면 직관으로부터 사유에 이르는 과정에서는 외면성이 점차 지워지고 내면성이 점증적으로 강화·완성되고 있음이, 예술로부터 철학에 이르는 과정에서는 객관성이 점차 지워지고 주관성이 점증적으로 강화·완성되고 있음이 확연히 드러날 뿐, 진정한 변증법적 종합은 ⓔ이루어지지 않는다. 직관의 외면성 및 예술의 객관성의 본질은 무엇보다도 감각적 지각성인데, 이러한 핵심 요소가 그가 말하는 종합의 단계에서는 완전히 소거되고 만다.

　변증법에 충실하려면 헤겔은 철학에서 성취된 완전한 주관성이 재객관화되는 단계의 절대정신을 추가했어야 할 것이다. 예술은 '철학 이후'의 자리를 차지할 수 있는 유력한 후보이다. 실제로 많은 예술 작품은 '사유'를 매개로 해서만 설명되지 않는가. 게다가 이는 누구보다도 풍부한 예술적 체험을 한 헤겔 스스로가 잘 알고 있지 않은가. 이 때문에 방법과 철학 체계 간의 이러한 불일치는 더욱 아쉬움을 준다.

○ 정답 및 해설 062쪽

01

(가)와 (나)에 대한 설명으로 가장 적절한 것은?

① (가)와 (나)는 모두 특정한 철학적 방법에 기반한 체계를 바탕으로 예술의 상대적 위상을 제시하고 있다.

② (가)와 (나)는 모두 특정한 철학적 방법에 대한 상반된 평가를 바탕으로 더 설득력 있는 미학 이론을 모색하고 있다.

③ (가)와 달리 (나)는 특정한 철학적 방법의 시대적 한계를 지적하고 이에 맞서는 혁신적 방법을 제안하고 있다.

④ (가)와 달리 (나)는 특정한 철학적 방법에서 파생된 미학 이론을 바탕으로 예술 장르를 범주적으로 유형화하고 있다.

⑤ (나)와 달리 (가)는 특정한 철학적 방법의 통시적인 변화 과정을 적용하여 철학사를 단계적으로 설명하고 있다.

02

(가)에서 알 수 있는 헤겔의 생각으로 적절하지 않은 것은?

① 예술·종교·철학 간에는 인식 내용의 동일성과 인식 형식의 상이성이 존재한다.

② 세계의 근원적 질서와 시·공간적 현실은 하나의 변증법적 체계를 이룬다.

③ 절대정신의 세 가지 형태는 지성의 세 가지 형식이 인식하는 대상이다.

④ 변증법은 철학적 논증의 방법이자 논증 대상의 존재 방식이다.

⑤ 절대정신의 내용은 본질적으로 논리적이고 이성적인 것이다.

03

(가)에 따라 직관·표상·사유의 개념을 적용한 것으로 적절하지 않은 것은?

① 먼 타향에서 밤하늘의 별들을 바라보는 것은 직관을 통해, 같은 곳에서 고향의 하늘을 상기하는 것은 표상을 통해 이루어지겠군.

② 타임머신을 타고 미래로 가는 자신의 모습을 상상하는 것과, 그 후 판타지 영화의 장면을 떠올려 보는 것은 모두 표상을 통해 이루어지겠군.

③ 초현실적 세계가 묘사된 그림을 보는 것은 직관을 통해, 그 작품을 상상력 개념에 의거한 이론에 따라 분석하는 것은 사유를 통해 이루어지겠군.

④ 예술의 새로운 개념을 설정하는 것은 사유를 통해, 이를 바탕으로 새로운 감각을 일깨우는 작품의 창작을 기획하는 것은 직관을 통해 이루어지겠군.

⑤ 도덕적 배려의 대상을 생물학적 상이성 개념에 따라 규정하는 것과, 이에 맞서 감수성 소유 여부를 새로운 기준으로 제시하는 것은 모두 사유를 통해 이루어지겠군.

04

(나)의 글쓴이의 관점에서 ㉠과 ㉡에 대한 헤겔의 이론을 분석한 것으로 적절하지 않은 것은?

① ㉠과 ㉡ 모두에서 첫 번째와 두 번째의 범주는 서로 대립한다.

② ㉠과 ㉡ 모두에서 두 번째와 세 번째 범주 간에는 수준상의 차이가 존재한다.

③ ㉠과 달리 ㉡에서는 범주 간 이행에서 첫 번째 범주의 특성이 갈수록 강해진다.

④ ㉡과 달리 ㉠에서는 세 번째 범주에서 첫 번째와 두 번째 범주의 조화로운 통일이 이루어진다.

⑤ ㉡과 달리 ㉠에서는 범주 간 이행에서 수렴적 상향성이 드러난다.

05

〈보기〉는 헤겔과 (나)의 글쓴이가 나누는 가상의 대화의 일부이다. ㉯에 들어갈 내용으로 가장 적절한 것은? [3점]

┤ 보기 ├

헤겔: 괴테와 실러의 문학 작품을 읽을 때 놓치지 않아야 할 점이 있네. 이 두 천재도 인생의 완숙기에 이르러서야 비로소 최고의 지성적 통찰을 진정한 예술미로 승화시킬 수 있었네. 그에 비해 초기의 작품들은 미적으로 세련되지 못해 결코 수준급이라 할 수 없었는데, 이는 그들이 아직 지적으로 미성숙했기 때문이었네.

(나)의 글쓴이: 방금 그 말씀과 선생님의 기본 논증 방법을 연결하면 ㉯ 는 말이 됩니다.

① 이론에서는 대립적 범주들의 종합을 이루어야 하는 세 번째 단계가 현실에서는 그 범주들을 중화한다
② 이론에서는 외면성에 대응하는 예술이 현실에서는 내면성을 바탕으로 하는 절대정신일 수 있다
③ 이론에서는 반정립 단계에 위치하는 예술이 현실에서는 정립 단계에 있는 것으로 나타난다
④ 이론에서는 객관성을 본질로 하는 예술이 현실에서는 객관성이 사라진 주관성을 지닌다
⑤ 이론에서는 절대정신으로 규정되는 예술이 현실에서는 진리의 인식을 수행할 수 없다

06

문맥상 ⓐ~ⓔ와 바꾸어 쓰기에 가장 적절한 것은?

① ⓐ: 소지(所持)하여야
② ⓑ: 포착(捕捉)한다
③ ⓒ: 귀결(歸結)되어도
④ ⓓ: 간주(看做)하면
⑤ ⓔ: 결성(結成)되지

공부한 날	월	일
목표 시간	분	초
시작 :	종료 :	
소요 시간	분	초

 01-04 다음 글을 읽고 물음에 답하시오.

두 명제가 모두 참인 것도 모두 거짓인 것도 가능하지 않은 관계를 모순 관계라고 한다. 예를 들어, 임의의 명제를 P라고 하면 P와 ~P는 모순 관계이다.(기호 '~'은 부정을 나타낸다.) P와 ~P가 모두 참인 것은 가능하지 않다는 법칙을 무모순율이라고 한다. 그런데 "㉠다보탑은 경주에 있다."와 "㉡다보탑은 개성에 있을 수도 있었다."는 모순 관계가 아니다. 현실과 다르게 다보탑을 경주가 아닌 곳에 세웠다면 다보탑의 소재지는 지금과 달라졌을 것이다. 철학자들은 이를 두고, P와 ~P가 모두 참인 혹은 모두 거짓인 가능세계는 없지만 다보탑이 개성에 있는 가능세계는 있다고 표현한다.

'가능세계'의 개념은 일상 언어에서 흔히 쓰이는 필연성과 가능성에 관한 진술을 분석하는 데 중요한 역할을 한다. 'P는 가능하다'는 P가 적어도 하나의 가능세계에서 성립한다는 뜻이며, 'P는 필연적이다'는 P가 모든 가능세계에서 성립한다는 뜻이다. "만약 Q이면 Q이다."를 비롯한 필연적인 명제들은 모든 가능세계에서 성립한다. "다보탑은 경주에 있다."와 같이 가능하지만 필연적이지는 않은 명제는 우리의 현실세계를 비롯한 어떤 가능세계에서는 성립하고 또 어떤 가능세계에서는 성립하지 않는다.

가능세계를 통한 담론은 우리의 일상적인 몇몇 표현들을 보다 잘 이해하는 데 도움이 된다. 다음 상황을 생각해 보자. 나는 현실에서 아침 8시에 출발하는 기차를 놓쳤고, 지각을 했으며, 내가 놓친 기차는 제시간에 목적지에 도착했다. 그리고 나는 "만약 내가 8시 기차를 탔다면, 나는 지각을 하지 않았다."라고 주장한다. 그런데 전통 논리학에서는 "만약 A이면 B이다."라는 형식의 명제는 A가 거짓인 경우에는 B의 참 거짓에 상관없이 참이라고 규정한다. 그럼에도 ⓐ내가 만약 그 기차를 탔다면 여전히 지각을 했을 것이라고 주장하지는 않는 이유는 무엇일까? 내가 그 기차를 탄 가능세계들을 생각해 보면 그 이유를 알 수 있다. 그 가능세계 중 어떤 세계에서 나는 여전히 지각을 한다. 가령 내가 탄 그 기차가 고장으로 선로에 멈춰 운행이 오랫동안 지연된 세계가 그런 예이다. 하지만 내가 기차를 탄 세계들 중에서, 내가 기차를 타고 별다른 이변 없이 제시간에 도착한 세계가 그렇지 않은 세계보다 우리의 현실세계와의 유사성이 더 높다. 일반적으로, A가 참인 가능세계들 중에 비교할 때, B도 참인 가능세계가 B가 거짓인 가능세계보다 현실세계와 더 유사하다면, 현실세계의 나는 A가 실현되지 않은 경우에, 만약 A라면 ~B가 아닌 B이라고 말할 수 있다.

가능세계는 다음의 네 가지 성질을 갖는다. 첫째는 가능세계의 일관성이다. 가능세계는 명칭 그대로 가능한 세계이므로 어떤 것이 가능하지 않다면 그것이 성립하는 가능세계는 없다. 둘째는 가능세계의 포괄성이다. 이것은 어떤 것이 가능하다면 그것이 성립하는 가능세계는 존재한다는 것이다. 셋째는 가능세계의 완결성이다. 어느 세계에서든 임의의 명제 P에 대해 "P이거나 ~P이다."라는 배중률이 성립한다. 즉 P와 ~P 중 하나는 반드시 참이라는 것이다. 넷째는 가능세계의 독립성이다. 한 가능세계는 모든 시간과 공간을 포함해야만 하며, 연속된 시간과 공간에 포함된 존재들은 모두 동일한 하나의 세계에만 속한다. 한 가능세계 W1의 시간과 공간이, 다른 가능세계 W2의 시간과 공간으로 이어질 수는 없다. W1과 W2는 서로 시간과 공간이 전혀 다른 세계이다.

가능세계의 개념은 철학에서 갖가지 흥미로운 질문과 통찰을 이끌어 내며, 그에 관한 연구 역시 활발히 진행되고 있다. 나아가 가능세계를 활용한 논의는 오늘날 인지 과학, 언어학, 공학 등의 분야로 그 응용의 폭을 넓히고 있다.

01

윗글의 내용과 일치하는 것은?

① 배중률은 모든 가능세계에서 성립한다.
② 모든 가능한 명제는 현실세계에서 성립한다.
③ 필연적인 명제가 성립하지 않는 가능세계가 있다.
④ 무모순율에 의하면 P와 ~P가 모두 참인 것은 가능하다.
⑤ 전통 논리학에 따르면 "만약 A이면 B이다."의 참 거짓은 A의 참 거짓과 상관없이 결정된다.

02

㉠, ㉡에 대한 이해로 적절하지 않은 것은?

① ㉠이 성립하지 않는 가능세계가 존재한다.
② "만약 다보탑이 개성에 있다면, 다보탑은 개성에 있다."가 성립하는 가능세계 중에는 ㉠이 거짓인 가능세계는 없다.
③ ㉡과 "다보탑은 개성에 있지 않다."는 모순 관계가 아니다.
④ 만약 ㉡이 거짓이라면 어떤 가능세계에서도 다보탑이 개성에 있지 않다.
⑤ ㉠과 ㉡은 현실세계에서 둘 다 참인 것이 가능하다.

03

윗글을 바탕으로 할 때, @에 대한 답으로 가장 적절한 것은?

① 내가 그 기차를 타지 않은 가능세계들끼리 비교할 때 지각을 한 가능세계와 지각을 하지 않은 가능세계가 현실세계와의 유사성의 정도가 다르기 때문이다.
② 내가 그 기차를 타지 않은 가능세계들끼리 비교할 때 기차 고장이 자주 일어나지 않는 가능세계가 현실세계와의 유사성이 높기 때문이다.
③ 내가 그 기차를 탄 가능세계들끼리 비교할 때 내가 지각을 한 가능세계가 내가 지각을 하지 않은 가능세계에 비해 현실세계와의 유사성이 더 낮기 때문이다.
④ 내가 그 기차를 탄 가능세계들끼리 비교할 때 그 가능세계들의 대다수에서 내가 지각을 하지 않았기 때문이다.
⑤ 내가 그 기차를 탄 것이 현실세계에서 거짓이기 때문이다.

 매운맛 픽

04

윗글을 참고할 때, 〈보기〉를 이해한 내용으로 적절한 것은? [3점]

┤ 보기 ├

명제 "모든 학생은 연필을 쓴다."와 "어떤 학생도 연필을 쓰지 않는다."는 반대 관계이다. 이 말은, 두 명제 다 참인 것은 가능하지 않지만, 둘 중 하나만 참이거나 둘 다 거짓인 것은 가능하다는 뜻이다.

① 가능세계의 완결성과 독립성에 따르면, 모든 학생이 연필을 쓰는 가능세계가 존재한다는 것과 어떤 학생도 연필을 쓰지 않는 가능세계가 존재한다는 것 중 하나는 반드시 참이고, 그중 한 세계의 시간과 공간이 다른 세계로 이어질 수 없겠군.
② 가능세계의 포괄성과 독립성에 따르면, "어떤 학생도 연필을 쓰지 않는다."가 성립하면서 그 세계에 속한 한 명의 학생이 연필을 쓰는 가능세계들이 존재하고, 그 세계들의 시간과 공간은 서로 단절되어 있겠군.
③ 가능세계의 완결성에 따르면, 어느 세계에서든 "어떤 학생은 연필을 쓴다."와 "어떤 학생은 연필을 쓰지 않는다." 중 하나는 반드시 참이겠군.
④ 가능세계의 포괄성에 따르면, "'모든 학생은 연필을 쓴다.'가 참이거나 '어떤 학생도 연필을 쓰지 않는다.'가 참"인 가능세계들이 있겠군.
⑤ 가능세계의 일관성에 따르면, 학생들 중 절반은 연필을 쓰고 절반은 연필을 쓰지 않는 가능세계가 존재하겠군.

Speed Check

I 법·경제

01	▸	01 ②	02 ⑤	03 ⑤	04 ④		
02	▸	01 ①	02 ③	03 ④	04 ⑤	05 ⑤	06 ③
03	▸	01 ⑤	02 ⑤	03 ②	04 ③	05 ①	
04	▸	01 ④	02 ③	03 ①	04 ③	05 ②	
05	▸	01 ①	02 ⑤	03 ①	04 ④	05 ③	06 ②
06	▸	01 ①	02 ⑤	03 ①	04 ⑤		

II 과학·기술

01	▸	01 ④	02 ②	03 ④	04 ①		
02	▸	01 ①	02 ②	03 ④	04 ②		
03	▸	01 ②	02 ②	03 ④	04 ④		
04	▸	01 ③	02 ④	03 ⑤	04 ②	05 ①	06 ④
05	▸	01 ②	02 ⑤	03 ④	04 ⑤	05 ②	06 ②

III 주제 통합·인문

01	▸	01 ①	02 ③	03 ④	04 ③	05 ②	06 ③
02	▸	01 ①	02 ②	03 ③	04 ④		

2026
수능 기출

최신 기출 ALL

픽

우수 기출 PICK

국어 **독서**

BOOK **2** 우수 기출 PICK

정답 및 해설

메가스터디BOOKS

수능 기출

올픽

국어 **독서**

BOOK **2**

정답 및 해설

▶ 본문 008쪽

매운맛 **법·경제 01** 01 ② 02 ⑤ 03 ⑤
2022학년도 수능 04 ④

브레턴우즈 체제와 트리핀 딜레마

⤴ **EBS 연결 고리**
2022학년도 EBS 수능완성 147쪽 《(가) 지출 조정 정책과 지출 전환 정책 (나) 브레턴우즈 체제》에서 '브레턴우즈 체제' 관련 내용 연계

해제 이 글은 브레턴우즈 체제에서 달러화가 지닌 구조적 모순과 그것이 실제로 일어난 상황을 설명하고 있다. 금 본위 체제를 이은 브레턴우즈 체제에서 달러화는 국제 유동성 역할을 한 기축 통화였고, 다른 나라 통화의 가치는 달러화를 기준으로 고정되었다. 하지만 이 체제에서 달러화는 '트리핀 딜레마'라는 심각한 문제를 지니고 있었다. 즉 세계 경제의 활성화를 위해 국제 유동성을 확보하려면 달러화의 신뢰도가 떨어지고, 달러화의 신뢰도를 높이려면 국제 유동성 공급이 중단되어 세계 경제가 위축되는 것이다. 이는 각각 미국의 경상 수지가 적자를 지속하는 상황과, 적자를 허용하지 않는 상황과 직접적으로 관련되어 있다. 결국 1970년대 초반 미국의 경상 수지 적자가 누적되면서 브레턴우즈 체제는 붕괴되고 만다. 그러나 그 이후에도 달러화는 외환 거래의 효율성 때문에 기축 통화의 역할을 계속하였다.
주제 브레턴우즈 체제에서 달러화가 지닌 딜레마와 기축 통화의 필요성
짜임

1문단	브레턴우즈 체제에서 기축 통화인 달러화의 구조적 모순
2문단	브레턴우즈 체제에서의 금 태환과 환율
3문단	브레턴우즈 체제의 붕괴 과정
4문단	달러화의 기축 통화 역할 지속 이유

1문단 기축 통화는 국제 거래에 결제 수단으로 통용되고 환율 결정에 기준이 되는 통화이다. 1960년 트리핀 교수는 브레턴우즈 체제에서의 기축 통화인 달러화의 구조적 모순을 지적했다. 한 국가의 재화와 서비스의 수 _{[01-②] 브레턴우즈 체제의 모순을 지적한 트리핀} 출입 간 차이인 경상 수지는 수입이 수출을 초과하면 적자이고, 수출이 _{[04-④, ⑤] 경상 수지의 개념} 수입을 초과하면 흑자이다. 그는 "미국이 경상 수지 적자를 허용하지 않 _{[01-②] [02-④] 브레턴우즈 체제에서 달러화의 모순 ①} 아 국제 유동성 공급이 중단되면 세계 경제는 크게 위축될 것"이라면서도 "반면 적자 상태가 지속돼 달러화가 과잉 공급되면 준비 자산으로서의 신 _{[01-⑤] [02-④] [04-①] 브레턴우즈 체제에서 달러화의 모순 ②} 뢰도가 저하되고 고정 환율 제도도 붕괴될 것"이라고 말했다.

2문단 이러한 트리핀 딜레마는 국제 유동성 확보와 달러화의 신뢰도 간 _{[02-③, ④] 트리핀 딜레마의 의미} 의 문제이다. 국제 유동성이란 국제적으로 보편적인 통용력을 갖는 지불 수단을 말하는데, ㉠금 본위 체제에서는 금이 국제 유동성의 역할을 했 _{[01-④] 금의 국제 유동성 역할} 으며, 각 국가의 통화 가치는 정해진 양의 금의 가치에 고정되었다. 이 _{[03-①] 금 본위 체제에서 각국의 통화 가치} 에 따라 국가 간 통화의 교환 비율인 환율은 자동적으로 결정되었다. 이 _{[03-①, ④] 금 본위 체제에서의 환율} 후 ㉡브레턴우즈 체제에서는 국제 유동성으로 달러화가 추가되어 '금 환 _{[01-④] 달러화의 국제 유동성 역할} 본위제'가 되었다. 1944년에 성립된 이 체제는 미국의 중앙은행에 '금 태

환 조항'에 따라 금 1온스와 35달러를 언제나 맞교환해 주어야 한다는 의 _{[01-③] [02-⑤] 브레턴우즈 체제에서 미국 중앙은행의 의무} 무를 지게 했다. 다른 국가들은 달러화에 대한 자국 통화의 가치를 고정했 고, 달러화로만 금을 매입할 수 있었다. 환율은 경상 수지의 구조적 불균 형이 있는 예외적인 경우를 제외하면 ±1% 내에서의 변동만을 허용했다. 이에 따라 기축 통화인 달러화를 제외한 다른 통화들 간 환율인 교차 환율 _{[03-②, ④, ⑤] 교차 환율의 의미} 은 자동적으로 결정되었다.

3문단 1970년대 초에 미국은 경상 수지 적자가 누적되기 시작하고 달러 _{[01-⑤] [02-①] 달러화 과잉 공급의 결과} 화가 과잉 공급되어 미국의 금 준비량이 급감했다. 이에 따라 미국은 달러 화의 금 태환 의무를 더 이상 감당할 수 없는 상황에 도달했다. 이를 해결 _{[02-③] 달러화 과잉 공급의 결과} 할 수 있는 방법은 달러화의 가치를 내리는 평가 절하, 또는 달러화에 대 _{[02-①, ②, ④] [03-②, ③, ④] 평가 절하와 평가 절상의 의미} 한 여타국 통화의 환율을 하락시켜 그 가치를 올리는 평가 절상이었다. 하 지만 브레턴우즈 체제하에서 달러화의 평가 절하는 규정상 불가능했고, _{[02-①] 달러화 고평가의 원인} 당시 대규모 대미 무역 흑자 상태였던 독일, 일본 등 주요국들은 평가 절 _{[02-②] 마르크화, 엔화에 대한 투기적 수요의 증가 원인} 상에 나서려고 하지 않았다. 이 상황이 유지되기 어려울 것이라는 전망으 로 독일의 마르크화와 일본의 엔화에 대한 투기적 수요가 증가했고, 결국 환율의 변동 압력은 더욱 커질 수밖에 없었다. 이러한 상황에서 각국은 보 유한 달러화를 대규모로 금으로 바꾸기를 원했다. 미국은 결국 1971년 달 러화의 금 태환 정지를 선언한 닉슨 쇼크를 단행했고, 브레턴우즈 체제는 _{[02-①] 닉슨 쇼크 단행으로 인한 브레턴우즈 체제 붕괴} 붕괴되었다.

4문단 그러나 붕괴 이후에도 달러화의 기축 통화 역할은 계속되었다. 그 _{[01-①] 브레턴우즈 체제 붕괴 이후 달러화의 기축 통화 역할 지속 이유} 이유로 규모의 경제를 생각할 수 있다. 세계의 모든 국가에서 ㉢어떠한 기축 통화도 없이 각각 다른 통화가 사용되는 경우 두 국가를 짝짓는 경우 _{[03-③, ⑤] 기축 통화가 없을 때의 환율 가짓수} 의 수만큼 환율의 가짓수가 생긴다. 그러나 하나의 기축 통화를 중심으로 외환 거래를 하면 비용을 절감하고 규모의 경제를 달성할 수 있다.

---

01 세부 정보의 파악 답 ②

선지별 선택 비율	①	②	③	④	⑤
화작	5%	57%	11%	9%	16%
언매	4%	68%	8%	5%	12%

윗글을 통해 답을 찾을 수 없는 질문은?

😊 **정답 띵!동!**

② 브레턴우즈 체제 붕괴 이후의 세계 경제 위축에 대해 트리핀은 어떤 전망을 했는가? (X)

❙ 1문단 "트리핀 교수는 브레턴우즈 체제에서의 기축 통화인 달러화의 구조적 모순을 지적했다. ~ 미국이 경상 수지 적자를 허용하지 않아 국제 유동성 공급이 중단되면 세계 경제는 크게 위축될 것"

❙ 결론! 트리핀 교수가 말한 '세계 경제 위축'은 브레턴우즈 체제 붕괴 이후를 전망한 것이 아님. 브레턴우즈 체제 내에서의 모순점을 지적한 것임.

① 브레턴우즈 체제 붕괴 이후에도 달러화가 기축 통화로서 역할을 할 수 있었던 이유는 무엇인가?

| 4문단 "붕괴 이후에도 달러화의 기축 통화 역할은 계속되었다. 그 이유로 규모의 경제를 생각할 수 있다."

③ 브레턴우즈 체제에서 미국 중앙은행은 어떤 의무를 수행해야 했는가?

| 2문단 "1944년에 성립된 이 체제(브레턴우즈 체제)는 미국의 중앙은행에 '금 태환 조항'에 따라 금 1온스와 35달러를 언제나 맞교환해 주어야 한다는 의무를 지게 했다."

④ 브레턴우즈 체제에서 국제 유동성의 역할을 한 것은 무엇인가?

| 2문단 "국제 유동성이란 국제적으로 보편적인 통용력을 갖는 지불 수단을 말하는데, 금 본위 체제에서는 금이 국제 유동성의 역할을 했으며, ~ 이후 브레턴우즈 체제에서는 국제 유동성으로 달러화가 추가되어 '금 환 본위제'가 되었다."

| 뭔말?
· 브레턴우즈 체제에서의 국제 유동성: 금, 달러화

⑤ 브레턴우즈 체제에서 달러화 신뢰도 하락의 원인은 무엇인가?

| 1문단 "(미국의) 적자 상태가 지속돼 달러화가 과잉 공급되면 준비 자산으로서의 신뢰도가 저하되고"

| 3문단 "1970년대 초에 미국은 경상 수지 적자가 누적되기 시작하고 달러화가 과잉 공급되어 미국의 금 준비량이 급감했다."

02 내용의 추론   답 ⑤

선지별 선택 비율	①	②	③	④	⑤
화작	14%	24%	17%	11%	31%
언매	15%	23%	14%	6%	39%

윗글을 바탕으로 추론한 내용으로 적절하지 <u>않은</u> 것은?

⑤ 브레턴우즈 체제에서 마르크화가 달러화에 대해 평가 절상되면, 같은 금액의 마르크화로 구입 가능한 금의 양은 ~~감소~~한다.
                                    └→ 증가

| 2문단 "1944년에 성립된 이 체제는 미국의 중앙은행에 '금 태환 조항'에 따라 금 1온스와 35달러를 언제나 맞교환해 주어야 한다는 의무를 지게 했다."

| 3문단 "달러화에 대한 여타국 통화의 환율을 하락시켜 그 가치를 올리는 평가 절상"

| 뭔말?
· 평가 절상은 환율 하락, 즉 통화 가치의 상승을 의미함. → 마르크화의 달러화에 대한 평가 절상 = 달러화에 대한 마르크화의 가치 상승, 환율 하락
· 마르크화의 가치 상승 → 동일한 마르크화로 더 많은 달러 구입 가능 = 동일한 마르크화로 더 많은 금 구입 가능

※ 예를 들어 1달러에 2마르크였던 환율이 1달러에 1마르크로 하락한 경우: 환율 하락(평가 절상) 전에는 70마르크가 있어야 금 1온스와 바꿀 수 있었지만 환율 하락 후에는 35마르크만 있으면 금 1온스와 바꿀 수 있음.

① 닉슨 쇼크가 단행된 이후 달러화의 고평가 문제를 해결할 수 있는 달러화의 평가 절하가 가능해졌다.

| 3문단 "1970년대 초에 미국은 경상 수지 적자가 누적되기 시작하고 달러화가 과잉 공급되어 미국의 금 준비량이 급감했다. 이에 따라 미국은 달러화의 금 태환 의무를 더 이상 감당할 수 없는 상황에 도달했다. ~ 브레턴우즈 체제하에서 달러화의 평가 절하는 규정상 불가능했고 ~ 미국은 결국 1971년 달러화의 금 태환 정지를 선언한 닉슨 쇼크를 단행했고, 브레턴우즈 체제는 붕괴되었다."

| 뭔말?
· 달러화가 과잉 공급되면 그 가치가 떨어져야 함. 그러나 브레턴우즈 체제에서는 달러화의 평가 절하가 불가능하여 달러화가 고평가되는 문제가 발생함.
· 미국의 닉슨 쇼크 단행으로 브레턴우즈 체제 붕괴 → 달러화의 평가 절하 가능

② 브레턴우즈 체제에서 마르크화와 엔화의 투기적 수요가 증가한 것은 이들 통화의 평가 절상을 예상했기 때문이다.

| 3문단 "이를 해결할 수 있는 방법은 ~ 달러화에 대한 여타국 통화의 환율을 하락시켜 그 가치를 올리는 평가 절상이었다. ~ 당시 대규모 대미 무역 흑자 상태였던 독일, 일본 등 주요국들은 평가 절상에 나서려고 하지 않았다. 이 상황(독일, 일본 등이 평가 절상에 나서려고 하지 않는 것)이 유지되기 어려울 것이라는 전망으로 독일의 마르크화와 일본의 엔화에 대한 투기적 수요가 증가했고"

| 뭔말?
· 당장은 독일과 일본이 자국 통화를 평가 절상하려 하지 않지만, 결국 독일의 마르크화와 일본의 엔화가 평가 절상될 것이라는 기대로 이들 통화에 대한 투기적 수요가 증가한 것임.
· 평가 절상 = 해당 통화의 가치가 높아지는 것 → 마르크화나 엔화를 구입한 뒤에 그 통화가 평가 절상되면 그만큼 이익을 얻게 됨.

※ 달러화의 금 태환 의무가 있는 브레턴우즈 체제에서는 해당 통화가 평가 절상된 만큼 더 많은 금으로 바꿀 수 있음.

③ 금의 생산량 증가를 통한 국제 유동성 공급량의 증가는 트리핀 딜레마 상황을 완화하는 한 가지 방법이 될 수 있다.

| 2문단 "트리핀 딜레마는 국제 유동성 확보와 달러화의 신뢰도 간의 문제"

| 3문단 "1970년대 초에 미국은 경상 수지 적자가 누적되기 시작하고 달러화가 과잉 공급되어 미국의 금 준비량이 급감했다. 이에 따라 미국은 달러화의 금 태환 의무를 더 이상 감당할 수 없는 상황에 도달했다."

| 뭔말?
· 트리핀 딜레마: 브레턴우즈 체제에서 국제 유동성 확보와 달러화의 신뢰도가 반비례(달러화 과잉 공급으로 국제 유동성 확보 → 달러화의 신뢰도 하락, 달러화의 신뢰도 유지 → 국제 유동성 공급 중단)
· 달러화의 과잉 공급으로 인한 문제점: 달러화와 맞교환해 주어야 할 금이 과잉 공급된 달러화에 미치지 못함. → 달러화의 준비 자산으로서의 신뢰도 하락
· 금의 생산량 증가를 통한 공급량 증가: 국제 유동성을 확보하면서도 달러화의 신뢰도 유지 가능 → 트리핀 딜레마 상황 완화

④ 트리핀 딜레마는 달러화를 통한 국제 유동성 공급을 중단할 수도 없고 공급량을 무한정 늘릴 수도 없는 상황을 말한다.

| 1문단 "미국이 경상 수지 적자를 허용하지 않아 국제 유동성 공급이 중단(달러화 공급 중단)되면 세계 경제는 크게 위축될 것 ~ 반면 적자 상태가 지속돼 달러화가 과잉 공급되면 준비 자산으로서의 신뢰도가 저하되고 고정 환율 제도도 붕괴될 것"

▶ 2문단 "트리핀 딜레마는 국제 유동성 확보와 달러화의 신뢰도 간의 문제"

▶ 윗말?

· 브레턴우즈 체제에서 국제 유동성을 확보하기 위해 달러화의 공급량을 늘리면 달러화의 신뢰도가 떨어짐. ∴ 달러화 공급을 무한정 늘릴 수 없음.

· 반면 달러화의 신뢰도를 유지하기 위해 달러화의 공급량을 줄여 국제 유동성 공급을 중단하면 세계 경제가 위축됨. ∴ 달러화 공급을 중단할 수 없음.

꿀피스 Tip!

▶ 이 문제의 포인트는 지문에 제시된 통화 가치, 환율, 평가 절상 간의 관계를 바르게 파악할 수 있는가에 있어.

▶ 정답인 선지 ⑤를 보면, 먼저 평가 절상에 대한 이해가 필요해. 3문단을 보면 평가 절상은 달러화에 대한 해당 국가 통화의 가치를 올리는 것인데, 그 방법은 환율을 하락시키는 것이라고 했지. 즉, '평가 절상 = 달러화에 대한 해당 국가 통화의 환율 하락 = 해당 국가 통화의 가치 상승' 이렇게 돼. 이걸 제대로 파악하지 못했다면 정답을 고를 수 없어.

▶ ⑤에서 '달러화에 대한 마르크화의 평가 절상'의 의미는? 달러화에 대한 마르크화의 환율 하락 = 마르크화의 가치 상승. 상식적으로 생각해도 마르크화의 가치가 올라갔으니 그 전보다 살 수 있는 금의 양이 많아질 거라 추측할 수 있지만, 환율을 통해 보다 확실히 점검해 보자.(여기서 환율 상승, 환율 하락의 의미 정도는 알고 있어야 해. 교과 과정에 포함되는 기초적인 경제 용어니까.)

▶ 달러화에 대한 마르크화의 환율 하락이란 1달러와 교환되는 마르크화가 더 적어진다는 뜻이지. 브레턴우즈 체제에서 금 1온스는 35달러라고 했으니, 마르크화 환율이 하락한 후에는 금 1온스에 해당하는 35달러와 교환하기 위해 필요한 마르크화가 더 적어진다는 말이고. 바꿔 말하면 환율 하락 전보다 동일한 마르크화로 더 많은 금을 살 수 있다는 거지!

▶ 오답 중에 선지 ②의 선택률이 높은데, 이 역시 평가 절상, 환율 하락, 통화 가치 상승의 관계를 제대로 파악해야 판단 가능한 거야. 마르크화와 엔화의 투기적 수요가 증가했다는 게 무슨 말일까? 이익을 노리고 마르크화와 엔화를 앞다투어 사들였다는 거지. 그럼 그 이익이란 무엇인지 살펴보아야겠지. 독일, 일본이 평가 절상에 나서려고 하지 않았지만 투자자들은 그러한 상황이 지속되지 않고 결국 평가 절상이 될 것으로 전망했다는 거야. 자, 평가 절상의 의미를 다시 떠올려 보자. '마르크화와 엔화의 평가 절상 = 달러화에 대한 마르크화와 엔화의 환율 하락 = 마르크화와 엔화의 가치 상승' 위에서 설명했듯 이렇게 되면 동일한 마르크화, 엔화로 이전보다 더 많은 금을 살 수 있으니 이익이잖아. 그러니 마르크화, 엔화에 대한 수요가 증가한 거지.

▶ ①의 경우 복잡하게 생각할 필요 없이, 3문단 앞부분과 뒷부분의 내용을 연결해서 이해하기만 하면 돼. 1970년대에 달러화가 과잉 공급되는 문제가 발생했지. 수요와 공급, 가격(가치) 간 관계를 떠올려 봐. 상식적으로 달러화가 많이 풀리면 달러화 가치가 내려가야 할 텐데, 브레턴우즈 체제의 규정상 달러화의 평가 절하는 불가능했다는 거지. 즉 달러화의 가치가 실제보다 고평가되는 상태가 된 거야. 그런데 닉슨 쇼크의 결과 브레턴우즈 체제가 붕괴되었으니, 그 규정에 따를 필요가 없어져 달러화의 평가 절하가 가능해지는 거지. (달러화 과잉 공급과 달러화 고평가 문제를 관련짓지 못했다 해도, 이 상황을 해결할 수 있는 방법이 '달러화의 가치를 내리는 평가 절하'였다는 내용에서 달러화의 가치가 고평가된 상태였다는 걸 이끌어 낼 수 있어.)

▶ ③의 경우, 달러화의 과잉 공급이 왜 브레턴우즈 체제에서 문제가 되는지 정확히 파악해야 해. 브레턴우즈 체제는 금의 가치를 달러에 고정시켜 놓은 거야. 금 1온스가 35달러에 해당하는 것이고, 미국 중앙은행은 이걸 바꿔 줄 의무가 있어. 그런데 달러화가 지나치게 많이 공급되면 바꿔 줄 금이 모자라게 되겠지? 자동적으로 달러화에 대한 신뢰도도 떨어지고 말이야. 이때 금의 생산량을 늘리면 이 문제가 해결될 수 있어. 달러화는 브레턴우즈 체제에서 국제 유동성이니, 달러화가 많이 공급된다는 건 국제 유동성 공급량이 증가한다는 뜻인 거지. 그러면서도 금과 달러의 교환, 즉 금 태환에도 문제가 없어지는 거야. 따라서 준비 자산으로서 달러화의 신뢰도도 유지되겠지. 트리핀 딜레마는 국제 유동성 확보와 달러화 신뢰도 간의 문제인데 이것이 해결되는 거야.

▶ ④는 1문단의 내용을 살짝 바꾼 수준이지. 위에서 살펴본 바와 같이 국제 유동성, 즉 달러화 공급을 지나치게 늘리면 금 태환이 어려워져 달러화의 신뢰도가 떨어지고, 반대로 달러화 공급을 중단하면 세계 경제가 위축되니 이러지도 저러지도 못하는 딜레마 상황에 빠진다는 거잖아.

03　구체적 사례에의 적용　　　답 ⑤

선지별 선택 비율	①	②	③	④	⑤
화작	5%	15%	15%	19%	43%
언매	6%	11%	9%	15%	57%

미국을 포함한 세 국가가 존재하고 각각 다른 통화를 사용할 때, ㉠~㉢에 대한 설명으로 적절한 것은?

😊 정답 띡! 퉁!

⑤ ㉡에서 교차 환율의 가짓수는 ㉢에서 생기는 환율의 가짓수보다 적다.

▶ 2문단 "기축 통화인 달러화를 제외한 다른 통화들 간 환율인 교차 환율"

▶ 4문단 "어떠한 기축 통화도 없이 각각 다른 통화가 사용되는 경우 두 국가를 짝 짓는 경우의 수만큼 환율의 가짓수가 생긴다."

▶ 윗말?

· ㉡ (브레턴우즈 체제)에서 교차 환율의 가짓수: 1(기축 달러인 미국의 달러화 제외, 나머지 두 나라의 통화 간 환율)

· ㉢ (어떠한 기축 통화도 없이 각각 다른 통화가 사용되는 경우)에서 환율의 가짓수: 3(세 나라의 통화 간 환율 경우의 수)

※ 예를 들어 미국(달러화), 독일(마르크화), 일본(엔화)의 세 국가가 있다고 가정할 때, ㉡에서 교차 환율은 미국 달러화 제외 독일 마르크화와 일본 엔화 간의 환율뿐임. 그러나 ㉢에서는 '달러화 : 마르크화', '달러화 : 엔화', '마르크화 : 엔화'로 총 세 가지 경우의 환율이 존재함.

😞 오답 땡!

① ㉠에서 자동적으로 결정되는 환율의 가짓수는 금에 자국 통화의 가치를 고정한 국가 수보다 ~~하나 적다.~~
　　　　　　　　　　　　　　　　　　└→ 동일함.

▶ 2문단 "금 본위 체제에서는 금이 국제 유동성의 역할을 했으며, 각 국가의 통화 가치는 정해진 양의 금의 가치에 고정되었다. 이에 따라 국가 간 통화의 교환 비율인 환율은 자동적으로 결정되었다."

▶ 윗말?

· ㉠ (금 본위 체제)에서 자동으로 결정되는 환율의 가짓수: 3(세 국가의 통화 간 환율 경우의 수)

· 금에 자국 통화의 가치를 고정한 국가 수: 3(세 국가가 각각 다른 통화를 쓰므로)

② ⓒ이 붕괴된 이후에도 여전히 달러화가 기축 통화라면 ⓒ에 비해 교차 환율의 가짓수는 적어진다.
→ ⓒ과 교차 환율의 가짓수는 동일함.

| 뭔말?
· ⓒ에서 교차 환율의 가짓수: 1(세 국가 중 기축 달러인 달러화를 사용하는 미국을 제외하면 두 국가만 남음.)
· ⓒ이 붕괴된 이후 여전히 달러화가 기축 통화일 때 교차 환율의 가짓수: 1(세 국가 중에서 기축 통화인 달러화를 사용하는 미국을 제외하면 두 국가만 남음.)

③ ⓒ에서 국가 수가 하나씩 증가할 때마다 환율의 전체 가짓수도 하나씩 증가한다.
→ 하나보다 많이 증가함.

| 뭔말?
· 각각 다른 통화를 사용하는 세 국가만 존재할 때 환율의 전체 가짓수: 3
· 한 국가가 늘어나서 네 나라가 될 때 환율의 전체 가짓수: 6
· 다섯 국가가 될 때 환율의 전체 가짓수: 10
  ※ 수학식으로 나타내면 서로 다른 n개에서 순서를 생각하지 않고 r개를 택하는 조합이 되므로 nCr이 됨. 즉 세 국가이면 3C2 = (3×2)/(2×1) = 3, 네 국가이면 4C2 = (4×3)/(2×1) = 6, 다섯 국가이면 5C2 = (5×4)/(2×1) = 10

④ ㉠에서 ⓒ으로 바뀌면 자동적으로 결정되는 환율의 가짓수가 많아진다.
→ 줄어듦.

| 뭔말?
· ㉠, ⓒ에서 모두 각국의 환율은 자동적으로 결정됨. 단지 각국 통화 가치를 ㉠은 금에 고정, ⓒ은 달러화에 고정함.
· ㉠에서 자동적으로 결정되는 환율의 가짓수: 3(세 국가의 통화 간 환율 경우의 수)
· ⓒ에서 자동적으로 결정되는 환율의 가짓수: 1(기축 통화인 미국 달러화 제외, 나머지 두 나라 간의 통화 간 환율)

04 구체적 사례에의 적용 답 ④

선지별 선택 비율	①	②	③	④	⑤
회작	9%	24%	19%	30%	14%
언매	11%	23%	16%	34%	13%

윗글을 참고할 때, 〈보기〉에 대한 반응으로 가장 적절한 것은? [3점]

─── 보기 ───

브레턴우즈 체제가 붕괴된 이후 두 차례의 석유 가격 급등을 겪으면서 기축 통화국인 A국의 금리는 인상되었고 통화 공급은 감소(→ 국제 유동성 감소)했다. 여기에 A국 정부의 소득세 감면과 군비 증대는 A국의 금리를 인상시켰으며, 높은 금리로 인해 대량으로 외국 자본이 유입되었다. A국은 이로 인한 상황을 해소하기 위한 국제적 합의를 주도하여, 서로 교역을 하며 각각 다른 통화를 사용하는 세 국가 A, B, C는 외환 시장에 대한 개입을 합의했다. 이로 인해 A국 통화에 대한 B국 통화와 C국 통화의 환율은 각각 50%, 30% 하락(B국 통화와 C국 통화의 평가 절상)했다.

😊 **정답 띡! 동!**

④ 다른 모든 조건이 변하지 않았다면, 국제적 합의로 인해 A국 통화에 대한 B국과 C국 통화의 환율이 하락하여, B국에 대한 C국의 경상 수지는 개선되었겠군.

───────────

| 1문단 "한 국가의 재화와 서비스의 수출입 간 차이인 경상 수지는 수입이 수출을 초과하면 적자이고, 수출이 수입을 초과하면 흑자"
| 3문단 "달러화에 대한 여타국 통화의 환율을 하락시켜 그 가치를 올리는 평가 절상"

| 뭔말?
· 달러화에 대한 '환율 하락'은 해당 국가의 통화 가치가 높아지는 '평가 절상'을 의미: B국과 C국의 통화 중 환율 하락률이 더 큰 B국 통화의 가치 상승률이 C국 통화의 가치 상승률보다 높음. = B국 통화의 가치가 C국 통화의 가치보다 높아짐. → B국 통화에 대한 C국 통화의 환율 상승
  ※ 예를 들어 A국, B국, C국 통화 간의 환율이 '100 : 200 : 200'이었다고 가정하면, 외환 시장 개입 이후 '100 : 100 : 140'이 됨. 이때 B국 통화에 대한 C국 통화의 환율은 '100 : 140'로, 결과적으로 B국 통화에 대한 C국 통화의 환율이 상승함.
· 환율 상승: 이전과 동일한 제품을 더 싸게 수출할 수 있음. (위의 예에서 C국은 B국에 본래 100의 가격으로 수출하면 것을 약 71.4의 가격으로 수출 가능). 반대로 이전과 동일한 제품을 더 비싸게 수입해야 함. (위의 예에서 C국은 B국에 본래 100의 가격으로 수입하면 것을 140의 가격으로 수입) → C국 입장에서 B국에 대한 수출은 증가하고 수입은 감소 = B국에 대한 C국의 경상 수지 개선

😣 **오답 땡!**

① A국의 금리 인상과 통화 공급 감소로 인해 A국 통화의 신뢰도가 낮아진 것은 외국 자본이 대량으로 유입되었기 때문이겠군.
→ 통화 공급 감소, 외국 자본 대량 유입으로 A국 통화의 신뢰도가 낮아지지 않음.

| 1문단 "달러화가 과잉 공급되면 준비 자산으로서의 신뢰도가 저하되고"
| 뭔말?
· 기축 통화인 A국 통화가 과잉 공급될 때 신뢰도가 저하되지 통화 공급 감소로 신뢰도가 낮아지지 않음.
· 외국 자본이 A국에 대량으로 유입된 것은 A국의 금리가 높아졌기 때문
  → 외국 자본의 대량 유입과 A국 통화의 신뢰도 간 직접적인 인과 관계가 성립하지 않음.

② 국제적 합의로 인한 A국 통화에 대한 B국 통화의 환율 하락으로 국제 유동성 공급량이 증가하여 A국 통화의 가치가 상승했겠군.
→ 하락

| 3문단 "달러화에 대한 여타국 통화의 환율을 하락시켜 그 가치를 올리는 평가 절상"
| 뭔말?
· A국 통화에 대한 B국 통화의 환율 50% 하락 → B국 통화의 가치 상승, 기축 통화인 A국 통화의 가치 하락 의미

③ 다른 모든 조건이 변하지 않았다면, 국제적 합의로 인해 A국 통화에 대한 B국 통화의 환율과 B국 통화에 대한 C국 통화의 환율은 모두 하락했겠군.
B국 통화에 대한 C국 통화의 환율은 상승 ←

| 〈보기〉 "A국 통화에 대한 B국 통화와 C국 통화의 환율은 각각 50%, 30% 하락"
| 뭔말?
· 기축 통화(A국 통화)에 대한 C국 통화의 하락률이 B국 통화의 하락률보다 낮음.
  → B국 통화에 대한 C국 통화의 환율은 국제적 합의 이전보다 상승
· 환율 하락 = 자국 통화의 가치가 상대적으로 더 높아지는 평가 절상 → A국 통

화에 대한 환율 하락 폭이 더 큰 B국 통화의 가치가 C국 통화의 가치보다 더 높아짐.

⑤ 다른 모든 조건이 변하지 않았다면, A국의 소득세 감면과 군비 증대로 A국의 경상 수지가 악화되며, 그 완화 방안 중 하나는 ~~A국 통화에 대한 B국 통화의 환율을 상승시키는 것이겠군.~~
  └→ 완화 방안 X(A국 통화에 대한 B국 통화의 환율 상승 → B국에 대한 A국의 수입 증가, 수출 감소로 A국 경상 수지 악화)

┃1문단 "한 국가의 재화와 서비스의 수출입 간 차이인 경상 수지는 수입이 수출을 초과하면 적자이고, 수출이 수입을 초과하면 흑자"
┃뭔말?
· 경상 수지 악화 상황, 즉 적자 상황을 완화하기 위해서는 수출을 늘려야 함.
· A국 통화에 대한 B국 통화의 환율 상승: B국에 대한 A국의 수입 증가, 수출 감소 → A국의 경상 수지 더욱 악화

진다고 했는데, A국 통화는 곧 기축 통화이고 공급이 감소되는 상황이니 이것이 신뢰도 하락의 원인이 아니지. 또한 외국 자본이 대량 유입되어 A국의 금리 인상이 이루어진 것이 아니라 금리 인상 때문에 외국 자본의 유입된 거지. 이자가 오르면 그 이자 수익을 얻기 위해 투자가 이루어지잖아.

▶ ②도 마찬가지야. 국제 유동성 공급량이 증가했다는 것은 기축 통화인 A국 통화의 공급량이 증가했다는 것인데, 공급량이 증가하면 통화 가치가 상승하는 게 아니라 하락하잖아. 그리고 A국 통화에 대한 B국 통화의 환율 하락은 B국 통화의 가치가 상승한 반면 A국 통화의 가치는 하락했다는 걸 의미하지. 기축 통화의 가치가 하락해서 공급량이 증가했다? 앞뒤가 하나도 안 맞아요.

애웠지?

 꿀피스 Tip!

▶ 이 문제의 포인트는 지문에 제시된 통화 가치, 환율, 평가 절상 간의 관계를 국제 교역 사례에 적용하여 이해할 수 있는가에 있어. 쉽게 말하면 02번 문제 포인트의 확장판이야.

▶ 〈보기〉의 끝부분을 보니 환율 하락과 관련된 내용이 제시되고 있어. 자, 02번 문제의 그 포인트가 바로 떠오르지? 'A국 통화에 대한 B국과 C국의 환율 하락 = B국과 C국 통화의 가치 상승 = 평가 절상'이겠지? 그런데 C국 통화의 환율 하락 폭(30%)보다 B국 통화의 환율 하락 폭(50%)이 더 크니 B국 통화의 가치 상승 폭이 더 크다는 것이지. 따라서 B국 통화에 대한 C국 통화의 환율이 이전보다 상대적으로 상승했겠지. 자, 여기서 ③은 해결이야. B국 통화에 대한 C국 통화의 환율은 하락이 아니라 상승!

▶ 한편 정답 선지인 ④는 더 나아가 이러한 환율 변동이 B국에 대한 C국의 경상 수지에 미치는 영향을 파악할 수 있는지 묻고 있어. 경상 수지는 1문단에 제시된 대로 수입과 수출 간 차이에 해당하지. 따라서 환율 변동이 수입과 수출에 미치는 영향을 파악해야 해.

▶ C국의 환율이 상승했다는 것은 동일한 물건을 이전보다 더 싸게 B국에 수출할 수 있고, 반대로 B국에서 동일한 물건을 이전보다 더 비싸게 수입해야 한다는 의미지. (헷갈리면 숫자를 대입해 봐. B국이 미국, C국이 우리나라라면 '1달러 = 1,000원 → 1달러 = 2,000원'이 된 상황이지. 10,000원짜리 물건을 수출한다면 환율 상승 이전에는 10달러, 이후에는 5달러가 되고, 10달러짜리 물건을 수입한다면 환율 상승 이전에는 10,000원, 이후에는 20,000원이 되지.) 그러니 수출이 늘어나고 수입이 줄어들어 경상 수지가 개선되는 거야.

▶ ⑤ 역시 경상 수지와 관련되어 있네. 경상 수지 악화를 완화하는 방안은 바로 위에서 말했듯, 수출 증가와 수입 감소를 유도하는 것이어야 하지. 그런데 A국 통화에 대한 B국 통화의 환율을 상승시키면 어떻게 되지? A국에 대한 B국의 수출이 증가하고 수입은 감소하게 되고, 반대로 B국에 대한 A국의 수출은 감소하고 수입은 증가하게 되지.

▶ ①의 경우, 인과 관계가 성립되지 않거나 선후가 뒤바뀐 내용들을 짜깁기해 놓은 거야. 1문단에서 기축 통화가 과잉 공급될 때 신뢰도가 낮아

기출 속 독서 배경지식

🔗 금본위체제, 금환본위제

✎ 기축 통화의 개념

▸ 기축 통화는 국제 거래의 결제 수단을 말한다. 기축 통화가 생기기 이전 국가 간 거래에서 국제 결제 수단으로 사용된 것은 금이었다.

✎ 금본위체제

▸ 화폐 단위의 가치가 일정량의 금의 가치와 결부되어 있는 화폐 제도를 말한다. 금은 어느 국가에서나 대외 거래에 통용되고 지불 준비 수단으로 인정되어 국제 거래 결제 수단으로 쓰였다. 금본위제도를 유지하기 위해서는 금이 충분하게 필요했다.

▸ 제2차 세계 대전 이후 국제 무역의 규모가 커지면서 금으로는 필요한 무역 결제나 지불 준비 자산을 충당하기 어렵게 되었다. 그래서 금 이외에도 미국 달러를 추가적으로 국제 결제 통화로 사용하게 되었다. 이를 금환본위제도 다른 말로 브레턴우즈 체제라고 한다.

✎ 금환본위제도(브레턴우즈 체제)

▸ 금환본위제도는 금본위제도의 기본 골격을 유지하면서 그 한계를 보완해 각국의 화폐의 교환 가치를 금이나 미국 달러화에 고정시킨 것이다. 미국 달러만 금과 일정한 비율로 바꿀 수 있고, 각국 통화 가치는 미국 달러와 비율을 정하는 체제다.

▸ 제2차 세계 대전 이후, 각국 통화 가치 불안정, 외환 관리, 평가 절하 경쟁, 무역 거래 제한 등을 시정하기 위해 1944년 미국 뉴햄프셔 주 브레턴우즈에서 발족한 국제 통화 체제여서 브레턴우즈 체제라고도 한다.

▸ 미국 달러가 국제 결제 통화로 인정받을 수 있었던 것은 미국이 금을 많이 보유하고 있었고, 미국 달러의 통화의 가치가 안정적이라는 점에서 달러의 가치저장 기능이 인정받았기 때문이다.

▸ 브레턴우즈 체제의 핵심 내용은 기축 통화를 달러로 지정하고 어떤 경우이든 교환 비율을 금 1온스 당 35달러로 고정한 것이다. 미국은 달러 소유 국가가 달러를 제시하며 금과의 교환을 요구했을 때 화폐와 금을 교환하여 제공하는 금태환 의무를 진다.

▸ 이런 상황에서 미국 외의 국가들이 금을 보유하기 위한 유일한 방법은 먼저 자국 통화를 미국 달러로 바꾸고, 1온스의 금을 매입하기 위해 35달러를 지불하는 것이다. 이를 위해선 달러와 각 국가의 통화 사이에도 교환 비율이 전제되어야 하는데, 브레턴우즈 체제에서는 그 교환 비율에도 또한 상당히 경직적인 원칙을 내세웠다.

▸ 미국 달러를 주거래통화로 삼고 금 태환제와 고정환율제를 골격으로 한다.

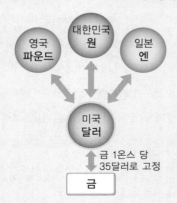

✎ 금환본위제도(브레턴우즈 체제)의 문제점

▸ 1970년대 초 미국의 무역 적자가 누적되었고, 미국이 무역 적자를 메우기 위해 달러를 추가 발행해 달러화가 과잉 공급되자 각국에서 보유한 달러를 금으로 바꾸었고, 미국의 금 준비량이 급감했으며 미국이 금태환 업무를 감당할 수 없는 상황에 도달했다.

▸ 이를 해결하기 위해서 미국이 할 수 있는 방법은 두 가지였다. 첫째, 달러화의 가치를 내리는 평가 절하이다. 달러화 가치를 내리면 1온스 당 교환에 필요한 달러가 35달러 이상이 된다. 둘째, 달러화에 대한 타국 통화의 가치를 올리는 평가 절상이다.

▸ 이때 타국은 자신들 통화 가치를 올리는 평가 절상에 나서지 않았다. 그 이유는 대미 무역 흑자를 보고 있었기 때문에 평가 절상에 나섰을 때 자신들의 수출품 가격 경쟁력이 낮아질 것을 우려했기 때문이다.

▸ 미국은 달러 가치가 하락하면 기축 통화로서의의 국제적 신용도가 위태로워지기 때문에 달러화의 가치를 평가 절하할 수 없고, 타국이 자신들의 통화 가치를 올리는 평가 절상에 나서지 않는 상황에 처했다. 그 결과 당시 미국 대통령이던 닉슨은 '닉슨 쇼크'라고 불리는 달러의 금태환 정지를 선언했고 브레턴우즈 체제는 붕괴되었다.

▸ 이에 주요국은 자국 통화가치의 변동을 용인하여, 해당 국가 통화들은 평가 절상되었고, 금과 달러의 교환 비율을 수정하였다. 하지만 1973년 미국이 금-달러 간 교환 비율을 재차 조정하자 고정환율제 시대는 끝이 났고, 변동환율제 시대로 이행되었다.

🔗 트리핀 딜레마

✎ 트리핀 딜레마의 개념

▸ 브레턴우즈 체제에서 전 세계 기축 통화국인 미국이 직면했던 국가적 이해 간 상충 관계를 가리키는 말이다. 1950년대 미국에서 경상 수지 적자가 장기간 이어지며 등장한 개념이다.

▸ 기축 통화가 국제 거래 결제를 뒷받침하기 위해 많이 풀리면 기축 통화 발행국(미국)의 적자가 늘어나 달러 가치가 하락하여 기축 통화로서 국제적 신용도가 위태로워지고 반대로 기축 통화 발행국이 무역 흑자를 보면 세계에 돈이 덜 풀려 국제 경제가 원활해지지 않는 진퇴양난의 상황을 말한다.

▸ 트리핀 교수가 미국의 경상 수지 적자가 얼마나 지속될지, 또 미국의 경상 수지가 흑자로 돌아서면 누가 국제 유동성을 공급할지에 대한 문제를 제기하며, "미국이 경상 적자를 허용하지 않고 국제 유동성 공급을 중단하면 세계 경제는 크게 위축될 것"이라면서도 "적자 상태가 지속돼 미 달러화가 과잉 공급되면 달러화 가치가 하락해 준비 자산으로서 신뢰도가 저하되고 고정환율제도가 붕괴할 것"이라고 말한 것에서 유래되었다.

매운맛
법·경제 02
2020학년도 수능

01 ①	02 ③	03 ④
04 ⑤	05 ⑤	06 ③

BIS 비율 규제와 국제 사회에 작용하는 규범성

📎 EBS 연결 고리
비연계

해제 이 글은 조약이나 국제 관습법과 달리 강제력이 없는데도 많은 나라에서 준수하고 있는, 국제기구의 결정인 BIS 비율 규제의 내용과 그 변화 양상을 서술하며, BIS 비율 규제가 국제 사회에 작용하는 규범성을 설명하고 있다. 예금자와 금융 시스템 보호를 위해 바젤위원회가 결정하는 BIS 비율은 은행이 보유한 위험가중자산에 대한 자기자본의 비율로, 최소 8%가 되게 규제하며, 이는 1996년의 바젤 Ⅰ 협약으로 완성되었다. 이후 금융 혁신의 진전으로 이 협약의 한계가 드러나자 관련 기준을 개정하여 2004년에 바젤 Ⅱ 협약이 도입되었고, 다시 최근에 바젤 Ⅲ 협약이 발표되었다. 바젤위원회는 감독 권한이나 법적 구속력이 없다. 그러나 비회원국들을 포함하여 100개가 넘는 국가가 바젤 기준을 자발적으로 받아들여 시행하고 있는데, 이는 자국 은행의 재무 건전성을 증명하기 위해서이다.

주제 BIS 비율을 규제하는 바젤 협약의 변천 과정과 국제적 기준의 규범성

짜임

1문단	비회원 국가에서도 엄격히 준수되는 BIS 비율 규제
2문단	BIS 비율의 개념 및 바젤 Ⅰ 협약
3문단	바젤 Ⅰ 협약을 보완한 바젤 Ⅱ 협약
4문단	바젤 Ⅱ 협약을 보완한 바젤 Ⅲ 협약
5문단	수많은 국가에서 바젤 협약을 채택하는 이유
6문단	'말랑말랑한 법'의 모습을 지니는 바젤 협약

1문단 국제법에서 일반적으로 조약은 국가나 국제기구들이 그들 사이에
[02-①] 조약의 개념
지켜야 할 구체적인 권리와 의무를 명시적으로 합의하여 창출하는 규범이며, 국제 관습법은 조약 체결과 관계없이 국제 사회 일반이 받아들여 지키고 있는 보편적인 규범이다. 반면에 경제 관련 국제기구에서 어떤 결정을 하였을 경우, 이 결정 사항 자체는 권고적 효력만 있을 뿐 법적 구속력은 없는 것이 일반적이다. 그런데 국제결제은행 산하의 바젤위원회가 결정한 BIS 비율 규제와 같은 것들이 비회원의 국가에서도 엄격히 준수되는 모습을 종종 보게 된다. 이처럼 일종의 규범적 성격이 나타나는 현실을 어떻게 이해할지에 대한 논의가 있다. 이는 위반에 대한 제재를 통해 국제법의 효
[02-③] 딱딱한 법의 특징
력을 확보하는 데 주안점을 두는 일반적 경향을 되돌아보게 한다. 곧 신뢰가 형성하는 구속력에 주목하는 것이다.
[01-①] [02-③] 국제 사회에 작용하는 바젤 기준의 규범성 = 말랑말랑한 법

2문단 BIS 비율은 은행의 재무 건전성을 유지하는 데 필요한 최소한의
[01-②, ③] BIS 비율 도입 원인
자기자본 비율을 설정하여 궁극적으로 예금자와 금융 시스템을 보호하기 위해 바젤위원회에서 도입한 것이다. 바젤위원회에서는 BIS 비율이 적어도 규제 비율인 8%는 되어야 한다는 기준을 제시하였다. 이에 대한 식은
[01-①] [03-②] [04-①] 특정한 국제적 기준(BIS 비율 규제)의 내용
다음과 같다.

$$BIS\ 비율(\%) = \frac{자기자본}{위험가중자산} \times 100 \geq 8(\%)$$

여기서 자기자본은 은행의 기본자본, 보완자본 및 단기후순위채무의 합으
[04-②, ③, ④, ⑤] 자기자본과 위험가중자산을 구하는 법
로, 위험가중자산은 보유 자산에 각 자산의 신용 위험에 대한 위험 가중치를 곱한 값들의 합으로 구하였다. 위험 가중치는 자산 유형별 신용 위험을 반영하는 것인데, OECD 국가의 국채는 0%, 회사채는 100%가 획일적
[03-①] [04-④] '바젤 Ⅰ' 협약에서의 위험 가중치
으로 부여되었다. 이후 금융 자산의 가격 변동에 따른 시장 위험도 반영해야 한다는 요구가 커지자, 바젤위원회는 위험가중자산을 신용 위험에 따른 부분과 시장 위험에 따른 부분의 합으로 새로 정의하여 BIS 비율을 산출하도록 하였다. 신용 위험의 경우와 달리 시장 위험의 측정 방식은 감독
[03-④] '바젤 Ⅱ' 협약에도 포함된 내용
기관의 승인하에 은행의 선택에 따라 사용할 수 있게 하여 '바젤 Ⅰ' 협약이
[01-①] 바젤 Ⅰ 협약의 완성
1996년에 완성되었다.

3문단 금융 혁신의 진전으로 '바젤 Ⅰ' 협약의 한계가 드러나자 2004년에
[01-①] [02-②] 바젤 Ⅱ 협약의 도입
'바젤 Ⅱ' 협약이 도입되었다. 여기에서 BIS 비율의 위험가중자산은 신용 위험에 대한 위험 가중치에 자산의 유형과 신용도를 모두 ⓐ 고려하도록 수정되었다. 신용 위험의 측정 방식은 표준 모형이나 내부 모형 가운데 하
[03-④] 시장 위험의 측정 방식과 마찬가지로 은행이 선택
나를 은행이 이용할 수 있게 되었다. 표준 모형에서는 OECD 국가의 국채는 0%에서 150%까지, 회사채는 20%에서 150%까지 위험 가중치를 구분
[03-③] '바젤 Ⅱ' 협약에서의 위험 가중치
하여 신용도가 높을수록 낮게 부과한다. 예를 들어 실제 보유한 회사채가 100억 원인데 신용 위험 가중치가 20%라면 위험가중자산에서 그 회사채는 20억 원으로 계산된다. 내부 모형은 은행이 선택한 위험 측정 방식을
[03-④] 신용 위험 측정 방식의 내부 모형
감독 기관의 승인하에 그 은행이 사용할 수 있도록 하는 것이다. 또한 감독 기관은 필요시 위험가중자산에 대한 자기자본의 최저 비율이 ⓑ 규제
[03-②] 규제 비율 8%를 초과하되 국가마다 다름.
비율을 초과하도록 자국 은행에 요구할 수 있게 함으로써 자기자본의 경직된 기준을 보완하고자 했다.

4문단 최근에는 '바젤 Ⅲ' 협약이 발표되면서 자기자본에서 단기후순위
[01-①] [02-②] [04-⑤] 바젤 Ⅲ 협약의 발표와 수정 사항
채무가 제외되었다. 또한 위험가중자산에 대한 기본자본의 비율이 최소
[02-②] [04-⑤] 바젤 Ⅲ 협약에서 보완된 사항
6%가 되게 보완하여 자기자본의 손실 복원력을 강화하였다. 이처럼 새롭게 발표되는 바젤 협약은 이전 협약에 들어 있는 관련 기준을 개정하는 효
[02-②] 바젤 협약의 개정에 따른 기준 변경
과가 있다.

5문단 바젤 협약은 우리나라를 비롯한 수많은 국가에서 채택하여 제도
[02-⑤] 세계 각국에서 바젤 기준을 법제화함.
화하고 있다. 현재 바젤위원회에는 28개국의 금융 당국들이 회원으로 가
[05-⑤] 바젤위원회 가입국
입되어 있으며, 우리 금융 당국은 2009년에 가입하였다. 하지만 우리나라는 가입하기 훨씬 전부터 BIS 비율을 도입하여 시행하였으며, 현행 법제에도 이것이 반영되어 있다. 바젤 기준을 따름으로써 은행이 믿을 만하다는 징표를 국제 금융 시장에 보여 주어야 했던 것이다. 재무 건전성
[02-④, ⑤] 재무 건전성의 대외적 인정을 위한 바젤 기준 준수
을 의심받는 은행은 국제 금융 시장에 자리를 잡지 못하거나, 심하면 아예
[02-④] 국제기구의 결정을 지키지 않을 때 입게 될 불이익
ⓒ 발을 들이지 못할 수도 있다.

6문단 바젤위원회에서는 은행 감독 기준을 협의하여 제정한다. 그 헌장

에서는 회원들에게 바젤 기준을 자국에 도입할 의무를 부과한다. 하지만 바젤위원회가 초국가적 감독 권한이 없으며 그의 결정도 ④법적 구속력
<u>[01-②] 바젤 기준이 규범(조약, 국제 관습법)과 구별되는 점</u>
이 없다는 것 또한 밝히고 있다. 바젤 기준은 100개가 넘는 국가가 채택하
<u>[02-③, ④] [05-⑤] 말랑말랑한 법</u>
여 따른다. 이는 국제기구의 결정에 형식적으로 구속을 받지 않는 국가에
서까지 자발적으로 받아들여 시행하고 있다는 것인데, 이런 현실을 ⑤말
랑말랑한 법(soft law)의 모습이라 설명하기도 한다. 이때 조약이나 국제
관습법은 그에 대비하여 딱딱한 법(hard law)이라 부르게 된다. 바젤 기
<u>[02-③] 딱딱한 법인 조약이나 국제 관습법</u>
준도 장래에 ⑥딱딱하게 응고될지 모른다.

④ 특정한 국제적 기준과 관련된 ~~국내법의 특징~~을 서술하며 ~~국제 사회에 받~~
<u>⤷ 제시 X</u>
~~아들여지는 규범의 장단점~~을 설명하고 있다.
<u>⤷ 제시 X</u>

| 5문단 "우리나라는 가입하기 훨씬 전부터 BIS 비율을 도입하여 시행하였으며, 현
행 법제에도 이것이 반영(특정한 국제적 기준인 BIS 비율이 국내법에 반영)되어 있다."
→ BIS 비율과 관련된 국내법의 특징이나 바젤 협약을 비롯한 국제 규범의 장단점 설명 X
※ BIS 비율이 국내법에 반영되어 있다는 것만 제시됨.

⑤ 특정한 국제적 기준의 ~~설정 주체가 바뀐 사례를 서술하며 국제 사회에서~~
~~규범 설정 주체가 지닌 특징을 분석~~하고 있다.
<u>⤷ 제시 X</u>

01 글의 전개 방식 파악 답 ①

선지별 선택 비율	①	②	③	④	⑤
	76%	7%	4%	5%	6%

윗글의 내용 전개 방식으로 가장 적절한 것은?

😊 정답 띵!동!
<u>→ 바젤 기준</u>
① <u>특정한 국제적 기준의 내용과 그 변화 양상을 서술</u>하며 국제 사회에 작용
<u>⤷ 바젤 협약 Ⅰ, Ⅱ, Ⅲ</u>
하는 <u>규범성</u>을 설명하고 있다.
<u>⤷ 신뢰가 형성하는 구속력</u>

| 1문단 조약이나 국제 관습법과 달리 법적 구속력이 없음에도 수많은 국가에서
엄격하게 준수되고 있는 BIS 비율 규제
| 2~4문단 BIS 비율을 구하는 식 및 BIS 비율 규제와 관련된 바젤 협약 Ⅰ, Ⅱ, Ⅲ
→ 바젤 협약의 변화 양상
| 5, 6문단 법적 구속력이 없는 바젤 협약을 많은 국가에서 채택하여 따르는 이유
및 말랑말랑한 법과 딱딱한 법 → 바젤 협약으로 살펴보는 국제 기준의 규범성

😟 오답 땡!

② 특정한 국제적 기준이 제정된 원인을 서술하며 국제 사회의 규범을 ~~감독~~
~~권한의 발생 원인에 따라~~ 분류하고 있다.
<u>⤷ 감독 권한이나 법적 구속력 여부에 따라</u>

| 2문단 "BIS 비율은 ~ 궁극적으로 예금자와 금융 시스템을 보호하기 위해 ~ 도
입한 것" → 바젤 기준이 제정된 원인 서술 O
| 1, 6문단 초국가적 감독 권한이나 법적 구속력이 없는 바젤 기준(말랑말랑한 법)을
조약 및 국제 관습법(딱딱한 법)과 대비 → 감독 권한의 발생 원인에 따른 분류 X

③ 특정한 국제적 기준의 필요성을 서술하며 국제 사회에 수용되는 ~~규범의~~
~~필요성을 상반된 관점에서 논증~~하고 있다.
<u>⤷ 제시 X</u>

| 2문단 "은행의 재무 건전성을 유지하는 데 필요한 최소한의 자기자본 비율을 설
정하여 궁극적으로 예금자와 금융 시스템을 보호하기 위해"
→ BIS 비율을 규제하는 국제적 기준(바젤 기준)의 필요성 서술 O
| 5문단 "바젤 기준을 따름으로써 은행이 믿을 만하다는 징표를 국제 금융 시장에
보여 주어야 했던 것 ~ 재무 건전성을 의심받는 은행은 국제 금융 시장에 자리
를 잡지 못하거나, 심하면 아예 발을 들이지 못할 수도 있다."
→ 바젤 기준이 국제 사회에서 수용되는 이유 O, 규범의 필요성 논증 X. 상반된 관점 X

02 세부 정보의 파악 답 ③

선지별 선택 비율	①	②	③	④	⑤
	3%	7%	68%	12%	8%

윗글에서 알 수 있는 내용으로 적절하지 않은 것은?

😊 정답 띵!동!

③ 딱딱한 법에서는 일반적으로 제재~~보다는 신뢰~~로써 법적 구속력을 확보하
<u>⤷ 신뢰가 형성하는 구속력 = 말랑말랑한 법</u>
는 데 주안점이 있다.

| 1문단 "BIS 비율 규제와 같은 것들이 비회원의 국가에서도 엄격히 준수되는 모
습 ~ 위반에 대한 제재를 통해 국제법의 효력을 확보하는 데 주안점을 두는 일
반적 경향을 되돌아보게 한다. 곧 신뢰가 형성하는 구속력에 주목하는 것이다."
| 6문단 "국제기구의 결정에 형식적으로 구속을 받지 않는 국가에서까지 자발적
으로 받아들여 시행하고 있다는 것인데, 이런 현실을 말랑말랑한 법(soft law)의
모습이라 설명 ~ 조약이나 국제 관습법은 그에 대비하여 딱딱한 법(hard law)
이라 부르게 된다."
| 결론! BIS 비율 규제(바젤 협약) = 말랑말랑한 법 = 신뢰가 형성하는 구속력 ↔
조약이나 국제 관습법 = 딱딱한 법 = 제재를 통한 국제법 효력 확보

😟 오답 땡!

① 조약은 체결한 국가들에 대하여 권리와 의무를 부과하는 것이 원칙이다.

| 1문단 "조약은 국가나 국제기구들이 그들 사이에 지켜야 할 구체적인 권리와 의
무를 명시적으로 합의하여 창출하는 규범"

② 새로운 바젤 협약이 발표되면 기존 바젤 협약에서의 기준이 변경되는 경
우가 있다.

| 3문단 "금융 혁신의 진전으로 '바젤 Ⅰ' 협약의 한계가 드러나자 2004년에 '바젤
Ⅱ' 협약이 도입 ~ 신용 위험에 대한 위험 가중치에 자산의 유형과 신용도를
모두 고려하도록 수정"
| 4문단 "최근에는 '바젤 Ⅲ' 협약이 발표되면서 ~ 위험가중자산에 대한 기본자
본의 비율이 최소 6%가 되게 보완하여 ~ 이처럼 새롭게 발표되는 바젤 협약은
이전 협약에 들어 있는 관련 기준을 개정하는 효과"

④ 국제기구의 결정을 지키지 않을 때 입게 될 불이익은 그 결정이 준수되도
록 하는 역할을 한다.

| 5문단 "바젤 기준을 따름으로써 은행이 믿을 만하다는 징표를 국제 금융 시장에 보여 주어야 했던 것이다. 재무 건전성을 의심받는 은행(국제기구의 결정, 즉 바젤 기준을 지키지 않는 은행)은 국제 금융 시장에 자리를 잡지 못하거나, 심하면 아예 발을 들이지 못할 수도 있다(불이익)."

| 6문단 "국제기구의 결정에 형식적으로 구속을 받지 않는 국가에서까지 자발적으로 받아들여 시행하고 있다는 것"

| 뭔말?

· 국제기구의 결정을 지키지 않을 때 입게 될 불이익 때문에 국제 사회가 자발적으로 그 결정을 따르게 됨.

⑤ 세계 각국에서 바젤 기준을 법제화하는 것은 자국 은행의 재무 건전성을 대외적으로 인정받기 위해서이다.

| 1문단 "바젤 협약은 우리나라를 비롯한 수많은 국가에서 채택하여 제도화(세계 각국에서 바젤 기준을 법제화하여 수용)하고 있다. ~ 우리나라는 가입하기 훨씬 전부터 BIS 비율을 도입하여 시행하였으며, 현행 법제에도 이것이 반영되어 있다. 바젤 기준을 따름으로써 은행이 믿을 만하다는 징표를 국제 금융 시장에 보여 주어야(= 대외적으로 인정받아야) 했던 것이다. 재무 건전성을 의심받는 은행은 국제 금융 시장에 자리를 잡지 못하거나, 심하면 아예 발을 들이지 못할 수도 있다."

---

03 특정 개념의 의미 파악   답 ④

선지별 선택 비율	①	②	③	④	⑤
	9%	14%	9%	54%	11%

BIS 비율에 대한 이해로 가장 적절한 것은?

정답 띵! 동!

→ 바젤 Ⅰ 협약에 포함된 내용

④ 바젤 Ⅱ 협약에 따르면, 시장 위험의 경우와 마찬가지로 감독 기관의 승인하에 은행이 선택하여 사용할 수 있는 신용 위험의 측정 방식이 있다.
    → 바젤 Ⅱ 협약에 포함된 내용

| 2문단 바젤 Ⅰ 협약 → "신용 위험의 경우와 달리 시장 위험의 측정 방식은 감독 기관의 승인하에 은행의 선택에 따라 사용할 수 있게" 함.

| 3문단 바젤 Ⅱ 협약 → "신용 위험의 측정 방식은 표준 모형이나 내부 모형 가운데 하나를 은행이 이용할 수 있게" 됨. 이 중에서 "내부 모형은 은행이 선택한 위험 측정 방식을 감독 기관의 승인하에 그 은행이 사용할 수 있도록 하는 것"

| 뭔말?

· 바젤 Ⅰ 협약은 시장 위험만, 바젤 Ⅱ 협약은 시장 위험과 신용 위험 모두 감독 기관의 승인하에 은행이 선택한 위험 측정 방식을 사용할 수 있도록 함.

오답 땡!

① 바젤 Ⅰ 협약에 따르면, 보유하고 있는 회사채의 신용도가 낮아질 경우 BIS 비율은 낮아지는 경향이 있다.
    → 회사채의 신용도에 따라 달라지지 않음.

| 2문단 바젤 Ⅰ 협약 → "위험 가중치 ~ 회사채에는 100%가 획일적으로 부여"

| 뭔말?

· 바젤 Ⅰ 협약에 따르면 회사채의 신용도와 상관없이 회사채에는 무조건 100%의 위험 가중치가 부과되므로 회사채의 신용도에 따라 BIS 비율 변동 X

※ 바젤 Ⅱ, 바젤 Ⅲ 협약 → 회사채의 신용도에 따라 위험 가중치가 달리 부과되어 BIS 비율 변동 O

---

② 바젤 Ⅱ 협약에 따르면, 각국의 은행들이 준수해야 하는 위험가중자산 대비 자기자본의 최저 비율은 동일하다.
    → 8%를 초과하되 다를 수 있음.

| 2문단 "BIS 비율이 적어도 규제 비율인 8%는 되어야 한다는 기준"

| 3문단 바젤 Ⅱ 협약 → "위험가중자산에 대한 자기자본의 최저 비율이 규제 비율을 초과하도록 자국 은행에 요구할 수 있게 함"

| 뭔말?

· 각국 상황에 따라 그 나라 은행의 BIS 비율은 최저 기준인 8%보다 높되 서로 다를 수 있음.

---

③ 바젤 Ⅱ 협약에 따르면, 보유하고 있는 OECD 국가의 국채를 매각한 뒤 이를 회사채에 투자한다면 BIS 비율은 항상 높아진다.
    국채와 회사채의 신용도에 따라 달라질 수 있음.↲

| 3문단 바젤 Ⅱ 협약 → "국채는 0%에서 150%까지, 회사채는 20%에서 150%까지 위험 가중치를 구분하여 신용도가 높을수록 낮게 부과"

| 뭔말?

· 국채와 회사채의 신용도에 따라 위험가중자산이 늘어나거나 줄어듦. → BIS 비율도 커지거나 낮아짐.

    예 위험 가중치가 50%인 OECD 국가의 국채를 매각한 뒤 이를 위험 가중치가 100%인 회사채에 투자 → 위험가중자산이 늘어나 BIS 비율은 낮아짐.

                   2%가 되지 않아도 됨. ↲

⑤ 바젤 Ⅲ 협약에 따르면, 위험가중자산 대비 보완자본이 최소 2%는 되어야 보완된 BIS 비율 규제를 은행이 준수할 수 있다.

| 2문단 "자기자본은 은행의 기본자본, 보완자본 및 단기후순위채무의 합"

| 4문단 바젤 Ⅲ 협약 → "자기자본에서 단기후순위채무가 제외 ~ 위험가중자산에 대한 기본자본의 비율이 최소 6%가 되게 보완"

| 뭔말?

· 바젤 Ⅲ 협약에서 [자기자본 = 기본자본 + 보완자본] → 위험가중자산 대비 보완자본이 2%가 되지 않아도 위험가중자산 대비 기본자본의 비율이 늘어나면 BIS 비율 규제를 준수할 수 있음.

    예 위험가중자산 대비 보완자본 1%, 위험가중자산 대비 기본자본 7% → BIS 비율 규제 기준인 8% 충족, 바젤 Ⅲ 협약의 위험가중자산에 대한 기본자본의 비율 6% 기준 충족

---

04 구체적 사례에의 적용   답 ⑤

선지별 선택 비율	①	②	③	④	⑤
	5%	21%	18%	24%	29%

윗글을 참고할 때, 〈보기〉에 대한 반응으로 적절하지 않은 것은? [3점]

┤ 보기 ├

갑 은행이 어느 해 말에 발표한 자기자본 및 위험가중자산은 아래 표와 같다. 갑 은행은 OECD 국가의 국채와 회사채만을 자산으로 보유했으며, 바젤 Ⅱ 협약의 표준 모형에 따라 BIS 비율을 산출하여 공시하였다. 이때 회사채에 반영된 위험 가중치는 50%이다. 그 이외의 자본 및 자산은 모두 무시한다.

항목	자기자본		
	기본자본	보완자본	단기후순위채무
금액	50억 원	20억 원	40억 원

항목	위험 가중치를 반영하여 산출한 위험가중자산		
	신용 위험에 따른 위험가중자산		시장 위험에 따른 위험가중자산
	국채	회사채	
금액	300억 원	300억 원	400억 원

정답 띡!등!

⑤ 갑 은행이 위험가중자산의 변동 없이 보완자본을 10억 원 증액한다면 바젤 Ⅲ 협약에서 보완된 기준을 ~~충족할 수 있겠군.~~

→ 위험가중자산에 대한 기본자본의
비율 6%를 충족하지 못함.

| 2, 3문단 BIS 비율(%) = (자기자본 / 위험가중자산)×100≥8(%)
- 자기자본 = 기본자본 + 보완자본 + 단기후순위채무
- 위험가중자산 = 신용 위험에 따른 부분 + 시장 위험에 따른 부분(각 자산에 위험 가중치를 곱한 값들의 합)

| 4문단 바젤 Ⅲ 협약 → "자기자본에서 단기후순위채무가 제외 ~ 위험가중자산에 대한 기본자본의 비율이 최소 6%가 되게 보완"

| 〈보기〉 바젤 Ⅱ 협약에 따른 갑 은행의 BIS 비율 계산
- 자기자본 = 110억 원(50억 원 + 20억 원 + 40억 원)
- 위험가중자산 = 1,000억 원(300억 원 + 300억 원 + 400억 원)
- BIS 비율 = 11%[(110억 원 / 1000억 원)×100(%)]

| 뭔말?

· 갑 은행이 위험가중자산의 변동 없이 보완자본을 10억 원 증액, 바젤 Ⅲ 협약에 따를 때
- 자기자본 = 80억 원(기본자본 50억 원 + 보완자본 30억 원, 단기후순위채무 40억 원 제외)
- BIS 비율 = 8%[(80억 원 / 1,000억 원)×100(%)]
- 위험가중자산에 대한 기본자본의 비율 = 5%[(50억 원 / 1,000억 원)×100(%)]

| 결론! 바젤 Ⅲ 협약에서 보완된 기준인 위험가중자산에 대한 기본자본의 비율 6%를 충족하지 못함.

※ 바젤 Ⅲ 협약의 보완된 기준 충족을 위해서는 보완자본이 아니라 기본자본을 증액해야 함.

오답 땡!

① 갑 은행이 공시한 BIS 비율은 바젤위원회가 제시한 규제 비율을 상회하겠군.

| 뭔말?

· 바젤위원회가 제시한 BIS 규제 비율 8% < 갑 은행이 공시한 BIS 비율 11%

② 갑 은행이 보유 중인 회사채의 위험 가중치가 20%였다면 BIS 비율은 공시된 비율보다 높았겠군.

| 뭔말?

· 갑 은행이 보유한 회사채의 위험가중자산 = 300억 원(위험 가중치 50%일 때)
→ 갑 은행이 보유한 실제 회사채 = 600억 원
· 위험 가중치 20%일 때 갑 은행이 보유한 회사채의 위험가중자산 = 120억 원 (600억 원 × 20%) → 갑 은행의 총 위험가중자산 = 820억 원(국채 300억 원 + 회사채 120억 원 + 시장 위험에 따른 위험가중자산 400억 원)
· 회사채의 위험 가중치가 20%일 때의 BIS 비율 = 약 13.4%[(110억 원 / 820억 원) ×100(%)] > 공시 비율 11%[(자기자본 110억 원 / 위험가중자산 1,000억 원)× 100(%)]

③ 갑 은행이 보유 중인 국채의 실제 규모가 회사채의 실제 규모보다 컸다면 위험 가중치는 국채가 회사채보다 낮았겠군.

| 뭔말?

· 갑 은행이 보유 중인 회사채의 실제 규모 = 600억 원 → 갑 은행이 보유 중인 국채의 실제 규모를 a라고 할 때 a가 회사채의 실제 규모보다 크려면 600억 원 보다 많아야 함.
· a(> 600억 원) × 위험 가중치 = 300억 원 = 실제 회사채 600억 원 × 위험 가중치 50% → 국채 위험 가중치는 회사채 위험 가중치인 50%보다 낮아야 함.

④ 갑 은행이 바젤 Ⅰ 협약의 기준으로 신용 위험에 따른 위험가중자산을 산출한다면 회사채는 600억 원이 되겠군.

| 2문단 바젤 Ⅰ 협약 → OECD 국가의 국채에는 0%, 회사채에는 100%의 위험 가중치가 획일적으로 부여됨.

| 뭔말?

· 바젤 Ⅰ 협약의 기준인 100%를 적용한 회사채의 위험가중자산 = 600억 원(갑 은행이 보유한 실제 회사채 600억 원 × 위험 가중치 100%)

왜 읽지?

 꿀피스 Tip!

▶ 이 문제의 포인트는 지문에 제시된 개념을 정확히 이해하고, 주어진 계산법에 따라 BIS 비율을 산출할 수 있는가에 있어. 여기에 〈보기〉에 제시된 정보를 파악하여 지문의 내용을 적용해야 하니 매운맛 문항인 게 확실해 보여. 계산해야 할 것만 같은 느낌이 든다면? 정확하다!

▶ 지문에 제시된 바젤 Ⅰ, Ⅱ, Ⅲ 협약은 각각 그 내용에 차이가 존재함을 기억하고 있겠지? 그런데 〈보기〉에서 갑 은행은 바젤 Ⅱ 협약의 표준 모형에 따라 BIS 비율을 산출했고, 회사채에 반영된 위험 가중치는 50%라고 하였어. 이 두 가지 조건을 기억하고, 선지로 넘어가야 해.

▶ 이 문제에서 오답 선택률이 높았던 건 선지 ②, ③, ④야. 선지 ②의 경우, 〈보기〉에 언급된, 회사채에 반영된 '위험 가중치 50%'가 실제 회사채 금액을 산출하는 데 쓰임을 캐치하고, 실제 회사채 금액을 구한 다음 회사채의 위험 가중치가 20%일 때를 계산했어야 해. ②를 정답으로 착각한 이유는 〈보기〉에 제시된 '위험 가중치 50%'가 의미하는 바를 파악하지 못하고 실제 회사채 금액을 계산하지 못했기 때문일 가능성이 커.

▶ 또한 선지 ④의 경우, 바젤 Ⅰ 협약 기준을 소환하여 회사채에 100%의 위험 가중치가 획일적으로 부여된다는 점을 파악했어야 해. ④ 역시 갑 은행의 실제 회사채를 알고 있어야 계산이 가능하다는 점에서 ②와 연결되는 부분이 있지?

▶ 놀랍게도 선지 ③도 실제 회사채 금액과 관련이 있네. 위험 가중치가 50%이고 실제 회사채 금액이 600억 원일 때 값이 300억 원이잖아? 그런데 600억 원 초과 금액에 위험 가중치를 곱한 값이 동일하게 300억 원이 나와야 한다면 당연히 위험 가중치가 낮아져지지. (예를 들어 국채가 1,000억 원이라면 위험 가중치가 30%가 되어야 300억 원이 나오지.)

▶ 그렇다면 정답 선지인 ⑤는 어디가 적절하지 않은 것일까? 바젤 Ⅲ 협약에서 보완된 기준은 '위험가중자산에 대한 기본자본의 비율이 최소 6%'가 되게 한다는 것이잖아. 그렇다면 보완된 기준 충족 여부를 가르는 것은 위험가중자산과 기본자본이 되겠지? 무슨 말이냐 하면 보완자본을 증액하는 것은 바젤 Ⅲ 협약에서 보완된 기준을 충족하는 데 영향을 주지 못하는 것이지.

05 내용의 추론 답 ⑤

선지별 선택 비율	①	②	③	④	⑤
	4%	8%	10%	27%	48%

㉠에 해당하는 사례로 가장 적절한 것은?

😊 정답 띵!동!

⑤ 바젤위원회 회원이 없는 국가에서 바젤 기준을 제도화하여 국내에서 효력이 발생하도록 한다.
  └→ 자발적으로 받아들여 시행

| 5문단 "현재 바젤위원회에는 28개국의 금융 당국들이 회원으로 가입"
| 6문단 "바젤 기준은 100개가 넘는 국가가 채택하여 따른다. 이는 국제기구의 결정에 형식적으로 구속을 받지 않는 국가에서까지 자발적으로 받아들여 시행하고 있다는 것인데, 이런 현실을 말랑말랑한 법의 모습이라 설명"
| 뭔말?
· 바젤위원회 회원 가입국은 28개국인데 바젤 기준은 100개국 이상에서 채택 = 바젤위원회 회원이 아닌 국가(바젤위원회의 결정에 구속을 받지 않음.)에서도 바젤 기준을 제도화하여 시행 → 법적 구속력이 없는 국제 기준을 자발적으로 따르는 것 = 말랑말랑한 법의 모습

😟 오답 땡!

① 바젤위원회가 ~~국제 금융 현실에 맞지 않게 된 바젤 기준을 개정한다.~~
  └→ 국제 기준을 수정하는 일일 뿐임.

| 뭔말?
· 바젤위원회가 국제 금융 현실에 맞게 바젤 기준을 개정하는 것 → 국제 기준을 수정하는 것 ≠ 구속력이 없는 국제 기준을 자발적으로 따르는 것

② 바젤위원회가 가입 회원이 없는 국가에 ~~바젤 기준을 준수하도록 요청한다.~~
           지문 내용과 부합 X. 자발적 시행과 관계없음. ←┘

| 뭔말?
· 바젤위원회가 가입 회원이 없는 국가에 바젤 기준을 준수하도록 요청한다는 것은 글의 내용과 불일치하며, 국제기구의 결정 기준에 구속받지 않는 국가가 자발적으로 준수하는 것과 관련없음.

③ 바젤위원회 회원의 국가가 준수 의무가 있는 바젤 기준을 ~~실제로는 지켜차 않는다.~~
           지문 내용과 관계없음. 자발적 시행과 관계없음. ←┘

| 6문단 "바젤위원회에서는 은행 감독 기준을 협의하여 제정한다. 그 헌장에서는 회원들에게 바젤 기준을 자국에 도입할 의무를 부과한다."
           → 회원국은 바젤 기준을 지켜야 할 의무가 있음.
| 뭔말?
· 바젤 기준 준수 의무가 있는 회원이 이를 지키지 않는 것 ≠ 바젤 기준 준수

의무가 없는 비회원국이 바젤 기준을 자발적으로 받아들여 제도화하는 것

④ 바젤위원회 회원의 국가가 강제성이 없는 바젤 기준에 대하여 ~~준수 의무를 이행~~한다.
                        자발적 시행과 관계없음. ←┘

| 뭔말?
· 법적 구속력은 없어도 바젤위원회 회원의 국가는 바젤 기준을 지킬 의무가 있음. ≠ 바젤 기준 준수 의무가 없는 비회원국이 바젤 기준을 자발적으로 받아들여 제도화하는 것

06 구절의 의미 파악 답 ③

선지별 선택 비율	①	②	③	④	⑤
	2%	9%	63%	14%	9%

문맥상 ⓐ~ⓔ와 바꿔 쓰기에 적절하지 않은 것은?

😊 정답 띵!동!

③ ⓒ: 바젤위원회에 가입하지

| 뭔말?
· ⓒ '발을 들이지' 못할 수도 있다: '국제 금융 시장에 자리를 잡지 못하거나'라는 앞 구절을 고려할 때 (재무 건전성을 의심받는 은행은) '국제 금융 시장에 진입하지' 못할 수도 있다는 의미 → '바젤위원회에 가입하지'로 바꿔 쓰는 것 ✕
  ※ 발(을) 들이다: '처음 종사하거나 첫 경험을 하다.'라는 의미의 관용어

😟 오답 땡!

① ⓐ: 반영하여 산출하도록

| 뭔말?
· 신용 위험에 대한 위험 가중치에 자산의 유형과 신용도를 모두 ⓐ'고려하도록' 한다: 신용 위험에 대한 위험 가중치에 자산의 유형과 신용도를 모두 반영한다는 의미

② ⓑ: 8%가 넘도록

| 뭔말?
· 위험가중자산에 대한 자기자본의 최저 비율이 8%로 규제되고 있음.: ⓑ'규제 비율을 초과하도록' = '8%가 넘도록'

④ ⓓ: 권고적 효력이 있을 뿐이라는

| 뭔말?
· 바젤위원회의 결정이 ⓓ'법적 구속력이 없다'는 것: 바젤위원회의 BIS 비율 규제 기준이 강제력을 지니지 못한 채 권고적 효력만 있을 뿐이라는 의미 [1문단]

⑤ ⓔ: 조약이나 국제 관습법이 될지

| 뭔말?
· 조약이나 국제 관습법 = 딱딱한 법 → ⓔ'딱딱하게 응고될지' 모른다는 것: 현재 말랑말랑한 법인 바젤 기준도 앞으로는 조약이나 국제 관습법처럼 강제력을 지닌 딱딱한 법이 될 수도 있다는 의미

기출 속 독서 배경지식

🔗 국제법

✎ 국제법의 개념

▶ 국제법이란 국가 간의 협의에 따라 국가 간의 권리·의무에 대하여 규정한 국제 사회의 법률을 의미한다. 국제법은 국제 사회를 규율하는 법이긴 하나, 국내법에도 많은 영향을 미친다.

✎ 국제법의 종류

▶ 국제법은 크게 조약과 국제 관습법으로 구분된다.

조약	국가 간의 권리와 의무를 국가 간의 합의에 따라 법적 구속을 받도록 규정한 것으로, 구체적으로 협약, 협정, 규약, 선언, 각서, 통첩, 의정서 등이 있다.
국제 관습법	국제 사회에서 형성되어 온 장기간의 관행이 법규범으로 확립된 것으로, 조약과 달리 국가 간에 체결되는 과정을 거치지 않는다.

✎ 국제법의 한계

▶ 국제법은 국가 간 합의로 형성되기 때문에 국제법과 관련하여 각국의 이해관계에 따른 갈등이 첨예하게 나타날 수 있다. 또한 국제법을 반드시 준수하도록 강제할 수 있는 근거가 되는 제정 주체와 집행 기구가 없기 때문에 국내법에 비해 효력이 약할 수 있다.

🔗 바젤 협약

✎ 바젤위원회 설립

▶ 1974년 독일의 헤르슈타트 은행이 파산한 후 그 여파로 국제 금융 시장의 불안정성이 높아지자 주요국(G10)의 중앙은행 총재들이 모여 은행 감독에 대한 국제 협력을 강화하기 위해 바젤위원회를 설립하게 된다.

> G10은 경제협력개발기구(OECD) 회원 국가 중 '미국, 일본, 영국, 독일, 프랑스, 캐나다, 이탈리아(G7)'에 '오스트리아, 네덜란드, 벨기에, 스위스'가 추가된 모임으로, 실제로는 11개 국가임.

✎ 바젤위원회의 구성 및 기능

▶ 바젤위원회(BCBS, Basel Committee on Banking Supervision)는 국제결제은행(BIS, Bank for International Settlements)의 산하 기구로서, 각국 중앙은행과 은행 감독 당국의 대표들로 구성된다. 3개월마다 BIS에 모여, BIS 자기자본 비율과 같이 은행 감독을 위한 국제 표준을 정하고 금융 관련 정보를 교환하는 등 회의를 갖는다.

> 국제결제은행은 1930년에 제1차 세계 대전 후 독일의 배상금 문제를 해결하기 위한 목적으로 설립되었다가, 점차 세계 각국의 중앙은행 간 협력을 위한 국제 기구로서의 성격을 확립하게 되었다. 세계 경제에 큰 영향력을 행사하는 '중앙은행의 중앙은행'으로 일컬어지며, 본부는 스위스 바젤에 있다.

✎ BIS 자기자본 비율과 바젤 협약

▶ BIS 자기자본 비율(BIS capital adequacy ratio)은 은행의 건전성을 평가하는 대표적인 국제 기준이다. 금융 시장에서 경쟁력을 높이며 수익성을 올리기 위해 위험도가 높은 자산 운용 전략을 취하거나 대차대조표에서 제외되는 부외 거래를 확대하는 은행들의 건전성을 높이려는 목적이 있으며, 이전에는 단순히 자기자본 비율만 규제하던 방식에서 위험가중자산 대비 자기자본 비율을 규제하는 방식으로 전환되었다.

▶ 1988년에 위험자산 대비 자기자본의 비율의 기준을 8%로 정한 바젤 Ⅰ 협약이 만들어졌으며, 2004년에 바젤 Ⅱ, 2010년 바젤 Ⅲ 협약이 도입되었다.

✎ 글로벌 금융 위기와 바젤 Ⅲ

▶ 2008년 9월 15일 골드만삭스, 모건스탠리, 메릴린치와 함께 세계 4대 규모의 투자은행으로 손꼽히던 리먼 브라더스(Lehman Brothers)가 파산을 신청하면서 그 여파로 글로벌 금융 위기가 초래되었다. 리먼 브라더스 파산의 원인은 서브프라임 모기지의 부실 및 서브프라임 모기지와 연결된 파생 상품의 손실로 인한 약 6,130억 달러(한화로 대략 660조 원)에 달하는 역대급 부채를 감당하지 못했기 때문이다.

> 서브프라임(sub-prime) 모기지란 신용 등급이 낮은 저소득층을 대상으로 주택 자금을 대출해 주는 미국의 주택담보대출 상품을 가리킨다. 여기서 서브프라임은 프라임(prime) 대출에 비해 저소득층을 대상으로 하는 대출을 말한다. 당시 미국은 9·11 사태 이후 경기 침체를 부양하려는 목적으로 초저금리 정책을 취하였고, 금융 회사들은 이를 이용해 주택 대출을 서브프라임으로 확대하였다. 그 결과 부동산 가격 상승이 뒤따랐고 이에 경기 과열을 우려하여 기준 금리 인상이 단행되자 높은 이자 부담을 감당하지 못한 저소득층 대출자들이 파산하였고 이는 결국 금융 회사의 파산으로 이어지게 되었다.

▶ 리먼 브라더스 파산 여파는 급격히 빠른 속도로 전 세계로 확산되어 파산 신청 당일부터 미국과 유럽, 아시아 등 전 세계 증시의 폭락으로 이어졌고 향후 10여 년에 이르는 장기적인 글로벌 금융 위기와 경기 침체의 시발점이 되었다.

▶ 리먼 브라더스 파산 사태에서 촉발된 글로벌 금융 위기를 계기로 바젤위원회는 기존의 바젤 Ⅱ 협약을 한층 강화한 바젤 Ⅲ 협약을 발표하기에 이른다. 바젤 Ⅲ는 대형 은행의 자본 확충 기준을 더욱 엄격하게 조정하는 등 금융 기관에 대한 규제를 강화하여 위기가 닥쳤을 때에 손실을 최대한 흡수할 수 있도록 하려는 의도를 담고 있다.

소유권의 공시 방법

> 🔗 EBS 연결 고리
> 비연계

해제 이 글은 물건의 소유권 양도와 관련한 법적 규정을 설명하고 있다. 물건의 소유권이 양도되려면 양도인과 양수인 간의 유효한 양도 계약과 함께 소유권 양도가 공시되어야 한다. 대부분의 동산은 직접점유를 넘겨주는 점유 인도로 소유권 이전이 공시된다. 그런데 양수인이 간접점유를 하는 경우에는 점유개정이나 반환청구권 양도로 소유권 이전이 공시된다. 만약 양도인이 소유자가 아니더라도 양수인이 충분히 주의를 하고, 유효한 계약을 맺고 점유 인도에 의한 공시가 이루어진다면 선의취득이 인정되어 소유권을 취득할 수 있다. 하지만 점유개정으로는 선의취득을 하지 못한다. 한편 자동차·항공기 같은 동산이나 토지·건물 같은 부동산은 등록이나 등기로만 소유권이 공시되는데, 이런 물건은 선의취득이 불가능하다.

주제 물건의 소유권 양도와 공시 방법

짜임

1문단	점유와 소유의 개념
2문단	점유의 종류 및 기능
3문단	동산의 소유권 양도 방법
4문단	선의취득의 개념 및 인정 조건
5문단	선의취득 대상이 아닌 물건과 그 이유

1문단 물건을 사용하고 있는 사람이 그 물건의 주인일까? 점유란 물건에 대한 사실상의 지배 상태를 뜻한다. 이에 비해 소유란 어떤 물건을 사
[01-①] 점유의 개념
용·수익·처분할 수 있는 권리를 가진 상태라고 정의된다. 따라서 점유
자와 소유자가 항상 일치하지는 않는다.
[01-②] [02-④] 점유자와 소유자의 불일치 가능

2문단 물건을 빌려 쓰거나 보관하고 있는 것을 포함하여 물건을 물
리적으로 지배하는 상태를 직접점유라고 한다. 이에 비해 어떤 물건
[02-①, ③] 직접점유의 개념
을 빌려 쓰거나 보관하는 사람에게 그 물건의 반환을 청구할 수 있는
권리를 가진 사람도 사실상의 지배를 한다고 볼 수 있다. 이와 같이
반환청구권을 가진 상태를 간접점유라고 한다. 직접점유와 간접점유 [A]
[02-③, ④] 간접점유의 개념   [02-②, ⑤] 점유의 두 종류
는 모두 점유에 해당한다. 점유는 소유자를 공시하는 기능도 수행한
[01-④] 점유의 기능과 공시의 개념
다. 공시란 물건에 대해 누가 어떤 권리를 가지고 있는지를 알려 주
는 것이다. 물건 중에서 피아노, 금반지, 가방 등과 같은 대부분의 동
[01-④, ⑤] [02-②, ⑤] 동산의 소유권 공시 방법
산은 점유에 의해 소유권이 공시된다.

3문단 물건의 소유권이 양도되려면, 소유자가 양도인이 되어 양수인
[01-③, ⑤] 물건의 소유권 양도 과정
과 유효한 양도 계약을 하고 이에 더하여 소유권 양도를 공시해야 한다.

㉠점유로 소유권이 공시되는 동산의 소유권 양도는 점유를 넘겨주는 점
[01-③, ⑤] [03-①, ④] 점유 인도로 공시되는 경우
유 인도로 공시된다. 양수인이 간접점유를 하여 소유권 이전이 공시되는
[03-⑤] 양수인의 간접점유로 소유권 이전이 공시되는 두 유형
경우로서 '점유개정'과 '반환청구권 양도'가 있다. 예를 들어 A가 B에게 피

아노의 소유권을 양도하기로 계약하되 사흘간 빌려 쓰는 것으로 합의한 경우, B는 A에게 피아노를 사흘 후 돌려 달라고 요구할 수 있는 반환청구
권을 가지게 된다. 이처럼 양도인이 직접점유를 유지하지만, 양수인에게
[04-②] 간접점유로 소유권 이전이 공시되는 경우 ①
점유 인도가 이루어진 것으로 간주되는 경우를 점유개정이라고 한다. 한편 C가 자신이 소유한 가방을 D에게 맡겨 두어 이에 대한 반환청구권을 가지게 되었는데, 이 가방의 소유권을 E에게 양도하는 계약을 체결하였다고 하자. 이때 C가 D에게 통지하여 가방 주인이 바뀌었으니 가방을 E에게 반환하라고 알려 주면 D가 보관 중인 가방에 대한 반환청구권은 C로부터 E에게로 넘어간다. 이 경우를 반환청구권 양도라고 한다.
[04-①, ④] 간접점유로 소유권 이전이 공시되는 경우 ②

4문단 양도인이 소유자가 아니더라도 양수인이 점유 인도를 받으면 소유권을 취득할 수 있을까? 점유로 공시되는 동산의 경우 양수인이 충분히
[03-④] [04-⑤] 선의취득이 인정되는 경우
주의를 했는데도 양도인이 소유자가 아님을 알지 못한 채 양도인과 유효한 계약을 하고, 점유 인도로 공시를 했다면 양수인은 소유권을 취득한다. 이것을 '선의취득'이라 한다. 다만 간접점유에 의한 인도 방법 중 점유개
[04-③] 선의취득이 인정되지 않는 경우
정으로는 선의취득을 하지 못한다. 선의취득으로 양수인이 소유권을 취득하면 원래 소유자는 원하지 않아도 소유권을 상실하게 된다.

5문단 반면에 국가가 관리하는 공적 기록인 등기·등록으로 공시되어야
[03-①] 선의취득의 대상이 아닌 물건
하는 물건은 아예 선의취득 대상이 아니다. ㉡법률이 등록 대상으로 규정한 자동차, 항공기 등의 동산은 등록으로 공시되는 물건이고, ㉢토지·건
물과 같은 부동산은 등기로 공시되는 물건이다. 이러한 고가의 재산에 대
[03-①, ④] 부동산의 공시 방법
해 선의취득을 허용하게 되면 원래 소유자의 의사에 반하는 소유권 박탈
[03-④] 고가의 재산에 선의취득을 허용할 때의 부작용
이 ⓐ일어나게 된다. 이것은 거래 안전에만 치중하고 원래 소유자의 권리
[03-②] 고가의 재산에 선의취득을 허용하지 않는 이유
보호를 경시한 것이 되어 바람직하지 않다고 볼 수 있다.

01 세부 정보의 파악

답 ⑤

선지별 선택 비율	①	②	③	④	⑤
	8%	4%	8%	19%	59%

윗글을 이해한 내용으로 적절하지 <u>않은</u> 것은?

😊 정답 띡/동!

⑤ 가방의 소유권을 양도하는 유효한 계약을 체결하면 ~~공시 방법이 갖춰지지~~ ~~않아도~~ 소유권은 이전된다.
↳ 점유 인도로 공시해야 함.

┃2문단 "물건 중에서 피아노, 금반지, 가방 등과 같은 대부분의 동산"

┃3문단 "물건의 소유권이 양도되려면, 소유자가 양도인이 되어 양수인과 <u>유효한 양도 계약</u>을 하고 이에 더하여 소유권 양도를 공시해야 한다. 점유로 소유권이 공시되는 동산의 소유권 양도는 점유를 넘겨주는 <u>점유 인도로 공시된다</u>."

┃뭔말?

·동산에 해당하는 가방의 소유권 양도 조건: ① 유효한 계약 체결 ② 점유 인도로 소유권 양도 공시

① 가방을 사용하고 있는 사람은 그 가방의 점유자이다.

┃1문단 "점유란 물건에 대한 사실상의 지배 상태"

┃2문단 "물건을 빌려 쓰거나 보관하고 있는 것을 포함하여 물건을 물리적으로 지배하는 상태를 직접점유라고 한다."

┃왜말?

· 가방을 사용하는 것: 가방을 물리적으로 지배하는 직접점유 상태 → 가방을 사용하고 있는 사람 = 가방의 점유자

② 가방을 점유하고 있더라도 그 가방의 소유자가 아닐 수 있다.

┃1문단 "점유자와 소유자가 항상 일치하지는 않는다."

③ 가방의 소유권이 유효한 계약으로 이전되려면 점유 인도가 있어야 한다.

┃3문단 "물건의 소유권이 양도되려면, 소유자가 양도인이 되어 양수인과 유효한 양도 계약을 하고 이에 더하여 소유권 양도를 공시해야 한다. 점유로 소유권이 공시되는 동산의 소유권 양도는 점유를 넘겨주는 점유 인도로 공시된다."

④ 가방에 대해 누가 소유권을 가지고 있는지를 알게 해 주는 방법은 점유이다.

┃2문단 "점유는 소유자를 공시하는 기능도 수행한다. 공시란 물건에 대해 누가 어떤 권리를 가지고 있는지를 알려 주는 것이다. ~ 가방 등과 같은 대부분의 동산은 점유에 의해 소유권이 공시된다."

┃[A] "물건을 물리적으로 지배하는 상태를 직접점유 ~ 반환청구권을 가진 상태를 간접점유"

② 간접점유는 피아노 소유권에 대한 공시 방법이 ~~아니다.~~
　　　　　　　　　　　　　　　　　　　　└→ 맞다

┃[A] "직접점유와 간접점유는 모두 점유에 해당", "피아노 ~ 등과 같은 대부분의 동산은 점유에 의해 소유권이 공시된다."

③ 하나의 동산에 직접점유자가 있으려면 ~~간접점유자도 있어야 한다.~~
　　　　　　　　　　　　　　　　　└→ 간접점유자가 없는 경우도 있음.

┃[A] 직접점유 = 물건을 물리적으로 지배하는 상태, 간접점유 = 어떤 물건을 빌려 쓰거나 보관하는 사람에게 그 물건의 반환을 청구할 수 있는 권리, 즉 반환청구권을 가진 상태

┃왜말?

· 하나의 동산을 소유자가 직접점유하고 있는 경우, 즉 소유자와 점유자가 일치하는 경우 → 간접점유자 없이 직접점유자만 존재

　※ 하나의 동산을 소유자가 간접점유하는 경우(⑩ 동산을 빌려 준 경우) → 직접점유자(빌려 쓰고 있는 사람)와 간접점유자(반환청구권을 지닌 소유자)가 모두 존재

④ 피아노의 직접점유자가 있으면 그 피아노의 간접점유자는 ~~소유자가 아니다.~~
　　　　　　　　　　　　　　　　　　　　　　　　　└→ 소유자일 수 있음.

┃1문단 "점유자와 소유자가 항상 일치하지는 않는다."

┃왜말?

· 직접점유자가 소유자에게 피아노를 빌렸거나 소유자 대신 보관하고 있는 경우 → 피아노의 직접점유자와 간접점유자가 모두 존재하며, 피아노의 간접점유자는 피아노에 대한 소유권을 지닌 소유자임.

02 내용의 추론 답 ⑤

선지별 선택 비율	①	②	③	④	⑤
	2%	5%	15%	11%	65%

[A]에 대한 이해로 가장 적절한 것은?

　　　　　　　　　└→ 점유에 의해 소유권이 공시되는 동산
⑤ 유효한 양도 계약으로 피아노의 소유자가 되려면 피아노에 대해 직접점유나 간접점유 중 하나를 갖춰야 한다.

┃[A] "직접점유와 간접점유는 모두 점유에 해당", "피아노 ~ 등과 같은 대부분의 동산은 점유에 의해 소유권이 공시된다."

┃3문단 "물건의 소유권이 양도되려면, 소유자가 양도인이 되어 양수인과 유효한 양도 계약을 하고 이에 더하여 소유권 양도를 공시해야 한다. 점유로 소유권이 공시되는 동산의 소유권 양도는 점유를 넘겨주는 점유 인도로 공시된다."

┃왜말?

· 피아노는 물건 중 동산에 해당 → 유효한 양도 계약으로 피아노를 양수하여 피아노의 소유자가 되기 위해서는 점유 인도로 공시 필요 → 양수인의 직접점유 또는 간접점유 필요

① 물리적 지배를 해야 동산의 ~~간접점유자~~가 될 수 있다.
　　　　　　　　　　　　└→ 직접점유자

03 특정 개념의 의미 파악 답 ②

선지별 선택 비율	①	②	③	④	⑤
	4%	54%	21%	7%	11%

㉠~㉢을 비교한 내용으로 가장 적절한 것은?

② ㉡은 ㉠과 달리, 원래 소유자의 권리 보호가 거래 안전보다 중시되는 대상이다.
　　　　　　　　　　└→ = 선의취득이 허용되지 않는 대상

┃4문단 "점유로 공시되는 동산(㉠에 해당)의 경우 양수인이 충분히 주의를 했는데도 양도인이 소유자가 아님을 알지 못한 채 양도인과 유효한 계약을 하고, 점유 인도로 공시를 했다면 양수인은 소유권을 취득한다. 이것을 '선의취득'이라 한다."

┃5문단 "법률이 등록 대상으로 규정한 자동차, 항공기 등의 동산(㉡)은 등록으로 공시되는 물건 ~ 이러한 고가의 재산에 대해 선의취득을 허용하게 되면 ~ 거래 안전에만 치중하고 원래 소유자의 권리 보호를 경시한 것이 되어 바람직하지 않다."

┃왜말?

· ㉠: 선의취득 대상 ○, ㉡: 선의취득 대상 ×

· ㉡에 대해 선의취득을 허용하지 않는 이유: ㉡은 고가의 재산으로, 거래 안전만 중시하여 소유자의 권리 보호를 경시하면 안 됨(거래 안전 < 원래 소유자의 권리 보호).

① ~~⊙은 ⓒ과 달리~~, 국가가 관리하는 공적 기록에 의해 소유권 양도가 공시될
　수 있다.
　　└→ ⓒ은 ⊙과 달리

| 3문단 "점유로 소유권이 공시되는 동산(⊙)의 소유권 양도는 점유를 넘겨주는 점
　유 인도로 공시된다."
| 5문단 "국가가 관리하는 공적 기록인 등기·등록으로 공시되어야 하는 물건 ~
　토지·건물과 같은 부동산(ⓒ)은 등기로 공시되는 물건"

③ ⓒ은 ⊙과 달리, ~~물리적 지배의 대상이 아니므로~~ 점유로 공시될 수 없다.
　　　　　　　└→ ⓒ도 물리적 지배의 대상이 될 수 있음.

| 5문단 "토지·건물과 같은 부동산(ⓒ)은 등기로 공시되는 물건"

| 뭔말?
·⊙은 점유로 공시, ⓒ은 점유가 아니라 등기로 공시됨. 그러나 ⓒ이 물리적 지배
　의 대상이 아니기 때문에 점유로 공시될 수 없는 것은 아님. 토지, 건물과 같은
　부동산도 빌려 쓰는 등 물리적 사용이 가능하므로 물리적 지배의 대상이 될 수
　있음.

④ ~~⊙과 ⓒ은 모두~~ 양도인이 소유자가 아니더라도 소유권 이전이 가능하다.
　　└→ ⊙만

| 4문단 "점유로 공시되는 동산(⊙)의 경우 양수인이 충분히 주의를 했는데도 양도
　인의 소유자가 아님을 알지 못한 채 양도인과 유효한 계약을 하고, 점유 인도로
　공시를 했다면 양수인은 소유권을 취득한다."
| 5문단 "등록으로 공시되는 물건(ⓒ)이고, ~ 이러한 고가의 재산에 대해 선의취
　득을 허용하게 되면 원래 소유자의 의사에 반하는 소유권 박탈이 일어나게 된
　다." → 선의취득 불가능(양도인이 소유자가 아니라면 소유권 이전 불가능)

⑤ ~~⊙과 ⓒ은 모두~~ 점유개정으로 소유권 양도가 공시될 수 있다.
　　└→ ⊙만

| 3문단 "점유로 소유권이 공시되는 동산(⊙)의 소유권 양도는 점유를 넘겨주는 점
　유 인도로 공시된다. 양수인이 간접점유를 하여 소유권 이전이 공시되는 경우
　로서 '점유개정'과 '반환청구권 양도'가 있다."
　　　　└→ 점유 인도 중 간접점유로 소유권 이전이 공시되는 유형 중 하나가 점유개정
| 5문단 "토지나 건물 같은 부동산(ⓒ)은 등기로 공시되는 물건"

04 구체적 사례에의 적용　　　　　　　　　　　　답 ③

선지별 선택 비율	①	②	③	④	⑤
	7%	14%	37%	21%	18%

윗글을 바탕으로 할 때, 〈보기〉를 이해한 내용으로 적절하지 않은 것은? [3점]

─── 보기 ───
　갑과 을은, 갑이 끼고 있던 금반지의 소유권을 을에게 양도하기
로 하는 유효한 계약을 했다. 갑과 을은, 갑이 이 금반지를 보관하다
가 을이 요구할 때 넘겨주기로 합의했다. 을은 소유권 양도 계약을
할 때 양도인이 소유자라고 믿었고 양도인이 소유자인지 확인하기 위
해 충분히 주의했다. 을은 일주일 후 병과 유효한 소유권 양도 계약을
했고, 갑에게 통지하여 사흘 후 병에게 금반지를 넘겨주라고 알려 주
었다.

③ 갑이 금반지 소유자가 ~~아니었더라도~~, 병은 을로부터 을이 가진 소유권을
　양도받아 취득한다.
　　　　　　└→ 갑이 소유자가 맞아야만 을이 소유권을 인정받음.

| 3문단 "양도인이 직접점유를 유지하지만, 양수인에게 점유 인도가 이루어진 것
　으로 간주되는 경우를 점유개정이라고 한다."
| 4문단 "간접점유에 의한 인도 방법 중 점유개정으로는 선의취득을 하지 못한다."
| 〈보기〉 "갑이 끼고 있었던 금반지(금반지의 직접점유자 = 갑)의 소유권을 을에게 양
　도하기로 하는 유효한 계약을 했다. 갑과 을은, 갑이 금반지를 보관하다가(양도인
　갑이 직접점유 유지) 을이 요구할 때 넘겨주기로 합의(양수인 을에게 점유 인도가 이루
　어진 것으로 간주)했다." → 점유개정에 해당

| 뭔말?
·갑이 금반지 소유자가 아님. → 을이 금반지의 소유권을 가지려면 선의취득이
　되어야 함. 그러나 점유개정으로는 선의취득을 하지 못함.
| 결론! 을은 금반지의 소유권을 인정받지 못하며, 병 역시 을로부터 '을이 가진 소
　유권'을 양도받을 수 없음.

① 갑이 금반지 소유자였다면, 병이 금반지의 물리적 지배를 넘겨받지 않았
　으나 병은 소유권을 취득한다.

| 3문단 "A가 B에게 피아노의 소유권을 양도하기로 계약하되 사흘간 빌려 쓰는
　것으로 합의한 경우, B는 A에게 피아노를 사흘 후 돌려 달라고 요구할 수 있는
　반환청구권을 가지게 된다. 이처럼 양도인이 직접점유를 유지하지만, 양수인에
　게 점유 인도가 이루어진 것으로 간주되는 경우를 점유개정이라고 한다."
　　　　　　　　　　　　　　　　　　→ 갑(A)과 을(B)의 상황에 해당
　"C가 자신이 소유한 가방을 D에게 맡겨 두어 이에 대한 반환청구권을 가지게
　되었는데, 이 가방의 소유권을 E에게 양도하는 계약을 체결하였다고 하자. 이때
　C가 D에게 통지하여 가방 주인이 바뀌었으니 가방을 E에게 반환하라고 알려
　주면 D가 보관 중인 가방에 대한 반환청구권은 C로부터 E에게로 넘어간다. 이
　경우를 반환청구권 양도라고 한다." → 을(C)과 병(E)의 상황에 해당 ※갑은 D의 입장

| 뭔말?
·갑이 금반지 소유자임. → 을이 갑과 유효한 계약 체결 이후 금반지를 넘겨받지
　않았어도 점유개정을 통한 점유 인도가 이루어진 것 → 을은 금반지에 대한 소
　유권, 즉 반환청구권을 지니게 됨.
·을과 병의 유효한 계약 체결, 을이 갑에게 사흘 후 병에게 금반지를 넘겨주라고
　통지 → 병에게 반환청구권 양도가 이루어짐. → 병은 금반지를 넘겨받지 않았
　으나 금반지에 대한 소유권을 취득함.

② 갑이 금반지 소유자였다면, 을은 갑으로부터 물리적 지배를 넘겨받지 않
　았으나 점유 인도를 받은 것으로 간주된다.
　　　　　　　　　　　　　　└→ 점유개정에 의한 점유 인도

| 뭔말?
·갑이 금반지 소유자임. → 을은 금반지의 물리적 지배, 즉 직접점유는 아니지만
　갑과 유효한 계약을 한 뒤 반환청구권을 지니는 간접점유를 하게 됨. → 점유개
　정에 의한 점유 인도가 이루어짐.

④ 갑이 금반지 소유자가 아니었더라도, 을은 반환청구권 양도로 병에게 점
　유 인도를 한 것으로 간주된다.

| 뭔말?
·을은 갑과 유효한 계약을 한 뒤 직접점유가 아닌 반환청구권을 지니는 간접점유
　를 하게 됨. → 을은 이 반환청구권을 병에게 양도하는 계약을 하고, 갑에게 사

홀 후 병에게 금반지를 넘겨주라는 통지를 함. → 반환청구권 양도를 통해 점유 인도가 이루어짐.
| 결론! 갑이 금반지의 소유자인지 아닌지와 상관없이 형식적으로 을과 병은 반환 청구권 양도에 의한 점유 인도를 한 것임.

⑤ 갑이 금반지 소유자가 아니었더라도, 병이 계약할 때 양도인이 소유자라고 믿었고 양도인이 소유자인지 확인하기 위해 충분히 주의했다면, 병은 소유권을 취득한다.

| 4문단 "점유로 공시되는 동산의 경우 양수인이 충분히 주의를 했는데도 양도인이 소유자가 아님을 알지 못한 채 양도인과 유효한 계약을 하고, 점유 인도로 공시를 했다면 양수인은 소유권을 취득한다. 이것을 '선의취득'이라 한다."
| 뭔말?
· 간접점유에 의한 인도 방법 2가지 중 선의취득이 불가능한 경우 = 점유개정
· 반환청구권 양도에 의한 점유 인도는 선의취득 가능
· 병이 계약할 때 양도인이 소유자라고 믿었고 양도인이 소유자인지 확인하기 위해 충분히 주의함. → 을과 병의 유효한 계약 체결로 반환청구권 양도에 의한 점유 인도가 이루어짐. → 선의취득을 인정받아 병은 금반지에 대한 소유권을 취득하게 됨(갑이 아닌 원래 금반지 소유자의 소유권 상실).

꿀피스 Tip!

▶ 이 문제의 포인트는 지문에 제시된 동산의 소유권 양도 유형과 예외 사항을 바르게 파악하고 사례에 적용할 수 있는가에 있어. 이 문제처럼 지문을 바탕으로 〈보기〉의 사례를 이해한 내용을 묻는 문제가 나오면, 〈보기〉의 사례가 지문의 어떤 부분과 관계 있는지부터 파악하는 일이 우선! 지문의 해당 부분에 대해 충분히 이해하고, 구체적인 〈보기〉 분석에 들어가야 해.

▶ 이때 선지도 한번 쓱 살펴보는 것을 잊지 말자. (선지에 패턴이 보이는 경우 〈보기〉 분석이 수월해지는 경우가 많기 때문!) 제시된 선지는 모두 갑이 금반지 소유자일 경우와 아닐 경우를 가정하고 있다는 것을 알 수 있어. 즉 갑이 금반지 소유자인지 아닌지 여부가 을과 병의 소유권 양도 거래에 어떤 영향을 주는지를 이해해야 하는 문항이라는 뜻이지.

▶ 선지 ③을 정답으로 고르기 어려웠다면, 갑이 소유자가 아닌 경우 을과의 계약은 점유개정에 해당한다는 점을 놓쳐서일 가능성이 커. 점유개정으로는 선의취득을 하지 못하므로 을은 금반지의 소유권을 인정받지 못하여 병 역시 을로부터 소유권 양도를 받지 못하게 되는 연쇄적인 문제가 발생하는 거야.

▶ 지문을 보면 점유 인도의 두 유형 중 선의취득이 인정되지 않는 경우가 점유개정인데, 갑과 을의 사례가 바로 점유개정에 해당하잖아? 즉 을의 선의취득은 인정되지 않으니까 을에게 금반지 소유권이 없는데 어떻게 있지도 않은 소유권을 병이 받을 수 있겠어?

▶ 그럼 ⑤에서 병이 소유권을 취득한다는 건 무슨 말이냐고? 이건 을의 소유권을 넘겨받는다는 말이 아니야. 을과 병의 계약은 점유개정이 아닌 반환청구권 양도이고 병은 충분히 주의를 기울였다고 했으니, 이 경우 병은 거래에서 선의의 피해자가 되는 셈이지. 선의취득은 이렇게 선의의 피해자를 구제하기 위한 제도인 거지. 그래서 병이 을이 아니라 금반지의 원래 소유자로부터 소유권을 취득하게 되는 다소 복잡한 상황이지.

▶ 한편 지문의 3문단에서는 양수인의 간접점유에 대한 설명이 제시되어 있는데, 〈보기〉의 을은 간접점유 상태로 반환청구권을 지님을 파악해야 해. 또한 을은 반환청구권을 병에게 양도하고, 갑에게 이를 통지하고 있으므로, 을과 병은 반환청구권 양도에 의한 점유 인도를 한 것임을 이해해야 하지. 이때 점유 인도가 곧 소유권 취득으로 연결된다고 단정해서는 안 된다는 점을 명심하자. ④를 정답으로 착각했다면, 점유 인도가 이루어진 것을 소유권 취득과 관련지어 소유권 취득이 유효하다는 의미로 잘못 이해해서 '아하, 이 선지가 틀렸구나!' 하고 헛다리를 짚었기 때문일 것이야.

▶ ①, ②를 정답으로 착각했다면 글쎄, '물리적 지배를 넘겨받는다'는 의미를 이해하지 못한 걸까? 이건 지문에 대놓고 '직접점유'라고 제시되어 있는데 말이야. 갑이 소유자인지 아닌지와 상관없이 금반지를 계속 갖고 있는 건 갑이기 때문에 물리적 지배를 하고 있는 직접점유자는 갑이고, 을과 병은 간접점유로 소유권 양도가 이루어지고 있는 상황이라는 점을 생각하면 판단이 어렵지 않지. 간접점유로 소유권 양도가 이루어지는 두 가지 경우가 뭐라고? 점유개정과 반환청구권 양도! 이 지점에서 두 선지가 만들어졌다는 걸 이제 알겠지?

05 어휘의 의미 파악 답 ①

선지별 선택 비율	①	②	③	④	⑤
	86%	2%	2%	6%	1%

문맥상 의미가 ⓐ와 가장 가까운 것은?

정답 띵! 동!

① 작년은 우리나라에서 수많은 사건이 일어난 해였다.

| ⓐ와 ①의 '일어나다' '어떤 일이 생기다.'라는 의미

오답 땡!

② 청중 사이에서는 기쁨으로 인해 환호성이 일어났다.

| '소리가 나다.'라는 의미

③ 형님의 강한 의지력으로 집안이 다시 일어나게 되었다.

| '약하거나 희미하던 것이 성하여지다.'라는 의미

④ 나는 그 사람에 대해 경계심이 일어나지 않을 수 없었다.

| '어떤 마음이 생기다.'라는 의미

⑤ 사회는 구성원들이 부조리에 맞서 일어남으로써 발전한다.

| '몸과 마음을 모아 나서다.'라는 의미

기출 속 독서 배경지식

🔗 민법 조항에 나타난 소유와 점유

✎ 점유 및 소유의 개념과 관련한 민법 조항

> **민법 제192조(점유권의 취득과 소멸)**
> ① 물건을 사실상 지배하는 자는 점유권이 있다.
> ② 점유자가 물건에 대한 사실상의 지배를 상실한 때에는 점유권이 소멸한다. 그러나 제204조의 규정에 의하여 점유를 회수한 때에는 그러하지 아니하다.
>
> **민법 제211조(소유권의 내용)**
> 소유자는 법률의 범위내에서 그 소유물을 사용, 수익, 처분할 권리가 있다.

✎ 간접점유 및 점유개정, 반환청구권 양도와 관련한 민법 조항

> **민법 제194조(간접점유)**
> 지상권, 전세권, 질권, 사용대차, 임대차, 임치 기타의 관계로 타인으로 하여금 물건을 점유하게 한 자는 간접으로 점유권이 있다.
>
> **민법 제196조(점유권의 양도)**
> ① 점유권의 양도는 점유물의 인도로 그 효력이 생긴다.
> ② 전항의 점유권의 양도에는 제188조 제2항, 제189조, 제190조의 규정을 준용한다.
>
> **민법 제188조(동산물권양도의 효력, 간이인도)**
> ① 동산에 관한 물권의 양도는 그 동산을 인도하여야 효력이 생긴다.
> ② 양수인이 이미 그 동산을 점유한 때에는 당사자의 의사표시만으로 그 효력이 생긴다.
>
> **민법 제189조(점유개정)**
> 동산에 관한 물권을 양도하는 경우에 당사자의 계약으로 양도인이 그 동산의 점유를 계속하는 때에는 양수인이 인도받은 것으로 본다.
>
> **민법 제190조(목적물반환청구권의 양도)**
> 제삼자가 점유하고 있는 동산에 관한 물권을 양도하는 경우에는 양도인이 그 제삼자에 대한 반환청구권을 양수인에게 양도함으로써 동산을 인도한 것으로 본다.
>
> **민법 제213조(소유물반환청구권)**
> 소유자는 그 소유에 속한 물건을 점유한 자에 대하여 반환을 청구할 수 있다. 그러나 점유자가 그 물건을 점유할 권리가 있는 때에는 반환을 거부할 수 있다.

✎ 선의취득과 관련한 민법 조항과 취지

> **민법 제249조(선의취득)**
> 평온, 공연하게 동산을 양수한 자가 선의이며 과실없이 그 동산을 점유한 경우에는 양도인이 정당한 소유자가 아닌 때에도 즉시 그 동산의 소유권을 취득한다.
>
> **민법 제250조(도품, 유실물에 대한 특례)**
> 전조의 경우에 그 동산이 도품이나 유실물인 때에는 피해자 또는 유실자는 도난 또는 유실한 날로부터 2년내에 그 물건의 반환을 청구할 수 있다. 그러나 도품이나 유실물이 금전인 때에는 그러하지 아니하다.
>
> **민법 제251조(도품, 유실물에 대한 특례)**
> 양수인이 도품 또는 유실물을 경매나 공개시장에서 또는 동종류의 물건을 판매하는 상인에게서 선의로 매수한 때에는 피해자 또는 유실자는 양수인이 지급한 대가를 변상하고 그 물건의 반환을 청구할 수 있다.
>
> **대법원 1998. 6. 12. 선고 98다6800 판결**
> "민법 제249조의 동산 선의취득 제도는 동산을 점유하는 자의 권리외관을 중시하여 이를 신뢰한 자의 소유권 취득을 인정하고 진정한 소유자의 추급을 방지함으로써 거래의 안전을 확보하기 위하여 법이 마련한 제도이므로, 위 법조 소정의 요건이 구비되어 동산을 선의취득한 자는 권리를 취득하는 반면 종전 소유자는 소유권을 상실하게 되는 법률효과가 법률의 규정에 의하여 발생되므로, 선의취득자가 임의로 이와 같은 선의취득 효과를 거부하고 종전 소유자에게 동산을 반환받아 갈 것을 요구할 수 없다."

▶ 선의취득은 거래 안전을 보호하는 것을 목적으로 하는 제도로 볼 수 있다. 예를 들어 A 물건의 소유자 갑이 을에게 A 물건을 빌려 주었는데, 을이 갑의 허락을 받지 않고 병에게 A 물건을 판매했다고 하자. 이때 을이 A 물건의 소유자인 줄 알고 유효한 계약 체결을 통해 구매했을 경우, 병은 선의의 피해자가 된다. 이를 구제하기 위해 선의취득을 인정하는 것으로, 이 경우 원래의 소유자(갑)와 선의의 양수인(병)의 이익 중에서 후자의 이익을 우선적으로 보호하게 된다.

✎ 점유개정에 의한 선의취득을 부정한 대법원 판례

> **대법원 1964. 5. 5. 선고 63다775 판결**
>
> [판결 요지]
> 동산의 선의취득에 필요한 점유의 취득은 현실적인 인도가 있어야 하고 소위 점유개정에 의한 점유취득만으로서는 그 요건을 충족할 수 없다.

▶ 예를 들어 을이 갑으로부터 빌려서 점유하는 A 물건이 있다고 하자. 이 물건을 병이 을의 소유로 믿고 을에게 점유개정으로 매수하였을 경우, 판례에 따르면 원래 권리자인 갑과 처분자인 을 사이의 간접점유 관계에 변동이 없고 물건이 갑의 권리에서 지배를 완전히 벗어나지 못했다고 본다. 또한 관념적 인도인 점유개정에 의한 선의취득을 인정하는 것은 원래 권리자인 갑에게 가혹한 처사라는 점을 들어 원래 권리자인 갑의 이익을 더 보호해야 한다고 본다.

경제 안정을 위한 정책

🔗 **EBS 연결 고리**
2020학년도 EBS 수능특강 독서 118쪽 〈양적 완화〉에서 '전통적 통화 정책'
관련 내용 연계

해제 이 글은 경제 안정을 위한 전통적인 경제 정책과 글로벌 금융 위기 이후 달라진 경제 정책을 설명하고 있다. 전통적인 경제에서는 금융감독 정책을 통해 금융 안정을, 통화 정책을 통해 물가 안정을 달성할 수 있다고 보는 이원적인 접근 방식이 지배적이었다. 금융감독 정책도 개별 금융 회사의 건전성 확보를 통해 금융 안정을 달성하고자 하는 미시 건전성 정책에 집중했으며, 이러한 미시 건전성 정책의 예로는 금융 회사의 자기자본 하한을 설정하는 최저 자기자본 규제를 들 수 있다. 그러나 글로벌 금융 위기 이후 금융 시스템이 와해되어 경제 불안이 확산되면서 기존의 금융감독 정책에 대한 자성이 일어났다. 이에 미시 건전성 정책에 금융 시스템의 건전성을 추구하는 거시 건전성 정책이 추가된 금융감독 정책과, 물가 안정을 위한 통화 정책 간의 상호 보완이 필요하다는 견해가 주류를 형성하게 되었다. 거시 건전성 정책 수단에는 최저 자기자본에 완충자본을 적립하는 경기 대응 완충자본 제도가 있다.

주제 글로벌 금융 위기 이후의 경제 정책의 변화

짜임

1문단	전통적인 통화 정책의 목표 및 작동 원리
2문단	전통적인 금융감독 정책의 관점 및 미시 건전성 정책
3문단	글로벌 금융 위기 이후 달라진 경제 안정 정책
4문단	거시 건전성 정책의 개념과 논리적 기반
5문단	거시 건전성 정책 수단 및 작동 원리

1문단 전통적인 통화 정책은 정책 금리를 활용하여 물가를 안정시키고 경제 안정을 도모하는 것을 목표로 한다. 중앙은행은 경기가 과열되었을 때 정책 금리 인상을 통해 경기를 진정시키고자 한다. 정책 금리 인상으로
[04-⑤] 통화 정책을 통한 경기 진정
시장 금리도 높아지면 가계 및 기업에 대한 대출 감소로 신용 공급이 축소된다. 신용 공급의 축소는 경제 내 수요를 줄여 물가를 안정시키고 경기를 진정시킨다. 반면 경기가 침체되었을 때는 반대의 과정을 통해 경기를 부양시키고자 한다.
[01-③] 통화 정책을 통한 경기 부양

2문단 금융을 통화 정책의 전달 경로로만 보는 전통적인 경제학에서는 금융감독 정책이 개별 금융 회사의 건전성 확보를 통해 금융 안정을 달성
[01-②] [02-③] 미시 건전성 정책에서 금융감독 정책의 방향
하고자 하는 ⊙미시 건전성 정책에 집중해야 한다고 보았다. 이러한 관점은 금융이 직접적인 생산 수단이 아니므로 단기적일 때와는 달리 장기적으로는 경제 성장에 영향을 미치지 못한다는 인식과, 자산 시장에서는 가
[01-①] 금융이 경제 성장에 미치는 영향에 대한 인식
격이 본질적 가치를 초과하여 폭등하는 버블이 존재하지 않는다는 효율적 시장 가설에 기인한다. 미시 건전성 정책은 개별 금융 회사의 건전성에 대
[02-③], ④] 미시 건전성 정책에서 활용하는 예방적 성격의 정책 수단
한 예방적 규제 성격을 가진 정책 수단을 활용하는데, 그 예로는 향후 손실에 대비하여 금융 회사의 자기자본 하한을 설정하는 최저 자기자본 규제를 들 수 있다.
[02-⑤] [03-①~⑤] 미시 건전성 정책에서 실시하는 자기자본 이용 정책 수단

3문단 이처럼 전통적인 경제학에서는 금융감독 정책을 통해 금융 안정
[02-①] 금융감독 정책과 통화 정책을 별개로 보는 미시 건전성 정책
을, 통화 정책을 통해 물가 안정을 달성할 수 있다고 보는 이원적인 접근 방식이 지배적인 견해였다. 그러나 글로벌 금융 위기 이후 금융 시스템이 와해되어 경제 불안이 확산되면서 기존의 접근 방식에 대한 자성이 일어났다. 이 당시 경기 부양을 목적으로 한 중앙은행의 저금리 정책이 자산
[01-④, ⑤] [04-①] 저금리 정책의 부작용
가격 버블에 따른 금융 불안을 야기하여 경제 안정이 훼손될 수 있다는 데 공감대가 형성되었다. 또한 금융 회사가 대형화되면서 개별 금융 회사의 부실이 금융 시스템의 붕괴를 야기할 수 있게 됨에 따라 금융 회사 규모가 금융 안정의 새로운 위험 요인으로 등장하였다. 이에 기존의 정책으로는 금융 안정을 확보할 수 없고, 경제 안정을 위해서는 물가 안정뿐만 아니라 금융 안정도 필수적인 요건임이 밝혀졌다. 그 결과 미시 건전성 정책에 ⓒ거시 건전성 정책이 추가된 금융감독 정책과 물가 안정을 위한 통화 정책 간의 상호 보완을 통해 경제 안정을 달성해야 한다는 견해가 주류를 형성하게 되었다.

4문단 거시 건전성이란 개별 금융 회사 차원이 아니라 금융 시스템 차원의 위기 가능성이 낮아 건전한 상태를 말하고, 거시 건전성 정책은 금융 시스템의 건전성을 추구하는 규제 및 감독 등을 포괄하는 활동을 의미한다. 이때, 거시 건전성 정책은 미시 건전성이 거시 건전성을 담보할 수 있는 충분조건이 되지 못한다는 '구성의 오류'에 논리적 기반을 두고 있다. 거시 건전성 정책은 금융 시스템 위험 요인에 대한 예방적 규제를 통해 금
[02-③, ④] 거시 건전성 정책에서 활용하는 예방적 성격의 정책 수단
융 시스템의 건전성을 추구한다는 점에서, 미시 건전성 정책과는 차별화
[02-④] 거시 건전성 정책 - 금융 시스템 위험 요인 감독
된다.

5문단 거시 건전성 정책의 목표를 효과적으로 달성하기 위해서는 경기 변동과 금융 시스템 위험 요인 간의 상관관계를 감안한 정책 수단의 도입이 필요하다. 금융 시스템 위험 요인은 경기 순응성을 가진다. 즉 경기가
[02-②] 경기 순응성을 지니는 금융 시스템 위험 요인
호황일 때는 금융 회사들이 대출을 늘려 신용 공급을 팽창시킴에 따라 자산 가격이 급등하고, 이는 다시 경기를 더 과열시키는 반면 불황일 때는 그 반대의 상황이 일어난다. 이를 완화할 수 있는 정책 수단으로는 경기
[02-②] 거시 건전성 정책에서 신용 공급의 경기 순응성을 완화하는 제도
대응 완충자본 제도를 ⓐ들 수 있다. 이 제도는 정책 당국이 경기 과열기에 금융 회사로 하여금 최저 자기자본에 추가적인 자기자본, 즉 완충자본
[02-⑤] [03-①~⑤] 거시 건전성 정책에서 실시하는 자기자본 이용 정책 수단
을 쌓도록 하여 과도한 신용 팽창을 억제시킨다. 한편 적립된 완충자본은 경기 침체기에 대출 재원으로 쓰도록 함으로써 신용이 충분히 공급되도록
[03-①~⑤] [04-③] 경기 대응 완충자본 제도를 통한 경기 침체기의 신용 공급 확대
한다.

선지별 선택 비율	①	②	③	④	⑤
	4%	5%	18%	66%	4%

윗글을 통해 알 수 있는 것은?

😊 정답 띵! 동!

④ 글로벌 금융 위기 이후에는, 정책 금리 인하가 경제 안정을 훼손하는 요인이 될 수 있다고 보았다.

┃ 3문단 "글로벌 금융 위기 이후 ～ 경기 부양을 목적으로 한 중앙은행의 저금리 정책(=정책 금리 인하)이 자산 가격 버블에 따른 금융 불안을 야기하여 경제 안정이 훼손될 수 있다는 데 공감대가 형성되었다."

😠 오답 땡!

① 글로벌 금융 위기 이전에는, 금융이 ~~단기적으로~~ 경제 성장에 영향을 미치지 못한다고 보았다.
　　　　　　　　　　└ 장기적으로

┃ 2문단 "전통적인 경제학에서는 ～ 금융이 직접적인 생산 수단이 아니므로 단기적일 때와는 달리 장기적으로는 경제 성장에 영향을 미치지 못한다는 인식"

② 글로벌 금융 위기 이전에는, 개별 금융 회사가 ~~건전하다고 해서~~ 금융 안정이 ~~달성되는 것은 아니라고~~ 보았다.
　└ 건전하면　　　　　　└ 달성된다고

┃ 2문단 "전통적인 경제학에서는 ～ 개별 금융 회사의 건전성 확보를 통해 금융 안정을 달성하고자 하는 미시 건전성 정책에 집중해야 한다고 보았다."

③ 글로벌 금융 위기 이전에는, 경기 침체기에는 ~~통화 정책과 더불어 금융감독 정책을 통해~~ 경기를 부양시켜야 한다고 보았다.
　　└ 통화 정책을 통해

┃ 1문단 "전통적인 통화 정책은 정책 금리를 활용하여 물가를 안정시키고 경제 안정을 도모하는 것을 목표로 한다. 중앙은행은 경기가 과열되었을 때 정책 금리 인상을 통해 경기를 진정시키고자 한다. ～ 반면 경기가 침체되었을 때는 반대의 과정(=정책 금리 인하)을 통해 경기를 부양시키고자 한다."
┃ 3문단 "전통적인 경제학에서는 금융감독 정책을 통해 금융 안정을, 통화 정책을 통해 물가 안정을 달성할 수 있다고 보는 이원적인 접근 방식이 지배적인 견해", "글로벌 금융 위기 이후 ～ 금융감독 정책과 물가 안정을 위한 통화 정책 간의 상호 보완을 통해 경제 안정을 달성해야 한다는 견해가 주류를 형성"
┃ 윈말?
· 글로벌 금융 위기 이전에는 금융감독 정책과 통화 정책을 별개로 생각 → 통화 정책과 금융감독 정책을 함께 고려하여 시행해야 한다는 인식은 글로벌 금융 위기 이후에 나타남.

⑤ 글로벌 금융 위기 이후에는, 경기 변동이 자산 가격 변동을 유발하나 자산 가격 변동은 경기 변동을 ~~유발하지 않는다고~~ 보았다.
　　　　　　　　　　└ 유발한다고

┃ 3문단 "글로벌 금융 위기 이후 ～ 경기 부양을 목적으로 한 중앙은행의 저금리 정책이 자산 가격 버블(=자산 가격 변동)에 따른 금융 불안을 야기하여 경제 안정이 훼손(=경기 변동 유발)될 수 있다는 데 공감대가 형성되었다."

선지별 선택 비율	①	②	③	④	⑤
	8%	6%	65%	11%	8%

㉠과 ㉡에 대한 설명으로 적절하지 않은 것은?

😊 정답 띵! 동!
　　　　　　　┌ ㉠과 ㉡ 모두
③ ~~㉠은 ㉡과 달리~~ 예방적 규제 성격의 정책 수단을 사용하여 금융 안정을 달성하고자 한다.

┃ 2문단 "금융감독 정책이 개별 금융 회사의 건전성 확보를 통해 금융 안정을 달성하고자 하는 미시 건전성 정책(㉠)에 집중해야 한다. ～ 미시 건전성 정책은 개별 금융 회사의 건전성에 대한 예방적 규제 성격을 가진 정책 수단을 활용"
┃ 4문단 "거시 건전성 정책(㉡)은 금융 시스템 위험 요인에 대한 예방적 규제를 통해 금융 시스템의 건전성(→ 금융 안정)을 추구"

😠 오답 땡!

① ㉠에서는 물가 안정을 위한 정책 수단과는 별개의 정책 수단을 통해 금융 안정을 달성하고자 한다.　└ 통화 정책　　　　└ 금융감독 정책

┃ 3문단 "전통적인 경제학에서는 금융감독 정책을 통해 금융 안정을, 통화 정책을 통해 물가 안정을 달성할 수 있다고 보는 이원적인 접근 방식"
┃ 윈말?
· ㉠에서 물가 안정을 위한 정책 수단 = 통화 정책, 금융 안정을 달성하고자 하는 (별개의) 정책 수단 = 금융감독 정책

② ㉡에서는 신용 공급의 경기 순응성을 완화시키는 정책 수단이 필요하다.

┃ 5문단 "거시 건전성 정책의 목표를 효과적으로 달성하기 위해서는 ～ 정책 수단의 도입이 필요하다. 금융 시스템 위험 요인은 경기 순응성을 가진다. 즉 경기가 호황일 때는 금융 회사들이 대출을 늘려 신용 공급을 팽창시킴에 따라 자산 가격이 급등하고, 이는 다시 경기를 더 과열시키는 반면 불황일 때는 그 반대의 상황(=신용 공급 감소)이 일어난다. 이(신용 공급의 경기 순응성)를 완화할 수 있는 정책 수단으로는 경기 대응 완충자본 제도를 들 수 있다."

④ ㉡은 ㉠과 달리 금융 시스템 위험 요인을 감독하는 정책 수단을 사용한다.

┃ 2문단 "미시 건전성 정책은 개별 금융 회사의 건전성에 대한 예방적 규제 성격을 가진 정책 수단을 활용"
┃ 4문단 "거시 건전성 정책은 금융 시스템 위험 요인에 대한 예방적 규제를 통해 금융 시스템의 건전성을 추구한다는 점에서, 미시 건전성 정책과는 차별화"
┃ 윈말?
· ㉠은 개별 금융 회사 차원에서의 금융감독 정책, ㉡은 개별 금융 회사 차원이 아니라 금융 시스템 차원의 위험 요인에 대한 금융감독 정책을 추구

⑤ ㉠과 ㉡은 모두 금융 안정을 달성하기 위해 금융 회사의 자기자본을 이용한 정책 수단을 사용한다.

┃ 2문단 "향후 손실에 대비하여 금융 회사의 자기자본 하한을 설정하는 최저 자기자본 규제" → 미시 건전성 정책에서 금융 안정을 위해 실시하는 금융감독 정책 수단
┃ 5문단 "경기 대응 완충자본 제도 ～ 경기 과열기에 금융 회사로 하여금 최저 자

기자본에 추가적인 자기자본, 즉 완충자본을 쌓도록 하여 과도한 신용 팽창을 억제시킨다."→ 거시 건전성 정책에서 금융 안정을 위해 실시하는 금융감독 정책 수단

03 내용의 추론

답 ①

선지별 선택 비율	①	②	③	④	⑤
	60%	7%	18%	7%	5%

윗글을 바탕으로 할 때, 〈보기〉의 A~D에 들어갈 말을 바르게 짝지은 것은?

── 보기 ──

미시 건전성 정책과 거시 건전성 정책 간에는 정책 수단 운용에서 입장 차이가 존재한다. 경기가 (A)일 때 (B) 건전성 정책에서는 완충자본을 (C)하도록 하고, (D) 건전성 정책에서는 최소 수준 이상의 자기자본을 유지하도록 하여 개별 금융 회사의 건전성을 확보하려 한다.

😊 **정답 띵! 동!**

	A	B	C	D
①	불황	거시	사용	미시

| 2문단 "개별 금융 회사의 건전성 확보를 통해 금융 안정을 달성하고자 하는 미시 건전성 정책 ~ 금융 회사의 자기자본 하한을 설정하는 최저 자기자본 규제"

| 5문단 "경기 과열기(호황)에 금융 회사로 하여금 ~ 완충자본을 쌓도록(적립) 하여 과도한 신용 팽창을 억제시킨다. 한편 적립된 완충자본은 경기 침체기(불황)에 대출 재원으로 쓰도록(사용) 함"

| 뭔말?

· 미시 건전성 정책의 최저 자기자본 규제: 개별 금융 회사의 자기자본 하한(=최소 수준) 설정으로 건전성 확보

· 거시 건전성 정책의 경기 대응 완충자본 제도: 경기 '호황' 시 자기자본에 완충자본을 추가로 '적립', 경기 '불황' 시 대출 재원으로 완충자본 '사용'

| 결론! 최소 수준 이상의 자기자본을 유지한다는 내용의 D에는 '미시', 완충자본이라는 말이 나오는 B에는 '거시'가 들어가야 함. 한편 완충자본의 활용과 관련된 A와 C에는 '호황 – 적립' 또는 '불황 – 사용'이 들어가야 함.

😔 **오답 땡!**

	A	B	C	D
②	호황	거시	사용	미시

| A 부적절 → 경기 '호황' 시 완충자본을 최저 자기자본에 추가로 '적립'하여 과도한 신용 팽창 억제

	A	B	C	D
③	불황	거시	적립	미시

| C 부적절 → 경기 '불황' 시 완충자본을 대출 재원으로 '사용'하여 신용 공급

	A	B	C	D
④	호황	미시	적립	거시
⑤	불황	미시	사용	거시

| B와 D 부적절 → 완충자본과 관련된 정책 수단 = '거시' 건전성 정책, 최소 수준 이상의 자기자본(최저 자기자본)과 관련된 정책 수단 = '미시' 건전성 정책

🔥 매운맛 픽
04 다른 상황에의 적용

답 ③

선지별 선택 비율	①	②	③	④	⑤
	11%	9%	32%	14%	32%

윗글과 〈보기〉에 대한 이해로 적절하지 않은 것은? [3점]

── 보기 ──

현실에서의 통화 정책 효과는 경기에 대해 비대칭적인 것으로 알려져 있다. 통화 정책은 경기 과열을 억제하는 데는 효과적이지만 경기 침체를 벗어나는 데는 효과가 미미하기 때문이다. 경기 침체를 극복하기 위해 중앙은행의 정책 금리 인하로 은행이 대출을 늘려 신용 공급을 확대하려 해도, 가계의 소비 심리가 위축되었거나 기업이 투자할 대상이 마땅치 않을 경우 전통적인 통화 정책에서 기대되는 효과는 나타나지 않게 된다. 오히려 확대된 신용 공급이 주식이나 부동산 등 자산 시장으로 과도하게 유입되어 의도치 않은 문제를 일으킬 수 있다.

경제학자들은 경제 주체들이 경기 상황에 대해 비대칭적으로 반응하기 때문에 나타나는 이러한 현상을 '끈 밀어올리기(pushing on a string)'라고 부른다. 이는 끈을 당겨서 아래로 내리는 것은 쉽지만, 밀어서 위로 올리는 것은 어렵다는 것에 빗댄 것이다.

😊 **정답 띵! 동!**

③ '끈 밀어올리기'가 있을 경우 경기 침체기에 금융 안정을 달성하려면 경기 대응 완충자본 제도의 도입이 <del>필요하겠군.</del>
└ 필요하지 않음.

| 〈보기〉 끈 밀어올리기: "경기 침체를 극복하기 위해 중앙은행의 정책 금리 인하로 은행이 대출을 늘려 신용 공급을 확대"하면 "확대된 신용 공급이 주식이나 부동산 등 자산 시장으로 과도하게 유입되어 의도치 않은 문제를 일으"키는 현상 발생

| 5문단 "경기 대응 완충자본 제도 ~ 적립된 완충자본은 경기 침체기에 대출 재원으로 쓰도록 함으로써 신용이 충분히 공급되도록 한다."

| 결론! 끈 밀어올리기 현상이 있을 경우 신용 공급은 과도한 자산 시장 유입으로 문제를 일으킴. → 경기 침체기에 경기 대응 완충자본 제도는 신용 공급을 확대하므로 금융 안정을 위한 정책으로 부적절

😔 **오답 땡!**

① '끈 밀어올리기'를 통해 경기 침체기에 자산 가격 버블이 발생하는 경우를 설명할 수 있겠군.

| 3문단 "(경기 침체기에) 경기 부양을 목적으로 한 중앙은행의 저금리 정책이 자산 가격 버블에 따른 금융 불안을 야기하여 경제 안정이 훼손될 수 있다."

| 〈보기〉 끈 밀어올리기 – "경기 침체를 극복하기 위해 중앙은행의 정책 금리 인하 ~ 전통적인 통화 정책에서 기대되는 효과(소비 진작, 투자 활성화)는 나타나지 않게 된다. 오히려 확대된 신용 공급이 ~ 자산 시장으로 과도하게 유입(→ 자산 가격 버블)되어 의도치 않은 문제를 일으킬 수 있다."

| 뭔말?

· 〈보기〉를 통해, 전통적 통화 정책에 따라 경기 침체기에 금리를 인하하여 신용 공급을 확대해도 경기 부양이 아니라 자산 가격 버블을 야기하는 이유를 알 수 있음.

② 현실에서 경기가 침체되었을 경우 정책 금리 인하에 따른 경기 부양 효과는 경제 주체의 심리에 따라 달라질 수 있겠군.

| 〈보기〉 "경기 침체를 극복하기 위해 중앙은행의 정책 금리 인하 ~ 가계(경제 주체)의 소비 심리가 위축되었거나 기업(경제 주체)이 투자할 대상이 마땅치 않을 경우 전통적인 통화 정책에서 기대되는 효과는 나타나지 않게 된다."

| 뭔말?
· 경기 침체 시 전통적 통화 정책에 따라 정책 금리를 낮추어 경기 부양을 유도해도 가계, 기업 등 경제 주체들의 심리에 따라 그 효과가 달라질 수 있음.

④ 통화 정책 효과가 경기에 대해 비대칭적이라면 경기 침체기에는 정책 금리 조정 이외의 방안을 도입할 필요가 있겠군.

| 〈보기〉 "통화 정책(정책 금리 조정) 효과는 경기에 대해 비대칭적 ~ 통화 정책은 경기 과열을 억제하는 데는 효과적이지만 경기 침체를 벗어나는 데는 효과가 미미 ~ 의도치 않은 문제(자산 가격 버블과 같은 문제)를 일으킬 수 있다."

| 뭔말?
· 통화 정책 효과가 경기에 대해 비대칭적 = '끈 밀어올리기'가 발생하는 경우 → 정책 금리 조정으로 경기 침체 해결이 불가능하므로 다른 방안 도입 필요

⑤ 통화 정책 효과가 경기에 대해 비대칭적이라면 정책 금리 인상은 신용 공급을 축소시킴으로써 경기를 진정시킬 수 있겠군.

| 1문단 "경기가 과열되었을 때 ~ 정책 금리 인상으로 시장 금리도 높아지면 가계 및 기업에 대한 대출 감소로 신용 공급이 축소된다. 신용 공급의 축소는 경제 내 수요를 줄여 물가를 안정시키고 경기를 진정시킨다."

| 〈보기〉 "통화 정책 효과는 경기에 대해 비대칭적 ~ 통화 정책은 경기 과열을 억제하는 데는 효과적이지만 경기 침체를 벗어나는 데는 효과가 미미"

| 뭔말?
· 경기 과열 시 금리 인상(=통화 정책)으로 경기를 진정(=경기 과열을 억제)시킬 수 있음.

🧊 꿀피스 Tip!

▶ 이 문제의 포인트는 선지에서 말하는 '끈 밀어올리기'의 의미와 '통화 정책 효과가 경기에 대해 비대칭적이라면'이라는 가정의 의미를 〈보기〉를 통해 파악하는 것이야.

▶ 〈보기〉에서는 통화 정책 효과가 경기에 대해 비대칭적인 것으로 알려져 있다고 하며, 통화 정책이 '경기 과열을 억제하는 데 효과적'인 반면 '경기 침체를 벗어나는 데는 효과가 미미'함을 이야기하고 있어. 정답과 동일한 선택 비율을 보인 ⑤가 함정 선지라고 할 수 있는데 사실 매력적인 오답이라고 하기에는 충분히 피해 갈 수 있을 만한 내용이었어. 그럼에도 이를 피하지 못한 것은 ⑤에 언급된 '정책 금리 인상'이 〈보기〉에 언급된 '통화 정책'에 해당한다는 것을 놓쳤기 때문일 확률이 높아. 〈보기〉에서 정책 금리 인하가 신용 공급을 확대한다고 하였으므로, 정책 금리 인상은 신용 공급을 축소시키고, 이는 경기 과열 억제로 이어짐을 알 수 있지. 1문단에서도 정책 금리 인하의 결과를 분명히 제시하고 있잖아. 즉 ⑤의 진술에는 문제가 전혀 없어.

▶ 적절하지 않은 것은 ③인데, 선지에 언급된 경기 대응 완충자본 제도가 경기 침체기에 활용된다는 내용이 지문에서 설명되고 있으니까 '③은 적절하군!' 했다면, 안타깝게도 마음이 너무 급했던거야. 경기 침체기에 경기 대응 완충자본 제도는 신용 공급을 확대한다는 설명과 확대된 신용이 의도치 않은 문제를 일으킬 수 있다고 한 〈보기〉의 언급을 놓치면 안 돼. '끈 밀어올리기'가 있는 경우에는 적절한 정책이 아닌 것이야.

05 어휘의 의미 파악 답 ②

선지별 선택 비율	①	②	③	④	⑤
	3%	88%	3%	2%	2%

문맥상 의미가 ⓐ와 가장 가까운 것은?

😊 정답 띵! 동!

② 그는 목격자의 진술을 증거로 들고 있다.

| ⓐ와 ②의 '들다' '설명하거나 증명하기 위하여 사실을 가져다 대다.'라는 의미

😣 오답 땡!

① 나는 그 사람에게 친근감이 든다.

| '어떤 물건이나 사람이 좋게 받아들여지다.'라는 의미

③ 그분은 이미 대가의 경지에 든 학자이다.

| '어떤 처지에 놓이다.'라는 의미

④ 하반기에 들자 수출이 서서히 증가하기 시작했다.

| '어떠한 시기가 되다.'라는 의미

⑤ 젊은 부부는 집을 마련하기 위해 적금을 들기로 했다.

| '적금이나 보험 따위의 거래를 시작하다.'라는 의미

기출 속 독서 배경지식

🔗 미시 경제학

✎ 미시 경제학의 개념

▶ 경제란 인간의 욕구를 충족하는 재화를 생산하고, 이를 필요로 하는 사람들이 소비하는 일련의 시스템이라 할 수 있다. 이러한 경제를 연구하는 학문이 경제학으로, 크게 미시 경제학과 거시 경제학으로 나뉘어진다.

▶ 미시 경제는 개별적인 수준에서의 경제 현상을 연구하고 분석한다. 따라서 생산자와 소비자라는 개별적인 경제 주체들로 구성되는 개별 시장에서의 가격 결정이 미시 경제에서 관심을 갖는 핵심 포인트가 된다.

✎ 가격 이론

▶ 미시 경제에서는 시장에서 결정되는 가격에 큰 관심을 갖기 때문에 미시 경제를 '가격 이론(price theory)'이라고 하기도 한다. 가격 이론은 경제 주체인 가계와 기업의 행동 동기와 목적, 그리고 그 결과로 나타나는 상호 작용을 규명하려 한다. 이를 통해 시장에서 결정되는 가격과 생산량 및 소비량의 관계를 알 수 있고 더 나아가 자원이나 소득의 배분을 이해할 수 있기 때문이다.

▶ 개별 경제 주체의 행동 양식을 설명하는 데 있어 미시 경제에서는 '합리성'을 전제로 한다. 인간의 욕구는 무한하지만 이를 충족해 줄 수 있는 자원은 한정적이기 때문에, 가계는 주어진 소득이나 가격 등의 조건에서 최대한 큰 만족을 얻을 수 있는 재화를 구매하려 하고, 기업은 주어진 가격에서 최대한 큰 이윤을 얻을 수 있는 공급량을 결정하거나 비용을 최소화하려는 노력을 하게 된다.

✎ 주요 학자

▶ 애덤 스미스

1776년에 출간된 애덤 스미스의 『국부론』은 경제학 성립의 토대가 된 책이라 할 수 있다. 이 책에서 애덤 스미스는 이윤을 추구하는 개인의 '보이지 않는 손'의 작용으로 국부를 증대하게 된다는 이론을 펼쳤다. 애덤 스미스와 데이비드 리카도, 존 스튜어트 밀 등을 고전학파라고 부른다.

▶ 칼 멩거

오스트리아의 경제학자인 멩거는 경제 현상을 심리학적 방법으로 분석하는 한계 효용 이론을 주창하였다. 멩거를 비롯해 한계 개념을 발표한 영국의 윌리엄 제본스, 스위스의 마리 에스프리 레옹 발라를 한계 효용 학파 또는 오스트리아학파라고 부른다.

▶ 알프레드 마셜

효율적으로 작동하는 시장을 통한 자원 분배에 주목한 신고전학파 또는 케임브리지학파의 창시자이다. 경제를 수학적으로 접근하여 수요, 공급을 분석하는 틀을 확립하였고 고전학파와 한계 효용 학파의 이론을 집대성하였다. 거시 경제학의 출발점을 마련한 케인스의 스승이기도 하다.

🔗 거시 경제학

✎ 거시 경제학의 개념과 소득 이론

▶ 미시 경제가 개별적 수준에서의 경제 현상을 규명하는 데 초점이 있다면, 거시 경제는 총체적 수준, 즉 국민 경제 전반을 대상으로 경제 현상을 규명하려 한다. 미시 경제가 가격을 중심으로 경제 주체의 행동과 수량을 분석한다면 거시 경제에서는 국민 소득이 중심이 되기 때문에 거시 경제학을 '소득 이론(income theory)'이라고 하기도 한다. 거시 경제에서는 국민 소득을 비롯하여 물가, 실업, 이자율, 국제 수지 등의 변수를 주로 다룬다.

✎ 거시 경제학과 존 메이너드 케인스

▶ 거시 경제학의 토대가 된 것은 1936년 출간된 존 메이어드 케인스의 책 『고용, 이자 및 화폐의 일반 이론』이라고 할 수 있다. 당시 미국은 대공황을 극복하기 위해 뉴딜 정책을 시행하던 참이었다. 케인스는 기존의 경제 이론이 당시의 경제 현실을 설명하기 어려운, 완전하게 합리적으로 의사를 결정하는 사람들이 완전한 정보를 가진 이상적 상황에서만 적용 가능한 것이라고 보았다.

> 뉴딜 정책: 1933년에 미국의 대통령 루스벨트가 경제 공황에 대처하기 위하여 시행한 경제 부흥 정책이다. 기존의 무제한적인 경제적 자유주의를 수정하여 정부가 경제 활동에 적극적으로 개입해서 경기를 조정하여야 한다는 기본 방침 아래, 은행에 대한 정부 통제의 확대, 관리 통화제 도입, 농업 생산 제한제 도입 등을 시행하였다.

▶ 케인스는 경제 주체가 언제나 합리적으로 행동한다는 것을 전적으로 수용하지는 않으며, 개별 경제 주체의 경제 활동에 적용되는 경제 원리를 거시 경제에 적용하는 것은 구성의 오류(부분적·개별적으로 성립하는 논리에 대해, 전체적으로도 그 논리가 성립할 것이라고 추론한 데서 발생하는 오류)를 범하는 것이라고 지적하였다. 또한 시장에 의한 자원 배분이 언제나 원활하게 작동하는 것은 아니며, 자본주의 시장 경제 체제가 지닌 여러 모순점으로 인해 극심한 경제 불황이 닥칠 수 있다고 보았다.

▶ 케인스의 이론은 당시 전 세계를 강타했던 실업 문제의 본질을 분석하고 정부 지출의 증대를 통한 실업 구제 대책을 제시함으로써 경제 이론에 큰 변혁을 일으켜 이를 두고 '케인스 혁명'이라 일컫기도 한다.

✎ 거시 경제학의 주요 연구 영역

▶ 국민 소득, 고용, 물가, 이자율, 소비, 투자, 실업률 등의 거시 경제 변수들이 결정되는 과정

▶ 소비와 투자, 저축과 투자, 실업률과 인플레이션 등 거시 경제 변수들 간의 상호 관계

▶ 실물 거래와 금융 거래 간 상호 관계 및 그러한 관계 성립의 원인

▶ 단기간에 발생하는 경기 변동의 양상 및 그 요인

▶ 장기간에 걸친 경제 성장의 양상 및 그 요인

▶ 재정 정책(조세 정책, 국채 발행 정책, 공공 지출 정책 등)이 경제에 미치는 영향

▶ 통화 금융 정책의 변화가 경제에 미치는 영향(통화량 결정 원리, 중앙은행과 은행, 국민 간 상호 관련성 및 통화량 결정에 미치는 영향 등)

▶ 우리나라와 다른 나라 경제 간 관계(국제 실물 경제 활동 및 국제 금융 문제 등)

환율의 오버슈팅

> ↩ EBS 연결 고리
> 2018학년도 EBS 수능완성 146쪽 〈외환 시장 개입〉에서 '환율 변동에 영향을 주는 요인' 내용 연계

해제 이 글은 오버슈팅의 개념을 바탕으로 정부의 정책 수단에 대해 설명하고 있다. 정부는 정책의 목표를 효과적으로 달성하기 위해 정책 수단의 특성을 고려하는데, 정책 수단은 강제성, 직접성, 자동성, 가시성의 네 가지 측면에서 다양한 특성을 갖는다. 정책 수단 선택의 사례로 환율 관련 경제 현상을 살펴볼 수 있다. 환율과 같은 경제 변수가 단기에 지나치게 상승 또는 하락하는 현상을 오버슈팅이라 하며, 이는 물가 경직성이나 금융 시장 변동에 따른 불안 심리 등에 의해 촉발되어 단기에 지나치게 상승한 환율은 조정 과정을 통해 장기적으로 구매력 평가설에 기초한 환율로 수렴하게 된다. 정부는 단기적으로 발생하는 환율의 급등락과 균형 환율 수준으로부터의 장기간 이탈 문제 등에 대응하기 위해 미세 조정 정책 수단을 활용함으로써 실물 경제와 금융 시장의 안정을 도모하는 정책을 수행한다.

주제 환율의 오버슈팅 사례를 바탕으로 한 정부의 정책 수단

짜임

1문단	정책 수단의 네 가지 특성
2문단	오버슈팅의 개념과 오버슈팅의 촉발 요인
3문단	경제 충격에 대한 장기와 단기의 환율 조정
4문단	물가 경직성으로 인해 발생하는 단기의 오버슈팅과 장기적 회복
5문단	환율의 단기 급등락에 대처하기 위한 정부의 미세 조정 정책 수단

1문단 정부는 국민 생활에 영향을 미치는 활동의 총체인 정책의 목표를 효과적으로 달성하기 위해 정책 수단의 특성을 고려하여 정책을 수행한다. 정책 수단은 강제성, 직접성, 자동성, 가시성의 ㉮네 가지 측면에서 다양한 특성을 갖는다. 강제성은 정부가 개인이나 집단의 행위를 제한하는 정도로서, 유해 식품 판매 규제는 강제성이 높다. [02-①, ③] 정책 수단의 특성 ① - 강제성 직접성은 정부가 공공 활동의 수행과 재원 조달에 직접 관여하는 정도를 의미한다. 정부가 정책을 직접 수행하지 않고 민간에 위탁하여 수행하게 하는 것은 직접성이 [02-④] 정책 수단의 특성 ② - 직접성 낮다. 자동성은 정책을 수행하기 위해 별도의 행정 기구를 설립하지 않고 기존의 조직을 활용하는 정도를 말한다. 전기 자동차 보조금 제도를 기존 [02-⑤] 정책 수단의 특성 ③ - 자동성 의 시청 환경과에서 시행하는 것은 자동성이 높다. 가시성은 예산 수립 과정에서 정책을 수행하기 위한 재원이 명시적으로 드러나는 정도이다. 일 [02-②] 정책 수단의 특성 ④ - 가시성 반적으로 사회 규제의 정도를 조절하는 것은 예산 지출을 수반하지 않으므로 가시성이 낮다.

2문단 정책 수단 선택의 사례로 환율과 관련된 경제 현상을 살펴보자. 외국 통화에 대한 자국 통화의 교환 비율을 의미하는 환율은 장기적으로 한 국가의 생산성과 물가 등 기초 경제 여건을 반영하는 수준으로 수렴된

다. 그러나 단기적으로 환율은 이와 ⓐ괴리되어 움직이는 경우가 있다. 만약 환율이 예상과는 다른 방향으로 움직이거나 또는 비록 예상과 같은 방향으로 움직이더라도 변동 폭이 예상보다 크게 나타날 경우 경제 주체들은 과도한 위험에 ⓑ노출될 수 있다. 환율이나 주가 등 경제 변수가 단기에 지나치게 상승 또는 하락하는 현상을 오버슈팅(overshooting)이라고 한다. 이러한 오버슈팅은 물가 경직성 또는 금융 시장 변동에 따른 불 [03-②] 오버슈팅을 촉발하는 요인 안 심리 등에 의해 촉발되는 것으로 알려져 있다. 여기서 물가 경직성은 시장에서 가격이 조정되기 어려운 정도를 의미한다.

3문단 물가 경직성에 따른 환율의 오버슈팅을 이해하기 위해 통화를 금융 자산의 일종으로 보고 경제 충격에 대해 장기와 단기에 환율이 어떻게 조정되는지 알아보자. 경제에 충격이 발생할 때 물가나 환율은 충격을 흡수하는 조정 과정을 거치게 된다. 물가는 단기에는 장기 계약 및 공공요금 규제 등으로 인해 경직적이지만 장기에는 신축적으로 조정된다. 반면 환 [01-③] 물가 경직성에 따른 환율의 오버슈팅이 발생하는 이유 율은 단기에서도 신축적인 조정이 가능하다. 이러한 물가와 환율의 조정 속도 차이가 오버슈팅을 초래한다. 물가와 환율이 모두 신축적으로 조정되는 장기에서의 환율은 구매력 평가설에 의해 설명되는데, 이에 의하면 장기의 환율은 자국 물가 수준을 외국 물가 수준으로 나눈 비율로 나타나 [03-③] 균형 환율의 의미 며, 이를 균형 환율로 본다. 가령 국내 통화량이 증가하여 유지될 경우 장기에서는 자국 물가도 높아져 장기의 환율은 상승한다. 이때 통화량을 물 [01-①, ②] [03-③] [04-①~⑤] 구매력 평가설 - 장기에서 환율, 통화량, 실질 통화량의 변화 가로 나눈 실질 통화량은 변하지 않는다.

4문단 그런데 단기에는 물가의 경직성으로 인해 구매력 평가설에 기초한 환율과는 다른 움직임이 나타나면서 오버슈팅이 발생할 수 [01-②] [03-①] [04-①~⑤] 환율의 오버슈팅이 발생한 상황 - 통화량 증가와 금리 인하가 미치는 영향 있다. 가령 국내 통화량이 증가하여 유지될 경우, 물가가 경직적이어서 ㉠실질 통화량은 증가하고 이에 따라 시장 금리는 하락한다. 국가 간 자본 이동이 자유로운 상황에서, ㉡시장 금리 하락은 투자의 기대 수익률 하락으로 이어져, 단기성 외국인 투자 자금이 해외로 빠 [01-④] 시장 금리의 하락이 환율 상승에 미치는 영향 져나가거나 신규 해외 투자 자금 유입을 위축시키는 결과를 ⓒ초래한다. 이 과정에서 자국 통화의 가치는 하락하고 ㉢환율은 상승한 [가] 다. 통화량의 증가로 인한 효과는 물가가 신축적인 경우에 예상되는 환율 상승에, 금리 하락에 따른 자금의 해외 유출이 유발하는 추가적인 환율 상승이 더해진 것으로 나타난다. 이러한 추가적인 상승 현상이 환율의 오버슈팅인데, 오버슈팅의 정도 및 지속성은 물가 경직성 이 클수록 더 크게 나타난다. 시간이 경과함에 따라 물가가 상승하여 [01-⑤] [04-①~⑤] 오버슈팅의 정도 및 지속성과 물가 경직성의 관계 실질 통화량이 원래 수준으로 돌아오고 해외로 유출되었던 자금이 시장 금리의 반등으로 국내로 ⓓ복귀하면서, 단기에 과도하게 상승했던 환율은 장기에는 구매력 평가설에 기초한 환율로 수렴된다.

5문단 단기의 환율이 기초 경제 여건과 괴리되어 과도하게 급등락하거나 균형 환율 수준으로부터 장기간 이탈하는 등의 문제가 심화되는 경우를 예방하고 이에 대처하기 위해 정부는 다양한 정책 수단을 동원한다. 오

버슈팅의 원인인 물가 경직성을 완화하기 위한 정책 수단 중 강제성이 낮

[05-③, ⑤] 미세 조정 정책 수단의 예①

은 사례로는 외환의 수급 불균형 해소를 위해 관련 정보를 신속하고 정확

하게 공개하거나, 불필요한 가격 규제를 축소하는 것을 들 수 있다. 한편

오버슈팅에 따른 부정적 파급 효과를 완화하기 위해 정부는 환율 변동으

[03-⑤] [05-②] 미세 조정 정책 수단의 예 ②

로 가격이 급등한 수입 필수 품목에 대한 세금을 조절함으로써 내수가 급

격히 위축되는 것을 방지하려고 하기도 한다. 또한 환율 급등락으로 인한

피해에 대비하여 수출입 기업에 환율 변동 보험을 제공하거나, 외화 차입

[05-①, ④] 미세 조정 정책 수단의 예 ③

시 지급 보증을 제공하기도 한다. 이러한 정책 수단은 직접성이 높은 특성

을 가진다. 이와 같이 정부는 기초 경제 여건을 반영한 환율의 추세는 용

인하되, 사전적 또는 사후적인 미세 조정 정책 수단을 활용하여 환율의

단기 급등락에 따른 위험으로부터 실물 경제와 금융 시장의 안정을 ⓔ도

모하는 정책을 수행한다.

---

01 내용의 추론   답 ①

선지별 선택 비율	①	②	③	④	⑤
	67%	8%	8%	7%	10%

윗글에 대한 이해로 적절하지 않은 것은?

😊 정답 띵!동!

① 국내 통화량이 증가하여 유지될 경우 장기에는 실질 통화량이 변하지 않
으므로 장기의 환율도 변함이 없을 것이다. → 은 변할

- 3문단 "가령 국내 통화량이 증가하여 유지될 경우 장기에서는 자국 물가도 높아
  져 장기의 환율은 상승한다. 이때 통화량을 물가로 나눈 실질 통화량은 변하지
  않는다."
- 뭔말?
  - 국내 통화량이 증가하여 유지될 경우: 장기에서는 자국 물가의 상승으로 환율도
    상승 ↔ 통화량을 물가로 나눈 실질 통화량은 변하지 않음.
- 결론! 국내 통화량이 증가하여 유지될 경우: 장기에 환율이 변할 것임.

😣 오답 땡!

② 물가가 신축적인 경우가 경직적인 경우에 비해 국내 통화량 증가에 따른
국내 시장 금리 하락 폭이 작을 것이다.

- 3문단 "물가와 환율이 모두 신축적으로 조정되는 장기에서의 환율 ~ 국내 통화
  량이 증가하여 유지될 경우 장기에서는 자국 물가도 높아져 ~ 통화량을 물가
  로 나눈 실질 통화량은 변하지 않는다."
- 4문단 "국내 통화량이 증가하여 유지될 경우, 물가가 경직적이어서 실질 통화량
  은 증가하고 이에 따라 시장 금리는 하락"
- 뭔말?
  - 국내 통화량 증가 시 물가가 경직적인 경우: 실질 통화량 증가 → 시장 금리의
    하락
  - 실질 통화량 = 통화량 / 물가 → 물가가 신축적인 경우 통화량 증가에 따라 물
    가도 상승되므로 경직적인 경우보다 실질 통화량 증가 폭이 적음. → 시장 금리
    하락 폭도 적음.

③ 물가 경직성에 따른 환율의 오버슈팅은 물가의 조정 속도보다 환율의 조
정 속도가 빠르기 때문에 발생하는 것이다.

- 3문단 "물가는 단기에는 장기 계약 및 공공요금 규제 등으로 인해 경직적이지만
  장기에는 신축적으로 조정된다. 반면 환율은 단기에서도 신축적인 조정이 가능
  하다. 이러한 물가와 환율의 조정 속도 차이가 오버슈팅을 초래한다."
- 뭔말?
  - 물가: 단기에는 경직적, 장기에는 신축적으로 조정
  - 환율: 단기와 장기에 모두 신축적으로 조정 가능
  - 물가와 환율의 조정 속도 차이가 오버슈팅을 초래
- 결론! 물가의 조정 속도보다 환율의 조정 속도가 빠르기 때문에 물가 경직성에
  따른 환율의 오버슈팅이 발생하는 것임.

④ 환율의 오버슈팅이 발생한 상황에서 외국인 투자 자금이 국내 시장 금리
에 민감하게 반응할수록 오버슈팅 정도는 커질 것이다.

- 4문단 "시장 금리 하락은 투자의 기대 수익률 하락으로 이어져, 단기성 외국인
  투자 자금이 해외로 빠져나가거나 신규 해외 투자 자금 유입을 위축시키는 결
  과를 초래한다. 이 과정에서 자국 통화의 가치는 하락하고 환율은 상승한다. 통
  화량의 증가로 인한 효과는 물가가 신축적인 경우에 예상되는 환율 상승에, 금
  리 하락에 따른 자금의 해외 유출이 유발하는 추가적인 환율 상승이 더해진 것
  (환율의 오버슈팅)으로 나타난다."
- 뭔말?
  - 물가가 신축적인 경우 예상되는 환율 상승 + 국내 시장 금리 하락에 따른 외국
    인 투자 자금 유출로 인한 환율 상승 = 환율의 오버슈팅
- 결론! 외국인 투자 자금이 국내 시장 금리에 민감하게 반응할수록 오버슈팅 정
  도가 커질 것임.

⑤ 환율의 오버슈팅이 발생한 상황에서 물가 경직성이 클수록 구매력 평가설
에 기초한 환율로 수렴되는 데 걸리는 기간이 길어질 것이다.

- 4문단 "이러한 추가적인 상승 현상이 환율의 오버슈팅인데, 오버슈팅의 정도 및
  지속성은 물가 경직성이 클수록 더 크게 나타난다. 시간이 경과함에 따라 ~ 단
  기에 과도하게 상승했던 환율은 장기에는 구매력 평가설에 기초한 환율로 수렴"
- 뭔말?
  - 물가 경직성이 클수록 오버슈팅 정도와 지속성이 큼. → 물가 조정에 걸리는 시
    간이 길어질 것임.

02 구체적 사례에의 적용   답 ⑤

선지별 선택 비율	①	②	③	④	⑤
	9%	3%	5%	5%	77%

㉮를 바탕으로 정책 수단의 특성을 이해한 것으로 가장 적절한 것은?

😊 정답 띵!동!

⑤ 담당 부서에서 문화 소외 계층에 제공하던 복지 카드의 혜택을 늘리는 것
은, 전담 부처를 신설하여 상수원 보호 구역을 감독하는 것보다 자동성이
높다. → 별도의 행정 기구 설립

- 1문단 "자동성은 정책을 수행하기 위해 별도의 행정 기구를 설립하지 않고 기존
  의 조직을 활용하는 정도를 말한다. 전기 자동차 보조금 제도를 기존의 시청 환

경과에서 시행하는 것은 자동성이 높다."

| 뭔말?

· 담당 부서에서 문화 소외 계층에 제공하던 복지 카드의 혜택을 늘리는 것 → 별도의 행정 기구를 설립하지 않고 기존의 조직인 해당 부서에서 정책을 실행하는 것이므로 자동성이 높음.

· 전담 부처를 신설하여 상수원 보호 구역을 감독하는 것 → 정책을 실행하기 위해 기존의 조직을 활용하지 않고 새로운 행정 기구를 설립하는 것이므로 자동성이 낮음.

오답 땡!

① 다자녀 가정에 출산 장려금을 지급하는 것은, 불법 주차 차량에 과태료를 부과하는 것보다 강제성이 ~~높다~~.
  └ 낮다

| 1문단 "강제성은 정부가 개인이나 집단의 행위를 제한하는 정도로서, 유해 식품 판매 규제는 강제성이 높다."

| 뭔말?

· 다자녀 가정에 출산 장려금을 지급하는 것은 개인이나 집단의 행위를 제한하는 정책이라고 볼 수 없으므로 강제성이 높지 않음.

· 불법 주차 차량에 과태료를 부과하는 것은 불법 주차를 하는 개인의 행위에 과태료를 부과함으로써 이를 제한하는 것이므로 상대적으로 강제성이 높음.

② 전기 제품 안전 규제를 강화하는 것은, 학교 급식을 제공하기 위한 재원을 정부 예산에 편성하는 것보다 가시성이 ~~높다~~.
  └ 낮다

| 1문단 "가시성은 예산 수립 과정에서 정책을 수행하기 위한 재원이 명시적으로 드러나는 정도이다. 일반적으로 사회 규제의 정도를 조절하는 것은 예산 지출을 수반하지 않으므로 가시성이 낮다."

| 뭔말?

· 학교 급식을 제공하기 위한 재원을 정부 예산에 편성하는 것은 학교 급식을 제공하기 위한 재원이 명시적으로 드러나는 것이므로 가시성이 높음.

· 전기 제품 안전 규제를 강화하는 것은 사회 규제의 정도를 조절하는 것으로 예산 지출을 수반하지 않으므로 상대적으로 가시성이 낮다고 할 수 있음.

③ 문화재를 발견하여 신고할 경우 포상금을 주는 것은, 자연 보존 지역에서 개발 행위를 금지하는 것보다 강제성이 ~~높다~~.
  └ 낮다

| 1문단 "강제성은 정부가 개인이나 집단의 행위를 제한하는 정도로서, 유해 식품 판매 규제는 강제성이 높다."

| 뭔말?

· 문화재를 발견하여 신고할 경우 포상금을 주는 것은 특정한 행위를 제한하는 것이 아니므로 강제성이 높지 않음.

· 자연 보존 지역에서 개발 행위를 금지하는 것은 특정 행위를 제한하는 것이므로 상대적으로 강제성이 높음.

④ 쓰레기 처리를 민간 업체에 맡겨서 수행하게 하는 것은, 정부 기관에서 주민등록 관련 행정 업무를 수행하는 것보다 직접성이 ~~높다~~.
  └ 낮다

| 1문단 "직접성은 정부가 공공 활동의 수행과 재원 조달에 직접 관여하는 정도를 의미한다. 정부가 정책을 직접 수행하지 않고 민간에 위탁하여 수행하게 하는 것은 직접성이 낮다."

| 뭔말?

· 정부 기관에서 주민등록 관련 행정 업무를 수행하는 것은 정부 기관에서 직접 정책을 실행하는 것이므로 상대적으로 직접성이 높음.

· 쓰레기 처리를 민간 업체에 맡겨서 수행하게 하는 것은 민간에 위탁하여 정책을 수행하게 하는 것이므로 직접성이 낮음.

03 관점의 파악   답 ①

선지별 선택 비율	①	②	③	④	⑤
	45%	6%	14%	14%	20%

윗글을 바탕으로 할 때, 〈보기〉의 'A국' 경제 상황에 대한 '경제학자 갑'의 견해를 추론한 것으로 적절하지 않은 것은?

─── 보기 ───

A국 경제학자 갑은 자국의 최근 경제 상황을 다음과 같이 진단했다. 금융 시장 불안의 여파로 A국의 주식, 채권 등 금융 자산의 가격 하락에 대한 우려가 확산(오버슈팅 촉발 요인)되면서 안전 자산으로 인식되는 B국의 채권에 대한 수요가 증가하고 있다. 이로 인해 외환 시장에서는 A국에 투자되고 있던 단기성 외국인 자금이 B국으로 유출(외국인 투자 자금의 해외 유출)되면서 A국의 환율이 급등하고 있다.

B국에서는 해외 자금 유입에 따른 통화량 증가로 B국의 시장 금리가 변동(하락)할 것으로 예상된다. 이에 따라 A국의 환율 급등은 향후 다소 진정될 것이다. 또한 양국 간 교역 및 금융 의존도가 높은 현실을 감안할 때, A국의 환율 상승은 수입품의 가격 상승 등에 따른 부작용(급격한 내수 위축)을 초래할 것으로 예상되지만 한편으로는 수출이 증대되는 효과(A국 환율 상승의 긍정적 측면)도 있다. 그러므로 정부는 시장 개입을 가능한 한 자제하고 환율이 시장 원리에 따라 자율적으로 균형 환율 수준으로 수렴되도록 두어야 한다(경제학자 갑의 주장).

정답 띡! 퉁!

① A국에 환율의 오버슈팅이 발생한 상황에서 B국의 시장 금리가 하락한다면 오버슈팅의 정도는 ~~커질~~ 것이다.
  └ 줄어들

| 〈보기〉 경제학자 갑: 금융 시장 불안 → A국의 자산 가격 하락 우려 확산 → 단기성 외국인 자금이 A국에서 B국으로 유출 → A국에 환율의 오버슈팅이 발생(A국의 환율 급등) → B국은 A국으로부터의 자금 유입에 따른 통화량 증가로 시장 금리가 변동할 것임. → B국의 시장 금리 변동이 다시 A국에 영향을 주어 A국의 급등한 환율이 향후 다소 진정될 것임.

| 4문단 "가령 국내 통화량이 증가하여 유지될 경우, 물가가 경직적이어서 실질 통화량은 증가하고 이에 따라 시장 금리는 하락한다. 국가 간 자본 이동이 자유로운 상황에서, 시장 금리 하락은 투자의 기대 수익률 하락으로 이어져, 단기성 외국인 투자 자금이 해외로 빠져나가거나 신규 해외 투자 자금 유입을 위축시키는 결과를 초래한다."

| 뭔말?

· 통화량 증가는 시장 금리의 하락을 가져옴 → A국에 환율의 오버슈팅이 발생한 상황에서 통화량이 증가한 B국의 시장 금리는 하락하게 될 것임.

· 시장 금리의 하락은 투자의 기대 수익률 하락으로 이어져 신규 해외 투자 자금 유입을 위축시킴. → 시장 금리가 하락한 B국으로의 투자 자금 유입은 위축될 것임. → A국에서 B국으로의 단기성 외국인 자금 유출이 줄어들게 되어, 향후 A국의 환율 급등이 진정됨.

| 결론! 경제학자 갑은, A국에 환율의 오버슈팅이 발생한 상황에서 B국의 시장 금리가 하락한다면 오버슈팅의 정도는 줄어든다고 볼 것임.

② A국에 환율의 오버슈팅이 발생하였다면 이는 금융 시장 변동에 따른 불안 심리에 의해 촉발된 것으로 볼 수 있다.

┃ 2문단 "오버슈팅은 물가 경직성 또는 금융 시장 변동에 따른 불안 심리 등에 의해 촉발되는 것으로 알려져 있다."

┃ 〈보기〉 "금융 시장 불안의 여파로 A국의 주식, 채권 등 금융 자산의 가격 하락(금융 시장 변동)에 대한 우려(불안 심리)가 확산 ~ 단기성 외국인 자금이 B국으로 유출되면서 A국의 환율이 급등(환율의 오버슈팅 촉발)"

③ A국에 환율의 오버슈팅이 발생할지라도 시장의 조정을 통해 환율이 장기에는 균형 환율 수준에 도달할 수 있을 것이다.

┃ 〈보기〉 "A국의 환율 급등은 향후 다소 진정될 것이다. ~ 환율이 시장 원리에 따라 자율적으로 균형 환율 수준으로 수렴되도록 두어야 한다."

┃ 3문단 "물가와 환율이 모두 신축적으로 조정되는 장기에서의 환율은 구매력 평가설에 의해 설명되는데 ~ 이를 균형 환율로 본다."

┃ 4문단 "시간이 경과(=장기)함에 따라 물가가 상승하여 실질 통화량이 원래 수준으로 돌아오고 해외로 유출되었던 자금이 시장 금리의 반등으로 국내로 복귀(시장의 조정)하면서, 단기에 과도하게 상승했던 환율은 장기에는 구매력 평가설에 기초한 환율(장기의 환율 = 균형 환율)로 수렴"

┃ 결론! 갑의 견해: 시장의 조정으로 A국의 환율이 균형 환율 수준으로 수렴됨. → 단기에 급등한 환율은 장기적으로는 구매력 평가설에서 말하는 균형 환율로 수렴됨.

④ A국의 환율 상승이 수출을 증대시키는 긍정적인 효과도 동반하므로 A국의 정책 당국은 외환 시장 개입에 신중해야 한다.

┃ 〈보기〉 "A국의 환율 상승은 수입품의 가격 상승 등에 따른 부작용을 초래할 것으로 예상되지만 한편으로는 수출이 증대되는 효과(긍정적 효과)도 있다. 그러므로 정부는 시장(외환 시장 포함) 개입을 가능한 한 자제하고"

┃ 결론! 갑의 견해: 환율 상승으로 수출이 증대되어 외환 보유액이 늘어나는 긍정적 효과도 있으므로 정책 당국이 외환 시장 개입에 신중해야 함.

⑤ A국의 환율 상승은 B국으로부터 수입하는 상품의 가격을 인상시킴으로써 A국의 내수를 위축시키는 결과를 초래할 수 있다.

┃ 〈보기〉 A국과 B국은 양국 간 교역 및 금융 의존도가 높음. A국의 환율 상승은 수입품의 가격 상승 등 부작용을 초래함.

┃ 5문단 "오버슈팅에 따른 부정적 파급 효과를 완화하기 위해 정부는 환율 변동으로 가격이 급등한 수입 필수 품목에 대한 세금을 조절함으로써 내수가 급격히 위축되는 것을 방지하려고 하기도 한다."

┃ 결론! A국의 환율 상승 → B국으로부터 수입하는 상품의 가격을 인상시킬 것임. → A국의 내수(국내 수요)를 위축시키는 결과를 초래할 수 있음.

🍯 꿀피스 Tip!

▶ 이 문제의 포인트는 〈보기〉에 제시된 A국의 경제 상황을 파악하고, A국과 B국의 관계를 이해할 수 있는가에 있어. 이 문제처럼 지문을 바탕으로 〈보기〉의 사례를 이해하고 추론한 내용을 묻는 문제가 나오면, 〈보기〉

의 사례를 지문과 연관지어 파악하는 일이 우선! 이를 위해선 지문에 대해 충분히 이해하고, 구체적인 〈보기〉 분석에 들어가야 해.

▶ 우선 '경제학자 갑'이 A국과 B국의 상황을 어떻게 진단할지 정리해 보자. 〈보기〉에 따르면 A국은 "금융 시장 불안 → B국으로 단기성 외국인 투자 자금이 유출 → 환율 급등", B국은 "해외 자금 유입 → 통화량 증가 → 시장 금리 변동"으로 상황을 정리할 수 있어. 〈보기〉에 명시적으로 제시되지는 않았지만, 4문단에서 '실질 통화량은 증가하고, 이에 따라 시장 금리는 하락한다.'라고 했으므로 B국의 '시장 금리 변동'은 '시장 금리의 하락'을 의미하며(이때 '변동'이 '하락'에 해당한다는 것을 캐치했어야 해.), 시장 금리가 하락하면 해외 투자 자금의 유입이 위축되고, 그러면 A국에서 B국으로 외국인 투자 자금이 빠져나가던 흐름이 멈춰 결국 A국의 환율 급등이 진정될 것임을 알 수 있어. A국의 환율 급등이 진정된다는 것은 곧 오버슈팅의 정도가 줄어든다는 의미야. 따라서 정답은 ①인 거지.

▶ 이 문제의 오답 중 선택률이 높았던 건 선지 ③, ④, ⑤야. 〈보기〉를 제대로 분석하지 못하고, 지문 내용과 A, B국의 상황을 연결 짓지 못한 학생이 많은 것으로 보여. 선지 ③을 선택한 경우, A국에 발생한 환율의 오버슈팅이 시장의 조정을 통해 균형 환율 수준에 도달한 것인지 판단하지 못했을 가능성이 높아. 하지만 〈보기〉에서 '정부는 ~ 환율이 시장 원리에 따라 자율적으로 균형 환율 수준으로 수렴되도록 두어야 한다.'라고 했으므로 적절한 추론이지.

▶ 이건 지문에서도 찾아볼 수 있는 내용이야. '균형 환율'에 대해 어디에서 언급하고 있지? 그래, 3문단이야. 장기에서의 환율은 구매력 평가설에 의해 설명되는데, 구매력 평가설에서는 '장기의 환율 = 자국 물가 수준 / 외국 물가 수준'으로 나타내고 이걸 균형 환율로 본다는 거야. 그런데 4문단에서 또 구매력 평가설의 환율에 대해 언급하고 있네? 단기에 과도하게 상승했던 환율(= 환율의 오버슈팅)이 장기에는 구매력 평가설에 기초한 환율(= 균형 환율)로 수렴된대. 이렇게 〈보기〉와 지문의 내용이 일치하는 거지.

▶ 선지 ④를 선택한 경우, A국의 정책 당국이 외환 시장 개입에 신중해야 하는 이유를 연결짓지 못했을 가능성이 높아. 하지만 〈보기〉에서 A국에서 환율 상승이 수출을 증대시키는 긍정적인 효과가 있으므로, 정부는 시장 개입을 가능한 한 자제해야 한다고 했으므로 적절한 추론이야.

▶ 선지 ⑤를 선택한 경우, A국의 환율 상승이 B국 수입 상품 가격을 인상시킨 결과 A국의 내수가 위축되는지 여부를 판단하지 못했을 가능성이 높아. 특히 B국의 수입 상품의 가격이 높아지면, A국의 상품을 소비하게 될 것이므로 내수는 활성화될 것이라고 추측한 학생들이 있을 텐데, 그건 지문과 〈보기〉에 제시되지 않은 과도한 추론이야. 5문단에서 수입 품목의 가격이 급등하면 정부는 '필수 품목에 대한 세금을 조절해서 내수가 급격히 위축되는 것을 방지하려고' 한다고 했으므로, A국의 환율이 상승하면 수입품인 B국의 상품 가격이 인상되고, 그 결과 A국의 내수가 위축된다는 것은 적절한 추론이야.

---

04 시각 자료에의 적용 답 ④

선지별 선택 비율	①	②	③	④	⑤
	6%	15%	11%	61%	7%

〈보기〉에 제시된 그래프의 세로축 a, b, c는 [가]의 ㉠~㉢과 하나씩 대응된다. 이를 바르게 짝지은 것은? [3점]

다음 그래프들은 [가]에서 국내 통화량이 t 시점에서 증가하여 유지된 경우 예상되는 ㉠~㉢의 시간에 따른 변화를 순서 없이 나열한 것이다.

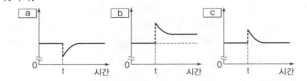

(단, t 시점 근처에서 그래프의 형태는 개략적으로 표현하였으며, t 시점 이전에는 모든 경제 변수들의 값이 일정한 수준에서 유지되어 왔다고 가정한다. 장기 균형으로 수렴되는 기간은 변수마다 상이하다.)

😊 정답 띵!동!

	㉠	㉡	㉢
④	c	a	b

| 3문단 "장기에서의 환율은 구매력 평가설에 의해 설명되는데, 이(구매력 평가설)에 의하면 장기의 환율은 자국 물가 수준을 외국 물가 수준으로 나눈 비율로 나타나며, 이를 균형 환율로 본다. 가령 국내 통화량이 증가하여 유지될 경우 장기에서는 자국 물가도 높아져 장기의 환율은 상승한다. 이때 통화량을 물가로 나눈 실질 통화량은 변하지 않는다."

| [가] "가령 국내 통화량이 증가하여 유지될 경우, 물가가 경직적이어서 실질 통화량㉠은 증가하고 이에 따라 시장 금리는 하락한다. 국가 간 자본 이동이 자유로운 상황에서, 시장 금리㉡ 하락은 투자의 기대 수익률 하락으로 이어져, 단기성 외국인 투자 자금이 해외로 빠져나가거나 신규 해외 투자 자금 유입을 위축시키는 결과를 초래한다. 이 과정에서 자국 통화의 가치는 하락하고 환율㉢은 상승한다. ~ 시간이 경과함에 따라 물가가 상승하여 실질 통화량이 원래 수준으로 돌아오고 해외로 유출되었던 자금이 시장 금리의 반등으로 국내로 복귀하면서, 단기에 과도하게 상승했던 환율은 장기에는 구매력 평가설에 기초한 환율로 수렴된다."

| 〈보기〉 a~c = "국내 통화량이 t 시점에서 증가하여 유지된 경우에 예상되는 ㉠~㉢의 시간에 따른 변화를 순서 없이 나열한 것"

| 뭔말?

· 국내 통화량이 증가하여 유지될 경우 → ㉠(실질 통화량)은 증가 → ㉡(시장 금리)은 하락 → 투자 기대 수익률 하락으로 이어져 투자 자금 유출과 투자 자금 유입 위축을 초래 → 자국 통화 가치 하락 → ㉢(환율)은 상승
· 장기적으로 물가 상승 → ㉠은 원래 수준으로 돌아옴 → ㉡이 반등 → 투자 자금이 유입 → ㉢은 구매력 평가설에 기초한 균형 환율로 수렴

| 결론!

· ㉠은 t 시점을 기준으로 증가하다가 시간이 지남에 따라 원래 수준으로 돌아오므로 ㉠을 그래프로 나타낸 것 = c
· ㉡은 t 시점을 기준으로 하락하다가 반등하므로 ㉡을 그래프로 나타낸 것 = a
· ㉢은 t 시점을 기준으로 상승하다가 균형 환율(장기의 환율)로 수렴됨. → 장기에서는 자국 물가도 높아져 장기의 환율은 상승함. → 국내 통화량이 증가되기 이전인 t 이전보다 높아져야 하므로 ㉢을 그래프로 나타낸 것 = b

😞 오답 띵!

①	a	c	b
②	b	a	c
③	b	c	a
⑤	c	b	a

| 뭔말?

· ㉠과 ㉢ 모두 t 시점을 기준으로 상승하다가 시간이 지남에 따라 하락하는 모습을 보이지만 ㉠은 t 시점 이전의 수준, 즉 국내 통화량이 증가하기 전의 원래 수준과 동일하게 돌아와야 하므로 ㉠을 나타낸 그래프는 c가 되어야 하며, ㉢은 물가 수준 상승으로 인해 균형 환율 또한 높아져 t 시점 이전보다 상승해야 하므로 ㉢을 나타낸 그래프는 b가 되어야 함.

05 세부 정보의 파악   답 ③

선지별 선택 비율	①	②	③	④	⑤
	6%	5%	71%	10%	7%

미세 조정 정책 수단의 사례로 적절하지 않은 것은?

😊 정답 띵!동!

③ 환율의 급등락으로 금융 시장이 불안정할 경우 ~~해외 자금 유출과 유입을 통제하여 환율의 추세를 바꾼다.~~   관련 정보 공개, 가격 규제 축소, 세금 조절, 보험이나 지급 보증 제공 등으로
└→ 용인함.

| 5문단 "오버슈팅의 원인인 물가 경직성을 완화하기 위한 정책 수단 중 강제성이 낮은 사례로는 외환의 수급 불균형 해소를 위해 관련 정보를 신속하고 정확하게 공개하거나, 불필요한 가격 규제를 축소하는 것을 들 수 있다. ~ 수입 필수 품목에 대한 세금을 조절 ~ 수출입 기업에 환율 변동 보험을 제공하거나, 외화 차입 시 지급 보증을 제공 ~ 이와 같이 정부는 기초 경제 여건을 반영한 환율의 추세는 용인하되, 사전적 또는 사후적인 미세 조정 정책 수단을 활용하여 환율의 단기 급등락에 따른 위험으로부터 실물 경제와 금융 시장의 안정을 도모하는 정책을 수행한다."

| 뭔말?

· 미세 조정 정책 수단의 예로 관련 정보 공개, 가격 규제 축소, 세금 조절, 환율 변동 보험 제공, 지급 보증 제공 등을 제시하고 있음.
· 해외 자금 유출과 유입의 통제와 관련된 내용은 이 글에 미세 조정 정책 수단으로 제시되어 있지 않음.

😞 오답 띵!

① 예기치 못한 외환 손실에 대비한 환율 변동 보험을 수출 주력 중소기업에 제공한다.

| 5문단 "환율 급등락으로 인한 피해에 대비하여 수출입 기업에 환율 변동 보험을 제공"

└→ 수입 필수 품목
② 원유와 같이 수입 의존도가 높은 상품의 경우 해당 상품에 적용하는 세율을 환율 변동에 따라 조정한다.

| 5문단 "한편 오버슈팅에 따른 부정적 파급 효과를 완화하기 위해 정부는 환율 변동으로 가격이 급등한 수입 필수 품목에 대한 세금을 조절함"

④ 환율 급등으로 수입 물가가 가파르게 상승했을 때, 수입 대금 지급을 위해 외화를 빌리는 수입 업체에 지급 보증을 제공한다.
└→ 외화 차입(돈이나 물건을 꾸어 들임.)

| 5문단 "환율 급등락으로 인한 피해에 대비하여 수출입 기업에 환율 변동 보험을 제공하거나, 외화 차입 시 지급 보증을 제공하기도 한다."

⑤ 수출입 기업을 대상으로 국내외 금리 변동, 해외 투자 자금 동향 등 환율 변동에 영향을 주는 요인들에 대한 정보를 제공한다.

| 5문단 "오버슈팅의 원인인 물가 경직성을 완화하기 위한 정책 수단 중 강제성이 낮은 사례로는 외환의 수급 불균형 해소를 위해 관련 정보를 신속하고 정확하게 공개하거나, 불필요한 가격 규제를 축소하는 것을 들 수 있다."

06 어휘의 의미 파악   답 ②

선지별 선택 비율	①	②	③	④	⑤
	4%	89%	2%	1%	4%

문맥상 ⓐ~ⓔ와 바꿔 쓰기에 적절하지 <u>않은</u> 것은?

😊 정답 띵! 동!

② ⓑ: 드러낼

| ⓑ의 '노출되다' '겉으로 드러나다.'라는 의미
| '드러내다' '가려 있거나 보이지 않던 것이 보이게 되다.'라는 의미인 '드러나다'의 사동사 → 사동의 의미가 없는 '노출되다'와 의미상에 차이가 있음. → 바꾸어 쓰기에 부적절

😞 오답 땡!

① ⓐ: 동떨어져

| ⓐ의 '괴리되다' '서로 어그러져 동떨어지다.'라는 의미
| '동떨어지다' '둘 사이에 관련성이 거의 없다.'라는 의미 → 바꿔 쓰기에 적절

③ ⓒ: 불러온다

| ⓒ의 '초래하다' '일의 결과로서 어떤 현상을 생겨나게 하다.'라는 의미
| '불러오다' '어떤 행동이나 감정 또는 상태를 일어나게 하다.'라는 의미 → 바꿔 쓰기에 적절

④ ⓓ: 되돌아오면서

| ⓓ의 '복귀하다' '본디의 자리나 상태로 되돌아가다.'라는 의미
| '되돌아오다' '본디의 상태로 되다.'라는 의미 → 바꿔 쓰기에 적절

⑤ ⓔ: 꾀하는

| ⓔ의 '도모하다' '어떤 일을 이루기 위하여 대책과 방법을 세우다.'라는 의미
| '꾀하다' '어떤 일을 이루려고 뜻을 두거나 힘을 쓰다.'라는 의미 → 바꿔 쓰기에 적절

기출 속 독서 배경지식

🔗 환율

✎ 환율의 개념

▶ 환율은 외화 1단위를 얻기 위해 지불해야 하는 자국 통화의 양으로서, 자국 통화와 외국 통화의 교환 비율을 의미한다. 예를 들어 미국의 1달러를 한국의 1,000원과 교환할 수 있다가, 환율이 올라서 1,100원이 1달러와 같은 가치를 가지게 되었다고 해 보자. 이는 원·달러 환율이 올라, 달러의 가치는 올라가고, 원화의 가치는 떨어진 것이다.

✎ 환율 상승의 효과

▶ 환율이 상승하면 원화 가치가 하락해 수출품의 국제 시장 가격이 하락하기 때문에 수출은 증가하고, 반대로 수입 상품의 가격은 상승하기 때문에 수입은 감소하여 국제 수지 개선에 도움을 준다. 따라서 환율 상승은 경제 성장이나 경기 회복에 도움을 준다고 볼 수 있다.

🔗 오버슈팅

✎ 오버슈팅의 개념

▶ 상품이나 금융 자산의 시장 가격이 일시적으로 폭등·폭락하는 현상을 의미한다. 경제에 충격이 가해졌을 때 환율·주가·금리·부동산 가격 등이 단기적으로 장기 균형 가격에서 크게 벗어나는데, 시간이 지나며 장기 균형 수준으로 수렴하기 때문에 오버슈팅은 단기적인 현상이라고 볼 수 있다.

🔗 환율의 오버슈팅

✎ 환율의 오버슈팅 현상의 개념

▶ 환율의 가격에 적정한 수준이 있다는 것을 전제로 한 개념으로 단기적인 가격이 장기적인 기간의 평균 가격보다 지나치게 상승하거나 하락하는 것을 의미한다.

✎ 환율의 오버슈팅 현상의 발생과 진행 양상

▶ A 정부가 경기를 부양하고 고용을 늘리기 위해 정책적으로 통화를 팽창시킨다(통화량을 증가시킨다)고 해 보자. 통화 공급이 늘어난 만큼 물가가 빨리 오르면 문제없지만, 물가가 통화 공급량에 따라오지 못하기 때문에 통화의 초과 공급이 이뤄진다. 따라서 금리가 떨어지고, A 국가의 통화 가치는 크게 떨어진다(=환율 상승). 그로 인한 소비와 투자 수요가 늘어나고 물가는 점차 오르고 금리도 다시 상승하게 된다. 그 결과 외환 시장에서 A 국가의 통화에 대한 수요가 늘고 통화 가치는 상승하여(=환율 하락) 새로운 균형 수준으로 복귀한다.

✎ 환율의 오버슈팅 현상이 발생하는 원인

▶ 상품 시장이 통화량의 변화에 빨리 적응하지 못해 통화 시장에서 발생한 단기적인 불균형 상태를 없애기 위해 금리가 변동하고, 이에 따라 외환 시장에서 환율이 급작스럽게 변동하는 것이다.

통화 정책

🔗 **EBS 연결 고리**
비연계

해제 이 글은 중앙은행의 통화 정책과 그 정책이 효과를 거두기 위한 요건인 선제성과 정책 신뢰성을 설명하고 있다. 중앙은행은 물가 안정 같은 경제적 목적을 달성하기 위해 '공개 시장 운영'과 같은 통화 정책을 사용한다. 중앙은행의 통화 정책이 의도한 효과를 내기 위해서는 '선제성'과 '정책 신뢰성'이 담보되어야 한다. 선제성은 정책의 효과가 나타날 때까지 걸리는 시차를 고려해 통화 정책을 선제적으로 운용해야 한다는 것이고, 정책 신뢰성은 민간의 신뢰가 있어야만 정책이 성공할 수 있다는 것이다. 그런데 통화 정책이 민간의 신뢰를 얻기 위한 방법에 대해서는 두 가지 입장이 있다. 하나는 민간에 약속한 준칙을 어떤 경우에도 반드시 지켜야 한다는 '준칙주의'이고, 또 하나는 경제 상황에 따라 신축성 있게 대응해야지 준칙에 너무 얽매일 필요는 없다는 '재량주의'이다.

주제 중앙은행의 통화 정책과 그것이 효과를 거두기 위한 요건

짜임

1문단	통화 정책의 개념과 수단
2문단	통화 정책이 의도한 효과를 얻기 위한 요건 – 선제성, 정책 신뢰성
3문단	'정책 신뢰성' 형성에 대한 입장 ① – 준칙주의
4문단	'정책 신뢰성' 형성에 대한 입장 ② – 재량주의

1문단 통화 정책은 중앙은행이 물가 안정과 같은 경제적 목적의 달성을
[01-①] 통화 정책의 개념 및 목적
위해 이자율이나 통화량을 조절하는 것이다. 대표적인 통화 정책 수단인
'공개 시장 운영'은 중앙은행이 민간 금융 기관을 상대로 채권을 매매해 금
[01-④] [02-①~⑤] 통화 정책의 대표적 수단인 '공개 시장 운영' 정의
융 시장의 이자율을 정책적으로 결정한 기준 금리 수준으로 접근시키는
것이다. 중앙은행이 채권을 매수하면 이자율은 하락하고, 채권을 매도하
[01-③] 중앙은행의 채권 매매와 이자율 간 관계
면 이자율은 상승한다. 이자율이 하락하면 소비와 투자가 확대되어 경기
가 활성화되고 물가 상승률이 오르며, 이자율이 상승하면 경기가 위축되
[01-③] [02-①~⑤] 이자율 변화에 따른 결과
고 물가 상승률이 떨어진다. 이와 같이 공개 시장 운영의 영향은 경제 전
[01-③] 공개 시장 운영이 경제 전반에 미치는 과정을 인과적으로 설명
반에 @파급된다.

2문단 중앙은행의 통화 정책이 의도한 효과를 얻기 위한 요건 중에는
'선제성'과 '정책 신뢰성'이 있다. 먼저 통화 정책이 선제적이라는 것은 중
앙은행이 경제 변동을 예측해 이에 미리 대처한다는 것이다. 기준 금리를
결정하고 공개 시장 운영을 실시하여 그 효과가 실제로 나타날 때까지는
시차가 발생하는데 이를 '정책 외부 시차'라 하며, 이 때문에 선제성이 문
[02-⑤] 선제 시행의 필요성
제가 된다. 예를 들어 중앙은행이 경기 침체 국면에 들어서야 비로소 기준
[01-②] 선제적 대응의 필요성을 예를 들어 설명
금리를 인하한다면, 정책 외부 시차로 인해 경제가 스스로 침체 국면을 벗
어난 다음에야 정책 효과가 ⓑ발현될 수도 있다. 이 경우 경기 과열과 같
은 부작용이 ⓒ수반될 수 있다. 따라서 중앙은행은 통화 정책을 선제적으

로 운용하는 것이 바람직하다.

3문단 또한 통화 정책은 민간의 신뢰가 없이는 성공을 거둘 수 없다. 따
[03-④] 두 견해(준칙주의, 재량주의) 모두 민간의 신뢰 확보를 중시함.
라서 중앙은행은 정책 신뢰성이 손상되지 않게 @유의해야 한다. 그런데
어떻게 통화 정책이 민간의 신뢰를 얻을 수 있는지에 대해서는 견해 차이
[01-⑤] 두 견해(준칙주의, 재량주의)의 차이
가 있다. 경제학자 프리드먼은 중앙은행이 특정한 정책 목표나 운용 방식
[01-⑤] 준칙주의의 입장
을 '준칙'으로 삼아 민간에 약속하고 어떤 상황에서도 이를 지키는 ㉠'준
칙주의'를 주장한다. 가령 중앙은행이 물가 상승률 목표치를 민간에 약속
했다고 하자. 민간이 이 약속을 신뢰하면 물가 불안 심리가 진정된다. 그
런데 물가가 일단 안정되고 나면 중앙은행으로서는 이제 경기를 ⓔ부양
하는 것도 고려해 볼 수 있다. 문제는 민간이 이 비일관성을 인지하면 중
[03-④] 민간의 신뢰성 유지를 위해 준칙 고수가 필요하다는 입장
앙은행에 대한 신뢰가 훼손된다는 점이다. 준칙주의자들은 이런 경우에
중앙은행이 애초의 약속을 일관되게 지키는 편이 바람직하다고 주장한다.
[03-①] 경제 변동에 신축적인 대응을 못해도 이를 바람직하다고 봄.

4문단 그러나 민간이 사후적인 결과만으로는 중앙은행이 준칙을 지키려
했는지 판단하기 어렵고, 중앙은행에 준칙을 지킬 것을 강제할 수 없는 것
도 사실이다. 준칙주의와 대비되는 ㉡'재량주의'에서는 경제 여건 변화에
[03-⑤] 탄력적 대응 지지
따른 신축적인 정책 대응을 지지하며 준칙주의의 엄격한 실천은 현실적으
[03-②] 재량주의의 견해
로 어렵다고 본다. 아울러 준칙주의가 최선인지에 대해서도 물음을 던진
다. 예상보다 큰 경제 변동이 있으면 사전에 정해 둔 준칙이 장애물이 될
수 있기 때문이다. 정책 신뢰성은 중요하지만, 이를 위해 중앙은행이 반드
[01-⑤] [03-③, ④] 재량주의의 입장
시 준칙에 얽매일 필요는 없다는 것이다.

---

01 글의 전개 방식 파악
답 ①

선지별 선택 비율	①	②	③	④	⑤
	69%	8%	8%	8%	5%

윗글에서 사용한 설명 방식에 해당하지 <u>않는</u> 것은?

😊 **정답 띵!동!**

① 통화 정책의 목적을 ~~유형별로 나누어~~ 제시하고 있다.
↳ 유형별 구분 X

> **1문단** "통화 정책은 중앙은행이 물가 안정과 같은 경제적 목적의 달성(통화 정책의 목적)을 위해 이자율이나 통화량을 조절하는 것이다."
>
> → 통화 정책의 목적 제시, 그러나 유형별로 나누어 제시 X
> ※ 통화 정책이 효과를 거두기 위한 요건 → '선제성'과 '정책 신뢰성'으로 나누어 제시

😣 **오답 땡!**

② 통화 정책에서 선제적 대응의 필요성을 예를 들어 설명하고 있다.

> **2문단** "예를 들어(예시) 중앙은행이 경기 침체 국면에 들어서야 비로소 기준 금리를 인하한다면, 정책 외부 시차로 인해 경제가 스스로 침체 국면을 벗어난 다음에야 정책 효과가 발현될 수도 있다. 이 경우 경기 과열과 같은 부작용이 수

반될 수 있다. 따라서 중앙은행은 통화 정책을 <u>선제적</u>으로 운용하는 것이 바람직하다."

| 뭔말?

· 선제적 대응을 하지 않을 경우의 예를 들어 선제적 대응의 필요성 설명

③ 공개 시장 운영이 경제 전반에 영향을 미치는 과정을 인과적으로 설명하고 있다.

| 1문단 "중앙은행이 채권을 매수하면(<u>원인</u>) 이자율은 하락하고(<u>결과</u>), 채권을 매도하면(<u>원인</u>) 이자율은 상승한다(<u>결과</u>). 이자율이 하락하면(<u>원인</u>) 소비와 투자가 확대되어 경기가 활성화되고 물가 상승률이 오르며(<u>결과</u>), 이자율이 상승하면(<u>원인</u>) 경기가 위축되고 물가 상승률이 떨어진다(<u>결과</u>). 이와 같이 공개 시장 운영의 영향은 경제 전반에 파급된다."

④ 관련된 주요 용어의 정의를 바탕으로 통화 정책의 대표적인 수단을 설명하고 있다.　　　└→ 공개 시장 운영

| 1문단 "<u>대표적인 통화 정책 수단</u>인 '공개 시장 운영'은 중앙은행이 민간 금융 기관을 상대로 채권을 매매해 금융 시장의 이자율을 정책적으로 결정한 기준 금리 수준으로 접근시키는 것('공개 시장 운영'의 개념 정의)이다."

⑤ 통화 정책의 신뢰성 확보를 위해 준칙을 지켜야 하는지에 대한 두 견해의 차이를 드러내고 있다.　　└→ 준칙주의, 재량주의

| 3문단 "어떻게 통화 정책이 민간의 <u>신뢰</u>를 얻을 수 있는지에 대해서는 <u>견해 차이</u>가 있다. 경제학자 프리드먼은 중앙은행이 특정한 정책 목표나 운용 방식을 '<u>준칙</u>'으로 삼아 민간에 약속하고 어떤 상황에서도 이를 지키는 '<u>준칙주의</u>'를 주장한다." → 준칙주의: 준칙을 지켜야 함.

| 4문단 "정책 신뢰성은 중요하지만, 이를 위해 중앙은행이 <u>반드시 준칙에 얽매일 필요는 없다는 것이다.</u>" → 재량주의: 준칙을 반드시 지키지 않아도 됨.

02 구체적 사례에의 적용　　　　답 ⑤

선지별 선택 비율	①	②	③	④	⑤
	15%	13%	19%	15%	34%

윗글을 바탕으로 〈보기〉를 이해할 때 '경제학자 병'이 제안한 내용으로 가장 적절한 것은? [3점]

─── 보기 ───

어떤 가상의 경제에서 20○○년 1월 1일부터 9월 30일까지 3개 분기 동안 중앙은행의 기준 금리가 4%로 유지되는 가운데 다양한 물가 변동 요인의 영향으로 물가 상승률은 아래 표와 같이 나타났다. 단, 각 분기의 물가 변동 요인은 서로 관련이 없다고 한다.

기간	1/1~3/31	4/1~6/30	7/1~9/30
	1분기	2분기	3분기
물가 상승률	2%	3%	3%

경제학자 병은 1월 1일에 위 표의 내용을 예측할 수 있었고 국민들의 생활 안정을 위해 물가 상승률을 매 분기 2%로 유지해야 한다고 주장하였다. 이를 위해 다음 사항을 고려한 선제적 통화 정책을 제안했으나 받아들여지지 않았다.

[경제학자 병의 고려 사항]

기준 금리가 4%로부터 1.5%p*만큼 변하면 물가 상승률은 위 표의 각 분기 값을 기준으로 1%p만큼 달라지며, 기준 금리 조정과 공개 시장 운영은 1월 1일과 4월 1일에 수행된다. 정책 외부 시차는 1개 분기이며 기준 금리 조정에 따른 물가 상승률 변동 효과는 1개 분기 동안 지속된다.

* %p는 퍼센트 간의 차이를 말한다. 예를 들어 1%에서 2%로 변화하면 이는 1%p 상승한 것이다.

😊 정답 띵!동!

⑤ 중앙은행은 기준 금리를 1월 1일에 5.5%로 인상하고 4월 1일에도 이를 5.5%로 유지해야 한다.

| 1문단 "'공개 시장 운영'은 중앙은행이 민간 금융 기관을 상대로 채권을 매매해 금융 시장의 이자율을 정책적으로 결정한 기준 금리 수준으로 접근시키는 것"
∴ 기준 금리 상승 → 이자율 상승, 기준 금리 하락 → 이자율 하락)
"이자율이 하락하면 ~ 물가 상승률이 오르며, 이자율이 상승하면 ~ 물가 상승률이 떨어진다." → 이자율과 물가 상승률 반비례 = 기준 금리와 물가 상승률 반비례

| 2문단 "기준 금리를 결정하고 공개 시장 운영을 실시하여 그 효과가 실제로 나타날 때까지는 시차가 발생하는데 이를 '정책 외부 시차'라 하며, 이 때문에 <u>선제성</u>이 문제가 된다."

| 〈보기〉 1. 경제학자 병이 세 개 분기의 물가 상승률이 각각 2%, 3%, 3%가 될 것임을 예측 (통화 정책의 선제성과 관련)

2. 물가 상승률을 매 분기 2%로 유지해야 하므로 1분기는 문제없으나 2, 3분기에는 물가 상승률을 1%p 낮추어야 함. → 기준 금리 1.5%p 인상 필요 (기준 금리와 물가 상승률은 반비례)

3. 정책 외부 시차 1분기 존재 → 2분기 적용 정책은 1분기인 1월 1일에, 3분기 적용 정책은 2분기인 4월 1일에 시행 필요

| 결론! 병의 제안 → 중앙은행은 기준 금리를 1월 1일에 5.5%로 인상하고 4월 1일에도 5.5%로 유지해야 함.

😣 오답 땡!

① 중앙은행은 기준 금리를 1월 1일에 ~~2.5%로 인하하고 4월 1일에도 이를 2.5%로 유지~~해야 한다.　└→ X

| 뭔말?

· 1월 1일에 기준 금리 2.5%로 인하 → 외부 시차에 의해 2분기의 물가 상승률이 3%에서 4%로 1%p 상승
· 4월 1일에 이를 유지 → 3분기의 물가 상승률 4% 유지

② 중앙은행은 기준 금리를 1월 1일에 ~~2.5%로 인하하고 4월 1일에는 이를 4%로 인상~~해야 한다.　└→ X

| 뭔말?

· 1월 1일에 기준 금리 2.5%로 인하 → 2분기의 물가 상승률 4%
· 4월 1일에 기준 금리 4%로 인상 → 3분기의 물가 상승률 3%

③ 중앙은행은 기준 금리를 1월 1일에 ~~4%로 유지하고 4월 1일에는 이를 5.5%로 인상~~해야 한다.　└→ X

| 뭔말?

· 1월 1일에 기준 금리 4%로 유지 → 2분기의 물가 상승률 3% 유지

· 4월 1일에 4%에서 5.5%로 기준 금리 인상 → 물가 상승률이 1%p 하락하여 3분기의 물가 상승률 2%로 하락

④ 중앙은행은 기준 금리를 1월 1일에 5.5%로 인상하고 ~~4월 1일에는 이를 4%로 인하~~해야 한다.
                          └→ X

| 왜말?

· 1월 1일에 기준 금리 5.5%로 인상 → 2분기 물가 상승률 2%
· 4월 1일에 기준 금리 4%로 인하 → 3분기의 물가 상승률 3%

🧊 꿀피스 Tip!

▶ 이 문제의 포인트는 1문단에 제시된 정책 기준 금리와 시장 이자율, 물가 상승률 간 관계와 통화 정책의 선제성을 사례에 적용할 수 있는가에 있지. 이 문제의 선지별 선택 비율을 보자면, 모 아니면 도인 느낌이야. 〈보기〉의 내용을 바르게 이해하여 ⑤를 정답으로 골랐거나, 혹은 이해하지 못하여 아무거나 골랐거나. 하지만 이 문제는 〈보기〉에서 [경제학자 병의 고려 사항]을 굳이 덧붙이고 있는 이유를 꿰뚫어 본 학생이라면 그렇게 어렵지 않게 해결했을 수도 있어. [경제학자 병의 고려 사항]은 정답을 찾는 데 매우 중요한 단서이기 때문이지!

▶ 경제학자 병은 물가 상승률을 매 분기 2%로 유지해야 한다고 주장했다고 하였어. 그런데 표를 보니 2분기와 3분기는 각각 3%이므로 문제가 있어 보이지? 이것을 어떻게 해결해야 하는지에 대한 제안이 선지 각각의 내용이야. 여기서 ⑤를 정답으로 고르지 못한 친구들이 놓쳤을 법한 단서 세 가지 중 첫 번째는 기준 금리와 물가 상승률이 반비례한다는 점이야. 이를 이해하지 못한 학생들은 선지 ①, ②를 택하면서 정답과 멀어질 수밖에.

▶ 두 번째 단서는 기준 금리가 4%로부터 1.5%p만큼 변하면 물가 상승률이 각 분기 값을 기준으로 1%p만큼 달라진다는 내용이야. 즉 기준 금리를 5.5%로 인상해야 물가 상승률이 1%p 낮아진다는 말인데, 이것을 이해하지 못했다면 정답을 피해갈 수밖에 없는 거야.

▶ 그리고 마지막 단서는 정책 외부 시차가 1개 분기라는 점이야. 즉 물가 상승률에 영향을 주기 위해서는 1개 분기를 앞서서 정책을 시행해야 한다는 말이야. 이 부분을 놓친 학생들은 선지 ③, ④를 택하면서 오답의 길로 갔을 거야.

▶ 〈보기〉의 내용을 완전히 이해하지 못한 상태였더라도, '기준 금리를 인하해야 할까, 인상해야 할까?', '선지에서 왜 5.5%로 인상한다는 언급이 나왔을까?', '1월 1일에 기준 금리를 인상하고 4월 1일에도 이를 유지한다는 것은 어떤 의미일까?' 등을 생각해 보며 놓친 내용을 찾아가는 것도 하나의 방법이라고 할 수 있어. 단, 매우 빠른 판단이 필요하겠지만 말이야.

😊 정답 띵!/동!

① ㉠에서는 중앙은행이 정책 운용에 관한 준칙을 지키느라 경제 변동에 신축적인 대응을 못해도 이를 바람직하다고 본다.

| 3문단 "가령 중앙은행이 물가 상승률 목표치(준칙)를 민간에 약속했다고 하자. 민간이 이 약속을 신뢰하면 물가 불안 심리가 진정된다. 그런데 물가가 일단 안정(경제 변동)되고 나면 중앙은행으로서는 이제 경기를 부양하는 것(신축적 대응)도 고려해 볼 수 있다. 문제는 민간이 이 비일관성을 인지하면 중앙은행에 대한 신뢰가 훼손된다는 점이다. 준칙주의자들은 이런 경우에 중앙은행이 애초의 약속을 일관되게 지키는 편이 바람직하다고 주장"

| 왜말?

· 준칙주의(㉠)에서는 신뢰성 유지를 위해 경제 변동에 대한 신축적 대응보다 일관적인 준칙 고수를 중시함.

☹ 오답 땡!

② ㉡에서는 중앙은행이 스스로 정한 준칙을 지키는 것은 ~~얼마든지 가능하다~~고 본다.
                                      └→ 현실적으로 어렵다고

| 4문단 "'재량주의(㉢)'에서는 ~ 준칙주의의 엄격한 실천은 현실적으로 어렵다고 본다."

           ┌→ ㉡에서는 ㉠과 달리
③ ~~㉠에서는 ㉡과 달리,~~ 정책 운용에 관한 준칙을 지키지 않아도 민간의 신뢰를 확보할 수 있다고 본다.

| 3문단 ㉠: "민간이 이 비일관성을 인지하면 중앙은행에 대한 신뢰가 훼손된다"
| 4문단 ㉡: "반드시 준칙에 얽매일 필요는 없다"
| 결론! ㉠이 아니라 ㉡에서 정책 운용에 관한 준칙을 지키지 않아도 민간의 신뢰를 확보할 수 있다고 여김.

           ┌→ ㉠과 ㉡ 모두
④ ~~㉡에서는 ㉠과 달리,~~ 통화 정책에서 민간의 신뢰 확보를 중요하게 ~~여기지 않는다.~~
                     └→ 여긴다.

| 3문단 "통화 정책은 민간의 신뢰가 없이는 성공을 거둘 수 없다(준칙주의와 재량주의의 공통점). 따라서 중앙은행은 정책 신뢰성이 손상되지 않게 유의해야 한다. 그런데 어떻게 통화 정책이 민간의 신뢰를 얻을 수 있는지에 대해서는 견해 차이(준칙주의와 재량주의의 차이점)가 있다."
| 4문단 "정책 신뢰성은 중요하지만, 이를 위해 중앙은행이 반드시 준칙에 얽매일 필요는 없다는 것"

⑤ ㉡에서는 ㉠과 달리, 경제 상황 변화에 대한 통화 정책의 탄력적 대응이 ~~효과적이지 않다고~~ 본다.
                                    └→ 효과적이라고

| 4문단 ㉡: "경제 여건 변화에 따른 신축적인 정책 대응 지지"
                          → 경제 상황 변화에 따른 통화 정책의 탄력적 대응이 필요하다고 주장할 것

---

03 특정 개념의 의미 파악   답 ①

선지별 선택 비율	①	②	③	④	⑤
	68%	6%	6%	11%	6%

윗글의 ㉠과 ㉡에 대한 설명으로 가장 적절한 것은?

04 어휘의 의미 파악   답 ⑤

선지별 선택 비율	①	②	③	④	⑤
	6%	9%	4%	4%	75%

@~@의 문맥적 의미를 활용하여 만든 문장으로 적절하지 않은 것은?

⑤ @: 장남인 그가 늙으신 부모와 어린 동생들을 부양하고 있다.

| @의 '부양(浮揚)' '가라앉은 것을 떠오르게 함.'이라는 의미
| ⑤의 '부양(扶養)' '생활 능력이 없는 사람의 생활을 돌봄.'이라는 의미

① @: 그의 노력으로 소비자 운동이 전국적으로 파급되었다.

| '파급(波及)' '어떤 일의 여파나 영향이 차차 다른 데로 미침.'이라는 의미

② ⓑ: 의병 활동은 민중의 애국 애족 의식이 발현한 것이다.

| '발현(發現/發顯)' '속에 있거나 숨은 것이 밖으로 나타나거나 그렇게 나타나게
　함. 또는 그런 결과.'라는 의미

③ ⓒ: 이 질병은 구토와 두통 증상을 수반하는 경우가 많다.

| '수반(隨伴)' '어떤 일과 더불어 생김.'이라는 의미

④ ⓓ: 기온과 습도가 높은 요즘 건강관리에 유의해야 한다.

| '유의(留意)' '마음에 새겨 두어 조심하며 관심을 가짐.'이라는 의미

기출 속 독서 배경지식

🔗 통화 정책

📝 통화 정책의 개념

▶ 통화량의 공급과 관련하여 중앙은행이 통화량이나 이자율을 조절하는 정책을 가리킨다. 세부적으로는 금리 정책, 공개 시장 운영, 지급 준비율 정책 등이 있다.

▶ 중앙은행은 경제 상황의 변화에 따라 적절한 통화량을 공급하여 국민 경제를 안정시키고자 하는데, 경기 침체 상황에서는 통화량을 늘려 소비와 투자 활성화를 유도함으로써 경기 회복을 도모하고, 경기 과열 상황에서는 반대로 통화량을 줄여 소비와 투자 감소를 통해 물가 안정과 경기 진정을 도모한다.

📝 금리 정책

▶ 기준 금리를 조절하여 통화량을 조절하는 정책이다. 기준 금리가 결정되면 중앙은행은 환매 조건부 채권을 매매함으로써 시중 금리가 기준 금리에 연동되도록 한다.

> • 기준 금리: 한 나라의 금리를 대표하는 정책 금리로, 우리나라는 한국은행의 금융통화위원회에서 결정됨.
> • 환매 조건부 채권(RP): 증권 회사가 일정한 기간이 지난 후에 일정한 가격으로 도로 사들인다는 조건으로 판매하는 채권

▶ 시중 금리가 기준 금리보다 낮으면 중앙은행은 환매 조건부 채권(RP)을 팔아 시중 자금을 끌어들이고, 반대로 시중 금리가 기준 금리보다 높으면 RP를 사들여 시중에 자금을 공급한다.

▶ 기준 금리를 올리면 시중 금리가 따라 오르고 이는 저축 증가와 유동성 감소, 물가 상승률 하락, 실물 자산(주식이나 채권, 부동산 등) 가격 하락 등으로 이어져 경제 활동이 둔화된다.

▶ 반대로 기준 금리를 내리면 시중 금리 하락, 유동성 공급, 물가 상승, 실물 자산 가격 상승 등으로 이어져 경제 활동이 활성화된다.

📝 공개 시장 운영

▶ 중앙은행이 공개 시장에 참여하여 금융 기관을 상대로 유가 증권을 매매하는 방식으로 통화량을 조절하는 정책이다.

> 공개 시장: 특별한 조건 없이 누구나 자유롭게 참가하여 자금을 빌려 쓰거나 유가 증권을 매매할 수 있는 시장. 증권 시장, 어음 거래 시장 등

▶ 시중에 단기 자금이 많을 때에는 중앙은행이 시중 은행에 RP를 팔아 시중 자금을 흡수하고, 단기 자금이 부족할 때에는 RP를 사들여 자금을 공급함으로써 유동성을 조절한다.

📝 지급 준비율 정책

▶ 각 금융 기관이 고객으로부터 받은 예금 중 중앙은행에 의무적으로 예치해야 하는 자금인 지급 준비금의 비율인 지급 준비율을 조절함으로써 통화량을 조절하는 정책이다. 지급 준비율은 애초에 은행의 지급 불능 사태를 방지하여 고객을 보호하기 위해 도입되었는데 통화량 조절을 위한 금융 정책 수단으로도 활용되고 있다.

▶ 중앙은행이 지급 준비율을 인상하면 금융 기관에서 중앙은행에 예치해야 하는 금액이 늘어나게 되어 시중 통화량이 감소하고 금리가 상승한다. 반대로 지급 준비율을 인하하면 시중 통화량이 증가하고 금리가 하락하게 된다.

운전자에게 차량 주위 영상을 제공하는 장치의 원리

🔗 EBS 연결 고리
비연계

해제 이 글은 차량 전후좌우에 장착된 카메라로 촬영한 영상을 위에서 내려다본 것 같은 영상으로 만들어 차 안의 모니터를 통해 차량 주위 360°의 상황을 운전자에게 제공하는 장치의 원리를 설명하고 있다. 이러한 영상을 제공하기 위해서는 먼저 차량 주위 바닥에 바둑판 모양의 격자판을 펴 놓고 카메라로 촬영하는데, 이때 사용하는 광각 카메라는 큰 시야각을 갖고 있어 사각지대가 줄어들지만, 렌즈에 의한 상의 왜곡이 발생한다. 이처럼 카메라 자체의 특징 때문에 발생하는 내부 변수에 의한 왜곡은 왜곡 모델을 설정하여 보정 가능하다. 또한 차량에 장착된 카메라의 기울어짐 등으로 인해서도 왜곡이 발생하는데 이와 같이 외부 변수에 의한 왜곡은 촬영된 영상과 실세계 격자판을 비교하여 보정이 가능하다. 왜곡 보정이 끝나면 보정된 영상의 점들에 대응하는 3차원 실세계의 점들을 추정하여 이로부터 원근 효과가 제거된 영상을 얻는 시점 변환이 필요하다. 이와 같은 방법으로 구한 각 방향의 영상을 합성하면 차량 주위를 위에서 내려다본 것 같은 영상이 만들어져 운전자에게 제공된다.

주제 차량 주위의 상황을 위에서 내려다본 것 같은 영상으로 만드는 장치의 원리 및 영상 제작의 단계별 과정

짜임

1문단	차량 주위 상황을 운전자에게 영상으로 제공하는 장치
2문단	카메라 촬영 시 발생하는 왜곡의 원인과 그 보정 방법
3문단	원근 효과가 제거된 영상을 얻기 위한 시점 변환
4문단	시점 변환의 방식과 최종 영상

1문단 주차하거나 좁은 길을 지날 때 운전자를 돕는 장치들이 있다. 이 중 차량 전후좌우에 장착된 카메라로 촬영한 영상을 이용하여 차량 주위
[01-①] 차량 카메라로 촬영한 영상으로 만드는 운전자 제공 영상
360°의 상황을 위에서 내려다본 것 같은 영상을 만들어 차 안의 모니터를 통해 운전자에게 제공하는 장치가 있다. 운전자에게 제공되는 영상이 어떻게 만들어지는지 알아보자.

2문단 먼저 차량 주위 바닥에 바둑판 모양의 격자판을 펴 놓고 카메라로 촬영한다. 이 장치에서 사용하는 광각 카메라는 큰 시야각을 갖고 있어 사
[02-①] 광각 카메라의 특성
각지대가 줄지만 빛이 렌즈를 ⓐ지날 때 렌즈 고유의 곡률로 인해 영상이
[01-②, ④] [02-③, ⑤] 렌즈에 의한 왜곡 발생 이유
중심부는 볼록하고 중심부에서 멀수록 더 휘어지는 현상, 즉 렌즈에 의한 상의 왜곡이 발생한다. 이 왜곡에 영향을 주는 카메라 자체의 특징을 내부
[01-②, ④] [02-③] 내부 변수의 개념
변수라고 하며 왜곡 계수로 나타낸다. 이를 알 수 있다면 왜곡 모델을 설
[01-④] [02-③] 내부 변수로 인한 왜곡의 보정 방법
정하여 왜곡을 보정할 수 있다. 한편 차량에 장착된 카메라의 기울어짐 등
[01-②] [02-④] 외부 변수의 개념
으로 인해 발생하는 왜곡의 원인을 외부 변수라고 한다. ㉠촬영된 영상과
실세계 격자판을 비교하면 영상에서 격자판이 회전한 각도나 격자판의 위
[01-②] [02-④] 외부 변수로 인한 왜곡의 보정 방법
치 변화를 통해 카메라의 기울어진 각도 등을 알 수 있으므로 왜곡을 보정

할 수 있다.

3문단 왜곡 보정이 끝나면 영상의 점들에 대응하는 3차원 실세계의 점
[01-③] [02-②, ⑤] [03-①~⑤] 왜곡 보정 이후 진행되는 시점 변환
들을 추정하여 이로부터 원근 효과가 제거된 영상을 얻는 시점 변환이 필요하다. 카메라가 3차원 실세계를 2차원 영상으로 투영하면 크기가 동일
[01-⑤] 카메라의 영상 투영
한 물체라도 카메라로부터 멀리 있을수록 더 작게 나타나는데, 위에서 내려다보는 시점의 영상에서는 거리에 따른 물체의 크기 변화가 없어야 하
[03-①, ④] 원근 효과 제거의 이유
기 때문이다.

4문단 ㉡왜곡이 보정된 영상에서의 몇 개의 점과 그에 대응하는 실세계 격자판의 점들의 위치를 알고 있다면, 영상의 모든 점들과 격자판의 점들
[03-③, ④] 가상의 좌표계를 이용하는 시점 변환
간의 대응 관계를 가상의 좌표계를 이용하여 기술할 수 있다. 이 대응 관계를 이용해서 영상의 점들을 격자의 모양과 격자 간의 상대적인 크기가
[01-⑤] 시점 변환에서 이루어지는 작업
실세계에서와 동일하게 유지되도록 한 평면에 놓으면 2차원 영상으로 나타난다. 이때 얻은 영상이 ㉢위에서 내려다보는 시점의 영상이 된다. 이
[01-⑤] 시점 변환까지 반영된 영상의 시점
와 같은 방법으로 구한 각 방향의 영상을 합성하면 차량 주위를 위에서 내
[01-③] 영상 합성을 통한 최종 영상
려다본 것 같은 영상이 만들어진다.

---

01 세부 정보의 파악
답 ④

선지별 선택 비율	①	②	③	④	⑤
화작	3%	9%	8%	73%	4%
언매	2%	5%	5%	82%	2%

윗글의 내용과 일치하는 것은?

😊 **정답 띵! 동!**

④ 영상이 중심부로부터 멀수록 크게 휘는 것은 왜곡 모델을 설정하여 보정
└→ 렌즈에 의한 상의 왜곡(내부 변수)
할 수 있다.

┊ 2문단 "영상이 중심부는 볼록하고 중심부에서 멀수록 더 휘어지는 현상, 즉 렌즈에 의한 상의 왜곡이 발생한다. 이 왜곡에 영향을 주는 카메라 자체의 특징을 내부 변수라고 하며 왜곡 계수로 나타낸다. 이를 알 수 있다면 왜곡 모델을 설정하여 왜곡을 보정할 수 있다."

😵 **오답 땡!**

① 차량 주위를 위에서 내려다본 것 같은 영상은 ~~360°를 촬영하는 카메라 하나를 이용~~하여 만들어진다.
└→ 차량 전후좌우에 장착한 카메라들을 이용

┊ 1문단 "차량 전후좌우에 장착된 카메라로 촬영한 영상을 이용하여 차량 주위 360°의 상황을 위에서 내려다본 것 같은 영상을 만들어"

② 외부 변수로 인한 왜곡은 ~~카메라 자체의 특징을 알 수 있으면 쉽게 해결할~~
└→ 카메라 자체의 특징 = 내부 변수(내부 변수를 안다고 해서 외부 변수로 인한 왜곡이 해결되지 않음.)
수 있다.

┊ 2문단 "렌즈에 의한 상의 왜곡이 발생한다. 이 왜곡에 영향을 주는 카메라 자체의 특징을 내부 변수라고 하며 ~ 차량에 장착된 카메라의 기울어짐 등으로 인

해 발생하는 왜곡의 원인을 외부 변수라고 한다. 촬영된 영상과 실세계 격자판을 비교하면 영상에서 격자판이 회전한 각도나 격자판의 위치 변화를 통해 카메라의 기울어진 각도 등을 알 수 있으므로 왜곡을 보정할 수 있다."

③ 차량의 전후좌우 카메라에서 촬영된 영상을 하나의 영상으로 ~~합성한 후~~
~~왜곡을 보정한다.~~
  └ 왜곡 보정 → 시점 변환 → 영상 합성

| 3문단 "왜곡 보정이 끝나면 ~ 시점 변환이 필요"
| 4문단 "이와 같은 방법(왜곡 보정과 시점 변환 적용)으로 구한 각 방향의 영상을 합성하면 차량 주위를 위에서 내려다본 것 같은 영상이 만들어진다."

| 뭔말?

· 왜곡 보정이 끝난 후 시점 변환을 통해 원근 효과가 제거된 각 방향의 2차원 영상을 합성 → 왜곡을 먼저 보정한 후 그 영상들을 합성

⑤ 위에서 내려다보는 시점의 영상에 있는 점들은 카메라 시점의 영상과는 ~~달리 3차원 좌표로~~ 표시된다.
  └ 마찬가지로 2차원 좌표로

| 3문단 "카메라가 3차원 실세계를 2차원 영상으로 투영"
| 4문단 "영상의 점들을 ~ 한 평면에 놓으면 2차원 영상으로 나타난다. 이때 얻은 영상이 위에서 내려다보는 시점의 영상이 된다."

| 뭔말?

· 카메라 시점의 영상 = 2차원 영상, 위에서 내려다보는 시점의 영상 = 2차원 영상 → 영상에 있는 점들은 2차원 좌표로 표시됨.

02 내용의 추론 답 ②

선지별 선택 비율	①	②	③	④	⑤
화작	8%	25%	40%	15%	10%
언매	8%	33%	35%	12%	8%

㉠~㉢을 이해한 내용으로 가장 적절한 것은?

정답 띵!동!

② ㉡에서는 ㉠과 마찬가지로 렌즈와 격자판 사이의 거리가 멀어질수록 격자판이 작아 보이겠군.
  └ 원근 효과가 남아 있음.

| 3문단 "왜곡 보정이 끝나면 ~ 원근 효과가 제거된 영상을 얻는 시점 변환이 필요하다."

| 뭔말?

· 렌즈와 격자판 사이의 거리가 멀어질수록 격자판이 작아 보임. → 원근 효과(같은 크기의 물체라도 멀수록 작게 보이는 효과)가 나타나는 상태
· ㉠: 내부 변수나 외부 변수로 인해 왜곡이 발생한 영상, ㉡: 왜곡이 보정된 영상 → ㉠과 ㉡ 모두 시점 변환 이전의 영상
· 원근 효과 제거: 시점 변환 단계, 즉 ㉡에서 ㉢ 사이에 적용됨.

| 결론! 시점 변환 이전 영상인 ㉠과 ㉡은 모두 원근 효과가 남아 있음. → 렌즈와 격자판 사이의 거리가 멀어질수록 격자판이 작아 보임.

오답 땡!

① ㉠에서 광각 카메라를 이용하여 확보한 시야각은 ㉡에서는 ~~작아지겠군.~~
  └ 변화 없음.

② 2문단 "광각 카메라는 큰 시야각을 갖고 있어 사각지대가 줄지만 빛이 렌즈를 지날 때 렌즈 고유의 곡률로 인해 영상이 중심부는 볼록하고 중심부에서 멀수록 더 휘어지는 현상, 즉 렌즈에 의한 상의 왜곡이 발생한다. 이 왜곡에 영향을 주는 카메라 자체의 특징을 내부 변수라고 하며 ~ 왜곡 모델을 설정하여 왜곡을 보정할 수 있다.", "차량에 장착된 카메라의 기울어짐 등으로 인해 발생하는 왜곡의 원인을 외부 변수라고 한다. 촬영된 영상과 실세계 격자판을 비교하면 ~ 카메라의 기울어진 각도 등을 알 수 있으므로 왜곡을 보정할 수 있다."

| 뭔말?

· 시야각: 광각 카메라 자체의 특징
· ㉡: ㉠에서 나타나는 왜곡(내부 변수, 외부 변수로 인한 왜곡)이 보정된 영상이지 카메라 자체의 특징인 시야각이 변화하는 것은 아님.

③ ㉡에서는 ㉠에서 ~~렌즈와 격자판 사이의 거리에 따른 렌즈의 곡률 변화로~~ 생긴 휘어짐이 보정되었겠군.
  └ 렌즈의 곡률 → 고유한 값
    (렌즈와 격자판 간 거리에 따라 변화 X)

| 2문단 "광각 카메라는 ~ 빛이 렌즈를 지날 때 렌즈 고유의 곡률로 인해 영상이 중심부는 볼록하고 중심부에서 멀수록 더 휘어지는 현상, 즉 렌즈에 의한 상의 왜곡이 발생한다 이 왜곡에 영향을 주는 카메라 자체의 특징을 내부 변수라고 하며 왜곡 계수로 나타낸다. 이(왜곡 계수)를 알 수 있다면 왜곡 모델을 설정하여 왜곡을 보정할 수 있다."

| 뭔말?

· ㉡: 중심부에서 멀수록 휘어지는 현상(렌즈에 의한 상의 왜곡)이 보정된 영상
· 휘어짐 현상의 원인: 렌즈 고유의 곡률(거리에 따라 변화 X)
· 렌즈 곡률이 렌즈와 격자판 사이의 거리에 따라 변화한다면 왜곡 모델을 설정할 때 왜곡 계수뿐만 아니라 거리 역시 반영되어야 함.

④ ㉢과 실세계 격자판을 비교하여 격자판의 위치 변화를 보정한 ㉡은 카메라의 기울어짐에 의한 왜곡을 바로잡은 것이겠군.
  (㉢ 위) ┌ ㉠   (㉡ 위) ┌ ㉡
  └ 외부 변수

| 2문단 "차량에 장착된 카메라의 기울어짐 등으로 인해 발생하는 왜곡의 원인을 외부 변수라고 한다. 촬영된 영상(㉠)과 실세계 격자판을 비교하면 영상에서 격자판이 회전한 각도나 격자판의 위치 변화를 통해 카메라의 기울어진 각도 등을 알 수 있으므로 왜곡을 보정할 수 있다."

| 뭔말?

· 실세계 격자판과 비교하는 영상: ㉡이 아니라 ㉠
· 카메라의 기울어짐으로 발생한 격자판의 위치 변화(외부 변수로 인한 왜곡)를 보정한 영상: ㉡

※ ㉢: ㉡을 보정한 ㉢에서 거리에 따른 물체의 크기 변화를 보정한 영상

⑤ ㉡에서 ~~렌즈에 의한 상의 왜곡~~ 때문에 격자판의 윗부분으로 갈수록 격자 크기가 더 작아 보이던 것이 ㉢에서 보정되었겠군.
  ┌ 원근 효과의 원인 X

| 2문단 "렌즈 고유의 곡률로 인해 영상이 중심부는 볼록하고 중심부에서 멀수록 더 휘어지는 현상, 즉 렌즈에 의한 상의 왜곡이 발생"

| 뭔말?

· ㉢: 시점 변환으로 원근 효과가 제거된 영상 = 격자판 윗부분으로 갈수록 격자 크기가 작아 보이는 것(원근 효과)이 보정된 영상
· 렌즈에 의한 상의 왜곡: 렌즈 고유의 곡률로 인해 영상이 중심부는 볼록하고 중심부에서 멀수록 더 휘어지는 현상
· 격자판의 윗부분으로 갈수록 격자 크기가 더 작아 보이는 것: 렌즈에 의한 상의 왜곡 때문이 아니라 원근 효과 때문

꿀피스 Tip!

▶ 이 문제의 포인트는 운전자에게 제공되는 영상의 제작 과정과 각 과정에서 이루어지는 작업을 분명히 파악했는가에 있어. 이 문제의 경우 ㉡의 위치가 함정이라면 함정이랄 수 있어. ㉡은 왜곡 보정까지만 된 영상이지, 시점 변환까지 완료된 상태가 아닌데, 바로 앞의 3문단에서 원근 효과 제거에 대해 언급하고 있기 때문에 이것까지 반영된 영상이 ㉡이라고 성급하게 판단하면, 정답을 제대로 선택하지 못하게 돼.

▶ 그러나 3, 4문단은 모두 시점 변환에 대해 설명하고 있어 내용적으로 이어지고 있으며, ㉡은 시점 변환을 설명하는 과정에서 그 앞 단계의 영상을 언급한 것일 뿐이야. 이런 내용의 흐름을 놓치지 말아야 해.

▶ 한편 정답인 선지 ②의 '거리가 멀어질수록 격자판이 작아 보이겠군.'을 지문의 '원근 효과'와 연결 짓지 못한 경우 필연적으로 문제를 해결할 수 없겠지?

▶ 그리고 ③이 함정 선지인데, 무려 정답인 ②보다 많은 선택률을 기록했지. ③을 선택했다면, 2문단의 '렌즈 고유의 곡률'을 제대로 이해하지 못하였거나 간과했을 가능성이 높아. 고유하다는 것은 본래부터 가지고 있는 특유의 것을 가리키잖아? 렌즈마다 일정한 곡률이 정해져 있는 것이지, 환경적 요인에 따라 렌즈의 곡률이 바뀌는 것이 아니야. 당연히 렌즈를 교체하지 않는 이상 렌즈와 격자판 사이의 거리가 바뀐다고 해서 렌즈의 곡률이 바뀌지 않겠지.

▶ 또한 '렌즈와 격자판 사이의 거리'는 '원근 효과'와 관련이 있고, 원근 효과가 제거되는 것은 '시점 변환'으로 이것이 반영된 영상은 ㉢이잖아. 선지 ③을 보면 왜곡 보정 단계와 시점 변환 단계 작업의 내용을 '~에 따른'이라는 표현을 통해 인과적으로 결합하여 놓았다는 것을 알 수 있지. 선지 뒷부분의 '휘어짐(내부 변수)이 보정'되는 것은 왜곡 보정 단계에서 행해지는 작업이 맞기 때문에 선지 앞부분과의 연관성을 면밀하게 살피지 않은 경우 적절한 내용이라고 섣부르게 판단할 수 있지. 그러면 정답과 멀어지게 되는 거야.

03 시각 자료에의 적용   답 ④

선지별 선택 비율	①	②	③	④	⑤
화작	8%	16%	24%	33%	17%
언매	9%	14%	23%	37%	14%

윗글을 바탕으로 〈보기〉를 탐구한 내용으로 가장 적절한 것은? [3점]

─────── 보기 ───────

   그림은 장치가 장착된 차량의 운전자에게 제공된 영상(왜곡 보정, 시점 변환이 끝난 위에서 내려다보는 시점의 영상)에서 전방 부분만 보여 준 것이다. 차량 전방의 바닥에 그려진 네 개의 도형이 영상에서 각각 A, B, C, D로 나타나 있고, C와 D는 직사각형이고 크기는 같다. p와 q는 각각 영상 속 임의의 한 점이다.

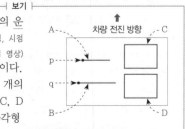

─────────────────────

④ B에 대한 A의 상대적 크기는 가상의 좌표계를 이용하여 시점을 변환하기 전의 영상에서보다 더 커진 것이다.

| 3문단 "3차원 실세계의 점들을 추정하여 이로부터 원근 효과가 제거된 영상을 얻는 시점 변환이 필요 ~ 위에서 내려다보는 시점의 영상에서는 거리에 따른 물체의 크기 변화가 없어야 하기 때문"

| 4문단 "(왜곡이 보정된) 영상의 모든 점들과 (실세계) 격자판의 점들 간의 대응 관계를 가상의 좌표계를 이용(시점 변환 단계)하여 기술"

| 뭔말?

· 〈보기〉에 제시된 그림은 운전자에게 제공된 영상 = 위에서 내려다보는 시점의 영상(왜곡 보정과 시점 변환까지 끝난 영상)

· A와 B: 원근 효과가 제거된 이후의 크기 → 거리에 따른 물체의 크기 변화가 없음.(물체의 상대적인 크기가 실세계에서와 동일함.)

· 차량 전진 방향을 고려할 때, A는 B보다 차량의 카메라에서 더 멀리 있는 도형 → 원근 효과로 인해 이전 영상에서는 더 작게 왜곡되어 나타남.

| 결론! B에 대한 A의 상대적 크기 → 시점 변환 이전보다 이후 영상(가상의 좌표계를 이용하여 원근 효과 제거)에서 더 커진 것

① 원근 효과가 제거되기 전의 영상에서 C는 윗변이 아랫변보다 큰 사다리꼴 모양이다.
                      └ 짧은(윗변이 카메라에서 더 멀리 위치) ←┘

| 뭔말?

· 원근 효과: 같은 크기의 물체라도 멀수록 작게 보이는 현상

· 원근 효과가 제거되기 전의 영상: C는 차량의 카메라로부터 거리가 먼 윗변이 아랫변보다 짧은 사다리꼴 모양으로 왜곡되어 나타남.

② 시점 변환 전의 영상에서 D는 C보다 더 작은 크기로 영상의 더 아래쪽에 위치한다.
                         └ 큰(D가 카메라에 더 가까이 위치)

| 뭔말?

· 시점 변환 전의 영상: 원근 효과 제거 × → 차량의 카메라로부터 거리가 가까운 D가 C보다 더 크게 나타남.

            ┌ 왜곡 보정 후 영상의 점들과 실세계 격자판의 점들 간의
③ A와 B는 p와 q 간의 대응 관계를 이용하여 바닥에 그려진 도형을 크기가 유지되도록 한 평면에 놓은 것이다.

| 4문단 "왜곡이 보정된 영상에서의 몇 개의 점과 그에 대응하는 실세계 격자판의 점들의 위치를 알고 있다면, 영상의 모든 점들과 (실세계) 격자판의 점들 간의 대응 관계를 가상의 좌표계를 이용하여 기술할 수 있다. 이 대응 관계를 이용해서 영상의 점들을 격자의 모양과 격자 간의 상대적인 크기가 실세계에서와 동일하게 유지되도록 한 평면에 놓으면 2차원 영상으로 나타난다."

| 뭔말?

· A와 B: 영상 속의 두 점인 p와 q 간의 대응 관계가 아니라, 왜곡 보정 후 영상의 점들과 실세계 격자판의 점들 간의 대응 관계를 이용하여 나타낸 것

⑤ p가 A 위의 한 점이라면 A는 p에 대응하는 실세계의 점이 시점 변환을 통해 선으로 나타난 것이다.
                         └ 점의 위치와의 대응 관계를 이용하여 나타낸

| 뭔말?

· 〈보기〉의 그림 속 p는 왜곡 보정 영상의 점들과 실세계 격자판 점들 간 위치의

대응 관계를 이용해 나타낸 것

· 시점 변환은 원근 효과를 제거한 것 → 원근 효과를 제거한다고 해서 영상 속 선 위에 위치한 한 점이 선으로 바뀌는 것은 아님.

🔶 꿀피스 Tip!

▶ 이 문제의 포인트는 운전자에게 제공되는 영상으로 제시된 시각 자료를 바르게 해석할 수 있는가에 있어. 이 문제를 해결하려면 운전자에게 제공되는 영상의 단계별 작업 내용을 정확히 파악해야 하겠지.

▶ 선지 ①, ②, ④의 경우, 사실 포인트는 동일하다고 볼 수 있어. 모두 원근 효과를 그림에 적용해서 이해할 수 있는지 묻는 것이거든? ①의 '원근 효과가 제거되기 전의 영상', ②의 '시점 변환 전의 영상', ④의 '가상의 좌표계를 이용하여 시점을 변환하기 전의 영상'은 모두 내부, 외부 변수로 인한 왜곡까지만 보정된 영상, 즉 원근 효과로 인한 왜곡은 남아 있는 영상을 가리키지.

▶ 원근 효과란 가까이 있는 물체는 크게, 멀리 있는 물체는 작게 보이는 것이니 이걸 그림의 도형들에 적용하기만 하면 돼. (미술 시간에 배운 소실점을 떠올리면 이해가 더 빠를 거야.) 이때 카메라의 위치가 어디인지를 알아야 거리 판단이 가능하겠지? 〈보기〉에서 '차량 전진 방향'을 제시한 이유가 바로 여기에 있어. 차량 전진 방향으로 보아 카메라의 위치는 그림의 아래쪽이겠지? 이제 끝났어. 왜곡 보정 영상에서의 모습을 알기 위해서는 카메라에서 더 멀리 있는 건 〈보기〉보다 작게 줄이고, 카메라에서 더 가까이 있는 건 더 크게 키우면 되는 거야. 자, 여기서 지문 내용에 따라 원근 효과 보정으로 '모양'과 '크기'가 다 바뀐다는 걸 잊으면 안 돼. 그림의 사각형의 경우 크기뿐 아니라 모양까지 고려해야 하는 거야!

▶ 선지 ③, ⑤의 경우, 원근 효과를 제거하는 원리를 바르게 파악하는 것이 핵심이야. 시점 변환 단계에서는 왜곡 보정까지 완료된 영상의 점들과 실세계 점들 사이의 대응 관계를 이용해서 원근 효과를 없앤다는 거지. 중요한 건 이때 대응되는 건 영상 속 점의 위치와 실세계 격자판 속 점의 위치야. 몇 개의 점을 통해 대응 관계를 파악한 다음, 가상의 좌표계를 만들어서 전체 영상의 점들에 적용하는 거지. ③에서 말하는 영상 속 점들끼리의 대응 관계? 아니죠.

▶ ⑤는 뭔가 복잡해 보이지만 말이 아예 안 되지. 영상의 점과 실세계 격자판의 점의 위치 간 대응 관계를 바탕으로 영상의 점들을 실세계에서와 동일하게 재배치한다는 것이지, 갑자기 왜 실세계의 점이 시점 변환의 대상이 된다는 거야? 어디까지나 영상을 만드는 과정인데 말이야. 게다가 실세계의 점이 선으로 바뀐다니 선지만 봐도 이상함이 느껴지네. 설마 이걸 원근 효과에 적용해서 점의 크기가 왜곡되어 선이 됐다고 생각하는 건 아니겠지? 자, 다시 떠올려 보자. 제시된 그림은 원근 효과가 제거된 상태라는 것을.

😊 정답 띵! 동!

① 그때 동생이 탄 버스는 교차로를 **지나**고 있었다.

| ⓐ와 ①의 '지나다' '어디를 거치어 가거나 오거나 하다.'의 의미

😞 오답 땡!

② 그것은 슬픈 감정을 **지나서** 아픔으로 남아 있다.

| '어떠한 상태나 정도를 넘어서다.'의 의미

③ 어느새 정오가 훌쩍 **지나** 식사할 시간이 되었다.

| '시간이 흘러 그 시기에서 벗어나다.'의 의미

④ 물의 온도가 어는점을 **지나** 계속 내려가고 있다.

| '어떤 시기나 한도를 넘다.'의 의미

⑤ 가장 힘든 고비를 **지나고** 나니 마음이 가뿐하다.

| '어떤 시기나 한도를 넘다.'의 의미

---

04 어휘의 의미 파악   답 ①

선지별 선택 비율	①	②	③	④	⑤
화작	82%	2%	1%	11%	1%
언매	88%	2%	1%	6%	1%

문맥상 ⓐ의 의미와 가장 가까운 것은?

기출 속 독서 배경지식

🔗 어라운드 뷰(around view)

🔖 '어라운드 뷰'란?

▶ 차량의 전후좌우에 4개의 카메라를 장착하여 촬영한 영상을 마치 하늘에서 내려다보는 듯한 화면으로 재구성해 보여 주는 모니터 시스템을 말한다. 차량 주변의 360° 상황을 보여 주어 운전자로 하여금 좁은 길이나 주차, 돌발 상황 등에 대해 보다 안전하고 편리하게 대응할 수 있도록 돕는 장치이다.

▲ 어라운드 뷰 장착 차량

🔖 '어라운드 뷰'의 최초 사용

▶ 닛산의 고급 모델인 인피니티 2008년형 EX35에 적용된 것이 최초로 알려져 있으며, '어라운드 뷰'라는 용어 역시 닛산이 붙인 것이 일반 명사화되어 사용되고 있다. 제조사에 따라 '서라운드 뷰(surround view)'라는 명칭을 붙이기도 하고, 위에서 내려다보는 듯한 영상을 제공한다는 의미에서 '탑 뷰(top view)', '버드 아이 뷰(bird's eye view)'라고 부르기도 한다. 국내에서는 2011년 현대자동차의 그랜저에 처음 적용되었다. 초창기에는 고급 모델 위주로 장착되다가 점차 일반화, 보편화되는 추세이다.

🔖 '어라운드 뷰'에 사용되는 카메라

▶ 차량 주위의 360° 상황을 보여 주는 어라운드 뷰를 구현하기 위해서는 넓은 시야각을 확보해야 한다. 이를 위해 넓은 화각으로 촬영하는 광각 카메라를 사용하게 된다. '광각'이란 넓은 각도, 특히 사진에서 렌즈의 사각이 넓은 것을 이른다. 광각 카메라를 이용하면 눈으로 보는 각도 이상의 전경을 사진에 담아낼 수 있는데, 단점은 넓은 공간을 한 장에 담다 보니 왜곡이 생긴다는 것이다. 따라서 '어라운드 뷰'에서는 이러한 왜곡을 보정하는 기술이 필요하다.

▲ '어라운드 뷰'의 카메라 위치

🔖 '어라운드 뷰'의 작동 원리

카메라 촬영	차량의 전방과 후방, 좌우 사이드 미러에 각각 장착된 광각 카메라 4대에 의해 촬영됨.

↓

영상 보정	이미지 프로세스 제어기에서 광각 카메라가 촬영한 이미지를 보정함. 왜곡 보정, 시점 변환 등 여러 기술이 적용되어 작업 난이도가 높음.

- 왜곡 보정: 광각 카메라 렌즈 고유의 곡률로 인한 상의 왜곡, 차량에 장착된 카메라의 각도 등으로 인해 발생하는 왜곡 등을 보정함. 왜곡 모델을 통한 보정, 실세계 격자판과의 비교를 통한 보정 등

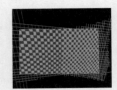

▲ 격자판 왜곡 보정

- 시점 변환: 위에서 내려다보는 듯한 2차원 영상을 만들기 위해 원근을 보정함. 촬영된 영상의 점들과 실세계 격자판의 점들을 대응시키는 방법을 사용함.

↓

영상 합성	이미지 프로세스 제어기가 4개의 방향에서 촬영된 영상을 하나로 합성하여 2차원 영상으로 디스플레이에 제공함.

🔖 '어라운드 뷰'의 연계 시스템

▶ '어라운드 뷰'의 이미지 프로세스 제어기는 운전대의 각도를 인식하는 '스티어링 휠 센서', 초음파를 통해 후방 물체를 감지하는 '초음파 센서' 등 다양한 센서는 물론, 속도 조절을 위한 변속기, 경보 시스템 등과도 연계되어 있다.

🔖 '어라운드 뷰'의 기능

▶ '어라운드 뷰'의 연계 시스템은 그 기능과 관련이 있다. '어라운드 뷰'는 차량 주변의 영상을 표시하는 기능은 물론, 가이드 라인 연동 표시 기능도 있다. 이는 차량이 후진할 때 제시되는 후방 영상 화면에 예상되는 주차 가이드 라인을 표시해 주는 것으로, 운전자의 핸들 조작과 연동하여 차량의 예상 진행 궤적을 나타낸다. 또한

▲ 주차 가이드 라인

전방과 후방에 장착되어 있는 초음파 센서의 장애물 경고 신호를 어라운드 뷰 영상에 주어 실제 장애물의 위치를 확인하기 쉽도록 하는 기능을 한다.

🔖 '어라운드 뷰'의 유용성

▶ '어라운드 뷰'는 주차를 어려워하는 운전자들에게 특히 큰 도움을 줄 수 있다. 대개 경보 시스템과 연동되어 있을 뿐 아니라 화면으로 상황을 즉시 인지할 수 있도록 돕기 때문이다. 또한 과거 우리나라에서 주차 사각지대로 인한 사고가 이슈가 된 적이 있는데, 이러한 사고를 방지하는 데에도 기여할 수 있다.

전통적 PCR와 실시간 PCR

⏱ EBS 연결 고리

2022학년도 EBS 수능특강 독서 174쪽 〈바이러스병 진단을 위한 PCR〉에서 '실시간 PCR' 관련 내용 연계

해제 이 글은 DNA를 증폭하는 PCR의 원리와 특징을 설명하고 있다. PCR는 이중 가닥 DNA인 주형 DNA를 단일 가닥으로 분리한 뒤, 프라이머와 DNA 중합 효소를 활용하여 DNA를 복제한 후 2개의 이중 가닥 DNA를 생성하는 과정을 거친다. 이렇게 한 사이클이 끝나면 검출하고자 하는 표적 DNA가 2배로 늘어난다. 전통적인 PCR는 PCR의 최종 산물에 형광 물질을 결합시켜 표적 DNA의 증폭 여부를 확인하지만, 실시간 PCR는 사이클마다 발색 반응이 일어나도록 하여 실시간으로 표적 DNA의 증폭 여부를 확인할 수 있다. 이를 위해서는 PCR 과정에서 '이중 가닥 DNA 특이 염료'나 '형광 표식 탐침' 같은 발색 물질이 추가로 필요하다. PCR는 질병의 진단 등에 광범위하게 활용되고 있으며, 특히 실시간 PCR는 바이러스의 감염 여부를 초기에 정확하고 빠르게 진단하는 데 유용하다.

주제 전통적 PCR와 실시간 PCR의 원리 및 특징

짜임

1문단	PCR(중합 효소 연쇄 반응)에 필요한 요소
2문단	PCR의 과정 및 전통적인 PCR의 DNA 증폭 여부 확인 방법
3문단	실시간 PCR의 개념과 '이중 가닥 DNA 특이 염료'의 기능 및 특징
4문단	'형광 표식 탐침'의 기능 및 특징
5문단	실시간 PCR에서의 발색도
6문단	PCR의 활용과 실시간 PCR의 장점

1문단 1993년 노벨 화학상은 중합 효소 연쇄 반응(PCR)을 개발한 멀리스에게 수여된다. 염기 서열을 아는 DNA가 한 분자라도 있으면 이를 다량으로 증폭할 수 있는 길을 열었기 때문이다.
[03-①, ④] PCR의 의의와 효용
PCR는 주형 DNA, 프라이머, DNA 중합 효소, 4종의 뉴클레오타이드가 필요하다. 주형 DNA란 시료로부터 추출하여 PCR에서 DNA 증폭의 바탕이 되는 이중 가닥 DNA를 말하며, 주형 DNA에서 증폭하고자 하는 부위를 표적 DNA라 한다.
[01-①] 표적 DNA의 개념
프라이머는 표적 DNA의 일부분과 동일한 염기 서열로 이루어진 짧은 단일 가닥 DNA로, 2종의 프라이머가 표적 DNA의 시작과 끝에 각각 결합한다.
[01-①] [03-④] 프라이머의 개념
DNA 중합 효소는 DNA를 복제하는데, 단일 가닥 DNA의 각 염기 서열에 대응하는 뉴클레오타이드를 순서대로 결합시켜 이중 가닥 DNA를 생성한다.

2문단 PCR 과정은 우선 열을 가해 이중 가닥의 DNA를 2개의 단일 가닥으로 분리하는 것으로 시작한다.
[01-④] [02-④] PCR 과정 - 가열을 통한 이중 가닥 DNA의 분리
이후 각각의 단일 가닥 DNA에 프라이머가 결합하면, DNA 중합 효소에 의해 복제되어 2개의 이중 가닥 DNA가 생긴다.
[01-⑤] [02-④] PCR 과정 - 프라이머 결합, DNA 중합 효소에 의한 복제
일정한 시간 동안 진행되는 이러한 DNA 복제 과정이 한 사이클을 이루며, 사이클마다 표적 DNA의 양은 2배씩 증가한다.
[01-②] [02-④] [04-①~⑤] 사이클의 의미 및 사이클에 따른 표적 DNA 양의 변화
그리고 DNA의 양이 더 이상 증폭되지 않을 정도로 충분히 사이클을 수행한 후
[03-③, ⑤] PCR 종료 시점

PCR를 종료한다. 전통적인 PCR는 PCR의 최종 산물에 형광 물질을 결합
[01-③] [03-①, ②, ③, ⑤] 전통적인 PCR의 발색 시점
시켜 발색을 통해 표적 DNA의 증폭 여부를 확인한다.

3문단 PCR는 시료의 표적 DNA 양도 알 수 있는 실시간 PCR라는 획기적인 개발로 이어졌다. 실시간 PCR는 전통적인 PCR와 동일하게 PCR를 실시하지만,
[01-④, ⑤] 실시간 PCR의 과정
사이클마다 발색 반응이 일어나도록 하여 누적되는 발색을 통해 표적 DNA의 증폭을 실시간으로 확인할 수 있다.
[03-③, ⑤] 실시간 PCR의 발색 시점 및 장점
이를 위해 실시간 PCR에서는 PCR 과정에 발색 물질이 추가로 필요한데, '이중 가닥 DNA
[03-②] 실시간 PCR에서 발색 물질 추가의 필요성
특이 염료' 또는 '형광 표식 탐침'이 이에 이용된다. ㉠이중 가닥 DNA 특이 염료는 이중 가닥 DNA에 결합하여 발색하는 형광 물질로, 새로 생성된 이중 가닥 표적 DNA에 결합하여 발색하므로 표적 DNA의 증폭을 알
[02-②, ④, ⑤] 이중 가닥 DNA 특이 염료의 결합 대상 및 발색 시점
수 있게 한다. 다만, 이중 가닥 DNA 특이 염료는 모든 이중 가닥 DNA에 결합할 수 있기 때문에 2개의 프라이머끼리 결합하여 이중 가닥의 이합체(二合體)를 형성한 경우에는 이와 결합하여 의도치 않은 발색이 일어난다.
[02-①, ③] 이합체의 형성 및 이중 가닥 DNA 특이 염료와의 결합

4문단 ㉡형광 표식 탐침은 형광 물질과 이 형광 물질을 억제하는 소광 물질이 붙어 있는 단일 가닥 DNA 단편으로, 표적 DNA에서 프라이머가 결합하지 않는 부위에 특이적으로 결합하도록 설계된다. PCR 과정에서 이중 가닥 DNA가 단일 가닥으로 되면, 형광 표식 탐침은 프라이머와 마
[02-②, ⑤] 형광 표식 탐침의 결합 대상
찬가지로 표적 DNA에 결합한다. 이후 DNA 중합 효소에 의해 이중 가닥
[02-②, ④] 표적 DNA와 형광 표식 탐침의 분리
DNA가 형성되는 과정 중에 탐침은 표적 DNA와의 결합이 끊어지고 분해된다. 탐침이 분해되어 형광 물질과 소광 물질의 분리가 일어나면 비로소
[02-②, ④] 형광 표식 탐침의 발색 시점
형광 물질이 발색되며, 이로써 표적 DNA가 증폭되었음을 알 수 있다. 형광 표식 탐침은 표적 DNA에 특이적으로 결합하는 장점을 지니나 상대적으로 비용이 비싸다.
[03-②] 형광 표식 탐침의 단점(비용)

5문단 실시간 PCR에서 발색도는 증폭된 이중 가닥 표적 DNA의
[04-①~⑤] 발색도와 증폭된 이중 가닥 표적 DNA 양의 관계
양에 비례하며, 일정 수준의 발색도에 도달하는 데 필요한 사이클은
[04-①~⑤] 특정 발색도 도달 사이클과 초기 표적 DNA 양의 관계
표적 DNA의 초기 양에 따라 달라진다. 사이클의 진행에 따른 발색도의 변화가 연속적인 선으로 표시되며, 표적 DNA를 검출했다고 판
[04-①~⑤] Ct값의 개념
단하는 발색도에 도달하는 데 소요된 사이클을 Ct값이라 한다. 표적 **[A]**
DNA의 농도를 알지 못하는 미지 시료의 Ct값과 표적 DNA의 농도를 알고 있는 표준 시료의 Ct값을 비교하면 미지 시료에 포함된 표적 DNA의 농도를 계산할 수 있다.

6문단 PCR는 시료로부터 얻은 DNA를 가지고 유전자 복제, 유전병 진단, 친자 감별, 암 및 감염성 질병 진단 등에 광범위하게 활용된다. 특히 실시간 PCR를 이용하면 바이러스의 감염 여부를 초기에 정확하고 빠르게
[03-③] 실시간 PCR의 효용성
진단할 수 있다.

01 내용의 추론 답 ①

선지별 선택 비율	①	②	③	④	⑤
화작	53%	9%	13%	17%	5%
언매	64%	7%	9%	13%	4%

윗글에서 알 수 있는 내용으로 적절하지 <u>않은</u> 것은?

😊 정답 띵! 등!

① 2종의 프라이머 각각의 염기 서열과 정확히 일치하는 염기 서열을 주형 DNA에서 찾을 수 <s>없다</s>.
    └→ 있다

| 1문단 "주형 DNA란 ~ PCR에서 DNA 증폭의 바탕이 되는 이중 가닥 DNA를 말하며, 주형 DNA에서 증폭하고자 하는 부위를 표적 DNA라 한다. 프라이머는 표적 DNA의 일부분과 동일한 염기 서열로 이루어진 짧은 단일 가닥 DNA"

| 뭔말?

· 프라이머: 주형 DNA의 한 부분인 표적 DNA의 일부와 동일한 염기 서열로 이루어져 있음. → 프라이머의 염기 서열은 주형 DNA의 염기 서열의 일부분과 정확히 일치함.

😞 오답 땡!

② PCR에서 표적 DNA 양이 초기 양을 기준으로 처음의 2배가 되는 시간과 4배에서 8배가 되는 시간은 같다.
    └→ 2배

| 2문단 "일정한 시간 동안 진행되는 이러한 DNA 복제 과정이 한 사이클을 이루며, 사이클마다 표적 DNA의 양은 2배씩 증가한다."

| 뭔말?

· PCR에서 표적 DNA의 양이 2배씩 증가하는 시간 = 한 사이클의 시간
· 표적 DNA 양이 초기 양을 기준으로 처음의 2배가 되는 시간 = 4배에서 8배(2배)가 되는 시간 = 한 사이클의 시간

③ 전통적인 PCR는 표적 DNA 농도를 아는 표준 시료가 있어도 미지 시료의 표적 DNA 농도를 PCR 과정 중에 알 수 없다.

| 2문단 "전통적인 PCR는 PCR의 최종 산물에 형광 물질을 결합시켜 발색을 통해 표적 DNA의 증폭 여부를 확인한다."

| 뭔말?

· 전통적인 PCR는 최종 산물을 통해 표적 DNA의 증폭 여부 확인 가능 → PCR 과정 중에는 표적 DNA의 증폭 여부를 확인할 수 없으므로, 그 농도 역시 알 수 없음.

④ 실시간 PCR는 가열 과정을 거쳐야 시료에 포함된 표적 DNA의 양을 증폭할 수 있다.

| 2문단 "PCR 과정은 우선 열을 가해(가열) 이중 가닥의 DNA를 2개의 단일 가닥으로 분리하는 것으로 시작한다."

| 3문단 "실시간 PCR는 전통적인 PCR와 동일하게 PCR를 실시"

| 뭔말?

· 전통적인 PCR와 실시간 PCR 모두 가열 과정을 거쳐야 표적 DNA의 양을 증폭할 수 있음.

※ 실시간 PCR는 전통적 PCR와 동일한 과정을 거치지만, 최종 단계에서만 발색 반응이 나타나는 전통적 PCR와 달리, 사이클마다 발색 반응이 일어나 실시간으로 확인이 가능하다는 점이 다름.

⑤ 실시간 PCR를 실시할 때에 표적 DNA의 증폭이 일어나려면 DNA 중합 효소와 프라이머가 필요하다.

| 2문단 "각각의 단일 가닥 DNA에 프라이머가 결합하면, DNA 중합 효소에 의해 복제되어 2개의 이중 가닥 DNA가 생긴다. 일정한 시간 동안 진행되는 이러한 DNA 복제 과정이 한 사이클을 이루며, 사이클마다 표적 DNA의 양은 2배씩 증가(증폭)한다."

| 3문단 "실시간 PCR는 전통적인 PCR와 동일하게 PCR를 실시"

02 특정 개념의 의미 파악 답 ②

선지별 선택 비율	①	②	③	④	⑤
화작	16%	45%	11%	13%	12%
언매	15%	52%	9%	11%	11%

㉠과 ㉡에 대한 설명으로 가장 적절한 것은?

😊 정답 띵! 등!

② ㉠은 ㉡과 달리 표적 DNA에 붙은 채 발색 반응이 일어난다.

| 3문단 "㉠이중 가닥 DNA 특이 염료는 ~ 새로 생성된 이중 가닥 표적 DNA에 결합하여(붙은 채) 발색"

| 4문단 "PCR 과정에서 이중 가닥 DNA가 단일 가닥으로 되면, 형광 표식 탐침(㉡)은 프라이머와 마찬가지로 표적 DNA에 결합 ~ 탐침은 표적 DNA와의 결합이 끊어지고 분해된다. 탐침이 분해되어 형광 물질과 소광 물질의 분리가 일어나면 비로소 형광 물질이 발색"

| 뭔말?

· ㉠: DNA 중합 효소에 의해 새로 생성된 이중 가닥 표적 DNA에 붙어서 발색
· ㉡: PCR 첫 번째 과정인 이중 가닥 DNA의 단일 가닥 분리 후 단일 가닥의 표적 DNA에 결합 → DNA 중합 효소에 의한 새로운 이중 가닥 DNA 생성 시 표적 DNA와 분리 → 형광 물질과 소광 물질이 분리되어 발색

| 결론! ㉠, ㉡ 모두 표적 DNA에 결합하는 과정은 있으나 ㉠은 표적 DNA와 결합한 채, ㉡은 표적 DNA와 분리된 후 발색 반응이 일어남.

😞 오답 땡!

① ㉠은 ㉡과 달리 <s>프라이머와 결합하여 이합체를 이룬다.</s>
    └→ 2개의 프라이머끼리 결합한 이합체와 결합함.

| 3문단 "이중 가닥 DNA 특이 염료는 모든 이중 가닥 DNA에 결합할 수 있기 때문에 2개의 프라이머끼리 결합하여 이중 가닥의 이합체를 형성한 경우에는 이(2개의 프라이머가 결합한 이합체)와 결합"

| 뭔말?

· 이중 가닥 DNA 특이 염료 → 2개의 프라이머끼리 결합하여 이루어진 이합체와 결합함. (프라이머와 결합 X)

※ ㉠은 이중 가닥 DNA와 결합하는데, 프라이머는 단일 가닥 DNA임.

③ <s>㉡은 ㉠과 달리 형광 물질과</s> 결합하여 이합체를 이룬다.
    └→ 2개의 프라이머끼리

| 3문단 "2개의 프라이머끼리 결합하여 이중 가닥의 이합체를 형성"

※ ㉠은 그 자체가 이중 가닥 DNA에 결합하여 발색하는 형광 물질이며, ㉡ 역시 형광 물질을 포함하고 있음. → 둘 다 별도의 형광 물질과 결합할 필요가 없음.

④ ~~①은 ①과 달리~~ 한 사이클의 ~~처음~~ 시점에 발색 반응이 일어난다.
 └→ ①과 ① 모두   └→ 끝

┃2문단 "PCR 과정은 우선 열을 가해 이중 가닥의 DNA를 2개의 단일 가닥으로
분리(사이클 단계 ①)하는 것으로 시작한다. 이후 각각의 단일 가닥 DNA에 프라이
머가 결합(사이클 단계 ②)하면, DNA 중합 효소에 의해 복제되어 (새로운) 2개의 이
중 가닥 DNA가 생긴다(사이클 단계 ③). 일정한 시간 동안 진행되는 이러한 DNA
복제 과정이 한 사이클을 이루며"

┃3문단 "이중 가닥 DNA 특이 염료는 이중 가닥 DNA에 결합하여 발색하는 형광
물질로, 새로 생성된 이중 가닥 표적 DNA(사이클 단계 ③ = 한 사이클의 끝 시점)에
결합하여 발색"

┃4문단 "DNA 중합 효소에 의해 (새로운) 이중 가닥 DNA가 형성되는 과정(사이클 단
계 ③ = 한 사이클의 끝 시점) 중에 탐침은 표적 DNA와의 결합이 끊어지고 분해된
다. 탐침이 분해되어 형광 물질과 소광 물질의 분리가 일어나면 비로소 형광 물
질이 발색"

⑤ ~~①과 ①은 모두~~ 이중 가닥 표적 DNA에 결합하는 물질이다.
 └→ ①은 ①과 달리

┃3문단 "이중 가닥 DNA 특이 염료는 ~ 새로 생성된 이중 가닥 표적 DNA에 결합
하여 발색"

┃4문단 "PCR 과정에서 이중 가닥 DNA가 단일 가닥으로 되면, 형광 표식 탐침은
프라이머와 마찬가지로 (단일 가닥) 표적 DNA에 결합한다."

┃결론! ①: 이중 가닥 표적 DNA에 결합, ①: 단일 가닥 표적 DNA에 결합

---

03   세부 정보의 파악   답 ④

선지별 선택 비율	①	②	③	④	⑤
화작	14%	13%	11%	43%	16%
언매	15%	11%	8%	49%	15%

어느 바이러스 감염증의 진단 검사에 PCR를 이용하려고 한다. 윗글을 읽고 이
해한 반응으로 가장 적절한 것은?

😊 정답 띵! 동!

④ 실시간 PCR로 진단 검사를 할 때, 표적 DNA의 염기 서열이 알려져 있어
야 감염 여부를 분석할 수 있겠군.

┃1문단 "염기 서열을 아는 DNA가 한 분자라도 있으면 이를 다량으로 증폭할 수
있는 길(=PCR)을 열었기 때문이다."

┃2문단 "프라이머는 표적 DNA의 일부분과 동일한 염기 서열로 이루어진 짧은 단
일 가닥 DNA"

┃뭔말?

· PCR은 표적 DNA의 증폭 여부를 판단 → 염기 서열을 아는 DNA가 한 분자라도
있어야 증폭 가능

· PCR을 하기 위해 표적 DNA의 일부와 동일한 염기 서열로 이루어진 프라이머
필요 → 표적 DNA 일부의 염기 서열을 알아야 함.

😞 오답 땡!

① 전통적인 PCR로 진단 검사를 할 때, 시료에 바이러스의 양이 적은 감염
초기에는 감염 여부를 진단할 수 ~~없겠군.~~
          └→ 있음.

┃1문단 "염기 서열을 아는 DNA가 한 분자라도 있으면 이를 다량으로 증폭할 수
있는 길(PCR)"

┃2문단 "전통적인 PCR는 PCR의 최종 산물에 형광 물질을 결합시켜 발색을 통해
표적 DNA의 증폭 여부를 확인"

┃뭔말?

· 시료에 바이러스의 양이 적은 감염 초기라도 염기 서열을 아는 DNA가 한 분자
라도 있으면 이를 증폭하여 감염 여부 진단 가능

 ※ 실시간 PCR의 경우, 사이클마다 발색 반응이 일어나 시료의 표적 DNA 양도 알 수 있고
 실시간 확인이 가능하므로 전통적 PCR보다 바이러스의 감염 여부를 초기에 더 정확하고
 빠르게 진단할 수 있다는 것이지, 전통적 PCR가 초기에 감염 여부 진단이 불가능한 것이
 아님.

② 전통적인 PCR로 진단 검사를 할 때, DNA 증폭 여부 확인에 발색 물질이
~~필요 없으나~~ 비용이 상대적으로 싸겠군.
 └→ 필요함.

┃2문단 "전통적인 PCR는 PCR의 최종 산물에 형광 물질을 결합시켜 발색을 통해
표적 DNA의 증폭 여부를 확인"

 ※ 전통적인 PCR가 실시간 PCR보다는 비용이 상대적으로 적게 들 것임. → '실시간 PCR'는
 사이클마다 발색이 일어나므로 발색 물질이 추가로 필요(3문단)하고 '형광 표식 탐침'의
 경우 비용이 더 비쌈(4문단).

③ 전통적인 PCR로 진단 검사를 할 때, ~~실시간 증폭 여부를 확인할 필요가
없어 진단에 걸리는 시간을 줄일 수 있겠군.~~
    └→ 실시간 증폭 여부 확인 불가, 진단에 걸리는 시간: 전통적 PCR > 실시간 PCR

┃2문단 "DNA의 양이 더 이상 증폭되지 않을 정도로 충분히 사이클을 수행한 후
PCR를 종료한다. 전통적인 PCR는 PCR의 최종 산물에 형광 물질을 결합시켜
발색을 통해 표적 DNA의 증폭 여부를 확인"

┃3문단 "실시간 PCR는 ~ 사이클마다 발색 반응이 일어나도록 하여 누적되는 발
색을 통해 표적 DNA의 증폭을 실시간으로 확인할 수 있다."

┃6문단 "실시간 PCR를 이용하면 바이러스의 감염 여부를 초기에 정확하고 빠르
게 진단할 수 있다."

⑤ 실시간 PCR로 진단 검사를 할 때, 감염 여부는 ~~PCR가 끝난 후에야 알 수
있지만~~ 실시간 증폭은 확인할 수 있겠군.
          └→ 실시간으로 확인 가능

┃2문단 "DNA의 양이 더 이상 증폭되지 않을 정도로 충분히 사이클을 수행한 후
PCR를 종료 ~ 전통적인 PCR는 PCR의 최종 산물에 형광 물질을 결합시켜 발
색을 통해 표적 DNA의 증폭 여부를 확인한다."

┃3문단 "실시간 PCR는 ~ 표적 DNA의 증폭을 실시간으로 확인할 수 있다."

┃뭔말?

· 실시간 PCR: 표적 DNA의 증폭 여부, 즉 감염 여부를 실시간으로 확인할 수 있음.

· PCR가 끝난 후에야 감염 여부를 알 수 있는 방법: 전통적인 PCR

04   구체적 사례에의 적용   답 ②

선지별 선택 비율	①	②	③	④	⑤
화작	19%	26%	25%	12%	15%
언매	18%	33%	23%	11%	13%

[A]를 바탕으로 〈보기 1〉의 실험 상황을 가정하고 〈보기 2〉와 같이 예상 결과를
추론하였다. ㉮~㉺에 들어갈 말로 적절한 것은? [3점]

┤보기1├

┤보기1├

표적 DNA의 농도를 알지 못하는 ⓐ미지 시료와, 이와 동일한 표적 DNA를 포함하지만 그 농도를 알고 있는 ⓑ표준 시료가 있다. 각 시료의 DNA를 주형 DNA로 하여 같은 양의 시료로 동일한 조건에서 실시간 PCR를 실시한다.

┤보기2├

만약 ⓐ가 ⓑ보다 표적 DNA의 초기 농도가 높다면,
(=표적 DNA의 초기 양이 많음.)

↓

표적 DNA가 증폭되는 동안, 사이클이 진행됨에 따라 시간당 시료의 표적 DNA의 증가량은 ⓐ가 (㉮).

↓

실시간 PCR의 Ct값에서의 발색도는 ⓐ가 (㉯).

↓

따라서 실시간 PCR의 Ct값은 ⓐ가 (㉰).

😊 정답 띵! 동!

	㉮	㉯	㉰
②	ⓑ보다 많겠군	ⓑ와 같겠군	ⓑ보다 작겠군

| 2문단 "일정한 시간 동안 진행되는 이러한 DNA 복제 과정이 한 사이클을 이루며, 사이클마다 표적 DNA의 양은 2배씩 증가한다."

| [A] "실시간 PCR에서 발색도는 증폭된 이중 가닥 표적 DNA의 양에 비례하며, 일정 수준의 발색도에 도달하는 데 필요한 사이클은 표적 DNA의 초기 양에 따라 달라진다. ~ 표적 DNA를 검출했다고 판단하는 발색도에 도달하는 데 소요된 사이클을 Ct값이라 한다."

| 뭔말?

· ㉮: 표적 DNA의 초기 농도가 높을수록, 즉 표적 DNA의 초기 양이 많을수록 사이클이 진행됨에 따라 증폭되는 양이 더 많아짐. → 사이클 진행에 따른 시간당 시료의 표적 DNA의 증가량 = ⓑ < ⓐ (표적 DNA의 초기 농도가 더 높음.)

· ㉯: Ct값에서의 발색도 = 표적 DNA를 검출했다고 판단하는 (일정 수준의) 발색도 → ⓐ와 ⓑ의 표적 DNA의 초기 농도와 무관하게 정해져 있음.
  ※ 표적 DNA가 동일하므로 Ct값에서 기준이 되는 발색도도 동일함.

· ㉰: 일정 수준의 발색도에 도달하는 데 필요한 사이클은 표적 DNA의 초기 양에 따라 달라짐. → 표적 DNA의 초기 농도가 더 높은, 즉 초기 양이 더 많은 ⓐ가 ⓑ보다 발색도가 높고 일정 수준의 발색도에 더 빨리 도달함.
  ∴ 일정한 발색도를 나타낼 때까지 표적 DNA가 증폭되는 데 소요되는 사이클의 횟수(Ct값) = ⓐ < ⓑ

😞 오답 띵!

①	ⓑ보다 많겠군	ⓑ보다 높겠군	ⓑ보다 크겠군
③	ⓑ와 같겠군	ⓑ보다 높겠군	ⓑ보다 작겠군
④	ⓑ와 같겠군	ⓑ와 같겠군	ⓑ보다 작겠군
⑤	ⓑ와 같겠군	ⓑ보다 높겠군	ⓑ보다 크겠군

🎁 꿀피스 Tip!

▶ 이 문제의 포인트는 실시간 PCR의 발색도에 영향을 미치는 요인과 일정 수준의 발색도에 도달하는 데 소요된 사이클 값인 Ct값을 사례에 적용하여 판단할 수 있는가에 있어.

▶ 우선 〈보기 1, 2〉에 제시된 조건들을 보자. ⓐ '미지 시료'와 ⓑ '표준 시료'가 있고, 당연히 둘은 동일한 표적 DNA를 포함하고 있어. 그래야 표준 시료와 비교하여 미지 시료에 포함된 표적 DNA의 농도를 계산할 수 있으니 말이야. 그리고 같은 양의 시료를 가지고 동일 조건에서 실시간 PCR를 실시했지. 이때 '같은 양의 시료'를 보고 표적 DNA의 양이 같다고 오판하면 안 되겠지? 1문단에서 주형 DNA는 시료에서 추출한 것임을 알 수 있어. 표적 DNA는 주형 DNA의 일부니까 같은 양의 시료라도 표적 DNA 양은 다를 수 있는 것이야. 게다가 〈보기 2〉에서 친절하게 표적 DNA의 농도가 다르다고 조건을 걸고 있잖아. 농도가 높다는 건 바로 양이 더 많다는 뜻이지.

▶ 여기까지 파악했다면 ㉮는 판단이 어렵지 않아. PCR에서 표적 DNA의 양은 사이클마다 2배씩 증가하니까 당연히 초기 표적 DNA의 양이 더 많은 ⓐ에서 표적 DNA의 증가량이 더 많겠지? (예를 들어 ⓐ의 표적 DNA 양이 4, ⓑ의 표적 DNA 양이 2라고 가정하면 ⓐ는 사이클을 거치면서 4 → 8 → 16… 이렇게 증가되고, ⓑ는 2 → 4 → 8… 이렇게 증가하는 거야.)

▶ ㉰의 경우도 초기 표적 DNA의 양과 관련이 있기 때문에 판단이 어렵지 않거든? Ct값은 표적 DNA를 검출했다고 판단하는 발색도에 도달하는 데 소요된 사이클 값인데, [A]를 보면 일정 수준의 발색도에 도달하는 데 필요한 사이클이 초기 표적 DNA의 양에 따라 다르고, 발색도는 증폭된 이중 가닥 표적 DNA의 양에 비례하니까 일정 수준의 발색도에 더 빨리 도달하는 건 초기 표적 DNA의 양이 더 많은 ⓐ인 거야. 즉 기준 발색도에 도달하는 사이클이 더 작은 거지. (예를 들어 ⓑ가 4번의 사이클을 거쳐 기준 발색도에 도달한다면 ⓐ는 2번의 사이클만 거쳐도 기준 발색도에 도달하는 거야.)

▶ 이 문제의 결정적 함정은 ㉯에 있어. [A]의 첫 문장인 '실시간 PCR에서 발색도는 증폭된 이중 가닥 표적 DNA의 양에 비례'한다는 내용을 보고, 초기 표적 DNA의 양이 더 많은 ⓐ가 증폭된 이중 가닥 표적 DNA의 양도 더 많으니 발색도도 더 높을 것이고, 따라서 ㉯에는 'ⓑ보다 높겠군'이 들어간다고 판단하기 쉬워. 만약 ㉮, ㉰를 바르게 파악했다면 정답이 없다고 당황했을 수도 있어. 뭔가 잘못된 것 같으면 면밀히 다시 문제를 살펴봐야 하지. ㉯의 앞부분 내용을 찬찬히 보면 '실시간 PCR의 Ct값에서의 발색도'라고 되어 있네? [A]의 첫 문장 '실시간 PCR에서 발색도'와 다른 내용이 포함되어 있잖아. 이 'Ct값에서의 발색도'의 의미를 파악하는 것이 이 문제의 핵심이라고 할 수 있어. Ct값의 정의를 다시 보자. '표적 DNA를 검출했다고 판단하는 발색도에 도달하는 데 소요된 사이클 값'이라고 했지. 그럼 'Ct값에서의 발색도'는 '표적 DNA를 검출했다고 판단하는 발색도'를 가리키는 거야. 해당 발색도에 도달하면 표적 DNA가 검출되었다고 보는, 즉 표적 DNA 검출 여부를 판단하는 기준이 되는 발색도라는 거지. 이 기준은 같은 표적 DNA를 지닌 ⓐ, ⓑ에 동일하게 적용되겠지?

기출 속 독서 배경지식

🔗 1993년 노벨 화학상과 PCR

✎ 1993년 노벨 화학상

▸ 1993년 노벨 화학상은 DNA 돌연변이 유발법을 개발한 마이클 스미스와 '중합 효소 연쇄 반응(PCR: Polymerase Chain Reaction)'을 발명한 캐리 멀리스가 공동으로 수상하였다.

✎ 마이클 스미스의 DNA 돌연변이 유발법

▸ 마이클 스미스는 원하는 대로 돌연변이를 일으킬 수 있는 유전자 조작법을 개발하였다. 스미스는 유전 정보가 포함되어 있는 DNA의 염기 서열을 정확한 위치에서 바꿀 수 있게 하였는데, 기존에는 돌연변이를 일으킬 수는 있었어도 DNA 염기 서열 중 어느 부분이 바뀌게 될지 예측하기 어려웠다. 유전자의 구조 및 기능을 연구자가 원하는 대로 자유롭게 변화시킬 수 있게 되었다는 것이 스미스의 업적이라고 할 수 있다.

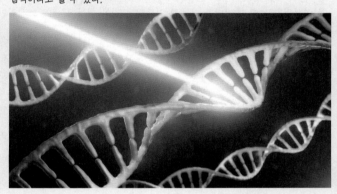

✎ 캐리 멀리스의 PCR

▸ 캐리 멀리스는 유전자를 구성하는 DNA를 대량으로 배양할 수 있는 중합 효소 연쇄 반응을 위한 효소를 개발한 공로를 인정받았다. 유전 정보를 가진 DNA는 효소의 작용을 통해 마치 지퍼처럼 두 가닥으로 갈라져 두 개가 되는 방법으로 증식하는데, 이러한 원리는 이미 알려져 있었다. 그러나 생체 환경과 다른 실험실에서는 사용될 수 있는 효소가 없어서 인공적인 유전자 증식이 어려웠다. 실험실에서 인공적으로 유전자를 증식시키기 위해서는 온도 조절이 중요한데, DNA가 완전히 두 가닥으로 분리되도록 하려면 섭씨 90° 이상까지 올렸다가 53° 정도로 낮춘 후, 다시 72°로 올리는 과정을 거쳐야 한다. 멀리스는 고온의 물에서만 사는 '테르무스 아쿠아티쿠스(thermus aquaticus)'라는 미생물부터 '타크(Taq)'라는 효소를 분리해 내는 데 성공하였고, 이를 이용해 드디어 실험실에서 유전자 증식이 가능해졌다.

🔗 테르무스 아쿠아티쿠스

✎ PCR 발명의 핵심이 된 세균

▸ 1960년대에 미국의 옐로스톤 공원의 온천수에서 최초로 발견되었다. 호열성 세균으로 섭씨 70° 정도에서 활발히 자라고 80° 이상도 버틸 수 있으며 50° 아래에서는 견디기 어려워한다. 학명 역시도 '열'을 의미하는 그리스어 'thermos'와 '물'을 의미하는 라틴어 'aqua'에서 유래하였다.

▲ 옐로스톤 공원의 온천

▸ 고온에서 생장하는 만큼 테르무스 아쿠아티쿠스가 지닌 효소 역시 열에 강한 특성이 있다. 이 세균이 자기 DNA를 복제하는 데 사용하는 중합 효소인 '타크 폴리머라제(Taq polymerase)'는 고온의 변성 과정을 견딜 수 있어, 오늘날 분자 생물학에서 가장 중요한 발명 중 하나라고 평가받는 PCR의 발명을 가능하게 하였다.

🔗 PCR의 원리

✎ PCR이란?

▸ 중합 효소 연쇄 반응은 DNA를 증폭하는 방법으로, 소량의 유전 물질을 가지고 불과 몇 시간 이내에 서열 정보를 많은 양으로 증가시킬 수 있다. 이러한 장점으로 인해 유전학·의학·생명 공학은 물론, 법의학·생태학·고생물학 등 다양한 분야에서 활용되고 있다.

✎ PCR의 기본 과정

▸ PCR는 아래의 'DNA 변성 - 프라이머 결합 - DAN 합성'의 사이클을 반복함으로써 DNA를 증폭한다.

DNA 변성 (denaturation)	이중 가닥의 주형 DNA를 약 95°의 고온에서 열을 이용하여 각각 단일 가닥으로 떨어뜨리는 과정

⬇

프라이머 결합 (annealing)	온도를 약 50~65°로 낮추어 DNA 합성의 출발점 기능을 하는 짧은 프라이머와 표적 DNA를 결합시키는 과정

⬇

DNA 합성 (extension)	DNA 중합 효소(대개 Taq polymerase)가 DNA 가닥에 뉴클레오타이드를 추가하여 새로운 DNA 가닥을 합성함. 이때 최적 온도는 72° 정도임.

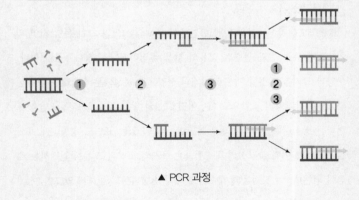

▲ PCR 과정

🔗 코로나 바이러스와 PCR

✎ 역전사, 실시간 PCR

▸ 코로나 바이러스(COVID-19)는 RNA 바이러스이므로, 이에 대해 PCR를 실시하기 위해서는 역전사(RNA를 주형으로 DNA가 만들어지는 과정) 과정이 필요하다. 이렇게 역전사 과정을 거친 다음, 형광 표지를 이용하여 복제된 DNA 양에 따라 형광 신호가 증가함으로써 실시간으로 확인이 용이한 실시간 PCR가 이루어지는 경우가 많다.

3D 합성 영상의 생성, 출력 과정

🔗 EBS 연결 고리
비연계

해제 이 글은 3D 합성 영상 제작 과정에 필요한 모델링과 렌더링에 대해 설명하고 있다. 모델링은 3차원 가상 공간에서 물체의 모양과 크기, 공간적인 위치, 표면 특성 등과 관련된 고유의 값을 설정하거나 수정하는 단계이고, 렌더링은 모델링의 데이터를 활용하여 관찰 시점을 기준으로 2차원의 화면을 생성하는 단계이다. 모델링과 렌더링을 반복하여 생성된 프레임들을 순서대로 표시하면 동영상이 된다. 이때 그래픽처리장치(GPU)를 활용하여 컴퓨터의 중앙처리장치(CPU)를 보완한다.

주제 3D 합성 영상의 생성, 출력을 위한 모델링과 렌더링 방법

짜임

1문단	모델링과 렌더링을 거쳐야 하는 3D 합성 영상
2문단	모델링의 개념 및 구현 방법
3문단	렌더링의 개념 및 구현 방법
4문단	그래픽처리장치(GPU)의 특징 및 작동 방식

1문단 최근의 3D 애니메이션은 섬세한 입체 영상을 구현하여 실물을 촬영한 것 같은 느낌을 준다. 실물을 촬영하여 얻은 자연 영상을 그대로 화
[01-①] 자연 영상과 3D 합성 영상의 생성·출력 과정상 차이점
면에 표시할 때와 달리 3D 합성 영상을 생성, 출력하기 위해서는 모델링과 렌더링을 거쳐야 한다.

2문단 모델링은 3차원 가상 공간에서 물체의 모양과 크기, 공간적인 위
[01-②] [02-①, ④] 모델링 단계에서 이루어지는 일
치, 표면 특성 등과 관련된 고유의 값을 설정하거나 수정하는 단계이다.

모양과 크기를 설정할 때 주로 3개의 정점으로 형성되는 삼각형을 활용한다. 작은 삼각형의 조합으로 이루어진 그물과 같은 형태로 물체 표면을 표
[02-②] 삼각형들의 그물 형태로 물체 표면을 표현하는 방식의 장점
현하는 방식이다. 이 방법으로 복잡한 굴곡이 있는 표면도 정밀하게 표현할 수 있다. 이때 삼각형의 꼭짓점들은 물체의 모양과 크기를 결정하는 정
[04-②, ③, ④] 정점의 개념
점이 되는데, 이 정점들의 개수는 물체가 변형되어도 변하지 않으며, 정점
[04-②] 정점의 개수와 물체 변형의 관계
들의 상대적 위치는 물체 고유의 모양이 변하지 않는 한 달라지지 않는다.

물체가 커지거나 작아지는 경우에는 정점 사이의 간격이 넓어지거나 좁아
[04-③, ④] 물체의 크기와 정점 사이 간격 간의 관계
지고, 물체가 회전하거나 이동하는 경우에는 정점들이 간격을 유지하면서

회전축을 중심으로 회전하거나 동일 방향으로 동일 거리만큼 이동한다.

물체 표면을 구성하는 각 삼각형 면에는 고유의 색과 질감 등을 나타내는
[01-②] [02-③] 각 삼각형 면에 지정되는 표면 특성의 개수
표면 특성이 하나씩 지정된다.

3문단 공간에서의 입체에 대한 정보인 이 데이터를 활용하여, 물체를 어

디에서 바라보는가를 나타내는 관찰 시점을 기준으로 2차원의 화면을 생
[01-③] [02-④, ⑤] [04-①] 렌더링 시 기준 시점 및 렌더링 단계에서 이루어지는 일
성하는 것이 렌더링이다. 전체 화면을 잘게 나눈 점이 화소인데, 정해진
[04-⑤] 화소와 화솟값의 개념
개수의 화소로 화면을 표시하고 각 화소별로 밝기나 색상 등을 나타내는

화솟값이 부여된다. 렌더링 단계에서는 화면 안에서 동일 물체라도 멀리

있는 경우는 작게, 가까이 있는 경우는 크게 보이는 원리를 활용하여 화솟

값을 지정함으로써 물체의 원근감을 구현한다. 표면 특성을 나타내는 값
[01-②, ③] 렌더링 단계에서 이루어지는 일 - 원근감의 구현
을 바탕으로, 다른 물체에 가려짐이나 조명에 의해 물체 표면에 생기는 명
[02-①] [04-①] 물체의 입체감 구현을 위한 화솟값 설정 시 고려 사항
암, 그림자 등을 고려하여 화솟값을 정해 줌으로써 물체의 입체감을 구현한
[01-②, ③] 렌더링 단계에서 이루어지는 일 - 입체감의 구현
다. 화면을 구성하는 모든 화소의 화솟값이 결정되면 하나의 프레임이 생성

된다. 이를 화면출력장치를 통해 모니터에 표시하면 정지 영상이 완성된다.

4문단 모델링과 렌더링을 반복하여 생성된 프레임들을 순서대로 표시

하면 동영상이 된다. 프레임을 생성할 때, 모델링과 관련된 계산을 완료

한 후 그 결과를 이용하여 렌더링을 위한 계산을 한다. 이때 정점의 개수

가 많을수록, 해상도가 높아 출력 화소의 수가 많을수록 연산 양이 많아
[01-④] 해상도와 연산 양, 연산 시간의 관계
져 연산 시간이 길어진다. 컴퓨터의 중앙처리장치(CPU)는 데이터 연산

을 하나씩 순서대로 수행하기 때문에 과도한 양의 데이터가 집중되면 미
[01-⑤] 병목 현상이 발생하는 경우
처 연산되지 못한 데이터가 차례를 기다리는 병목 현상이 생겨 프레임이

완성되는 데 오랜 시간이 걸린다. CPU의 그래픽 처리 능력을 보완하기

위해 개발된 ㉠그래픽처리장치(GPU)는 연산을 비롯한 데이터 처리를 독
[03-④] 코어의 기능
립적으로 수행할 수 있는 장치인 코어를 수백에서 수천 개씩 탑재하고 있

다. GPU의 각 코어는 그래픽 연산에 특화된 연산만을 할 수 있고 CPU

의 코어에 비해서 저속으로 연산한다. 하지만 GPU는 동일한 연산을 여러
[03-③] GPU의 코어는 연산 속도가 CPU의 코어보다 느림.
번 수행해야 하는 경우, 고속으로 출력 영상을 생성할 수 있다. 왜냐하면
[03-④] GPU의 장점
GPU는 한 번의 연산에 쓰이는 데이터들을 순차적으로 각 코어에 전송한
[03-⑤] 데이터의 순차적 전송
후, 전체 코어에 하나의 연산 명령어를 전달하면, 각 코어는 모든 데이터
[03-②] GPU에서 동시 연산에 필요한 조건
를 동시에 연산하여 연산 시간이 짧아지기 때문이다.
[03-①] GPU의 연산 시간이 짧은 이유

---

01 세부 정보의 파악 답 ②

선지별 선택 비율	①	②	③	④	⑤
	7%	55%	18%	7%	11%

윗글에 대한 이해로 적절하지 않은 것은?

😊 정답 띵!동!

② 렌더링에서 사용되는 물체 고유의 표면 특성은 ~~화솟값에 의해 결정된다.~~
　　　　　　　　　　　　　　　　모델링 단계에서 설정 ←┘
　　　※화솟값은 렌더링 단계의 원근감, 입체감 구현과 관련

┈┈┈┈┈┈┈┈┈┈┈┈┈┈┈┈┈┈┈┈┈┈┈┈

┃ 2문단 "모델링은 ~ 물체의 모양과 크기, 공간적인 위치, 표면 특성 등과 관련된 고유의 값을 설정하거나 수정하는 단계", "물체 표면을 구성하는 각 삼각형 면에는 고유의 색과 질감 등을 나타내는 표면 특성이 하나씩 지정"

┃ 3문단 "렌더링 단계에서는 ~ 화솟값을 지정함으로써 물체의 원근감을 구현", "표면 특성을 나타내는 값을 바탕으로, ~ 화솟값을 정해 줌으로써 물체의 입체감을 구현"

┃ 윈말?

· 물체 고유의 표면 특성은 모델링 단계에서 설정됨.

· 렌더링 단계에서는 모델링 단계에서 설정된 값(= 표면 특성을 나타내는 값)을 바탕으로 화소값을 지정하여 입체감, 원근감을 구현함.

| 결론! 렌더링에서 물체 고유의 표면 특성은 사용됨. 그러나 그 값은 모델링 단계에서 설정된 것임.

① 자연 영상은 모델링과 렌더링 단계를 거치지 않고 생성된다.

| 1문단 "실물을 촬영하여 얻은 자연 영상을 그대로 화면에 표시할 때와 달리 3D 합성 영상을 생성, 출력하기 위해서는 모델링과 렌더링을 거쳐야 한다."

| 뭔말?
· 모델링과 렌더링은 자연 영상이 아니라 3D 합성 영상을 만들 때 필요한 단계임.
· 자연 영상은 실물을 촬영한 영상 그 자체이므로 모델링과 렌더링 단계를 거치지 않음.
| 결론! 자연 영상: 모델링, 렌더링 × ↔ 3D 합성 영상: 모델링, 렌더링 ○

③ 물체의 원근감과 입체감은 관찰 시점을 기준으로 구현한다.

| 3문단 "물체를 어디에서 바라보는가를 나타내는 관찰 시점을 기준으로 2차원의 화면을 생성하는 것이 렌더링", "렌더링 단계에서는 ~ 화소값을 지정함으로써 물체의 원근감을 구현 ~ 화솟값을 정해 줌으로써 물체의 입체감을 구현"

| 뭔말?
· 렌더링의 기준 = 관찰 시점 = 물체의 원근감, 입체감 구현의 기준이 되는 시점

④ 3D 영상을 재현하는 화면의 해상도가 높을수록 연산 양이 많아진다.

| 4문단 "이때 정점의 개수가 많을수록, 해상도가 높아 출력 화소의 수가 많을수록 연산 양이 많아져 연산 시간이 길어진다."

| 뭔말?
· 화면의 해상도 ↑ = 출력 화소 수 ↑ → 연산 양 ↑

⑤ 병목 현상은 연산할 데이터의 양이 처리 능력을 초과할 때 발생한다.

| 4문단 "컴퓨터의 중앙처리장치(CPU)는 데이터 연산을 하나씩 순서대로 수행하기 때문에 과도한 양의 데이터가 집중되면 미처 연산되지 못한 데이터가 차례를 기다리는 병목 현상이 생겨 프레임이 완성되는 데 오랜 시간이 걸린다."

| 뭔말?
· 과도한 양의 데이터가 집중되면 미처 연산되지 못한 데이터가 생김. = CPU의 처리 능력을 초과한 경우 → 병목 현상 발생

02 특정 개념의 의미 파악 답 ②

선지별 선택 비율	①	②	③	④	⑤
	3%	80%	7%	6%	2%

모델링에 대한 설명으로 가장 적절한 것은?

② 삼각형들을 조합함으로써 물체의 복잡한 곡면을 정교하게 표현할 수 있다.

| 2문단 "모양과 크기를 설정할 때 주로 3개의 정점으로 형성되는 삼각형을 활용한다. 작은 삼각형의 조합으로 이루어진 그물과 같은 형태로 물체 표면을 표현

하는 방식이다. 이 방법으로 복잡한 굴곡이 있는 표면도 정밀하게 표현할 수 있다."

| 뭔말?
· 물체 표면을 표현하는 방식 = 작은 삼각형들의 조합으로 이루어진 그물 형태 → 장점: 복잡한 굴곡이 있는 표면을 정밀하게 표현함.

① 다른 물체에 가려져 보이지 않는 부분에 있는 삼각형의 정점들의 위치는 ~~계산하지 않는다.~~
└→ 계산한다

| 2문단 "모델링은 3차원 가상 공간에서 물체의 모양과 크기, 공간적인 위치, 표면 특성 등과 관련된 고유의 값을 설정하거나 수정하는 단계이다. 모양과 크기를 설정할 때 주로 3개의 정점으로 형성되는 삼각형을 활용한다."
| 3문단 "렌더링 단계에서는 ~ 다른 물체에 가려짐이나 조명에 의해 물체 표면에 생기는 명암, 그림자 등을 고려"

| 뭔말?
· 다른 물체에 가려져 있어도 3차원 공간에서 물체가 존재하고 있으므로, 모델링 단계에서는 그 물체의 모양, 크기, 위치 등 관련 값을 설정해야 함.
    ※ 다른 물체에 가려져 생기는 명암, 그림자 등을 고려하는 것은 모델링이 아닌 렌더링 단계임.
| 결론! 모델링에서 다른 물체에 가려져 보이지 않는 부분이라도 물체 고유의 값을 설정할 때 활용되는 삼각형의 정점들의 위치를 계산해야 함.

③ 하나의 작은 삼각형에 ~~다양한 색상와 표면 특성들을 함께~~ 부여한다.
        └→ 하나의 표면 특성만

| 2문단 "물체 표면을 구성하는 각 삼각형 면에는 고유의 색과 질감 등을 나타내는 표면 특성이 하나씩 지정된다."

| 뭔말?
· 하나의 삼각형 면에는 하나의 표면 특성(색, 질감 등)이 지정됨.

④ 공간상에 위치한 정점들을 ~~2차원 평면에 존재하도록 배치~~한다.
              └→ 렌더링 단계에서 이루어짐.

| 2문단 "모델링은 3차원 가상 공간에서 물체의 모양과 크기, 공간적인 위치, 표면 특성과 관련된 고유의 값을 설정하거나 수정하는 단계"
| 3문단 "공간에서의 입체에 대한 정보인 이 데이터(모델링 데이터)를 활용하여, 물체를 어디에서 바라보는가를 나타내는 관찰 시점을 기준으로 2차원의 화면을 생성하는 것이 렌더링"

| 뭔말?
· 모델링: 3차원 가상 공간 → 렌더링: 2차원의 화면
· 모델링 데이터(3차원 공간에서의 값)를 활용해 2차원의 화면을 생성하는 것은 렌더링
| 결론! 공간상에 위치한 정점들을 2차원 평면에 존재하도록 배치하는 것은 모델링이 아니라 렌더링 단계

⑤ ~~다양하게 변할 수 있는 관찰 시점~~을 순차적으로 저장한다.
    └→ 렌더링의 기준 시점

| 3문단 "물체를 어디에서 바라보는가를 나타내는 관찰 시점을 기준으로 2차원의 화면을 생성하는 것이 렌더링"

| 뭔말?
· 관찰 시점(= 물체를 어디에서 바라보는가 → 다양한 위치 가능)에 따라 화면을 만들어 내는 것은 모델링이 아니라 렌더링임.

03 내용의 추론   답 ④

선지별 선택 비율	①	②	③	④	⑤
	5%	10%	15%	44%	23%

㉠에 대한 추론으로 적절한 것은?

😀 정답 띡!통!

④ 정점 위치를 구하기 위한 각 데이터의 연산을 하나씩 순서대로 처리해야 한다면, 다수의 코어가 작동하는 경우 총 연산 시간은 1개의 코어만 작동하는 경우의 총 연산 시간과 같다.

| 4문단 "㉠그래픽처리장치(GPU)는 연산을 비롯한 데이터 처리를 독립적으로 수행할 수 있는 장치인 코어를 수백에서 수천 개씩 탑재", "동일한 연산을 여러 번 수행해야 하는 경우, 고속으로 출력 영상을 생성", "한 번의 연산에 쓰이는 데이터들을 순차적으로 각 코어에 전송한 후, 전체 코어에 하나의 연산 명령어를 전달"

| 뭔말?

· 각 데이터의 연산을 하나씩 순서대로 처리해야 하는 경우 = 하나의 데이터에 대한 연산이 수행된 뒤 다른 데이터에 대한 연산이 수행되어야 하는 경우 ≠ 동일한 연산을 동시에 여러 번 수행하는 경우(GPU의 장점: 동시 연산 → 고속 처리)

| 결론! 다수의 코어가 탑재되어 있어도 하나의 코어에서 수행되는 것과 마찬가지로 차례대로 연산이 진행되어야 해서 연산 시간이 단축되지 않음. → GPU의 장점이 발휘되지 못하는 경우임.

☹ 오답 땡!

① 동일한 개수의 정점 위치를 연산할 때, 동시에 연산을 수행하는 코어의 개수가 많아지면 총 연산 시간이 ~~길어진다~~.
  └→ 짧아진다

| 4문단 "GPU는 연산을 비롯한 데이터 처리를 독립적으로 수행할 수 있는 장치인 코어를 수백에서 수천 개씩 탑재", "동일한 연산을 여러 번 수행해야 하는 경우, 고속으로 출력 영상을 생성", "각 코어는 모든 데이터를 동시에 연산하여 연산 시간이 짧아지기"

| 뭔말?

· 동일한 개수의 정점 위치를 연산 = 동일한 연산 → 동시에 연산을 수행하는 코어의 개수가 많아지면 총 연산 시간이 짧아짐.

② 정점의 위치를 구하기 위한 10개의 연산을 10개의 코어에서 동시에 진행하려면, ~~10개~~의 연산 명령어가 필요하다.
  └→ 1개

| 4문단 "GPU는 동일한 연산을 여러 번 수행해야 하는 경우 ~ 한 번의 연산에 쓰이는 데이터들을 순차적으로 각 코어에 전송한 후, 전체 코어에 하나의 연산 명령어를 전달하면, 각 코어는 모든 데이터를 동시에 연산"

| 뭔말?

· 정점의 위치를 구하기 위한 10개의 연산을 10개의 코어에서 동시에 진행 = 동일한 연산을 동시에 여러 번 수행 → 1개의 연산 명령어만 있으면 됨.

③ 1개의 코어만 작동할 때, 정점의 위치를 구하기 위한 연산 시간은 1개의 코어를 가진 CPU의 연산 시간과 ~~같다~~.
  └→ 같지 않다(더 길다)

| 4문단 "GPU의 각 코어는 그래픽 연산에 특화된 연산만을 할 수 있고 CPU의 코어에 비해서 저속으로 연산"

| 뭔말?

· GPU의 각 코어는 CPU의 코어보다 느리지만, GPU는 다수의 코어를 탑재하고 있기 때문에 동일한 연산을 여러 번 수행해야 하는 경우에 연산 시간을 줄일 수 있음.

| 결론! GPU의 코어가 1개만 작동한다면 1개의 코어를 가진 CPU보다 동일한 연산을 하는 데 시간이 더 걸림.

⑤ 정점 위치를 구하기 위해 연산해야 할 10개의 데이터를 10개의 코어에서 처리할 경우, 모든 데이터를 모든 코어에 전송하는 시간은 1개의 데이터를 1개의 코어에 전송하는 시간과 ~~같다~~.
  └→ 같지 않다(더 길다)

| 4문단 "GPU는 동일한 연산을 여러 번 수행해야 하는 경우 ~ 한 번의 연산에 쓰이는 데이터들을 순차적으로 각 코어에 전송"

| 뭔말?

· 10개의 데이터를 10개의 코어에서 처리할 경우, 각 데이터를 각 코어에 차례대로 10번 전송 → 1개의 데이터를 1개의 코어에 전송하는 시간보다 오래 걸림.

📦 꿀피스 Tip!

▶ 이 문제의 포인트는 CPU와 비교하여 GPU의 특성과 장점을 바르게 이해했는가에 있어. 이렇게 비교 대상이 있다면, 비교 대상과 어떤 차이가 있는지도 정리해 두어야 해. 왜냐하면 비교 대상의 특징을 마치 GPU의 특징인 것처럼 섞어서 함정을 만들어 놓을 수 있기 때문이야.

▶ GPU와 비교할 대상은 CPU네. ㉠의 바로 앞에서 GPU는 CPU의 그래픽 처리 능력을 보완하기 위해 개발된 것이라고 하였어. 즉 CPU는 데이터 연산을 하나씩 순서대로 수행하기 때문에 연산에 오랜 시간이 걸리는데, 이를 보완하기 위해 GPU가 만들어졌다고 했어. 그리고 GPU는 데이터를 동시에 연산하기 때문에 연산 시간이 짧다고 했어.

▶ 자, 이렇게 내용 정리를 했다면 정답 선지 ④를 보자. 선지가 크게 두 부분으로 나누어져 있는데, 이럴 땐 앞부분과 뒷부분의 내용이 각각 적절한지도 살펴야 하고 앞뒤 내용이 서로 연관성을 가지고 있는지도 판단할 수 있어야 해.

▶ 먼저 앞부분을 봐. '각 데이터의 연산을 하나씩 순서대로 처리해야 한다'는 조건이 걸려 있지? 여기서 '하나씩 순서대로'라는 말에 주목할 필요가 있어. '동시에'가 아니지? '하나씩 순서대로'는 CPU의 데이터 연산 처리 방식이잖아. 즉 이 선지는 GPU의 특성인 다수의 코어와 CPU의 데이터 연산 처리 방식을 합해 놓은 건데, 결과적으로 코어가 아무리 많아도 CPU의 데이터 처리 방식을 취하면 GPU의 장점이 발휘되지 않아요.

▶ 각 데이터를 하나씩 순서대로 연산해야 하니, 다수의 코어가 작동한다면 하나의 코어에서 하나의 데이터를 연산하고 다음 코어로 넘어가서 다른 하나의 데이터를 연산하고, 그다음 코어에서 또 다른 데이터를 연산하고…… 이런 식으로 연산이 이루어지겠지?

▶ 그렇다면 하나의 코어라면 어떻게 되겠어? 하나의 코어에서 각 데이터를 하나씩 하나씩 순서대로 모든 데이터를 연산해야겠지? 즉, 다수의 코어가 작동하더라도 이것들의 총 연산 시간은 하나의 코어에서 모든 데이터를 연산해야 하는 총 시간과 같을 수밖에 없는 거지.

▶ 선지 ④의 경우, 앞부분의 '하나씩 순서대로 처리'를 신경 쓰지 않고, '다수의 코어', '1개의 코어'라는 표현에만 집중해서 '당연히 1개보다 다수의 코어가 연산하는 데 시간이 더 걸리겠지!' 하고 적절하지 않은 추론으로 판단한 학생들이 많을 거야. 자의적인 해석은 절대 금물이라고 했지? 그런데도 이렇게 자의적으로 문제를 푸니…… 주의력이 떨어지고 그러다 보면 적절한 것도 적절하지 않은 것이 되고, 결국에는 정답을 마구 피해 가게 되겠지.

▶ 함정 선지 ⑤를 봐. 이것도 얼마나 집중력 있게, 주의력 깊게 꼼꼼하게 선지를 보았느냐가 중요했어. ⑤에서 언급한 시간이 뭐야? 그래, 바로 '전송 시간'이야. 그런데 이것을 '연산 시간'으로 착각한 경우가 많을거야. (선지에 '전송'이라는 말이 있음에도 머릿속에서는 '연산'을 떠올리고 있었던 거지. 왜? 앞선 선지들이 모두 '연산 시간'에 관해 언급하고 있으니까, 최면에 걸린 듯 '전송'이 '연산'으로 보였을 거야.) 그러고는 4문단의 '각 코어는 모든 데이터를 동시에 연산하여 연산 시간이 짧아'졌다는 설명을 대입하면 10개의 코어나 1개의 코어나 동시 연산을 하므로 연산 시간은 같게 되는데, 이를 선지 ⑤에 적용하여 '전송 시간'도 같다고 판단한 거지.

▶ 이 외에도 4문단의 '데이터들을 순차적으로 각 코어에 전송'했다는 표현을 놓쳐서 ⑤를 적절한 설명으로 판단한 경우도 있었을 거야. '순차적'과 '동시에'는 다르지? '순차적으로 전송'하면 코어가 많을수록 차례차례 전송되는 시간이 많이 걸린다는 거잖아.

▶ 그런데 '순차적'이라는 설명은 신경 쓰지 않고 '동시에 연산'에만 초점을 두다 보니 ⑤를 적절한 설명으로 판단하게 된 거지. 그래서 선지나 지문에 '순차적', '동시에'와 같이 순서를 나타내는 말이나 대조적인 언어 표현이 등장한다면 각각이 어떤 내용과 연관되는지 구분해 둘 필요가 있어. 출제자의 입장에서 이러한 표현들은 선지의 함정 요소로 활용하기에 딱 좋은 것들이니까.

04 구체적 사례에의 적용 답 ④

선지별 선택 비율	①	②	③	④	⑤
	26%	5%	10%	39%	17%

다음은 3D 애니메이션 제작을 위한 계획의 일부이다. 윗글을 바탕으로 할 때 적절하지 않은 것은? [3점]

	[장면 구상]	[장면 스케치]
장면 1	주인공 '네모'가 얼굴을 정면으로 향한 채 입에 아직 불지 않은 풍선을 물고 있다.	
장면 2	'네모'가 바람을 불어 넣어 풍선이 점점 커진다.	
장면 3	풍선이 더 이상 커지지 않고 모양을 유지한 채, '네모'는 풍선과 함께 하늘로 날아 올라 점점 멀어지는 모습이 보인다.	

④ 장면 3의 모델링 단계에서 풍선에 있는 정점들이 이루는 삼각형들이 ~~작아 져겠군~~.
  └→ 달라지지 않음.

| 장면 3 "풍선이 더 이상 커지지 않고 모양을 유지한 채"
| 2문단 "삼각형의 꼭짓점들은 물체의 모양과 크기를 결정하는 정점이 되는데 ~ 물체가 커지거나 작아지는 경우에는 정점 사이의 간격이 넓어지거나 좁아지고"
| 뭔말?
· 물체의 크기 변화가 있을 때 정점(삼각형의 꼭짓점) 사이 간격이 달라져 삼각형의 크기도 변화함. → 물체의 크기가 변화 없으면 삼각형의 크기도 변화 없음.
| 결론! 풍선의 크기 변화가 없으므로, 모델링 단계에서 풍선에 있는 정점들이 이루는 삼각형들의 크기는 변함이 없음.
※ 장면 3의 '점점 멀어지는 모습': 원근 효과 → 렌더링 단계에서 구현함.

① 장면 1의 렌더링 단계에서 풍선에 가려 보이지 않는 입 부분의 삼각형들의 표면 특성은 화솟값을 구하는 데 사용되지 않겠군.

| 3문단 "물체를 어디에서 바라보는가를 나타내는 관찰 시점을 기준으로 2차원의 화면을 생성하는 것이 렌더링", "각 화소별로 밝기나 색상 등을 나타내는 화솟값", "표면 특성을 나타내는 값을 바탕으로, 다른 물체에 가려짐 ~ 등을 고려하여 화솟값을 정해 줌"
| 뭔말?
· 장면 1의 풍선에 가려 보이지 않는 '네모'의 입 부분 = 2차원 화면에서는 나타나지 않음. → 렌더링 단계에서 각 화소별 밝기나 색상을 나타내는 화솟값을 구하는 데 사용되지 않음.
| 결론! 풍선에 가려 보이지 않는 입 부분의 삼각형들의 표면 특성(모델링 단계에서 지정된 데이터)는 렌더링 단계에서 화솟값을 구하는 데 사용되지 않음.

② 장면 2의 모델링 단계에서 풍선에 있는 정점의 개수는 유지되겠군.

| 2문단 "정점들의 개수는 물체가 변형되어도 변하지 않으며", "물체가 커지거나 작아지는 경우에는 정점 사이의 간격이 넓어지거나 좁아지고"
| 뭔말?
· 장면 2에서 풍선이 점점 커지더라도 모델링 단계에서 풍선에 있는 정점의 개수는 변하지 않음. → 물체의 크기가 커지는 것을 표현하기 위해 정점 사이의 간격만 점점 넓어짐.

③ 장면 2의 모델링 단계에서 풍선에 있는 정점 사이의 거리가 멀어지겠군.

| 2문단 "물체가 커지거나 작아지는 경우에는 정점 사이의 간격이 넓어지거나 좁아지고"
| 뭔말?
· 장면 2에서는 풍선이 점점 커진다고 하였으므로 모델링 단계에서 풍선을 표현하는 정점 사이의 간격이 점점 넓어짐. = 정점 사이의 거리가 멀어짐.

⑤ 장면 3의 렌더링 단계에서 전체 화면에서 화솟값이 부여되는 화소의 개수는 변하지 않겠군.

| 3문단 "전체 화면을 잘게 나눈 점이 화소인데, 정해진 개수의 화소로 화면을 표시하고"

· 장면 3은 장면 1, 장면 2와 전체 화면이 동일함. = 렌더링 단계에서 전체 화면의
  화소의 개수는 변하지 않음.

※ 화솟값은 각 화소별 밝기나 색상 등을 나타내는 값으로, 원근감, 입체감 표현을 위해 화솟
  값만 달라질 뿐, 화소의 개수는 달라지지 않음.

꿀피스 Tip!

▶ 이 문제의 포인트는 모델링, 렌더링 단계에서 각각 수행되는 작업들을
  사례에 적용하여 이해할 수 있는가에 있어. 각 선지들을 보면 '모델링 단
  계', '렌더링 단계'라는 말이 보이지? 그런데 여전히 '모델링', '렌더링'이
  라는 말을 무시한 채, 그다음 내용만 보고 선지의 적절성을 판단하다가
  낭패를 보는 경우가 많았어.

▶ 우선 정답 선지 ④를 보자. '모델링 단계'라고 하였네. 그럼 어느 문단을
  주의 깊게 살펴봐야 할까? 그렇지. 2문단이야. '삼각형의 꼭짓점들'이
  '물체의 모양과 크기를 결정하는 정점'이 된다고 했네. 여기서 '꼭짓점들
  = 정점'이라는 것을 알 수 있지. 그렇다면 정점 간의 간격이 넓어진다는
  것은 꼭짓점 간의 간격이 넓어지는 것이지. 꼭짓점 사이의 간격이 넓어
  지면 삼각형은 어떻게 되겠어? 커지겠지. 간격이 줄어들면 반대의 상황
  이 되겠고 말이야. 그런데 장면 3에서 뭐라고 했어? '커지지 않고 모양
  을 유지'한다고 했어. 그럼 삼각형들의 크기도 변화가 없이 유지되겠지?

▶ 선지 ④를 적절한 것이라 판단했다면, '아, 네모가 풍선과 함께 하늘로
  날아 올라 점점 멀어지면 크기가 작아지니 삼각형들도 작아지겠군!'이라
  고 생각했겠지. 하지만 이건 렌더링 단계에서 구현되는 '원근감'과 관련
  되는 것임을 완전 망각한 것이지. 실제 물체의 크기는 바뀌지 않았지만,
  거리의 변화에 따라 관찰 시점에서 보이는 모습만 바뀐 거잖아!

▶ 이번에는 함정 선지 ①을 보자. '렌더링 단계'에 대한 것이네. 그리고 '가
  려 보이지 않는' 부분에 대한 설명이야. 관련 내용은? 그래, 3문단의 '다
  른 물체에 가려짐' 등을 고려하여 '화솟값이 정해'진다는 거야. 그런데 이
  말을 물체에 가려진 부분도 화솟값이 필요하다는 의미로 받아들이면 안
  돼. 가려짐을 고려한다는 것이지, 가려진 부분에 화솟값을 부여한다는
  것은 아니잖아. '화솟값'이 뭐야? 3문단에서 '화소로 화면을 표시하'는데
  '각 화소별로 밝기나 색상 등을 나타내는 화솟값'이라고 했어. 그렇다면
  화면에 표시되는 것이 화소이고, 이것의 밝기나 색상의 값이 화솟값인
  거잖아. 그런데 다른 물체에 가려진 부분은 화면에 표시되지 않는, 즉 보
  이지 않는 부분이야. 그러니 거기에 밝기나 색상 값을 부여할 필요가 없
  겠지.

▶ 3문단의 내용을 다시 잘 보면 '다른 물체에 가려짐이나 조명에 의해 물
  체 표면에 생기는 명암, 그림자 등을 고려'해서 화솟값을 정해 주는 건
  '물체의 입체감을 구현'하기 위한 거잖아? 이 말은 어떤 물체가 다른 물
  체를 부분적으로 가려서, 가려진 물체 표면에 그림자가 지거나 어두워지
  는 것을 표현하기 위해 화솟값을 정한다는 거야. 화면에서 아예 안 보이
  는 부분에 입체감을 어떻게 표현하겠어? 정확한 지문 이해가 이렇게 중
  요하다는 것, 잊지 말자!

기출 속 독서 배경지식

🔗 3D 애니메이션의 개념과 제작 과정

✎ 3D 애니메이션이란?

▶ 3D(Three Dimension)는 3차원을 의미하며, 3D 애니메이션은 컴퓨터를 통해 3차
  원 공간을 구현하여 제작한 애니메이션을 가리킨다. 3차원은 X축과 Y축으로 이
  루어지는 기존의 2차원 평면에 Z축이 추가되어 입체감이 나타나게 된다. 픽사의
  〈토이 스토리〉, 드림웍스의 〈슈렉〉 등이 대표적인 3D 애니메이션 작품이다.

✎ 주요 모델링 방법

폴리곤 모델링	폴리곤은 3D 컴퓨터 그래픽에서 사물을 표현할 때 사용되는 최소 단위의 다각형을 뜻하며, 3개의 꼭짓점이 연결되면 삼각형, 4개의 꼭짓점이 연결되면 사각형이 된다. 폴리곤 모델링은 이 폴리곤을 통해 입체적인 사물의 표면을 만드는 방법이다. 수정이 쉽고 데이터 용량이 적으나 곡선의 완벽한 구현이 어렵다.
넙스 모델링	선을 이용하는 방법으로, 수학적 계산을 통해 커브와 면을 만들어 냄으로써 부드러운 곡선 형태의 물체를 형상화할 수 있다. 데이터 용량이 크다는 단점이 있다.
서브디비전 모델링	폴리곤 모델링과 넙스 모델링의 장점을 접목한 방법이다. 폴리곤을 더 작은 단위로 나누어 곡면을 표현한다.

🔗 CPU와 GPU

✎ CPU(Central Processing Unit)

▶ 컴퓨터 시스템 전체의 작동을 통제하고 프로그램의 모든 연산을 수행하는 가장
  핵심적인 장치로, '중앙처리장치'라고도 한다. 인간의 뇌와 같은 역할을 한다고
  볼 수 있으며, 3D 애니메이션의 제작 시간에서 CPU 처리 능력은 중요한 변수가
  된다.

✎ GPU(Graphics Processing Unit)

▶ 컴퓨터에서 그래픽, 즉 영상 정보를 처리하거나 화면 출력 등을 담당하는 연산
  처리 장치이다. 1999년 엔비디아(NVIDIA) 사에서 '지포스'라는 새로운 그래픽 카
  드 칩을 출시할 때 처음으로 사용한 용어이다.

▶ 게임에 현실감을 더하기 위해 입체감을 부여하는 3D 그래픽이나 라이트닝
  (Lightning) 효과, 질감 효과 등이 도입됨에 따라, 이러한 작업들을 CPU가 모두
  처리하기에는 버거운 상황이 되었다. GPU는 CPU에서 그래픽 작업을 할 때 발생
  하는 병목 현상을 해결하기 위해 만들어졌으며, CPU의 도움 없이 폴리곤의 변형
  과 라이트닝 효과를 구사할 수 있는 기능을 갖추었다.

▶ CPU의 처리량이 줄어드는 대신 GPU의 처리량이 증가함에 따라 발열 현상이 발
  생하여 CPU와 마찬가지로 냉각팬, 방열판 등이 설치되는 경우가 많다.

매운맛
과학·기술 04
2020학년도 6월 평가원

| 01 ③ | 02 ④ | 03 ⑤ |
| 04 ② | 05 ① | 06 ④ |

개체성의 조건과 공생발생설에 따른 진핵생물의 발생

⚲ **EBS 연결 고리**
2020학년도 EBS 수능특강 독서 275쪽 〈복어 독과 공진화〉에서 '공생' 관련 내용 연계

해제 이 글은 철학적 차원에서 개체성의 조건을 제시한 뒤, 이를 바탕으로 생물학에서 연구 주제로 삼은 세포 소기관의 개체성을 공생발생설을 중심으로 설명하고 있다. 어떤 부분들이 모여 하나의 개체를 이룰 때 그것을 개체라고 부를 수 있는 조건은 부분들의 강한 유기적 상호작용이다. 그리고 상이한 시기에 존재하는 두 대상을 동일한 개체로 판단하는 조건은 두 대상 간의 강한 인과성이다. 이런 개체성에 대한 철학적 질문은 생물학에서 중요한 연구 주제가 된다. 진핵세포 속에 있는 미토콘드리아는 원래 독립된 개체성을 지닌 원핵생물이었는데, 고세균 세포 안에서 내부 공생을 하다가 세포 소기관으로 변하였다. 그렇지만 여전히 고유한 DNA를 가진 채 복제와 증식이 이루어지는 미토콘드리아와 진핵세포와의 관계를 공생 관계로 보지 않는 이유는 둘을 다른 개체로 볼 수 없을 만큼 유기적 상호작용이 매우 강하기 때문이다. 즉 미토콘드리아는 개체성을 잃고 세포 소기관이 된 것이다.

주제 공생발생설에 따른 진핵생물 발생 과정과 세포 소기관의 개체성 판단

짜임

1문단	개체성에 대한 철학적 의문 – 개체성의 조건 ①
2문단	개체성에 대한 철학적 의문 – 개체성의 조건 ②
3문단	세포의 종류 및 진핵세포의 필수 요소인 미토콘드리아
4문단	미토콘드리아와 진핵생물의 탄생 간 관계에 관해 설명한 공생발생설
5문단	미토콘드리아가 원래 박테리아의 한 종류였다는 근거
6문단	미토콘드리아를 진핵세포와의 공생 관계로 보지 않고 세포 소기관으로 보는 근거

1문단 우리는 한 대의 자동차는 개체라고 하지만 바닷물을 개체라고 하지는 않는다. 어떤 부분들이 모여 하나의 개체를 ⓐ이룬다고 할 때 이를 개체라고 부를 수 있는 조건은 무엇일까? 일단 부분들 사이의 유사성은
[02-②] 개체성의 조건과 관련된 예
개체성의 조건이 될 수 없다. 가령 일란성 쌍둥이인 두 사람은 DNA 염기
[02-①] 개체성의 조건 X
서열과 외모도 같지만 동일한 개체는 아니다. 그래서 부분들의 강한 유기적 상호작용이 그 조건으로 흔히 제시된다. 하나의 개체를 구성하는 부분
[01-③] [05-②] 개체성의 조건 ① - 어떤 부분들이 모여 하나의 개체를 이룰 경우
들은 외부 존재가 개체에 영향을 주는 것과는 비교할 수 없이 강한 방식으로 서로 영향을 주고받는다.

2문단 상이한 시기에 존재하는 두 대상을 동일한 개체로 판단하는 조건도 물을 수 있다. 그것은 두 대상 사이의 인과성이다. 과거의 '나'와 현재의 '나'를 동일하다고 볼 수 있는 것은 강한 인과성이 존재하기 때문이다.
[01-③] 개체성의 조건 ② - 상이한 시기에 존재하는 두 대상의 경우
과거의 '나'와 현재의 '나'는 세포 분열로 세포가 교체되는 과정을 통해 인과적으로 연결되어 있다. 또 '나'가 세포 분열을 통해 새로운 개체를 생성할 때도 '나'와 '나의 후손'은 인과적으로 연결되어 있다. 비록 '나'와 '나의

후손'은 동일한 개체는 아니지만 '나'와 다른 개체들 사이에 비해 더 강한
[02-⑤] '나'와 '나의 후손' 사이의 강한 인과성 → 동일한 개체는 아님.
인과성으로 연결되어 있다.

3문단 개체성에 대한 이러한 철학적 질문은 생물학에서도 중요한 연구 주제가 된다. 생명체를 구성하는 단위는 세포이다. 세포는 생명체의 고유
[03-⑤] DNA의 특징
한 유전 정보가 담긴 DNA를 가지며 이를 복제하여 증식하고 번식하는 과
[03-⑤] 생명체로서의 세포의 특징
정을 통해 자신의 DNA를 후세에 전달한다. 세포는 사람과 같은 진핵생물
[02-⑤] 세포의 종류
의 진핵세포와, 박테리아나 고세균과 같은 원핵생물의 원핵세포로 구분된
다. 진핵세포는 세포질에 막으로 둘러싸인 핵이 ⓑ있고 그 안에 DNA가
[02-④] 핵의 특징: ① 세포질 속에 있음. ② 막으로 둘러싸임. ③ DNA가 들어 있음.
있지만, 원핵세포는 핵이 없다. 또한 진핵세포의 세포질에는 막으로 둘러
[01-③] [02-④] 미토콘드리아의 특징: ① 세포질 속에 있음. ② 막으로 둘러싸임. ③ 세포 소기관 중 하나
싸인 여러 종류의 세포 소기관이 있으며, 그중 미토콘드리아는 세포 활동
에 필요한 생체 에너지를 생산하는 기관이다. 대부분의 진핵세포는 미토
[03-④] 미토콘드리아의 기능
콘드리아를 필수적으로 ⓒ가지고 있다.

4문단 이러한 미토콘드리아가 원래 박테리아의 한 종류인 원생미토콘드
[01-③] 공생발생설의 개념
리아였다는 이론이 20세기 초에 제기되었다. 공생발생설 또는 세포 내 공생설이라고 불리는 이 이론에서는 두 원핵생물 간의 공생 관계가 지속되면서 진핵세포를 가진 진핵생물이 탄생했다고 설명한다. 공생은 서로 다른 생명체가 함께 살아가는 것을 말하며, 서로 다른 생명체를 가정하는 것
[05-①, ⑤] 공생의 개념
은 어느 생명체의 세포 안에서 다른 생명체가 공생하는 '내부 공생'에서
[05-①, ⑤] 내부 공생의 개념
도 마찬가지이다. ㉠공생발생설은 한동안 생물학계로부터 인정받지 못했
다. 미토콘드리아의 기능과 대략적인 구조, 그리고 생명체 간 내부 공생의
[03-①] 기존에 알려진 사실
사례는 이미 알려졌지만 미토콘드리아가 과거에 독립된 생명체였다는 것
[03-⑤] 공생발생설이 인정받지 못한 이유 ①
을 쉽게 믿을 수 없었기 때문이었다. 그리고 한 생명체가 세대를 이어 가는 과정 중에 돌연변이와 자연선택이 일어나고, 이로 인해 종이 진화하고 분화한다고 보는 전통적인 유전학에서 두 원핵생물의 결합은 주목받지 못
[03-⑤] 공생발생설이 인정받지 못한 이유 ②
했다. 그러다가 전자 현미경의 등장으로 미토콘드리아의 내부까지 세밀히 관찰하게 되고, 미토콘드리아 안에는 세포핵의 DNA와는 다른 DNA가 있으며 단백질을 합성하는 자신만의 리보솜을 가지고 있다는 사실이 ⓓ밝
[03-⑤] 공생발생설이 부각된 계기
혀지면서 공생발생설이 새롭게 부각되었다.

5문단 공생발생설에 따르면 진핵생물은 원생미토콘드리아가 고세균의 세포 안에서 내부 공생을 하다가 탄생했다고 본다. 고세균의 핵의 형성과 내부 공생의 시작 중 어느 것이 먼저인지에 대해서는 논란이 있지만, 고세균은 세포질에 핵이 생겨 진핵세포가 되고 원생미토콘드리아는 세포 소
[02-⑤] 고세균과 진핵세포의 관계 = 선조와 후손의 관계
기관인 미토콘드리아가 되어 진핵생물이 탄생했다는 것이다. 미토콘드리아가 원래 박테리아의 한 종류였다는 근거는 여러 가지가 있다. 박테리아와 마찬가지로 새로운 미토콘드리아는 이미 존재하는 미토콘드리아의 '이
[02-③] [04-ㄱ] 미토콘드리아가 원래 박테리아의 한 종류였다는 근거 ① - 미토콘드리아 복제 방법
분 분열'을 통해서만 ⓔ만들어진다. 미토콘드리아의 막에는 진핵세포막의 수송 단백질과는 다른 종류의 수송 단백질인 포린이 존재하고 박테리아의
[04-ㄷ] 미토콘드리아가 원래 박테리아의 한 종류였다는 근거 ②
세포막에 있는 카디오리핀이 존재한다. 또 미토콘드리아의 리보솜은 진핵
[04-ㄹ] 미토콘드리아가 원래 박테리아의 한 종류였다는 근거 ③

세포의 리보솜보다 박테리아의 리보솜과 더 유사하다.
[04-ㄴ] 미토콘드리아가 원래 박테리아의 한 종류였다는 근거 ④

6문단 미토콘드리아는 여전히 고유한 DNA를 가진 채 복제와 증식이 이루어지는데도, 미토콘드리아와 진핵세포 사이의 관계를 공생 관계로 보지 않는 이유는 무엇일까? 두 생명체가 서로 떨어져서 살 수 없더라도 각자
[05-①, ⑤] 두 생명체의 공생 관계 조건
의 개체성을 잃을 정도로 유기적 상호작용이 강하지 않다면 그 둘은 공생 관계에 있다고 보는데, 미토콘드리아와 진핵세포 간의 유기적 상호작용은 둘을 다른 개체로 볼 수 없을 만큼 매우 강하기 때문이다. 미토콘드리아
[05-①] 미토콘드리아와 진핵세포가 공생 관계가 아닌 이유 - 강한 유기적 상호작용
가 개체성을 잃고 세포 소기관이 되었다고 보는 근거는, 진핵세포가 미토
콘드리아의 증식을 조절하고, 자신을 복제하여 증식할 때 미토콘드리아도
[02-③] [05-①, ③] 미토콘드리아가 개체성을 잃고 세포 소기관이 되었다고 보는 근거 ①
함께 복제하여 증식시킨다는 것이다. 또한 미토콘드리아의 유전자의 많은
부분이 세포핵의 DNA로 옮겨 가 미토콘드리아의 DNA 길이가 현저히 짧
[05-④] 미토콘드리아가 개체성을 잃고 세포 소기관이 되었다고 보는 근거 ②
아졌다는 것이다. 미토콘드리아에서 일어나는 대사 과정에 필요한 단백질
[02-④] 단백질의 이동: 세포핵의 DNA로부터 합성→세포질→미토콘드리아의 막 통과
은 세포핵의 DNA로부터 합성되고, 미토콘드리아의 DNA에 남은 유전자 대부분은 생체 에너지를 생산하는 역할을 한다. 예컨대 사람의 미토콘드리아는 37개의 유전자만 있을 정도로 DNA 길이가 짧다.

I 1문단 자동차, 바닷물, 일란성 쌍둥이 → 개체성과 관련된 예
I 4문단 20세기 초 → 공생발생설이 제기된 시기, 두 원핵생물 간의 ~ 탄생했다고 설명 → 공생발생설의 내용, 공생발생설은 한동안 ~ 주목받지 못했다. → 공생발생설이 학계에서 인정받지 못했던 이유, 전자 현미경의 등장으로 ~ 공생발생설이 새롭게 부각 → 공생발생설이 다시 부각된 이유
I 결론! 1문단에서 개체성과 관련된 예를 제시한 것은 맞지만, 공생발생설에 대한 여러 견해를 비교하고 있지 않음.
※ 공생발생설에 대한 학계의 입장 변화만 제시하고 있음.

→ 정의 X
② ~~개체에 대한 정의를 제시한 후~~ 세포의 생물학적 개념이 확립되는 과정을
└→ 개념 확립 과정 X
서술하고 있다.

I 뭔말?
· 개체에 대한 정의 없음(1~2문단에서 개체성의 조건만 소개). & 세포의 생물학적 개념이 확립되는 과정 없음(3문단에서 세포의 역할과 종류를 설명했을 뿐).

→ 유형 분류 X
④ ~~개체의 유형을 분류한 후~~ 세포의 소기관이 분화되는 과정을 공생발생설을
└→ 제시 X
중심으로 설명하고 있다.

I 뭔말?
· 개체의 유형 분류 없음. & 세포의 소기관이 분화되는 과정 없음.
※ 3~6문단: 공생발생설을 중심으로 원핵 생물이었던 미토콘드리아가 세포 소기관으로 변화한 과정 및 미토콘드리아가 세포 소기관이 되었다고 보는 근거 제시

→ 개체성의 조건
⑤ 개체와 관련된 개념들을 설명한 후 ~~세포가 하나의 개체로 변화하는 과정을 인과적으로 서술하고 있다.~~
└→ 제시 X

I 뭔말?
· 세포가 하나의 개체로 변화하는 과정은 제시되지 않음.
※ 개체와 관련된 개념 → 개체성의 조건(1~2문단에서 설명)

01 글의 전개 방식 파악 답 ③

선지별 선택 비율	①	②	③	④	⑤
	5%	7%	76%	6%	3%

윗글의 내용 전개 방식으로 가장 적절한 것은?

정답 띵! 동!
→ 1~2문단
③ 개체성의 조건을 제시한 후 세포 소기관의 개체성에 대해 공생발생설을
└→ 3문단 └→ 4~6문단
중심으로 설명하고 있다.

I 1문단 "어떤 부분들이 모여 하나의 개체를 이룬다고 할 때 이를 개체라고 부를 수 있는 조건 ~ 부분들의 강한 유기적 상호작용" → 개체성의 조건 ①
I 2문단 "상이한 시기에 존재하는 두 대상을 동일한 개체로 판단하는 조건 ~ 두 대상 사이의 인과성" → 개체성의 조건 ②
I 3문단 "개체성 ~ 생물학에서도 중요한 연구 주제", "세포 소기관 ~ 그중 미토콘드리아는 ~ 생체 에너지를 생산하는 기관" → 세포 소기관의 개체성
I 4문단 "이러한 미토콘드리아가 원래 박테리아의 한 종류인 원생미토콘드리아였다는 이론", "공생발생설 또는 세포 내 공생설이라고 불리는 이 이론" → 공생발생설에 따른 설명
I 5문단 "공생발생설에 따르면 ~ " → 공생발생설에 따른 설명
I 6문단 "미토콘드리아와 진핵세포 사이의 관계를 공생 관계로 보지 않는 이유" → 공생발생설에 따른 설명
I 결론! [1~2문단] 개체성의 조건 제시 → [3문단] 세포 소기관(미토콘드리아 중심)의 개체성 → [4~6문단] 공생발생설을 중심으로 설명

오답 땡!
① 개체성과 관련된 예를 제시한 후 공생발생설에 대한 ~~다양한 견해를 비교~~ 하고 있다.
다양한 견해가 제시되고 있지 않음. ←

02 세부 정보의 파악 답 ④

선지별 선택 비율	①	②	③	④	⑤
	3%	8%	13%	48%	25%

윗글에 대한 이해로 적절하지 않은 것은?

정답 띵! 동!
④ 미토콘드리아의 대사 과정에 필요한 단백질은 ~~미토콘드리아의 막을 통과~~
→ 위치 바뀜(세포질 이동 → 미토콘드리아의 막 통과)
하여 ~~세포질로 이동해야~~ 한다.

I 3문단 "진핵세포는 세포질에 막으로 둘러싸인 핵이 있고 그 안에 DNA가 있지만 ~ 세포질에는 막으로 둘러싸인 여러 종류의 세포 소기관이 있으며, 그중 미토콘드리아"
I 6문단 "미토콘드리아에서 일어나는 대사 과정에 필요한 단백질은 세포핵의 DNA로부터 합성"

I 뭔말?
· 세포핵과 미토콘드리아는 막으로 둘러싸인 채 세포질 속에 각각 존재 → 미토콘드리아 대사 과정에 필요한 단백질이 세포핵의 DNA로부터 합성 → 세포핵 DNA에서 합성된 단백질이 세포질로 이동하여 미토콘드리아의 막을 통과해야 함.

① 유사성은 아무리 강하더라도 개체성의 조건이 될 수 없다.

> | 1문단 "일단 부분들 사이의 유사성은 개체성의 조건이 될 수 없다. 가령 일란성 쌍둥이인 두 사람은 ~ 동일한 개체는 아니다." → 일란성 쌍둥이 = 유사성이 강한 예
> | 결론! 유사성: 개체성의 조건 X

② 바닷물을 개체라고 말하기 어려운 이유는 유기적 상호작용이 약하기 때문이다.

> | 1문단 "우리는 한 대의 자동차는 개체라고 하지만 바닷물을 개체라고 하지는 않는다.", "부분들의 강한 유기적 상호작용이 그 조건으로 흔히 제시된다."
> | 결론! 바닷물을 개체라고 말하지 않는 이유: 바닷물을 이루는 부분들이 강한 유기적 상호작용을 하지 않음.

③ 새로운 미토콘드리아를 복제하기 위해서는 세포 안에 미토콘드리아가 반드시 있어야 한다.

> | 5문단 "박테리아와 마찬가지로 새로운 미토콘드리아는 이미 존재하는 미토콘드리아의 '이분 분열'을 통해서만 만들어진다."
> | 6문단 "미토콘드리아가 개체성을 잃고 세포 소기관이 되었다고 보는 근거는, 진핵세포가 미토콘드리아의 증식을 조절하고, 자신을 복제하여 증식할 때 미토콘드리아도 함께 복제하여 증식시킨다는 것이다."
> | 결론! 새로운 미토콘드리아를 복제하기 위해서는 진핵세포 안에 미토콘드리아가 반드시 있어야 함.

⑤ 진핵세포가 되기 전의 고세균이 원생미토콘드리아보다 진핵세포와 더 강한 인과성으로 연결되어 있다.

> | 2문단 "'나'와 '나의 후손'은 동일한 개체가 아니지만 '나'와 다른 개체들 사이에 비해 더 강한 인과성으로 연결되어 있다."
> | 3문단 "세포는 사람과 같은 진핵생물의 진핵세포와, 박테리아나 고세균과 같은 원핵생물의 원핵세포로 구분된다."
> | 4문단 "원래 박테리아의 한 종류인 원생미토콘드리아"
> | 5문단 고세균은 세포질에 핵이 생겨 진핵세포가 되고 원생미토콘드리아는 세포 소기관인 미토콘드리아가 되어 진핵생물이 탄생했다."
> | 뭔말?
> · 진핵세포 = 고세균의 후손, 원생미토콘드리아 = 박테리아 = 원핵생물
> | 결론! 고세균과 고세균의 후손인 진핵세포는 서로 다른 개체인 원생미토콘드리아와 진핵세포 사이보다 더 강한 인과성으로 연결되어 있음.

03 내용의 추론   답 ⑤

선지별 선택 비율	①	②	③	④	⑤
	5%	7%	15%	7%	64%

윗글을 참고할 때, ㉠의 이유로 가장 적절한 것은?

⑤ 미토콘드리아가 자신의 고유한 유전 정보를 전달할 수 있다는 것을 알지 못했기 때문이다.
→ DNA

> | 3문단 "생명체의 고유한 유전 정보가 담긴 DNA ~ 이를 복제하여 증식하고 번식하는 과정을 통해 자신의 DNA를 후세에 전달"
> | 4문단 "미토콘드리아가 과거에 독립된 생명체였다는 것을 쉽게 믿을 수 없었기 때문", "전자 현미경의 등장으로 ~ 미토콘드리아 안에는 세포핵의 DNA와는 다른 DNA가 있으며 단백질을 합성하는 자신만의 리보솜을 가지고 있다는 사실이 밝혀지면서 공생발생설이 새롭게 부각"
> | 결론! 공생발생설이 한동안 생물학계로부터 인정받지 못한 이유 = 미토콘드리아의 독립적 생명체 여부, 즉 미토콘드리아가 자신의 DNA(고유한 유전 정보)를 지니며 이를 전달할 수 있다는 것을 알지 못했기 때문

① 진핵세포가 세포 소기관을 가지고 있다는 사실을 ~~알지 못했기 때문~~이다.
→ 이미 알고 있었을 것

> | 3문단 "진핵세포의 세포질에는 ~ 여러 종류의 세포 소기관이 있으며, 그중 미토콘드리아는 세포 활동에 필요한 생체 에너지를 생산하는 기관"
> | 4문단 "미토콘드리아의 기능과 대략적인 구조, ~ 이미 알려졌지만 미토콘드리아가 과거에 독립된 생명체였다는 것을 쉽게 믿을 수 없었기 때문"
> | 뭔말?
> · 진핵세포를 이루는 세포 소기관 중 하나인 미토콘드리아의 기능과 구조는 이미 알려져 있었으므로 진핵세포가 세포 소기관을 가지고 있다는 사실 역시 알려져 있었을 것임.

② 공생발생설이 당시의 유전학 이론에 ~~어긋난다는 근거가 부족했기~~ 때문이다.
→ 어긋난다고 보았기 때문

> | 4문단 "한 생명체가 세대를 이어 가는 과정 중에 돌연변이와 자연선택이 일어나고, 이로 인해 종이 진화하고 분화한다고 보는 전통적인 유전학 이론에서 두 원핵생물의 결합(공생발생설의 관점)은 주목받지 못했다."
> | 뭔말?
> · 공생발생설은 당시의 전통적 유전학 이론과 어긋났기 때문에 학계에서 주목받지 못함.

③ 한 생명체가 다른 생명체의 세포 속에서 살 수 있다는 ~~근거가 부족했기 때~~문이다.
내부 공생의 사례는 이미 알려져 있었음. ←

> | 4문단 "어느 생명체의 세포 안에서 다른 생명체가 공생하는 '내부 공생'", "생명체 간 내부 공생의 사례는 이미 알려졌지만"
> | 뭔말?
> · '한 생명체가 다른 생명체의 세포 속에 살 수 있다' = 내부 공생 → 내부 공생의 사례는 이미 알려진 사실

④ 미토콘드리아가 진핵세포의 활동에 중요한 기능을 한다는 사실을 ~~알지 못했기 때문~~이다.
→ 이미 알고 있었을 것

> | 3문단 "진핵세포의 세포질에는 ~ 여러 종류의 세포 소기관이 있으며, 그중 미토콘드리아는 세포 활동에 필요한 생체 에너지를 생산하는 기관"
> | 4문단 "미토콘드리아의 기능과 대략적인 구조 ~ 이미 알려졌지만 미토콘드리아가 과거에 독립된 생명체였다는 것을 쉽게 믿을 수 없었기 때문"
> | 뭔말?
> · 미토콘드리아의 기능 = 진핵세포의 활동에 필요한 생체 에너지를 생산함.
> → 이미 알려진 사실

04 세부 정보의 파악　　　　　　　　　　　답 ②

선지별 선택 비율	①	②	③	④	⑤
	12%	55%	11%	12%	7%

〈보기〉는 진핵세포의 세포 소기관을 연구한 결과들이다. 윗글을 바탕으로 할 때, 각각의 세포 소기관이 박테리아로부터 비롯되었다고 판단할 수 있는 것만을 〈보기〉에서 고른 것은?

───── 보기 ─────

ㄱ. 세포 소기관이 자신의 DNA를 가지고 있다는 것과 이분 분열을 한다는 것을 확인하였다.

ㄴ. 세포 소기관이 자신의 DNA를 가지고 있다는 것과 ~~진핵세포와 리~~ ~~보솜을 가지고 있다는 것~~을 확인하였다.
　　└→ 박테리아의 리보솜과 더 유사하다는 것

ㄷ. 세포 소기관이 막으로 둘러싸여 있다는 것과 막에는 ~~수송 단백질~~ ~~이 있는 것~~을 확인하였다.
　　└→ 진핵세포막의 수송 단백질과는 다른 종류의 것

ㄹ. 세포 소기관이 막으로 둘러싸여 있다는 것과 막에는 다량의 카디오리핀이 있는 것을 확인하였다.

😊 정답 띵! 동!

② ㄱ, ㄹ

| 3문단 "진핵세포의 세포질에는 막으로 둘러싸인 여러 종류의 세포 소기관이 있으며, 그중 미토콘드리아"

| 4문단 "미토콘드리아 안에는 세포핵의 DNA와는 다른 DNA가 있으며 단백질을 합성하는 자신만의 리보솜을 가지고 있다는 사실"

| 5문단 "미토콘드리아가 원래 박테리아의 한 종류였다는 근거는 여러 가지가 있다. 박테리아와 마찬가지로 새로운 미토콘드리아는 이미 존재하는 미토콘드리아의 '이분 분열'을 통해서만 만들어진다.", "미토콘드리아의 막에는 진핵세포막의 수송 단백질과는 다른 종류의 수송 단백질인 포린이 존재하고 박테리아의 세포막에 있는 카디오리핀이 존재", "미토콘드리아의 리보솜은 진핵세포의 리보솜보다 박테리아의 리보솜과 더 유사"

| 뭔말?

· 미토콘드리아는 세포 소기관의 하나임. 따라서 미토콘드리아가 박테리아에서 비롯되었다는 근거로 제시된 지문 내용과 〈보기〉를 대조해야 함.

· ㄱ. 세포 소기관이 자신의 DNA를 가지고 있다는 것 → 미토콘드리아가 세포핵의 DNA와는 다른 (자신의) DNA를 지니고 있다는 것과 대응, 이분 분열을 한다는 것 → 새로운 미토콘드리아가 기존 미토콘드리아의 '이분 분열'을 통해서만 만들어진다는 내용과 대응

· ㄹ. 세포 소기관이 막으로 둘러싸여 있다는 것 → 미토콘드리아가 막으로 둘러싸인 세포 소기관의 한 종류라는 내용과 대응, 세포 소기관을 둘러싸고 있는 막에 다량의 카디오리핀이 있다는 것 → 미토콘드리아의 막에 박테리아의 세포막에 있는 카디오리핀이 존재한다는 내용과 대응

😣 오답 땡!

ㄴ.

| 5문단 "미토콘드리아의 리보솜은 진핵세포의 리보솜보다 박테리아의 리보솜과 더 유사"

| 뭔말?

· 진핵세포의 리보솜을 가지고 있다는 것 → 박테리아의 리보솜과 더 유사해야 한다는 조건에 부합하지 않음.

ㄷ.

| 5문단 "미토콘드리아의 막에는 진핵세포막의 수송 단백질과는 다른 종류의 수송 단백질인 포린이 존재."

| 뭔말?

· 수송 단백질이 있는지 없는지가 중요한 것이 아니라 수송 단백질의 종류가 중요함. 그 수송 단백질이 진핵세포막의 수송 단백질과는 다른 종류의 수송 단백질이어야 함.

05 구체적 사례에의 적용　　　　　　　　　　　답 ①

선지별 선택 비율	①	②	③	④	⑤
	21%	17%	16%	14%	30%

윗글을 바탕으로 〈보기〉를 이해한 내용으로 적절하지 않은 것은? [3점]

───── 보기 ─────

· 복어는 테트로도톡신이라는 신경 독소를 가지고 있지만 테트로도톡신을 스스로 만들지 못하고 체내에서 서식하는 미생물이 이를 생산한다. 복어는 독소를 생산하는 미생물에게 서식처를 제공하는 대신 포식자로부터 자신을 방어할 수 있는 무기를 갖게 되었다. 만약 복어의 체내에 있는 미생물을 제거하면 복어는 독소를 가지지 못하나 생존에는 지장이 없었다.
　　└→ 내부 공생 관계의 근거 - 유기적 상호작용이 강하지 않음.

· 실험실의 아메바가 병원성 박테리아에 감염되어 대부분의 아메바가 죽고 일부 아메바는 생존하였다. 생존한 아메바의 세포질에서 서식하는 박테리아는 스스로 복제하여 증식할 수 있었고 더 이상 병원성을 지니지는 않았다. 아메바에게는 무해하지만 박테리아에게는 치명적인 항생제를 아메바에게 투여하면 박테리아와 함께 아메바도 죽었다.
　　└→ 내부 공생 관계의 근거 - 유기적 상호작용이 강하지 않음.

😊 정답 띵! 동!

① ~~병원성을 잃은~~ '아메바의 세포질에서 서식하는 박테리아'는 ~~세포 소기관으~~ ~~로 변한 것이겠군.~~
　　└→ 아메바와 내부 공생 관계

| 4문단 "공생은 서로 다른 생명체가 함께 살아가는 것", "어느 생명체의 세포 안에서 다른 생명체가 공생하는 '내부 공생'"

| 6문단 "두 생명체가 서로 떨어져서 살 수 없더라도 각자의 개체성을 잃을 정도로 유기적 상호작용이 강하지 않다면 그 둘은 공생 관계에 있다", "미토콘드리아가 개체성을 잃고 세포 소기관이 되었다고 보는 근거는, 진핵세포가 미토콘드리아의 증식을 조절하고, 자신을 복제하여 증식할 때 미토콘드리아도 함께 복제하여 증식시킨다는 것"　└→ 유기적 상호작용이 강함.

| 뭔말?

· 진핵세포가 미토콘드리아의 증식과 복제에 관여함. → 강한 유기적 상호작용 → 미토콘드리아가 세포 소기관이라는 근거

· 〈보기〉의 박테리아가 스스로 복제와 증식을 한다는 것 = 아메바가 박테리아의 복제와 증식에 관여하지 않음. = 유기적 상호작용이 강하지 않음.

· 〈보기〉의 아메바가 박테리아의 증식을 조절하고 자신을 복제하여 증식할 때 박테리아도 함께 복제하여 증식시키는 것이 아님. → 박테리아가 미토콘드리아처럼 개체성을 잃고 세포 소기관이 된 것이 아님을 알 수 있음.

| 결론! 〈보기〉의 박테리아와 아메바는 각자의 개체성을 유지하는 공생 관계이지 박테리아가 아메바의 세포 소기관으로 변한 것이 아님.

② 복어의 '체내에서 서식하는 미생물'은 '복어'와의 유기적 상호작용이 강해진다면 개체성을 잃을 수 있겠군.

| 1문단 "개체라고 부를 수 있는 조건 ~ 부분들의 강한 유기적 상호작용이 그 조건", "강한 방식으로 서로 영향을 주고받는다."

| 6문단 "두 생명체가 서로 떨어져서 살 수 없더라도 각자의 개체성을 잃을 정도로 유기적 상호작용이 강하지 않다면 그 둘은 공생 관계에 있다".

| 뭔말?

· 복어의 체내에서 서식하는 미생물을 제거해도 복어의 생존에 지장이 없다는 것 → 둘 사이의 상호작용이 각각의 개체성을 잃을 정도로 강한 것이 아님. = 공생 관계

· 유기적 상호작용이 강해진다는 것 = 복어와 체내의 미생물이 한 개체가 되는 개체성의 조건 충족 → 이때 '체내에서 서식하는 미생물'은 개체성을 잃고 복어의 세포 소기관이 됨.

③ 복어의 세포가 증식할 때 복어의 체내에서 '독소를 생산하는 미생물'의 DNA도 함께 증식하는 것은 아니겠군.

| 6문단 "미토콘드리아가 개체성을 잃고 세포 소기관이 되었다고 보는 근거는, 진핵세포가 미토콘드리아의 증식을 조절하고, 자신을 복제하여 증식할 때 미토콘드리아도 함께 복제하여 증식시킨다는 것"
└→ 공생 관계 X, 세포 소기관 O

| 뭔말?

· 복어의 체내에 있는 미생물 제거 → 복어의 생존에 지장 없음.

· 복어와 '체내에서 서식하는 미생물(독소를 생산하는 미생물)' = 서로 다른 생명체의 공생 관계 → 미생물이 개체성을 잃고 복어의 세포 소기관이 된 것이 아님.

| 결론! 복어의 세포가 자신을 복제하여 증식할 때 '독소를 생산하는 미생물'의 DNA도 함께 복제하여 증식시키는 것이 아님.

④ '아메바의 세포질에서 서식하는 박테리아'가 개체성을 잃었다면 '아메바의 세포질에서 서식하는 박테리아'의 DNA 길이는 짧아졌겠군.

| 6문단 "미토콘드리아가 개체성을 잃고 세포 소기관이 되었다고 보는 근거, ~ 미토콘드리아의 유전자의 많은 부분이 세포핵의 DNA로 옮겨 가 미토콘드리아의 DNA 길이가 현저히 짧아졌다는 것"

| 뭔말?

· '아메바의 세포질에서 서식하는 박테리아'가 개체성을 잃었다는 것 = 그 박테리아가 아메바의 세포 소기관이 된 것

| 결론! 미토콘드리아의 경우처럼 '아메바의 세포질에서 서식하는 박테리아'의 유전자 중 많은 부분이 아메바의 세포핵의 DNA로 옮겨 가 그 박테리아의 DNA 길이가 현저히 짧아질 것임.

⑤ '아메바의 세포질에서 서식하는 박테리아'와 '아메바' 사이의 관계와 '복어'와 '독소를 생산하는 미생물' 사이의 관계는 모두 공생 관계이겠군.

| 4문단 "공생은 서로 다른 생명체가 함께 살아가는 것을 말하며, 서로 다른 생명체를 가정하는 것"

| 6문단 "두 생명체가 서로 떨어져서 살 수 없더라도 각자의 개체성을 잃을 정도로 유기적 상호작용이 강하지 않다면 그 둘은 공생 관계에 있다"

| 뭔말?

· '복어'와 '독소를 생산하는 미생물' 사이의 관계 = 그 미생물이 없어도 복어의 생존에는 지장이 없음. → 서로 다른 생명체가 함께 살아가는 공생 관계임.

· '아메바의 세포질에서 서식하는 박테리아'와 '아메바' 사이의 관계 = 박테리아가 스스로 복제와 증식을 하고 있으므로 박테리아와 아메바 사이에 유기적 상호작용이 강하지 않음. → 공생 관계임.

매웠지?

🍯 꿀피스 Tip!

▶ 이 문제의 포인트는 〈보기〉의 사례들이 공생 관계에 대한 것이냐 세포와 세포 소기관의 관계에 대한 것이냐를 판단할 수 있는가에 있지. 그런데 많은 학생들이 지문에서 이 두 관계를 설명했으니, 〈보기〉의 사례는 그 두 가지 중 각각 하나에 해당할 것이라고 주관적으로 판단하고 사례를 분석한 경우가 많았어. 즉 〈보기〉의 사례 중 하나는 '공생 관계', 나머지 하나는 '세포와 세포 소기관의 관계'라고 판단한 다음 선지의 설명에 적용한 거지. 자, 이렇게 문제를 푼 친구들 손 들어 봐. 꽤 많을 것 같은데? 손 안 든 친구들 가운데도 마음이 찔리는 친구들이 있을 거야.

▶ 〈보기〉에서 '아메바' = '진핵세포'라면, '아메바 속 박테리아' = '미토콘드리아'로 대응되는 것처럼 보이지? 〈보기〉에 '아메바의 세포질에서 서식하는 박테리아'가 아메바 속에서 '복제하여 증식'한다는 표현이 딱 나오네. 너무나 시선을 끌기에 매력적인 말이지. '복제와 증식'. 지문의 6문단에서도 진핵세포와 미토콘드리아가 세포와 세포 소기관의 관계라고 하면서 '복제와 증식'이라는 말을 사용하고 있잖아. 여기에 시선이 꽂혀서 '아메바'와 '아메바의 세포질에서 서식하는 박테리아'가 '세포와 세포 소기관의 관계'라고 생각한 친구들이 꽤 많았어. '복제와 증식'이라는 말 때문에 다들 함정에 빠졌는데, 그걸 몰랐던 거지.

▶ 언제나 함정은 핵심이라고 생각되는 말의 앞이나 뒤에 슬쩍 놓이는 경향이 있어. 지문에 사용된 용어로 시선을 끈 다음에 그 앞이나 뒤에 있는 함정을 못 보게 만드는 거지. 이 문제에서도 함정에 빠지지 않으려면 〈보기〉에서 '복제와 증식'이 아닌 그 앞에 제시된 '스스로'라는 말에 집중했어야 해. '스스로'는 다른 것과의 상호작용이 아닌 자기 혼자의 힘으로 한다는 의미잖아. 그런데 6문단에서 진핵세포가 미토콘드리아의 증식과 복제에 관여한다고 하면서 유기적 상호작용을 강조하고 있잖아. 반면 〈보기〉의 박테리아는 아메바의 관여를 받지 않고 자기 스스로 복제와 증식을 하고 있으니, 이것은 박테리아가 하나의 생명체, 즉 하나의 개체로서 아메바의 세포 소기관이 될 수 없다는 얘기겠지? 따라서 선지 ①의 설명은 적절하지 않은 것이니까, 이게 정답이야.

▶ 그런데 '복제와 증식'에 꽂혀 너무 쉽게 ①을 패스하고 나머지 선지 중에서 정답을 찾으려고 했던 학생들이 많았던 것 같아. 그러니까 정답 선지인 ①보다 함정 선지인 ⑤의 선택률이 더 높았겠지. '복제와 증식'이라는 표현을 보고 '아메바'와 '박테리아'를 세포와 세포 소기관의 관계로 생각하면서 ①을 패스했던 학생들에게 ⑤의 '모두 공생 관계'는 당연히 틀린 설명이 되었겠지? 〈보기〉나 선지에 핵심 개념이나 용어가 등장하면 그것에만 집중하지 말고 앞이나 뒤에 나온 수식어나 서술어도 주의해서 봐야 해. 함정은 바로 거기에 있으니까.

▶ 〈보기〉에 제시된 두 사례의 차이는 6문단의 '두 생명체가 서로 떨어져서 살 수 없더라도'가 열쇠야. 무슨 말이냐 하면, 복어와 독소 생산 미생물은 공생 관계이면서 서로 떨어져 살 수 있는 경우이고, 아메바와 박테리아는 공생 관계이면서 서로 떨어져서 살 수 없는 경우인 거지. 후자의 경우 공생 관계의 증거는 복제와 증식의 유기적 상호작용이 강하지 않다는 것이고. 이제 차이를 확실히 알겠지?

06 어휘의 의미 파악
답 ④

선지별 선택 비율	①	②	③	④	⑤
	3%	3%	6%	83%	2%

문맥상 ⓐ~ⓔ와 바꿔 쓰기에 적절하지 <u>않은</u> 것은?

😊 정답 띵! 등!

④ ⓓ: 조명(照明)되면서

| ⓓ의 '밝혀지다' '드러나지 않거나 알려지지 않은 사실, 내용, 생각 따위가 드러나 알려지다.'라는 의미
| '조명되다' '광선으로 밝게 비추어지다.' 혹은 '어떤 대상이 일정한 관점으로 바라보이다.'라는 의미 → 바꿔 쓰기에 부적절

※ '어떤 사실이 판단되어 명백하게 밝혀지다.'라는 의미의 '판명(判明)되다'나 '미처 찾아내지 못하였거나 아직 알려지지 아니한 사물이나 현상, 사실 따위가 찾아내지다.'라는 의미의 '발견(發見)되다' 등과 바꿔 쓰기에 적절함.

😟 오답 땡!

① ⓐ: 구성(構成)한다고

| ⓐ의 '이루다' '몇 가지 부분이나 요소들을 모아 일정한 성질이나 모양을 가진 존재가 되게 하다.'라는 의미
| '구성하다' '몇 가지 부분이나 요소들을 모아서 일정한 전체를 짜 이루다.'라는 의미 → 바꿔 쓰기에 적절

② ⓑ: 존재(存在)하고

| ⓑ의 '있다' '어떤 사실이나 현상이 현실로 존재하는 상태이다.'라는 의미
| '존재하다' '현실에 실재하다.'라는 의미 → 바꿔 쓰기에 적절

③ ⓒ: 보유(保有)하고

| ⓒ의 '가지다' '손이나 몸 따위에 있게 하다.'라는 의미
| '보유하다' '가지고 있거나 간직하고 있다.'라는 의미 → 바꿔 쓰기에 적절

⑤ ⓔ: 생성(生成)된다

| ⓔ의 '만들어지다' '재료나 소재 따위에 노력이나 기술이 들여져 이루어지다.'라는 의미
| '생성되다' '사물이 생겨나다.'라는 의미 → 바꿔 쓰기에 적절

기출 속 독서 배경지식

🔗 원핵세포와 진핵세포 및 미토콘드리아

✎ 원핵세포의 주요 구조

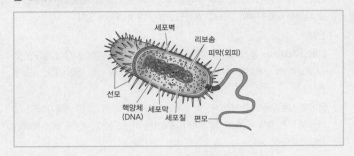

✎ 진핵세포의 주요 구조

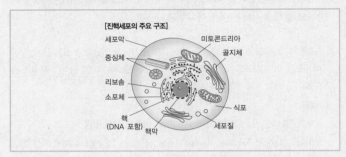

✎ 미토콘드리아의 주요 구조

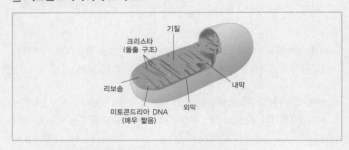

✎ 원핵세포와 진핵세포의 특징 비교

	원핵세포	진핵세포
생물	원핵생물 (박테리아, 고세균)	진핵생물
DNA	○	○
세포막	○	○
리보솜	○	○
물질대사	○	○
세포질	○	○
핵	×	○
핵막(세포 소기관의 막)	×	○
미토콘드리아	×	○
세포 소기관	×	○

※ 원핵: '핵 이전'이라는 의미, 진핵: '진정한 핵'이라는 의미

서양과 중국의 천문 이론

↻ EBS 연결 고리

2019학년도 EBS 수능특강 독서 164쪽 〈수성의 근일점과 두 명의 과학자〉 및 수능완성 66쪽 〈행성 운행의 원인에 대한 논쟁〉에서 '케플러와 뉴턴의 이론' 관련 내용 연계

해제 이 글은 지구 중심설에서 태양 중심설로 바뀌어 온 서양 우주론의 흐름과, 서양 우주론의 영향을 받은 중국의 우주론의 변화 양상을 통시적으로 고찰하고 있다. 고대의 아리스토텔레스와 프톨레마이오스가 형이상학적 관점에서 제시한 지구 중심설은 지상계와 천상계를 대립시키고, 인간을 신의 형상을 한 존재로 보는 인식에서 비롯되었다. 이런 생각은 다수 지식인과 종교 지도자에 의해, 코페르니쿠스의 태양 중심설을 부정하는 결과로 이어졌다. 그러나 태양 중심설은 케플러에 의해 행성의 운동 법칙으로 확립되었고, 이는 뉴턴에 의해 역학적으로 증명되었다. 한편 16세기 말부터 유입된 서양 과학의 영향을 받은 중국 학자들은 서양 천문학과 중국의 지적 유산을 결합하여 우주의 원리를 파악하고자 했다. 특히 매문정은 중국 천문학을 중심으로 서양 천문학을 이해하려는 시도를 했다. 이와 같이 중국의 고대 문헌에 담긴 우주론을 재해석하고 확인하려는 경향은 19세기 중엽까지 주를 이루었다.

주제 서양 우주론의 발전 과정과 이에 영향을 받은 중국의 우주론

짜임

1문단	서양의 태양 중심설 우주론이 미친 영향
2문단	16세기 전반 코페르니쿠스의 태양 중심설과 그에 대한 반응
3문단	16세기 후반 케플러의 우주론과 그 영향
4문단	17세기 후반 태양 중심설을 역학적으로 정당화한 뉴턴
5문단	16세기 말부터 중국에 유입된 서양 과학의 영향
6문단	17세기 웅명우와 방이지의 우주론
7문단	17세기 후반 왕석천과 매문정의 우주론
8문단	중국의 우주론을 중심으로 서양의 우주론을 회통하려 한 중국

1문단 16세기 전반에 서양에서 태양 중심설을 지구 중심설의 대안으로
[01-①] 2~4문단에서 다루어지는 내용
제시하며 시작된 천문학 분야의 개혁은 경험주의의 확산과 수리 과학의
발전을 통해 형이상학을 뒤바꾸는 변혁으로 이어졌다. 서양의 우주론이
[02-①] 서양 우주론의 정립 과정에서 형이상학에 대한 재검토가 이루어짐.
전파되자 중국에서는 중국과 서양의 우주론을 회통하려는 시도가 전개되
[01-②] 5~8문단에서 다루어지는 내용
었고, 이 과정에서 자신의 지적 유산에 대한 관심이 제고되었다.

2문단 복잡한 문제를 단순화하여 푸는 수학적 전통을 이어받은 코페르
니쿠스는 천체의 운행을 단순하게 기술할 방법을 찾고자 하였고, 그것이
ⓐ일으킬 형이상학적 문제에는 별 관심이 없었다. 고대의 아리스토텔레
스와 프톨레마이오스는 우주의 중심에 고정되어 움직이지 않는 지구의 주
[01-①] [03-③] 아리스토텔레스와 프톨레마이오스의 지구 중심설
위를 달, 태양, 다른 행성들의 천구들과, 항성들이 붙어 있는 항성 천구가
회전한다는 지구 중심설을 내세웠다. 그와 달리 코페르니쿠스는 태양을
우주의 중심에 고정하고 그 주위를 지구를 비롯한 행성들이 공전하며 지
[01-①, ③] [03-③] 코페르니쿠스의 태양 중심설

구가 자전하는 우주 모형을 ⓑ만들었다. 그러자 프톨레마이오스보다 훨
씬 적은 수의 원으로 행성들의 가시적인 운동을 설명할 수 있었고 행성이
[03-②, ③] 코페르니쿠스의 태양 중심설의 장점
태양에서 멀수록 공전 주기가 길어진다는 점에서 단순성이 충족되었다.

그러나 아리스토텔레스의 형이상학을 고수하는 다수 지식인과 종교 지도
[03-③] 코페르니쿠스의 이론과 아리스토텔레스의 형이상학이 양립 불가능했음.
자들은 그의 이론을 받아들이려 하지 않았다. 왜냐하면 그것은 지상계와
천상계를 대립시키는 아리스토텔레스의 이분법적 구도를 무너뜨리고, 신
[03-①, ③] 코페르니쿠스의 이론이 받아들여지지 않은 이유
의 형상을 ⓒ지닌 인간을 한갓 행성의 거주자로 전락시키는 것으로 여겨
졌기 때문이다.

3문단 16세기 후반에 브라헤는 코페르니쿠스 천문학의 장점은 인정하면
[03-④] 코페르니쿠스 천문학의 장점 인정+아리스토텔레스 우주론에 부합한 이론 제시
서도 아리스토텔레스 형이상학과의 상충을 피하고자 우주의 중심에 지구
가 고정되어 있고, 달과 태양과 항성들은 지구 주위를 공전하며, 지구 외
[01-①] [03-④] 지구 중심설에 태양 중심설을 접목한 브라헤의 우주론
의 행성들은 태양 주위를 공전하는 모형을 제안하였다. 그러나 케플러는
우주의 수적 질서를 신봉하는 형이상학인 신플라톤주의에 매료되었기 때
[03-⑤] 신플라톤주의의 특징
문에, 태양을 우주 중심에 배치하여 단순성을 추구한 코페르니쿠스의 천
[03-⑤] 케플러의 이론 ① - 신플라톤주의의 영향에 따른 코페르니쿠스의 이론 수용
문학을 받아들였다. 하지만 그는 경험주의자였기에 브라헤의 천체 관측치
[02-⑤] [03-⑤] 케플러의 이론 ② - 관측치(경험적 근거)를 활용한 우주론 수립
를 활용하여 태양 주위를 공전하는 행성의 운동 법칙들을 수립할 수 있었
다. 우주의 단순성을 새롭게 보여 주는 이 법칙들은 아리스토텔레스 형이
[02-①] 케플러 이론의 의의: 형이상학적 사고에 대한 재검토가 이루어짐.
상학을 더 이상 온존할 수 없게 만들었다.

4문단 17세기 후반에 뉴턴은 태양 중심설을 역학적으로 정당화하
였다. 그는 만유인력 가설로부터 케플러의 행성 운동 법칙들을 성공
적으로 연역했다. 이때 가정된 만유인력은 두 질점*이 서로 당기는
[05-①, ②, ⑤] 만유인력의 개념과 크기
힘으로, 그 크기는 두 질점의 질량의 곱에 비례하고 거리의 제곱에
반비례한다. 지구를 포함하는 천체들이 밀도가 균질하거나 구 대칭*
을 이루는 구라면 천체가 그 천체 밖 어떤 질점을 당기는 만유인력
은, 그 천체를 잘게 나눈 부피 요소들 각각이 그 천체 밖 어떤 질점을 [A]
[05-④] 천체와 천체 밖 질점 간 만유인력 = 부피 요소들과 천체 밖 한 질점 간 만유인력의 총합
당기는 만유인력을 모두 더하여 구할 수 있다. 또한 여기에서 지구보
다 질량이 큰 태양과 지구가 서로 당기는 만유인력이 서로 같음을 증
[05-②] 질량 → 태양 > 지구
명할 수 있다. 뉴턴은 이 원리를 적용하여 달의 공전 궤도와 사과의
낙하 운동 등에 관한 실측값을 연역함으로써 만유인력의 실재를 입
증하였다.

5문단 16세기 말부터 중국에 본격 유입된 서양 과학은, 청 왕조가 1644년
중국의 역법(曆法)을 기반으로 서양 천문학 모델과 계산법을 수용한 시헌
[01-②] [02-③] 16세기 말 중국에서의 서양 우주론의 수용과 채택 → 국가의 역할이 작용함.
력을 공식 채택함에 따라 그 위상이 구체화되었다. 브라헤와 케플러의 천
문 이론을 차례대로 수용하여 정확도를 높인 시헌력이 생활 리듬으로 자
리 잡았지만, 중국 지식인들은 서양 과학이 중국의 지적 유산에 적절히 연
[04-①] 중국 지식인들이 서양 과학과 중국의 지적 유산을 접목한 계기
결되지 않으면 아무리 효율적이더라도 불온한 요소로 ⓓ여겼다. 이에 따
라 서양 과학에 매료된 학자들도 어떤 방식으로든 ㉠서양 과학과 중국 전
통 사이의 적절한 관계 맺음을 통해 이 문제를 해결하고자 하였다.

6문단 17세기 웅명우와 방이지 등은 중국 고대 문헌에 수록된 우주론에

대해서는 부정적 태도를 견지하면서 성리학적 기론(氣論)에 입각하여 실
[01-④] [04-④, ⑤] 웅명우·방이지의 이론 정립 방향
증적인 서양 과학을 재해석한 독창적 이론을 제시하였다. 수성과 금성이

태양 주위를 회전한다는 그들의 태양계 학설은 브라헤의 영향이었지만,
[04-③] 브라헤의 우주론에 영향을 받은 웅명우·방이지의 이론
태양의 크기에 대한 서양 천문학 이론에 의문을 제기하고 기(氣)와 빛을
                    [04-③] 서양의 이론과 구별되는 웅명우·방이지의 새 이론 창안
결부하여 제시한 광학 이론은 그들이 창안한 것이었다.

7문단 17세기 후반 왕석천과 매문정은 서양 과학의 영향을 받아 경험적
       [01-④] [02-⑤] [04-④] 서양 과학의 영향을 받은 왕석천·매문정의 우주론
추론과 수학적 계산을 통해 우주의 원리를 파악하고자 하였다. 그러면서

서양 과학의 우수한 면은 모두 중국 고전에 이미 ⓔ갖추어져 있던 것인데
[02-②] 자국의 우주론 전통에 대한 재인식 및 긍정
웅명우 등이 이를 깨닫지 못한 채 성리학 같은 형이상학에 몰두했다고 비
[02-①] 성리학적 기론을 긍정한 학자들의 한계 비판 → 형이상학적 사고에 대한 재검토
판했다. 매문정은 고대 문헌에 언급된, 하늘이 땅의 네 모퉁이를 가릴 수
          [02-②, ④] [04-①, ④] 매문정의 이론 - 서양 과학과 중국 지적 유산의 접목
없을 것이라는 증자의 말을 땅이 둥글다는 서양 이론과 연결하는 등 서양

과학의 중국 기원론을 뒷받침하였다.

8문단 중국 천문학을 중심으로 서양 천문학을 회통하려는 매문정의 입
        [01-②] [04-④] 중국의 고대 우주론에 대한 긍정적 입장이 주류가 됨.
장은 18세기 초를 기점으로 중국의 공식 입장으로 채택되었으며, 이 입장

은 중국의 역대 지식 성과물을 망라한 총서인 『사고전서』에 그대로 반영되
[04-④] 『사고전서』의 특징: 중국 천문학을 중심으로 서양 천문학을 회통하려는 입장 반영
었다. 이 총서의 편집자들은 고대부터 당시까지 쏟아진 천문 관련 문헌들

을 정리하여 수록하였다. 이와 같이 고대 문헌에 담긴 우주론을 재해석하

고 확인하려는 경향은 19세기 중엽까지 주를 이루었다.

*질점: 크기가 없고 질량이 모여 있다고 보는 이론상의 물체.
*구 대칭: 어떤 물체가 중심으로부터 모든 방향으로 같은 거리에서 같은 특성을 갖는 상태.

01 세부 정보의 파악   답 ②

선지별 선택 비율	①	②	③	④	⑤
	5%	67%	7%	10%	9%

다음은 윗글을 읽은 학생의 독서 기록 중 일부이다. 윗글을 참고할 때, '점검 결
과'로 적절하지 <u>않은</u> 것은?

> • 읽기 계획: 1문단을 훑어보면서 뒷부분을 예측하고 질문 만들기를 한
> 후, 글을 읽고 점검하기

정답 띵!통!

예측 및 질문 내용	점검 결과
○ 서양의 우주론의 영향으로 변화된 중국의 우주론이 소개되어 있을 것이다.	예측과 ~~다름~~ ······· ② └→ 같음

| 5문단 "1644년 중국의 역법을 기반으로 서양 천문학 모델과 계산법을 수용한 시헌력을 공식 채택"
| 6문단 "17세기 웅명우와 방이지 ~ 성리학적 기론에 입각하여 실증적인 서양 과학을 재해석한 독창적인 이론을 제시"
| 7문단 "17세기 후반 왕석천과 매문정은 서양 과학의 영향을 받아 경험적 추론과 수학적 계산을 통해 우주의 원리를 파악하고자 하였다."
| 8문단 "중국 천문학을 중심으로 서양 천문학을 회통하려는 매문정의 입장은 18

세기 초를 기점으로 중국의 공식 입장으로 채택"
| 결론! 5~8문단에서 서양 우주론의 영향으로 변화된 중국의 우주론에 대해 설명하고 있으므로 예측과 일치함.

오답 땡!

예측 및 질문 내용	점검 결과
○ 서양의 우주론에 태양 중심설과 지구 중심설의 개념이 소개되어 있을 것이다.	예측과 같음 ·············· ①

| 1문단 "16세기 전반에 서양에서 태양 중심설을 지구 중심설의 대안으로 제시하며 시작된 천문학 분야의 개혁"
| 2문단 "고대의 아리스토텔레스와 프톨레마이오스는 우주의 중심에 고정되어 움직이지 않는 지구의 주위를 달, 태양, 다른 행성들의 천구들과, 항성들이 붙어 있는 항성 천구가 회전한다는 지구 중심설을 내세웠다. 그와 달리 코페르니쿠스는 태양을 우주의 중심에 고정하고 그 주위를 지구를 비롯한 행성들이 공전하며 지구가 자전하는 우주 모형(태양 중심설)을 만들었다."
| 3문단 "16세기 후반에 브라헤는 ~ 우주의 중심에 지구가 고정되어 있고, 달과 태양과 항성들은 지구 주위를 공전하며, 지구 외의 행성들은 태양 주위를 공전하는 모형을 제안하였다. 그러나 케플러는 ~ 태양 주위를 공전하는 행성의 운동 법칙들을 수립할 수 있었다."
| 4문단 "17세기 후반에 뉴턴은 태양 중심설을 역학적으로 정당화하였다."
| 결론! 16세기부터 17세기까지의 서양 우주론의 변화 과정을 설명하면서 지구 중심설, 태양 중심설의 개념을 소개함. → 점검 결과 적절

예측 및 질문 내용	점검 결과
○ 서양에서 태양 중심설을 제기한 사람은 누구일까?	질문의 답이 제시됨 ·········· ③

| 2문단 "코페르니쿠스는 태양을 우주의 중심에 고정하고 그 주위를 지구를 비롯한 행성들이 공전하며 지구가 자전하는 우주 모형을 만들었다."
| 결론! '서양에서 태양 중심설을 제기한 사람은 누구일까?'라는 질문에 대한 답 = 코페르니쿠스 → 점검 결과 적절

예측 및 질문 내용	점검 결과
○ 중국에서 서양의 우주론을 접하고 회통을 시도한 사람은 누구일까?	질문의 답이 제시됨 ·········· ④

| 6문단 "17세기 웅명우와 방이지 등은 ~ 성리학적 기론에 입각하여 실증적인 서양 과학을 재해석한 독창적 이론을 제시하였다."
| 7문단 "17세기 후반 왕석천과 매문정은 서양 과학의 영향을 받아 경험적 추론과 수학적 계산을 통해 우주의 원리를 파악하고자 하였다.", "매문정은 고대 문헌에 언급된 ~ 증자의 말을 땅이 둥글다는 서양 이론과 연결"
| 결론! '중국에서 서양의 우주론을 접하고 회통을 시도한 사람은 누구일까?'라는 질문에 대한 답 = 웅명우와 방이지, 왕석천과 매문정 → 점검 결과 적절

예측 및 질문 내용	점검 결과
○ 중국에 서양의 우주론을 전파한 서양의 인물은 누구일까?	질문의 답이 제시되지 않음 ·········· ⑤

| 결론! 서양의 우주론이 중국에 전파되었음이 제시되었으나, 서양의 어떤 인물이 중국에 서양의 우주론을 전파했는지는 제시되지 않음. → 점검 결과 적절

02 세부 정보의 파악 답 ⑤

선지별 선택 비율	①	②	③	④	⑤
	8%	7%	13%	21%	48%

윗글에 대한 이해로 적절하지 <u>않은</u> 것은?

😊 정답 띡! 동!

⑤ 서양에서는 ~~중국과 달리~~ 경험적 추론에 기초한 우주론이 제기되었다.
  └→ 중국에서도 경험적 추론에 기초한 우주론 제기

 | 3문단 "케플러는 ~ 브라헤의 천체 관측치를 활용하여 태양 주위를 공전하는 행성의 운동 법칙들을 수립할 수 있었다."
 | 7문단 "왕석천과 매문정은 ~ 경험적 추론과 수학적 계산을 통해 우주의 원리를 파악하고자 하였다."
 | 뭔말?
 ·천체 관측치 = 브라헤가 천체를 관측한 경험을 바탕으로 기록한 것 → 브라헤의 천체 관측치를 활용한 케플러의 우주론 = 경험적 추론에 기초한 우주론
 ·중국의 왕석천과 매문정의 우주론 = 경험적 추론과 수학적 계산을 통해 파악한 우주의 원리
 | 결론! 서양의 케플러, 중국의 왕석천과 매문정 → 경험적 추론에 기초한 우주론 제시

😵 오답 땡!

① 서양과 중국에서는 모두 우주론을 정립하는 과정에서 형이상학적 사고에 대한 재검토가 이루어졌다.

 | 1문단 "16세기 전반에 서양에서 태양 중심설을 지구 중심설의 대안으로 제시하며 시작된 천문학 분야의 개혁은 경험주의의 확산과 수리 과학의 발전을 통해 형이상학을 뒤바꾸는 변혁으로 이어졌다."
 | 3문단 "우주의 단순성을 새롭게 보여 주는 이 법칙들은 아리스토텔레스 형이상학을 더 이상 온존할 수 없게 만들었다."
 | 7문단 "17세기 후반 왕석천과 매문정은 ~ 성리학 같은 형이상학에 몰두했다고 비판했다."
 | 결론! 서양과 중국 모두 우주론을 정립하는 과정에서 형이상학에 대한 재검토가 이루어짐.

② 서양 천문학의 전래는 중국에서 자국의 우주론 전통을 재인식하는 계기가 되었다.

 | 7문단 "왕석천과 매문정은 ~ 서양 과학의 우수한 면은 모두 중국 고전에 이미 갖추어져 있던 것", "고대 문헌에 언급된, 하늘이 땅의 네 모퉁이를 가릴 수 없을 것이라는 증자의 말을 땅이 둥글다는 서양 이론과 연결"
 | 결론! 중국에 서양 천문학이 전해지면서 중국 학자들이 자국의 우주론 전통을 서양 이론과 연결하여 재해석, 재인식함.

③ 중국에 서양의 천문학적 성과가 자리 잡게 된 데에는 국가의 역할이 작용하였다.

 | 5문단 "청 왕조가 1644년 중국의 역법을 기반으로 서양 천문학 모델과 계산법을 수용한 시헌력을 공식 채택함", "브라헤와 케플러의 천문 이론을 차례대로 수용하여 정확도를 높인 시헌력"
 | 결론! 서양의 천문학적 성과 = 브라헤와 케플러의 천문 이론 → 중국의 시헌력

이 수용 → 청 왕조가 시헌력을 공식 채택(중국에 서양의 천문학적 성과가 자리 잡는 데 국가가 중요한 역할을 함.)

④ 중국에서는 18세기에 자국의 고대 우주론을 긍정하는 입장이 주류가 되었다.
  └→ 매문정의 입장

 | 7문단 "매문정은 고대 문헌에 언급된, 하늘이 땅의 네 모퉁이를 가릴 수 없을 것이라는 증자의 말을 땅이 둥글다는 서양 이론과 연결하는 등 서양 과학의 중국 기원론을 뒷받침"
 | 8문단 "중국 천문학을 중심으로 서양 천문학을 회통하려는 매문정의 입장은 18세기 초를 기점으로 중국의 공식 입장으로 채택"
 | 결론! 자국의 고대 우주론을 긍정하는 입장 = 서양 과학은 중국 고대 문헌에 이미 다 있던 것이라고 보는 입장 → 18세기에 중국의 공식 입장으로 채택되어 주류가 됨.

03 내용의 추론 답 ④

선지별 선택 비율	①	②	③	④	⑤
	11%	8%	12%	45%	21%

윗글에 나타난 서양의 우주론 에 대한 설명으로 가장 적절한 것은?

😊 정답 띡! 동!

④ 지구가 우주 중심에 고정되어 있고 다른 행성을 거느린 태양이 지구 주위를 돈다는 브라헤의 우주론은 아리스토텔레스의 형이상학에서 자유롭지 못한 것이었다.

 | 3문단 "브라헤는 ~ 아리스토텔레스 형이상학과의 상충을 피하고자 우주의 중심에 지구가 고정되어 있고, 달과 태양과 항성들은 지구 주위를 공전하며, 지구 외의 행성들은 태양 주위를 공전하는 모형을 제안"
 | 뭔말?
 ·아리스토텔레스의 이론과 상충되는 것을 피하고자 함. = 아리스토텔레스의 이론을 거스르지 않으려고 함. = 아리스토텔레스의 이론과 부합하고자 함. → 지구 중심설에 태양 중심설을 접목 = 아리스토텔레스의 형이상학(지구 중심설)에서 자유롭지 못함.

😵 오답 땡!
        └→ 고정되어 있는 지구 주위를 항성 천구가 회전한다
① ~~항성 천구가 고정되어 있다~~고 보는 아리스토텔레스의 우주론은 천상계와 지상계를 대립시킨 형이상학을 토대로 한 것이었다.

 | 2문단 "고대의 아리스토텔레스 ~ 우주의 중심에 고정되어 움직이지 않는 지구의 주위를 달, 태양, 다른 행성들의 천구들과, 항성들이 붙어 있는 항성 천구가 회전한다", "지상계와 천상계를 대립시키는 아리스토텔레스의 이분법적 구도"
 | 뭔말?
 ·아리스토텔레스의 우주론이 천상계와 지상계를 대립시키는 형이상학을 바탕으로 한 것은 맞음.
 ·그러나 항성 천구 = 지구의 주위를 회전, 지구 = 우주 중심에 고정되었다고 봄.

        └→ 프톨레마이오스보다 적은 수의 원을 써서   └→ 코페르니쿠스
② ~~많은 수의 원을 써서~~ 행성의 가시적 운동을 설명한 ~~프톨레마이오스~~의 우주론은 행성이 태양에서 멀수록 공전 주기가 길어진다는 점에서 단순성을 갖는 것이었다.

| 2문단 "코페르니쿠스는 ~ 프톨레마이오스보다 훨씬 적은 수의 원으로 행성들의 가시적인 운동을 설명할 수 있었고 행성이 태양에서 멀수록 공전 주기가 길어진다는 점에서 단순성이 충족되었다."

| 뭔말?
· 단순성을 충족한 것은 코페르니쿠스의 우주론 → 적은 수의 원으로 행성들의 가시적 운동 설명

③ 지구와 행성이 태양 주위를 공전한다는 코페르니쿠스의 우주론은 이전의 지구 중심설보다 단순할 뿐 아니라 아리스토텔레스의 형이상학과 양립이 ~~가능~~한 것이었다.
  └→ 불가능

| 2문단 "코페르니쿠스는 태양을 우주의 중심에 고정하고 그 주위를 지구를 비롯한 행성들이 공전 ~ 우주 모형을 만들었다. 그러자 프톨레마이오스보다 ~ 단순성이 충족되었다. 그러나 아리스토텔레스의 형이상학을 고수하는 다수 지식인과 종교 지도자들은 그의 이론을 받아들이려 하지 않았다."

| 뭔말?
· 당대인들은 코페르니쿠스의 이론을 거부하고 아리스토텔레스의 이론을 지지함.
= 코페르니쿠스의 우주론과 아리스토텔레스의 형이상학의 양립 불가능(동시에 성립하는 것으로 받아들여지지 않음.)

⑤ 태양 주위를 공전하는 행성의 운동 법칙들을 관측치로부터 수립한 케플러의 우주론은 ~~신플라톤주의에서~~ 경험주의적 근거를 찾은 것이었다.
  └→ 신플라톤주의의 영향 → 코페르니쿠스의 태양 중심설 수용

| 3문단 "케플러는 우주의 수적 질서를 신봉하는 형이상학인 신플라톤주의에 매료 ~ 태양을 우주 중심에 배치하여 단순성을 추구한 코페르니쿠스의 천문학을 받아들였다. 하지만 그는 경험주의자였기에 브라헤의 천체 관측치를 활용하여 태양 주위를 공전하는 행성의 운동 법칙들을 수립할 수 있었다."

| 뭔말?
· 케플러는 형이상학적인 신플라톤주의에 매료 → 코페르니쿠스의 천문학 수용
· 케플러는 경험주의자이기 때문에 경험주의적 근거인 브라헤의 천체 관측치를 활용함.
| 결론! 케플러가 매료된 신플라톤주의는 형이상학이며 경험주의와 거리가 멂.

04 구절의 의미 파악
답 ⑤

선지별 선택 비율	①	②	③	④	⑤
	4%	8%	15%	18%	52%

㉠에 대한 이해로 적절하지 않은 것은?

정답 띵! 동!

⑤ 성리학적 기론을 긍정한 학자들은 ~~중국 고대 문헌의 우주론을 근거로~~ 서양 우주론을 받아들여 새 이론을 창안하였다.
                          중국 고대 문헌의 우주론에 부정적 태도를 보임. ↗

| 5문단 "중국 지식인들은 서양 과학이 중국의 지적 유산에 적절히 연결되지 않으면 ~ 불온한 요소로 여겼다. 이에 따라 서양 과학에 매료된 학자들도 어떤 방식으로든 ㉠서양 과학과 중국 전통 사이의 적절한 관계 맺음을 통해 이 문제를 해결하고자 하였다." └→ 서양 과학과 중국의 지적 유산 연결

| 6문단 "웅명우와 방이지 등은 중국 고대 문헌에 수록된 우주론에 대해서는 부정적 태도를 견지하면서 성리학적 기론에 입각하여 실증적인 서양 과학을 재해석한 독창적 이론을 제시 ~ 광학 이론은 그들이 창안"

| 뭔말?
· 성리학적 기론을 긍정한 학자들 = 웅명우·방이지 = 중국 고대 문헌의 우주론에 부정적 태도를 보인 학자들 → 중국 고대 문헌의 우주론을 근거로 삼지 않음.

오답 땡!

① 중국에서 서양 과학을 수용한 학자들은 자국의 지적 유산에 서양 과학을 접목하려 하였다.
  └→ 성리학적 기론, 고대 문헌(증자의 말 등)

| 6문단 "웅명우와 방이지 등은 ~ 성리학적 기론에 입각하여 서양 과학을 재해석"
| 7문단 "매문정은 고대 문헌에 언급된 ~ 증자의 말을 땅이 둥글다는 서양 이론과 연결"

| 뭔말?
· 중국에서 서양 과학을 수용한 학자들
  ┌ 웅명우·방이지 = 성리학 기론 + 서양 과학 ┐ 중국의 지적 유산에
  └ 매문정 = 고대 문헌의 우주론 + 서양 과학 ┘→ 서양 과학 접목

② 서양 천문학과 관련된 내용이 중국의 역대 지식 성과를 집대성한 『사고전서』에 수록되었다.

| 8문단 "중국 천문학을 중심으로 서양 천문학을 회통하려는 매문정의 입장 ~ 이 입장은 중국의 역대 지식 성과물을 망라한 총서인 『사고전서』에 그대로 반영되었다."

| 뭔말?
· 『사고전서』 = 중국 역대 지식 성과물의 총서 → 중국 천문학을 중심으로 서양 천문학을 회통한 내용이 그대로 반영

                  ┌→ 브라헤의 영향
③ 방이지는 서양 우주론의 영향을 받았지만 서양의 이론과 구별되는 새 이론의 수립을 시도하였다.
                  └→ 성리학적 기론과 결부한 광학 이론

| 6문단 "웅명우와 방이지 등은 ~ 수성과 금성이 태양 주위를 회전한다는 그들의 태양계 학설은 브라헤의 영향이었지만, 태양의 크기에 대한 서양 천문학 이론에 의문을 제기하고 기와 빛을 결부하여 제시한 광학 이론은 그들이 창안한 것이다."

| 뭔말?
· 웅명우와 방이지의 이론 = 태양계 학설(서양의 우주론 중 브라헤의 영향) + 새롭게 창안한 이론(= 서양의 이론과 구별되는 새 이론 = 기와 빛을 결부한 광학 이론)

④ 매문정은 중국 고대 문헌에 나타나는 천문학적 전통과 서양 과학의 수학적 방법론을 모두 활용하였다.

| 7문단 "매문정은 서양 과학의 영향을 받아 ~ 수학적 계산(수학적 방법론)을 통해 우주의 원리를 파악하고자 하였다.", "(중국) 고대 문헌에 언급된, 하늘이 땅의 네 모퉁이를 가릴 수 없을 것이라는 증자의 말을 땅이 둥글다는 서양 이론과 연결"

| 뭔말?
· 매문정의 우주론 = 서양 과학의 영향(경험적 추론과 수학적 계산) + 중국의 고대 우주론 전통(고대 문헌에 언급된 증자의 말)

05 구체적 사례에의 적용
답 ②

선지별 선택 비율	①	②	③	④	⑤
	15%	21%	20%	28%	13%

〈보기〉를 참고할 때, [A]에 대한 이해로 적절하지 <u>않은</u> 것은? [3점]

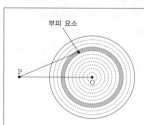

───── 보기 ─────

구는 무한히 작은 부피 요소들로 이루어져 있다. 그 부피 요소들이 빈 틈없이 한 겹으로 배열되어 구 껍질을 이루고, 그런 구 껍질들이 구의 중심 O 주위에 반지름을 달리하며 양파처럼 겹겹이 싸여 구를 이룬다. 이때 <u>부피 요소는 그것의 부피와 밀도를 곱한 값을 질량으로 갖는 질점으로 볼 수 있다.</u>

└▶ 부피 요소는 질량을 가진 질점이므로, 구의 질량과 부피 요소의 개수는 비례함.

(1) 같은 밀도의 부피 요소들이 하나의 구 껍질을 구성하면, 이 부피 요소들이 구 외부의 질점 P를 당기는 만유인력들의 총합은, 그 껍질과 동일한 질량을 갖는 질점이 그 구 껍질의 중심 O에서 P를 당기는 만유인력과 같다.

(2) (1)에서의 구 껍질들이 구를 구성할 때, 그 동심의 구 껍질들이 P를 당기는 만유인력들의 총합은, 그 구와 동일한 질량을 갖는 질점이 그 구의 중심 O에서 P를 당기는 만유인력과 같다.

(1), (2)에 의하면, 밀도가 균질하거나 구 대칭인 구를 구성하는 부피 요소들이 P를 당기는 만유인력들의 총합은, 그 구와 동일한 질량을 갖는 질점이 그 구의 중심 O에서 P를 당기는 만유인력과 같다.

😀 **정답 띵! 동!**

② 태양의 중심에 있는 질량이 m인 질점이 지구 전체를 당기는 만유인력은, 지구의 중심에 있는 질량이 m인 질점이 태양 전체를 당기는 만유인력과 크기가 <s>같겠군.</s>

└▶ 같지 않음(더 작음).

| 〈보기〉 "구를 구성하는 부피 요소들이 P를 당기는 만유인력들의 총합은, 그 구와 <u>동일한 질량을 갖는 질점이 그 구의 중심 O에서 P를 당기는 만유인력과 같다.</u>"

| [A] "만유인력은 두 질점이 서로 당기는 힘으로 그 크기는 두 질점의 질량의 곱에 비례하고 거리의 제곱에 반비례", "지구보다 질량이 큰 태양과 지구가 서로 당기는 만유인력이 서로 같음"

| 뭔말?

· [A]에 제시된 만유인력의 크기와 관련되는 값 = 질량, 거리 → 질량이 m인 질점이 각각 태양의 중심, 지구의 중심에 있다고 가정하였으므로 두 경우에서 거리는 태양의 중심에서 지구의 중심까지로 동일함.

· 태양의 중심에 있는 질량이 m인 질점이 지구 전체를 당기는 만유인력 = 태양의 중심에 있는 질량 m인 질점과 지구의 중심에 있는 지구 전체의 질량(A라고 가정)을 갖는 질점이 서로 당기는 힘

· 지구의 중심에 있는 질량이 m인 질점이 태양 전체를 당기는 만유인력 = 지구의 중심에 있는 질량 m인 질점과 태양의 중심에 있는 태양 전체의 질량(B라고 가정)을 갖는 질점이 서로 당기는 힘

· 지구 전체의 질량을 A, 태양 전체의 질량을 B라고 가정 → 태양의 중심에 있는 질량이 m인 질점이 지구 전체를 당기는 만유인력의 크기는 'm×A'에 비례함.

· 지구의 중심에 있는 질량이 m인 질점이 태양 전체를 당기는 만유인력의 크기 = 'm×B'에 비례함.

| 결론! 지구보다 질량이 큰 태양이므로, 태양의 질량(B) > 지구의 질량(A) = m×B > m×A → 만유인력의 크기가 같지 않음.

😵 **오답 땡!**

① 밀도가 균질한 하나의 행성을 구성하는 동심의 구 껍질들이 같은 두께일 때, 하나의 구 껍질이 태양을 당기는 만유인력은 그 구 껍질의 반지름이

클수록 커지겠군.

| 〈보기〉 "같은 밀도의 부피 요소들이 하나의 구 껍질을 구성하면, 이 부피 요소들이 구 외부의 질점 P를 당기는 만유인력들의 총합은, 그 구 껍질과 동일한 질량을 갖는 질점이 그 구 껍질의 중심 O에서 P를 당기는 만유인력과 같다."

| [A] "만유인력은 ~ 그 크기는 두 질점의 질량의 곱에 비례"

| 뭔말?

· 구 껍질들이 같은 두께이고 밀도가 균질 → 구 껍질의 반지름이 클수록 구 껍질을 이루는 부피 요소들이 많아져 질량이 커짐.

· 만유인력의 크기 = 두 질점('태양과 동일한 질량을 갖는 질점'과 '구 껍질과 동일한 질량을 갖는 질점')의 질량의 곱에 비례 → 구 껍질의 반지름이 클수록 구 껍질이 태양을 당기는 만유인력이 커짐.

③ 질량이 M인 지구와 질량이 m인 달은, 둘의 중심 사이의 거리만큼 떨어져 있으면서 질량이 M, m인 두 질점 사이의 만유인력과 동일한 크기의 힘으로 서로 당기겠군.

| 〈보기〉 "구를 구성하는 부피 요소들이 P를 당기는 만유인력들의 총합은, 그 구와 <u>동일한 질량을 갖는 질점이 그 구의 중심 O에서 P를 당기는 만유인력과 같다.</u>"

| [A] "만유인력은 ~ 그 크기는 두 질점의 질량의 곱에 비례하고 거리의 제곱에 반비례"

| 뭔말?

· 질량이 M인 지구 = 질량이 M인 질점, 질량이 m인 달 = 질량이 m인 질점

· 질량이 M, m인 두 질점 간 거리 = 지구(질량 M) 중심과 달(질량 m) 중심 사이의 거리

· 질량이 M인 지구와 질량이 m인 달의 만유인력 = 지구를 구성하는 부피 요소들이 질량 m인 외부 질점을 당기는 만유인력 = 질량 M의 질점이 지구 중심에서 질량 m인 외부 질점을 당기는 만유인력 = 달을 구성하는 부피 요소들이 질량 M인 외부 질점을 당기는 만유인력 = 질량 m의 질점이 달 중심에서 질량 M인 외부 질점을 당기는 만유인력 = 질량이 M, m인 두 질점 사이의 만유인력

④ 태양을 구성하는 하나의 부피 요소와 지구 사이에 작용하는 만유인력은, 지구를 구성하는 모든 부피 요소들과 태양의 그 부피 요소 사이에 작용하는 만유인력들을 모두 더하면 구해지겠군.

| 〈보기〉 "밀도가 균질하거나 구 대칭인 구를 이루는 부피 요소들이 P를 당기는 만유인력들의 총합은, 그 구와 동일한 질량을 갖는 질점이 그 구의 중심 O에서 P를 당기는 만유인력과 같다."

| [A] "천체가 그 천체 밖 어떤 질점을 당기는 만유인력은, 그 천체를 잘게 나눈 부피 요소들 각각이 그 천체 밖 어떤 질점을 당기는 만유인력을 모두 더하여 구할 수 있다."

| 뭔말?

· [A]와 〈보기〉에 적용하면 태양을 구성하는 하나의 부피 요소(= 천체 밖 어떤 질점 = P)와 지구(= 천체 = 구) 사이에 작용하는 만유인력 = 지구를 구성하는 모든 부피 요소들(= 그 천체를 잘게 나눈 부피 요소들 각각)이 태양을 구성하는 하나의 부피 요소(= 천체 밖 어떤 질점 = P)를 당기는 만유인력들을 모두 더한 것

⑤ 반지름이 R, 질량 M인 지구와 지구 표면에서 높이 h에 중심이 있는 질량이 m인 구슬 사이의 만유인력은, R+h의 거리만큼 떨어져 있으면서 질량이 M, m인 두 질점 사이의 만유인력과 크기가 같겠군.

| [A] "만유인력은 ~ 그 크기는 두 질점의 질량의 곱에 비례하고 거리의 제곱에 반비례"

| 원말?

· 두 질점 → '반지름 R, 질량 M인 지구'와 '지구 표면에서 h만큼 떨어져 있으며 질량 m인 구슬'.

※ R + h = 지구의 반지름(지구 중심에서 표면까지의 거리) + 구슬의 높이(지구 표면에서 구슬 중심까지의 거리) = 지구 중심에서 구슬 중심까지의 거리

· '반지름 R, 질량 M인 지구'의 부피 요소들이 '지구 표면에서 높이 h에 중심이 있는 질량 m인 구슬'을 당기는 만유인력 = M의 질량을 지니는 한 질점이 지구의 중심에서 'R + h'의 높이에 중심이 있으면서 질량 m인 구슬을 당기는 만유인력

※ 구슬의 부피 요소가 지구를 당기는 만유인력의 경우도 이와 동일함.

꿀피스 Tip!

▶ 이 문제의 포인트는 지문에 제시된 뉴턴의 만유인력 가설을 바르게 이해하고 적용할 수 있는가에 있지. 〈보기〉는 그림도 있고, 뭔가 굉장히 복잡해 보이지만 결론은 '구를 이루는 부피 요소들 각각이 외부의 한 질점을 당기는 만유인력의 총합은 곧 그 구의 중심에서 구 전체의 질량을 갖는 질점이 외부의 한 질점을 당기는 만유인력과 같다'는 거야. 쉽게 말하자면 만유인력을 구할 때 구, 즉 천체를 질량을 가진 질점으로 보겠다는 거야.

▶ [A]에 제시된 뉴턴의 만유인력 가설을 봐. '두 질점(=두 천체)'을 상정하고 있지? 그리고 두 질점 간의 만유인력 크기에 영향을 미치는 건 질량과 거리라는 걸 알 수 있어. 그러니 〈보기〉의 '구의 중심'은 두 천체 간 거리의 기준이 되고, 구를 이루는 부피 요소가 질량을 갖는 질점이라는 것은 천체의 질량과 관련되지. 여기까지 정리되었으면 이제 선지를 보자.

▶ 정답은 ②인데 여기서 함정은 '태양의 중심', '지구의 중심'만 보고 '질량이 m인 질점'을 놓칠 수 있다는 거야. 태양의 중심, 지구의 중심에 있는 질점이니 이 질점을 각각 태양, 지구과 동일시해서 '아, 태양과 지구가 서로 당기는 만유인력은 서로 같으니 이 선지는 적절하군.' 하고 섣불리 판단했을 거야.

▶ 그러나 위치만 태양의 중심, 지구의 중심일 뿐 태양의 질량을 가진 질점, 지구의 질량을 가진 질점이 아니라 동일하게 m이라는 질량을 가진 질점이잖아. 앞에서 언급했듯이 '구의 중심'은 거리랑 관련이 있거든? 이건 m과 지구, m과 태양 간의 거리가 동일하다는 걸 나타내는 조건인 거야.

▶ 〈보기〉의 그림에 대입하자면, P 자리에 m을 놓고, 구의 자리에 각각 지구와 태양을 놓으면 돼. 지구의 중심을 E, 태양의 중심을 S라고 하자. 이때 m과 E, m과 S의 거리는 같다는 말이야. 그런데 지구보다 태양이 질량이 크잖아? 부피 요소는 질량을 갖는 질점이니까 당연히 태양의 부피 요소가 더 많고 구 껍질도 더 많은 것이야. OK? 구의 부피 요소가 m을 당기는 만유인력의 총합 역시 지구보다 태양이 크겠지? 만유인력은 두 질점이 서로 당기는 힘이니까, m이 지구 전체 또는 태양 전체를 당기는 만유인력은 곧 지구 전체 또는 태양 전체가 m을 당기는 만유인력과 같다는 말이고. 그러니 m과 지구의 만유인력, m과 태양의 만유인력의 크기가 같을 수 없다는 말씀!

▶ 학생들이 특히 많이 헷갈린 선지는 ③과 ④인데, 선택률이 정답보다 높았던 ④는 사실 [A]와 〈보기〉의 내용을 복붙한 선지거든? 핵심은 '태양을 구성하는 하나의 부피 요소'가 지구(천체) 외부의 한 질점이라는 걸 파악하는 거야. 〈보기〉에서 '부피 요소'는 '질점'이라고 했지? 즉 그림의 질점 P가 '태양을 구성하는 하나의 부피 요소'에 해당하고, 구는 '지구'에 해당하지. 이렇게 대입해서 선지를 다시 읽어 보면 왜 이걸 몰랐나 싶을 거야.

▶ ③도 이제 다시 보면 아주 쉽게 느껴질 거야. 앞에서 천체를 질량을 가진 질점으로 본다고 했지? 질량 M인 지구는 곧 질량 M인 질점에 대응되지. 달도 마찬가지. [A]에서 알 수 있듯 만유인력의 크기는 질량과 거리에 달려 있는데, 이 두 가지가 모두 같은 상황이니 만유인력이 똑같겠지? 설마 '동일한 크기의 힘으로 서로 당기'는 걸 만유인력으로 읽어 내지 못한 건 아닐 거라고 믿어.

06 어휘의 의미 파악   답 ②

선지별 선택 비율	①	②	③	④	⑤
	4%	71%	12%	4%	7%

문맥상 ⓐ~ⓔ와 바꿔 쓴 것으로 가장 적절한 것은?

😊 정답 띵! 동!

② ⓑ: 고안(考案)했다

ㅣ ⓑ의 '만들다' '규칙이나 법, 제도 따위를 정하다.'라는 의미. '우주 모형을 만들었다.' → 우주의 운행 법칙을 설명하는 이론을 수립했다는 의미

ㅣ 고안하다 '연구하여 새로운 안을 생각해 내다.'라는 의미 → 바꿔 쓰기에 적절

😖 오답 땡!

① ⓐ: 진작(振作)할

ㅣ ⓐ의 '일으키다' '어떤 사태나 일을 벌이거나 터뜨리다.'라는 의미

ㅣ 진작하다 '떨쳐 일어나다. 또는 떨쳐 일으키다.'라는 의미 → 바꿔 쓰기에 부적절

※ '어떤 것이 다른 일을 일어나게 하다.'라는 의미의 '유발(誘發)하다'나 '일이나 사건 따위를 끌어 일으키다.'라는 의미의 '야기(惹起)하다' 등과 바꿔 쓰기에 적절

③ ⓒ: 소지(所持)한

ㅣ ⓒ의 '지니다' '본래의 모양을 그대로 간직하다.'라는 의미

ㅣ 소지하다 '물건을 지니고 있다.'라는 의미 → 바꿔 쓰기에 부적절

※ '가지고 있거나 간직하고 있다.'라는 의미의 '보유(保有)하다' 정도가 바꿔 쓰기에 적절

④ ⓓ: 설정(設定)했다

ㅣ ⓓ의 '여기다' '마음속으로 그러하다고 인정하거나 생각하다.'라는 의미

ㅣ 설정하다 '새로 만들어 정해 두다.'라는 의미 → 바꿔 쓰기에 부적절

※ '상태, 모양, 성질 따위가 그와 같다고 보거나 그렇다고 여기다.'라는 의미의 '간주(看做)하다' 정도가 바꿔 쓰기에 적절

⑤ ⓔ: 시사(示唆)되어

ㅣ ⓔ의 '갖추어지다' '있어야 할 것을 가지거나 차리다.'라는 의미의 '갖추다'의 피동 표현

ㅣ 시사되다 '어떤 것을 미리 간접적으로 표현해 주다.'라는 의미의 '시사하다'의 피동 표현 → 바꿔 쓰기에 부적절

※ '있어야 할 것이 빠짐없이 다 갖추어지다.'라는 의미의 '구비(具備)되다' 정도가 바꿔 쓰기에 적절

기출 속 독서 배경지식

🔗 서양의 우주관

✎ 아리스토텔레스의 우주관(지구 중심설)

▶ 아리스토텔레스의 우주는 천상계와 지상계의 두 영역으로 크게 나뉘며, 우주의 중심에 지상계가, 그 바깥쪽에 천상계가 존재한다. 지상계는 공기, 물, 불, 흙의 원소로 구성된 불완전한 세계로 생성과 소멸을 반복하며 천한 직선 운동이 발생한다. 한편 천상계는 영원불변의 원소인 에테르로 이루어진 세계로 고상한 운동인 등속 원운동을 한다.

지구와 달 이내의 지상계와 그 위의 천상계 구분

✎ 프톨레마이오스의 우주관(지구 중심설)

▶ 프톨레마이오스는 아리스토텔레스의 이론을 이어받아 우주의 중심에 지구가 있고 태양과 달을 비롯한 행성과 항성이 지구의 주위를 돈다고 보는 천동설을 체계화하였다. 프톨레마이오스는 행성의 순행과 역행이 반복되는 상황을 '주전원'이라는 개념을 통해 해결하려 하였다. 행성이 스스로 작은 원(주전원)을 그리면서 동시에 지구 주위의 커다란 원 궤도를 돈다는 것이다.

행성들이 각자 작은 원운동을 하며 지구 주위 공전

✎ 코페르니쿠스의 우주관(태양 중심설)

▶ 코페르니쿠스는 태양이 우주의 중심에 존재하며, 지구 역시 다른 행성과 마찬가지로 태양 주위를 원운동한다는 지동설을 주장하였다. 또한 지구의 자전 때문에 항성의 일주 운동(지구의 자전 운동으로 인하여 모든 천체가 천구와 함께 지구의 자전 방향과 반대 방향으로 도는 것처럼 보이는 운동)이 나타난다고 보았다. 이 지동설은 후대의 학자들(케플러, 뉴턴 등)에 의해 확고하게 뒷받침되었다.

지구를 포함한 행성들이 태양 주위를 완전한 원 궤도로 공전

✎ 브라헤의 우주관(지구 중심설)

▶ 브라헤는 코페르니쿠스의 설명이 실제 관측과 부합하지 않는다는 이유(당시 관측 기술의 한계)로 지동설을 반대하며, 프톨레마이오스의 체계와 코페르니쿠스 체계를 결합하여 수정된 천동설을 주장하였다. 그에 따르면 태양은 지구 둘레를 돌고, 동시에 다른 행성들은 태양 둘레를 돈다.

태양이 지구 주위 공전. 지구 외의 행성들은 그 태양 주위 공전

✎ 케플러의 우주 모형(태양 중심설)

▶ 브라헤의 제자였던 케플러는 브라헤가 남긴 화성의 관측 자료를 분석한 결과, 행성은 기존의 견해와 달리 원 궤도가 아니라 태양을 한 초점으로 하는 타원 궤도를 그리며 돌고 있다는 제1법칙을 세웠다.

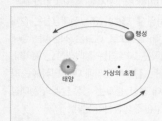

행성들이 태양을 하나의 초점으로 하는 타원 궤도를 그리며 공전(행성들의 궤도는 각기 다름.)

🔗 케플러의 행성 운동 법칙

✎ 케플러의 제1법칙

▶ '타원 궤도의 법칙'이라고 불린다. 케플러는 처음에는 프톨레마이오스의 이론을 수용하여 행성의 궤도가 수학적으로 완전한 원이라는 믿음 가운데 무려 5년 동안 계산을 거듭했으나, 브라헤의 관측 데이터와 약 8분의 차이가 나자 고심 끝에 행성 운동이 타원 궤도라는 새로운 가설을 세웠고, 이는 브라헤의 관측 결과와 일치하였다. 케플러가 거의 신앙과도 같았던 원운동 이론에서 벗어날 수 있었던 것은 스승인 브라헤의 관측 결과가 정확하다는 믿음 때문이었다고 한다.

✎ 케플러의 제2법칙

▶ '면적 속도 일정의 법칙'이라고 불린다. 태양은 행성이 움직이는 타원 궤도의 두 초점 중 하나에 위치하고, 행성은 태양에 가까워질수록 더 빨리 공전하며 태양과 멀어질수록 더 느리게 공전하므로 행성과 태양을 잇는 직선은 같은 시간 동안 같은 면적을 휩쓴다는 것이다.

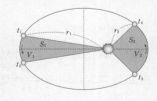

✎ 케플러의 제3법칙

▶ '조화의 법칙'이라고 불린다. 행성 궤도의 장반경(타원에서 긴 반지름)을 a, 공전 주기를 P라고 할 때 모든 행성에 대하여 P^2를 a^3으로 나눈 값은 일정하다는 것이다. 관측할 수 있는 모든 행성에 보편적으로 적용되었기 때문에 '조화의 법칙'이라 불리게 되었다.

주제 통합·인문 01
[2022학년도 수능]

| 01 ① | 02 ③ | 03 ④ |
| 04 ③ | 05 ② | 06 ③ |

(가) 〈변증법에 기반을 둔 헤겔 미학〉

♺ EBS 연결 고리
2022학년도 EBS 수능완성 216쪽 〈(가) 헤겔의 변증법과 절대정신 (나) 헤겔의 예술 형식론〉에서 '헤겔의 변증법과 절대정신' 관련 내용 연계

해제 이 글은 변증법에 기반을 둔 헤겔의 미학을 설명하고 있다. 헤겔은 '정립 – 반정립 – 종합'이라는 변증법 체계를 바탕으로 절대정신의 형태를 '예술 – 종교 – 철학'으로 구분하고, 이러한 절대정신의 형태에 각각 대응하는 인식 형식으로 '직관 – 표상 – 사유'를 제시하였다. 절대정신은 절대적 진리인 '이념'을 인식하는 인간 정신의 영역으로, 예술은 '직관하는 절대정신', 종교는 '표상하는 절대정신', 철학은 '사유하는 절대정신'인 것이다. 헤겔의 미학에 따르면 인식 형식의 차이는 절대적 진리에 대한 인식 수준의 차이로 이어져 예술은 초보 단계의 절대 정신, 종교는 성장 단계의 절대정신이 되고, 철학은 완숙 단계의 명실상부한 절대정신이 된다.

주제 변증법 구조에 따른 헤겔 미학에서의 절대정신과 예술의 위상

짜임

1문단	변증법의 논리적 구조
2문단	헤겔 미학에서 절대정신의 형태와 인식 형식
3문단	'예술 – 철학 – 종교'의 단계적 등급

1문단 ㉠ 정립–반정립–종합. 변증법의 논리적 구조를 일컫는 말이다.
[05-③] 변증법의 논리적 구조
변증법에 따라 철학적 논증을 수행한 인물로는 단연 헤겔이 거명된다. 변
증법은 대등한 위상을 지니는 세 범주의 병렬이 아니라, 대립적인 두 범주
[04-①, ⑤] 변증법의 범주 간 관계 ①
가 조화로운 통일을 이루어 가는 수렴적 상향성을 구조적 특징으로 한다.
[04-①, ④, ⑤] 변증법의 범주 간 관계 ②
헤겔에게서 변증법은 논증의 방식임을 넘어, 논증 대상 자체의 존재 방식
[02-④] 헤겔에게 변증법의 의미
이기도 하다. 즉 세계의 근원적 질서인 '이념'의 내적 구조도, 이념이 시·
[02-②] 변증법 체계를 이루는 이념과 현실
공간적 현실로서 드러나는 방식도 변증법적이기에, 이념과 현실은 하나의
체계를 이루며, 이 두 차원의 원리를 밝히는 철학적 논증도 변증법적 체계
성을 ⓐ 지녀야 한다.

2문단 헤겔은 미학도 철저히 변증법적으로 구성된 체계 안에서 다루고
[01-①] 변증법에 기반한 헤겔의 미학 체계
자 한다. 그에게서 미학의 대상인 예술은 종교, 철학과 마찬가지로 '절대
[02-③] 절대정신의 형태
정신'의 한 형태이다. 절대정신은 절대적 진리인 '이념'을 인식하는 인간
[05-⑤] 절대정신의 개념
정신의 영역을 ⓑ 가리킨다. 예술·종교·철학은 절대적 진리를 동일한 내
[02-①] 예술, 종교, 철학의 인식 내용 및 인식 형식
용으로 하며, 다만 인식 형식의 차이에 따라 구분된다. 절대정신의 세 형태
에 각각 대응하는 형식은 직관·표상·사유이다. '직관'은 주어진 물질적
[02-③] 절대정신의 세 가지 형태와 지성의 세 가지 형식 간 대응 관계
대상을 감각적으로 지각하는 지성이고, '표상'이 물질적 대상의 유무와 무
[02-③] [03-①~⑤] 지성의 세 가지 형식인 직관, 표상, 사유의 개념
관하게 내면에서 심상을 떠올리는 지성이며, '사유'는 대상을 개념을 통해
파악하는 순수한 논리적 지성이다. 이에 세 형태는 각각 '직관하는 절대정
[05-⑤] 절대정신의 세 형태
신', '표상하는 절대정신', '사유하는 절대정신'으로 규정된다. 헤겔에 따르

면 직관의 외면성과 표상의 내면성은 사유에서 종합되고, 이에 맞춰 예술
[05-②, ④] 헤겔 미학의 범주 간 관계
의 객관성과 종교의 주관성은 철학에서 종합된다.

3문단 형식 간의 차이로 인해 내용의 인식 수준에는 중대한 차이가 발생
한다. 헤겔에게서 절대정신의 내용인 절대적 진리는 본질적으로 논리적이
[02-⑤] 절대정신의 내용의 성격
고 이성적인 것이다. 이러한 내용을 예술은 직관하고 종교는 표상하며 철
학은 사유하기에, 이 세 형태 간에는 단계적 등급이 매겨진다. 즉 예술은
[01-①] [05-②] 예술, 종교, 철학의 등급
초보 단계의, 종교는 성장 단계의, 철학은 완숙 단계의 절대정신이다. 이
에 따라 ㉡ 예술–종교–철학 순의 진행에서 명실상부한 절대정신은 최고
[05-②] 철학의 위상(최고의 지성)
의 지성에 의거하는 것, 즉 철학뿐이며, 예술이 절대정신으로 기능할 수
있는 것은 인류의 보편적 지성이 미발달된 머나먼 과거로 한정된다.

(나) 〈변증법의 원칙을 기반으로 한, 헤겔 미학 비판〉

♺ EBS 연결 고리
2022학년도 EBS 수능완성 216쪽 〈(가) 헤겔의 변증법과 절대정신 (나) 헤겔의 예술 형식론〉에서 '헤겔의 변증법과 절대정신' 관련 내용 연계

해제 이 글은 변증법의 원칙에 입각하여 헤겔 미학이 지닌 문제점을 지적하고 있다. 변증법에서 '종합'은 대립적인 두 범주가 각각의 본질을 유지하면서 유기적 조화를 이루어 질적으로 고양된 범주를 생성함으로써 성립하는 것이다. 그러나 헤겔 미학은 범주 간 이행 과정에서 직관의 외면성 및 예술의 객관성이 점차 사라져 '종합' 단계에서는 완전히 소거되어 버리는 문제점이 있다. 필자는 변증법에 충실하려면 헤겔이 철학에서 성취된 완전한 주관성이 재객관화되는 단계의 절대정신을 추가했어야 하며, 예술은 '철학 이후'의 자리를 차지할 수 있는 유력한 후보라고 주장하면서 헤겔 미학에 대해 비판적 입장을 드러내고 있다.

주제 헤겔 미학의 철학 체계와 방법 간의 불일치 비판

짜임

1문단	변증법의 논리적 구조에서 '종합'의 의미
2문단	헤겔 미학 체계에 대한 분석
3문단	헤겔 미학 체계의 문제점 비판

1문단 변증법의 매력은 '종합'에 있다. 종합의 범주는 두 대립적 범주 중
하나의 일방적 승리로 ㉢ 끝나도 안 되고, 두 범주의 고유한 본질적 규정
[04-①] [05-③] 변증법의 범주 간 관계 및 이행
이 소멸되는 중화 상태로 나타나도 안 된다. 종합은 양자의 본질적 규정이
유기적 조화를 이루어 질적으로 고양된 최상의 범주가 생성됨으로써 성립
[04-①~⑤] 변증법의 범주 간 관계 및 이행
하는 것이다.

2문단 헤겔이 강조한 변증법의 탁월성도 바로 이것이다. 그러기에 변증
법의 원칙에 최적화된 엄밀하고도 정합적인 학문 체계를 조탁하는 것이
[04-①] 변증법에 기반한 헤겔 미학
바로 그의 철학적 기획이 아니었던가. 그런데 그가 내놓은 성과물들은 과
연 그 기획을 어떤 흠결도 없이 완수한 것으로 평가될 수 있을까? 미학에
관한 한 '그렇다'는 답변은 쉽지 않을 것이다. 지성의 형식을 직관–표상–

사유 순으로 구성하고 이에 맞춰 절대정신을 예술-종교-철학 순으로 편
[01-④] [05-③] 헤겔 미학의 범주적 유형화
성한 전략은 외관상으로는 변증법 모델에 따른 전형적 구성으로 보인다.

그러나 실질적 내용을 ⓓ보면 직관으로부터 사유에 이르는 과정에서는

외면성이 점차 지워지고 내면성이 점증적으로 강화·완성되고 있음이, 예

술로부터 철학에 이르는 과정에서는 객관성이 점차 지워지고 주관성이 점
[01-③] [04-②, ③, ④, ⑤] 헤겔 미학 체계의 문제점, 범주 간 관계
증적으로 강화·완성되고 있음이 확연히 드러날 뿐, 진정한 변증법적 종

합은 ⓔ이루어지지 않는다. 직관의 외면성 및 예술의 객관성의 본질은 무
[04-③, ④] 헤겔 미학 체계의 문제점
엇보다도 감각적 지각성인데, 이러한 핵심 요소가 그가 말하는 종합의 단

계에서는 완전히 소거되고 만다.

3문단 변증법에 충실하려면 헤겔은 철학에서 성취된 완전한 주관성이
[01-①, ②, ③, ④] [04-②] [05-④, ⑤] 헤겔 미학이 변증법에 맞는 체계가 되기 위한 방법
ⓐ객관화되는 단계의 절대정신을 추가했어야 할 것이다. 예술은 '철학 이

후'의 자리를 차지할 수 있는 유력한 후보이다. 실제로 많은 예술 작품은
[01-①, ②, ③] [05-②, ③, ④] 예술의 상대적 위상 재정립
'사유'를 매개로 해서만 설명되지 않는가. 게다가 이는 누구보다도 풍부한
[05-②] 사유를 매개로 하는 실제 예술
예술적 체험을 한 헤겔 스스로가 잘 알고 있지 않은가. 이 때문에 방법과

철학 체계 간의 이러한 불일치는 더욱 아쉬움을 준다.

---

01 글의 전개 방식 파악 답 ①

선지별 선택 비율	①	②	③	④	⑤
화작	43%	13%	27%	10%	4%
언매	59%	9%	23%	5%	2%

(가)와 (나)에 대한 설명으로 가장 적절한 것은?

😊 **정답 띵!등!**

① (가)와 (나)는 모두 특정한 철학적 방법에 기반한 체계를 바탕으로 예술의
└→ 변증법
상대적 위상을 제시하고 있다.
└→ (가): '예술 - 종교 - 철학' 순, (나): 철학 이후가 예술

┃ (가) 2문단 "헤겔은 미학도 철저히 변증법적으로 구성된 체계 안에서 다루고자
한다."

┃ (가) 3문단 "이 세 형태(예술, 종교, 철학) 간에는 단계적 등급이 매겨진다. 즉 예술
은 초보 단계의, 종교는 성장 단계의, 철학은 완숙 단계의 절대정신이다."

┃ (나) 3문단 "변증법에 충실하려면 헤겔은 철학에서 성취된 완전한 주관성이 재객
관화되는 단계의 절대정신을 추가했어야 할 것이다. 예술은 '철학 이후'의 자리
를 차지할 수 있는 유력한 후보이다."

┃ 뭔말?
· (가), (나)의 공통 화제인 헤겔의 변증법과 미학: '정립 - 반정립 - 종합'이라는
변증법(철학적 방법)의 논리 구조를 미학에도 적용함.
· (가)에 제시된 예술의 상대적 위상: 초보 단계(예술 → 종교 → 철학)
· (나)에 제시된 예술의 상대적 위상: 철학 이후의 단계

☹️ **오답 땡!**

② (가)와 (나)는 모두 특정한 철학적 방법에 대한 ~~상반된 평가~~를 바탕으로
└→ 제시 X
~~더 설득력 있는 미학 이론을 모색~~하고 있다.
└→ 제시 X

┃ 뭔말?
· (가): 변증법의 논리 구조를 바탕으로, 예술을 초보 단계의 절대정신으로 규정한
헤겔의 미학 이론을 설명
· (나): 변증법의 원리에 기반한 헤겔의 미학 이론이 지닌 문제점을 비판 → 변증
법의 논리적 구조에 어울리도록 예술의 위상을 재정립해야 함.

┃ 결론! (가)와 (나) 모두 변증법에 대한 상반된 평가를 제시하고 있지 않으며, 더
설득력 있는 새로운 미학 이론을 제시하고 있지도 않음.

③ (가)와 달리 (나)는 특정한 철학적 방법의 ~~시대적 한계~~를 지적하고 ~~이에~~
└→ 제시 X
~~맞서는 혁신적 방법을 제안~~하고 있다.
└→ 제시 X

┃ (나) 2문단 "지성의 형식을 직관 - 표상 - 사유 순으로 구성하고 이에 맞춰 절대
정신을 예술 - 종교 - 철학 순으로 편성한 전략 ~ 진정한 변증법적 종합은 이
루어지지 않는다."

┃ (나) 3문단 "변증법에 충실하려면 헤겔은 철학에서 성취된 완전한 주관성이 재객
관화되는 단계의 절대정신을 추가했어야 할 것이다. 예술은 '철학 이후'의 자리
를 차지할 수 있는 유력한 후보이다."

┃ 뭔말?
· (나)의 필자의 지적: 헤겔의 미학 체계가 변증법과 일치하지 않는다는 점('종합' ×)
→ 헤겔 미학 체계의 한계 지적이지, 변증법의 시대적 한계 지적 X
· (나)의 필자의 제안: 변증법에 충실하게, 철학 다음 단계를 추가해야 함.
→ 변증법에 맞서는 방법 제안 X

④ (가)와 달리 (나)는 특정한 철학적 방법에서 파생된 미학 이론을 바탕으로
~~예술 장르를 범주적으로 유형화~~하고 있다.
└→ 제시 X

┃ (나) 3문단 "변증법에 충실하려면 헤겔은 철학에서 성취된 완전한 주관성이 재객
관화되는 단계의 절대정신을 추가했어야 할 것"

┃ 뭔말?
· (나)는 변증법에서 파생된 헤겔의 미학 이론의 문제점을 지적하고 수정 방안을
제시할 뿐, 예술 장르를 범주적으로 유형화하지 않음.

⑤ (나)와 달리 (가)는 특정한 철학적 방법의 ~~통시적인 변화 과정~~을 적용하여
└→ 제시 X
~~철학사를 단계적으로 설명~~하고 있다.
└→ 제시 X

┃ 뭔말?
· (가): 시간이나 시대의 흐름에 따른 변증법의 변화 과정은 제시되지 않음. 철학의
역사 전체를 설명 대상으로 하고 있지도 않음.

02 세부 정보의 파악 답 ③

선지별 선택 비율	①	②	③	④	⑤
화작	16%	13%	51%	10%	7%
언매	13%	11%	64%	6%	5%

(가)에서 알 수 있는 헤겔의 생각으로 적절하지 <u>않은</u> 것은?

😊 **정답 띵!등!**

③ 절대정신의 세 가지 형태는 지성의 세 가지 형식~~이 인식하는~~ 대상이다.
└→ 에 대응되는

| (가) 2문단 "그에게서 미학의 대상인 예술은 종교, 철학과 마찬가지로 '절대정신'의 한 형태이다. ~ 절대정신의 세 형태에 각각 대응하는 형식은 직관·표상·사유이다. '직관'은 주어진 물질적 대상을 감각적으로 지각하는 지성이고, '표상'은 물질적 대상의 유무와 무관하게 내면에서 심상을 떠올리는 지성이며, '사유'는 대상을 개념을 통해 파악하는 순수한 논리적 지성이다. 이에 세 형태는 각각 '직관하는 절대정신(예술)', '표상하는 절대정신(종교)', '사유하는 절대정신(철학)'으로 규정된다."

| 뭔말?

· 절대정신의 세 가지 형태 = 예술, 종교, 철학, 지성의 세 가지 형식 = 직관, 표상, 사유

· '직관·표상·사유'라는 세 가지 형식에 의해 절대정신이 '예술·종교·철학'이라는 세 가지 형태로 구분되는 것이지, '직관·표상·사유'가 인식하는 대상이 '예술·종교·철학'인 것이 아님.

※ 직관이 예술을 인식, 표상이 종교를 인식, 사유가 철학을 인식한다? X

오답 땡!

① 예술·종교·철학 간에는 인식 내용의 동일성과 인식 형식의 상이성이 존재한다.
    └ 절대적 진리   └ 직관·표상·사유

| (가) 2문단 "예술·종교·철학은 절대적 진리를 동일한 내용으로 하며, 다만 인식 형식의 차이에 따라 구분된다. 절대정신의 세 형태에 각각 대응하는 형식은 직관·표상·사유이다."

② 세계의 근원적 질서와 시·공간적 현실은 하나의 변증법적 체계를 이룬다.

| (가) 1문단 "세계의 근원적 질서인 '이념'의 내적 구조도, 이념이 시·공간적 현실로서 드러나는 방식도 변증법적이기에, 이념과 현실은 하나의 체계를 이루며"

④ 변증법은 철학적 논증의 방법이자 논증 대상의 존재 방식이다.

| (가) 1문단 "헤겔에게서 변증법은 논증의 방식임을 넘어, 논증 대상 자체의 존재 방식이기도 하다."

⑤ 절대정신의 내용은 본질적으로 논리적이고 이성적인 것이다.

| (가) 3문단 "절대정신의 내용 ~ 본질적으로 논리적이고 이성적인 것이다."

03 구체적 사례에의 적용   답 ④

선지별 선택 비율	①	②	③	④	⑤
화작	4%	8%	11%	65%	10%
언매	3%	6%	5%	77%	6%

(가)에 따라 직관·표상·사유의 개념을 적용한 것으로 적절하지 않은 것은?

정답 띵!동!

④ 예술의 새로운 개념을 설정하는 것은 사유를 통해, 이를 바탕으로 새로운 감각을 일깨우는 작품의 창작을 기획하는 것은 직관을 통해 이루어지겠군.
    └ 사유를

| (가) 2문단 "'직관'은 주어진 물질적 대상을 감각적으로 지각하는 지성이고, '표상'은 물질적 대상의 유무와 무관하게 내면에서 심상을 떠올리는 지성이며, '사유'는 대상을 개념을 통해 파악하는 순수한 논리적 지성이다."

| 뭔말?

· 예술의 새로운 개념 설정: 개념을 통해 대상을 파악하는 것 → 사유

· 새로운 감각을 일깨우는 작품의 창작 기획: 물질적 대상을 감각적으로 지각하는 것 X, 논리적인 영역에 해당 → 사유

※ '새로운 감각을 일깨우는'만 보고 감각적 지각과 관련지어선 안 됨. 그러한 작품의 '창작'과 '기획'이 핵심임.

오답 땡!

①　　　　　　　┌ 물질적 대상　　　　┌ 감각적 지각
먼 타향에서 밤하늘의 별들을 바라보는 것은 직관을 통해, 같은 곳에서 고향의 하늘을 상기하는 것은 표상을 통해 이루어지겠군.
    └ 내면에서 심상을 떠올리는 것

| 뭔말?

· 밤하늘의 별들을 바라보는 것: 물질적 대상인 '밤하늘의 별들'을, 감각 기관인 눈을 통해 '바라보는' 감각적 지각 → 직관

· 먼 타향에서 고향의 하늘을 상기하는 것: 먼 타향에 있으므로 '고향의 하늘'은 실제로 보고 있는 대상이 아니라 내면에서 떠올린 이미지, 즉 심상 → 표상

②　　　　　　　　　　　　　┌ 비현실적 이미지
타임머신을 타고 미래로 가는 자신의 모습을 상상하는 것과, 그 후 판타지 영화의 장면을 떠올려 보는 것은 모두 표상을 통해 이루어지겠군.
    └ 비현실적 이미지

| 뭔말?

· 타임머신을 타고 미래로 가는 자신의 모습을 상상하는 것, 판타지 영화의 장면을 떠올려 보는 것: 비현실적인 심상을 내면에서 떠올리는 것 → 표상

③　　　　　　　　　　┌ 물질적 대상　　　　　　　┌ 감각적 지각
초현실적 세계가 묘사된 그림을 보는 것은 직관을 통해, 그 작품을 상상력 개념에 의거한 이론에 따라 분석하는 것은 사유를 통해 이루어지겠군.
    └ 개념을 통한 대상(작품) 파악

| 뭔말?

· 초현실적 세계를 그린 그림이라도 그림 자체를 보는 것은 감각적 영역: 물질적 대상인 '그림'을 감각 기관인 눈을 통해 '보는' 것 → 직관

· 그 작품을 상상력 개념에 의거한 이론에 따라 분석하는 것: 대상(작품)을 개념(상상력 개념)에 따라 파악하는 것, 즉 순수한 논리적 지성의 영역 → 사유

⑤　　　　　　　　　　　　　┌ 개념을 통한 대상 파악
도덕적 배려의 대상을 생물학적 상이성 개념에 따라 규정하는 것과, 이에 맞서 감수성 소유 여부를 새로운 기준으로 제시하는 것은 모두 사유를 통해 이루어지겠군.
    └ 개념

| 뭔말?

· 도덕적 배려의 대상을 생물학적 상이성 개념에 따라 규정하는 것: 대상을 개념을 통해 파악하는 논리적인 영역 → 사유

· 도덕적 배려의 대상을 규정하는 새로운 기준으로 감수성 소유 여부를 제시하는 것: 대상을 개념(감수성 소유 여부)을 통해 파악하는 논리적인 영역 → 사유

04 내용의 추론   답 ③

선지별 선택 비율	①	②	③	④	⑤
화작	10%	13%	48%	17%	9%
언매	9%	9%	62%	11%	6%

(나)의 글쓴이의 관점에서 ㉠과 ㉡에 대한 헤겔의 이론을 분석한 것으로 적절하지 <u>않은</u> 것은?

③ ㉠과 달리 ㉡에서는 범주 간 이행에서 첫 번째 범주의 특성이 갈수록 ~~강해진다~~.
→ 약해진다

| (나) 1문단 "종합의 범주는 두 대립적 범주(정립, 반정립) 중 하나의 일방적 승리로 끝나도 안 되고, 두 범주의 고유한 본질적 규정이 소멸되는 중화 상태로 나타나도 안 된다. 종합은 양자의 본질적 규정이 유기적 조화를 이루어 질적으로 고양된 최상의 범주가 생성됨으로써 성립하는 것"

| (나) 2문단 "예술로부터 철학에 이르는 과정(범주 간 이행)에서는 객관성이 점차 지워지고 주관성이 점증적으로 강화·완성되고 있음이 확연히 드러날 뿐, 진정한 변증법적 종합은 이루어지지 않는다. 직관의 외면성 및 예술의 객관성의 본질은 무엇보다도 감각적 지각성인데, 이러한 핵심 요소가 그가 말하는 종합의 단계에서는 완전히 소거되고 만다."

| 뭔말?

· 변증법에 대한 (나)의 필자의 관점: '정립 – 반정립 – 종합(㉠)'에서 첫 번째 범주인 '정립'과 두 번째 범주인 '반정립'이 각각의 본질적 규정을 유지하면서 조화를 이루어 보다 높은 차원의 '종합'이 성립함.

· 헤겔 미학 체계에 대한 (나)의 필자의 관점: '예술 – 종교 – 철학(㉡)'에서 첫 번째 범주인 '예술'의 본질은 감각적 지각성인데, 이것이 다음 단계의 범주로 이행될수록 지워지고 마지막(철학)에서는 완전히 사라짐.

· 결론! (나)의 필자의 관점: ㉠ → 첫 번째 범주인 '정립'의 특성이 유지 vs ㉡ → 첫 번째 범주인 '예술'의 특성(객관성, 외면성, 감각적 지각성)이 다음 범주로 이행될수록 약해지다가 마지막에는 사라짐.

① ㉠과 ㉡ 모두에서 첫 번째와 두 번째의 범주는 서로 대립한다.

| (가) 1문단 "변증법은 ~ 대립적인 두 범주(정립, 반정립)가 조화로운 통일을 이루어 가는 수렴적 상향성을 구조적 특징으로 한다."

| (나) 1문단 "두 대립적 범주"

| (나) 2문단 "변증법의 원칙에 최적화된 엄밀하고도 정합적인 학문 체계를 조탁하는 것이 바로 그(헤겔)의 철학적 기획"

| 뭔말?

· (나)의 1문단에서 '두 대립적 범주'는 (가)의 1문단에도 제시되어 있듯 '정립', '반정립'을 가리킴. → 두 범주의 대립적 성격

· 헤겔의 미학 체계는 변증법의 원칙에 기반한 것이므로, ㉡에도 적용됨. → 첫 번째, 두 번째의 범주는 서로 대립함.

② ㉠과 ㉡ 모두에서 두 번째와 세 번째 범주 간에는 수준상의 차이가 존재한다.

| (나) 1문단 "종합(세 번째 범주)은 양자(첫 번째, 두 번째 범주)의 본질적 규정이 유기적 조화를 이루어 질적으로 고양된 최상의 범주가 생성됨으로써 성립"

| (나) 2문단 "예술로부터 철학에 이르는 과정에서는 ~ 주관성이 점증적으로 강화·완성되고 있음"

| (나) 3문단 "철학에서 성취된 완전한 주관성"

| 뭔말?

· ㉠에 대한 (나)의 필자의 관점: 세 번째 범주(종합)는 최상의 범주임. → '반정립'보다 '종합'이 더 높은 수준

· ㉡에 대한 (나)의 관점: '예술 – 종교 – 철학'의 과정에서 주관성이 점증적으로

강화·완성됨. → 두 번째 범주(종교)보다 세 번째 범주(철학)의 주관성이 더 강함 (주관성의 수준 차이 존재).

④ ㉡과 달리 ㉠에서는 세 번째 범주에서 첫 번째와 두 번째 범주의 조화로운 통일이 이루어진다.

| (가) 1문단 "변증법은 ~ 대립적인 두 범주가 조화로운 통일을 이루어 가는 수렴적 상향성을 구조적 특징으로 한다."

| (나) 2문단 "헤겔이 강조한 변증법의 탁월성도 바로 이것(두 대립적 범주가 유기적 조화를 이루어 최상의 범주인 종합이 되는 것)이다. ~ 예술로부터 철학에 이르는 과정에서는 ~ 진정한 변증법적 종합은 이루어지지 않는다."

| 뭔말?

· 변증법의 논리적 구조인 ㉠: 두 대립적 범주인 정립, 반정립이 조화로운 통일, 즉 유기적 조화를 이루어 최상의 범주인 '종합'이 성립함.

· 헤겔의 미학 체계인 ㉡: 첫 번째 범주인 예술, 두 번째 범주인 종교의 유기적 조화를 통한 '종합'이 이루어지지 않음. → 조화로운 통일이 이루어지지 못함.

※ (나)의 관점: 변증법의 탁월성 인정, 그러나 이에 입각했다고 하는 헤겔의 미학 이론은 변증법의 원칙에 엄밀하게 정합하지 않는다고 비판

⑤ ㉡과 달리 ㉠에서는 범주 간 이행에서 수렴적 상향성이 드러난다.

| (가) 1문단 "변증법은 ~ 대립적인 두 범주가 조화로운 통일을 이루어 가는 수렴적 상향성(상위 단계로 모아짐.)을 구조적 특징으로 한다."

| (나) 1문단 "종합은 양자(정립, 반정립)의 본질적 규정이 유기적 조화를 이루어 질적으로 고양된 최상의 범주가 생성(수렴적 상향성)됨으로써 성립"

| (나) 2문단 "예술로부터 철학에 이르는 과정에서는 ~ 진정한 변증법적 종합은 이루어지지 않는다."

| 뭔말?

· 수렴적 상향성: 대립적 두 범주인 정립, 반정립이 조화로운 통일을 이루어 상위 단계인 '종합'으로 수렴됨.

· (나)의 관점: ㉠에서는 '종합'이 성립하나, ㉡에서는 진정한 '종합'이 이루어지지 않음. → 수렴적 상향성은 ㉠에서만 나타남.

05 관점의 적용   답 ②

선지별 선택 비율	①	②	③	④	⑤
화작	10%	31%	13%	32%	12%
언매	13%	36%	8%	30%	10%

〈보기〉는 헤겔과 (나)의 글쓴이가 나누는 가상의 대화의 일부이다. ㉮에 들어갈 내용으로 가장 적절한 것은? [3점]

| 보기 |

헤겔: 괴테와 실러의 문학 작품을 읽을 때 놓치지 않아야 할 점이 있네. 이 두 천재도 인생의 완숙기에 이르러서야 비로소 최고의 지성적 통찰(사유)을 진정한 예술미로 승화(완전한 주관성이 재객관화되는 단계)시킬 수 있었네. 그에 비해 초기의 작품들은 미적으로 세련되지 못해 결코 수준급이라 할 수 없었는데, 이는 그들이 아직 지적으로 미성숙(초보 단계의 절대정신)했기 때문이었네.

(나)의 글쓴이: 방금 그 말씀과 선생님의 기본 논증 방법(변증법)을 연결하면 ㉮ 는 말이 됩니다.

😊 **정답 띡! 둥!**

② 이론에서는 외면성에 대응하는 예술이 현실에서는 내면성을 바탕으로 하는 절대정신일 수 있다

| (가) 2문단 "절대정신의 세 형태(예술, 종교, 철학)에 각각 대응하는 형식은 직관·표상·사유이다. ~ 헤겔에 따르면 직관(예술)의 외면성과 표상(종교)의 내면성은 사유(철학)에서 종합되고, 이에 맞춰 예술의 객관성과 종교의 주관성은 철학에서 종합된다."

| (가) 3문단 "이 세 형태(예술, 종교, 철학) 간에는 단계적 등급이 매겨진다. ~ 예술 – 종교 – 철학 순의 진행에서 명실상부한 절대정신은 최고의 지성에 의거하는 것, 즉 철학뿐"

| (나) 3문단 "예술은 '철학 이후'의 자리를 차지할 수 있는 유력한 후보이다. 실제로 많은 예술 작품은 '사유'를 매개로 해서만 설명되지 않는가."

| 원말?

· (가)에 따르면 예술(직관)은 외면성과 객관성, 종교(표상)는 내면성과 주관성, 철학(사유)은 예술과 종교의 종합이며, 지성의 수준은 '예술 – 종교 – 철학' 순임.

· (나)의 필자의 관점: 헤겔 미학에서 설명하는 예술에 대한 인식이 변증법의 원칙에 정합하지 않는다고 비판 → 예술은 '사유'를 매개로 하므로 '철학 이후'의 단계에 위치해야 함.

· 〈보기〉에 적용: 괴테와 실러의 문학 작품은 '예술' 작품으로, 헤겔의 미학 체계에 따르면 외면성을 지님. 그러나 완숙기 때 괴테와 실러의 작품은 최고의 지성적 성찰(지성의 최고 수준 = 사유)로 예술미를 이루었다고 했으므로, 이는 외면성과 내면성의 종합임.

| 결론! 이론, 즉 헤겔의 미학 체계에서 예술은 외면성을 지닌 직관하는 절대정신에 대응하나, 괴테와 실러의 완숙기 작품에서 나타나듯 실제로는 외면성과 내면성이 종합된 사유하는 절대정신에 대응함.

😞 **오답 땡!**

① 이론에서는 대립적 범주들의 종합을 이루어야 하는 세 번째 단계가 ~~현실에서는 두 범주들을 중화한다~~
        └ 중화 상태 X

| (나) 1문단 "종합의 범주(세 번째 단계)는 두 대립적 범주 중 하나의 일방적 승리로 끝나도 안 되고, 두 범주의 고유한 본질적 규정이 소멸되는 중화 상태로 나타나도 안 된다."

| 원말?

· 〈보기〉에서 (나)의 글쓴이가 말한 '선생님의 기본 논증 방법' = 변증법

· (나)의 필자의 관점: '종합'에서 중화 상태가 나타나서는 안 됨.

· 〈보기〉에서 헤겔이 괴테와 실러의 완숙기 작품에서 본질적 규정인 외면성이 사라졌다고 본 것은 아님. 또한 그들의 초기 작품이 지적 미성숙, 즉 초보 단계의 지성이라고 평가한 것은 헤겔 미학(이론)의 '예술'의 속성과 부합함.

③ 이론에서는 ~~반정립~~ 단계에 위치하는 예술이 현실에서는 ~~정립~~ 단계에 있는 것으로 나타난다
     └ 정립   '철학' 다음 단계(정립 X) ┘

| (가) 1문단 "정립 – 반정립 – 종합. 변증법의 논리적 구조"

| (나) 2문단 "지성의 형식을 직관 – 표상 – 사유 순으로 구성하고 이에 맞춰 절대정신을 예술 – 종교 – 철학 순으로 편성한 전략은 외관상으로는 변증법 모델에 따른 전형적 구성"

| (나) 3문단 "예술은 '철학 이후'의 자리를 차지할 수 있는 유력한 후보"

| 원말?

· 이론상 대응 관계: 정립 = 직관 = 예술, 반정립 = 표상 = 종교, 종합 = 사유 = 철학

· 〈보기〉의 헤겔: 자신의 미학 이론(예술 = 정립 단계)과 달리 괴테와 실러의 완숙기 작품이 사유를 바탕으로 한 것임을 말하고 있음.

· (나)의 필자의 관점: 예술이 철학 다음 단계에 와야 함(정립 단계 X).

④ 이론에서는 객관성을 본질로 하는 예술이 현실에서는 ~~객관성이 사라진 주관성을 지닌다~~
                                              └ 주관성이 재객관화됨.

| (가) 2문단 "헤겔에 따르면 직관의 외면성과 표상의 내면성은 사유에서 종합되고, 이에 맞춰 예술의 객관성과 종교의 주관성은 철학에서 종합된다."

| (나) 2문단 "직관의 외면성 및 예술의 객관성의 본질은 무엇보다도 감각적 지각성인데, 이러한 핵심 요소가 그가 말하는 종합의 단계에서는 완전히 소거되고 만다."

| (나) 3문단 "변증법에 충실하려면 헤겔은 철학에서 성취된 완전한 주관성이 재객관화되는 단계의 절대정신을 추가했어야 할 것이다. 예술은 '철학 이후'의 자리를 차지할 수 있는 유력한 후보이다."

| 원말?

· (나)의 필자의 관점: 헤겔의 미학 이론에서 예술의 본질인 객관성이 소멸된다는 문제점 지적. 오히려 철학 다음 단계(완전한 주관성이 재객관화되는 단계)에 예술이 오는 것이 적절하다고 제안

· 〈보기〉에 제시된 현실: 괴테와 실러의 완숙기 작품은 최고의 지성적 통찰을 진정한 예술미로 승화시킴. → 철학의 주관성이 재객관화된 단계(객관성이 사라진 것이 아님.)

⑤ 이론에서는 절대정신으로 규정되는 예술이 현실에서는 진리의 인식을 수행할 수 ~~없다~~
                                            └ 있다

| (가) 2문단 "절대정신은 절대적 진리인 '이념'을 인식하는 인간 정신의 영역을 가리킨다. ~ 이에 세 형태(예술, 종교, 철학)는 각각 '직관하는 절대정신(예술)', '표상하는 절대정신', '사유하는 절대정신'으로 규정된다."

| (나) 3문단 "변증법에 충실하려면 헤겔은 철학에서 성취된 완전한 주관성이 재객관화되는 단계의 절대정신을 추가했어야 할 것(앞의 단계들 역시 절대정신으로 봄.)이다. 예술은 '철학 이후'의 자리를 차지할 수 있는 유력한 후보이다."

| 원말?

· 절대정신: 진리를 인식하는 인간 정신의 영역

· 헤겔 미학에서 예술, 종교, 철학은 모두 절대정신(단지 형태가 다름.)

· (나)의 관점: 예술, 종교, 철학이 절대정신임을 부정하지 않으며, 다만 예술이 철학 이후 단계의 절대정신이 될 수 있다고 봄.

· 〈보기〉에서 헤겔의 말: 완숙기 괴테와 실러의 문학 작품은 최고의 지성적 통찰이 예술미로 승화된 것 → 사유하는 절대정신(진리를 인식하는 절대정신의 하나)을 바탕으로 함.

🍯 **꿀피스 Tip!**

▶ 이 문제의 포인트는 (나)의 필자의 관점과 〈보기〉의 헤겔의 관점을 각각 명확히 파악하고 이 둘을 비교할 수 있는가에 있어. 오답인 ④의 선택률이 상당히 높아 함정으로 작용했음을 알 수 있네. 도대체 왜 헷갈렸을까?

▶ 먼저 (나)의 필자는 변증법에 기반한 헤겔 미학 이론을 비판하는 입장이라는 걸 파악해야 하지. 무엇을 비판하느냐? 변증법의 탁월성은 '종합'에 있는데 실제로 헤겔 미학 체계에서는 이 '종합'이 이루어지지 않는다는 거야. 종합은 정립, 반정립의 본질적 규정이 유지되면서 질적으로 더 높아진 단계인데, '정립'에 해당하는 예술의 객관성이 사라진다는 거지. 여기까지만 주목하고, '(나)의 필자는 헤겔 미학 체계의 종합에서 객관성이 사라진다고 했네. 그럼 주관성만 남았다는 말이겠군.' 이렇게 판단하고 〈보기〉에서 헤겔이 말한 괴테와 실러의 예술 작품을 현실에 대입하여 ④를 선택했을 거야. 그런데 괴테와 실러의 작품이 (나)의 필자가 지적한 헤겔 미학 체계의 종합에 해당하는 사례가 맞는 걸까?

▶ 〈보기〉를 보면 헤겔은 괴테와 실러의 작품을 초기와 완숙기로 나누어 달리 평가하고 있단 말이지. 초기 작품은 '지적으로 미성숙'한 것, 완숙기 작품은 '최고의 지성적 통찰을 진정한 예술미로 승화시'킨 것으로 보고 있잖아. 즉 이 둘은 다른 사례인 거야. (가)에 따르면 헤겔 미학에서는 지성의 수준에 따라 등급이 나뉘고, 가장 초보 단계의 지성이 예술이라고 했으니 괴테와 실러의 초기 작품은 헤겔 미학의 '예술'에 해당하는 사례이지.

▶ 그런데 괴테와 실러의 완숙기 작품은 최고 수준의 지성을 승화시킨 것이라고 했지. 헤겔의 미학 체계에서 예술은 초보 단계의 지성인데, 최고 수준의 지성인 사유(철학)가 승화되어 진정한 예술미가 나타났다는 거잖아. 따라서 헤겔 스스로 자신의 미학 체계와 맞지 않는 견해를 나타낸 셈이야. 그럼 이건 누구의 견해겠어? 헤겔 미학을 비판한 (나)의 견해로 연결되는 거지. (나)의 필자가 제안한 대로 철학 다음의 단계에 예술이 위치한 사례인 거잖아. 즉 괴테와 실러의 완숙기 작품은 철학에서 성취된 완전한 주관성이 재객관화된 단계의 절대정신으로서의 예술이라는 것이지. 재객관화는 다시 객관화되었다는 것이니 객관성이 있다는 말이지.

▶ 정리하자면 괴테와 실러의 초기 작품은 헤겔 미학 체계의 '예술'로서 객관성을 지니고 있고, 완숙기 작품은 (나)의 필자의 견해에 따라 주관성이 재객관화된 '예술'로서 객관성이 있으니 현실의 예술이 '객관성이 사라진 주관성'을 지닌다고 할 수 없는 거야.

| ⓐ의 '지니다' '바탕으로 갖추고 있다.'라는 뜻
| '소지하다' '물건을 지니고 있다.'라는 뜻
　※ '바탕으로 갖추고 있다.'는 추상적 개념이므로 '물건을 지니고 있다.'와 맥락이 다름.

② ⓑ: 포착(捕捉)한다

| ⓑ의 '가리키다' '어떤 대상을 특별히 집어서 두드러지게 나타내다.'라는 뜻
| '포착하다' '꼭 붙잡다. / 요점이나 요령을 얻다. / 어떤 기회나 정세를 알아차리다.'라는 뜻

④ ⓓ: 간주(看做)하면

| ⓓ의 '보다' '대상의 내용이나 상태를 알기 위하여 살피다.'라는 뜻
| '간주하다' '상태, 모양, 성질 따위가 그와 같다고 보거나 그렇다고 여기다.'라는 뜻

⑤ ⓔ: 결성(結成)되지

| ⓔ의 '이루어지다' '어떤 대상에 의하여 일정한 상태나 결과가 생기거나 만들어지다.'라는 뜻
| '결성되다' '조직이나 단체 따위가 짜여 만들어지다.'라는 뜻

06 어휘의 의미 파악　　　　　　　　　　　　답 ③

선지별 선택 비율	①	②	③	④	⑤
화작	10%	4%	63%	4%	17%
언매	5%	2%	77%	2%	10%

문맥상 ⓐ~ⓔ와 바꾸어 쓰기에 가장 적절한 것은?

정답 띵!동!

③ ⓒ: 귀결(歸結)되어도

| ⓒ의 '끝나다' '일이 다 이루어지다.'라는 뜻
| '귀결되다' '어떤 결말이나 결과에 이르게 되다.'라는 뜻
　※ '일이 다 이루어지다.'는 완결의 의미를 지니므로 '결말이나 결과'와 의미가 통함.

오답 땡!

① ⓐ: 소지(所持)하여야

기출 속 독서 배경지식

🔗 헤겔의 철학

✎ 헤겔의 관념론

▶ 헤겔은 독일의 관념론 철학을 완성시킨 철학자이다. 헤겔 철학의 입장은 절대적 관념론으로, 이는 피히테의 주관적 관념론과 셸링의 객관적 관념론의 모순 대립을 통일시켜 하나의 철학 체계로 종합한 것으로 볼 수 있다. 관념론은 사고, 이념, 이성, 정신을 앞세우는 철학으로 피히테는 자아(정신)를, 셸링은 자연 쪽에 치우친 편이었고, 헤겔은 이 두 철학을 종합하려 했다.

▶ 헤겔은 세계를 항상 변화하는 것으로 봤다. 이때 변화는 모순되고 대립되는 것들의 투쟁이 반복되어 발전되는 것이었다.

✎ 헤겔의 정신철학

▶ 헤겔의 정신철학은 셋으로 나누어 볼 수 있다. 첫째는 인간학과 현상학, 심리학으로 이루어진 주관적인 정신이다. 둘째는 법률, 도덕, 윤리를 다루는 객관적인 정신이다. 셋째는 예술, 종교, 철학에 있는 절대적인 정신이다. 이중 철학은 절대정신이 나타난 최고의 형태이다.

▶ 헤겔은 모든 사건에는 본질적인 면이 숨겨져 있다고 보았다. 헤겔에게 본질적인 면이란 절대정신이고, 인간의 역사는 이 절대정신이 그 본질을 점차 분명하게 드러내는 과정이었다. 헤겔은 나폴레옹을 보고 절대정신이 자기를 실현하기 위한 수단으로 나폴레옹을 이용하고 있다고 생각했다.

✎ 헤겔 철학이 미친 영향

▶ 헤겔의 철학에 대한 비판으로부터 현대의 실존주의가 나왔다. 실존철학자들은 헤겔 철학의 절대정신, 국가지상주의를 본따서 독재를 정당화하는 파시즘이 만들어졌다고 주장했다.

▶ 헤겔의 철학에 대한 비판으로부터 현대의 마르크스주의가 나왔다. 마르크스는 헤겔의 변증법적 역사관에서 아이디어를 얻어 새로운 사회 변혁 이론을 내세웠다.

🔗 헤겔의 변증법

✎ 헤겔의 변증법

▶ 변증법은 절대적인 사유의 법칙이며 궁극적인 진리에 도달하는 과정이자 법칙이다. 변증법은 정립, 반정립, 종합이라는 3단계를 포함한다. 정립은 어떤 대상의 부분적인 요소로 설명하고 그것이 정설로 굳어진 것이다. 반정립은 정립의 모순점을 비판하는 이견이다. 그래서 정립과 반정립 사이에 대립이 발생한다. 종합은 정립에서 이야기한 부분적인 이해와, 반정립에서 이야기한 비판이 종합되어 발전되는 것이다.

▶ 헤겔의 변증법은 '인식'의 발전 논리로 그치는 것이 아니라 '존재'의 발전 논리이기도 하다.

▶ '종합'을 다른 표현으로 나타낼 때 '지양'이라고 하기도 한다. '지양'은 두 의견 사이에서 발생하는 대립, 모순이 없어지는 게 아니라 더 발전적인 단계로 종합되는 단계를 말한다.

가능세계의 개념과 성질

> 🔗 **EBS 연결 고리**
> 2019학년도 EBS 수능특강 독서 75쪽 〈모순 관계와 반대 관계〉에서 '모순율과 배중률' 관련 내용 연계

해제 이 글은 가능세계의 개념과 성질을 구체적인 사례를 통해 설명하고 있다. 모순 관계는 두 명제가 모두 참인 것도 모두 거짓인 것도 가능하지 않은 관계, 곧 P와 ~P의 관계를 이른다. 그런데 '다보탑은 경주에 있다.'와 '다보탑은 개성에 있을 수도 있었다.'는 모순 관계가 아니다. 철학자들은 P와 ~P가 모두 참 혹은 모두 거짓인 가능세계는 없지만 다보탑이 개성에 있는 가능세계는 있다고 표현한다. 'P는 가능하다.'는 P가 적어도 하나의 가능세계에서 성립한다는 뜻이고, 'P는 필연적이다.'는 P가 모든 가능세계에서 성립한다는 뜻으로, 가능하지만 필연적이지 않은 명제는 우리 현실세계를 비롯한 어떤 가능세계에서는 성립하고 또 어떤 가능세계에서는 성립하지 않는다. 기차를 놓쳐 지각을 한 상황에서 일상적으로 '만약 내가 8시 기차를 탔다면(A), 나는 지각을 하지 않았다(B).'라는 말을 하지만 만약 그 기차를 탔다면 여전히 지각을 했을 것(~B)이라고 주장하지는 않는다. 그 이유는 기차를 탔을 때(A가 참인 가능세계)의 여러 상황을 비교할 때, 별다른 이변이 없는 한 지각을 하지 않는 세계(B도 참인 가능세계)가 지각을 하는 세계(B가 거짓인 가능세계)보다 현실세계와 더 유사하기 때문이다. 이러한 가능세계는 일관성, 포괄성, 완결성, 독립성의 네 가지 성질을 갖는다. 가능세계의 개념은 철학에서 그 연구가 활발히 진행되고 있으며, 다른 분야로 응용의 폭을 넓히고 있다.

주제 가능세계의 개념과 성질

짜임

1문단	모순 관계와 무모순율의 개념 및 가능세계
2문단	가능세계의 개념을 통해 살펴본 명제의 필연성과 가능성
3문단	일상적인 표현 이해에 도움이 되는 가능세계를 통한 담론
4문단	가능세계의 네 가지 성질
5문단	가능세계 개념의 의의와 응용의 양상

1문단 두 명제가 모두 참인 것도 모두 거짓인 것도 가능하지 않은 관계
[02-③, ⑤] [04-①, ③] 모순 관계의 개념: 두 명제 중 하나는 참, 하나는 거짓이어야 함.
를 모순 관계라고 한다. 예를 들어, 임의의 명제를 P라고 하면 P와 ~P는
[01-④] 모순 관계의 명제 표현
모순 관계이다.(기호 '~'은 부정을 나타낸다.) P와 ~P가 모두 참인 것은
[01-④] 무모순율의 개념
가능하지 않다는 법칙을 무모순율이라고 한다. 그런데 "㉠다보탑은 경주
[02-②] 가능하지만 필연적이지 않은 명제
에 있다."와 "㉡다보탑은 개성에 있을 수도 있었다."는 모순 관계가 아니
[02-④] 가능세계에 대한 표현   [02-③, ⑤] 모두 참, 모두 거짓이 가능함.
다. 현실과 다르게 다보탑을 경주가 아닌 곳에 세웠다면 다보탑의 소재지
는 지금과 달라졌을 것이다. 철학자들은 이를 두고, P와 ~P가 모두 참인
혹은 모두 거짓인 가능세계는 없지만 다보탑이 개성에 있는 가능세계는
[02-④] "다보탑은 개성에 있을 수도 있다."는 명제에 대한 철학자들의 표현
있다고 표현한다.

2문단 '가능세계'의 개념은 일상 언어에서 흔히 쓰이는 필연성과 가능성에 관한 진술을 분석하는 데 중요한 역할을 한다. 'P는 가능하다'는 P가 적어도 하나의 가능세계에서 성립한다는 뜻이며, 'P는 필연적이다'는 P가

모든 가능세계에서 성립한다는 뜻이다. "만약 Q이면 Q이다."를 비롯한 필
[01-③] [02-②] 필연적인 명제와 가능세계의 관계
연적인 명제들은 모든 가능세계에서 성립한다. "다보탑은 경주에 있다."
와 같이 가능하지만 필연적이지는 않은 명제는 우리의 현실세계를 비롯한
[01-②] [02-①, ②] 가능하지만 필연적이지 않은 명제와 가능세계의 관계
어떤 가능세계에서는 성립하고 또 어떤 가능세계에서는 성립하지 않는다.

3문단 가능세계를 통한 담론은 우리의 일상적인 몇몇 표현들을 보다 잘
이해하는 데 도움이 된다. 다음 상황을 생각해 보자. 나는 현실에서 아침
8시에 출발하는 기차를 놓쳤고, 지각을 했으며, 내가 놓친 기차는 제시
간에 목적지에 도착했다. 그리고 나는 "만약 내가 8시 기차를 탔다면, 나
[03-① ~ ⑤] A = 내가 8시에 기차를 탐, B = 지각을 하지 않음.
는 지각을 하지 않았다."라고 주장한다. 그런데 전통 논리학에서는 "만약
A이면 B이다."라는 형식의 명제는 A가 거짓인 경우에는 B의 참 거짓에
[01-⑤] 전통 논리학에서의 '만약 A이면 B이다.'라는 명제에 대한 규정
상관없이 참이라고 규정한다. 그럼에도 ⓐ내가 만약 그 기차를 탔다면 여
전히 지각을 했을 것이라고 주장하지는 않는 이유는 무엇일까? 내가 그
기차를 탄 가능세계들을 생각해 보면 그 이유를 알 수 있다. 그 가능세계
[03-①, ②] ⓐ의 질문에 담긴 전제 = 기차를 탔음.
중 어떤 세계에서 나는 여전히 지각을 한다. 가령 내가 탄 그 기차가 고장
[03-①, ②, ③] '내가 그 기차를 탄 가능세계'에서 '지각을 함.'=A는 참, B는 거짓
으로 선로에 멈춰 운행이 오랫동안 지연된 세계가 그런 예이다. 하지만 내
가 기차를 탄 세계들 중에서, 내가 기차를 타고 별다른 이변 없이 제시간
[03-③] A가 참인 가능세계에서 B도 참인 세계가 B가 거짓인 세계보다 현실세계와 유사성 ↑
에 도착한 세계가 그렇지 않은 세계보다 우리의 현실세계와의 유사성이
더 높다. 일반적으로, A가 참인 가능세계들 중에 비교할 때, B도 참인 가
능세계가 B가 거짓인 가능세계보다 현실세계와 더 유사하다면, 현실세계
의 나는 A가 실현되지 않은 경우에, 만약 A라면 ~B가 아닌 B이라고 말
할 수 있다.

4문단 가능세계는 다음의 네 가지 성질을 갖는다. 첫째는 가능세계의 일
관성이다. 가능세계는 명칭 그대로 가능한 세계이므로 어떤 것이 가능하
[02-④] [04-⑤] 가능세계의 일관성: 가능하지 않음. → 가능세계 없음.
지 않다면 그것이 성립하는 가능세계는 없다. 둘째는 가능세계의 포괄성
이다. 이것은 어떤 것이 가능하다면 그것이 성립하는 가능세계는 존재한
[04-②, ④, ⑤] 가능세계의 포괄성: 가능함. → 가능세계 있음.
다는 것이다. 셋째는 가능세계의 완결성이다. 어느 세계에서든 임의의 명
[01-①] [04-①, ③] 가능세계의 완결성: 어느 세계에서도 배중률 성립
제 P에 대해 "P이거나 ~P이다."라는 배중률이 성립한다. 즉 P와 ~P 중
하나는 반드시 참이라는 것이다. 넷째는 가능세계의 독립성이다. 한 가능
[04-①, ③] 배중률 = 모순 관계임을 알 수 있다.   [04-①, ②] 가능세계의 독립성 ①
세계는 모든 시간과 공간을 포함해야만 하며, 연속된 시간과 공간에 포함
된 존재들은 모두 동일한 하나의 세계에만 속한다. 한 가능세계 W1의 시
간과 공간이, 다른 가능세계 W2의 시간과 공간으로 이어질 수는 없다.
W1과 W2는 서로 시간과 공간이 전혀 다른 세계이다.
[04-①, ②] 가능세계의 독립성 ② - 서로 다른 가능세계는 전혀 다른 독립된 세계임.
5문단 가능세계의 개념은 철학에서 갖가지 흥미로운 질문과 통찰을 이
끌어 내며, 그에 관한 연구 역시 활발히 진행되고 있다. 나아가 가능세계
를 활용한 논의는 오늘날 인지 과학, 언어학, 공학 등의 분야로 그 응용의
폭을 넓히고 있다.

---

01 세부 정보의 파악   답 ①

선지별 선택 비율	①	②	③	④	⑤
	60%	10%	15%	8%	5%

윗글의 내용과 일치하는 것은?

😊 정답 띵I 동!

① 배중률은 모든 가능세계에서 성립한다.

| 4문단 "어느 세계에서든(모든 가능 세계) ~ 배중률이 성립한다"
| 뭔말?
· 어느 세계에서든 = 모든 가능세계 = 배중률이 성립하는 세계

😟 오답 땡!

② 모든 가능한 명제는 현실세계에서 ~~성립한다.~~
                              ↳ 성립하지 않을 수 있음.

| 2문단 "가능하지만 필연적이지는 않은 명제는 우리의 현실세계를 비롯한 어떤
    가능세계에서는 성립하고 어떤 가능세계에서는 성립하지 않는다."
| 뭔말?
· 가능하지만 필연적이지는 않은 명제 = 가능한 명제 중 필연적이지 않은 명제 =
    가능한 명제 중 일부 → 현실세계에서 성립하지 않을 수도 있음.

③ 필연적인 명제가 성립하지 않는 가능세계가 ~~있다.~~
                                        ↳ 없음.

| 2문단 "필연적인 명제들은 모든 가능세계에서 성립한다."
| 뭔말?
· 필연적인 명제: 모든 가능세계에서 성립 = 성립하지 않는 가능세계는 없음.

④ 무모순율에 의하면 P와 ~P가 모두 참인 것은 ~~가능~~하다.
                                        ↳ 불가능

| 1문단 "P와 ~P가 모두 참인 것은 가능하지 않다는 법칙을 무모순율"
| 뭔말?
· 무모순율: P와 ~P가 모두 참인 것은 불가능하다는 규칙

⑤ 전통 논리학에 따르면 "만약 A이면 B이다."의 참 거짓은 A의 참 거짓과
~~상관없이~~ 결정된다.
↳ 상관있음.

| 3문단 "전통 논리학에서는 "만약 A이면 B이다."라는 형식의 명제는 A가 거짓인
    경우에는 B의 참 거짓에 상관없이 참으로 규정한다."
| 뭔말?
· '만약 A이면 B이다.' = A가 거짓일 때 무조건 참 → A의 참 거짓과 상관 있음.
    ※ B의 참 거짓과는 상관없음.

---

02 특정 개념의 의미 파악   답 ②

선지별 선택 비율	①	②	③	④	⑤
	7%	49%	11%	19%	12%

㉠, ㉡에 대한 이해로 적절하지 않은 것은?

② "만약 다보탑이 개성에 있다면, 다보탑은 개성에 있다."가 성립하는 가능세계 중에는 ㉠이 거짓인 가능세계는 ~~없다.~~
  └→ 존재할 수 있음.

────────────────

| 2문단 ""만약 Q0이면 Q0이다."를 비롯한 필연적인 명제들은 모든 가능세계에서 성립한다. "다보탑은 경주에 있다.(㉠)"와 같이 가능하지만 필연적이지는 않은 명제는 우리의 현실세계를 비롯한 어떤 가능세계에서는 성립하고 또 어떤 가능세계에서는 성립하지 않는다."

| 뭔말?

· "만약 다보탑이 개성에 있다(Q)면, 다보탑은 개성에 있다(Q)." = "만약 Q0이면 Q0이다." = 필연적인 명제 → 모든 가능세계에서 성립

· ㉠(다보탑은 경주에 있다.) = 가능하지만 필연적이지는 않은 명제 → 어떤 가능세계에서는 성립하지 않음.

| 결론! 모든 가능세계 중 ㉠이 성립하지 않는 어떤 세계, 즉 ㉠이 거짓인 가능세계 존재 가능

────────────────

😞 오답 땡!

① ㉠이 성립하지 않는 가능세계가 존재한다.

────────────────

| 2문단 ""다보탑은 경주에 있다."와 같이 가능하지만 필연적이지는 않은 명제는 ~ 어떤 가능세계에서는 성립하지 않는다."

| 뭔말?

· ㉠ = 가능하지만 필연적이지 않은 명제 → 성립하지 않는 가능세계 존재

────────────────

③ ㉡과 "다보탑은 개성에 있지 않다."는 모순 관계가 아니다.

────────────────

| 1문단 "두 명제가 모두 참인 것도 모두 거짓인 것도 가능하지 않은 관계를 모순관계", "그런데 ㉠다보탑은 경주에 있다."와 "㉡다보탑은 개성에 있을 수도 있었다."는 모순 관계가 아니다."

| 뭔말?

· 모순 관계 = 두 명제 모두 참 또는 모두 거짓인 것은 불가능 ↔ 모순 관계 아님. = 두 명제 모두 참 또는 모두 거짓인 것이 가능

· ㉠ '다보탑은 경주에 있다.'가 참일 때, '다보탑은 개성에 있지 않다.'도 참이 됨.

· ㉠과 ㉡은 모순 관계가 아니므로, 이 둘이 모두 참인 것이 가능 → ㉠이 참일 때, ㉡도 참 가능

| 결론! ㉠이 참 = ㉡이 참 = '다보탑은 개성에 있지 않다.'도 참인 것이 가능 → ㉡과 '다보탑은 개성에 있지 않다.'가 모두 참인 것이 가능 → 모순 관계 아님.

────────────────

④ 만약 ㉡이 거짓이라면 어떤 가능세계에서도 다보탑이 개성에 있지 않다.

────────────────

| 1문단 "그런데 "다보탑은 경주에 있다."와 "㉡다보탑은 개성에 있을 수도 있었다."는 모순 관계가 아니다.", "철학자들은 이를 두고, ~ 다보탑이 개성에 있는 가능세계는 있다고 표현한다."

| 4문단 "가능세계는 명칭 그대로 가능한 세계이므로 어떤 것이 가능하지 않다면 그것이 성립하는 가능세계는 없다."

| 뭔말?

· ㉡은 다보탑이 개성에 있는 가능세계 → ㉡이 거짓 = 다보탑이 개성에 있는 것이 가능하지 않음. → 다보탑이 개성에 있는 것이 성립하는 가능세계 없음.

────────────────

⑤ ㉠과 ㉡은 현실세계에서 둘 다 참인 것이 가능하다.

| 1문단 "두 명제가 모두 참인 것도 모두 거짓인 것도 가능하지 않은 관계를 모순 관계라고 한다.", "그런데 ㉠다보탑은 경주에 있다."와 "㉡다보탑은 개성에 있을 수도 있었다."는 모순 관계가 아니다."

| 뭔말?

· ㉠과 ㉡은 모순 관계가 아님. → 모두 참이거나 모두 거짓인 것 가능

────────────────

03   내용의 추론   답 ③

선지별 선택 비율	①	②	③	④	⑤
	7%	16%	55%	17%	3%

윗글을 바탕으로 할 때, ⓐ에 대한 답으로 가장 적절한 것은?

😊 정답 띡! 등!

③ 내가 그 기차를 탄 가능세계들끼리 비교할 때 내가 지각을 한 가능세계가 내가 지각을 하지 않은 가능세계에 비해 현실세계와의 유사성이 더 낮기 때문이다.

────────────────

| 3문단 "그럼에도 ⓐ내가 만약 그 기차를 탔다면 여전히 지각을 했을 것이라고 주장하지는 않는 이유는 무엇일까? 내가 그 기차를 탄 가능세계들을 생각해 보면 그 이유를 알 수 있다.", "내가 기차를 탄 세계들 중에서, 내가 기차를 타고 별다른 이변 없이 제시간에 도착한 세계(지각을 하지 않은 가능세계)가 그렇지 않은 세계(지각을 한 가능세계)보다 우리의 현실세계와의 유사성이 더 높다."

| 뭔말?

· 기차를 놓치지 않고 탔을 때 지각을 하지 않는 것이 현실세계와의 유사성이 높음. 반대로 지각을 하게 되는 것은 현실세계와의 유사성이 더 낮음.

────────────────

😞 오답 땡!

          ┌→ 그 기차를 탄
① 내가 ~~그 기차를 타지 않은~~ 가능세계들끼리 비교할 때 지각을 한 가능세계와 지각을 하지 않은 가능세계가 현실세계와의 유사성의 정도가 다르기 때문이다.

────────────────

| 3문단 "그럼에도 ⓐ내가 만약 그 기차를 탔다면 ~ 내가 그 기차를 탄 가능세계들을 생각해 보면 그 이유를 알 수 있다."

| 뭔말?

· ⓐ에서 이미 '만약 기차를 탔다면'을 전제함. → '기차를 타지 않은 가능세계'를 가정하여 답을 제시하는 것은 부적절함.

              ┌→ 그 기차를 탄
② 내가 그 ~~기차를 타지 않은~~ 가능세계들끼리 비교할 때 기차 고장이 자주 일어나지 않는 가능세계가 현실세계와의 유사성이 높기 때문이다.

────────────────

| 뭔말?

· ⓐ는 기차를 타지 않은 가능세계가 아닌 기차를 탄 가능세계를 전제로 함.

────────────────

④ 내가 그 기차를 탄 가능세계들끼리 비교할 때 ~~그 가능세계들의 대다수에서 내가 지각을 하지 않았기~~ 때문이다.
  └→ 현실세계와의 유사성을 고려해야 함.

────────────────

| 3문단 "내가 기차를 탄 세계들 중에서, 내가 기차를 타고 별다른 이변 없이 제시간에 도착한 세계가 그렇지 않은 세계보다 우리의 현실세계와의 유사성이 더 높다."

| 뭔말?

· ⓐ에 대한 대답은 '기차를 탄 상황에서 내가 지각을 하지 않은 경우의 수'가 아

니라 '기차가 목적지에 제시간에 도착하여 지각하지 않은 가능세계와 이변이 발생하여 기차가 목적지에 제시간에 도착하지 않아 지각한 가능세계 중 어느 것이 더 현실세계와 유사성이 있는지를 비교한 것이어야 함.

⑤ ~~배차 크 기차를 탄 것이 현실세계에서 거짓이기 때문이다.~~
   └ 내가 기차를 탔을 때의 가능세계들을 따져 보아야 함.

────────────────────

| 뭔말?
· @는 '내가 기차를 탔다면'이라는 가정의 상황을 바탕으로 하는 질문 → 현실세계가 아니라 내가 기차를 탄 가능세계들을 생각해야 함.

04 구체적 사례에의 적용   답 ④

선지별 선택 비율	①	②	③	④	⑤
	14%	12%	29%	36%	7%

윗글을 참고할 때, 〈보기〉를 이해한 내용으로 적절한 것은? [3점]

──────── 보기 ────────
명제 "모든 학생은 연필을 쓴다."와 "어떤 학생도 연필을 쓰지 않는다."는 반대 관계이다. 이 말은, 두 명제 다 참인 것은 가능하지 않지만, 둘 중 하나만 참이거나 둘 다 거짓인 것은 가능하다는 뜻이다.

정답 띵! 동!

④ 가능세계의 포괄성에 따르면, '"모든 학생은 연필을 쓴다."가 참이거나 "어떤 학생도 연필을 쓰지 않는다."가 참'인 가능세계들이 있겠군.

────────────────────

| 〈보기〉 "명제 "모든 학생은 연필을 쓴다."와 "어떤 학생도 연필을 쓰지 않는다."는 반대 관계 ~ 둘 중 하나만 참이거나 둘 다 거짓인 것은 가능하다"
| 4문단 "둘째는 가능세계의 포괄성이다. 이것은 어떤 것이 가능하다면 그것이 성립하는 가능세계는 존재한다는 것이다."

| 뭔말?
· "모든 학생은 연필을 쓴다."와 "어떤 학생도 연필을 쓰지 않는다." = 반대 관계 = 하나만 참일 수 있음. = 둘 중 참일 수 있는 것은 하나임.
· 가능세계의 포괄성: 어떤 것이 가능 → 가능세계 성립
| 결론! "모든 학생은 연필을 쓴다."가 참인 가능세계가 존재하거나 "어떤 학생도 연필을 쓰지 않는다."가 참인 가능세계가 존재할 수 있음.

오답 띵!
                    → 완결성은 가능세계 내의 명제 간 관계와 관련됨.
① 가능세계의 **완결성**과 독립성에 따르면, 모든 학생이 연필을 쓰는 가능세계가 존재한다는 것과 어떤 학생도 연필을 쓰지 않는 가능세계가 존재한다는 것 중 ~~하나는 반드시 참이고~~, 그중 한 세계의 시간과 공간이 다른 세계로 이어질 수 없겠군.
                    └ 둘 중 하나만 참이거나 둘 다 거짓인 것이 가능

────────────────────

| 1문단 "두 명제가 모두 참인 것도 모두 거짓인 것도 가능하지 않은 관계를 모순 관계", "P와 ~P는 모순 관계"
| 4문단 "셋째는 가능세계의 완결성이다. 어느 세계든 임의의 명제 P에 대해 "P이거나 ~P이다."라는 배중률이 성립한다. 즉 P와 ~P 중 하나는 반드시 참이라는 것", "넷째는 가능세계의 독립성 ~ 한 가능세계 W1의 시간과 공간이, 다른 가능세계 W2의 시간과 공간으로 이어질 수는 없다."

| 뭔말?
· 'P이거나 ~P이다.'라는 배중률 성립 = 모순 관계 → 완결성은 어떤 가능세계 내에서 P이거나 ~P라는 원리가 성립한다는 것 = 한 가능세계에서 '모든 학생은

연필을 쓴다.'와 '모든 학생은 연필을 쓰지 않는다.' 중 하나가 참임.
· 가능세계의 완결성은 명제 간의 배중률, 즉 모순 관계에 관한 것임. → P인 가능세계가 있다거나 ~P인 가능세계가 있다는 가능세계의 존재 성립에 대한 것이 아님.
   ※ 가능세계의 성립과 관련된 성질: 일관성과 포괄성
· 가능세계의 포괄성에 따르면 "모든 학생은 연필을 쓴다."가 참인 가능세계가 존재하거나 "어떤 학생도 연필을 쓰지 않는다."가 참인 가능세계 둘 중 하나만 존재할 수 있음. → 두 가능세계 = 전혀 다른 세계 → 가능세계의 독립성에 따라 두 세계가 이어질 수 없음.

② 가능세계의 포괄성과 독립성에 따르면, "어떤 학생도 연필을 쓰지 않는다."가 성립하면서 ~~크 세계에 속한 한 명의 학생이 연필을 쓰는 가능세계들이 존재하고~~, 그 세계들의 시간과 공간은 서로 단절되어 있겠군.
   └ 어떤 학생도 연필을 쓰지 않는 가능세계에 속한 학생이 다른 가능세계에 존재 X

────────────────────

| 4문단 "둘째는 가능세계의 포괄성 ~ 어떤 것이 가능하다면 그것이 성립하는 가능세계는 존재한다는 것", "넷째는 가능세계의 독립성 ~ 연속된 시간과 공간에 포함된 존재들은 모두 동일한 하나의 세계에만 속한다. ~ W1과 W2는 서로 시간과 공간이 전혀 다른 세계이다."

| 뭔말?
· "어떤 학생도 연필을 쓰지 않는다." 성립 = 그 가능세계에서 모든 학생은 연필을 쓰지 않음.
· 가능세계의 독립성에 따라 한 가능세계에 속한 존재는 다른 세계에 속할 수 없음. = '어떤 학생도 연필을 쓰지 않는다.'가 성립하는 가능세계에 속한 한 명의 학생이, 연필을 쓰는 학생이 존재하는 또 다른 가능세계에 속할 수 없음.

③ 가능세계의 완결성에 따르면, 어느 세계에서든 "어떤 학생은 연필을 쓴다."와 "어떤 학생은 연필을 쓰지 않는다." 중 하나는 반드시 참이겠군.
                            └ 도

────────────────────

| 1문단 "P와 ~P는 모순 관계"
| 4문단 "셋째는 가능세계의 완결성 ~ 임의의 명제 P에 대해 "P이거나 ~P이다."라는 배중률이 성립한다. 즉 P와 ~P 중 하나는 반드시 참이라는 것"

| 뭔말?
· 배중률 = 모순 관계 → 하나는 반드시 참이어야 하지만 둘 모두 참인 것은 가능하지 않음.
· "어떤 학생은 연필을 쓴다."와 "어떤 학생은 연필을 쓰지 않는다." = 어떤 학생은 연필을 쓰고 어떤 학생은 연필을 쓰지 않는 상황 동시 성립 가능 → 두 문장 모두가 참이 되는 것이 가능하므로 P와 ~P의 관계가 아님.
· P와 ~P의 관계 → "어떤 학생은 연필을 쓴다."에 대한 부정 = '어떤 학생도 연필을 쓰지 않는다.'

                 → 포괄성
⑤ 가능세계의 **일관성**에 따르면, 학생들 중 절반은 연필을 쓰고 절반은 연필을 쓰지 않는 가능세계가 존재하겠군.

────────────────────

| 〈보기〉 "명제 "모든 학생은 연필을 쓴다."와 "어떤 학생도 연필을 쓰지 않는다."는 반대 관계이다.", "둘 다 거짓인 것은 가능하다"
| 4문단 "첫째는 가능세계의 일관성 ~ 어떤 것이 가능하지 않다면 그것이 성립하는 가능세계는 없다.", "둘째는 가능세계의 포괄성 ~ 어떤 것이 가능하다면 그것이 성립하는 가능세계는 존재한다는 것"

| 뭔말?
· 학생들 중 절반은 연필을 쓰고 절반은 연필을 쓰지 않는 가능세계 = "모든 학생은 연필을 쓴다."와 "어떤 학생도 연필을 쓰지 않는다." 둘 다 거짓인 가능 세계 성립

· 〈보기〉에 따르면 두 명제는 둘 다 거짓인 것이 가능함. → 포괄성으로 설명 가능

※ 일관성은 '가능세계는 성립하지 않는다(존재하지 않는다).'로 설명함.

꿀피스 Tip!

▶ 이 문제의 포인트는 지문에 제시된 명제의 관계, 〈보기〉에 새로 제시된 명제의 관계, 가능세계의 성질을 복합적으로 적용하여 판단할 수 있는가에 있지. 선지에서 판단해야 하는 요소를 크게 세 가지로 나누어 볼 수 있어. 먼저 '가능세계의 네 가지 성질', 즉 '일관성, 포괄성, 완결성, 독립성'이야. 선지에서 '(가능세계의 어떤 성질)에 따르면'이라고 조건을 제시했으니까, 그 뒤에 이어지는 내용을 이 조건과 연결지어 살펴봐야 해.

▶ 그다음에 살펴야 하는 것은 〈보기〉의 두 명제 "모든 학생은 연필을 쓴다."와 "어떤 학생도 연필을 쓰지 않는다."에 관한 선지의 서술이 적절한지야. 그런데 여기서 주의해야 하는 것은 이 둘의 관계가 '반대 관계'라는 거야. 지문에서는 명제들 간의 관계 중 모순 관계, 즉 배중률을 다루었어. 그렇다면 '반대 관계'와 '모순 관계'는 반드시 구분해 두어야겠지. 왜? 이렇게 서로 다른 관계가 나올 때는 이 둘을 섞거나 반대로 바꾸어서 설명해 놓고 함정을 만들 테니까. 이건 출제자들이 가장 흔하게, 또 가장 많이 사용하는 방법이야. 뒤섞어 놓기, 바꾸어 놓기!

▶ 〈보기〉에서 반대 관계를 설명하면서 '두 명제 다 참인 것은 가능하지 않'다, '둘 중 하나만 참'은 가능하다고 했어. 정답 선지 ④를 보면, 조건이 먼저 제시되었지? '포괄성'. 지문에 뭐라고 제시되어 있어? '어떤 것이 가능하다면 그것이 성립하는 가능세계'가 있다는 거네.

▶ 마지막으로 판단해야 하는 것은 선지에 제시된 명제와 그것에 대한 설명의 적절성이야. 함정 선지 ③을 보자. '완결성'에 관한 것이네. 완결성은 'P이거나 ∼P이다.'라는 배중률이 성립하고, 'P와 ∼P 중 하나는 반드시 참인 것'이라고 했어. 선지를 보면, 두 명제 중 '하나는 반드시 참'이라는 말은 완결성과 관련하여 맞는 표현이야. 이것만 보고 ③을 적절한 설명이라고 생각했다면 큰 오산이지?

▶ 여기서 한 단계 더 나아가서 두 명제가 P와 ∼P인지도 살펴야 함정에 빠지지 않겠지? 그런데 더 큰 함정이 있었어. ∼P가 부정을 나타내는 거니까, 명제 P의 서술어만 부정 표현으로 바꾸면 ∼P가 된다고 착각을 유도하는 함정! '어떤 학생은 연필을 쓴다.'는 명제 P를 ∼P로 바꾸면 '어떤 학생은 연필을 쓰지 않는다.'가 되니 맞는 설명이라고 생각했다면 함정에 빠진 거야. 그런데 어떤 학생들이 연필을 쓴다는 것은 어떤 학생들은 연필을 쓰지 않는다는 뜻이니까, 이 두 명제는 모두 참이 되거나 모두 거짓이 될 수 있어. 즉 P와 ∼P의 관계가 아닌 거지. 여기서 선지의 적절성을 판단할 때 어미나 조사와 같은 것도 주의 깊게 살펴보아야 한다는 것을 알 수 있어.

기출 속 독서 배경지식

🔗 가능세계의 개념

✎ 가능세계란?

▶ 가능세계는 분석 철학에서 사용되는 개념이다. 분석 철학은 과학과 일상적 언어의 여러 개념이나 명제를 분석하고 그 의미를 밝히는 것을 목적으로 삼는 철학으로서, 이에 따르면 '가능세계'란 다양한 가능성들이 일어나는 모든 세계의 집합을 의미한다. 예를 들어 삼국 통일이 신라가 아닌 고구려에 의해 이루어진 가능세계를 떠올려 볼 수 있다.

▶ 가능세계 개념은 반사실적 조건문 분석에서 유용한 철학적 도구로 활용되고 있다. 가능세계는 '∼한 조건이라면 ∼한 상황이 일어났을 수도 있다.'라는 반사실적 조건문을 통해 상상할 수 있는 것인데, 이와 같은 반사실적 조건문이 참이 되는 경우는 현실 세계와 가장 유사한 가능세계에서 이 조건을 만족할 경우이다.

▶ 가능세계 개념을 언급한 대표적인 학자는 17세기 독일의 철학자 라이프니츠를 들 수 있다. 또한 20세기에 대두된 '양상 논리학'에서도 가능세계 개념을 도입하였다.

🔗 가능세계 관련 이론

✎ 라이프니츠와 가능세계

▶ 라이프니츠는 저서인 『단자론』에서 세계는 무수한 단자들의 집합으로 이루어진 것이라고 보았다. 그에 따르면 신이 세계를 창조할 때 서로 공존이 가능한 가능적 단자들을 최대한 포함하는 집합들을 구성한 후, 그 집합들 중 최선의 집합을 선택하여 존재를 부여한 것이다.

▶ 이때 신의 선택은 완전성의 원리에 따른 것이고, 따라서 창조의 결과인 현존하는 이 세계는 수많은 가능세계 가운데 최선의 선택이다. 이러한 이유로 라이프니츠에게 현실세계는 가능세계보다 특별한 존재론적 지위를 갖게 된다.

✎ 가능세계 의미론

▶ 어떤 문장의 의미는 그 문장을 참으로 만들어 주는 가능세계의 존재에 따라 결정된다고 보는 이론이다. 미국의 분석 철학인 솔 크립키, 데이비드 루이스 등에 의해 발전되었으며 '가능', '필연' 등 '양상(판단의 확실성을 나타내는 논리학 용어)'의 개념을 사용하는 양상 명제의 해석에 유용하다.

▶ 가능세계 의미론에 따르면 '명제 P는 가능하다.'의 해석은 '최소한 하나의 가능세계에서 P가 참이다.', '명제 P는 필연적이다.'의 해석은 '모든 가능세계에서 P가 참이다.'의 형태가 된다.

✎ 양상 실재론

▶ 데이비드 루이스가 제시한 이론으로, 수많은 가능세계가 각기 독립적으로 존재하며 현실세계와 동등한 형이상학적 지위를 가진다고 본다.

✎ 양상 현실론

▶ 양상 실재론과 달리 가능세계들은 현실세계와 달리 그 자체로 존재한다고 보지 않는다. 이 이론에 따르면 가능세계는 현실세계 속에 존재하는 가능성을 나타내는 추상적인 개체들로 구성된 것일 뿐이다.